人物書誌大系 45

小川未明 II
全小説・随筆

小埜裕二編

日外アソシエーツ

●制作担当● 城谷 浩

『童話と随筆』(昭和9年) 口絵より

母・チヨと 　　　　　　　　　　　父・澄晴と

『緑髪』　　　　　『北国の鴉より』　　　『夜の街にて』
（明治40年）　　　（大正元年）　　　　（大正3年）

目　次

Ⅰ　概説　〜小川未明書誌の成果と課題〜 …………………… 1
Ⅱ　年　譜 ………………………………………………………… 11
Ⅲ　作　品 ………………………………………………………… 19
Ⅳ　作品集・全集 ………………………………………………… 449
　　1．生前に出版された作品集 ……………………………… 450
　　2．没後に出版された全集 ………………………………… 465
　　3．没後に出版された作品集・アンソロジー …………… 468
Ⅴ　童話作品（追補） …………………………………………… 475
Ⅵ　索　引 ………………………………………………………… 479
　　作品名索引 ………………………………………………… 480
　　掲載誌・書名索引 ………………………………………… 508
　　人名索引 …………………………………………………… 517

あとがき ………………………………………………………… 521

凡　例

1. 概　要

　本書は、作家・小川未明（1882～1961）の生涯と、童話以外の小説・戯曲・詩・随筆・感想などの作品を対象とした個人書誌である。明治・大正・昭和の半世紀にわたる未明作品の内容、収録図書の書誌事項と収録作品が一覧できるように構成した。

　童話作品は『小川未明全童話（人物書誌大系 43)』に収録している。全体は以下の 6 編からなる。

　　Ⅰ　概説　～小川未明書誌の成果と課題～
　　Ⅱ　年　譜
　　Ⅲ　作　品
　　Ⅳ　作品集・全集
　　Ⅴ　童話作品（追補）
　　Ⅵ　索　引

2. 収録内容と構成

　各編の内容と構成は以下の通りである。記載事項の詳細は各編の中扉に示した。

　Ⅰ　概　説
　　小川未明の作家活動と作品の種類・特色、同時代の評価、作品集の出版と作品収録状況、本書の編集方針と利用・活用方法などを述べた。
　Ⅱ　年　譜
　　小川未明の生涯と業績、作品集の出版内容を年ごとにまとめた。
　Ⅲ　作　品
　　(1) 作品全 2,060 点を発表年月順に掲載した。
　　(2) 各作品には、調査で判明した新情報を加えて、初出または初収録、あらすじ・要旨、収録図書の書誌事項を記載した。

（3）収録図書は、「Ⅳ 作品集・全集」の文献番号と目次番号を示し、作品集・全集の内容索引としての機能を持たせた。
　Ⅳ　作品集・全集
　　　（1）全体は3部で構成し、それぞれ、出版年月順に掲載した。
　　　　1. 生前に出版された作品集（64冊）
　　　　2. 没後に出版された全集（1種6冊）
　　　　3. 没後に出版された作品集・アンソロジー（26冊）
　　　（2）各図書には、出版社、出版年月、編集・装幀・挿絵・序文などの担当者、内容目次（収録作品一覧）を記載した。
　Ⅴ　童話作品（追補）
　　　（1）『小川未明全童話（人物書誌大系43）』編集刊行後に新たに判明した、童話作品の初出判明資料、新資料を掲載した。
　　　（2）新たに初出が判明した11作品、新資料として確認できた8作品に分け、それぞれ初出年月順に掲載した。
　Ⅵ　索引
　　　作品名、掲載誌・書名、人名の各索引からなり、それぞれ五十音順とした。

3. **留意事項**

　　（1）全体を通じ、原則として旧漢字は新漢字に改めた。かなづかいは原典の記載に従った。
　　（2）作品名や図書名などには、今日の観点から不適切とされる語句が見られるが、作品成立時の時代背景を考慮し、そのまま使用した。
　　（3）本書は2016年4月末までに確認できた内容を収録している。

Ⅰ 概説 ～小川未明書誌の成果と課題～

I 概説 ～小川未明書誌の成果と課題～

1．小説家・随想家としての小川未明

　小川未明は、明治15年4月7日、現在の新潟県上越市幸町に生まれた。本名は健作。明治30年頃、未明が15歳前後に、市内の町中から春日山の中腹へ一家で移った。明治34年、19歳になる直前に上京した未明は、東京専門学校（現、早稲田大学）に入学、在学中、坪内逍遥の導きで、作家の道に入った。卒業後、25歳のときに、小説集『愁人』（明治40年6月、隆文館）、『緑髪』（明治40年11月、隆文館）を出版、新聞記者や雑誌記者を経験するが、明治42年に文筆だけで生活することを決意する。以後、東京に住み、小説、童話、詩、小品、感想、随筆、評論等を旺盛に発表した。文筆家としての仕事の期間は50年に及ぶ。昭和36年5月11日、79歳で没した。

　童話作家として知られる小川未明は、すぐれた小説家でもあった。未明は、創作を発表しはじめた明治37年頃から、〈童話作家宣言〉を行って小説執筆をやめる大正15年頃までの間、小説を数多く世に表してきた。小説家としての出発とその成果が、大正期半ばから本格化する童話作家としての未明の活躍を用意した。また、小説や童話の創作に随伴するかたちで、身辺や故郷のことを綴った感想類や自己の考えをストレートに伝えた批評類を発表してきたが、それらは小説や童話を書くにあたっての未明の背景や考えをよく伝え、創作に強い影響を与えた。未明の小説家・随想家としての側面は閑却されがちであるが、小説家としての未明の存在と意義は、明治末期から大正期にはよく知られていた。未明が文学史上、特異で、重要な小説家であったこと、滋味に富んだ随筆や強いメッセージを批評に綴ったことは、今日もっと知られてよい。

　「秀才文壇」が大正9年10月号に「私の好きな文士」というテーマで、寄稿家からの文章を集めている。巻頭に未明の名が続けて挙がる。
　筧田夕波「氏の文壇に対するシンセリティーな態度、人生に対する意見。その批判――すべてが現在の私に肯定される懐かしい所があるの

です。悲惨な暗冥な人生の伴侶者としての先輩未明氏の動かし難い力のこもる創作は、そのシンセリティーな態度に対しても、おのづと敬慕の情を唆らせるのです。氏の芸術に対する忠実な態度と、悲惨なる運命の批判、人生に対する意見等は、今の私に最もふさへるものです。」

　吉川暮路「赫奕たる一大血塊が、鉄の丈夫なペンに血のインキをとつぷりと含ませて、原稿紙も破れんばかりに渾身の力を集めて血の創作を生んでゆく——。私は未明氏を常にかう想像する。何と言つても未明氏が好きだ。」

　大西美佐夫「未明氏の芸術が北国的な暗い世界である事は今更言ふ迄もない事である。永井氏や長田氏の芸術に共鳴を感ずる人々には到底未明氏の芸術は分らない。又之等の諸氏の芸術に共鳴する人々は、華やかな生活の享楽者であつて未明氏を好む人々は暗き悲哀の涕泣者であると言へる。「廃墟」にせよ「北国の鴉」を読んで見ても一つとして華美的絢爛なるものはない。田舎の暗い家庭に育つた私は、未明氏の暗い芸術に共鳴せずに居られない。」

　未明は文壇的潮流とは離れたところに位置した。自然主義とも耽美主義とも距離を置き、北国的な「暗い芸術」を描きつづけた。その色彩は、都会的南国的な華やかなものではなく、北国の暗い森のなかの悲哀に彩られたものである。未明は「渾身の力」をこめてそれを誠実に描いた。力のこもった、「芸術に対する忠実な態度」が、未明文学の特質であり、魅力である。

　大学時代から英文学やロシア文学に親しんだ未明は、文学を芸術と捉え、世道人心のために活かそうとした。人間の宿命を見つめ、弱い者を救おうとした。未明の文学は、多彩で絢爛な大正文学の特異な一つの花であったともいえるが、都会の中流階級を読者層とする多くの小説の位置からは大きく外れていた。未明にとって言語は、思想伝達の道具に近かった。未明がいう詩人とは、表現の巧者ではなく、人間の生き方を変え、社会を改める者のことであった。未明の小説には、場所や人物、体験等にモデルがある。それは物語に血を通わせる大事なファクターとなった。事実を自然主義のように暴露的に語るのではなく、事実をバネとし、フィクション化することで、事実以上の真実を語ろうとした。

2．未明文学の特色と背景

　未明は、自然の広大無辺と人生のはかなさをつねに対比的に捉えた作家である。北国や雪国の厳しい自然を背景に、人生の変遷や流転、死を繰り返し描いた。運命を乗り越えていこうとしない主人公たちの無力さを「未明文学における無抵抗性」と呼んで批判したのは杉浦明平（「文学」昭和 36 年 10 月）であるが、はたして無抵抗は批判にあたるものであろうか。杉浦は未明文学の半面しか見ていないし、批判している半面の意義についても捉えそこねている。未明は、人間の宿命的な悲哀を人とともに泣き、人生に慰藉を与え、その人生を愛そうとした。暗さに寄り添い、なじませる力を有していた。

　相馬御風は「小川未明論」（「早稲田文学」明治 45 年 1 月）の中で、未明の小説には「人間生活の根底」に触れるところがあるという。御風が言うように、未明文学には、ある種の普遍的価値がある。郷土の物語を通して示された運命観には、多くの人が抱く運命観と通じるものがある。未明は郷土の宿命的な暗さを描くことを通して、人々に慰藉を与えた。カタルシスよる慰藉の与え方、悲劇の効用を知っていた作家である。

　未明は、「郷土と作家」（「新潮」明治 44 年 3 月）において、「北方の陰鬱にして色彩の単調なる国土は、おのずからその国の作家を感化して、北方的の作家を作る。作家はただ自分を生んでくれた自然に対して忠実であればよい。」と述べた。自然の厳しさは幻想や不可思議な感覚を未明に感じとらせ、創作にインスピレーションを与えた。暗さになじもうとする姿勢や、暗さの中に希望を見いだそうとする姿勢は、郷土の自然が未明に与えたものであろう。未明の主観は、それを描き尽くすことが自己の使命であると教えた。

　北国生まれの読者は一部である。不幸に沈む人生を送る読者も一部であろう。都会的で華美な、人生を謳歌する物語を歓迎する読者の方が多い。しかし読者の多くが見まいとするものを開示する未明は、批判されるべきなのか。現代においても、都合の悪いものから目をそらすことは多い。未明の芸術は、それに正対することを教える。残酷さは嗜好的に描かれているのではない。暗い運命も突き放して捉えられているのではない。真剣に、共感的に、描かれている。

　しかしながら、未明は、郷土の人々の幸不幸や貧富の差を運命として

捉えただけでなかった。郷土の衰微とともに人心が荒んでいくことに対し、怒りにも似た感情を抱いた。貧富の差、故郷の変容、人心の荒廃に解決の糸口を与えたのが、社会主義であった。社会科学の方法によって、未明は幼いころから感じていた不平等な社会を解消できると考えた。資本主義は、都会と田舎の格差を拡大させ、格差は地方内部に波及し、種々の上下関係を入れ子のように生み出し、田舎の人々の心を荒廃させた。未明の敵は、資本主義の金の論理であった。

　社会主義時代の未明の小説や評論類からは、人間を暗い運命の桎梏から解放しようとする情熱が感じられる。未明が書いてきた暗く苦渋にみちた小説やそれを説明した評論に比べると、力と勢い、明快さが感じられる。しかし、未明は社会主義に身を寄せたあと、昭和12年の日中戦争開戦後はこれまでの立場とは反対の全体主義の立場にたつようになる。全体主義の立場は、太平洋戦争に至ると、未明にとって大切な子供たちを裏切る結果をもたらした。資本主義がもたらした貧富の差や人身の荒廃を変えていくために、社会主義を至上の拠り所とした未明だが、それによって社会を革める困難を感じたことで、全体主義におのれの命運を賭けたのかも知れない。この時期に書かれた未明の文章を読むと、行き場を失った社会主義時代の情熱が空転し、疑念なく同様の情熱を抱かせる別の思想に寄り添ってしまった感じがする。

　戦後の未明は、未来に理想世界が実現することを願い、再び子供の魂に自己の理想を語りかけるようになる。未明の生涯を振り返ったとき、救いのない結末を迎える、運命に支配された人々に対する、共感的なまなざしこそが、未明文学の原基であったことが分かる。暗くたわめられた力は、童話の推進力となり、社会主義や全体主義の情熱のほとばしりとなった。暗い北国の小説は、理想郷を紅い雲のかなたに思い描きつつ、一方は童話に、一方は社会主義小説に分れていった。

　時の流れは早い。そこから生れる無常迅速の思いを未明は強く持っていた。未明の随筆には、夢中になって遊んだ子供時代の思い出のいくつかが、後年になっても確かな記憶として残っていることが印象的に語られる。若いころから時の流れに敏感であった未明は、消えることのないものを大切にした。芥川文学の利那の美のように、〈詩〉となった体験が人生の無常を乗り越える希望となった。それと同様に、燃え上がる情熱で時代を生きることが、未明にとって生の証となった。

3．書誌的調査から見える未明文学の森

　小川未明が生涯に書いた作品数は、童話約 1200 編、小説約 650 編、その他約 1400 編である。未明は、明治 37 年頃から大正 15 年頃までの約 23 年間にわたって、小説を書いた。分量にすると、未明が書いた童話の仕事量に匹敵する。講談社版『定本小川未明小説全集』全 6 巻の小説収録数は約 160 編である。7 割以上の小説が全集未収録になる。全集未収録の数の多さにおいて小説以上に目を引くのが、その他の随想類である。随想類は上記全集の第 6 巻に収められているが、未収録作品を含めたその総量もまた、童話や小説とほぼ同じ仕事量になろう。全集では、小説の一部、随筆ではさらにごく一部の収録しかなかったが、本書によって作品の総量が判明したことになる。また、作品年表・目録に挙がっていなかった多くの作品を、今回、多数調査収録できたことも本書の意義として挙げておきたい。

　今回の書誌の対象となる小説・随筆・感想を集めた選集・全集としては、次のものが刊行されていた。

『小川未明選集（第 1 〜 4 巻）』未明選集刊行会　大正 14 〜 15 年
『小川未明作品集（第 1 〜 5 巻）』大日本雄弁会講談社　昭和 29 〜 30 年
『定本小川未明小説全集（第 1 〜 6 巻）』講談社　昭和 54 年

　このうち『定本小川未明小説全集』が、これまでの選集・作品集の成果をふまえた最良のものとされてきた。その第 6 巻巻末に「作品年表」が掲載されている。作品数は、小説・随筆・評論・小品等の総数 956 編である。このうち小説全集に収録された作品は 259 編である。今回、本書によって、未明文学の小説・評論・随筆・小品等の総数は約 2060 編であることが明らかとなった。未明作品が 1000 編以上、新たに追加されたこととなる。

　また小説全集に収録された作品 259 編のうち、初出が判明していた作品は 161 編、不明は 98 編であった。今回の調査でそれらはかなりの程度判明することができた。全集未収録作品をあわせると、初出誌が判明したものの数はもっと多くなる。アンケート類までできる限り調査し、これによりほぼ未明の著作の全容が解明されたと考える。

　これまで未明がどれだけの作品を書き、どこに発表してきたのかといった整理が十分されてこなかった。前書『人物書誌大系 43　小川未

明全童話』（2012 年 12 月、日外アソシエーツ）では、未明童話に関する整理を行った。世に埋もれた童話を探し、初出誌や初出年月日を調べ、あらすじを記し、収録状況等を整理した。前書では 1182 編の未明童話を紹介した。今回、補遺の形で新たに付け加えた童話が 8 編あるから、総数 1190 編になる。埋もれた童話は、まだ他にもあろう。

本書「Ⅲ 作品」に収めた作品は、童話を除くすべてのジャンルにわたる、全 2060 編である。作品分野別内訳は次のようになる。

　　小説 … ［小説］641 点
　　戯曲 … ［戯曲］3 点
　　詩歌 … ［詩］90 点、［俳句］1 点
　　翻訳類 … ［翻訳］2 点、［翻案］1 点
　　随筆・感想・評論類 … ［感想］1028 点
　　講演・対談類 … ［講演］1 点、［対談］4 点、［座談会］9 点
　　調査回答類 … ［アンケート］239 点、［談話］12 点
　　その他 … ［答申］1 点、［献辞］1 点、［書評］1 点、［帯］2 点、
　　　　　　［色紙］1 点、［扉］1 点、［表紙］1 点、［不明］16 点

　前書「Ⅰ 概説」に記したように、未明の童話と小説の区別はつきにくいものがある。同様のことは［小説］［感想］の間にもある（［感想］は随筆・評論等が含まれるが、細目の区分はつけなかった）。随筆、感想は［小説］に近いものがある。［感想］の中には［談話］がまだ多く含まれよう。［戯曲］を書いていること、［翻案］［翻訳］があること、［アンケート］への回答が多数あることなどが、注目される。未明自身、固定したジャンルの中で創作するタイプの作家ではなかったため、ジャンルにこだわることは、ジャンルを越えて仕事をしようとした未明の創作家としての意欲や意義を見損なうことになりかねない。あくまで目安としての数値である。
　本書も、前書と同様の記載方法をとった。作品毎に〈初出〉〈あらすじ〉（又は〈要旨〉）〈収録〉を記載し、それを発表年月順に並べた。前書と異なるのは、作品によって〈備考〉欄を設け、注を加えた点である。〈あらすじ〉（又は〈要旨〉）は前書同様、編者が独力で作成した。また本文が入手できなかった作品がある。上記ジャンルで［不明］としたものは、本文未見のため、題名からジャンルが推定できなかったものである。

I 概説

「Ⅳ 作品集・全集」に収めた作品集は、96冊ある。内訳は、

1. 生前に出版された作品集 64冊（301～364）
   初収録 830作品、再収録 のべ547作品
2. 没後に出版された全集 6冊（365～370）
   初収録 23作品、再収録 のべ247作品
3. 没後に出版された作品集・アンソロジー 26冊（371～396）
   初収録 42作品、再収録 のべ166作品である。

（その他、童話集序文などの初収録31作品、再収録 のべ27作品
　他の図書への寄稿　初収録16作品）

以上の、図書収録作品の合計（初収録の合計）は938作品
（全2060作品中の45.5％）となる。

本書で紹介した作品全編のうち、半数近くは初出誌紙に発表されたあと、作品集などに収録されなかったことになる。

作品発表年別内訳を見ると、次のようになる。

明治期（明治37年～明治45/大正元年）… 478点
大正期（大正2年～大正15/昭和元年）… 1055点
昭和戦前期（昭和2年～20年）… 467点
昭和戦後期（昭和21年～33年）… 60点

以上は童話をのぞく、本書で扱った作品の作品発表年である。年間で最多は大正3年の133点であるが、ここには『詩集 あの山越えて』初収録の詩61点が含まれる。小説も感想もアンケートも詩も含めた数字であるため、全体の傾向を見ることしかできないが、明治期・大正期に執筆が盛んであったことが分かる。

図書に数多く収録された作品を見ると、次のようになる。収録10冊以上は次の6作品であった（没後作品集への収録を含む）。

薔薇と巫女（明治44年）… 14冊
物言はぬ顔（明治44年）… 12冊
魯鈍な猫（明治45年）… 12冊
空中の芸当（大正9年）… 12冊
河の上の太陽（大正7年）… 10冊
死滅する村（大正12年）… 10冊

初期の暗い小説が多いが、社会主義時代の「空中の芸当」「死滅する村」も収録数が多いことが明らかになった。

　明治期に発表された小説未明が最初に発表した小説は「漂浪児」(「新小説」明治37年9月)である。「合歓の花」が「スケッチ」明治36年6月に発表されたのが最初とする本があるが、それは間違いである。おそらく『緑髪』に記された作品創作年月と発表誌を短絡させた誤りと思われる。(創作年月において最も早い時期に書かれた作品が「合歓の花」である点は正しい。)しかしながら本書においても、同様の誤りをしているところがあるかもしれない。〈あらすじ〉に記載があるものは編者が実際に目を通したものであるが、本文が全集や単行本等にあった場合、書誌情報はこれまでの作品目録に拠ったものがある。また本文の異同に関する調査も不十分である。「続ふる郷」から「帰思」へ、「夜嵐」から「地蔵堂」へ、「七時半」から「白と黒」へ、「稀人」から「僧」へといった小説の題名が改題されたものなどは、ある程度整理できたが、初出本文と単行本本文の異同にまでは手が及ばなかった。また、未明が青年時代、雑誌へ投稿した漢詩や短歌などについても調査は及ばなかった。今後の課題としたい。

　小川未明の森の奥行きが書誌的に明らかになった現在、次の課題となってくるものは何であろう。小説・随筆作品の全体の特色・再評価をまとめるのが次の課題であろうか。未明の伝記的な事実関係を調査することも必要である。既有の未明文学イメージに囚われることなく、童話や小説や随想の秀作を選びだし、新しい未明文学の顔を読者に提供することも重要である。未明文学がどのような意味で、現代のわれわれの生きる糧になるのかの検討も必要である。『定本小川未明童話全集』に未収録だった454編の童話はすべて『小川未明新収童話集』(全6巻、日外アソシエーツ、2014年1月〜3月)に収められた。今後は、童話以外の全集未収録作品を簡単に読めるよう環境を整える必要がある。日本近代の最も重要な時代を生きた知識人として、小川未明は今後も検討されなければならない。

Ⅱ 年譜

1) 明治15（1882）年の生年から昭和36（1961）年の没年までの年譜をまとめた。年齢は満年齢とした。
2) 各年の出来事、師友関係、小説集・童話集・作品集の出版などを簡潔に記載した。
　　各年に発表された作品は「Ⅲ 作品」に収録しているので省略した。
3) 敬称は略した。
4) 年譜作成にあたっては、『定本小川未明童話全集』第14巻（昭和52年10月、講談社）の「年譜」（岡上鈴江・滑川道夫）及び『新潮日本文学アルバム60 小川未明』（平成8年3月、新潮社）の「略年譜」（砂田弘）などを参考にまとめた。

II 年譜

明治 15 年（1882）
　4月7日、新潟県中頸城郡高城村大字五分一（現在の上越市幸町98番地の1）に生まれる。父澄晴（33歳）、母チヨ（19歳）の第二子。本名は健作。澄晴は大川家の三男で、小川家の婿養子となった。小川家は越後高田藩榊原氏の下級武士。微禄であったため、裕福ではなかった。澄晴は、幕末の戊辰戦争に参加している。第一子が生後まもなく死亡したことから、未明は出生後、隣の丸山家へ養子に出され、一時期育てられた。母方の祖母チセは健在で、未明は幼時、チセから昔話や謡曲をきかされた。

明治 21 年（1888）　　6 歳
　4月、岡島小学校（現在の大手町小学校）に入学。入学前から私塾に通い、漢学や剣術を学んだ。

明治 25 年（1892）　　10 歳
　澄晴は崇拝する上杉謙信を祀る神社を春日山に創建することを発願、寄金募集に奔走した。春日山は、謙信居城の地。

明治 27 年（1894）　　12 歳
　2月、神社の創建が認可される。父に代わって、工事の進み具合の確認や除雪の指示を行うために、高田の住居から春日山中腹までしばしば往復する。直線距離にして片道約5キロ。このとき北国・雪国の自然や風物と関わるようになる。

明治 28 年（1895）　　13 歳
　4月、高田中学校に入学。同級に相馬御風がいた。

明治 31 年（1898）　　16 歳
　春日山へ移っていた父に従い、この頃、祖母・母とともに春日山へ移る。春日山での生活は、未明をいっそう自然と向き合わせた。雪の深い冬季は、高田市内に下宿し、通学した。高田中学に佐久間象山の高弟、北沢乾堂が赴任し、未明は漢詩を学ぶ。漢詩づくりに熱中し、「中学世界」に漢詩を投稿した。一時、高田の乾堂宅に下宿したこともある。

明治 32 年（1899）　　17 歳
　祖母チセが亡くなる。

明治 33 年（1900）　　18 歳
　不得手な数学の勉強を放棄し、政治や文学、宗教、哲学に関心を寄せたため、落第を繰り返す。

明治 34 年（1901）　　19 歳
　3月、高田中学校を第4学年で退学。4月、上京。東京専門学校文科（翌年に早稲田大学と改称）に入る。後に英文哲学科から英文科へ転科する。

明治 36 年（1903）　　21 歳
　坪内逍遙の教えを受け、坪内邸で開かれる「読書研究会」に参加するようになる。逍遙の『英詩文評釈』を愛読。また、ラフカディオ＝ハーンの英文学史

の講義に感銘を受ける。さらにロシア文学を読み、ナロードニキの思想に惹かれる。6月、「合歓の花」(「スケッチ」)を発表する。

明治37年(1904)　　22歳
　9月、「漂浪児」(「新小説」)を発表、好評を得る。この時から「未明」の号を用いる。「未明」(びめい)の名づけは、逍遙による。

明治38年(1905)　　23歳
　3月、「霰に霙」(「新小説」)を発表、作家としての自信を深める。7月、早稲田大学英文科を卒業。卒業論文は「ラフカディオ＝ハーンを論ず」。

明治39年(1906)　　24歳
　5月、新潟県長岡市山田藤次郎・セキの長女キチ(18歳)と結婚。キチは長岡の商家の娘だが、日本女子大学附属高等女学校へ通うために東京の伯母の許にいた。未明は、伯母が嫁した大塚家に下宿、そこでキチと出会った。6月、早稲田文学社に入り、島村抱月から「少年文庫」の編集を任される。このとき童話4編を書き、雑誌に載せるが、雑誌は1巻のみで終わった。

明治40年(1907)　　25歳
　読売新聞社に入社、社会部夜勤記者から昼勤記者となるが、半年で退社。7月、長女晴代誕生。妻キチの出産前後、野口雨情と共同生活をする。6月に第1小説集『愁人』、12月に第2小説集『緑髪』を刊行。

明治41年(1908)　　26歳
　新ロマンチシズムの研究会「青鳥会」を起こす。メンバーに新井紀一・宮地嘉六・坪田譲治・浜田広介・藤井真澄らがいた。10月、「秀才文壇」(文光堂)の記者となる。12月、長男哲文誕生。

明治42年(1909)　　27歳
　2月、小説集『惑星』を刊行。すべての勤めをやめ、文筆で立つことを決意する。

明治43年(1910)　　28歳
　自然主義が流行り、ロマン主義的作風をもつ未明は冷遇される。未明一家の生活は困窮し、2人の子供は栄養不良となる。父澄晴、上京。11月に小説集『闇』を、12月に最初の童話集『赤い船』を刊行。

明治45年・大正元年(1912)　　30歳
　2月、ネオ・ロマンチシズムの先駆者として「早稲田文学」より、"推讃の辞"を受ける。4月、小説集『物言はぬ顔』を刊行。5月、「北方文学」を主宰(4号で終刊)。同月、小説集『少年の笛』を出版。9月、『魯鈍な猫』を出版。11月、感想小品集『北国の鴉より』を出版。

大正2年(1913)　　31歳
　3月、小説集『白痴』を出版。同月、次女鈴江誕生。10月、小説集『廃墟』を出版。この時、大杉栄と知り合い、アナーキズムに接近する。

大正3年(1914)　　32歳
　1月に詩集『あの山越えて』、感想小品集『夜の街にて』を刊行。5月、雑誌「処

女」の新お伽文学欄を担当。7月に小説集『底の社会へ』を、12月に小説集『石炭の火』を出版。12月23日、長男哲文、疫痢で死去（6歳）。憂悶の日を送る。

大正4年（1915）　33歳
　1月、小説集『紫のダリヤ』を出版。4月、小説集『雪の線路を歩いて』を出版。

大正5年（1916）　34歳
　文化学会の会員となる。12月、次男哲二郎誕生。

大正6年（1917）　35歳
　5月、小説集『物言はぬ顔』を出版。

大正7年（1918）　36歳
　2月、小説集『小作人の死』を出版。3月、小説集『青白む都会』を出版。4月、感想集『描写の心得』を出版。7月、鈴木三重吉が創刊した童話雑誌「赤い鳥」に、未明も寄稿するようになる。10月、小説集『血で描いた画』を出版。12月、第2童話集『星の世界から』を出版。11月4日、長女晴代、開放性結核のため死去（11歳）。自筆年譜に「二児を失うて、悲しみ骨に徹し、甚しく鞭打たる」とある。

大正8年（1919）　37歳
　1月、「金の輪」（「読売新聞」）を発表。3月、分裂した「青鳥会」から、雑誌「黒煙」（黒煙社）が誕生。プロレタリア文学の先駆となる。4月、童話雑誌「おとぎの世界」が創刊され、半年間、主宰を務める。7月、著作家組合員となる。8月、小説集『悩ましき外景』を出版。12月、童話集『金の輪』を出版。小説と童話の執筆が並行して行われる。

大正9年（1920）　38歳
　1月、雑誌「白鳩」の編集顧問となる。同月、小説集『不幸な恋人』を出版。下旬、一家、スペイン風邪にかかり、重態となる。2月、文壇諸家より見舞いとして『十六人集』を贈られる。2月、「黒煙」廃刊。12月、日本社会主義同盟の発起に参加する。

大正10年（1921）　39歳
　1月、小説集『赤き地平線』を出版。2月、三男英二誕生。4月、暁民会講演会にエロシェンコらと出席。5月、童話集『赤い蠟燭と人魚』を出版。9月、小説集『雨を呼ぶ樹』を出版。10月、童話集『港に着いた黒んぼ』を出版。

大正11年（1922）　40歳
　2月、小説集『血に染む夕陽』を出版。3月、自由思想家組合結成のための実行委員となる。5月、関東出版従業員組合員としてメーデーに参加する。7月、感想集『生活の火』を出版。9月、童話集『小さな草と太陽』を出版。

大正12年（1923）　41歳
　2月、小説集『彼等の行く方へ』、感想集『人間性のために』を出版。3月、童話集『気まぐれの人形師』を出版。5月、童話集『紅雀』を出版。6月25日、種蒔き社の発起で、小川未明・中村吉蔵・秋田雨雀を慰労する「三人の会」が開かれる。9月、関東大震災に遭う。心配した父が上京。

14

大正13年（1924）　　42歳
　3月、童話集『飴チョコの天使』を出版。4月、創立された日本フェビアン協会に参加、機関誌「社会主義研究」に寄稿。7月、感想集『芸術の暗示と恐怖』を出版。9月、童話集『赤い魚』を出版。11月、童話集『ある夜の星だち』を出版。

大正14年（1925）　　43歳
　日本小説家協会の会員となる。9月、雑誌「解放」の同人となる。11月、『小川未明選集』（小説4巻、童話2巻）の刊行が始まる。12月、日本プロレタリア文芸聯盟設立に参加。

大正15年・昭和元年（1926）　　44歳
　3月、日本童話作家協会を創立、幹事となる。四男優出生。4月、童話集『兄弟の山鳩』を出版。『小川未明選集』完結。これを機に小説の筆を断ち、童話に専念することを決意。5月、感想小品集『未明感想小品集』を出版。6月、郷里春日山神社の後継に夫婦養子を迎える。7月、童話集『海からきた使ひ』、小説集『堤防を突破する浪』を出版。11月、日本プロレタリア文芸聯盟の大会でマルキスト派とアナーキスト派が対立、未明らは日本無産派芸術聯盟を組織する。12月、童話集『蜻蛉のお爺さん』を出版。

昭和2年（1927）　　45歳
　『未明童話集』（5巻）の刊行が始まる。これまでの童話の集大成（1〜3巻）と新しい童話集（4・5巻）の性格をもつ。夏、春日山の実家、火災で焼失。10月、小説集『彼等甦らば』を出版。

昭和3年（1928）　　46歳
　3月、日本左翼文芸家総聯合の創立総会に参加。7月、雑誌「矛盾」の同人となる。10月、新興童話作家聯盟の結成に参加。機関誌「童話運動」。

昭和4年（1929）　　47歳
　8月、マルキスト派と対立、新興童話作家聯盟を脱退。10月、未明の父母が上京。12月、アナーキスト系の自由芸術家聯盟に加わる。機関誌「童話の社会」。

昭和5年（1930）　　48歳
　6月、杉並区高円寺1丁目512番地に新居を構える。12月、感想小品集『常に自然は語る』を出版。同月、「童話の社会」終刊。

昭和6年（1931）　　49歳
　5月、日本プロレタリア創作選集『小川未明創作集』を出版。11月、『未明童話集』完結と生誕50年を祝し、記念祝賀会が開催される。

昭和7年（1932）　　50歳
　3月、童話集『青空の下の原つぱ』を出版。7月、『童話雑感及小品』を出版。このころから、幼年童話（カタカナ童話・ひらかな童話）や大人の童話を書き分けていく。

昭和8年（1933）　　51歳
　8月、童話集『雪原の少年』を出版。収録童話「雪原の少年」は長編。

II 年譜

昭和9年（1934）　52歳
　9月、『童話と随筆』を出版。

昭和10年（1935）　53歳
　1月20日、父澄晴没す（86歳）。1月、幼年童話集『小川未明 コドモエバナシ』を出版。5月、小説集『女をめぐる疾風』、童話集『小豚の旅』を出版。

昭和11年（1936）　54歳
　1月、童話集『犬と犬と人の話』を、3月、『未明カタカナ童話読本』『未明ひらかな童話読本』を出版。12月、童話集『ドラネコと烏』を出版。

昭和12年（1937）　55歳
　5月、童話雑誌「お話の木」を主宰。同月、『小学文学童話』を出版。「未明会」発足。6月、『童話と随筆』を出版。7月、母チヨ没す（84歳）。同月、日中戦争始まり、10月、「僕も戦争に行くんだ」を発表。

昭和13年（1938）　56歳
　2月、「お話の木」廃刊。4月、『未明童話お話の木』を出版。10月、内務省図書課が「児童読物改善ニ関スル指示要綱」を発表。未明は、指針策定のための委員となっていた。12月、童話集『日本の子供』を出版。

昭和14年（1939）　57歳
　6月、童話集『竹トンボ』を出版。10月、『カタカナ童話集』を出版。

昭和15年（1940）　58歳
　4月、童話集『夜の進軍喇叭』を出版。6月、『新日本童話』を出版。8月、童話集『赤土へ来る子供たち』を出版。9月、児童文化新体制懇談会の発起人となる。10月、童話作家協会解散。童話集『蘭の花』を出版。12月、童話集『鳩とりんご』を出版。

昭和16年（1941）　59歳
　2月、童話集『雪来る前の高原の話』を出版。3月、『小川未明童話・六年生』を出版。4月、童話集『亀の子と人形』を出版。11月、童話集『生きぬく力』を出版。

昭和17年（1942）　60歳
　1月、童話集『蜂とこども』を出版。2月、『新しき児童文学の道』を出版。同月、日本少国民文化協会に参加。4月、還暦を祝して『現代童話四十三人集』が贈られる。15日、上野精養軒で還暦祝賀会。9月、童話集『赤いガラスの宮殿』、10月、童話集『りっぱな心』、11月、童話集『僕はこれからだ』を出版。

昭和18年（1943）　61歳
　5月、『小川未明童話全集』全22巻の刊行が始まるが、2冊が配本されたところで、戦争激化のため中断。3月、童話集『モウヂキ春ガ来マス』を出版。5月、童話集『こどもと犬とさかな』を出版。7月、童話『ツルギサンノハナシ』を出版。

昭和19年（1944）　62歳
　7月、足のくるぶしに膿腫が生じ、手術を受ける。9月、童話集『かねも戦地へ』

を出版。10月、少国民文化協会より第1回少国民文化功労賞を与えられる。

昭和20年（1945）　　63歳
　8月、高円寺の自宅で敗戦をむかえる。

昭和21年（1946）　　64歳
　3月、日本児童文学者協会が設立、初代会長となる。4月、童話集『オ月サマトキンギョ』を出版。5月、童話集『銀河の下の町』を出版。8月、童話集『小さい針の音』を出版。10月、童話集『青いランプ』を出版。12月、第5回野間文芸賞を与えられる。

昭和22年（1947）　　65歳
　1月、童話集『山の上の木と雲の話』、2月、童話集『僕の通るみち』を出版。5月、『空中の芸当』、6月、童話集『角笛を吹く子』、7月、童話集『花の咲く前』、8月、童話集『まあちゃんととんぼ』を出版。

昭和23年（1948）　　66歳
　1月、童話集『青い釦』、10月、童話集『心の芽そのほか』、11月、童話集『おやうしとこうし』、童話集『花と人間の話』を出版。

昭和24年（1949）　　67歳
　1月、童話集『おうまのゆめ』、童話集『赤い雲のかなた』、8月、童話集『おはなしのまち』を出版。

昭和25年（1950）　　68歳
　4月、童話集『みどり色の時計』を出版。6月、『小川未明童話全集』全12巻の刊行が始まる。

昭和26年（1951）　　69歳
　4月、児童文学者協会主催で全集出版記念会が開かれる。5月、芸術院賞受賞。8月、『未明童話選集』、9月、『ひらかな童話集』、12月、童話集『あほう鳥のなく日』を出版。

昭和27年（1952）　　70歳
　1月、童話集『太陽と星の下』を出版。6月、『小川未明童話全集』完結。11月、杉並区高円寺1丁目464番地に転居。

昭和28年（1953）　　71歳
　8月、童話集『みどり色の時計』を出版。11月、文化功労者として表彰される。

昭和29年（1954）　　72歳
　6月、童話集『うずめられた鏡』を出版。同月、『小川未明作品集』全5巻（1〜4小説篇、5感想・小品篇）の刊行始まる。7月、『未明新童話集』、11月、童話集『二人のかるわざし』、12月、童話集『ふくろうをさがしに』を出版。

昭和31年（1956）　　74歳
　11月、郷里春日山神社境内に詩碑が立てられ、除幕式に出席。

Ⅱ 年譜

昭和 32 年（1957）　　75 歳
　4 月、未明文学賞が設けられる。

昭和 33 年（1958）　　76 歳
　11 月、新版『小川未明童話全集』（全 12 巻）を出版、34 年 4 月完結。

昭和 36 年（1961）　　79 歳
　5 月 6 日夜、脳出血で倒れ、11 日夜、高円寺の自宅で死去。小平霊園に葬られる。

Ⅲ 作品

1）小説・戯曲・詩・随筆・感想などの作品（全2,060点）を発表・出版年月順に掲載した。
2）記載事項は以下の通り。
　　文献番号（左端の斜体数字）
　　作品名（原則として初出または初収録時の作品名表記に拠る）
　　作品ジャンル
　　初出（掲載紙誌名／発表年月）
　　　＊初出不明の場合は初収録（書名／出版年月）
　　あらすじ・要旨
　　備考（注記）
　　収録図書（書名／出版社／出版年月／「Ⅳ 作品集・全集」の文献番号・目次番号）
　　　＊「Ⅳ 作品集・全集」の文献番号・目次番号は、1.生前に出版された作品集、2.没後に出版された全集を対象とした。(3.没後に出版された作品集・アンソロジーは対象外)
　　　＊童話集の序文などは「全童話」での文献番号・目次番号を示した。

明治37（1904）年

2001　漂浪児　［小説］
　　　〈初出〉「新小説」明治37年9月
　　　〈あらすじ〉私には一人の姉がいるが、一〇年前に茶を買いに行くと言って出たきり、会うことができない。月や星の話が好きだった姉は、星の世界へ行ったのか。姉は私に五智の寺の明かりを目指し、佐渡から泳いできた女の悲しい話をしてくれたことがある。私は姉の面影をいろんな女に重ね、姉との再会を憧れる。故郷を出立した私は、戸隠で姉と再会する夢を見る。
　　　〈備考〉『緑髪』「創作年月」に「37年5月」とある。
　　　〈収録〉『緑髪』隆文館　明40.12　Ⅳ302-6
　　　　　　　『定本小川未明小説全集 第1巻』講談社　昭54.4　Ⅳ365-11

2002　ふる郷　［小説］
　　　〈初出〉「読売新聞」明治37年9月25日
　　　〈あらすじ〉晩方の風がそよそよ吹いて、人なつかしい。私は漂浪の身だが、ありし昔の幼い頃を思い出した。しかし現実は違った。按摩の笛の音がする。また故郷の夜の景色が思い浮かんだ。常に故郷の空を眺め、母を思ってきた。ああ故郷。藁葺屋根のいただきにうかぶ白い雲。父が遠方に行っているとき、母に叱られたことがある。そのとき私は自分の本当の母は紅い雲の彼方にいるのではないかと思った。なつかしい故郷、母。家をでて数年、私ほどの不孝者が世にあろうか。
　　　〈備考〉『愁人』「創作年月」に「37年6月」とある。関連：「続ふる郷（改題後「帰思」）。
　　　〈収録〉『愁人』隆文館　明40.6　Ⅳ301-8

2003　続ふる郷〈『緑髪』以後は改題：「帰思」〉　［小説］
　　　〈初出〉「読売新聞」明治37年10月9, 16日
　　　〈あらすじ〉今日もまた夕暮れに故郷を思った。高田の城下の五智街道の景色。馬子の声。鉄道線路の踏切のそばの小屋。その辺の景色が最も私の記憶に残っている。源二という鉄道工夫のことは忘れられない。もう十余年の昔のことだ。母を幼くして亡くし、お婆さんに育てられたお美代っ子だが、そのお婆さんも去年に亡くなった。無慈悲な酒飲みの父と継母にいじめられていたお美代っ子を可愛がったのが、源二だった。南の国に家族を残して工夫かった源二も懐郷の念が強かった。源二は少女に慰藉を感じ、少女も源二を頼りにしていた。が、お美代っ子は病気で急逝する。お美代っ子はお婆さんのところへ行ったのだ。紅雲郷に憧れた源二は、お美代っ子の死後、漂泊の旅に出る。
　　　〈備考〉『緑髪』「創作年月」に「37年6月」とある。
　　　〈収録〉『緑髪』隆文館　明40.12　Ⅳ302-17

2004　浄土　［小説］
　　　〈初出〉「読売新聞」明治37年10月30日
　　　〈あらすじ〉紅い雲、永劫に夏の楽園、美しい神女のいる遠い四千余万里の彼方へハーン先生は行かれた。先生の旅は、朦朧とした夢心地ではないだろう。かつて慕い憧れた理想の都にいきなさるのだもの。むこうへ行くと、姫君は「太郎は何をしておられますか」とお問いになるだろう。すると先生は優しく微笑んで慰めておやりになるだろう。先生の顔は、どこか私の

Ⅲ 作品

死んだお婆さんに似ている。お婆さんは私を可愛がってくれた。いまごろは仏さまのおそばで、何かお話相手をなさっているに違いない。
〈備考〉『愁人』「創作年月」に「38年11月」とある。誤記か。
〈収録〉『愁人』隆文館　明40.6　Ⅳ301-10

明治38（1905）年

2005　**鬼子母神　[小説]**
〈初出〉「読売新聞」明治38年1月8, 22, 29日，2月5, 12, 19日，3月5, 19日
〈あらすじ〉雑司ヶ谷の鬼子母神は、慕わしい場所だ。私は子供のころから頭痛もちで、お婆さんに連れられて鬼子母神へお参りにいったことがある。二人の男女が歩いてきた。其の二人に私は見覚えがあった。女は前世に私が愛した人である。そこは越後ではない、葡萄畑のあるところだ。毎日、この女と葡萄畑を散歩した。しかしその女は遠い国へ行ってしまった。なにゆえ前世の女を私は忘れることができないのか。二人の男女が結んでいった捨てみくじを友が開いた。そこには大凶とあった。
〈備考〉『緑髪』「創作年月」に「37年10月」とある。
〈収録〉『緑髪』隆文館　明40.12　Ⅳ302-28

2006　**波の遠音　[小説]**
〈初出〉「あけぼの」明治38年2月
〈あらすじ〉遠くで畦道を伝って帰りくる馬子の歌が静かに聞える。涼台の上には二三の人影。五兵衛は涼台から離れて、尺八を吹いている。水のような笛の音が冴えわたる。松前追分の一節。夕顔棚の葉蔭で、小初が声を忍んで泣いている。五兵衛と小初は夫婦の契りを結んでいた。かの美しき故郷では、今もなお小初が五兵衛の帰りを待っているだろう。彼は日露戦争のために去年の夏、召集されたのである。
〈備考〉『緑髪』「創作年月」に「38年2月」とある。
〈収録〉『緑髪』隆文館　明40.12　Ⅳ302-31

2007　**霞に靆　[小説]**
〈初出〉「新小説」明治38年3月
〈あらすじ〉一〇余年前、私が一三歳のおり、姉妹のない私は学校から帰ったら、机の上に飾った土人形の天神様の前で遊ぼうと思った。慕わしい音楽の村里先生、嫌いな算術の高倉先生。算術ができずに居残りを命じられた私は、帰り道で薄藍色の空をみる。心は自然美に融解した。あてなき渇仰、形なき故郷。高倉先生が転出する。私は心の中の宝物を奪われた気持ちがした。高倉先生に、私は「お達者で」と言った。心の使命を果たした私は声を忍んで泣いた。高倉先生は霞、村里先生は靆。翌年、私は小学校を卒業した。
〈備考〉『緑髪』「創作年月」に「37年9月」とある。
〈収録〉『緑髪』隆文館　明40.12　Ⅳ302-4
　　　　『雪の線路を歩いて』岡村書店　大4.4　Ⅳ316-8
　　　　『小川未明選集 第1巻』未明選集刊行会　大14.11　Ⅳ331-7
　　　　『小川未明作品集 第1巻』大日本雄弁会講談社　昭29.6　Ⅳ350-1
　　　　『定本小川未明小説全集 第1巻』講談社　昭54.4　Ⅳ365-10

2008　**百家百種肉筆絵葉書　[ハガキ]**
〈初出〉「ハガキ文学」明治38年4月20日

III 作品

〈要旨〉（不明）

2009 赤蜻蛉 [小説]
　　〈初出〉「読売新聞」明治38年4月30日
　　〈あらすじ〉ふりしきる雪の日、私がまだ七八歳の頃、枯れ残った菊に死にかかった赤蜻蛉がとまっていた。お露さんが雪のなかを通りすぎた。その姿はいまも目に見えるよう。赤蜻蛉は、どこへ行ったやら。赤蜻蛉は別の土地では精霊蜻蛉というらしい。「お露さんの葬式がでる」と女達が話していた。別人のお露さんであるが、あのお露さんと別れてもう十年になる。
　　〈備考〉『愁人』『創作年月』に「38年3月」とある。
　　〈収録〉『愁人』隆文館　明40.6　IV301-9
　　　　　『未明感想小品集』創生堂　大15.4　IV335-31

2010 合歓の花 [小説]
　　〈初出〉「月刊スケッチ」明治38年5月10日
　　〈あらすじ〉青山峨々として渓に流れる水清き詩仙郷。春には桃が咲き、鶯がなく。夏には青葉隠れに杜鵑の声が聞かれる。合歓の花がさき、媼が糸をつむぐ小車の音がする。しかし、山から帰った若者に、嫁が母の急病を告げた。夏の入り日の余炎は美しかった。若者が医者を呼びに行っているうちに、媼の命は絶えた。医者が来たとて、合歓の花を眺めるより他にない。新夫婦の情愛が細やかになろうとも、もう小車の響きは聞えない。
　　〈備考〉『緑髪』『創作年月』に「36年6月」とある。
　　〈収録〉『緑髪』隆文館　明40.12　IV302-15

2011 狂人 [小説]
　　〈初出〉「新古文林」明治38年7月
　　〈あらすじ〉維新以来四十年、町は寂れに寂れた。昔は時めいた榊原十五万石の城下はすでに見る影もない。この町を訪れたのは今より五六年前のこと。読経の声がするので聞いてみると、今日、葬式があったのだという。かつて榊原の重臣であった三〇年来の狂人が死んだのだ。この狂人は一年中、高窓の内から凧をあげていた。あわれ糸に繋がれた凧の運命。狂人はその運命を握っていた。束の間の快楽に酔っている人がいるとすれば、それは狂人に愛されているに等しいことだ。
　　〈備考〉『緑髪』『創作年月』に「38年7月」とある。
　　〈収録〉『緑髪』隆文館　明40.12　IV302-24

2012 記憶 [小説]
　　〈初出〉「家庭新聞」明治38年10月
　　〈あらすじ〉妙高ケ岳の燕温泉の元湯に行くと、深山の春や夏や秋や冬が沈黙のうちに過ぎていくのが分かる。千年経っても、この景色は変わらないに違いない。永久不変の自然よ。翌年、再び温泉場が賑わう季節に元湯に出かけたが、去年に比べ、失恋を経験した自分は自然に較べ、人生の変りやすさを想って涙した。永久不変の自然よ。数年後、再び、元湯を訪ねたが、山崩れがあって元湯はなくなっていた。黙静の自然に恐るべき霊動する力があると思った。
　　〈備考〉『緑髪』『創作年月』に「38年10月」とある。
　　〈収録〉『緑髪』隆文館　明40.12　IV302-18

2013 水の流 [小説]
　　〈初出〉「ハガキ文学」明治38年10月1日
　　〈あらすじ〉冬に近い今宵、風さむい道を友と我が歩いていく。「寒い」「寒

いのう」「せっかくの詩集が手に入ったのだから、よかった」水道町の広い往来を二人は歩いた。二人は芋を分けあいながら雑司ヶ谷の下宿にいそいだ。寄席にはいると「白藤源太」をやっていた。性の悪い夫と一緒になった妻が、その家から出されると帰る家もないことから、夫を諌めることもできないうちに、村から追い出されるという話。情にもろい友は、その話をきいて泣いていた。これまで幾年、親しく交わってくれた友と、明日別れなければならない。互いに好きな詩集を交換しあった。

2014 **面影** [小説]
　〈初出〉「清心」明治38年10月10日
　〈あらすじ〉寂しい景色が目の前に浮かぶ。もう彼女のことは思い切っているのに。ハーン先生の墓に参る。一昨年の夏、はじめて先生に会った。異郷に漂泊する先生が永劫の楽園に憧れて逝ってしまわれた。輪郭の顕著な色を用い、悠々たる自然や黙静の神秘を物哀れに写された。私はギリシャの海を見ないが、日本海の春の海を見るたびに懐かしく思う。不思議なのは人生の行路。誰が自分の運命を知るものか。
　〈備考〉『愁人』「創作年月」に「38年9月」とある。
　〈収録〉『愁人』隆文館　明40.6　Ⅳ301-2
　　　　　『小川未明作品集 第5巻』大日本雄弁会講談社　昭30.1　Ⅳ360-2
　　　　　『定本小川未明小説全集 第1巻』講談社　昭54.4　Ⅳ365-2

2015 **蛇池** [小説]
　〈初出〉「月刊スケッチ」明治38年11月
　〈あらすじ〉村を西に八里行ったところに水の青々と物凄く見える蛇池というのがある。かつてお花が投身したところだ。子供たちは蛇池に行き、お花さんが死んだときのことを話していた。子供たちはみんなお花さんが好きだった。しかしどうしてお花さんが自殺したのか理由はわからなかった。——それはもう昔の話である。だが幾年異郷の空に漂浪の身となっていても、故郷の景色を忘れることはない。
　〈備考〉『緑髪』「創作年月」に「38年6月」とある。
　〈収録〉『緑髪』隆文館　明40.12　Ⅳ302-27

2016 **初恋** [小説]
　〈初出〉「読売新聞」明治38年11月12日, 12月17, 24, 39年1月7, 14日
　〈あらすじ〉杉の沢村のおさよは、今日も赤い襷をかけて、野良で草を刈った。一人の若い絵師が写生に来ていた。おさよはこの青年に恋をしたのである。世の中に少女の初恋より、切なるものはあるまい。やがておさよは高田城下の商家の養女となった。祇園祭りの日に、だがおさよは急逝する。人生は何処より来て、何処に行くのだろう。さびしくも、さまよう雲のごとく、みな行く川の流れのように流れていく。下界において恋を得なかったおさよは、今は天使のいる浄土へ旅立つのである。ただ聞えるのは、水の声の、杭にせかれて流れる音ばかり。
　〈備考〉『緑髪』「創作年月」に「38年8月」とある。
　〈収録〉『緑髪』隆文館　明40.12　Ⅳ302-23

2017 **紅雲郷** [小説]
　〈初出〉「早稲田学報」明治38年11月〜39年1月
　〈あらすじ〉夢は神秘である。昨夜の夢はなんたる奇夢であったか。大海原を希望とともに航海するかと思えば、死の境に自分を運んでいると萎縮させた。氷山に小舟は衝突した。わが前途は、このように失敗に帰するのだ

ろうか。源吾は、まだ見ぬ故郷に憧れた。二〇年程、某国の商船が難破し、生き残ったのが源吾だった。源吾の父は子供を救助にかけつけてくれた島民の源五郎たちに託すと息絶えた。源五郎はその子を育てることにし、名前を源吾と名づけた。源五郎には妻と娘がいた。娘と源吾は互いに思い合い、この秋に結婚するはずであった。しかし源吾の故郷をおもう気持は抑えがたく、紅雲郷に故郷があると信じ、娘に別れを告げて航海にでる。
〈備考〉『緑髪』「創作年月」に「37年4月」とある。
〈収録〉『緑髪』隆文館　明40.12　Ⅳ302-16
　　　　『定本小川未明小説全集 第1巻』講談社　昭54.4　Ⅳ365-12

2018　荒磯辺　[小説]
〈初出〉「太陽」明治38年12月1日
〈あらすじ〉自分は寂しい海辺の旅籠屋へ引き返した。鞄から静代の写真をとりだし熱烈な接吻をした。ああ、許してくれ！おれはどうしてこう我執が強いのだろう。自分の心を自分で抑えられないのだろう。一時の情のために、お前を泣かせ、両親をも泣かせた。彼女は頼りもない十八のやさしい少女である。その少女を裏切り、別の女を恋してしまった。佐美子！彼女は人の妻である。荒磯辺をさまよい、波の音を聞きつつ想うのは佐美子の方である。宿に帰った自分は静代と佐美子に手紙を書いた。佐美子には簡単なたよりを。静代には明日すぐきてほしいと。扁額に「蒼海孤舟」とある。漂浪の身の哀れさが想われた。自分を助けてくれるのは静代のみ。悪天候のなか静代はやってくる。
〈備考〉『愁人』「創作年月」に「38年8月」とある。
〈収録〉『愁人』隆文館　明40.6　Ⅳ301-21

2019　夕焼空　[小説]
〈初出〉「北鳴新聞」明治38年（月日不明）
〈あらすじ〉見るからに哀れな賤の子供ら二人、男の子と女の子が睦まじげに貝を拾っている。海の女神よ、この二人を汝の腹中に葬ってくれ。このいじらしいさまを僕はもう長く見ているに堪えない。海の夕景色を見ながら、夕焼けの色に胸の血潮が躍り、楽園の夢に憧れる。波風あらき此の世の漂浪児であるわが身は、夕日の彼方を思いやる。老漁夫の舟にのり、西へ西へと向かう。姫君の歌う声が聞えてきた。あわれ、あわれ、自然の美を歌わんかな、人生の須臾なるを嘆くことなかれ。エデンの園に忘れし我が愛児よ、波は荒くとも、雲は高くとも、希望の星は輝けり。故郷に帰る道を忘れたか。我は海に生きるべき人間である。
〈備考〉『緑髪』「創作年月」に「38年8月」、「北鳴新聞」とある。
〈収録〉『緑髪』隆文館　明40.12　Ⅳ302-22

明治39（1906）年

2020　『新曲かぐや姫』を読んで所感を記す　[感想]
〈初出〉「早稲田学報」明治39年1月
〈要旨〉『新曲浦島』を読んだときは、煩悶と懊悩に身を処するところなく、理想の恋に憧れ、光明の天国を望み、美的生活の夢をむさぼった一青年の半生を見た思いがした。その後、半生の非を悟ってもすでに遅く、故郷に帰ってみると、昔の面影を尋ねるよしもない。『新曲かぐや姫』は、『浦島』の狂熱がないかわりに、真摯と温雅が人の心を動かす点では前者に優っている。幽玄にして、閑寂な趣味がある。神秘主義の作物とも、最近文壇に

呼び声高いシンボリズムの作物ともいえる。

2021　乞食　［小説］
　　　〈初出〉「早稲田文学」明治39年1月
　　　〈あらすじ〉寺の境内に木犀花の香りが満ちている。秋の日光を浴びて、親子の三人の乞食が無心に笑っているのを自分は見た。我を忘れて睦まじく笑うことができる乞食を羨ましく思った。子供のときのように今一度無心に笑ってみたい。しかし乞食の親子は自分の姿をみると、哀れな声をだして物乞いをはじめた。自分はそうした奴隷的な根性が気に入らなかった。人生は笑うよりも、泣く方がたやすいようだ。
　　　〈備考〉『愁人』「創作年月」に「38年10月」とある。
　　　〈収録〉『愁人』隆文館　明40.6　Ⅳ301-4
　　　　　　『未明感想小品集』創生堂　大15.4　Ⅳ335-30
　　　　　　『小川未明作品集 第1巻』大日本雄弁会講談社　昭29.6　Ⅳ350-2
　　　　　　『定本小川未明小説全集 第1巻』講談社　昭54.4　Ⅳ365-3

2022　憧がれ　［小説］
　　　〈初出〉「新潮」明治39年1月
　　　〈あらすじ〉小さい花弁が春風にあおられて舞うように、胡蝶が秋の野原を飛んでいく。疲れた胡蝶が笛の音色にひかれて舞い降りようとしたが猫がいたので、再びあてなく飛んでいった。漂浪人である虚無僧は、これから何処へ行くのだろうと自分は思った。胡蝶の行方と笛の音。かつて物思いに沈んだ幼馴染の恋人がうたっていた鄙唄を私もうたった。再び、会うこともできなかろう恋人。笛の音がかすかに響いて聞えるというのに。
　　　〈備考〉『緑髪』「創作年月」に「38年10月」とある。
　　　〈収録〉『緑髪』隆文館　明40.12　Ⅳ302-9

2023　世界の滅亡（ツルゲーネフ作、未明訳）　［翻訳］
　　　〈初出〉「東京日日新聞」明治39年1月8日
　　　〈要旨〉（略）

2024　片々録　［感想］
　　　〈初出〉「早稲田学報」明治39年2月
　　　〈要旨〉「早稲田文学」第一号の島村抱月「囚はれたる文芸」を読んだ。今や堕落に傾きつつある文芸は、新しい、ひろびろとした感情の大海原に出る必要がある。鏡花の「海異記」は怪物の内容がプアだが、筆がよく働いている。逍遙の「百合若伝説の本源」はオデッセーの翻案である。春葉の「文の使」は捨てがたい小説だが、終りの方が不自然だ。児玉花外「行く雲」は、偽りの多い詩人のなかで、涙に富んでいる。

2025　青春過ぎんとす　［感想］
　　　〈初出〉「早稲田学報」明治39年2月
　　　〈要旨〉血潮の燃える青春の時代に交際も許されず、本能の天真爛漫な美情も漏らすことができずに、道徳や学問にしばられ、何をするつもりなのか。一度は恋の美酒に酔って人生の意義に想到することもあろうときに、哲学や科学が頭に入るのか。博士の称号を得て何になる。現代の教育は人間の本能を抑圧する。人間を人間らしく、発達させるべきだ。自然に帰れ。汝らの青春は過ぎようとしている。過ぎてしまえば、かえってこないのだ。

2026　似而非批評家　［感想］
　　　〈初出〉「早稲田学報」明治39年2月

III 作品

〈要旨〉口では「天才出でよ、何故に天才は出でざるか」と叫びながら、天才が出ても、これを頭から冷笑し、凡才扱いしなければ気がすまない。彼等は自国の文壇に天才の出るのを妬んでいるらしい。そのような批評の生命が長かろうはずがない。真の天才は、そんな罵倒に辟易しはしない。そんな意気地のない者ではない。天才は雄々しき者である。

2027 **盲目** ［小説］
〈初出〉「早稲田学報」明治39年2月
〈あらすじ〉船を住みかとする哀れな人々。ここにも辛い人生の苦闘がある。昼間、都のにぎわいは聞えてくるが、夜になると自然の姿が漂浪の人生の前に姿を現す。盲目の老婆がつむぐ糸車の音が聞える。沈み、愁えを深くさせる糸車の音。老婆は妻を失った倅と二人で暮らしている。倅は酒を飲んで憂悶をはらす日々。どうして神は貧しき者を作ったのか。どうして輝く星を作ったのか。壮大な自然を思うと、人間のはかなさが思われる。下界の憂悶。天上の星火は、それを知らぬか今宵も輝く。
〈備考〉『緑髪』「創作年月」に「38年11月」とある。
〈収録〉『緑髪』隆文館　明40.12　Ⅳ302-19

2028 **廃塔** ［小説］
〈初出〉「ハガキ文学」明治39年2月1日
〈あらすじ〉廃塔が暮色蒼然としたさまで沈黙している。血と涙で造られたこの塔の来歴を、星移り、物変った今、誰に聞けばよいのだろう。塔を造った天才の偉業も、朽ち果てようとしている。永劫に比べると、天才の事業も風前の灯と同じである。自然の前に不滅の栄光などありはしない。悠久の自然に比べれば、一瞬に過ぎない人生の憂悶は憫むべきことだ。人間は自然力の偉大なことを忘れて、物質文明の利福に心酔している。自然を制することができると信じている。「土とともに崩るゝ畦の霜柱　子規」「古沼の塵も落葉も氷かな　鳴雪」

2029 **牧羊者** ［小説］
〈初出〉「東京日日新聞」明治39年2月19日
〈あらすじ〉やがて若々しい血潮の温もりも消えて、夢のような、夢見るような美しい時代も去っていく。名残り惜しくて、毎晩、広野をさまようた。広野で自分は唄をうたった。「迷うている牧羊者、帰る小道は忘れても、恋しい人は忘れられない」自分の胸は空想のために痛んだ。昔、恋人とともに世の中の無情を怨んで泣いたことがある。十年も昔のこと。目の前に女が現われた。「あなたと一緒に死ぬなら、ちっとも悲しいことはないわ」女はそう言った。それは夢か現か。想いの霧が消え、恋の血潮が消えたとき、小羊も牧羊者も死んでしまうことだろう。
〈備考〉『愁人』「創作年月」に「38年12月」とある。
〈収録〉『愁人』隆文館　明40.6　Ⅳ301-22

2030 **坐ろにハーン氏を憶ふ** ［感想］
〈初出〉「早稲田学報」明治39年3月
〈要旨〉リューカディアで一八五〇年に生まれたハーン氏は、春光長しえにみなぎる島で、入日紅に燃える夏の夕べに磯に立って海洋の彼方に憧れた。一家はその後、父の生れ故郷アイルランドへ移ったが、そこで父は母と離婚し、母は希臘へ戻った。父が亡くなり、氏は弟とともに伯母に育てられた。ウエールズの神学校に留まることができず、アメリカへ渡る。近代詩人中、まれにみる漂浪の歴史をもった。ニューオリンズで新聞記者をし、西イン

ドのマルテニーク島の自然に感動した。氏の傾向は、米国南派の詩人脈を帯びている。一八九〇年、氏は日本へやってきた。氏の性情はむしろ厭世的であった。日本の風物に別様の色彩を加えようとしたところで逝かれてしまった。

2031 **人生** ［小説］
〈初出〉「早稲田文学」明治39年3月
〈あらすじ〉秋の光は長閑だけれど、やがて冬がくる。雑木林の下で二人の男が縄をつくる機械を回している。彼等の単調な生活にも波瀾は訪れるのだろうか。毎日このように暮らしていけたらいいのに。男が歌いはじめた。北国にいたときに聴いた鄙唄だ。無為に住する者も新たな慰安を求めて空想をえがくのだろう。林の中で木を挽く音がする。水車の音がする。子供のときにうたった唄を思い出した。村はずれで一人の旅僧に会った。
〈備考〉『愁人』「創作年月」に「38年12月」とある。
〈収録〉『愁人』隆文館　明40.6　Ⅳ301-1
　　　　『雪の線路を歩いて』岡村書店　大4.4　Ⅳ316-1
　　　　『小川未明選集 第1巻』未明選集刊行会　大14.11　Ⅳ331-1
　　　　『小川未明作品集 第1巻』大日本雄弁会講談社　昭29.6　Ⅳ350-4
　　　　『定本小川未明小説全集 第1巻』講談社　昭54.4　Ⅳ365-1

2032 **稚子ケ淵** ［小説］
〈初出〉「早稲田学報」明治39年3月
〈あらすじ〉二郎は人里離れたところで柴を刈っていた。休もうと思って林を出ると、池があった。合歓の木陰で休みながら、亡くなった姉のことを考えていると、美妙な音楽が響いてきて、眠ってしまう。夜中に目覚めた二郎が泣いていると、姉が現われて道案内をしれくれた。二人は明日の再会を約して別れるが、二郎の父母がそれは魔物だと教えたので、翌日に池へ向かうことはなかった。すると顔色が青ざめ、髪の毛の乱れた女が現われ、二郎を無理に押し立て連れていった。父母は二郎を探したが、見つからなかった。池に二郎の菅笠が浮かんでいた。村人は合歓の木の下に祠をたて、池の名を稚子ケ淵と名づけた。
〈備考〉『愁人』「創作年月」に「39年1月」とある。
〈収録〉『愁人』隆文館　明40.6　Ⅳ301-11

2033 **兄弟** ［小説］
〈初出〉「新小説」明治39年3月
〈あらすじ〉四十恰好の女の乞食が犬に噛みつかれていた。自分は咽喉をしめつけらる思いがした。足が震えた。噛みついたのは白犬だ。村外れに住む男が白犬を殺すために、巡査に雇われてやってきた。自分は、白犬が狂犬になったのは、自分の子犬を人間に殺されたからだと知っていたので、白犬をかくまうが、兄が白犬を巡査のもとへ連れていった。当時兄は中学三年生で自分は一年生であった。自分は、兄の飼っている目白を鳥かごから逃がし、兄と喧嘩をした。もう六七年前のことになる。今年兄は海軍兵学校を卒業し、青年士官になる。だが兄を今でも愛することはできない。
〈備考〉『緑髪』「創作年月」に「38年11月」とある。
〈収録〉『緑髪』隆文館　明40.12　Ⅳ302-2
　　　　『雪の線路を歩いて』岡村書店　大4.4　Ⅳ316-7
　　　　『小川未明選集 第1巻』未明選集刊行会　大14.11　Ⅳ331-3
　　　　『小川未明作品集 第1巻』大日本雄弁会講談社　昭29.6　Ⅳ350-3

Ⅲ 作品

2034 **夕日影　[小説]**
〈初出〉「白鳩」明治39年3月
〈あらすじ〉「わが最愛のさち子」と深く刻まれた石碑も、流れる月日の波に洗われていくことだろう。堪え得ぬ暗愁。見渡せば大海原、寂寞たる小島の景色は物哀れである。なんでこんな寂しい小島に来たのだろう。昔、巫女が、妻の故郷は人の住むところではないから早く離れよと言った。しかし妻は故郷の夢をみて、故郷を慕うようになった。小島を去った妻は、何をしているのだろう。私は恐ろしい夢をみた。妻が故郷で別の男の妻になっている夢。
〈備考〉『緑髪』「創作年月」に「38年9月」とある。
〈収録〉『緑髪』隆文館　明40.12　Ⅳ302-8

2035 **意義ある生活　[小説]**
〈初出〉「ハガキ文学」明治39年3月15日
〈あらすじ〉我が友は非凡の天才を有していたが、突然筆を断って、海外労働者となった。しばらくぶりで彼から消息があった。彼の地で広い田園を有し、巨万の富を有しているとある。その手紙を読み、自分の意気地なさを思った。逆境の中で、貧困と苦痛に捉われている。彼に借金をし、事業にとりかかろうと思い、手紙を出したが、返信には次のように書かれていた。意義ある生活をなせと。人間に情があるから弱くなる。情がなければ、自分の意思を貫くことができる。君も米国へ来ないかとあった。自分はあまりに情がなさすぎると思った。彼こそ孤独の人である。美神の前にひざまずくことのできない人間である。

2036 **沈黙　[小説]**
〈初出〉「東京日日新聞」明治39年3月19日
〈あらすじ〉白鳩のような温毛のような雪は、面白そうに浮かれて、どんなところの上にも止まる。万有のすべては、北西の寒い風を嫌うが、雪ばかりは喜んで親しむ。雪の降る晩、一人の乞食が、ある家の前で歌を歌った。富子は結婚してまもないが、夫が哲学の研究のためにドイツへ三年留学にいくことになった。今夜は雪が降るのに、まだ横浜から帰ってこない。
〈備考〉『緑髪』「創作年月」に「39年2月」とある。
〈収録〉『緑髪』隆文館　明40.12　Ⅳ302-14

2037 **思想家としてのハーン氏　[感想]**
〈初出〉「早稲田学報」明治39年4月
〈要旨〉最近の詩人には旧時の詩人と異なる特質がある。それは思想家たる一面である。ハーン氏も同様である。氏の思想は、「進化論」に負うところが多い。人生の幽美玄遠を解釈するに、明快な科学的推論をもちいる。神秘思想を養成するのに、ギリシャのプラトニズム、東の仏教に影響を受けた。人智がいかに発達しても、宇宙人生の真相は分からない。スペンサーの「不可知論」は氏の意に叶うものであった。

2038 **叔母の家　[小説]**
〈初出〉「むさしの」明治39年4月
〈あらすじ〉永劫に寂しい風がそよそよと吹く。少女には母がいない。面影はあるが、もはや話しかけることもできない。母の死後、自分を育ててくれた叔母を慕わしくも懐かしくも思うばかりである。三年前、叔母一家の事情で、少女は三百里離れた親戚に預けられた。八歳のときに見た自然は美しかった。叔母を懐かしく思い出す。叔母に連れられて故郷に帰り、母

と再会する夢をみる。
〈備考〉『愁人』「創作年月」に「39年2月」とある。
〈収録〉『愁人』隆文館　明40.6　IV301-18

2039　**漂浪者の群**　[小説]
〈初出〉「早稲田学報」明治39年4月
〈あらすじ〉思いだせば楽しかったわが故郷。それが去年、大雨となり、飢饉となった。八ケ村の用水の堤防が切れたのだ。それからというもの、うるわしかった故郷は荒れ果てた。人は石油井へ働きに行き、旅稼ぎに出かけていった。荒々しい自然ともろい人生。人は限りある力で限りある賃金を得ようと働く。わが身も、今は佐渡の鉱山で働く身。漂浪者の群に加わっている。文明を呪いながら、文明の利器をつくる原料を掘り出す矛盾に気づかない人々の群。しかしここには言うに言われない居心地のよさもある。ああ、恋しいわが故郷。
〈備考〉『緑髪』「創作年月」に「39年3月」とある。
〈収録〉『緑髪』隆文館　明40.12　IV302-30

2040　**老宣教師**　[小説]
〈初出〉「太陽」明治39年4月1日
〈あらすじ〉中学へ入学し、町の親戚に寄寓するようになってから、教会堂へ出入りするようになった。アイルランドからきた老宣教師を慕わしく思い、洗礼を受けようと思ったこともある。老宣教師はやがて故郷へ帰って行った。春の青い空をみるとアイルランドが懐かしい。自分も都に出てずいぶんになる。英語学者になる夢もなくし、行商人に落ちぶれてしまった。自分は一生夢見心地で死んでしまうのか。一昨夜、あの町が大火にあった。教会堂だけは災難を免れたという。
〈備考〉『愁人』「創作年月」に「39年1月」とある。
〈収録〉『愁人』隆文館　明40.6　IV301-30
　　　　『雪の線路を歩いて』岡村書店　大4.4　IV316-6
　　　　『定本小川未明小説全集 第1巻』講談社　昭54.4　IV365-7

2041　**夏は来れり**　[感想]
〈初出〉「白百合」明治39年5月
〈要旨〉また今日も雨催い。雨の降る日は泥海の東京を呪う。風の吹く日は塵都の東京を呪う。癇癪がおこる。早く地震でもあって、海底に沈んでしまえばよい。どこかに梅雨のない国はないものか。大雨がふって、雷がなり、清新の気が満ちた。夏が来たのだ。海を越え、山を越え、夏が来たのだ。

2042　**雲の姿**　[小説]
〈初出〉「中央公論」明治39年5月
〈あらすじ〉自分は目を遮るもののない広々とした武蔵野の景色を眺め、永劫の寂しみを感じた。昔ながらの自然の姿と人の身の上を思い比べると、堪えられない寂しさが身に迫ってきた。人生は孤独である。雲のように、空のように。戸山の練兵場から一隊の兵士が広野を横切り、遠ざかっていった。あれから月日が経った。いまでは二人の子供がいる。もはや白雲や緑色の空を見ても何の思いもおこらなくなった。
〈備考〉『愁人』「創作年月」に「39年4月」とある。
〈収録〉『愁人』隆文館　明40.6　IV301-15
　　　　『雪の線路を歩いて』岡村書店　大4.4　IV316-4
　　　　『定本小川未明小説全集 第1巻』講談社　昭54.4　IV365-5

III 作品

2043 **旅の女** ［小説］
〈初出〉「新小説」明治39年5月
〈あらすじ〉五六年前、自分は佐渡の相川にいる叔母を訪れた。春なお寒い頃、弥彦神社から出雲崎へ出て船を待っていると、佐渡からの汽船が入ってきた。荒波にもまれた客は、蠟人形のように首垂れていた。佐渡行の船は時化で出ない。船に乗ってきた女は、昔の友を頼って出稼ぎに来たらしい。運命を知らず、運命の波に漂わされている。翌日、船は出た。自分の命は船にある。船もやがて波と戦うことができなくなろう。港についた自分は阿新の昔話を思い出した。遠くに火事が見える。孤島の春の夜はまたとなく物哀れであった。
〈備考〉『緑髪』「創作年月」に「39年3月」とある。
〈収録〉『緑髪』隆文館　明40.12　IV 302-29
『小川未明作品集 第5巻』大日本雄弁会講談社　昭30.1　IV 360-5
『定本小川未明小説全集 第1巻』講談社　昭54.4　IV 365-13

2044 **『破戒』を評す** ［感想］
〈初出〉「早稲田文学」明治39年5月
〈要旨〉真面目な意義ある小説である。これほど内面的な煩悶を言い表したものは稀であろう。主人公の煩悶は意志と感情の衝突ばかりではない。何を自分は怖れているのか、それを哲学的に解釈しようと試みた。しかし自分は丑松に同感はできても同情はできなかった。理智的で意志的で、怜悧すぎた。弱い人でなく、強い人であった。せめて最後が悲壮であればよかったが、彼は幸運の寵児であった。彼の苦悶は告白するまでの苦悶であった。これくらいの煩悶なら、現代の青年にもある。

2045 **思想家としてのハーン氏（再び）** ［感想］
〈初出〉「早稲田学報」明治39年5月～7月
〈要旨〉ハーンの描き出す自然の風物は極めて優美にして、すこぶる健全なものである。自然を愛するにとどまらず、深奥なる人情の底よりあふれ出る空想の所産に係るものである。ハーンは教養ある思想家でもあった。スペンサーの学説に傾聴し、進化論を借り来たって、人生の真意義を説こうとした。スペンサーは真に芸術の何たるかを理解しなかったが、ハーンは神秘主義に立脚して自然と人生とを観じようとした。ハーンは生まれながらの厭世的詩人であった。終生憧憬の詩人であった。

2046 **片々録** ［感想］
〈初出〉「早稲田学報」明治39年6月
〈要旨〉中島孤島の「新気運」は、藤村の「破戒」に似ている。「破戒」は客観的で自然派の作である。「新気運」は主観的で空想的な分子が多い。社会問題や人生問題をほのめかしているのは喜ばしい。濁気のない高雅なところがあるが、あまりに抽象的過ぎて、血あり肉あるものとは感じられない。西村酔夢訳の「神秘論」はメーテルリンクの作品集である。その中にある「アルガバインエンド、シエレスティ」を英語で読んだことがある。廃塔に上っていく婦人。「沈黙」は寂しい大きな寺の座敷にたった独りで年増の尼が西に向かって座っているような感じである。

2047 **煎餅売** ［小説］
〈初出〉（不明）
〈あらすじ〉母は町へ売りにいく里芋を洗っていた。子供を見向きもしない。煎餅売の老婆がやってきた。母は断ったが、子供は老婆の神経質な目にう

III 作品

ながされ、煎餅をねだった。母は怒って金を子供に渡し、三枚の煎餅を買わせた。子供が一枚を母に渡そうとすると、母は「親不孝めが」と言った。子供の顔色はみるみる曇り、外へ出ていった。一枚を食べ、二枚をどぶへ捨てた。母は芋を洗いながら泣いていた。昨晩、酒に酔った父と母が喧嘩をしていた。見るもいたましいヒステリー症の女に、こんな憂鬱な子ができた。これは予が子供の時分の経験であると、詩人風の友が語ってくれた。
〈備考〉『愁人』「創作年月」に「39年6月」とある。
〈収録〉『愁人』隆文館　明40.6　Ⅳ301-6
　　　　『雪の線路を歩いて』岡村書店　大4.4　Ⅳ316-2
　　　　『小川未明選集 第1巻』未明選集刊行会　大14.11　Ⅳ331-5
　　　　『小川未明作品集 第1巻』大日本雄弁会講談社　昭29.6　Ⅳ350-5

2048　**出稼人**　[小説]
〈初出〉「趣味」明治39年6月
〈あらすじ〉貧困の愁いが見える三十五六の男が夕暮の菓子屋に置かれた舶来の瓶を見ながら、南方へ行った友のことや雲や山、草や木を想っていた。路傍には露店が並んでいる。小男が笛を買おうとしていたが、吹く笛の音が男の神経を痛ましめた。男が代わりにその笛を吹くと、妙音がなった。小男がその笛を買おうとすると、主人は高値をつけた。小男と主人のやりとりに嫌気がさした若者は、自分の金を小男に投げ出し、去っていく。
〈備考〉『愁人』「創作年月」に「39年3月」とある。
〈収録〉『愁人』隆文館　明40.6　Ⅳ301-20

2049　**黄金仏**　[小説]
〈初出〉「太陽」明治39年6月〜7月
〈あらすじ〉昔は城下であった小さな町。町の西南に赤茶けた禿山がある。金魚売りの声。近頃、この前に憲兵の屯所が設けられた。高等理髪店も誕生した。憲兵が古道具屋で仏像を買った。寺の大門はひっそりとしていた。子供達がカラクリ屋台を見ている。憲兵は子供らに、名高い観音様がある寺はどこかと尋ねた。この裏だと子供の一人が言った。夕方、観音寺の和尚が、古道具屋の観音を買いにいくが、憲兵が買ったあとであった。和尚は憲兵の住む下宿を訪ねる。足の悪い寡婦がいた。和尚は文化の大火で寺が焼けてから本尊がないので、その仏像を売ってほしいと言った。しかし憲兵は、日清戦争の際、母が観音に毎日祈ってくれたので自分の命は助かったので、今度は母のために観音を傍においておきたいと言った。やがて日露戦争がおこり、憲兵は出征した。そのとき憲兵は、仏像を観音寺の和尚に譲った。

2050　**偶感**　[感想]
〈初出〉「早稲田学報」明治39年7月
〈要旨〉ロマンチストの故郷はどこか。シェレーもバイロンも、昔のロマンチストは、一代の青春の暮れていくのを悲しんだ。故郷は、古来ロマンチストたちがよろこんでうたった場所だ。そこには美しい自然だけでなく、熱度の高い血潮が流れている。「郷土芸術」「田園文学」は、この真情を発露したものである。愛すべき憐れむべき漂浪者。彼等は意義ある美的生活を求めている。それに比べたら、ある種の詩人などは臆病といっていい。

2051　**暗愁**　[小説]
〈初出〉「ハガキ文学」明治39年7月
〈あらすじ〉夫が縞の風呂敷包みを背負い脚絆をはいて出かけようとすると、

31

Ⅲ 作品

　　　　妻は涙を流して止めた。夫も愁いの糸にひかれて立ち止まったが、「じゃ
　　　　というと、商売せにゃならんもん」と言い、二人はさめざめと泣いた。妻
　　　　は機を織って待った。ふしぎと糸がぷつりぷつりと切れる。椿の花がほろ
　　　　ほろと散る。総身がふるえる恐ろしさと暗愁。昨日も今日も何の便りもな
　　　　い。暗い雨雲。風もないのに花がほろほろと散る。
　　　〈備考〉『愁人』「創作年月」に「39年5月」とある。
　　　〈収録〉『愁人』隆文館　明40.6　Ⅳ301-7
　　　　　　　『雪の線路を歩いて』岡村書店　大4.4　Ⅳ316-3
　　　　　　　『小川未明選集 第1巻』未明選集刊行会　大14.11　Ⅳ331-6

2052　暗愁　[詩]
　　　〈初出〉「ハガキ文学」明治39年7月
　　　〈要旨〉雨が降りさうで、まだ直には降りさうもない。鬱陶しい空！うら寂し
　　　　い風！愁えへに満ちた子供の心は、もはや何も食べたくない。(以下略)
　　　〈収録〉『詩集 あの山越えて』尚栄堂　大3.1　Ⅳ311-18

2053　旅楽師　[小説]
　　　〈初出〉「読売新聞」明治39年7月1日
　　　〈あらすじ〉旅楽師は古風な羅紗の縁広の帽子をかぶり、手にバイオリンと
　　　　銀笛をもっていた。顔は、日に焼けていた。蛙の鳴き声をきけば故郷の夏
　　　　の夕暮を思い出し、撫子をみれば幼子の昔を懐かしがった。お花さんやお
　　　　繁の姿が目に浮かんでくる。村人はさげすみの目で旅楽師を見た。しかし
　　　　旅楽師が楽を奏しはじめると、みな楽の音に聞き入った。山は愁え、林は
　　　　愁え、人は愁え、天地は長えに愁えて、寂寞の境に眠った。
　　　〈備考〉『愁人』「創作年月」に「39年6月」とある。
　　　〈収録〉『愁人』隆文館　明40.6　Ⅳ301-26

2054　夜嵐〈『緑髪』以後は改題：「地蔵堂」〉　[小説]
　　　〈初出〉「東京日日新聞」明治39年7月9日
　　　〈あらすじ〉どこからか旅楽師がこの村に入り込んだ。村外れの橋の袂の地
　　　　蔵堂に一夜を借りた。そこをねぐらにしている乞食が帰ってきた。乞食は、
　　　　残忍な思いで近づいていった。しかし旅楽師が、我を忘れて笛をふき、優
　　　　しい恋人の面影を浮かべて話をしているのを聞いて、乞食は心を奪われた。
　　　　恋の悲惨な末路を思いえがいた旅楽師は、夢心地で乞食に襲いかかる。旅
　　　　楽師は同じ浪人を追い払ったことに後悔と憐れみの思いを抱く。彼は持っ
　　　　ていた銀笛を河に投げ捨てた。
　　　〈備考〉『緑髪』「創作年月」に「39年8月」とある。
　　　〈収録〉『緑髪』隆文館　明40.12　Ⅳ302-25

2055　財嚢記　[小説]
　　　〈初出〉「読売新聞」明治39年7月15日
　　　〈あらすじ〉百幾つかの老婆が縫った巾着を、母が自分のために手に入れて
　　　　くれた。古来、八十以上の老婆が縫ったものを身につけると長生きすると
　　　　いう。自分はその老婆を直接は知らないが、いろんなことがあったろう。
　　　　人生命あり。老婆も自分が東京へ行った翌年には亡くなった。東京で五年、
　　　　その巾着を田舎じみたものと想いながらも、大切に使ってきた。しかし空
　　　　想に耽って歩いているうちに、どこかで落としてしまった。
　　　〈備考〉『愁人』「創作年月」に「39年7月」とある。
　　　〈収録〉『愁人』隆文館　明40.6　Ⅳ301-24
　　　　　　　『小川未明作品集 第1巻』大日本雄弁会講談社　昭29.6　Ⅳ350-7

Ⅲ　作品

2056　蝶の屍　[小説]
　　　〈初出〉「読売新聞」明治39年7月29日
　　　〈あらすじ〉病床から起き上がって外を見ると、白い蝶が蜘蛛の巣にかかってもがいていた。隣の家の令嬢とその友達が面白そうに見ている。自分は、胡蝶を助けたら、美しい姫様が訪ねてきてくれるように思った。そのとき青年画家が訪ねてきた。ハーンの西印度諸島の旅行記を思い出しているうちに、胡蝶のことを忘れた。思い出して外をみると、胡蝶は死んでいた。翌日、美しい絵紙を切り裂いて、隣家の窓に振りまいた。死んでいた蝶が一瞬よみがえった。明くる日は雨だった。胡蝶の屍が蜘蛛の巣にかかっていた。
　　　〈備考〉『愁人』「創作年月」に「39年7月」とある。
　　　〈収録〉『愁人』隆文館　明40.6　Ⅳ301-25
　　　　　　『未明感想小品集』創生堂　大15.4　Ⅳ335-32

2057　ハーン氏と米の短篇名家　[感想]
　　　〈初出〉「早稲田学報」明治39年8月
　　　〈要旨〉ハーンと似たアメリカの作家では、アーヴィングやホーソン、ポーの名を挙げることができる。ハーンの作は、春日長閑なるとき、のたりのたりと打ち寄せる白波の海辺に立って、はるか沖の方を望むような哀れを催すうちに、一味の慰藉を感じさせる。慕わしさ、懐かしさ、哀しさ、優しさ、穏やかさ、そうした情趣がある。永遠のさびしみを感得させる。優雅な思想の発露は、自ずから詞句の諸調を保ち、渾然として散文詩の体をなす。刻苦と推敲により、近代散文界の稀な佳品となった。

2058　銷夏随筆　[感想]
　　　〈初出〉「早稲田学報」明治39年8月
　　　〈要旨〉夏の夕暮れ、日本海に落ちる夕陽をみて、胸の血潮を躍らせたことがある。はてしない先に光明の「曉」の国があると思った。山にきて、湖面にうつる山蔭をみていると、水のなかに寂しそうな一筋の道が行く手に開けた。高嶺を急いでくだっているとき、滝にでた。私は手をあわせた。自然のすべてを神あるものと考えた。白衣の山伏が現われ、岩を這い降りる私を助けた。都にいて自然の崇拝を知らない人間を、私は面憎くおもった。

2059　空想家　[小説]
　　　〈初出〉「早稲田文学」明治39年8月
　　　〈あらすじ〉電車の音で目がまわる。自殺したい思いを抑えて電車から離れた。五百年、千年後には物質文明のために、人は神経が疲れて、人生の夕暮を迎えているだろう。幼いときに数学を習った西野という教師を思い出す。また、母に連れられていった温泉の婦人を思い出す。一人は哲学者、一人は芸術の女神。哲学者は人生、自然の終極を見る。芸術家は理想を慕い、希望を追う。自分は懐疑の詩人になろうか、社会主義詩人になって物質文明を破壊しようか。
　　　〈備考〉『愁人』「創作年月」に「39年7月」とある。
　　　〈収録〉『愁人』隆文館　明40.6　Ⅳ301-19
　　　　　　『定本小川未明小説全集 第1巻』講談社　昭54.4　Ⅳ365-6

2060　歌の怨　[小説]
　　　〈初出〉「新古文林」明治39年8月
　　　〈あらすじ〉「新潟へ新潟へにがた出る時や涙で出たが、今はにがたの風もい

33

　　　　　　　　　Ⅲ　作品

　　　や」この歌をうたった女はきっとお繁のような薄幸な女だろう。お繁は、
　　　自分を可愛がってくれたが、結婚後、病気で死んでしまった。幼なじみの
　　　清江の守役でもあったお繁と三人で、春の景色に恍惚となったこともある。
　　　人生は漂浪の群れである。自分も出稼ぎする身である。佐渡行の船を待つ
　　　新潟の浜では、遊廓から歌が聞こえる。「見世へ見世へ見世へ出るときや
　　　涙で出たが、今じゃ廓のかぜしだい」
　　〈備考〉『愁人』「創作年月」に「39年3月」とある。
　　〈収録〉『愁人』隆文館　明40.6　Ⅳ301-23

2061　決闘　［小説］
　　〈初出〉「東京日日新聞」明治39年8月13日
　　〈あらすじ〉近頃流行りだした亡国の響きある歌を、牛込郵便局の前で歌っ
　　　ていたのは、梅山ではなかったか。彼は乱暴者で、他の生徒を圧倒した。
　　　当時の小学校教師は、問題ができないと、生徒みんなで出来ない生徒の頭
　　　を叩かせた。自分は算術ができなかった。梅山は二度自分を殴った。梅山
　　　は大勢で自分を苛めにかかる。自分は梅山と決闘しようとしたが、大勢で
　　　やってきたので、小刀をふるった。馬乗りになった梅山の目下に小刀をつ
　　　きこんだ。その晩、家の戸口で泣いていると、母親がみつけ、寂しい顔つ
　　　きで自分を見た。その顔を今も思い出す。
　　〈備考〉『愁人』「創作年月」に「39年8月」とある。
　　〈収録〉『愁人』隆文館　明40.6　Ⅳ301-13
　　　　　『小川未明作品集　第1巻』大日本雄弁会講談社　昭29.6　Ⅳ350-6

2062　旅の空　［詩］
　　〈初出〉「読売新聞」明治39年8月19日
　　〈要旨〉旅の空、宿屋へ泊つて、重荷を下して、ころりとねころんだ。(以下略)

2063　ハーン氏と時代思潮　［感想］
　　〈初出〉「早稲田学報」明治39年8月～9月
　　〈要旨〉主観的にして沈痛な十九世紀の文壇はわずかに余波をとどめ、新世
　　　紀の新思潮は鬱勃として興ってきた。十九世紀の文学界は写実主義の全盛
　　　期であった。ややもすれば厭世主義に傾きやすい現実主義は人生観として
　　　は充分ではない。現実主義の反動として、早晩一種の新理想主義が興って
　　　くるであろう。現代は信仰と道義が地に落ちた時代である。ハーンはそれ
　　　を補った。また我が国の精神美を海外に紹介した点でも評価される。今や
　　　文壇は過渡期に属し、詩も散文も混乱の中にある。ハーンはその参考品と
　　　なるのではないか。

2064　変調子　［小説］
　　〈初出〉「早稲田学報」明治39年9月
　　〈あらすじ〉自分には野心もなかったから、東京へ学問をしに来る必要はな
　　　かった。しかし村の旧家で、地主であったから、東京の大学を卒業した看
　　　板をもっていた方がよかろうと、中学を卒業したあと、父親が自分を東京
　　　へやったのだ。自分は法政経済科を修めた。四年後、自分は田舎で平和に
　　　安楽に暮したいと思った。帝王の月桂冠は抱かなくてもよいと思った。ナ
　　　ポレオンも秀吉も末路は哀れであった。名誉や栄達を捨て、郷里に帰ろう。
　　　そこで小理想郷をつくろう。

2065　露の故郷　［小説］
　　〈初出〉「ムラサキ」明治39年9月
　　〈あらすじ〉太古の昔、三人の姉妹が、森蔭の藁葺小屋で月の光を見ていた。

　　　　　　　　　Ⅲ　作品

　　　どこからか草笛の音色が聞えてきた。年上の姉は月の光を見ながら、明日
　　　誰かと別れるような気がすると言った。中の姉は姉さんのお婿さんが帰っ
　　　てくると言った。末の妹はお月さまがご病気だと言った。妹は川に入り、
　　　月の看病をする、そして露になって帰ってくると言った。やがてまた笛の
　　　音がした。姉はお婿さんを迎えに行ったが、やがて凄まじい狼の声が聞え
　　　てきた。
　　〈備考〉『緑髪』「創作年月」に「39年9月」とある。
　　〈収録〉『緑髪』隆文館　明40.12　Ⅳ302-7

2066　孤松　［小説］
　　〈初出〉「趣味」明治39年9月
　　〈あらすじ〉自然の広大無辺なことを思うと人生のはかなさを思い、筆をと
　　　ることさえ嫌になる。空想に耽っていると、女生徒の歌が聞えてきた。イ
　　　ンスピレーションが湧いてきて筆をとったが、歌声が消える頃には感興も
　　　去った。ワーズワースの霊魂不滅の歌を読みながら、その歌と同じく、神
　　　秘の光に満ちた幼い昔が思い出された。子供の時分には妙なことを考えた
　　　ものだ。四五歳の頃は本願寺の白壁の向こうの松の木の先に東京があると
　　　思った。やがてそこも遊び場になったが、家の前から松の木を見るとやは
　　　り慕わしい気持ちがした。
　　〈備考〉『緑髪』「創作年月」に「39年7月」とある。
　　〈収録〉『緑髪』隆文館　明40.12　Ⅳ302-11

2067　田舎の理髪店　［小説］
　　〈初出〉「読売新聞」明治39年9月9日
　　〈あらすじ〉夏の昼過ぎ、自分は村はずれの理髪店に入った。主人は仕事に
　　　満足しているようであった。そこへ団扇太鼓をたたく老人と娘が店の前に
　　　立った。主人は金をやろうとはしない。自分は涼しい目をした娘が、自分
　　　の運命の女であるような気がした。この理髪店の鏡が映す村の景色は、ずっ
　　　と変わりがないだろう。しかしあの巡礼を映すことは二度とない。
　　〈備考〉『愁人』「創作年月」に「39年9月」とある。
　　〈収録〉『愁人』隆文館　明40.6　Ⅳ301-14
　　　　　　『小川未明選集 第1巻』未明選集刊行会　大14.11　Ⅳ331-4
　　　　　　『定本小川未明小説全集 第1巻』講談社　昭54.4　Ⅳ365-4

2068　森の妖姫　［小説］
　　〈初出〉「東京日日新聞」明治39年9月24日
　　〈あらすじ〉信濃の山中に湖水があった。そこで旅人は、悄然と佇む女の姿
　　　を見る。百万の軍勢の鬨の声がし、雷雨になると、旅人の姿はみえなくなっ
　　　た。昔、忠義な武士が主君の非行を諫めたときに、命を助けた主君の妾と
　　　一緒に湖水へ逃げ落ち、しばらく過ごしたが、主君の追手に殺され、妾も
　　　湖水に身を投げた。一人の画家が湖水に絵を描きにきて、空色の着物をき
　　　た女を見て、永劫の自然と人間の須臾を思いつつ、女の絵を描いていると、
　　　鬨の声がした。雷雨が起こり、青年の行方も見えなくなった。
　　〈備考〉『愁人』「創作年月」に「39年7月」とある。
　　〈収録〉『愁人』隆文館　明40.6　Ⅳ301-12

2069　笛の音　［不明］
　　〈初出〉「大学館」明治39年10月
　　〈あらすじ〉（不明）

2070　笛の声　［小説］

35

III 作品

〈初出〉「新古文林」明治39年10月
〈あらすじ〉天地の光景は寂しい。しかし夏の日光は恵み深く野に満ちている。白綿のような雲を見ていると、なかには死んだお婆さんのような慕わしい気持ちがする白雲もある。村里の夏の真昼は平和である。可憐な笛の音がしてきた。その音を聞きながら、青い空の彼方を憧れる。沈黙の人生、沈黙の天地はどんなに寂しかろう。声は人生の霊魂である。声は自然の霊魂である。
〈備考〉『緑髪』「創作年月」に「39年8月」とある。
〈収録〉『緑髪』隆文館　明40.12　Ⅳ302-5

2071　不遇　[小説]
〈初出〉「日本農業雑誌」明治39年10月5日
〈要旨〉十年の昔、故郷を出て都へ上がったが、業成らずして故郷に帰ろうとしている零落不遇の詩人である。せめてこれからは、百姓の群れに入って、平和に一生を送りたい。家に帰れば、村の者は自分を意気地なしと笑うだろう。村の様子は十年前と変りはない。しかし家の前には以前あった木はなかった。圃を作るために伐ったのだ。空想家であっては、農夫にすらなれない。田地は弟のものだ。意を決して、再び都に出ようと思った。

2072　妖魔島　[戯曲]
〈初出〉「新古文林」明治39年11月
〈要旨〉妖魔島に来た美少年は、この島の運命を司る女神である山姥の杖を拾ってやったために、ある薬をもらう。銃声が聞こえ、白鳥が少年の足元に落ちてきた。傷ついた白鳥の翼に例の薬をつけてやると、白鳥は飛んでいった。そこへこの島の妖魔である大男がやってきて、なぜ白鳥を逃がしたと少年をなじる。白鳥のかわりに人間をとってやろうという妖魔を相手に戦っていると、飛箭が飛んできて少年を救った。やがて白鳥に導かれた美姫が舟に乗ってやってきた。それは少年の姉と妹であった。再会を喜びあった三人は、翌朝この島を出ようとするが、魔神の一群が山を越えて襲いかかってきた。

2073　子守唄　[詩]
〈初出〉「少年文庫」明治39年11月
〈要旨〉ねんねころころねんころよ、赤猫三疋子を産んで、黒が一疋白二疋、三疋ごろごろ眠てゐます。（以下略）／坊やは好い子だねんねしな、泣くな好い子だ、ねんねしな、月の光を眺むれば、（以下略）

2074　童謡　[詩]
〈初出〉「少年文庫」明治39年11月
〈要旨〉澄ちゃん澄ちゃん何あげよう（以下略）／あかい雲、あかい雲、西の空にあかい雲、（以下略）／釜のやうな三ケ月　早う大きくなつて（以下略）／かわゆさに人形買つて帰りけり　月かげきよき縁日の夜

2075　鉄道線路　[小説]
〈初出〉「新小説」明治39年11月
〈あらすじ〉年老いた父母が涙を浮かべて見送ってくださった。あたりの景色が痛ましい顔付きをしているように見えた。故郷に帰っていた自分は、再び住み慣れた都へ帰っていくのである。年取った父母の面影が目に浮かぶ。誰がいったいあんなに年をとらせたのか。もし月日が形をとって目に見えるものなら、殺してくれよう。自分は物質文明を呪っている。汽車の中に三人の工夫が乗ってきて、酒を飲みながら歌を歌い出した。

36

III 作品

　　　〈備考〉『緑髪』「創作年月」に「39年6月」とある。
　　　〈収録〉『緑髪』隆文館　明40.12　IV302-33

2076　**童謡**　［詩］
　　　〈初出〉「少年文庫」明治39年11月
　　　〈要旨〉鎌のやうな、お三ケ月　早う、大きくなつて、お嫁入りの晩に（以下略）
　　　〈収録〉『詩集 あの山越えて』尚栄堂　大3.1　IV311-55
　　　　　　『定本小川未明童話全集 第3巻』講談社　昭52.1　全童話IV161-45（題名「三か月」）

2077　**童謡**　［詩］
　　　〈初出〉「少年文庫」明治39年11月
　　　〈要旨〉澄ちゃん、澄ちゃん何あげやう。あの、お星様とつておくれ。（以下略）
　　　〈収録〉『詩集 あの山越えて』尚栄堂　大3.1　IV311-60
　　　　　　『定本小川未明童話全集 第3巻』講談社　昭52.1　全童話IV161-43（題名「お星さま」）

2078　**日本海**　［小説］
　　　〈初出〉「太陽」明治39年11月1日
　　　〈あらすじ〉小学校では佐渡に憧れた。中学校ではウラジオストックをにらんでいた。東洋の平和を乱す国に対する怒りから、海軍士官を志願しようと思った。もはや佐渡への哀しい思いは無い。悲壮の慷慨の歌を海岸で歌った。希望と光明と憧憬と愛国の義心があった。今、海は漫々と尽きない。永劫に寂寞として、沈鬱の面影を宿し、人生を嘲っている。この世界は陸と海との戦闘である。町屋や砂山はやがて青海原のうちに葬られ、また永劫の初めに返ることであろう。
　　　〈備考〉『緑髪』「創作年月」に「39年7月」とある。
　　　〈収録〉『緑髪』隆文館　明40.12　IV302-3
　　　　　　『小川未明作品集 第5巻』大日本雄弁会講談社　昭30.1　IV360-1
　　　　　　『定本小川未明小説全集 第1巻』講談社　昭54.4　IV365-9

2079　**春風**　［小説］
　　　〈初出〉「愛国婦人」明治39年12月
　　　〈あらすじ〉春の夕暮れの風はひたひたと衣の袖をはらった。銀座通りを歩いていると、夕日は雲の彼方に落ち、うら若き自然の微笑みと悲しみと人生の憧れと恋とは、西の海を越え、沈黙の領土へ行くようであった。人形店の前に立ち止まったお蔦は、十余年前の昔を思った。ああ、あの時分の子供のときが恋しいこと…。田舎の町の人形店にあった、ある人形が欲しくてならなかった。しかし貧しい父母に言いだすことはできなかった。お蔦と二郎は仲好く学校へ通った。ある日、お蔦は自分が東京へやられることを二郎に話した。二郎は泣いてくれた。しかしお蔦は、無理やり怪しげな男に引き立てられていった。幼児の昔の、優しい真情が再び蘇った。

2080　**悒鬱**　［小説］
　　　〈初出〉「読売新聞」明治39年12月23日
　　　〈あらすじ〉北国の貧しい町家の並んでいる、ある二階に、冬の幾十日か下宿していた。町はずれの中学校へ通っていた当時のこと。昨夜は馬鹿に寒いと思ったら、また雪が積もった。階下では朝飯の支度をしている。干菜の汁の臭いがした。これで月5円の食糧代をとるのかと思った。同宿の友を足でつついて起こした。朝飯を食べてから少し勉強をしたが、すぐやめてしまった。同宿の友は、これから鳥をとって、蠟燭焼きにして食べよう

37

と言う。友は猟銃で鴨をとった。私は覚えず怖じけついた。

明治40（1907）年

2081　朱唇　［小説］

〈初出〉「ムラサキ」明治40年1月

〈あらすじ〉三等室のなかで商人風の男と人足風の男が話をしている。大田切の辺で汽車が止りそうだと言う。越後から長野に向かうと雪が薄くなった。かつて病のために、角田、上林、渋、草津の温泉に滞在したことがあるが、そこで出会った笹屋の娘にばったり会った。今は嫁に行っていると言う。もう五年になる。娘は、あのとき手紙を出して下さる約束をしたのにと言う。娘は目に涙を浮かべ、榊へ向かう汽車に乗って行った。お常は、当時、真紅の小さな唇に、人を魅する眸を持っていた。その思い出は、私のなかで詩になっていた。今日再び会って、お常は、私の苦悶になった。

2082　水車場　［小説］

〈初出〉「早稲田文学」明治40年1月

〈あらすじ〉村里を遠く離れたところに水車場があった。三四カ月前の夏、旅費のない男が水車場の番人に雇われた。彼がここへきて一か月ばかりして、水車場の前に立つ少女がいた。少女の名はお京。お京が結婚した若者は水車場の番人であったが、病にかかってこの世を去った。彼女は昔懐かしさに水車場を訪れた。新しい番人は夫に生き写しであった。そうと知らない男は、村を去ろうと考えていた。この漂浪人は、明日の旅を思って心を煩わせていた。少女がうたう歌も耳にとめず、男は水車場を去っていった。

〈備考〉『愁人』「創作年月」に「39年12月」とある。

〈収録〉『愁人』隆文館　明40.6　Ⅳ301-28

　　　　『雪の線路を歩いて』岡村書店　大4.4　Ⅳ316-5

　　　　『未明感想小品集』創生堂　大15.4　Ⅳ335-33

2083　幽霊船　［小説］

〈初出〉「新古文林」明治40年1月

〈あらすじ〉自分は労働しすぎたために、頭がぼんやりとしていた。海辺に行くと、幽霊船に乗せられて無人島に放された。白髪の老婆が糸車を廻していた。金掘りの男が、明日は故郷へ帰りたいと歌っていた。砂原で鋸を引く音が聞えた。若者が欅の木を切っていた。若者の身なりにわびしさを感じ、欅の木の歴史に愁いと悲しみを感じた。若者が鋸で欅を切っているが、少しも切れない。何かの怨霊じゃと自分は思った。思うに漂浪者はみな故郷を思い、祖国の船が来るのを待っているのだろう。

〈備考〉『緑髪』「創作年月」に「39年11月」とある。

〈収録〉『緑髪』隆文館　明40.12　Ⅳ302-10

2084　芸術家の死　［小説］

〈初出〉「家庭文芸」明治40年1月

〈あらすじ〉病気で友が国へ帰った。やがてその青年画家が死んだことを別の友人から聞かされた。月野が天才なら、僕も天才だ、いつかは見ろ、何で倒れるものかと思った。しかし自分は自分のエゴイズムを許すことができなかった。小刀で指先を切ろうとしたとき、歌留多をとる声が聞えてきた。幼時の時分、自分も歌留多をとった。そのことを思い出すと、指を切

　　　　　　　　　Ⅲ　作品

　　　　　る勇気も挫けた。月野が描いた真夏の海浜の絵を見た。やはり月野は天才
　　　　　だ。ああ、昔が懐かしい。
　　　〈備考〉『緑髪』「創作年月」に「40年1月」とある。
　　　〈収録〉『緑髪』隆文館　明40.12　Ⅳ302-37

2085　遠き響　［小説］
　　　〈初出〉「新小説」明治40年1月
　　　〈あらすじ〉祐二が死んで三年になる。八歳のとき癇性を治すため母と一緒
　　　　　に薬師堂へお参りにいった。鳥の声や笛の音、水の流れ、風の音。夕焼空
　　　　　を眺め、白雲をみると、遠い響きが耳に入り、学校へ行くのも、母の顔を
　　　　　見るのもいやになった。叔父にもらった笛を祐二は大事にした。数学が嫌
　　　　　いで、やがて祐二は放校になった。祐二は海に行った夢をみた。ヒビの
　　　　　入った管笛を吹いている。死んだ父親が自分に話しかける。やがて月影に
　　　　　さそわれ、祐二は家出をした。その夜、古井戸に落ちて死んでしまった。
　　　　　嬉しげな笑みを浮かべ、遠い響きを聴くように浮んでいた。
　　　〈備考〉『緑髪』「創作年月」に「39年11月」とある。
　　　〈収録〉『緑髪』隆文館　明40.12　Ⅳ302-44
　　　　　　『雪の線路を歩いて』岡村書店　大4.4　Ⅳ316-9
　　　　　　『小川未明選集 第1巻』未明選集刊行会　大14.11　Ⅳ331-23
　　　　　　『小川未明作品集 第1巻』大日本雄弁会講談社　昭29.6　Ⅳ350-10

2086　樅樹物語　［翻案］
　　　〈初出〉「ハガキ文学」明治40年1月1日
　　　〈あらすじ〉こんもりと茂った山麓の林に樅の木は育った。早く大きくなり
　　　　　たいと思った。仲間の木は、船の見事な帆柱となり、またクリスマスを彩
　　　　　る木となった。樅の木は早く楽しいところへ行きたいと思ったが、風や日
　　　　　光は若いうちが幸せなのだといった。翌年、樅の木はクリスマス用に持っ
　　　　　ていかれた。子供たちが面白い話を大人から聞かせてもらっている。樅の
　　　　　木は明日はどんなもっと面白い話が聞けるだろうと思ったが、あくる日は
　　　　　二階の暗い物置に置かれた。春になると他へ移るんだと樅の木は思ったが、
　　　　　春になって日にさらされたときには、黄色に萎んでいた。（アンデルセン
　　　　　より）
　　　〈備考〉アンデルセン童話「モミの木」の翻案

2087　焚火　［小説］
　　　〈初出〉「読売新聞」明治40年1月3日
　　　〈あらすじ〉今から四、五年前の年の暮である。盲目の乞食から哀れな話を
　　　　　聞かされた。それは彼の女房が、男が目を病んで困っているときに、家出
　　　　　をした話である。自分はそのときの光景を心に描いた。盲目の乞食は今も
　　　　　流浪しながら、妻を探しているのだろう。暗澹たる人生行路を与える冷酷
　　　　　な世の中を自分は腹立たしく思う。乞食がいた場所に、今は土方達が焚火
　　　　　をしている。自分は智的な人間が嫌いである。土方達が好きである。火を
　　　　　見れば人生の快楽を叫び、酒を飲むより他のことを考えない。原始時代が
　　　　　恋しい。未開の故郷がなつかしい。
　　　〈備考〉『緑髪』「創作年月」に「39年12月」とある。
　　　〈収録〉『緑髪』隆文館　明40.12　Ⅳ302-42

2088　吹雪　［小説］
　　　〈初出〉「読売新聞」明治40年1月27日
　　　〈あらすじ〉雪の晴間と見えて、雲切れがして青空が出ている。小山の頂き

　　　　に松があり、松の木の下に小さな破家があった。そこの囲炉裏で老爺が考え込んでいる。息子は猟師だが、父の売った田畑の金五十円を、博打でみな失ってしまった。帰りに酒をのんで家に帰ろうとしたが、吹雪になった。向こうの方に燈火が見えた。声をかぎりに叫んだが、吹雪で声は届かない。やがて身動きもできなくなった。この夜、老爺は幾たびか小窓から首をだして、蠟燭の火を掲げた。

2089　夏　[小説]
　　　〈初出〉「愛国婦人」明治40年2月
　　　〈あらすじ〉日露戦争の当時である、未開な山中にも愁いの雲がかかっていた。村の病院は、戦地へ送る包帯や頭巾などを縫っていた。そこへ薬を売りにいくと、看護婦が真赤な薔薇の花をもっているのが見えた。菊ちゃんじゃないかと思った。いったん行きすぎたが、またそこへ戻った。先ほどの薔薇が捨ててあったので、自分はそれを拾って、硝子壜にさした。孤児であった自分は、村長の慈悲で育てられた。そこの家の娘が菊ちゃんだった。二人が深い仲になったとき、自分は村から追われた。菊ちゃんも嫁にやられた。それ以来、会うことができなかったのだ。

2090　矛盾　[小説]
　　　〈初出〉「新古文林」明治40年2月
　　　〈あらすじ〉男の顔を見ると、何で生きているのだという感じが先にたった。冷やかで、そのくせ意志が弱い。お調子者で男らしくない。スチーブンソンを読んでいるというので、筋を聞けば、話せない。そんな男を邪険に扱えない自分は「なぜおれはストロングマンになれないのか」と思い、ゴールキーやショーペンハウエルを読んだ。「男らしい」というのが自分の口癖になった。しかし下宿代が払えない。この不愉快に打ち勝てないようでは、ゴールキーの漂浪生活にも恥じることになる。自分は本を売って金をえた。
　　　〈備考〉『愁人』「創作年月」に「40年2月」とある。
　　　〈収録〉『愁人』隆文館　明40.6　Ⅳ301-29
　　　　　　『小川未明作品集 第1巻』大日本雄弁会講談社　昭29.6　Ⅳ350-11

2091　白頭翁　[小説]
　　　〈初出〉「日本法政新誌」明治40年2月
　　　〈あらすじ〉どこから来たのか白髪の翁が、一弦琴のようなものを掻きならしながら、物語を聞かせた。遠い西の海の彼方。島の王が遠征を企て、勝利して帰ってきた。島の宮女たちは、王の帰りを今か今かと待った。そのなかで一番大王の気に入っている少女がいたが、少女は別の若者を愛していた。少女は恋人と島を逃れた。その後、毎日のように捜索の船が出された。大王は女と男の一族を残酷に殺した。その後、十万の軍船がやってきて王は殺された。それが少女の恋人の後の姿である。少女は島の妃となったが、やがてまた外国の軍勢に滅ぼされたという。
　　　〈備考〉『緑髪』「創作年月」に「40年1月」とある。
　　　〈収録〉『緑髪』隆文館　明40.12　Ⅳ302-34

2092　深林　[小説]
　　　〈初出〉「趣味」明治40年2月
　　　〈あらすじ〉鬱然とした深林がある。その木蔭に古い池がある。夕方になると、池の中心に赤い鎧を着た若武者の姿、今風の煉瓦造りの塔、天女の緋の衣とも見えるものが映る。空を仰ぐと神々しい赤色の雲。いつ刻まれたのか

石地蔵が転がっている。かつて部落があり、人が暮らしたが、今では衰微し、残っているのが石地蔵ばかり。この地蔵の前で、乞食が若武者に切り殺されたり、その若武者がまた別の若武者に切り殺されたり、いろんなことがあった。それを眺めてきたのは、大空の星ばかりである。
〈備考〉『緑髪』「創作年月」に「40年1月」とある。
〈収録〉『緑髪』隆文館　明40.12　Ⅳ302-35

2093　犠牲　[小説]
〈初出〉「読売新聞」明治40年2月3日
〈あらすじ〉生徒たちが、老教師の掛け声にあわせて体操をしているが、機械的に体を動かしているに過ぎなかった。この老教師には権力がなかった。奉職して十年余りになるが、身よりがなかった。正教員の資格がないものは、やめさせる方針らしい。かつて自分は、日没頃、老人と子供が歩いていくのを見た。子供は前方に光明の国があると思った。老人にそのことを話すと、老人は後ろを振り向いた。後ろからは真黒な夜が襲ってきた。子供も老人も、やがて闇の中に呑まれていった。老教師も生徒達も、憐れむべき過渡時代の犠牲ではあるまいか。

2094　友　[小説]
〈初出〉「新古文林」明治40年3月
〈あらすじ〉子供の時に汽車に乗ったが、それは五里ばかり先の山麓の温泉場だったり、八里さきの叔母の住む町だった。二十歳のとき東京へ出た。さすがに父母が恋しくて涙がでた。上野につくと一心不乱に試験勉強をした。その年の夏には友達ができた。友は信州出身で帰省のときは一緒に帰り、東京に戻るときも一緒に戻ろうと話し合った。しかし友は急に兄のいるアメリカに経つことになった。一年ほどして友から手紙がきた。某商家で実業の見習いをしているという。自分はこの夏、卒業する。今から考えれば、あの時の友は自分にすべてを打ち明けてはくれなかった。

2095　燈光　[小説]
〈初出〉「家庭文芸」明治40年3月
〈あらすじ〉病気で国に帰る友が哀れに思われて、眸を友に向けることができなかった。汽車が行ったあと、どうしてもっと温かにしてやらなかったろうと後悔した。そう思ったのが、つい先日のようである。「あの時が見納めだったね」今自分は、ある友の家で、あのとき別れた青年画家の死を聞いていた。友は青年画家の死を見とったという。自分は危篤の知らせが来たときも行かなかった。肺病がうつるのをおそれて手紙も碌々書かなかった。月野が死んだ。月野が房州で描いた画を見ていると、彼は天才だと思われた。

2096　病作家　[小説]
〈初出〉「趣味」明治40年3月
〈あらすじ〉春だとういうのに、気が晴れない。自分は毎晩寺の境内を散歩し、想をうかべては仕事をした。肺病患者である自分は、長くは生きられまい。はやく「楽人」の稿を仕上げなければ。これは自然派の妙味を発揮した作だ。ただし自然派のもつ醜の弊は取り去りたい。「楽人」の筋は、音楽家が女性に想われながら、それに気付かず去っていく。旅先で天才の旅楽師に会い、自分が凡人であったことに気づく人生悲劇である。自分はセメンを飲んででもこの作品を書き上げたかった。
〈備考〉『愁人』「創作年月」に「40年3月」とある。

〈収録〉『愁人』隆文館　明 40.6　Ⅳ301-33

2097　石火　[小説]
〈初出〉「読売新聞」明治 40 年 3 月 10 日
〈あらすじ〉男は村はずれの往還で石屋をしていた。車引きの男が、石屋で水をもらった。このごろは戦争景気で家がたつ。彼等の話は無意味でも、彼等の生活には意味がある。石屋の家の中から赤子の泣き声がした。このところは日照り続きだ。犬が水を飲みにくる。この犬はかつて哀れな六部の足にかみついた。「こん畜生」石屋は金槌を犬に投げつけた。金槌は石仏の像にあたり火花を散らした。
〈備考〉『愁人』「創作年月」に「40 年 2 月」とある。
〈収録〉『愁人』隆文館　明 40.6　Ⅳ301-31
　　　　『小川未明選集 第 1 巻』未明選集刊行会　大 14.5　Ⅳ331-2
　　　　『小川未明作品集 第 1 巻』大日本雄弁会講談社　昭 29.6　Ⅳ350-12
　　　　『定本小川未明小説全集 第 1 巻』講談社　昭 54.4　Ⅳ365-8

2098　落第　[不明]
〈初出〉「青年」明治 40 年 4 月
〈要旨〉（不明）

2099　店頭　[小説]
〈初出〉「太陽」明治 40 年 4 月
〈あらすじ〉こんな寒い風の晩に歩いているのは、普通の者ではない。私はマコレーのミルトン論を落とさないようにしっかり握って歩いた。「人に触れれば人を斬り、馬に触るれば馬を斬る」彼等の蛮声が聞えた。私は大川大助君を思い出した。彼は好個の壮士である。ひょうぜんと満韓に渡った。彼と親しくなったのは高田村の下宿である。五六カ月も同じ下宿の隣室にいた。「君人生五十年ですよ」と彼は言った。私も壮士気取りをしてみたくなり、仕込み杖を露店で探したが、売っていなかった。絵葉書を買い、大川君に送ることにした。

2100　写生帖　[小説]
〈初出〉「中学世界」明治 40 年 4 月
〈あらすじ〉自分の写生帖に目白近郊の稲荷堂を描いたスケッチがある。それは故郷の稲荷堂に似ていた。故郷に帰ったとて、もう親も姉もいない。自分は父と姉に育てられた。十七になった自分は、東京へ出て偉い人になりたいと思った。父は反対したが、姉は自分が嫁に行けば江戸に出してくれるだろうと言った。姉に縁談話があったとき、自分は稲荷堂で姉に結婚し、自分を東京へ行かせてくれと頼んだ。姉は自分のために嫁に行ってくれた。が、やがて姉は亡くなり、父も亡くなった。もう今更偉くなっても仕方がないが、今年の検定試験には及第したいと思っている。
〈備考〉『緑髪』「創作年月」に「40 年 4 月」とある。
〈収録〉『緑髪』隆文館　明 40.12　Ⅳ302-20

2101　外濠線　[小説]
〈初出〉「ハガキ文学」明治 40 年 4 月
〈あらすじ〉電車は世紀末の人を乗せている。彼等は精神が衰弱し、いろんな空想を大空に描いている。夕暮れの都の巷は美しい。神田橋から電車に乗ると、かな蛇のように舌をぺろりと出す老婆がいた。子供の時分に田舎の温泉で同じように舌を出す婆さんに会ったことがある。婆さんは体をもじもじさせながら、電車の行き先を聞いてくる。聞くためだけに聞いてく

III 作品

る質問に嫌気がさした自分は、疫病神にとりつかれた思いがして、学習院前で電車を降りた。
〈備考〉『緑髪』「創作年月」に「40年2月」とある。
〈収録〉『緑髪』隆文館　明40.12　IV302-21
　　　　『小川未明作品集 第5巻』大日本雄弁会講談社　昭30.1　IV360-4

2102　弱志　[小説]
〈初出〉「早稲田文学」明治40年4月
〈あらすじ〉自分は零落してこの下宿屋へ転がり込んで職を探していた。この部屋にはもう一人、下宿人がいた。部屋料が半分ずつになるからありがたい。その男が新聞社の活字拾いの仕事を勧めてくれた。最初は馬鹿にするなと言ったが、金に困って我を折った。町で手品師の女を見染めて、この女と旅歩きをしようかと思った。南洋に行っている友から手紙が届いて南洋に来ないかと勧めてくれた。お金が入っていた。南洋に行こうと決心するが、結局、入っていた金を下宿の払いに使ってしまう。
〈備考〉『緑髪』「創作年月」に「40年1月」とある。
〈収録〉『緑髪』隆文館　明40.12　IV302-40
　　　　『小川未明作品集 第1巻』大日本雄弁会講談社　昭29.6　IV350-14

2103　引越　[小説]
〈初出〉「秀才文壇」明治40年4月春季増刊附録
〈あらすじ〉寺の裏手にできた二軒長屋の一つに越してから、毎日、寺の前の半ば枯れた榎木の下を通らなければならなかった。もう一つの空屋に誰か入るらしい。車夫が貧しい荷物を引いてきた。それを見て、貧富の差を思った。社会主義者になって、金持ちに苦痛を与えてやりたい。隣には母と娘と男の子が入ったようだ。自分は卒業論文を出すことで神経衰弱にかかった。医者から転地を勧められ、独り住まいも孤独でないような気がしたが、思い切って三崎へ行くことにした。隣ににやけた書生が来ていた。娘と二人並んでこちらを見ていた。自分の顔は火のようになった。

2104　白眼党　[小説]
〈初出〉「文章世界」明治40年4月臨時月刊号
〈あらすじ〉我らは自称して「白眼党」と言っている。党派というわけではない。遊ぶことと批評することを中心に、日向ぼっこをしている連中だ。エゴイスィックな連中だから、自分勝手な行動をとる。M君などは今年で三回も落第した。四人は教室の平凡な生徒たちに消極的な反抗をするために交わっているのである。自分は平凡中の平凡である「豚」と呼んでいる生徒に近づいた。しかし近付いてみると他のノンセンス連とは違うところがあった。その後、みんな卒業した。「豚」はどうしているだろう。
〈備考〉『緑髪』「創作年月」に「40年2月」とある。
〈収録〉『緑髪』隆文館　明40.12　IV302-12
　　　　『小川未明作品集 第1巻』大日本雄弁会講談社　昭29.6　IV350-13

2105　呪詛　[小説]
〈初出〉「家庭文芸」明治40年5月
〈あらすじ〉いずれの時代を問わず、人生には趣味の衝突がある。今はしばらく不遇に泣くとも、貧困に屈するとも、わが胸に秘めた熱血は、いつか火となり剣となって、乱れ、閃き、わが趣味の阻害者をひきさくだろう。それにしても学校をやめなければよかった。今頃は教員免許の資格を取っていたろう。ゲーテの「ファウスト」を読み、もう一度、懸賞小説に応募

してみようと思った。もし今度の小説が落選したら、今の文壇の大家連は頭が古いのだ。その時には大いに呪詛してやろう。

2106 神経衰弱撲滅会　［感想］
〈初出〉「趣味」明治40年5月
〈要旨〉勇士が大いなる希望を抱いて海を渡るのは悲壮である。斬雲の意気になんの神経衰弱が生じよう。君は神経衰弱で終わる人間ではない。会の当日、君が太ったのを見て喜んだ。大陸に渡ったのち、また大いに言うべきことがあろう。

2107 懐旧　［小説］
〈初出〉「新小説」明治40年5月
〈あらすじ〉漢学塾の老先生が昨夜上手に笛を吹いていたのは誰だと聞いたので、自分は大西君だと答えた。大西君は老先生に笛のことで叱られた。笛の一件以来、道学風が厭になり、東京へでた。老先生も仙台へいき、塾長の鈴木君があとを継いだ。東京では、漢籍を理想とする人はいない。ツルゲーネフやゾラやキイツを読んでいた。今春、久しぶりで故郷へ帰った。かつての村舎は当年の面影もなかった。懐旧の情に堪えなかった。鈴木君の家を訪れたが、鈴木君も当年の意気はなかった。
〈収録〉『定本小川未明小説全集　第1巻』講談社　昭54.4　Ⅳ365-15

2108 長二　［小説］
〈初出〉「読売新聞」明治40年5月12日
〈あらすじ〉長二は、正午前に日本橋の主家を出て、物思いにふけり、さまよい歩いた。故郷が懐かしいが、帰っても母はいない。長二は都を出て、鉄路を歩いた。この線路を歩いていけば、いつか恋しい姉さんの顔を見ることができると思った。長二の死は麗しかった。――私はよく長二を知っている。十三のとき、継母に東京へ出されたのだ。私も都へ出た。日本橋を歩くと、どこが長二の主家であろうとあたりを見回した。派手な店を見ると、たたき壊してやりたくなった。
〈備考〉『緑髪』「創作年月」に「40年5月」とある。
〈収録〉『緑髪』隆文館　明40.12　Ⅳ302-41

2109 寂しみ　［小説］
〈初収録〉『愁人』隆文館　明40.6
〈あらすじ〉静かな春の宵、笛の音が聞こえてきた。にわかに哀しい気持がして、恋人の面影を浮かべた。次には十余年前の小学校時代のことを思い出した。すべては夢のようだ。一葉の「十三夜」を古本屋で買ったことがある。しみじみとお関が可哀相だった。恋人の故郷で、恋を語り合ったこと、そのとき按摩の笛が聞こえてきたこと、そんなことを思い出した。笛の音がやんだ。書棚の上から彼女の写真が落ちた。自分は巫女から聞いた秘術の呪文をとなえる。月夜に烏がなく。
〈備考〉『愁人』「創作年月」に「39年4月」とある。
〈収録〉『愁人』隆文館　明40.6　Ⅳ301-16

2110 木犀花　［小説］
〈初収録〉『愁人』隆文館　明40.6
〈あらすじ〉谷中の天王寺畔の墓地に向かう。木の間から残照が漏れ、神秘の影が動いている。下界の人間がその神秘の影を踏んでよいものか。木犀の花が香る去年の同じ頃、八歳の妹は自分の背に羽織をかけてくれた。その妹が死んで四五日にもならない。その墓に今宵も赴くのである。妹の墓

Ⅲ　作品

　　　に近づくと白衣を着た女が立っていた。気高く、神々しい。女は言った。「寂
　　　しいところへさえ行けば、きっと私はいますよ」
　　〈備考〉『愁人』「創作年月」に「38年10月」とある。
　　〈収録〉『愁人』隆文館　明40.6　Ⅳ301-17

2111　**老婆**　[小説]
　　〈初収録〉『愁人』隆文館　明40.6
　　〈あらすじ〉今なお田舎には巫女がやってきて、病んだ老婆の言葉を聞き取っ
　　　てやることがある。「ああ、私はもう直に行かれますかえ」湿った声で老
　　　婆が泣く。そんなことを思い出しながら、自分は病床の友人を見舞ってい
　　　た。自分は翌日、貸間を探して歩いたが、貸間の主は気味の悪い老婆ばか
　　　りだった。故郷の父母が病気であるのかしら、それとも友人に不吉なこと
　　　がおこるのかしら。
　　〈備考〉『愁人』「創作年月」に「40年3月」とある。
　　〈収録〉『愁人』隆文館　明40.6　Ⅳ301-32

2112　**古の春**　[小説]
　　〈初出〉「趣味」明治40年6月
　　〈あらすじ〉なんとなく詩趣のある古城下、今ではもっぱら織物事業を営
　　　んでいる。衰退に傾いたこの町に一人の女乞食が迷いこんできた。年は
　　　三十二三。それと同時に川に赤子が捨てられているのを村人は見た。夕暮
　　　れの景色は美しかった。郡役所の書記をしている近野正が、妻を邪険に扱っ
　　　たので、妻は川に身をなげた。川に潜って見つけたのは幼馴染の吉蔵であっ
　　　た。静かな川の水は、我は人生の浮沈に関せずというように流れていた。
　　　女乞食が村を出ていった。虚無僧と一緒である。
　　〈備考〉『緑髪』「創作年月」に「40年5月」とある。
　　〈収録〉『緑髪』隆文館　明40.12　Ⅳ302-38

2113　**神楽**　[小説]
　　〈初出〉「新声」明治40年7月
　　〈あらすじ〉一日十時間働き、疲れきって、いつも工場を出た。溝に身を投
　　　げるのが、自分にふさわしいと思った。ニコライ堂の鐘の音が聞こえたと
　　　き、ストライキを思い、前途が開けたように思ったが、それもつかの間だっ
　　　た。田舎へ帰って百姓をしようか。ある神社の境内で神楽をやっていた。
　　　天狗舞を見ていたとき、幼時を思い出した。お里が自分の横に立っている
　　　気がした。だがお里のために自分は堕落したのだ。そう思うと、故郷へは
　　　帰りたくなかった。

2114　**諸名家選定の避暑地其感想**　[アンケート]
　　〈初出〉「新小説」明治40年7月
　　〈要旨〉鯨波（越後）、燕温泉（越後）、渋温泉（信州）。北国の夕暮れは美し
　　　いけれど、何となく寂しい。鯨波の海ほど青いと思ったことはないし、日
　　　本海の夕日ほど紅いと思ったことはない。燕温泉は幼い頃、母に連れられ
　　　て行った。

2115　**象徴派**　[小説]
　　〈初出〉「中央公論」明治40年7月
　　〈あらすじ〉同宿の秋山君は文学趣味のある男である。秋山君だけが私の絵
　　　に同情を寄せてくれる。私の空想画は、煙のなかに花を散らしたようだと
　　　冷評された。しかし秋山君はこの世界の革新の先駆者だと言ってくれた。
　　　私が美術学校を卒業したのは三年以前である。その秋山君が病気で臥せっ

45

た。私が深く胸に宿す少女の姿を、秋山君の病床の隣におけば、素晴らしい絵が出来ると思った。恋と死。私は二年前にある村で見た少女にもう一度会おうと思い、旅に出た。しかし秋山君も少女も遠いところへ行ってしまった。私が描く絵のなかに恋と死の象徴をほのめかすことが出来れば満足だ。私はただ一人の象徴画家である。
〈備考〉『緑髪』「創作年月」に「40年5月」とある。
〈収録〉『緑髪』隆文館　明40.12　IV302-43

2116　一夜　[小説]
〈初出〉「趣味」明治40年7月臨時増刊
〈あらすじ〉部屋は四畳半の西向きで、畳も汚れていた。重い熱病にかかり、まだすっかり治ったわけではない。故郷が恋しかった。橋を一つ渡ったところの湯屋に行ったことを懐かしく思い出した。下宿に戻ると、この部屋に祟りがある気がしてきた。友達に下宿のことを話すと、そこはその友達の友達が住んでいたところだと言う。その友達は、頭がおかしくなって自殺を企て、半年後に故郷で本当に死んでしまった。自分も同じようになるのではないかと思った。別の下宿人にきくと、ここは化け物屋敷だという。かつて同じ部屋で陸軍士官が姦通した妻を殺し、士官も自殺した。それ以来、化け物が出るという。自分はその話を聞いた翌日、転宿した。

2117　柩　[小説]
〈初出〉「早稲田文学」明治40年8月
〈あらすじ〉烏が小鳥にささやいた。すると小鳥は幾万の仲間を呼び、烏は大空を黒く隠した。向こうから柩がかつがれてやってきた。詩人は旅先で死に、故郷へ今帰ってきたのだ。三三年前に詩人は生まれた。詩人ということを村人は知らなかった。彼もまた自分の歌を詩とは思わなかった。名誉を得たい虚栄心もなかった。自然と感情が溶け合っていた。西洋の詩人のスウインバーンに似ていた。三年前、突然、彼は故郷を去った。昨夜、電車に轢かれて死んだのだ。
〈備考〉『緑髪』「創作年月」に「40年7月」とある。
〈収録〉『緑髪』隆文館　明40.12　IV302-13
　　　　『小川未明作品集 第5巻』大日本雄弁会講談社　昭30.1　IV360-3

2118　暴風　[小説]
〈初出〉「読売新聞」明治40年8月3,4日
〈あらすじ〉ある夏の朝、豊作は薪木を車に積んで馬と一緒に都へ出発した。都に入ったのは日暮方であった。暴風の神は、侍女である白髪の老婆に何事か囁いた。暴風の神は、宇宙をみな自分の領土にしようと考えていた。豊作の馬が動かなくなった。豊作は、馬の尻を蹴った。空は暗くなって暴風となった。馬は海に躍り込んで死んでしまった。豊作は病院で治療を受け、戸板に乗せられて田舎に帰った。天気は回復した。暴風の男神はどこへ行ったのだろう。耳を澄ますと、天女の吹く笛の音がするようだ。
〈備考〉『緑髪』「創作年月」に「40年6月」とある。
〈収録〉『緑髪』隆文館　明40.12　IV302-1
　　　　『小川未明作品集 第1巻』大日本雄弁会講談社　昭29.6　IV350-15

2119　海鳥の羽　[小説]
〈初出〉「読売新聞」明治40年8月4日
〈あらすじ〉その頃私の小学校では、図工に鳥の羽を持っていく習わしがあった。めいめいが鴨や鶏や雉子の羽を持ってきた。私のは、鶏の羽だった。

母に別の羽がほしいとねだった。早川の女房が自分の家に海鳥の羽があるという。翌日、早川の家に行くと、壁に魔物のような海鳥の死骸が下がっていた。私は逃げ出した。もう七八年、海鳥のことは考え出すこともなかったが、ふとこんな古い記憶を呼び起こした。早川の亭主も女房も今は墓の下である。
　〈備考〉『緑髪』「創作年月」に「40年7月」とある。
　〈収録〉『緑髪』隆文館　明40.12　Ⅳ302-39
　　　　　『小川未明作品集　第1巻』大日本雄弁会講談社　昭29.6　Ⅳ350-16
　　　　　『定本小川未明小説全集　第1巻』講談社　昭54.4　Ⅳ365-14

2120　麓の里は日暮る　[小説]
　〈初出〉「読売新聞」明治40年8月8,9日
　〈あらすじ〉六年目に故郷に帰った。小さな橋を渡ると、百姓家が五六軒ある。左の道端には石地蔵の祠がある。ここが嵯峨里町である。私の乳母がいる。遠い親類で綿屋がある。私は三里ばかり山手の村にいる叔母のもとへ行こうと思った。私の家に髪結いの娘が出入りしたことがある。私はこの娘に愛されたら、親も兄弟もいらないと思った。娘は女房のある男と恋仲になり、心中した。その後、私は親に死に別れ、姉も遠くへ行ってしまった。故郷に帰ったからとて帰るべき家もない。自然は人間の喜憂にかかわらず、活動を続けている。わが行く先の麓の里は日が暮れる。
　〈備考〉『緑髪』「創作年月」に「40年6月」とある。
　〈収録〉『緑髪』隆文館　明40.12　Ⅳ302-36

2121　酒肆　[小説]
　〈初出〉「新小説」明治40年9月
　〈あらすじ〉酒屋に入って清酒を傾ける。田舎の酒屋と都会の酒屋は趣きがちがう。新聞社の夜勤に向かう。私は運命や前兆、神秘を信じる。人間には、神秘を感ずる力がある。それに従えば、運命を未発に制することができる。編集の仕事を人に任せ、社を飛び出した。美しい女性達。熱あり、血あり、肉ある人生の美を私は見送った。恋のために生きているとしても、私はそこに美とチャームを認める。人生はそればかりでも価値がある。私はそれをどう文字に表せばよいのか。現実の美は現実として楽しむべきではないか。その夜から私は重い熱病にかかった。
　〈収録〉『惑星』春陽堂　明42.2　Ⅳ303-7
　　　　　『定本小川未明小説全集　第1巻』講談社　昭54.4　Ⅳ365-22

2122　私語　[小説]
　〈初出〉「文庫」明治40年9月1日
　〈あらすじ〉だらだら坂の下に氷屋がある。都の町つづきで、人通りの多いところだ。午後三時頃の蒸し暑い日盛り。青ペンキで塗られた氷屋の看板と店先に置かれた手桶の水が会話をする。看板は地上の美を水に説明し、浮世のパノラマを誇った。水は上しか見ることができなかったが、空にわく雲の美しさを看板に語った。ひと雨ごとに涼しくなる。こうした看板と手桶の水の身の上話もいつまで続くことやら。

2123　鸚鵡　[小説]
　〈初出〉「秀才文壇」明治40年10月15日
　〈あらすじ〉春雨に身体を濡らして、神田の通りを歩いていた。しっとりとして艶めかしい暮春である。安い下宿屋はこの辺にはなさそうだ。寂しい路地に入ろうとしかけた。蛇の目傘をさした若い女がやってきた。下男風

の男が高下駄をはいてやってきた。鳥屋の前に立った。鸚鵡の前に、少女と下男風の男が立っている。私は幼馴染のお花さんの顔を思い出した。今日は、中学時代に世話になった先生が上京する日であった。安い下宿屋を捜してほしいと言われたのだ。

2124　恋　[小説]
　　〈初出〉「秀才文壇」明治40年10月秋季定期増刊号
　　〈あらすじ〉私は都に一人の叔母さんがいる。叔母さんの家には静ちゃんという十三になる少女がいる。夏のおわり、叔母さんのところに出かけた。私の家は都から七八里離れた田舎である。叔母さんの家についたのは午後二時ごろである。静ちゃんはまだ学校から帰っていない。うとうと眠っているうちに、静ちゃんが帰ってきた。入日が二人の顔を照らした。帰り道、いつも見る鶏卵店の看板をみていると、悲しくなってきて、静ちゃんの顔が思い出された。恋というものを、その日から知りそめた。

2125　静夜　[小説]
　　〈初出〉「女子文壇」明治40年11月
　　〈あらすじ〉自分は琵琶を抱いて、山道を馳せくだった。一心不乱に脇見もせずに麓の村里を目指した。彼女の面影を思いながら。温泉場の光景が眼にうかぶ。彼女は私よりも二日前に温泉場を去った。私の恋ははかないものとなった。失恋の痛みに堪えかね、琵琶を鳴らした。自分は詩人だ。万有を愛さなければならない。別離は、住む場所が異なるだけで、この大空の下に住んでいることに変わりない。死も下界と天界を隔てるだけで、永劫不変の宇宙の間に存在していることに変わりはない。私はこの信仰の上に安立した。

2126　厭妻小説につき　[談話]
　　〈初出〉「ハガキ文学」明治40年12月1日
　　〈要旨〉厭妻的小説の続出に対する、決まった意見というものはない。ことにそれと現代女性の関係ということは僕らの問題ではない。しかしああいう作が流行するのは、現代のエゴの時代には当然のことだろう。自分の妻が厭になるだけじゃない、自分自身さえ厭になることもある。

明治41（1908）年

2127　霊魂　[小説]
　　〈初出〉「秀才文壇」明治41年1月
　　〈あらすじ〉振り返ってみれば我が来た道すら分からない。野原のただなかに一人佇んでいる。五十年の生涯も夢のようだ。一軒の古めかしい建物がある。「汝の運命なり。この家に住せよ」とある。食欲も聴覚も視覚も失われている。自分はどこから来てどこへ行くのだろう。平原にある森へ行って住むよりほかはない。聴覚が失われ、もはや人間界とも関係がなくなったようだ。かの暗く見えた森は海であったらしい。

2128　運命　[小説]
　　〈初出〉「趣味」明治41年2月
　　〈あらすじ〉あらゆる職業をやってみたが、失敗と冷笑を免れなかった。自分は暗い一生を送るためにこの世に生まれてきたのだ。ある時は都の人を罵ってみた。ある時は同情を得ようとした。ある時は文明に反抗しようとした。しかし今は何をして駄目だと絶望している。彼は故郷の北国に逃げ

た。だがその自然も自分を受け入れてはくれなかった。海に沈む夕陽を見ようと、富直線のレールを歩いているとき、鉄橋の上で、汽車が来るのが分かった。彼は咄嗟に三尺を解いて、レールにぶらさがった。「切れなかったのが不思議だ」と優しい声が聞えた。彼は、また都へ上った。

2129 **病衰** [小説]
〈初出〉「文庫」明治41年2月1日
〈あらすじ〉上野山に立つと全都が見える。某私立学校をでた同窓二人が出会った。三年ぶりである。小男の宮川は大学では秀才で議論家であった。もう一人の秋山は新聞記者をしていた。宮川は肺病にかかり、田舎に帰っていたが、診察を受けるために都へ出てきたのだ。宮川は聖書から霊魂不滅を学んだという。秋山は人間は死の影を認めると信仰を言い出すと冷笑した。秋山は言った。「不安な運命に盲従する必要はない。自分で欲する「生」を争うのです。」後に宮川が雑誌に書いた文章を読むと、秋山が言ったことが書いてある。秋山は思った。「案外人間は弱いものだ。病衰ゆえに何を言っても信じるのだ。」

2130 **北海** [小説]
〈初出〉「文庫」明治41年2月1日
〈あらすじ〉生から死に移る間に神秘の力が宿る。北海が秋から冬に移る間も同様である。海辺の人達は、生まれたときから北海の自然に親しんでいる。人生について、どこから来てどこへ行くのか考えない。この土地で敬われた旅僧が海へでて、凍え死んだ。数珠をかけ、天を仰いでいた。天人が水色の塔を氷の上に築いていた。竜宮城の蜃気楼が波間に現われたこともある。天女が村人と結婚し、海を見ると故郷が恋しくなるから恋人とともに山奥に住んだという話もある。

2131 **桶屋** [小説]
〈初出〉「ムラサキ」明治41年3月
〈あらすじ〉村はずれの桶屋の横に水車場がある。水車の音とタガをかける音が響いた。桶屋の与平は人の好さそうな、物をいわない男だった。女房と三人の子供がいた。前の通りは往還で、汽車が通じてから旅人は少なくなったが、労働者や商人は今も通行していた。海辺の今町へ通じる道であった。左は加賀へ何里、右は今町へ何里と刻んだ碑がたっていた。その与平が、村の休み日に博打をした。負けた与平は、博打を繰り返すようになった。桶屋は寂れた。ある日、女乞食が杉林で首をくくっているのを見た与平は、人生がつまらなくなり、鉄道線路で自殺をとげる。

2132 **緋衣の僧** [小説]
〈初出〉「新小説」明治41年3月
〈あらすじ〉緑葉にのどかな日影が差している林の中は小鳥も啼かない。空気まで緑に染まり、そのなかを行く緋衣を着た僧侶の顔も緑に見える。鳥も花も草も木も、現世のものならぬ幻の世のものである。僧のみが、法教廃れた下界を捨ててここの客となったのだ。僧は鐘をつく。山は無心、水は無心。緑髪長く肩にかかり、鮮やかな紫の衣をきた少女が現れた。僧は緋の衣をかかげて石段を駈け降りた。歌の一節が聞こえる。「夢の世に何の快楽あらん、現世の恋さえ叶うなら…」

2133 **暁** [小説]
〈初出〉「新潮」明治41年3月
〈あらすじ〉三人の姉妹が母の最期を看取っている。末の妹は星を見て涙ぐ

んだ。戸を叩く音がする。兄が帰ってきたのかと思ったが、旅人だった。旅人は泊めてほしいというが、姉は断った。母は、今、兄と話をしたという。やがて母は息をひきとった。坊さんが呼ばれた。末の妹は、極楽へ旅立った母のお供をして後ろから歩いている姿が目にうかび、悲しいうちにも懐かしい思いがした。あの旅人はどこへ行ったろう。窓の外が明るくなった。寺の鐘が鳴る。姉妹は、兄が帰ってくるだろうかと待っている。
　　　　〈収録〉『惑星』春陽堂　明42.2　Ⅳ303-4
　　　　　　　　『定本小川未明小説全集 第1巻』講談社　昭54.4　Ⅳ365-19

2134　幻想の文学（ハーンの怪談参照）［感想］
　　〈初出〉「文庫」明治41年3月15日
　　〈要旨〉ノバーリスの「青い花」は、形のない理想のシンボルで、熱烈な憧憬家の目に見えた神秘な花である。そこへ行こうとする向上の欲望と現世に対する欠陥の意識が強い文学であった。彼等の極端な超現世的文学は、現在苦を厭悪するものであった。彼等の夢には、寂しい影がある。ハーンの憧れは、異なる。ハーンは自分の思索的空想で、理想郷の形を認め、理想に達する道を知っていた。新ロマンチシズムは、さらに進んで新しい意味のミスチック・シンボリズムの幻想文学になる。ロマンチックソールは、いかなる迫害を受けても、若やかな温かな、憧れの匂いと力を失わない。

2135　流霊寺　［小説］
　　〈初出〉「江湖」明治41年3月20日
　　〈あらすじ〉流霊寺には昔、城下で武士の屋敷があった。三好という武家の家があった。吉実は高慢な人であった。刀剣を集めるのが好きだった。正宗の刀剣を手にしたとき、人を斬りたくなった。旅の薬売りが街道で斬られ、その後も殺人は続いた。吉実は家で自害をさせられ、そこは化物屋敷となった。その後、悪霊を河に流し、寺を建てたので流霊寺という名がついた。その寺を今、青年画家が写生している。上州の蚕の糸とりに行く少女が空を眺めている。少女の運命も寺の縁起も知る人はいない。

2136　文芸時評　［感想］
　　〈初出〉「二六新聞」明治41年4月2日
　　〈要旨〉「太陽」に出た昇曙夢の「最近露文学管見」が面白かった。疲れ切った現実を離れ、新しい夢の記憶を復活し、天空水色ともに意味深き故郷や、幼き日の村を偲んだ夢幻的作風が露国では歓迎されているという。日本では自然主義が力を持っている。自然主義が現実以外に出ない実感の描写だとすれば、このような空想の作物は価値ないものと言うことになる。しかし世間はそういう人ばかりでない。

2137　美文総評　［感想］
　　〈初出〉「秀才文壇」明治41年4月20日
　　〈要旨〉「新緑」号の応募美文だけでも二百十余篇あったが、いずれも推敲が足りなかった。美文の一等「春日和」は、長いわりに印象が薄い。もう少し緊縮して人の胸をつくように書けようが、観察がこまかく、悲哀のある感懐が同情を惹くに足る。

2138　由之介　［小説］
　　〈初出〉「秀才文壇」明治41年4月20日
　　〈あらすじ〉川越在に吉祥寺という古刹がある。そこに由之助の墓がある。頃は慶応の初年、川越に金又という金物問屋があった。長男の由之助は知能に障害があった。親が亡くなったあと、弟が兄の世話をしたが、疎んじ

Ⅲ 作品

られるようになり、吉祥寺の住職が由之助の面倒を見ていた。上人が江戸に出ているうちに、由之助は亡くなった。上人が帰ってきた翌朝、由之助が姿を現わした。生前、由之助は死ぬまでに一度上人に暇を申し上げたいと言っていた。幽霊はある。

2139 **麗日** ［小説］
〈初出〉「東京毎日新聞」明治41年4月25日～6月（日不明）
〈あらすじ〉生まれたのは二七年前である。生まれた日に鳥の合戦があった。父は北海教という新神教を開く考えで家に帰ることはなかった。私が生まれたとき、隣の蠟燭屋の職人が名付け親になった。私に二人の親友があった。水沢清と平野武。隣の蠟燭屋のお作と提灯張のお艶とも親しかった。ある年の春、水沢と平野と私は佐渡と越後の旅をした。私の故郷観はそんなに淋しいものではない。紅雲郷。その年、水沢と平野は東京へ出た。同じ年に祖母が死んだ。翌年、私は東京へ出た。平野は生存競争の激しい都で、希望を失っていた。水沢は社交的になった。平野は永劫の自然の前に人間が不朽の真理を悟ることはないと考えた。私は、人は何等かの信仰によって、平和な生涯が見出されると思った。平野の頭は徐々に狂っていき、故郷へ帰った。私は四年ぶりに故郷へ帰った。父は修行し、今では山に鳥居が建つ。私は故郷を去った。過ぎ去った時代を顧み、麗しく、夢の多かったことに想いいたった。
〈収録〉『惑星』春陽堂　明42.2　Ⅳ303-9
『定本小川未明小説全集 第1巻』講談社　昭54.4　Ⅳ365-24

2140 **黒冠** ［小説］
〈初出〉「家庭雑誌」明治41年5月
〈あらすじ〉黒装束をした三人の旅役者が、西洋のとある村へ入り込んできた。人々の気質も温和で、奇跡を信じている暗い村である。五年前に悪疫が流行して、多くの人が死んだ。旅役者は、村の総代のところへ行き、二日間十両で雇わなければ悪疫が起こると言った。総代は村人と相談し、七両にまけさせることにした。芝居が始まった。栄華の盛りにある王が、千年前と千年後のありさまを知りたいと思った。そこへ黒い冠をかむった爺さんがやってきて、両方の世界を王に見せた。一方は蛇の棲む荒野、一方は昔の城下が、次第に衰微していく町であった。王は、わが一生もまた夢かと嘆息した。芝居が終り、旅役者は去っていった。黒い冠が残された。それを冠ったものは、みな死んだ。三両値切ったために、かえって損がでた。

2141 **鐘の音** ［小説］
〈初出〉「趣味」明治41年5月
〈あらすじ〉私は目を閉じてさえ、故郷の景色をありありと見ることができる。国を出て、七年になる。私には一人の叔母がいる。この叔母以外に頼りとするものはない。その叔母が死んだ。国を出る前、仏壇も売ろうとした私を、叔母さんは私が預かるかといって引き留めた。死んでいく叔母さんの身の上が悲しいか、一人取り残される私が悲しいか。遠くで鐘の音がした。私の一族は死に絶えた。暗愁の雲が、家から離れない。ああ今日は叔母さんの葬式の日だ。またしても鐘の音がした。

2142 **日蝕** ［小説］
〈初出〉「早稲田文学」明治41年5月
〈あらすじ〉十七年前の夏の昼過ぎ、風が静まり、天地はひっそりとし、家のうちが暗くなっていった。熱が出たので私は床の中で寝ていた。真っ赤

な巴旦杏が枕元にある。台所で、魚屋の高橋乾二が母と話をしていた。こ
の男は晩年気がくるって死んだ。御岳教の熱心な信者だった。あたりが黄
色くなって日蝕がはじまった。乾二も母親も太陽が病気になると思ってい
る。戸外に出た。硫黄の固まりを燃やして遊んでいる子供等がいた。彼ら
は日蝕を気にする様子がない。やがて日が暮れた。あんな真っ赤な夕日は
見たことがない。私の熱病はその日から全快した。どうしてあの日蝕の日
のことをこんなによく覚えているのだろう。
〈備考〉『雪の線路を歩いて』収録時の題名は「病日」。41年4月作。
〈収録〉『惑星』春陽堂　明42.2　Ⅳ303-1
『雪の線路を歩いて』岡村書店　大4.4　Ⅳ316-10
『小川未明選集　第1巻』未明選集刊行会　大14.11　Ⅳ331-8
『小川未明作品集　第1巻』大日本雄弁会講談社　昭29.6　Ⅳ350-17
『定本小川未明小説全集　第1巻』講談社　昭54.4　Ⅳ365-16

2143　蠟人形　[小説]
〈初出〉「新小説」明治41年5月
〈あらすじ〉私は一人の蠟燭造りを覚えている。その町は海に近い、北国の
寂しい町である。名を兵蔵といって、いつもふさいだ顔をした男である。
妻は子の清吉をよく叱った。清吉は一人息子で、おとなしかった。小学校
ではよく泣かされて帰ってきた。小学校を卒業した清吉は、高等小学校へ
行かずに、東京の人形屋へ丁稚に行った。五年後、突然、清吉が帰ってきた。
脚気だという。清吉は家で蠟人形を三つ造った。一つは誤って坩堝に落と
した。一つは清吉が東京へ戻るときに持って帰った。もう一つはどうなっ
たのか。三年経った。母は子供の成功を祈っていた。行方の知れなくなっ
た蠟人形は、清吉の幼なじみのお蔦が持っていた。お蔦は狂っていた。
〈収録〉『夜の街にて』岡村盛花堂　大3.1　Ⅳ312-7
『未明感想小品集』創生堂　大15.4　Ⅳ335-12
『小川未明作品集　第5巻』大日本雄弁会講談社　昭30.1　Ⅳ360-13
『定本小川未明小説全集　第2巻』講談社　昭54.5　Ⅳ366-16

2144　不安な燈火　[小説]
〈初出〉「白虹」明治41年6月2日
〈要旨〉北国の十月の末。子供等が濠の中へ降りたり、淵辺で遊んだりして
いる。そこへ痩せた、破れ帽子の男がやってきた。「坂本の潤さんじゃ…」
子供達がひそひそ話し合った。英語を教えてやるという。子供達は逃げ出
した。桑圃の中の家が坂本の家である。杉の木が立っている。坂本の息子
は東京の高校へ入ったが、神経衰弱になり、気が変になった。父親が死ん
だあとは、母親と二人で暮らしている。家の中から狂人の怒鳴る声が聞こ
えた。坂本の家は夜もすがら燈火をつけていた。

2145　露国に赴きたる二葉亭氏　[感想]
〈初出〉「趣味」明治41年7月
〈要旨〉作家としての態度は漱石の方が気にいっている。作に力があるのは
二葉亭の方である。漱石の智的に対し、二葉亭は情熱的である。あくまで
二葉亭はロシア式だ。二葉亭の作には、情熱も力もあるが、崇高の感じが
乏しい。あくまで現実的で暗愁がある。一言にしていえば、大きいが低い。
波の打っている塩辛い海のようだ。

2146　浮雲録　[感想]
〈初出〉「早稲田文学」明治41年7月

〈要旨〉新旧思想の衝突は、昔の人の信仰が今の人の信仰と違っているだけだ。争うより同情したい。オスカー・ワイルドの「サロメ」を読んだ。夢幻的な作品に力があり、これにサジェスチョンを受ける人も多い。何々主義を振りかざすのは、好んで狭い形に入ろうとするようなものだ。いかなる天才にしろ、永遠の前には人の事業など塵のようなものだ。すべては運命の波にさらわれてしまう。

2147 櫛 [小説]
　　〈初出〉「文章世界」明治41年7月
　　〈あらすじ〉町から離れた村だ。お島という病婦が織っている機の音が聞こえる。道の上に二人の女房が立っている。そこへ髪の毛が沢山で、鍋をかぶったような女がやってきた。鍋被りの女は陰気な顔で、そこに立った。二人の女は立ち去った。機の音がやんだ。十二歳になるお島の子供が、町から帰ってきた。鍋被りの女が自分の家へ入りかけた。そこへお島の男の子が駈けてきて、柘植の櫛を渡すと駆け出した。「櫛！櫛！」と言うと、女は西隣の家に櫛を投げ捨てた。「お島の亜魔、悪戯をさせやがって」
　　〈備考〉『雪の線路を歩いて』収録時の題名は「凶」。41年7月作。
　　〈収録〉『惑星』春陽堂　明42.2　Ⅳ303-2
　　　　　『雪の線路を歩いて』岡村書店　大4.4　Ⅳ316-11
　　　　　『小川未明選集 第1巻』未明選集刊行会　大14.11　Ⅳ331-9
　　　　　『小川未明作品集 第1巻』大日本雄弁会講談社　昭29.6　Ⅳ350-18
　　　　　『定本小川未明小説全集 第1巻』講談社　昭54.4　Ⅳ365-17

2148 初恋は直ちに詩である　[感想]
　　〈初出〉「文章世界」明治41年7月
　　〈要旨〉尋常小学校四年のとき、音楽の上手な先生に思いを寄せた。懐かしく慕わしかった。同時に、哀しみを感じた。それが私の初恋であった。今会うと、懐かしいとも慕わしいとも思わないかもしれない。しかし今私の眼に残っているのは、やはり小学校時代の美しい姿である。私にとって初恋は詩である。永久に輝いている。母と一緒にいった温泉で会った少女にも同じ思いをもった。美しい恋と自然とは関係がある。

2149 詩三篇　[詩]
　　〈初出〉「秀才文壇」明治41年7月15日
　　〈要旨〉「お江戸は火事だ」「坊やはよい子だねんねしな。」「車の音は疲れ、人は疲れ。」

2150 お江戸は火事だ（「詩三編」のうち）　[詩]
　　〈初出〉「秀才文壇」明治41年7月15日
　　〈要旨〉お江戸は火事だ、お江戸は火事だ。出て見い、出て見い、東の空が真紅つか。（以下略）
　　〈収録〉『詩集 あの山越えて』尚栄堂　大3.1　Ⅳ311-44
　　　　　『定本小川未明童話全集 第3巻』講談社　昭52.1　全童話Ⅳ161-46

2151 童謡（「詩三篇」のうち）　[詩]
　　〈初出〉「秀才文壇」明治41年7月15日
　　〈要旨〉坊やは好い子だねんねしな。泣くな好い子だ、ねんねしな。（以下略）
　　〈収録〉『詩集 あの山越えて』尚栄堂　大3.1　Ⅳ311-56

2152 子もりうた　[詩]
　　〈初出〉「秀才文壇」明治41年7月15日

〈要旨〉坊やはいい子だ、ねんねしな。坊やはいい子だ、ねんねしな。(以下略)
〈収録〉『定本小川未明童話全集 第3巻』講談社　昭52.1　全童話Ⅳ161-42

2153　**朱粉**　[不明]
〈初出〉「芸術界」明治41年8月
〈あらすじ〉(不明)

2154　**凶雲**　[小説]
〈初出〉「趣味」明治41年8月
〈あらすじ〉急病で死んだ物持氏の葬式の後、自分は彼のことを考えた。彼は考古学者だ。二年前に会ったときは、厭な人だと思った。陰鬱で病的な感じがあった。しかし後には彼を気の毒な人と思うようになった。彼は、正直な、親切な、臆病な人である。葬式の帰り道、黒雲がわいた。彼が土器を掘り出していたときも同様の黒雲が出た。それを思い出すと、眼前の黒雲のなかに、彼がいるように思われた。葬儀で一緒だったSから、彼が恋人に裏切られた話を聞いた私は、彼の人となりが分かった気がした。

2155　**一顆涼 第一**　[感想]
〈初出〉「新小説」明治41年8月
〈要旨〉昨年の夏はどこへも行かなかった。六月中ごろに徴兵検査のために高田に帰った。私は学校時代を除いて洋服を着たことがない。旅行するときも和服を着る。桜は豊艶にして俗ならざるを愛し、牡丹はその熱烈なるを愛し、薔薇はその香りと温かみのこもるのを愛す。石竹はその姿の優しく、哀れなるを愛す。果物では林檎、葡萄、西瓜、石榴などが好きだ。味よりも匂いや色合いが好きだ。浴衣は木綿の他は着たことがない。黒地ならカスリ、白地なら縞が好きだ。

2156　**文芸雑感**　[感想]
〈初出〉「高原文学」明治41年8月
〈要旨〉(不明)

2157　**机上雑感**　[感想]
〈初出〉「秀才文壇」明治41年8月15日
〈要旨〉アンドレーエフの『血笑記』が出た。日本の単調な文壇の作風が破られ、神秘主義の領土が開かれることを信じる。『御風詩集』を読んだ。僕は君の小説よりも、評論よりも、詩を好む。君の本領は平明にして、しかも思い長きところにある。フランス人オーレルの『女殿下』、上司小剣『灰燼』、独歩『病床録』を読んだ。

2158　**乾舌録**　[感想]
〈初出〉「読売新聞」明治41年8月23日
〈要旨〉主義より主義に移っている間に死んでしまうのだ。同じ夢ならば、勝手な夢を見た方がよい。世の中に夢でないものがどこにあろう。デカダン派の作品をよむと雨の降る暮れ方のような気分になる。私の心は常にそのようであるが、今一度シェレーやバーンズのように自然や人生を歌うことができないか。都会詩人よりも田園詩人の輩出を望む。

2159　**諸感録**　[感想]
〈初出〉「読売新聞」明治41年9月20日
〈要旨〉自然派といえる作家でも、内的な作家もいれば外的な作家もいる。近代の空想文芸に自然主義の色彩の伴わないものはない。自然主義の作品に、空想的分子の加わらないものはない。両派は、人生に対する態度は真

面目であるが、向かうべき方角が違っている。

2160 **美文評** ［感想］
　〈初出〉「秀才文壇」明治 41 年 10 月
　〈要旨〉「野分」「彼女の母」「暴風の日」「人妻」「妖夢」の各投稿作品に短い批評を添えている。「佳作」についても同様。

2161 **未だ文壇の人に非ず（奈何にして文壇の人となりし乎）** ［感想］
　〈初出〉「新潮」明治 41 年 10 月
　〈要旨〉僕はいまだ文壇の人ではない。しかし将来にはなりうると信じている。早稲田に入ってから今まで書いた短編に対する世評は、誤っている。僕は非自然派という名のもとに虚名を売った感がある。僕の今は手習い時代である。今は未成品だ。『愁人』『緑髪』も手にとる気にならない。しかし、その作品も自分の感情を偽らず正直に書いたものである。

2162 **暗い空** ［小説］
　〈初出〉「早稲田文学」明治 41 年 10 月
　〈あらすじ〉太い黒い煙突が二本、空に立っている。廃井らしい。彼方には煙を吐いている石油井がある。暗愁を感じた。親の煙突は衰え、子供の煙突が今を盛りに煙を吐いている。黒い桶が沢山並び、青臭い臭いが鼻にしみた。ここには人を殺しても構わぬ手あいが住んでいる。製造場から地底をうがつ音がする。人の気配はない。私は青塗の大きな桶の中を覗いてみたくなった。冒険的な考えが萌し、梯子を昇っていった。下から誰かが上ってくる。腕に鉄槌をさげ、ぎょろっとあざわらって私を見つめた。日本海に真っ赤な入日が落ちる。私は殺されるのだなと思った。
　〈収録〉『惑星』春陽堂　明 42.2　Ⅳ303-3
　　　　　『小川未明選集 第 1 巻』未明選集刊行会　大 14.11　Ⅳ331-10
　　　　　『小川未明作品集 第 1 巻』大日本雄弁会講談社　昭 29.6　Ⅳ350-19
　　　　　『定本小川未明小説全集 第 1 巻』講談社　昭 54.4　Ⅳ365-18

2163 **北の冬** ［小説］
　〈初出〉「新小説」明治 41 年 10 月
　〈あらすじ〉私が六つか七つの頃、炬燵にあたって、母からいろんな恐ろしい話を聞いた。赤い提灯が三つ、村に入ってくる話。日暮れに、母と一緒に湯屋へ出かけた。一面に灰色がかった雪の原野。日本海の波音が聞こえる。かなたから白装束の男がやってきた。光る鏡を胸にかけている。すれ違うとき、男が雪の中に入って私達が通るのを待ってくれた。「六根清浄」といった沈鬱な声が忘れられない。北欧詩人の北光を讃美した詩を読んで、幼子の昔を懐かしく思った。黄色な雲、灰色の空、白衣の行者、波の音、それらが私の心から離れない。多年都会生活に疲れた私の魂は、奇跡の多い故郷をさまよった。
　〈収録〉『惑星』春陽堂　明 42.2　Ⅳ303-8
　　　　　『小川未明選集 第 1 巻』未明選集刊行会　大 14.11　Ⅳ331-15
　　　　　『定本小川未明小説全集 第 1 巻』講談社　昭 54.4　Ⅳ365-23

2164 **淡々録** ［感想］
　〈初出〉「新天地」明治 41 年 10 月 1 日
　〈要旨〉時代思潮の外で超然としていることはできない。従うか、争うかの二つの道しかない。ハイネやニーチェのように反抗し、苦悶するのも、メーテルリンクやハーンのように自家の信仰に従うのも面白い。作家となる以上は個性が必要だ。特色がないなら作家の資格がない。自分と同じ型の人

間がいるかと思うと厭な気がして、ポーやメーテルリンクの作を引き裂きたくなる。自分は単一でありたい。専門学校時代の友のことがしのばれる。N、F、S、B君。皆個性があった。しかし詩才必ずしも詩を作っていない。

2165　**人物評論総評（総選評録）**　[感想]
〈初出〉「秀才文壇」明治41年10月10日
〈要旨〉人物評論が振っていたのは喜ばしい。「ナポレオン論」「後藤逓相」「風葉と鏡花」「石川素童禅師」「日蓮上人」など。人を評することはむつかしいが、青年は天下に憚るところなく、信じたところを述べていた。

2166　**沈む日**　[小説]
〈初出〉「紅炎」明治41年11月
〈あらすじ〉原に一つの小山があるきりの沈黙の国を、三人の子供が歩いている。一人は目が見えない。その児が足許の赤土を掘ると、丸い瓶が出てきた。「受けよ」盲目の児は、二人の子供に命じた。瓶の蓋をあけると白煙が昇った。子供は瓶を踏み砕いた。それから千年経った。割れた瓶の破片に、三疋の蝦蟇がいた。蝦蟇の声がした。それが天地の沈黙を破った瞬間である。また千年が経った。野原に葦葺きの家がある。一軒の家で女が息をひきとった。三人の男が女を担いでいった。赤い日が沈んでいった。さらに千年経ち、また千年が経った。小山のいただきには草もない。石碑が立っている。「何物か滅びざる」

2167　**落葉**　[小説]
〈初出〉「文章世界」明治41年11月
〈あらすじ〉秋のうららかな日、小太郎は母とともに稲を刈っていた。小太郎が持ってきた籠の小鳥は、木立の枝にかけられていた。そこは古い町で、わずかばかりの工場と製造場がある。昔は城下で隆盛であったが、年々衰退していった。灰色の砂山の西に三角の台があり、赤い旗がひらめいていた。楪の葉が散って、地面に落ちた。葉の上を歩く蜘蛛を小太郎は捕まえ、小鳥にやった。天気がかわった。北国の習わしの、沖あげの暴風雨が襲ってきたのだ。一陣の風が、鳥籠を落とした。小鳥は逃げだした。

2168　**老婆**　[小説]
〈初出〉「新天地」明治41年11月
〈あらすじ〉私が借りた二階の六畳は、日も当たらない汚いところだ。朝早く工場へ行き、夜遅く帰る。家主の老婆は、火のない火鉢を前に、いつも同じ方をみる。ある日、私は外で老婆を見かけるが、家に帰ると、老婆はすでに帰っていた。私は自分の部屋に、血痕など無いか調べてみた。風邪をひいた私は、老婆にそのことを告げるが、罪のない笑い方をするばかりだった。その笑いは、私の死んだ婆さんに似たところがあった。何か薬はないかと尋ねると、老婆は抽斗からアヘンを取り出した。私はふるえあがった。老婆は私を見ている。私は老婆を見返す勇気がなかった。
〈収録〉『惑星』春陽堂　明42.2　Ⅳ303-5
　　　　『小川未明作品集 第1巻』大日本雄弁会講談社　昭29.6　Ⅳ350-20
　　　　『定本小川未明小説全集 第1巻』講談社　昭54.4　Ⅳ365-20

2169　**捕はれ人**　[小説]
〈初出〉「文章世界」明治41年11月
〈あらすじ〉山奥の谷底に、猟師らしい捕われ人が粗筵に座らされている。三人の悪人の目は光っている。捕われ人は殺されるらしい。ここは一日中、日の光が射さない。黒い桶が二つ持ち込まれた。生き肝や血で丸薬をつく

るのだ。大きなまさかりを研ぎ始める。猟師は、今朝まで悪者に捕まるとは夢にも思わなかった。悪人たちが歌いだした。研ぎ澄まされたまさかりに星の光が映じた。さかんに火の手があがり、悪人の黒い影がうごいた。いやらしい笑い声がすると、天上の星が身震いした。
　　　〈収録〉『惑星』春陽堂　明42.2　Ⅳ303-6
　　　　　　『小川未明選集 第1巻』未明選集刊行会　大14.11　Ⅳ331-24
　　　　　　『定本小川未明小説全集 第1巻』講談社　昭54.4　Ⅳ365-21

2170　注目すべき今年の作品　[感想]
　　　〈初出〉「国民新聞」明治41年11月29日
　　　〈要旨〉たくさん読まないゆえ、多く知らないけれど、自然派全盛の本年にあって、「金毛狐」「坑夫」「血笑記」等は注目すべき作品といえる。

2171　雪雲録　[感想]
　　　〈初出〉「秀才文壇」明治41年12月15日
　　　〈要旨〉僕等は生きた煩悶をやりたい。自分で自分の考えを生みたい。新しきものが生れるときは必ず圧迫がある。現代は一人のニーチェが欲しい時代だ。文壇の歩調が狂いだし、社会の改造が目的であるような手強いものだ。真のロマンチストやナチュラリスト、デカダンはご機嫌取りの上手な男ではない。熱烈な理想派であり、社会改造論者である。根本に恐るべき謀反心がある。

明治42（1909）年

2172　矛盾録　[感想]
　　　〈初出〉「秀才文壇」明治42年1月
　　　〈要旨〉（不明）

2173　タンタージルの死　[感想]
　　　〈初出〉「早稲田文学」明治42年1月
　　　〈要旨〉瞑想の戯曲家メターリンクは、いたずらに舞台を複雑にすることを好まない。目的とするところは、宇宙や人生の表象である。メターリンクは、初め運命論者であった。やがて運命と人生の関係、人生と自然の関係を探るようになるが、全体としてやはりメターリンクの特色は、夢幻的作風にある。「タンタージルの死」は、すべての人生が死に対する恐怖と哀願と絶望とのシンボルとみなすことができる。

2174　無題（町に、今宵も）　[詩]
　　　〈初出〉「秀才文壇」明治42年2月
　　　〈要旨〉町に、今宵も　美しき君の歌聞く。　北に行く船よ　帆の赤きかな。（以下略）

2175　鉄片　[小説]
　　　〈初出〉「新声」明治42年1月
　　　〈あらすじ〉太吉が鍛冶屋から五寸釘と鏨を盗んで走り去った。三年前、太吉の父親が、酒に酔って帰れなくなった金持ちを車で迎えにいった帰り、吹雪のなかで汽車に轢かれて死んだのだ。太吉は子供らと交わらぬようになり、乱暴ものになった。母には優しい太吉だったが、母が寝た晩、汽車を転覆させようと釘を鏨をもって家を出た。しかしレールの継ぎ目に鏨を打とうとしても叶わなかった。朝方、太吉はしょんぼりと何処かへ姿を消

した。
〈収録〉『北国の鴉より』岡村盛花堂　大元.11　IV308-9
　　　　『小川未明選集 第1巻』未明選集刊行会　大14.11　IV331-26
　　　　『小川未明作品集 第1巻』大日本雄弁会講談社　昭29.6　IV350-21

2176　点　[小説]
〈初出〉「新天地」明治42年1月
〈あらすじ〉町はずれに教会堂があった。子供達はそこで算術を習った。牧師の翁を失恋の人という人もあった。五六年後、翁は真黒の喪服に着がえた。暗黒や罪悪を口汚く罵るようになった。冷たい墓石を撫でて、気を静めていた。霊魂不滅を説いた。信者の娘が死んだとき、翁は十字架に娘を横たえ、手と足に五寸釘をうった。そして額にも。「この気狂」と母親は叫んだが、動かすべからざる力を感じ、翁のすることを止めることが出来なかった。「この子も、神のために犠牲になるんだ」ある夜、翁は忽然と悟った。算術を習いに来ていた子供に、黒板に、三万六千の点を打たせた。翁は子供に、一日がこの点の一つだと教えた。
〈収録〉『北国の鴉より』岡村盛花堂　大元.11　IV308-31
　　　　『小川未明選集 第1巻』未明選集刊行会　大14.11　IV331-27
　　　　『小川未明作品集 第1巻』大日本雄弁会講談社　昭29.6　IV350-22
　　　　『定本小川未明小説全集 第2巻』講談社　昭54.5　IV366-8

2177　感概なからんや　[感想]
〈初出〉「国民新聞」明治42年1月3,5日
〈要旨〉自然主義が唱えられたときは、旧文芸は誤ったものとして破壊されようとした。いままた新しい一派の徴候がみられる。主義のためにたてられた文芸は、主義のために破壊される。西洋の文芸を崇拝するだけで、作家個人の特色を認めないのはなぜか。小さな日本を世界に誇ってみせるものはないのか。自然主義は真面目な態度を教えた。それはだが態度の問題であって、文芸の版図を制限するものではない。文壇の単調を破るためには、非自然派が起こることを主張したい。

2178　文士と酒、煙草　[アンケート]
〈初出〉「国民新聞」明治42年1月5日
〈要旨〉酒は好きだ。ただし最も甘い酒か、強い酒だ。

2179　印象記一　[感想]
〈初出〉「秀才文壇」明治42年1月5日
〈要旨〉独楽が路傍に落ちていた。青い冴え冴えとした空の下に、黒い行路病者の死骸の幻影が浮かんだ。私は憂鬱症だ。故郷には貧しい年老いた両親がいる。その両親が可哀そうで、親のためなら、私はあらゆる罪悪を犯す気になる。私の親を苦しめているのは、北国の冷酷な自然であるより、むしろ悪ざかしいこの世の人のように思われる。私はこの時、道を歩いている人の顔を覗き込んで、これがその仇ではないかと憎悪の焔が迸る眸で睨みつけていた。

2180　印象記二　[感想]
〈初出〉「秀才文壇」明治42年1月15日
〈要旨〉古い二重回しを着て、てくてくと歩いてきた。冬の日は暮れかかった。場末の坂の下の古本屋で、仏蘭西の古雑誌を買った。家に帰ってみると、すでに七八年前のもので、赤黒く煤けていた。なんとなく私の青春もいつしか過ぎ去ってしまったような気がして悲しかった。

III 作品

2181 **文士と芝居** ［アンケート］
　　　〈初出〉「国民新聞」明治42年1月17日
　　　〈要旨〉芝居は見てもあまり面白いと思わない。むしろ脚本を読んで想像するほうが面白い。

2182 **正月の小説** ［感想］
　　　〈初出〉「国民新聞」明治42年1月22日
　　　〈要旨〉最も頭に残ったのは「新小説」に掲載された「クサカ」の一篇である。

2183 **お富お君お若** ［アンケート］
　　　〈初出〉「国民新聞」明治42年1月27日
　　　〈要旨〉お富一三十二三一平凡一女房一丸髷。お君一二十一二一娘一島田。お若一十七八一茶屋女一浮気者。

2184 **「初夢」を見る感** ［感想］
　　　〈初出〉「趣味」明治42年2月
　　　〈要旨〉この種の劇には、昔のイリュージョンが伴わなかったら、ロマンチックの妙味が分からない。藤娘の姿は、もう少し暗い、頼りない、物さびしい、過去の時代を偲ばせる旅姿の感を与えてほしかった。作を読んで得たイリュージョンは、劇を見ても起こらなかった。

2185 **憧憬** ［感想］
　　　〈初出〉「女子文壇」明治42年2月
　　　〈要旨〉須田町から電車に乗った。文明の有様を見ることができるのを私は喜んだ。贅沢をしているような、田舎の人々に対して済まない気がした。五十年後、都はどうなるだろう。星の光は昔も未来も変わらない。私は毘沙門堂の境内で、昔風の操人形の興行を見た。なんとも言われぬ悲しさが、寂しさが胸をついた。表へ出ると、頭上に星が閃いている。自分は孤独だ。親も、故郷も、友人もない。すべて世の中は仮であって、一瞬の現象に過ぎない。私には都会生活も田園生活もない。何もかもつまらなくなった。明くる日、私は寂しい孤独の旅を企てた。何ものかに憧れて。

2186 **序（『惑星』）** ［感想］
　　　〈初収録〉『惑星』春陽堂　明42.2
　　　〈要旨〉一時の毀誉褒貶や黙殺はその人のまじめな事業に対し、さまでたいした影響はない。それを恐れて世をはばかるくらいなら、冒険家たる資格はない。自分はあくまで世襲や習俗から脱し、時流からも自由に離れて、事故の所信と特色を発揮したい。
　　　〈収録〉『惑星』春陽堂　明42.2　Ⅳ303-0

2187 **死街** ［小説］
　　　〈初出〉「秀才文壇」明治42年2月
　　　〈あらすじ〉私は赤い電柱の下を歩いていた。見上げると、「危険」と書いてある。私は、電信線に修繕工夫が黒こげになってぶら下がっているのを見たことがある。磁石が金属を引きつけるように、私も電流にひきつけられる。電車が群衆の一人を轢き殺しそうになった。私は残酷なことをするな、ダイナマイトで電車と高架鉄道を破壊しようじゃないかと叫ぶと、他の群衆も賛成した。銀行の中を覗いたとき、自分が過去において悪いことをしたような思いがした。彼方に赤い建物が見えた。私は監獄ではないかと思った。
　　　〈収録〉『夜の街にて』岡村盛花堂　大3.1　Ⅳ312-52

　　　　　　　『未明感想小品集』創生堂　大15.4　Ⅳ335-9

2188　旱魃　［小説］
　　　〈初出〉「読売新聞」明治42年2月16, 17日
　　　〈あらすじ〉痛々しい薄皮ばかりの赤い雌松の林があった。枯れかかった松
　　　　林は病人が立っているようだ。「いつまで雨が降らないのだろう」囚徒の
　　　　一人が言った。私は二三の囚徒と一緒に真っ赤な汽車に乗っていた。生き
　　　　物の死骸が横たわっている。そのとき急にあたりが冷たくなった。日蝕だ。
　　　　こう雨が降らなければ、このあたりは沙漠になってしまう。沙漠は無限に
　　　　広がり、汽車も私も罪人も埋めてしまうだろう。病める日‐黒い旗‐罪人。
　　　　私は口のなかで三度その言葉を繰り返した。
　　　〈収録〉『夜の街にて』岡村盛花堂　　大3.1　Ⅳ312-45
　　　　　　　『未明感想小品集』創生堂　　大15.4　Ⅳ335-17
　　　　　　　『小川未明作品集 第5巻』大日本雄弁会講談社　昭30.1　Ⅳ360-45

2189　文士と鮨、汁粉　［アンケート］
　　　〈初出〉「国民新聞」明治42年2月20日
　　　〈要旨〉どちらも好きではない。汁粉は時々食べてみたいと思うが、鮨はそ
　　　　んなことはない。

2190　運命論者たらん　［感想］
　　　〈初出〉「国民新聞」明治42年2月28日
　　　〈要旨〉父母や妻子を養わねばならぬ立場にあるが、身の置き所に困っている。
　　　　今の自分には頭と仕事との間に矛盾がある。貧富の差は、偶然の事実に過
　　　　ぎない。自らは夢想家である。せちがらい世の中で、空想に耽るなど贅沢
　　　　なやり方である。ロマンチストより、写実派の人達の方が偉いと思った。
　　　　私は今後いかにしてこの活社会に立てばよいのか。横町で太い柱が落ちて
　　　　きて自転車に乗った若者にあたった。そのとき私は運命論者になった。夢
　　　　想家の意味をこのとき見出した。

2191　烏金　［小説］
　　　〈初出〉「趣味」明治42年3月
　　　〈あらすじ〉叔父は旅に出ている。留守居を私と叔母がしていた。叔父から
　　　　為替がついた翌日、叔母は私に烏金を職人町の尼さんに届けてほしいと頼
　　　　んだ。叔母はリュウマチで遠出ができなかった。烏金とは何だろう。消炭か、
　　　　隠れて通用する金か。二月末のこと、朝の気持ちのいい思いが、叔母の言
　　　　いつけを聞いていたからふさいできた。天気も変わっていった。尼さんは留守
　　　　だった。隣の女房が預かってやるという。家に戻ると、叔母の顔色が変わっ
　　　　た。叔母は足をひきずって烏金を取り返しに行った。雪が降ってきた。
　　　〈収録〉『闇』新潮社　　明43.11　Ⅳ304-1
　　　　　　　『雪の線路を歩いて』岡村書店　大4.4　Ⅳ316-13
　　　　　　　『小川未明選集 第1巻』未明選集刊行会　大14.11　Ⅳ331-11
　　　　　　　『小川未明作品集 第1巻』大日本雄弁会講談社　昭29.6　Ⅳ350-23
　　　　　　　『定本小川未明小説全集 第1巻』講談社　昭54.4　Ⅳ365-25

2192　烏金　［詩］
　　　〈初収録〉『詩集 あの山越えて』尚栄堂　大3.1
　　　〈要旨〉烏金——消炭色の黒い金——表向きに使う金でなくて、隠れて使う
　　　　黒い金。
　　　〈収録〉『詩集 あの山越えて』尚栄堂　大3.1　Ⅳ311-46

Ⅲ　作品

2193　**無限　[小説]**
　　〈初出〉「ハガキ文学」明治42年3月1日
　　〈あらすじ〉私には故郷がない。父母もいない。諸国を流浪して生涯を送るつもりである。自分の体は、運命がいい加減に行けるところまで運んでいってくれるだろう。この村の堤防復旧工事も一カ月になる。国境の山が鋸の歯のように頭を並べている。杉林の外側を鉄道線路が走っている。その景色は、七つか八つの頃、父に連れられ流浪した村の景色に似ていた。無限に続く線路を眺めながら、亡き母が今夜にも帰ってきてくれるように思った。

2194　**暗黙　[小説]**
　　〈初出〉「読売新聞」明治42年3月14日
　　〈あらすじ〉どこへ行くあてもなく、独り歩いていた。目の前が霧が立ち込めているように、物を見るのも物憂い。都会のなかで自分は孤独であった。白眼視する社会に縋るしかないことを思うと、惨めであった。前途は闇に包まれていた。富豪の家では嫁取りがあるらしい。寺の墓場を見たとき、心が落ちついた。灰色の墓は自分を慰めてくれる。永遠の静けさに帰れ、そこに平和があると。私は「もうしばらく待ってくれ」と微笑んで別れを告げた。
　　〈備考〉3月9日作。

2195　**超郷土の文芸　[感想]**
　　〈初出〉「新潮」明治42年4月
　　〈要旨〉ドイツ十九世紀の初頭に登場したコスモポリタンニズムの作家は、ハーンやメーテルリンクらと似ている。人間の運命は皆同じだと考えた。欠陥多い現実を厭離し、不可知の理想郷に憧れた。ハーンもメーテルリンクも超郷土の文芸家である。メーテルリンクは、極端な運命論者であった。しかし後には、運命と人生との間に横たわる神秘を探るようになる。小なる国家とか、種族的愛情といったものはない。同じ宇宙に住む生あるものに対する哀憐の情、四海同胞の思いが、超郷土文芸を生んだ。

2196　**自由結婚は良きか悪き乎　[アンケート]**
　　〈初出〉「家庭雑誌」明治42年4月
　　〈要旨〉議論上では差し支えないものであっても、結果が悪いものもある。現在の道徳律は不賛成に傾いている。自分一個の考えは奨励すべきものではない。

2197　**愉快な苦悶　[感想]**
　　〈初出〉「文章世界」明治42年4月
　　〈要旨〉私は道を歩くときは快活になる。仕事をしている時のほかは、常にものを考えている。自分がどういう物を書くか、どういうふうに進んでいくかを思い悩む。それは苦悶であるが、愉快な苦悶である。湯に入るときは、平和な慕わしい感じが湧いてくる。ときに自分はあまりにドリーマー過ぎると思うが、だからといって現実にもなれない。私は、物を動かす人も動かされる物も、すべてある運命の不可思議な力に支配されていると考える。人間が中心ではなくて、自然や運命が中心であると思う。人間は老い、やがて死んでいく。世の中にただ一人きりという思いを抱く。哀れな人を見ても、同感することができない。私の心は黄昏だ。自分はついにドリーマーで死ぬだろうと思う。

2198　**作中に現れたる女性　[アンケート]**

61

Ⅲ 作品

〈初出〉「女子文壇」明治42年4月
〈要旨〉女性を描く妙は、近松を推さざるを得ない。平凡な女性、智的な女性、鏡花式の女性は好かない。涙あり、従順寡黙にして貞節堅き、近松作中に出てくるような女性は少ない。

2199　黄色い晩　[小説]
〈初出〉「早稲田文学」明治42年4月
〈あらすじ〉悪寒い風が北方の海から吹いてくる。吉沢という家の次男の周蔵が、もとは天理教の行者が住んでいた長屋で何もせずに暮らしていた。私が周蔵の家を訪れたとき、周蔵は風邪をひいたのか寝込んでいた。煎薬を飲んだあと、周蔵は苦しみだした。「死にそうに苦しい」というので、私は吉沢の家へ行って彼の母を呼び、針医を呼びに行った。私の母は、私の帰りが遅いのを心配し、往来にでているだろう。周蔵の母は湯屋に行っていなかった。針医の手をひいて周蔵の家に向かう。黒い物凄い晩になっていた。針医はあの、二つに一つの針を周蔵に打つに違いない。周蔵の命は助かるまい。
〈収録〉『夜の街にて』岡村盛花堂　大3.1　Ⅳ312-4
　　　　『小川未明作品集 第5巻』大日本雄弁会講談社　昭30.1　Ⅳ360-12
　　　　『定本小川未明小説全集 第2巻』講談社　昭54.5　Ⅳ366-15

2200　朽椿　[感想]
〈初出〉「趣味」明治42年4月
〈要旨〉私の家の隣に四十くらいの女房が住んでいた。亭主は働きのない男で、経師屋をやっていた。女房は白髪染めを売り歩いていた。町から引っ越してきて、私の家と親しくなった。私の家の庭には、かなり植木があった。えんらん躑躅、つわぶき、牡丹桜、柿の木、源平桃、海棠、梨の木など、十坪ばかりの庭は春になると、日蔭を遮るまでになった。隣の女房の庭は、庭も家も小さく、えんらん躑躅ときりしまがあったばかり。私の父は植木を愛した。ことに愛したのは椿であった。父はそれを「獅子に牡丹」と呼んでいた。ところが惜しいことに、大雪で、根元が裂けた。東京へ出てから八年、女房も病気で亡くなった。

2201　総選評録　[感想]
〈初出〉「秀才文壇」明治42年4月20日
〈要旨〉（散文総評）今度はあまり佳作はなかった。感情を誇張せずに自然に感じたありのままを、純の純なる情を書かねば人を動かすことはできない。シンプリシティは文芸の一要件である。（新口語詩総評）詩材は面白いものもあるが、散文に比して、詩としては洗練に欠けたものが多かった。

2202　黒い鳥　[小説]
〈初出〉「読売新聞」明治42年4月24日
〈あらすじ〉ある日散歩に出かけた。人家も何もない広野に出た。空は一面に灰色で包まれた。一羽の黒い鳥が中空を飛んでいる。ああ、黒い鳥だと思った。黒い鳥は、死んだ人の肉を喰らうという。私は急に黒い鳥が恐ろしくなった。「どこかこの野原の中に隠れ家がありそうなものだ」あてなしに、野原をさまよった。
〈収録〉『夜の街にて』岡村盛花堂　大3.1　Ⅳ312-35
　　　　『小川未明作品集 第5巻』大日本雄弁会講談社　昭30.1　Ⅳ360-44

2203　樫の木　[小説]
〈初出〉「読売新聞」明治42年4月25日

〈あらすじ〉新しい二軒建ての長屋に入った。壁は粗末で、生乾きのした裂け目から明かりが射し込んでいる。外で普請している音が聞える。私は気が落ちつかない。家は北向きで日があたらない。天蓋のような大きな樫の木が見える。不快だ。自分が此の世に生まれてくるとき、新しい二軒建ての長屋に入って死ぬというような約束があったような気がする。自分が死んで、柩がこの家から出る。供についたものは五六人だ。

〈収録〉『夜の街にて』岡村盛花堂　大 3.1　Ⅳ 312-34
　　　　『小川未明作品集 第 5 巻』大日本雄弁会講談社　昭 30.1　Ⅳ 360-43

2204　暗黒観　［感想］

〈初出〉「二六新聞」明治 42 年 4 月 29, 30 日
〈あらすじ〉自分の生存は社会と自然との二方向から圧迫をうけ、迫害を受けている。暗い海を前に、泣いたり、笑ったりしているのが人生だ、その間にもすさまじい荒波は襲ってきて、手当り次第に奪っていってしまう。どうせ暗いものしか書けない。自分はその日その日を送っていることすら偶然と思っている。死から逃れる術はない。人は夢なくしては、一日も生存を続けられない。新ロマンチシズムの主張は無意味ではない。病気や災禍といった自然の迫害、社会の迫害が我等を苦しめる。最も大きな不安は「死」の不安である。

2205　夢魔　［小説］

〈初出〉「秀才文壇」明治 42 年 5 月 1 日
〈要旨〉桜屋という菓子屋は、よく人の死ぬ家だ。老人が死に、子供が死に、このたび主人が娘の婿に毒殺された。その家は本町通りの角にある。その家の角を曲がると、裏町に出る路地である。路地の真ん中に大溝があって、橋がかかっている。橋際の左手は塩煎餅屋である。斜向かいが針医。その前を通り過ぎると裏町の通りに出る。角の家は同じく菓子屋である。店の戸棚に古風な絵紙が飾ってある。その隣は乾物屋。その隣は紋屋。特別私の眼を惹いたのは、パイプ屋である。サビタのパイプが沢山あった。誰がこんな高いパイプを買うのだろう。パイプ屋は、裏町のつきる角にあった。それまでに鼈甲屋があった。弁護士事務所の斜向かいだ。弁護士事務所の隣は、裁判所の脇になっていた。私はこの町を通って役所に勤めていた。私はあの町の人たちを思うたびに、いやな夢にうなされる気がする。

2206　赤い雲　［小説］

〈初出〉「読売新聞」明治 42 年 5 月 2 日
〈あらすじ〉私の前を中国人の女が歩いて行った。前髪をてかてか鬢付け油で固めている。真黒な光った洋服を着て、小さな靴をはいている。顔色は青白く、悪腫れに肥えている。大きな灰色の石造りの家の横の路地に入った。私は用を足した帰りに、女の入っていった路地に出た。三階造りの家があり、赤い文字で中国料理と書いてある。いやしい歌声とあくどい油の匂いがした。私は先刻の女の身の上を思った。彼方の塔の頂きに、赤い雲がたなびいていた。

2207　苦悩の象徴　［感想］

〈初出〉「国民新聞」明治 42 年 5 月 2, 4 日
〈要旨〉現実以外に何かを求めたい。ありのままの人生を見ただけでは満足できない。暗黒、不安、神秘を探ってみたい。同時に、我を忘れ夢のような感じになってみたい。しかし現代人の夢は、夢の中にも人生の苦悶があり、現実の影を宿している。詩人の想像力で、科学や哲学の知らない闇の

闇をつかみ取りたい。神秘主義の目的は、現実以外に現実が存在すること
を認めるところにある。自分は、この厭世の極に達したときにはじめて不
安から免れるであろうと思う。

2208 **晩春の感懐** ［感想］
〈初出〉「新潮」明治 42 年 6 月
〈要旨〉私は久しぶりに雑司ヶ谷のハーン先生の墓前に立った。わが国の文
壇はあまりにこの人について言わない。氏はスケッチライターとして、特
殊のロマンチストとして一九世紀の文壇に名を残す人だ。ハーンの叙景は、
穏やかで静止している。ハーンが自然を見るとき、その根本に孤独な、物
を奇異とする感情が横たわっていた。それは懐かしみというべきもので、
自分と同様の霊魂を自然の中から探りだそうと考えていた。氏は文章家で
あり、特殊のカラリストである。

2209 **ごまかし** ［小説］
〈初出〉「趣味」明治 42 年 6 月
〈あらすじ〉小学校の頃は大きな石板を持っていた。ザラザラした新しいも
のの方がよいのだが、みな石板を擦って黒光りの出た面に自分の顔を映し
た。そうなると石板の文字はよく見えない。中学を卒業しなかった私は、
某私立大学を受験するにあたって数学の試験準備を懸命にした。中学のと
きは数学の試験がぜんぜん出来なかった。母に数学の参考書を買っても
らったこともある。入試問題はまるで分らなかった。私は隣の近眼鏡の男
に聞いた。すると答えを教えてくれた。さいわい私は及第した。が、近眼
鏡の男の名は合格者の中に見出だすことはできなかった。

2210 **二葉亭氏** ［感想］
〈初出〉「文章世界」明治 42 年 6 月
〈要旨〉自由を喜び、階級を嫌う人。革命家の風趣があると同時に、センチ
メンタルな分子もある人。文芸を排して、じかに人生を見ようとした人。
現実家であるとともに、ロマンチス。流浪者の一人。燃えるような感情を
人生の悲しみ、経験の苦しみで蔽うていた。だから氏の感情は心熱的であ
る。
〈収録〉『定本小川未明小説全集 第 6 巻』講談社 昭 54.10 Ⅳ370-1

2211 **抜髪** ［小説］
〈初出〉「読売新聞」明治 42 年 6 月 6 日
〈あらすじ〉黒い粗末な家に、若い女が一人で住んでいた。私は、この女を
見たことがない。窓から頭を出して黒い家を見たが、こちら向きの壁板に
は窓がなかった。私は心で女のことを想像した。病的な暗愁の多い春が過
ぎ、白い夏がきた。私は、黒い家の周囲をまわってみた。戸をあけた。物
の腐った臭いが鼻についた。畳の上には、女の抜髪が一握り落ちていた。
若い女は、この家に住んでいなかった。
〈収録〉『夜の街にて』岡村盛花堂 大 3.1 Ⅳ312-27
『未明感想小品集』創生堂 大 15.4 Ⅳ335-11
『小川未明作品集 第 5 巻』大日本雄弁会講談社 昭 30.1 Ⅳ360-15
『定本小川未明小説全集 第 2 巻』講談社 昭 54.5 Ⅳ366-18

2212 **自然描写及雑感** ［感想］
〈初出〉「秀才文壇」明治 42 年 6 月 15 日
〈要旨〉今までの叙情詩人は天地山川を慕っていた。永劫不滅の自然は自然
であり、須臾にして死ある人生は人生であると感じていた。常に自然は醒

めていると考えるのは苦痛である。真面目に自然を見るためには、作家は自分と同一の霊魂を自然の中から拾い出さねばならない。自然の見方は作家によって著しく異なる。自然を活かすのは、自然を客観することではなく、自然の特質のうちから最も自己に通じた生命の一つを取って、それを活写するにある。個性を離れて文芸なし。各作家が自己を意識し、自由に個性を発揮して互いに累せられることなく、散布する星のごとく、独特の光を放ちたい。

2213　何の為の煩悶　［感想］
〈初出〉「二六新聞」明治42年6月21, 22日
〈要旨〉人生は現実を楽しみ、一生を快楽に送るのが目的だと思うことも、抽象的議論に走って自ら高尚なりと思うことも、どちらにも真理があるが、いずれも人に強いるほどの真理ではない。暗黙未知の自然力は解決できない。文芸にせよ、哲学にせよ、宗教にせよ、自己のための煩悶でしかない。自己を離れて天地、人生はない。人生は永遠の途上における須臾の過客だ。五十年はまたたく間に過ぎてしまう。自己以外に真理もなければ、哲学もない。

2214　尚美的傾向　［感想］
〈初出〉「国民新聞」明治42年6月22, 23日
〈要旨〉アメリカにいる友人から手紙がきて、ポーやドストエフスキー、ゴールキーなどは深刻過ぎて苦痛を感じると書いてあった。凄い力で刺されるような痛みを、人によっては、嫌な感情と捉えるのであろう。文明化すれば世の中は平和になるというのは間違っている。天才の眼識は、人生の醜悪をうがつ。正直で善良な人は、いまだそうした事実を夢想だにしない。だが苦痛もときに思想家には楽しみとなることがある。

2215　自囚　［小説］
〈初出〉「読売新聞」明治42年6月27日
〈あらすじ〉病気上がりのＳは角砂糖を買おうと菓子屋へ入った。先に出た客が金を払わなかったように見えた。Ｓは自分が盗んだように思われるのではないかと思った。翌日、Ｓは古道具屋の前に立った。古道具を盗んでしまう気がして立ち去った。友の下宿では、友の巾着を懐中に隠してみたい気がした。なぜ自分はこう妙な性格だろうと思った。町を出たＳは、森に来た。大きな手が闇の中から出て、彼の胸元を捉えようとした。彼は森を逃げ出したが、右へ行っても左へ行っても柵に突き当たった。牢屋だ！

2216　『姉の妹』の発売禁止に対する諸名家の意見　［アンケート］
〈初出〉「中央公論」明治42年7月
〈要旨〉ひとりこの作に限らず、風葉氏の作は絵画的である。煽情的なところがあっても実感を呼ぶことがない。自然主義の主張に触れていない。この作品を発禁にするのは、間違った批評眼によるものだ。

2217　懐疑的作家の態度　［感想］
〈初出〉「新潮」明治42年7月
〈要旨〉人生は不可解だといって、それで済ますのはつまらない。少なくとも自己の主張を出して人生を見るか、運命論の中に飛び込むより他に仕方があるまい。懐疑的態度は二つに分かれる。諦めて何等の主張もなくなってしまうか、厭世的に傾いてしまうかの二つである。懐疑的態度に立つなら、あくまで悶えて、何らかのものを見いだそうとする痛切な努力が必要である。悶えていることに意味がある。諦めることは堕落である。悶えの

中にも二つの傾向がある。宗教にも哲学にも救いを見いだせず、自己自身を露骨に出していく傾向と、絶対の力を認めていく傾向である。チェーホフは前者で、メーテルリンクは後者である。自分は前者の態度が好きである。

2218 荒海 [小説]
〈初出〉「ハガキ文学」明治42年7月1日
〈あらすじ〉青い空に会社や工場の煙突が何本も立っていた。河は海に注いでいる。両岸の家屋は、みな北に向かっていた。北へ、北へ、町も人の魂も憧れていた。北は日本海であった。砂山に遮られているので、橋の上からは見えないが、港に繋がれている帆船の檣が見えた。私の知っている人がこの町に住んでいたはずだ。黄色な夏蜜柑と赤い蠟燭が売られていた。海にでた。蒸気船の煙突から黒煙が出ている。この町も見納めだと思った。

2219 冷熱 [小説]
〈初出〉「二六新報」明治42年7月11, 13日
〈あらすじ〉(一) 真昼 夏の真昼。父親が崖の下に押しつぶされて死んだ。それを発見したのは息子の新吉である。家では家内が膳を用意して待っていた。新吉は、こんなことがあろうと兼ねて思っていた。やがていつものようにこの崖の下は、蔭るのだ。二十分前は生きていた。そして三十分前には希望を抱いていた。暗い海が、今度の事件に関与しているように思われた。(二) 街頭 私は肉体労働に適しない。精神的方面に働くには頭が幼稚だ。金がなくなれば下宿を追い出される。乞食になると、虱がたかる。拝金宗になるには、金をもうける技量がなければならない。理想家になるには、舌がない。泥棒になろうか。牢屋のなかは窮屈だろう。町へ出て、散歩しながら考えようと思った。

2220 悶死 [小説]
〈初出〉「秀才文壇」明治42年8月
〈あらすじ〉Kは、縊死を遂げた。生前彼の気質を知る友人は少なかった。彼はロシアの小説を読んでから、自己の自由が束縛されることを恐れた。彼等虚無党は、鉄鎖で両足を縛られる。口にすることと実行することに、どんな違いがあるのか。Kはやがて自分の心のうちを人に語らなくなった。社会主義の言葉など口にすまいと思った。自分が牢獄に入れられる。社会に訴えても、社会が耳をかさなかったら、悶死するより他にない。Kはアナーキズムと書いた二冊の書物を捨ててしまった。

2221 肖像画 [小説]
〈初出〉「新潮」明治42年8月
〈あらすじ〉Sは洋書店へ出かけた。書籍店の二階から見た光景から、北国の町を連想した。寂しい廃れた町。昔の城下で、黒塗りの土蔵が多い。自分の家は旧家で、貧しくはなかったが、暗かった。Sは一七歳のとき、北国の村で小学校の教師をしていた。光願寺の若い僧侶を会長とした、青年たちの研究会が土曜の晩にあり、Sも参加していた。Sは僧侶を尊敬していたが、女房連が僧侶の悪口を言っているのを聞いてから、僧侶を偽善者と思うようになった。

2222 飽かざる追求 [感想]
〈初出〉「趣味」明治42年8月
〈要旨〉いくど活動写真をみても飽きない。目が疲れ、頭が重くなってもまだ見たい。実感を和らげ、美しく見せるのが活動写真だ。だから、ただ面

白いだけで、頭に残らない。活動写真の美は、内容の豊かでない美である。美しい女が、実際に踊った美に及ばない。凄いものより、艶麗なものがいい。私が好きなのは、活動写真の雰囲気だ。

2223 渓流 [小説]
〈初出〉「趣味」明治42年8月
〈要旨〉馬に乗って妙高山の裾野を迂回した。燕温泉に着いたのは午後一時過ぎだった。日に幾回となく散歩した。宿に戻るとき、植木屋に寄るのが例である。帰るときに、高山植物を買って帰ろうと思った。五日目に帰ることとした。植木屋で梅鉢草か石楠花を買おうと思ったが、亭主からこうめ躑躅を勧められた。これをとるのは命がけだという。私はそれを買って帰ったが、その月のうちに枯れてしまった。町屋では育たぬらしい。四年後、再び燕温泉に行くと、植木屋の亭主は躑躅を取りに行って、崖から落ちて死んだという。

2224 文士と八月 [アンケート]
〈初出〉「国民新聞」明治42年8月5日
〈要旨〉今までとは違った調子で、始めからやりなおすつもりで、若々しい感情と自然力に対する恐怖の念を出したいと思う。八月ほど感想の多い月はない。八月が好きだ。

2225 橋 [小説]
〈初出〉「東京毎日新聞」明治42年8月9日
〈あらすじ〉「燈籠や、燈籠、掛け燈籠」十二三の子供が青竹の先に白張の縁を薄紅でぼかした精霊祭の燈籠をぶらさげて、二三人だるそうに家の前を過ぎた。八月十二日の日は、いつもよりどんよりと潤んでいる。裏長屋から糸車の音が聞こえる。私は、家の前に出てみた。花屋の婆さんが、新しい蓆と薄とおがらを持って入ってきた。河は私の村の西側を流れている。十五日の晩には、この橋の上から燈籠も、薄も、おがわも流す。明日は盆だ。

2226 主観に立す [感想]
〈初出〉「読売新聞」明治42年8月12日
〈要旨〉小主観と大主観の区別が、自分にはわからない。真率である以上、そこに区別はない。小主観にも自己の人格は現れる。自己の経験は必ずしも他人の経験ではない。同一でないものを一つに結び付け、同感しあうのは、想像と主観の作用であろう。自然現象も同様である。主観を加えずしてなしうる自然描写はない。眼前に展開する森羅万象は、人々によって異なってみえると思われる。いまどき誰が十九世紀初葉のロマンチストの耽美をまねるか。自己のために感じ、自己のために歌うのである。
〈備考〉8月3日作。

2227 三面記事と人生 [感想]
〈初出〉「東京毎日新聞」明治42年8月13日
〈要旨〉三面記事の中には人生の影が宿っているはずだが、今の新聞の三面記事は興味本位で粉飾が多い。社会の出来事は残酷で悲哀を含んでいるものだ。三面記者は偽りのない真摯な心で人生を見なければならない。

2228 処女作の回顧―無意識の描いた [感想]
〈初出〉「秀才文壇」明治42年8月20日臨時増刊号
〈要旨〉(不明)

2229 神田街 [感想]

〈初出〉「東京毎日新聞」明治42年8月24日
〈要旨〉心臓病をもつAとふと出会って、神田の通りを歩いた。かつて暫くの間、Aと同じ会社で勤めたことがある。君はその後、どうしてるかねと聞くと、Aはどうかこうかやっていると答えた。お互い生活が苦しかった。二人とも、やがて街頭の風塵にさらされて老いていく。そこらの牛肉屋で一杯やろうと言うと、Aはそうしていられないと言って、別れてしまった。

2230 **追懐と夢幻** [感想]
〈初出〉「読売新聞」明治42年8月29日
〈要旨〉未来は茫漠としているが、過去を追懐すると明るい。その明るさは夢幻の明るさである。ロマンチックの空気に包まれた夢幻の境地である。過去の追懐あって、はじめて自己の存在を意識し、生存する興味を感じる。過去が未来のように暗かったら、人生は死より苦痛であろう。追憶と空想に溺れず、現実に立つ空想は、詩人がもたねばならないものである。過去の追懐が詩であるように、郷土に対する追懐、人生や自然に対する追懐が生まれてくる。それがロマンチストである。

2231 **平原** [小説]
〈初出〉「二六新報」明治42年8月31日
〈あらすじ〉鈍色の平原は、曇った空に接吻している。地平線は黒い一本の線をひいたように見える。平原には一軒の藁屋があった。猟師の爺さんと孫が住んでいた。秋も老けると、猟の季節がやってくる。孫は、髪の縮れた、たくましい子供だ。平原をさまよっているとき、大きな山犬を見つけた。お爺さんは、今夜野宿をしても、その山犬をうちとると言ってでかけた。子供が、目をさますと、霜で真っ白だった。子供はしょんぼりとお爺さんの帰りを待った。

2232 **自然の愛慕と死の暗黒** [感想]
〈初出〉「新潮」明治42年9月
〈要旨〉コリッジ一派にいたると、自分の想像力と自分の感情の調子を高くし、月も雲もみな自分の感情で蔽うようになった。主観の世界を作って、それが真に在るものとして、その世界に逃れようとした。この超世界の傾向ゆえに、神秘が外的にあるように見えた。ロマンチストは、絶えざる煩悶と情熱のために頭が揺れているため、クラシズムに向かう傾向がある。だがロマンチシズムの生命は、永遠不死にある。死に対して恐怖を感じながら、死を懐かしく思っている。科学や知識で到底動かすことのできないサムシングがある。一方で暗黒を慕い、一方で幼時の追懐を喜ぶ。

2233 **注意** [小説]
〈初出〉「二六新報」明治42年9月1日
〈あらすじ〉夏の暑い日盛り、だらだら坂の左側の柳の下に汚らしい男がいた。木に背をもたせて居眠りをしている。誰もこの男に注意するものはなかった。二人の商人が男に気づくが、人相がわるかったので離れていった。巡査がやってきて、彼から住所をきいた。はじめて男は注意されたのである。

2234 **柳の下** [小説]
〈初出〉「二六新報」明治42年9月2日
〈あらすじ〉二人の少年は、川釣りの話をしながら、暮れ方、田舎の杉の木の下を歩いていた。年長の友は、年少の友に、魚を釣ったところを尋ねた。あの曲がり角の柳の下だ、鮒と亀を釣ったと言った。二人は年少の友の家へ行って、甕にいれた魚をみた。亀はいなかった。年長の友は、あの柳の

木の下で、去年、だれかが死んだことを話す。年少の友のおばあさんは、亀は魔物だという。

2235 **富士見の印象** ［感想］
〈初出〉「東京毎日新聞」明治42年9月7・8日
〈要旨〉甲府で行く手を望んだときは曇っていたが、日野春に来たら晴れてきた。嬉しくなって、このまま故郷の越後へ帰りたくなった。日野春からある女が五六歳の女の子を連れてきた。眼の光が冴え冴えしく、自然の児らしかった。少女は、地蔵ケ岳の方をみて笑った。この少女の顔を忘れることができない。富士見に着いたのは午後五時頃であった。停車場の前に宿場があるが、泊まれそうにない。酒屋の前で遊んでいた子供に、このへんによい宿屋はないかと聞いた。子供は油屋という店を教えてくれた。油屋に行くと、居間一面にまゆが置かれていた。蚊が多かった。町は何も見るものがない。憧れてきた地蔵ケ岳も駒ケ岳も暗くて見えなかった。

2236 **執筆** ［談話］
〈初出〉「国民新聞」明治42年9月9日
〈要旨〉短編は一気に書きおろしてしまう。たいてい二三時間くらいで。執筆は朝のうちである。夜間に筆はとらない。午後もまれ。秋が一番書ける。次いで五六月がいい。机がよい。空が見えるとよい。雨の降る日は筆をとるのが厭で、曇った日と陰った日がよい。

2237 **一日中の楽しき時間** ［談話］
〈初出〉「東京毎日新聞」明治42年9月12日
〈要旨〉天気の悪い日は別だが、天気のよい日は暮れ方が一番よい。何が楽しいというのではない。ただ入日の空を見ると、若い冴え冴えしい気持ちがする。

2238 **英雄の名** ［感想］
〈初出〉「東京毎日新聞」明治42年9月14日。再掲：「新文壇」大正元年10月。
〈要旨〉私はある日、田舎の宿屋に泊った。ほんの名ばかりの宿屋で、宿泊人も私一人である。翌朝、外へ出てみた。乳飲み子を抱えた少女たちが、「ネルソンとナポレオンのどちらが偉い」と言っている。私は田舎でかかる英雄の名を聴くとは思わなかった。名はむなしく残っているが、事業は影すら残っていない。

2239 **文壇の観測者に、及数件** ［感想］
〈初出〉「秀才文壇」明治42年9月15日
〈要旨〉ハートフォールドのわが友よ。君と別れて二年になる。実利主義のアメリカでプラグマティズムが流行するのは当然だ。しかし僕はマーテルリンクの「智識と運命」が好きだ。自然派ではチェーホフ、モーパッサン、ネオ・ロマンチストではマーテルリンク、ハーン、アーサー・シモンズが好きだ。ハーンやシモンズ、オスカー・ワイルドなどのコスモポリタンの傾向は、仏国の感化が大きい。純仏国、純英米趣味ではない、中間の面白みがよい。二三日中に富士見高原へ行く予定だ。

2240 **木蔭** ［小説］
〈初出〉「東京毎日新聞」明治42年9月16日
〈あらすじ〉若者は一日鉄槌と鑿をもって石を叩いていた。朝、仕事場にすわると、一日同じ場所にいた。赤銅色の日は、最初小屋の東を射し、昼過ぎには南にまわって奥深く射し込んだ。青桐は、朝から日を受けている。

以前、金持ちから頼まれた石地蔵が、仕事途中に片腕を欠いたので、青桐の下に置いてある。自分も木の下の石地蔵のようであればよいと思った。だがやがて植木屋が入ると、青桐の枝は切られ、地蔵も除けられてしまった。

2241　ロマンチストの故郷　[感想]
〈初出〉「東京毎日新聞」明治42年9月22, 23日
〈要旨〉人は死ぬものだが、肉で生きられなくても、霊だけでも生きていたい。永遠を恋する考えが募って、ついにそう信じてしまうロマンチストの夢は、美しい詩歌である。ロマンチストは、コスモポリタンである。人が死んでも、自然は永遠に残る。ここに憧憬の端緒が開かれる。地平線の彼方に、自己の帰るべき故郷を見出だす。詩は永遠に帰る関門だと思う。万有に自己と同じ霊魂が潜むのを思うとき、はじめて天地の親しむべきを知る。

2242　理論に件ふ寂寞　[感想]
〈初出〉「読売新聞」明治42年9月29日
〈要旨〉人は何のために生き、何を主張しようとして悶えているのか。情に訴えるべき文芸が、哲学や理論に囚われるのは間違っている。そのひとの趣味や思想を批評するのは勝手であるが、その人自身の真面目な努力に対しては互いに敬意を払うべきだ。自らを偽らず、自らを欺かず、人はすべからず天地に対して、人生に対して、自己の忠実なる告白をすべきである。ことに文芸の事業はこの一事をおいて他に道はない。

2243　月を見たる時　[感想]
〈初出〉「女子文壇」明治42年10月
〈要旨〉ターナーが「古時の伊太利」と「近時の伊太利」を描いている。前者は賑やかな繁華の町を月が夢にように照らしている。後者は荒涼たる平原に古の城跡が残っている。西洋の月は明るい。中国の月は淋しい。自分も子供の時分は月を賑やかに見た。恋を知り、情を解してからは、月は自分の目に意味深いものとなった。月光には神秘的色彩がある。人生の憂いや喜びがそこに映じて見える。今の自分は、月に別段若やかな生命が宿っているとは思わない。人の一生は荒涼たるもので生存に興味はないが、強いて自殺したいとも思わない。

2244　霧と雲　[感想]
〈初出〉「新潮」明治42年10月
〈要旨〉去年、汽車で富士見高原を通過したとき、駒ケ岳、地蔵ケ岳を眺めて以来、その山の姿が目について離れなかった。今年の夏、急に富士見に行ってみたくなった。八王子、大月、甲府、日の春、富士見では小学校の工藤氏を訪ねるつもりであった。人は一度は死ぬ。何を恐れ、何を憚ることがあるか。自己の特色を発揮して、我を主張し、今日、今夜に死んでもよいようにしたい。一生自己を主張せずに生涯を閉じるのは、生れてきた甲斐がない。苦しくても、憎まれても、主観を発揮して、自己の道を立てたい。
〈備考〉9月15日作。

2245　偶感　[感想]
〈初出〉「新潮」明治42年10月
〈要旨〉近頃の文壇は、類型にはまった傾向がある。各作家には独特の個性がなければならない。主義のために作するというのは間違っている。試作時代にあっては、思い切って自己独特の個性を発揮すべきであろう。正宗

白鳥、森田草平、水野葉舟、中村星湖、吉江孤雁、永井荷風はそれぞれ特色をもっている。作家には二つの傾向がある。一つは現実生活から逃げる者と、一つは現実生活に苦悶していく者である。ロマンチック派と自然派である。

2246 総評　[感想]
　〈初出〉「秀才文壇」明治42年10月
　〈要旨〉今度の臨時号には、優れたものがなかった。文章のうまい人はいるが、思想上の清新さがない。なまなか自然主義とか神秘主義とかを聞きかじって、感じもせぬことを雷同的に発表しようと努めている。これらは自己を欺き、主義に捕えられたものである。

2247 雪来る前　[小説]
　〈初出〉「新小説」明治42年10月
　〈あらすじ〉夏のはじめに、私の家の隣に町から越してきた一家がある。兄の豊吉は二十三、弟の長二は十七。弟は東京の奉公先で肺を患った。兄は笛や胡弓がうまかった。弟はまもなく自分が土の下に入ることを思い、よく泣いた。長二は雪が降る前に東京に帰りたいという。しかし難波山には雪がきていた。ある朝、私は儀明川の橋で長二にあった。これから医者に診察してもらいに行くのだという。彼は都へ帰ることを急いだ。しかし、彼の家に行ってみると、両親は俯き、長二は泣いていた。長二は、年の暮れない前に亡くなった。豊吉は信州の牟礼あたりの駅夫になった。
　〈収録〉『闇』新潮社　明43.11　IV304-5
　　　　『雪の線路を歩いて』岡村書店　大4.4　IV316-14
　　　　『小川未明選集 第1巻』未明選集刊行会　大14.11　IV331-12
　　　　『小川未明作品集 第1巻』大日本雄弁会講談社　昭29.6　IV350-24
　　　　『定本小川未明小説全集 第1巻』講談社　昭54.4　IV365-27

2248 零落と幼年思慕　[感想]
　〈初出〉「読売新聞」明治42年10月3日
　〈要旨〉少年時代をおもう追懐の味わい、哀惜の感じは、真に人生の行路を味わった零落の人でなければ分らない。アンデルセンやグリムのお伽噺は、単に子供の慰藉や教訓のために作られている。ワーズワスの幼年時代追懐の歌は、まさにこの深い感想に触れている。
　〈収録〉『夜の街にて』岡村盛花堂　大3.1　IV312-16
　　　　『定本小川未明小説全集 第6巻』講談社　昭54.10　IV370-16

2249 異常の場合を描く芸術　[感想]
　〈初出〉「国民新聞」明治42年10月3, 5, 6日
　〈要旨〉出来事の異常な場合と、作家自身の感情が異常な場合の二つがある。人生は平凡なものかも知れない。平凡な人生を、強いて不可思議に見る必要はない。しかしそれだけでは何か物足りない。吾人は、短い一生を、現実を現実として、冷視することはできない。ありのままを写しているだけでは物足りない。懐疑を懐疑としているだけでは物足りない。何らか見えざるものを見、聞き得ざるものを聞き、人生の内容を豊富にしたい。人生の単調を破り、何ものかを攫もうとする冒険家でなければならない。
　〈備考〉9月23日作。

2250 詩壇漫言　[感想]
　〈初出〉「東京毎日新聞」明治42年10月10～12日
　〈要旨〉このごろの詩は、内容を誇ろうとして無理な文字の使い方をする。

大人の思想が複雑にして、枯れた内容があるとしたら、幼年、青年時代の思想にも別種の若やかな気持ちで人生や自然をうたおうとする。誰しも一度は詩人であった。少年時代の言葉はすべて真率の言葉である。偽りのない言葉である。詩人の言葉にも、この真率さがなければならない。

2251　飢饉　［小説］
　〈初出〉「二六新報」明治42年10月22,24,26日
　〈あらすじ〉十一月の半ば頃から雪が降り出した。豆や稗も十分とれなかった。大根や菜もまだ根が細く、葉が黄色いままだった。猟師の作太は、食べ物に困った。作太は猟に出たが、畑に掘り残してあった大根を思い出し、帰っていったが、もうそこに大根はなかった。気を取り直してもう一度、猟に出たが、見たことのない真黒な獣を捕る。真赤な、人間に似た目をしていた。彼は飢饉のときに出るという獣ではないかと思った。村の爺に聞くと、山猫ではないかという。街の薬屋に行って正体を聞きにいく途中、作太は狂いだした。翌朝、作太の死骸と滅多切にされた獣が発見された。

2252　雷同と阿諛を悪む　［感想］
　〈初出〉「秀才文壇」明治42年10月23日
　〈要旨〉私の投書時代は高等小学から中学一二年くらいまでの間であった。漢詩、新体詩、考えものなどをやっていた。小説や美文は出したことがない。前後を通じて五六回くらい。当時は今ほど文学熱は盛んでなかった。後に田舎新聞に小説や評論や詩を書いたことがある。投書家に望むことは一言に尽きる。「各人各個の個性を発揮せよ」

2253　雨の翌日　［小説］
　〈初出〉「早稲田文学」明治42年11月
　〈あらすじ〉昨夜は雨が晴れ、飴色の雲に月がにじんでいた。一昨夜は仲秋であったが月はなかった。昨夜、私のところの友達に客があった。私は仕事がなく下宿代を払えないKのために、新聞社に勤めるその客に、仕事の紹介を頼んだ。明日五時にある通信社へ行ってくれるという。翌朝、何か書いてみようとしたがまとまらなかった。Kがやってきた。国へ帰ろうかと思っているというKに、新聞社へ行ってみることを勧めた。Kが帰ったあと、永久のものは何もないと悲しく思った。

2254　愛読した雑誌　［感想］
　〈初出〉「文章世界」明治42年11月
　〈要旨〉少年時代に読んだ雑誌は「中学世界」「新少年」「新天地」「史学界」など。「新少年」にはよく考え物を投書した。「史学界」を取り始めたのは、中学時代の歴史の教師の影響で、考古学に興味をもったからである。日曜日には石器や埴輪の破片等を探しに行った。「中学世界」には漢詩や俳句、新体詩を投書した。政治や宗教や哲学の趣味を満足させてくれたのは「新天地」であった。最も雑誌に興味をもったのは、早稲田に入ってからだ。西村醒夢君、西尾秀君らと古雑誌をあさった。

2255　文芸家と晩餐　［談話］
　〈初出〉「二六新報」明治42年11月11日
　〈要旨〉洋食は嫌い。別に決まった嗜好はない。夕食前一時間は茫然と過ごしている。夏から秋にかけて夕食後の一時間は身の処置に困るほど感興がわく。しかし大抵はどこへも行かずにおわる。この頃は活動写真もあまり見ない。冬の暮れ方は嫌い。

III 作品

2256 **芸術雑感** ［感想］
〈初出〉「二六新報」明治42年11月30日
〈要旨〉展覧会をみて、日本画が堕落しつつあるのを感じた。西洋画の影響を知らずの間に受けて、俗な色を使ったり、厭に新を衒ったりしている。西洋画には、自然主義の影響がある。自然主義はロマンチシズムに対する反動として表れたから、空想を排することに努めたが、それがかえって作家を臆病にした。空想のないところに大胆さはない。絵画も小説も懐疑の時代にある。自然主義から出発しても、そのあとは再び個性の赴くまま分裂しなければならない。
〈備考〉11月26日作。

2257 **新派の色彩式描写** ［感想］
〈初出〉「東京毎日新聞」明治42年11月9〜11, 13, 15日
〈要旨〉ここにいう色彩とは絵画における色をいう。文芸に現われた空気をいう。感興とは、作家その人の感興をいう。色彩には作家の気持ちが含まれているので、その気持ちを表す努力は、すなわち作家の感興でなければならない。個性的芸術の色彩に二つと同じものはない。主観の深浅は、その作品の力の深浅である。心が一点に集中し、すべての意識が緊縮し、感情が高調に達したとき、そこにその人の主張が表れる。芸術上なんらの主張がないものは、存在の価値がない。私は強烈な主観を作家に望む。

2258 **本年中尤も興味を引きし（一）小説脚本（二）絵画（三）演劇** ［アンケート］
〈初出〉「趣味」明治42年12月
〈要旨〉今年の小説界は昨年と大同小異で、自然派作家の上にも、別段新しい試みはなかった。注目すべき現象は、あらゆる文壇の諸傾向が一時に起きてきたことである。自然派のカラーを打ち破る傾向が生まれてきた。荷風、ホトトギス一派、スバル一派。上田敏のアンドレエフの翻訳等が新しかった。

2259 **三度中学を落第す** ［感想］
〈初出〉「文章世界」明治42年12月
〈要旨〉私の二十歳前後は、ちょうど中学時代になる。幾何や代数が嫌いで、もっぱら試験はカンニングで通ってきた。しかし四年から五年に移るとき、二五点ばかり取れば及第できるのに、カンニングをして見つかってしまった。今度落第すれば三度目である。父や母のことを思った。当時、北沢乾堂から漢学を習っていて、東京へ出て二松学舎にでも入ろうと思ったが、父に留められた。早稲田の友人から手紙をもらい、私は早稲田の試験を受けるために東京に出た。

2260 **或る朝** ［小説］
〈初出〉「趣味」明治42年12月
〈あらすじ〉母が来たら、動物園や博物館を見せてやりたいと思っていた。田舎の母からハガキが届いた。明後日の一番で立つとある。今日のことだ。私は少し慌てた。書かねばならない原稿の仕事が終わってから来てくれたらと思ったが、その思いをすぐに打ち消した。母がきた。翌日も翌々日も雨だった。私は仕事をその間に済ますことができた。私は東京見物の案内をしようと思ったが、雨は続いた。師団ができて、高田も開けたと母はいう。国へ帰ってこないものは不孝者だとも言った。翌日も雨であった。母は翌日、帰るという。お前たちは子供を寄こす腹はないようだから、長くいても同じだと言った。一日滞在を伸ばしてもらい、見物に出たが、その日も

雨であった。私は、母の帰ったあと、晴れわたった秋空をみながら故郷を思った。一日また一日、静かに、事なく、人は老いて行くのだと思った。

2261　**批評を評す　［感想］**
〈初出〉「読売新聞」明治42年12月2,3日
〈要旨〉告白の安価と高価とは、告白する人の心事如何によって決まる。真面目な告白であれば、その告白を認めてやる必要がある。自分の告白を売り物にするのは、価値なき告白である。誠実を欠く批評、同情を欠く批評も、価値がない。花袋や藤村には、同情や誠意がある。独歩も二葉亭も、自分の信じたところに忠実であった。自然主義が人を感動させないのは、誠実さに欠けるところがあるからだ。空想を生命とする詩人には真実がある。芸術は描写の新旧に拠るのではない。

2262　**雪　［小説］**
〈初出〉「読売新聞」明治42年12月5日
〈あらすじ〉丘の上の煉瓦造りの建物を見たとき、彼の歩みは思わず止まった。彼は拳を固めた。『ああ、なんておれは馬鹿だったろう』彼は十年前のことを考えた。もう故郷には母もいない。十三のとき、自分はひとりで役場へ行って、家の競売を待ってくれるよう直訴した。自分は、役場の男に、床に頭をつけて哀訴した。しかし、男は知らぬ顔をした。『ああ、なんておれは馬鹿だったろう』この時、彼の頬となく、手となく、足となく、触れたものがある。雪であった。
〈収録〉『北国の鴉より』岡村盛花堂　大元.11　Ⅳ308-8
　　　　『小川未明選集 第1巻』未明選集刊行会　大14.11　Ⅳ331-25
　　　　『小川未明作品集 第5巻』大日本雄弁会講談社　昭30.1　Ⅳ360-7

2263　**象徴の自然　［感想］**
〈初出〉「東京毎日新聞」明治42年12月8～10日
〈要旨〉最近のロシアの作家の書くもの、とくに象徴派の作品は、自然が中心になって、人の心を誘い出す。アンドレーエフの作は人心に異常が来る前に、自然が異状の光景を呈している。自然は、主観の如何によって彩色される。自然は大きく、深い。だからいかなる狷介孤直の人も入れ得る。現実苦を逃れるものは、自然である。生活の苦痛を味わい、現実の圧迫を受けたものは、空想で自然を美化する余裕がない。かえって自然は、少しも美しく見えない。北欧露西亜は暗いところだ。最も人生の惨劇を目の当たりに見ているところだ。階級制度、富の懸隔。ドイツの郷土芸術は、都会生活に疲れ、衰えた者が再び昔の故郷に憧れたものだ。

2264　**夢幻の足跡　［感想］**
〈初出〉「国民新聞」明治42年12月19日
〈要旨〉彼等は無窮を追うために、身を芸術の犠牲にした。彼等の夢は楽しい夢ではなかった。しかし空想に生きなければ、現実を生きられなかったのである。シモンズに較べれば、モローの病的な夢想の方が幸いであった。空想即理想、空想即信仰、空想即実行である。我等は肉について考えるとき、破壊や有限を思うが、霊について考えるとき、完全や永遠を感ずる。武士道も当時の霊の世界の美的空想であった。

2265　**文章上達の順序　［感想］**
〈初出〉「新文壇」明治42年12月21日
〈要旨〉私は幼少の時から文章を書くことが好きだった。文章研究会「切思会」を作って、文章を回覧した。演説討論会というものも作った。大家の文章

も愛読した。近松の戯曲、透谷の文章、土井晩翠、薄田泣菫など。小泉八雲も。多く読み、多く書くこと。平易に柔らかく書くことを教えてくれたのは、坪内逍遥先生だった。文章と自分の思想がぴったり合うようになった。文章の真髄は、嘘を言わないことである。

2266 **漂浪者の文学** ［感想］
〈初出〉「読売新聞」明治42年12月26日
〈要旨〉二葉亭の作物には、氏の平常の心が表れている。二葉亭の事業には、氏の刹那の感激が表れている。私は氏を革命家というより、憧憬家と言いたい。独歩も同じである。だが独歩は文学を主とし、事業を客とした。他の憧憬の人として、透谷や樗牛がいるが、彼等は二葉亭や独歩が現実世界で実行したのとは異なり、文学を立場にした心の漂浪家であった。これらの人を指してロマンチストと呼ぶ。

明治43（1910）年

2267 **三島霜川君（文芸家相互評 霜川＝未明）** ［感想］
〈初出〉「趣味」明治43年1月
〈要旨〉近来三島霜川君はあまり創作の筆をとらない。評論を読んで感じるのは、氏の態度が煮え切らないことだ。世評に動かされて、物を言っているのではないか。創作についても、評論と同じく、世間の流行と歩調を合わせているところがある。氏は根本においてセンチメンタルな人である。この根本傾向をどこまでも発揮してもらいたい。

2268 **ロマンチックの幻滅** ［感想］
〈初出〉「新潮」明治43年1月。再掲：「新文壇」大正2年5月21日。
〈備考〉再掲時の題名：「新しき理想」。
〈要旨〉結婚式を日比谷あたりのお宮で簡単に挙げることが多くなった。すべての方面において過去の形式が今破壊されている。この過渡時代を意味するものとして淋しい傾きがある。だが昔は精神的生活に重きをおいた。武士道やナイトの精神は、ロマンチシズムの霊魂であった。最近の神秘主義や象徴主義の作物には近代のそうした問題から何等の光明をつかまえようとする努力が見られる。

2269 **笑と眼附** ［小説］
〈初出〉「新声」明治43年1月
〈あらすじ〉在郷のSから、体操教師が死んだことを知らせてきた。急性脳溢血だったという。彼の頓死には、なんだか言い知れぬ運命の伏在するのを感じた。いつも憐れみをこうような目つきをしていた。彼は、東京に出ていた私のもとへ来て、生理学の検定試験を受けたことがあるが、合格できなかった。勇気なく、努力がないため、一日として伸び伸びと日の光りを見ず、ただ強者の憐れみを乞うて、不安と怖れに日を送ってきた、惨めな者の一生について考えた。

2270 **越後の冬** ［小説］
〈初出〉「新小説」明治43年1月
〈あらすじ〉小舎は山の上にあった。太吉の父親は病身の妻とその子を残して出稼ぎに出ていた。十四になる太吉は炉辺に座って、笛をつくっていた。この笛があれば、雪が降って外へ行けなくても、家で遊んでいられる。町へ行った母はまだ帰ってこない。心配になった太吉は、草鞋と菅笠をもっ

Ⅲ 作品

て家を飛び出した。直江津にいってみたが、母はいなかった。高田の町へ行こうとして、汽車道を通った。雪が降ってきた。線路が見えなくなり、枕木も隠れた。「お母！」太吉は泣声をあげた。夜が明けた。男達が、子供の死体を取り片づけていた。顔色が蠟のように青白いやつれた女は、死骸に抱きついたまま離れなかった。
〈収録〉『闇』新潮社　明43.11　Ⅳ304-12
　　　　『雪の線路を歩いて』岡村書店　大4.4　Ⅳ316-16
　　　　『小川未明選集 第1巻』未明選集刊行会　大14.11　Ⅳ331-14
　　　　『小川未明作品集 第1巻』大日本雄弁会講談社　昭29.6　Ⅳ350-25
　　　　『定本小川未明小説全集 第1巻』講談社　昭54.4　Ⅳ365-30

2271　確的と玩賞的批評　［感想］
　　　〈初出〉「読売新聞」明治43年1月3日
　　　〈要旨〉批評においても小説においても、偽りを言わない時代がきた。批評においても、赤裸々に言う。その人の文学を論ずるにあたって、その人格を批評するのは当然であろう。人物批評が一層辛辣となるのを願う。一方、美術上の趣味、文明の批評をなすときは、玩賞的批評が必要になってくる。前者には哲学が必要で、後者には趣味上の見識が必要である。四三年の文壇は、ある意味において、批評の時代であるといえよう。
　　　〈備考〉12月14日作。

2272　其の人　［小説］
　　　〈初出〉「読売新聞」明治43年1月16日
　　　〈あらすじ〉叔母は床の上に安らかに臥していた。今年六十三である。叔母は亡くなる前、人が訪ねてきたら、その者に屋敷をやってほしいと言った。お前が抵抗しても勝てる相手ではないとも言った。どういう関係の人かと私は聞いたが、これだけは聞いてくれるなと叔母は言った。叔母は生前、貞節の人だった。叔母が亡くなって三日目に、一組の夫婦が村に入ってきた。「これだ、この家だ」私はどこから来たのかと尋ねた。「山を越えてきた。昼のない国からきた。あの山の上を見ろ。人知れず、おれたちの一族が流した血潮だ」見ると国境の山の頂きに、赤い雲がたなびいていた。

2273　生あらば　［小説］
　　　〈初出〉「読売新聞」明治43年1月29、30日，2月1日
　　　〈あらすじ〉彼は外套に首を埋めて、下宿に帰った。やがてこの町にも地震が起ころう。下女が二通の手紙を持ってきた。一通は転居届け。一通は友人Kからの南を旅行したことを告げる手紙。「おれだって、南に行く金はある。しかしおれは行かない。おれの性質はじみだ。暗い空の下に住むのが当然なのだ」と彼は思った。彼は故郷を思った。姉と二人で、海岸の沙山で遊んでいた。黄色い花が咲いていた。二人で竜宮の話をした。宝を積んだ船に乗って、若者がやってきた。姉は若者について行ってしまった。「姉さん、どこへ」と聞くと、姉は言った。「北へ、北へと仕事に行くんだよ」その時から彼の心に、悲しみと恋と希望が宿った。生きているなら、姉はきっと帰ってくる。「詩の復活」と彼は叫んだ。
　　　〈備考〉1月8日作。

2274　善悪の両方面　［感想］
　　　〈初出〉「法律日日」明治43年2月
　　　〈要旨〉生存競争の激しい社会にあって法律は大事であるが、それを運用するのが人間である以上、錯誤が生じる。文芸は法律や国家と元来調和でき

ないものである。昔から政治と関係すると、必ず堕落する。国家や政治は眼中におかないで、自由にして大胆な文芸が出てくることを希望し、努力したい。

2275 **不思議な鳥** [小説]
〈初出〉「趣味」明治43年2月
〈あらすじ〉車屋夫婦は淋しい、火の消えたような町に住んでいた。町には火の見櫓が立っていた。湯屋があった。隣は蠟燭屋。私が黒い鳥をもらったのは、寒い冬の日であった。性質のよくない吉太がもっていた鳥を、絵具皿と交換したのだ。黒い鳥は不吉な感じがした。かつてそれを監獄の中で見た。日蝕のときに見た。この鳥には人を魅する力があった。ある年、祖母が死んだ。鳥を逃がしてやろうとしたが、飛べなくなっていた。人間だって同じだ。鳥の名は「不思議な鳥」。獰猛だが、人によくなつくと本にあった。私は国を出るとき、車屋の老夫婦にこの鳥を与えた。
〈収録〉『闇』新潮社　明43.11　Ⅳ304-2
　　　　『小川未明作品集 第1巻』大日本雄弁会講談社　昭29.6　Ⅳ350-26
　　　　『定本小川未明小説全集 第1巻』講談社　昭54.4　Ⅳ365-26

2276 **7の教室** [小説]
〈初出〉「文章世界」明治43年2月
〈あらすじ〉7の教室は長方形で白塗の壁である。南から柔らかな日が入る。北の窓からは空濠が見えた。その日の夕刻は、三人しか集まらなかった。L君が話しはじめた。――老婆は独り暮らしだった。金を貯めてその利子で暮らしたが、死んだあと家を探してみると、三六銭しかなかった。金を目当てに老婆の世話をしていた傘屋の女房は、老婆の死後、家にいた眼の光る猫が座っていた箱を空けてみた。「三六銭しかない」そう叫んだ。女房はその後、霊魂の予知ともいうべき死の恐怖に戦いて、気が狂ってしまったという。
〈収録〉『夜の街にて』岡村盛花堂　大3.1　Ⅳ312-51

2277 **異形の作家** [感想]
〈初出〉「国民新聞」明治43年2月4日
〈要旨〉作家や批評家の煩悶は、人生の鍵に触れることにある。それに触れたものは実に少ない。モーパッサンやチェーホフやゴーリキーの作品にはそれがある。一方に奇術家的天才もいる。これは謎をかけて、人を魅してしまうやり方である。ポーやボードレールがそれである。印象派のやり方はまた別だ。

2278 **花の写生** [小説]
〈初出〉「読売新聞」明治43年2月6日
〈あらすじ〉遠くで鶏の声がする。誰もいない。私は、画家の留守に来て彼の帰るのを待っていた。部屋の中には、強い色彩で描いた絵があった。庭にはいろんな草花が植えられていた。いずれも音なく散っていく日を待っているように思われた。赤い花の他に、黄色い花があった。画家が帰ってきた。肺病だという。彼には恋人がいる。恋人は去っていくだろうか。今夜雨が降れば、赤い花は散るだろうが、黄色い花は残っているだろう。画家の描いた絵には、黄色い花が描かれていた。
〈備考〉1月24日作。

2279 **形式未定の新味** [感想]
〈初出〉「新声」明治43年3月

〈要旨〉社会の事実を取り扱って、人生の真相をみること、もしくは作家の思想から創出していくことは従来の形式でも良かったが、自分でも明瞭にわからない刹那の感じを表す文学は、今までの作品のような秩序だった形ではできない。ある特殊の気持ちは絵画的に、またある特殊の気持ちは音楽的に表わさねばならない。詩の分子を兼ね、小説の形を備えた形式でないと、新しい文芸とはいえない。

2280　人格的の色彩　［感想］
〈初出〉「新潮」明治43年3月
〈要旨〉同じ新理想派の作家の中でも、考えて作る作家と、感じて書く作家の二つがある。宗教的見地に立って人生を観る者や哲学的見地に立って人生を観るものは、考えて作る方の作家である。コスモポリタンの作家もそうである。ワーズワースやノヴァーリス、メーテルリンクたちは、自家主観の哲学に立脚して人生を観察し、解釈して書いている。一方、感じて書く方の作家は、外来の刺激に動かされたときの気持ちを言う。その気持ちはその人独特のものである。チェーホフにしてもアンドレーエフにしても、一つの気持ちのみが非常に発達している。その発達した気持ちで、自然を覆おうとする。天才の誇張には、必然性がある。そこに表れる色彩を、私は人格的の色彩と名付けたい。

2281　闇の歩み　［小説］
〈初出〉「新潮」明治43年3月
〈あらすじ〉夫が旅にでてから、妻と子は浮かぬ顔をして日を送った。夜が来ると、恐ろしい、重い夢にうなされた。ある時間になると、草鞋の音が戸口で聞えた。子供は「父さあが帰った」と言った。海が荒れた。母は風の吹くなか、子供を連れて物知りの隠居を訪ねた。父の乗った船はどうなったのか尋ねた。隠居は海辺の汽船会社の名前を教えてくれた。風のなか、二人は汽船会社まで歩いていった。父が船に乗ってでて四日になる。汽船会社も、今晩か明日の朝には消息が分かるという。妻は子供を連れてそこを出た。
〈収録〉『闇』新潮社　明43.11　Ⅳ304-9

2282　単調　［小説］
〈初出〉「読売新聞」明治43年3月2～4日
〈あらすじ〉会社は小さかった。赤地の出たはげ山の下に建っていた。あたりには田や畑が単調に広がっていた。百姓が単調な唄を歌っている。会社には「岩山石炭会社」の看板がかかっている。多少の財産をもっていた宮山が、単調な景色、歌に飽きて、事業をしたいと思っていたところ、山から石炭が出てきたのだ。東京から技師を呼んだが、「大丈夫です、請け負います」と言って帰っていった。しかし掘っても出てくるものは、黒い脆い炭の粉のようなものばかりだった。湯屋の亭主が安価だというので買って帰ったが、一度きりで再び来ることはなかった。五六人の人夫が単調な歌をうたって、土を掘っていた。宮山は思った。「誰かあの粉の石炭を焼き払ってくれるものはないか」

2283　白髭の翁―手品師の女―（忘れえぬ人々）　［感想］
〈初出〉「新潮」明治43年4月
〈要旨〉小さい頃、温泉場で白髪の翁が石楠花を取ってくれた。また同じ温泉場で病的な青年に会ったことも忘れ難い。新潟の弥彦山の麓で、淋しい風情ある女性に会った。郷里で漢学を教えてもらっていたとき、暗くな

た帰り路を送ってもらった思い出。九段でみた手品師の女の思い出。母の涙ぐんだ顔、父の淋しい顔、癇癪持ちの自分が子供に手を挙げたときの怯えた子供の顔、そういったものを憐れんでやらねばならないと思う。

2284 **日本外史 ‐ 暮笛集（愛読書の憶ひ出）** ［感想］
〈初出〉「新潮」明治43年4月
〈要旨〉大抵一度読んでしまえばすぐ古本屋へ売ってしまう。「日本外史」は愛読書といえる。声を高くして読むのが、愉快であり、誇りであった。父が買ってくれた四書をもって塾へ通った。家の前の柿の実を叩き落とし、それを食べながら先生のところへ通った。四書は東京へ持っていったが、若松町時代に手放した。「テールス、フロム、センキューイッチ」も大事にした本だ。旅楽師が恋人に会いにいって途中で凍死する話。マーテルリンクの「アグラーベン、エンド、セルセット」は子どもの手をとって、セルセットが塔の上へ登って行く話。故郷にいた時分、「暮笛集」を買ったことがある。

2285 **扉** ［小説］
〈初出〉「早稲田文学」明治43年4月
〈あらすじ〉陰気な建物の中は更に陰気であった。Kは部屋で何か書いていた。BはKが何を書いているのか気になった。BはKが自分のことを書いているのだろうと思った。Bは遠くへ行きたかった。しかし自分の力で遠くへ行けるとも思わなかった。Bは、Kが自分に催眠術をかけ、自分の秘密を全部知ったうえで、それを書いているのだと思った。友人が扉をあけてBの部屋に入ると、クロロホルムの瓶をもって横たわっていた。黒い服を着たKの窪んだ眼が光っていた。
〈収録〉『闇』新潮社　明43.11　Ⅳ304-4
　　　『小川未明作品集 第1巻』大日本雄弁会講談社　昭29.6　Ⅳ350-27

2286 **汚れた人や花** ［小説］
〈初出〉「趣味」明治43年4月
〈あらすじ〉動物園の熊は眼が見えないようだ。長い爪がささらのようだ。こんな狭い中で一生を終えるのだ。／私の住んでいる家の庭土は粉のようだ。思う存分水を吸わせてみたい。三月頃の天気が私は嫌いだ。雨が降ってほしい。婆さんが車に轢かれた。／お愛は山を越えてきた。妊娠していた。叔母さんは死んだのだ。今日、着いたら楽に寝たいものだとお愛は思った。
〈収録〉『夜の街にて』岡村盛花堂　大3.1　Ⅳ312-54
　　　『小川未明作品集 第5巻』大日本雄弁会講談社　昭30.1　Ⅳ360-18

2287 **七時半** 《『夜の街にて』以後は改題：「白と黒」》 ［小説］
〈初出〉「世界文芸」明治43年4月
〈あらすじ〉李の花を間に、お島の家とお熊の家が向かい合っていた。お島は白い痩せた女だ。お熊は黒い太った女だ。お熊はお島の家の方を見て「早く死ねばいい」と呟いた。花と空とは無関係であった。お島はもう耳も目も見えなくなっていた。お島の家に人々が集まっていた。李の木の下で、若い男が二人、烏帽子形の石を持ち上げていた。去年の秋ごろから、お熊はお島を憎く思うようになった。二人とも博打をするが、若いお島の方に人気が集まったからだ。去年の秋、お島は大きな屋敷を買った。若い男が石を持ち上げた。白い李の花が散った。戸板に乗せられて病院へ向かったお島が途中で死んだ。暗い空と白い花とは無関係であったが、だんだん灰色に解け合った。

III 作品

〈収録〉『夜の街にて』岡村盛花堂　大3.1　IV312-60
　　　　『雪の線路を歩いて』岡村書店　大4.4　IV316-29
　　　　『小川未明選集 第1巻』未明選集刊行会　大14.11　IV331-18
　　　　『小川未明作品集 第1巻』大日本雄弁会講談社　昭29.6　IV350-38
　　　　『定本小川未明小説全集 第2巻』講談社　昭54.5　IV366-19

2288　花の都へ　［小説］
　　〈初出〉「流行」明治43年5月
　　〈あらすじ〉お里は今年十六であった。朝早くから山に入って薪を採った。山の中には、村娘が幾人も来ていた。田舎の少女は町へ行くのを喜んだ。町と言っても家数五六百の小さな町であった。午前中に花を売って、午後に帰っていった。村では糸車の音が聞えた。毎年、春になると黒装束の男がきて、娘を連れていく。お糸が上州へ稼ぎに出た。娘等は自分たちも行きたいと願った。お里は、よくお糸と二人で畑へ出た。お里は自分も南の国が恋しくなった。黒装束の男がきたとき、お里は東京へ行くことになった。花の都へ。

2289　張りつめた力　［感想］
　　〈初出〉「女子文壇」明治43年5月
　　〈要旨〉夏の東京は印象が強い。印象派の画家が描くような風景だ。あらゆる色彩のコントラストが一種の調和をなしている。物質文明はいつまで続いていくのか。原始的な自然状態にかえるのを怖れるように、絶えざる人間の努力が払われている。私の好むところは、銀座や浜町あたりの活動的混雑なところである。深い印象を残しているのは、新聞社に勤めていたとき、深夜に見た夜の町である。

2290　神経質の自然描写　［感想］
　　〈初出〉「新潮」明治43年5月。再掲：「新文壇」大正4年7月21日。
　　〈要旨〉最初、ロマンチストは自然の中に自己のソールを見ようとした。彼等は自然を愛慕した。ロシアの作家には自然と人間の苦闘が描かれているのか。これは人生問題の急迫と、気候風土の圧迫が主な原因である。彼等は自然を呪詛した。しかし最近の神経質の文学では、自然と自分とは無関係となった。人生の出来事と自然の変移に関係はない。自然と人間は睨み合っている。アンドレーエフの中にはこうした新しい見方がある。

2291　この赤い花　［小説］
　　〈初出〉「サンセット」明治43年5月
　　〈あらすじ〉私は淋しい庭に赤い花が欲しくなった。私の目には、赤い花が、庭に植わっている光景が見えた。いつも来る草花売りの車には、赤い花はなかった。この淋しい庭は、やはり淋しくあらねばならないのか。私は赤い花を探しに郊外へ出た。赤い花、赤い花、私の目は赤より他に何も見なかった。私は種苗会社の広い圃一面に咲いている赤いチューリップを買い、暗い淋しい庭に植えた。暗かった庭は、明るくなった。しかし花は満足しているだろうか。漲る光の中にいた花は、暗い庭に来て、愁え、悲しんではいないか。私は赤い花を見るたび、そのことを考えた。
　　〈備考〉4月24日作。

2292　女子教育を疑う　［感想］
　　〈初出〉「女子文壇」明治43年5月
　　〈要旨〉女性を極端に解放すべきかというと、多くの人が疑っているように私も疑っている。イプセンの描く女性のようには、まだ日本の女性はなっ

ていない。まだ過渡時代の女性であって、そこに何物かを見いだそうとするのは難しいことである。

2293 　雲　［小説］
　　〈初出〉「学生」明治43年5月
　　〈あらすじ〉板葺の白い寺の屋根がそびえている。屋敷に白木蓮が咲いていた。私達は眩しい日の光のうちで物語った。裕圓の継母は彼につらくあたった。日がかげり、二人が驚いて目をあげると黒い雲が一つ出ていた。裕圓は黒い処に眼があると言った。裕圓は自分が死んだら、自分のことを時々思い出してほしいと言った。北国の夕暮れには、奇異な形の雲がでることがあるが、裕圓と見たときのような黒雲は見たことがなかった。裕圓がその年、病で死んだ。私は、彼がまったく関係のない世界に去ったとは思わない。あの白い木蓮の花を見るたびに。

2294 　悪魔　［小説］
　　〈初出〉「新文芸」明治43年5月
　　〈あらすじ〉「あなたは黒い男を見ましたか」と爺さんが村人に聞いてまわっている。爺さんは村長である。黒い男の顔を見ただけでも、影を見ただけでも死んでしまうという。村人は村の入口に銃をかまえて待ち受けた。工場で働く少女の具合が悪くなった。やがて顔の色は黒くなり、身体は燃えるように熱くなった。避病院へ運ばれる少女のそばで、村長が「お前は黒い男を見たろう」と聞いた。村に古い迷信がよみがえった。赤い紙をはり、鮑の殻を門の柱につるした。患者は次々に出た。恐怖と不安と迷信が村を占領した。
　　〈収録〉『闇』新潮社　明43.11　IV304-3
　　　　　　『小川未明作品集 第1巻』大日本雄弁講談社　昭29.6　IV350-28

2295 　赤い実　［小説］
　　〈初出〉「新小説」明治43年5月
　　〈あらすじ〉「お兼さんは死んでしまった」青木の黒ずんだ葉が風に動いている。赤い実も黒ずんでいた。お兼さんは田舎へ行って教員になると言った。お兼さんは田舎に戻り、病気になって死んだ。友人に旅に誘われたが、行かなかった。未開の町にも人が住んでいる。その町は暗い霧のうちに閉ざされている。赤い実が揺れている。私は保管していた古い手紙類を整理した。母の手紙とお兼さんの手紙を除いて、あとは皆破り捨てた。なぜ人は無用な営みをするのか。長い間自然に晒されて、やがて崩れ落ちてしまうのに。
　　〈収録〉『夜の街にて』岡村盛花堂　大3.1　IV312-5
　　　　　　『小川未明作品集 第1巻』大日本雄弁講談社　昭29.6　IV350-29

2296 　緑葉の輝き　［小説］
　　〈初出〉「読売新聞」明治43年5月1日
　　〈あらすじ〉彼は喋れない。聞くこともできない。髪は長く、裸足で山を駆け巡っている。日は緑葉の上におちて、一片一片が銀のように輝く。彼は大きな木を仰ぐが、わめくこともできなかった。死んだ叔父の笑顔を思い出した。彼は毎日音のない天地に歩き疲れた。柔らかで、滑らかな緑葉は、自分を狂わせるためにこんなに輝いているのであろうかと彼は思った。声が出せなくても、せめて音がききたい。湖水に身を投げたら、そのとき音がするのではないか。水が二つに割れるとき、音を聞くことができるに違いない。そう思った彼は身を躍らせた。このとき初めて、天地に音が聞か

れた。緑葉する初夏の空に。

2297 **新葉雑観** ［感想］
　　〈初出〉「読売新聞」明治43年5月5,7,8日
　　〈要旨〉特殊の感情を微細に書き、人生の一角に触れることができればそれでよい。人の一生は、黒板に引かれた白いチョークの一線が拭き消されたように、死によって跡形もなくなってしまう。人生は、暗黒に向かって進んでいる。自覚せずして働け、と農民に言ったのはゴールキーであった。しかし私は疑わないものは馬鹿だと思う。暗いなかにも光はある。明るさのなかで不安を覚えているより、暗さのなかで慰安を見出していたほうがよい。古いロマンチックも新しいロマンチックも憧憬の点では似ている。しかし現実苦からきた懐疑、自覚、暗憂、実感は近代のものである。人生は後ろに暗い深い不知の闇をもっている。その闇に突っ込んだ作家の作には、詩的な趣きがある。北欧は、自然それを考えさせる。アンドレーエフのように。

2298 **藁屑** ［小説］
　　〈初出〉「読売新聞」明治43年5月15日
　　〈あらすじ〉女は水を見詰めている。私は、線路に沿って歩いていた。彼方から、五六人の白いキレを被った黒い着物の女がやってきた。救世軍の女性達である。水を見詰めていた女は、彼女達のなかで一人後に取り残された者である。私は彼女が不潔な恋をしているのではないかと想像した。汚れた世にあっては、清い者も汚れて見えるのではないかと、私は私の考えの陋劣さを恥じた。南の空が青空になった。私の心も神聖になった。永遠に流れる河水。流れ来たって、杭に引っ掛かった藁屑。……

2299 **自由な感想** ［感想］
　　〈初出〉「創作」明治43年6月
　　〈要旨〉学問上の議論は権威がない。自らの生活を中心とした議論、批評でなければ空虚に等しい。何が悲しいといって、自己のないものほど、哀れむべきものはない。文芸によらず、何によらず、主張のない人々がそれである。主張あってはじめて作家は猛進できるのである。

2300 **生活と色彩** ［感想］
　　〈初出〉「新潮」明治43年6月
　　〈要旨〉神経が過敏になると、細やかな色より余程明らかな色でなければ、感じがなくなってくる。自分も、非常に色彩の強いコントラストを求める。今度旅行をして信州から越後へ行ったが、そこには色彩のコントラストはなかった。自分の空想する色彩は、南国のものである。自分はまだ南国を見たことがない。しかし、自分の倦怠疲労は、これらの景色を容易に想像させる。北国の自然の色彩と、南国の自然の色彩は、異なる。人を考えさせる陰惨なところがある北国の色彩。明るく鮮やかで官能的な南国の色彩。自分は単に音楽だけでは満足できないし、絵画だけでも満足できない。

2301 **脚本本位と役者本位** ［感想］
　　〈初出〉「歌舞伎」明治43年6月1日
　　〈要旨〉脚本作家に天才があったら、役者が脚本のために人形となるのも仕方がないが、役者に天才があったら、脚本にとらわれる必要はない。作者に作者の個性があり、役者に役者の個性がある。

2302 **寺** ［小説］

〈初出〉「読売新聞」明治43年6月26日
〈あらすじ〉国中に名高い寺の鐘は参詣する人で鳴り続けた。六十ばかりの男がこの寺へ参詣にきていた。ここへ来るのに三日かかったが、寺を見るのに三十分もかからなかった。何か寺の記念を持って帰ろうと、男は寺の裏手にある墓石を欠いて持って帰った。それを持って帰った男は、巨万の富を貯めて死んだという。
〈収録〉『闇』新潮社　明43.11　Ⅳ304-6

2303　主張と作為　[感想]
〈初出〉「読売新聞」明治43年6月30日,7月1日
〈要旨〉作品はその人の人生に対する主張である。個性の自由は文芸にのみ見出しうる。極端な自由思想を抱くものも、現在の政治に従わねばならない。いかなるものが新理想主義か。憧憬なしにこれを求めることはできない。熱意ある憧憬と要求の声以外に、新理想主義の作品はない。古いロマンチシズムには、余裕的分子があった。思う存分に自己を発揮できたら死んでもいいが、自己を出さずに死んだら死にきれない。

2304　若者　[戯曲]
〈初出〉「創作」明治43年7月
〈要旨〉灰色の飾り気のない部屋で、兄が手紙を持って、手紙の内容を忘れたことについて独り言をしている。二十円でもいいから使ってくれと書いたのだったか。自分はアナーキストだ、ダイナマイトで打殺すと書いたのだったか。頭がいたい。そこへ母が来て、クミチンキの薬瓶をとってくれという。机の上には、色とりどりの薬瓶がある。兄はこの中に毒薬もあるという。どれがクミチンキでどれが毒薬がわからない。母は、黒い、醬油色をした瓶を持っていった。母が向こうへ行ったあと、妹が部屋に入ってきた。これから大事手紙を書くから部屋を出ていってほしいと兄は妹を追い出すが、思うように候文が書けなかった。

2305　汚物日記　[感想]
〈初出〉「文章世界」明治43年7月
〈要旨〉狭い路地に入ると、物の腐った臭いがした。活動写真館があった。梅雨の長雨で、この建物は湿気臭くなっているだろう。一時のように活動写真は流行らなくなった。去年はいたるところで活動写真の興行をしていた。このため寄席が減ったという。私はここでモーパッサンの西洋ものを見たことがある。翌日、国から知り合いの老人が死んだ知らせが届いた。その翌日、質屋の小僧がきた。質屋の蔵には黴が生えているだろうと思った。一昨年の夏は、毎日電車にのって、ある雑誌社に通った。

2306　自己と観察　[感想]
〈初出〉「新潮」明治43年7月
〈要旨〉自然主義以前は、自分の感じたことを自然に託してうたった。自然主義がおこって、遊びが少なくなった。痛切に感じたものしか書かなくなった。人生に交渉がなければ、なんの価値もないというわけである。しかし自然主義にはまだ主観と客観の区別があった。それがさらに進むと、外界も自己も一つのものとなる。自然も自己の心持によって苦しみの姿となり、また悲しみの形となった。自然は自己の反映としか見えない。これは昔のロマンチシズムのように超現実的な空想から起こったものではなく、現実の苦しみによって生まれた現象である。

2307　最近詩壇の傾向　[感想]

〈初出〉「創作」明治43年7月
〈要旨〉人生にある型ができ、文芸にあるタイプが生じたとき、その型を破るのが詩である。空想の力、創造の力が抜けたなら、それはすでに詩の声から遠ざかったものである。ヴェルレーヌやシモンズのゆき方ではなく、今一度ボッカ風に自然人生をうたいたい。

2308 轟き ［小説］
〈初出〉「新文芸」明治43年7月
〈あらすじ〉田と圃の間を電信柱が走っている。北の海の空の色。石置屋根の家の横手に紫陽花が咲いた。西南一帯の山脈から雲がわく。信濃、越中の境である。ワッツの描いた「雨雲」と同じ構図である。あるとき、妙高山に登った。石が落ちてから、長い時間が経って、音がした。今でも夏空に出た雲の峰を見ると、山に登った日のことを思い出す。

2309 北国の温泉 ［小説］
〈初出〉「趣味」明治43年7月
〈要旨〉西南一帯は未開の山である。越後は、とこしえに哀調の消えない国だ。火の見櫓の右、火の消えたように静まり返った古い町の屋根の上に、西南の高い山がみえる。夏になれば、北国も暑い。この時分、私は温泉場を歩きまわった。燕温泉は相宿であった。盆に人々が躍ったあと、雨となった。雨が強くなり、客たちは一部屋に集まり、夜を明かした。老婆が念仏を唱えだした。夜があけると、あたりの景色は一変していた。その日から、温泉は寂れた。今も燕温泉の名は残っているが、未開当時の燕温泉の場所は断崖となっている。

2310 文壇の単調子 ［感想］
〈初出〉「国民新聞」明治43年7月9日
〈要旨〉今の文壇は筋にとらわれすぎている。事実以外に、一歩踏み出して想像をたくましくして書く勇気がない。あったことをありのままに書くのが真実なのか、真に感じたことを書くのが真実なのか。僕は後者だと考える。後者は詩の領分である。アランポーやボードレール。

2311 雷雨前 ［小説］
〈初出〉「読売新聞」明治43年7月17日
〈あらすじ〉鏡のようにぎらぎらと太陽が光っている。午後二時ごろ、空は白くなり、木や草の葉がどんより霞だった。天地は静かであった。私は戸外へ出てみたが目がくらんで、大地に倒れそうになった。桃をかじり、日の照りつける戸外に放った。風も音もない。荒涼とした世界。そこへ蟻がやってきた。桃にたかったら、踏み殺してやろうと思ったが、蟻はどこかへ行ってしまった。広い砂漠を旅する人のように。
〈収録〉『闇』新潮社　明43.11　Ⅳ304-8
　　　　『小川未明選集 第1巻』未明選集刊行会　大14.11　Ⅳ331-17
　　　　『定本小川未明小説全集 第1巻』講談社　昭54.4　Ⅳ365-28

2312 真夏の窓 ［小説］
〈初出〉「読売新聞」明治43年7月26〜27日
〈あらすじ〉(乳児)窓から遠く空が見える。乳飲子が瞳を見張っていた。この室には誰もいなかった。女が入ってきた。乳呑児は自分の母を認識しないようだった。窓の方を見て笑っている。母は乳呑児に乳房を含ませた。はじめて子供は女の顔を見詰めた。母と子の間に沈黙の理解があった。(額絵)私はよくHが仕事をしている海岸の家を訪れた。窓を開けると海がみ

えた。東の窓の上に額絵があった。うつ伏せに倒れたキリストのまわりを取りまく人々、そして窓の外ではそれと無関係に商売をしている人々。河岸の青物市場を歩いたとき、あの額絵を思い出した。

2313 「小品文」選評 [感想]
〈初出〉「学生」明治43年8月
〈要旨〉「蚯蚓」一篇の散文詩である。はかない、淡い悲しみがある。日の陰った、夏の静かな朝が匂う。

2314 森の暗き夜 [小説]
〈初出〉「新潮」明治43年8月
〈あらすじ〉女は独り室の中に座って仕事をしていた。「今晩は」人がきた。あくる晩、女はいつものように仕事をしていた。葉と葉の摺れる音には、今迄聞えなかった優しみがある。女は訪ねてきた盗賊のことを思い出した。「今晩は」この声をもう一度聞いてみたいと女は思った。やがて女には子供ができた。だが生まれて一年も経たない間に子供は死んでしまった。土に埋めたが、夜、赤子の泣き声が聞こえた。
〈収録〉『闇』新潮社　明43.11　Ⅳ304-7
　　　　『雪の線路を歩いて』岡村書店　大4.4　Ⅳ316-15
　　　　『小川未明選集 第1巻』未明選集刊行会　大14.11　Ⅳ331-16
　　　　『小川未明作品集 第1巻』大日本雄弁会講談社　昭29.6　Ⅳ350-31

2315 或村の話 [小説]
〈初出〉「早稲田文学」明治43年8月
〈あらすじ〉庄太は村役場に勤めていたが、心臓発作で死んだ。彼には先妻の生んだ男の子がいた。先妻は三十歳のとき、気がおかしくなって河に飛び込んで死んだ。その頃、子供は六つだった。庄太は後妻をもらった。後妻は二人の子を生み、前妻の子をいじめた。庄太が死んだとき、村の人々は、やがて後妻は別の男のもとへ行くだろうと噂した。父の墓とは別のところに実母の墓がある。子供は、死んだら実母のもとへ行けるだろうと想像した。継母も、前妻の子供が死んでくれればと思い、河べりのグミの実をとってきてほしいと言う。翌日、子供は河に落ちて死んだ。後妻は村を去った。
〈収録〉『闇』新潮社　明43.11　Ⅳ304-10

2316 単調の与ふる魔力 [感想]
〈初出〉「世界文芸」明治43年8月
〈要旨〉陰気な、容易に親しみがたい、けれどそこに疎んじがたい、重みと力と、人生に徹した悲しみがある。これが北国の自然の色彩が与える気分である。単調な色彩、背景、人生、会話。底に滞った力には、重い、深い、暗いものがある。人間は単調を怖れる。単調は死の色だからだ。
〈収録〉『北国の鴉より』岡村盛花堂　大元.11　Ⅳ308-19
　　　　『未明感想小品集』創生堂　大15.4　Ⅳ335-2
　　　　『小川未明作品集 第5巻』大日本雄弁会講談社　昭30.1　Ⅳ360-55
　　　　『定本小川未明小説全集 第6巻』講談社　昭54.10　Ⅳ370-10

2317 地蔵ケ岳の麓 [感想]
〈初出〉「読売新聞」明治43年8月7日
〈要旨〉地蔵ケ岳と駒ケ岳は互いに何を語り合っているのだろう。私はこの山霊の語らいを空想することができない。恐怖と秘密とに威圧せられた。赤い焔が自然の魔力のように、人跡未踏の境を染める。白衣を着た行者が下界から脱するために山に登る。私は富士見の高原に来て、地蔵ケ岳を見

た。時もない。月もない。年もない。人生は淋しいものだ。自然もまた孤独なものだ。肉体を脱し、青い空に遊ぶことはできないものか。
　　　〈収録〉『夜の街にて』岡村盛花堂　大3.1　IV312-26

2318　「小品文」選評　［感想］
　　　〈初出〉「学生」明治43年9月
　　　〈要旨〉「野にて」あくまでも明るい光線の中に立っていて、デリケートに感ずるその人の性格と真面目な感想が現われている。佳い作品だと思う。

2319　生を喜び死を愛する根底　［感想］
　　　〈初出〉「創作」明治43年9月
　　　〈要旨〉今の詩の魅力というのは、自然主義によって破壊された空想から生まれたイリュージョンでなければ何の功も奏さない。現時の日本詩壇は、ボードレールやヴェルレーヌの影響を受けている。ロシヤ近代のデカダンスの影響もうけている。ドイツの最近の画家の影響も受けている。ワーズワースは、孤独は自分のみにあるものではなく、天地自然に宿っていると楽観した。彼の楽観は、厭世から来たものである。ハーンも、西行法師も同様であった。

2320　稀人　〈『北国の鴉より』以後は改題：「僧」〉　［小説］
　　　〈初出〉「新小説」明治43年9月
　　　〈あらすじ〉村に僧がやってきた。物静かな五十余りの僧であった。十日も続けてきたかと思うと、来なくなった。毎年来るかと思うと、二三年経って来るときもあった。誰もこの僧が年とったのを見分けるものがなかった。あるとき、この僧が来ると村に死人がでると噂になった。僧が去ったあと、年若い狂人とその母親が同時に死んだ。母が息子を刺殺したのだ。貧しさのあまり、血が青かった。次に僧がやってきたとき、踏切番の男が死んだ。月日が流れた。大水で田畑が荒れ、村を去る家が多くなった。残った貧しい家と古くからある家の者は、次に僧が来たときに死ぬものは誰かと想像した。十年後、あの僧がやってきた。死んだのは町の時計屋に奉公する貧しい家の一人息子だった。
　　　〈収録〉『北国の鴉より』岡村盛花堂　大元.11　IV308-32
　　　　　　『雪の線路を歩いて』岡村書店　大4.4　IV316-22
　　　　　　『小川未明作品集 第1巻』大日本雄弁会講談社　昭29.6　IV350-41
　　　　　　『定本小川未明小説全集 第2巻』講談社　昭54.5　IV366-9

2321　爛れた日　［小説］
　　　〈初出〉「読売新聞」明治43年9月25日
　　　〈あらすじ〉いらいらした神経を休める余裕がない。紅い入日だけが目を楽しませた。それは頬れかかった花に似ていた。どこへあの日は沈んでしまうのか。しかし明日になれば、またこの世界に上ってくる。人間は一度死んだら、戻ってこられない。私は、この黒い汚れた町を散歩するのが好きだ。爛れた落日をみると、私の黄色い神経がふるえる。しかし、書斎に帰ると、もう神経の戦慄から発する閃きは消えている。日が沈むと空は青くなった。私は今夜、身内の者の訃報が届きはしないかと胸がどきどきした。私は、また悪夢にうなされなければならない。朝がきたら、この疲れた頭にも新しい考えが浮かぶだろうか。
　　　〈備考〉9月10日作。
　　　〈収録〉『北国の鴉より』岡村盛花堂　大元.11　IV308-24
　　　　　　『小川未明作品集 第5巻』大日本雄弁会講談社　昭30.1　IV360-40

Ⅲ 作品

2322 **若き姿の文芸** ［感想］
〈初出〉「国民新聞」明治43年9月30日
〈要旨〉各自の天分によって主義主張が異なる。ある作家は社会に生起する特殊の材料を取扱い、ある作家は不変の自然を材料に取扱う。何の主義によらず、それが唱えられるにいたった動機、世間に認められるまでの痛切な根底、時勢への反抗と苦闘を理解しなければならない。批評家が考えるべきは、作品に「若やかな姿」があるかどうかである。作家に感興が満ちていなければ、作品に光は出ない。
〈収録〉『夜の街にて』岡村盛花堂　大 3.1　Ⅳ 312-15

2323 **静かな墳墓** ［小説］
〈初出〉「日本青年」明治43年10月
〈あらすじ〉家の隣に寺があった。夏の始めにここへ移ってきた。こんな淋しい、廃れた墓地へ新たに死んだ人を埋めるのは気の毒に思われた。私はひとり静かに寺の林を見て、書斎に坐って考えているのが好きだ。子供の時分、暗い晩に祖母から昔話を聞いたことを思い出す。家の外には榊の木があった。鬼門にあるから伐ってはいけないと言っていた。今でも秋の夜の、北風の吹く暗い晩の我が家の外の景色を思いだす。旅に出た。烈しい夏の日盛りを受けた墓地を見た私は、あの淋しい墓を思い出した。淋しい北国の叔母の家に着いた。灰色の空の下にある静かな淋しい町、それがこの人々の墳墓である。旅から戻った私は、この家が住みよいと思う。

2324 **現代四歌人（牧水・夕暮．白秋・勇）に対する批評** ［感想］
〈初出〉「創作」明治43年10月
〈要旨〉形式がまずあって、次に自分の思想なり感情なりを盛るのは、堕落せる芸術であろう。思想本位、内容本位を考えるなら、短歌の形式はもっと自由であらねばならない。前田夕暮の歌は、在来の形式を破って散文的に歌ったところはえらい。主観を露骨に出したところは自然主義の影響によるが、概念的で説明的である。若山牧水は、自然をうたうのに不自由を感じていない。アーリーロマンティックの詩人。吉井勇の歌は、肉眼を通して感じ、現実を見た感じがよく出ている。しかし余裕が多くて悲痛の叫びをきかない。北原白秋の歌は、官能が鋭い。しかし残る印象は薄い。目のレンズは強くても、対象の物体に同感して主観が入り込みながら事実を捉え得ていない。

2325 **自然本位と自己本位** ［感想］
〈初出〉「文章世界」明治43年10月
〈要旨〉作物を作る上において、自然本位と自己本位に分けてみる。自然本位とは、冷静な態度で自然の物象を、レンズに映すことである。作家の主観、見識の高低で映り方が変わってくる。何を映すかで作家のタイプは変わる。子供的な眼を通して、自然を見るものもいる。作家の境遇、郷土の風土が、作家のタイプを生じさせる。一方、自己本位の作家とは、自分以外に自然を見ることができない場合のことをいう。煩悶があったり病気のときは、自然を冷静に見ることはできない。自己本位の場合は、レンズに一種の色がついている。自己を離れて天地なく、自然がないというわけである。自己中心の気持ちを直接的に映す場合、利那的、絵画的、空間的になる。初期ロマンチシズムもこの傾向をもった。

2326 **落ちついて寂しく澄んだ瞳の色（秋に見出す趣味と感想）** ［感想］
〈初出〉「新潮」明治43年10月

III 作品

〈要旨〉秋のはじめに寺の墓場などで、晩方佇んでいると、血のような色をして沈んでいく落日を見ると、ああ夏も去りゆくのだと悲しい感じがする。夏が去るのは、青春が去って、人生理想の失墜と同じ悲しみである。秋の色は澄んだ瞳の色である。私は一年中で初夏と初秋が好きである。昔のロマンチシズムもこの二つの季節をうたった。夢を見ているような憧れ。秋になると、北国の冬を思い、自然力に迫害されている残酷な気持ちを受ける。

2327　森　[詩]
　　　〈初出〉「女子文壇」明治43年10月
　　　〈要旨〉青と青とが摺れ　緑と緑とが蒸し合ひ、加へて紫の花の激しい香気。(以下略)
　　　〈収録〉『詩集 あの山越えて』尚栄堂　大3.1　IV311-49

2328　ラフカディオ ハーン、イン、ジャパンを読む　[感想]
　　　〈初出〉「読売新聞」明治43年10月11日
　　　〈要旨〉思想の目で自然を見、人生を見るロマンチストの面影はハーンにあったに違いない。しかし肉体を通して感じた倦怠、不安、触角というものを文章の上に出している点で近代的作家である。単に肉を離れて自然を見、人生を見たものではない。ハーンは憧憬の人だ。しかし空想的憧憬の人ではない。初期のロマンチストとは異なる。ハーンの厭世的思想の裏には、愛や正義の観念が流れている。彼はヒューマニストである。死を飾るに色彩をもってし、荘重な哲学をもってした。
　　　〈収録〉『夜の街にて』岡村盛花堂　大3.1　IV312-18

2329　序(『闇』)　[感想]
　　　〈初収録〉『闇』新潮社　明43.11
　　　〈要旨〉これらの12編は、『惑星』以後の作である。あるときは、暗い、寒い越後とその土地に住む、ふさぎ勝ちな人が与えた印象を描いた。あるときは、張り詰めた気持ちで、時も場所もかまわず、胸の苦痛が動きのある絵画になって表せばよいと思って書いた。私は、お伽話脈であって、お伽話ではいものを書いてみたい。絵画であって、もっと深く考えさせてくれるものを書いてみたい。
　　　〈収録〉『闇』新潮社　明43.11　IV304-0

2330　唖　[小説]
　　　〈初収録〉『闇』新潮社　明43.11
　　　〈あらすじ〉彼は喋ることができない。髪を長くし、裸足で山を駆け廻っている。強い光が針のように射しくる木の下で、大理石の彫像のように立っている。どこを見ても光を織る白い世界である。音のない天地に輝いている緑の葉。これらの葉は、自分の気をおかしくさせるために、こんなに輝いているのだろうか。彼は叫ぼうとしたが、声はでなかった。彼は山の湖水へ行った。この身を湖水に投げたら、音がするのではないか。音が聞えたら、死んでもいいと思った。彼は身を投げた。そのとき蘇生ったように音色が響き渡った。
　　　〈収録〉『闇』新潮社　明43.11　IV304-11
　　　　　　『小川未明選集 第1巻』未明選集刊行会　大14.11　IV331-13
　　　　　　『小川未明作品集 第1巻』大日本雄弁会講談社　昭29.6　IV350-30
　　　　　　『定本小川未明小説全集 第1巻』講談社　昭54.4　IV365-29

2331　夜の落葉　[小説]

III 作品

〈初出〉「早稲田文学」明治43年11月
〈あらすじ〉物思いにふけっていると、最近姿を見せなくなった男の幻が浮かんできた。眼の前で泣いたり笑ったりしている。歯がぬけて、耳がきこえない。彼の妻は、彼が仕事に失敗してから、彼を見捨ててしまった。彼はどんなことを考えていることだろう。──自分は二三時間前に、会社の面接を受けた。あんなに謙遜して物を言わなければよかった。子供のときに行った教会堂では光線のなかに神が潜んでいるのではないかと思ったが、今は悪魔が住んでいるとしか思えない。自分より先に死んだ母が怨めしい。人は偶然に生まれ、偶然にいろいろな生活をして、偶然に死んでしまう。どこを見ても暗かった。
〈収録〉『夜の街にて』岡村盛花堂 大3.1 Ⅳ312-46

2332 劇の印象と雑感　[感想]
〈初出〉「読売新聞」明治43年11月13日
〈要旨〉写実主義が文壇を風靡した時代にあっても、裏にはロマンチシズムの暗流があった。ロマンチシズムは、常に新たなる反動を時代精神に与える刺激となった。ロマンチシズムは、破壊であり、革命であり、反抗である。坪内逍遥氏の「桐一葉」はロマンチックの詩眼で昔を見たものである。

2333 再会　[小説]
〈初出〉「創作」明治43年12月
〈あらすじ〉風は鋭く叫んでいた。体のどこかに潜んでいた不平が、頭を擡げようとした。Gはそれを無理におさえつけた。「訪ねてくるのではなかった」とGは思った。七年ぶりにGはKに会った。Kは、謹直に役者に勤め、俸給を貰っていた。過去の半生を感情で動いてきたGは、意志と智識で地位を築いたKの前で、圧せられるように思った。醜い禍いの悪魔は、弱者を襲って悲惨な目にあわす。しかし悪魔は、爪牙を富者の体に立てない。自分は貧しくても、Kより深刻に人生を考えている、そうGは思った。
〈備考〉11月20日作。

2334 愁顔　[小説]
〈初出〉「学生文芸」明治43年12月
〈あらすじ〉(Hが私に語った話)私は役所に通っていたが、月に十三円くらいしか貰っていなかった。生活難と妻への愛が醒めたことが、妻をヒステリーにさせた。そんな妻を私はいじめた。妻のヒステリーは妊娠後さらにひどくなり、自殺をほのめかすようになった。ヒステリーがひどく、生まれてくる子は普通ではないと恐れた。私は妻と別れたかった。子供が生まれたが、母の乳が足りなかった。あるとき私は、この子供は馬鹿ではないかと思った。妻と子供を実家に帰して以来、母子に会っていない。私が行方をくらましたからだ。
〈収録〉『少年の笛』新潮社　明45.5　Ⅳ306-9

2335 赤褐の斑点　[小説]
〈初出〉「太陽」明治43年12月
〈あらすじ〉独り暗い室に坐って考え込んでいたとき、「これからどうなるのだろう」と思った。暗い室から外にでると、カッと日が照りつける。「自然と自分には、どんな関係があるのだろう」そう思った。ある時、病気になった。白服の男が見舞いにきた。「つまらぬ空想にふけりたまうな」と言った。広野に点々と枯れゆく草の赤褐色は、天使が野の草を焼かんため火を点じて飛びまわった後のようだ。このまま死んでしまおうかと思った。そ

れから三日目のこと、日没前に轢死者があった。黄昏の光が血の上に落ちた。轢死者の血は、赤褐色の野を染めた。自分は、轢死者は自分と同じ考えを持った男であると思った。
〈収録〉『夜の街にて』岡村盛花堂　大 3.1　Ⅳ312-9
『小川未明作品集 第 1 巻』大日本雄弁会講談社　昭 29.6　Ⅳ350-32

2336　序（『赤い船』）　［感想］
〈初収録〉『おとぎはなし集 赤い船』京文堂書店　明 43.12
〈要旨〉世界に幾億の人間が居る。私は、其の中の一人です。其の私が子供の時分描いた空想は大抵斯様なものでありました。棒を持つて、月夜に村を歩き、日の光り漲る野原に遊んだ日の有様が偲ばれます。北と南に国は異つても、子供の胸に宿れる自然の真情は、等しく偉大なる人生の響きであります。
〈収録〉『おとぎはなし集 赤い船』京文堂書店　明 43.12　全童話Ⅳ003

2337　二二日の朝（トルストイの死についての感想）　［感想］
〈初出〉「読売新聞」明治 43 年 12 月 4 日
〈要旨〉二十二日の朝、新聞はトルストイがネスタポールで客死したことを報じた。Kの部屋で三人のものがトルストイについて話しあった。本来、翁の説いた無抵抗主義はもっと強いものだったが、今後は、単に臆病で、自然のままに従うといった無抵抗主義が増えていくだろう。新聞に翁の遺言が出ていた。「世界に数百万人の困窮者がいるのに、汝等はなぜわれ一人の傍にありや」

明治 44（1911）年

2338　日記に就て　［感想］
〈初出〉「新潮」明治 44 年 1 月
〈要旨〉空想で色彩的に見た過去、今の自分の知識、官能を通じて芸術的に見た過去こそ美しいが、日記によって事実そのままに見た過去は厭だ。より高く、より強い意義ある生活をはじめたい。過去は灰色に塗りつぶせ。私は未来に向かって盲目的に突進しよう。

2339　寂寥　［小説］
〈初出〉「文章世界」明治 44 年 1 月増刊号
〈要旨〉五年前、村の年とった猟師が一人村を出たきり帰ってこなかった。瀧吉も北国の田舎を飛び出し、南の国へ行きたかった。町の停車場から機関車が出発する。この鬱陶しい厭な自然力に抗し、汽車は世の中を楽しくしてくれるように思われた。母が病気になった。母が亡くなり、妹が嫁に行けば、自分は南の国へ行こうと思った。汽車は人間の喜びも悲しみも知らない。自然も同じである。夜、瀧吉の母が死んだ。
〈収録〉『北国の鴉より』岡村盛花堂　大元 .11　Ⅳ308-10

2340　苦闘　［小説］
〈初出〉「新小説」明治 44 年 1 月
〈あらすじ〉浮浪者は、朝早く病院を出された。彼は、病気に苦しめられたとき、死を恐れた。元気な時は、社会の人々から冷遇された。長い貧困生活のなかで分ったことだが、生きる苦しみのほうが、病気の苦しみより苦しい。「なぜ、楽な死より、苦しい生活がいいんだろう……」彼は自分に問うてみた。しかし分らなかった。

III 作品

〈収録〉『夜の街にて』岡村盛花堂　大3.1　Ⅳ312-47
『未明感想小品集』創生堂　大15.4　Ⅳ335-10
『小川未明作品集 第5巻』大日本雄弁会講談社　昭30.1　Ⅳ360-17

2341　**新しき叙景**　[感想]
〈初出〉「新潮」明治44年1月
〈要旨〉叙景には二通りある。一つは汚れない目で自然を見ること。一つは全人格的努力で自然を見ること。後者は、不安の情緒が揺らめいているときは、不安の情緒で自然を見る。昔の小説のように一貫した気分があればよいというのではない。「闇」という小説では、この二つの自然を描いた。
〈収録〉『定本小川未明小説全集 第6巻』講談社　昭54.10　Ⅳ370-2

2342　**黒き愁しみ**　[小説]
〈初出〉「劇と詩」明治44年1月1日
〈あらすじ〉丘の上から町を見下ろす。魔物の都会。鉄槌の音が聞こえる。生活のために朝から晩まで働いている人間がいる。時は流れる。だから、働き続けるものは不平を言うのだ。丘の上には仕事のない人がいる。彼らは働いている人を羨む。金があれば、贅沢ができるからだ。私は自分の懐に金があるのを悲しみ、そして喜んだ。アナクレシオンの哲学。
〈収録〉『北国の鴉より』岡村盛花堂　大元.11　Ⅳ308-6

2343　**夜の一刻**　[小説]
〈初出〉「読売新聞」明治44年1月7日
〈あらすじ〉霜柱が地上に結び、瓦屋根に月光が輝く冬の夜、寒さと飢えに戦いている多数の女が、火の気のない、闇の中に坐って当てなき幸福を待っている。この世界は暗黒だ。肉体を売ってなお苦しい生活を続けなければならない女たち。下界のことには関係なく、星はますます輝き、嵐は冴えた。
〈収録〉『北国の鴉より』岡村盛花堂　大元.11　Ⅳ308-7

2344　**奇蹟の母**　[小説]
〈初出〉「読売新聞」明治44年1月15日
〈あらすじ〉ある夜、私は北国から来た男を連れて家をでた。私は北海の荒海に洗われている北斗星の光について考えた。男はがっしりした体を、足に力を入れて運んだ。二人は銀座の街へ出た。私の生まれも北国であったから、都会の男女より、この陰気な、汚い男の方が親しく思われた。私は珈琲店で男に、都会がよいか北国がよいか尋ねた。男は北国が好きだと言った。ぜいたくを戒めた男の母を、奇蹟の母と呼びたい。都会はにぎやかだが、北国は、今は大雪だという。男は明後日、北国へ帰ると言う。
〈収録〉『夜の街にて』岡村盛花堂　大3.1　Ⅳ312-24
『小川未明作品集 第5巻』大日本雄弁会講談社　昭30.1　Ⅳ360-14
『定本小川未明小説全集 第2巻』講談社　昭54.5　Ⅳ366-17

2345　**柵に倚りて**　[小説]
〈初出〉「中学文壇」明治44年2月
〈あらすじ〉上りの三番が行って、停車場の構内は寂然とした。田舎の寂しい停車場である。時計が三時を打った。今日が五日目になる。停車場の柵にもたれて、列車を待っていた。都会にいる友人のKが三年ぶりに帰ってくると手紙で知らせてきたのだ。北国の冬の沈黙の景色には、未来の暗い悲しみを惹きだすような底力がある。しかしKは来なかった。Hはしみじみわが身の孤独を感じた。
〈収録〉『夜の街にて』岡村盛花堂　大3.1　Ⅳ312-48

III 作品

2346　故郷の冬の印象　[感想]
　　　〈初出〉「新文壇」明治44年2月21日
　　　〈要旨〉私は、冬ということを考えると、今まで開いていた明るい目が閉じて、眼の前を灰色の霧が鎖すような憂鬱な感じがしてくる。自分もしくは自分の父母と結びつけて冬を考える。冬の楽しみは、歌留多と凧合戦である。雪が深くなると、山にある私の家は麓の家と交通が途絶える。土曜日には雪道を歩いて山の上の家に帰る。じっとあたりの景色に見入った時の気持ちは忘れられない。年取った父母が町へ行っているとき、自分は風呂の火を焚きながら、父母の帰りを待った。榛の木の頂が風に揺れるのを見ると、不安な暗い感じになった。今も冬が来れば故郷の両親のことを考え、烈しい冬との苦闘を思う。

2347　詩と美と想像　[感想]
　　　〈初出〉「読売新聞」明治44年2月25日
　　　〈要旨〉やるせない心のもだえを忘れるような詩を見たい。暗い陰気なものであれば、鬼気迫るほど極端なものであってほしい。暗い心は、一層暗くなり、深刻な苦しさを呼び起こす。そのことによって慰められる。死も想像が加わることで、恐ろしいものに見えるときがある。讃美されるときもある。死を冷やかに見ることはできない。死を恐れ、またあえて死を慕う人生の矛盾した姿を感じる。想像が芸術を産み、芸術があって、人生の内容が豊富になる。
　　　〈収録〉『夜の街にて』岡村盛花堂　大3.1　Ⅳ312-20

2348　赤い月の上る前　[小説]
　　　〈初出〉「読売新聞」明治44年2月26日
　　　〈あらすじ〉その島には椰楡の木がある。色の黒い、唇の赤い土人は、恋に命をかけている。女は赤い実を海に流して、恋の行方を占った。それがはるばる漂ってきた。遠く海を見渡すと、帆船が見えた。彼は子供の時分に聞いた海賊船の話を思い出した。この海岸にはいたるところに蜜柑畑がある。彼は北国の暗い海を思い出した。祖母から聞いた蜜柑船の話。波は地球が破滅するまで同じ働きをするのだろう。やがて赤い月がでた。黒い船がやってきた。船の上には奇異な形をした魚が載せられていた。
　　　〈収録〉『北国の鴉より』岡村盛花堂　大元.11　Ⅳ308-25
　　　　　　　『未明感想小品集』創生堂　大15.4　Ⅳ335-13
　　　　　　　『小川未明作品集 第5巻』大日本雄弁会講談社　昭30.1　Ⅳ360-41

2349　葉　[小説]
　　　〈初出〉「学生」明治44年3月
　　　〈あらすじ〉晩秋の朝の空気は澄んでいた。梢に残っている葉は、静かにうな垂れて落ちる日を知らずに無心である。海は静かであった。頭の尖った岩が波の上に突き出ている。海は、突き出ているものを下に埋めて、波の世界にしてしまいたいと思っている。同じ太陽の下に起伏する自然は、平等にあつい恵みを受けている。木立と海は関係ないが、それらには同じ自然の呼吸が通っている。岩が隠れた。岩が隠れると難船がある。やがて夜になった。木立も、野も、船も、海も、顔も、すべて夜の中に呑みこまれた。

2350　薔薇と巫女　[小説]
　　　〈初出〉「早稲田文学」明治44年3月
　　　〈あらすじ〉学問をした彼は、迷信に頓着しなかったが、ある夜、重い不快な夢を見た。夢のあと、病気の母が死んだ。以来、彼は迷信を信ずるよう

になった。村へやってきた巫女が死んだ娘を一瞬生き返らせたという。死んだ母と夢との関係を確かめるために彼は旅立つ。月の冴えた晩、巫女の家の門にたどり着く。彼は道の消えた所まで歩いた。そこには大きな礎石があった。彼は礎石に座り、荒れ果てた昔の秘密の園を眺めた。再び故郷へもどった彼は、夢知らせを信じない訳にもいかない気がした。やがて雪がふってきた。
〈収録〉『物言はぬ顔』春陽堂　明45.4　Ⅳ305-2
　　　　『紫のダリヤ』鈴木三重吉発行　大4.1　Ⅳ315-2
　　　　『小川未明選集 第1巻』未明選集刊行会　大14.11　Ⅳ331-19
　　　　『小川未明作品集 第1巻』大日本雄弁会講談社　昭29.6　Ⅳ350-33
　　　　『定本小川未明小説全集 第1巻』講談社　昭54.4　Ⅳ365-33

2351　郷土と作家―伊豆半島を旅行して―　[感想]
　〈初出〉「新潮」明治44年3月
　〈要旨〉北国の冬は荒涼として儚い。耐え忍んで春をまつ。南国に憧れを抱く。伊豆半島の冬を旅し、憧れた南国に満足した。オレンジの実。椿の花。そこにも神秘はあった。北国の神秘とは違う神秘。それはハーンが描く神秘である。シェンキビッチが描く神秘は北国の神秘である。自然の与える印象感化が、作家の個性や思想をつくる。作家は自分を生んでくれた自然に忠実であればよい。

2352　歌、眠、芝居　[感想]
　〈初出〉「読売新聞」明治44年3月22日
　〈要旨〉私は無心になって歌うような歌がほしい。昔の童謡俚歌には不思議な力がある。歌の形は単純であっても恐るべき魔力のあるものがある。今の詩人はなぜもっとうたうような詩を作れないのか。バーンズの詩を私は懐かしむ。なぜ人々は眠りを怖れないのか。眠りと死は区別がない。神でなければ、眠りが明朝になって醒めると保証できない。自分の身体であっても、醒めることと醒めないことは人間の力で勝手にすることができない。私はこれを自然力、運命に帰する。
　〈収録〉『夜の街にて』岡村盛花堂　大3.1　Ⅳ312-23

2353　黄橙と光る海（伊豆海岸の印象）　[感想]
　〈初出〉「学生文芸」明治44年4月
　〈要旨〉いつ頃が一番海が光るだろう。小田原で見た海の色は青かった。その海を見たとき、日本海を見るような気がした。日本海の匂いを嗅ぐような気がした。白壁の破れた土蔵がある。そこに二本の大きな黄橙の木があり、真黄の実がなっている。田舎に来ると月日の流れが遅いように思われる。ハーンの文章とともに、浦島太郎の昔話を思い出した。

2354　春に見出す趣味と感想　[感想]
　〈初出〉「新潮」明治44年4月
　〈要旨〉私は少年のころ、三四月になると悪性の感冒にかかった。その時は草や木までが病んだように見えた。春の黄昏など、生暖かい南風が吹いてくるときは、遠い、遠い思いがする。憧憬が胸にわく。自分の心に春が与える印象は、一種のあわただしさと不安に他ならない。

2355　昼の夢夜の夢（夢の研究、夢の話）　[感想]
　〈初出〉「新潮」明治44年4月。再掲：「新文壇」大正4年12月21日。
　〈要旨〉夢は二様に解釈できる。一つは肉体の倦怠から見る夢、一つは思想の夢である。夜の夢は、自分の境遇の不可解さを、その時々の気持ちによっ

て都合のよいように妖怪画的にえがきだす。人間に逃れることのできない不安と恐怖があるかぎり、その夢は単なる肉体の疲労の結果とはいえないものとなる。昼の夢は、二つに分けられる。一つは人間がどこから来てどこへ行くのかという哲学的命題、一つは人間がもつ神秘的黙会から生じるものである。自然の幅は人に共通するが、その深さは共通ではない。自然現象のなかにアナザワールドを見出す人がいる。

2356　**少年主人公の文学　[感想]**
　　〈初出〉「文章世界」明治44年4月
　　〈要旨〉少年を主人公にするのは、過去追懐の意味のみではない。私は子供のごとく、無知でありたい。感覚的、従順、真率でありたい。永遠に「不可解なる力」「暗黙なる自然」に対して、少年でありたい。われらの怖れるのは、生活に慣れて感じず、知らずに過ぎることである。人生を知らずに過ぎることより恐ろしいことがあろうか。
　　〈収録〉『北国の鴉より』岡村盛花堂　大元.11　Ⅳ308-18
　　　　　　『未明感想小品集』創生堂　大15.4　Ⅳ335-1
　　　　　　『小川未明作品集 第5巻』大日本雄弁会講談社　昭30.1　Ⅳ360-96
　　　　　　『定本小川未明小説全集 第6巻』講談社　昭54.10　Ⅳ370-9

2357　**紅い空の烏　[小説]**
　　〈初出〉「新公論」明治44年4月
　　〈あらすじ〉薄闇の中で小僧が柩をつくっていた。黒い男がやってきて、その柩を早く作ってほしいと言った。葬具屋には五十を越した主人夫婦と眼の見えない十七の娘、そして奉公に来ている十九の小僧がいた。小僧はいつか違った町に出て、違う商家で奉公をしたいと思っていた。だがある日、主人夫婦は小僧に、この家を継いで娘と結婚してほしいと言った。桜の花の散る頃、主人夫婦は寺詣りにいった。娘は自分から小僧の返答を聞いてみた。小僧は色よい返事をした。娘は嬉しかった。「烏が来た、烏が来た」と子供たちが言っている。店から変な男が出ていってから、娘は両親がもう帰ってこない予感がした。主人夫婦は帰ってこなかった。三年後、盲目の娘は井戸に身を投げて死んだ。
　　〈収録〉『夜の街にて』岡村盛花堂　大3.1　Ⅳ312-12

2358　**余も又Somnambulistである（傍観者の日記）　[感想]**
　　〈初出〉「早稲田文学」明治44年4月
　　〈要旨〉妻が感冒にかかる。姉の着物を左前に着せてしまう。国の母から手紙がきた。父から来る手紙は私をよろこばせるものが多い。自分は夢遊病者のように毎日、出歩く。二月頃はみな誰のあたまも、こんなに悪くなるのだろうか。
　　〈収録〉『夜の街にて』岡村盛花堂　大3.1　Ⅳ312-28
　　　　　　『小川未明作品集 第5巻』大日本雄弁会講談社　昭30.1　Ⅳ360-62
　　　　　　『定本小川未明小説全集 第6巻』講談社　昭54.10　Ⅳ370-17

2359　**四角な家　[小説]**
　　〈初出〉「創作」明治44年4月
　　〈あらすじ〉青く塗った西洋造りの建物は、春の曇った空に聳えていた。大きな割に窓が少ない。胃病を患う彼の部屋は、西洋造りの建物の前にあった。若者は不快な重苦しい、憂鬱を日々感じていた。世界が憂鬱の雲に覆われているように思われた。身体が疲れ切って、エネルギーが出てこない。自分ひとり劣敗者になって、貧乏し、悲惨な生活のうちに死んでしまうの

ではかろうか。眼の前の西洋造りの建物が、自分の自由に伸び拡がるべき視線と眼界を遮っているから、疲れるのだと彼は考えた。四角な家からは音が聞えなかった。
　　〈収録〉『夜の街にて』岡村盛花堂　大3.1　Ⅳ312-55

2360　日没の幻影　［戯曲］
　　〈初出〉「劇と詩」明治44年4月
　　〈あらすじ〉はるかに地平線が見える灰色の原。第一の旅人は、地平線の彼方へ行くという。第二の旅人も同じだ。我等は何処へいくのか、第三の旅人が言った。三人の旅人は、この沙原で出会い、不思議な小屋の前にきた。第二の旅人は小屋の中には死骸が横たわっているという。第一の旅人は小屋の中には何もないという。第三の旅人は泊まってみるという。第一と第二の旅人は去っていった。第三の旅人は、ここで恐ろしい悪魔の夢を見たいという。旅人は眠った。やがて白い衣物の女があらわれた。この小屋は、旅人の命をとるために、長しえに解らない謎となって、沙漠に建てられたものだ。私が若いのは、旅人の命を吸い取るからだ。それが私の生まれつきだ。
　　〈収録〉『小川未明作品集　第1巻』大日本雄弁会講談社　昭29.6　Ⅳ350-35
　　　　　　『定本小川未明小説全集　第1巻』講談社　昭54.4　Ⅳ365-31

2361　都会で死せる雀　［小説］
　　〈初出〉「読売新聞」明治44年4月16日
　　〈あらすじ〉まだ枝は芽をふくのに早かった。灰色に暮れていく、空に立ったかなり高い銀杏の枝に年取った雀が病のために動くことができなかった。この雀は三年前に都会にやってきた。若い雀たちはこの雀をいたわった。都会で生まれた雀たちは、汽笛の音や汽車の音など気にしない。年取った雀たちは、だれが自分たちに危害を加えるものかと分かっていた。病める雀は、ついに眼をつむった。死骸は、枝をわけて地面の上に落ちた。
　　〈収録〉『少年の笛』新潮社　明45.5　Ⅳ306-7
　　　　　　『小川未明選集　第2巻』未明選集刊行会　大15.1　Ⅳ332-5
　　　　　　『小川未明作品集　第1巻』大日本雄弁会講談社　昭29.6　Ⅳ350-34

2362　涙に映ずる人生　［感想］
　　〈初出〉「読売新聞」明治44年4月23日
　　〈要旨〉4月17日にホフマンスタールの「痴人と死と」を有楽座へ観に行った。「他人のためにもせず、また他からも恩を受けることなし」に多くの人は、人生を終える。心ある者は、誰しも真の生活に触れてみたいと思う。この劇を見ているうちに、理屈で人生の味は分かるものではないと思った。人生の姿は知識で学び得るものではない。これを知るのは、真実と誠実によってである。

2363　児の疑問　［小説］
　　〈初出〉「太陽」明治44年5月
　　〈あらすじ〉母の病気は日にまし重くなった。私の家に出入りするおちかという女房がいた。私より四つ年上の男の子と二つ年下の女の子がいた。母がある人に「私には本当の児がありませんから」と言っているのを耳にしたことがある。父親は留守ばかりしていた。母は、自分たちが苦しむのは父のせいだと言った。母の病気が悪くなり、おちかが医者を呼んでくれた。おちかは私に向かって、父に手紙を書くことを勧めた。父が帰り、親類の者も集まった。かつてその一人から、「お前は貰われてきた子だ」と言わ

れたことがあった。おちかが、自分の本当の母ではないかと疑ったこともある。やがて母は町の病院へ移された。「おっかさん、死んじゃ僕はいやです」と私は涙ぐんだ。母は自分が死んだら、おちかに育ててもらいと言った。
　　　〈収録〉『少年の笛』新潮社　明45.5　IV306-3
　　　　　　『小川未明作品集 第1巻』大日本雄弁会講談社　昭29.6　IV350-36

2364　黄昏の森　［小説］
　　　〈初出〉「新小説」明治44年5月
　　　〈あらすじ〉今年十歳になる孫の少女が、老婆に「おばあさん、何が一番こわいかい」と聞いた。老婆が同じ問いを孫にいうと、「お化けよ、幽霊よ」といった。老婆は「死ぬのが、一番いやだ」と呟いた。老婆は不思議な自然の力を聴き取るのは自分の役目だと思っていた。他のものには、人間世界と壁一重隔てた闇の中にある不思議な力との感応はできない。老婆は少女のとき、海を渡ってここへ来たが、そのとき「船幽霊」を見た。老婆の家に、毎夜、烏が飛んできた。家族は老婆の死が近づいていると考えた。しかし亡くなったのは孫の少女であった。山麓の池に咲く、黄色の花を摘んでいて、池に落ちたのである。
　　　〈収録〉『夜の街にて』岡村盛花堂　大3.1　IV312-59

2365　晩春、初夏とロマンチシスト　［感想］
　　　〈初出〉「早稲田文学」明治44年5月
　　　〈要旨〉もういちど生活難を知らなかった時代に立ち返ってみたい。その頃の悲しみは美しい悲しみであった。その頃の楽しみは美しい楽しみであった。晩春、初夏になると、自然はロマンチストに見せるために、この時節を作ったのではないかと思う。薄緑色の、懐かしい、淡い悲しみや瞑想は、やがて黒色の世界に進んでいく。理想の極地は、悪魔の妖怪的になる。真紅から青色の世界になる。
　　　〈収録〉『定本小川未明小説全集 第6巻』講談社　昭54.10　IV370-3

2366　純朴美と感興　［感想］
　　　〈初出〉「やまと新聞」明治44年5月3, 4日
　　　〈要旨〉教養なき人の歌った童謡俚歌にどうして傑作があるかというと、そこに純朴の美があるからだ。昔の時代の、粗野な、単純な生活に憧れるのは、そこに純朴の美があるからだ。原始時代は、自然と人間の関係がもっと親密であった。今の文壇にそのような人はいない。
　　　〈収録〉『夜の街にて』岡村盛花堂　大3.1　IV312-41
　　　　　　『未明感想小品集』創生堂　大15.4　IV335-6
　　　　　　『定本小川未明小説全集 第6巻』講談社　昭54.10　IV370-19

2367　人と新緑　［感想］
　　　〈初出〉「読売新聞」明治44年5月7日
　　　〈要旨〉昼でも火の消えたように静かな寺である。村から町へ出るには、この寺の横を通らなければならない。私は祖母に連れられ、この寺の横を通った。町へ出て、老舗の薬屋や瀬戸物屋の前を通る。瀬戸物屋はこの町の組合頭で、組合の戸税札はこの家から廻される。私の村の戸税札は、山名という爺さんの家から廻される。祖母は私を連れて町はずれの芸者屋の並ぶ親類の家まで歩いていった。はるかに村はずれの正覚寺の白壁が眺められた。祖母が死んでから、私はおみよという少女に話しかけた。鐘楼の下で少女と待ち合わせた。沈黙のうちに月日は流れ、人は死に、別れ、かくて

また新緑の季節がきた。
〈収録〉『夜の街にて』岡村盛花堂　大 3.1　Ⅳ 312-42

2368　**快感と寂寞**　[感想]
〈初出〉「読売新聞」明治 44 年 5 月 17, 18 日
〈要旨〉K君。批評される人の方が、かえって批評する人を批評することができるものだ。それほど作者は、自分の作に対して敏感である。自分は人に会ったとき、先方に不快な感じを与えたくないと思う。ハムレットは、十九世紀ロマンチックムーブメントの先駆をなす。ハムレットは、ロマンチシズムのシンボルである。自然は見る人の主観によっていずれにも解釈される。見る人の主観は、年代によって支配されている。

2369　**青色の憧憬と悲哀**　[感想]
〈初出〉「読売新聞」明治 44 年 5 月 30 日
〈要旨〉五月二五日、人見東明の詩集「夜の舞踏」を読み終わる。これは青色の悲哀であり、憧憬である。プレラフェライトの絵を思い、ロセッティの詩を思った。東明の本領は、優しい、弱い、センチメンタルにある。空想をうたい、幻覚をうたうのは、君の長所である。

2370　**山川、古駅の初夏**　[感想]
〈初出〉「新小説」明治 44 年 6 月
〈要旨〉東京で舶来のネーブルと日本のネーブル、バナナを土産に買って故郷へ帰った。敷島も吸い、新聞も読んでしまった。駅を降り、人力車にのり、橋を渡って家につく。白髪のふえた父が迎えに立ってくれていた。それ以前のことも思い出した。長野の更科そば、戸隠村、飯綱山。ある年、妙高生まれの少年と澗満の瀑布と見たことがある。また別の年、石油井のある海岸の宿でとまったことがある。弥彦神社にいき、下越の女に出会った。新潟につく。越後の自然美は風俗と関連させて見るものである。
〈備考〉5 月 7 日作。

2371　**五月の夢**　[小説]
〈初出〉「新潮」明治 44 年 6 月
〈あらすじ〉平岡哲一は、青い野原の土手に寝転んで雲を見ていた。愛慕するラフカディオ・ハーンも汎神論を展開していた。自分がかつて遊んだ温泉場を思い出した。憧れの世界が別の場所にある。自分には生まれてから思い出せない過去の記憶があって、それを思い出すことができたら幸せな人となれるように思った。このように愁えたり、憧れたりするのは、それを思い出すことができないからだ。哲一は卒業論文に取りかかろうとした。プレ・ラフェライトの影響についての研究。友人の下宿に行ったとき、哲一はそこで出会った少女に恋をした。少女は、ロゼッティの描いた女ではなかった。
〈収録〉『夜の街にて』岡村盛花堂　大 3.1　Ⅳ 312-6

2372　**故郷**　[感想]
〈初出〉「早稲田文学」明治 44 年 6 月
〈要旨〉故郷、この言葉は懐かしく響く。かつて里川に映る雲の影を無心に眺めた日もある。家に帰ると祖母が私の帰りを待ってくれていた。外釜に湯が沸いていて、行水を使った。昔は、故郷を出ることは呪うべきことだった。近代になると、故郷を持たないことを一種の誇りとするようになった。しかし人生の生活に疲れたものには、かつて上った木立にもう一度のぼり、その時分の夢を再び繰り返してみることができたら、それ以上の幸せはな

い。詩人、宗教家、哲学者には、趣味、思想、瞑想から生れた故郷が無くてはならない。
〈収録〉『夜の街にて』岡村盛花堂　大3.1　Ⅳ312-29

2373　河　[小説]
〈初出〉「読売新聞」明治44年6月18日
〈あらすじ〉黄色な顔付をした痩せた子供が二人、レールの傍らで遊んでいる。村の付近に新しい停車場ができるので、線路ができていた。このレールは崖を切り崩した土を運んでいくための仮りのレールだ。ジョンを口笛で呼んでみた。自分が留守の間に変化があった。子供たちが赤い花を弄んで黙って蹲っているのを見ると、幻の世界の光景を見るようである。河に出て釣りをした。十年前の初夏の光景が浮かぶ。水は悠々と流れていた。ああ、この河！自分の故郷を遊んだ野や土手をいつの間にか知らぬ人の子が占領していた。
〈収録〉『夜の街にて』岡村盛花堂　大3.1　Ⅳ312-25
　　　　『未明感想小品集』創生堂　大15.4　Ⅳ335-16

2374　鏡花の女（小説の女）　[感想]
〈初出〉「新潮」明治44年7月
〈要旨〉鏡花の女性は、人間的に解釈する見方と、超自然もしくは超人間的に解釈する見方がある。鏡花の女性はたいてい無学である。その色彩はきわめて絢爛艶麗、真紅もしくは濃紫の感じであるが、崇高なホーリーな感じはない。下町の女性で、恋愛とか、意気地とか、熱烈なパッションで動く女である。滅びゆく江戸の女性の面影がある。その結果、それが人間らしくない女、超人間的超自然的な、妖怪主義の女性へとつながっていく。

2375　音楽的の文章と彫刻的の文章―記憶に残れる短篇―　[感想]
〈初出〉「新潮」明治44年7月
〈要旨〉文章から受ける感銘には二通りある。歌うべきものと黙読すべきもの。音楽の与える感興と彫刻の与える感興である。近松「曽根崎心中」、高山樗牛「平家雑感」、ハーン「真夏の日の夢」「耳無しホイチ」、ワーズワース「プーアースーザン」「ビーアルウセブン」、アランポー「レーブン」「アンナアベルリー」、メーテルリンク「アグラーベーヌ、エンド、セルスティ」「プリンセスエンドメーレン」は前者、アンドレーエフ「サイレンス」、ザイチェフ「静かな曙」は後者である。

2376　羞恥を感ず　[感想]
〈初出〉「早稲田文学」明治44年7月
〈要旨〉自然は、人間に霊から受ける快楽と、肉から受ける快楽との二つを与えている。私は、つねにこの霊肉の相反する苦しみから脱せんと願っている。奈良で仏像を見たとき、霊肉一致の心持で平和な芸術を玩味することができなかった。自分は、霊を滅ぼすか、肉を破壊するか、いずれかでなければ、落ちついて人生の片面をエンジョイすることができない。
〈収録〉『定本小川未明小説全集　第6巻』講談社　昭54.10　Ⅳ370-4

2377　青葦と寺と人形　[感想]
〈初出〉「読売新聞」明治44年7月1,2,7日
〈要旨〉村や町には、その土地固有の風俗がある。桑名には水たまりに青葦が生えていた。私は言うに言われぬ懐かしい感情を抱いた。それにしても呪うべきは物質文明である。奈良では東大寺、新薬師寺、不退寺を見た。月日の力には芸術も勝てない。法華寺を見た。東山から西山に移って、奈

良らしい地を踏んだ思いがした。西大寺の不染堂の前には菩提樹の花が咲いていた。唐招提寺と法隆寺をみた。夢殿、伝法堂。金堂の背面に立っている三体の仏像の中で左手の女性の仏像を一番好ましく思った。文楽座をみた。それが人形であることを忘れてしまった。
〈収録〉『北国の鴉より』岡村盛花堂　大元.11　Ⅳ308-26
　　　　『小川未明作品集　第5巻』大日本雄弁会講談社　昭30.1　Ⅳ360-10

2378　感覚の回生　[感想]
〈初出〉「国民新聞」明治44年7月22日
〈要旨〉夏の午後、友達もなく独り座敷に坐って、外のもろこしの葉や柿の葉に日の光が映っているのを眺めていた。いつもしている糸車の音も響いてこない。祖母も父も寝ている。この音のない天地を、じっと淋しくしているだけの忍耐はなかった。おはぐろ蜻蛉をとったり、草の裏に裸虫を見てぎょっとしたりした。そのときの心臓の鼓動や、空溝の臭いは、今も目に見え、鼻にくる。純粋な少年時代の目に映じた自然より得た自己の感覚を芸術の上に再現したい。
〈収録〉『北国の鴉より』岡村盛花堂　大元.11　Ⅳ308-22

2379　舞子より須磨へ　[感想]
〈初出〉「読売新聞」明治44年7月23日
〈要旨〉舞子は思っていたより淋しいところだった。こんなところなら越後の海岸にもいくらもありそうだ。亀屋という宿屋の二階で海をみた。曇っていた。今年の一月、伊豆山に行ったときは雪が降っていた。奈良、法隆寺で半分腐りかかった魚を食べさせられた自分は、舞子の一泊を忘れることができない。学校時代に最も親しかった、ただ一人の友のいる紀伊の国に行けないことが心残りで、敦盛の墓のそばで絵葉書にたよりを書いた。
〈収録〉『夜の街にて』岡村盛花堂　大3.1　Ⅳ312-33

2380　富士見駅　[感想]
〈初出〉「やまと新聞」明治44年7月31日
〈要旨〉僕はいつも信越線で国へ帰っていたが、ある年、中央東線に乗った。甲州の富士見駅を過ぎたとき、地蔵が岳と駒ケ岳が巨人のように聳えていた。ぜひもう一度行ってみたいと思っていたが、去年の夏、その地方の小学教師から手紙をもらったので、八月の末に出かけた。宿屋は繭買商人が泊ってにぎやかであった。翌日、教師にあった。青柳という停車場へいって諏訪行きの汽車を待った。

2381　過去未来　[不明]
〈初出〉「大阪新報」明治44年7月
〈要旨〉（不明）

2382　夕月（『涼』七題）　[感想]
〈初出〉「中央公論」明治44年8月
〈要旨〉まったく自分ひとりのような気がした。蹲ってみた。無数に突き出た葦の葉が目を遮ってしまう。渓川を見詰めると、雲母色をして、銀をいぶしたように、月の光に輝き流れていく。水は、幽かな声で歌っているようだ。その声に耳をすますと、過ぎ去った日の幼い時分の悲しみやとりかえしのつかない怨みが、単調な音の中に響いてくる。黒い葉蔭を洩れて、月が、黄色にはげた物置の壁を照らした故郷の我が家・・・・死んだ祖母の顔まで浮かんできた。

2383 　真夏の赤く焼けた自然（シーズンの研究）　［感想］
　　　〈初出〉「新潮」明治44年8月
　　　〈要旨〉真夏の白昼、白い烈しい日の光の中に闇を見出だす。この気持ちを「日蝕」という短編に描いたことがある。単に明るい世界、自由な世界、透明な快感は、初夏の季節にこそふさわしい。真夏の烈しい日光は、一種の残忍性をもっている。これを芸術的に表すには、印象的描写、象徴的描写が必要である。

2384 　青　［小説］
　　　〈初出〉「創作」明治44年8月。再掲：「新文壇」明治45年5月21日。
　　　〈要旨〉青い書物を見ながら、坂を上ってきた。濁った雲が灰色の塀の上から覗いているように、地平線が、狭い、長い、道の彼方に垂れ下がっていた。濁った空の彼方に、明るい別の世界を認めたような青い、冴え冴えした気持ちがした。悲しいうちに一種の柔らかな感じがした。青い本の中には、過去を追憶するに十分な、ロマンチックな叙情が書かれていた。この世界には、自分と同じような人が住んでいることが嬉しく、懐かしく思われた。
　　　〈収録〉『夜の街にて』岡村盛花堂　大3.1　Ⅳ312-58
　　　　　　『小川未明作品集 第5巻』大日本雄弁会講談社　昭30.1　Ⅳ360-46

2385 　埴輪を拾つた少年時代の夏（八月の記憶）　［感想］
　　　〈初出〉「新潮」明治44年8月
　　　〈要旨〉夏になると、埴輪を拾って暮らした中学時代の夏を思い出す。その時分の夏は楽しかった。郷里高田の近郊の、墓場や古い寺や春日山の麓の田の畔には埴輪が落ちていた。こんなところにも昔、人が住んでいたと思うと、淋しいような悲しいような思いがした。ある夏はどこへも行かず、埴輪ばかり拾っていた。そのときの沈鬱な夏の姿や、水の流れや畑の中に立った自分の姿を今でも夏になると思いだす。

2386 　数種の感想　［感想］
　　　〈初出〉「読売新聞」明治44年8月19, 20日
　　　〈要旨〉アルツィバーシェフの「夜」を読んだ。死という事実の怖ろしいことを書くのは、このごろのロシアの作家の一致した傾向である。死より怖ろしいものはない。生は、底の知れない暗黒の来る前の刹那の明るみである。滅びる身なら、運命と仇敵に反抗し、最後まで戦ってほろびたい。自分は燃えながら奈落に沈む陽を悲壮に思う。大空を仰いで、無限の青色に悲しみを感じるとき、すべて生をこの世に享けているものは、共に生れ共に滅びていくことを考え、相争う念が消えて互いに相憐れむ念が湧いてくる。幼児の時分に遊んだ夢幻の国が、今もあるように思われる。「永劫に若やかな夢の領土」は、かつて、柔らかな青い瞳に映ったこの世の眺めである。

2387 　高原　［感想］
　　　〈初出〉「新文壇」明治44年8月21日
　　　〈要旨〉私は荒涼たる高原にただ草が茫々と生えているのを見た。名も知らない草が、白い裏を返して夕暮の風に吹かれている。私は思った。かかる高原は一日黙々のうちに、何の変化もなしに暮れていく。この静かな自然に対すると、都会の俗な生活を思い出すことはできない。しかし見よ。草木は秋の姿を凝らしている。凋落前の有様を示しているではないか。

2388 　秋を迎へんとする感想と秋の思ひ出　［感想］

〈初出〉「新潮」明治44年9月
〈要旨〉春の暮れから夏のはじめにかけて咲くチューリップやアマリリスの赤い花が好きだ。力強い夏の先駆のような気がする。夏が過ぎると、悲しみが湧いてくる。しかし秋には楽しみもある。木犀の花の匂いを秋の魂のように感じる。故郷にいたときは、秋の空を仰いだ思い出が多い。星が輝き出す。さびしい北国に父母を残し、東京へ立つ前のやるせない感じを忘れることができない。秋の夕焼の美しい晩方、四谷の瘤寺へいった。小泉八雲の面影をしのんだ。

2389　物言はぬ顔　［小説］
〈初出〉「新小説」明治44年9月
〈あらすじ〉母が達者である時分は、まだ私を可愛がってくれる人がいた。一軒隔てた家の女が私を教会へ誘ってくれた。母は貯めた金で、子供のために屋敷を買った。屋敷は、討論研究会で一緒だった小木の家だ。母は私の十三のとき、死んだ。私の家は、やがて叔父叔母のものになった。私は、大事なものの入った箪笥の鍵を、叔父にピストルを突き付けらて奪われた。私は僅かばかりの学費をもらって町で下宿をした。老婆と燈心を巻いている女の家だ。淋しい、眠ったような町。人は死に、物は滅び、村は移り変わる。二十六になった私は、旅で機関車係りをしていたが、怪我をして、故郷に帰った。叔父と叔母は事業に失敗し、家屋敷を手離していた。形あるものは音なく滅びる。私は故郷の夕焼けもこれが見納めだという気がした。
〈収録〉『物言はぬ顔』春陽堂　　明45.4　　Ⅳ305-1
　　　　『物言はぬ顔』新潮社　　大 6.5　　Ⅳ317-1
　　　　『小川未明選集 第1巻』未明選集刊行会　　大14.11　　Ⅳ331-21
　　　　『小川未明作品集 第1巻』大日本雄弁会講談社　　昭29.6　　Ⅳ350-39
　　　　『定本小川未明小説全集 第1巻』講談社　　昭54.4　　Ⅳ365-32

2390　星を見て　［小説］
〈初出〉「三田文学」明治44年9月
〈あらすじ〉勇吉は、パナマ帽の男を見上げた。男は工事が終わったので故郷へ帰るという。勇吉はレールに映っている日を見て、悲壮な感じを抱いた。それは、広い天地の間に潜在する偉大な力である。この力を感じるとき、言葉を失い、寂しさを感じる。北の海に輝く孤独な星を可憐に思った。パナマ帽の男が去ったあと、勇吉は他の土方達といっしょにトンネル工事に従事した。やがて勇吉は、男が帰った北の故郷を訪ねるが、男はいなかった。その夜、勇吉は、星を見て考えに沈んだ。おそらく、もう遇う機会はなかろう。勇吉は故郷へ帰る道についた。
〈収録〉『少年の笛』新潮社　　明45.5　　Ⅳ306-14
　　　　『小川未明作品集 第1巻』大日本雄弁会講談社　　昭29.6　　Ⅳ350-40
　　　　『定本小川未明小説全集 第1巻』講談社　　昭54.4　　Ⅳ365-37

2391　夜の喜び　［小説］
〈初出〉「早稲田文学」明治44年9月
〈あらすじ〉私の家の前に住むお繁さんが死にかかっている。不安な月の色、病女の怨めしげな、弱った吐息をふきかけたような夜。お繁さんの家にともった灯火は、この夜のうちに起る異常な事件を予知しているようだ。私はかかる夜を讃美し、かかる夜を怖れる。人間の悲しみの極点は死だ。だからこそ、死に懐き、死に親しみたい。夜と、死と、暗黒と、青白い月を友にし、怖れを喜びにしたロマンチックの芸術を書きたいと思う。

III 作品

〈収録〉『北国の鴉より』岡村盛花堂　大元.11　Ⅳ308-12
　　　　『小川未明作品集 第5巻』大日本雄弁会講談社　昭30.1　Ⅳ360-58
　　　　『定本小川未明小説全集 第6巻』講談社　昭54.10　Ⅳ370-7

2392　憎　［小説］
　　〈初出〉「劇と詩」明治44年9月
　　〈あらすじ〉女を美しいものと思ったのは間違いだった。すべての女は醜い、獣的なものである。子供のときに、美は善なるものと教えられた。しかし現実の女はそうでなかった。雇われ人のお貞は、醜かった。憐れみの情をもった。もう酷く叱るまいと思った。一方で贅沢な女もいる。邪念と淫乱な思いを隠している。しかし彼はそんな女に惹かれた。そのためにいっそう美に反感を抱いた。何のために人間は生きているのか。人間を支配しているのは、本能だけではないか。なぜ自分はこの自然力、欲望に反抗しなければならないのか。
　　〈収録〉『夜の街にて』岡村盛花堂　大3.1　Ⅳ312-10
　　　　　『小川未明作品集 第1巻』大日本雄弁会講談社　昭29.6　Ⅳ350-37

2393　日本海の歌　［感想］
　　〈初出〉「旅行」明治44年9月
　　〈要旨〉日本海の夕暮れがた、岸辺に立ってはるかにうねりうねっている地平線を望んで、淋しい、悲しい、おおしい感じにうたれた。誰もこの海の暮れ方を見ているものはいなかった。
　　〈収録〉『夜の街にて』岡村盛花堂　大3.1　Ⅳ312-30
　　　　　『小川未明作品集 第5巻』大日本雄弁会講談社　昭30.1　Ⅳ360-42
　　　　　『定本小川未明小説全集 第6巻』講談社　昭54.10　Ⅳ370-18

2394　紅い入日　［小説］
　　〈初出〉「読売新聞」明治44年9月3日
　　〈あらすじ〉私はいつか故郷の夢を見ていた。繁った森のなかの、淋しい倉の横手にいた。村の旧家が虫干しをしている。昔の紅い織物や鎧や刀など。ひっそりとして音もなかった。目をさますと、隣の六畳で女あるじと十二三になる娘が話をしている。娘の兄はアメリカへ渡っていた。午後に富山の薬売りがきた。大きな蝶がくもの巣にかかったいた。自然の真昼の闇に吸い込まれたように蝶の羽の動きはとまった。男は言った。「私の国では、蜘蛛が紅い入日に向かって巣をつくると、旅先から待人が帰ってくると申します」私の子供の時分にも、古い家の娘が入日を眺めて物思いに沈んでいた。
　　〈収録〉『北国の鴉より』岡村盛花堂　大元.11　Ⅳ308-28
　　　　　『小川未明作品集 第5巻』大日本雄弁会講談社　昭30.1　Ⅳ360-11

2395　青い瞳　［小説］
　　〈初出〉「音楽」明治44年9月10日
　　〈要旨〉重なりあった瓦屋根の間から、青い空が見える。長吉は、目に涙をうかべた。また炎天のなか、町の薬屋を歩きまわって、注文をとりに行かなければならなかった。長吉は、小山の上でうまれた。窓から青い海がみえた。自然の中で育ったが、今は自然から遠ざかった。これからどうなるのか不安だった。都へ出れば、偉い人間になれると思っていた。青い海を眺めて、大きな声で叫びたかった。
　　〈備考〉8月16日作。

2396　再び逢はざる悲み　［感想］

〈初出〉「新文壇」明治44年9月21日
〈要旨〉自分も年をとった。新しい時代の生物が地上を占領する。人間には永遠のすみかがない。若いころのように自分の心を捉え、自分を空想の世界へ導いていく希望もない、虚空に燦爛たる虹を描き出す憧憬も起こってこない。ただ、自然はかくあるのみという、たよりない感じが心を捉える。あの黒い扉を、やがて一度はくぐらねばならない。死んでから自分の名前が残ったからとて、何になろう。しかし地上に生きている人間はみな同じ運命にある。死んでしまった人は、いくら叫んでも帰ってこない。再び会うことのできない悲しみ、それが一番自分の胸を強くうつ。芸術はこういう心持から生れてくる。

2397 死 [小説]
〈初出〉「中央公論」明治44年10月
〈あらすじ〉ただ黒いものが倒れている、これが人間の死であった。死んだ老婆は、若い時に御殿女中をしていた。しかし今はぺなぺなの着物をきて、垢じみていて臭かった。老婆は雪道で苦しみだし、そのまま死んでしまった。死んだ老婆を、学校の助教師も見た。若いときは助教師もその妻も美しかったが、妻は助教師の老母にいびられ、やつれてしまった。私は助教師と釣りにいったことがある。生、死ともに運命に支配されていた。同じこの世界に生を享けながら、なぜ我らは孤独でなければならぬのだろう。——私の乳母が上京してきたとき、助教師の妻が死んだこと、その三ヶ月後に姑が死んだことを知らされた。なぜ逆にならなかったのだろう。
〈収録〉『物言はぬ顔』春陽堂　明45.4　IV305-3
　　　　『小川未明選集 第2巻』未明選集刊行会　大15.1　IV332-2
　　　　『小川未明作品集 第2巻』大日本雄弁会講談社　昭29.7　IV351-1

2398 女 [小説]
〈初出〉「早稲田文学」明治44年10月
〈あらすじ〉自然の色に眼をとめるより、もっと痛切に考えることが迫っていた。死の影に脅えながら、生きていく不安を恋の魔力で忘れたかった。おひでという女性と出会い、別れたこともある。おひでの次に知った女はおつただった。だが、世界には苦しんでいる人がどれほどいるか分からない。いつになったら、人生から苦しみと不平等と悲惨を取り去ることができるだろう。私の求めているのは恋ではなかった。生活の苦痛を忘れたいということであった。最近、自分の関係した女が死んだ。憧憬も、瞑想も、破壊された。
〈収録〉『少年の笛』新潮社　明45.5　IV306-4

2399 夜霧 [小説]
〈初出〉「太陽」明治44年10月
〈あらすじ〉青い顔をした中学教師が、不思議な色彩をほどこした絵のような話を物語った。——夏の終わり、夕日を見ながら、いなくなった妻の面影を思い浮かべていた。やるせない思いと悔恨の情。最初の恋はおみよが相手だった。結婚をしたが、やがて愛は消えていった。おみよをいじめた。そのうち、私はある姉妹に出会い、妹の方に思いを寄せるようになった。結婚している私はそれ以上の関係に進むことができず、妹の方から別れていった。その後、妻を泣かせることが多くなった。ある日、妻は家出をしてそれきり帰ってこなかった。もう四年になる。今は、なぜあの美しい恋を最後まで続けなかったかと後悔される日々である。
〈収録〉『少年の笛』新潮社　明45.5　IV306-5

Ⅲ 作品

2400　栗の焼ける匂ひ - 柿盗人　[小説]
　　　〈初出〉「新潮」明治44年10月
　　　〈あらすじ〉祖母が生きていた時分のこと、秋の晩、外は寒さに冴えるので早くから戸を閉め、炉に焚火をし、暗いランプの下で祖母から栗を焼いてもらいながら、いろいろな話を聞いた。父は不在であった。隣の部屋で縫い物をしていた母が、柿泥棒だと言った。私は戸口に出て「誰だ」と叫んだ。その後も、物に驚かされた心は、私の胸を脅かした。祖母からこの国特有の恐ろしいお化けの話や神秘的な物語りを聞きながら。
　　　〈備考〉初出誌には「栗の焼ける匂ひ - 柿盗人・海鳴り・赤とんぼ」の3作品が掲載。
　　　〈収録〉『北国の鴉より』岡村盛花堂　大元.11　Ⅳ308-15

2401　海鳴り　[小説]
　　　〈初出〉「新潮」明治44年10月
　　　〈あらすじ〉秋の空に音なく冴える月の光が、いつしか地の上に結んだ霜の上に流れ、秋の夜は更けていく。流れるタイムの中で、木の葉はその衣を脱ぎ落とす。月の光が水のように流れる夜、家中でひそやかに祖母から話を聞いていると、今まで聞こえなかった海鳴りが聞こえてくる。じきに雪が降ると祖母は言った。その夜の寂寥、冬の灰色の寂寞を忘れることができない。
　　　〈備考〉初出誌には「栗の焼ける匂ひ - 柿盗人・海鳴り・赤とんぼ」の3作品が掲載。
　　　〈収録〉『北国の鴉より』岡村盛花堂　大元.11　Ⅳ308-16
　　　　　　『小川未明作品集 第5巻』大日本雄弁会講談社　昭30.1　Ⅳ360-8

2402　赤とんぼ 唐辛　[小説]
　　　〈初出〉「新潮」明治44年10月
　　　〈あらすじ〉秋の日の光を気にとめて見たのは、垣根に力なくとまっていた赤とんぼの羽根ににじんだ光である。雄雄しい夏の日、ヤンマを釣るために、赤とんぼを探して歩いた。そのときは赤とんぼに哀れを覚えることはなかった。私は過ぎ去った夏の日を思い出す。赤とんぼの羽根にただよう日の光は淋しかった。窓の上に釣り下げた唐辛の赤に、秋の日の光が鮮やかに映っていた。そのような赤色を今では見ることができない。
　　　〈備考〉初出誌には「栗の焼ける匂ひ - 柿盗人・海鳴り・赤とんぼ」の3作品が掲載。
　　　〈収録〉『北国の鴉より』岡村盛花堂　大元.11　Ⅳ308-17
　　　　　　『小川未明作品集 第5巻』大日本雄弁会講談社　昭30.1　Ⅳ360-9

2403　山国の馬車　[感想]
　　　〈初出〉「旅行」明治44年10月。再掲：「新文壇」大正2年8月。
　　　〈要旨〉塩原に行こうか信州に行こうか迷ったが、秋が早く来る信州に出かけることにした。夜行列車に乗る。小諸あたりで夜が明けた。豊野から渋温泉行きの馬車に乗った。豊野、平穏間に自動車がやがて開通するという。
　　　〈収録〉『夜の街にて』岡村盛花堂　大3.1　Ⅳ312-32

2404　芸術未開の暗黒　[感想]
　　　〈初出〉「二六新聞」明治44年10月3, 5日
　　　〈要旨〉人間が経験できるものはわずかである。空の雲さえ、十分な観察がなされることはない。目に見え、耳に聞こえるものでさえ、そうであるのに病や死といった無形のもの、運命的なものは、経験でとらえることがで

きない。これに接近しようとするのが、象徴主義であり神秘主義であるが、これとて描き出せないものがある。芸術未到の暗黒である。それを啓くのは何であろう。私にとって象徴的神秘主義が自家宗教である。

2405 **或夜の感想** ［小説］
〈初出〉「国民新聞」明治44年10月6日
〈あらすじ〉悲しい時、辛い時、これを作に書いてみると悲しみや辛さが慰められる。やがて滅びる人間のはかなさを、永遠に滅びない芸術の形に残すことができたら、幸いである。時の破壊に対し、戦いうるのは芸術だけである。芸術に心情を託し、他の人々と共に喜び、共に悲しむのは、宗教心に等しい。自分の悲しみは、自分一人の悲しみではなく、人生の悲しみと信ずるからである。
〈収録〉『夜の街にて』岡村盛花堂　大3.1　Ⅳ312-22

2406 **忘れられたる感想** ［感想］
〈初出〉「読売新聞」明治44年10月25日
〈要旨〉もはや記憶から消えてしまった子供時分の感情がある。またある時分、ある事件によって自分の心を占領したが、今では忘れられた感覚がある。人はその境遇によって、現在の頭を占領している気分が違ってくる。かつて感じ、忘れてしまった感情が、作家の作物によって蘇生されるなら、それを芸術の与える権威ある快感といってよい。
〈収録〉『北国の鴉より』岡村盛花堂　大元.11　Ⅳ308-21
　　　　『未明感想小品集』創生堂　大15.4　Ⅳ335-3

2407 **ハーン氏の日本女性と自然観** ［感想］
〈初出〉「海外之日本」明治44年11月
〈要旨〉ハーンには創作は少なく、多くは日本の伝説やおとぎ話を氏独自の趣味や哲学で解釈したものである。ハーンは独特の思索家であった。氏の厭世思想には、一種の楽観と悲哀が混じっている。死は暗黒なだけでなく、永遠の中に生まれ変わるという美化がある。ネオ・ロマンチシズムやシンボリズムの中にも同様の捉え方をしているものがいる。南方的な作家だが、そこにはウエールズの北方的な寂しさが含まれる。一種の寂しい厭世思想を抱いていたことも、北方的文学の特徴である。「ひまわり」の中に子供時代に乞食を見たこと、それを後年、高田村で思い出したこと、そんなことを書いている。

2408 **死骸** ［不明］
〈初出〉（不明）明治44年11月
〈要旨〉（不明）

2409 **少年の死** ［小説］
〈初出〉「朱欒」明治44年11月
〈あらすじ〉昔は城下で栄えた日もあるというが、今は、衰微した淋しい町であった。小学校の玄関脇に柳の木があった。二年生西組に、色の青い痩せた、背の高い、臆病な目つきをした少年がいた。算術がいつも落第点であった。教師のいうことを聞かなかったので、品行点も丙だった。空想力のつよい少年は、晩留された日には、薬屋の「劇」と書かれた戸棚を見た。教師から言われ、ついに学校を引かされたあと、少年は薬屋から劇薬を盗み、血をはいて死んでしまう。雪が降ってきた。
〈収録〉『少年の笛』新潮社　明45.5　Ⅳ306-1
　　　　『雪の線路を歩いて』岡村書店　大4.4　Ⅳ316-17

Ⅲ 作品

　　　　　　『小川未明選集 第2巻』未明選集刊行会　　大 15.1　　Ⅳ332-3
　　　　　　『小川未明作品集 第2巻』大日本雄弁会講談社　昭 29.7　Ⅳ351-3
　　　　　　『定本小川未明小説全集 第1巻』講談社　昭 54.4　Ⅳ365-34

2410　血　［小説］
　　　〈初出〉「文章世界」明治 44 年 11 月
　　　〈あらすじ〉この幼児が生まれたときは、肥立ちがわるかった。地上のどこ
　　　　かに日の光の届かない、薄暗い影となった処がある。その影の世界に住む
　　　　約束があって生まれてきた者らしい。幼児を見て、私は故郷の家の畑の片
　　　　隅を思い出した。そこは明るい現実の世界とは別の世界であった。死とい
　　　　う静かな、夢のような国の面影があった。死んだお婆さんにも会えるよう
　　　　な。私はそこへ追懐の瞳を投げた。枯れたカンナの葉を切ったナイフで、
　　　　幼児が指を切った。私は街へ、薬用葡萄酒を買いにでた。
　　　〈収録〉『少年の笛』新潮社　　明 45.5　　Ⅳ306-2
　　　　　　『雪の線路を歩いて』岡村書店　大 4.4　Ⅳ316-18
　　　　　　『小川未明選集 第2巻』未明選集刊行会　大 15.1　Ⅳ332-4
　　　　　　『定本小川未明小説全集 第1巻』講談社　昭 54.4　Ⅳ365-35

2411　曙　［小説］
　　　〈初出〉「新日本」明治 44 年 11 月
　　　〈あらすじ〉愛する女に裏切られた私は、以後、冷たい性格になった。友人
　　　　のHは自分の恋人について自信をもって語るが、やがて彼も裏切られてし
　　　　まう。Hは、自然には暖かみがないという。すべての生物に関係なく、
　　　　あるがままにする自然を残酷だと言った。下宿の女主人も、世の中の苦しい、
　　　　憂き目にあってきた人である。その後、私は転宿した。もうあの女主人に
　　　　会うことはあるまい。Hも故郷に帰ると言う。
　　　〈収録〉『少年の笛』新潮社　　明 45.5　　Ⅳ306-6
　　　　　　『小川未明作品集 第2巻』大日本雄弁会講談社　昭 29.7　Ⅳ351-2

2412　夕暮の窓より　［感想］
　　　〈初出〉「早稲田文学」明治 44 年 11 月
　　　〈要旨〉光線の明るく差す部屋がある。暗い日蔭の部屋がある。さまざまの
　　　　部屋の中では、生活を異にし、気持ちを異にした、いろいろな人が住んで
　　　　いる。賑やかな町に住み、明るいことを考えている人、さびしい部屋のな
　　　　かで物思いに沈んでいる人。田舎に行くと、都会の歓楽とも悲惨な犠牲と
　　　　も関係のない、自然のままの暮らしをしている人がいる。静かな淋しい生
　　　　活であったとしても、惑わない生活をしている人が幸福である。
　　　〈収録〉『北国の鴉より』岡村盛花堂　大元.11　Ⅳ308-11
　　　　　　『小川未明作品集 第5巻』大日本雄弁会講談社　昭 30.1　Ⅳ360-57

2413　芸術の新味　［感想］
　　　〈初出〉「やまと新聞」明治 44 年 11 月 7, 8 日
　　　〈要旨〉自然そのものには、情がない。自然に対し、美しく思う人の感情には、
　　　　人によって違いがある。芸術において主観を貴重なものとするのは、そこ
　　　　にその人の生命が、他の人には見られない感情が流れているからである。
　　　　その人の感情が流れている芸術、それが芸術のすべてである。自然主義や
　　　　功利主義の芸術を芸術とは思わない。私は、暗い、物凄い、怖ろしい、ま
　　　　た不安な、廃残の事実に対してもそこに自然力の暗い、偉大な力が流れて
　　　　いるのを思う。また、あどけない、子供らしい物思い、望み、憧れにも対
　　　　しても、そこに明るい、悲しい光が滲んでいるのを認める。

〈収録〉『夜の街にて』岡村盛花堂　大 3.1　Ⅳ312-21

2414　雁の便り　[ハガキ]
〈初出〉「音楽」明治 44 年 11 月 10 日
〈要旨〉二十一日の音楽会に出席できない旨のはがき。

2415　冷たい壁　[小説]
〈初出〉「旅行」明治 44 年 12 月
〈あらすじ〉一つの寒駅に着いた。自然に対する、一種夢のような憧れが私をここまで誘ったのだ。繭を一面にひろげた家が宿屋をしていたが、繭の腐った臭気が充ちた、暗い部屋に通らされた。夜、相部屋をお願いしたいと家の主人が頼んできたが、私は断った。旅人は、隣の三畳の物置に泊まった。私は、旅人に悪いことをしたと思った。翌日、織物工場のある町に泊まった。夜中、再び、私は相部屋を女中から頼まれた。私はあるものに襲われた感じがし、承諾した。旅人は遠慮がちでおとなしかった。人生の淋しい姿を見た心地がした。

2416　色彩と思想の絵画　[感想]
〈初出〉「美術之日本」明治 44 年 12 月
〈要旨〉絵画には色彩から入ってくる絵と、思想から入ってくる絵の二つがある。カラリストの絵には深い色彩と自然の微妙な極地が含まれている。思想から入ってくる絵は白黒の絵であっても、深い印象や暗示を与える。マネーやモネーのような絵は、光線の明るい土地に生まれ、ベックリンやベレスチャーキン、スチックのような絵は、暗くさびしい土地に生まれた。二つの道は表現方法は相違しているが、人間の神経にふれ、感情にふれて力を表すことにおいて変わりがない。

2417　午後の感想　[感想]
〈初出〉「早稲田文学」明治 44 年 12 月
〈要旨〉親しい人と、もう一生会わないと思うとたまらなく悲しい。ある女性と遠い国境の見える二階で向かい合ったこともある。人間の一生は短い。一生の灰色の直線は、日々、刻まれ、消されていく。この直線が走っている姿は、ちょうど曇った空の下につづく道のように淋しい。この世界に、自分と同じことを考えている人がないと思うと淋しく、怖ろしい。

2418　ニユ・センチメンタリズム（今年の文芸界に於て最も印象の深かつた事）　[感想]
〈初出〉「早稲田文学」明治 44 年 12 月
〈要旨〉木の芽の匂いは強くないが、懐かしい、ゆかしいものである。芸術というものはナイーブで、しみじみとその人の感じたものでなければならない。悲しみのうちにも懐かしい、かすかな光を認め、人生の慰安をともに分かとうとする宗教的な観念が、暗い感覚の裏に隠れたり、明るい感情の裏に表れたりして、複雑な近代思想と結び合い、デリケートな感覚から浸み込んで多く感じ、多く思わせるような芸術を産んだ。

2419　形なき恋　[小説]
〈初出〉「新潮」明治 44 年 12 月
〈あらすじ〉たとえ西の国に行けなくとも、この寒い日陰の町でしんみりと恋がしたかった。丘の上から下を見ると、都会生活の裏に潜む生活が思われた。生活という当然の事実に対しても不安を感じなければならない人生の欠陥が思われた。女と別れて五六年になる。私には妻子がいた。按摩の

笛の音がした。その女が暇ごいに来た。朝鮮へ行くという。按摩の笛の音がすると、その女のことが思い出された。幾年か後、私はこの女の姿を町で見かけた。また按摩の笛の音がした。過ぎ去った日の思い出が繰り返された。美しい、空想の霧は夢のように消え、家には貧にやつれた妻と児が、自分の帰りの遅いのを心配しながら待っていることが思われた。
〈収録〉『少年の笛』新潮社　明45.5　Ⅳ306-8

2420　日蔭の花　[小説]
〈初出〉「太陽」明治44年12月
〈あらすじ〉庭には何も植えられていなかった。私は黄色いパンジーを隣の境の竹垣の下に植えたが、日蔭になっていた。私が下宿している家は、他に下宿人はいない。主は、気力を失った爺さんと火傷を顔に負った娘である。私は新聞社の夜勤をしていた。私は日蔭に植えたパンジーが弱っていくのを見ながら、物憂いところから植え替えることもしなかった。みんな衰えていく。私も夜勤のために次第に疲れていった。行く末の不安を思わない日はなかった。ある日、十年余り前に国から出て行方不明になっていた遠い親類が訪ねてきた。窮すれば恥も忘れるらしい。やつれた男は、金を無心した。生活に苦しみ、人生を不安に暮しているものは、彼だけではない。私も下宿代を滞納し、そこを立ち退くことになった。
〈収録〉『少年の笛』新潮社　明45.5　Ⅳ306-12
　　　　『小川未明作品集　第2巻』大日本雄弁会講談社　昭29.7　Ⅳ351-4

2421　オツトセの画　[小説]
〈初出〉「朱欒」明治44年12月
〈あらすじ〉堅固な門は、私一人の力ではどうすることもできなかった。中には三軒の家があった。門に近い家の老婆が、他の二軒を差配していた。夜の十時になると、門を堅く閉めた。私は或る夜、神田の町でオットセの看板を見た。あの老婆に似ていると思った。ある人のところで遅くなったので、十二時頃に帰ると門が閉まっていた。妻は病気で寝ていた。遠くに行ってしまうことと、死は同じように思われた。門の戸に私は「白髪のおはぐろ婆は、オットセなり」と落書きした。朝、家に帰ると、青い顔の妻はまだ眼を開いていた。
〈収録〉『夜の街にて』岡村盛花堂　大3.1　Ⅳ312-53

2422　日の当る窓から　[感想]
〈初出〉「劇と詩」明治44年12月
〈要旨〉人間の感情には、いまだ開拓せられない沙漠がある。荒れた未開の野原がある。精神上の冒険という言葉は、これまで人間のなしてきた習慣をやぶって、新しい感情の進むべき道、神経の働くべき道をひらく人に限っていわれるものである。常に詩人は感激に生きねばならない。
〈収録〉『夜の街にて』岡村盛花堂　大3.1　Ⅳ312-56
　　　　『定本小川未明小説全集　第6巻』講談社　昭54.10　Ⅳ370-22

2423　脅かされざる生活　[感想]
〈初出〉「新文壇」明治44年12月21日
〈要旨〉自分は静かな心をもって生を送りたい。この気持ちは、最も馴れた境遇にいつでも在りたいという、守る感じを抱かせる。平常見馴れているもの、親しみ合っているもの以外に接すると、心は不安になる。自分の経験が外へ広がっていくより、内部に多くの経験が開かれていく。神経が細く、感情が尖ったセンチメンタルな作家にあっては、静かに感じ、考える

ところに生命が見いだされる。

明治45／大正元（1912）年

2424 **生活の楽み** ［不明］
〈初出〉「秀才文壇」明治45年1月
〈あらすじ〉（不明）

2425 **奇怪な犯罪** ［小説］
〈初出〉「劇と詩」明治45年1月
〈あらすじ〉北方の、海から幾里と離れたところに陰気な町があった。年の暮れ、教会堂で宣教師の話を聞き、プレゼントをもらうことを楽しみにしている少年がいた。貧しかったので、郵便配達をしていた。一方、この町に詩人が住んでいた。都会からの手紙を楽しみにしていたが、不景気で、郵便箱が盗まれた。その後も郵便箱は盗まれ、手紙も破られた。業を煮やした詩人は、悪者に復讐しようと郵便箱に電流を流す。クリスマスの朝、郵便を届けにきた少年が、郵便箱に手を触れて死ぬ。
〈収録〉『物言はぬ顔』春陽堂　明45.4　Ⅳ305-4
　　　　『小川未明選集 第1巻』未明選集刊行会　大14.11　Ⅳ331-20
　　　　『小川未明作品集 第2巻』大日本雄弁会講談社　昭29.7　Ⅳ351-6

2426 **自伝・著作目録** ［感想］
〈初出〉「早稲田文学」明治45年1月
〈要旨〉明治十五年四月八日、高田の五分一という衰微した士族屋敷に生まれた。黒い杉の森が沢山あった。寺の多いところだ。生まれるとすぐに隣の蠟燭屋に三つになるまで育てられた。六歳のとき、母に鶏を買ってもらったことがある。餌の青草を摘んでいるとき、気絶した。七つのとき、髭のある教師がいやで、女の教師の組に代えてもらった。祖母に連れられて学校へ行ったが、白壁の家のところで祖母をつねって泣かせたことがある。小学校では成績はよかったが、品行は丁で下番であった。卒業式のときは祝辞を読んだ。子供の時分から虫をとり歩いたので、眼が腫れた。看病した祖母が片目の光を失った。祖母が死んだとき、誰がとめても泣きやまなかった。四四年四月六日、私は東京へ出た。
〈収録〉『少年の笛』新潮社　明45.5　Ⅳ306-0

2427 **過ぎた春の記憶** ［小説］
〈初出〉「朱欒」明治45年1月
〈あらすじ〉正一は、かくれんぼうが好きだった。秋の晩方、古い屋敷跡で、空井戸の中に身をかくした。外に上がったときは、誰もいなかった。白い靄のなかに黒い布をかぶった人が立っていた。白髪の坊さんであった。去年の春、家の前を通った旅僧に似ていた。その顔は、死んだ婆さんに似ていた。「大きくなった。また来るよ」そう旅僧は言った。その坊さんは、正一の家の近くまで送ってきてくれた。やがて正一は病気になった。夢のなかで、春の晩方、正一は死んだ祖母に手をひかれ、お堂へあがった。坊さんには見覚えがあった。医者は、もう正一はかくれんぼうができないと言った。
〈収録〉『少年の笛』新潮社　明45.5　Ⅳ306-13
　　　　『雪の線路を歩いて』岡村書店　大4.4　Ⅳ316-19
　　　　『定本小川未明小説全集 第1巻』講談社　昭54.4　Ⅳ365-36

Ⅲ 作品

2428 **凍える女** ［小説］
〈初出〉「三田文学」明治45年1月
〈あらすじ〉おあいが村に入ってきたという噂が立った。顔色は青白く、背には乳飲み子を負っていた。村の北に森がある。森の中に二軒の家があった。一軒の家だった。一軒の家のおくらという太った女主人が、ある日、突然いなくなった。男達はおくらのことを罵った。もう一件は柿村屋といった。おくらを追い払ったのは柿村屋の仕業だと人々は言った。おあいは、人のいい、しかし働きのない亭主と住んでいたが、死んだ叔母からもらった金がなくなると、柿村屋に出入りするようになり、村を去った。二三年後、勝気なおあいは、博打に戻ってきた。しかし、乳飲み子を背負って、再び村を去った。雪がふってきた。深夜、村の家に、おあいは、宿を借りに戻った。おあいの乳飲み子は凍え死んでいた。
〈収録〉『北国の鴉より』岡村盛花堂　大元.11　Ⅳ308-33
　　　　『小川未明作品集 第2巻』大日本雄弁会講談社　昭29.5　Ⅳ351-5
　　　　『定本小川未明小説全集 第2巻』講談社　昭54.5　Ⅳ366-10

2429 **窓の歌** ［小説］
〈初出〉「読売新聞」明治45年1月2日
〈あらすじ〉北向きの窓の下で煙草を吸っていた従兄のことを思い出す。従兄は三つ上だったが、学校では同級だった。三度落第したのだ。彼は数学の教科書をみると、頭がぼうっとなった。ある日、従兄は料理屋の女と駆け落ちをした。私はそのことを羨ましく思う。単調な灰色の世界は、時を刻んでいく。
〈収録〉『北国の鴉より』岡村盛花堂　大元.11　Ⅳ308-4

2430 **絶望より生ずる文芸** ［感想］
〈初出〉「中央新聞」明治45年1月5,6日
〈要旨〉文芸には二つの区別がある。悶える文芸と楽しむ文芸である。人間として生まれてきた以上は、肉体においても、精神においても、その経験をできるかぎり多く営みたいと思う。それは生活として意義あることでもあろう。しかし本能の満足を遂げつつある間に、人間は自己の滅亡も予想せずにはいられない。「何処から来て、何処に行くのか」という考えも起こる。「何をなすために生れ、生活するのか」という考えも起こる。そしてついに、肉体と精神とをあげて犠牲にするだけの偶像を見出し得ない悲しみを感じる。二つの芸術において一貫するものは誠実であろう。
〈収録〉『夜の街にて』岡村盛花堂　大3.1　Ⅳ312-38

2431 **まぼろしの海** ［小説］
〈初出〉「読売新聞」明治45年1月14日・21日
〈あらすじ〉賑やかな町から、友から、女から、色彩から離れて寂しいところにいた。だがそれは都会の人々の無関心な暮らし、喧騒から離れたかったからであったし、生活のために生活している自分に苦しんでいたからだ。私は故郷に帰っていたが、旅を思い立ち、旧友のKの故郷に行った。彼は学校を途中でやめて役所に勤めていた。のちに役所の金を使い込んで免職になるが、その当時は身体の弱そうな神経質な青年であった。彼の故郷は荒海に臨んだ西の小さな町である。汽車も馬車も通っていない。汽船があるきりだが、冬になるとそれも使えなくなる。Kの家を探したが、見つからなかった。老人が私に不思議な話を聞かせてくれた。難船した船にいた姫を連れ帰った船頭が、蔵のなかに姫を押しこめ、ひどい仕打ちをした。

姫は蔵のなかで首をつって死んだ。それから幾代もその家は祟られたかのように変なことが起こり、家族は死に絶えたという。
〈収録〉『少年の笛』新潮社　明45.5　Ⅳ306-11

2432　予が日常生活　［感想］
〈初出〉「新文壇」明治45年1月21日
〈要旨〉私は室内にいるときは陰鬱だが、道を歩く時は快活になる。常にものを考えている。それは苦悶であるが、愉快な苦悶である。私は歩いているときに一番サジェスチョンを得る。すべて形あるものは、運命の表象のような気がする。物がそこにあるということが不安の感を与える。すべては次第に衰退して、亡びていく。この頃では、人間が中心にあるのではなく、自然とか運命とかの中に動いているとしか思えない。人間もやがて死んでいくのだと思うと、無限の寂寞を感じる。一切のなかにただ一人ということを感じる。

2433　『春のゆめ』の感想　［感想］
〈初出〉「読売新聞」明治45年1月23日
〈要旨〉福田夕咲氏の『春のゆめ』を読んだ。淡い追懐と甘いやるせなさとが、美しい錦絵を見るように、短い詩句のうちにうたわれている。しかし、背後に当然あるべき追懐の悲哀といったものがない。君の詩は、あまりに薄弱な楽観思想に陥っている。ただしミスチックな、妖怪的な描写の方面は優れている。

2434　神経で描かんとする自然　［感想］
〈初出〉「時事新報」明治45年1月25日
〈要旨〉多くの人は、特殊な心的状態を病的として、それを深く味わうことをしない。たいてい自然を優しい方面、もしくは淋しい方面でみる。きわめて特殊な場合に認められる心持ちを自然のなかから引き出してみようとはしない。昔のロマンチストは自然に帰依したが、近代の作家はそれはできない。主観の色彩が作家によって異なるとすれば、自然の描写は、作家によって異なる。人間と人間にあらざる自然とを分けて考えることはできない。
〈収録〉『夜の街にて』岡村盛花堂　大3.1　Ⅳ312-43
　　　『未明感想小品集』創生堂　大15.4　Ⅳ335-7
　　　『小川未明作品集 第5巻』大日本雄弁会講談社　昭30.1　Ⅳ360-63
　　　『定本小川未明小説全集 第6巻』講談社　昭54.10　Ⅳ370-20

2435　短篇と長篇と　［感想］
〈初出〉「新潮」明治45年2月
〈要旨〉短篇はある特殊の気持ちを深く自分の頭に印象づけ、その印象がたとえば赤であれば、自分の過去の経験において同じ赤であった印象なり事件なりを引き出して、赤を中心とした一つの事件を主観の力でクリエートする。長編は、想像力だけでは書けない。今度、長編「恐怖」を中央新聞に書く。自分の十二三の時分の、北国の単調な長い冬を描きたい。単調な雲の色、物憂さ、そして襲い来る死の恐怖。長編ではまず描かれるべき事件を選ぶ必要がある。

2436　版画について　［感想］
〈初出〉「精研画誌」明治45年2月
〈要旨〉古い錦絵を売る街頭の店頭で、私は、広重の「柳橋」を買ったことがある。往来を歩きながら、私は版画を眺めつつ歩いた。百幾十年前のロ

　　　　　　　　　　Ⅲ　作品

　　　　マンチックな江戸の世界が現れた。美しいばかりではない。悲しみと憧憬
　　　　の情がわき起こった。その後も私は広重の風景画や歌麿の女の絵を買った。
　　　　私は広重の版画の青い空の色を好む。水に映る夕焼のうす紅い色を懐かし
　　　　く思う。悲しみは、いかなる芸術にあっても必要なものである。この悲し
　　　　みは広重の絵にあるのだろうか。それとも自分の胸にあるのだろうか。広
　　　　重には、悲しみを写すだけの特色がある。
　　　　〈収録〉『夜の街にて』岡村盛花堂　　大 3.1　　Ⅳ 312-40

2437　北国の鴉より（親しみのある人や、墓場と、芸術）　［感想］
　　　　〈初出〉「早稲田文学」明治 45 年 2 月
　　　　〈要旨〉親しい人、親しい自然には自分の神経が通っている。子供の時分に、
　　　　よくその蔭に隠れ、鬼ごっこをした墓場の石塔には、自分の神経が刻み込
　　　　まれている。私は、自分の頭に刻み込まれた親しい物に対する感覚を辿り、
　　　　深く、さらに進んで、自然の生命をつかみたい。都会の人々を私は描
　　　　かない。描かなくても差し支えない。自分の最も親しい、神秘の、しめや
　　　　かな静かな霧のかかっている気分の世界に、想像の翼をひろげたい。
　　　　〈収録〉『定本小川未明小説全集 第 6 巻』講談社　昭 54.10　Ⅳ 370-5

2438　感想　［感想］
　　　　〈初出〉「国民新聞」明治 45 年 2 月 3 日
　　　　〈要旨〉芸術に接した後は、自分が今までより高い世界に運ばれたような感
　　　　じがする。この喜びは日常の経験における悦びとは、種類を異にする。芸
　　　　術から得た悦びは、悲しみの洗礼を受けた悦びである。生活から離れた芸
　　　　術は、われらにとって何の力もない芸術である。

2439　地平線　［小説］
　　　　〈初出〉「文章世界」明治 45 年 2 月増刊号
　　　　〈あらすじ〉夕焼けはいつか終って、星が輝いた。この美しい冬の空を見た
　　　　ものが、心のうちに描いた空想はいかなるものだろう。星の光はダイヤモ
　　　　ンドより美しい。私は人の命が長くて七十年だと考えると泣きたい思いが
　　　　した。この土地に生まれ、死んでいく人を哀れに思った。夕日の落ちた国
　　　　を憧れ、それを見ずに死んでしまう。美しい恋をしないまま老いてしまう。
　　　　老婆はこの世にいない。障子に影絵を写してくれたり、のろい女や人買船
　　　　の話をしてくれた。自分もいつか父母と別れねばならない。遠いところか
　　　　ら「死」が自分を見つめている気がした。陽気な明るいところで住みたい。
　　　　しかし、誰でも死ぬのだと思うと、この雪の世界で黙々と運命に服従し
　　　　ている方がよいとも思われた。重い憂愁と暗い不安。ふりむくと地平線。
　　　　〈収録〉『夜の街にて』岡村盛花堂　　大 3.1　　Ⅳ 312-49
　　　　　　　　『雪の線路を歩いて』岡村書店　大 4.4　　Ⅳ 316-12

2440　太陽を見る児　［小説］
　　　　〈初出〉「朱欒」明治 45 年 3 月
　　　　〈あらすじ〉子供は眼を病んで、もう幾日も床についていた。名医だが、
　　　　らい病で人と会うことのない医者に頼みこんで、父親は、子供の眼を見ても
　　　　らった。右目は助からないが、片方の目は助けられると医者は言った。医
　　　　者は毎日、やってきた。この児を左枕にしてはいけない。右の目の汁が目
　　　　に入ると、左も助からないからと、医者はきつく父親に注意を与えた。だが、
　　　　子供が右の頬が痛いというので、おばあさんが、左枕になることを僅かだ
　　　　け許した。翌日、医者は、子供の眼をみた。「もう、駄目だ、左の眼も助
　　　　からなくなった」医者は、帰っていった。後日、子供は太陽をみた。しか

しすべての世界は、暗黒であった！
〈収録〉『魯鈍な猫』春陽堂　大元.9　Ⅳ307-3
　　　　『小川未明作品集　第2巻』大日本雄弁会講談社　昭29.7　Ⅳ351-8
　　　　『定本小川未明小説全集　第2巻』講談社　昭54.5　Ⅳ366-3

2441　鳶　［小説］
〈初出〉「早稲田文学」明治45年3月
〈あらすじ〉大きな会社の応接間は、外観に比して、不調和なほど汚くて、飾り気がなかった。英太は、そこで人を待った。雇われ口がなかったらどうしよう。大きな四角ばった顔の男が扉から覗いた。ヒステリーをもった彼の母は、彼が小さいとき、ものを盗んではいけないと神経質に言った。それが不安な恐怖の影となった。一人きりでいては疑われると英太は思った。英太は、会社を飛び出した。公園で英太は、花を見たいと思った。しかし寒さのため、たった一つ残った赤い薔薇も凍え死んでいた。どこか温かい国へ行きたいと思った。鳶がとんでいる。鳶が自分をさらって北国へ連れて行ってくれればと思った。
〈収録〉『魯鈍な猫』春陽堂　大元.9　Ⅳ307-4
　　　　『定本小川未明小説全集　第2巻』講談社　昭54.5　Ⅳ366-4

2442　暁の色　［小説］
〈初出〉「新潮」明治45年3月
〈あらすじ〉吹雪が西から起こって東へ駆けていくと、屋根の上は雪煙に隠れ、目も口も開くことが出来なかった。私は、屋根の上で身の丈より高く積もった雪を伸び上がっての、コイスキに崩して降ろした。力はだんだん弱くなり、屋根を越さなくなった。隣の主人も屋根雪を降ろしているはずだが、姿は見えなかった。やがて母が屋根に上がってきて、黙って雪下ろしを始めた。私は疲れ、屋根の上に倒れた。母も疲れ、倒れた。夜が明けてきた。暁は、淋しく、静かであった。二人は、東の空を眺めていた。家に入ると、赤い不安げなランプのもと、祖母が黙ってこちらを向いた。雪は降り続いた。町の家が何軒も潰れて大騒ぎだという。
〈収録〉『北国の鴉より』岡村盛花堂　大元.11　Ⅳ308-5
　　　　『小川未明作品集　第2巻』大日本雄弁会講談社　昭29.7　Ⅳ351-7

2443　菩提樹の花　［小説］
〈初出〉「劇と詩」明治45年3月
〈あらすじ〉冷やかな氷のような瞳が、じっと私を見詰めている。私はこの瞳から、自分の体を隠したいと思った。森に入った。だがまたあの瞳が私を見詰めた。名も知らない遠くすがれた町に行ったが、そこでもあの瞳に見詰められた。――永遠に、淋しい、淡い、ゆかしい影が、寺の境内に漂っていた。私は静かなる休息というものを感じた。人生は、この休息によって慰められるのではなかろうか。そう思って、あの瞳を見詰めたとき、この瞳の中にも淋しい、悲しい幽かな光が見えた。さながら自分の心持ちを知ってうなづくごとく思われた。
〈収録〉『夜の街にて』岡村盛花堂　大3.1　Ⅳ312-37

2444　序（『物言はぬ顔』）　［感想］
〈初収録〉『物言はぬ顔』春陽堂　明45.4
〈要旨〉人々は「死」を考えることを嫌っている。人の一生をまじめに考えないで、薄弱な見解で楽観しようとしている。暗黙な、盲目の運命は、来るときはいつだってやってくる。私はこの人が考えないことを、強いて考

える。それがせめてこの暗い運命に対する反抗だと思っている。じっと見つめ、芸術の対象として、禍いの暗い森の中にも空想の美しい灯火を点したい。これは人生の慰藉ばかりではない、自らの慰藉である。
〈収録〉『物言はぬ顔』春陽堂　明45.4　Ⅳ305-0

2445　**春の感覚**　[感想]
〈初出〉「新潮」明治45年4月
〈要旨〉冬から春に移り行く自然が人間に与える気分を一口にしていえば、鉛色の感覚とでも言おうか。この時分は決まってインフルエンザのような悪性の感冒にかかる。小学校の遠足もこれで行けなかった。春のはじめをもっとも嫌うのは、私の皮膚が弱いからだ。解熱剤をのんで、あたりが黄色な色に包まれるとき、頭を砕いて死んでしまいたくなる。木の芽のふく時分を私は厭う。
〈収録〉『北国の鴉より』岡村盛花堂　大元.11　Ⅳ308-14

2446　**白き花咲く頃**　[小説]
〈初出〉「新小説」明治45年4月
〈あらすじ〉静かな晩、小山から使いが来て、お嫁さんが死んだことを知らせた。小山は同じ村にあるが、距離が離れていた。祖母の遠い親類だ。母はよく往来していた。その家の兵太に嫁いだ最初の女は嫁にきて間もなく死んだ。二番目の嫁はおせいといったが、これも頭を病んで死んだ。おせいが死ぬ前、私はおせいの家で、金色の雲をみた。兵太に対し、私は反感を抱いていた。おせいを殺したのは兵太だ。おせいが死んだあと、母や祖母が兵太の後妻に選んだのが、おはるだった。しばらく私の家に逗留したあと、兵太の家へ嫁いでいった。しばらくおはるのことが忘れられなかった。おはるは、やがて出産し、おせいと同じ病気にかかり、死んでしまった。春になり、白い花が咲いた。悪魔の羽のようだった。
〈収録〉『白痴』文影堂書店　大2.3　Ⅳ309-7
　　　　『定本小川未明小説全集 第2巻』講談社　昭54.5　Ⅳ366-12

2447　**獣類の肉は絶対に食はぬ**　[感想]
〈初出〉「女子文壇」明治45年4月
〈要旨〉私は牛とか豚とかの四足獣の肉は絶対に食べない。子供の時、牛肉屋の店で、血の滴っている肉や赤い形のままの肉を吊り下げたのを見るのが非常に不快だった。子供の頃から牛肉は香いを嗅ぐのも嫌だったが、今でもどこの会に行っても食べない。弁当に入っていると、その飯は食べられなかった。牛乳だけは今は少し飲める。好きなものは果物。蜜柑、葡萄。昨年の一月、伊豆山でオレンジの畑を見た。野菜では青い匂いの高いものが好きである。芋や南瓜は嫌い。

2448　**死したる友との対話**　[小説]
〈初出〉「読売新聞」明治45年4月7日
〈あらすじ〉生きている男が死したる男に聞いた。死んでからの世界は現実世界と関係のない世界なのか。宗教も哲学も暗示することのない世界なのか。僧侶のお経もハーンの芸術とも関係のない世界なのか。死したる男が生きている男に聞いた。おれはどんなところに埋められているのか。生きている男が言った。君が生きていたときに見た夏の景色と同じ景色だ。死が早いか遅いか、無窮を前にしてどれだけの差があるというのか。静かに眠りたまえ。
〈収録〉『北国の鴉より』岡村盛花堂　大元.11　Ⅳ308-23

III 作品

2449 魯鈍な猫 ［小説］
〈初出〉「読売新聞」明治45年4月24日～6月5日
〈あらすじ〉十二歳の少女が北国から奉公にやってくる。病みつかれた妻、二人の幼児のいる家に。私は、町で拾った猫に憐憫の情を抱いた。自分も猫もいつか死ぬ。だが物言えぬ猫の方が孤独であろう。苦しい現実は、子供の時分に遊んだ故郷の景色や風の輝きを消してしまう。人間の力でどうすることもできない自然力の前には、反抗するより、懐かしみ、憐みを乞うべきだ。淋しい孤児をなぐさめた自然から、遠く離れてきた少女を悲しく思った。今の自分の作品には、生気と力が欠けていた。貧しい生活が、若々しい空想を破壊してしまった。少女が幼児を抱いたまま帰ってこない日があった。私は少女を叱り、国に帰した。小猫は毒をもられたのか、死につつあった。社会がこの弱い動物の敵であるように思った。苦しい生より、苦痛のない死のほうが猫にとって幸福であろう。私は滝壺に猫をおとした。生きものはいずれ死ぬ。私は胸に新しい希望を感じた。
〈収録〉『魯鈍な猫』春陽堂　大元.9　IV307-1
　　　　『小作人の死』春陽堂　大7.2　IV318-3
　　　　『小川未明選集 第2巻』未明選集刊行会　大15.1　IV332-7
　　　　『小川未明作品集 第2巻』大日本雄弁会講談社　昭29.7　IV351-9
　　　　『定本小川未明小説全集 第2巻』講談社　昭54.5　IV366-1

2450 書斎 ［小説］
〈初収録〉『少年の笛』新潮社　明45.5
〈あらすじ〉百年前の人は今は生きていない。百年後には今の人も生きていない。人は、この世界に生れてくると、習慣に過ぎないものをなすべき義務のように心得て、その経験をなし尽くした頃には、精神も肉体も衰えて、鈍い感覚の時代に帰ってやがて死んでいく。この世界に残るものは何だろう。Kは、芸術のほかにないと考えた。疲れた気持ちを立て直してくれる、若やかな、活き活きした空想に耽ることのできる色彩か、音楽が欲しかった。Kは毎日、夕暮れになると、腸を刻みちぎられるような悲しみに捕えられた。Kは、錦絵を愛した。錦絵を買うために費やす金は惜しいとは思わなかった。死を思うと気が遠くなった。Kはそこにあった錦絵を抱いた。だが闇に向かって進む生涯に慰藉を与えてくれるものはなかった。書斎は、墓場となった。
〈収録〉『少年の笛』新潮社　明45.5　IV306-10

2451 悲愁 ［小説］
〈初出〉「北方文学」明治45年5月
〈あらすじ〉兵三は妻に死なれてから、毎日物思いにふけった。妻が死んでも自然に変わりはなかった。妻だけが死んでしまった。冬が近づいた頃、兵三は若い時にでかけた小諸に旅立った。父は兵三を旅に出したくなかったが、息子の胸のうちを思ってそれを許した。二人の幼い子供が今度は兵三の帰りを淋しく待ちくらした。祖父は子供のためにいろんな話をした。だが年老いた祖父は、冬の寒い暗い晩、死んでしまう。
〈収録〉『北国の鴉より』岡村盛花堂　大元.11　IV308-2
　　　　『未明感想小品集』創生堂　大15.4　IV335-14

2452 日比谷付近・帝国劇場（色と音楽の世界）［感想］
〈初出〉「新潮」明治45年6月
〈要旨〉帝国劇場は重苦しい感じだ。傍らの日比谷公園は埃っぽくて、浅薄

な感じだ。歌舞伎座よりも大阪の文楽座のほうがロマンチックな感じがする。歌舞伎座は雅致に乏しい。私が好きなのは有楽座である。近代劇である自由劇場の試演がこの座であった印象が強いからだ。

2453　赤い毒　［小説］
　　　〈初出〉「太陽」明治45年6月
　　　〈あらすじ〉菓子屋の店先に小鳥が飼われていた。首のまわりが朱の鳥だった。ある日、男がこの鳥の赤い首は毒だと告げた。少年は、母と二人で住んでいた。村では彼のことを悪少年と呼んでいた。家は貧しかった。隣の家から食物や着物を恵んでもらっていた。少年は鳥だけが友達のように考えた。「赤い毒！おれはあれを舐めて死んでしまうのだ」少年が菓子屋の亭主に引っ張られていく。少年は小鳥をつかみ殺して籠から出した。「泥棒め」少年は亭主に殴られた。しかし小鳥を離さなかった。巡査が見えたとき、少年は鳥の首を噛みちぎった。
　　　〈収録〉『魯鈍な猫』春陽堂　大元.9　Ⅳ307-5
　　　　　　『小川未明作品集 第2巻』大日本雄弁会講談社　昭29.7　Ⅳ351-10
　　　　　　『定本小川未明小説全集 第2巻』講談社　昭54.5　Ⅳ366-5

2454　二劇場の印象　［感想］
　　　〈初出〉「歌舞伎」明治45年6月1日
　　　〈要旨〉自由劇場の暗い気持ちを現わした二つの劇と、明るい気持ちを受け入れた文芸協会の劇は私にはいずれも面白かった。自由劇場で演じられた萱野氏の「道成寺」、マーテルリンクの「タンタージルの死」と、文芸協会で演じられたズーダーマンの「故郷」。

2455　心臓　［小説］
　　　〈初出〉「早稲田文学」明治45年7月
　　　〈あらすじ〉手術台に横たわりながらも、あのメスで心臓をさしたら、霊魂の働きが止ると思った。医者のメスが、彼の腐った肉をえぐりとっていく。彼は社会の生存競争から失敗者となって、いつか自殺に追い込まれるだろうと思った。彼はある会社の外交員だった。それを辞めたあと、田舎で鉱山の監督をしていた。妻と別れたあと、足の関節がいたくなり、上京した。下賤な女と関係をもったためだった。彼は別れた妻が、ヒステリーのあまり轢死しようとしたことを思い出した。彼は行方のさだまらない自分のことを思い、夜中、手術室に忍び込み、メスで心臓をさそうと思った。
　　　〈収録〉『魯鈍な猫』春陽堂　大元.9　Ⅳ307-7
　　　　　　『小作人の死』春陽堂　大7.2　Ⅳ318-2
　　　　　　『小川未明作品集 第2巻』大日本雄弁会講談社　昭29.7　Ⅳ351-11
　　　　　　『定本小川未明小説全集 第2巻』講談社　昭54.5　Ⅳ366-7

2456　盲目の喜び　［小説］
　　　〈初出〉「北方文学」明治45年7月
　　　〈あらすじ〉憧憬といえば美しい明るい方へのみ憧れると思う人がいる。しかし私は暗い方へ憧れている。どう考えても、人間の生活は日々に苦しい、暗い、寒い方向へ歩んでいる。終極には、死がある。だから、せめて私は、自分の頭のなかから、明るい思想だけでも取り去ってしまいたいのだ。
　　　〈収録〉『北国の鴉より』岡村盛花堂　大元.11　Ⅳ308-20
　　　　　　『小川未明作品集 第5巻』大日本雄弁会講談社　昭30.1　Ⅳ360-56
　　　　　　『定本小川未明小説全集 第6巻』講談社　昭54.10　Ⅳ370-11

2457　古き絵より　［感想］

〈初出〉「劇と詩」明治45年7月1日
〈要旨〉死は私にとって黒い一つの謎である。この謎をいかに人々が解したのかを知りたい。私の考える死には、一種の冷情といった意識がある。去年、奈良を見ずに死んでしまうのは惜しいと思い、出かけていったが、それでいつ死んでもいいという満足は得られなかった。死はまだ遠い未来だという思いもあったが、死はいつ自分を捉えるか分らない。すべてのものを死は区別しない。死を怖れるあまり、死を考え、考えしているうちに、死という人間が微笑し、机のそばに坐っている感じがするようになった。彼はいろんな不思議な物語を聞かせてくれるのである。

2458 単純な詩形を思ふ ［感想］
〈初出〉「時事新報」明治45年7月1日
〈要旨〉子守唄には力強い芸術的な力がある。これは人間の原始的感情をきわめて単純な詩形にして歌っているからだ。天才がつくる詩も、無知に帰って自然を見ることを知っている詩である。人間の原始的な感情に触れる術を知っているのである。
〈収録〉『夜の街にて』岡村盛花堂　大3.1　Ⅳ312-44
　　　　『小川未明作品集 第5巻』大日本雄弁会講談社　昭30.1　Ⅳ360-64
　　　　『定本小川未明童話全集 第3巻』講談社　昭52.1　全童話Ⅳ161-63
　　　　『定本小川未明小説全集 第6巻』講談社　昭54.10　Ⅳ370-21

2459 雫 ［小説］
〈初出〉「読売新聞」明治45年7月6日
〈あらすじ〉韮崎についたとき、朝出立した高原の景色を思い出した。山国の旅行を思い立ったのは八日ばかり前である。山間に生まれ、育ち、老いていく自然児の運命をおもった。山間の小さな宿屋。汽車が甲府に着いたとき、葡萄売りが集まってきた。やがて夕立となった。銀のような雨の雫が流れた。
〈備考〉6月20日作。
〈収録〉『北国の鴉より』岡村盛花堂　大元.11　Ⅳ308-27

2460 「小品文」選評 ［感想］
〈初出〉「学生」大正元年8月
〈要旨〉「アイヌの少年」センチメンタルな気分が描き出されている。アイヌの少年の心には、はたして単にこれだけであって、反抗的な何ものかがなかったであろうか。

2461 簪 ［小説］
〈初出〉「文章世界」大正元年8月
〈あらすじ〉老婆は居間で最後の安息の日がくるのを待ち受けていた。外にでると、知らぬ土地に行ったときのような淋しさを感じた。家中が子や孫に占領され、外へでると彼等の幸福を破壊するような気がした。孫の良一だけが、老婆の部屋にきた。老婆を驚かすことを楽しみとするために。やがて、良一は老婆の簪を抜き取ることに熱中した。老婆にとって簪は四十代のときに作らせた大事な簪だった。老婆は簪を良一に奪われたとき、すべての思い出から忘れられた思いがした。ひとり淋しく歩いていく自分の姿を見つめた。良一は、簪を床下におとしてしまう。良一の母が老婆に謝ったとき、老婆は黙って軽く笑ったばかりであった。
〈収録〉『魯鈍な猫』春陽堂　大元.9　Ⅳ307-2
　　　　『雪の線路を歩いて』岡村書店　大4.4　Ⅳ316-20

III 作品

　　　　　『小川未明選集 第2巻』未明選集刊行会　大 15.1　Ⅳ332-6
　　　　　『小川未明作品集 第2巻』大日本雄弁会講談社　昭 29.7　Ⅳ351-12
　　　　　『定本小川未明小説全集 第2巻』講談社　昭 54.5　Ⅳ366-2

2462　**偶然の事件**　［小説］
　　〈初出〉「新日本」大正元年8月
　　〈あらすじ〉少年時代は、人はすべて詩人であるが、年をとると退化していく。弱いものに対する同情も物に対する誠実も。自分より不安な、苦しい生活をしているものがある。Hは、数年前、知り合いの葬式にでたとき、降り続いた雨で堤防がきれたことを思い出した。そのときの堤防の下の貧民の惨状。圃の中に、赤い建物があった。そこから不思議なうなり音がきこえた。この世界には、人間の知識では理解できない偶然の事件が起こる。Hは、かつて硝石会社の爆発事件で夫を亡くし、狂気に陥った妻を見たことがある。偶然の事件が、人間を支配している。彼の頭から陰鬱な霧がはれた。だが自然は、常に静かである。Hは偶然の事件を恐れ、赤い建物から走り去った。
　　〈収録〉『魯鈍な猫』春陽堂　大元.9　Ⅳ307-6
　　　　　『定本小川未明小説全集 第2巻』講談社　昭 54.5　Ⅳ366-6

2463　**画家の死**　［小説］
　　〈初出〉「淑女かがみ」大正元年8月
　　〈あらすじ〉今から四年前にHはフランスから帰ってきた。しかし彼の絵は評価されなかった。画室には、投げ出した絵が置かれていた。「芸術の生命は、はたして時間を超越するものか」私はHに問うた。「この世界に永遠のものはない」Hは答えた。Hは肺病にかかった。少しよくなったとき、彼は創作に打ち込んだ。Hの絵は、自然を見て空想するほどの強い力をもって気持ちよく迫ってこなかった。ある日、彼は血を吐いて死んだ。彼の死は自殺だったのか、今でも人は疑問視しているが、彼の芸術は忘れられていた。
　　〈収録〉『夜の街にて』岡村盛花堂　大 3.1　Ⅳ312-11

2464　**「小品文」選評**　［感想］
　　〈初出〉「学生」大正元年9月
　　〈要旨〉「梅雨の或る日」感覚的な筆致である。いろいろの取り合わせが自然に出てきて、わざとらしくないのが面白い。

2465　**血塊**　［小説］
　　〈初出〉「新小説」大正元年9月
　　〈あらすじ〉青い真夏の空を見ると、そこに何らかの意志があるように思われる。自分が自分の意志だけで動いていない不可思議な力を感じる。去年の暮れに妻が流産した。その一月前、私はあることで妻をなぐった。それが原因であったか。二番目の子供が生まれたときに買った湯たんぽを妻のために取りだした。苦しむ妻が夜中に便所に立った。気になって後から様子を見にいくと、廊下に血塊が落ちていた。医者に来てもらい、流産の処置をしてもらった。私の家には不幸が続いた。今年の二月、私は悪性の病気にかかってO病院に入院した。私の病気が治ったと思ったら、今度は娘が猩紅熱にかかって入院した。
　　〈収録〉『白痴』文影堂書店　大 2.3　Ⅳ309-5
　　　　　『雪の線路を歩いて』岡村書店　大 4.4　Ⅳ316-25

2466　**最近の感想**　［感想］

〈初出〉「新潮」大正元年9月
〈要旨〉自分はできるだけ自分の心と外界との関係、および接触した場合の気持ちを書きたいと思っている。それは写実ではない。外界そのものを描くのではなく、外界によって受けた自分の気持ちを書くのである。人間は過去の経験、及び現在の境遇をはなれて、何ものも観察することはできない。
〈収録〉『定本小川未明小説全集 第6巻』講談社　昭54.10　Ⅳ370-6

2467　**白痴**　[小説]
〈初出〉「中央公論」大正元年10月
〈あらすじ〉Kは、職を失ってから、早速、生活の途に窮した。下宿屋からも立ち退きを迫られた。毎日、眠った。神経が衰弱しているためであった。仕事はなかった。町行く女に対して、Kは関心を向けた。このような生きにくい社会では、いちど人は原始に立ちかえるべきではないか。三年ばかり前に別れたお葉という女は、いまどこにいるだろう。お葉が残していった指輪を売って、一夜の歓楽を得ようとした。氷屋に入ったKは、そこにあった女の櫛を盗もうとする。おれは、手風琴をもって薬を売り歩く男のように、旅にでるだろう。生活の途を見出しえない、人一倍本能慾のつよい白痴として。
〈収録〉『白痴』文影堂書店　大2.3　Ⅳ309-1
　　　『雪の線路を歩いて』岡村書店　大4.4　Ⅳ316-23
　　　『小川未明作品集 第2巻』大日本雄弁会講談社　昭29.7　Ⅳ351-13
　　　『定本小川未明小説全集 第2巻』講談社　昭54.5　Ⅳ366-11

2468　**なぐさめ**　[小説]
〈初出〉「早稲田文学」大正元年10月
〈あらすじ〉要治が物心ついた時には父は死んでいた。死んだ父は酒を飲み、女を買って、家産を蕩尽した。そうした過去の経験と生活の苦しみが母の神経と感情を変化させた。母の青い顔色と毒気を含んだ恨めしげな泣き言は要治の心を暗くした。母を慰めようと、作り話をした。母の興味をひくのは、他人の死、悲しい死の話であった。それが母に慰藉と安心を与えた。要治はある老人が自分を見て、近々死んでしまうと言ったと母に話した。その話を聞いた母は要治を愛してくれた。今まで感じることのなかった母の愛を受けた。要治は虚偽を信じている憐れな母のために、本当に死ななくてはならないと思った。ある日、要治の姿が見えなくなった。彼の屍は河の中に浮んでいた。
〈収録〉『白痴』文影堂書店　大2.3　Ⅳ309-2
　　　『雪の線路を歩いて』岡村書店　大4.4　Ⅳ316-24
　　　『小川未明選集 第2巻』未明選集刊行会　大15.1　Ⅳ332-8
　　　『小川未明作品集 第2巻』大日本雄弁会講談社　昭29.7　Ⅳ351-14

2469　**都会**　[小説]
〈初出〉「太陽」大正元年10月
〈あらすじ〉私が都会からいなくなっても、誰が驚いたりするだろう。冷然として相手にしてくれない都会に対する反抗の思いもあった。しかし私はなんでこんな消極的な反抗心を抱いて、満足する人間になってしまったのか。中学時代の同窓Tが心臓まひで死んだ。死について考えていると、自分がかつて河で死にかけたことを思い出した。故郷のその場所へ行ってみたいと思った。しかし列車に乗ってみると、都会は自分の反抗心など一顧もしないことが分かった。故郷に帰ると、子供の時分に見た河は、狭く汚

Ⅲ 作品

　　くなっていた。子供の時分には自然が美しく、大きく見えた。自然が変わっ
　　たのではなく、私が自然を美しく見られなくなったのだ。半月ばかり故郷
　　にいて、都会に帰った。都会が懐かしかった。
　〈収録〉『白痴』文影堂書店　　大 2.3　　Ⅳ 309-6
　　　　　『底の社会へ』岡村書店　　大 3.7　　Ⅳ 313-27

2470　**楽器**　[小説]
　〈初出〉「新潮」大正元年 10 月
　〈あらすじ〉K は、雑誌社からやつれた妻と病気上りの幼児がいる家へ帰っ
　　ていった。いつになったら生活の不安から解放されるのだろう。米国シヤト
　　ル市の叔母から、オルゴールが送られてきた。それは、波の音がした。
　　彼の悲観的な消極的な思いは、北海の波の音を思い出すことで、慰められ
　　た。北国の秋の暮れから冬にかけてのさびしい、わびしい思い。焼き栗の
　　匂い、渋柿の皮をむく夜の月の色。彼は、山中に一人住む母を思って、毎
　　日新聞を送ったが、ある日、オルゴールを持って母のもとへ帰郷した。オ
　　ルゴールを母のもとに置いて帰ったが、やがて母はそれを餅とともに送り
　　返してきた。彼はオルゴールを繰り返し聴いた。自分の子供の時分を思っ
　　て。やがてオルゴールのぜんまいも切れてしまった。
　〈収録〉『白痴』文影堂書店　　大 2.3　　Ⅳ 309-9
　　　　　『小川未明作品集　第 2 巻』大日本雄弁会講談社　昭 29.7　Ⅳ 351-15
　　　　　『定本小川未明小説全集　第 2 巻』講談社　昭 54.5　Ⅳ 366-13

2471　**秋海棠**　[感想]
　〈初出〉「読売新聞」大正元年 10 月 3 日
　〈要旨〉私はその折々に触れた心の印象がいつとなしに薄れて記憶から去っ
　　てしまうのを悲しく思う。夏が去っていく。秋海棠の花が咲いている。自
　　然の不思議な力と造化の微妙な力を思った。雲が流れていく。この世を去
　　る人の姿も同じか。ハーンもこの雲のように世をさった。みな忘れられて
　　いく。六つになる姉が病院で覚えてきた唄をうたっている。伝染病にかかっ
　　て入院したのは春の暮だ。帰ってきたのは夏の半ばを過ぎていた。いろ
　　いろ病院の噂をしたが、このごろではその話も稀れになった。私は秋海棠
　　の花を見ながら、子供の頭からも、そうした記憶はやがて失われることを
　　思った。
　〈収録〉『北国の鴉より』岡村盛花堂　大元 .11　Ⅳ 308-29

2472　**ある日の午後**　[小説]
　〈初出〉「読売新聞」大正元年 10 月 4 日
　〈あらすじ〉新たに越してきた家の前に二軒続きの長屋があった。夜明け前
　　に起きると、もう長屋は起きていた。貧しい暮らしをしているようだ。
　　七八歳の娘が乳飲み子を背中におぶっている。静かな午後、老女の声と女
　　の声がした。「早くこの児は死んでしまえばいいのだ」と言っている。あ
　　る男がやってきた。女は「品を見てから、よろしければ」と男に言った。
　　やがてこの家から荷物が運び出され、女が乳飲み子を背負って出ていった。
　〈収録〉『北国の鴉より』岡村盛花堂　大元 .11　Ⅳ 308-30

2473　**能く知れる唯一人の人**（明治の文壇及び劇壇に於て最も偉大と認めたる人
　　物事業作品）　[アンケート]
　〈初出〉「新潮」大正元年 11 月
　〈要旨〉坪内逍遥先生。ひとり逍遥先生をよく知るゆえに、その人格の上から、
　　学識の上から、我等の感化を受けた上から偉大なりということができる。

2474 **名家の読書時間** ［アンケート］
〈初出〉「読書之友」大正元年11月
〈要旨〉別に読書の時間を定めているわけではない。作をしているときは、読みたい書物も読まないようにしている。勢力の消費を怖れるからである。しかし時には、作の書けぬ時などは、神経を刺激するものを読んで感興を起こすこともある。

2475 **国境の夜** ［小説］
〈初収録〉『北国の鴉より』岡村盛花堂　大元.11
〈あらすじ〉行燈の油煙が、糸をひいてのぼっている。この暗い濁ったような光が湯の中に入っている人々の顔を照らしていた。妙高山のふもとの温泉場のこと、ちょうど明日は二百十日で、寒さもましてきたので、帰るという。自分も明日帰るつもりであった。その夜私は眠れなかった。翌朝、停車場までいき、汽車に乗って、忘れかねる温泉場を去った。夕暮れ方から大雨になった。二三日して、私はあの温泉場が出水のため、大方流されたということを知った。
〈収録〉『北国の鴉より』岡村盛花堂　大元.11　Ⅳ308-3
　　　『未明感想小品集』創生堂　大15.4　Ⅳ335-18

2476 **なんで生きてゐるか** ［感想］
〈初収録〉『北国の鴉より』岡村盛花堂　大元.11
〈要旨〉私はなんで生きているかと聞かれたら、己を知ってくれるもののために生きているといいたい。私は自分を理解してもらいたいために、作をする。真に自分を知ってくれる人があったら、こんな我執の強い人間ではなくなるであろう。子ども時分のような温かな感情が体をめぐるであろう。なぜこう心が冷やかになったのか、それはこの社会生活がしたことだ。
〈収録〉『北国の鴉より』岡村盛花堂　大元.11　Ⅳ308-13
　　　『定本小川未明小説全集 第6巻』講談社　昭54.10　Ⅳ370-8

2477 **はこやなぎ** ［小説］
〈初出〉「趣味」大正元年11月
〈あらすじ〉はこやなぎは河の曲がり角の岸に立っていた。そこには静かな、忘れられたような世界が見出だされた。活動している空間のうちに産まれたよどみのような場所であった。Kは、はこやなぎの木を眺めていた。Kは思った。木の葉が散ったとて木の最後ではない。また来年になれば新しい芽をふく。しかし人間はそうではない。Kは自分に仕事をやめる勇気があるか自問した。自然は人間の生活とは無関係であった。無同情で冷淡であった。
〈収録〉『白痴』文影堂書店　大2.3　Ⅳ309-4

2478 **「黎明期の文学」合評** ［対談］
〈初出〉「新潮」大正元年12月
〈要旨〉（省略）

大正2（1913）年

2479 **殺害** ［小説］
〈初出〉「早稲田文学」大正2年1月
〈あらすじ〉おひさと別れて一年が経つ。家に妻を残し、性欲にくらんで会いに行っていた。男は一年ぶりで彼女に会いにいく。一人の子供が重い病

III 作品

気にかかり、妻が病院で付き添っていたとき、四歳になる男の子の世話を男はした。淋しがる男の子の手を引いて、町で汽車の玩具を買ってやった。男は、貧しい生活を思い、自分が女を探ねて歩いていることを矛盾のように感じた。この矛盾は人生を知ろうとする悶えでもあった。もう一度おひさと会い、事件に会わなければ、あの女を思い切ることはできなかろう。男は、おひさを待った。そのとき階下で酔漢が騒いでいるのを聞きつけた。自分に関係あるもののように思われた。はたして酔漢は二階をあがってきて、男を匕首で刺した。子供が汽車で遊んでいる姿が目に浮かんだが、次の瞬間には意識がなくなっていた。

〈収録〉『白痴』文影堂書店　大2.3　Ⅳ309-3
　　　　『小川未明作品集 第2巻』大日本雄弁会講談社　昭29.7　Ⅳ351-17

2480　思ひ　[小説]
〈初出〉「文章世界」大正2年1月
〈あらすじ〉おとめの両親は七年の間に三たび住所を変えた。町はずれの低い長屋から町中の混雑した裏長屋へ。母親は色艶の悪い病身らしい顔をしていた。父親は生活苦から、家に帰ると母親やおとめを痛めつけた。おとめは父親への懐かしい思いを失っていった。男は妻に田舎へ帰れといった。二人の喧嘩は繰り返された。男は不平等なこの社会に新しい掟を見出ださなければならないと思った。男は女を蹴り倒し、殴った。長屋の住人はこの家の前に集まって聞き耳を立てた。男も女も故郷を思った。二人とも今はもう帰る家を失っていたが、都会に生まれたおとめには、思い出す田舎さえなかった。都会の夕焼けをみて男の胸は躍った。しかし故郷の遠い地平線に沈む入り日を都会に探すことはできなかった。

〈収録〉『白痴』文影堂書店　大2.3　Ⅳ309-10

2481　何故に苦しき人々を描く乎　[感想]
〈初出〉「新潮」大正2年1月
〈要旨〉何ゆえ、この世界には同じ人として生れながら、同じ享楽に浴することができない人がいるのか。どん底にいる人々からも、金持ちからも、まじめな人生観は聞かれない。まじめな人生観を抱いているのは、自覚のある中流の苦しき人々である。私の小説に登場する人々も、それらの人々である。その人々の苦しみが社会において解消されないとき、彼等の叫びは神秘主義、象徴主義の世界のなかで表されることになる。

〈収録〉『夜の街にて』岡村盛花堂　大3.1　Ⅳ312-14
　　　　『未明感想小品集』創生堂　大15.4　Ⅳ335-5
　　　　『小川未明作品集 第5巻』大日本雄弁会講談社　昭30.1　Ⅳ360-60
　　　　『定本小川未明小説全集 第6巻』講談社　昭54.10　Ⅳ370-15

2482　昨年の芸術界に於いて二　[アンケート]
〈初出〉「読売新聞」大正2年1月2日
〈要旨〉森鷗外訳シュニッツラー「みれも」。

2483　孤独　[不明]
〈初出〉「大阪毎日」大正2年1月
〈要旨〉(不明)

2484　暗夜　[小説]
〈初出〉「中央公論」大正2年2月
〈あらすじ〉吉郎は自らの力で抑えることのできない盲目の感情の発作を思い返して、冷りとした。自然は人間の行動とは無関係である。彼はランプ

122

の下でうす黄色な顔をしている妻の姿を思った。その日吉郎はさびしく、腹立たしい、悲しい気持ちを経験した。前途の希望もなかった。自分は偶像破壊者だと信じていても、習慣に囚われ、臆病でそのうえ道徳家である自分には all or nothing のようなことは出来なかった。衆愚と歩調を合わせている弱者であった。黒い悲しみのなかで、妻を虐げ、金を奪い取るように出させ、快楽を求めに外へ出た。吉郎は人間の堕落の道を通して、人生の真の味わいを知ってみたいと思った。

〈収録〉『白痴』文影堂書店　大 2.3　Ⅳ309-11
　　　　『雪の線路を歩いて』岡村書店　大 4.4　Ⅳ316-26

2485　**白い路**　[小説]
〈初出〉「三田文学」大正2年2月
〈あらすじ〉私が毎日自分の務めている小さな会社へ通っていたころのこと。何か書いてみようと机に向かっても気ばかり焦ってまとまりがつかない。現在に対する反抗と仕事をやめたあとの不安で心は落ちつかなかった。都会に対する憧れと年老いていくことの怖れを抱いていた。務めの途中に寄る古本屋の少年はいつも店で少女の絵を描いていた。少年の妹は、ある学生の子供を宿してしまったことで自殺していた。仕立屋で働く少女の赤い帯を見るのも私の楽しみだった。しかしその少女もある日、姿を見せなくなった。ある日、私は会社の社長と議論をし、会社を辞めた。赤い帯を毎日見ることができたら、会社を辞めることはなかったかもしれない。

〈備考〉「新文壇」(大正3年10月21日)に「自殺する少女」として抄録。
〈収録〉『白痴』文影堂書店　大 2.3　Ⅳ309-13

2486　**少年時代の回想とＡの運命（少年時代の記憶）**　[感想]
〈初出〉「新潮」大正2年2月
〈要旨〉二、三年前に国へ帰ったとき、生まれた土地へ行ってみた。寺の鐘つき堂や、隠れ鬼をした桑畑、喧嘩をしたり、塾へ行ったところは、榊原の城下のはずれの小さな村であった。国を出てから十二三年の間に、あたりは変わっていた。妓楼の屋根が、重なり合っていた。遊郭を相手に店を出している老夫婦を訪ねた。老婦は私の乳母である。町には、師団が出来て、昔のしんみりとした調子が崩れていた。私の村に同じ学校へ通った学生が、私を含め四人いた。二人は金沢に行った。私は落第して学校をやめ、Ａは病気になって東京の親類を頼って出ていった。東京でＡと再会したときには、Ａの肺病は重くなっていた。のちにＡは房総沖で船から身をなげた。子供の時分は何事も美しく見えた。年をとると、不可知の運命に虐げられる。人生の矛盾と幼年の回想に、私は限りない不安と哀愁と懐疑を覚える。

2487　**特殊の詩的感想**　[感想]
〈初出〉「時事新報」大正2年2月1日
〈要旨〉昇曙夢訳の『決闘』中の「生活の河」を面白く読んだ。種々の人間の生活が未来永劫流れる河となって我々の前に横たわっている。アンドレーエフ「霧」、ザイチェフ「静かなる曙」に対して抱いた思いも忘れることができない。いつまでも続く人生生活の苦しさ。やがて死んでいく人間の命について感慨された。最近のロシアの作品を読むと、生の不可思議が思われる。人は何のために生まれてき、何をなさんために生きるのか。詩は自然の中にあるのではない。不可思議は広野に探されるものではなく、人間の中にある。

2488　**虚偽の顔**　[小説]

〈初出〉「読売新聞」大正2年2月2日
〈あらすじ〉私は画家のYに絵を描いてもらっている。硝子窓に垂れ下がった白い布には、小さな黒い染みがあった。私の中の残忍、浮薄、薄情。自分ははたして高尚な人間であるということが出来るだろうか。画家にはどのように見えるのだろうか。私は秋の日の高い丘から都会を見下している自分の姿を思い描いた。次に雪の野原を歩く自分を想像した。いずれも淋しい思いがした。どうして自分は真の自分を見ることを恐れるのであろうか。私は平常見慣れている人間の顔は虚偽の顔であると思った。
〈収録〉『白痴』文影堂書店　大2.3　Ⅳ309-12
『小川未明作品集　第2巻』大日本雄弁会講談社　昭29.7　Ⅳ351-16

2489　私の欲する絵画　[感想]
〈初出〉「現代の洋画」大正2年3月
〈要旨〉どれほど表現が奇矯であり、新しくても、その中に思想の深さがなければならない。自然は奇矯なものでも、特殊なものでもないが、ここには深い意味、複雑な色彩、暗示がある。すべての芸術は自然そのものに根底をなしている。作品の価値は、自然の必然性があるかないかということに帰着する。リアリズムの作家は、ロマンティック、アイデアリズムの作家を攻撃するとき、いつも不自然呼ばわりするが、そうではない。

2490　歩けぬ日　[小説]
〈初出〉「早稲田文学」大正2年3月
〈あらすじ〉自分が死んでもこの世の中はやはりこうしてあると思うと、今は生きているがやがて死んでしまう自分というものは不思議であった。弥助は子供の頃に荷馬車に轢かれて片腕を失った。当時もう父はおらず、母は泣いて弥助にすがったけれど、わずかな金で示談にしてしまった。今は五〇に近かった。母を失い、家もない。以前は自分の姿や醜い容貌を恨んだが、今は考えなくなった。長い漂浪生活のなかで、明日の生活を考えなくなった。世の中が不公平だとも思わなくなった。ただ生きていることが幸福であり、死が不思議だった。彼は広告の行燈を背負ってわずかな収入をえた。そうした生活のなかで、やがて弥助は自分が眠っているのか起きているのか分らなくなった。死んでいくときは、こんな気分が長く続くのだと思った。早くお日様が出てくれればいいと弥助は思った。
〈収録〉『廃墟』新潮社　大2.10　Ⅳ310-3

2491　赤い指　[小説]
〈初出〉「新潮」大正2年3月
〈あらすじ〉優二は、毎日のように窓から烏を見た。餅をちぎって投げると、やってきたが、すぐにまた優二を捨てて飛び去った。昔は城下だったT町の印判屋は、優二の親類だった。独りものの兵六が、廓の女に惚れて見受けしたおけいのせいで、親類は印判屋に寄り付かなかったが、おけいがかいがいしく夫を助けたので、親類もおけいを見直すようになったころ、兵六がいなくなった。母はおけいを信じたが、祖母は信じなかった。優二は、毒婦に愛されたいと空想した。おけいが優二の家にやってきたとき、優二はおけいの白い手に握られた。春がきた。森の祠の祭の前日、人々がそこへ行っていると、男が縊死していた。祖母は兵六だと思った。その時もうおけいはよその金持と再婚していた。白い手に握られた自分の赤い指は、汚れているように思われた。
〈収録〉『廃墟』新潮社　大2.10　Ⅳ310-6
『小川未明作品集　第2巻』大日本雄弁会講談社　昭29.7　Ⅳ351-22

『定本小川未明小説全集 第2巻』講談社　昭54.5　Ⅳ366-14

2492　吾が芸術の新しき主張（一人一話録）　［アンケート］
〈初出〉「新潮」大正2年4月
〈要旨〉これからの文章は「あります」「ありました」でいきたい。あたかも人と話をしているような調子で書くことに決めた。普段の話言葉で十分感じがあらわれるように工夫する。そこまで生活と芸術が一致してこなくては駄目だ。

2493　子供の葬ひ　［小説］
〈初出〉「早稲田文学」大正2年4月
〈あらすじ〉子供の勘二が病気になってから、おちかはろくろく眠らなかった。太陽が輝いていた。おちかは、子供の寝姿を見ながら、今どんなことを思っているだろうと考えた。日に増し癇癪も減り、わがままも言わなくなっていく子供を見ながら、おちかは子供が自分から遠のいていくように思った。医者は子供の神経を苛立たせないようにと注意をした。勘二は夢をみた。祭りで母とはぐれた自分は友達と赤い夕日の差した野原で遊んでいるとき、汽車が走ってきた。──その後、勘二は亡くなった。母は気がなかばおかしくなった。他の子供が死んだときは、ある充実感を得た。幸せな人を呪った。
〈収録〉『廃墟』新潮社　大2.10　Ⅳ310-9
　　　　『小川未明作品集 第2巻』大日本雄弁会講談社　昭29.7　Ⅳ351-18

2494　北国の雪と女と（お国自慢）　［感想］
〈初出〉「新小説」大正2年4月
〈要旨〉高田は北国のなかでも一番雪が多い。風の強い晩には雪はあまり積らない。静かな晩に、雪は降る。家がつぶされるおそれがあるので、鴨居と敷居の間に棒を入れる。これを雪柱という。母と私はまっくらな夜に屋根へのぼって雪下しをしたことがある。近くで汽車が雪のせいで立ち往生したこともある。しかし現今の高田は開けてきた。スキーも盛んになった。夏の夕焼けの盛観は越後の特色である。越後の女は美しい。哀怨の情を備えている。高田の樽柿、翁飴、笹飴、三月中旬の鱈の味。
〈収録〉『定本小川未明小説全集 第6巻』講談社　昭54.10　Ⅳ370-12

2495　毒草　［小説］
〈初出〉「モザイク」大正2年4月1日
〈要旨〉家の裏庭に渋柿の木があった。根もとには罌こう草の紫色の花が咲いた。家の娘は病気だった。老母と孫の順吉が世話をしていた。老母は天理教の巫女のところへ娘の病気が治るかうかがいに行った。ろうがいは魔物の祟りだから、病気を治すためには、おんばこ草の双葉を探し、夜、油のなかに浸しておくと、病人と同じ人影が現われるので、魔物の方を殺すと病人は助かるといった。順吉はおんばこ草の双葉を探しにいくが、見つからなかった。順吉が家に帰ると母は血を吐いていた。医者を呼ぶと、眠り薬をくれた。母は眠り薬を飲んで息をひきとった。人間の死や悲しみに関係なく、柿の実は自然に腐れて梢を落ちた。夏になると毒草に紫色の花が咲いた。
〈収録〉『夜の街にて』岡村盛花堂　大3.1　Ⅳ312-1
　　　　『小川未明作品集 第2巻』大日本雄弁会講談社　昭29.7　Ⅳ351-19

2496　春の悲しみ　［小説］
〈初出〉「読売新聞」大正2年4月6日

〈あらすじ〉男は毎年春がやってくる時分になると、軽い熱に浮かされたように、哀愁を感じる。仕事も手につかなくなる。淋しい夕暮れの空を見ていると、過ぎ去った過去が思い出される。自分の青春も暮れ、若やかな幸福はもう見当たらないと思われた。それがあるのは石竹色の空、恋も幸福も、西の広い世界に永遠に復活しているように思われた。そこには死もなければ冬もない。男は、自殺を遂げた幼友達のBのことを思った。二人で算術の試験に落第したら死んでしまおうと語り合った。試験に落第したBは、寺の井戸に身を投げた。それから十幾年たった。Bが幸福であったとも、自分達が幸福であったとも言われない。
〈収録〉『夜の街にて』岡村盛花堂　大3.1　Ⅳ312-3

2497　廃頽したうす黄色に疲れて音もなく眠つたスペイン（何処へ行く？）　[アンケート]
〈初出〉「新潮」大正2年5月
〈要旨〉外国へ行くなら、オランダ、ペルシャ、スペイン、フランス印度諸島、パリ、イタリアへ行ってみたい。とくにオランダ、インド諸島、パリだけはぜひ行きたいが、そんな金ができそうもない。目的は風景と人情を味わいたいというのだ。この世界に生れて、世界を知らずに終わるのはもったいないが、世界の天明は私に何も語らない。語るのは、ピラミッドとスフィンクスのみである。

2498　嘘　[小説]
〈初出〉「新小説」大正2年5月
〈あらすじ〉友達のKは二人の子供をもっている。八歳の男の子と六歳の女の子。癇癪持ちのKは顔を真っ赤にして子供を叱るときがあった。両親は二人の子供に対し、嘘を言ってはならないと繰り返し叱り続けた。その結果、子供たちは嘘を言うことを覚えた。私はKに向かって、Bの話をした。Bほど正直で善人な男はいなかった。Bは正直ゆえに嘘が言えなかった。Bの母はBに公明正大であれと教育した。Bの父は不在がちだった。家の外でいろいろな女と関係した。母はそれゆえヒステリーになった。一四歳のとき、Bの母は心臓病で入院したが、入院中に父が女遊びをしていることを知った母は発作を起こして死んでしまった。Bは嘘を言ってはならないと教えられてきたので、自分の見たことを母に伝えたのであった。「人間は無智である。自然に育てられて境遇に教えられていくものである」と私はK夫婦に語った。
〈収録〉『廃墟』新潮社　大2.10　Ⅳ310-1
　　　　『雪の線路を歩いて』岡村書店　大4.4　Ⅳ316-27
　　　　『小川未明選集 第2巻』未明選集刊行会　大15.1　Ⅳ332-9

2499　廃墟　[小説]
〈初出〉「中央公論」大正2年5月
〈あらすじ〉春になると、枯れたような木からも芽が萌してくる。良一は体内に隠れた遺伝の病気が外に現れることを恐れた。春になると本能の力を感じた。生の快楽を得るのが、人間の究極の幸福ではないかと考えたが、やはりおればかりはこの力に支配されないぞと思った。故郷に帰った良一は、村から少し離れた城跡に来て、廃墟の石に腰をかけ、茫然と日を送った。春の季節を無事に過ごしたいと思った。桑畑の白い道で、自分を呼ぶ声がした。振り返ると廃墟が目に映った。家の前の圃の南瓜畑に黄色の花が咲いていた。隣の癇癪持ちの女房が、子供を泣かしていた。桑畑には昔、

家老の屋敷があって、気のくるった家老が妻を惨殺し、自分も死んだ。城跡には子供の頃は沢山の松の木があった。それを買った男が木を切ると虫が食って空洞になっていた。赤い太陽と、灰色の廃墟と、松の木が良一をひきつけた。健康を回復してはやく都に帰りたいと思った。
〈収録〉『廃墟』新潮社　大 2.10　IV310-4
　　　　『雪の線路を歩いて』岡村書店　大 4.4　IV316-28

2500　旅　[アンケート]
〈初出〉「文章世界」大正2年6月
〈要旨〉信州豊野から渋温泉に行く途中の風景がすきだ。下越後の春も印象ぶかい。一昨年の春、唐招提寺や薬師寺をみて郡山に出た途中の景色。富士見高原の秋。下諏訪温泉の秋。富山と直江津の間の路線が開通したら、北陸海岸を経て名古屋まで行ってみたい。霞ヶ浦から大洗へも行ってみたい。

2501　小さき破壊　[小説]
〈初出〉「早稲田文学」大正2年6月
〈あらすじ〉薬屋の主人は癇癪もちであった。薬屋には十三四の小僧が二人いた。一人は東京生まれの忠一、一人は田舎から来た良助だった。主人に叱られたとき、忠一は泣いて謝ったが、良助は黙っていた。忠一は騒がしい都会に育ち、孤独を味わったことがなかった。大きな自然に接したことがなかった。良助は自然のなかで育った。どこへ行っても生活していける自信があった。海の向こうに自分の知らない父母や故郷があると思った。一日、空想にふけった。ある晩、尺八を吹いて通ったものがあった。良助はこの音を聞くと説明のできない、やるせない、憧れを感じた。しかし忠一は自分の憧れの淋しい世界を想像することができなかった。良助はある日、薬屋から逃げ出した。忠一も刺激を受け、焼打事件が起きたときに暴徒の群れに入った。だが警官につかまってしまう。
〈収録〉『廃墟』新潮社　大 2.10　IV310-8

2502　刹那に起り来る色と官能と、思想の印象（一人一話録）　[感想]
〈初出〉「新潮」大正2年6月
〈要旨〉自分が芸術において書きたいと思うところは、ある物象に対して起こるところの心的現象と、その物象とが相混淆し、相錯綜する姿である。自分の欲する芸術は、静的なものではない、動的なものである。
〈収録〉『夜の街にて』岡村盛花堂　大 3.1　IV312-13
　　　　『未明感想小品集』創生堂　大 15.4　IV335-4
　　　　『小川未明作品集 第5巻』大日本雄弁会講談社　昭 30.1　IV360-59
　　　　『定本小川未明小説全集 第6巻』講談社　昭 54.10　IV370-14

2503　エンラン躑躅　[小説]
〈初出〉「新文壇」大正2年6月
〈あらすじ〉高田の城下に住んでいた少年時代、初夏のある日、祖母が家の流し元で南瓜の種を出していた。私はそれを見ていたが、フラフラと畑の中に入り、南瓜畑に行った。黄色い花に入りこんだ蜂を見て、花弁を外からつぼめて蜂の苦しむのを見ていたが、刺されてしまった。祖母が黒砂糖を指に塗ってくれた。同じころ、家の隣に体の弱い、病身の女が住んでいた。裏庭に面した狭い部屋で毎日内職に提灯を張っていた。エンランつつじが咲いていた。花は薄赤い陰気な感じであった。その後、その女は血を下して死んでしまった。

〈収録〉『青白む都会』春陽堂　大7.3　IV319-9

2504　病室　[感想]
　　〈初出〉「読売新聞」大正2年6月29日
　　〈要旨〉私は二三日前に子供が入院した医者の家に行った。子供のいる部屋は私が去年いた部屋であった。私が入院したときは冬だった。代診のNがモルヒネ注射を私に打ってくれた。その後、Nはある若い作家の注射を誤って死なせてしまった。私を看病してくれた看護婦のAは、今は転院し、横浜にいた。この病院に入院している学生の多くは、花柳病患者だった。淫らな笑い声が聞えてくるこの病院に、子供を寝かせておくのは忍びなかったが、一方で世の中はこうしたものだと思い直してみた。正義や人道などはありはしないんだと思った。
　　〈収録〉『廃墟』新潮社　大2.10　IV310-7

2505　誘惑に勝つ越後の女（女と地方色）　[感想]
　　〈初出〉「新小説」大正2年7月
　　〈要旨〉現代に生まれた女でも、長い間の習慣や自然の感化の影響を受けている。訛りだけではない。越後の女は忍耐づよく、誘惑に打ち克つ。希望を達するまで真面目に働く。私の家の遠縁に代々の印板屋があったが、その息子が町の女におぼれたことがある。家政を処理することが優れていた。息子がさらに放蕩すると、女は離縁を申し込んで、他家の主婦となった。仏教が隆盛で、じみに生活する思想が流れている。顴骨が張って、言葉に訛りがあり、甘い口にはのらず、愛嬌があり、どこか暗いところがある。いざ難しいことになると、ていよく逸れていく。越後の女が情死をしたという話を聞かない。

2506　猜疑　[小説]
　　〈初出〉「新潮」大正2年7月
　　〈あらすじ〉今日も金のことで女と喧嘩をした。男は自然に対すると、広い人生について考えることができたが、女にはできなかった。女は男の梅毒をうつされていた。男はいつかこの不平等な社会が改革されることを思った。女は着物を質に入れに行った。男は女の帰りを待つあいだ、植木屋の赤い花を見て、若いときのことを思った。夏の休暇になると国へ帰ることがどれほど楽しかったか。男はこの人生に対し何事かしなければならないと思った。そして女と別れたいと思った。男は予備士官であった。日米事件の排日案が通過し、戦争になったら、この身を処置することができる。そのときは女と別れるときだと思った。赤い薔薇の花を女と密会する相図にした若い時もあったというのに。暗愁はしきりに男の心を襲った。
　　〈収録〉『廃墟』新潮社　大2.10　IV310-2

2507　炎熱　[小説]
　　〈初出〉「サンデー」大正2年7月
　　〈あらすじ〉私には何の楽しみもなかった。家に帰ると、庭には日が照りつけていた。「青い海を見たい」と思った。子供の時分のことを思った。しかし、それくらいでは今の苦しい生活は慰められなかった。何か異常な出来事がなかろうかと思って暮らした。そんなとき、国を出て行方不明になっていた遠縁の男からはがきが来て、泊めてほしいと言ってきた。だが私は今までの無味な生活が恋しくなった。男が来ても転宿したと下宿の老婆に言わせようとした。しかし国許から手紙が来て、その男が自殺したことを知った。

〈収録〉『廃墟』新潮社　大2.10　Ⅳ310-5

2508　**自由**　［小説］
〈初出〉「新古文林」大正2年7月
〈あらすじ〉都会から田舎に帰ってきた平作の心は悲しかった。彼は文明を讃美した。田舎へ帰ったのは、父から手紙が届き、母が大病だとあったからだ。東京へ出て五六年経っていたが、少しの金も親元に送ることはできなかった。平作は父に騙されたのではないかと思ったが、母を心配して帰った。田舎に帰ってみると母は元気だった。しかし母の姿を見ると嬉しさがこみあげてきた。だがしばらくするとまた帰ってこなければよかったという後悔の念と憤怒の情がきざしてきた。すべての自由と幸福は都会にあるような気がした。彼は黙って逃げ出そうと決意した。
〈収録〉『廃墟』新潮社　大2.10　Ⅳ310-10

2509　**真夏の赤く焼けた自然**　［感想］
〈初出〉「新文壇」大正2年7月21日
〈要旨〉明るい光線、単に明るいぐらいの程度でなく、真夏の白昼、極度に光線の達した時には、白い烈しい日光の中に闇を見いだす。単に、明るい世界、自由な空気、透明な快感、陰鬱な影をとどめない気分は、初夏にある。すべて明るい光線の波をあげて、調和のとれている快さ、それは初夏の景色だ。それが盛夏になると、病的というべき不健全な気持ちを抱く。極度に烈しい白い日光のなかに闇を見ると言ったのは、この烈しい日光の下に立ったときのことだ。

2510　**色彩的と禁慾的（海と山）**　［感想］
〈初出〉「新潮」大正2年8月
〈要旨〉海は音楽的で、山は哲学的である。私は海に対して永遠を感じ、色彩を感じる。山は瞑想的で、厭世的である。私は山の方が好ましい。子供の時分にいった燕温泉。海でも山でもエゴをもっている。ワットの絵には山のエゴがよく出ている。「孤雲」の絵がとりわけ好きだ。子供時分には自然に対する敬虔の念をもつ。父がつくってあるお宮に行って二里の道をかえってくる。雷が鳴って、西の方から遠く北の海に連々としてつながって落ちてくる妙高山の峰に、もくらもくらと灰白色の雲が起って、野をかすめ、次第に頭の上まで押し寄せてくる。

2511　**屍**　［小説］
〈初出〉「文章世界」大正2年8月
〈あらすじ〉私は仕事のために街中を駆け巡った。伝染病院にいる子供も見舞わねばならなかった。そこには看護疲れの妻もいた。結婚して五年になる。金がなく、帯を質に入れたが、それを貸してほしいと言う妻の実家からの依頼を断ってから、親子の関係もおかしくなった。庭に咲く赤いダリアは不安と暗愁を象徴していた。妻は実家に金の無心をした。金を送ってくれたのは彼女の祖母であった。子供が死んだ。借財を整理するために私は東京に残り、妻を田舎の私の家に帰した。二人は五年間住み慣れた家を引き払った。青春の夢を破壊し、真の人生を味あわせた最初の家だった。翌年の夏、妻の叔父が訪ねてきた。放蕩者と言われた男であった。朝鮮に行ってそこで屍を埋めたいと言う。男が生活の道に窮し、異郷へ行くのも、その責めはすべて男にあるのではない。
〈収録〉『廃墟』新潮社　大2.10　Ⅳ310-11

2512　**露台**　［小説］

〈初出〉「中央公論」大正2年9月
〈あらすじ〉志崎は湯屋で偶然、五年前に共に学校をでた小寺に会った。田舎の中学教師をしていたはずだが、免許がないので排斥されて東京へでてきたのだ。志崎も子供が病気で、苦しい生活をつづけていた。小寺は下宿代が払えないので、国へ帰っていった。東京には無為に暮らしているものがある一方、食べていけない者もいる。富裕と貧窮は、そこに必然があるわけではない。だから不運な者、貧しい者を、卑しんではならない。志崎は雑誌を出す計画を立てていたが、継続して刊行することはできなかった。志崎の幼なじみのAが自殺した。Aは死病にかかっていた。叔母もリリカルな時代を捨て、貯金通帳に幸せを見出すようになっていた。待ち受けているのは死という大きな自然力だというのに。二枚のはがきがとどいた。一枚は、子供の具合がわるいという妻からのはがき。もう一枚は熊本で奉職した小寺からのはがき。志崎は、人間の知ることのできない運命を感じた。
〈収録〉『底の社会へ』岡村書店　大3.7　Ⅳ313-3
　　　　『小川未明作品集 第2巻』大日本雄弁会講談社　昭29.7　Ⅳ351-21
　　　　『定本小川未明小説全集 第2巻』講談社　昭54.5　Ⅳ366-22
　　　　『定本小川未明小説全集 第2巻』講談社　昭54.5　Ⅳ366-24

2513　眼前の犠牲　［小説］
〈初出〉「早稲田文学」大正2年9月
〈あらすじ〉おみかはな北向きの窓の下で、毎日バテンを縫っていた。子供の時分に母が死んで、継母に育てられた。おみかはうとまれ、苛められた。家は小山の中腹にあった。村まで半里、海まで二里あった。町にバテン会社ができて、バテンはよい賃金になったが、それでも一日二十銭取るのは容易でなかった。おみかは家出をして都会へでた。奉公先は雇われ人が主人の残酷な仕打ちに寄りつかなかった変人の家であった。催眠術の被験者にされたおみかは、自由を奪われた。継母の黄色い顔から逃れたと思ったら、新しく青白い顔が行く手で睨んでいた。おみかは不思議な運命を担っていた。やがておみかは狂人となり、住む家さえ失った。
〈収録〉『底の社会へ』岡村書店　大3.7　Ⅳ313-16

2514　無責任なる批評―生方・白石両君に―　［感想］
〈初出〉「読売新聞」大正2年9月3日
〈要旨〉生方君の「文壇暗流誌」は、いろいろの意味で面白く読む。しかし僕が雑司ヶ谷附近にいるからといって、党を作り、派を作っているごとく言われるのは迷惑である。僕は五六年前、党とか派とか名のつくもののために苦しめられた。自分は他人に枉げられない芸術上の主義をもってきた。相馬君や本間君のお蔭を被っているということはない。白石君の「文章世界」の批評も、私には不愉快だ。芸術を批評する者の言葉は、やはり芸術でなければならない。
〈備考〉8月29日夜作。

2515　「小品文」選評　［感想］
〈初出〉「学生」大正2年10月
〈要旨〉「岬の怪異」頭を押さえつけるような暗い感じがある。しかしそれは作者のいうように説明のできないものだ。

2516　殺人の動機　［小説］
〈初出〉「早稲田文学」大正2年10月

〈あらすじ〉神経衰弱が極度に達したら、気が狂うのではないかと医者に尋ねたことがあるが、医者はあなたくらいの神経衰弱で気が狂うことはないと言った。Kは自分の家の系統を考えた。祖母の兄が首を吊って死んでいた。Kは子供のころ潔癖だったので、母から祖母の兄に似ていると言われたことがある。母もヒステリーで、健康な女とは見えなかった。祖母も死ぬ前は気が変になっていた。自分で頭髪を切って坊主になったことがある。Kは子供のころ、自分を繰り返しいじめる森という少年の胸を、ナイフで刺した。森は死ななかったが、今も北国に生きていることが、不安と恐怖を抱かせた。Kには同じ兄妹ながら、里子に行っていて幾年も顔を合したことのない妹がいた。母と衝突したので上京すると手紙にあった。妹も憂鬱で、精神病者の特徴を有していた。あるときKは、妹の胸を刺した。
〈収録〉『底の社会へ』岡村書店　大3.7　Ⅳ313-8

2517　**死の幻影**　[小説]
〈初出〉「三田文学」大正2年10月
〈あらすじ〉私は多くの人々が平気で生きているのが不思議でならない。彼等はいつか死が来ることを考えないのか。人は無差別の世界、無自覚の世界、茫漠とした世界に行くべき一筋の道を歩いている。文明も社会も自然も、無価値な幻影にすぎない。下宿の娘や軍人の妻は突然死んだ。電信柱の下敷きになって死んだ小僧。村で身投げして死んだ女やピストルで自殺した叔父には苦しそうな表情がなかった。私は急激に来る運命を恐れる。故郷にいる父母の死の知らせを恐れる。死の誘惑にかられるときがある。しかし死の世界は進んで至るべきところではない。自然は生物に喜怒哀楽を与えるが、最後にすべてを奪ってしまう。だから人には真の幸福も不幸もない。みな大空を飛んでいく煙のような影にすぎない。
〈収録〉『底の社会へ』岡村書店　大3.7　Ⅳ313-9

2518　**淋しき笑**　[小説]
〈初出〉「モザイク」大正2年10月
〈あらすじ〉「世界の人は、皆こんな悲しい思いで恋をしているのでしょうか」と言って、女は微かな笑みを頬に浮かべて死んでいった。私は蠟燭に火をともし、三十年近い女の生涯について考えた。贅沢な暮らしができる身分であったのを、私と会ったために再び悲惨な女の群に入っていかざるをえなかった。私は北にある故郷へ旅をした。かつてあった村の家は無くなり、桑畑になっていた。二十年ぶりに会った乳母は、私を思い出すと急に泣き出した。家のうらに欅の木があった。人生の変遷、物の興亡、流転を思った。祖母の面影をおった。友達と寺の境内で銀杏の実をひろったこと、鬼事をしたことなどを思い出した。ある年の洪水、ある年の凶作が原因であった。宣教師の家にいたSという女の子が私の初恋の相手であった。都会は開けていくのに、この村は廃滅し、太古の時代に帰ろうとしていた。
〈収録〉『底の社会へ』岡村書店　大3.7　Ⅳ313-10
　　　『小川未明作品集　第2巻』大日本雄弁会講談社　昭29.7　Ⅳ351-23

2519　**虐待**　[小説]
〈初出〉「新日本」大正2年10月
〈あらすじ〉S温泉へ行くために馬車に乗った自分は、痩馬を見て憐れんだ。しかし若い馬丁も他の客たちも馬を心配することはなかった。人間はどんな権利があって、無害な動物を虐待するのであろう。こういう扱いを受けるのは馬だけではない。人間もそうだ。人間には精神の自覚があり、恥もあるが、それでも社会に反抗していく力がない。村のF老人はポイント切

り替えの仕事をしていたが、汽車と接触して死んでしまった。笛吹の老楽師も、演奏中に死んでしまった。馬が卒倒した。「あんまり馬をいじめたからだ」客たちは、馬丁に憎しみの目をむけた。自分は、世論の性質について考えさせられた。
〈収録〉『底の社会へ』岡村書店　大3.7　IV313-15

2520　赤い指輪　[小説]
〈初出〉「読売新聞」大正2年10月31日
〈あらすじ〉店には金時計や指輪が並んでいた。女は金のない時に母から貰った赤い指輪を売ってしまったことがあるので、ルビーの赤い指輪が欲しかった。しかしそれは高かった。男は手頃な値段の青い石の入った指輪ではどうかと勧めた。女は男がそれを勧めるだろうと思っていた。男はその青い石を見ているうちに、北国の冬の空を思い出した。その後も、二人は互いに異なった空想に耽っていた。男は休息のない都会の活動を思った。人間のいとなみの愚かさと悲しさを思った。女は相変わらず赤い指輪を熱心に見ていた。
〈収録〉『底の社会へ』岡村書店　大3.7　IV313-18

2521　「小品文」選評　[感想]
〈初出〉「学生」大正2年11月
〈要旨〉「鉄道工夫」悠々とした一日の中に彼の労働が浮かんで見える。そして黙想に耽りつつある彼の姿が見えるようだ。面白い小品である。

2522　青春の死　[小説]
〈初出〉「新小説」大正2年11月
〈あらすじ〉新開地に移ってから二年。私の家に四人の者が落ち合った。一人は、多年新聞記者をしている四十余歳の、心に邪曲のない人であった。彼には五人の子供があった。彼が話をした。——ある大学生が素人下宿の娘に告白をした。彼は漂浪をして歩くコスモポリタンとして、空想家として生きたいと願っていた。彼にはこの下宿の娘が恋の相手である必要はなかったが、告白をすると娘は「いつまでも愛して下さい」と返事をした。その娘と結婚し、何年かたった。ロマンチックな恋の光芒は消えていた。ある時、妻が自分に許婚の人がいて、相愛の仲であったが、病で死んだことを打ち明けた。話を聞いた彼は衝撃を受けた。二人の間には、大きな溝ができた。恋は返らぬ青春の記念であるはずであった。「おれは真の恋をしなかった」と、妻を恨むようになった。女は気の勝った実行家であったため、ある日、置手紙をして家を飛び出した。遠くを見て、近くを見ない男を責めていた。
〈収録〉『底の社会へ』岡村書店　大3.7　IV313-22

2523　夜半まで　[小説]
〈初出〉「新潮」大正2年11月
〈あらすじ〉幾日も面白味のない日が続いた。清吉はついに心の寂寥に堪えかねて、家を飛び出した。浅草公園に来た。女の軽業を見たが、見たされなかった。自分の青春も去った。無限の哀愁が感じられた。自分はまだ命がけでやることがない。女が声をかけてきた。四年前に二三度会ったことのある、おひさという女性であった。四年前、おひさはある男にひかされて家を持ったのだが、その男とも別れてまたこの界隈に戻っていた。いろいろの異なった生活が地球上で営まれている。彼等は何を目的とし、何を考えて生きているのだろう。しかしそこに営まれている命がけの生活を意

味のないものということはできない。自分はこのまま懐疑を続けていこうと思った。清吉は、夜はすべての人々の楽園であると思った。
〈収録〉『底の社会へ』岡村書店　大3.7　Ⅳ313-23

2524　母　[小説]
〈初出〉「早稲田講演」大正2年11月
〈あらすじ〉ランプの火がつくころになると、幼児は泣きだした。どこか悪いのだろうと老婆が言った。母は泣く子を背負って、暗い外へ出て、子守唄をうたった。ようやく幼児を寝かしつけて母は帰ってきた。翌朝、幼児は弱よわしい目を開いて笑っていた。が、夜になるとまた泣きだした。今度は父がどこか悪いのではないかと言った。母はまた子供を外へ連れ出した。やつれた母は感冒にかかった。それでも毎夜、母は泣く子を背負って外へ出た。やがて肺炎になることは誰の目にも分ったが、母はそれでも外に出て歩いてこなければならなかった。
〈収録〉『底の社会へ』岡村書店　大3.7　Ⅳ313-24

2525　書斎と創作の気分　[感想]
〈初出〉「新潮」大正2年11月
〈要旨〉私は書斎でなくては筆をとることができない。書斎は神聖なところだ。だからそこで寝たことはない。創作をしているとき、大きな重いものに抑えつけられる感じがする。それと同じ調子の自然を好む。灰色は嫌いだが、灰色の中に生まれた私は灰色によって初めて創作気分が動いてくる。私は創作するとき、中心点を見出そうとして悶々とする。漫然と筆を執ったことはない。芸術の気分は四五日しか続かない。この四五日の間に短編を書き上げてしまうために、猛然とペンを走らせる。感興を呼ぶために散歩をする。読書をする。食べ物にも気をつかう。中心的が見つからないときは、非常に怒りっぽい。
〈収録〉『定本小川未明小説全集　第6巻』講談社　昭54.10　Ⅳ370-13

2526　「小品文」選評　[感想]
〈初出〉「学生」大正2年12月
〈要旨〉「故郷の土橋にて」自然というものは茫漠として、しかも悠久なること、人生というものの之に対してはかないという、一種の感慨が味わわれる、淋しく、誠を語る小品である。

2527　大正二年の芸術界（創作界の過渡期）　[感想]
〈初出〉「新潮」大正2年12月
〈要旨〉私にもっとも感銘を与えたのは相馬御風訳の「アンナカレーニナ」であった。なぜあんなものが書けるのか不思議である。文壇は過渡期である。さまざまな個性が輝きだした。曙光は未来にある。

2528　乞食の児　[小説]
〈初出〉「太陽」大正2年12月
〈あらすじ〉鉄一は杉の木の多い、うす暗い村に生まれた。彼は父を知らなかった。母は子供を連れて村から村へ漂浪し、ある時は他人の家に雇われて歩いた。母は彼が八つの時に死んだ。母と温泉場へ行ったこともある。十歳のとき、村から一里ばかり北にいった山の貧しい百姓家で爺さんの世話になった。村から橋を渡り、桶屋の角の石地蔵が立っている角を左にいくのである。爺さんは地代を払うことができず、役場へ連れていかれた。その後、鉄一はある男に育てられた。その男も探偵に連れていかれてしまう。鉄一は監獄へ行けば、あの爺さんにも男にも会えると思った。彼は死んでしま

えばお母さんに会えるだろうと思って、河に飛び込んだ。
〈収録〉『底の社会へ』岡村書店　大 3.7　Ⅳ313-21
『小川未明作品集 第 2 巻』大日本雄弁会講談社　昭 29.7　Ⅳ351-24

2529　**作家の自覚を促す**　[感想]
〈初出〉「時事新報」大正 2 年 12 月 5 日
〈要旨〉私はこのごろ作家の無自覚ということを痛切に考えている。今の文壇の作品にはたしてどれだけ作家の個性が表れているだろうか。自分の行くべき道をたどり、その前途を遮るあらゆる障害物に向かって全力でぶつかっていく努力があったなら、そこに作家の個性も現れてくるだろう。マアテルリンクの作物はベルギーの時代背景を、ショウの作物は英国の時代背景を、ゴールキーの作物はロシアの社会を背景にしている。これらを模倣しても、日本の社会に当てはまるわけはない。作家は現代社会に身を処して、生きる道を探るべきであろう。

大正 3（1914）年

2530　**ある女の裏面**　[小説]
〈初出〉「新潮」大正 3 年 1 月
〈あらすじ〉一人だけ、忘れ得ない女がいる。私が某新聞社の夜勤をしていたときに下宿していた家の妹娘である。その家には病身らしい父親と、顔に火傷をおった姉と、この妹がいた。この家族が生活していくには、下宿人を置いただけでは足りなかった。妹には井田という約束した男があった。この男が援助をしていたのだろう。妹は物静かな女であったが、家の中で家族が、姉妹が言い争いをしているときもあった。やがて家族は下宿を断り、引っ越しをしていった。妹は悲惨な社会の犠牲となった。昨年の冬、私は井田から妻が病死したとハガキをもらった。妹は井田と結婚していたのである。流れ流れて、しかも絡みゆく人間の不思議な運命を思った。

2531　**序（『詩集 あの山越えて』）**　[感想]
〈初収録〉『詩集 あの山越えて』尚栄堂　大 3.1
〈要旨〉あの時分の思想である。旧作である。けれど私には捨てがたい懐かしみを覚える。自然に対して偽りない自分の幼い詠嘆であり、また思慕であれば。
〈収録〉『詩集 あの山越えて』尚栄堂　大 3.1　Ⅳ311-0

2532　**西の空**　[詩]
〈初収録〉『詩集 あの山越えて』尚栄堂　大 3.1
〈要旨〉風は北風、西の空が晴れた、明日は天気だ旅立しやんせ、(以下略)
〈収録〉『詩集 あの山越えて』尚栄堂　大 3.1　Ⅳ311-1

2533　**冬**　[詩]
〈初収録〉『詩集 あの山越えて』尚栄堂　大 3.1
〈要旨〉湿つぽい、星の光り、迷うてゐる、牧羊者、帰る小道を忘れたけれど、恋しい人の、其の顔ばかりは忘られない。(以下略)
〈収録〉『詩集 あの山越えて』尚栄堂　大 3.1　Ⅳ311-2

2534　**木枯**　[詩]
〈初収録〉『詩集 あの山越えて』尚栄堂　大 3.1
〈要旨〉轟―轟―星も散れ、小枝も折れよ。轟―轟―傷め！悲しめ！(以下略)

Ⅲ　作品

〈収録〉『詩集 あの山越えて』尚栄堂　大3.1　Ⅳ311-3

2535　唄　[詩]
〈初収録〉『詩集 あの山越えて』尚栄堂　大3.1
〈要旨〉坑つ風が異うに寒い、幽霊船の来たのか知らん、明日は故郷へ帰りたい。(以下略)
〈収録〉『詩集 あの山越えて』尚栄堂　大3.1　Ⅳ311-4

2536　白い柩　[詩]
〈初収録〉『詩集 あの山越えて』尚栄堂　大3.1
〈要旨〉霞める木立、羊やら牛の歩いてゐる態にも似たる。(以下略)
〈収録〉『詩集 あの山越えて』尚栄堂　大3.1　Ⅳ311-5
　　　　『定本小川未明小説全集 第6巻』講談社　昭54.10　Ⅳ370-96

2537　寂蓼　[詩]
〈初収録〉『詩集 あの山越えて』尚栄堂　大3.1
〈要旨〉丘も圃も、沼河までも、雪に埋れて白くなる。(以下略)
〈収録〉『詩集 あの山越えて』尚栄堂　大3.1　Ⅳ311-6

2538　曠野　[詩]
〈初収録〉『詩集 あの山越えて』尚栄堂　大3.1
〈要旨〉広野の一角から、ボー、ボー、と獣物の吼えるやうな 声が聞えた。(以下略)
〈収録〉『詩集 あの山越えて』尚栄堂　大3.1　Ⅳ311-7

2539　闇　[詩]
〈初収録〉『詩集 あの山越えて』尚栄堂　大3.1
〈要旨〉お母、足が痛い。我慢をしろよ。お母、もう歩けない。(以下略)
〈収録〉『詩集 あの山越えて』尚栄堂　大3.1　Ⅳ311-8
　　　　『定本小川未明童話全集 第3巻』講談社　昭52.1　全童話Ⅳ161-47

2540　夜　[詩]
〈初収録〉『詩集 あの山越えて』尚栄堂　大3.1
〈要旨〉生温い夜。赤味と紫味を帯んだ夜の色。(以下略)
〈収録〉『詩集 あの山越えて』尚栄堂　大3.1　Ⅳ311-9
　　　　『定本小川未明小説全集 第6巻』講談社　昭54.10　Ⅳ370-97

2541　月琴　[詩]
〈初収録〉『詩集 あの山越えて』尚栄堂　大3.1
〈要旨〉月琴の盤に張り付けられた 蛇の皮を見詰めてゐた。(以下略)
〈収録〉『詩集 あの山越えて』尚栄堂　大3.1　Ⅳ311-10

2542　淋しい暮方の歌　[詩]
〈初収録〉『詩集 あの山越えて』尚栄堂　大3.1
〈要旨〉寒い風が吹きや、枯葦の葉がそよそよと鳴り、灰色の空が、暮れるとすれば、里の小川のちよろちよろ水に、一つ星の影がさす。(以下略)
〈収録〉『詩集 あの山越えて』尚栄堂　大3.1　Ⅳ311-11

2543　管笛　[詩]
〈初収録〉『詩集 あの山越えて』尚栄堂　大3.1
〈要旨〉お母火を燃すけえ。そねえに燃さなくても温えないか。だつて今日は寒いもの。(以下略)
〈収録〉『詩集 あの山越えて』尚栄堂　大3.1　Ⅳ311-12

Ⅲ 作品

『定本小川未明童話全集 第3巻』講談社　昭52.1　全童話Ⅳ161-48

2544　ひまはり　［詩］
　　　〈初収録〉『詩集 あの山越えて』尚栄堂　大3.1
　　　〈要旨〉日がだんだん上つて、南へ、南へ、と廻る時分には、此の大きな黄色な花輪は、(以下略)
　　　〈収録〉『詩集 あの山越えて』尚栄堂　大3.1　Ⅳ311-13

2545　古巣　［詩］
　　　〈初収録〉『詩集 あの山越えて』尚栄堂　大3.1
　　　〈要旨〉燕が帰る時 真紅な美しい夕焼に、少年は喇叭を鳴らして 遊んでゐた。(以下略)
　　　〈収録〉『詩集 あの山越えて』尚栄堂　大3.1　Ⅳ311-14
　　　　　　『定本小川未明童話全集 第3巻』講談社　昭52.1　全童話Ⅳ161-49

2546　白雲　［詩］
　　　〈初収録〉『詩集 あの山越えて』尚栄堂　大3.1
　　　〈要旨〉寂しさうな白雲。それを昵と眺めてゐると、だんだん自分の心が 遠くなつて、(以下略)
　　　〈収録〉『詩集 あの山越えて』尚栄堂　大3.1　Ⅳ311-15

2547　水星　［詩］
　　　〈初収録〉『詩集 あの山越えて』尚栄堂　大3.1
　　　〈要旨〉電車が傾いて、二条の線路の上を危く走つてゐる。(以下略)
　　　〈収録〉『詩集 あの山越えて』尚栄堂　大3.1　Ⅳ311-16

2548　怨み　［詩］
　　　〈初収録〉『詩集 あの山越えて』尚栄堂　大3.1
　　　〈要旨〉昨日も……一昨日も…… 今日もまた何の消息がない。(以下略)
　　　〈収録〉『詩集 あの山越えて』尚栄堂　大3.1　Ⅳ311-17

2549　幻影　［詩］
　　　〈初収録〉『詩集 あの山越えて』尚栄堂　大3.1
　　　〈要旨〉うつとりと見れば、若者の恋しい。昔ながらの、青く、動かぬ水に映つる。(以下略)
　　　〈収録〉『詩集 あの山越えて』尚栄堂　大3.1　Ⅳ311-21

2550　街頭　［詩］
　　　〈初収録〉『詩集 あの山越えて』尚栄堂　大3.1
　　　〈要旨〉焼鳥食うなんか、贅沢な量見違えだ…… 死にさヘせねやいいとすべえ。(以下略)
　　　〈収録〉『詩集 あの山越えて』尚栄堂　大3.1　Ⅳ311-22

2551　唄　［詩］
　　　〈初収録〉『詩集 あの山越えて』尚栄堂　大3.1
　　　〈要旨〉……コレシヨ、……エイ、エーイ……
　　　〈収録〉『詩集 あの山越えて』尚栄堂　大3.1　Ⅳ311-23

2552　唄　［詩］
　　　〈初収録〉『詩集 あの山越えて』尚栄堂　大3.1
　　　〈要旨〉水の行衛に身の行末を 思や夕暮花が散る……
　　　〈収録〉『詩集 あの山越えて』尚栄堂　大3.1　Ⅳ311-24

2553　木樵　［詩］

III 作品

〈初収録〉『詩集 あの山越えて』尚栄堂　大3.1
〈要旨〉山を埋めし雪消えて、木樵は森に入りにけり。(以下略)
〈収録〉『詩集 あの山越えて』尚栄堂　大3.1　IV311-25

2554　糸車　[詩]
〈初収録〉『詩集 あの山越えて』尚栄堂　大3.1
〈要旨〉糸車の音を無心に聞いてゐると、広野を渡る木枯の如く、時に眠りを誘ふやうな、子守歌のやうに、(以下略)
〈収録〉『詩集 あの山越えて』尚栄堂　大3.1　IV311-26
　　　　『定本小川未明小説全集 第6巻』講談社　昭54.10　IV370-99

2555　人と犬　[詩]
〈初収録〉『詩集 あの山越えて』尚栄堂　大3.1
〈要旨〉転るやうな雲が、夏の野に起る。褚茶けた、大砲のやうな。(以下略)
〈収録〉『詩集 あの山越えて』尚栄堂　大3.1　IV311-27

2556　赤い旗　[詩]
〈初収録〉『詩集 あの山越えて』尚栄堂　大3.1
〈要旨〉新潟の浜辺、暗い日本海。柳の木の河畔に植つてゐる賑かな町。(以下略)
〈収録〉『詩集 あの山越えて』尚栄堂　大3.1　IV311-28

2557　アイルランド　[詩]
〈初収録〉『詩集 あの山越えて』尚栄堂　大3.1
〈要旨〉アイルランドは、灰色の空でなくて、青う澄み渡つてゐる空である。(以下略)
〈収録〉『詩集 あの山越えて』尚栄堂　大3.1　IV311-29

2558　夕暮　[詩]
〈初収録〉『詩集 あの山越えて』尚栄堂　大3.1
〈要旨〉夕暮の窓により、景色を眺めながら鐘の音を聞いた。(以下略)
〈収録〉『詩集 あの山越えて』尚栄堂　大3.1　IV311-30

2559　午後の一時頃　[詩]
〈初収録〉『詩集 あの山越えて』尚栄堂　大3.1
〈要旨〉ちやうど午後の一時頃 大嫌ひな算術の時間なので、直に厭いてしまつて(以下略)
〈収録〉『詩集 あの山越えて』尚栄堂　大3.1　IV311-31

2560　木立　[詩]
〈初収録〉『詩集 あの山越えて』尚栄堂　大3.1
〈要旨〉憧がれの空！憧がれの木立！あこれれの笛の音をきいて(以下略)
〈収録〉『詩集 あの山越えて』尚栄堂　大3.1　IV311-32

2561　茶売る舗　[詩]
〈初収録〉『詩集 あの山越えて』尚栄堂　大3.1
〈要旨〉茶舗の前を通つて古瓶や、日陽のよい縁に咲いてゐる 黄な水仙の花を眺めたり、(以下略)
〈収録〉『詩集 あの山越えて』尚栄堂　大3.1　IV311-33

2562　天気になれ　[詩]
〈初収録〉『詩集 あの山越えて』尚栄堂　大3.1
〈要旨〉オーイ、オーイ、天気になれ、天気になれ。(以下略)

III 作品

2563 童謡 ［詩］
　　　〈初収録〉『詩集 あの山越えて』尚栄堂　大3.1
　　　〈要旨〉みいちゃんみいちゃん、何故泣く、青い空見て泣くんだ。(以下略)
　　　〈収録〉『詩集 あの山越えて』尚栄堂　大3.1　IV311-35
　　　　　　『定本小川未明童話全集 第3巻』講談社　昭52.1　全童話IV161-50

2564 水鶏 ［詩］
　　　〈初収録〉『詩集 あの山越えて』尚栄堂　大3.1
　　　〈要旨〉遠い山見れや、故郷恋し、金が欲しさに旅へと出たが 今ぢや他国で、米搗く此身。(以下略)
　　　〈収録〉『詩集 あの山越えて』尚栄堂　大3.1　IV311-36
　　　　　　『定本小川未明小説全集 第6巻』講談社　昭54.10　IV370-100

2565 古い絵を見て ［詩］
　　　〈初収録〉『詩集 あの山越えて』尚栄堂　大3.1
　　　〈要旨〉待ちやれ！待たしやれ！夜はしんしんと ふけて鳥が月に啼く。(以下略)
　　　〈収録〉『詩集 あの山越えて』尚栄堂　大3.1　IV311-37

2566 星 ［詩］
　　　〈初収録〉『詩集 あの山越えて』尚栄堂　大3.1
　　　〈要旨〉星！あの星！ただ代々の 栄えし跡を照し、衰へもした様をつくづくと(以下略)
　　　〈収録〉『詩集 あの山越えて』尚栄堂　大3.1　IV311-38

2567 菜種の盛り ［詩］
　　　〈初収録〉『詩集 あの山越えて』尚栄堂　大3.1
　　　〈要旨〉彼方畠は菜種の盛り、こちらにや桃の花が咲く。(以下略)
　　　〈収録〉『詩集 あの山越えて』尚栄堂　大3.1　IV311-39

2568 おもちや店 ［詩］
　　　〈初収録〉『詩集 あの山越えて』尚栄堂　大3.1
　　　〈要旨〉長二は貧乏の家に生れて おもちやも持たずに 死んでしまつた。(以下略)
　　　〈収録〉『詩集 あの山越えて』尚栄堂　大3.1　IV311-40
　　　　　　『定本小川未明童話全集 第3巻』講談社　昭52.1　全童話IV161-51

2569 お母さん ［詩］
　　　〈初収録〉『詩集 あの山越えて』尚栄堂　大3.1
　　　〈要旨〉『お母さん海が見えた！あれあれ鴎が飛んでゐるよ。あれあれあんなに遠く帆掛船が見えるよ。お母さんお母さん海が見えたよ！』と子供が言つた。(以下略)
　　　〈収録〉『詩集 あの山越えて』尚栄堂　大3.1　IV311-41
　　　　　　『定本小川未明童話全集 第3巻』講談社　昭52.1　全童話IV161-52

2570 トツテンカン ［詩］
　　　〈初収録〉『詩集 あの山越えて』尚栄堂　大3.1
　　　〈要旨〉吹きすさむ木枯に、雪はちらちらと日は暮れかかる。地面に低う軒の傾いた、(以下略)
　　　〈収録〉『詩集 あの山越えて』尚栄堂　大3.1　IV311-42

2571 沙原 ［詩］

〈初収録〉『詩集 あの山越えて』尚栄堂　大 3.1
〈要旨〉空を仰ぐと、黄色い 銭形の斑な雲が、いつの間にやら一面にはびこつてゐて、(以下略)
〈収録〉『詩集 あの山越えて』尚栄堂　大 3.1　Ⅳ311-43

2572　黒い鳥　[詩]
〈初収録〉『詩集 あの山越えて』尚栄堂　大 3.1
〈要旨〉あの黒い鳥が来ると、家の者が病んで死ぬのでないか？（以下略）
〈収録〉『詩集 あの山越えて』尚栄堂　大 3.1　Ⅳ311-47

2573　明日はお天気だ　[詩]
〈初収録〉『詩集 あの山越えて』尚栄堂　大 3.1
〈要旨〉『明日はきつとお天気だ。また、あの鰯売が来たもの。』生鰯やいや！（以下略）
〈収録〉『詩集 あの山越えて』尚栄堂　大 3.1　Ⅳ311-48

2574　景色　[詩]
〈初収録〉『詩集 あの山越えて』尚栄堂　大 3.1
〈要旨〉空は、円く、悠然と垂れ下つてゐる。何処まで深さのあるものか 分らない。(以下略)
〈収録〉『詩集 あの山越えて』尚栄堂　大 3.1　Ⅳ311-50

2575　霙降る　[詩]
〈初収録〉『詩集 あの山越えて』尚栄堂　大 3.1
〈要旨〉空が暗いのに、隣でお経。木魚叩いて 霙降る。
〈収録〉『詩集 あの山越えて』尚栄堂　大 3.1　Ⅳ311-51

2576　さびしい町の光景　[詩]
〈初収録〉『詩集 あの山越えて』尚栄堂　大 3.1
〈要旨〉汚ない、暗い町。黒い屋根石の出た長屋が見えた。(以下略)
〈収録〉『詩集 あの山越えて』尚栄堂　大 3.1　Ⅳ311-52

2577　風景　[詩]
〈初収録〉『詩集 あの山越えて』尚栄堂　大 3.1
〈要旨〉赤錆の出たブリキ屋根の上には、生温い日の光りも当らない。(以下略)
〈収録〉『詩集 あの山越えて』尚栄堂　大 3.1　Ⅳ311-53

2578　汽車　[詩]
〈初収録〉『詩集 あの山越えて』尚栄堂　大 3.1
〈要旨〉だんだんと汽車の響きが近づいて来た。黄色く塗つた箱に 赤い筋、灰色の貨車と真黒の機関車。(以下略)
〈収録〉『詩集 あの山越えて』尚栄堂　大 3.1　Ⅳ311-54

2579　厭な夕焼　[詩]
〈初収録〉『詩集 あの山越えて』尚栄堂　大 3.1
〈要旨〉ケ、ケ、キヤツ、キヤツ、と けたたましく鶏が啼く。見ると裸体の大男が、(以下略)
〈収録〉『詩集 あの山越えて』尚栄堂　大 3.1　Ⅳ311-57

2580　上州の山　[詩]
〈初収録〉『詩集 あの山越えて』尚栄堂　大 3.1
〈要旨〉この鉄道線路について行つたら お作のゐるところに行けやうか。(以下略)

〈収録〉『詩集 あの山越えて』尚栄堂　大3.1　IV 311-59

2581　黄色な雲　[詩]
　　　〈初収録〉『詩集 あの山越えて』尚栄堂　大3.1
　　　〈要旨〉何の気なしに西の空を見ると 山又山に山は迫つて重つてゐる。日は其のまた山の西の奈落に沈むのであらう。(以下略)
　　　〈収録〉『詩集 あの山越えて』尚栄堂　大3.1　IV 311-61

2582　無題　[詩]
　　　〈初収録〉『詩集 あの山越えて』尚栄堂　大3.1
　　　〈要旨〉海が光るぞよ 血染の帆風 黄色い筈だ 月が出る。(以下略)
　　　〈収録〉『詩集 あの山越えて』尚栄堂　大3.1　IV 311-62

2583　妙高山の裾野にて　[詩]
　　　〈初収録〉『詩集 あの山越えて』尚栄堂　大3.1
　　　〈要旨〉山が暗いけれや 湯谷は雨よ。三里の栗林 嫁御湿れて来る、馬子が来る。(以下略)
　　　〈収録〉『詩集 あの山越えて』尚栄堂　大3.1　IV 311-63

2584　解剖室　[詩]
　　　〈初収録〉『詩集 あの山越えて』尚栄堂　大3.1
　　　〈要旨〉其処が解剖室だと聞いたので いつも見るたびに悸つとした。(以下略)
　　　〈収録〉『詩集 あの山越えて』尚栄堂　大3.1　IV 311-64

2585　ある夜　[詩]
　　　〈初収録〉『詩集 あの山越えて』尚栄堂　大3.1
　　　〈要旨〉私はよく泣いた子ださうだ 祖母の子守歌を聞いて—— 機嫌が直ると頭の上の柿の葉が風に動くのを見て笑つたといふ。(以下略)
　　　〈収録〉『詩集 あの山越えて』尚栄堂　大3.1　IV 311-65

2586　太鼓の音　[詩]
　　　〈初収録〉『詩集 あの山越えて』尚栄堂　大3.1
　　　〈要旨〉誰が太鼓を叩いてゐるか、叩いて居る人も無心であるまいか？(以下略)
　　　〈収録〉『詩集 あの山越えて』尚栄堂　大3.1　IV 311-66

2587　帰途　[詩]
　　　〈初収録〉『詩集 あの山越えて』尚栄堂　大3.1
　　　〈要旨〉青褪めた、女の顔 鼻は墜ち、眼瞼が爛れて 歯の黄色い……(以下略)
　　　〈収録〉『詩集 あの山越えて』尚栄堂　大3.1　IV 311-67

2588　草笛の音　[詩]
　　　〈初収録〉『詩集 あの山越えて』尚栄堂　大3.1
　　　〈要旨〉美しい笑顔。花咲く春の野原。接吻！(以下略)
　　　〈収録〉『詩集 あの山越えて』尚栄堂　大3.1　IV 311-68

2589　あの男　[詩]
　　　〈初収録〉『詩集 あの山越えて』尚栄堂　大3.1
　　　〈要旨〉あの男は嘗て見覚えのある魚屋—— 海岸の町を、歩るいてゐる時、魚籠を担つて、擦違ひに通つた、あの男のやうだ。(以下略)
　　　〈収録〉『詩集 あの山越えて』尚栄堂　大3.1　IV 311-69

2590　靄　[小説]
　　　〈初収録〉『夜の街にて』岡村盛花堂　大3.1

〈あらすじ〉西も東も分らない都へ出てきた時のことが幾たびとなく思い出された。要吉は北国の淋しい春の光がさす、雪の残る頃に汽車に乗って都へ出た。途中で家が恋しくなって泣いた。家を出るとき、寺の大きな銀杏の実を拾って遊んだことを思い出した。染粉で銀杏の実を染めて遊んだのだ。冬の物怖ろしい季節の前に沢山銀杏の実を拾いたいと思った。要吉は紙問屋に勤めた。十三だった。ケチな主人は要吉につらくあたった。紙問屋の家の後ろの丘にも銀杏の木があった。それを頼りに要吉は広い都会を歩き回った。要吉はようやく都会に馴れてきた。春の晩方、淡い優しい靄がかかっているように見える。休みをもらった日に要吉はその銀杏の木を見にいった。
〈収録〉『夜の街にて』岡村盛花堂　大3.1　Ⅳ312-2
　　　　『小川未明作品集 第2巻』大日本雄弁会講談社　昭29.7　Ⅳ351-20

2591　**港**　[小説]
〈初収録〉『夜の街にて』岡村盛花堂　大3.1
〈あらすじ〉毎年冬が来ると、いつか行ったオレンジの山を思い出す。そこは冬でも明るく、風は春を運んできた。オレンジの畠に立って、青い海を見ると、その先に幸福の国があるような気がした。幾日もそこで怠け者となって暮らし、浦島太郎のように家に帰るのを忘れてしまいたいと思った。数年ぶりにそのオレンジの山へ行く余裕ができた。しかし友人が、Sという港町から船に乗っていったところの方がよいというので、そこへ行くことにした。が、Sに行き、汽船会社に行ったとき、私はAが教えてくれた島の名を忘れてしまった。
〈収録〉『夜の街にて』岡村盛花堂　大3.1　Ⅳ312-8

2592　**自由なる芸術**　[感想]
〈初収録〉『夜の街にて』岡村盛花堂　大3.1
〈要旨〉いかなる作品を問わず、深く見る者の頭に印象を残すもの、これが芸術の力である。書く事柄の自然とか不自然とかではなく、まず第一に書かれた事が自然に読者の頭に入るか入らないかが問題である。芸術家は第二の自然を想像する。第二のネイチャーとは、作者がこの現実からあじわった最も趣味ある、感興ある自己の理想を描き、ビューワ（ピュア）な世界を造った、その世界のことである。その世界が、恍惚夢幻の世界へ読者を導き、あるいは惨憺暗黒の世界に導き、読者に心から考えさせ、心から動かすことができるものであるなら、それが芸術の力である。今の文芸が、苦しい現実生活を描き、現実的実感を描写するときに、架空的な夢幻的な色彩的な、神秘的夢幻の社会に導くことができる作品を欲しいと思う。
〈収録〉『夜の街にて』岡村盛花堂　大3.1　Ⅳ312-17

2593　**動く絵と新しい夢幻**　[感想]
〈初収録〉『夜の街にて』岡村盛花堂　大3.1
〈要旨〉時間的に人事の変遷や事件の推移を書かないで、自分の官能を刺激したものを気持ちで取り扱って、色彩的に描写するということは新しい文芸の試みである。これは空間的に書くということであって、絵画の領分に属するものである。最近のカラリストは、動くような絵画を描く。しかしそれ以上時間的に表すことは難しい。文芸上のカラリストは、強烈な色彩だけでなく、ごく単調な灰色や黒や白も用いる。暗い方面も絵画的に描けるのである。セルフを描く。
〈収録〉『夜の街にて』岡村盛花堂　大3.1　Ⅳ312-19
　　　　『小川未明作品集 第5巻』大日本雄弁会講談社　昭30.1　Ⅳ360-61

Ⅲ 作品

2594 渋温泉の秋 ［感想］
〈初収録〉『夜の街にて』岡村盛花堂 大 3.1
〈要旨〉九月のはじめであるのに、十月の気候のように思われる。温泉場には派手な女の姿も見られなくなった。四日目である。この村の天川神社の祭礼があった。美しい女の飴売りがやってきた。渋には宿の他にも店がある。だが上林は淋しい。地獄谷というところもある。私は山に入って、琵琶瀧と潤満の瀧を見に行った。
〈収録〉『夜の街にて』岡村盛花堂 大 3.1 Ⅳ312-31

2595 笑ひ ［小説］
〈初収録〉『夜の街にて』岡村盛花堂 大 3.1
〈あらすじ〉私にはどういうものかあの笑いが目からとれない。あの笑い、それは白い笑いであった。あの蠟燭がけの爺さんが死ぬ前に、白い花の咲く林檎の木の下で見せた笑いである。体に水気がきて、爺さんは自分の死を悟った。とてもこの春は見られまいと思って、子供たちに手紙を出した。しかし、生活に忙しい子供らは帰ってこない。そうしているうちに、春が来て、林檎の白い花が咲いた。この林檎の木は、爺さんの友達であったポインツマンが愛していたものだ。彼は白い花の咲いたのを喜んだ日に列車に轢かれて横死した。爺さんはその林檎の木を買って、自分の庭に植えかえ、丹精して育ててようやく白い花を咲かせたのだ。白い花は死というものを静かに語っているように見えた。隣に住んでいる私は、幾度も、自らの運命を嘲る爺さんの白い笑いを見た。
〈収録〉『夜の街にて』岡村盛花堂 大 3.1 Ⅳ312-36
『小川未明作品集 第5巻』大日本雄弁会講談社 昭 30.1 Ⅳ360-16

2596 雪の上で死せる女 ［小説］
〈初収録〉『夜の街にて』岡村盛花堂 大 3.1
〈あらすじ〉女は雪の上で脚気が衝心して倒れた。夜は女にとって死ぬべき時刻であった。女の最後の苦しみは、たとえるもののないほど苦痛を極めていた。しかし雪や自然は、なんの同情もしなかった。沈黙のうちに女は死んでしまった。
〈収録〉『夜の街にて』岡村盛花堂 大 3.1 Ⅳ312-57

2597 黒煙 ［小説］
〈初収録〉『夜の街にて』岡村盛花堂 大 3.1
〈あらすじ〉私は日々都会から起るいろいろな響きを聞く。その響きは幾百万の人々が生活を営むためにはげしい戦いをつづけている巷から起こってくる。高い丘の上から黒煙の漲る都会を見下ろしたことがある。この都会を見るたびに、私はＦの姿を思い出す。古本や古道具を扱うＦと知り合った私は、彼が魅力的な女を妻にしているのを知った。だがやがてＦの妻は、学生とともに家出し、Ｆもどこかへ引っ越してしまった。二年後、再びＦと会ったときは、彼の顔には腫物ができ、みじめな様子であった。腫物は淫蕩な妻が遺していったものではないか。哀れな彼の姿は、ある悲しい影のごとく時々私の頭に差し込んできた。都会では戦闘に疲れ、ため息をもらし、自暴自棄になっていく人がどれほどいるだろう。次に彼の家へ行って見ると、貸家の札が貼られていた。
〈収録〉『夜の街にて』岡村盛花堂 大 3.1 Ⅳ312-61
『定本小川未明小説全集 第2巻』講談社 昭 54.5 Ⅳ366-20

2598 底の社会へ ［小説］

142

〈初出〉「早稲田文学」大正3年1月
　〈あらすじ〉人間は苦しい境遇になると、別の境遇を目に描く。上級の生活を夢見ることは難しい。自由は、秘密と暗黒の世界の方にあると考える。女遊びの絶えないKの許からいなくなった妻もそうであった。Kは、妻を執念深く探し続けた。私はKの妻の失踪に対し、一種の責任を感じた。彼女に、底の社会へ行けば、幸福も自由も得られると語ったことがあるからだ。私はなぜあんなことを言ったのだろう。Kは精神的になり、妻がどんな境遇にいようと許すつもりだという。だがKの妻は現れなかった。春になり、Kも妻のことを言わなくなった。私も、この単調な生活が厭になり、虚偽の社会が厭になれば、自由と快楽の多い、どん底の社会へ行く！
　〈収録〉『底の社会へ』岡村書店　大3.7　Ⅳ313-2
　　　　　『雪の線路を歩いて』岡村書店　大4.4　Ⅳ316-31
　　　　　『小川未明作品集 第2巻』大日本雄弁会講談社　昭29.7　Ⅳ351-25
　　　　　『定本小川未明小説全集 第2巻』講談社　昭54.5　Ⅳ366-21

2599　**朽ちる体**　［小説］
　〈初出〉「中央公論」大正3年1月
　〈あらすじ〉日が暮れると、街を散歩する。自然は何を語らんとしているのか。いつか自分の影が、地上から消える日がある。しかし前へ進んでいく力が誰の体にも備わっている。清吉は、苦しい世界を生きる人のために芸術を使おうと考えた。こう思ったとき、はじめて自分の生が無意義でない気がしたが、同時にいろいろな疑問も生じた。親友のNと街を歩いた若き日には希望も未来もあった。ある朝、清吉は床から起きると四肢が腫れあがっていた。知らぬ間に朽ちていく体を思って悲しくなった。かつて罹った淋病からくる腎臓炎ではないか。かつて子供が猩紅熱から腎臓病を併発したことがある。死後に芸術を残してどうなろう。自分が死んだあとの家族が気になった。
　〈収録〉『底の社会へ』岡村書店　大3.7　Ⅳ313-5

2600　**昔の敵**　［小説］
　〈初出〉「珊瑚」大正3年1月
　〈あらすじ〉冬の夜は宵から寂然としていた。甲二は人生の幸福について考えていた。薬屋の前で蓄音機を聞いている人のなかに、中学時代の校長を見つけた。甲二は、当時、田舎の中学の四年生であった。隣席のFは数学ができず落第した。Fの母は今度こそ卒業してほしいとFに泣いて頼んだ。Fも懸命に勉強したが、試験中にカンニングを見つけられ、二か月の停学となる。甲二はFが気の毒で、校長に再試験を願い出るが、冷たくあしらわれ、逆にFの停学期間は六カ月に延長された。甲二は城の上から猟銃で校長を殺すつもりで待ち構えたが、結局、それをしなかった。もしあのとき自分の横に自分より強いものがいて、それを奨励したら、自分は撃っていたであろう。友の敵であり、自分の敵である男を。
　〈収録〉『底の社会へ』岡村書店　大3.7　Ⅳ313-7

2601　**我が実感より**　［感想］
　〈初出〉「時事新報」大正3年1月5日〜7日
　〈要旨〉この寒い、淋しい季節にも咲く花がある。その花はそれだけの強い力をもっているので、荒々しい氷のような空気の中に香気を送ることができる。この頃の新理想主義の議論のように、死より光明へといった文字だけの議論を読んでも導かれるところがない。なぜ生のために戦えと言わないのか。今日を措いて生はない。人生のために尽くすという強い人格が必

要だ。真に自分が歓喜と光明の世界を見るというなら、事実に触れて眼前の社会を苦しみの中から救うべきである。死によって客観の世界も主観の世界も滅びてしまう。自分は死を恐れずにはいられない。無智であっても、自らの本能のために、生の要求のために煩悶し、苦闘する者の方が自然であって、より多く幸福である。

2602　**無智**　[小説]
　　〈初出〉「第三帝国」大正3年1月10日
　　〈あらすじ〉著述家Sは、新聞に、ある労働者が作業中、火薬が爆発して死を遂げた記事を読んだ。その上には、金持ちが結婚した記事もあった。金持ちと貧乏人に人間として差別はない。それなのに人は高級生活を羨む。人生のための文明であり、社会である。決して富者のための社会でも文明でもない。こんな分かりきったことが分らない。人はまだ目覚めていない。人は、自分を離れて悲しみもなく、喜びもない。人生に階級はない。それがあると思うのは無智だからだ。自由を要求するのは、すべての人間に許された権利である。人生の革命は、自然の意志に帰る運動をしたときにのみ許される。人が声を上げないのは、利己心と臆病心が致すところか。みな虚偽の生活を送っている。だが無智は、いつか教えられて、目が開くときがくる。
　　〈収録〉『底の社会へ』岡村書店　大3.7　Ⅳ313-19
　　　　　『定本小川未明小説全集 第2巻』講談社　昭54.5　Ⅳ366-25

2603　**最近の感想**　[アンケート]
　　〈初出〉「読売新聞」大正3年1月18日
　　〈要旨〉思想上の貴族主義と平民主義の争いが起こりそうである。この頃の評論を読むと、欲求ばかりを説いて、禁欲を説くものがない。幸福はその人それぞれの人生観によって定まるもので、代数の公式のようにはいかない。

2604　**愚弄**　[小説]
　　〈初出〉「新潮」大正3年2月
　　〈あらすじ〉女が浅野を捨てて家出した二十日ばかり前のことであった。女が浅野の弟に殴られたとかで、私の家にやってきて、弟を説諭してほしいと言った。私は彼女と弟との間柄に疑いを持っていたので、行かなかった。その後、女は浅野のもとから姿をくらました。弟が私の家にやってきて、兄と嫂の関係がどうなっているのか私から聞き出そうとした。浅野は女のことを信頼していた。私は浅野と一緒に弟の下宿を訪ねたが、留守であった。浅野は妻の居所をつきとめ、淫売宿に向かったが、女はすでに弟の指図で姿をくらましていた。兄は弟に愚弄されていたのである。
　　〈収録〉『底の社会へ』岡村書店　大3.7　Ⅳ313-6
　　　　　『小川未明作品集 第2巻』大日本雄弁会講談社　昭29.7　Ⅳ351-26

2605　**落日**　[小説]
　　〈初出〉「中央文学」大正3年2月
　　〈あらすじ〉日の光りは昨日に変わりがなかった。新しい年が来たというのは人間だけである。正吉は、諸所からとどく年賀状に返事を出す気持ちになれなかった。昨日、五つばかりの少年が、裸足でお菓子を売り歩いていた。子供は孤児なのか、それとも親があるのか。人生は不平等なものだ。笑うものがいれば、泣くものがいる。それが同じ街に住んでいる。正吉の家にも同じ五歳の子がいた。妻に逃げられた青年が人夫の仲間に入ったが、機

144

関車にはさまれて死んでしまった。「ただ生きているだけでも幸せなんだ」その年の一日目も夕日とともに暮れていった。
〈収録〉『底の社会へ』岡村書店　大3.7　Ⅳ313-14
『小川未明作品集 第3巻』大日本雄弁会講談社　昭29.8　Ⅳ352-1

2606　橋　[小説]
〈初出〉「読売新聞」大正3年2月8日
〈あらすじ〉自分の歩いている道がいつまでも続くとは思われなくなった。遠くに見えていた赤い小さな燈火が、消えてしまった。生活の心配なしに生き、みんなを食わせていくことができなかった。子供の時分がうらやましくなる。吉郎はいかなる煩悶があろうと、子供の顔を見ると心が和らいだ。子供に対して怒りを移すことは悪いことだ。夕食後に彼は散歩をした。街を通りぬけ、橋の上に立った。いつのまにか若々しい青年のときは過ぎ、子供の父になっていた。帰り道、酒場にきた貧しい父子と一緒に店を出た。
〈収録〉『底の社会へ』岡村書店　大3.7　Ⅳ313-20

2607　新お伽文学に就て　[感想]
〈初出〉「処女」大正3年3月
〈要旨〉今の日本には、新しいお伽文学が出てよい。今までのお伽噺には興味はない。竹貫直人君が少年文学研究会を作った。彼の作は古いお伽噺とは違っている。年とった人は、新しい時代の少年の気持ちから遠ざかる。自分たちの子供の時代の経験から推して、新しい子供の心を推測する。大抵の人がそうだが、子供の時分は明るい色彩に包まれている。新しい時代の作家が、子供時代の境遇や自然を描き出せば、少年に幸福を与えるばかりでなく、大人にも幸福を与える。少年時代は再び来ない。今の少年少女は、その光輝の中にいる。その心でものを書けばよいのだ。

2608　人生の姿と生活　[小説]
〈初出〉「女子文壇」大正3年3月
〈あらすじ〉私の本当は、暗い瞑想的なものである。生きてゆくことは死んでゆくことである。この人生の姿に対し、目を閉じて茶化して生きていくことはできない。私はいつもその人生の暗さ、哀しさ、惨めさ、いたましさを心に刻みこむように、創作を続けている。私の作品を暗いと言うが、人生こそ暗いものだ。人には空想の力がある。この空想の力こそ、人を自由に生かせてくれる。幼年時代に対する思慕の感情は、永久に、きれいな、なつかしいものである。

2609　日本の作家の新しい作を上演せよ　(新劇団の現在及び将来)　[感想]
〈初出〉「新潮」大正3年3月
〈要旨〉新しい劇団の運動は、翻訳劇の上演のみ考えるのでなく、日本の作家の新しい創作を上演する方が意味がある。日本の旧劇は、義理と人情の葛藤や矛盾をあらわし、日本人には造作なく理解することができるが、翻訳劇は日本人の日常生活と没交渉なことが多い。日本の社会問題に触れた群衆の心理に共鳴するものがふさわしい。

2610　街の二人　[小説]
〈初出〉「早稲田文学」大正3年3月
〈あらすじ〉要三は橋の欄干にもたれていろいろなことを思っていた。小田と、橋のたもとの料理屋で酒を飲んだのは、秋の初めであった。小田は本屋の番頭であった。要三は著述家であった。二人は絵がすきで、よく往来した。要三が妻と喧嘩をし、妻を実家に帰そうとしたとき、小田がやってきた。

そのとき出かけたのが、この料理屋であった。小田は店をやめ、絵で生きていきたいと言ったが、要三はまだ早いと引きとめた。その小田が血をはいて房州にいき、故郷へ帰っているあいだに、絵の腕をあげた。二人は旅に出た。小田も要三もお互いに年若く、生活に疲れた街の二人である。人間は楽しみがなければ生きていけない。小田の顔色はよくなかった。要三は小田の未来を考え、また自分の仕事のことを考えた。
　〈収録〉『底の社会へ』岡村書店　大3.7　Ⅳ313-1
　　　　　『雪の線路を歩いて』岡村書店　大4.4　Ⅳ316-30
　　　　　『小川未明作品集 第3巻』大日本雄弁会講談社　昭29.8　Ⅳ352-2

2611　三月　［小説］
　〈初出〉「文章世界」大正3年3月
　〈あらすじ〉毎年春が来ると、あの橋の上に立った。砲兵工廠の煙突の黒い煙、木蓮の白い花。日々の暮らしに疲れた、その日その日を生きる労働者である。私は自分の頭を病的だと思うことがある。三年前は、ある新聞社の夜勤記者をした当時のことを思い出した。生活の苦しかった時分だが、今のほうが自分の心は冷たくなっている。何を見ても悲惨で醜悪であった。去年は、都会が滅びることを思っていた。始めあるものには終わりがある。古本を扱うKも思った。病気にかかり、妻も逃げていった。私は利己的で冷酷な人間より、零落したKの方がすきだ。今年は橋に立てそうもない。今私は病院に寝ている。
　〈収録〉『底の社会へ』岡村書店　大3.7　Ⅳ313-11

2612　尼に　［小説］
　〈初出〉「太陽」大正3年3月
　〈あらすじ〉正吉は道でとよ子とすれ違っても見ぬ振りをした。彼女が結婚して、もう八九年になる。年子の子供を生み続けた。父親の体毒のせいか、子供の一人は成長が遅れていた。とよ子は高等教育を受けた。婚期が遅れ、一種獣的で物質主義の男と結婚したことを、当時、正吉は気の毒に思った。だがとよ子は、今の生活に満足しているようだった。とよ子と遠い親戚にあたる正吉は、五歳年上のとよ子と縁談話があった。とよ子は、以前、結婚しないで尼になると言った。人間の幸福には、醜い、汚らしいものもある。もし、とよ子が尼になっていたら、美しいものを今も残していただろう。人間は一度堕落したら霊の世界を考えることがない。欲望を見たすことが人生だと考えるようになる。
　〈収録〉『底の社会へ』岡村書店　大3.7　Ⅳ313-26
　　　　　『定本小川未明小説全集 第2巻』講談社　昭54.5　Ⅳ366-26

2613　「紅雲郷」を書いた春の頃　［感想］
　〈初出〉「読書世界」大正3年4月
　〈要旨〉私は作家として立つことができるかと疑った。坪内逍遥先生は、「努力如何にあるのだ」と言われた。私は先生のお宅へよくうかがい、原稿を見てもらった。翻訳をして筆の運びを学んでみたらと勧められ、モーパッサンの短編を訳したこともある。先日、御病気の先生を見舞ったさい、「読書研究会」のメンバーとともに植えた月桂樹の木を見た。当時、自分は自然に対して真率であった。今は自然以上に人間に真率である。自然に対して憧れ、悲しんだ心は、今は人間に対して愛し憎む情となった。常に主観的に自然をみ、人間に接してきた私は自ずから人と違う芸術の道を歩いていった。「紅雲郷」を書いたときに、はじめて先生から褒められた。「ロマンチストの面影見えたり」と書いてあった。次に書いた「漂浪児」も褒め

てもらった。当時まだ真のロマンチシズムの運動が見られず、この意味において私の作は今でも意味あるものと思っている。明治三七年、二三歳の時であった。

2614 **怨まれて　[小説]**
〈初出〉「文章世界」大正3年4月
〈あらすじ〉私は三つ年上の叔母と交際をしなくなった。叔母は妻の親戚だ。私の妻が長女の入院についていったとき、叔母は見舞いにも家にも訪ねてくれなかった。私は夜勤記者のとき、妻を国許に返し、素人下宿で暮らした。そのとき叔母に遊びに来てくれるよう手紙を書いたが、当時、叔母は今の年下の夫と交際を始めていた。結婚にあたって、叔母が私に媒酌を頼んだ。男の叔父は横柄な男であった。結婚後、すぐに子供ができた叔母は結婚の基礎を固めた。人間の幸福も不幸もどんなはずみで生じるか分からない。それが人生である。
〈収録〉『底の社会へ』岡村書店　大3.7　Ⅳ313-25

2615 **作家の観る女　[談話]**
〈初出〉「北陸タイムス」大正3年4月5日
〈要旨〉欧州ではストリンドベルヒが歓迎されているが、この人の女嫌いは極端である。だれでもそうだが、悪い細君をもつと、女を悪くみる。今度、芸術座の初日を観に行くが、「復活」では女をよく捉えている。イプセンでもトルストイでもそうである。女性に対する考えは、年と共に変わる。はじめは平凡な女に満足しても、それに飽きてしまう。私は江戸っこの女性が、泉鏡花の作中に登場するような女性が好きである。
〈備考〉3月26日作。

2616 **印象と記憶　[感想]**
〈初出〉「読売新聞」大正3年4月7日
〈要旨〉吉江君から「三人」をもらって読んだ。ルネフのために泣いた。私はヒーローたらんとする人を愛する。

2617 **予が生ひ立ちの記　[感想]**
〈初出〉「読売新聞」大正3年4月13日
〈要旨〉六歳のとき、母にせがんで鳥さしから、鴉を一羽買ってもらった。鳥さしが通る時分に、鴉のえさを摘んでいると急にひきつけて、家に運ばれた。村の漢方医がへその両側に灸をすえた。町の医者が来て、気がついた。湯にいくと、灸のあとが分かる。夢のように鳥さしの姿を思い出しては、不思議な感じにうなされる。

2618 **酒場　[小説]**
〈初出〉「読売新聞」大正3年4月27日
〈あらすじ〉HとFは電車が来ないので、酒場へ行った。Hは労働者が集まるこの酒場に、気楽さと真実を見出した。Fは自分の恋愛のことをしきりに話した。Hは新聞を見て、都会で凍死した人のことを話した。命が何より大事だ。命は神より大切だ。みな人道は大切にする。しかし餓死する人がいる。この文明の都会において。不思議なことだと。Fは、真理や幸福、正義などは人間の作り出したもので、私には恋が大事だと言った。
〈収録〉『描写の心得』春陽堂　大7.4　Ⅳ320-12

2619 **最近の感想　[感想]**
〈初出〉「新潮」大正3年5月

〈要旨〉吉江孤雁が訳したゴーリキー「三人」を面白く読んだ。この作中に登場する人物は「どん底」に出てくる人間と似ている。これを見ても、一人の作家がどんなタイプの人間も書けるわけではないことが分かる。人間は自分が成長した故郷を離れて、地方色を描きだすことはできない。作家の唯一の特色となる故郷に対する敬虔の念と、真実の心を欠いた作家は、特色のない作家である。自然に対して真面目であればあるほど、愛するか憎むかの二つの道しかない。

2620 鮮血　[小説]
〈初出〉「中央公論」大正3年5月
〈あらすじ〉猩紅熱だと診断された娘が避病院へ連れていかれた。母が看護についていった。娘は六歳、弟は四歳だった。病院へ連れていかれる前の晩、娘は鼻血をだした。正助は娘のために、人形とお勝手道具を買ってやる。娘と母が出ていったあと、人夫たちが家中を消毒してまわった。残された息子は、母を慕い、物を言わなくなった。正助は母の愛の力を感じた。孤独な息子が、可哀そうに思われた。近所の女が、子供を連れ出してくれようとしたが、正助はそのとき子供に指をかみつかれた。真っ赤な血が噴き出した。
〈収録〉『物言はぬ顔』新潮社　　大 6.5　Ⅳ317-3
　　　『小川未明選集 第2巻』未明選集刊行会　大 15.1　Ⅳ332-1
　　　『小川未明作品集 第3巻』大日本雄弁会講談社　昭 29.8　Ⅳ352-3
　　　『定本小川未明小説全集 第3巻』講談社　昭 54.6　Ⅳ367-3

2621 上京当時の回想　[感想]
〈初出〉「文章世界」大正3年5月
〈要旨〉東京へ出たのは明治三四年四月六日。上野で偶然、中学時代の知人に会って、その日は泊めてもらい、翌日、牛込原町藤沢の下宿に移った。柘榴の木があった。四月九日から早稲田の試験。受かったときのうれしさは今も覚えている。学校にいる四年間、二十二回引越しをした。坪内逍遙先生に原稿を見てもらったが、一年半ほど上達は見られなかった。最初に褒められたのは「紅雲郷」、次が「漂浪児」、この作は発表してよいと言われた。ハーン氏の英語の授業は難しかったが、ある日、心臓麻痺でこの世を去られた。私が文壇に出たときは、自然主義勃興期で、自分の作は、空想の勝った、生活に触れない無価値なものと批判された。理解してくれたのは、片上伸君だけであった。
〈収録〉『定本小川未明小説全集 第6巻』講談社　昭 54.10　Ⅳ370-23

2622 実社会に対する我等の態度　[アンケート]
〈初出〉「早稲田文学」大正3年6月
〈要旨〉余はわが芸術によって、万人に向かって、ただ真実を要求するのみ。

2623 堕落するまで　[小説]
〈初出〉「新小説」大正3年6月
〈あらすじ〉体ばかりでなく、精神までが疲れていた。自殺を考えることもあった。清吉が女と同棲して二年になった。女の性質が変わった。身重になった女を、明日は送っていかねばならない。数日かけて女の実家の近くまで送りとどけた。東京に帰ると、女中がいなくなり、家の中が荒れていた。インフルエンザにかかった彼は、入院をする。世の中は、看護婦のような他人のために尽くす人ばかりではない。彼は下宿の物を売り払い、甲信の境へ旅行した。山の黙示を得た彼は、むなしく死んでいくことを恐れ

た。東京に帰った彼は、女が子供を抱いて帰ってくるのを恐れた。子供が死んでくれればよいとまで思った。ある晩、彼は、昔遊んだ場所へ行った。しかし泥酔した彼は、道で突き当たった男に喧嘩をうり、後頭部に冷りとしたものを感じる。赤黒い血が流れてきた。
〈収録〉『石炭の火』千章館　大3.12　Ⅳ314-4

2624　路上にて　[小説]
〈初出〉「新公論」大正3年6月
〈あらすじ〉女は長いあいだ男の故郷へ行ってみたいと思っていた。男が北国の話をしたり、不思議なことの多い、未開の土地の話をするとき、女は黒い瞳をみはって男の顔を見た。女は南方の海岸に産まれた。都会の暮らしは、憂愁と生活苦の連続だった。二人の間でいさかいも繰り返された。男は原稿を売った金で故郷に帰った。二十年前に国を出たので、今ではもう知った顔に会うことはない。日清戦争に行って人の変わった男が、やがて地金を出して手のつけられない男にもどった話を女にした。彼の産まれた村はまもなくだった。女は男の話に心を動かされたようだった。
〈収録〉『青白い都会』春陽堂　大7.3　Ⅳ319-12

2625　独り感ずるまま　[感想]
〈初出〉「時事新報」大正3年6月6日
〈要旨〉「早稲田文学」にブーニンの「新道」が載っていた。いかに作者が自然を見ることに真率であるか、芸術に真剣であるか。この作には筋というものもない。しかし読み手を引きつける力がある。近頃のロシアの作家の書くものには、自分のことを書いているのではないかと思う作品がある。レーミゾフの「象」、シュニッツアの作。年ごとに寂寥が募ってくる。

2626　奈良の郊外　[感想]
〈初出〉「読売新聞」大正3年6月16日
〈要旨〉奈良の郊外に不退寺という見る影もない廃寺がある。そばを鉄道線路が走っている。人力の、自然に及ばないのを実感した。

2627　ペストの出た夜　[小説]
〈初出〉「読売新聞」大正3年6月22日
〈あらすじ〉清吉が夜遅く帰ってきて新聞を見ると、近くの町からペスト患者が出たことが書いてあった。彼は襲われるような寒気がした。一日も早くここから引っ越しをしなければならない。さっそく薬屋へ鼠捕薬を買いに行った。あなたみたいに恐ろしがる人はいないと妻は言った。子供は学校を休ませた。清吉の神経はますます病的になっていった。
〈収録〉『青白む都会』春陽堂　大7.3　Ⅳ319-7

2628　最も興味を惹ける旅の印象 中央線にて　[感想]
〈初出〉「新潮」大正3年7月
〈要旨〉四五年前の五月末のこと。飯田町から隣り合わせた二十歳前後の少年がしきりに話しかけてきた。諏訪で泊まったとき、その学生も同じ宿屋にとまった。翌日、財布がないという。学生は柏原駅で降りていった。ゴールキーの小説を思い出した。

2629　女についての感想　[感想]
〈初出〉「処女」大正3年7月
〈要旨〉私は女に要求するものは美である。新しい女たちが、今迄の束縛からはなれ、男と同じ権利を得ようというのも大事だが、私は過去の女性に

愛慕の念を禁じえない。近松の戯曲の女性が自然の女ではないとすれば、私は、芸術化された女と呼びたい。ゴールキーの小説を読むと、どん底の暮らしから美しい哲学を得た女が登場するが、日本では、物質的で、精神的に美点の乏しいものが多い。まだ真の人生が、わが国民に乏しいことの証明となっている。

2630 **靴の音** [小説]
〈初出〉「早稲田文学」大正3年7月
〈あらすじ〉毎夜遅く帰ってくるので、睡眠不足から清吉は机に向かってぼんやりとしていた。高等学校の入学試験を受けるために、九州辺から来たMに送られてきた為替が無くなった。素人下宿には、最近、主人の遠い親戚だという十五六の少年がいた。為替を盗んだのは自分ではないと少年は言う。しかし清吉は少年に暗いところがあるように思った。下宿の主人に頼まれた清吉は、少年を問い詰める。少年はいったん白状したが、自分は金を盗んだのではないと遺書に書いて自殺しようとした。下宿の娘の恋人が少年の頬を何度も撃った。すると少年は為替を隠した場所を伝えた。自分は、もう少しで少年に欺かれるところであった。彼は自分を含め、誰もかれも醜く、いやらしく思われた。

2631 **芸術家の観たる『夏の女』** [アンケート]
〈初出〉「中央公論」大正3年7月
〈要旨〉漫々たる大空に浮動する雲のように、人生の流転を思わせるのは夏である。夏を背景にして、居所を定めぬ女を見るとき、私は女を霊的に、詩化してみる。しかし、巷に、灼熱のうちに懶惰な生活を送る女は、肉的に見える。

2632 **自序（『底の社会へ』）** [感想]
〈初収録〉『底の社会へ』岡村書店　大3.7
〈要旨〉この次に短編を集にして出すのは、一年の後であるか二年の後であるか分からない。人生観が徹底し、思想に深刻を加えたと自信を加えたときでなければ出したくない。去年の秋から今年にかけてのこれらの作品は、主観の進路を暗示するにとどまり、すべて今後において形の定まるべきものである。
〈収録〉『底の社会へ』岡村書店　大3.7　Ⅳ313-0

2633 **下の街** [小説]
〈初収録〉『底の社会へ』岡村書店　大3.7
〈あらすじ〉突然妹が出てくるという手紙がきた。兵吉はまだ妻の妹を見たことがない。陰気な性質で底意地がわるいという噂だった。臨月の妻が、妹の方が気が置けなくてよいというので、雇ったばかりの下女を帰して、妹に手伝ってもらうことにした。が、妹は叔母のところへちょくちょく出かけ、家のことを手伝おうとしなかった。問うと、出産の手伝いにきたのではないと言った。彼女は結局、叔母の勧める奉公先へ行った。その後、妻は一人で雇人口入屋を探して歩いた。そのおり道で転んだ妻は早産する。赤子は無事産まれた。産婆が紹介してくれた看護婦がやさしい女で、家中が明るくなった。やがて彼女は下の街へ帰っていった。そこには広い、新しい人生がある。愛あるために幸福がある。
〈収録〉『底の社会へ』岡村書店　大3.7　Ⅳ313-4
『小川未明選集 第2巻』未明選集刊行会　大15.1　Ⅳ332-10
『小川未明作品集 第3巻』大日本雄弁会講談社　昭29.8　Ⅳ352-5

III 作品

『定本小川未明小説全集 第2巻』講談社 昭54.5 Ⅳ366-23

2634 **寂蓼の人** [小説]
〈初収録〉『底の社会へ』岡村書店 大3.7
〈あらすじ〉春が来たが、正助の病気は治らなかった。隔日ごとに医者に通った。生と死の問題だけが頭に浮かんでいた。自分はこの世界と別れなければならないのだろうか。世の中の不幸はひとり自分だけが経験しているのではない。庭の草花を眺めるのが、なぐさめになった。板塀をへだてた隣家の様子にも目を向けるようになった。隣に住む女性二人が別の青年の美貌にまよって、家を出たという話をきいた。寂蓼を慰める話であった。残された家族もやがて不自然な生活に慣れていった。正助は聖書を読んだ。死に関する書物も読んだが、残忍な修養であると思った。自分の力でどうにもならない世の中のことは、考えても仕方がない。生きている間は、一日でも目を楽しませ、心を楽しませることが必要であると考えた。寂蓼の日を送ることは堪え難かった。正助のところへよく来た学生のMは肺を患って茅ケ崎にいた。知人のYは肺病で死んだ。正助は将棋で気をまぎらわした。子供の時分のことを思い出す。山麓の温泉場、信州の旅行、そうした記憶も自分の死とともに消えてしまう。祖母の顔、隣家の爺さん、もう二人と将棋を指すこともない。こうして考え、動き、語っている霊魂がいつかこの世界から消えていくことを思うと、限りない寂蓼が心を襲う。一日でも長くこの世に生きていたいと思った。
〈収録〉『底の社会へ』岡村書店 大3.7 Ⅳ313-12

2635 **春になるまで** [小説]
〈初収録〉『底の社会へ』岡村書店 大3.7
〈あらすじ〉東京の冬の落日は美しかったが、南の方に行きたいと吉郎は思った。紅いの色がなつかしかった。二十年前の子供の時分のことが、昨日のことのように思い出される。寒い北風の吹く日暮れ方に、南の方を憧れたこと。今となっては、あの貧しい生活も、淋しい自然の景色も親しみのあるもののように思われた。吉郎の叔父は、ロマンチックな一生を送っている、正義の人であった。叔父から来た手紙には、この頃年のせいか弱ってきたこと、心配事があって悩んでいることが書かれていた。吉郎は、南に旅立った。吉郎は毎土曜日には町の下宿屋から自分の村へ帰った。そのとき雪で遭難しそうになったこともある。雪の降らない都会に住んでいられることを幸福に感じた。南の町へ行くと、そこも淋しいところであった。賑やかな都会が恋しくなった。子供のころ、吉郎は町から帰る母を、村はずれで立ち尽くして待っていたものだ。吉郎はさらに南の温泉場へ旅した。そこの娘は、東京から来た客との間に赤子を宿していた。静かな村にもかかる悲劇で泣く女がいることを吉郎は知った。東京に帰ると、例の叔父が家に来ていた。かねてからの土地の問題の話が進まない話や、ある人の保証人になってその金の返済を迫られている話を叔父はした。
〈収録〉『底の社会へ』岡村書店 大3.7 Ⅳ313-13
『小川未明作品集 第3巻』大日本雄弁会講談社 昭29.8 Ⅳ352-6

2636 **残雪** [小説]
〈初収録〉『底の社会へ』岡村書店 大3.7
〈あらすじ〉残雪は花崗岩のように輝いていた。社会には、いろいろの事件が起こった。それらは人間の生活する叫びである。自己の生命を思うために、また自己と最も関係する人の生活を思うために起こる叫びである。子供たちと輪投げをして遊んでいるとき、四年ぶりに八重が家を訪れた。逃

151

げてきたという。八重は、清吉の妻の叔母が世話してくれた女中である。彼女は孤児であった。死んだ母と同じく、肺を病んでいるようであった。彼女の痰を病院で調べてもらったが、菌はないようだった。清吉が悪性の病気にかかって入院したとき、八重は毎日のように使いにきた。八重が別の家へ女中に行くことになってから、今度は清吉の子供が猩紅熱にかかり母と一緒に入院することになったので、八重を呼び戻そうとしたが、八重のいる家から断られた。だがやがて八重はまた別の家に行かされることになったらしい。親もなく、頼るものもなく、転々と他人の家を回らなければならない八重を可愛そうに思った。その八重が四年ぶりで訪ねてきたのだ。これまで陸軍の佐官の家に奉公していたが、ひどい仕打ちをうけたという。八重はそこで気管支カタルになり、心臓を患った。遠縁のものも八重を厄介者扱いにし、引き取ろうと言うものはなかった。八重は主家の家を逃げ出すとき、子守をしていた三歳の子を置いてきたという。清吉たちはいったん戻るように言う。八重もいくらか人間が悪くなったように清吉には思われた。

〈収録〉『底の社会へ』岡村書店　大3.7　Ⅳ313-17

2637　**夜前**　[小説]
〈初出〉「中央文学」大正3年7月
〈あらすじ〉郊外から町中へ移ってきてから、清吉は草花を栽培して楽しむことができなくなった。家主の寡婦が家の庭に石炭殻を敷いたからである。郊外の寂寥に堪えかねて町へ引っ越したのだが、ここでも心を楽しませるものはなかった。子供を中心とした生活になっていた。琴の音も蓄音機の音も気にかかった。同郷の洋服裁縫師が遊びにきた。清吉は生死について考えた。出来るだけ楽しく、長く生を楽しんで、死のときには、すべての人がそうであるように、静かに永遠の眠りにつきたいと思った。一方で清吉は生や死は、草花が咲いて散るようなものだとも考えた。草花屋の薔薇を見ていたとき、悲哀を感じた。花も人も朽ちていく。清吉の心は暗かった。しかし目の前を通過する電車は、明るく人を載せて過ぎていった。

〈収録〉『石炭の火』千章館　大3.12　Ⅳ314-2

2638　**巷の女**　[小説]
〈初出〉「国民文学」大正3年7月
〈あらすじ〉要助は慢性となった胃病や、神経衰弱にかかっていたため、毎日のように散歩をした。路地の中ほどに牛乳店があった。彼は見るともなくその店の女を見た。女は意味ありげな笑いを見せた。それが誰か思いだせなかった。翌日の午後、もう一度そこへ行ってみた。中に入ると、痩せた女がいた。「しばらくぶり」と女は言った。女はこんな人通りの多いところでは直ぐに目について商売など出来ないから、引っ越すと言った。女は要助が新聞記者ではないかと疑った。彼は巷から巷へと追われ、すさんだ暗い生活を営んでいる彼等を哀れまずにはいられなかった。

〈収録〉『石炭の火』千章館　大3.12　Ⅳ314-3

2639　**趣味と好尚**　[アンケート]
〈初出〉「文章世界」大正3年8月
〈要旨〉好きな色は真紅。花はアネモネ、薔薇、睡蓮、桔梗、萩。好きな木は合歓の木。好きな季節は逝く夏と初秋。好きな時間は午前。好きな書籍は絵画、文芸、社会問題、性欲に関するもの。好きな政治家は西園寺侯、犬養氏。好きな歴史上の人物は、ベクリン、トルストイ、二葉亭。好きな女の顔と性格は、いずれも無邪気なもの。好きだ時代は、大正、元禄、天平、

戦国時代。他に好きな職業は画家、政治家。一番幸福に思うことは、他人の死を聞き、自分が生きていることを思うとき。一番不幸なときは、自分が病めるとき。

2640 **他人に対する感想** ［感想］
〈初出〉「新潮」大正3年8月
〈要旨〉私は一つの作を書き上げるさい全力を尽くすので、非常に身体が疲れる。日に二三枚、多くて五枚くらいしか書けない。ドストエフスキーの「虐げられし人々」は、現実から得た経験を物語として創作した感が強い。かつてはソログープやザイチェフの作に夢幻的興味を覚えたが、今はトルストイやドストエフスキーから深い暗示を受ける。大杉栄が労働者の群れに投じて、労働者相手の雑誌を出すという。ドストエフスキーの作中の主人公は、勇敢な人生の戦闘者である。真面目に自分の生活について考える人々は、社会に対する不平や階級や制度に対する疑問を抱く。もう一度我々は、社会を新しくし、幸福を奪い返さねばならない。

2641 **紫のダリヤ** ［小説］
〈初出〉「中央公論」大正3年8月
〈あらすじ〉縁日で売られていた紫色のダリヤは、万物の生長する力が目に見えるような、しかも病的な暗い気持ちのする花であった。正助の妻はチブスで隔離病棟に入っていた。妻が入院し、家に初という下女が来た。正助は、紫のダリヤを買った残金を本箱の奥に隠しておいた。下女が歯医者へ出かけて行った。なかなか帰ってこないので、先に眠ると、下女が帰ってきて泥棒が入ったと言う。見ると、本箱の金がなくなっていた。警察を呼んで調べてもらったが、下女は平然としていた。正助は、初に、ひまを出した。次にやってきた若い女は、肉感的な女であった。ダリヤが新しく咲きかけていた。死にゆくものには享受できないものを感じさせた。正助は、自分が冒険をする日のことを空想した。病院へ行った女は、夜になっても帰ってこなかった。翌日帰ってきた女は、門がしまっていたので、車屋で泊まったと言う。これを聞くと、強暴な情欲の血潮がかけめぐった。
〈収録〉『紫のダリヤ』鈴木三重吉発行　大4.1　Ⅳ315-1
　　　　『物言はぬ顔』新潮社　大6.5　Ⅳ317-2
　　　　『小川未明選集 第1巻』未明選集刊行会　大14.11　Ⅳ331-22
　　　　『小川未明作品集 第3巻』大日本雄弁会講談社　昭29.8　Ⅳ352-4
　　　　『定本小川未明小説全集 第3巻』講談社　昭54.6　Ⅳ367-1

2642 **石炭の火** ［小説］
〈初出〉「東京朝日新聞」大正3年8月26日～9月8日
〈あらすじ〉父は空想画家であった。北国に生れた。鋳物師の店へよく遊びにいき、赤い火花を見た。彼の胸には石炭の火より強い火が燃えていたが、自信にだけ頼って生きていられる天才ではなかった。彼の思いは子供時代に戻っていった。晩秋の午後、子供の私が秋の景色に見ていると、彼は「社会と戦っておれの仇をとってくれ」と言った。友達が私をいじめたが、争うことはできなかった。彼はそんな私を「弱虫」と罵った。彼も同じ性質をもっていたからだ。ある日、私は自分をいじめる友達を小刀で傷つけた。そのことを知った父は、震えていた。母が死に、寂しい日が続いた。彼は、彼の父のことをよく私に話した。山の頂に寺を建てた祖父が世間に苛められているとき、父もまた力になれなかったことを悔やんだ。私は父のために彼の恨みを晴らしてやりたいと思った。父は、ふるさとを描きたいと言っていたが、描けないまま自殺した。

Ⅲ 作品

　　　〈収録〉『石炭の火』千章館　大3.12　Ⅳ314-1
　　　　　　『小川未明作品集 第3巻』大日本雄弁会講談社　昭29.8　Ⅳ352-7
　　　　　　『定本小川未明小説全集 第2巻』講談社　昭54.5　Ⅳ366-27

2643　**新人月旦 新進作家と其作品　［アンケート］**
　　　〈初出〉「新潮」大正3年9月
　　　〈要旨〉山川亮の作品が好きだ。「仮面」に連載していた「黎明」を面白く読んだ。「奇蹟」「劇と詩」に出ていたものも面白かった。私は自分の気持ちをどこまでも素直に書く作家が好きだ。

2644　**小数の自我に味方せん（欧州戦争観）　［感想］**
　　　〈初出〉「文章世界」大正3年9月
　　　〈要旨〉世界には戦争を喜び、死を何とも思っていない人間が、平和を好む人間よりも多い。自我が戦争を否定していながら、戦争に赴かなければならない人間ほど不幸なものはない。暴力の前にあっては、常に正義が蹂躙せられる。しかし、トルストイのように、芸術家はつねに少数の自我を代表して戦うヒューマニストでなければならない。真理のために殉じなければならない。

2645　**主人公の堕落時代　［感想］**
　　　〈初出〉「読売新聞」大正3年9月21日
　　　〈要旨〉道徳的な意味で真に煩悶もしくは苦闘をつづける真率な主人公が文学作品に見当らない。世間の習慣、因習に反抗し、自己の趣味のために美を追求するものがない。物質文明に対して霊的な叫びをあげるものがない。それを救うには、作者その人の見識を高める必要がある。主観の強弱は、作者自身の見識や人格如何に原因する。我等の生活が真剣になってはじめて、反抗もできれば見識も備わるのである。

2646　**血に染む夕陽　［小説］**
　　　〈初出〉「太陽」大正3年9月別
　　　〈あらすじ〉従兄が北海道で脳の具合が悪くなった。東京へ行くので、泊めてほしいとハガキが届く。私の原稿は買い手がなかった。最近、少年雑誌の編集も退いた。そんなおり学校時代の友人Aが亡くなった。生死をつかさどる力を考えると恐ろしかった。幼い時、真の母は紅い空の彼方にいると考えた。一日早く死ぬことも、遅れて死ぬことも、無窮の暗黒からすれば変わりはない。極端な写実も試みたが、うまくいかなかった。私は訪問が苦手だが、面接を受けて新聞社に勤めようと思った。帰り道、お伽噺集を出してくれる出版社を探そうと思い、道を歩いているとき、小僧が木の下敷きになって死んだ。私は命を拾い、小僧は命を失った。故郷の母から手紙が届いた。なぜお前は田舎のことばかり書くのか。なぜ陰気な滅入るようなものしか書けないのかと書いてあった。手紙には北海道の従兄の死も伝えていた。血に染まった夕陽が見えた。
　　　〈収録〉『血に染む夕陽』一歩堂　大11.2　Ⅳ326-12
　　　　　　『定本小川未明小説全集 第4巻』講談社　昭54.7　Ⅳ368-32

2647　**日本国民性の将来　［アンケート］**
　　　〈初出〉「早稲田文学」大正3年10月
　　　〈要旨〉外国からでも非常な目にあわされたら、眼がさめて昔の武士道にかわるような堅忍な性質が出るかも知れないが、現今の多くは弱い者をいじめたり、節義がなかったり、意志が弱く、利己的な者が多くを占めている。戦争後の社会には生活難も襲ってくるであろう。私はやがて今の薄弱な楽

天主義にかわる何ものかが現われると思っている。

2648　生活を知らずに　［小説］
　　　〈初出〉「文章世界」大正3年10月
　　　〈あらすじ〉妻の弟が上京して三月になった。叔母の家から出て、学校付近の下宿屋へ移った。吝嗇家の叔母の家にいるより、よいと私は思った。私は慌ただしく送った自らの青春を惜しみ、弟には青春時代の自由を味わってほしかったが、弟も試験のために束縛されていた。弟は語学が苦手であった。試験に落第した弟は、来年また受験することになった。あくる年、上京した弟は下宿で勉強をしたが、叔母のところへも行っていた。チブスの流行ったころで、叔母の家で熱を出した弟は、故郷へ帰された。それがもとで弟は死んでしまった。風邪から脳膜炎になったようだ。弟はなぜ私のところに来なくなったのか。弟をみとった妻は、弟が母に宛てた手紙を見た。私が親族のことを小説に書いているのを叔母が弟に言ったので、弟は私を不義理な人間と思ったらしい。戦争がはじまった。真の生活を知らずに弟は逝ってしまった。

2649　真実　［不明］
　　　〈初出〉「秀才文壇」大正3年10月
　　　〈あらすじ〉（不明）

2650　孤独　［小説］
　　　〈初出〉「新潮」大正3年10月
　　　〈あらすじ〉彼は私立大学の文科を出てから二年になるが、好きな書物を読んで、それを翻訳して生活していた。静かな日当たりのよい部屋で、心地よく読み、心地よくペンを走らせた。しかし田舎から叔父がやってきて、生活が一変した。叔父は粉屋をしていたが、水車場も手放した。東京で職を得たいという。しかし老人に勤められる職は都会になかった。彼は叔父に冷淡な態度をとった。自然の力はその人を複雑な人生の渦中に捲き込む。彼はどこかで途方に暮れている叔父のことを思い、冷酷に下界を見下ろしている無数の星を仰いだ。
　　　〈収録〉『白痴』文影堂書店　大2.3　Ⅳ309-8

2651　緑色の線路　［小説］
　　　〈初出〉「早稲田文学」大正3年10月
　　　〈あらすじ〉いつからこんなにいじけた人間になってしまったのか。常吉は曠野を思った。そこには眼を煩わせる物がない。子供の時分から自分に親しい自然があるばかりだ。雲も気ままに空を飛んでいる。階級もなければ、貧富の差もない。彼は子供の頃から空を見るのが好きだった。しかし今は曠野に行くには遅い。彼は世間の権力を憎み、反抗した。彼はただ食べるための生活はいやだった。虐げられた弱者のために、人生の目的とは何かを考えようとした。彼は家にあるものを売り払い、旅に出ようとした。しかし金をもつと、物質文明を呪う気持ちになれなかった。貧富の差や階級社会を破壊しようというが、万人が同じ境遇に置かれれば、物憂い生活があるばかりだ。家には生活に疲れた妻が物思いに沈んでいる。冷酷な世間は、自分に面白い芸術を見せてくれと要求する。すべてのものを、自分の生命も、その芸術に賭けてやっている。常吉はいつか緑ばんだレールの上に、自分の血が流れる気持ちがした。
　　　〈収録〉『血に染む夕陽』一歩堂　大11.2　Ⅳ326-6

2652　現下の小説壇　［感想］

〈初出〉「読売新聞」大正3年10月2日
〈要旨〉私は自分の希望についていうとき、機運、傾向ともに分りかねる。著しい機運や、傾向がないからではないか。私の希望をいえば、鋭い感激をうけるような作物を要求したい。作者の主観が鮮やかに、敬意と愛慕すべき主人公を描いた作品を要求したい。

2653 眠る前　［感想］
〈初出〉「第三帝国」大正3年10月5日
〈要旨〉母に連れられて、毎日、夕飯を食べると外に出た。馬が通った。疲れているように見えた。兵隊の一列が通った。背中から汗が染み出ている。家に帰っても、馬や兵士のことが思われた。戦争に行く兵士より、馬のことを思うほうが、自然で楽しかった。
〈収録〉『描写の心得』春陽堂　大7.4　Ⅳ320-8

2654 批評及び批評家　［感想］
〈初出〉「新潮」大正3年11月
〈要旨〉近頃の批評家は、自分をおれと言う。この言葉は不快を与える。私は、他人を見下げたように評論することはできない。私は、誰人に対してもまず尊敬を言う。私は片上伸の謙譲な態度を喜ぶ。相馬御風の自我生活の主張も衷心に痛みを感じているものの叫びである。相馬君は私が底の社会へ向かっていこうとしているというが、私は無智な汚らしい労働者と共同の生活はできない。私はこの意味で平民主義者ではない。個人主義者である。ヒューマニティを思わぬではないが、実行することはできない。あくまで孤独の幸福を尋ねていくものだ。人生は自分を離れてあるものではなく、社会は自分を離れて存在するものではない。

2655 共鳴ある評論壇の人々　［感想］
〈初出〉「新潮」大正3年11月
〈要旨〉私は批評をあまり読まないが、自分の友人の書くものはすべて読んでいる。ことに相馬御風君と片上伸君との二人は、学生時代からの友達で、二人の通ってきた道を理解しているし、二人も私の思想の変遷を了解してくれているので、一層の懐かしさをもって読む。

2656 鉄橋の下　［小説］
〈初出〉「中央公論」大正3年11月
〈あらすじ〉大きな欅の木の下にあった家に、私と二三人があなたの世話になっていた。子供の時分から神経衰弱の徴候はあったが、病院で見てもらうと鼻の病気のせいであることが分った。私は自分は本来、快活で明るい人間だったかも知れないと思った。しかし鼻だけが原因でもなかった。すべてのものが運命に対し、無智である。人生の短さを考えると、私の心は暗くなった。故郷の母を思うと、いたたまれなかった。号外が戦争を伝えていた。自分は短い一生を楽しんで生きようと思った。新聞に、私が住んでいた下宿の主人が貧苦から自殺したことが載っていた。あの時分は新聞の夜勤記者をしていた。妻は生活になじめず、家の中は面白くなかった。誰もが自分の力を超越した運命に支配されている。しかし鉄橋の下で、おれは死ぬまいと決意した。新たな戦闘を考えた。

2657 将来の社会劇　［感想］
〈初出〉「新評論」大正3年11月
〈要旨〉同じ作者の主観の表白であっても、小説と劇では違いがある。小説は自由に書けるが、劇には制約がある。その制約を乗り越え、よい劇を書

Ⅲ　作品

く作者も俳優もあまりない。翻訳劇は、その国の背景が表れていないと理解しづらいが、それも表されていない。にもかかわらず、まだ日本の創作劇よりは、翻訳劇の方が人間理解が深いと考えられている。

2658　秋　[小説]
〈初出〉「廿世紀」大正3年11月
〈あらすじ〉どんな人も長い月日のうちには、生活に変化があるものである。平作は、村でも手のつけられない者と思われていた。後に平作は戦争にいき、片腕を失って帰ってきた。彼はまったく生まれ変わったような人間になった。私は平作をみて、この人の幸福、自由、生活の楽しみはどこにあるのだろうと思った。人間を助けるために人間を殺す戦争は、利己主義の矛盾した残酷な行為である。しかし個人は、それを運命として行わなければならない。秋に再び戦争がおこった。私は、祖国を守るため、美しい山河を守るために、戦わねばならないと思った。それは義務ではなく、愛の観念であった。
〈収録〉『描写の心得』春陽堂　大7.4　Ⅳ320-4

2659　木葉の如く　[小説]
〈初出〉「新日本」大正3年12月
〈あらすじ〉N君。あの行く夏のころ、二人が別れてから会う機会がないまま、十余年が過ぎた。下宿の娘が常夏の赤い花を買ってくれたことがある。N君と相談し、社会に出ていく自分たちにはまだ結婚は早いと、宿を出ることを私の代わりに彼に言ってもらった。君と瞑想にふけった森の自然からも離れてしまった。君は、東京を去ってから北国、南国へと移り、妻子をもったが、不治の病に苦しみ、妻も命を落とした。今、君はどこを漂浪しているのだろう。私の家の三番目の子供の具合が悪い。人生は、木の葉のようである。すべてが散っていく。私は下宿の娘と道ですれ違ったことがある。丸髷に結っていたが、悲惨な様子であった。

2660　新主観の文学　[感想]
〈初出〉「新潮」大正3年12月
〈要旨〉思想は、自分の実感、自分の経験である。作者の主観なり、経験なりから生れてきた智識を重んずる。人に迫る力は作者の実感以外何もない。作者がどれだけ他人の胸に肉薄する真実性をもっているかが問題である。私は私自身のことをよく書く。幼稚な感想だという批評もあるが、それが単純な知識の上の批評であれば、私はそんな批評を受け入れない。芸術は各々の個人が、各々の個性に従って、各々違った道を行くので意味がある。相馬御風はそうだ。新しい主張または主義を、この人生に対し、社会に対し、宣伝するのでなければ新文学の起こる必要はない。

2661　大正三年文芸界の事業、作品、人　[アンケート]
〈初出〉「早稲田文学」大正3年12月
〈要旨〉星湖「女のなか」を自然主義の進展を示す作品として推薦する。一方、新主観主義の作品が出現したことは文壇に転機をもたらした。評論においては相馬御風の言論に共鳴した。また中川臨川が中央公論に書いた文芸評論に有益なものが多かった。

2662　山田檳榔氏に与ふ　[感想]
〈初出〉「時事新報」大正3年12月6、8日
〈要旨〉私は君に聞かなくとも、自分が不細工であり、主観的であり、狭隘な作家であることを知っている。しかし「極めて怯弱にして無抵抗なる厭

世と悲観と」と呼ばれるようなことはない。私は虚飾と傲慢と怯弱と不誠実とを相手に闘っているのである。私の作には、私の痛切な要求がある。不平がある。疑問がある。主張がある。それらが解消されるまでは、私の要求に変りはない。この要求は、社会に棲息する一部の人々の叫びである。「木の葉の如く」は確かに足りないところがあったかも知れない。しかしそれでわが人格を無視するごとき罵詈は許されない。

大正4(1915)年

2663 興味が薄くなった（新年九題） ［感想］
　　　〈初出〉「ホトトギス」大正4年1月
　　　〈要旨〉子供の時分のように、年の暮れから年の始めにかけて抱いた、いろいろな興味が薄くなった。除夜の鐘、年始の客、二日目の朝の買い初め、歌留多会、北国の寒い雪の夜に小さな心にさまざまな空想を描いた日のことがしのばれる。今は新年を迎えると、両親のこと、仕事のことを思う。オレンジの実るころ、伊豆の海岸へ行きたいと思う。

2664 怖しき者 ［小説］
　　　〈初出〉「早稲田文学」大正4年1月
　　　〈あらすじ〉海を見たとき、清吉は自然の大きさを知った。自分だけでなく、都会に住むすべての者が狭いところで利害を争っている。彼はこの頃、健康を害していた。海岸で数日休み、都会へ帰った。自分が働けなくなれば、社会は自分を切り捨てるだろう。故郷を思ったが、旧い家はすでにない。しかし故郷へ帰ればまだ何とかなる。この弱い、意気地ない自分を頼りにしている子供等がいる。妻がいる。彼等を愛さなければならない。それが父としての義務である。社会に対する不平や不満が、家族を犠牲者にしていることを彼は知らなかった。「自分が怖ろしい」彼は口走って耳を両手で覆うた。
　　　〈備考〉大正3年11月作。
　　　〈収録〉『悩ましき外景』天佑社　大8.8　Ⅳ322-8

2665 路上の一人 ［小説］
　　　〈初出〉「新小説」大正4年1月
　　　〈あらすじ〉晩秋の午後、要一は白い椅子に座って下の町を見下ろした。仕事に疲れたときは、そうして空想にふけるのだ。彼は故郷の自然を愛した。それを奪うものがいたら戦争も辞さない。空想しているときに、号外売りが路上で倒れて死んだ。平和らしく見える自然は仮面をかぶっているのだ。号外売りは無知のために死んだのではない。彼よりも強い外界の力によって殺されたのだ。外界の力に反発すると、殺される。人はその力に従うことを余儀なくされた。だが人々が自分の生活を是認しているあいだは、自由で幸福な人生は来ない。要一は、自分もまた路上の一人であると思った。「けれどもいかなる快楽も苦痛も、刹那の間にすぎないことだ」と考えた。
　　　〈収録〉『小川未明作品集 第3巻』大日本雄弁会講談社　昭29.8　Ⅳ352-8
　　　　　　『定本小川未明小説全集 第2巻』講談社　昭54.5　Ⅳ366-28

2666 遠い血族 ［小説］
　　　〈初出〉「読売新聞」大正4年1月10日
　　　〈あらすじ〉私は人間より自然を愛した。人の心は頼りにならない。自然は悲喜ともに人間と相関せず、いつも同じ顔付をしていた。私は夜を恐れた。

違った世界へ入ろうとする刹那には恐怖がある。その前に明るい町へ入りたい。遠い親戚筋にあたる酒屋へ行って話をしたいと思った。だがその日は家の様子が違っていた。襖の蔭に、鋭い顔付の青年の顔がみえた。公金を横領して行方をくらましているこれも遠縁の青年の顔であった。人間の世界にはつねに秘密と罪悪が伏在している。自然は永久に清浄である。
〈収録〉『描写の心得』春陽堂　大7.4　Ⅳ320-15

2667　**無宿の叔父**　[小説]
〈初出〉「太陽」大正4年1月別
〈あらすじ〉正吉の家に変わり果てた叔父がやってきた。かつては金持ちだったが、石油に手を出して財産を無くした。子供の頃、正吉は父が家にいないことが多く、寂寥を覚えていた。叔父が山で使っていた男が汽車に轢かれて死んだとき、正吉の家に叔父が立ち寄った。遊郭の太鼓の音がしていた。叔父が帰って後、父が田舎から出てきた。父は叔父の借金五百円の保証人となったが、騙されたので追いかけてきたという。母に内緒で保証人になったことを聞いた正吉は、父に腹をたてた。正吉は、母の性質を受け継いでいた。母は潔癖で、曲がったことがきらいで、心配性であった。父と正吉は、叔父の住む家を訪ねたが、転居した後であった。転居先へも行ったが、いなかった。父は故郷へ帰った。その後、叔父から正吉宛に自分は釜山にいると葉書が届いた。成功しないかぎり帰国しないと書いてある。父といい、叔父といい、希望を抱いて働き、一日も体を休めることがない。正吉は自分も仕事をしようと思った。
〈収録〉『血に染む夕陽』一歩堂　大11.2　Ⅳ326-13
　　　　『小川未明選集 第3巻』未明選集刊行会　大15.2　Ⅳ333-17

2668　**書斎に対する希望**　[アンケート]
〈初出〉「新潮」大正4年3月
〈要旨〉たえず起こりつつある都会の物音が音楽的に聞こえてくる部屋を好む。電車の響き、物売りの声、ラッパの音、楽隊の通る余韻。私は二階を好む。地平線、落日、黄昏の空、町を見る。私の考えは憂鬱だが、部屋は明るく日の当るところを選ぶ。机と本箱と書物の綺麗なのが好きだ。

2669　**破壊されない生活**　[小説]
〈初出〉「早稲田文学」大正4年3月
〈あらすじ〉岩田は不義をして家出をした妻を見つけ次第、殺すと言った。人間は激怒した瞬間には、野獣と化す。感情は火薬のように危険だ。岩田とは三年前、知り合った。岩田の細君は浅井の子供を可愛がってくれた。短い命と思えば、満足を得たいと思う。その後、岩田は妻を見つけだし、家に連れ戻したが、また出ていったという。浅井は田舎に戻って、新生活に入ると言った。更に月日が流れ、浅井の子供が急病で死んだ。子供が死んで、痛切に愛というものを考えた。他人の自由を束縛することは罪悪に等しい。妻に対しても、死んだ子供に対してもそうであった。浅井は妻と離婚の話をした。人間は生きている間はいろんな夢を見る。けれど死によって破壊される。破壊されない生活はどこにあるのか。それを考える時がきた。

2670　**ロマンチストの女性**　[感想]
〈初出〉「処女」大正4年3月
〈要旨〉私は先天的に女性には女性の世界があると思っている。詩歌や絵画に描かれる、夢幻的にもしくは美化されて描かれる美しい世界である。女

は常に美しく、優しくあるべきである。優しみこそが女の力である。美はそれ自身では、決して美しいものではない。背景をえて発揮される。南の自然には、平和な美がある。北国のきびしい自然には、悲壮な美がある。逆境にあっても、従順と優しみを失わない女が一番美しい。世の中を救うものは、愛であり、美である。

2671 **文壇の二傾向** ［感想］
〈初出〉「新潮」大正4年3月
〈要旨〉文壇には、浮世の世態人情の観照にとどまるものと、自己の生活を変えていこうとするものと二つの傾向がある。人間は、境遇に慣れてしまうものだ。物に驚かなくなることを達人の境地というが、一面からみればそれは退化した人間と言わねばならない。子供を失ったとき、私には自然が再び鮮やかに見えた。純粋な心持に帰った。死とは生きている人間の思想のなかにのみあるもので、死を経験することは出来ないと思っていた。ある論文を読むと、死にゆく者には苦痛がないと書いてあった。私は死をいっそう美化して見るような気持ちになっている。

2672 **知らぬ男の話** ［小説］
〈初出〉「新評論」大正4年3月
〈あらすじ〉私はKのところで見知らぬ男に会った。Kは私を見て痩せたようだと言った。私は神経衰弱にかかっていた。血色のいいKは、私と違う自然を見ているだろう。Kは学校を出たころ、肺結核だと言われたが、他の医者に気管支カタルと言われ、薬を飲んでいるうちに治ってしまったと言った。見知らぬ男が口をはさみ、人が運命と諦めているもののなかに、そうでないものもあると言った。すべてのひとは同じ程度に無智である。世の中の誤った事実を運命と信じて諦めることは出来ないと言った。腕を切らないと助からないと言われた青年が、金がないため手術をしないでいたら、やがて治ってしまった。青年は生き、青年の母は死んだ。天地には神もなければ、悪魔もない。そう見知らぬ男は言った。
〈収録〉『描写の心得』春陽堂　大7.4　Ⅳ320-6

2673 **最近の日記（一月の日記より）** ［感想］
〈初出〉「文章世界」大正4年3月
〈要旨〉空漠としてただ憂愁の気持ちのうちに一日が来て、一日が行く。子供を失ってから死に対する考え方も変わった。人間の力で自然の意志を翻すことはできない。去ったものは帰ってこない。哲文の四十九日が済んだら、居を転じて志を移し、奮励しなければならない。つねに広野に立つような悲壮な気持ちで、人生に接しなければならない。母から手紙がきた。「世間を見てあきらめなさい」
〈収録〉『生活の火』精華書院　大11.5　Ⅳ327-19
　　　　『未明感想小品集』創生堂　大15.4　Ⅳ335-40
　　　　『小川未明作品集 第5巻』大日本雄弁会講談社　昭30.1　Ⅳ360-71
　　　　『定本小川未明小説全集 第6巻』講談社　昭54.10　Ⅳ370-33

2674 **家庭生活は妻の絶対的服従を要す（家庭組織の根本的批判）** ［感想］
〈初出〉「新潮」大正4年4月
〈要旨〉家庭生活の根本問題は、一人の個性が他の違った個性といかに調和し、結びつくかということにある。各自が自分の個性をはっきりさせれば、家庭は納まらない。犠牲になるのは、いつも子供である。ヒューマニティは、他の個性のために自我を犠牲にするところに生まれる立派な感情である。

家庭に幸福を感じることができなければ、愛を広く、自然や人生にもとめ、芸術に求めた方がよい。

2675 Naturalist の死　[小説]
〈初出〉「早稲田文学」大正4年4月
〈あらすじ〉著述家の小崎を目して、精神に異常があると言った人もある。文学の社会では、不自然に発達した畸形の感情や理性が愛好された。生の悦びよりも、死の怖れの方が強かった。親友の田崎は、大きな自然には肯定も否定もない。自然があるがままであるように、人間もまた自然とともに流転すればよいと考えた。小崎は実母を知らなかった。自分を育ててくれた母は数年前に死んだ。彼の心を楽しませたのは、死を考えることであった。死は、この苦しい頼りない生の裏に同棲している真率な、しかし真暗な事実であった。故郷に帰ったとき、実母らしき人が会いにきたことがある。この老婆には平作という息子がいたが、東京でときどき小崎は平作と会っていた。その平作から小崎が兄であることを告げられる。夜、小崎は自殺した。

2676 愚かなこと　[小説]
〈初出〉「中央公論」大正4年4月
〈あらすじ〉二人は墓場へ通じる路を歩いていた。青年雑誌の編集をしている北山と大学生の西田である。北山が妻の墓を買いにいくところであった。北山は、霊魂は不滅だろうかと西田に聞いた。西田は、なんで死が恐ろしいものか、人生は生きている間の事実と考えればいい、死を経験したものはいない、死んだ者より生きているものの方が貴い、生きているものの霊魂を悩みや苦しみから救うことが必要だと答えた。北山は、妻が流産したとき、標本として医者に持っていかせたガラス壜の死児を、時を経て見たとき、小さすぎると言った。西田は言った。「なんでも月日が経てば朽ちていくのです。」
〈備考〉大正4年2月作。

2677 未知の国へ　[小説]
〈初出〉「太陽」大正4年4月
〈あらすじ〉預かった故人の写真を肖像画にする仕事は、はかどらなかった。この仕事を引き受けたのは、この春、子供を連れて、故郷の北国へ旅行するためであった。子供は海も公園も知らなかった。英吉は、自分が七つか八つの頃、肩に弁当紐をかけて雁木の下を歩いた灰色の長い町を思い描いた。染物屋の前の柳の木はまだあるだろうか。その下に大きな水瓶があった。ある日、英吉は子供を叱りつけた。後日、子供と撃剣ごっこをして遊んだときも、子供をたしなめた。英吉は嫌な予感がした。子供は熱を出した。医者は風邪だと言った。だが明け方に黒い海苔のようなものを吐いた。慌ててもう一度、医者を呼ぶと、疫痢的な症状だという。子供を抱きながら「お父さんと旅行に行こう」と言った。子供は「一昨日行こうね」と言った。病院に行くと、経験のありそうな医者が子供を診察すると、もう手遅れですと父親を叱るように言った。
〈備考〉大正4年3月作。

2678 赤い花弁　[小説]
〈初収録〉『雪の線路を歩いて』岡村書店　大4.4
〈あらすじ〉まだ哲学者にも生理学者にも分からない動物の肉体を支配している不思議な霊魂の働きが、メスで一突きに心臓を貫いた刹那に、その働

きが止んでしまうのだと彼は考えた。手術台でメスを見つめながら、彼はそうすることが第一義の芸術だと思った。彼は自殺を考えていた。未来は希望の多い、明るいものとは考えられなかった。いつか社会の生存競争から失敗者になって、自ら死を望む日が来ると思っていた。彼は人生の目的がなかった。会社の外交員をし、次に鉱山の監督をした。彼は足を手術してもらった。足の痛みは、子供の頃の怪我が原因であろうと思いたかったが、妻と別れて下賤な女と関係をもった病毒ゆえであった。妻と暮らしていたころ、彼女の性格は男のようなところがあったうえに、妊娠すると発狂性をもった。狂犬のごとく喚き、自殺をほのめかした。生れた子供は三日後に死んでしまった。孤独な寂しい自分の姿が、広い野原を歩いている。彼は誰もいない手術室に入っていった。
〈収録〉『雪の線路を歩いて』岡村書店　大4.4　Ⅳ316-21

2679　黒煙の下　［小説］
〈初出〉「第三帝国」大正4年4月25日〜5月25日（4回）
〈あらすじ〉ある会合の帰りにKと一緒になった。Kは戦争は必ず正義を名目とするが、人間を殺すことが正義であろうかと言った。戦死したものと病死したものがいたら、人は戦死したものを褒め称える。しかし健康で意識の明瞭なものが命を失うのは、どれほど苦痛が伴っただろう。戦争以外でも、多くのものが死ぬ。Kは自分の息子を医者の怠慢によって失った話をした。そして彼等に対して鋭い批評の注視を一生忘らないと言った。親の不注意と医者の不誠実で六歳の子供は死んだ。

2680　田舎から帰りて—最後の一節は本間氏に　［感想］
〈初出〉「読売新聞」大正4年5月2日
〈要旨〉田舎の人は宿命に安んじるためか無智なためか、不平も言わず働いていた。私はこの惑わない生活を幸福であると思った。都会では目を楽しませるものはあるが、心を休ませるものがない。ランプも汽車もなくてよい。人間は自然の感化を受けて、その形のような性格をつくるものだ。私は日本アルプスの麓に生れたかった。そして小さいヒーローになりたかった。

2681　絶対的無条件説の流行する時（談話）　［感想］
〈初出〉「時事新報」大正4年5月17日
〈要旨〉余が今日の文壇に対して不満に思うのは、絶対的無条件説が流行しているところである。すなわち主義を欠いているところである。主義のあるところ、必ず力あり、力あるところ、必ず表現がある。主義とは、人生に処する上の理想であり、信念であり、個性である。朝三暮四の主義は、主義ではない。荷風氏や谷崎氏、独歩氏や藤村氏には、偉いところがある。

2682　一日の生活記録　［感想］
〈初出〉「文章世界」大正4年6月
〈要旨〉五月八日の日記。朝、子供に、イ、ヰ、エ、ヱの使い分けについて教える。久しくいた下女に暇をだす。末の子供が大きくなったからでもあるが、下女の鈍いのが癇癪に触って叱ることが多いからだ。終日、原稿を書く。夕方までに一枚半しか書けない。夜、中村武羅夫と人生問題を語る。

2683　暗い事件　［小説］
〈初出〉「新潮」大正4年6月
〈あらすじ〉一九〇六年の春、発狂して自殺したYの言った話である。この話をしたのは、その二三年前の春であった。——私の神経質と病的思想は、

偶然ではない。遺伝である。私の叔父は、柿の木に帯をかけ、縊死した。私に子供があるなら、子供も同じ感情をもつ。私は知らない間に私が産ませた子供がこの世にいると思った。私がその子であったら、どうであろう。私は以前、友人と東北地方を旅行したことがある。旅先で友人は偶然、かつて子供を産ませた女と出会った。愚かな私は、それを他人事と思った。私はどこかに自分の子供がいると思う。私の病的な思想に悩む子孫を絶滅させたかった。私の霊魂が休息するために。

〈備考〉大正4年4月作。
〈収録〉『不幸な恋人』春陽堂　大9.1　Ⅳ323-5

2684　くちなし　[小説]
〈初出〉「読売新聞」大正4年6月27日
〈あらすじ〉見る限り街が街に続いている。一軒一軒に人が住んでいる。何等かの仕事をしている。昔は紅い雲をみると、桑畑の多い故郷を思ったが、今はそうではない。去年死んだ子供の面影が浮かんでくる。死んだ子供に会える確信があるなら、すぐにでも自殺してしまいたい。しかしこの世界以外に夢想する世界はない。私は死を怖れた。いつまでもこの世界に生きて、紅い夕焼けのする夏を見ていたかった。当時は古いぼろぼろな狭い家に住んでいた。子供が縁側を行ったり来たりした。妻は病気がちだった。暗い庭に白いくちなしの花が咲いていた。今目の前の光景も当時と似ている。しかしくちなしの花が咲いていない。私はそれを求めようと、家をでた。
〈収録〉『描写の心得』春陽堂　大7.4　Ⅳ320-14

2685　日々の苦痛　[小説]
〈初出〉「文章世界」大正4年7月
〈あらすじ〉繁華な都会もいつか無くなる。しかし自分の死の方が近い。正吉は幾年ぶりかで故郷へ帰った。都会に戻ると仕事にかかる気力がでなかった。もう俺は根がつきてしまったと妻に言った。正吉はある日、家を出た。いつしか不自然な暮らしに慣れてしまった。幸福は、地獄に向かって行くことによっても求め得られる。実感を離れて善もなければ、悪もない。死も否定しがたい事実だが、生もまた犯しがたい事実である。往来で、故郷の乳母に偶然出会った。南瓜圃に花を摘んで叱られたことがある。早くに東京へ出た次男の子供を世話するためにここにきたという。長男とは裏の桐の木の下で将棋をした。今は信州の豊野で鉄道の仕事についている。乳母の家のあたりは女工場の寄宿舎になっていた。寺の空ぼりは無くなり、かくれんぼをした桑圃もなくなった。乳母に叱られたのは二昔も前のことだ。人生とは何かを明らかにできると思ったが、いつしか過去の人と同じく、無限の後へと消えて行ってしまう。彼は人間の一生のはかなさに慟哭した。
〈収録〉『血に染む夕陽』一歩堂　大11.2　Ⅳ326-5

2686　藪蔭　[小説]
〈初出〉「ホトトギス」大正4年7月
〈あらすじ〉人も物も滅びて消えてしまうのが運命である。自動車が走ってきた。階級に対する憎悪の念が燃えた。彼は数年ぶりで故郷へ帰る。死んだ子供の骨を手に抱えた。死んだ子供の姿と、自分の子供のころの姿が重なった。人間の生死程、異常な、恐るべき出来事はない。自分の心が子供の心と相いれないように思われ、子供に済まなく思った。強烈な石炭酸をかけられ、子供は火葬場へ送られていった。すべては消えてしまう。人は、逃れることのできない運命を考えていない。子供は爪の形のいじけた小指

を、可愛そうな指と呼んでいた。清吉は子供時分を回想した。故郷に帰ると、町の姿は変わっていた。死んだ子供も自分の子供時分も、帰ってこない。年老いた母は、故郷に帰ってこいという。彼は藪蔭の細道を歩きながら、真実の生活とはどんなものかと思い煩った。
　　〈収録〉『血に染む夕陽』一歩堂　大11.2　Ⅳ326-7
　　　　　『小川未明選集 第3巻』未明選集刊行会　大15.2　Ⅳ333-16

2687　**赤黒い花　[小説]**
　　〈初出〉「三田文学」大正4年7月
　　〈あらすじ〉病気になった妹が国へ帰るので、電車の駅まで送っていった。春のはじめに出て来たのだが、どこも見物しないまま病気になった。私の妻の妹にあたるが、陰気で、内気であった。妹の孤独が哀れであった。帰り道に見た赤黒い薔薇の花が印象に残った。私の仕事は進まなかった。田舎へ帰った妹は、危篤になった。私は故郷に帰った。私は孤独を煩い、孤独を憐れんだ。子供の目で見る自然は美しい。子供の当時、頼りと思ったのは母であった。その母に叱られ、橋のたもとで私は孤独を意識した。妹の入院した病院では、私の叔母と中学時代の友人Kが亡くなっていた。みな孤独な人だった。この人生はなんと無理解なものだろう。ついに他人から理解されずにしまう孤独がこれらの人には共通してある。私の運命も行く末どうなるであろう。

2688　**心を惹かれるのは滅び行く景色（私の最も愛する自然）　[感想]**
　　〈初出〉「新潮」大正4年8月
　　〈要旨〉山が鋭く尖ったような景色にひとりで対するのは、寂寥に堪えられない。私の趣味は、人間が生活を営んでいる部落の夕暮れの景色のようなところにある。人間が自然に勝って生活している景色も、自然が人間を征服している景色も興味がない。人間も自然もともに疲れているような、傷ついているような景色が好きである。暗く陰気であるが、そのなかに何か人を惹きつける魅力のある景色が好きである。

2689　**牛込の酒場にて（バー(酒場)とバーの人）　[感想]**
　　〈初出〉「新小説」大正4年8月
　　〈要旨〉労働者二人が親方に対して、しきりに詫びを入れながら、もう一度働かせてほしいと頼んでいた。親方は「今夜にでも来なせえ」と繰り返した。二人が去ってから親方がみんなの分まで金を払った。一円にも満たない金額だが、男はその金を持たなかった。彼等が去ったあと、役所に勤めているような二人連れが入ってきた。小柄な男が「彼等には気概というものがない」と言っている。後日、そのときの男が巡査であったことを知る。

2690　**町裏の生活　[小説]**
　　〈初出〉「中央公論」大正4年8月
　　〈あらすじ〉自分に関係なしに自然は動いていた。雑誌社に原稿を持って行っても、子供には難しすぎる、大人には幼稚すぎると言われた。彼は子供のころ、山へ普請中の家を見にいくとき、黒犬がついてきてくれたことを思い出した。彼が書いたお伽話は、その黒犬に似た犬と都会で再会する話であった。彼は、自分の住む町の裏手の一団の生活を思い描いた。崖下には、貧困と不足に苦しむものが住んでいた。狂人がいた。夜中に、隣家から若い男女の声が聞こえてくると狂いだす。若い男女に忠告をしようと思うが、人間すべてが逝く運命を持っていることを思い、思い止まる。子供も死人も狂人も哀れである。彼は童話と小説を書いた。過度の脅迫観念に脅え、

人と会うことをしなくなっていたKが、田舎へ帰っていった。いうに言われぬ人生の悲哀と苦痛を覚えた。
〈収録〉『悩ましき外景』天佑社　大8.8　Ⅳ322-7
『定本小川未明小説全集 第4巻』講談社　昭54.7　Ⅳ368-3

2691　この次の夏には　［小説］
〈初出〉「早稲田文学」大正4年8月
〈あらすじ〉私は黄色にあたりが見える北国の夏が好きだった。また赤く波が染まる北海の夕暮れが好きだった。小高い平地に建った作事場によくやってきた。そこには二三人の大工がいた。兵公は、私を見ると巡査がいなかったかと訊いた。夜釣りに行ったとき、兵公は毎晩寝苦しくて怖い夢を見るのだと言った。翌日、兵公はS村にしかけた仕事があると言って出ていった。その後、兵公がある殺人事件の共犯者であることが分かった。盆が過ぎて、工事が終わったころには、私は学校に通うために町で下宿をした。下宿屋には巡査と口の利けない男の子が住んでいた。はじめての下宿だというので、母が心配して身にきてくれた。寂しそうだから、家に出入りする町の車屋の平蔵を寄こすといって母は帰っていった。その平蔵ものちには妻の病気から、客の財布から金を盗んだ廉で警察に引き立てられた。私は平蔵に向かって言った。「己も、どうせ一度は監獄に行くよ」私は自分たちの等しく受けるべき責任をわずかに一部の人の身の上に帰して、真に善良の人のように平気な顔付をして虚飾に満ちた社会を営んでいる、すべての人間が憎くてならなかったのである。
〈備考〉大正4年6月作。
〈収録〉『血に染む夕陽』一歩堂　大11.2　Ⅳ326-8

2692　この二三日　［感想］
〈初出〉「時事新報」大正4年8月4日～6日
〈要旨〉日射病で兵卒が倒れたという記事を読んだ。命令する者も命令される者も、平等に生きる権利を有している。しかるに人間が一個の機械となって黙々と命令に従い、死ななければならないのは何たることか。私は病気で幼くして死んだ子供のことをむしろ幸福に思った。二十三日はあの子の命日である。馬が酷使され、道端に倒れていた。物もいえない動物は、人間のするままになっていた。「生があるから、苦痛があるのだ」私は、生が幸福よりも苦痛を与えるものだと考えた。乞食の家族が通った。兵卒や馬、乞食の子供を苦痛から救うのは、死しかない。私は親の看護を受けて目を閉じた私の子供の短い一生を、幸福であったと考えた。

2693　夏の趣味　［アンケート］
〈初出〉「読売新聞」大正4年8月13日
〈要旨〉衣食、食物については特別な考えをもたない。洋服は着たことがない。絵画を見ること、英詩、漢詩を読むこと、将棋をさすこと、これらが特に夏における私の趣味である。

2694　夜の白むまで　［小説］
〈初出〉「新日本」大正4年9月
〈あらすじ〉妻の病気は日に増し、悪くなるばかりであった。正吉は夜勤記者である。女の死によって、彼等の家庭生活は終わる。二人は貧しさから、浅ましい喧嘩をした。彼は、妻のことを思うと、流浪者となって哀しみを癒やす人の身の上がうらやましく思われた。正吉は雇われた者の反抗しえない心の卑屈を自嘲した。同じ人間でありながら、幸福を共にすることが

できない階級制度に疑いを抱いた。家に帰ると、妻は医者を呼んでほしいという。医者は、正吉に妻はもう助かるまいと告げた。これまで生活のために、卑屈な生き方をしてきたことを彼は恥じた。自分のために尽くしてくれた彼女のことを思った。

2695　三日間　［小説］
　　　〈初出〉「新小説」大正4年9月
　　　〈あらすじ〉七つ八つの頃に別れた友は、人形屋に奉公した。按摩の笛を聞いたときには、朝鮮にいる女のことを思った。私は死んだ子供のために、この年の秋を泣こうとしている。子供の時分に、杉の森を駆け巡って遊んだことを思い出した。赤い夏の晩方を思った。雲を見て、死んだ子供のことを思った。生は永遠の事実ではなく、死こそ永遠の姿である。そう思うと、貧困の生活も豪奢の生活も差別がない。宇宙のどこにも人間の訴えを聞く神はないが、冷淡に運命を見下ろす神はいる。死んだ男の子の妹を、お加代という一六になる子守りが遊ばせていた。お加代は自分のものだけを大切にした。人間はもっと苦しまなければ、自然が存在することにも、絶対が存在することにも思い至らない。本能の快楽と物質の欲望以外に人間生活を考えないから、自然の威嚇が行われるのだ。叔母も拝金宗であった。人間に対する憎悪の感情は増すばかりであった。私は自然に対して敵意を抱くことはできなかった。

2696　真に疑問を感ずるは青年時代にあり（青年の自殺問題）　［感想］
　　　〈初出〉「文章世界」大正4年9月
　　　〈要旨〉少年時代、青年時代ほど純真な心を抱いている時代はない。私たちが苦痛を感じながら人生を生きているのは、苦痛に慣れたこと、快楽を受ける道を知ったこと、人生を真面目に見ることが自然にできなくなったことに原因している。「死」が老人にとって煩悶を引き起こすものとならないのは、自然にそうなったのだと思う。人間はそう造られているのだ。世間では、親、兄弟や妻子をもってはじめて真の生活の意味が分るというが、だがそのとき彼等は社会と妥協しているのである。私もあることを思いつめた時代がある。自分は今、自然に堕落した。堕落は社会生活をするのに必要なものだが、理想とする人間生活から遠ざかったものでもある。
　　　〈備考〉大正4年8月作。

2697　問題文芸の意義、価値及び形式　［アンケート］
　　　〈初出〉「早稲田文学」大正4年9月
　　　〈要旨〉真実の倫理的批判を要求したいために、「問題文芸」の出現を私は望む。その作者はまず人間とは何ぞやということを考えなければならない。その作者はヒューマニストでなければならない。科学的文明に対する反抗者でなければならない。

2698　総ゆる問題は自己の生活にあり（問題文芸論）　［感想］
　　　〈初出〉「新潮」大正4年9月
　　　〈要旨〉問題文芸とは、今の人々の判断とか、社会上の価値とかを、根底から立て直そうとするところから生じる。二つの行き方がある。一つは人生問題の解釈から生じるもの。もう一つは社会生活における批判から生じるものである。批評の中心を人間において、社会や生活を見たときには、人道のために、弱者のために叫ばねばならない。このような問題は、現代の科学的文明に反抗する熱烈なる詩人でなければ批評しうるものではない。もう一つの問題は、人間の本能の怖ろしさについて考えるとき、人間はは

たして光明に向かって生きうるのかという問題である。これまでの宗教論や哲学論に疑いを起こす。これらを批判する中心は自分自身である。

2699 **現代文明と人間との問題** ［感想］
〈初出〉「精研画誌」大正4年10月
〈要旨〉現在の状態からいうと、科学が進歩し、文明が発達すればするほど、ますます個人が犠牲になる。批評の中心を人間において今の社会制度や生活を見た時に、人道のため、弱者のために大いに叫ばなければならない。このような問題は、現代の科学的文明に反抗する詩人でなければできない。もう一つの問題は、人間がどれほどまで善に向かっていけるかということである。われわれは解釈のつかないものを抱えている。人間は光明を慕うが、光明に生きうるものなのか。

2700 **事実は思想よりも大なり（岩野泡鳴氏夫妻の別居に対する文壇諸家の根本的批判）** ［感想］
〈初出〉「新潮」大正4年10月
〈要旨〉私は自分より弱い者を殺すことはできない。妻を離縁するとか、子供を捨てるとかは、その人間の生涯を殺すことだ。貞操も、子に対する愛も宗教の一つである。利己的感情を中心にしたり、他人の家庭なんかはどうでもよいという考えは醜い。情欲のために相手を犠牲にするよりも、それらの自分の感情を犠牲にするところに、より多くの美が存する。岩野君は、思想を重んずるが、事実は思想よりも更に大なりということを知らない。

2701 **其日の叫び** ［小説］
〈初出〉「新公論」大正4年10月
〈あらすじ〉秋になり脳神経の衰弱が著しくなった。「君の考えることは主観的で同感できない」とある男が正吉を批評した。今、自然に対すると、心は感傷し、追懐が頭の中を駆け巡る。詩人でなければ、自然を解することができない。真に苦しい経験をしたものでなければ、生活を理解することができない。正吉は同郷の長造が失意のなかで都会を去り、再び都会に戻ってきたことを思い出した。長造が正吉を訪ねたのは、正吉が鉄工場の職工長をしていた五六年前であった。満州に渡りたいので、兄に金の交渉をしてほしいと頼んできた。長造は田舎に帰って兄と交渉してくると言った。兄からは正吉宛てに満州へ渡るための旅費が送られてきた。長造は満州に向かう列車に乗った。三年後、長造は朝鮮の鉱山で病死した。この世界は幸福な者より、苦痛に悶える者であふれている。
〈備考〉大正4年9月作。

2702 **教会存立の意義及価値** ［アンケート］
〈初出〉「科学と文芸」大正4年10月1日
〈要旨〉教会は不必要だと思う。彼等には神を説く資格がない。真に信仰のあるものは、こんなところに来ないと思う。

2703 **この一日** ［小説］
〈初出〉「新潮」大正4年11月
〈あらすじ〉私は自分を救いたいと思うが、どうしたら救われるのか分からない。夜があけた。私は暗い、生存競争の物音をきかない夜を讃美せずにはいられなかった。人間が人間を殺すのは真理ではない。文明とは、人間を機械のように使わないことをいう。正義とは、無益に人間の生命や感情を犠牲にしないことをいう。ルソオもトルストイも、一個の意志が世界の

意志を動かした。しかし私は暗黒なる悲観論者だ。世の中の裏面は想像したより暗黒である。疲れた者は休まねばならない。しかし無慈悲な飼い主は休息を与えない。死を懐かしむ思いが起こってきた。「生きるだけ生きる。そして死ぬ」こう考えたとき、私は暗黒な深淵から救いあげられた気持ちがした。

2704　**死顔の群より　[小説]**
　　〈初出〉「早稲田文学」大正4年11月
　　〈あらすじ〉清吉はこの頃になってその日、その日の生活を営むこと以外に人生の目的も、永遠の問題もないと考え、寂寞を感じるようになった。限りない闇が押し寄せ、滅びゆく身の頼りなさを感じた。できるだけ忠実に人間としての責任を果たしていこうと思った。責任を感ずる者に人生があり、自然がある。ある女が、夫から苛酷な仕打ちをうけ、底の社会へ堕ちていった。そのことを非難できるか。北国の人は、冬を怖ろしいとは思わない。与えられた本能を成長させずして、虐げられて死にいく人間の惨めさを思った。それは誰のせいなのか。責任ある行為によって社会は改造されるのだ。いたるところに死顔の青白い群衆がいる。彼等が僥倖をまたず、憐憫に頼らず、自己の生に責任を感じたら、明るい世界に出るだろう。強い人間になれ。
　　〈備考〉大正4年10月作。

2705　**皆な虚偽だ　[小説]**
　　〈初出〉「第三帝国」大正4年11月11日
　　〈あらすじ〉新聞記者のKは、毎日のように日暮方のこの時分にこの路の上を考え深い顔付をして歩いた。Kは自分の単調な生活を思った。人間は毎日同じ自然をみて、飽きることがない。自然にも人生にも、いまだ知りつくせない美と幸福がある。人間の経験は無限であると思うと、未来に幸福が待っているように思われた。そこへHが現れた。二人は夕暮れの町を並んで歩いた。Hは言った。生活は、自身に対する責任である。Hはさらに言った。戦争は悲惨だが、それがなければ人間は人生を考えることもない。子供が街で号外を売っている。Hと別れたあと、Kは自分を待っているものは幸福なのか不幸なのかと考えた。男も女も、理屈をいうHも、俺もみんな仮面をかぶった野獣だとKは思った。
　　〈備考〉大正4年10月作。
　　〈収録〉『青白む都会』春陽堂　大7.3　Ⅳ319-15

2706　**銀色の冬　[小説]**
　　〈初出〉「読売新聞」大正4年11月21日
　　〈あらすじ〉子供は窓から外を眺めていた。誰かが迎えに来てくれる気がした。母親は亡くなっていた。父親は不在がちだった。子供は隣の爺さんに、死んだものは帰ってくるのかと問うた。爺さんは、帰ってこないと言う。父親が帰ってきた。「お前は、もっと外へ出て遊んでこい」翌朝、雪がふった。子供は熱がでた。午後、父親は医者を迎えにいった。父親の留守の間に、隣の爺さんが枕元に蜜柑を三つ置いていってくれた。やがて医者がきたが、子供をみて「これは普通の風邪じゃない。果物などやってはいけない」と言った。医者が帰った後、父親は薬を取りに行った。戻ってくると、子供は片手に蜜柑を一つ堅く握ったまま、冷たくなっていた。
　　〈収録〉『青白む都会』春陽堂　大7.3　Ⅳ319-1
　　　　　　『未明感想小品集』創生堂　大15.4　Ⅳ335-8
　　　　　　『小川未明作品集 第5巻』大日本雄弁会講談社　昭30.1　Ⅳ360-19

『定本小川未明小説全集 第3巻』講談社　昭54.6　Ⅳ367-7

2707　**今年の創作界**　[感想]
　　　〈初出〉「読売新聞」大正4年12月3日
　　　〈要旨〉我々は人生と言い、社会と言う戦場の戦士である。たえず健闘し、いつも弱者の味方であらねばならない。我々の周囲には自分の権利を主張できなかったり、主張しえない大多数の弱者が群がっている。泥にまみれて苦闘している弱小な人々がどれだけあるか知れない。大家はこうした社会と無関係であった。若い世代に血路を見いだそうとしている人々がいた。中村星湖、武者小路君など。

2708　**生活に対する感想**　[感想]
　　　〈初出〉「教育実験界」大正4年12月20日
　　　〈要旨〉生活はただ命をつなぐことだけに意義があるのではない。人間としていかに生きるべきか、その自覚ある生活、個人としての責任ある生活を営むことが大事である。良心の命令に背くことがあってはならない。諸般の制度も機関も、人間の生活を幸福にするものでなければならない。良心の命ずる方向に向かい、行為し、不自然な社会を改造することが大切である。自分自身に対する責任、人間としての責任、社会の一員としての責任を切実に感じ、それを実行しなければならない。

大正5（1916）年

2709　**早稲田町時代**　[感想]
　　　〈初出〉「秀才文壇」大正5年1月
　　　〈要旨〉「秀才文壇」300号の思い出の記事。この号に「処女」新年特別号の広告あり。未明「新お伽文学創作」とある。題名はこの時点で未定であったようだ。

2710　**悲痛を欠ける生活と芸術**　[感想]
　　　〈初出〉「希望」大正5年1月
　　　〈要旨〉（不明）

2711　**酒**　[アンケート]
　　　〈初出〉「文章世界」大正5年1月
　　　〈要旨〉かつては酒を飲まなくても満々とした気持ちになれたが、今は、酒を飲んだときだけ、本当の自分となることを楽しく思う。

2712　**彼と社会**　[小説]
　　　〈初出〉「早稲田文学」大正5年1月
　　　〈あらすじ〉英吉は会社をやめた。人間は機械の歯車になっていれば、食うに困らない。今は社会から見放された者のようにさびしかった。彼の絵は色彩が陰鬱なために、技巧が未熟なために、絵になっていないと黙殺された。英吉よりつらい毎日を送っているものもこの都会には多い。遊んでいても富んでいく者と、いくら働いても食うに困る者とが同じ日を送っている。妻にその話をした。彼女は犠牲を覚悟している。しかし、自分は彼女や子供のために犠牲となることができない。外国の戦争が不景気を招き、多くの貧しいものを苦しめた。自分は異常な飛躍をしなければならないと思った。しからざれば、社会の犠牲者として、同じ渦巻きのなかに包まれてしまう。この自覚と反省がある間は、まだ立ちあがることができる。社

会に革命を起こす先駆者とならねばならない。英吉には妻と子供を衣食させる責任と義務があった。同時に自我を立て貫く責任があった。

2713 **幸福の来る日** ［小説］
〈初出〉「新日本」大正5年1月
〈あらすじ〉私は貧しかったが、幸福であらねばならないと思った。社会にはもっと哀れな人間がいたからだ。家の裏には少しばかりの庭があった。生活に余裕がなく、妻を叱ることもあった。子供は紫色の着物を着ていた。私共は、淋しい町裏の新開地の長屋へ移った。そのころから青眼鏡をかけた男が長屋に出入りした。私がある雑誌の探訪記者になって知り合った男だ。私の妻は牛乳配達をした。石段で滑って怪我をしたが、妻は子供の咳の方を心配した。また家を移った。下に夫婦ものが住んでいた。乞食の兄弟が通った。これを見ると、私は幸福であると思わずにはいられなかった。しかし、その晩、子供が熱を出した。今まで自分らは幸福だと考え、真の不幸は他人の上にあると思ったが、それは偶然であった。人生のすべての不幸が取り除かれない以上は、永遠に幸福はこない。
〈備考〉大正4年12月作。

2714 **大正五年文壇の予想** ［アンケート］
〈初出〉「新潮」大正5年1月
〈要旨〉真の意味の人生批評、文明批評でないものは、価値を措かれなくなる。単にある生活、ある事件を描いただけでは、その作家の趣味興味の他になにもない。衆俗に媚びる作品は難ぜられるだろう。社会は少数者と多数者の戦いであるが、芸術家は少数者に属すものである。

2715 **隣人** ［小説］
〈初出〉「秀才文壇」大正5年1月
〈あらすじ〉日が西に傾いた頃、S町に着いた。私が初めて都会に向かって旅だった日にも雪が積もって終点のN町まで行けず、このS町で泊まった。ある女が親切に宿を紹介してくれた。虚偽の多いこの中に、こんなロマンチックな情趣があることを喜んだ。翌日、私は故郷の山の上にいた。一週間ばかり前に死んだ働き者の太吉を思った。その息子は怠け者であった。朝早くはごをかけて小鳥を捕っていた。つかまえた小鳥を地面に投げつけて殺していた。太吉が亡くなってまだ初七日にならなかった。息子は生活のためには、小さな感情などは関係ないと思っているようだ。私は思った。「虚飾が都会を造り、無智が田舎を造っている」

2716 **教育圏外から観た現時の小学校** ［感想］
〈初出〉「小学校」大正5年1月1日
〈要旨〉子供の五六歳、七八歳という頃は、もっとも純潔な時代であって、各自の個性が十分に現れる時である。ことに神経質の子供はこの時期に天性を発揮し、孤独で憂鬱で、反抗的な気分を有するので、いわゆる厭な子として目されるが、将来の天才はこの種の神経質の子供の中から出る。小学校の教師は好きな子、厭な子と二分しがちだが、これは間違っている。今日の教育は、常識ある健全な人物を養成することを目標とするが、そのために少数の天才を犠牲にする傾向がある。一人の英雄は時代の救う。人生において、真に信仰があり、慈心があるのは、幼年時代である。長ずるに従って次第に純潔を失い、美を失う。信仰を養い、慈悲心を養う時期もまた幼年時代にある。

2717 **小さな希望** ［感想］

〈初出〉「読売新聞」大正5年1月9日
〈要旨〉真紅な木瓜の花が二つ三つ咲いた。そのころ、私の神経は過敏で病的であった。わずかに射す太陽の光を木瓜の鉢を動かしては当て、油粕を与え、水を与えた。人間の力だけでは自然の意志を思うようにすることはできなかった。私は心を腐らせる寂寥から逃れたかったのである。すべての植木鉢を捨て、冬を乗り切るために、木瓜の鉢だけに希望を託した。私の考えには、生という事実と死という事実があるばかりだ。咲いた木瓜の花を前に、私はこの花が春を待たずに散り行く運命をもっていることを思った。一昨年の春には私の子供も木瓜の花が咲いたことを喜んだ。高校の入学準備に来ていた義弟も子供のために木瓜の花を写生してくれた。二人は前後してこの世を去った。私は体を大地に投げつけ慟哭したかった。
〈収録〉『描写の心得』春陽堂　大7.4　Ⅳ320-16

2718 新春文壇の印象　[アンケート]
〈初出〉「新潮」大正5年2月
〈要旨〉宮島資夫「坑夫」を面白く読んだ。素朴な感情、簡潔にして力ある叙景がよい。

2719 文芸批評の意義（文壇時事）　[感想]
〈初出〉「新潮」大正5年2月
〈要旨〉単なる傍観者的態度ということは、何等の価値もない。発見しえざるもの発見するとか、導くとかいう意味において、傍観が観察になり、観察が批評になる。創作の裏に作者の批評なり、人間観なりがあってこそ、創作になる。創作は描かれるべき事実よりも、それを描く主観の上に重きを置かなければならない。批評家も、批評の形をかりて自己の人生観なり、理想なりを表現していかねばならない。ジャーナリズムは、時代の風潮に迎合する。しかし文芸は、時代を超える。

2720 我が星の過ぎる時　[小説]
〈初出〉「文章世界」大正5年2月
〈あらすじ〉昨夜寝る時まで、どうしたらこの苦しい、恥ずかしい、侮辱を受ける貧困から逃れられようかと考えていた。死を決意したときから、何もかも解決した。今日が最後の日である。自分の下宿の女房の姉が子供を連れてやってきた。負債の相談があるようで、姉妹の仲はやがて険悪になった。清吉は子供の頃を思い出した。祖母が甲高い声で清吉を家に呼び入れた。子供は親に従わねばならない。弱者も権力の下で服従させられる。自分が貴く、愛すべきものであるゆえに、自分は自殺するのだ。何のために俺はこの世界に産まれてきたのだろう。祖母の顔が浮かんだ。祖母に連れられ、小学校に通ったころの自然は美しかった。祖母は「みんなの霊魂が空の星だ。お前の霊魂もあの空の星の中にある」と言った。清吉は今夜自分の星が消えると思った。
〈備考〉大正4年12月作。
〈収録〉『血に染む夕陽』一歩堂　大11.2　Ⅳ326-4

2721 野獣の如く　[小説]
〈初出〉「太陽」大正5年2月
〈あらすじ〉正吉は酒を飲んだときだけ、人生はそんなに悲観すべきものではないと思えた。酒場で出会った青年は精神病院に勤めていたが、病院内の虚偽に苦しんでいた。正吉は四五年前に病気で亡くなった弟の死に際し、自分は心の平和を欲するために、真実を知り、秘密を明らかにしよう

とする態度を失っていたことを思った。あの時つまらぬ安心と心の慰藉と
平和に縋っていたのだ。人間として臆病で卑屈で、セルフィッシュであっ
た。女性との結婚問題も同様の結果を招いた。もや彼女に対する愛が足り
なかった。人は生活のために嘘をつく。悪事も働く。秘密もつくる。真に
正直であろうとすれば、現在の社会では生活できない。正吉はそう思って
酒を飲んだ。言うことなすこと醜く、淫らで、狂猛になった。
〈備考〉大正5年1月作。
〈収録〉『血に染む夕陽』一歩堂　大11.2　Ⅳ326-11

2722　賑かな街を　［小説］
〈初出〉「読売新聞」大正5年2月20日
〈あらすじ〉西の地平線を見ながら空想に耽っていたとき、手紙が届いた。
一日も休みはないが、あくまで血を流して頑張ると書いてある。私は以前
会ったことのある青白い顔の青年を思い出した。私もまだアドベンチャー
ができなくなった年ではない。街を散歩しているとき、学友のKに、二年
ぶりであった。みな境遇がかわっていた。Kと別れてから、寂しさがました。
寄席に入っても楽しめなかった。
〈収録〉『青白む都会』春陽堂　大7.3　Ⅳ319-6

2723　新進一〇家の芸術　［アンケート］
〈初出〉「新潮」大正5年3月
〈要旨〉それぞれ異色あることと思うが、精読したうえでないと言いかねる。
一つや二つの作で、批評してはかえって悪いと思う。

2724　最も懐かしい時代（処女作の回想）　［感想］
〈初出〉「文章世界」大正5年3月
〈要旨〉私の頭は火のように燃えていた。感激しやすく怒りやすく、そうな
ると目には何も見えなかった。その後は深い憂愁と絶望に沈んだ。懊悩と
狂暴とが書くものにも、言うことにも表れた。それを陶冶して下さったの
が坪内逍遥先生であった。「漂浪児」を書いた。自分の好きな美ばかりを
集め、これに酔い、飽くことを知らず夢みていたのが当時であった。

2725　歔欷　［小説］
〈初出〉「新潮」大正5年3月
〈あらすじ〉女は私の弟が都会へ出てきたときに可愛がってくれた。女が私
を思っていたことを私は知っている。私も女のことを愛していたが、自分
から言い出すことはなかった。女が嫁いだ。私はさびしい人生を送った。
しかし人生を楽しもうという思いはあった。死はこわい。だからこそ生
に味方し、生を鼓舞する催しや芸術に惹かれた。私は彼女が家にやってくる
ことを生の喜びとした。しかし弟が突然死んでから、幸福に暮らす女を憎
むようになった。自分の心を慰めるために、人の不幸を喜んだ。しかし女
の産んだ子供に障害があり、女が不幸を抱えたことを知ったとき、私は救
われなかった。人間は憎しみによって救われるのでもない。眼に映る以外
に人生の姿はないのだと思った。

2726　長岡から　［感想］
〈初出〉「読売新聞」大正5年3月4日
〈要旨〉山の懐にあるような伊豆山に居たときよりも、温かに覚える。折々、
人の話し声が耳に入るほか、あたりはしんとしていて静かである。湯の量
は少なく、薄暗い狭苦しい湯殿に下りていくのは、田舎びている。母に連
れられていった温泉場を思い出した。

Ⅲ 作品

2727　**廃園の昼**　[小説]
　　　〈初出〉「新小説」大正5年4月
　　　〈あらすじ〉知らぬ間に、彼の頭は調子が狂っていた。吉雄には精神病の遺伝があった。しかし時々盲目になって怒るときがある。自分には残忍性があると思った。彼は人の不正直や不誠実が許せなかった。寛容が彼に欠けていたため、彼は孤独であった。故郷から来た人と話しているとき、孤児のおたきの話がでた。吉雄はおたきを、呼び寄せた。おたきの母親の美しさに心惹かれたことがあったからだ。しかしやってきたおたきは、陰険で親しみにくかった。同情と憐憫は、憎悪と厭嫌の情になった。盗みを働いたおたきをつきとばした晩、おたきは家を出た。この後、彼の心は調子が狂った。おたきの赤い唇が眼に浮かんだ。庭に赤い花を植え、おたきを思った。しかし吉雄は赤い花を皆切ってしまった。苦しい人間の生は永遠に救われることがないと思った。

2728　**梨の花**　[詩]
　　　〈初出〉「ホトトギス」大正5年4月
　　　〈要旨〉暗い雨雲、梨の花が白う。ちょろちょろ水が窓の下を流れる。(以下略)
　　　〈収録〉『詩集 あの山越えて』尚栄堂　　大3.1　　Ⅳ311-19
　　　　　　　『定本小川未明小説全集 第6巻』講談社　昭54.10　Ⅳ370-98

2729　**呼吸**　[小説]
　　　〈初出〉「早稲田文学」大正5年4月
　　　〈あらすじ〉螺子をまかないと時計は止まってしまう。祖母は時計が止まりそうだと言っていた。祖母の死後、この時計は古道具屋に売られた。生は明るく、死は暗い。自分にも人にも心臓がある。自分の心臓がいつか止まることを真剣に考える人間は少ない。それが人間の無智であり、生の誘惑でもあった。私は、心臓に荒々しい刺激を与えまいと思った。少しでも生を保護するのが人間の務めだ。しかし労働者や小動物は、いつも無理な刺激を与え続けられる。生は死の黒い波に翻弄されている小舟である。私はもっと人生に触れてみたいと思う。もっと自然を見てみたいと思う。
　　　〈収録〉『血で描いた絵』新潮社　　大7.10　　Ⅳ321-4
　　　　　　　『定本小川未明小説全集 第3巻』講談社　昭54.6　Ⅳ367-19

2730　**李の花**　[小説]
　　　〈初出〉「ホトトギス」大正5年4月
　　　〈あらすじ〉兄が不治の病にかかって東京から帰ってきた。明日にも命が気遣われる様子であった。兄は李の花が見たいという。医者は冬までもたないだろうと言った。兄は、李の木に登ったこと、寺の近くで学校の小遣いが学校の落第通知をもってこないか見張りをしたことなど、子供時代の話をした。夏が過ぎ、秋になり、雪の季節がきた。兄は汽車が雪の中で立ち往生したこと、車屋の勘助が雪道で行方不明になったことなどを話した。春がきた。白い李の花が咲いた。兄は浮かぬ顔をして李の木の下に佇んでいた。つまらなそうな様子であった。昼過ぎ、兄の姿が見えなくなった。私は兄の死を思い、慌てて外へ飛び出した。兄は屠牛場の近くの木の下に立っていた。
　　　〈収録〉『悩ましき外景』天佑社　　大8.8　　Ⅳ322-4

2731　**彼女**　[不明]
　　　〈初出〉「希望」大正5年5月
　　　〈あらすじ〉(不明)

Ⅲ 作品

2732 四月の小説を評す ［感想］
　　〈初出〉「太陽」大正5年5月
　　〈要旨〉作家によって観察の態度が異なる。静的な立場と動的な立場。落ちついた心で事故の周囲を仔細に眺める者と、刻々に自己を刺激する外界との関係を実感に現わす者。これは人生に対する考え方の相違である。「人生はこのようなものである」ということと、「人生はこうあらねばならない」と思う相違である。その作品に実社会がよく観察され、また批評されているとしても、なお真の芸術とはいえない。その芸術が与える刺激が、ある人間性の根底に触れていなければならない。

2733 窓に凭りて ［感想］
　　〈初出〉「文章倶楽部」大正5年5月
　　〈あらすじ〉子供は人間の子であると同時に自然の子である。大人になると自然から遠ざかっていく。しかし真に活くる人は、いつか必ず自然の情に戻ってこなければならない。自然に対してすら、功利的な見方をする乾いた心が、少年時代のようなうるおいを求めるようになる。自然を愛する少年の心を取り戻せるものが、詩を持ちえるのである。

2734 主観の色彩（文章初学者に与ふる15名家の箴言） ［アンケート］
　　〈初出〉「文章倶楽部」大正5年5月
　　〈要旨〉主観の色彩は、すでに少年時代に鮮やかに分るものである。だからまず何より自分が真に感じたことを言い表すことに努めなければならない。他人にとっては問題にならないことも、自分には意味のあることがある。それを忠実に、深刻に味わう。そこに大切な個性が含まれている。主観を重んじることが最も大切である。

2735 春 ［感想］
　　〈初出〉「文芸雑誌」大正5年5月
　　〈要旨〉「一度君の郷里へも訪ねて行ってみるよ」と私は遠く別れて帰る友に向かって言った。四年の学校生活は人生の深い経験を教えなかったが、友と一緒に過ごした楽しさはかけがえのないものであった。友と別れて四年目に友は結婚した。二年後、友の妻が亡くなった。その後、私は多年憧れていた奈良へ旅立った。奈良から大阪へ行き、友の故郷である紀伊の山蔭を海の向こうに見たが、金がつきて行くことはできなかった。友と別れて一三年になる。友から手紙がきた。数年前に行った奈良の旅をおもい、紀伊の山を思いえがいた。
　　〈備考〉大正5年2月6日作。
　　〈収録〉『描写の心得』春陽堂　大7.4　Ⅳ320-5

2736 新緑の感想 ［アンケート］
　　〈初出〉「趣味之友」大正5年5月1日
　　〈要旨〉郊外、目白附近の新緑を美しく感じたことがある。毎年、春になると、広々とした野原の間を一人ぬけて、あのあたりの新緑を見に散歩する。

2737 樹蔭 ［小説］
　　〈初出〉「読売新聞」大正5年5月14日
　　〈あらすじ〉時は流れていく。今と同じ自然の景色を二度と見ることはできない。なぜそんなことも考えずに、毎日無心に過ごしてきたのか。新緑の熾烈な色を見ながら、自らの死を思った。どんな小さな現象にも、過去と現在、生と死の偉大な暗示がある。私は長男の死を思った。一度、故郷へ連れていってやりたかった。人は何のために、この長からぬ生を営むのか。

III 作品

　　なぜ不自然な労働に健康を損ない、生命を縮めるのか。人は真に考えねば
　　ならない。子供が亡くなる前、笛を吹く子供を叱ったことがある。
　〈収録〉『青白む都会』春陽堂　大 7.3　Ⅳ319-3
　　　　『小川未明作品集 第 5 巻』大日本雄弁会講談社　昭 30.1　Ⅳ360-20

2738　**文芸の社会化**　[感想]
　〈初出〉「読売新聞」大正 5 年 5 月 24 ～ 25 日
　〈要旨〉最近の労働運動が著しく革命的色彩を帯びるにいたったのは事実で
　　ある。多年この社会は、物質主義の文明に慣れ、それによって生じる悪弊
　　が百出したにもかかわらず、人々は最高の観念に向かって奮闘することを
　　怠っていた。芸術家は、常に至高、至純の観念の抱いて、理想と信念のた
　　めに戦わなければならない。この社会には、不平等、不真実、醜悪、暴力
　　が満ちている。それに対し、反抗し、健闘すべきが芸術家である。文芸の
　　基調が人道主義と離れないように、労働運動の根底には、人類愛の倫理思
　　想が宿っている。誰が破壊のあとに来るべき事実について知り得よう。し
　　かし理想を信じなかったならば、生活の寂寞に堪えない。人間性が勝利を
　　得るまで永遠に闘争は終わらない。
　〈収録〉『生活の火』精華書院　大 11.7　Ⅳ327-48

2739　**落日後**　[小説]
　〈初出〉「太陽」大正 5 年 6 月
　〈あらすじ〉学校時代に最も親しかった F が、上京するという報知に接した
　　とき、飛び立つほど嬉しかった。私は友が病身であることを知っている。
　　北国の町にいたとき吐血し、南の故郷へ帰った。母と妻を失い、弟妹とも
　　別れ、漂浪しながら孤独な生活を送っていた。私の方も子供を亡くした。
　　再会は共に喜ばしいことであった。F が逗留する下宿へ、私は赤いゼラ
　　ニュームの鉢を持っていった。F は私の作物や私とのつきあいから、こん
　　なふうになったところもあると告げた。私は友に陰気な影を与えていたこ
　　とを思い、いかに人生が事実において厳粛なものかを思った。私は怖ろし
　　さとともに、胸の底に湧きかえった愛の光に目覚めた。暗黒の哲学をもっ
　　た私の思想が、自分を愛するものを救うために、はじめて変わるのを意識
　　した。F は東京での就職をあきらめ、結局、田舎へ帰っていった。帰る前、
　　F は私のために蘭の葉に似た、黒い花の鉢を買ってくれた。十二年前、私
　　が結婚する前、叔母の家の縁側で、F と妻と私で語り合ったことを思い出
　　した。落日後の西の空には、うす紅い色が残っていた。
　〈備考〉大正 5 年 4 月作。

2740　**紅の雫**　[小説]
　〈初出〉「文章倶楽部」大正 5 年 6 月
　〈あらすじ〉春は喜びと愁しみをまたこの地上に送った。灰色の梢に綺麗な
　　花を咲かせた。この頃はあまり遠くに散歩もしない。私はひとり静かに人
　　のいないところで、自然の愛を深く感じたかった。社会では過度の労働が
　　余儀なくされる。脳神経の疲れで、私は不眠症にかかっていた。肉体にく
　　いこむ憂愁と疲労がなかったら、どれほど春は私の心を慰めたであろう。
　　庭先の西洋草花が真赤に咲いている。雨が降って、花の冠から滴る紅の雫
　　が、緑色の葉の上に落ちていた。K から遊びに来ないかという連絡が入っ
　　た。街の角の店先で男が何かを見ていた。私はもう友達のところへ行く気
　　がなくなった。
　〈収録〉『青白む都会』春陽堂　大 7.3　Ⅳ319-10

175

2741 昨夜の感想 ［感想］
　　　〈初出〉「時事新報」大正5年6月28, 29日, 7月1日
　　　〈要旨〉欧州戦争の惨状が連日報じられている。血が流れる光景も頭に響かなくなったころ、理想を求めて闘う人がふとした病気で死んでいくのを知った。メーテルリンクが、戦争をしている間に春は来るといったように、自然の死は静かに訪れ、幽暗の世界に人を連れていく。だから命ある間は戦わねばならないし、命ある間は戦ってはならない。花は、自然が示す詩である。自然は限りなく美しい。死を思うと、恐ろしい。しかし死を恐れるから、生が美しくとらえられるのだ。生を燃えつくした刹那が死である。死は自然が形態のうえに示した最も深刻な美である。

2742 草の上 ［小説］
　　　〈初出〉「早稲田文学」大正5年7月
　　　〈あらすじ〉草の上に座って、都会の景色を眺めていた。すべてが美しく見えた。不思議な運命を持った私は、頭を壊し、鼻から血を出すまで体を苦しめる仕事から離れられない。私は仕事を自分の生より愛している。同じ仕事をしている二人の友を思い出した。浅井は運命論者だった。死の前に、富や名誉や権力は何の意味もなかった。兄の子供が七歳で死んだ体験が影響していた。しかし草の上に座って私は考えた。私は何事も運命と信じることはできない。正義と真実の光に憧れ、戦う人でありたい。温泉場で母を傷つけた汽車を私は憎む。社会の不自然、不平等な現象を改めたい。山田は労働者あがりの男だった。底辺の労働をしていても、人間が境遇に慣れてしまうことを恐れていた。

2743 夜風 ［小説］
　　　〈初出〉「文章世界」大正5年7月
　　　〈あらすじ〉都会に来てから月日は経った。都会はその生活から逃れることができないほど関係の深いものとなった。故郷の風景はあまり目に浮かんでこなくなった。ある日、吉之助から手紙をもらった。母が上京しているので、挨拶にあがると書いてあった。彼の母は私の乳母である。吉之助は幼少の頃に村を出て、都会で奉公していた。女房をもらい子供ができたので、母を呼んだのだ。私は老婆に会っても言うことがないように思った。老婆に会うと、思ったより老け、哀れに見えた。電車に酔って苦しんでいる老婆を見ながら、自分の仕事が遅れることを考えた。私が七歳の頃、母が病気になった。母は乳母に、私のことを頼んでいた。乳母は身を犠牲にして自分を育てると言ってくれた。愛が最も人生において貴い。夜風が吹いていた。私は人間の愛や力でどうすることもできない、滅びゆく者の姿を泣かずに見ることができなかった。
　　　〈備考〉大正5年6月作。

2744 あの時分のこと ［感想］
　　　〈初出〉「文章倶楽部」大正5年7月
　　　〈要旨〉当時の文壇は自然主義一色で、口を揃えて、態度の厳粛を説いた。実感を描け、生活を描けと説いた。実感を描かぬ作家、生活を描かぬ作家は態度の厳粛ならぬ作家とみなされた。私は空想を描き、夢幻を描いた。それが私の厳粛な態度であった。ベックリンも同様の芸術的孤独を味わった。後年に描いた画には、悪魔の顔が友人の顔であった。私が窮迫状況から抜け出せたのは、坪内逍遥氏の理解と、自分が健康であったことによる。

2745 タゴールとバリモント（如何にタゴールを観る乎）　［感想］

〈初出〉「新潮」大正5年7月
〈要旨〉二人とも、空想を恋にする詩人の特徴をもっている。バリモントは日本に来て、美辞麗句ばかり述べたが、日本人は根底のないお世辞を喜ばない。もっと現実に触れたことを歌わなければならない。タゴールも同様である。彼は富める家に生まれた。人間の進むべき真の道を叫ぶことができるのは、貧乏人の心を経験した芸術家に限る。

2746 **窓の緑葉** [小説]
〈初出〉「学生」大正5年7月
〈あらすじ〉私は崖の下の停車場で電車の来るのを待っていた。木々の新緑が崖底の水の面に顔を出していた。どうして人は新緑に目を注がないのか。自然は悠久であるが人間は決して永遠に生きられない。雑誌社に勤めていたときも、この停車場を使った。いつのまにかみんな歳をとっていく。私は故郷に帰ったときのことを思い出した。懐かしい水音を聴いた。ふさいだ顔で少年の私は釣り糸を垂れていた。今はこうして生活の戦場に立っている。共に生きるものへの幸福を祈った。
〈収録〉『描写の心得』春陽堂　大7.4　IV320-10

2747 **作家として立つに就いての三つの質問** [感想]
〈初出〉「新潮」大正5年7月
〈要旨〉作家として最も肝要な修養は、常に孤独になって瞑想することだ。人間を離れて技巧はない。その人の神経や感情に触れた刺激を印象的に表す以外に技巧はない。いかに巧みに言い表すかではなく、いかに生々しく切実に言い表すかである。読書か経験かというと、まず読書である。物を見分ける筋道、コツを天才は心得ている。内的の経験を先にし、次に外的の経験をするべきである。
〈収録〉『定本小川未明小説全集 第6巻』講談社　昭54.10　IV370-24

2748 **自画像を描くまで** [小説]
〈初出〉「中央公論」大正5年8月
〈あらすじ〉叔父の英吉から手紙が届いた。小樽からだった。脳を病んでいた。彼は子供の頃、英吉がよく遊んでくれたことを思い出した。怠け者で女で失敗し、家出したときに、祖母は英吉を心配した。彼は、英吉が注意したとおり女が家出したあと、日々女を思い続けていた。彼は短い生を思い、醜い煩悩の犬になろうと思ったこともある。女と再会できたら、仕事なんかどうでもいいと思った。ある日、英吉が小樽の橋上で倒れて死んだという知らせが届いた。英吉が死ぬまで自分を思ってくれたことに彼の心は鞭打たれた。人間の霊魂が、人間の霊魂に伝える響きの厳粛さを知った。英吉のためにも、奮闘し、力強い足跡を人生に残す強者にならなければと思った。限られた少数者にしか握りえなかった無窮の力を掴もうと決意した。

2749 **一人一景** [感想]
〈初出〉「文章世界」大正5年8月
〈要旨〉少年時代に燕温泉で、黒眼鏡をかけた男から土方の話を聞いたこと、将棋を習ったこと、数年前、諏訪で白壁に広告の幻燈を写す手伝いをしたこと。

2750 **遠い路を** [小説]
〈初出〉「新潮」大正5年8月
〈あらすじ〉森は何も思わず、穏やかに存在していた。ブヨの群れが刹那の生を楽しんでいた。定吉は、学校を出てから十年になる。翻訳と著述に従

事していたが、彼も同窓からすれば居所の知れない者の一人であった。哲学上の議論をよくした旧友のFは、三年前、病気からある田舎の海岸で死んだ。その頃一緒によく語りあった林と井沢のことも思い出された。才人の井沢の消息は知れない。かつて高台に住んでいた井沢を訪ねたときは、年上の女と一緒に住んでいたが、その女が自殺をしてから井沢も変わってしまった。センチメンタルな詩を書いた林は、その後、精神がおかしくなったというが、定吉を訪ねた林はやはり様子がおかしかった。林はFが死んだことを知らなかった。

2751 **垣根の蔭** ［小説］
〈初出〉「新日本」大正5年8月
〈あらすじ〉老体操教師が北国のある私立中学に勤めていたが、免職された。家族で都会に移り住んだ彼は、ある会社に勤めたがそこも出され、雑貨店を開いたが生活できず、店をたたんだ。若い妻が工場に働きにでて、なんとか生活していた。私は隣同士であったことから、彼とよく将棋をさした。六歳になる女の子がよく父を呼びにきた。彼が将棋に負けるのは、人生において必死の勇をださないことと関係していた。彼の妻が二人目の子供を産んだので、女の子は田舎にやられた。もう垣根の蔭から父を呼ぶ者はいなくなった。彼は子供に対する真情と生活のために苦闘する覚悟で働きに出た。しばらく彼に会うことはなかったが、ある日、自転車に轢かれて頭を打ったと妻から聞かされた。私は自然に対する限りなき反抗と、不平等な人生のために、憤った。最後まで人間性のために戦おうと思った。
〈備考〉大正5年7月作。

2752 **崋山氏の西遊に対する希望** ［アンケート］
〈初出〉「日本評論」大正5年8月1日
〈要旨〉なにゆえにドイツがこのように強いのか、なにゆえに連合側がはかばかしくないのかを、われわれは学ばなければならない。最後は国家によらず、ひとりで戦い、ひとりで行かなければならない。崋山の行を祝し、健康を祈りたい。

2753 **文学者より見たる教育及び教育者（教育と文学）** ［アンケート］
〈初出〉「教育実験界」大正5年8月1日
〈要旨〉少年時代にいろいろの姿で現れる天才を愛護し教育することである。万人を一つの型におさめる現今の教育を憎む。教育家は最も人格者でなければならない。人格の試験をしない今の教員検定試験の制度は間違っている。

2754 **山** ［感想］
〈初出〉「時事新報」大正5年8月8, 9, 11日
〈要旨〉私は子供の時分から、遠くの高い山のいただきを眺めて空想に耽ることが好きであった。祖母は、あの高い山のいただきには天狗さまや熊や狼が住んでいると言った。難波山と妙高山の間にみえるのが最も高い火打山だ。人跡未踏の霊山に対する畏敬の念は去らなかった。町の豆腐屋の主人は修験者で、毎年、妙高詣をした。今年は冬ごもりをすると言っていたが、雪と風と寒さに負け、ふもとのお堂で冬を越した。翌年、私は母といっしょに燕温泉へ行った。
〈収録〉『定本小川未明小説全集 第3巻』講談社 昭54.6 Ⅳ367-14

2755 **「平家物語」と宋詩（余が好める秋の描写 諸家より得たる回答一）** ［アンケート］

〈初出〉「文章倶楽部」大正5年9月
〈要旨〉「平家物語」の中に秋の自然が簡潔に描かれているが、なんといっても中国の詩に秋の思いはよく描かれている。たとえば宋詩の陸游の詩。日本では西行や芭蕉が秋の詩人だ。広重を自然画家の天才と考える。逝く夏を赤でえがき、秋の気分を青で描いた。

2756 山上の風 [小説]
〈初出〉「日本評論」大正5年9月1日
〈あらすじ〉「もう、今年中は町から誰も訪ねてくれる者はない」と母は淋しそうに言った。「こんな山へなど来なけりゃよかったんだね」そう彼は言った。彼の父が、山に御堂を建てたのだ。彼はまもなく町で下宿するが、雪がつもれば、山から下りることも山に上ることもできなくなる。母は父に従い、息子である彼に、はやく父のあとを継いで山に戻ってほしいと願っていた。しかし彼は自分の自由を束縛されるのはいやだった。神だけで人が救われるとは思わなかった。彼は孤独な父の姿を見送った。信仰や愛は人に強いることができない。どこを探ねても求める幸福がないと分かったとき、はじめて神の姿が分るのではないか。風は頻りに吹いて止まなかった。
〈収録〉『青白む都会』春陽堂　大7.3　Ⅳ319-14
『定本小川未明小説全集 第3巻』講談社　昭54.6　Ⅳ367-10

2757 子供を理解せよ [感想]
〈初出〉「小学校」大正5年9月5日臨時増刊
〈要旨〉大抵の大人は自分が子供であった時の心持を忘れている。現在の自分の考えや知識を、子供に詰め込もうとする。こんな不条理な不自然なことはない。大人は常に子供の心持をもって、子供に同情し、理解し、自らも反省することがなければ、子供の教育はできない。人間は各々特徴をもって生まれる。同じ性格、同じ才能をもって生まれるものではない。その個性を大事に育てることが重要だが、学校では子供の性格、才能を平等にしてしまう。

2758 文字と文章 [感想]
〈初出〉「日本及日本人」大正5年9月16日
〈要旨〉国字と国民は永久に離れることができない。文体はその人の個性とあったものが採用される。文字の不便は、かなづかいにある。漢字にかなをつけるのも避けたい。私は文章を書くとき、実感を大事にする。現実に触れ、実際に触れ、人生を深く考えさせる文章は、どんな文章でも好む。

2759 芸術と主観 [感想]
〈初出〉「文章倶楽部」大正5年10月
〈要旨〉自分の実感、自分の経験が、自分の思想である。技巧より、作者の主観や経験から生まれた知識を重んずる。人に迫る力は、作者の実感以外何もない。作者の力量は、どれだけ鋭く深く、力ある実感を持っているかにある。芸術は、各々の個人が、各々の個性に従って各々異なった道をゆくので意味がある。近頃の新進作家にも、ようやく新主観の文学が盛んになってきた。私はこの新主観が、実感と経験から発するものであることを断言する。

2760 文学に志す青年の座右銘 [感想]
〈初出〉「文芸雑誌」大正5年10月
〈要旨〉想像力に乏しき者は作家たること能はず。孤独と貧困に堪へ得ざる

ものは作家たること能生はず。

2761 珈琲店　[小説]
〈初出〉「婦人評論」大正5年11月
〈あらすじ〉Sは都会に放浪する貧しい詩人であった。昼は生活の道に思い悩み、夜は芸術の道に思い悩んだ。他にも苦しい人生の戦闘を続けているものがいる。こんなに苦しんで、何をなさんために人は生を続けるのだろう。Sはそれを宿題とした。Sは坂の中ほどにあった珈琲店に入った。そこで故郷を思った。夏の夕暮、飴売爺が昔の城跡にやってきた。みんなの顔が夕日に彩られていた。いつとなしに爺さんは村に来なくなった。珈琲店でSは、若やかな時分のことを思った。すべてのものが過ぎ去る。人間は昔の子供時分の美しい世界をいつまでも夢みる。
〈収録〉『夜の街にて』岡村盛花堂　　大3.1　Ⅳ312-50

2762 今年の我が文壇に於ける最も価値あり最も感動せしめたる作品及び評論 [アンケート]
〈初出〉「文芸雑誌」大正5年12月
〈要旨〉何より「新思潮」諸作家の真面目な努力に注目した。白鳥君の「牛部屋の臭ひ」には感心した。武者小路氏の作品には純なところがある。谷崎潤一郎氏の「病褥の幻想」の前半を面白く読んだ。小説ではないが、生方敏郎「明暗の境に立ちて」に怖れといたましさを感じた。

大正6（1917）年

2763 大正五年の趣味界　[アンケート]
〈初出〉「趣味之友」大正6年1月
〈要旨〉絵画と文芸に現れたるものでは、憂鬱な色彩より明るい世界へ、いたずらに複雑なものより自然にちかい単純な形式へ、といった傾向がある。この傾向は、将来において新芸術を起こそうとしている。

2764 火の裡へ　[小説]
〈初出〉「新小説」大正6年1月
〈あらすじ〉憲治は疲れた時に、青い空を見た。忘れていた自然の優しい眼を見る。青く、清らかな、澄んだ優しい眼が自分を見つめていた。「お前は正直者だ、しかし不幸な、憐れな人間だ」と青い空は語った。寂寞を感じるのはお前ひとりではない、無窮に存在しなければならない自然も寂寞を感じていると空は語った。子供の咳が聞こえる。人間の生活は、深さと浅さの違いはあれ、大抵同じ経路をたどる。憲治には故郷にお糸という女性がいた。故郷に帰った彼は、雲の流れをみて、時の流れを感じた。学校を卒業したとき、お糸を迎え入れようと思ったが、生活ができないので、そのままに過ぎた。母からもお糸からも憲治を思う手紙が届いた。自分を犠牲にしても相手を思う二人に対し、憲治の方は自分の幸福を思った。下宿で知り合ったE子は、父親の借金のかわりに、吉原へ売られた。咳をしていた子供は、憲治が薬を届けてやるのをためらっているうちに、亡くなった。憲治は長からぬ生を無駄にしてはならないと思った。未来には希望の火が燃えていると思ったが、E子への憐れみの情から、私欲を離れ、人間の正しい生活は、純潔な愛のために繋がれていると思った。
〈備考〉大正5年11月作。

2765 悪戯　[小説]

Ⅲ 作品

〈初出〉「早稲田文学」大正6年1月
〈あらすじ〉叔父を港へ迎えに出るものはいなかった。信次は独り迎えに行った。しかし叔父は船に乗っていなかった。北海道へ行った叔父のことから、お作婆さんの放蕩息子のことを思い、自分のことを思った。春がやってくる。そのときは幸福を享受することができるだろう。そう思って彼が木の洞に石を投げたとき、洞から梟が飛び出した。それを見つけた烏が梟に襲いかかった。信次は責任を感じ、梟を助けてやろうとする。その後、彼はお作婆さんの息子が通った遊郭へ行く。苦しい境遇にありながら無智ゆえにそれを運命とあきらめている女と、快楽に耽ることすらできない自分を比べた。彼は梟のことが気になり、もう一度、木の洞へ行き、石を洞に投げてみた。すると洞から、梟が飛び出した。生きていたのだ。だが帰り道、梟は路の上で死んでいた。この世界に、偶然に生きているものはない。偶然に滅びていくものもない。それを人間は運命といって軽々しく看過する。
〈収録〉『定本小川未明小説全集 第3巻』講談社 昭54.6 Ⅳ367-2

2766 **男性美・女性美** ［アンケート］
〈初出〉「日本評論」大正6年1月1日
〈要旨〉美というものに、男性的とか女性的とかいう区別はない。むしろ美はすべて女性的である。しかしこの美は、客観的に存在するものではない。事件に男性的なものと女性的なものがあるが、それが主観の前に美と表れたときは、すべて女性的になる。芸術とは要するに女性化することである。

2767 **小さな喜劇** ［感想］
〈初出〉「読売新聞」大正6年1月1日
〈要旨〉年の始めに届く年賀状の返事が面倒だ。虚礼も甚だしい。昼寝でもしたいと思ったが、また年賀状が届いた。彼は元来が小心な男である。返答をしないでしまうほどの大胆さはなかった。全部で一四二枚の年賀状を書いたが、紙に書いた宛名の控えをみると一四三枚あった。下女が二階へ子供の布団を干しにあがってきた。続いて新聞をもってきた。かっとなった彼は、赤のインキ壺を彼女に投げつけた。彼は自分の行為を恥じた。
〈収録〉『青白む都会』春陽堂 大7.3 Ⅳ319-2

2768 **異常の世界を開拓せよ** ［感想］
〈初出〉「時事新報」大正6年1月16日
〈要旨〉すべての作物は、作家の主観にまつことは言うまでのないが、その中でも異常な世界を扱うものと、そうでないものとがある。異常な世界とは、単に珍奇な内容を言うのではなく、作家の深刻な心理的洞察の運行をいう。本当の芸術的な小説とは、今まで人の通らなかった、もしくは耕されずにあった世界を冒険的に進んでいくものをいう。今の文壇に、かかる冒険をしようとする者がどれだけいよう。

2769 **北国奇話** ［小説］
〈初出〉「新公論」大正6年1～7月
〈あらすじ〉雪が消えると、私どもは不思議な家へ往来するようになった。その家の夫婦は非常な信神家であった。その家に巫女がやってきた。肺を患っている私の妹のことを、私は姉と一緒にうかがいに行った。先に来ていた女の人は奉公に出た弟の身の上をきいていた。弟は河に身を投げて死んだという。私は地元でも、奉公先でも安らげなかった子供の死を幸福だと思った。霊魂となった今では、生きていたときの執着も未練もない。巫女は妹のことは「何も言うことはない」と言った。私は、妹もこれ以上、

181

苦しまず早く行ってしまった方が幸福だろうと思った。私は以前、妹と読んだお伽噺を思い出した。島へ流されたお姫様が白い鳥の案内で両親の墓にたどり着き、宝物を手にするが、浄土に憧れ、真っ赤な西の空へのぼっていく話。──私の姉と妹は寺詣りに行った。姉は人ごみの中で妹を見失ったという。私は巫女の言った言葉を思い出した。私は宇宙の不思議を知り、跪いて黙とうした。

2770 **新ロマンチシズムの第一人者** ［感想］
〈初出〉「新小説」大正6年1月臨時号
〈要旨〉数年前早稲田南町に住んでいた。その時分は漱石氏の家と近かった。氏を訪ねることはなかったが、作物を通じて、人の噂を通じて、氏を懐かしく思っていた。氏の作で鮮やかに記憶に残っているのは「倫敦塔」「幻影の盾」で、そこには静かな冷たいなかに輝かしいロマンチックなものが光っていた。氏の低徊趣味には、もっと深く人生を味識しようとする深い考えがあった。そこにロマンチシズムの美しい情操もあった。あくまで情味があって、また遠く考えさせられる力は、過去の文壇を通しても氏しかない。

2771 **女の心臓** ［不明］
〈初出〉「東京」大正6年2月
〈あらすじ〉（不明）

2772 **創作の気分** ［感想］
〈初出〉「文章倶楽部」大正6年2月
〈要旨〉創作に大事なのはバアジニティである。生き生きとして、今初めてこの地上に生まれたような活気と、優しみと、潤いと、美しさというものである。作者の神経すなわち霊魂が宿っている作品が大事である。作品を書くとは無から有を創り出すものである。頭が散文的であっては創作はできない。神経感情は緊縮し、全体の調子が緊縮した芸術的気分にならなければ作品はできない。芸術は、材料を組み合わせて出来るものではなく、作家が孤独のうちに養成した心の経験でなければならない。

2773 **雪の丘** ［小説］
〈初出〉「青年文壇」大正6年2月
〈あらすじ〉私がN町に下宿している時分のことであった。宿の女房は背の低い、縮れた髪の女であった。私の他には税務署に勤めるKが下宿しているだけだった。この町は冬になると雪にとざされる。女房の話では、Kは百姓には鬼のような存在だが、わるい人ではないという。私はKが雪のなかで猟をしてきた話を聞いて、いっしょに連れていってもらう。その日は、だが不猟だった。帰り道、Kは一羽の鴉を撃ち落とした。Kは、鴉の霊魂はどこへ行ったのでしょうと私に問うた。私は、鴉が殺される前、鴉が木の枝にじっと止まっていた姿を忘れることができない。三年後、私がこの下宿に再び訪れると、Kは自ら税務署を退いて故郷に帰っていた。
〈収録〉『描写の心得』春陽堂　大7.4　Ⅳ320-7
『小川未明作品集 第4巻』大日本雄弁会講談社　昭29.10　Ⅳ353-1
『定本小川未明小説全集 第3巻』講談社　昭54.6　Ⅳ367-13

2774 **悪人** ［小説］
〈初出〉「太陽」大正6年2月
〈あらすじ〉由之助は、寂れた城下町の彫刻匠の店先に座っていた。臆病な由之助を認めてくれたのは、老師匠だけだった。老師匠が世を去ってから、

彼は町の売女を家の中に引き入れた。彼は不正直で大胆な人を羨むようになった。嘘をおぼえた彼は、店のものを奪って虚栄の都へ出た。偽の貴金属を売り歩いた。だがさすがに淋しかった。その思いを癒やしてくれたのが、北国生まれの女だった。女は嘘を言わなかった。彼は女に珊瑚の簪を与えた。やがて女は肺を病んだ。女は彼に、世の中は正直に渡るものよと言った。女は小声で何か彼の耳にささやいた。彼の顔色が変わった。「あなたみたいな人が悪人なのよ」女は言った。しかしその言葉には、限りない情がこもっていた。程なく、彼は行方を晦ました。

〈収録〉『血で描いた絵』新潮社　大 7.10　Ⅳ 321-10
　　　　『小川未明選集 第3巻』未明選集刊行会　大 15.2　Ⅳ 333-3
　　　　『小川未明作品集 第3巻』大日本雄弁会講談社　昭 29.8　Ⅳ 352-9
　　　　『定本小川未明小説全集 第3巻』講談社　昭 54.6　Ⅳ 367-25

2775　冬の衣と食　[アンケート]
〈初出〉「趣味之友」大正6年2月1日
〈要旨〉寒暑ともにシャツと股引きを着けることの嫌いな私は、この寒さ時分をいとわしく思う。この頃になると南方の冬のない暖かい国を慕う。蜜柑を食べたい。私は蜜柑が好きだ。

2776　話のない人　[感想]
〈初出〉「読売新聞」大正6年2月25日
〈要旨〉まじめに考えれば考えるほど、話が無くなってしまう。人間の交際は雑談のようなものだ。自然は沈黙を守っているのに、人間はどうして物をいわないと喜ばないのか。私は、道の途中でみた轢死者の話をしようとしたが、しなかった。妻にも話をしなかった。

〈収録〉『青白む都会』春陽堂　大 7.3　Ⅳ 319-4
　　　　『小川未明作品集 第5巻』大日本雄弁会講談社　昭 30.1　Ⅳ 360-21
　　　　『定本小川未明小説全集 第6巻』講談社　昭 54.10　Ⅳ 370-25

2777　作物の題に就いての研究　[談話]
〈初出〉「青年文壇」大正6年3月
〈要旨〉私の場合は、作をしてから後で題をつけることが多い。題はやがてその作品の性質を現すと同時に、作家の特質を現すものである。私は題をつけることに苦心をする。一篇を書くときに要するほどの苦心を題に要する。

2778　密告漢　[小説]
〈初出〉「文章世界」大正6年3月
〈あらすじ〉無職者の清吉は、労働者たちが家路につくのを羨ましそうに眺めた。清吉の家に、笑いはなかった。ようやく彼は、鉄工場に仕事をえた。どんなつらい仕事でもやりとげようと思った。妻も子も、元気を得た。だがある日、清吉は工場で信頼されているSから、同盟罷業の請願書の差出者になってほしいと頼まれる。いったんは引き受けるが、職を失うわけにいかない彼は、工場長に密告する。清吉は後悔と慚愧の念に苦しめられる。夜、Sが、清吉の子供のために金を持ってきてくれた。それを見た清吉は、夢遊病者のように家を出た。自分が真に人間でない行為をしたことを恥じた。暁近く、彼は工場の鉄の門に自分の頭を打ちつけ、舌をかんだ。

〈収録〉『小作人の死』春陽堂　大 7.2　Ⅳ 318-4
　　　　『小川未明選集 第2巻』未明選集刊行会　大 15.1　Ⅳ 332-12
　　　　『小川未明作品集 第3巻』大日本雄弁会講談社　昭 29.8　Ⅳ 352-10

Ⅲ 作品

『定本小川未明小説全集 第3巻』講談社　昭54.6　Ⅳ367-6

2779　**同伴者**　[小説]
　　　〈初出〉「文芸雑誌」大正6年3月
　　　〈あらすじ〉未見の友から誘われ、その村へ遊びに行ったとき、友のいる村まで、茶屋にいた男が案内をしてくれた。途中、子供が苛められていた。泣かされた兄を見て、弟も泣きだした。私の同伴者が、苛めていた子供をたしなめた。男は、自分の村にもあんな兄弟がいたと言う。その兄は愚鈍で、弟は感受性が強かった。父は弟を愛した。弟は自分がひいきにされるのが苦痛であった。弟は赤い魚を沼で見た。その弟が沼に落ちて死んだ。赤い魚を取ろうとしたのだろう。その兄は両親が亡くなるまで孝養をつくし、役所に勤めているという。その兄が私だと同伴者は語った。
　　　〈収録〉『描写の心得』春陽堂　大7.4　Ⅳ320-3
　　　『定本小川未明小説全集 第3巻』講談社　昭54.6　Ⅳ367-12

2780　**嫉妬**　[小説]
　　　〈初出〉「黒潮」大正6年3月20日
　　　〈あらすじ〉長い間の零落と失意と貧困の生活から抜け出そうとしたとき、彼の頭に搔乱したものがある。彼の自伝がKの尽力で評判になったとき、別れた恋人から手紙が来た。彼は中学時代、町の郊外で下宿をしたが、いつしか隣家の女を姉さんと呼ぶようになっていた。だが、女の夫が二人の関係を疑い、女の髪を切ってしまった。物凄い顔をした男が光る目つきで彼を睨んだ。それ以来、彼は、人間を怖れた。人間のほんとうの姿は野獣であり、悪魔だ。会社に働きに出ても、彼は人間が人間を支配したり隷属したりしているのを見て、嫌気がさした。そんなとき、飯屋の娘おさくと出会い、恋に落ちた。おさくとなら、どんな人生の苦難も乗り越えていけると思った。女と同棲をはじめて一年後、彼は、隣家のきざな男とおさくの仲を疑うようになる。気がつくと、中学時代に自分が見た男と同じ光る目をしていた。
　　　〈収録〉『血で描いた絵』新潮社　大7.10　Ⅳ321-8
　　　『定本小川未明小説全集 第3巻』講談社　昭54.6　Ⅳ367-8

2781　**女の蔭に**　[小説]
　　　〈初出〉「東方時論」大正6年4月
　　　〈あらすじ〉二人には、口汚く罵る争いと掴みあい、恐ろしい我がままと憎しみの日が続いた。私は女と別れた。しかし別れたあと、すぐに後悔した。垣根の際に白い花が咲いていた。私は女から便りが来るのを待った。ある日、女の従弟だという青年がやってきた。女が家を出ていることを知らなかった。しばらく滞在することになった青年と私はいろいろな話をした。青年は奥州の炭鉱で働いていたが、女を慕って山を出てきたらしい。私が病気になったとき、彼は熱心に看病してくれた。おかげで病気は治ったが、彼はある日、自動車にはねられてしまう。苦痛に悩む目を私に向けながら、彼は別れた私の女に長く恋をしていたことを打ち明けた。彼の眼をみると、暗い影は無くなっていた。私は私の犯していた罪を心に恐れた。
　　　〈備考〉大正6年3月作。

2782　**死の鎖**　[小説]
　　　〈初出〉「早稲田文学」大正6年4月
　　　〈あらすじ〉父は、私を嫌い、顔を見るのも嫌だと言う。世の中が厭になり、一人で考えたいと言う。親子は離れがたいと思っていたが、親であっても、

III 作品

底知れない残酷な、悪魔の神経がある。哀れなボンが、ブリキ缶をつないだ荒縄を首にくくりつけられていた。私は荒縄を切ってやった。二年前、泣いている犬を拾って、ボンと名づけた。翌年、母が死んだ。母の死後、父の性格が一変した。父は私を殺すと脅した。忌まわしい争いの中で、私が父を殺さないとも限らない。私には恋している女がいた。その女が暫く田舎の叔父の家に行くと言う。私は彼女が心変わりしたのではないかと邪推した。私は彼女から裏切られることがあってもたじろぐまいと思った。そのために、悪人となり、冷酷になろうと思った。そうでなければ生きていけないと考えた。私は犬を連れ、曠野へ行った。犬を木につないで走り去った。犬は鎖を断ち切ることが出来ずに、死んだ。私は犬の死骸を抱いて慟哭した。苛酷な宿命を呪った。

〈収録〉『血で描いた絵』新潮社　大 7.10　IV321-9
『小川未明選集 第3巻』未明選集刊行会　大 15.2　IV333-2
『小川未明作品集 第3巻』大日本雄弁会講談社　昭 29.8　IV352-11
『定本小川未明小説全集 第3巻』講談社　昭 54.6　IV367-24

2783　深く現実に徹せる人　[感想]
〈初出〉「日本評論」大正6年4月1日
〈要旨〉いかなる人を選挙すべきかというと、言うまでもなく、真の人間生活について深く考える人である。苦労に同感あるもの、またこの生活及び生活の意義について深く考えるものである。すべてを通じて、現実に触れた理想ある、真の生活に対して実感ある、そして現在の生活をより善くしようとする真の理想家を私は挙げる。

2784　彼等の生活　[小説]
〈初出〉「文章倶楽部」大正6年5月
〈あらすじ〉子供が昨夜泣き続けたので、彼は寝不足で工場に向かった。子供は妻の父親が、どこか外へ連れていった。彼はどうすれば、この沈滞した底の生活から這い上がることができるだろうかと考えた。小さいときに生き別れになった妹のためにも、生活を立て直したかった。妻は家で内職をしていた。妻の父は、娘が彼と同棲するようになったときについてきた。社会で虐げられてきた老人は、人を愛する心を失っていた。生きていくために娘夫婦の顔色ばかり気にしていた。ふと眼を離したすきに、子供がなくなった。老人はうろたえた。彼等の一日は、こうして過ぎていく。
〈収録〉『青白む都会』春陽堂　大 7.3　IV319-13

2785　銀貨　[小説]
〈初出〉「読売新聞」大正6年5月13日
〈あらすじ〉彼はこの都会から、どれほどの恩恵を受けているか考えなかった。また友人から、どれほどの愛と憐れみを受けているか考えなかった。彼は自分の憧れる芸術と一緒なら、どんな淋しいところへ行っても寂寥を感じないと思った。ある画集を求めたかったが、金がなかった。ようやく金をえて、本屋にいくと、もう一冊買いたい画集があった。彼の懐には二〇銭銀貨しかなかった。彼は日ごろ、この金銭のために苦しんでいることを思った。彼はその銀貨を河に向かって投げた。
〈収録〉『青白む都会』春陽堂　大 7.3　IV319-5
『小川未明作品集 第5巻』大日本雄弁会講談社　昭 30.1　IV360-22

2786　星湖君について（中村星湖論）　[感想]
〈初出〉「文章世界」大正6年6月

〈要旨〉星湖君と私は芸術の方向において著しく傾向が異なっている。しかし主義を離れ、専心自己の芸術に忠実な点で、人生に寄与しようとする点で、変わりがない。星湖君の芸術は観察に重きをおく。私は客観よりも主観に、観察よりも神経に生命を見出だそうとしている。どの作家も人生のため、社会のために働くことを忘れてはならない。星湖君にある、この態度を尊敬する。

2787 **若葉の窓から** [感想]
〈初出〉「青年文壇」大正6年6月
〈要旨〉露西亜の今度の革命は人生問題における重大な一転機を画した。人民が真の人間生活を欲求する思想と、長い間における文学者の努力と苦闘が功をなしたのだ。露西亜以外の国の芸術では、真に人生のための芸術とはなっていない。日本の文壇が進むべきは、生存問題であろう。外面的な社会批評におわらない、自己に深く突入したものである。自己及び人間のもっている感情や神経の怖ろしさを強く感じなければならない。人間の生死の本当の意味を知っているものはわずかしかいない。肉体がやがて消滅する絶望から生れる人間的欲求が、永遠に生きるという考えをもたらす。愛や正義は絶望から生れるものである。

2788 **小作人の死** [小説]
〈初出〉「新小説」大正6年6月
〈あらすじ〉要助の父は、崖道を広げようとしたが、若旦那の後見人に見つかってしまう。父は若旦那が都会から帰ってくればこんなことはないと言いながら、死んでいく。要助は一年後、孤児のお咲と結婚した。その翌年、若旦那が帰ってきた。お咲は評判の美人であった。要助は、お咲が若旦那と関係をもっているのではないかと嫉妬と疑惑に苦しめられ、お咲に暴力をふるうようになる。たえず頭の上から重苦しく押さえつけられる気持ちになった。お咲は妊娠するが、要助はそれが自分の子供でないように思った。残忍な目つきで、お咲の腹を蹴ろうとしたとき、お咲は家から逃げ出した。要助はあとを追うが、見つけることができなかった。やがて、お咲が地主の家へ行っていると告げたものがいた。要助は、火縄銃をもって地主の家へ行くが、ややあって、自らの胸をつらぬく銃声が轟いた。
〈収録〉『小作人の死』春陽堂　大7.2　IV318-1
　　　　『小川未明選集 第2巻』未明選集刊行会　大15.1　IV332-11
　　　　『小川未明作品集 第3巻』大日本雄弁会講談社　昭29.8　IV352-12
　　　　『定本小川未明小説全集 第3巻』講談社　昭54.6　IV367-5

2789 **停車場を歩く男** [小説]
〈初出〉「中央文学」大正6年6月
〈あらすじ〉幸福はすべて過去にあったように思う。すべての人間が幸福を見出そうとして、現在から未来へ続く単調な道を根気よく歩いていく。しかしその先に見えていた希望の光はだんだん消えていく。だが私は過去にあった幸福の姿を思い出すだけで、人生のありがたみを感じる。私は晩春になると別れた女の目を思い出す。あのとき他に誓った女が私にはあったが、その前に、なぜ心のうちを語ってくれなかったのか。愛に満ちた女の目は、今も私に幸福を与えてくれる。寂寥を感じる晩春、停車場で、私は同じ目をもつ女を見た。人生にはいつも愛がある。これだけで私はこの生に幸福を感じる。私は、停車場を歩く男となった。
〈収録〉『青白む都会』春陽堂　大7.3　IV319-1
　　　　『小川未明作品集 第5巻』大日本雄弁会講談社　昭30.1　IV360-47

III 作品

『定本小川未明小説全集 第3巻』講談社 昭54.6 Ⅳ367-9

2790 霙の音を聞きながら―いやないやな中学時代―（私の一七の時）［感想］
〈初出〉「文章倶楽部」大正6年6月
〈要旨〉一四の時、家が高田の町から二里離れた山の方へ移ったので、高田の町に下宿をして中学に通った。一番私が嫌で苦しい経験をしたのは、中学時代である。この時分にたくさんの雑誌を読んだ。一七のとき、お城の濠の傍らにあった漢学の先生の家に下宿したが、土瓶を買いに行かされ、そこを出た。その年の冬、不幸な寡婦の家に下宿した。霙の音を聞きながら勉強した。他に学生が一人、憲兵が二人いた。教会堂があって、研学会という名で仲間があつまり、議論をした。

2791 学校教育と創造力 ［アンケート］
〈初出〉「教育実験界」大正6年6月1日
〈要旨〉私ほど小学校、中学校に憎悪を持つものは少ない。僻見と不公平、理解や愛のないことで教師としての資格を欠いていた。中学校の作文教師は、私の自由で奔放な創造力に圧迫を加えた一人である。

2792 彼の二日間 ［小説］
〈初出〉「東京評論」大正6年7月
〈あらすじ〉都会は生きた魔物のように、間断なく人間を呑吐している。波乱の多い生活の海は少しも静まり眠るときがない。要助は再びこの都会に生活の綱を探すために入ってきた。彼は餓えていた。故郷の母には必要な金を送ってやらねばならない。彼は困って、婦人雑誌社の前に立った。友は、訪問記事の仕事を与えてくれた。H夫人を訪ね、記事を書く仕事だった。夫人は如才なく要助に対応してくれた。しかし彼女のまわりは贅沢なものばかりであった。彼はその夜、記事を書いた。夫人は感じのよい人だが、離れると厭な感じが伴ってくる。憎しみの感じは受けなかったが、愛の感じも受けなかったと。あくる日、友に記事を見せた。友は、あの女ばかりではない。この都会がそうなのだと言った。

2793 遠き少年の日（夏の旅の思ひ出） ［感想］
〈初出〉「文章倶楽部」大正6年7月
〈要旨〉夏が来ると思い出す旅の思い出は、子供の時分、母に連れられた温泉に行ったり、知らない田舎へ行ったりした三四の思い出の他ない。その時分はまだ祖母もこの世にいた。白髪頭のおっとりした顔の印象が浮んでくる。私が癇癪持ちだというので、母と山寺へ加持をしてもらいに行ったときの記憶もある。もう一度あれと同じ景色をみたいが、もう昔は帰ってこない。按摩の笛の音に子供時分の夢をたどるばかりだ。

2794 私の好む夏の花と夏の虫 ［アンケート］
〈初出〉「日本評論」大正6年7月1日
〈要旨〉くちなしとさるすべり。淋しみのある陰気な姿が好きである。遠い感じと夢幻的な世界を思わせる。馬おい。盂蘭盆の前後にこの虫の音をきくと、祖母の面影を心の目に描く。

2795 理想主義の作品 ［感想］
〈初出〉「時事新報」大正6年7月14,15日
〈要旨〉星の光を見ていると、人生のはかなさが思われる。人の死を見送り、そして自分も死を迎える。そのことを思うと怖ろしい。生まれてこなければよかった。倉田百三「出家とその弟子」には泣かされた。シュニッツ

ラー「みれん」の時のように。坪内逍遥先生の「桐一葉」の蜻蛉の運命にも憐れぶかいものを感じた。彼女を支配した冷酷な運命。「名残の星月夜」の実朝も同じだ。私は運命を呪うよりも怖れる。正義の観念を覚醒させる。ロマンチシズムの芸術は、この真実の上にある。運命に対する無終の戦闘を行う芸術によって、はじめて人は癒やされる。

2796 都会生活者の採り容れ得べき自然生活味　[感想]
　　〈初出〉「中央公論」大正6年7月臨時増刊号
　　〈要旨〉絵画と盆栽。私はつねに自然を思慕しようと努めてきた。紀行文を読むよりも、一枚の日本アルプスの絵ハガキがよい。転居するごとに庭地の少なさをうらむ私は高山植物を眺め、人跡稀な露深き境に心を馳せる。

2797 再会　[小説]
　　〈初出〉「人間社会」大正6年8月
　　〈あらすじ〉高原の単調に疲れ、人の住んでいる賑やかな町が慕わしくなっていた。私ははやくX町に着いて、宿屋で身体を休めたいと思った。運命は再び彼女と私を出会わせた。二年近く通ったことのある彼女だが、その後、別れたままになっていた。宿屋の女中になっていた彼女を私は見た。彼女も私を見た。だが私はどうせまた別れるのなら、黙って去ろうと思った。しかし、彼女のことを思って眠れしなった。夜明け頃、彼女が静かに部屋に入ってきた。彼女は旅の帰りにまた寄ってほしいと言った。だが私は約束を果さなかった。来年またそこを訪れるつもりである。

2798 陰鬱な力強い土地（文壇諸家の心を唆る山水）　[感想]
　　〈初出〉「中央文学」大正6年8月
　　〈要旨〉私が想像に描く景色はただ一つある。学校時代に最も仲のよかった友達が住む紀州の田辺の海岸の景色だ。信州の高原の景色も好む。最も忘れえない景色は子供分に母と一緒に燕温泉にいった妙高山の裾野の風景だ。

2799 白痴の女　[小説]
　　〈初出〉「新潮」大正6年8月
　　〈あらすじ〉誰も人が見ていないということが、私を、白痴の女と物と言ってみる気持ちにさせた。なんで白痴の女に物を言うことが悪いのか。おさくと私は幼馴染だった。相撲をとったり遊んだりした。彼女が脳膜炎にかかったとき、私は彼女の家の前で巴旦杏を食べていた。おさくは私生児を産んでいた。子供の父は、彼女が飯炊きをしている請負師か、その息子であった。私は、彼等二人を憎んだ。おさくに二度と畜生のようなことはしてはならないと言った。翌日、おさくが自殺した。おさくを殺したのはお前だ、と耳元で囁かれている気持ちがした。
　　〈備考〉大正6年7月作。

2800 浴衣姿の美人に対して　[アンケート]
　　〈初出〉「中央公論」大正6年8月
　　〈要旨〉浴衣姿の女を見るだけで東洋に生まれたことを感謝する。夜の燈火に映し出された女は、すべて美しく見える。こんなことすら限りなく生に執着を感じさせる。

2801 山草の悲しみ　[小説]
　　〈初出〉「文章世界」大正6年8月
　　〈あらすじ〉酒場では、青白い痩せた女が、眼をきょとつかせていた。今夜

の見慣れない酔いどれは、何かしでかすに違いない。生血がべっとりと塗られるのではないか。労働者は物凄い顔で怒鳴っていたが、やがて案外おとなしく出ていった。不穏な黒雲が流れてきた。暴風雨の前触れだった。町の植物愛好家のバルコニーには、高原植物の一鉢があった。梅鉢草、姫百合、リンドウ、虎城は、ひとしきり吹いた湿っぽい生暖かい吐息のような風を受けて高山を思った。哀れな草の霊魂は蘇った。
　〈収録〉『青白む都会』春陽堂　大7.3　Ⅳ319-16
　　　　『小川未明作品集 第5巻』大日本雄弁会講談社　昭30.1　Ⅳ360-48

2802　**罪悪に戦きて**　[小説]
　〈初出〉「中央公論」大正6年8月
　〈あらすじ〉正吉は、叔父の営む活版工場を手伝っていた。おひさという顔の醜い女中と藤田という職工がいた。正吉は、南瓜の花の咲く圃や茱萸の木が周囲に茂った空濠、城下の士族屋敷を思い出すことがあった。転業を考える叔父が故郷に帰ったので、正吉が工場の面倒をみていた。奉公に来たおはなに、正吉は心ひかれる。ある日、正吉の金が盗まれた。彼はおひさに罵詈を浴びせて追い出した。だが後で、盗んだのはおはなだと分かる。彼は、良心の呵責に苦しむ。工場が処分されることになり、正吉は職工の藤田の下宿に住むが、そこで藤田が主人の妻と関係をもっていることを知る。可哀そうなのは、子供の時一であった。人間の汚い、醜い心が罪悪を作る。正吉は下宿を出て、役所に勤めた。ある日、西洋料理屋におはなが勤めていることを知る。正吉は本能と良心の間で苦しむ。またある日、正吉は道で藤田に出会う。時一が荒れているという。正吉は時一の味方となり、不条理な人間生活に反抗しようと思った。
　〈備考〉大正6年6月作。
　〈収録〉『血に染む夕陽』一歩堂　大11.2　Ⅳ326-14

2803　**銀河に従ひ**　[感想]
　〈初出〉「読売新聞」大正6年8月17～29日
　〈要旨〉あの天の川の行くところに、原野がある。そこで寂寥を感じ、孤独を感じたかった。ある青年から手紙をもらい、甲信の旅に出ようと思った。日野春に着いた。八ヶ岳が見える。私は山に対して黙っているのが好きだ。無心に青い空に漂う変幻出没きわまりのない白雲を眺めているのが好きだ。私には人生が限りなく淋しく感じられるときがある。淋しい高原に住んでいる人はこの寂寥によく耐えているものだと思った。私をつねに沈鬱に導くのは自然であるが、また私を勇気づけ、孤独に堪えさせ、奮闘させるのも自然である。富士見の宿は最低であった。青柳から下諏訪へ出て、温泉につかった。相部屋の客があった。売薬の行商人で、倉の白壁に幻燈を写すのを手伝ってやった。銀河が私の行くところ、ほの白く流れていた。私は立ち止まってそれを眺めていた。

2804　**女流作家に対する要求**　[感想]
　〈初出〉「早稲田文学」大正6年9月
　〈要旨〉一葉には気高いところがあった。凛とした彼女の風格がしのばれる。女性は最も誠実であり、詩人であるべきである。中条百合子はまだ醇化が足りない。田村俊子は繊細だが、それを誇張しすぎている。尾島菊子はひらめきが足りない。野上弥生子は反抗的気分がない。素木しづ子は光彩に乏しい。女性作家に限ったことではないが、芸術には人間生活の上に何らかの輝きと熱をもっていなければならない。

Ⅲ　作品

2805　虹の如く　［小説］
　　　〈初出〉「東方時論」大正6年9月
　　　〈あらすじ〉遠く雑踏している巷には戦い、疲れ、地に伏して泣いている人々の世界があった。一方、快楽、自由、恋愛、幸福の世界もあった。「自由に、大胆に、青年時代を送るべきだ」と北山は思った。故郷にいる許婚のおみよより、この前遇ったおときに心惹かれた。おみよからは、真心のこもった手紙が北山に届いていた。体の具合が悪いとあった。北山は同じ下宿にいる同窓の小橋と話をした。小橋は寡黙な男だったが、自分の人生は長かったように思うと言った。この上の飛躍も望まないし、幸福を得ようとも思わないという。小橋は学生時代の失恋の傷を負っていた。北山は小橋の話を聞いて、おみよの死を願った自分を浅ましく思った。自分が死ぬべきだと考えた。

2806　秋を迎ふる気分―　［感想］
　　　〈初出〉「文章倶楽部」大正6年9月
　　　〈要旨〉夏が過ぎると、ああ夏も逝くのだという悲しみが湧いてくる。しかし秋には一種の楽しみもある。夕焼の美しい晩方、四谷の瘤寺へいった。小泉八雲の面影をしのんだ。秋になると仕事もよく出来るようになる。新しいことについて、いろいろ計画を立てたりすることのできる季節だ。(「秋を迎へんとする感想と秋の思ひ出」の抄録）

2807　広野を行きて　［小説］
　　　〈初出〉「中学世界」大正6年9月
　　　〈あらすじ〉私は幾年目かでこの景色を眺めていた。灰色の町は夕陽の光を受けていた。火の見やぐらが昔のことを思い出させる。見渡すかぎり広々とした野原である。永劫に変わらない夏の日暮方を思わせた。私の村はこの村の彼方にあった。学校へ行くとき、この野原を歩いていった。白い経帷子をきたように雪に覆われた道を。今、何の物音も聞えないかというとそうではなかった。空の色や草に落ちる光や私の悩みを統一する蝉の音があった。それがなければ、いかに寂しい広野であろう。私はN河を思い出した。子供のころ、よく釣りをした。胡桃の木、ぐみの木。しかし、その河におさくが身を投げて死んでしまったことがある。晩春の日暮方、河面は真赤に染まっていた。広野を歩いていった私はN河にでた。やはり河面は真赤であった。

2808　愛に就ての問題　［感想］
　　　〈初出〉「新潮」大正6年9月
　　　〈要旨〉母の愛ほど尊いものはない。子供のためにはすべてを犠牲にする愛の一面に、子供を素直に、正直に、善良に育てていく厳しい鋭い目がある。子供は、母の愛を永久に忘れることができない。宗教より、道徳より、もっと強い感化を与える。母親がしっかりしている家の子供は、恐れを知り、悪いということを知っている。社会の弱者や貧窮者に対し、母の愛をもって接するのでなければ、中途半端な接し方はやめるべきだ。自然のままに放任しておくのがよい。人間が行くところまで行き、極端な苦痛を得たとき、最後に確信と光明をえる。戦争も同じである。徹底的に最後まで戦うことが覚醒をもたらす。
　　　〈収録〉『生活の火』精華書院　大11.7　Ⅳ327-43

2809　選者としての心特と希望 私の見方　［感想］
　　　〈初出〉「中央文学」大正6年10月

190

〈要旨〉いかなる心持ちと態度で、その作品が書かれているかを大事にする。自然について、人生について、真に感激した事実を書いているか。詩人であるか、俗人であるか。文章の上手より、精神を第一とする。下手であっても、自分を持っている作品は選に入れる。

2810 **率直な明快なる文章（文章の印象―武者小路実篤氏―）** ［感想］
〈初出〉「文章倶楽部」大正6年10月
〈要旨〉私は新進作家の文章の中でも武者小路氏の文章が好きである。氏は余りに自分につきすぎ、実感を痛切に書くきらいがある。私自身も同様だ。早く自分に多く煩わされず、もっと強い人間になり、もっと寛大な心になって人生を見たいと思う。しかし若い内は主観的であるべきだ。自分に強い執着があり、深い主観があるだけ、その人の未来には、澄んだ広い客観の世界がある。自分の道を突き詰めていったもの、ある経験に対してまっすぐに突き進んでいったものに初めて知られる世界である。

2811 **其の男** ［小説］
〈初出〉「新日本」大正6年10月
〈あらすじ〉田舎の小学校に勤める吉雄は、ずっとここにいようと考えていた。彼は少年時代に、ある上級生から苛められた。吉雄は、平衛門さんが財産を失い、執達吏が執拗にやってくる話を聞く。平衛門さんは、人のいい正直な爺さんだが、石油事業に手をだして財産を失った。決定的なのは、弟の保証人になったことだ。彼は過酷なことをしない地主であった。彼のもとにいた小作人は、隣の地主に管理されたが、厳しい取り立てを受けた。番頭の小橋が、意地悪な眼で監督していた。みんないつかは死ぬ。なのに、どうして人々は争うのかと吉雄は思った。祭の日に執達吏がまたやってきた。その執達吏はかつての上級生だった。

2812 **生命の綱** ［小説］
〈初出〉「早稲田文学」大正6年10月
〈あらすじ〉彼は五六年前に疫痢で死んだ長男を思った。それから一家は果物を口にすることはなかったが、妻が、果物を食べたいという。産後すでに半年経っているから、体に障ることはないと思い、真桑瓜を食べた。彼にとっても、懐かしい味だった。いかに子供のころの田舎の生活が自然であったかを思い出した。しかし、赤ん坊はその後、緑色の便をするようになる。医者は母乳をやってはいけないと言う。真桑瓜が原因だろうと医者が言った。田舎の子供にとって自然なことが、都会では不自然なこともある。真実の生活はどこにあるのか。ほ乳瓶を母親の乳首に見せかける方が不自然だ。だが、夜中中、泣き続けた子供は腹がすいて、朝には牛乳を飲むようになった。ほ乳瓶が生命の綱となった。

2813 **なぜ母を呼ぶ** ［小説］
〈初出〉「太陽」大正6年10月
〈あらすじ〉自然はかわらない。私だけが年をとった。結婚後、臆病な私は人づきあいもできず、作家として暮らしはじめた。仕事の苦痛から彼女につらくあたった。佐野が、ときどき家を訪ねては家庭を賑わしてくれた。婦人雑誌の外訪記者となった彼女は、社交的になり、私を冷やかに見るようになった。子供の正一も、子守に託すことが多くなった。二人の関係が冷えたとき、私は佐野に仲介を頼んだが、結局、家をでた彼女は佐野のもとへ行ってしまった。母を正一は慕い続けた。私を睨んでいるときもあった。その正一が肺炎になって死んだ。死ぬ直前まで母の名を呼んでいた正

一のために、危篤を母に知らせようかと思ったが、しなかった。正一は、母に会うことができないまま死んでしまった。死んだ子供が要求した愛とは、もっと光りのある、貴いものであった。
　　〈収録〉『不幸な恋人』春陽堂　大 9.1　Ⅳ323-4
　　　　　　『定本小川未明小説全集 第 4 巻』講談社　昭 54.7　Ⅳ368-6

2814　**善と悪との対立（作家の自作解剖）　［感想］**
　　〈初出〉「中外」大正 6 年 11 月
　　〈要旨〉かつては「死」の力の前に絶望し、北国の自然を夢想することによって苦痛を忘れた時期があった。その後、私は「生」を考えた。死を深刻に考える者にのみ、生は深い内容を示す。生を味わうために、死に祟られていてはいけないと考えた。私は、善と悪の対立をみた。富者と貧者、公平と不公平、強者と弱者の対立をみた。私は弱者のために反抗の声をあげた。しかし一個の人間の中に、神と悪魔が同棲している。芸術家はまず自然の人間を見なければならない。正しく冷やかに傍観するのは、その人に倫理的意識が潜在するからだ。しかし私は客観的な作家に甘んずるわけではない。私は厭世家にして宿命論者である。同時に、異常な感覚と神経と思想からなる世界を合理的に説明しようとする。

2815　**小説選後に　［感想］**
　　〈初出〉「青年文壇」大正 6 年 11 月
　　〈要旨〉これらの作品には、何のために筆をとったのかという動機が、鋭く読者の胸をさすものが少ない。もっと我等の生活に新しい感激を与えるものを書いてほしい。芸術的冒険は必要である。いまだありきたりの恋愛問題や生活難の描写にとどまっている。冒険的精神の欠けていることを残念に思う。

2816　**秋の夜　［小説］**
　　〈初出〉「青年文壇」大正 6 年 11 月
　　〈あらすじ〉もう一つ秋である。長吉は、過去に面白い、大胆で、自由な時代が自分にあったろうかと自問した。Kと学生時代に、草の上で話をしたことがある。Kは人間には生があるばかりだと言った。長吉はしかし死の恐怖から逃れ得たものはいないと言った。別の幻影が浮かぶ。今の妻と出会ったときのこと、子供を産んだ妻を駅に出迎えた日のこと、今はその赤子も二年生になっていた。Kも死んでしまった。天上の星は孤独であった。長吉はもっと幸福と真実の生の事実に触れてみない間は、死にたくないと思った。あてなく外を歩いて帰ると、妻が明日の生活に疑いを抱くことなく、冬の支度にとりかかっていた。
　　〈備考〉大正 6 年 9 月作。

2817　**台風の朝　［小説］**
　　〈初出〉「新小説」大正 6 年 11 月
　　〈あらすじ〉二階から往来を見下ろすと、小さい子供が傘をさして歩いている。どうして自分の子供は死んでしまったのだろう。厭な思いも、不安も、生に付随した煩わしさは、死ねばなくなるのに、やはり生が貴く、有り難く思われる。山田が家を訪ねてくれた。二人は未来について無智であった。人間の生活の頼りなさがしみじみ思われた。二人とも、等しく切れやすい運命の糸に操られていた。夜に台風がきた。ある学生が台風の犠牲になって死んだ。昨日まで学生は希望をもって、人生を考えていたはずだ。学生の死とは無関係に、空は晴れていた。ある者は生き、ある者は死んでいく。

それはまったく偶然である。「刹那の生を深く味わえ」

2818 橋の上 [小説]
〈初出〉「秀才文壇」大正6年11月
〈あらすじ〉子供が母親の背中で泣きやまなかった。お前が悪いのだ。乳を半分しか飲ませなかったからだと、武吉は妻に言った。彼女も気が気でなかった。賑やかな店で子供の気持ちをそらそうとしたが、駄目だった。橋の上にでた。暗いところに出て安心した。彼女は暗がりで乳をやったが、思うようにでなかった。「痛い」と彼女が叫んだ。彼は子供のころ、河水を見るのが好きだったから、子供にも同じものを見せたら泣き止むだろうと思ったが、それも駄目であった。彼は孤独を感じ、憎悪を感じた。「河へ落としてしまえ」そう言うと、妻は魂消たように子供をしっかり胸にだきつけた。誰かが橋のたもとで、自分達の様子を見ていた。
〈収録〉『青白む都会』春陽堂 大7.3 IV319-18
『小川未明作品集 第5巻』大日本雄弁会講談社 昭30.1 IV360-50

2819 月光 [小説]
〈初出〉「文章倶楽部」大正6年11月
〈あらすじ〉Kは私の学友であった。よくKの処へ遊びにいった。しかし互いに家庭を持つようになると、互いに行き来しなくなった。私はK夫人がいい人だということを知っている。一年経ち、私はKの家の近くに越していった。K夫人とも打ち解けて話ができるようになった。ある夜、月光が青く澄み渡った空の下で、K夫人と偶然会った。このような空の下に立つと、私は限りない悲しみを覚えた。自らを憐れむだけでなく、生きて死んでいく運命の人間すべてに憐れみをもった。このとき、K夫人は自分の髪が沢山抜けるのだと告げた。三年後、Kは沈みがちな人になっていた。夫人が亡くなったのだ。
〈収録〉『青白む都会』春陽堂 大7.3 IV319-19

2820 親切な友 [小説]
〈初出〉「中央文学」大正6年11月
〈あらすじ〉空を見上げるとき、彼はすべての生物の運命を不思議なものに思った。その中には自分も入っている。友が旅を勧めてくれた。今夜、立つことになったが、行きたくはなかった。どこか静かなところで、何も考えず、雨の降る景色を眺めていたかった。友は病友を案じて、旅を勧めてくれたのだ。しかし友がはしゃげばはしゃぐほど、淋しくなった。都会は彼のような偏狭なものも受け入れてくれた。汽車は平原を走った。ある駅のプラットホームに見た男は、一昨年前に死んだラテン語の教師であった。寂寥が襲い、彼の心を暗く、重苦しくさせた。
〈備考〉大正6年10月作。
〈収録〉『生活の火』精華書院 大11.7 IV327-9

2821 創刊号の歌に就て [アンケート]
〈初出〉「短歌雑誌」大正6年11月1日
〈要旨〉窪田空穂の近作に感動した。「その子らに捕へられんと母が魂螢となりて夜を来るらし」「夕川の水を見つつも亡き人のかはれる身かと思ひつるかも」。松村英一「ひとりゐのこのわびしさに見るものか鉢の小花の朝な朝な咲く」にも感動を覚えた。

2822 懸賞小説批評(特別募集小説発表(小川未明選)) [感想]
〈初出〉「日本評論」大正6年11月1日

〈要旨〉私に感激を与えるものは少なかった。新しい生活を要求するものや、人生の鋭い観察から何かを考えさせるものはなかった。新しい作家がこんな意気のないことでどうするのだ。新しい芸術は、新しい力の手から生れなければならない。生き生きととした生活力と要求と理想と憧憬の中から、束縛されず、怖れざる自由の中から生れてくる必要がある。感激の火の燃えないところ、反抗のないところに新しい力のある芸術は生まれない。

2823 中学を落第した頃　［感想］
　　　〈初出〉「日本評論」大正6年11月1日
　　　〈要旨〉私の二十歳は中学を落第した年であった。数学のために最後の土俵際で放り出された。専門学校に上がったとしても、数学の試験があると思うと憂鬱になった。その頃、中国文学や政治、歴史の本、新刊雑誌などをよく読んでいたが、将来文学者になろうと決心していた。下宿の息子や英語の先生が早稲田出身であったので、紹介状を書いてもらって試験を受けた。牛込原町の友人の住む三畳で、三日ばかり勉強した。合格したときの嬉しさは忘れられない。鈴木秋風、西村酔夢、高須梅渓など、友人ができた。処女作「漂浪児」を書いたのは、大学三年の二三歳のときであった。

2824 比較的自分の出た作（本年発表せる創作に就いての感想）　［感想］
　　　〈初出〉「新潮」大正6年12月
　　　〈要旨〉「悪人」「密告漢」「嫉妬」「小作人の死」などは、自分が比較的よく出た作品である。異常な、しかも人生的なものを書きたいが、ときに説明的になり、常識的になってしまう。

2825 本年創作壇の印象　［感想］
　　　〈初出〉「青年文壇」大正6年12月
　　　〈要旨〉自然主義が一時盛んであったが、今年は人道主義が盛んであった。しかし、自然主義が真の作家を出さなかったように、人道主義も同様の結果を招くだろう。芸術にあっては、流行は無意味である。反抗は、ただ一人だけの仕事である。本当に自分を出している作家が、人生のための戦士なのである。芸術は唯一人で進まなければならない。来るべき芸術は、今日の貴族的な高踏的な芸術ではなく、血にまみれた、生々しい実感から生まれた芸術でなければならない。

2826 大正六年文芸界の事業・作品・人　［アンケート］
　　　〈初出〉「早稲田文学」大正6年12月
　　　〈要旨〉倉田百三の「出家とその弟子」。わが文壇のもっとも異色の作品である。この作によって動かされたほどの力を、外の作に見なかった。

2827 文章を書く上に何を一番苦心するか　［感想］
　　　〈初出〉「中央文学」大正6年12月1日
　　　〈要旨〉人生の一角をいかに鮮やかに現わすかということに苦心する。形ではなく、思想的なものを具体的に彫るように現わしたい。主観的なものでは猜疑や疑惑、運命的なものでは孤独や死。芸術は現実を描くにしても、芸術家の主観が強く現れている必要がある。第六感の働きも必要だ。非現実的なもののなかに現実的なものが含まれる文学も面白いが、現実的なものから思想的なものを現わすのが我々の芸術の目的である。

2828 偶感　［感想］
　　　〈初出〉「読売新聞」大正6年12月15, 18日
　　　〈要旨〉今までの作品が胸に響いてこなかったのは、読む人の生活状態が芸

術を要求していなかったためか、作家の心が読者の実生活に触れえなかったためである。ロシアの実状は、我々に感動を与えた。私たちの生活がもっと苦しく、惨めなものになれば、ロシアの近況が理解されるであろう。愛は大切だが、親子の愛や夫婦の愛は、最後のものではない。人生のための理想を遂行するための愛は、残忍と思われることもある愛である。我が国の物価の高騰は、ある人を富ませ、ある人を貧しくさせた。我々の文学は、現実生活から遠く離れたものであってはならない。人生観も理想も諷刺も暗示も哲学も取り入れることのできる文学は、お伽文学である。

大正7（1918）年

2829 **文壇各種の問題　[感想]**
〈初出〉「秀才文壇」大正7年1月
〈要旨〉ドストエフスキーが偉いのは、ロシヤの国民性がよく描かれ、理解されているからである。しかし真の国民性を発揮した文学は、その国の人でなければ解しがたい。伝統主義の作品の欠点はそこにある。民衆芸術は、伝統主義とはいささか異なる。伝統主義が国家的であるとすれば、民衆芸術は世界的である。貴族主義に対する平民主義、官僚政治に対する民衆政治、そういった反動を言ったものである。トルストイの芸術は、人生のための芸術である。その中に愛がある。愛は正義である。正義は戦うものだ。真の価値のある作家は、常に人生のための芸術にむかって努力する作家である。将来、社会階級の闘争にかかる正義者の輩出が起こる。その結果、民主的傾向に向かうか、ミリタリズムに走るか、何れにしても人生のために考えるべき時代である。

2830 **公園の火　[小説]**
〈初出〉「新公論」大正7年1月
〈あらすじ〉戦争のために諸物価が高騰し、湯銭が上がったのは、小田にはよかった。客が減って、のんびり入れたからだ。彼はぬる湯好きで、来るとすぐにうめた。神経質な彼は、不快な客を見ると、さっさと湯から上がった。湯に入ると、貿易商人のKのことを思った。幸福、愉快は、彼ばかりにあると感じられた。小田は今の単調な生活にあきたりないものを感じていた。秋雨が続いたころ、Kから手紙が届いた。S公園の×ホテルに来てほしいと書いてあった。その日は猛烈な風雨であった。それをおして出かけた。彼に何かあったのではないかと思った。台湾で胃の調子が悪くなり、胃癌だというので、すぐに帰ったが、日本で見てもらったら胃カタルだと分かったと言う。二人は酒を飲んだ。小田は家に帰る途中、自動車に轢かれた。
〈備考〉大正6年12月作。

2831 **旅の女（正月の思ひ出）　[感想]**
〈初出〉「中央文学」大正7年1月
〈要旨〉早稲田にいた学生自分のことである。ほとんど十年間は冬休みに帰ったことがなかったが、はじめて帰省した。しみじみと冬を感じた。家に帰ってから風呂の浸り、榛の木を見ていた。一週間ばかりで都会に戻った。信越の境で日が暮れた。上田で私は降りた。もう一人、女が降りた。私が宿に困っていると、親切に案内してくれた。その後、幾年経っても、正月になるとその女の印象が眼に浮んでくる。

III 作品

2832 **戦争** ［小説］
　〈初出〉「科学と文芸」大正7年1月
　〈あらすじ〉私は海の彼方で戦争があることを疑っている。なぜなら、まわりがみんな笑った目つきをしているからだ。私は「死」の文字を見ることが嫌いである。世の中には、人道主義者も社会主義者も理想主義者もいる。しかし彼等は何も言わない。無智から、臆病から、迷信から、私欲から、偶像を築き上げ、それに命じられるままに動いている。長男が亡くなったときのことを忘れることができない。子供は死の苦しみをひとり経験して死んでいった。子供を弾丸の楯とすることは、あってはならない！ある日、友人Fに、戦争についての私の見解を話した。彼は、人間を高尚なものとは思っていないと言った。人は、どんな場合においても、死ぬのは他人であって、自分ではないと思っているという。子供たちが戦場で死んでいる。正義、それは空虚な叫びでしかないのか。
　〈収録〉『血で描いた絵』新潮社　大7.10　Ⅳ321-1
　　　　『小川未明選集 第2巻』未明選集刊行会　大15.1　Ⅳ332-13
　　　　『小川未明作品集 第3巻』大日本雄弁会講談社　昭29.8　Ⅳ352-13
　　　　『定本小川未明小説全集 第3巻』講談社　昭54.6　Ⅳ367-16

2833 **無籍者の思ひ出** ［小説］
　〈初出〉「早稲田文学」大正7年1月
　〈あらすじ〉私は父と呼ばない、彼と言う。私は彼から虐げられ、苛酷に取り扱われてきた。私が彼の実の子でないとしても、彼とよく似た性質をもっていた。後年、この暗愁と憂鬱のために、どれほど苦しんだことか。ある日、私は彼の問いかけに答えなかったために殴られたことがある。後年、私は自分が無籍者であることを聞かされた。ある日、彼が蟹を買ってきた。彼の留守中、私は蟹の足を一本食べた。そのときの彼の恐ろしい目を忘れることができない。私は十九になるまでその家で育った。彼の暴虐に耐えてきた哀れな母が、病気で死んだ。私は彼女のことを母と呼ぶことができない。母の愛はもっと燃え輝いているものだ。彼の目は私に言った。「お前のすること、言うこと、皆、俺の神経を傷う」私は家を出た。もう十年になる。私には親がない。家がない。人間は敵同士だ。
　〈収録〉『血で描いた絵』新潮社　大7.10　Ⅳ321-7
　　　　『小川未明作品集 第3巻』大日本雄弁会講談社　昭29.8　Ⅳ352-14
　　　　『定本小川未明小説全集 第3巻』講談社　昭54.6　Ⅳ367-22

2834 **大変化のあつた歳（予の廿歳頃）** ［感想］
　〈初出〉「中学世界」大正7年1月
　〈要旨〉高等尋常小学校の頃から将来は文学で身を立てようと思っていた。私は両親から可愛がられた。中学のときは学校の近くに下宿をしていた。一面人なつかしがりやだが、一面人の嫌悪すべき点も敏感に感じた。だから下宿を何度もかえた。数学ができずに中学を落第し、二〇歳のときに上京した。私の生涯を支配する運命の年であった。

2835 **水色の空の下** ［小説］
　〈初出〉「読売新聞」大正7年1月27日
　〈あらすじ〉医者は、Fの病状をみて、助かりそうもないと言った。Fは病床でその言葉をきいた。Fの友人たちは医者の言葉を医者にあるまじきものと非難したが、Fは医者には分るのだろうと思った。彼は悲しくなった。自分はどれほど人生を見てきただろう。自分ばかりが死んでいくことが、

III 作品

不幸のような、心細いような、あきらめきれないような気持ちがした。俺の人生は俺のものであったはずだ。死がこんなに忽然と予告もなくやってくるとは考えもしなかった。Fは死んだ母や、妹のことを考えた。もし生まれ変わるなら、正直に、大胆に生き、醜い心をもたず、卑しい妥協をせずに、信じたことに向かってまい進する。この全社会を敵にまわしても、戦う勇気がある。Fは、神に祈った。空の色は澄み、春が帰ってきた。
　〈収録〉『生活の火』精華書院　大11.7　Ⅳ327-10
　　　　『未明感想小品集』創生堂　大15.4　Ⅳ335-51

2836　**春の夜　[詩]**
　〈初出〉「大学及大学生」大正7年2月
　〈要旨〉薄絹のやうな雲が、月にかかる。黙々たる彼の高い、円い塔！（以下略）
　〈収録〉『詩集 あの山越えて』尚栄堂　大3.1　Ⅳ311-20

2837　**我が感想　[感想]**
　〈初出〉「早稲田文学」大正7年2月
　〈要旨〉芸術における冒険とは、先人未発の真理を大胆に説明することだ。私は長編を書きたいとは思わない。ユニークな短編作家になりたい。書いたものは死後にも残る。それがその人の人格を証拠立てる。最もいやしきことは雷同である。意義ある作家は、その時代において孤立しなければならない。若いときは特にそうである。
　〈収録〉『生活の火』精華書院　大11.7　Ⅳ327-17
　　　　『小川未明作品集 第5巻』大日本雄弁会講談社　昭30.1　Ⅳ360-70
　　　　『定本小川未明小説全集 第6巻』講談社　昭54.10　Ⅳ370-31

2838　**意力的の父の一生　[感想]**
　〈初出〉「文章倶楽部」大正7年2月
　〈要旨〉祖父は、高田藩の士族。足軽よりは好い役。物がたい人。癇癪持ちで酒が強かった。東条琴台が友人。金をためていた。江戸ずみ。子供に対して厳格、怒りっぽかった。祖母は穏やかな、優しい人。藩の家柄の家から嫁にきた。薙刀の名手。祖母の背中で育てられた。子守唄、謡、将棋。私は祖母を泣かせた。箸を取ったこともある。父は養子。高田藩の家柄の人。学問はないが、大胆で忍耐強く、熱狂的なところがあった。会津戦争で疵をおう。春日山に謙信をまつる神社を造るために奔走した。母は神経質であった。私の性癖の一部分は母からのものである。いつも「偉い人間になれよ」と言った。深く私を愛してくれたが、厳格でもあった。

2839　**有望にしていまだ現はれざる作家は何人なりや（一）　[アンケート]**
　〈初出〉「中央文学」大正7年2月1日
　〈要旨〉ついに出るべき作家ならば、いつか必ず出るであろう。隠れた時代は、英気と修養の時代であって、ある意味においてその作家の大切な時代である。黙殺と嘲罵に倒れるようなものは大した作家ではない。「青鳥会」の人々の中によい素質をもった人は二三人いた。出るべき作家なら、いつか出るだろう。その他、宮島資夫も将来よい作を書く人のように思う。

2840　**雪の平原　[小説]**
　〈初出〉「科学と文芸」大正7年3月
　〈あらすじ〉自身の運命は彼にはよく分っていた。姉も兄も同じ病気で倒れた。体が強かった宗吉は、自分にだけは悪魔が取り付くまいと思った。家を遠く離れた彼は、悪魔は自分を探し出すことはできまいと思った。しかし奉公先で宗吉は胸の痛みを覚える。奉公先の主人は、これまでと打って変わっ

て、彼を邪慳に扱いだした。だが彼は貧しい家族の住む田舎へ帰るわけにはいかなかった。東京の郊外で死のうと思ったが、死にきれなかった。彼は、父からの手紙に「帰ってこい」と書いてあるのを見て、親の情に泣いた。宗吉は田舎の雪の平原に立つが、家に帰らず、そこで命を捨てようと思った。

2841 **創作上の諸問題―附『幻想』に就て　[感想]**
〈初出〉「青年文壇」大正7年3月
〈要旨〉創作は、その人によってはじめて描かれた真理の世界をいう。いまだ何人の手によっても描かれなかった感情なり、神経なりがはじめてこの世界に表されたときにおいてのみ、創作に権威が与えられる。この意味において作者の主観がいかに尊いかがわかる。今まで書かれなかったものを描き出す異色の新進作家は少ない。はっきりとその人の姿を思い出させる作品は少ない。鈴木善太郎『幻想』は強迫観念を主題としていて面白かった。本当に自分の実感を追窮し、飽く迄も自分の境地を拓くことに努めてもらいたい。

2842 **現在を知らぬ人　[小説]**
〈初収録〉『青白む都会』春陽堂　大7.3
〈あらすじ〉学校をでて、すでに幾年か経った。雑誌記者や新聞記者をして、また浪人に戻り、昔いた下宿へ入った。彼が過激な仕事をしていたとき、神経衰弱になったが、それも乗り越えた。だが仕事をやめ、字を書いて暮らすようになると、再び体に異常をきたすようになった。一種の神経痛だと医者は言う。彼の青春もいつしか去った。ある日、下宿へ、八年前に別れた友人のKが訪ねてきた。すっかり様子が変わっていた。ある少女がKのもとを去り、Kは田舎へ帰ったのだ。みんなに青春があった。掴もうとすれば、まだ幸福を掴むことのできる現在がある。しかし、彼等は空しく過ぎて、暗い遠方の未来へと歩いていく。
〈収録〉『青白む都会』春陽堂　大7.3　Ⅳ319-8

2843 **赤い花と青い夜　[小説]**
〈初収録〉『青白む都会』春陽堂　大7.3
〈あらすじ〉ふと今夜、私は眠れぬままに起きて、夜の空を眺めている。時は過ぎゆく。自分も秋に向かいつつある。子供の時分のことを思い出すのが、唯一の楽しいことだが、それはやがて空想に疲れて、恨みに泣くより道がなかった。四五年前、避病院の窓から見た赤いカンナの色が忘れられない。紅い花と夏、私は永遠にあの不思議な花の色と姿を忘れることができない。今度は、少年の顔が浮かんだ。十年ぶりに帰った故郷で、管笛をもった少年に出会った。かつて榎の木の下で一緒に遊んだ友達のことを思った。一人は病死し、一人は自殺し、一人は他国に暮らしている。
〈収録〉『青白む都会』春陽堂　大7.3　Ⅳ319-17
　　　　『小川未明作品集　第5巻』大日本雄弁会講談社　昭30.1　Ⅳ360-49

2844 **彼等の話　[小説]**
〈初収録〉『青白む都会』春陽堂　大7.3
〈あらすじ〉数人の青年が話し合っている。尾崎は星ほど不思議なものはないという。この世界で、しかも肉眼で、我等の世界と違った世界を見ることができるのは何と幸福なことだろう。その世界を理知的に捉えるのではなく、驚異をもって眺めるべきだ。次に塚山が山の絶壁にはじめて鎖を打ち込んだ人の信仰の力について語った。そこにいた白衣の行者は、まるで

妖魔のようだった。志野が語った。海のみえる田舎を旅したとき、一人息子を亡くし、夕焼けを見ながら死を待つ老婆に出会った話。この世には、こうした人間の暮らしもある。人生の無常がある。
　〈収録〉『青白む都会』春陽堂　　大 7.3　Ⅳ319-20
　　　　『定本小川未明小説全集 第 3 巻』講談社　昭 54.6　Ⅳ367-11

2845　**顔の恐れ**　[小説]
　〈初出〉「新小説」大正 7 年 3 月
　〈あらすじ〉互いに顔を知り合うということは、なんと恐ろしいことだろう。物を言い合った瞬間から、敵か味方のどちらかになる。自身の気持ちが分からないように、他人の気持ちが分からない。その忌まわしさに比べれば、人とあわない単調な生活のほうがましだ。従妹の M 子が都会に来て結婚するという。私にはただ一人の味方だ。私は M 子の結婚式に行きたくなかった。だが風邪をひくつもりが、腸チブスになって隔離室に入れられた。以前、私は北国で、M 子の叔父に会うのがいやで、雪道を帰り、遭難しかけたことがある。そのとき M 子は、私のために気をもんでくれた。彼女は、もう私のものではない。M 子はこれから夫のために尽くし、私のことを考えることはない。──同室の病人が死んだ。人間はみな死ぬのだと思うと、死がなんだか怖くなくなった。
　〈収録〉『血で描いた絵』新潮社　　大 7.10　Ⅳ321-2
　　　　『定本小川未明小説全集 第 3 巻』講談社　昭 54.6　Ⅳ367-17

2846　**蛇の話**　[小説]
　〈初出〉「中央公論」大正 7 年 3 月
　〈あらすじ〉資金が思うように集まらなくて工場ができず、事務所が取り残された仕事場で、働き盛りの幸作と老人が仕事をしていた。幸作はこの年になっても人見知りをするので、今の仕事が気楽だった。後妻のお金は意気地なしの幸作を罵った。幸作は子供のとき数学ができなかった。誰もがこの世に生存する権利を有していると幸作は思うが、何ものかが心のうちに潜んでいて、幸作を脅かした。事務所に蛇が出るので、中に入ってこないよう戸板の穴を板でとめた。その釘が、蛇のからだを打ちぬいたようだ。なんという残酷なことをしてしまったろうと幸作は思ったが、やがて蛇の形が地上に残らないくらい叩き潰した。以来、蛇は彼の頭の中に入りいこんでしまった。
　〈収録〉『悩ましき外景』天佑社　　大 8.8　Ⅳ322-1
　　　　『小川未明選集 第 3 巻』未明選集刊行会　大 15.2　Ⅳ333-4

2847　**負傷者**　[小説]
　〈初出〉「太陽」大正 7 年 3 月
　〈あらすじ〉戦争がおわり、幸作は片腕になって還ってきた。最初は称賛されたが、やがて廃人と見られるようになった。幸作は昨夜、父親と争った。幸作は、欅の木を切ることに反対した。幸作は、最近、離縁した妻のことを考えた。子供が死ななかったら、こんなことにはならなかった。山に入ると、少年時代のことが思い出された。この懐かしい山へもっとくるべきだった。木は自然のままに伸びていく。子供のころ、この木の下で渇いたのどを潤した。この十年の間にすっかり変わってしまった。彼は、人足に命じた。あの木をなるたけ根元から切ってしまえと。幸作の顔には、明るい自然に背き、自らの良心を欺こうとする嘲笑が浮かんでいた。
　〈収録〉『悩ましき外景』天佑社　　大 8.8　Ⅳ322-2
　　　　『定本小川未明小説全集 第 4 巻』講談社　昭 54.7　Ⅳ368-2

Ⅲ 作品

2848 創作家としての予の態度　[感想]
　　〈初出〉「時事新報」大正7年3月1,2日
　　〈要旨〉なぜ世の中の作家が刹那的な実感、作家の胸に奥深く沈潜している実感が、人生の何ものかに触れ、異常な力をもって醗酵してくる閃きを、その真実の叫びを描き出そうとしないのか。この実感は、作家自身の本質を意味し、価値を意味する。作家は創作を志す前に、自己の実感の質量を検査しなければならない。アルツイバアセフにはそれがある。

2849 諸友から　[アンケート]
　　〈初出〉「第三帝国」大正7年3月10日
　　〈要旨〉幾多の艱苦に打ち勝ちての御健闘、蔭ながら敬服しています。益々新理想のために、お尽くし下さらんことを祈ります。

2850 人の幸福　[小説]
　　〈初出〉「中央文学」大正7年4月
　　〈あらすじ〉工場で働くKは、毎朝、今日も無事であってくれと祈って出かけるのだと言った。人間の体は鉄でできているのではない。事故にあうのは運命かも知れないが、早くこんな労働は止めてしまいたいと言った。私は比較的肉体にも精神にも労苦の少ない仕事についている。それも偶然であろう。新聞記者生活をしていたとき、同僚となったYは、今はこの世にいない。Kと都踊りを一緒に見にいく約束をした私は、仕事のあと、工場へ行くが、彼は怪我をして家へ帰ったという。私は工場が用意周到で、卑怯なことが腹立たしかった。

2851 深夜の客　[小説]
　　〈初出〉「科学と文芸」大正7年4月
　　〈あらすじ〉不思議なものだ。春の自然の誘惑にかかって、彼等は死に至るまで同じような夢を見続けるのである。自分等は、ほとんど数のきまった春を一つ一つ送っているのだと考えたとき、劇作家のKは深いため息をついた。そう思えば貴い一瞬である。もっと深い意味と暗示が、この眼前の自然にあるのではないか。呼んでも泣いても、青春は二度と帰らない。田舎にいたとき、老教師が、免状を持っていなかったので排斥された。後に彼は自殺を遂げた。夜、ある労働者が訪ねてきた。ここに来たら、違った人間の生活が見られると思ったという。Kは恥ずかしくなった。けれど、青年に辱められる道理もないと思った。

2852 文章を作る人々の根本用意　[感想]
　　〈初収録〉『描写の心得』春陽堂　大7.4
　　〈要旨〉文学的味わいを生命とする文章を作るときは、本当に書きたい思いや心持ちをもとに書くべきである。それでも文章にならない場合は、修飾にこだわったか、内容が十分掴めていなかったかによる。文章を作るうえで、大事なのは読書と観察と思索である。経験がもっとも大事であるが、境遇からくる人生の経験は、あまりに生々しく不秩序であるから、それを冷静にとらえるには長い月日がかかる。読むことから、観察することから、われわれが得たものに、統一を与え組織を与えるのが思索である。
　　〈収録〉『描写の心得』春陽堂　大7.4　Ⅳ320-1

2853 抒情文と叙景文　[感想]
　　〈初収録〉『描写の心得』春陽堂　大7.4
　　〈要旨〉自分の主観を抜きにして、自然はない。それぞれ人は違った苦しみと歓喜を持っているのだから、自然の捉え方も異なる。故郷の自然にのみ

自己の感情が投影できるタイプの作家もあれば、印象派の作家のように、目に映じたすべての自然に真を見出す作家もいる。自然主義の芸術は客観的に物象を描くが、新主観主義の文学は自己の精神から無限の人生の広野に突進する。この世界には客観的世界以外に、恐ろしい暗示の世界、目に見えない神経の世界がある。自然を描写するには、主観に即してみたほうがよい。自分と自然を同じとみる作家もあれば、異なるとみる作家もいる。昔のロマンチストは勝手に空想で孤独をえがき、自然を描いたが、新ロマンチストは、事件を現在として取り扱っている。追懐的でなく、現在の実感をもって描いている。昔は自分は死んでも自然は残ると書いたが、今は自分の利那の感情以外に永遠はないと書く。死があるから生の尊さがわかり、夜があるから昼の輝きがある。
〈収録〉『描写の心得』春陽堂　大7.4　Ⅳ320-2
『定本小川未明小説全集　第6巻』講談社　昭54.10　Ⅳ370-26

2854　曠野の雪　[小説]
〈初収録〉『描写の心得』春陽堂　大7.4
〈あらすじ〉寒い北風は山の上の小舎の頂きを過ぎた。灰色に曇った空は、押さえつけるように限りなき広野の上に垂れ下がっている。顔色の悪い三十五六の女と十二三の彼女の男の子とが、猛り狂っている爺の傍に茫然として立っている。息子が町の居酒屋でまた酒を飲んでいることを爺は怒っているのだ。女は夫が帰ってからこの家に起こる波瀾を思い胸をいためていた。息子は村里に続く道を見ていた。やがて彼は小さな蓑をつけて、父を迎えに行った。夜の木枯らしは、広野の雪を吹きまくった。
〈収録〉『描写の心得』春陽堂　大7.4　Ⅳ320-11

2855　文学上の態度、描写、主観　[感想]
〈初収録〉『描写の心得』春陽堂　大7.4
〈要旨〉芸術は芸術家の不抜なる信念から生まれるものであり、芸術家は独自な態度、不抜の信念に立つことをもって、その生活の第一歩としなければならない。ロマンチストの多くは、何らかの夢を見ているという点において共通している。現在の世界にあきたらず、超現実的な何物かを求めている。美であれ、革命であれ、現実以上の何物かに憧れている。その憧れは、形なき理想で、はかない火花であるが、作品の中に、彼等は自己の生命のすべてを燃やしている。現代のネオロマンチストは、外界の圧迫の仕方が物質上でも精神上でも、今までと異なってきている。自己反省や自己解剖がつよくなり、われわれは何故にこのように生活をしなければならないのかという根底の疑問をもととして、そこからすべての反抗や、大胆な生活上の主張もでてくる。あくまで自分の見た人生を主張し、行くべき道について叫びをあげている。自然描写の変遷もある。自然と自分を同じ地平で見る見方と、自然と自分を異なるものとして見る見方がある。それを包むものとして、運命がある。運命は死だけではない。本能や盲目の怒り、感情の爆発、霊肉に支配された自分を含む。我々は永遠にこの苦しみから逃れることができない。
〈収録〉『描写の心得』春陽堂　大7.4　Ⅳ320-17
『定本小川未明小説全集　第6巻』講談社　昭54.10　Ⅳ370-27

2856　文学に志す人々の用意　[感想]
〈初収録〉『描写の心得』春陽堂　大7.4
〈要旨〉文学を志す人は、常に新鮮な思想感情の所有者であり、この意味において生活の革命者であり、優れた人格者であらねばならない。文学は、

単に知識や経験だけで出来るものではない、その人の想像をまたねばならない。作家が孤独のあいだに養成した心の経験がなくてはならない。人間とは何ぞや、社会に対する批判、が重要な課題である。人に迫る力は、作者の実感以外にない。友人相馬御風は、この意味での戦闘家である。現代は、主人公の堕落時代である。真に煩悶し、苦闘を続ける真率な人物がいない。それをなくすには、まず作者自身の見識を高める必要がある。今まで人の通らなかった、もしくはまったく耕されなかった世界を冒険的に進んでいくものが、芸術家である。生きるということは、自分の世界を自分で認め、自分の道を自分で歩いていくことである。

〈収録〉『描写の心得』春陽堂　大 7.4　Ⅳ320-18
　　　　『定本小川未明小説全集 第 6 巻』講談社　昭 54.10　Ⅳ370-28

2857　**文明の狂人**　［小説］

〈初出〉「文章世界」大正 7 年 4 月
〈あらすじ〉私は、母と二人で貧しい生活をしていた。温泉場へ母を送り出すが、母は汽車から降りるとき汽車が動いたために、頭を打った。文明の恐ろしい利器と、年とった老母とは相撲にならない。名もない、富もない人間が、泣き寝入りしなければならない理由はどこにあるのか。答えが見つからず、気がおかしくなりそうだった。その母はもうこの世にいない。大学を出て、七八年になる。嘘をいうこと、へつらうこと、人間に階級があることを否定したため、私はいたるところで排斥された。隣の部屋では、妻が病気で寝ている。いつになったら、私の力で弱い者を救うことができるのか。私は夜勤記者になった。神経衰弱になった。線路を見ると、母の姿や肺病で死んだ青年の姿、自殺した学友の姿が映る。私は彼等に何も言ってやらないでいいのか。彼等はおとなしい。夜、電車にのっていた私は、人間が線路の上に横たわっているのを見た。運転手に車を止めろと叫んだ。拳で窓をたたき割った。運転手は車掌に言った。「この狂人を押さえて行け」

〈収録〉『血で描いた絵』新潮社　大 7.10　Ⅳ321-5
　　　　『小川未明選集 第 3 巻』未明選集刊行会　大 15.2　Ⅳ333-1
　　　　『小川未明作品集 第 3 巻』大日本雄弁会講談社　昭 29.8　Ⅳ352-15
　　　　『定本小川未明小説全集 第 3 巻』講談社　昭 54.6　Ⅳ367-20

2858　**靴屋の主人**　［小説］

〈初出〉「新潮」大正 7 年 4 月
〈あらすじ〉靴匠の常吉の目には、同郷の小僧の与作や犬、病身の妻、活気のない子供が、醜いものに感じられた。故郷の思い出によいものはなかった。貧困家庭、酒飲みの父、ヒステリーの母、放蕩者の兄、馬鹿にされた彼。常吉が靴を与作に届けさせているとき、店に背の高い男が現われた。常吉は、今にも男に踏みつぶされる不安を覚えた。昼近く、与作が帰ってきた。与作は、修理代を貰えなかったと話す。「役立たずめ。暇をくれるから、行ってしまえ」常吉は靴の修理代を受けとりに男の会社へ行く。だが憤りの念は不安から恐怖へと変わっていった。廊下を歩く男は、今朝、鼻先に靴をつきつけた男だった。靴の鋲が無数に頭に突き立つように感じた。彼は逃げるように会社を出た。彼は忠実であった少年をなぜあんなに叱ったのか、どんなに苦しんでも、家の者とは離れるものではないと思った。眼の前を小さい白い影がかすめた。

〈収録〉『血で描いた絵』新潮社　大 7.10　Ⅳ321-6
　　　　『小川未明選集 第 4 巻』未明選集刊行会　大 15.3　Ⅳ334-13
　　　　『定本小川未明小説全集 第 3 巻』講談社　昭 54.6　Ⅳ367-21

Ⅲ 作品

2859 野薔薇の花・街の教会堂・不思議の行者（忘れ得ぬ人々）［感想］
〈初出〉「文章倶楽部」大正7年4月
〈要旨〉私が七つのとき、学校嫌いの私を迎えに来てくれた女の子がいた。東京から来た子で、叔母の家に居た。彼女は私より三つか四つ年上で、姉さんのように私をいたわってくれた。私の家の前には野薔薇が咲いていた。八つか九つのとき、私の家のすぐ近くに、キリスト教を信じている十八九の娘がいた。ある日、娘に連れられて町の教会へ行った。宣教師は黒い着物をきた英吉利の女性で、子供たちが来ると頭を撫でてくれた。讃美歌を書いた赤い紙が四枚たまると、外国製の油絵と換えてくれた。やはり子供の時分、私の家へ一人の行者がきた。この男はつねに人跡未踏の高山にのぼって神に祈りを捧げた。その行者は後に水に入って死んだという。

2860 酒と小鳥 ［感想］
〈初出〉「短歌雑誌」大正7年4月1日
〈要旨〉外界の交渉に神経をつかい、生活のために萎えている人間にとって酒は必要だ。この頃の私は、酒に酔っているときに本当の自分を見出だす。小鳥は子供のときから好きだ。うそ、四十雀、目白、燕。自然の中を飛んでいた鳥を籠に入れて飼うのは、罪悪だ。小鳥の気持ちに同感し、逃がしてやるのが本当の愛だ。

2861 山中の春 ［感想］
〈初出〉「日本及日本人」大正7年4月5日
〈要旨〉山を上っていくと、平らなところにでた。小鳥が啼いている。小鳥も寂しいのであろう。日本アルプスの支脈がここに至って尽きる。東北の平野を見下すと、そこは明るかった。河が光っていた。しかしすべてが声を潜めていた。北の方の松林の隙間から海がこちらを見ているのに気づかなかった。まだ冬が残っているように、その色は冷たかった。私以外に、誰もこの山に上ってくるものはない。私がここで考えているようなことを考えるものもない。やがて春は過ぎる。そう思うと、そこにあった、どのようなものにも目をやった。

2862 余は晩春を愛す（表紙）［表紙］
〈初出〉「秀才文壇」大正7年5月
〈要旨〉（表紙に、未明の筆跡で「余は晩春を愛す」と記されている）

2863 喜劇作者 ［小説］
〈初出〉「新公論」大正7年5月
〈あらすじ〉ある男が、父からの紹介状をもって下宿に訪ねてきた。故郷の人と聞くと、理由なしに厭悪を感じる私だが、その男は、この社会と複雑な特殊な交渉をもった男のようであった。男は海岸に近い日本アルプス支脈の山麓から銅と銀を含有する石塊を採掘する権利を売るために来たという。男は私に、その仕事を周旋する人を紹介してほしいと言った。空想家の多い文学者とはいえ、確実性のある話とそうでない話は分かる。しかし私は以前下宿をしていた吉川に鉱山の話をした。彼は乗り気になった。私はこの話が成功すると考え、この男に話をしたのか？ 男もこの話が実現すると思ったのか？ 私には人生が不思議でならなかった。街頭には着飾った人々の群れ、どこに悲痛な人生があるかというように見えた。
〈備考〉大正7年3月作。

2864 漢詩の面白味 ［感想］
〈初出〉「文章倶楽部」大正7年5月

203

〈要旨〉一番印象ぶかいのは「日本外史」。山陽のものはどれも好きだが、とくに散文がすきだ。白楽天の詩、李白の詩、高青邱の詩、詩経、古詩も。日本のものでは「新古今集」「平家物語」。近世のものは近松もの。菅茶山の詩、芭蕉、蕪村の俳句。明治では、二葉亭、樗牛、鏡花、白鳥など。影響ではなんといっても坪内逍遙先生のシェークスピア講義。

2865 花、土地、人（諸家回答） [感想]
〈初出〉「文章倶楽部」大正7年5月
〈要旨〉好きな花は睡蓮（クリーム色）、木瓜（真紅）、高山植物の花。好きな人はなし。好きな土地は富士見の高原でみる日本アルプスの雄姿、越後鯨波から見る日本海の落日。

2866 作家と故郷 [感想]
〈初出〉「新潮」大正7年6月
〈要旨〉作家は故郷との関係から離れることはできない。色彩や官能の上に働くばかりではない。自分の生まれた一家、周囲も影響をもっている。家庭が円満であれば、それが影響し、社会の迫害を受ければ、やはりその影をみる。子供の時分に、霊魂に目鼻をつけてくれ、悲しみや喜びを吹き込んでくれた郷土や家庭の感化は、大きい。私は私の作品に私の生れた村を書いている。北日本の自然を書いている。それらを思うとき、快い童謡と牧歌を囁かれるようにおもう。私の初期の作品はそういうものを描いた。今も空想的気分を書いたものがあるが、牧歌的、童話的気持ちを含んだものは少ない。今や多くの作家は疲れている。私はもう一度、牧歌的精神を作品に加えていきたいと思う。本当の意味で、自分の生れた故郷の色彩の強く表れたものを完成させたい。
〈備考〉「作家と郷土」後半部が削除されたもの。

2867 文章を学ぶ青年に与ふる『座右銘』 [感想]
〈初出〉「中央文学」大正7年5月
〈要旨〉書くときに大胆なれ。ただ自己を出せよ。

2868 建物の暗影 [小説]
〈初出〉「中外」大正7年5月
〈あらすじ〉毎日、街を歩いているうちに、私も年をとった。月日の経つ早さもさることながら、世の中の移り変わりも激しかった。人間は永劫の闇に、茫漠とした海に向かって去りつつある。学友Aは、地方の中学教師をしていたが、病気で死んだ。寄席へ入っても楽しめなかった。家へ帰ると、飛騨という青年が弟子入りを希望して訪ねてきたという。以前にも手紙が届き、返信用の切手が入っていた。その図々しさに呆れた。今度、青年が来たら、旅行に行ったと伝えてくれと言った。仕事の後、散歩に出たとき、飛騨に後をつけられた。建物の暗い影で私を見守っていた。私は慄然とした。レストランに入って時を過ごした。夜の空を見ると、快い浅緑色に冴えていた。すべての存在に意義があり、すべてに美があると思った。

2869 河の上の太陽 [小説]
〈初出〉「早稲田文学」大正7年5月
〈あらすじ〉良治は長い間、目を患って床についていた。母が懸命に看護してくれた。母は父をなじった。一時は、右目だけでなく左目にも病が移った。目が見えなくなって、みんなに侮られることを思うと悲しかった。父が枕元で自分に謝ってくれた。良治は蒲団のなかで泣いた。だがやがて左目は治った。右目の痛みもうすれ、繃帯をとったが、醜い顔に変わっていた。

学校のみんなは良治の目つきがおかしいと言って笑った。英吉は石を投げ、良治を守ってくれた。しかし、河へ魚釣りにいったとき、良治は、良治の幼なじみのしげ子にもらったという栞を英吉から見せられる。良治はそれをほしいと英吉にいうが、英吉はしげ子から、それを良治にやってくれるなと言われたという。目の前が真っ暗になった良治は、河に身を投げた。夕焼けの雲が真紅の花のように映る川面の向こうに、憧れの国があると思われた。
〈収録〉『血で描いた絵』新潮社　大7.10　Ⅳ321-3
　　　　『小川未明選集 第2巻』未明選集刊行会　大15.1　Ⅳ332-14
　　　　『小川未明作品集 第3巻』大日本雄弁会講談社　昭29.8　Ⅳ352-16
　　　　『定本小川未明小説全集 第3巻』講談社　昭54.6　Ⅳ367-18

2870　**書斎より**　[感想]
〈初出〉「新潮」大正7年5月
〈要旨〉働いて、食べていく。これ以外に人間の道はない。いかなる人も人生のために尽くすことがなくてはならない。わずかの賃金で命をかけて働いている人のことを社会は顧みない。自分だけがよければよいのではない。傍らに飢えた人がいるのに、自分だけが飽きる程食べるのは、罪悪だ。こうした矛盾と不平等は、永遠に除かれないが、それを除こうとする意識や理想がなくてはならない。私は芸術を通して、人間の実感に訴えていきたい。同じ人間の受ける苦を、同じように共にするところに人間性の尊さはある。一瞬の生を自分のためだけに使いたくない。愛するもの、憐れむもののために闘いたい。
〈収録〉『定本小川未明小説全集 第6巻』講談社　昭54.10　Ⅳ370-29

2871　**作家と郷土**　[感想]
〈初出〉「青年文壇」大正7年5月
〈要旨〉作家は故郷との関係から離れることはできない。色彩や官能の上に働くばかりではない。自分の生まれた一家、周囲も影響をもっている。家庭が円満であれば、それが影響し、社会の迫害を受ければ、やはりその影をみる。子供の時分に、霊魂に目鼻をつけてくれ、悲しみや喜びを吹き込んでくれた郷土や家庭の感化は、大きい。

2872　**国民性の革新と詩歌**　[感想]
〈初出〉「短歌雑誌」大正7年5月1日
〈要旨〉お伽噺と詩は、文学の中で最も自由な気持ちで書かれたもので、直ちに人心の肺腑に触れるものである。お伽噺は子供を読者とし、詩は大人が読むお伽噺といってよい。われらの感情には、現在を讃美するものと、現在を呪詛するものがある。芸術は後者に立脚する。詩はことにそれを高調するものである。芸術の起源は、詩にはじまる。詩人の輩出こそ、真に国民性の確信を促すものである。

2873　**五月闇**　[小説]
〈初出〉「読売新聞」大正7年5月12日
〈あらすじ〉鳶色をした屋根の下に姉妹とその一家が住んでいた。姉は病身であった。妹は目が活き活きとしていた。私は陰気な姉にいい感じを持たなかった。妹といると、自然は自分達の幸福を助けるために存在していると思われた。夏のはじめ、この家を訪れると、姉妹が庭で薔薇を見ていた。姉は抜けた自分の髪を薔薇の根に埋けたという。やがて姉妹一家は離散した。妹は西洋料理店の女給仕になった。やがて姉が死んだという知らせが

来た。妹はある大学生と家を持ったらしい。すべての人間は死ななければならない。それまでに人間は何をなさなければならないのか。それを考えているうちに、世の中は変化をしていた。ひとり私だけが同じことを考えていた。五月闇の真夜中、私は哀愁のために眠ることができなかった。
　　　〈備考〉大正7年5月作。
　　　〈収録〉『生活の火』精華書院　　大11.7　　Ⅳ327-11

2874　並木の夜風　[小説]
　　　〈初出〉「新時代」大正7年6月
　　　〈あらすじ〉私は今から二十余年前の夏の日の黄昏方に、知らぬ女に誘拐されて町を出てから、再び故郷に帰らなかった。当時、私は十か十一の子供であった。実母は父が苛めたために川に身を投げて死んでいた。私は、母の顔を覚えていない。継母は私をいじめ、気短な父といがみ合った。私を慰めてくれるのは、ブリキ屋の松吉だけだった。ある日、継母が私に、父が淫売家へ行っているに違いないから確かめてこいと言った。家の前を行き来したが、家の中に入ることは出来なかった。停車場へ行くと、美しい女性がいた。あの人が私の姉さんだったらと思った。家に帰ると継母と父が喧嘩をしていた。その夜、私は家を出て、母が身を投げた川を歩いた。黄昏方、湯屋から出てきたその女と再会したとき、私は女に誘われるまま村を出た。
　　　〈備考〉大正7年4月作。
　　　〈収録〉『不幸な恋人』春陽堂　　大9.1　　Ⅳ323-8

2875　現実生活の詩的調和　[感想]
　　　〈初出〉「中央文学」大正7年6月
　　　〈要旨〉芸術化された生活表現と、芸術化されざる生活とは相違する。自然と人間が調和したときにのみ、苦しみの彼方に美や愉楽をみる。芸術家にあっては、自然と人間の調和への欲求が熾烈でなければならない。少年時代の回想やお伽噺的幻が必要になってくるのはこのときだ。芸術は、外的刺激に対し、自然との調和を意識的に現わしたものである。疲労と倦怠を感じる近代人は、自分の生活を詩化していく必要がある。
　　　〈収録〉『生活の火』精華書院　　大11.7　　Ⅳ327-40
　　　　　　　『定本小川未明小説全集 第6巻』講談社　　昭54.10　　Ⅳ370-41

2876　断崖　[小説]
　　　〈初出〉「科学と文芸」大正7年6月1日
　　　〈あらすじ〉ある美学者は、教室において、自殺する者は意志の弱い人間である。死より、生のほうがより苦しい、自ら命を絶って生を拒絶する人間より、これに耐えしのぶ人間の方が強いといった。しかし清吉は「自殺する人間を、楽な生活を求める者とでも思っているのか」と思った。生を自ら断つというのは、戦慄すべきことである。金のことしか頭にない叔母が、逗留していた。人間の命ははかない。自らの命を自ら処置した人間を讃美せずにはいられなかった。清吉は断崖に立ち、目をつむった。
　　　〈備考〉大正7年5月作。

2877　戦時の印象 戦争に対する感想　[感想]
　　　〈初出〉「太陽」大正7年6月記念増刊号
　　　〈要旨〉海の彼方で戦争が起こっているのに、みなが驚かないことに私は奇異な感じを抱いた。なぜ人生から戦争を取り除く、理想に向かって尽くそうとしないのか。レーニンの哲学は、今までの哲学とは違う。物を食って

生き、着て寒さをしのぎ、働き、眠る、血の流れている人間の哲学だ。ミリタリズムによって正邪を分かとうとすることは誤っている。世界は一日も早くこの迷夢から覚醒しなければならない。よき力がこの人生に存することを認めなければならない。
　　〈収録〉『生活の火』精華書院　大11.7　IV327-42
　　　　　　『小川未明作品集 第5巻』大日本雄弁会講談社　昭30.1　IV360-74
　　　　　　『定本小川未明小説全集 第6巻』講談社　昭54.10　IV370-43

2878　低地に住む人々　[小説]
　　〈初出〉「新日本」大正7年7月
　　〈あらすじ〉人間の生活はもっと楽しく、華やかであるべきだと思った。幸三が今住む二軒長屋が幾棟と重なりあったところには、人間らしい生活をしている者はいなかった。神経衰弱や栄養不良のものが多かった。恐ろしいのは、彼等が自分の境遇に気づかないことだ。彼等は金をもっている人を偉いと思っている。幸三の妻のおさくは、風の通らない、蚊の多い場所から引っ越したいと思っていたが、幸三には金銭的な余裕がなかった。幸三がおさくと最初に所帯を持ったのがこの長屋だった。妻は子供を産んでから急に老けてしまった。婆が、家賃をとりにやってきた。おさくから、婆もまた苦労の多い人生を送ってきたことを幸三は聞かされる。幸三は家出をし、行方不明になっている婆の長男のことを考えた。
　　〈備考〉大正7年5月作。

2879　公園のベンチ　[小説]
　　〈初出〉「中央文学」大正7年7月
　　〈あらすじ〉正二は遅れてくる母親を待っていた。母親の髪の毛は黒い毛の方が少なかった。東京見物にきたのである。三人の子供のうち二人が死に、残った子供が七八年前奉公にでて、ようやく家を都に持ったときのことである。子供のとき、正二は母に頼り切ってきた。今は母親が正二を頼っていた。母親は正二の嫁が東京者ということで心配したが、今は孫が出来るのを楽しみにしていた。正二は、停車場まで母親を送っていった。母親を迎えに行ったときの、都会の様子に驚き、不安を感じている母親の表情を思った。すべては刻々と過去のものとなっていく。

2880　労働者の死　[不明]
　　〈初出〉「秀才文壇」大正7年7月
　　〈あらすじ〉（不明）

2881　夜の地平線　[小説]
　　〈初出〉「新小説」大正7年7月
　　〈あらすじ〉Kは北国行の夜汽車の中にあった。今頃、妻子はどうしているだろう。都会から遠ざかるにつれて、彼の心は寂しくなった。十二三年前にも同じ夏の季節に列車に乗った。その時分、故郷に家はなかったが、叔母は健在だった。しかしそのときは、故郷から四五十里離れた学友Fの家を訪れた。学生時代にFの家に行ったとき、Fの妹に初恋の思いを抱いた。しかしFとFの妹は血のつながりがなく、許婚の関係であることを知った。Kは故郷に降り立った。かつて自分が住んでいた家には柿の木も茗荷畑もあった。叔母は亡くなっていた。兵作爺のところへ行ってみたが、代がかわっていた。彼は浦島太郎の話を思い出した。彼は都会にいる妻子のことを思った。彼の心はすでにここになかった。
　　〈収録〉『生活の火』精華書院　大11.7　IV327-36

Ⅲ　作品

2882　**痩馬**　[小説]
　　　〈初出〉「科学と文芸」大正7年7月1日
　　　〈あらすじ〉Fは兵隊の列をさけて横道に入った。彼方から汚らしい風をした男がやってきた。以前、毎日のようにFの家へやってきた男だ。男は職がなかった。金に窮していた。Fをあざむき、Fの家から遠ざかっていった。その後、Fは転居した。Fは正直な男だったが、男に再会したとき、これから旅に出るのだと嘘を言った。それを苦にしたFは自分を裏切った思いがして、本当に旅だった。馬車に乗って温泉場に向かうとき、一頭の痩馬が倒れた。倒れた馬は、屠殺場へ連れていかれる。そう思ったとき、Fはあの男のことが眼に浮んだ。その男にいかなる態度をとったか。彼は恥じた。

2883　**一筋の流れ（川の涼味）**　[感想]
　　　〈初出〉「大観」大正7年7月1日
　　　〈要旨〉夏の日盛りは熱かった。長い町の中を歩いてきた。学校で運動をしてかなり疲れている足は、乾いた路のうえに埃をたてた。二里ばかりの路を歩いて通学していた。村から山にはいっていく。山の麓に一筋の流れがあった。小さな橋がかかっていた。そこで足を洗った。私は恍惚として自分を忘れた。

2884　**作品と自然と（自然を懐ふ時）**　[感想]
　　　〈初出〉「時事新報」大正7年7月16日
　　　〈要旨〉この人生は背景に自然を有しているため、深刻かつ永遠的に考えられる。自然は、畢竟、生活の背景にしか過ぎない。人生を離れて、自然にはたしていかなる意味があろう。主観を離れて、自然はいかなる意味を語るであろう。自然は感情の鏡にすぎない。自然描写を見るとき、作家の主観の刹那の躍動と、人格と、創意の存するところを見る。実に、美も、神秘も、凄愴も、不安も、自己の生活的意識を離れてはない。

2885　**真昼**　[小説]
　　　〈初出〉「読売新聞」大正7年7月28日
　　　〈あらすじ〉炎天に街を歩いていると、Sは不意に調子の狂った声を聞いた。狂女が背中に子供を背負っている。夫が監獄に入り、生活難から気がおかしくなったらしい。この母子を哀れに思う人々が食べ物を椀の中に入れてやった。Sはすべてのものが、光の海に漂う、孤独な運命を背負った存在だと思った。同じ運命がこの身におこって、自分を苦しめないとも限らない。世間に不幸な人があることを思えば、自分等がこうした不安を感じることは当然であるような気持がした。
　　　〈備考〉大正7年7月作。
　　　〈収録〉『生活の火』精華書院　　大11.7　Ⅳ327-12

2886　**現実に突入する主観（自然描写の研究）**　[感想]
　　　〈初出〉「中央文学」大正7年8月
　　　〈要旨〉ものを描くという時には、ものが持っている特質、それを主観的に摘発して書くのでなければ、作者の創造は根底を現実においているとはいえない。外界の自然を主観的に描くということは、主観が現実に突入することである。ロシアの芸術が優れているのは、新ロマンティシズムが真のリアリズムであるからだ。

2887　**巷の夏**　[感想]
　　　〈初出〉「新日本」大正7年8月

〈要旨〉午後になると赤銅色の西日が室の中に射し込んだ。室の中は、蒸れて暑かった。私は、いつこの仕事が終わるだろうかと思った。一家は食べることも難しかった。病身の女房と、六つになる神経質な男の子。襖一枚隔てて声を立てずにいる。家族を想うと、跳ね起き、また机に向かった。夜遅くまで私は眠らなかった。子供の時分や死んだ祖母を思った。私は、すべての人間の運命を哀れに思った。私は孤独で、真実の心を失わなかったその頃の自分の姿や生活を眼に描いた。それにともなう一種の憐れみと懐かしみを感じた。

〈備考〉大正7年7月作。

2888　**私の好きな夏の料理　[アンケート]**
〈初出〉「中央公論」大正7年8月
〈要旨〉私は何より新生姜のみずみずしい茎の紅色のを生で食べることが好きでございます。

2889　**日本海の入日（夏の旅行地の感想）　[アンケート]**
〈初出〉「新潮」大正7年8月
〈要旨〉私は十歳くらいの時分に見た日本海の入日を忘れることができない。真っ赤な太陽が沈んで、眩しい雲が空に飛び、自分の着物までが赤く染まった。また妙高山の麓の地蔵ケ原の高原から見た山々の緑も忘れることができない。

2890　**童謡　[詩]**
〈初出〉「赤い鳥」大正7年8月
〈要旨〉あかい雲、あかい雲、西の空の　紅い雲。おらが乳母のおまんは　まだ年若いに　嫁入りの晩に、（以下略）
〈収録〉『詩集 あの山越えて』尚栄堂　大3.1　Ⅳ311-45
　　　　『定本小川未明童話全集 第3巻』講談社　昭52.1　全童話Ⅳ161-44

2891　**赤熱の地上　[小説]**
〈初出〉「中央公論」大正7年8月
〈あらすじ〉高等学校の入学試験に二度失敗した弟は、勉強が進まず追いつめられ、脳膜炎になって死んでしまった。兄の英吉は、弟の生前、勉強ができない弟を相抱き、なぜ一緒に泣いてやれないのかと思った。机に向かう弟のいじらしい姿を見ながら、英吉は冷たく弟に勉強を迫った。弟は試験を怖れるより、兄を怖れたのかも知れない。弟は死ぬ瞬間まで試験のことを苦にしていた。人間は死んだあとは、この世界よりもっといい処へ行くに違いない。英吉は運命について考えた。生きている自分は死よりも苦しい経験を送らねばならない。英吉は弟の死によって、人間の命が分った気持ちがした。赤熱した地上を兵隊の列が通っていった。一方には着飾った人間が享楽を求めて道を歩いていた。不平等で矛盾に満ちた世の中であった。英吉は軍隊生活に身を投じた。
〈収録〉『悩ましき外景』天佑社　大8.8　Ⅳ322-6
　　　　『小川未明選集 第3巻』未明選集刊行会　大15.2　Ⅳ333-5
　　　　『小川未明作品集 第3巻』大日本雄弁会講談社　昭29.8　Ⅳ352-17

2892　**榎木の下　[小説]**
〈初出〉「青年文壇」大正7年8月
〈あらすじ〉町を出外れて四五町も村路を行くと畑の中に鬱然とした黒い森がある。そこが平吉爺の家であった。家には倅とその嫁、大勢の子供たちのほかに、黒い犬がいた。昨秋、平吉の妻がなくなった。平吉は急に力が

209

衰えた。静かな墓場に行くことを慕った。平吉は家から押し出されるように、毎日、榎木の下で釣りをした。自然は、すべてのものの運命を常にわれわれが見うるどこにも偽らず語っているように思われた。平吉爺は私に釣りの知識を教えてくれた。温かい愛情を感じた。学校で叱られたときは、なぐさめてくれた。ある日、河に行くと平吉の姿は見られなかった。悲しい事件が起こったと直覚した。
〈収録〉『生活の火』精華書院　大11.7　Ⅳ327-37

2893　**眼を開けた屍**　[小説]
〈初出〉「早稲田文学」大正7年8月
〈あらすじ〉老婆がいなくなって二日になる。老婆の倅の琵琶師が、太った背の低い女を家に入れてから、ことは起こった。あんな女と住むくらいなら、死んだ方がいいと老婆は言っていた。休日、私の妻が出かけているとき、隣の家の猫が私の家の金魚を食べてしまった。団扇の柄で力任せに猫を打つと、猫は目を開けたまま死んでしまった。猫は本能に従って金魚を食べたまでだ。そう思うと取り返しのつかない罪悪を犯した気がした。私は猫を風呂敷に包んでそっと森に埋めた。猫と同じことが、老婆に起きたとしても不思議はない。猫の持ち主の女房が、猫の名を呼び続けている。老婆の倅も、老婆を探し続けている。私の胸は次第に苦しくなっていった。明るい自然を欺きえる者がいるだろうか。だがある日、老婆は神戸の姪のもとへ行っていたことが知れる。だが老婆の行方が分かっても、猫の行方は分かるまい。誰から復讐を受けることはなくても、私は永久に猫の目から逃れることはできない。
〈収録〉『定本小川未明小説全集 第3巻』講談社　昭54.6　Ⅳ367-15

2894　**独り歩く人**　[小説]
〈初出〉「大観」大正7年9月
〈あらすじ〉彼は静かな墓場が恋しくなった。どんな者の墓にも自然は平等に光を浴びせていた。都会では喧騒が渦巻いていた。彼は肺病にかかっていた。死は永遠の静寂であり、平和な状態である。しかしそれは墓場がそうした場所だからではないか。そう思ったとき、慰められる何もない絶望を感じた。反抗も、憎悪も、自暴自棄も、みな刹那の反動と興奮から生じた変則の現象にすぎない。であれば、あたうかぎり静かに、親切に、余命のために霊魂の火を燃やそうと思った。鳥屋で鶏が殺される。他の鶏がそのことを知らないわけはない。悲しみを表現するすべを持たないのか。無智であることは怖ろしいことだ。子供の頃に見た屠牛場を思い出した。運命を悟ったような牛と、殺されようとする牛の怪我を心配する医者の優しさに少年は強い感動を覚えた。人間には優しさもある。運命は、不思議なものだ。自分が死ぬとき、水から魚を掬いだしたときのように、息ができなくて苦しむであろう。今まだ呼吸ができることを感謝せずにはいられなかった。
〈備考〉大正7年8月作。
〈収録〉『不幸な恋人』春陽堂　大9.1　Ⅳ323-1

2895　**反抗か休息か**　[感想]
〈初出〉「読売新聞」大正7年9月15日
〈要旨〉強烈な色彩を用いて、原始的に描かれたものもあったが、イノセントがなかった。二科展が智的な分子に支配されてきたからだろう。智的なものが悪いわけではない。しかし冷たくさせる。革新は創始にあって、主義の順奉者にはない。二科展は、いつまでもロマンチシズムの運動であっ

てほしい。今、私たちの生活は過渡期にある。張りつめた気持ちで自然に対するとき、そこに反抗がある、懊悩がある。一方、心の傷、身の苦痛のある者なら、自然に対するとき休息を求める。讚美と敬虔と信仰が、至情よりほとばしる。反抗か、休息か、所詮これが人間の姿ではないか。

2896 秋の黄色な光り　［感想］
　〈初出〉「女学世界」大正7年10月
　〈要旨〉空の色が少女の眼のように、次第に美しく冴えてきた。私は空を仰ぎながら、路を歩いていた。青い空の色は、海を思わせた。ひとり日本海のほとりにたって、北風に、短い頭髪を梳かせていた時の光景を思い浮べた。高台に下宿していた私は、町へ出るのにいつも寺の境内に沿った路を歩いた。秋が更けていく。町が懐かしい。子供時分のことを思い出した。「お前はあの山にいた時分の方が仕合せだった。自然はみなお前の仲のいい友達だった」私は寂寞を愛した。暮れていく海を見ていた。「お前の眺めている方は、どこまで行っても暗いのだ。永遠に同じことが繰り返される」私は口笛を吹いた。そして人間の沢山いる賑やかな、華やかな町を慕った。——翌日の午後、私は都会を離れ、田舎路を歩いていた。

2897 才気煥発の人　［感想］
　〈初出〉「秀才文壇」大正7年10月
　〈要旨〉鈴木君を知ったのは、私が早稲田の文科に入ったときである。自然主義以前のロマンチックの時代であった。その時分から、鈴木君は才気煥発の人であった。その後、朝日新聞に入り、十年後、再び文壇に打ってでた。相変わらず才気煥発である。しかし北日本の産まれでありながら、郷土色の暗鬱な色彩が認められない。これは君が臆病なためか、まっすぐにそこまで掘っていく力が足りないためか。君の才気が禍している。

2898 根を断れた花　［小説］
　〈初出〉「太陽」大正7年10月
　〈あらすじ〉私はまた兄の家に帰ってきた。嫂は私を意気地なしと思っているだろう。十二歳になる兄の子供が肺結核で、二階に隔離されていた。泊まり込みの看護婦は、緩慢な死刑が執行されているようなものだ。私は人生に夢や希望をもつ看護婦のかわりに、子供の看護をかってでた。私は絵を見せたり、花を見せたりした。しかし根を断たれた花は、枯れていった。子供の部屋に守宮が現れた。私は守宮を殺した。守宮の霊魂はどこへいったろう。生は、頼りないものだ。なのにどうして人は生に疑いをもたないのか。成功、希望、憧憬、強者など、求めて何になろう。人間の意志と自然の意志は、かけ離れている。私は刹那のために生きようと思った。この家から逃げ出そうと思うが、子供を断ち切る力はなかった。やがて子供は死んだ。
　〈収録〉『不幸な恋人』春陽堂　大9.1　IV323-2
　　　　　『小川未明作品集 第3巻』大日本雄弁会講談社　昭29.8　IV352-18
　　　　　『定本小川未明小説全集 第4巻』講談社　昭54.7　IV368-5

2899 永遠に我等の憧憬の的（私の友だち及び友達観三）　［感想］
　〈初出〉「文章倶楽部」大正7年10月
　〈要旨〉毎日のように一緒に遊び、一緒に学校に行った友が、肺病になって房総の海に身を投げた。お寺の門前の石に腰をかけて、一緒に少年雑誌を読んだ友だ。早稲田にいたときの友も、田舎に帰って教師をしていたが、今は兄弟にわかれ、妻子にわかれ、流浪している。人生の、はかなさと頼

りなさを感じた。しかしこれが自然である。私は親友という言葉をきくたびに、生の寂寞を慰撫し、勇気づけてくれるのを感じる。

2900 月光と草と鳴く虫（秋の風物詩としての虫・草・月）［感想］
　〈初出〉「新小説」大正7年10月
　〈要旨〉この山のどんな淋しい細道でも、かつて私が歩かなかったところはない。草は私に言う。「昔は親しかった。なぜ落ちついて私らといっしょに日暮れまでここにいようとしないのか」子供の頃は、なんと楽しい幸福な時代であったろう。自らの故郷に対しても、旅客のような慌ただしい心で接していた。「自然を離れたものは、もう再び自然に帰ってこない」母は私に、年とった親を捨て、親の跡もつがないとはどんな料簡だと責めた。父は母を制してくれた。月を見ながら、私は、人生とはこんなに淋しいものかとしみじみ思った。
　〈備考〉大正7年9月作。

2901 私の創作の実際　［感想］
　〈初出〉「文章倶楽部」大正7年11月
　〈要旨〉芸術に対する感じが変ってきた。最初は自然に対して自分の純真な感じを偽らずに表白したものが詩であり、芸術であると考えた。次には自分の思想を具象化するために、想像でもって人生を書いた。そのころ芸術は想像から生れると考えていた。今は、芸術は地上の叫びであると考えている。人生のために書くのだ。原稿用紙は汚れていては駄目だ。インクが下の紙に滲んでも駄目、書きかけた文字に手がふれて、ぼやけたのも駄目だ。

2902 裏の沼　［小説］
　〈初出〉「中央公論」大正7年11月
　〈あらすじ〉私は、まだ十七になったばかりだ。親もない。兄弟もない。故郷から遠く離れて暮らしている。秋雨が降っている。あの裏の沼には水が溜まったことだろう。先日、用足しにやらされたとき、2417と書かれた汽車が人を轢いた。家の坊ちゃんは病気で寝ている。八九年前、祖父が死期を察したとき、だんだん家族から離れていった。早く裏の沼に水が溜まればいいと言った。夏で沼の水は減っていた。祖父が柿の木に縄をかけて死んだ。祖母もその三年後に疫病にかかって死んだ。祖父は秋であったなら、沼に身を投げて死んだのだろう。神はどうして人間に命を与えたのだろう。惨たらしい命の奪い方をするのはどうしてか。
　〈収録〉『悩ましき外景』天佑社　大8.8　Ⅳ322-5

2903 隻脚　［小説］
　〈初出〉「文章世界」大正7年11月
　〈あらすじ〉彼は旅に出るとき、辛抱して働いて、お金を貯めて帰ってこようと思った。妻は涙をためて彼を送り出した。十年前のことだ。しかし帰ると、妻は男をつくって姿をくらましていた。彼の壮年期は去ろうとしていた。日露戦争の廃兵が路上で物を売っていた。彼も戦争に行った。隻脚になれば、餓えを凌ぐことができる。貧苦から救われるなら、脚の一本くらい何でもないと思った。かつて貧しさの中で、妻が心中を口にしたことがある。しかし彼は死が怖かった。酒場で酔った彼は、自動車の前に身を横たえた。しかし自動車は彼を避けて通った。
　〈収録〉『不幸な恋人』春陽堂　大9.1　Ⅳ323-7

2904 狂浪　［小説］

〈初出〉「新小説」大正7年11月
〈あらすじ〉臆病な幸吉は器械体操ができなかった。誰もが軍人になるわけではない。花の咲く校庭の一画だけが彼の小さな王国だった。彼は自分だけが自然の感情を理解できると思った。祖母を子供のころ、困らせたり、怒らせたりしたことを思い出した。なつかしい活き活きとした自然が甦えってきた。太陽は強者を照らすためにあるのか。彼は海の活き活きとした姿を思い描いた。運動も学業にも優れたFが、鉄棒から落ちて大怪我をした。このことは、幸吉に喜びをもたらすはずだったが、寂しい気持になった。何も頼りにならない人生である。運命の前には強者も弱者もない。人を恐れる必要はない。大胆になれ。幸吉は、海に飛び込み、波と闘った。
〈収録〉『定本小川未明小説全集 第4巻』講談社 昭54.7 Ⅳ368-1

2905 主義に立て（文士の見たる新内閣）　［感想］
〈初出〉「大観」大正7年11月1日
〈要旨〉これまでの官僚内閣には旗幟があったが、最近の世界の趨勢である民主主義的傾向にあわなくなった。軍人政治が資本家政治に代った。真に民衆のための政治であるなら、まず普通選挙がおこなわれ、大臣には労働者から、教育家から、科学者から選ばれるべきであろう。

2906 生と死の事実（本年発表せる創作に就て）　［感想］
〈初出〉「新潮」大正7年12月
〈要旨〉「無籍者の思ひ出」「河の上の太陽」「赤熱の地上」「独り歩く人」「隻脚」は、本年書いた作品の中で、捨て難いもの。まだ本当に自分が分からず、人生が分からない。痛ましく暗いという他に、怖ろしい無限の力の動いていることが、次第に分かってきた。これからはもっと生という事実、死という事実について考えたい。実感から極めたい。

2907 感覚性の独自　［感想］
〈初出〉「中央文学」大正7年12月
〈要旨〉芸術家は生活から得られる特殊の実感を、創作の上から逃がしてはならない。人は茫然と何かを眺めているときに、物の本質をつかむことがある。芸術は常識から遠ざかり、永遠をつかむところに権威と強さがある。自分の頭脳が常識的に外界に流れることしか出来なかったら、新しいものをつかむことはできない。瞑想と孤独が、芸術家には必要である。

2908 路傍の木　［小説］
〈初出〉「文章倶楽部」大正7年12月
〈あらすじ〉柳の木は年をとり、幾多の思い出に耽る。人間の醜さ、痛ましさ、悩ましさを見てきた。紳士が自動車にのってやってきた。財産があり、貧困も飢餓も知らなかったが、愉快に暮らせないことで、寂寥と憂鬱を覚えていた。そのとき運転手が労働者にぶつかった。野卑で汚らしい奴らに頭を下げなければならないことを男は思った。人が集まってきた。彼は金を渡してその場を収めようとした。事故にあった労働者は、悲憤と苦痛を語るように涙ぐんだ。老いた柳の木は、群衆が散じたあともその場に立っていた。
〈収録〉『生活の火』精華書院　大11.7　Ⅳ327-13
　　　『未明感想小品集』創生堂　大15.4　Ⅳ335-50

大正8（1919）年

2909　硝子棚の中の髑髏　［感想］
　　　〈初出〉「日本及日本人」大正8年1月
　　　〈要旨〉医療機器展の硝子棚の中に髑髏が立っていた。この髑髏も、都会に住むすべての人に姓名があるように、生前、名を呼ばれたであろう。愛するものがあり、子供があったかも知れない。しかし死後、こうして髑髏となり、物となることを予期しなかったに違いない。死によって、すべての虚飾がはぎとられる。富豪もなければ、貧民もない。幸福も不幸もない。みな死の洗礼をうけ、一様に平等な自然の姿に復帰する。自然は叫ぶ。「俺は公平だ。自らが創造した、あるがままの現象を差別なく、絶無にするばかりだ」私には英雄や美人は縁遠いものとなった。平凡人の生活に感激した。

2910　文学者志願の青年に与ふ　作家となるには　［感想］
　　　〈初出〉「中央文学」大正8年1月
　　　〈要旨〉作家となるには、人間的でなければならない。本能的であり、欲望が強く、理知の観念に富んでいて、しかもそれを享楽することができないといけない。真価と人気は別物である。作家となるには、冒険性をもっている必要がある。妥協する生活はたやすい。苦労や経験だけで作家になれるのではない。人生の犠牲者となる意志、ひろく愛する心、善と美に対する強烈な観念、醜悪を憎む心、正義に味方する意気、人間としてすぐれたところを多分にもった人間でなければ、よい作家にはなれない。

2911　冷酷なる正直　［小説］
　　　〈初出〉「早稲田文学」大正8年1月
　　　〈あらすじ〉死病にかかった妹に本当のことを告げるべきかどうか私は悩み、ドクトルに相談に行った。それ以前、友人に同じ相談をもちかけると、宣教師の娘が同じ死病にかかり、最後の日が近づいたとき、父は娘に本当のことを打ち明け、天国へ行く日が近づいた、祈りなさいと言ったそうだと言った。妹はまだ子供だ。天国があると言えば信じるかもしれないと私は思った。本当のことを妹に告げてよいかと私がドクトルに聞くと、彼は言下にダメだと言った。ドクトルは叔父叔母に育てられたが、叔母が入院中に、叔父が別の女と会っていたのを口止めされたのも聞かず、自分が正直者でありたいために、叔母に話してしまった後悔を私に話してきかせた。叔母は三日後に心臓麻痺で亡くなったのだという。
　　　〈備考〉大正7年11月作。
　　　〈収録〉『不幸な恋人』春陽堂　大9.1　Ⅳ323-3

2912　天才の出現を俟つ　［感想］
　　　〈初出〉「短歌雑誌」大正8年1月1日
　　　〈要旨〉詩壇の進歩は著しい。数年前のセンチメンタルな時代より、印象的、神秘的、実感的に進んだ跡を見ると、どれほどの努力が払われたかしれない。現在は散文が喜ばれる時代である。しかしわれらの生活の革新をうながす芸術がいずれに生まれるか分からない。一代の人心を集注させることは天才の出現に待たねばならない。

2913　魔睡剤（最も人生を益した発明は？）　［アンケート］
　　　〈初出〉「中外」大正8年1月1日
　　　〈要旨〉人間同士で最も見るに忍びないものは、同類の苦しみ叫ぶ有様であ

ろう。それを直ちに救ってやることができるのは、魔睡剤より他にない。神の力よりも、魔睡剤の力は貴い。

2914 **悩ましき外景** ［小説］
〈初出〉「読売新聞」大正8年1月7日～1月28日（25回）
〈あらすじ〉戦争が終わるらしい。去年の夏、田舎に妻子を送り出した。しかし今年の夏は、孝吉の父が長女の病気を心配して田舎から出てきた。孝吉は、子供を亡くした。五六年前にも子供を亡くしている。どうしてこう彼には子供が育たずに死ぬのかと思った。子供を叱ったことを思い出した。悪魔がささやく。「この世の中に命さえ投げ出す気持ちだったら、恐ろしいものは何もない。主義と名がつけば、それは立派なものさ」子供の顔がありありと浮かんだ。哀れな程薄くなった髪の毛。妻子は、暴虐に甘んじて、なお怨もうとしなかった。人間の本質には、弱い者を踏みにじる残忍性がある。あれは夢であったのか。娘が「みんな歯がとれてしまった」と泣いていた。孝吉の仕事のために、二人の子供が犠牲になった。彼等が成長した暁の価値は、彼の仕事の価値より大きかったかも知れない。しかし今はどうしようもない。この犠牲の上にたって、力の限りをつくし、仕事を意義あるものとしなければならない。魔の手が生命をつかみとる刹那の苦痛が現れた娘の凄惨な形相を思い出した。その後の天使のような神々しい顔を思い出した。生の後にくる平和な未知の世界、この幽かな光を頼りとしなければ、生きていけない。
〈備考〉大正7年12月作。
〈収録〉『悩ましき外景』天佑社　大8.8　Ⅳ322-11

2915 **読後感話** ［感想］
〈初出〉「読売新聞」大正8年1月20日
〈要旨〉今年の新年号で思い出す作について感想を述べる。「雄弁」に載った佐藤春夫の「或る父と子」、同誌の広津の「小さな残虐」。「新潮」に載った芥川の「毛利先生」は最初からそのような人として作り上げているようで飽き足りなかった。志賀の「十一月三日午後のこと」は、上手にむだなく書かれているが、疲れて倒れている兵士の実感がわいてこなかった。全体に生動の気に欠けている。「新小説」に出ている里見の「最後の一つ手前のもの」、葛西の「泥沼」も読んだ。

2916 **芸術家として立つに至つた動機—坪内逍遥先生の外には—（人に与ふる感化の力）** ［感想］
〈初出〉「中央文学」大正8年2月
〈要旨〉私は小学から中学にかけて良い感化をうけた人はいない。優しみを覚えたのは死んだ友と自然だけであった。芸術家として立つに至った感化は、坪内逍遥先生である。人としての教化を受けたのも先生の他にない。私は日本のクラシックから感化を受けていない。影響を受けたのは、早稲田の講堂で習ったダビッド、カッパーフィールド、ワーズワース、ハーンである。現在自分の作品に力を与えているのは、自分の生活以外にない。このごろ私が教えられることの多いのは、トルストイやドストエフスキーではなく、チェーホフやアルチバーセフである。

2917 **飢** ［小説］
〈初出〉「新小説」大正8年2月
〈あらすじ〉賑やかな街のはずれの路のはしに、二人の乞食が坐っていた。それは父と子であった。しきりに哀れなことを言って頭を下げるが、誰も

金を与えるものはいなかった。不幸な父親は乞食になって日が浅かった。子供の常吉は、故郷を思い出していた。母が生きていた頃は、自分が貧乏であるとも思わなかった。広助爺のことを思い出した。食べていくことができず、出稼ぎに出たが、行方不明になっていた。帰ってきた爺さんは、眼がくぼみ、何も食べていないようだった。気持ちの張りを失ったのかそのまま死んでしまった。寺の境内で、鳩を盗もうとした父子が捕まった。刑事の顔には、弱者に対する残忍な色が表れていた。父は言った。「人さまは俺達を見殺しにはなさらない」

2918 書斎での対話　［感想］
〈初出〉「早稲田文学」大正8年2月
〈要旨〉島村抱月氏と初めて会ったのは、私が早稲田の哲学科一年のときだった。私が氏に知られるようになったのは、早稲田文学に「乞食」や「人生」を書いたときである。氏が私と竹久夢二のために、「少年文学」を作ってくださった。以後、親しく氏の家を訪問するようになった。氏から死について聞かれたことがある。そのころ空想的であった私は、死をロマンチックに考えていた。しかし氏は死を冷たいものに考えていた。今は氏の考えに共感する。そこに本当の実感、一つの淋しみがある。
〈収録〉『生活の火』精華書院　大11.7　Ⅳ327-22
　　　　『未明感想小品集』創生堂　大15.4　Ⅳ335-42
　　　　『定本小川未明小説全集 第6巻』講談社　昭54.10　Ⅳ370-35

2919 現詩壇へ要求す　［感想］
〈初出〉「短歌雑誌」大正8年2月1日
〈要旨〉詩は形のものではない。詩は内から来るものだ。詩の内的リズムは、詩が生まれるとともにおのずから生まれてくるものでなければならない。もう私達は、あの綺麗な高踏的な詩に対して期待は持てない。また現在の実感を主とした散文的な詩も、今のままではどうかと思うことがある。詩にはイリュージョンが大切である。「民衆」の福田君の詩は、人生の苦悩を印象的に、しかも実感を失わずに歌っている。

2920 赤い鳥　［詩］
〈初出〉「赤い鳥」大正8年2月特別号
〈要旨〉鳥屋の前に立ったならば 赤い鳥がないていた。 私は姉さんを思い出す。（以下略）
〈収録〉『定本小川未明童話全集 第3巻』講談社　昭52.1　全童話Ⅳ161-53

2921 美の外部と内面　［感想］
〈初出〉「抒情文学」大正8年3月
〈要旨〉かつて芸術は、美を自然に求め、人間に求めた。それを今までの芸術家は強いて美しく見ようとした。しかし美は一つの感情に過ぎない。人の胸に湧いてくる感激をどうして抑えることができようか。主観を排斥することができようか。美も感激であれば、醜も感激である。矛盾し錯雑したものが自ら統一を保ち、リズムをつくる。それが芸術の力である。

2922 少年の殺傷　［小説］
〈初出〉「新潮」大正8年3月
〈あらすじ〉母親は娘に結婚を許したことを後悔した。家には自分たち夫婦と少年しか残らなかった。少年とは気があわず、成長とともに親しみを感じなくなった。姉が四年ぶりに帰ってきた。少年は、自由にふるまう姉をみて、自分にはそんな真似はできないと思った。姉が去ってから、家のな

かはまた暗くなった。少年は自分の机の引き出しに絵を集め、それを見ては楽しんでいたが、ある日、母がそれをみな破り捨ててしまう。狂ったように暴れる少年を、両親は追い出すようにK教師にあずけた。K教師も少年を理解しなかった。雪の日、学校で雪投げをしたとき、少年は別の生徒に殴られる。少年は夕方、その生徒が学校から帰るのを待ち伏せし、脇腹に刃物をつきさした。

〈収録〉『悩ましき外景』天佑社　大8.8　Ⅳ322-3

2923　ただ黙つてゐる　[小説]
〈初出〉「雄弁」大正8年3月
〈あらすじ〉弟の清二は、父母に甘やかされて育った。兄は、十五になったとき、病気になって奉公先から家へ帰ってきた。子供のときから、あまり物を言わない兄は、一層、物をいわない陰気な少年になっていた。父母に可愛がられる弟を見ては、だまって涙ぐんでいた。兄の死後、清二も内気な子供となった。清二は死んだ兄を思い出すことが多くなった。清二が少し痩せたことを両親は心配した。そして、長男に対して冷淡であったことを後悔した。長男は、親の不親切と不注意のために死んだのだ。清二もやがて同じ病気になった。彼は兄が寝ていた同じ三畳の室に寝かされた。兄のせいで弟が病気になったと母が忌々しそうに話しているのを清二は聞いた。だが清二はそうは思わなかった。兄が聞いたら、黙って涙をため、こちらを見ていただろう。自分が病気になったばかりに、兄に対して済まぬと思った。

〈収録〉『血に染む夕陽』一歩堂　大11.2　Ⅳ326-9
　　　『定本小川未明小説全集 第4巻』講談社　昭54.7　Ⅳ368-31

2924　お伽文学に就て　[感想]
〈初出〉「文章倶楽部」大正8年3月
〈要旨〉子供の時代にはみんなお伽噺をもっている。大人になると現実に苛まれ、詩に心を動かされなくなる。都会に育った私の子供も詩をもっていた。本当のお伽噺作家とは、子供の心持ちを自分の心持ちとして考えられる人のことだ。子供が自然を見る目には、血があり、生命がある。それと同じ真剣さ、生命、想像力をもった人でなければならない。巌谷小波氏はそれをもっている。

〈収録〉『生活の火』精華書院　大11.7　Ⅳ327-26
　　　『未明感想小品集』創生堂　大15.4　Ⅳ335-46
　　　『小川未明作品集 第5巻』大日本雄弁会講談社　昭30.1　Ⅳ360-97
　　　『定本小川未明小説全集 第6巻』講談社　昭54.10　Ⅳ370-38

2925　弟　[小説]
〈初出〉「黒煙」大正8年3月
〈あらすじ〉弟は頭がよかったが、兄は弟ほどではなかった。親は兄弟の誰か一人は都会に出して勉強させたいと思った。兄は自らを犠牲にした。愚直な兄は、弟の荷物を担いで、汽船問屋まで見送りにいった。父親の力だけでは弟に金を送ることはできなかったので、兄は弟のために働いた。やがて父が亡くなった。兄は弟の成功を願い、弟の帰りを待った。五年後、弟は学校をおえて、帰ってくることになった。兄は船着き場で弟をまった。しかし、弟は船に乗っていなかった。手紙が届き、就職口があったのでこちらに留まると書いてあった。兄は手紙を投げ捨てた。海は荒れた。兄は沖をにらんだ。その眼は憎悪の炎で燃えていた。

〈収録〉『生活の火』精華書院　大11.7　Ⅳ327-38

III 作品

『小川未明選集 第3巻』未明選集刊行会　大15.2　Ⅳ333-6

2926　題言（扉筆蹟）　[色紙]
　　〈初出〉「中央文学」大正8年3月1日
　　〈要旨〉飴色なる三月の黄昏よ地上は神妙の出来事多し

2927　机上雑感　[感想]
　　〈初出〉「読売新聞」大正8年3月18日
　　〈要旨〉作中人物に同感するものが少ない。外国の作には主人公に同感の出来るものが多い。それは思うに、作者の人生に対する、自然に対する感激が大きいからだ。自分を投げ出し、大きな力にぶつかることが必要である。日本の文壇は疲れている。作者が感激を失うことは作者の死を意味する。感激は、作者にロマンチックの精神があるかないかによって決まってくる。加能作次郎の「世の中へ」には、人生に対する同情と涙がある。彼は私のことを「救いのない人生」を描く作家だと言ったが、その言葉を受け入れよう。芸術は作者の主義と人生観の宣伝である。人生に光明を見るものも、暗黒を見るものも、作家の立場によって異なるが、共に人生の熱愛者でなければならない。その愛によってのみ人生は救われるのである。

2928　余の愛読書と其れより受けたる感銘　[感想]
　　〈初出〉「中央文学」大正8年4月
　　〈要旨〉「日本外史」「古詩韻範」などは、中学時代、暑中休暇に山間の温泉へ行く時分にも持って行った。樗牛の「文芸評論」「時代管見」もよく読んだ。早稲田では、ハーンのもの、丘博士の「進化論講和」も好きな本だ。別に誰から感化を受けたというようなものはない。

2929　金の指輪　[小説]
　　〈初出〉「労働文学」大正8年4月
　　〈あらすじ〉お時は紙に包んだ金の指輪をそっと取り出して眺めた。それは、去年の暑い時分、温泉場への道で、籠をもってやった都会の婦人から貰ったものだ。彼女の心は美しい光に魅せられた。日に焼けた指にはめるのはもったいない気がした。酒飲みの夫は、妻がそれをどこかで盗んだのではないかと憤り、持っていってしまう。だが帰ってきた夫は、それをお時の前に投げ出した。「これは偽の指輪だ」お時の美しい幻影は、消えてしまった。翌日から、彼女は指輪をはめて仕事をした。やがて指輪は光を失った。温泉場へ来る都会の客が来始めたが、彼女は今までのようにそれらの人々の生活に憧れたりすることはなくなった。

2930　文壇の中心移動せん　[感想]
　　〈初出〉「新潮」大正8年4月
　　〈要旨〉時代の文学には新しいところがなくてはならない。私ほど自分の芸術上の主義を奉じているものが他にいるか。私は自分の芸術を疑わない。芸術は生活の革新を意味し、思想の向上を意味する。新しい芸術には、常に反抗と新しみがなくてはならない。主人公は人生のための懐疑家か、苦悩者でなければならない。そうあることによって我々の弛緩した生活を高潮させるのである。作品には、根底に我々の生活に対する哀愁と愛と叫びをもっている必要がある。涙と熱を有しているものは、自ら真の生活に触れてきたものだ。やがて遠からず文壇は移動する。

2931　永久に去つた後　[小説]
　　〈初出〉「新公論」大正8年4月

〈あらすじ〉街の中を歩いていたとき、思いがけなく彼女に出会った。一緒に住む約束をしたが、二年前に突然、姿を消したのだ。彼女は、二年前、故郷から父が出てきて無理やり連れ帰されたと説明した。が、私はそれを心から信ずることはできなかった。明日また会いに来ると言った彼女の言葉を信じたが、彼女は来なかった。彼女の代わりに訪ねてきたのが、旧友のKだった。具合が悪いので大阪で診てもらったが、動脈瘤で命がないと言われたという。それで東京のF博士の診察を受けるために来たのだという。この一夜に人生のすべてを知り尽くした気がした。翌日、Kを停車場に送っていった。暖かな良い日であった。旧い夢が破れ、異なった生活が始めるような感じがした。

〈収録〉『悩ましき外景』天佑社　大8.8　Ⅳ322-9

2932　**閉つた耳**　[小説]

〈初出〉「黒煙」大正8年4月

〈あらすじ〉私は子供の耳垢をとってやろうと思いついた。もう一年ばかり、子供の耳など気にしたことはない。長女の病気と看護で、他のことを考える余裕がなかった。次女の耳垢をとってやりながら、長女の耳にも同じものがあっただろうと思った。次男の耳は死んだ長男の耳とそっくりだった。田舎からきていた子守の耳をみてやると、白い紙がつまっているように穴がふさがっていた。名前を呼んでも返事をしないはずだ。だが、耳垢をとらせようとしなかった。やがて農繁期になると、彼女は田舎へ帰っていった。耳がつまると、子供は卒倒するという。私は季節の変わり目に、毎年、神経衰弱にかかった。白く耳のつまった子供を思うと、自分は気が狂うな気がした。

〈収録〉『不幸な恋人』春陽堂　大9.1　Ⅳ323-9
　　　　『小川未明選集 第3巻』未明選集刊行会　大15.2　Ⅳ333-9
　　　　『小川未明作品集 第4巻』大日本雄弁会講談社　昭29.10　Ⅳ353-2
　　　　『定本小川未明小説全集 第4巻』講談社　昭54.7　Ⅳ368-7

2933　**不幸な恋人**　[小説]

〈初出〉「文章世界」大正8年4月

〈あらすじ〉私はこれまで幾たび自殺を考えたか知れない。ピストルか毒薬があったら、実行していただろう。私は生を物憂く思う。倦怠と苦痛の連続だと思う。恋が人生に幸福を与えるというが、それは虚偽だ。私には女がいたが、幸福は得られなかった。はてしない曠野。「あなたは不幸な人です」と女は私に言った。私が自殺を考えるのは、物憂さのためである。女はいやしい生活をしていた哀れな女だった。故郷に帰った私は、私を心配する母を通して、真の愛に触れた気がしたが、それは苦しい束縛でもあった。「私は毎日、幽霊に襲われ続けている」と母に言うことは出来なかった。私は理解を求めていた。

〈備考〉大正8年3月作。

〈収録〉『不幸な恋人』春陽堂　大9.1　Ⅳ323-10

2934　**早春の夜**　[小説]

〈初出〉「中央文学」大正8年4月

〈あらすじ〉二人は酔っていた。Kは我を忘れるほど酔うときがあったが、Sはいくら飲んでも酔わなかった。早春の夜、Kは線路をどこまでも歩いていった。Kは、生死について考えた。生とは、線路のようなものだ。いつかは途切れる。しかしだからこそ刹那の生は貴い。線路はおわり、町もおわり、曠野がひろがった。Kは人間の死後、いかなる生活が開けるのかを

III 作品

　　　考えた。めぐる春のように、生きてそれを見ることができたら、どれほど
　　　幸せなことか。
　　〈収録〉『生活の火』精華書院　大11.7　IV327-39
　　　　　　『定本小川未明小説全集 第5巻』講談社　昭54.8　IV369-1

2935　月が出る　[詩]
　　〈初出〉「おとぎの世界」大正8年4月
　　〈要旨〉だれか山でらっぱ吹く、青い空から月が出る。(以下略)
　　〈収録〉『定本小川未明童話全集 第3巻』講談社　昭52.1　全童話IV161-55

2936　忘れ難き少年の日の思ひ出　[感想]
　　〈初出〉「中央文学」大正8年5月
　　〈要旨〉高等小学に通っていたとき、運動場へ出て叱られたことがある。ひ
　　　とり居残りを命じられたことがある。校長から、もう学校では面倒を見き
　　　れないと言われたことは今も忘れられない。標本採集に夢中になっていた
　　　ときに、博物の教師から無暗に殺生をするなと言われたことも忘れられな
　　　い。尋常小学や高等小学は悪い印象をもっていないが、中学の教師にはほ
　　　とんどなつかしみを持っていない。むしろ当時通っていた私塾の先生をな
　　　つかしく思う。

2937　広い世界へ（投書家に与ふる言葉）　[感想]
　　〈初出〉「文章倶楽部」大正8年5月
　　〈要旨〉私は、高等小学校時代に考え物の投書や中学時代に漢詩の投書をし
　　　たくらいで、投書の経験はあまりない。後に投書の選者になったのは「秀
　　　才文壇」の記者となった二十六歳の時がはじめてである。選者になって感
　　　じたのは、快感よりも不快である。型にはまって流行を追おうとする。何
　　　が厭だといって、年が若くて人の老いるのほど不快なものはない。

2938　余の文章が初めて活字となりし時　[アンケート]
　　〈初出〉「文章倶楽部」大正8年5月
　　〈要旨〉明治三五年、二十一歳のとき、学友西尾秀君のすすめで、「熊野新報」
　　　に時々感想を書いたのがはじめ。友人西村酔夢、高須梅渓、田村逆水らが
　　　青年論客として文壇に出つつあったころで、私も批評家を目指した。しか
　　　し私の文章は蕪雑であった。西村、田村、西尾の諸君に読んでもらって直
　　　してもらった。が、あまり独断的で私には批評は書けないと思った。

2939　黒色の珈琲　[小説]
　　〈初出〉「太陽」大正8年5月
　　〈あらすじ〉彼はこれから書こうとしている話の筋を話してくれた。北国で、
　　　父と少年が淋しく暮らしていた。父は女房を失ってから、憂鬱な男になり、
　　　飼犬を虐待したりした。少年は友もなく、笛を吹いて遊んでいだ。父が犬
　　　を捨てたあと、少年は熱が出て死んでしまった。──子供の彼を可愛がっ
　　　てくれた田舎の娘は一円を道で落としたために川から身を投げてしまっ
　　　た。私は彼の暗い話を好まなかったが、身にしみるようになった。彼は、
　　　台湾の沖で黒い珈琲色の海に飛び込んで死んだ障害者の話をした。私は彼
　　　に惹かれつつも、他に遊びに行くところができたので、足は彼のところか
　　　ら遠ざかった。その後、彼の頭がおかしくなったという話を聞いた。彼は「過
　　　酷な運命に支配はされない」と言った。
　　〈収録〉『悩ましき外景』天佑社　大8.8　IV322-10
　　　　　　『小川未明作品集 第4巻』大日本雄弁会講談社　昭29.10　IV353-4

III 作品

2940 **死より美し** ［小説］
　　〈初出〉「文章倶楽部」大正8年5月
　　〈あらすじ〉Kは、華やかな生活を送ったことがなかった。子供の時分の快活さと無邪気さは、いつしか彼の顔から失せていた。彼は年若いうちに死んだNの顔を思い出した。死とはなにか。烟のように人生から永久に去ってしまうことか。過去も現在も未来もなく、喜びも悲しみもなくなってしまうことか。怖ろしく、また怖かった。すべての人間が死から免れないなら、人生を知り、人生を楽しんでからでないと死ねないと思った。別れた彼女のことをKは思った。今は編集長の細君になっていると聞いた彼は、その家を訪ねる。彼女を見て、死より美しいと思った生活は、消え失せた。その夜、彼は自殺をした。
　　〈収録〉『生活の火』精華書院　大 11.7　IV 327-50
　　　　　　『小川未明選集 第3巻』未明選集刊行会　大 15.2　IV 333-7
　　　　　　『小川未明作品集 第4巻』大日本雄弁会講談社　昭 29.10　IV 353-3

2941 **遠い処へ** ［小説］
　　〈初出〉「労働文学」大正8年5月
　　〈あらすじ〉晩春の朝であった。捨造は口笛を吹きながら停車場へ向かった。彼は駅夫であった。停車場の近くの運送店に勤めている久太と出会った。彼はこれから脱走するという。昨日、働きにきた青白い顔の男が夜に誤って列車に轢かれて死んでしまったのを見て、どうせ暮らすなら賑やかなところで暮らそうと思ったからだという。捨造もかつて村の単調さに飽きて東京へ出たが、母から呼び返されていた。町の銘酒屋にお米という女性がいて、久太と親しかった。「お米ちゃん、何か面白いことはないかね」彼は聞いた。彼女は言った。「ここにいたって面白いことはないわ。遠いところなら、どこへでも行くわ」「俺といっしょに行かないか」「行くわよ」彼女は燃えるように怪しく光る瞳を彼の上に落とした。

2942 **童話の詩的価値** ［感想］
　　〈初出〉「早稲田文学」大正8年5月
　　〈要旨〉空間や時間の観念に支配されず、また貧富や階級の観念に支配されないのが子供である。人間の行為を支配するのは良心であり、正義の観念である。これに最も感動し、不純がないのは子供である。子供ほど、物を見る目の確かなものはない。子供ほどロマンチストはいない。この子供の心境を思想上の故郷とし、子供の信仰と裁断と観念の上に人生の哲学をおいた書かれたものが「童話」である。子守唄の声、笛の音が私の心を遠い世界へ導いていく。ハーンが「日まわり」をみて、少年時代の記憶を呼び起こしたように。幻想や連想によって、少年時代に失われた世界を取り返すことができたら仕合せである。そしてそれによって少年を楽しませることができたら、私達は芸術の誇りを感じるだろう。
　　〈収録〉『金の輪』南北社　大 8.12　全童話 IV 006-18
　　　　　　『未明感想小品集』創生堂　大 15.4　IV 335-28
　　　　　　『小川未明作品集 第5巻』大日本雄弁会講談社　昭 30.1　IV 360-101
　　　　　　『定本小川未明童話全集 第1巻』講談社　昭 51.11　全童話 IV 159-44

2943 **あんずの花** ［詩］
　　〈初出〉「おとぎの世界」大正8年5月
　　〈要旨〉私の家にきた盲目、帰りにあんずの花折って、（以下略）
　　〈収録〉『定本小川未明童話全集 第3巻』講談社　昭 52.1　全童話 IV 161-57

2944 　女の美と醜と欠点と　［アンケート］
　　　〈初出〉「女の世界」大正8年5月1日
　　　〈要旨〉一般的には女性は首筋に美がある。処女は永久に美しい。頽廃にも
　　　　美はあるが、同時に憎しみを覚える。女性の欠点は、年をとると、醜くなり、
　　　　やさしみが無くなることだ。男は年をとると人がよく、なつかしみの出る。
　　　　私は老婆を嫌い、老爺を愛す。

2945 　芸術と貧富の問題　［感想］
　　　〈初出〉「秀才文壇」大正8年6月
　　　〈要旨〉金があって、生活に困らぬ人間でなければ芸術はやれぬという人が
　　　　いる。それは一理ある。しかし思想、感情の発現である芸術が、こういう人々
　　　　でなければなされないという理由はない。芸術はすべての人類の欲求であり、
　　　　感情であるからである。苦しんでいる人は、沢山いる。求めるものが
　　　　自由に得られる人は、人間性の発揮もなければ、要求もなく、真実の叫び
　　　　もない。私の生活は戦いの中にある。それは、少年時代のような夢に耽る
　　　　ことを許さない。人生がもし広野であるなら、その広野を飛ぶ一羽の鳥の
　　　　ごとく、私も人生の波にもまれつつ、思うことを叫び、思うことを行いたい。

2946 　絵に別れた夜より　［小説］
　　　〈初出〉「大観」大正8年6月
　　　〈あらすじ〉私の慰藉となっていた絵をKに買ってもらい、旅に出た。旅先で、
　　　　頭がはっきりしないのは鼻が悪いからだろうと考えた。子供のころ、数学
　　　　ができなかったのもそのせいだ。私は一年ほど前から腹痛を抱えていた。
　　　　胃癌であろうか。自然は若やかで希望があるのに、私が腹が痛んで、悲し
　　　　みと憂えに沈んでいた。人間の住んでいるところは、どこでも生活の悩み
　　　　と苦しみがある。愛を説いたって、正義を説いたって、この社会は何の感
　　　　じも受けない。ただ一つ、……があるばかりだ。ある若い代診の男に腹を
　　　　診てもらった。胃カタルだという。長生きすることがよいわけではない。
　　　　幸福も感激も、あらゆる価値は現在にある。ただ刹那の現在にある。それ
　　　　がすべてだ。

2947 　海と太陽　［詩］
　　　〈初出〉「おとぎの世界」大正8年6月
　　　〈要旨〉海は昼眠る、夜も眠る、ごうごう、いびきをかいて眠る。（以下略）
　　　　　　『定本小川未明童話全集 第3巻』講談社　昭52.1　全童話Ⅳ161-54

2948 　涙　［小説］
　　　〈初出〉「読売新聞」大正8年6月1日
　　　〈あらすじ〉下町に住んでいたころに買った珈琲茶碗が一客だけ残っていた。
　　　　他はみな割れてしまった。これも腕がなくなり、皿も欠けていた。横手の
　　　　藪に咲いたグミの花、裏手の竹林。妻の知り合いのおきぬさんも亡くなっ
　　　　た。他にも多くの人々が死んだ。それに較べたら、珈琲茶碗は長くもった
　　　　ものだ。数日後、妻は新しい珈琲茶碗を買ってきた。妻の弟が休みの日に
　　　　遊びに来て、四つになる太郎と七つになる花子たちも加わって一緒に紅茶
　　　　を飲んだ。割るといけないので、太郎には古い珈琲茶碗があてがわれた。
　　　　太郎を可愛がっていた弟は、太郎の様子をみて、そっと涙を拭いた。
　　　〈収録〉『生活の火』精華書院　　大11.7　Ⅳ327-51
　　　　　　　『小川未明選集 第3巻』未明選集刊行会　大15.2　Ⅳ333-8
　　　　　　　『小川未明作品集 第5巻』大日本雄弁会講談社　昭30.1　Ⅳ360-35

2949 　先に行つた友達　［小説］

〈初出〉「改造」大正8年7月
〈あらすじ〉寂しい田舎町の角に鼈甲屋があった。この前をHとBが並んで学校へ行った。二人は互いに親しくしていたが、頭の中の考えは同じではなかった。鼈甲屋の主人がクロという犬をけしかけ、猫を杉の木に追い詰めた。猫が鼈甲屋の魚を盗んだらしい。棒でたたきおとされた猫は、クロにかみ殺されてしまう。HもBも主人を憎んだ。Hは後に学校で、哀れな猫は人間にもいると言った。しかしBは感心しなかった。Bはなぜあのとき猫を助けなかったのか、なぜ主人に復讐しなかったのかと言った。後にBは新聞に、鼈甲屋の主人を直接に責めた文章を載せた。犬も殺してしまった。Hはその時以来、Bと絶交した。十年が経ち、Hは作家として名を知られるようになった。しかしBを忘れることはできなかった。そんなとき、台湾から手紙が届いた。Bからだった。Bは生活が大事だと書いていた。Hは自分にほんとうの生活があるだろうかと思った。無智の者のなかにこそ、生活があるのではないか。後に、Bが病気で死んだことがHに伝えられた。

2950 黒幕の裏 [小説]
〈初出〉「早稲田文学」大正8年7月
〈あらすじ〉人相見が声をかけてきた。私は子供時分のある日のことを思い出した。白く乾いた往来の上に一人立ち、孤独を痛切に感じながら、誰か友達が外に出てくるのを物憂そうに待っていた。「今あの男の気持ちは、自分の子供の時の気持ちと同じだ」私は男に同情をし、もっとよい仕事はないのかと思ったが、自分も不安なしに日を送ることができていなかった。もう自分は苦しみを知らない子供時分の心持ちには帰れない。死んだ子供も帰ってこない。子供はいつも話をせがんだ。火葬場の悲しみが思い出される。引っ越すべきかどうか、例の人相見に診てもらった。
〈備考〉大正8年6月作。

2951 菩提樹の花―奈良―旅のかなしみ― [感想]
〈初出〉「文章倶楽部」大正8年7月
〈要旨〉奈良を歩いているとき、すべてのものは何時か滅びるという実感をもった。はじめての場所に行くと、ここを訪れるのは最初であって最後であると思う。都会でも同じ思いをもつことがある。短い自己の生と永久の自然について考える。見なれた景色は私の神経を痛めない。自然のなかに入ると、いかに人間の生活が惨めであるかがわかる。北国を旅すると特にそう思う。
〈収録〉『生活の火』精華書院　大11.7　Ⅳ327-24
　　　　『未明感想小品集』創生堂　大15.4　Ⅳ335-43
　　　　『定本小川未明小説全集 第6巻』講談社　昭54.10　Ⅳ370-37

2952 我が感想 [感想]
〈初出〉「文章世界」大正8年7月
〈要旨〉人間の生活が金の有無によって差別をつけられるようになったのは、ずっと前からのことであろう。功利主義が哲学となっている間は、人生は物質上の苦しみから解放されない。物価が高いのに下女など置くのは贅沢すぎると婦人雑誌は言うが、それは読者が中流階級だからだ。この家から解雇された下女は、いったいどこへ行くのか。サンジカリズムやボルシュヴェキズムは、現代において最も苦しみつつある人間のために起こった社会運動である。彼等に倫理観なく宗教観なしとはいえない。最大多数の労働者に、世界の支配権をゆだねたからとて、今の資産家のように独断的と

Ⅲ 作品

なるとどうして言えよう。
〈収録〉『生活の火』精華書院　大11.7　Ⅳ327-44

2953　私は姉さん思い出す　[詩]
〈初出〉「おとぎの世界」大正8年7月
〈要旨〉花にょう似た姿をば、なんの花かと問われると、すぐには返答に困るけど。(以下略)
〈収録〉『定本小川未明童話全集 第3巻』講談社　昭52.1　全童話Ⅳ161-58

2954　今日の感想　[感想]
〈初出〉「読売新聞」大正8年7月9日
〈要旨〉作品の価値は実感味によって定まる。それを措いて、作家の生活も人生観も他にはない。批評家は、その境地に立ち入るだけの誠意がなければならない。誠実は鍵である。
〈備考〉大正8年7月6日作。

2955　煙の動かない午後　[小説]
〈初出〉「中央公論」大正8年7月臨時増刊号
〈あらすじ〉すべての希望を投げうって都会から田舎へ帰った良吉は、独身の覚悟で、何をすることなく物憂い日を送っていた。すべては赴くところに赴くとニヒルに考えていた。無産階級の運動が世界中に拡がっていることを良吉は外国の新聞で知っていた。親が残した遺産がなければ、彼も都会で彼等とともに活動していたと思う。田舎にもあくどい地主はいた。ある日、良吉は町に住む伯母を訪ねた。伯父の死後、伯母は息子の憲一を懸命に育てた。伯母の家は旧の士族屋敷のあとにあった。糸車の音が聞えた。バテンの仕事がへり、紙貼りの内職をしていた。良吉は伯母に頼まれて、東京の憲一を訪ねた。憲一は、都会で苦労し、顔立ちも変わっていた。小さな工場の鑵部にいた。良吉は憲一に、なぜ社会のために戦わないのかと言われる。良吉は、主義を捨て、田舎で年老いた母の世話をしてほしいと頼む。憲一はそれを受け入れるが、二人が故郷へ戻ろうとするとき、都会の工場からでる煙をみた良吉は、伯母は私が面倒みるから、都会に残ってこれまでどおり主義のために働いてほしいと言う。
〈収録〉『雨を呼ぶ樹』南郊社　大10.8　Ⅳ325-6
　　　　『小川未明選集 第3巻』未明選集刊行会　大15.2　Ⅳ333-18
　　　　『小川未明作品集 第4巻』大日本雄弁会講談社　昭29.10　Ⅳ353-5

2956　野中の道　[小説]
〈初出〉「新小説」大正8年8月
〈あらすじ〉カフェには白粉を塗った給仕女が二三人いたが、顔も知らない客には一瞥の注意も与えなかった。この世界は、若い者の歓楽の舞台である。夜、眠っていると、Yの細君がKの家の戸を叩いた。夫婦喧嘩で家を出てきたのだ。外へ出て、歩きながら話を聞いた。細君は、夫が殴ったり蹴ったりするという。Yは細君に、働いて金をとれと言うのだという。細君は、カフェの給仕になろうかと思うと言う。話をしながら、二人ともが失われた恋を、青春を取り返してみたいと思っているように思った。夏が過ぎたある日、KとYは散歩をした。Yは突然、死んだ細君の話をした。細君が死んでから、彼女を愛していたことが分かったと言う。Kは言った。物質の欠点が、誤解や喧嘩を導いたんだ。誰が悪いのでもないと。二人は墓地に向かう野中の道を歩いた。

2957　芽の出る時を待つ心　[感想]

224

〈初出〉「中央文学」大正8年8月
〈要旨〉ピラミッドの中にあった小麦が芽をふいたという。本当の生命のあるものは、どんなところにあっても一度は芽を吹いて花が咲く。その思想が本当に生きた思想であったら、実現される時がある。自己の思想が時に遭う、遭わないといったことはあるが、それはいつか花を開かずにはおかない。天才の条件とは、衣食住の苦しみの上になお自分の思想と本領をたもち、身を屈せず、固守して行く力強さをもつことである。その孤独と寂寞とに耐え得るものでなければならない。

2958 創作は一種の文化運動　[感想]
〈初出〉「新潮」大正8年8月
〈要旨〉近時、世間の思潮は労働運動に集まっているが、人間的発達はこれだけによって解決できるものではない。より強く、よりよく生きるためには高潮した精神生活が必要である。人間は、美に対し、正義に対し、郷土に対し、自然に対して無限の興趣を抱いている。人間の幸福は物質によって充たされるものではなく、精神の慰安と信仰が必要である。理想ある作品は、社会革命の衝動から生れる。現実の欠陥を補おうとする精神的運動が芸術である。すべての作品に精神的革命、社会的革命の衝動がなければ、技術の価値はあまりない。

2959 金と暇さへあれば（此の八月の盛夏を如何に送るべきか）　[感想]
〈初出〉「中央文学」大正8年8月
〈要旨〉旅行は常にしたいと思っている。余暇と余裕があれば、季節を限らずにしたい。しかし夏、避暑へ行くのは、生活が今日のように逼迫しなかった時代の習慣である。この考えに捉われているものは、この習慣から脱せられない人々である。

2960 鈴が鳴る　[詩]
〈初出〉「おとぎの世界」大正8年8月
〈要旨〉あれあれ鳴る、鈴が鳴る。水で鳴る、空で鳴る、雲で鳴る。（以下略）
〈収録〉『定本小川未明童話全集 第3巻』講談社　昭52.1　全童話Ⅳ161-56

2961 戦闘機関の停止は誤り（文壇四七家の都下新聞同盟休刊に対する感想）　[アンケート]
〈初出〉「新潮」大正8年9月
〈要旨〉最近都下の有力新聞の論調が、著しく無産階級擁護に傾いたのは事実だ。今日の形勢からみて、今度の罷工は同情しかねるものがある。労働問題、食糧問題の危急を告げつつある今日、唯一の味方である戦闘期間を停止したのは、過りであったろう。

2962 人生観社会観倫理観を意味しなかつた罷工（新聞職工の罷業同盟休刊の批判）　[感想]
〈初出〉「改造」大正8年9月
〈要旨〉十六新聞社の活版職工によって団体的罷工が企てられ、都下の全新聞紙が四日間休刊したことは、最近の注目すべき事件である。彼等は賃金引上げを請求した。今のところ、労働者が資産家に対抗する唯一の武器は同盟罷工しかない。しかし同盟罷工は労働者の権利とはいえ、常にこの武器を賃金引上げに使用することは、労働者の品性に関係する。賃金引上げのみをもって、労働者の現在の地位が高まるものではないからだ。労働運動は、人生観、社会観、倫理観の上から起こらなければならない。職工らに気概があり、確固たる信念と熱情があれば、相互扶助のために、資本家

からの解雇要求には応じなかったであろう。

2963 **土地** ［小説］
〈初出〉「雄弁」大正8年9月
〈あらすじ〉河のほとりに広々とした田野が開けていた。一面に桑が植えられていたが、一画だけ豆圃があった。桑圃は村の金持ちの伊藤家のものだったが、豆圃は貧乏人の左衛門のものだった。金持ちは左衛門の豆圃も自分のものにしようとしたが、左衛門は東京へ奉公に行っている倅に土地だけは残してやりたいと、首を縦にふらなかった。もし故郷に家があったら、どれだけ安心だろう。左衛門が中風になり、命の心配をしなければならなくなったとき、金持ちは、左衛門の妻に主人が元気なうちに土地を売ることを勧めた。倅は、都会で商売をしようと思っていた。それでも、左衛門は土地を売ろうとしなかった。俺が死んだら、全部売ってしまえと左衛門は言った。妻が外出中、左衛門は杉の木の下で死んでいた。
〈収録〉『血に染む夕陽』一歩堂　大11.2　Ⅳ326-10

2964 **少年の見る人生如何に** ［感想］
〈初出〉「創造」大正8年9月
〈要旨〉私はハーンのものが好きで、よく愛読した。少年の神経は鋭敏で、観察力や直覚力に富んでいる。私は雪深い北国に生まれた。雪のない東京のことが想像できなかった。少年雑誌の口絵や記事を読むたびに、いかに北国の土地に生まれたことを嘆いたであろう。ゾンバルトは、自然に対しては何人も降伏しなければならぬが、社会に対しては抗議しなければならないと言う。学校教育では一律の授業が行われる。夏休み後、海や山へ行った感想文を求められる。しかし行くことのできなかった生徒は、どうすればいいのだろう。
〈収録〉『生活の火』精華書院　大11.7　Ⅳ327-28
　　　　『未明感想小品集』創生堂　大15.4　Ⅳ335-47

2965 **本然的の運動** ［感想］
〈初出〉「新潮」大正8年9月
〈要旨〉社会問題は、知識上の問題から無産階級にとっての本然的の運動となってきた。住むに家なき、食するに物なき、もっと貧困な人々の生活を私は思わざるをえない。社会問題を考えるもののなかにも、光明の方面のみを見て育った人と、真に苦しんでいる人とは、問題の捉え方がちがう。無産労働者がすべて味方かというとそうでもない。単に階級という外面の関係だけで、人生は救われるものではない。実感からきた本然的な運動が必要だ。もし無産階級が本当に自覚したら、そのとき、彼等は戦わなければならない。
〈収録〉『生活の火』精華書院　大11.7　Ⅳ327-45
　　　　『未明感想小品集』創生堂　大15.4　Ⅳ335-49
　　　　『定本小川未明小説全集　第6巻』講談社　昭54.10　Ⅳ370-44

2966 **にじの歌** ［詩］
〈初出〉「おとぎの世界」大正8年9月
〈要旨〉こちらの森から　あちらの丘へ　にじが橋をかけた。（以下略）
〈収録〉『定本小川未明童話全集　第3巻』講談社　昭52.1　全童話Ⅳ161-59

2967 **感激** ［小説］
〈初出〉「大観」大正8年10月
〈あらすじ〉Sが古代史の翻訳の金を当てにしていたが、出版が延期になった。

その仕事が決まったら、避暑地で仕事をしようと思っていた。子供の頃に行った山奥の温泉場を思い出した。Sは何か仕事を見つけたいと思った。下宿の主人には、妻と子供がいた。相場に手を出し、財産を失ったが、もう一度金儲けをしたいと考えていた。Sは女からもらった金の指輪を売って金を得ようとしたが、金にならなかった。Sは某新聞の社会部長に会い、外訪記者の仕事を得られそうになったが、社会主義的な発言をしたため、話はまとまらなかった。人間は自由に考え、空想し、感じたことをなぜ言ってはならないのか。

2968 **意味ある冒険なりや（ダンヌンチヨ氏来朝の風聞に対して）** ［アンケート］
〈初出〉「新潮」大正8年10月
〈要旨〉ローマから東京まで、約一万マイルを飛行機で来ることは冒険に違いない。私はかくのごとき冒険が意味あることか否かを思う。数年前、人跡未踏の南極探検をしたシャックルトンの時ほど、興味をもたない。詩人ダンヌンチオであるだけに興味をもたない。

2969 **顔** ［小説］
〈初出〉「黒煙」大正8年10月
〈あらすじ〉刑事に尾行された社会主義者は、誰を見ても間諜に見えるらしい。財布を盗まれた男は、誰をみてもスリに見えるらしい。結核患者の家族を看病していると、都合の人が一人残らず患者になるように思われる。人間には錯誤がありがちだ。精神病院を参観した帰り、自然と人間の隔たりを感じた。病院でみた女は、見覚えがあった。それも錯誤か。街で青い顔の女を見ると、みなあの病院に入院する日があるように思われる。地上の不自然な人間の生活を考えないものがあろうか。

2970 **記憶は復讐す** ［小説］
〈初出〉「新潮」大正8年10月
〈あらすじ〉私を虚無主義者にした経緯。子供の頃は腕白だった。教師から晩止めされたとき、代わりに謝ってくれた小使いが翌日、首になった。母は一緒に小使いの家へ謝りに行ってくれたが、引っ越したあとだった。二年後、学校を卒業した私は、証書を引き裂いた。その後、私は小学校の教師になった。生徒の父親が牢に入ったので、母親は息子を寺の小僧にしたいと言う。息子に寺へ行くよう説得してほしいと頼まれた私は、それを行う。生徒は、さびしく微笑みながら、行きますと言った。その子供のことを思うたび、言い知れぬ痛ましさを覚えた。私の悔恨は、やがて憤怒の炎となり、自己や社会に対する反抗、復讐の念となった。
〈収録〉『赤き地平線』新潮社　大10.1　Ⅳ324-1
　　　　『定本小川未明小説全集 第4巻』講談社　昭54.7　Ⅳ368-8

2971 **過去の一切は失はれたり（社会改造と文芸）** ［感想］
〈初出〉「文章世界」大正8年10月
〈要旨〉社会そのものが、大なる宿命的な自然力のごとく見なされてきた。だが人間がこの世に生れてきたからには、働くとともに生を享楽するのが当然である。それができない社会である。いたるところに不自然な事実があり、正しき者が亡び、正しからざるものが勝ちを制する社会になっている。過去幾世紀にわたる慣習を打破するためには、心から目覚めた熱い民衆の協力が必要である。文芸は、民衆の霊魂の叫びを基礎とした、内的な革命をしなければならない。
〈収録〉『生活の火』精華書院　大11.7　Ⅳ327-41

『定本小川未明小説全集 第6巻』講談社　昭54.10　Ⅳ370-42

2972　**浮浪漢の手紙**　[小説]
　　　〈初出〉「新小説」大正8年10月
　　　〈あらすじ〉愛する妻Kよ。私どもの生活は誰にとも言うことなく苛まれ、虐げられ、貧しかったために、数多くの悲劇を経験してきた。欠乏ほど、人間の心を浅ましくするものはない。俺は仕事をやめた。お前が涙ぐんでいたときも、苦しむだけ苦しむがいいと思った。この社会から受けた侮辱、苦痛への復讐。俺は道徳を捨て、浮浪漢になって、社会の約束の外に立つことを決めた。そのためには人情を殺さなければならない。最も愛するお前を最初の犠牲にした。かつて叔父から、鶴の恩返しの話を聞いた。お前は鶴で、俺は欲深な男に似ている。俺は浮浪漢になった。生きる上において最も強い人間だ。お前と別れ、ほんとうに俺は死をも恐れぬ人間になった。
　　　〈収録〉『定本小川未明小説全集 第4巻』講談社　昭54.7　Ⅳ368-4

2973　**私の創作の実際**　[感想]
　　　〈初出〉「文章倶楽部」大正8年11月
　　　〈要旨〉私は経験した事実をそのまま書くことはない。印象ないし実感をしまっておいて、あとで私の人生観や運命観を重ねて裏付ける。よい絵や芸術に出会ったときに、寝かせていた印象や実感が活き活きとしてくる。書けないのは冬である。春になって風ばかり吹く日も書けない。私は万年ペンをインクに浸して書いている。裏に沁み通らない紙を使う。

2974　**何を考へるか**　[小説]
　　　〈初出〉「文章世界」大正8年11月
　　　〈あらすじ〉それは思い出しても物凄い晩だった。汽車がまだその地方には通じていなかったので、旅をするには、汽船に乗らなければならなかった。請負師だった叔父が、会社の技師にだまされ、漂泊の旅にでた。叔母が、あの工場が焼ければいいと言ったその晩、工場が火事になった。時が流れた。Kは都会にいた。工場で不穏なことを説いてまわったために、首となった。漂泊すると、気持ちも荒めば、眼付も険しくなる。声を枯らして生存の権利を主張しなければならないのは淋しいことだ。今や労働者の生活は、機械のようだ。Kは心を明るくするために、賑やかな街へ歩いていった。自然はすべての人間に休養を与える。しかしそれが自然に得られなければ、不自然に得られなければならない。
　　　〈収録〉『赤き地平線』新潮社　大10.5　Ⅳ324-5
　　　　　　『定本小川未明小説全集 第4巻』講談社　昭54.7　Ⅳ368-12

2975　**其の少女の事**　[小説]
　　　〈初出〉「太陽」大正8年11月
　　　〈あらすじ〉子供ができて子守が必要になった私達は、妻の友達と同郷のおこまという少女を迎え入れた。不幸な育ちで、両親が相次いで縊死し、残された姉妹は芸妓屋へやられた。姉は愛嬌もあり、芸妓になれそうだったが、おこまの方は使い走りをしていた。おこまは、私達の家に一年半ばかりいて、郷里へ帰った。その後、おこまは駒吉という評判の芸妓となった。年月が流れた。おこまに子守をしてもらった子供が死んだころ、二人の女が訪ねてきた。おこまとその姉であった。おこまを医者に見せるために出てきたらしい。おこまは、子供が死んだことを知らなかった。帰っていったおこまの姿を見ながら、「犠牲者だ」と思い、慄然とした。

〈収録〉『赤き地平線』新潮社　大 10.1　Ⅳ 324-16
『定本小川未明小説全集 第 4 巻』講談社　昭 54.7　Ⅳ 368-23

2976　風ふき鳥　[詩]
〈初出〉「おとぎの世界」大正 8 年 11 月
〈要旨〉風ふき鳥 飛んでどこへゆく 海は暴れているぞ。(以下略)
〈収録〉『定本小川未明童話全集 第 3 巻』講談社　昭 52.1　全童話Ⅳ 161-60

2977　心の動揺を感じた年（予が本年発表せる創作に就て）　[感想]
〈初出〉「新潮」大正 8 年 12 月
〈要旨〉いかなる作家もやがてはクラシックの味を慕うようになるが、物の破れる刹那、激動の中にこそ芸術の本領はある。反抗や焦慮や叫び、激動の苦しみから逃げるために静かな世界を慕うとすれば、それは戦闘の力が衰えたときだ。今年はずいぶん心の動揺を感じた。無理をして書いた一年だった。来年は、自然な姿を備えた作品を書きたい。

2978　月の光　[感想]
〈初出〉「中央文学」大正 8 年 12 月
〈要旨〉夏もおわり、夜になると淡い靄が降りる時節。ある夜、私は街を散歩するために出かけた。明るい賑やかな街へと歩くにつれて、燈火がうきうきとして見え、幽かな声で歌っているように思われた。Kの夫人と出会った私は、並んで語らいながら歩いた。月光が鋭い矢を虚空に放ち、彼女のうるおいのある目の中に射し込んできた。

大正 9（1920）年

2979　華かな笑　[小説]
〈初出〉「サンエス」大正 9 年 1 月
〈あらすじ〉小官吏のNは、今日も役所を休まなければならなかった。そのことは彼の心に苦痛を与えたが、妻の病気の方が心配であった。彼女は、家計の苦しいことも、夫が役所を休んではいけないことを知っていたが、自分の苦しみに打ち勝つことができなかった。Nの家には、金がなかった。売って金にできるようなものもなかった。自分の生活も、誰の生活も、生あるかぎりの刹那であると彼は考えた。友人のKのところへ相談にいくと、金の心配は後だという。それで医者に診てもらうと、妻が妊娠していて流産しているから、すぐに専門の医者に処置してもらう必要があるという。Nは上司のSのところへ金を借りに行こうとした。S夫婦は留守であった。帰ってくるのを待っていると、S夫婦は楽しげに語らっていた。二人は、彼の身を隠している前を過ぎた。
〈備考〉大正 8 年 11 月作。

2980　縄　[小説]
〈初出〉「早稲田文学」大正 9 年 1 月
〈あらすじ〉裏通りの狭い路の路地に、塵芥車が止まっていた。四十ばかりの険しい眼の男が、芥の中から何か拾って食べていた。肥を汲みに来る百姓は、野菜を一緒に持ってきたが、それは横町の八百屋で買ったものだった。その百姓が荷物を置いて、肥を取りに行っている間に、その荷物が無くなった。塵芥車の男が持っていったようだ。ある朝、子猫が捨てられていた。そこへ塵芥車が通ったが、例の険しい眼の男ではなく、さっぱりとした半纏を着た若者だった。その男は車にまとわりつく子猫を手で掬い上

げて、家の庭に押し入れてやった。しかしその家の主人は子猫を追い出した。子供達が可愛そうな子猫を抱いてやっていた。子供の母親は捨ててきなさいと言う。「老いたるもの、すべて醜なり」

2981　**不意に訪る者**　[小説]
　　　〈初収録〉『不幸な恋人』春陽堂　大9.1
　　　〈あらすじ〉北国の海に近い、N鉄橋の上で、従兄のHが横死したということは、弟から五年前に聞いていたが、死んでいなかった。彼の横死をきいた親戚は、心の中で喜んだ。かつてHは勉強家で、学校では主席であった。彼の家は代々の薬屋であった。東京へ出たいと言っていたが、父が死んでから跡を継いだ。遊郭で遊びを覚え、家産を失い、ある日、家を出て行方知れずになった。私の生活は苦しかった。生活難のために、妻子に愛情を注ぐことも忘れていた。そんなある日、Hが家を訪ねてきた。頭の治療をするために、しばらく滞在させてほしいと言う。脅迫観念に苦しめられているのだという。私も、死の足音をきくような奇怪な幻想に悩まされていた。叔父のところへ行って援助を断られたというHの話を聞いた私は、流浪者のHを憐れんだ。Hは私が子供のころ、癎癪にきくといって赤蛙をとってくれたことがある。また庭の果樹をとるために、私に肩車をしてくれたことがある。Hは私の家に五日滞在し、北海道へ立っていった。どの人間も死刑の宣告を受けているようなものだ。早く死のうが遅く死のうが変わりはないとHは言った。
　　　〈備考〉大正7年8月作。
　　　〈収録〉『不幸な恋人』春陽堂　大9.1　Ⅳ323-6

2982　**誰も知らないこと**　[小説]
　　　〈初出〉「新公論」大正9年1月
　　　〈あらすじ〉世の中には生を持て余している者が多い。彼等は死が来る日を気遣いながら待っている。ある患者は安らかに死にたいと願いながらも、職務に従う医者によって苦痛のうちに息を引き取った。両足を失った青年は、死ぬより生きろと言う医者の言葉に従うが、死にたいと願った青年の思いは間違っていたのか。頭がおかしくなった息子の母親が、医者に「二つ一つの薬」を与えてほしいという。医者は母親の申し出を断ったが、人生の矛盾、不平等を考えずにはいれらなかった。私は、この話を聞いたときに、生きていることが死よりも悪い場合があることを知った。私は毒薬を手に入れた。永久に人は生きられるものではない。生命は、自分によって支配されるべきものだ。毒薬をもっているという誰も知らない秘密が、私に力を与えた。
　　　〈収録〉『赤き地平線』新潮社　大10.1　Ⅳ324-3
　　　　　　　『小川未明作品集　第4巻』大日本雄弁会講談社　昭29.10　Ⅳ353-7
　　　　　　　『定本小川未明小説全集　第4巻』講談社　昭54.7　Ⅳ368-10

2983　**手**　[小説]
　　　〈初出〉「我等」大正9年1月
　　　〈あらすじ〉Fほど、手を描くことに興味をもった画家を私は知らない。私も手には関心がある。Fは、女の白い手ほど魅力的なものはないと言った。美しい手の女と結婚した彼は、その後、生活に苦しんだ。女の母親が贅沢だったからだ。彼もかつては柔らかい手の所収者だったが、今は労働者の手をしていた。彼は、人間は苦しくなると、それに気をとられ、美しいものに憧れたことなど忘れてしまうが、それは間違っていると言った。Fは、妻と一緒に北国の中学校へ図画の教師として赴任した。だがそこで肺病に

III 作品

なり死んでしまう。巧妙に動く手によって、人間は他を征服してきたが、この手によって自らの種族を滅ぼすことになる。
〈収録〉『赤き地平線』新潮社　大10.1　IV324-9
　　　　『小川未明作品集 第4巻』大日本雄弁会講談社　昭29.10　IV353-6
　　　　『定本小川未明小説全集 第4巻』講談社　昭54.7　IV368-16

2984　永久に愛を離れず（当来の文芸に何を求めるか）　[感想]
〈初出〉「文章世界」大正9年1月
〈要旨〉虚無主義者も人生に対する愛があり、信仰をもっている。行為や思想が自己否定であり、破壊であっても、それは功利主義からではなく、より偉大な観念に支配されたものである。欧州戦争の根は、資本家達の利害関係にあったとしても、多くの善良にして無智な国民は功利主義ゆえに闘っていたのではない。これが終ったら平和がくると願って犠牲になった人が多い。何事にも徹底に赴くには自己犠牲がある。愛は、欲をはなれ、その身を犠牲にしなければ現れない。このごろわが国の文壇は、いちじるしく職業化している。労働問題以後、芸術家が職業化してきたことは嘆かわしいことだ。
〈収録〉『生活の火』精華書院　大11.7　IV327-1
　　　　『未明感想小品集』創生堂　大15.4　IV335-35
　　　　『小川未明作品集 第5巻』大日本雄弁会講談社　昭30.1　IV360-65

2985　彼の死　[小説]
〈初出〉「黒煙」大正9年1月
〈あらすじ〉私はKの身の上を気遣って、医者のもとへどんな様子か聞きにいった。医者は、転地して療養をする必要があると言った。Kにそのことを告げると、淋しく笑った。俺たちに、そんな余裕はない。Kは、母や妹のために働いていた。母は父が死んだあと、家族を一人で養ってきた。Kの肺は二つとも空洞であった。やがてKは亡くなった。
〈備考〉大正8年12月作。
〈収録〉『生活の火』精華書院　大11.7　IV327-52

2986　島崎藤村氏の懺悔として観た「新生」合評　[書評]
〈初出〉「婦人公論」大正9年1月
〈要旨〉藤村の「新生」については、いまだ通読していないので、愛か、義務かということも、また、その倫理思想についても批評することができない。

2987　日記のつけ方　[アンケート]
〈初出〉「中央文学」大正9年1月1日
〈要旨〉文学青年は日記をつける必要はない。私も日記をつけない。真に価値ある経験は頭の中に刻まれる。単なる過去に価値があるとは信じない。私は現在を愛する。（日記の作例あり）

2988　新時代の教育に任ずべき今後の教育者に与ふる言葉　[アンケート]
〈初出〉「教育時論」大正9年1月5日
〈要旨〉教育者は教育のために身を犠牲にする熱意が必要だ。新生活の憧憬者である必要がある。正直に本当と感じたことを言わなければならない。職業化した教育家は、呪うべき存在である。

2989　Kの死因　[小説]
〈初出〉「早稲田文学」大正9年2月

Ⅲ　作品

　　　〈あらすじ〉Ｋが病気で臥せていた。Ａがやってきた。よく効く薬をもっているが、劇薬なので、分量を間違えてはいけないとＡは言った。百倍に薄めて飲むのだが、フラスコが無ければ、薬缶の中に二三滴垂らして飲めばいいと教えた。Ｋは飲んでみた。効果はなかった。翌日は四五滴垂らしてみた。やはり効果がなかった。一週間もたたぬうちに約三分の一に減ってしまった。残りを全部飲んでも大丈夫だろうとＫは思って、残りを薬缶に注いだ。Ｋは死んでしまった。

2990　白色の幻象　［小説］
　　　〈初出〉「中央文学」大正９年２月
　　　〈あらすじ〉今夜はどこの家でも、眠ることができない。お前も屋根にあがって雪を下ろしてくれいと母は私に言った。鴉のような黒装束で私はコイスキをもって屋根に上った。雪を下ろしはじめたが、小さな私の力ではどうにもならなかった。母も屋根に上がったが、二人しても雪を下ろすことはできなかった。やがて夜があけた。淋しい曙であった。日は暮れ、かつ夜が明ける。人生もかくのごとく去っていく。屋根が雪で押しつぶされた家が町に数軒あるというので、私は見にいった。白雪に対する私の幻想は、これで終わらない。乞食が雪のなかで行き倒れになって死んでいた。村人が乞食を追いだしたのである。

2991　間諜　［小説］
　　　〈初出〉「雄弁」大正９年２月
　　　〈あらすじ〉職を失ったＳは間諜になったが、そのことを良心に恥じた。だが生活は窮迫し、どうしようもなかった。敬服していた思想家のＹを訪問することになったＳは、Ｙに接した。Ｙは自分の信仰を欺きたくないと思っていた。正しいと信じることを行うことが、皆の幸せになると思っていた。Ｙの自宅を辞したＳは、卑しい自分の態度を恥じた。自分たちが貧しく苦しいのは運命だと思っていたが、それは社会組織が悪いために起こったことをＳは知った。だがある建物の前についたとき、Ｓの考えは変わった。生活を守るために、この職業を投げうってたまるものか。彼は次のように報告した。「Ｙは、露西亜のテロリストの行為を讃美していました」

2992　うば車　［小説］
　　　〈初出〉「解放」大正９年２月
　　　〈あらすじ〉母が田舎からじゃが芋を土産に上京した。Ａがしげ子と結婚し、最初の子が生まれたのを祝いにきたのだ。母がうば車を買ってくれた。白髪の母を見て、泣きたいような悲しみを覚えた。後に、子供が死んだときも、母は上京することはかなわなかった。三歳で死んだ二番目の子供、七歳で死んだ長女。うば車は捨てようにも捨てられなかった。生活が苦しくなったとき、長女を母のもとに預けようと決意した矢先の死であった。うば車は古びていった。隣家の子供が遊んでいて、うば車をへし曲げてしまう。Ａはそれを修理しようとした。しかしもとには戻らなかった。
　　　〈収録〉『赤き地平線』新潮社　大10.5　Ⅳ324-6
　　　　　　『小川未明選集　第３巻』未明選集刊行会　大15.2　Ⅳ333-10
　　　　　　『定本小川未明小説全集　第４巻』講談社　昭54.7　Ⅳ368-13

2993　伊豆山にて―伊豆山相模屋温泉にて―　［感想］
　　　〈初出〉「読売新聞」大正９年２月22日
　　　〈要旨〉十八日出発、小田原に一泊、本日、伊豆山相模屋温泉にきた。気分がすぐれなかったので、小田原では誰も訪ねなかった。赤い椿が淋しく咲

232

いていた。昔ここに来たことを懐かしく思った。

2994 私の生活　[感想]
〈初出〉「文章倶楽部」大正9年3月
〈要旨〉朝飯を食べる前の一時間か二時間の間に仕事をする。朝飯は少ししか食べない。夜は沢山たべる。魚が一番好きだ。いつも魚でもいい。香の物、野菜はあまり好きではない。刺身、蛸、蟹が好きだ。辛いものが好きだが、酸っぱいものは嫌い。酒を飲むと本当の自分に帰った気がする。煙草は吸わない。書斎にいろんなものは置かない。広野の中に坐している男のようでありたい。二週間と髪を伸ばしておくことはできない。手紙を出すのは、創作より苦手である。私ほど好き嫌いの激しいものはいない。しかし会って話をすると、どの人も好きになってしまう。

2995 飢饉の冬　[小説]
〈初出〉「東京日日新聞」大正9年3月9日〜3月29日（9回）
〈あらすじ〉田舎に基督教が入ってきた。宣教師の外国婦人のいる教会堂へ、A姉さんに誘われて行ったことがあるが、姉さんは東京へ行ってしまい、教会へは二度行っただけであった。外国婦人は、貧しいものは幸いであると言った。村で貧しい暮らしをしているおしげや徳松の一家は幸せなのだろうか。おしげの父は病気で、おしげの兄が得てくる収入で生活していた。徳吉の父はポイントマンの仕事をしていたが、事故で亡くなった。雪の暮らしは単調で、人生の悲哀を感じた。小原の婆さんが、吹雪倒れをして亡くなった。おしげの兄が、戸長から借りた鉄砲を質入れし、上州へ行ってしまった。おしげは売られた。不作の年も同様に年貢はとられた。
〈収録〉『雨を呼ぶ樹』南郊社　大10.8　Ⅳ325-22

2996 感情の洗練された人（人の印象―加能作次郎氏の印象）　[感想]
〈初出〉「新潮」大正9年4月
〈要旨〉加能君は感情の洗練された人だ。受ける感じは明るくない。しかく暗くもない。ちょうど作品から受ける感じと同じである。話と心が一致している感じがする。氏の作品は、単なる現実の描写ではなく、その中に脈々としたセンチメンタリズムの流れがある。それは氏の生まれた郷土の色彩である。それに子供の時分からの思いや誠実な人柄、教養を加えた気分は、人を懐かしい気持ちにさせる。

2997 政党と民衆　[感想]
〈初出〉「解放」大正9年4月
〈要旨〉政友会も、憲政会も、既成の政党政治は資本主義に立脚しているゆえに、民衆は反対しなければならない。民衆の実生活の上に立脚した主義を有しなければならない。既成政党は、事実において吾等の生活を顧みない。彼等と吾等は没交渉ではないか。

2998 棄権―止むなくば野党代議士に（此一票を興ふ可き代議士を文壇諸家に問う）　[アンケート]
〈初出〉「新小説」大正9年4月
〈要旨〉無産である私に投票権はない。投票権を得たとしても私は棄権する。しかし今の場合は、すべてを差し置いて普通選挙を是とする野党代議士に投票すべきである。

2999 戦の前に　[感想]
〈初出〉「時事新報」大正9年4月6日

〈要旨〉妥協に生きる生活が、いかに醜いか。芸術家は倫理観を有する。そしてその生活は、実行でなければならない。文壇の人道主義が、傍観的態度を持して冷淡なのを私は怪しむ。今の社会問題は、労働者階級の運動であるばかりではない。むしろ人間問題である。芸術の権威を永久に保持するために、資本主義から解放されなければならない。忌まわしき鉄鎖を切断するためには、団結が必要である。それは長き将来にむかっての戦いの準備のための団結である。
〈収録〉『生活の火』精華書院　大11.7　Ⅳ327-46

3000　感想　[感想]
〈初出〉「読売新聞」大正9年4月18日
〈要旨〉テロリストのような突き詰めた主義をもった仲間同士でも、金のため、私欲のため、裏切りあうことがある。善人と悪人がはっきり分かれるわけではない。一個の人間がすでに謎である。芸術家はその謎を解いている。死の宣告を受けた男は、自分の生活を省みて、人間至高の生活から遠ざかっていたことを後悔する。だが死に面接した経験をもつ私は、右の考えにはならなかった。苦しいときは、楽に死にたいと思った。楽なときは、もう一度あの賑やかな街を散歩したいと思った。
〈収録〉『生活の火』精華書院　大11.7　Ⅳ327-15

3001　ル・パルナス・アンビュ欄　月評の事（談話）　[感想]
〈初出〉「時事新報」大正9年4月23日
〈要旨〉好きな作品だけ読んでそれを批評するのはよくない。いろいろなものを読み、作者の苦心なり努力なりを十分に理解したうえで批評しなければならない。創作をしている人が批評をするというのもどうかと思う。

3002　畳と障子に就て（日本住宅の改良したき点）　[アンケート]
〈初出〉「中央美術」大正9年5月
〈要旨〉家屋の改良は衣服の改良にともなう。西洋風にするには衣服から改める必要がある。私は畳や障子はいいものではないと思う。汚れると気持ちを滅入らせるし、子供を神経質にする。堅牢な、冬も暖かい家屋を望ましく思う。

3003　手をさしのべる男　[小説]
〈初出〉「中央公論」大正9年5月
〈あらすじ〉古い独逸の美術雑誌に、眼を見開き、手を虚空に差しのべている男の絵があった。その姿を忘れることができない。あの姉妹が丘の家に住んでいた頃のことであった。私は旅に出た。プラットホームはいっぱいだった。赤ん坊が押し潰されそうになるのを若い夫婦が必死に守っていた。男の眼は真剣で、赤ん坊に手をさしのべていた。夜汽車はいっぱいだった。長野へ行く若者。手が腫れた男。岡谷や諏訪の工場へやらされる少女等。一人の少女が苦しみだしたが、手を差しのべるものはいなかった。
〈収録〉『赤き地平線』新潮社　大10.5　Ⅳ324-8
　　　『定本小川未明小説全集 第4巻』講談社　昭54.7　Ⅳ368-15

3004　白昼の殺人　[小説]
〈初出〉「大観」大正9年5月1日
〈あらすじ〉船から降りると、桑港では運搬人夫の大罷業があったのか、静かだった。覆面をした二人の労働者が、三人の男に撃たれた。罷業を裏切ったために殺されたらしい。命あるものもこの世からいなくなってしまう。横浜へ向かう船の中で、肺結核にかかった労働者が死んだ。金はなく、胸

ポケットには志を立てて海外へいくときに撮影した写真があった。労働者は水葬にされた。私は、三年間、船に乗っていたが、今度ほど人間の生死について考えさせられたことはなかった。このままだと私もいつかどこかで空しく終わる。
〈収録〉『赤き地平線』新潮社　大10.1　Ⅳ324-2
『定本小川未明小説全集　第4巻』講談社　昭54.7　Ⅳ368-9

3005　何故に此の不安を感ずるか　[感想]
〈初出〉「時事新報」大正9年5月30日,6月1日
〈要旨〉いつになったら人間性が勝利を得るであろうか。自己の苦痛は他人の苦痛である。自己の幸福は他人の幸福である。美も真理も、権力や暴力の前には存在しない。保守主義者は、新しい思想を踏みつぶそうとしてきた。資本主義とミリタリズムが提携し、脅威を示してきた。

3006　大正九年度文壇上半期決算　[アンケート]
〈初出〉「秀才文壇」大正9年6月
〈要旨〉あまりたくさんの作品を読んでいないので、答えることができない。ただその時々の作の出来ばえより、その人の人生に対する思想の批判を望ましく思う。批評の見地を変えたいと思っている。

3007　大きなマント（故岩野泡鳴氏に対する思ひ出）　[感想]
〈初出〉「新潮」大正9年6月
〈要旨〉岩野君は古い友達だ。気のおけない友達の一人だった。君は時々新潮社の帰りなどに訪ねてくれた。将棋の好敵手だった。「小川おるか」と外から怒鳴って、大きなマントを着て、すぐに二階に上がってきた。最後に君と将棋を差したのは菊池君のところで、将茶会の時だった。それが永遠の別れとなった。

3008　人間の悪事　[小説]
〈初出〉「新潮」大正9年6月
〈あらすじ〉その村は、雪のふる北部日本アルプスの麓にあった。多吉爺の家は、昔はかなりの財産があったが、倅は人がよいばかりで、働きがなく、父にもまして酒飲みで博打好きだったので、田地まで無くしてしまった。多吉爺は、ひとりで雪の残る山小屋へ行って、木を挽いた。そこが彼の唯一の隠れ場所だった。実は、そこで多吉は酒の密造をし、一人でその酒を飲んでいたのだ。それが税務署に見つかった。倅はかわいがっていた牛を売る。税務署が、どうして多吉の酒の密造を知ったのか。村の雑貨店で缶詰を二つも買ったのが多吉だったからだ。
〈収録〉『雨を呼ぶ樹』南郊社　大10.8　Ⅳ325-16
『定本小川未明小説全集　第4巻』講談社　昭54.7　Ⅳ368-28

3009　幻影と群集　[小説]
〈初出〉「著作評論」大正9年6月1日
〈あらすじ〉その日、社会問題を目的とする会のために、Kは演説することになっていた。あの白い雪の野原が心の目に浮かんだ。北国を旅行したさい、ある村へ旧友を訪ねたが、帰り道で雪になり、歩いても人気がなかった。人だと思って近づくと、それは木だった。Kは家を出て、講演を行なった。高潮に達したとき、張りつめていた彼の心にある思想が影を差した。自分は欺かれているのではないか。群集の顔が知覚のない髑髏のように見えた。あの雪の野原で、出会ったと同じ恐怖を感じた。この世界には、沢山の人々が集まっている。皆が人道を叫んでいる。それなのに社会は改革されない。

Ⅲ　作品

　　　　どうしてそれが事実とならないのだろう。
　　　〈収録〉『赤き地平線』新潮社　　大 10.1　Ⅳ324-14
　　　　『定本小川未明小説全集 第 4 巻』講談社　昭 54.7　Ⅳ368-21

3010　私の事　[感想]
　　　〈初出〉「時事新報」大正 9 年 6 月 27 日
　　　〈要旨〉朝起きると「今日は書けるだろうか」と自分の頭の具合を考える。限りない期待と漠然とした不安がある。新聞と郵便を楽しみに待つが、不安もある。それによって平静な心持が搔き乱されることを恐れるからだ。「この家にも、またいつまでもいるものでない。自分のものというものは何もない」という、永久に安心を求めて得られない無産者の心もある。

3011　少女の半身　[小説]
　　　〈初出〉「新小説」大正 9 年 7 月
　　　〈あらすじ〉S は、ある静物画を展覧会に出品したあと、都会から姿を消した。貧乏な彼が、私に語ってくれた話がある。彼の母が、いつも彼に話したという靴屋の少年の立身出世譚だ。少年は立派になっても、自分を足蹴にした男を恨まなかったという。S の父は、内気で弱い人だった。会社の上役は、父を侮辱した。家の前を上役が通り過ぎるまで、父は家の中にいた。S が私にくれた少女の半身を描いた絵がある。貧乏な私は、金にこまってその絵を古道具屋に売った。古道具屋であらためてその絵を見たとき、S の天才を悟った。少女は、虐げられた人間性のために叫んでいた。金を工面して、その絵を取り返しに行ったとき、すでに絵は他の人の手に渡っていた。
　　　〈収録〉『赤き地平線』新潮社　　大 10.1　Ⅳ324-13
　　　　『定本小川未明小説全集 第 4 巻』講談社　昭 54.7　Ⅳ368-20

3012　私の好きな自然　[アンケート]
　　　〈初出〉「中央文学」大正 9 年 7 月 1 日
　　　〈要旨〉冬の伊豆の海、霞ヶ浦、夏の信濃の山。

3013　思はぬ変事　[小説]
　　　〈初出〉「大観」大正 9 年 7 月 1 日
　　　〈あらすじ〉教師の顔を見ていただけで、居残りを命じられたことがある。私はこうした圧制者に後年たびたび会った。村の子供達は、榎木の実を鉄砲玉にして遊ぶことが好きだった。寺の近くの土手に榎木があって、下は水の枯れた窪地になっていて、ぐみの木があった。K が榎木に上って実をとっているとき、私は何の考えもなく「M 先生が来た」と言ったら、K は木から落ち、両足を折った。村の者の憎しみ、K の両親の恨みをうけた私は、家出をした。村から出て十八九年になるが、今も自責の念に悩まされる。愉快なとき、面白い時も、K のことを思うと心は冷めた。M 教師のような偶像がなかったら、あんな事件は起らなかった。どの方面にも、このような偶像はある。私は、それ以来、命をかけて暴虐者と争うようになった。
　　　〈収録〉『雨を呼ぶ樹』南郊社　　大 10.8　Ⅳ325-11

3014　あり得べからざる悲劇（尼港事件哀悼と公憤と問責）　[アンケート]
　　　〈初出〉「日本及日本人」大正 9 年 7 月 15 日
　　　〈要旨〉考えるだに戦慄すべき事実だ。七百名が虐殺された。戦争を是認する国民には、このことはさまで感じないかも知れない。しかし、人間を殺してよいという思想が私には怖ろしい。戦争と虐殺は同じだ。殺すという思想を人類から取り去らないかぎり、悲劇は続く。

Ⅲ　作品

3015　**余が愛読の紀行**　[感想]
　　〈初出〉「読売新聞」大正9年7月19日
　　〈要旨〉あまり紀行文に興味はない。小島烏水の日本アルプスに関する著作、ハーンの西印度諸島の滞在記などは愛読した。

3016　**平野に題す**　[感想]
　　〈初出〉「読売新聞」大正9年7月26, 27日
　　〈要旨〉「すべての者は死すべきものなり」と痛切に感じるのは、大空に浮かぶ白雲を眺めたときである。明るい夏の自然には、悲しみが潜んでいる。秋の姿にも。人生歴史あって幾百千年を数えるが、思えばそれは真に慌ただしい束の間の事実に過ぎない。私は、少年のころ、平野を歩いて、石器や土器の蒐集につとめたことがある。なんとメランコリーなことであったか。土器の破片を見ると、いまだ何も変わっていないのだと虚無的な思いを抱き、憂愁に捉えられた。ジエフワツの画集にあった雨雲の絵は、夏の田舎の平野に限ってみられる自然美の一つであった。
　　〈収録〉『生活の火』精華書院　大11.7　Ⅳ327-25
　　　　　『未明感想小品集』創生堂　大15.4　Ⅳ335-44

3017　**雪穴**　[小説]
　　〈初出〉「時事新報」大正9年7月30, 31日
　　〈あらすじ〉祇園祭りがあって、神輿が町中を通る七月の真昼頃、町の四つ辻に立って、白い短いシャツを着た子供が「ヒャッコイ、ヒャッコイ」と言って、雪を売る。その頃はまだ、物価が安く、穴のあいた銭が使われていた。その雪は森陰に掘った深い穴へ、冬のあいだに集めた雪の室から取り出されたものである。七つばかりの女の子が、笊をかかえて雪穴の方へ歩いていった。その日に限って、雪を取り次いでくれる男がいなかった。女の子は入口から奥へ入っていった。少女は体が急に涼しくなったのを感じた。不意に男が現れた。男は雪を鋸で切りはじめた。少女が雪穴を出て、寺の横道をまがった時分、少女の渡した金が焼銭だと知った男が雪穴から飛びだした。だが強烈な太陽の光を身に受けた男は、眼がくらんで卒倒した。
　　〈収録〉『生活の火』精華書院　大11.7　Ⅳ327-53
　　　　　『未明感想小品集』創生堂　大15.4　Ⅳ335-34
　　　　　『定本小川未明小説全集 第5巻』講談社　昭54.8　Ⅳ369-2

3018　**無産階級者**　[小説]
　　〈初出〉「中央公論」大正9年7月夏季特別号
　　〈あらすじ〉北方の小さな町へ日露の戦役に行った廃兵がよく入ってきた。工場で手を失った男が廃兵を装って入ってきたが、男に同情するものはなかった。冷酷で、好きなことをしているのが世の中だ。貧乏人は働くのが当たり前で、金持ちはしたいことをする権利があると思っている。富豪が何だ、政治家が何だ、実業家が何だ、黙々と社会のために働いている無産階級者こそ偉大だ。私はこのまま知識階級の中堅である新聞記者をしていてよいのかと思った。やがて工場で手を失った男が轢死した。男にとっては、永久に取り返しのつかない現実だ。他にも轢死者はいた。県会議員が踏み切りで轢死した。踏切番をしていた女が病気になり、子供が番をしていた。平生、踏切番の職務になんの同情ももたない人々が、容赦なく弱い者を責めた。知ったらそれを行うことだ。感じたらそれを叫ぶことだ。信じたらそのために戦うことだ。私は決心し、町を去った。
　　〈収録〉『赤き地平線』新潮社　大10.1　Ⅳ324-4

237

Ⅲ　作品

　　　　　『小川未明選集　第4巻』未明選集刊行会　　大 15.3　　Ⅳ334-14
　　　　　『小川未明作品集　第4巻』大日本雄弁会講談社　昭 29.10　Ⅳ353-8
　　　　　『定本小川未明小説全集　第4巻』講談社　昭 54.7　Ⅳ368-11

3019　高山植物の趣味（涼み台の十分間）　［感想］
　　　〈初出〉「中央公論」大正9年8月
　　　〈要旨〉西湖の葦や中国の香りたかい蘭などは、私の愛好する植物だ。野草もなかなか哀れ深い。高山植物にいたっては、また別種の趣きがある。それをそのまま鉢に移して眺める趣きは、高雅の感、他にたとえるものはない。妙高山に登ったとき、こけももの実が赤く熟しているのを見たことがある。夜空を見ると、人生の短さを思うが、高山植物を見ると、人跡未踏の地に憧れる。木よりも、草の方が変化があって面白い。

3020　作家の愛読書と影響された書籍　［アンケート］
　　　〈初出〉「中央文学」大正9年8月1日
　　　〈要旨〉愛読書はロシアの生きている作家、アルツィバーセフ、その他。影響された書物、ワーズワース、並びにハーン。

3021　モデル問題その他　［感想］
　　　〈初出〉「読売新聞」大正9年8月17日
　　　〈要旨〉作品は作家の人生観であり、倫理観である。批評もまたその人の人生観であり、倫理観でなければならない。享楽主義の作品を讃美する一方で、人道主義の作品を讃美することはあってはならない。モデル問題は、その作品の価値如何にある。他人の家庭や生活を材料にする上は、作家は作品の中に、相反した二つの生活、倫理観を対立させて書いたものでなければならない。

3022　木酒精を飲む爺　［小説］
　　　〈初出〉「文章世界」大正9年8月夏季特別号
　　　〈あらすじ〉彼は六十に近かった。二度目の女房は彼よりずっと年が若く、娘もいい年頃になっていた。彼は自分の半生を顧みた。長い凸凹のたくさんある路を根気よく歩いて来た気がした。彼は今、工場の受付をしていた。もう一度、子供の時分になってみたいと思った。前の妻に会いたいと思った。田舎ではすべてのものを認め、また認められていた。しかし都会では、自分が認められることはなかった。彼は工場にあった窓ガラスを拭く酒精を飲んだ。苦しくなって水を飲みたいと思った場所は、故郷の河だった。淋しさと頼りなさを感じた。子供も妻も、自分から離れていく。憤りと怨みが湧いた。しかし、手足の自由は失われていた。「メチルを飲んだんだ」彼は泣き出した。
　　　〈収録〉『赤き地平線』新潮社　　大 10.5　　Ⅳ324-12
　　　　　　『小川未明選集　第3巻』未明選集刊行会　　大 15.2　　Ⅳ333-13
　　　　　『定本小川未明小説全集　第4巻』講談社　昭 54.7　Ⅳ368-19

3023　救はれぬ女　［小説］
　　　〈初出〉「婦人公論」大正9年9月
　　　〈あらすじ〉姉妹は貧しい家庭に育ったので、良家の娘のような楽しい日は送らなかった。姉は娼家に売られた。ある金持ちの息子に身請けされ、正妻として迎え入れられたが、親戚はそれを認めなかった。享楽の味を知った夫は留守がちだったが、彼女はあのとき身請けをされなかったことを思って我慢した。相場に手を出して財産を失った夫は、やがて家を出、他国でのたれ死んだ。妹のおみちは、早くから都に出たが、気の弱い彼女は誘惑

の網から逃れることは出来なかった。客を引いて暮していた。ある日、彼女の貞操を心配してくれる男と出会い、苦界から抜け出す金を貰うが、男は仏蘭西へ行ってしまう。その後、おみちはカフェの女ボーイになるが、いやしい男が巧みに近づいてくる。姉が夫の心が分らないと言ったと同じように、妹も男の心が分らないまま、その日暮らしをカフェで続けた。

3024 **親友** [小説]
〈初出〉「我等」大正9年9月
〈あらすじ〉親友のKはもう長くないようだ。いずれみんな死んでいくとは分かっていても、居たたまれない思いがした。Kは、人間や自然と別れる覚悟をもっと早くしていれば、もっと思い切った仕事ができたのにと言って悔いた。死んでいくのは友であって、自分ではない。私は生き残り、社会に反抗し、憎悪し、戦闘をつづける。こうなることは宿命だ。貧乏をして困っているのは彼であって自分ではないと思うことも、人間の常だ。こう思うと、私は人生に絶望した。しかし、なぜ死ぬのが彼であって自分ではなかったのかを考えたとき、それは偶然でしかなかった。「生きるということは飛躍だ。永劫にただ一度許された自己の飛躍だ。ちょうど魚が水面に躍る瞬間の現象なんだ。やがて深い、鈍い、淵に沈んでしまうのだ」
〈収録〉『赤き地平線』新潮社　大10.1　Ⅳ324-11
　　　　『定本小川未明小説全集 第4巻』講談社　昭54.7　Ⅳ368-18

3025 **霧** [小説]
〈初出〉「中央文学」大正9年9月
〈あらすじ〉私は、また幾年の後にその温泉場へ行った。「きりぎりすを捕らえてあげましょうか」「あけびの実を取ってあげましょうか」そんなことを言いながら、私の逗留していた宿の少女は、都へ帰る私を停車場のある町まで送ってくれた。その後、一、二年のうちにまた来ると言って少女と別れたが、学校が忙しく、温泉場へ行くことができなかった。勤めが決まった夏、私は再びそこを訪れたが、娘は昨年、隣村へ嫁に行ったという。温泉で見たこけももの赤い実や石楠花も、明日は記憶の中のものとなる。山を振り返ると霧がかかっていた。
〈備考〉大正9年7月作。
〈収録〉『生活の火』精華書院　大11.7　Ⅳ327-54

3026 **空中の芸当** [小説]
〈初出〉「太陽」大正9年9月秋季増大号
〈あらすじ〉繰り返しの仕事は苦痛がともなう。彼らはその単調を破りたいと思っている。長さんは逆立ちが出来る。ある男が、A鉱山の地下労働者の話をした。俺達もお前等と同じ人間なんだということを社会の奴らに知らしてやればいいと男は言った。長さんもその言葉に同感した。漂浪者の目は澄んでいる。それに比べ、この町に住む人間はなんと冒険心に乏しい、生活に疲れた労働者か。工場の煙突に登ることになった私は、梯子をのぼると、足が震えた。吉公が長さんにここで逆立ちをしたら金をやると言った。長さんは煙突の縁に手をかけて逆立ちをした。誰も声をたてるものはない。長さんの口許には自分の魂を嘲る、冷たい暗い笑いが湛えられていた。長さんは死んだもののように、茫然として考え込んで立っていた。
〈収録〉『赤き地平線』新潮社　大10.1　Ⅳ324-15
　　　　『小川未明選集 第3巻』未明選集刊行会　大15.2　Ⅳ333-14
　　　　『小川未明作品集 第4巻』大日本雄弁会講談社　昭29.10　Ⅳ353-9
　　　　『定本小川未明小説全集 第4巻』講談社　昭54.7　Ⅳ368-22

Ⅲ 作品

3027 **谷を攀ぢる　[小説]**
　　　　〈初出〉「福岡日日新聞」大正9年9月27日〜11月8日（42回）
　　　　〈あらすじ〉友がしばらく田舎へ行って静養して帰ってきた。顔色がよくなっていた。私は田舎に憧れていたので、羨ましかった。都会の夜を愛し、寂寥を嫌う私だが、清らかな大地を子供に踏ませてやりたかった。顔色の悪い青年が私の家を訪ねてきて、原稿を出版社に紹介してほしいという。私は厭な気持ちがしたが、青年の言い分も理解できないわけではなかった。私はあるべき根本の原因を改めることに作家は努力すべきだと言ったが、青年は自分がどんな生活を送って来たかを書くことは無益ではないと言った。青年が帰ったあと、青年から見たら、私の暮らしも豊かに見えただろうと考えた。私が子供のころ、隣の幸吉が病気になって東京から帰ってきたことがある。顔が真っ青だった。冬になる前に死んでしまった。私はいつしか善良な哀れな者のために戦おうと思うようになった。青春が過ぎた今、青年に対して理解はあるが、一緒に歩いていけない。越しがたい峠があった。久しぶりにHやKを訪ねようかと思った。日は、まだ暮れない。日は、まだあんなに頭の上に高いと思った。しかし出かけると、その思いは消えた。「鉄を砕いて立つ意気は、ただ、青年にしかない」
　　　　〈備考〉『血に染む夕陽』文末に「1921. 10作」とある。
　　　　〈収録〉『血に染む夕陽』一歩堂　大11.2　Ⅳ326-15

3028 **峻嶺に対する時　[感想]**
　　　　〈初出〉「日本及日本人」大正9年秋季
　　　　〈要旨〉日本アルプスの麓を汽車で通るとき、しみじみと言い知れぬ崇高と悲壮の感じにうたれた。おそらくこれが男性美であろう。ある年、その記憶を忘れることができずに、富士見の高原に泊して、思うさまに日本アルプスの諸峯の姿を眺めた。そこには、ある宗教的な感じがあった。超然として黙々たる感じ。これは人間のなかにも認めることができる。

3029 **森　[小説]**
　　　　〈初出〉「学生」大正9年10月
　　　　〈あらすじ〉米国へいった友から、ロッキー山を越えたという手紙がきた。彼は自然を愛した。なかでも森を愛した。ある日、彼はひとりで広い野を歩いた。森があった。黙って森を眺めた。どうしたらこの森の示す新しい感じ方を表すことができるだろう。自然は無限に深い。人には解釈できない神秘がある。血を流したような夕陽。夜になり、森の下で坐りつづけた。自分の呼吸と森の呼吸が一致した。彼は、自然に対してもっと深く考えねばならないと思った。

3030 **ある女の死　[小説]**
　　　　〈初出〉「解放」大正9年10月
　　　　〈あらすじ〉彼女は絵を見つめていた。墓のそばで痩形の婦人が佇み、対峙するように夫の亡霊が立っていた。愛の力は、死んでからもこの世に働きかけていること、地の底にいる者をこの世に呼び出すことを告げていた。死は悲しい事実ではない。なぜ愛がないものが一緒に生活しなければならないのかと彼女は言った。犠牲に甘んずるところに愛の美しさがあるとも言った。彼女の夫のKは社会主義者であった。人間の信仰も生活も、違った立場から始めようとしていた。彼女は結核にかかっていた。無産者のために働く夫は家にじっとしていられなかった。現在はやがて過去になる。すべては夢、幻であると思えば、運命に対して嘆きも悲しみもない。愛も

芸術も、記憶されてはじめて永久に存在する。彼女は霊魂の生活を信じようとしていた。彼女は亡くなった。Kは妻の死を悲しんだ。ある決意がほの見えていた。

3031 **砂糖より甘い煙草** ［小説］
〈初出〉「サンエス」大正9年10月
〈あらすじ〉砂糖より甘い煙草の味を経験した青年の話。――不景気の時分、仕事がなかった私は、どこでもいいという気持ちで工場に勤めた。そこは毒薬を作る工場だった。工場で働いたものは数日で中毒になる。煙草が砂糖より甘くなる。私もその味を味わった。しかし、それでもその工場を飛びだす勇気はなかった。「生きることは楽しいことでなければならないのに、何と矛盾していることか」私は甘い煙草を吸うことをただ一つの楽しみとするようになった。顔に腫瘍ができて工場を休んでいる間に、別の若者が仕事を受け持った。青年もそれを仕事にしなければならない境遇だった。やがて青年も毒にやられた。私はまたその仕事を命じられた。数日後、煙草を吸ってみた。あの気味の悪い味がしなかったとき、生の歓喜を感じた私は後を振り向かずに工場を飛びだした。
〈収録〉『赤き地平線』新潮社　大10.1　Ⅳ324-7
　　　　『小川未明選集 第3巻』未明選集刊行会　大15.2　Ⅳ333-11
　　　　『小川未明作品集 第4巻』大日本雄弁会講談社　昭29.10　Ⅳ353-10
　　　　『定本小川未明小説全集 第4巻』講談社　昭54.7　Ⅳ368-14

3032 **広告の行燈** ［小説］
〈初出〉「早稲田文学」大正9年10月
〈あらすじ〉竹蔵は、ひげ面のペンキ屋を夢に見るようになった。いくら気が弱くても、物を言えないはずがないのに、ペンキ屋の前では体がすくんだ。ペンキ屋は、小男で耳の遠い竹蔵を馬鹿にし、いつもせせら笑っていた。ペンキ屋はなるたけ安い賃金でこの男を使おうとした。ペンキ屋の腹の中が分かった竹蔵は、広告行燈を背負う元の仕事に戻ろうと思う。しかし、引き止められ、竹蔵はまたよいように使われる。煙突の塗り替えには命綱を引くものが必要だが、竹蔵が一番信頼できたからだ。地上で命綱を引いていた竹蔵は、ペンキ屋のせせら笑いを思い出し、自分も同じ人間だと思って、命綱を杭につなぐ。もっと綱を引け、切れたら墜落してくたばるだけだ。明日からまた活動の広告に戻ればいい。そう決心すると、怖いものはなかった。
〈収録〉『赤き地平線』新潮社　大10.1　Ⅳ324-10
　　　　『小川未明選集 第3巻』未明選集刊行会　大15.2　Ⅳ333-12
　　　　『定本小川未明小説全集 第4巻』講談社　昭54.7　Ⅳ368-17

3033 **少年文学に対する感想** ［感想］
〈初出〉「著作評論」大正9年10月1日
〈要旨〉人間は生まれたときは何ものにも囚われない自由な心をもっている。清らかな心は、堕落していく。最初は何ものに対しても同情を有し、愛を感じた心が、次第に自分の周囲にだけ関心を向けるようになる。教育は、そうした人間を育てている。子供がもっている世界をいつまでも保持させるものが、少年文学である。少年文学は彼等の美しい心を守るためにある。ロマンチシズムの精神を、たかく掲げなければならない。
〈収録〉『生活の火』精華書院　大11.7　Ⅳ327-29
　　　　『小川未明作品集 第5巻』大日本雄弁会講談社　昭30.1　Ⅳ360-98
　　　　『定本小川未明小説全集 第6巻』講談社　昭54.10　Ⅳ370-39

III 作品

3034 **壺の話** ［感想］
　　　〈初出〉「読売新聞」大正9年10月19日
　　　〈要旨〉壺の好いのは中国や朝鮮のものに多い。日本のものは光沢があり、理智的である。中国や朝鮮の壺は光が鈍く、線がなだらかで大陸的な亡国的な感じがある。朝鮮人の悲哀に満ちた悲しげな国民性、中国人の落莫とした国民性と結び付けて考えると、言うに言われぬ味わいがある。色と線、それから壺の口に耳を押しあてたときの音。

3035 **似而非現実主義に囚はれたる現文壇** ［感想］
　　　〈初出〉「読売新聞」大正9年10月23、25日
　　　〈要旨〉いかなる主義といえども現実から出発していないものはない。いまだかつて現実に立脚しない仕事の成功した例を聞かない。多くの人心を魅して惹きつけるものは、その主張が深く現実に根差しているからだ。信念のあるところ、信仰の存するところ、ことごとく現実に立脚している。現実性のある文芸のみが民衆の文芸として生きうる。不断の感激を持つことは、その人が特殊な理想主義者でなければならない。人間性のための勇敢な戦士でなければならない。その人を離れて現実なく、その人の主観を離れて現実の意味もなさない。今の文壇は、自ら深く生に徹していこうとする勇気を欠いている。社会改造は各人の信念にその根底を置くものである。この信念を民衆の頭にうえつけるのが真の民衆文芸家のなすべき務めである。
　　　〈収録〉『生活の火』精華書院　大11.7　Ⅳ327-3
　　　　　　『小川未明作品集 第5巻』大日本雄弁会講談社　昭30.1　Ⅳ360-67

3036 **蓄音器** ［小説］
　　　〈初出〉「人間」大正9年11月
　　　〈あらすじ〉医学校を卒業したが、すぐには国へ帰らなかった。あの淋しい、楽しみのない田舎へ帰りたいとは思わなかった。このせせこましい都会の生活が田舎の生活に比して、より自然であるとは言えなかった。だが都会も寒くなってきたとき、長い間忘れていた懐かしい子供時代の思い出を抱きしめたい気持ちが起きてきた。彼はトルストイの小説を思い出した。大学をおえて、田舎へ帰り、百姓になる青年のことを。田舎には父一人しかいなかった。父のために、蓄音機を土産に買った。しかし父は蓄音機を聴いても喜ばなかった。父と子の物を言わない寂寞の日が続いた。彼は蓄音機を谷に捨ててしまおうと考えた。春となり、小鳥が木のつぼみをたべないように蓄音機を鳴らした。畑の種を食べる雀を追うためにまた鳴らした。そのうちに蓄音機の高調子の声は磨滅していった。その時分には野菜が太っていた。
　　　〈収録〉『雨を呼ぶ樹』南郊社　大10.8　Ⅳ325-10
　　　　　　『小川未明選集 第4巻』未明選集刊行会　大15.3　Ⅳ334-17

3037 **私の好きな作家** ［アンケート］
　　　〈初出〉「中央文学」大正9年11月1日
　　　〈要旨〉過去の人で樗牛、二葉亭をあげておく。

3038 **文筆で衣食する苦痛（煩悶時代の回顧と其の解決）** ［アンケート］
　　　〈初出〉「大観」大正9年11月1日
　　　〈要旨〉二五歳の時から、まったく筆によって衣食をしてきた。作品を商品としなければならない苦痛を経験した。その頃が少壮時代の煩悶期であった。あくまで自己の本領を守ること、孤独に堪えることより他に道がない

ことを信じている。

3039 新しき時代は如何なる力に依つて生れるか　[感想]
　　〈初出〉「教育時論」大正9年11月15日
　　〈要旨〉本当の意味の教育は子供の時分にある。その時期がもっとも美や正義に対し、偉大な感激を受けるからである。この頃の感化には、童話文学や自然教育が効果がある。物を教えるよりも、人格感化を主とすべきである。学校教育では、人格者を採用すべきだ。新しい意味の理想を掲げ、それに対して教育するのでなければ、次代の青年は無理想な、眼前の利益関係によって動くだけになってしまう。
　　〈収録〉『生活の火』精華書院　大11.7　IV327-30

3040 平穏な文壇（大正九年文壇の印象）　[感想]
　　〈初出〉「文章世界」大正9年12月
　　〈要旨〉その人の生活を他にして、その人の芸術はない。正しい道を歩いている者の作品が面白くなくても、何かを語ってくれる。よりよき生活、より高い観念へ、人生を導くための努力をしないような芸術は、私には意味がない。今年は文壇にいろんな運動が起こりかけた。しかしそれらは在来のものに近く、反抗の芸術ではなかった。

3041 今年もこの気持で（予が本年発表せる創作に就て）　[感想]
　　〈初出〉「新潮」大正9年12月
　　〈要旨〉私は思想が生活のうえに、恐ろしい結果を生ずることを信じている。かかる信念や思想は、必ず因ってくるところがある。私は作品に外面的な事件を描かず、思想をいかにして必然的に抱くに至ったかを描こうとしている。結果、現在の生活への反抗となり、異常な世界を表現することになる。

3042 一つの作品の出来上がるまで　[感想]
　　〈初出〉「文章倶楽部」大正9年12月
　　〈要旨〉私は事実をありのままに書いたことはない。ある経験から得た特殊の実感を中心にして自分の想像で作を作り上げる。だから一つの作に事実というものはほんの一部しかない。他は想像の産物である。しかしその想像が体験を通じて得た個々の実感の組み合わせであることは言うまでもない。ちがった色彩のものでも、一つの強い神経によって統一するという印象画的なものである。

3043 旅客　[小説]
　　〈初出〉「学生」大正9年12月
　　〈あらすじ〉旅客が町に来て泊まった。話相手もないので、すぐ寝てしまった。故郷の夢をみた。蒸し暑くて、寝苦しいので何度か目をさました。隣室から話声が聞える。幾日か後には故郷に帰るのだと思うと微笑がもれた。夜明けの鐘がなったので、旅客は急いで旅立った。外はまだ暗い。ある村に入ると、また鐘がなった。何時でしょうと聞くと、二時だと言った。彼は先ほど聞いた鐘の音は錯覚であったことを知った。

3044 私の好きな外国の作家　[アンケート]
　　〈初出〉「中央文学」大正9年12月1日
　　〈要旨〉生きているロシアの作家。

3045 真の民衆文芸の勃興を明年文壇に望む　[感想]
　　〈初出〉「読売新聞」大正9年12月10日
　　〈要旨〉すべての運動が芸術化されなければならない。すべての運動は現状

を破壊し、真理に向かって突進しようとしている。それは理屈の上だけであってはならない。そこに、喜びと感激がなければならない。創造の喜びと、生に対する、美に対する感激の衝動が加わる必要がある。理論と感激の両面があって人間性の実現を見るのである。社会改造の前途には、真理と芸術の握手がなければならない。自己犠牲も社会奉仕も、理論が下す命令ではない。個性の発現である。個性的であるということは、普遍的であるということだ。我々が芸術に要求するものは、それが人間性の叫びであるかどうかである。

3046 来るべき文壇と主観の客観化　[感想]
〈初出〉「読売新聞」大正9年12月27, 28日
〈要旨〉真理に奉仕することは科学が、美に奉仕することが芸術が行う。科学や芸術があって、真理や美があるのではない。それは人生がそうであるように、存在する。唯物史観は近世社会経済組織の崩壊を予言する。その裏面には、これに伴う精神運動の一面がある。今日の芸術は単なる美や愛ではなく、もっと近代的体験を内容に有した美であり、愛である。主観の客観化を私は求める。自分の芸術観を明らかにしておくのは、同じ社会観をもっていても、到達したい彼岸が異なることがあるからである。
〈収録〉『生活の火』精華書院　大11.7　Ⅳ327-4
『未明感想小品集』創生堂　大15.4　Ⅳ335-36

大正10（1921）年

3047 私の好きな小説・戯曲中の女　[アンケート]
〈初出〉「文章倶楽部」大正10年1月
〈要旨〉「復活」のカチューシャが、女性として好きな一人。愛あるがために、最後にネクリュウドフのもとに帰らなかった心持ちに深く同感する。

3048 感想一二　[感想]
〈初出〉「新潮」大正10年1月
〈要旨〉今日のブルジョア社会において、民衆化を叫ぶのは、革命を意味し、創造を意味する。民衆文化が文壇に及んできた場合、その人が本当のプロレタリアではなく、形の上においてその芸術を民衆化して時代の風潮に迎合するなら、この運動の障害となる。貴族主義の民衆化がある。だがもはや両立を許さない時代である。灰色はない。作品は正しいか正しくないかで評価されるべきだ。人間的であって、道徳的であるべきだ。

3049 私の好きな露西亜の三作家　[感想]
〈初出〉「中央文学」大正10年1月
〈要旨〉私はロシヤのの作品では、トルストイ、ゴルキイ、アルツィバーシェフのものが好きだ。ゴルキイのものには、純真な無産者の人生観が表れている。トルストイのものには、生活の真情がいかにも謙譲に、厳粛に表れている。アルツィバーシェフのものは、ニヒリスティックで、衝動と虚無、反抗が記されている。主人公はニヒリストだが、常に刹那の感激を求めている点、生活の肯定者と見ることができる。これらの作家は皆、実感に徹底している点において尊敬ができる。

3050 浮浪者　[小説]
〈初出〉「文章倶楽部」大正10年1月
〈あらすじ〉佐吉はその小屋で二年間働いた。朝から日暮れまで木を切って

いた。森を越した彼方の小山の麓の女房が、ときどき通りかかりに声をかけて行った。彼女は北海道から離れたことがなく、都会に憧れていた。佐吉は都会が金を持たないものや弱いものに、どれほど冷酷かを話した。佐吉は東京での貧困と不安から逃れることができず、この山へ逃げてきた。だが、冬になると、人間が恋しくなり、都会に近づこうと山形へ行くことにした。列車には、置き去りにされた子供がいた。手紙には、東京まで連れていってやってほしいと書いてあった。ある女が佐吉に後を託し、佐吉は汽船の係員に後を託した。愛によって、不幸な子供は救われる。
〈収録〉『雨を呼ぶ樹』南郊社　大10.8　Ⅳ325-3
『定本小川未明小説全集 第4巻』講談社　昭54.7　Ⅳ368-25

3051　**雪の上**　[小説]
〈初出〉「文章世界」大正10年1月
〈あらすじ〉何と奇怪な、陰惨な事件だ。零下三十五度の雪の平原を、パルチザンは、十人ばかりの捕虜に、仮装会へ行くときのような様子をさせて行進させた。日本では、年老いた祖父母が、シベリアに行った孫の仁作を心配していた。仁作は凍傷で、手も足も失った。そのことを手紙で知った祖父母は、村の人の助けでシベリアまで孫に会いに行った。村の者は、二人の身の上を案じた。老人夫婦が到着すると、仁作は死んだ。遺骨を抱えて老人夫婦は帰ってきた。祖母が亡くなった。一人残された祖父は、仏壇の中に、祖母の顔、仁作の顔、以前に死んだ仁作の母、自分の倅の顔を見た。祖父ははじめて人生について考えた。孤独の生と、死はどちらが望ましいのか。
〈収録〉『雨を呼ぶ樹』南郊社　大10.8　Ⅳ325-5

3052　**馭者**　[小説]
〈初出〉「我等」大正10年1月
〈あらすじ〉喜作は、三年前に信州の温泉場で御者をしていたが、都会に憧れ、出てきた。しかし、以前の暮らしにくらべ、好いとは考えられなかった。彼は山路を目を描いた。同じ馬でも、山路をいく馬は可哀そうだ。しかし、今は田舎の方が根気のつまるものではないと思うようになった。馬車に乗る人々は、馬に同情がなかった。娘が帰ってきた。七円の給金を全部自分のために使った。喜作はそのことに腹をたて、殴ったこともあるが、昔のように泣くことはなく、目に嘲笑を浮かべていた。やがて自分たちから永久に去っていく娘を思うと悲しかった。馬車には、嫁入りの晴れ着が積まれていた。娘にも同じ晴れ着を着せ、自分も盛装して娘の父として晴れやかな席に座りたかった。他の人間に出来ることで、どうして俺達に出来ないことがあるものか。喜作は、どこへも曲がらず、馬を走らせようと思った。
〈備考〉大正9年12月作。
〈収録〉『雨を呼ぶ樹』南郊社　大10.8　Ⅳ325-8

3053　**老旗振り**　[小説]
〈初出〉「早稲田文学」大正10年1月
〈あらすじ〉私はいつも年若い彼を励した。彼は「いったい労働というのは、楽しいはずのものではありませんか」と言う。「まあ時を待つのだね。そうすれば自然と彼奴等にも分かるときが来る」そう私が言うと、彼は「お爺さんはあんまり人間を綺麗に見すぎていますか。俺は人間は、もっと醜いものだと思っている」と言った。私はさびしい思いで、頼みにならないようで頼みになるのが人間だと言った。ついにその日がきた。「お爺さん、今日いよいよやるんだ。裏切者がでない限り、今夜からＡ車庫の電

245

Ⅲ 作品

車は一台もここを通さない」「こうなったら大胆にやるがいい。私だって、いつでも正しい主張に従うよ」あの時の事件がなんで効かなかったことがあろう。井上は最後まで戦った。彼は首になり、彼等と罷業を共にした私は再びここに立って旗を振っている。
〈収録〉『雨を呼ぶ樹』南郊社　大10.8　Ⅳ325-13
　　　　『小川未明選集 第4巻』未明選集刊行会　大15.3　Ⅳ334-1
　　　　『小川未明作品集 第4巻』大日本雄弁会講談社　昭29.10　Ⅳ353-11
　　　　『定本小川未明小説全集 第4巻』講談社　昭54.7　Ⅳ368-27

3054　戦慄　[小説]
〈初出〉「太陽」大正10年1月
〈あらすじ〉与吉は雪の晴間に町へ出て、魚を買ってきた。久しく魚を食べなかったからだが、その魚を、買い猫に食べられてしまう。与吉が猫を棒で殴ると、猫は地面にうづくまって、うなりつづけた。与吉は、自分のした残忍な行為に気づいた。五十に近いひとり者の与吉は、この猫と暮らしてきた。猫は前のように飯も食わず、身動きもしなくなった。猫は漠然と、死を待っているようであった。与吉は、海岸の医者に猫を診てもらいに行くが、医者は去年の秋に死んでいた。彼は猫が重荷になると思い、帰り道に猫を捨てる。しかし、吹雪の晩に猫は帰ってきた。与吉は慄然とした。彼は囲炉裏に火を焚き、猫を暖めてやろうとしたが、猫を抱き上げたときには、堅くなって死んでいた。
〈収録〉『雨を呼ぶ樹』南郊社　大10.8　Ⅳ325-18

3055　恋愛によって何を教へられたか　[アンケート]
〈初出〉「女の世界」大正10年1月1日
〈要旨〉ものの哀れを最初に感じさせたものである。

3056　風の鞭　[小説]
〈初出〉「大観」大正10年1月1日
〈あらすじ〉誰でもじっと顔を見られるのを喜ぶものはない。ことにすが目のおさくに、顔を見られるときは、目の底に悪意がある気すらした。継母はおさくをいじめた。おさくに可愛げがなくなったのは、彼女が五歳のとき、実母が納屋で首をつったのを見てからである。いや、その事実を大人が隠してからである。学校の先生から、おさくを嫁にもらいたいという申し出があったときは、継母は嫉妬から断った。村から遠く離れた、知恵の足りない男のところへ、嫁がせた。しかし継母は、おさくが不意に帰ってくるのではないかと繰り返し思った。深く雪が積もらなければ安心できなかった。
〈収録〉『雨を呼ぶ樹』南郊社　大10.8　Ⅳ325-7

3057　芸術の蘇生時代　[感想]
〈初出〉「時事新報」大正10年1月7, 9日
〈要旨〉個性の解放されない限り、新しい文学が興るわけがない。今日の社会は、よりよく、より幸福に、より自由に生きることができない。愛を言うのも、人間性の現われである美と愛の世界にしたいためである。近代文明は、社会が人間を支配する時代である。社会主義はもう一つの偶像をつくるためではなく、個人の幸福を取り戻すための運動である。人間平等の、人間的な生活を営むための運動である。「農民はより人間的である」とクロポトキンは述べている。今の社会と生活を肯定する文学とは別の文学が興りはじめている。未来は悲観すべきではない。芸術蘇生時代は来かかっ

ている。
〈収録〉『生活の火』精華書院　大11.7　Ⅳ327-2
　　　　『小川未明作品集　第5巻』大日本雄弁講談社　昭30.1　Ⅳ360-66

3058　興味を惹いたもの　［アンケート］
〈初出〉「読売新聞」大正10年1月8日
〈要旨〉私は興味を持って「時事」の懸賞短編小説を読んだ。が、当てがはずれた。なかでは「躍見」「獄中より」「脂粉の顔」が面白かった。

3059　此意味の羅曼主義　［感想］
〈初出〉「時事新報」大正10年1月19日
〈要旨〉街頭を散歩するとき、反抗と憎悪を覚えるのは、世の中が文明に赴いているにもかかわらず、人類の生活が進歩していないからだ。貧富の差がはげしい。これは原始時代にはなかったことだ。人類平等の幸福をほかにして、人類の進歩はない。現状をふまえると、ロマン主義は単なる自然憧憬、リリシズムでおわらない。根底には反抗と憤りがある。

3060　新しい恋　［小説］
〈初出〉「新小説」大正10年2月
〈あらすじ〉妻はまだ寝ずに、下を向いて仕事をしていた。家の外には木枯らしが吹いていた。空には星。地球の表面にこびりついた建物は、大きな岩にくい付いた貝殻のようだ。人間は自らを幸福にしなければならないというのが、彼の人生観であった。これまで宿る家もなく、あてなく彷徨してきた。同様な暮らしをしている労働者がどれほどいることか。彼は伴侶を見出だし、互いに助け合って生きている。Ｋがやってきた。まだ独身なのは自分だけだとＫは言った。彼は、Ｋと別れたあと、Ｋの姿や、泣いて自分の帰るのをひきとめた哀れな少女の顔を思い出した。なぜ自分はそうした人から別れ、深い理由もなく一人の女を妻としたのだろう。今は妻とよほど遠いところに離れている。彼の心には、無宿者の生活という、新しい恋が生まれた。
〈備考〉大正10年1月作。

3061　死刑囚の写真　［小説］
〈初出〉「中央公論」大正10年2月
〈あらすじ〉春の穏やかな日暮方、私は、もう一度、幸福を取り戻そうと思い、死んだ二人の思い出が残るテーブルと椅子を売ってしまった。道具屋は、籠に入れられた鳥は自分の死がわかるのか、どんどん目方が減っていくという話をした。自分より強い力をもっている者に対し、抵抗することができずに、運命に甘んずるとはなんといじらしいことだろう。道具屋がテーブルと椅子をもっていったあと、私は引き出しから一枚の写真を取り出した。嬰児殺しの女性が死刑執行される直前の写真である。ここでも弱いものが黙々と死んでいかなければならない事実がある。そこへ友達のＫがやってきて、中国で長い間、牢獄生活を強いられた老人の話をした。ヒヤシンスの花を買いに出ようとした早春の夜は、だいぶ更けていた。
〈収録〉『雨を呼ぶ樹』南郊社　大10.8　Ⅳ325-2
　　　　『小川未明選集　第4巻』未明選集刊行会　大15.3　Ⅳ334-16
　　　　『小川未明作品集　第4巻』大日本雄弁会講談社　昭29.10　Ⅳ353-12
　　　　『定本小川未明小説全集　第4巻』講談社　昭54.7　Ⅳ368-24

3062　詩を要求す雖然新しき詩を　［感想］
〈初出〉「短歌雑誌」大正10年2月1日

〈要旨〉思想表現の上から考えるとき、そこに小説劇詩等といった区別はない。そうであるのに、小説が流行り、詩が流行らないのはどうしてか。それは詩形上の問題である。在来の詩形を踏襲すべき時ではない。しかし私は詩を要求する。今の行き詰った世の中に革新をもたらすのは、ロマンチシズムの運動であろう。思想生活の先駆は常に詩であった。詩は内部生活の焔、反抗の叫びである。私は在来の詩形によらぬ新しい形式で詩が出現すると思っている。

3063 沙地の花　［小説］
〈初出〉「小説倶楽部」大正10年3月
〈あらすじ〉ごぜの一群に加わったお静は、白壁の倉の見える大きな屋敷に泊めてもらう。その屋敷の少年と仲良くなったお静は、少年からおとぎばなしの雑誌をもらう。そこには、幸福に暮らしていた王様が、日没頃になると憂鬱になり、星のきらめく南の方にあこがれ、誰も行くもののない沙漠へ旅立った話が書いてあった。沙漠で独りになった王様の前に、一人の娘があらわれ、王様はその娘と暮らす。お静は、また少年と出会うことを楽しみにした。二年後、お静達は再び、少年の住む村を訪ねたが、お静は身分が違うことをおもって哀しくなる。

3064 経験と創造（一人一語）　［感想］
〈初出〉「文章倶楽部」大正10年3月
〈要旨〉たくさん経験することが誇りとなるわけではない。芸術家が経験を重視するのは、永遠の謎である人生を知るためのヒントになるからである。経験そのものより、経験の刺激によって得られる信念と黙会を尊重するのである。芸術家には、信念がなければならない。燃える信念が、人を感化する。単なる経験の語り手であってはならない。

3065 路を歩きながら　［小説］
〈初出〉「新潮」大正10年3月
〈あらすじ〉友の死んだ二三日後に、私は外を歩いた。死んだのは友であった。自分ではない。しかし後には、私自身に起こることである。ある日のある時刻に、私は最後の息を引き取る。しかし無終に流れる時は、永久に続いていく。死んだ友の言った言葉が思い出される。一切の自然は、それ自らのために存在するのであって、人間のために存在するのではない。人間は、自らの感情によって、空想によって、自然を美化して捉える。そうして人間は自らを幸福にするよう造られているのだ。生地のままの自然と向き合うことになったら、人間は生きていけない。そう友は言った。人生はなかば空想から成り立っている。やがて死んでいくときに、痛切に孤独を考え、人生、社会について考える。今、私は健康である。しかしこれからのことは分からない。
〈備考〉大正10年2月作。
〈収録〉『雨を呼ぶ樹』南郊社　大10.8　Ⅳ325-12

3066 醜陋 民意に反ける今日の議院政治の赴く所は何処？　［感想］
〈初出〉「読売新聞」大正10年3月21日
〈要旨〉政治的信義問題が目下の議会において政争の渦中にある。いったい、正義や人道を本当に感じているなら、資本主義が誤っていることを知らなくてはならない。しかし普通選挙さえしない現在である。政治家その人が、一人の殉教者でなければならない。利害を超越したところに、民衆が続くのである。いつまでも旧時代の理想を掲げてそれを押し通すのは、不可能

である。今は政治理想の転換期である。人道主義や社会主義思想が燎原を焼き尽くす勢いで広がっている。これらを特権階級の権力で抑えるべきではない。

3067 旧文化の擁護か（文壇に檄す―新文化の建設か―芸術の使命は如何）　［感想］
　〈初出〉「時事新報」大正10年3月26, 27日
　〈要旨〉人間生活の革新は文化の上にありと言うが、今の芸術を見ると、旧文化の擁護に向かっている。芸術の奉仕するところが美であるなら、それも仕方がない。しかし、大戦争後の世界が行き詰まりを見せている今日、そうした奉仕は、罪悪とさえいえる。物質的革命か、精神的革命か。このことを皆考えている。私は精神的革命が物質的革命をもたらすと考えている。そのとき芸術は新生活の先駆となり、焰とならなければならない。物欲に囚われ、自己享楽の痴夢に生きる限り、永久に芸術は旧文化の擁護となる。階級闘争の中心は、道徳思想の戦いである。
　〈収録〉『生活の火』精華書院　大11.7　Ⅳ327-5

3068 『巴里通信』と『涯なき路』　［感想］
　〈初出〉「新潮」大正10年4月
　〈要旨〉「東京朝日新聞」の載っている柳沢健「巴里通信」を面白く読んでいる。向こうの社会主義者が催したベートーベン記念祭の光景を書いたものが殊に面白かった。社会主義者に、趣味の深い、美に感激をもった人が多いことは喜ばしい。しかし新聞は、この記事を載せなかった。新聞は資本主義者の機関である。岡田三郎「涯なき路」も面白く読んだ。チェーホフのような生存の悲哀に感銘を覚えた。

3069 現代の生活に於て如何なるものに興味、慰安を求めて居るか？現代の社会に於て如何なる興味、慰安を必要とするか？　［アンケート］
　〈初出〉「文章世界」大正10年4月
　〈要旨〉自分の仕事がある意味の興味であり、信仰である。自らの目的に対して、絶望した時は即ち人生に絶望したときだ。幸いに、なお生活の信条を失わずにいる。興味も慰安も、それ以外にない。

3070 人間の機械　［小説］
　〈初出〉「早稲田文学」大正10年4月
　〈あらすじ〉二人が中学四年生のときであった。KはニヒリストのMの小説が一番すきだと言った。五十年、六十年生きたら人生を味わいえたということはない、今以外に人生はないと言った。そのKが東京へ行き、銀行員になった。やがて神経衰弱になり、病気になって死んだ。幾年かのち、私も都会の人となった。私は金がなくても平和に暮らしていける社会を想像した。食うために生きているのではない。生きるために食うのだ。文明は、人間を、金の計算をするだけに一生使役するほどの冷酷をあえてする。人は社会化から免れることができない。私は魔物のような現代社会を呪った。
　〈収録〉『雨を呼ぶ樹』南郊社　大10.8　Ⅳ325-4
　　　　『定本小川未明小説全集 第4巻』講談社　昭54.7　Ⅳ368-26

3071 社会と林　［感想］
　〈初出〉「野依雑誌」大正10年4月
　〈要旨〉よい林は、木がそろっていること、いずれも将来があることである。人間の社会も林のようなものだ。よい社会は、どの木にも未来があり発育がなければならない。同じように日を受け、同じように繁らなければなら

ない。金持ちと貧乏人が一つの社会を造っていることは、調和を破っているのだ。私たちの理想は、人類の調和である。平和である。自他の融和が目的である。都会に較べれば田舎の方がいい。田舎より昔の方がよい。ますます文明になれ。そうすれば新文化が生まれる。理想は都会からはじまる。ボンパルトの言葉には深い意味がる。
〈収録〉『生活の火』精華書院　大 11.7　Ⅳ 327-33

3072 **回顧廿年**　［アンケート］
〈初出〉「教育界」大正 10 年 4 月 3 日
〈要旨〉二十年間に我が国民は、日露戦争と欧州大戦を経験した。それが経済界の上に及ぼした変動と思想界に及ぼした影響は大きい。自然主義、新浪漫主義、人道主義、社会主義、こうした思想上の傾向の推移を示すことができる。つねに真理は悲観楽観を超越して進んでいく。私自身は、一意創作に従事してきた二十年である。

3073 **草木の暗示から**　［感想］
〈初出〉「時事新報」大正 10 年 4 月 27, 28 日
〈要旨〉木々が春になって若芽をふくのは太古からの現象である。人がそれを見て生の喜びを感じる心持ちも、幾百年経っても変わらない。そこには理屈はない。だが人は、意味深い自然の意味を理解することはできない。命には限りがある。そう思うと不幸な気持ちになる。自然に脅かされた人々は、同時に自然の慈愛を十分受けた。近代人は、土から離れてしまった。彼等は住処を無くしたのだ。
〈収録〉『生活の火』精華書院　大 11.7　Ⅳ 327-35
　　　　『未明感想小品集』創生堂　大 15.4　Ⅳ 335-48

3074 **書斎に対する希望と用意**　［アンケート］
〈初出〉「文章倶楽部」大正 10 年 5 月
〈要旨〉あまり広くない、静かな、日のよく当たる部屋で筆をとりたい。雨の降るときは鬱陶しくて困るが、障子を用いず、窓はガラスにしたい。冬は隙間から風が漏れないように、質素でも堅牢な部屋がほしい。二階に限る。

3075 **すべてが美しく**　［感想］
〈初出〉「文章倶楽部」大正 10 年 5 月
〈要旨〉私は子供を失ってから、通りすがりに遊んでいる子供の顔を眺める癖がついた。子供の頬が林檎のようにうす赤いときは喜びを、青白い時は不安を覚えた。この子供の両親はまだ、子供の血色がわるいことに気づいていないのだろうか。やがて冬がきた。あの子供は死んでしまわなかったかと思った。そのうちに三月になった。ひろめ屋の後ろをぞろぞろついていく子供達のなかに、あの子供を見つけた。自分の死んだ子は絶対安静を強いられ、外に出て遊びたいと言いながら、出て行かせなかった。こんなことを考えると、自由気ままにしておくほうがよかったのかと思った。その子供は、赤い旗を見ながら歩いていた。あんな時分には、すべてが美しく見える。私にもそんな子供時代があった。村に流浪人の松吉が入ってきた。唄が笛が上手であった。松吉は後に嫁をもらうが、嫁をいじめたので、嫁は首をくくって死んでしまった。青い顔の子供は、町の四つ角のブリキ屋の子供であった。湯屋に行く途中、その家の前を通ると、「子供昨夜死去」と書いてあった。

3076 **創作百話**　［アンケート］

〈初出〉「文章倶楽部」大正10年5月
〈要旨〉頭の中に書こうと思うものがピッタリ映らなければ書けない。私の書くものは、単なる事件ではない。一つの問題であり、一つの感激である。今まで自分に眠っていた気持ちがグッと引き締まるような感激だ。筋は単純なのである。単純な話に異常な思想を盛り込む。睡眠不足と胃の倦怠には気をつける。書く前は新聞も読まないし、手紙も書かない。少し書いては花を見て休み、また書くことを繰り返す。昼には湯に行く。私のように神経で書く作品は、一日にそう何枚も書けない。感想が一番書きやすい。しかし好んで書く気にはなれない。仕事中に訪問客があるのは困るが、私は客を断ることができない。原稿は消さない方だが、幾つか書き直すともう破らずにはいられない。

3077 **最近感心した作品、最近注目した新人** ［アンケート］
〈初出〉「秀才文壇」大正10年5月
〈要旨〉福原清の詩集「不思議な映像」を読んで清新な感じが柔らかに迫るのを感じた。

3078 **片目になつた話** ［小説］
〈初出〉「我等」大正10年5月
〈あらすじ〉町はずれに病院があった。病院の石垣は長く幾十間と続いていた。私たちの頭と同じ高さの石を数えながら学校へ行った。子供時分はどうしてこう自然が物悲しく、なつかしかったのであろう。石垣を出外れると、青々とした圃になり、道は二つに分かれ、一つは学校へ、一つは橋へ続いていた。橋は、さびしい田舎へ通う路になっていた。私は臆病で、病院の正門へは行かなかった。あるとき、病院の中で麻酔をかけられた患者が一つ、二つ、三つと数える声が聞こえると友達に聞かされてから、平和な石垣の道が、怖いものになった。ある日、私は男の苦しむ声を聞いた。小学校を卒業する時分、私は眼を患ったが、その病院にかかりたいと思わなかった。それで片目を失った。しかし私は後悔しなかった。アナクロニズムの芸術家として、片目で十分だと思った。
〈収録〉『雨を呼ぶ樹』南郊社　大10.8　Ⅳ325-1
『小川未明選集 第4巻』未明選集刊行会　大15.3　Ⅳ334-15

3079 **崖に砕ける濤** ［小説］
〈初出〉「中央文学」大正10年5月
〈あらすじ〉一月のことで、南方の雪の降らないこの地方も、吹く風は寒かった。それでも崖には、真赤な大椿の花や黄色い水仙の花が咲いていた。私は気が塞いでいた。髪を切りに行こうと出かけるが、町の床屋は客がいて、山の上にある村の床屋まで歩いていった。髪を切ってもらっているうちに、眠った。雪靴をはいて山上にのぼっている夢だ。目をさますと、床屋の男が私の髪を切っていた。少し気分のよくなった私は男に話しかけた。すると男は自分の娘をかどわかした村の男が床屋に来たとき、剃刀で首を切ってやろうかと思ったが、寝顔を見ているとできなかったという話をした。帰り道、波が崖にぶつかっているのが見えた。
〈備考〉大正10年3月作。
〈収録〉『雨を呼ぶ樹』南郊社　大10.8　Ⅳ325-15

3080 **序（『赤い蠟燭と人魚』）** ［感想］
〈初収録〉『赤い蠟燭と人魚』天佑社　大10.5
〈要旨〉すべて芸術は愛から出発する。殊に童話は子供を愛さなければなら

　　　　　　　　Ⅲ　作品

　　ない。子供の生活を理解し、自分の涙にうるんだ目の中に浮かべることに
　　おいてのみ一種の感激は生じ、そこに創造の世界は構成される。それは漫
　　然となされるものではなく、自分の子供時代を慈しみ、懐かしむ心から生
　　まれる。この意味で、私は童話によって子供を教化する方法をとらない。
　　人間は無条件で人を愛し得るものではない。自分を愛する心を他人にうつ
　　すまでである。愛は自分から他に及ぼす波動に過ぎない。
　　〈収録〉『赤い蠟燭と人魚』天佑社　大10.5　全童話Ⅳ007

3081　**印象と経験**　［感想］
　　〈初出〉「英語文学」大正10年5月1日
　　〈要旨〉自分の経験は、どんな微細なことでも、血が通っている。作品を読
　　んだあとの印象は、その作品がどんな深刻なものであっても、自分の経験
　　ではない。経験は経験であり、作品は作品である。人間一人の経験は、本
　　当の意味において、その人に限る。生命のある作品を創造するには、作家
　　は敏感にならなければならない。

3082　**月に祈る**　［小説］
　　〈初出〉「大観」大正10年5月1日
　　〈あらすじ〉私の家は貧しかった。しかし子供の私は友達が持っているもの
　　は自分も欲しくて母にねだった。母は自分を愛してくれたが、買ってやれ
　　ないことが心苦しいものだから、私の方を見ようとしなかった。私は池に
　　身を投げて死んでしまえば、母が後悔するだろうと思った。しかしそのこ
　　とを母に言うと、母はそうすれば自分も死んでしまうと言った。その後、
　　一年ほどして母は死んだ。私は東京の叔父のもとへ行った。私が死んでも
　　悲しんでくれるものがないと思うと、死ぬ気にもなれなかった。芝居のち
　　らしを配る仕事をしていたとき、私よりも上手にちらしを配る少女がいた。
　　私は月に向って「どうかあの少女を殺してください」と祈ったことがある。
　　のちに彼女は電車に轢かれて片足を失った。私は月を見るのを恐れた。彼
　　女が死なないように祈った。
　　〈備考〉大正10年4月作。
　　〈収録〉『雨を呼ぶ樹』南郊社　大10.8　Ⅳ325-9

3083　**冷酷なる記憶**　［小説］
　　〈初出〉「社会主義」大正10年5月1日
　　〈あらすじ〉私は貧しい労働者だが、子供の時分も家は貧しかった。家だけ
　　は自分たちのものであったが、私達の両親は、その家を持っていることす
　　ら、どんなに脅かされがちであったか知れない。私は子供のころ、玩具を
　　買ってもらうことができなかった。自然だけが平等の慈愛を与えてくれた。
　　狭い庭に、椿の木と桜の木があった。雪の季節に椿の木が花芽をつけるの
　　をどれほど楽しみにしたか。早くに死んだ弟のために、その枝を切って供
　　えた。春になると桜の花が咲くのが待ち遠しかった。母が戸税を払いに行っ
　　た翌日、戸長が家にやってきて桜の一枝を欲しいといった。戸税の支払い
　　を待ってもらった負い目があった母は、それを許した。しかし戸長は太い
　　枝を切って持ち帰った。白い枝の切り口を見ると、限りない憤怒が頭の中
　　に燃えた。今も、そのことを思い出すと、新しい悲しみと憤りが燃える。
　　〈収録〉『雨を呼ぶ樹』南郊社　大10.8　Ⅳ325-19

3084　**文壇諸家回答**　［アンケート］
　　〈初出〉「三田新聞」大正10年5月30日
　　〈要旨〉三田派の作家には、私学の自由と意気を感じる。いたずらに時流に

のらず、真面目に自分を見出そうとする人が多いのを嬉しく思う。私は南部君の批評や創作に熱意と純粋なものを見る。

3085 **避けられぬ争ひ** ［小説］
〈初出〉「国粋」大正10年6月
〈あらすじ〉この小さな村のことは、地主より番頭の小林の意見にあった。平蔵の叔父は、曲がったことが嫌いで、義侠心にとむ人であったが、年をとっていた。同じ広さの土地に異なる年貢を課す小林のやり方に腹をたてた叔父は、そのことを若い地主に話すが、とり合ってくれなかった。叔父はそのことで小林に睨まれ、勝手に木を伐ったといって小林から責められた。その話を聞いた平蔵は腹がたった。叔父は平蔵に対し、俺が死んだら、お前がしっかりやってくれと言った。叔父は大磯にある地主の別宅に出かけていって相談をしたが、埒はあかなかった。その話を聞いた平蔵は、虐げられた人間が最後にとる手段はなにか考えた。叔父はもう何事に対しても干渉しないもののようになっていた。
〈備考〉大正10年4月作。

3086 **私の記者時代** ［感想］
〈初出〉「文章倶楽部」大正10年6月
〈要旨〉私の記者時代は、早稲田文学社で出した「少年文庫」の編集から始まった。当時の早稲田文学社は、牛込薬王寺前町の島村抱月氏の宅にあり、百日紅の花が赤々と咲く真夏、よく雑誌の編集のためにうかがった。この雑誌の仕事は、抱月氏が、私がほかの雑誌に向かないことを知って、計画してくれたようなものであった。だがこの時すでに先生や私は、新しい童話文学が起こらなければならないと感じていた。私の訪問を気持ちよく受け入れてくれた作家もいれば、大邸宅に住んで冷たくあしらった作家もいる。当時、私は自分の原稿だけでは暮していけず、妻を田舎へやっていた。自然主義の起ろうとしていた頃で、詩歌壇の全盛期であった。

3087 **崩れかかる街** ［小説］
〈初出〉「中央公論」大正10年6月
〈あらすじ〉年若い技師がN市の工場で自動車をつくった。社長からは、よく富豪の心理を捕まえて、新式の型を作るようにと言われていた。技師は、いかめしい型の、狼のほえるような警笛のある車を作った。その自動車は、よく人を轢いた。それで無産者の反感をかった社長は、今度は美的な車を作るよう技師に命じた。その車が人を轢いても、大人たちは今までのように憎悪を感じなかった。技師が町を去ったあと、無政府主義者が、この自動車工場に爆弾を投げつけた。
〈収録〉『雨を呼ぶ樹』南郊社　大10.8　Ⅳ325-20
『小川未明選集 第4巻』未明選集刊行会　大15.3　Ⅳ334-2
『定本小川未明小説全集 第4巻』講談社　昭54.7　Ⅳ368-29

3088 **殺される人** ［小説］
〈初出〉「太陽」大正10年6月
〈あらすじ〉S刑事ははじめてある男に死刑の宣告をした。その日から、目に見えない心の悩みに捉えられた。みんなの平和を守るために、そうしたのだと思っても、自分を安心させない何物かが胸の底にあった。裁判をする自分もどんな罪を犯さないとも限らない。人間を罰する権利が自分にあるとは思えなかった。俺とあの男に何の関係があるのか。明るい家庭にいて、平和に暮らしている者があるのに、暗い牢獄に、日の光も見ずに座って、

死の日の来るのを脅えている者があるのだ。
〈収録〉『雨を呼ぶ樹』南郊社　大10.8　Ⅳ325-21

3089　**私が童話を書く時の心持（童話及童話劇についての感想）**　[感想]
〈初出〉「早稲田文学」大正10年6月。再掲:「教育論叢」大正10年7月
〈要旨〉私が童話を書くときは、愉快にのんびりと打ち解けて話をするような楽しさが呼び起される。子供に向かって話をするより、自分が子供の姿に立ち返って、もう一度、大空に輝く太陽の下で、空想をした当時の世界を再現するといった方が当たっている。私の童話とは、子供の心を忘れずにいるすべての人々に向って、作者である私が、子供の心持ちに立ち返って、ある感激を訴えるものである。
〈収録〉『港についた黒んぼ』精華書院　大10.10　全童話Ⅳ008
　　　　『未明感想小品集』創生堂　大15.4　Ⅳ335-27
　　　　『小川未明作品集 第5巻』大日本雄弁会講談社　昭30.1　Ⅳ360-100
　　　　『定本小川未明小説全集 第6巻』講談社　昭54.10　Ⅳ370-62

3090　**私の好きな私の作**　[アンケート]
〈初出〉「中央文学」大正10年6月1日
〈要旨〉最初に出した「愁人」、最近に出した「血で描いた画」。

3091　**戦闘的機関として―小説家協会に望む―**　（感想）　[談話]
〈初出〉「時事新報」大正10年6月25日
〈要旨〉現在のように金がすべてを支配する時代にあっては、共済組合は作家にも必要である。しかしそれは資本主義を肯定したうえのことである。これによって真理に到達するある種の運動の進路が阻害されることになるとも考えられる。この組合はあくまで著作家自身の間に成立すべきものであって、資本家と対立すべき性質のものと考える。

3092　**青く傷む風景 夏の小品**　[感想]
〈初出〉「文章倶楽部」大正10年7月
〈要旨〉破れた垣根から覗くと、隣のさびれた庭先に一本の青桐の木が立っていた。子供を腹に宿した白犬がいないかと私は見た。以前、いたずら者に子を殺された母犬は、一時、人にかみつくことがあった。ぐみの木、榧の木があった。夏になった。昼ごろ、隣の父親は、ぶらんこを作ってやると言った。ぐみの木と杉の木に荒縄を撚ったものでぶらんこを作ってくれた。白犬が気になった。糸車の音が聞えてきた。祖母から聞いた昔話を思い出した。ぶらんこで遊んだあと、友達と往来で鬼事をした。みんなが去ったあとは、ぶらんこが暗くなった庭にかかっていた。夜、涼み台にいると、太鼓の音が聞えてきた。隣の父親は、信州の温泉に湯治へいくという。
〈備考〉大正10年6月作。

3093　**虚を狙ふ**　[小説]
〈初出〉「中央公論」大正10年7月夏季特別号
〈あらすじ〉目の鋭い男が訪ねてきて、たずねたいことがあると言う。高等係かも知れないと思った。明日の「無産者大会」のことでやってきたのかも知れない。彼は電球工場で働く哀れな男の話をした。彼はうすい雑誌を置いていった。そこには父親が戦争に行ったあとの子供たちの写真や食べ物を与えられない囚人の写真、失業者の群れの写真などが載っていた。この冊子は社会主義の宣伝書であった。翌日、無産者大会でその男と再会するかも知れないと私は思った。警官の群れを見て、私は怖れた。私は虐殺されて流れ出す血を思うと、空が赤くなったように思った。帰り道、私は

ある男から話しかけられた。男は亡くした自分の子供の復讐をしたいと話した。その後、私はあの男と再会した。彼は男に昨日の雑誌を返した。そして直に別れた。私はどういうものか、あの男に親しみが感じられなかった。
　　〈収録〉『血に染む夕陽』一歩堂　大 11.2　Ⅳ326-2
　　　　　『堤防を突破する浪』創生堂　大 15.7　Ⅳ336-16
　　　　　『小川未明作品集 第4巻』大日本雄弁会講談社　昭 29.10　Ⅳ353-13
　　　　　『定本小川未明小説全集 第4巻』講談社　昭 54.7　Ⅳ368-30

3094　**囚人の子**　[小説]
　　〈初収録〉『雨を呼ぶ樹』南郊社　大 10.8
　　〈あらすじ〉明治二四五年の頃であった。小学校の教師の中には、士族の落ちぶれ者が多かった。徳川時代は徒衣徒食の人だったが、維新後は働かなければならなくなった。男生徒の受持ち教師に、小野という年配の痩せた教師がいた。修養が足りなかったのか生徒を依怙贔屓した。生徒の中に竹内重吉という汚らしい風をした少年がいた。内気で、臆病で、トラホームにかかっていたので、みんなから馬鹿にされた。私は竹内と友達になった。ある日、小野が教室でみんなの家の職業を聞いた。竹内は何も言えず、泣き出した。帰り道に私は竹内から、自分の父親は博打が見つかって監獄にいると聞かされる。それから二十年の月日が流れた。新聞記事に、「博徒血の雨を降らす」という見出しがあった。「親分竹内重吉の子分等数名の者は…」とあった。私は思わず立ちあがった。
　　〈収録〉『雨を呼ぶ樹』南郊社　大 10.8　Ⅳ325-14

3095　**ある男の自白**　[小説]
　　〈初収録〉『雨を呼ぶ樹』南郊社　大 10.8
　　〈あらすじ〉骨董屋に憂鬱な顔つきをした男が立った。男がどんなことを考えているのか、誰も知らなかった。骨董屋では、少年が店番をしていた。主人からこういうものが儲かるのだと言われて、幾層倍もの値札をつけた贋の南蛮物の花瓶を、男が買っていくのを見て、少年は異様に思った。「これではたしていいのだろうか」主人はほとんど値もないものを高く売って、平気な顔をしている。やがて「この壺や水が漏る」と言って返品にきた男に、主人は留守だからと少年は嘘を言わせられた。何度かそういうやりとりがあってのち、半金だけ男の家に持って行かされた少年は、男から「こんな商売をしていてはいけない。碌な人間にならない」と言われる。少年は恥ずかしさと怒りのために、熱い涙を流した。その夜、少年は主人に書置きも残さず出奔した。それから二十年、屑かごをかついで廃人同様になった男が、その少年であった。どんな生活をしても、正しく自覚したなら、何でもなかったろう。しかし貧富を差をみて、やはり真面目に働くのは愚かなことだと思った。掘り出し物を探して、僥倖にありつくのを夢みて、下ばかり見て暮らしてきた。人間らしく生きたい。しかし、目は下にしか向かないのだ。
　　〈収録〉『雨を呼ぶ樹』南郊社　大 10.8　Ⅳ325-17

3096　**今は亡き子供と**（愛児と共に過した夏）　[感想]
　　〈初出〉「婦人公論」大正 10 年 8 月
　　〈要旨〉今から七八年前のことである。姉の方の七歳になる子が猩紅熱にかかって駒込病院に入った。母がつきそった。その後六つになる男の子と二人だけで暮した。姉は腎臓炎を併発した。男の子は淋しい家にいるのがいやで、散歩をすると帰りたがらなかった。後に女中が二人きたが、いずれ

　　　　　　　　　Ⅲ　作品

　　　も暇を出した。三か月間、私は男の子と暮らした。不幸な私は、この二人
　　　の子供をともに亡くしている。男の子が死んで七年、姉の方が死んで四年
　　　になる。
　　〈収録〉『生活の火』精華書院　　大 11.7　Ⅳ327-20
　　　　　　『未明感想小品集』創元堂　　大 15.4　Ⅳ335-41
　　　　　　『小川未明作品集 第 5 巻』大日本雄弁会講談社　　昭 30.1　Ⅳ360-72
　　　　　　『定本小川未明小説全集 第 6 巻』講談社　　昭 54.10　Ⅳ370-34

3097　**避暑し得ざるものの為めに**　[感想]
　　〈初出〉「中央公論」大正 10 年 8 月
　　〈要旨〉避暑地に行くのは有閑階級であって、労働者は働いている。すべての
　　　人の権利は平等である。階級闘争は哲学であり、やがて真理に到達する
　　　であろう。それはともなく、東京に住むと郊外へ移りたくなるが、共同井
　　　戸のチブスなどが心配で、引っ越せない。風雨後の青い空は、どこでも同
　　　じ自然を思わせる。高山植物を愛し、奇石を愛し、夜の空を眺め、地図を
　　　眺める。「みんな死んでしまうのだ」という思いは、どんな煩わしいこと
　　　も空虚に感じさせる。
　　〈備考〉大正 10 年 7 月 30 日作。
　　〈収録〉『生活の火』精華書院　　大 11.7　Ⅳ327-21

3098　**女をめぐる疾風**　[小説]
　　〈初出〉「文章世界」大正 10 年 8 月
　　〈あらすじ〉夫婦のうち男の方は痩せて弱々しかった。「あなたに死なれたら、
　　　私たちはどうして暮していけるでしょう」と女は言った。夫婦には二人の
　　　子供と、年とった母がいた。女は、せっせと金を貯めた。女は夫に保険に
　　　入ることを勧めた。「お前は、俺の死ぬのを待っているのか」男は、腹立
　　　たしげな、さびしい顔でそう言った。女は、夫が死んだあとに、別の生活
　　　がはじまるのだと思っていた。女は乞食の群れを見て、石にかじりついて
　　　も金を貯めようと思った。男は月をみて、短い人生を何を苦しんで生きな
　　　ければならないのかと思った。男は女に、その日、その日の暮らしこそが
　　　生活なのだと言った。やがて男は死んだ。地平線の彼方にあった美しい薔
　　　薇の花の幻は消えてしまった。しかし、貧乏に苦しむ者を見ると、自分は
　　　間違っていなかったと思いなおした。田舎に引っ越した女は、二人の息子
　　　のうち、元気のある弟の方を奉公に出した。吹雪のなか、弟は、得意先の
　　　金を落したので、もう一度浜まで行くのだと言って家に立ち寄った。泣き
　　　出しそうな顔をしていた。母親は心配しながら、弟を送り出したが、兄は
　　　「五円の金が家にあるなら、やってはいけなかったのですか」と母に言った。
　　　彼女は急に目が覚めたかのように、吹雪の中を狂気のように飛び出した。
　　〈収録〉『彼等甦らば』解放社　　昭 2.10　Ⅳ337-7
　　　　　　『女をめぐる疾風』不二屋書房　　昭 10.5　Ⅳ344-7

3099　**財産の産んだ悲劇（栄子の死および周囲の人々を如何に観るか）**　[アンケート]
　　〈初出〉「女の世界」大正 10 年 8 月 1 日
　　〈要旨〉金の生んだ悲劇である。兄妹の関係も、親子の関係も、親戚の間柄
　　　もみな、愛と情によって結ばれているのではなく、金によって支配されて
　　　いる。この事件に関して、誰に対しても人間性の真の貴い輝きを見ること
　　　ができない。

3100　**人間本来の愛と精神の為めに（プロレタリアの専制的傾向に対するインテ**

リゲンツィアの偽らざる感想）　［感想］
　　〈初出〉「中央公論」大正10年9月
　　〈要旨〉インテリゲンチャという階級が知識を売り物にしている階級であるなら、そういう階級の成立するはずがない。本当に、人間的な思想と感情の上に立つものであるなら、その生活の実質において、なんらプロレタリアートと選ぶところがないはずだ。創造をしない学問を受け売りすることを恥じなければならない。本当の芸術家、本当の宗教家、本当の科学者の生活は、すべて人類的であり、人間愛を離れていない。自己犠牲の精神をもって、真善美のために奉仕しようとしている。

3101　顔を見た後　［小説］
　　〈初出〉「新小説」大正10年9月
　　〈あらすじ〉兄妹は十年ばかり顔を見ることもなかった。妹が街でみじめな暮らしをしていることも兄は聞いていた。田舎の小役人である兄は、都へ行く暇がなかった。妹の夫は一定の職もなかった。いつか妹が金を貸してくれと言ってきたことがあるが、兄はそれを断った。兄が妹の家を訪ねたとき、お互いがお互い老けたことに驚いた。二人は田舎の大きな家で育った。今日のような場合があるとは考えもしなかった。兄は、苦労を重ねた妹をみて、子供を預かろうと言う。妹もそうしてくれるとありがたいと言った。兄は妹のことを思い、妹も兄に会ったことを喜んだ。兄は思った。なぜ人は同じ人情をもちながら、喜びと悲しみを分かつことができないのか。労働者が集まる居酒屋は、みな親切であった。兄は、今自分が東京に来ていることを痛切に感じた。
　　〈収録〉『血に染む夕陽』一歩堂　　大11.2　Ⅳ326-1
　　　　　『小川未明選集 第3巻』未明選集刊行会　大15.2　Ⅳ333-15

3102　GoldenBat　［小説］
　　〈初出〉「我等」大正10年9月
　　〈あらすじ〉南の海岸から、私はN温泉に移ってきた。隣室の老人は都会の工場主であった。景気がいいので、郊外に住宅をつくり、貸家を建てたが、ほかに手に入りそうな空き地があるので、買い取ろうとすると、近所の百姓がブローカーのように、ゴールデンバットを耳にはさんで、金儲けを企んでやってきたという。もう一方の隣の客は、夫婦連れであった。商館に勤める主人と、散歩にでた。人々が、湯の脈を探し当てて、一儲けしようとしていた。男は勝負事が好きで、射的屋に入ると、敷島を何個でも落した。私は射的屋の女を気の毒に思った。翌日も一緒に射的屋へ行った。私はその日落したゴールデンバットを女の手から受け取らないで外へ出た。
　　〈備考〉大正10年8月作。
　　〈収録〉『血に染む夕陽』一歩堂　　大11.2　Ⅳ326-3

3103　時々感じたこと　［感想］
　　〈初出〉「新潮」大正10年10月
　　〈要旨〉この社会には二つの階級がある。異なる道徳の上に立ち、異なる社会観の上に立っている。いずれを採り、いずれに味方し、敵とするかということになる。同盟は、一つの手段である。正しく本道を歩むまでは、必要だ。社会主義は信念であり、信仰である。殉教的精神によって、何を標榜することができるかが分かる。社会主義者をもって任じる芸術家は、芸術に対し、どれだけの信念を、つまり今迄の旧文化に対してどれだけ異なった思想に立つかを明らかにすることによって、その人の信念を知ることが

Ⅲ　作品

できる。

3104 　一人一語　［感想］
　　〈初出〉「中央文学」大正10年10月1日
　　〈要旨〉最近若い人の長編がよく読まれ、大家のものがそれほど読まれないのは不思議です。

3105 　文壇生活で嬉しかつたこと悲しかつたこと癪に障つたこと　［アンケート］
　　〈初出〉「中央文学」大正10年10月1日
　　〈要旨〉私はまだ本当に嬉しいということを知らない。悲しかったことは、二人の子供を亡くしたことだ。このことは私を終生の反抗家にした。癪にさわったことは、私の孤軍奮闘に対し、黙殺、嘲笑といった卑劣、卑怯な態度をとった自然主義末派の月評だ。

3106 　恋の出来ぬ時代（私の青春時代と恋愛）　［感想］
　　〈初出〉「婦人公論」大正10年10月秋季特別号
　　〈要旨〉私は、本当の恋のみが人間を洗練し向上させると思っている。少年時代もしくは青年時代に感じた女性は、どんなに詩であり感激であったか。現代は、このような詩の永続する時代ではない。生活が金銭によって左右され、平和が経済によって動揺させられる時代にあっては、恋愛も汚されてしまう。もう青春も過ぎてしまった今、美しい感激がきえた。しかしもっと大きい感激が襲いつつあることを自分は識る。感激は他にもある。

3107 　文芸院設立の是非と希望　［アンケート］
　　〈初出〉「新潮」大正10年11月
　　〈要旨〉文芸院は、芸術家自身の手によって、必要があれば造るべきだ。政府の手によって造られるべきものではない。虚栄や権力は真の芸術家には必要がない。すべての階級撤廃を叫ぶ今日、かかる企ては時代錯誤である。

3108 　眠つてゐるやうな北国の町　私の郷里　［感想］
　　〈初出〉「文章倶楽部」大正10年11月
　　〈要旨〉どんな人でも自分の生れた故郷は忘れえぬものである。詩人の中には、故郷の自然、人情を歌うこと以外に、詩を作らなかった郷土芸術家もある。私が東京へ来て、小説を書いた時分は、故郷に対する思慕の情を描いた。ふるさとの高田は、活気に乏しい。寺が沢山で、森が多く、煙突が少なく、維新この方、眠るような町であった。中学の英語の教師が高田を評して「ねむい町」と言ったことがある。東京に来てからのちに、高田に師団が設けられてから、高田はすっかり変わった。子供の時分の自然は輝いていた。郷里の人はあまり好かない。その理由は人々が因循姑息である点にある。今は、もはや故郷に対して、以前創作した当時のように熱烈な憧憬はない。今はコスモポリタンの気持ちに同感できるようになってきた。

3109 　浅い考へ（消息）　［ハガキ］
　　〈初出〉「種蒔く人」大正10年12月
　　〈要旨〉はがきを拝見した。今日の新聞をみると、不作のため小作人が蹶起している様子。煽動するから騒ぐのだと皆は思っているが、それは浅い考えだ。

3110 　強い信仰によつて（本年発表せる創作に就て）　［アンケート］
　　〈初出〉「新潮」大正10年12月
　　〈要旨〉自分の歩いていく道が、一年毎にはっきりしてくる。いらいらした感情がだんだん沈んできて、静かな、強い信仰に変わっていく。本年発表

したものは、去年発表したもの、来年に書くものと違ったものではない。
私は、作中の人間とともに苦しむ。真実を叫ぶ。この地底の叫びが、いつ
か明るい表面の道徳となる日があろう。

3111 面会したい人に　［アンケート］
〈初出〉「中央文学」大正10年12月1日
〈要旨〉面会日を決めることは自縄自縛の窮屈さを与えるので、今までもこ
れからもしない。そのかわり面会に来た人は、私が留守でも仕方がないと
思ってもらいたい。

3112 文壇破壊とは何ぞ―破壊は偶然にあらず―　［感想］
〈初出〉「時事新報」大正10年12月28, 29日
〈要旨〉「否定は即ち発達なり」とバクーニンは言った。新人生観の生起によっ
て、当然破壊されなければならない文化、習慣、主義がある。人間的に生
きようとする新人の欲求を、押し潰すことはできない。このたびの民衆運
動は、文芸をも人生の文芸にしようとしている。現在の文壇は、自己中心
の思想によっている。人類共存の倫理とその禍福を思念し、問題としない
芸術は、芸術として存在しない。現在の文壇が行き詰まった原因は、理想
の欠如と、人生観の停滞、自己享楽、個人主義的無気力、ロマンチシズム
の気魄にかけていることにある。この罪科は、自然主義と、リアリズムの
科学的追窮に帰すべきである。私は近時の労働に、サンヂカリズムの色彩
が濃くなっているのを見て、運動の芸術家を考えさせられるのである。
〈収録〉『人間性のために』二松堂書店　大12.2　Ⅳ329-12

3113 芸術化された事実（お茶の水の「心中・三味線問題」批判）　［アンケート］
〈初出〉「婦人公論」大正10年3月
〈要旨〉実はそんなことが議院で問題になっているのも知らなかった。三味
線は上手に弾いて、聞くに堪えるものなら、舞台と関係がない。曽根崎心
中の舞台面にいたっては、論ずるも愚かである。芸術化された事実を難ず
ることはできない。道徳は、そんなものじゃない。

大正11（1922）年

3114 変態心理者に就いて　［感想］
〈初出〉「変態心理」大正11年1月
〈要旨〉中村古峡君の第二回変態心理講習会に出席したのは、二三年前だ。
巣鴨の家庭学校と、下谷の根岸病院の見学は、忘れ難い印象を残した。根
岸病院を出たあと、藤井真澄君と一緒に大井の海岸で遊んだが、病院で見
た赤い花や、廊下に立っていた可憐な患者が忘れられなかった。芸術家も、
危険な一線上を往来している。私もいつあんな哀しい身の上にならないと
も限らない。チェーホフの六号室やアンドレーエフのジレンマには、神秘
的な変態心理の一面が描かれている。理性と非理性の区別がつかなくなっ
たとき、怖ろしい結果がくる。作家は、この二つのものを取り扱っている
のである。

3115 人と影　［小説］
〈初出〉「解放」大正11年1月
〈あらすじ〉馬は人間に駆使されるために、地上に生まれてきたのか。馬の
身になって考えると、気が狂いそうになる。自分が馬になって生まれてこ
ず、人間に生れてきたことは幸福であるが、それは偶然なことだ。世の中

に生れてきたのは、生を楽しむためだ。終身刑の男は、暗闇に閉じ込められていた。その影が私に言う。君は人生のために苦闘している。君の生活は楽ではない。しかし香りの高い珈琲を飲むことができる。(明日になれば、お前の運命もきまる)と耳元で叫ぶものがあった。手をつかみ、足を縛られ、自由を奪われることが恐ろしかった。(俺はあくまで隠れる。逃げる。力の限り、反抗する。)
〈備考〉大正10年11月作。

3116 **自発的にやるならば（月評是非の問題に就て）** [アンケート]
〈初出〉「新潮」大正11年1月
〈要旨〉理解と知識のないところに、批評は成り立たない。芸術上の目的が異なっていたら、それに対して意見があるはずだが、自分の気に入っているものだけを褒めたりする私情を根本にした低級の批評が多い。月評は、評するものが自発的にあらざるかぎり、害あって益なし。

3117 **飽迄も誠実に（今後婦人の行くべき道）** [アンケート]
〈初出〉「婦人公論」大正11年1月
〈要旨〉男子を勇気づけるものは、何と言っても婦人の力である。常に苦しみに耐えて、あくまでも誠実であることを要求する他はない。二者協力して、新時代を造るのであろう。人間の機会化を救うものは、ひとり婦人の精神的努力である。

3118 **芸術は革命的精神に醗酵す** [感想]
〈初出〉「解放」大正11年1月
〈要旨〉太平時代の産物であり、装飾であり、娯楽であった時代の文芸は、社会生活を肯定し、疑わなかった。その版図のなかで自由や恨みをのべた。人生を宿命と考えた。「芸術は革命的精神に醗酵す」という宣言のもとに産まれた芸術はこれとは異なる。階級闘争は必然であり、人間的運動は資本主義的文明の破壊から始まる。人間の権利は平等であるから、生活の平等が文明の目的となる。自由を尊ぶなら、なぜ鎖を切って抜け出そうとしないのか。灰色の階級が、戦闘的精神を鈍らせ、真理への道を妨害する。知識階級が、芸術家が、態度を決しなければならない。
〈収録〉『人間性のために』二松堂書店　大12.2　IV329-14
『未明感想小品集』創生堂　大15.4　IV335-23

3119 **自殺者** [小説]
〈初出〉「早稲田文学」大正11年1月
〈あらすじ〉街頭に出て叫びたいとKは言ったが、その後すぐ、そんなことをしても何の役にも立たないと言った。革命は来るかもしれないが、それで世の中が善くなるとは信じられないと。二人はその夜、愉快に飲んだ。しかしKは、突然、毒薬がほしいと言った。私は、死は生との絶縁であって、人生の解決ではないと言ったが、その後、Kは自殺してしまった。ドイツでは、戦争の罪過から飢饉がおこり、大学教授がそのありさまを憂い、食べ物を口にしなかったために死んだという。それも自殺だ。そんなときに、マルクが下がったといって、外国人がドイツの国で遊ぶのは憤慨に堪えない。
〈収録〉『彼等の行く方へ』総文館　大12.2　IV328-12
『定本小川未明小説全集 第5巻』講談社　昭54.8　IV369-14

3120 **私の手記** [小説]
〈初出〉「我等」大正11年1月

〈あらすじ〉社長が意地悪い眼つきでこちらを見ている。社長はなぜみんなと同じように働かないのか。どこかで子供が泣いている。毎夜、子供が飢えと寒さのために泣いていても、世間は知らぬ顔である。子供が乞食をしている。誰が、この冷酷な、自分達のことばかり考えている人達に、あわれみを受けさせようと、哀訴を強いるのか？もう社長が、私の顔を見ていようがいまいが、かまわない。私は奇怪な幻想をいだく。建物から紅い炎があがる光景、自分が石壁に脳天を打ちつけて頭を砕く最後の光景。
〈収録〉『彼等の行く方へ』総文館　大12.2　Ⅳ328-18
　　　　『定本小川未明小説全集 第5巻』講談社　昭54.8　Ⅳ369-20

3121　黒い河　[小説]
〈初出〉「大観」大正11年1月1日
〈あらすじ〉このまま汽車に乗っていれば、明日の昼前には東京に着くが、僕はかつての友達を訪ねるために、ある淋しい駅に降りた。彼は資産家に産まれた。自分だけが不自由なく暮らし、小作人が苦しんでいるのをみて、いっそ自分の土地を誰かに売って、東京で本でも読んで暮らしたいと以前、手紙に書いてきたことがある。そのとき僕は、それで彼等の暮らしがよくなるわけではない、そんな卑怯なやり方はやめたがよいと返事をした。その友達の家を訪ねると、友達は留守だった。僕は泊まるところもなく、娼家にあがった。哀れな境遇の女の話を聞いた僕は、弱い、力のない、哀れな人達を虐げるのは、いったい誰なのかと考えた。
〈収録〉『彼等の行く方へ』総文館　大12.2　Ⅳ328-4
　　　　『定本小川未明小説全集 第5巻』講談社　昭54.8　Ⅳ369-6

3122　近き文壇の将来　[感想]
〈初出〉「読売新聞」大正11年1月19,20日
〈要旨〉来年の文壇がどうなるかは分からない。今の社会では、革命的な作品は喜ばれない。人気のある作品は、境界線上にあるものだ。どこかに古いセンチメンタリズムにつながる妥協がある。今は、旧から新に移る過渡期である。労働者を扱えば、新文学となるのではない。その作品がどれほど主張を有し、目的を有し、理想を有しているかによってそれは決まる。芸術もまた、この社会に属する限り、社会的生活の意識と意義を外にして、別境のごとく存在する理由はない。階級の桎梏があるかぎり、平和も人道も幸福も文明もこの人類にはない。今、人類の意識はこの一点について、解決を急ぎつつある。すべての芸術家が、右か左か、彼等の信仰と道徳的見地を明らかにすべく求められている。
〈収録〉『人間性のために』二松堂書店　大12.2　Ⅳ329-13

3123　人間愛と芸術社会主義　[感想]
〈初出〉「野依雑誌」大正11年2月
〈要旨〉子供の時分から、善い暮らしをするのも悪い暮らしをするのも、出世をするのも、不遇で終わるのも、その人の運であって、どうすることもできないと思っていた。それがどれほど私を陰鬱にさせたか知れない。自分が乞食に生れなかったことを歓び、同時に不安を抱いた。都会にきて、こうした違いが資本主義制度によって生まれていることを知り、私はこの主義からの人間の解放を願った。資本家の牙城は堅い。社会主義は、嫌悪され、曲解されてきた。しかし真理にめざめ、人間愛を感じるものは、社会主義者たらざるをえない。社会主義は信仰であり、宗教である。社会主義が実現されても、無終の戦いは続く。しかし人間共存の幸福、人間相互の扶助が実現されたとき、今まで宿命と考えてきたものが一掃される。人

III 作品

　　　　道主義と社会主義は、似ている。
　　　〈収録〉『人間性のために』二松堂書店　　大 12.2　　Ⅳ329-10
　　　　　　　『未明感想小品集』創生堂　　大 15.4　　Ⅳ335-22

3124　夜の群　[小説]
　　　〈初出〉「太陽」大正 11 年 2 月
　　　〈あらすじ〉頭の白くなりかかった彼が、この結社へ入ってこなければならぬということについて、私は、考えさせられた。会が終わったあと、外に立っていた尾行等が、それぞれ目指す影を追っていった。私はその老労働者と一緒に帰った。彼は、幾十年と帰らない北国の冬の記憶を私に話した。両親を亡くした少女が、冷酷な叔母に養われたが、後に目の光を失った叔母が雪道で凍え死んだという話。みんなが間違った生活をしている。私は追われ、追われて、工場から工場へ渡って歩いている労働者だ。家に帰ると、見なれない人が私の帰るのを待っていた。
　　　〈収録〉『彼等の行く方へ』総文館　　大 12.2　　Ⅳ328-17
　　　　　　　『定本小川未明小説全集 第 5 巻』講談社　　昭 54.8　　Ⅳ369-19

3125　見物の後（帝劇を見た後）　[感想]
　　　〈初出〉「新演芸」大正 11 年 2 月 1 日
　　　〈要旨〉私はめったに芝居をみない。一月、久しぶりに帝劇で旧劇を見た。そこにある道徳観は見るに堪えないものであった。義理と人情の葛藤の苦しみ。個人は社会制度の前に機械視されている。その時代の芸術は、その時代の社会を擁護し、平和を維持するものであった。我が国では、どうして思想を主にした新劇が振わないのだろう。

3126　正義を高唱し得た人　[アンケート]
　　　〈初出〉「大観」大正 11 年 2 月 1 日
　　　〈要旨〉賑やかで、なんとなくさびしかった人のような感じがする。堂々と正義を高唱しえた人は、多くの政治家中にこの人ばかりであった。

3127　川端康成に　[感想]
　　　〈初出〉「時事新報」大正 11 年 2 月 16 日
　　　〈要旨〉無責任な批評を書いて、名を成そうとしているなら、君は厚顔無恥な人間だ。「夜の群」を読んで、どういうところが「読んでいる方が恥ずかしくなって、目を外したくなつた」ところなのか。「かかる表現を示したことは創作家としての死滅を意味する」と言うのは、どういうことか。創作の態度を難じ、その精神を云々するのに、このような漫罵は許されない。

3128　過激主義と現代人　[感想]
　　　〈初出〉「読売新聞」大正 11 年 2 月 24 日
　　　〈要旨〉今度の社会主義者に対する法案は、暴力の下には一切の正義が認められないということを示すものだ。彼等は資本主義の味方であり、擁護者である。どうして彼等を民衆の代弁者といえるであろうか。不平等を正そうとする愛の運動がなぜ過激なのだろう。社会主義は議論ではない。人間の感情である。どちらが間違っているかは心ある人には分ることだろう。大きな重石にひしがれた草でも、生命のあるものは、時がくれば延びていく事実を彼等は知らないのか。
　　　〈収録〉『人間性のために』二松堂書店　　大 12.2　　Ⅳ329-17

3129　愛によつて育つ　[小説]

〈初出〉「文章倶楽部」大正 11 年 3 月
〈あらすじ〉子供のころ、急性の肺炎にかかった私のために、蛭を胸にあてて血をとったら助かるかも知れないと聞いた乳母は、冬の川に足を浸し、足に蛭が吸いつくのを半日も我慢してくれた。一人の女が命をかけて自分を愛してくれた事実のために、この人生がどれほど美しく思われることか。真に自分を愛してくれる人があれば、相手の顔を見なくても、その人は孤独ではない。私は家庭をもっているが、妻と自分には共通したところがない。自由を束縛されるたびに、相手を敵のように思う。だが子供が病気になったとき、妻は一心不乱に看病した。私は、世間の人達が私達の不幸に同情しないのを呪うまいと思った。小さな者は、みんな愛によって育つのだ。
〈収録〉『彼等の行く方へ』総文館　大 12.2　IV328-11
　　　　『定本小川未明小説全集 第 5 巻』講談社　昭 54.8　IV369-13

3130　**忘れ難き男**　[小説]
〈初出〉「新小説」大正 11 年 3 月
〈あらすじ〉古い建物の二階の狭い一室で校正の仕事をしていると、同僚のA が冬のさなかに窓をあけ、あちこちを見渡していた。A は以前勤めていた会社で社長に気に入られ、その娘と結婚するはずだったが、働きすぎて足を悪くし、半年休んでいるうちに、別の男が自分の席を占め、娘も結婚してしまっていた。しかしそれで窓を開けたのではない。死んで墓に入っている人、生きて利益や名誉を考えている人、その対比を考えていたのでもない。窓の外を見ていると、北国の故郷の乞食や行者のことを思い出し、その天候を過たずに予感することができると A は語った。故郷の母を捨て、放浪を続けていることを思って、A は窓を開けていたのだ。
〈収録〉『彼等の行く方へ』総文館　大 12.2　IV328-13
　　　　『小川未明作品集 第 4 巻』大日本雄弁会講談社　昭 29.10　IV353-15
　　　　『定本小川未明小説全集 第 5 巻』講談社　昭 54.8　IV369-15

3131　**傷付いた人**　[小説]
〈初出〉「中央公論」大正 11 年 3 月
〈あらすじ〉彼は居酒屋で、悔恨と悲哀に満ちた半生を思い出していた。人間が機械のように働くことを馬鹿だと思い、名誉や金銭を軽蔑した。俺は何事に対しても真剣になることができなかった。俺には世の中が、真実のある人達がなぐさめあって渡るという単純な真実が分からなかった。彼は、ある青年と出会う。胸を病んだ青年は、春を迎えられたことを喜んでいた。社会の新しい春には遇えないが、仲間が戦っていると言う。青年には強い信仰があった。彼も生活を疑っていたが、青年に言わせると、それは贅沢に対する疑いで、人間並みの生活が得られない者の疑いではないという。
〈収録〉『彼等の行く方へ』総文館　大 12.2　IV328-14
　　　　『定本小川未明小説全集 第 5 巻』講談社　昭 54.8　IV369-16

3132　**過激法案の不条理**　[感想]
〈初出〉「朝日新聞」大正 11 年 3 月 14 日
〈要旨〉過激社会運動取締法案の不条理なことは、それを制定する精神について指摘することができる。この法案の裏には、人間的な愛が欠けている。この法案はますます階級意識を対立させる。社会主義者の要求はなぜ危険視されるのか。それは不合理な制度と旧習慣を盲目的に擁護しようとするものの横車である。
〈収録〉『人間性のために』二松堂書店　大 12.2　IV329-16

III　作品

3133　**金と犠牲者**　[感想]
　　〈初出〉「朝日新聞」大正11年3月15, 16日
　　〈要旨〉列車事故で多くの人が亡くなったとき、義捐金の話がよくでる。しかし、それだけではすまいものがある。金で万事は解決すると思う近代人の考えを私は憎む。金をやるもの、受けるもの、みんなが金の奴隷になっている。みんなは文明の意味をその真の精神を誤解している。
　　〈収録〉『人間性のために』二松堂書店　大12.2　IV329-18
　　　　　　『未明感想小品集』創生堂　大15.4　IV335-25

3134　**両院議員に与ふ**　[不明]
　　〈初出〉「飛びゆく種子」大正11年3月か4月
　　〈要旨〉(不明)

3135　**桜**　[アンケート]
　　〈初出〉「現代」大正11年4月
　　〈要旨〉花に対する感じは年代によって違ってきた。以前は桜のほかによい花が多くあると思っていたが、最近はやはり桜がよいと思うようになってきた。

3136　**時勢に不適当な国語**　[アンケート]
　　〈初出〉「國學院雑誌」大正11年4月
　　〈要旨〉有識者にも文学者にも、この頃は仮名を完全に使い分けることのできる人は少ない。いつか文部省で制約をしたのに、またもとのように戻ってしまった。もっと簡単にしてほしいものだ。根本的な改良をしないかぎり、時勢に不適当なものである。

3137　**将棋**　[感想]
　　〈初出〉「文芸春秋」大正11年4月
　　〈要旨〉私は将棋を六つか七つの時、祖母から学んだ。祖母は、謡の節も教えてくれた。祖母は将棋をさしたときは、本気になって怒ったものだ。「ごまかすから、お前はずるい」祖母はしまいには将棋をささなくなった。目がきかなくなったからだ。温泉に母と行ったときに、大人の仲間に入って将棋をさしたことがある。仕事関係でつきあいのある人ともよく将棋をさした。
　　〈収録〉『未明感想小品集』創生堂　大15.4　IV335-63

3138　**人と作品の精神**　[感想]
　　〈初出〉「時事新報」大正11年4月4日～7日
　　〈要旨〉あり得ない事実に対し、争うのが正義である。愛は強いられてするものではない。真理のために身をささげる人は、利益のためにするのではない。虐げられてきた階級が反抗するのは当然である。中間階級はいずれかに就かなければならない。一部の知識階級には、真理を愛する熱度が足りない。真に自分を愛し、良心の自覚によって、宗教的生活に入ることができない。芸術は生活の新しい炎である。現在の作家の精神は弛緩している。作品は率直を欠き、清新の気に乏しく、感激がない。
　　〈収録〉『人間性のために』二松堂書店　大12.2　IV329-4

3139　**北京大学に起つた反キリスト教運動は我々に何を考へさすか**　[感想]
　　〈初出〉「読売新聞」大正11年4月27, 28日。再掲：「六大新報」大正11年5月
　　〈備考〉「一」から「三」までが「六大新報」(大正11年5月)に再掲。

III 作品

〈要旨〉科学によって破壊されるような宗教は、宗教ではない。北京で開かれた世界キリスト教青年大会において、反キリスト教同盟が「キリスト教は科学の信仰を阻止し、資本主義の手先になって、他国を侵略する」と言った。現在のキリスト教がいう無抵抗主義には、一体どれだけの真面目さがあるのか。現実の戦争を回避し、空名の愛や人道に隠れるのは、何と卑怯なことか。キリスト自身の無抵抗主義や犠牲は、こういう卑屈なものではなかった。現在のキリスト教は、経済的に資本主義者に寄食している。愛という言葉が、いかに現在のキリスト教徒によって安っぽくされたか。宗教家が自己の生命を賭して真理のために正義のために争わなかったなら、革命は、宗教を否定する。
〈収録〉『人間性のために』二松堂書店　大12.2　Ⅳ329-6

3140　説明出来ざる事実　[小説]
〈初出〉「種蒔く人」大正11年5月
〈あらすじ〉女は心から、この男を頼ることができなかった。ただ、子供がかわいいばかりに、いっしょになっていた。疑り深い男は、子供が自分の子でないのではと思い、繰り返し「殺してしまうぞ」「死んでしまえ」と子供に言った。しかし、子供はいつも笑っていた。しかし、ある日、子供の魔術は失われた。男の悪意を理解した子供は、泣きだし、急性腸カタルで死んでしまった。母は狂し、男を刺そうとした。人々は男に同情した。
〈収録〉『彼等の行く方へ』総文館　大12.2　Ⅳ328-8
　　　　『定本小川未明小説全集 第5巻』講談社　昭54.8　Ⅳ369-10

3141　男の話をきく群衆　[小説]
〈初出〉「早稲田文学」大正11年5月
〈あらすじ〉みすぼらしい男が、群衆に、精力が盛んになると姿まで若々しくなると言って、人参エキスを売っていた。男は話した。ある年の夏、母親に連れられて山間の温泉場にいった少年がある女性に恋をした。その後、少年は成人し、女性はお婆さんになった。その二人がたまたま再会した。お婆さんは急に精力が回復し、若くなった。お婆さんの姿をみて、お爺さんも若くなった——。群衆が帰ったあと、男は帰っていった。今日を楽しく送ったところで、未来は暗かった。道で老婆が物乞いをしていた。故郷の母を思い出した。男は、財布に手をかけて戻りかけたが、考えなおしてまた歩きだした。「この人参がほんとうに不老長生の霊薬なら…」
〈収録〉『彼等の行く方へ』総文館　大12.2　Ⅳ328-10
　　　　『定本小川未明小説全集 第5巻』講談社　昭54.8　Ⅳ369-12

3142　労働祭に感ず　[感想]
〈初出〉「時事新報」大正11年5月1日
〈要旨〉真に正しく生きるもの、社会を益し、この世界において最も人間らしい責任と義務とを果しつつある人達が、当然享けなければならない幸福と安心が得られていない。それどころか、一日の衣食にすら脅かされているのはどうしたわけか。この社会も世界も、ほんとうにそれを愛し、そのために血と汗を惜しまなかった人達のためのものなのだ。まだ正義は死んでいない。
〈収録〉『人間性のために』二松堂書店　大12.2　Ⅳ329-15
　　　　『未明感想小品集』創生堂　大15.4　Ⅳ335-24
　　　　『小川未明作品集 第5巻』大日本雄弁講談社　昭30.1　Ⅳ360-76
　　　　『定本小川未明小説全集 第6巻』講談社　昭54.10　Ⅳ370-48

265

Ⅲ　作品

3143　**人間性の深奥に立つて**　［感想］
　　　〈初出〉「小学校」大正11年5月20日（臨時増刊）
　　　〈要旨〉学校教育は、小学校が重要な使命をもっている。小学校の時分に与えられた感化ほど深刻なものはない。感激性にとむ少年時代に、ほんとうの人間性や、美しい感情や、正しいことの観念が養われる。今の教育は多くの生徒を一緒に集め、教科を教えるものだが、それでは各人の個性を伸長させることはできない。現在の修身科は、今日の習慣や道徳を教えるが、それは今日の社会組織の約束の下になったものにすぎない。善と美に対し、子供自身の裁断をまつように自由に教育することが大切である。
　　　〈収録〉『人間性のために』二松堂書店　大12.2　Ⅳ329-7

3144　**奇怪な幻想**　［小説］
　　　〈初出〉「熱風」大正11年6月
　　　〈あらすじ〉ある婦人雑誌の記者が来て、私に、婦人について何か話してくれと言った。私は有産階級の女達は、温室の美しい草花のようだと話した。私は伊豆海岸で海苔をとる少女等をみた。またA温泉へ向かう往来で、香水の匂いを漂わせた芸者達とすれ違った。彼女等は、いまは欲しいものを、金のある男達にねだって買ってもらうことが出来る。しかし、彼女等をなんでこの海岸の栄養不良な少女達と比較して、いい生活をしているということが出来よう。この社会に生きている人は、男でも女でも、みんな働かなければ生きていけない時代が来る。私が描く幻想は、奇怪であろうか。あの上品ぶった、苦労知らずの女達が、みんな街角に引き出されて仕事をさせられる。私はありえること、あるまじきことを幻想に描き、なぐさめとした。
　　　〈収録〉『彼等の行く方へ』総文館　大12.2　Ⅳ328-7
　　　　　　『定本小川未明小説全集　第5巻』講談社　昭54.8　Ⅳ369-9

3145　**もう不思議でない**　［小説］
　　　〈初出〉「解放」大正11年6月
　　　〈あらすじ〉チャルメラをふいて飴を売りにきた松公は、みんなに馬鹿にされると泣く真似をしたり、屋台をかついで逃げたりした。その松公が、戦争に行き、人を殺して勲章をもらった。日露戦争のときにも出征し、戦死した。どうして松公はそんな目に遭わなければならなかったのか。私は大人になって、ユダヤ人虐殺の写真をみた。母親はなぜ自らの手で穴を掘り、自分の子を生き埋めにさせられなければならなかったのか。愛のみが暴力を否定する。そんな思いで、ある懸賞に応じた文章が一等に入選した。私はその雑誌社に入社することになったが、私のことを中傷した手紙が雑誌社に届き、入社は取り消された。私の友人からの手紙であった。
　　　〈収録〉『彼等の行く方へ』総文館　大12.2　Ⅳ328-9
　　　　　　『定本小川未明小説全集　第5巻』講談社　昭54.8　Ⅳ369-11

3146　**友達に**　［詩］
　　　〈初出〉「我等の詩」大正11年6月1日
　　　〈要旨〉働いて、鞭打たれ、黙つて死んで行つた　人々のころを考へると　私は眼に熱い涙が湧く。（以下略）
　　　〈収録〉『人間性のために』二松堂書店　大12.2　Ⅳ329-1
　　　　　　『未明感想小品集』創生堂　大15.4　Ⅳ335-20
　　　　　　『小川未明作品集　第5巻』大日本雄弁会講談社　昭30.1　Ⅳ360-51
　　　　　　『定本小川未明小説全集　第6巻』講談社　昭54.10　Ⅳ370-102

III 作品

3147 **目に残る山桜** ［感想］
〈初出〉「日本及日本人」大正11年6月15日
〈要旨〉チューリップの真赤な花が好きな時代があった。薔薇の花が好きな時代があった。当時は、桜を第一とは思わなかった。他の道徳的思想と関連して、昔の人が言ったことだと思っていた。しかしこのごろ、桜の花を美しいと思う。故郷の春日山でみた山桜を思い出す。純潔という感じを、七つ八つの私は抱いた。
〈備考〉大正11年3月作。

3148 **芸術は生動す** ［感想］
〈初収録〉『生活の火』精華書院　大11.7
〈要旨〉書かれている事件が人を驚かすのではない。美に対して、正義に対して、その作家が真剣であるという一事に感銘を覚えるのである。芸術家として偉大なるゆえんは、人間性の強さと深さとの問題にある。人間愛に対してどれほどまでにその作家が誠実であり、美に対してどれほどまでに敏感であり、正義に対してどれほどまでに勇敢に戦うかということにある。真にある事を感ずる者は同時にある事を信じる人でなければならない。美に向上を感じ、愛のために戦おうとする精神は、理知そのものではなく、主義そのものでもない、まったく詩的感激に他ならない。
〈収録〉『生活の火』精華書院　大11.7　IV327-6

3149 **民衆芸術の精神** ［感想］
〈初収録〉『生活の火』精華書院　大11.7
〈要旨〉ミレーの絵には、田舎の百姓の生活が、無産者の多数民族の生活が描かれている。貧しい人間の生活を本当にみていたのがミレーであった。同じものはレンブラントの絵に、トルストイの芸術に見ることができる。平和な家庭にあっては、命あるものはみな同情しあう。つつましやかな生活には、愛と平和とやさしみがある。民衆の生活には、真の力が宿っている。民衆の霊魂をもって書かれた芸術こそが、人生のための芸術である。無産者の喜びは物質的に救われること以上に、どんな苦しみもいっしょにしようという愛を感じることだ。この精神をもっている芸術のみが、民衆芸術である。
〈備考〉大正10年9月13日作。
〈収録〉『生活の火』精華書院　大11.7　IV327-7
　　　　『未明感想小品集』創生堂　大15.4　IV335-37
　　　　『小川未明作品集 第5巻』大日本雄弁会講談社　昭30.1　IV360-68

3150 **人間本来の愛と精神の為めに** ［感想］
〈初収録〉『生活の火』精華書院　大11.7
〈要旨〉知識の受け売りをするインテリゲンチャは、生産労働者に対して恥じなければならない。真の芸術家、宗教家、科学者は、人間愛にあふれ、自己犠牲の精神をもって真善美のために奉仕しようとする。個人主義の上に立脚せず、自己を社会のために奉仕し、相互扶助によって生きていく、そこに人間本来の愛を感じ、美徳を感じる。これが無産者の精神であり、感情である。青空の下はすべて我が郷土であるという哲学をおいて、無産者の生活の面目はない。
〈収録〉『生活の火』精華書院　大11.7　IV327-8
　　　　『小川未明作品集 第5巻』大日本雄弁会講談社　昭30.1　IV360-69

3151 **死に生れる芸術** ［感想］

〈初収録〉『生活の火』精華書院　大11.7
〈要旨〉トルストイは、歓楽と欲望の生の世界が、忽然と戦慄すべき死の世界に陥っていく人間の運命をきわめて自然に描いている。トルストイにあっては、真の生活は、無自覚な夢幻的な生から死に近づくに従って開けてくる。よい芸術には、生と死の二つの世界が表わされている。生きている人間は死のことを忘れがちだが、芸術は生と死の両面を鮮やかに示してくれる。芸術は生を見る目のなかに常に死を見なければならない。
〈収録〉『生活の火』精華書院　大11.7　IV327-14
　　　　『未明感想小品集』創生堂　大15.4　IV335-38
　　　　『定本小川未明小説全集 第6巻』講談社　昭54.10　IV370-30

3152　田舎と人間　［感想］
〈初収録〉『生活の火』精華書院　大11.7
〈要旨〉田舎の自然は単調で憂鬱である。しかしそこには大きな力が潜んでいる。都会はデリケートで複雑だが、そこには力が少しも感じられない。ほんとうの芸術は、田舎から生まれる。自然に対して深く滲む情趣、沈黙の思索がある。社会問題が窮迫し、社会政策が急がれる。東京都が家を貸し、ある期間の後、居住者にその家を与える制度ができたが、それをこれまで家賃を正確に払った人、一定収入のある人に限ってはいけない。人間を無条件で信用しなさすぎるところがある。すべての人間を善人なりと信じなければ、社会政策は進まない。
〈収録〉『生活の火』精華書院　大11.7　IV327-16

3153　何故に享楽し得ざるか　［感想］
〈初収録〉『生活の火』精華書院　大11.7
〈要旨〉今は考えるときである。いつかは本当に赤裸々になって戦うときがあるであろう。禁欲が今の私には必要だ。趣味や欲望を禁じなければ、一つの方向に邁進することができない。享楽を禁じることが正しいか否かを問うている暇が自分にはない。私が信じるのは芸術だけである。日常生活はどうでもよいのである。
〈収録〉『生活の火』精華書院　大11.7　IV327-18
　　　　『未明感想小品集』創生堂　大15.4　IV335-39
　　　　『定本小川未明小説全集 第6巻』講談社　昭54.10　IV370-32

3154　私の試みる小説の文体　［感想］
〈初収録〉『生活の火』精華書院　大11.7
〈要旨〉今年はずっと談話体で小説を書いた。従来の文章語では流動する感情や思想を表現することができない。私の求めている芸術は、形体の芸術ではない。思想そのもの、実感そのものが焔ともえるものだ。頭の中に燃えるものをそのまま写し出すのが私の技巧であり、文体である。
〈収録〉『生活の火』精華書院　大11.7　IV327-23
　　　　『小川未明作品集 第5巻』大日本雄弁会講談社　昭30.1　IV360-73
　　　　『定本小川未明小説全集 第6巻』講談社　昭54.10　IV370-36

3155　北と南に憧がれる心　［感想］
〈初収録〉『生活の火』精華書院　大11.7
〈要旨〉常にその心は南と北に憧れる。陰惨なペトログラードやモスクワで生活するものは、南ロシアの自然と生活に憧れる。同時に囚人の行くシベリヤにも憧れる。そこにロシア文学の人間性のたまらない面白さを感じる。
〈収録〉『生活の火』精華書院　大11.7　IV327-27

『未明感想小品集』創生堂　大 15.4　Ⅳ335-45

3156　詩の精神は移動す　［感想］
　　〈初収録〉『生活の火』精華書院　大 11.7
　　〈要旨〉詩は社会革命の興る以前に先駆となって、民衆の霊魂を表白するものである。労働者の唄にしろ、革命の歌にしろ、文字となってまず先に現れるのは事実である。旧文化に安住している人々には、ほんとうの意味の詩はない。芸術は、何時の時代にもその時代の文化の擁護をもって任じることが多かったのは確かだ。しかし私達の詩は疑いから始る。芸術はその時代の霊魂である。鏡である。詩はその時代の生活の焔であるからだ。新時代に生きる児童、労働者、少女に与えるものは、今迄のそれでよいのか。今日の詩人は、詩の王国が移動したことに覚醒しなければならない。
　　〈収録〉『生活の火』精華書院　大 11.7　Ⅳ327-31

3157　ある人に与ふ　［感想］
　　〈初収録〉『生活の火』精華書院　大 11.7
　　〈要旨〉私達は生活に対して信条を有している。人類愛と正義のために戦うということである。自分さえよければそれでいいというのではない。路傍に飢えで泣いている人を宿命だと思ってはならない。社会主義的精神の底には、人道主義的な精神が流れている。労働問題は、人間平等の権利を主張するにある。芸術は、われらの生活をより正しく、より向上させるためにある。
　　〈収録〉『生活の火』精華書院　大 11.7　Ⅳ327-32
　　　　　　『定本小川未明小説全集 第 6 巻』講談社　昭 54.10　Ⅳ370-40

3158　美しくて叫びのあるもの　［感想］
　　〈初収録〉『生活の火』精華書院　大 11.7
　　〈要旨〉すべて芸術は生命の表現よりほか何もない。いつも思想の先駆をなすのは絵画であった。印象派、最近では未来派の運動が文学に影響を与えた。去年の秋、未来派の絵をみた。帰りに文展によったが退屈であった。芸術は、魅する力と絶えず働きかけている力が必要である。私は絵が好きだ。美しい絵ではいけない。たえず叫びがあって、美しいものを絵に求める。
　　〈収録〉『生活の火』精華書院　大 11.7　Ⅳ327-34

3159　問題は其人にあり　［感想］
　　〈初収録〉『生活の火』精華書院　大 11.7
　　〈要旨〉人間が本気になって仕事をする時は感情である。自己を制することも情操の力である。今日の階級闘争も、根底にあるのは感情である。偽ることのできない感情であるから、怖ろしいのである。社会組織は産業革命によって成就されても、感情の洗練のためには、芸術の力が必要である。実感なしに芸術はなしえない。労働問題が、文芸の対象になりにくかったのは、作家の生活が、それを実感とするまでに遠かったからである。
　　〈収録〉『生活の火』精華書院　大 11.7　Ⅳ327-47

3160　我が感想　［感想］
　　〈初収録〉『生活の火』精華書院　大 11.7
　　〈要旨〉幹部の少数者の主義に絶対服従を強いられる者、おそらく今日の議会政治の実情つり甚だしいものはない。個人も自分の信じたように敢然と社会に行うことができない。やむなき感情からほとばしった暴力は、公安に害があるものとされ、狂人扱いにされる。無自覚、無気力なものは権力に服従する。革命や社会の転進は、つねに情熱家が行う。生活は研究では

ない。計画でもない。実感に徹することである。
〈収録〉『生活の火』精華書院　大11.7　Ⅳ327-49

3161 **闘争を離れて正義なし　[感想]**
〈初出〉「中央公論」大正11年7月
〈要旨〉正義や人道は、闘争を離れて考えることができない。強者と弱者の戦いは、階級闘争であった。自己を桎梏の苦しみから救うには、階級にまつわる鉄鎖を切断するしかない。人生は、この争闘的精神によって浄化されてきた。芸術は、その血潮から芽を出した純潔の花である。知識階級は、社会運動に対して、肯定か、否定か、その態度と旗色を鮮明にしなければならない。第四階級の人々の前途にのみ、新しい道徳と芸術と新しい世界が拓けるのである。
〈収録〉『人間性のために』二松堂書店　大12.2　Ⅳ329-5
『定本小川未明小説全集 第6巻』講談社　昭54.10　Ⅳ370-46

3162 **都会の夜の哀愁　[感想]**
〈初出〉「週刊朝日」大正11年7月5日
〈要旨〉冬よりも夏を好む私は、避暑地について知らない。また特に夏において閑を有しない。都会の夏の夜は、かぎりなく華やかである。北国の夏は盛夏において既に秋の気配を感じる。都会の空を見ると、ロマンチックな幻想がうかぶ。

3163 **地底へ歩るく　[小説]**
〈初出〉「中央公論」大正11年7月定期増刊号
〈あらすじ〉利吉は、自動車にぶつかって、金を得ようとしたが、かなわなかった。どうしたら、金を得ることができるだろう。妻子の顔が浮かんだ。おれは意気地なしだ。どうして仕事が見つからないのだ。貧しい家に生まれた利吉は、兄姉が奉公に出て相次いで胸を病んで死んだあとも、東京の呉服屋で奉公をした。10年の年季奉公がすめば、店を持たせてもらえると思ったが、そんなことはなかった。呉服屋を放り出されるように出たあと、ある女と世帯をもち、子供をもうけたが、貧しさは変わらなかった。易者のところにいた青年が、社会を改造しなければならないと言った。だが、利吉は青年と別れると、やがてその人から受けた感激も消えていった。ただ一人、日暮れ方の路上に残され、暗い、底知れない地下へ向かって歩く気持ちがした。
〈収録〉『彼等の行く方へ』総文館　大12.2　Ⅳ328-20
『定本小川未明小説全集 第5巻』講談社　昭54.8　Ⅳ369-22

3164 **レーニン若し死なば　[アンケート]**
〈初出〉「解放」大正11年8月
〈要旨〉レーニンが死んだら、中心勢力はトロツキに帰するだろう。極左党が権力を握るだろう。いま露西亜は飢饉によって危機にあるが、その試練を経た暁には、共産主義国家の建設に向かって急ぐに違いない。レーニンが死んでも、その精神は死なない。

3165 **官吏夏休廃止の功過批判　[感想]**
〈初出〉「中央公論」大正11年8月
〈要旨〉加藤内閣の政策に賛意を表すわけではない。官吏だけが夏休みをしていいのではない。炎暑にはみんなが休むべきだ。みんなが休めないときは、官吏も苦しみを共にすべきだ。はやくみんなが夏休みをとれるようになってほしい。

Ⅲ 作品

3166 プロレタリヤの正義、芸術 ［感想］
〈初出〉「解放」大正11年8月
〈要旨〉資本主義制度の下に、私達はもはや正義が存在しないことを知った。そして、階級闘争が決定しないかぎり、この社会に真の平和は訪れないことを知った。しかし、ブルジョア階級は、いまだに文化生活を提唱する。生活の調和、生活の芸術化を主張する。資本主義の道徳は、無産者に、特権階級の犠牲者たることを強めるばかりか、それを正当と思わせる。新文化は、ブルジョアを征服した暁に、階級が撤廃されたときに、真の人生的感激に燃える新文化的社会が建設される。新文化と旧文化は、その根底の倫理観において、とうてい同一とはならない。前者は、平等、親愛の観念に立ち、後者は、差別、屈従を強いる。
〈収録〉『人間性のために』二松堂書店　大12.2　Ⅳ329-2
　　　　『小川未明作品集 第5巻』大日本雄弁会講談社　昭30.1　Ⅳ360-75
　　　　『定本小川未明小説全集 第6巻』講談社　昭54.10　Ⅳ370-45

3167 塵埃と風と太陽 ［感想］
〈初出〉「早稲田文学」大正11年8月
〈要旨〉すべてのことが刹那に起り、刹那に消えていく。その間に永遠がある。何事も事実に触れなければならない。その時に全力を尽くさなければならない。私は蓄音機で聞くことに興味を有しない。外国の絵画の模写を見ることも興味がない。街頭で乞食がひく音楽の方が、子供の絵のほうが真率である。ブルジョアは蓄音機や複製画を所有することを欲する。人間は私有することによって罪悪を造る。芸術の解放は、資本主義の破壊があって後のことである。第四階級の作家たちは、自らの芸術が喜ばれないことを自覚するがいい。その志は、文壇にあるのではなく、階級闘争であり、新社会の建設にあるのだ。プロレタリヤは、塵埃と風と太陽の街頭に出て、真に現実に触れよ。そして無産階級の喜びと悲しみを共にせよ。この民衆的精神を外にして真の芸術はない。
〈収録〉『人間性のために』二松堂書店　大12.2　Ⅳ329-3
　　　　『未明感想小品集』創生堂　大15.4　Ⅳ335-21

3168 芸術とは何ぞや―余が童話に対する所見― ［感想］
〈初出〉「小学校」大正11年8月1日
〈要旨〉今日世間でしきりに文化的というのは、ブルジョアの知識階級によって、今日の文明の擁護のために言われた言葉である。ほんとうの詩、ほんとうの芸術は、そんなものではない。現在生活の否定であり、理想の追求である。桎梏の鉄鎖を切ったときの感動こそ、偉大な感激である。ほんとうの芸術は、革命的精神のなかにある。第四階級芸術を待たなくても、子供の純真を私は信じる。ほんとうに子供を理解したら、何もかもが子供にあることを知らなければならない。共産主義の哲学も、純一なる美の世界も、無差別の社会も。新興芸術と童話は、密接な関係がある。
〈収録〉『人間性のために』二松堂書店　大12.2　Ⅳ329-8
　　　　『小川未明作品集 第5巻』大日本雄弁会講談社　昭30.1　Ⅳ360-99
　　　　『定本小川未明童話全集 第4巻』講談社　昭52.2　全童話Ⅳ162-43
　　　　『定本小川未明小説全集 第6巻』講談社　昭54.10　Ⅳ370-47

3169 二つの考え方（「心中」の新しい見方） ［感想］
〈初出〉「女性日本人」大正11年9月
〈要旨〉心中に対する彼等の考え方には二つある。一つは旧時代の夢幻趣味

に囚われたもの。来世において暮らそうというものである。極楽の存在を信じるものであって、死がすべての終わりであり、虚無であり、絶望であることを知らないものである。もう一つは利己的な死である。ひとりで死んでいく寂寥に堪えられず、相手をもとめ、刹那の死の苦痛を忘れようというものである。

3170 序(『小さな草と太陽』)　[感想]
　　〈初収録〉『小さな草と太陽』赤い鳥社　大11.9
　　〈要旨〉詩や空想や幻想を冷笑する人は、自分等の精神が物質的文明に中毒したことに気づかない人である。人間は、一度は光輝ある世界に有していたことを知らない輩である。童話は芸術中の芸術である。虚無の自然と生死する人生とを関連させる不思議な鍵である。私を現実の苦しみから救うのは、創造の熱愛があるからだ。私は創造のために、いかなる戦いも辞さない。私達が、現実において、戦うということは、そののちに来るべき、新世界を目的とするためである。
　　〈収録〉『小さな草と太陽』赤い鳥社　大11.9　全童話Ⅳ009

3171 脚本検閲問題の批判　思想には思想にて　[感想]
　　〈初出〉「新演芸」大正11年9月1日
　　〈要旨〉谷崎君の戯曲が風俗壊乱の理由で上演禁止となった。現社会の享楽階級の道徳の方がもっと醜悪である。当局が、谷崎君の作品を取り締まるなら、それに向かうだけの道徳が必要である。在来の文化を固守するだけなら、批判することはできない。思想に対してはつねに思想をもってすべきである。

3172 男に愛されたいと云ふ意識　[感想]
　　〈初出〉「秋田魁新報」大正11年9月3日
　　〈要旨〉(不明)

3173 波の如く去来す　[感想]
　　〈初出〉「婦人界」大正11年10月
　　〈要旨〉人間の幸不幸は、波の寄せては返すようなものだ。苦悩のあとには喜びがくる。人間は忘却というものを持っている。すべては時の裁断を待つ。ただ人間の理想も幸福も、刹那的で最後には絶える。そうした虚無の思想にあるものは、歓喜を見ない。ニヒリストの姿は淋しい。無産階級の苦悩は、それに対応する理想と努力をすれば、よくなる。
　　〈収録〉『人間性のために』二松堂書店　大12.2　Ⅳ329-11

3174 否定か肯定か　[感想]
　　〈初出〉「解放」大正11年10月
　　〈要旨〉個人意識の自由を認めないところに、人類の進歩のあろうはずがない。個人の自由を確認してこそ、はじめてそこに創造の作用が見られる。創造のみが、人生をより善く、より美しくする。しかし個人意識の自由を認めることは、個人主義的生活を容認することではない。不平等の生活から平等の生活へ、非人道主義的な生活から人道主義的生活へ。資本主義的略奪の心理のうちには、物質的に誇る心理と、支配権をほしいままにする心理がある。アルツィバーシェフの「最後の一線」に、「もし世間の人が幸福になりたかったら、勝手に別な秩序を作り上げるがいい」という言葉があった。そこに新しい道徳に目覚めた、新しい世界が興るのである。その世界は相互扶助の世界である。無政府、共産の新社会である。その社会こそ、人生の芸術である。

〈収録〉『人間性のために』二松堂書店　大 12.2　Ⅳ329-19

3175　**血の車輪**　[小説]
〈初出〉「文学世界」大正 11 年 10 月
〈あらすじ〉婆さんは孫に案内されて初めて停車場へ行き、汽車を見た。機関車には「1362」という番号がついていた。「人間は何と身の程を知らないものだろう」祖母は嘆息をもらした。少年は「人間が造ったものだから、人間の方が偉い」と言った。幾年か後、「祖国を救え！」という言葉で、人々は召集された。汽車は煙をあげた。残された家族は汽車の進路をふさいだ。「汽車を出せ！彼らが轢き殺されるのも運命だ。祖国の危急には代えられない」と老将校は言った。老人や子供、女達が轢かれていった。血は線路の上に流れ、車輪を染めた。群衆の一人に青年がいた。彼もレールに身を投げた。少年時代に祖母と一緒に市から帰ったときの光景が浮かんだ。彼には死を待つものの心の動揺はなかった。何か夢を見ているような、沈んだ、悲しい、同情深い思いであった。血の車輪は数間の彼方に迫った。「1362」の番号が見えたとき、彼は急に恐怖と混乱から気が遠くなった。
〈収録〉『彼等の行く方へ』総文館　大 12.2　Ⅳ328-2
　　　　『小川未明選集 第 4 巻』未明選集刊行会　大 15.3　Ⅳ334-4
　　　　『小川未明作品集 第 4 巻』大日本雄弁会講談社　昭 29.10　Ⅳ353-16
　　　　『定本小川未明小説全集 第 5 巻』講談社　昭 54.8　Ⅳ369-4

3176　**患者の幻覚**　[小説]
〈初出〉「新潮」大正 11 年 10 月
〈あらすじ〉暑さで、街はうっとうしい顔付きをしていた。地球は疾患にかかっていると、正治は思った。しかし建物や木立ちは、自分では、こびりついた塵垢を振るい落とすことができない。正治は遺伝性の蓄膿で、思うように息ができなかった。暴風雨がきて街が生き返るように、自分の鼻が治れば、世界も美しくみえるだろうと思った。正治は子供のころから頭痛もちだった。数学ができなかったのも鼻がわるかったせいだ。貧乏人が、生活のために夜業を強いられる。彼は社会革新をしなければならないと思った。いつも太陽は虚心に、空の軌道を歩いていた。彼は鼻の手術をすることを決意した。「早く、この顔を打ち破ってください。早く」
〈収録〉『彼等の行く方へ』総文館　大 12.2　Ⅳ328-3
　　　　『小川未明選集 第 4 巻』未明選集刊行会　大 15.3　Ⅳ334-5
　　　　『定本小川未明小説全集 第 5 巻』講談社　昭 54.8　Ⅳ369-5

3177　**面白味のない社会**　[小説]
〈初出〉「我等」大正 11 年 10 月
〈あらすじ〉死刑に今は縄を用いる。それは殺そうとする人間のためか、それとも殺される人間のためか。いずれにせよ、それを人道的と考えるなら、欺瞞であろう。文明はこういう虚偽の仮面を秘めている。私も最近までごまかされていた一事がある。それは銃の弾が当たらなかったり、縄が切れたりすると、再度の死刑は行われないということである。そういう社会には、人間性があり、ユーモラスなところがあると思われたが、それは偽りだった。二度殺される人の気持ちはどうだろう。
〈収録〉『彼等の行く方へ』総文館　大 12.2　Ⅳ328-5
　　　　『小川未明作品集 第 4 巻』大日本雄弁会講談社　昭 29.10　Ⅳ353-17
　　　　『定本小川未明小説全集 第 5 巻』講談社　昭 54.8　Ⅳ369-7

3178　**名士の書架**　[アンケート]

〈初出〉「解放」大正11年11月
〈要旨〉最近、あまり通読した書物がない。その中で、野村隈畔君の「孤独の行者」に愛着と悲哀を覚えた。去年の今頃のことが思い出された。ニヒリストの死をさびしく傷んだ。

3179 海　[詩]
〈初収録〉『詩集 あの山越えて』尚栄堂　大3.1
〈要旨〉長へに青いものは海だ。長へに新しいものは海だ。(以下略)
〈収録〉『詩集 あの山越えて』尚栄堂　大3.1　Ⅳ311-58
『定本小川未明小説全集 第6巻』講談社　昭54.10　Ⅳ370-101

3180 死の凝視によつて私の生は跳躍す（死を念頭に置く生活と死を念頭に置かぬ生活）　[感想]
〈初出〉「中央公論」大正11年11月
〈要旨〉人間は生まれると同時に、死の宣告を受けている。私はかつて死にかかったことがある。子供の死を見つめたこともある。その時から、死を今までのように恐れなくなった。厭世思想から遠ざかった。今まで忘れていた生を考えるようになった。私は生の真実に触れたいと焦燥する。自分の生がどんなに短いものであっても、ほんとうに、真実な生活をこの地上で営みたい。ほんとうの人間の生活を打ちたてるために働いたという満足を抱いて、生を閉じたい。
〈収録〉『人間性のために』二松堂書店　大12.2　Ⅳ329-20
『未明感想小品集』創生堂　大15.4　Ⅳ335-26
『小川未明作品集 第5巻』大日本雄弁会講談社　昭30.1　Ⅳ360-77
『定本小川未明小説全集 第6巻』講談社　昭54.10　Ⅳ370-49

3181 彼等の行く方へ　[小説]
〈初出〉「中央公論」大正11年11月
〈あらすじ〉石田は主筆の命令で、新聞の広告取りのために社外へ出た。遠くの空には自由があるように思えたが、歩いて行ったところで不安なしに、生活できるとは思えなかった。自然は美しい。しかし自然と人間の生活は関係がなかった。衣食住の苦しみを知らなかった時分に見た自然がなつかしまれた。生存は、幸福な事実でなければならない。参政権や教育の普及を言ったところで、どん底にいる人達が楽になるわけではない。生は誘惑である。誘惑は都会に多い。虫が火を慕ってくるように、人間は都会へ押し寄せる。ソシアリストの青年が街頭で、ロシアの貧しい子供たちを助けるための相互扶助を呼び掛けていた。人間は、何をなさんために生まれてきたのか。「空の星よ、悉く金貨となれ、然らざれば、火の箭となれ」
〈収録〉『彼等の行く方へ』総文館　大12.2　Ⅳ328-1
『小川未明選集 第4巻』未明選集刊行会　大15.3　Ⅳ334-3
『小川未明作品集 第4巻』大日本雄弁会講談社　昭29.10　Ⅳ353-18
『定本小川未明小説全集 第5巻』講談社　昭54.8　Ⅳ369-3

3182 停車場近く　[小説]
〈初出〉「新興文学」大正11年11月
〈あらすじ〉電信技師のHは、あまり寒くならない前にこの町を去ろうと思った。友達のKが南の小さな都会で同じ職業についていた。彼は肺がわるかった。彼の母も兄もその病気で亡くなっていた。彼はよく停車場へ行った。線路と人生を結びつけて考えた。生の苦痛を思うと、死は問題ではなかった。しかし故郷には祖母と父がいた。南の国へ行けば、幸福が待って

いるように思われた。ある日、停車場へ散歩にいくと、労働者が倒れていた。みんな自分の都合ばかり考えている。Hは、あの男は自分かも知れないと思った。男の紙袋には爆弾が入っていた。三日後、男は轢死した。彼は停車場へいかなくなった。
　　〈収録〉『彼等の行く方へ』総文館　大12.2　Ⅳ328-6
　　　　　『定本小川未明小説全集 第5巻』講談社　昭54.8　Ⅳ369-8

3183　海　[詩]
　　〈初出〉「金の鳥」大正11年11月
　　〈要旨〉海　海　黒い　黒い旗のやうに　黒い　海　海　海が鳴る　黒い旗振るやうに　黒い風呂敷振るやうに　海が鳴る　海　海　黒い　晩のやうに黒い　墨のやうに黒い
　　〈収録〉『定本小川未明童話全集 第3巻』講談社　昭52.1　全童話Ⅳ161-62

3184　露西亜は存在す　[感想]
　　〈初出〉「朝日新聞」大正11年11月8日
　　〈要旨〉私達は露西亜によって、正義の国が地上に建設されることが不可能でないことを知った。露西亜の革命は、全世界の無産階級の気力と精神を一洗したばかりでなく、蘇生させた。露西亜の存在は、全世界の無産階級の強みから、全世界の無産階級のために存在しなければならない。今や、露西亜の行動は、正直に、真面目に人生を考えるものの標的となった。私達は露西亜を考えるたびに、ある感激を覚える。それは人間愛の力のためだ。（十一月七日）

3185　第四階級芸術の台頭（本年文壇の特徴批判）　[アンケート]
　　〈初出〉「新興文学」大正11年12月
　　〈要旨〉ようやく第四階級の芸術が台頭しかけた。その社会観において、倫理的根底において、旧文化に対立する旗幟を鮮明にしかけた。詩壇も、絵画界も。一例は「第一作家同盟」の成立だ。

3186　今年中一番私の心を動かした事　[感想]
　　〈初出〉「中央公論」大正11年12月
　　〈要旨〉郊外に移ったので子供たちが元気になったこと。春、父に会ったが高齢で、昔のようでなかったことが悲しかった。天神町の家主は裁判官だった。家賃値上げに応じなかったために、立退きを迫られた。小作人と土地問題について考えさせられた。コレラが近くまで襲来したことが怖かった。ロシアの飢えた子供の写真を見たこと。夏に荒川で釣りをして背中の皮がむけた。モスクワで無産階級のために活動する片山潜を崇拝する。青年の轢死者の血がガード下に放置されていたこと。小説では中西伊之助「赭土に芽ぐむもの」、前田河広一郎「Ⅲ手王客船」、絵では中沢弘光の版画。

3187　旧芸術の延長でない作品（ことし読んだもの、観たもの、聴いたもの）　[アンケート]
　　〈初出〉「女性」大正11年12月
　　〈要旨〉中西伊之助の「赭土に芽ぐむもの」を特記したい。虐げられた朝鮮人の生活が、実感に徹して描かれている。芸術は、その作家の人格をはなれてはない。在来の芸術は技巧本位であったが、新興芸術は人間性を基礎とする。新興芸術は、旧芸術の延長ではない。

3188　童話と小説（予が本年発表せる創作に就て）　[感想]
　　〈初出〉「新潮」大正11年12月

〈要旨〉目的は同じでも、童話と小説を書くときの気持ちには相違がある。前者は全的に人生を見ようとし、後者は一面を鋭く穿とうとする。生活意識があらたまると、作品の形も内容も変化する。批評家が、作家の生活までも批判するようになったのを嬉しく思う。

3189 秋 [小説]
〈初出〉「婦人倶楽部」大正11年12月
〈あらすじ〉私は名もない行商人だ。はじめは学業を志して都へ出たが、ある事情で学校をやめ、行商人となった。秋になった。言い知れぬ寂しさを感じ、都を思った。そこには私の青春がつまっていた。N町につくと美しい娘が物思いにふけっていた。結婚に失敗し、父母もいない。都で楽隊にくわわり、笛を吹いている叔父に会いたいと言う。都会に戻った私は、ルナパークの楽隊に出会う。太鼓を打つ爺さんも、笛を吹く人もいた。ある晩、その爺さんが演奏中に死んだ。華やかな舞台から、さびしく消えていく人間の死を思った。N町の娘に再会したいと思った。言い知れぬ寂しさを感じた。「私自身が、秋なのだ」
〈収録〉『彼等の行く方へ』総文館　大12.2　Ⅳ328-15
『定本小川未明小説全集 第5巻』講談社　昭54.8　Ⅳ369-17

大正12（1923）年

3190 都会生活と田園生活（東京の印象）　[感想]
〈初出〉「文章倶楽部」大正12年1月
〈要旨〉私は子供の健康を考え、市中生活を捨て、郊外へ移ったが、寂しくなって、やや賑やかな現在のところにまた移った。私たちは、いつのまにか都会の人になってしまった。都会が自分の故郷になった。田舎の落日を思い出すときも、それは故郷そのものというより、都会生活で育まれた感情を通しての追懐にすぎない。田舎では人間の生活と自然の直接の交渉がある。都会では人間と人間のつくった第二の自然との交渉となる。二つの生活のどちらがよいのかは分らない。だがもとの未開に帰ることは不可能である。本当のいい社会は過去にはない。文明が最も人間に調和した世界を造ることである。

3191 「新社会建設」の為に（一二年文壇に対する要求―三〇一氏の感想）　[アンケート]
〈初出〉「新興文学」大正12年1月
〈要旨〉時勢はようやく迫ってきた。知識階級が立場を明らかにしなければならない。その時、思想、言論の自由のために戦わんことを願う。新社会建設のために、新作家、批評家が目的を示し、民衆の道徳的感化に努めることが必要である。

3192 嘘をつかなかつたら　[小説]
〈初出〉「早稲田文学」大正12年1月
〈あらすじ〉見慣れぬ男が写真を撮りに来た。しばらく生家へ帰っていないので、写真を送りたいのだという。男は呉服の出稼ぎをしていた。男が帰ったあと、本町の伊勢谷の主人が亡くなったので、写真を撮りに来てほしいといって下女がやってきた。人に嫌われる高利貸しだった。写真屋は、死顔を見て、なんてやさしみのない、いやな人相だろうと思った。伝染病で亡くなった四歳の子供の写真とは大違いであった。商人の写真が出来上

がったころ、巡査がやってきて、呉服屋の行商人が宿代を踏み倒して逃げていると伝えた。写真屋は、男の写真が手配写真として配られることを思い、それをストーブの中へ投げ入れた。
〈収録〉『小川未明選集 第4巻』未明選集刊行会　大 15.3　Ⅳ334-10
『定本小川未明小説全集 第5巻』講談社　昭 54.8　Ⅳ369-26

3193　二つの見聞から　[小説]
〈初出〉「我等」大正 12 年 1 月
〈あらすじ〉冬の空は澄んでいた。北国の海岸を歩いている気持ちがした。下を向くと、いつもの街である。子犬が自動車に縋りつこうとしていた。生命は人間も子犬も同じである。私は子犬を抱き上げた。その後、溝に二匹の子犬が捨てられているのを知った私は、どの一匹を助けることもなくて、抱いていた子犬を溝に戻した。自分が卑怯な、臆病な、醜い人間に思われた。これが人間だったらどうしただろう。後に、Sという青年から、洪水で流されていく家の屋根に取り残された三人の男のうち、二人を助けたKという男が、残った男の顔が目にやきついて、一年後、河に身を投げた話をきいた。夕方、二人は珈琲を飲みにでかけた。子犬はいなかった。白い雪が軒下に残っていた。
〈収録〉『小川未明選集 第4巻』未明選集刊行会　大 15.3　Ⅳ334-11

3194　交差点を走る影　[小説]
〈初出〉「解放」大正 12 年 1 月
〈あらすじ〉十代の少年の心にも、時代を包んだ暗い波は打ち寄せた。電車の交差点を警官が走っていった。社会主義者の演説が解散されたのだ。英吉は、もう貧しい人間を苦しませておくことはできないと思った。自分よりもっと貧しい、苦しい生活をしているものがいる。どうして俺がそのものでなかったろう。英吉は会社の給仕をしていたが、解雇された。役所の小使いをしている父は、雑用を頼まれては、黙って請け負っていた。父の帰りが遅かったとき、彼は、もし父が自動車に轢かれていたら、そのとき俺はどうするだろうと思った。肉体労働をしていた彼は、喀血する。もう一度、会社で働かせてもらおうと思い、社長に会いにいくが、社長から邪険に扱われた英吉は、「俺の血で、汝を洗礼してやる」と三階から身を投げた。
〈収録〉『堤防を突破する浪』創生堂　大 15.7　Ⅳ336-6
『小川未明作品集 第4巻』大日本雄弁会講談社　昭 29.10　Ⅳ353-23

3195　雪の上の賭博　[小説]
〈初出〉「週刊朝日」大正 12 年 1 月 1 日
〈あらすじ〉冬になると吹雪がこの村を襲った。村人は孝吉という強壮な若者を尊敬し、その男の指図を受けていた。その男が、薪木を売って帰ってくる途中、にせ賭博に引っかかり、金も馬もとられてしまう。その後、彼は賭博をやらなかったが、冬になると憂鬱と寂寥を感じた。銃をかついで鳥を撃ちに行ったが鳥はいなかった。彼は四五年ぶりに、にせ賭博の相手と再会した。孝吉は再び賭博を男にいどみ、勝った。男は言った。「賭博は遊びだ。世の中は、だましたり、だまされたりするので面白いのだ。お前さんはまだ賭博をしらない」
〈収録〉『小川未明選集 第4巻』未明選集刊行会　大 15.3　Ⅳ334-8
『小川未明作品集 第4巻』大日本雄弁会講談社　昭 29.10　Ⅳ353-24
『定本小川未明小説全集 第5巻』講談社　昭 54.8　Ⅳ369-24

Ⅲ　作品

3196　民衆作家の行動　［感想］
　　〈初出〉「時事新報」大正12年1月4, 5日
　　〈要旨〉民衆作家の領分は、民衆の感化にある。民衆の教化を措いて、他により重要なことはありえない。いまやブルジョアの文化は、趣味になった。享楽になった。しかし現時は、プロレタリヤの時代であろうか。民衆はまだ真に目覚めているとはいえない。階級的自覚は、生まれてきたが、まだ決戦前の混沌期といってよい。民衆作家は、階級戦の前の激励と叱咤の前に立っている。人間性について、制度について、義務についての教化こそ、民衆作家の職分である。

3197　真理の擁護者に至嘱す　［感想］
　　〈初出〉「読売新聞」大正12年1月4～6日
　　〈要旨〉ヨーロッパ大戦以降、人類は更生の悩みと苦患から這いだし、建設に真の力量を試さんとしている。一九二三年は反動的時代である。反動的政策は、国と国との間において、また人と人との間において、わるい結果しかもたらさない。弱い国は攻められ、無産階級は労役を強いられる。なぜ罪も怨みもない同志が殺し合わなければならないのか。暴力によって緘口し、真理に耳を覆わんとするのが反動政策である。今こそ知識階級が職責を果たさねばならない。正義を愛さず、真理に従わず、愛の精神に欠けたなら、知識階級として社会に生存する資格がない。智識階級がその責務を尽したなら、戦争や圧制や虐殺が黙過されるはずがない。

3198　科学高唱時代を背景として偶発せる『還銀税問題・丸沢博士事件』並に『アインスタイン博士の来朝』に就いての感想　［アンケート］
　　〈初出〉「新小説」大正12年2月
　　〈要旨〉アインシュタイン博士の相対性理論を何とか分かろうとしたが、わからなかった。博士に会うこともできなかったが、なつかしい風貌である。ハーンに似ているところがある。丸山博士は同郷で、よく一緒に遊んだ。数学を教えてもらった。越後は、自然が大陸的で、寒暑の別が著しい。夏の夕日は、血よりも赤い。ロマンチックな魂は、郷土性でもある。

3199　予の一生を支配する程の大いなる影響を与へし人・事件及び思想　［感想］
　　〈初出〉「中央公論」大正12年2月
　　〈要旨〉比較的順調に育った私は、母、父、妻、恩師の坪内逍遙先生から感化をうけた。文壇に出てから十年間の不遇、貧困の時代は、私に戦闘の精神を養わせた。二人の子供の死は、生活の刹那であること、生活の遊戯でないことを実感させた。幼いとき、頼山陽の外史を読んで、正義の観念に感銘した。次には、汎神論的ロマンチシズムに、次にはクロポトキンの「麺麭の略取」に思想上の影響をうけた。

3200　華族の『邸宅解放』に対する批判　［感想］
　　〈初出〉「解放」大正12年2月
　　〈要旨〉不必要な高い税金のかかる地面を金に変えるというまでの話だ。昔は、ただみたいなものが、今ではいくら安くても一坪百円内外するものだから、その方が利益があるにちがいない。その結果、ブルジョアが沢山ふえる。家や地所が自分のものとなれば、革命という言葉に身の毛がよだつにちがいない。宅地解放は、ブルジョアをふやすだけだ。

3201　風に戦ぐ青樹　［小説］
　　〈初収録〉『彼等の行く方へ』総文館　大12.2
　　〈あらすじ〉街では救世軍が歌ったり太鼓をたたいたりしていたが、彼等に

ついて行く気にはなれなかった。郊外に引っ越した私は、寂寥を感じた。しかし、街でいつも救世軍を見ていた二歳の英ちゃんは、郊外の木の枝が揺れるのを見ても、街にいたときと同じようにに体を左右にゆすって踊った。かつて郊外で雨宿りをしたとき、木が葉をつけ、葉を落とす運命を忘れかね、街からこの地へ引っ越してきたのだった。郊外には榎木があった。これは故郷の寺の裏の空堀にもあった。その木の青い実でよく遊んだ。だが郊外の夜は暗く、毒虫も多かった。子供たちは街へ帰ろうという。秋のさびしい、悲しい、輝きのある姿を思った。「秋になったら、街へ帰ろう」こう言いながら、私はさびしい気がした。

〈収録〉『彼等の行く方へ』総文館　大 12.2　Ⅳ328-16
　　　　『小川未明選集 第4巻』未明選集刊行会　大 15.3　Ⅳ334-6
　　　　『定本小川未明小説全集 第5巻』講談社　昭 54.8　Ⅳ369-18

3202　**死滅する村**　[小説]
〈初出〉「中央公論」大正12年2月
〈あらすじ〉町の教会へ行っている娘が、太陽を拝む村人のことを野蛮だと言って嗤った。古い伝統的な考えをもつ村人は、娘のコスモポリタン思想に反発した。だが村の大工の息子が遠くから帰ってきて何人かの青年とともに、自分たちの村が滅びかかっている話を聞いた村人はなるほどと思った。確かに自分たちの暮らしは以前に比べて苦しくなっていた。村人のたいていは貧しかった。しかしなかには成功を夢見るものもあった。正治の父親は、近くの山に石炭がでる話を信じ、東京から技師を呼んだが、話はうまくいかなかった。そのとき借りた金を返すことができないまま、正治の父親は諸方を出歩いて帰ってこなかった。正治は父を待ち続けた。春になると帰ってくると希望を抱いた。春を前に、郵便配達夫の寡夫が道で死んでいた。

〈収録〉『彼等甦らば』解放社　昭 2.10　Ⅳ337-3
　　　　『女をめぐる疾風』不二屋書房　昭 10.5　Ⅳ344-3
　　　　『小川未明作品集 第4巻』大日本雄弁会講談社　昭 29.10　Ⅳ353-19

3203　**力を有せざる運動**　[感想]
〈初出〉「時事新報」大正12年2月27, 28日
〈要旨〉民衆の教化というが、いったい私達は何を民衆に向かって説くべきか。正義のために、これに反するものと戦わねばならない。社会主義的思想と資本主義的思想は、両立しえない。闘争の結果は、いつかその決定を見なければならない。ロシアにおける共産主義、純粋のアナーキズム、人間運動としてのダダイズム、私はどれを正しいと容易に答えることはできない。しかしこれらの思想は一人のなかに共有されるべきものだ。自己享楽を本位とする個人主義的な思想と対比するものである。今必要なことは、新社会を建設するための団結を民衆に向かった求めることだ。団結は一つの感激である。感激を措いて他にこれより美しい信仰もなければ、力もない。民衆の教化は、団結の精神を説くことにある。

3204　**純粋なれ、而して彼等を記憶せよ**　[感想]
〈初出〉「種蒔く人」大正12年3月
〈要旨〉個人の生活を他にして、人生があり得ないように、民衆の一人である自己の生活を他にして、民衆なるものはあり得ない。私たちの頭に描くような民衆は、いない。正直で、真実で、勤勉で、義理の精神に富んでいるものは、いない。しかし、私たちはそういう懐かしい民衆を目に描くのだ。民衆の精神は、自分から持たなければならない。個人の生活を離れて人生

の内容がないように、一人の感興を離れて、民衆の霊魂はありえない。自分の向上と、真実と、自己犠牲は、民衆を醇化する。自己犠牲の精神の他に、民衆を美しく、正しく、浄化するものはない。民衆と自分を分けてはならない。自分は、民衆の一人なのだ。

3205 **新社会の人間たらしむべく** ［感想］
〈初出〉「女性」大正12年3月
〈要旨〉大人の世界は堕落しているが、子供の世界は輝かしさと喜びの明るさに包まれている。大人は誤った教育によって、子供を損なってはならない。子供たちのもってうまれた自然の感情を擁護することが大切である。子供のうちは、動物を愛し、自然に親しむ機会を増やすべきだ。将来の新社会を頭に描き、男女同権、階級撤廃の社会を思わないといけない。幸福は、自分一人の力では得られないこと、位階や特権を望むことは間違っていること、社会に対する共同の責任、社会に対する奉仕、人間のなすべきことについて教えなければならない。社会のために働かないものは、社会において衣食する資格がないこと。贅沢が罪悪であること。
〈収録〉『芸術の暗示と恐怖』春秋社　大13.7　Ⅳ330-6
　　　　『未明感想小品集』創生堂　大15.4　Ⅳ335-52

3206 **早春想片** ［感想］
〈初出〉「早稲田文学」大正12年3月
〈要旨〉一年の中で、私は二月を最も愛する。私の青春は遠く去ってしまった。しかし年ごとに若返る自然のありさまに接すると、胸の湧きたつのを覚える。しかし好きな二月は東京の二月の季節だ。故郷の二月はまだ雪のなかだ。春のくるのがどれほど楽しみであったか。なつかしい故郷の思い出のなかで、拭い清められない思い出がある。それが試験であった。
〈収録〉『芸術の暗示と恐怖』春秋社　大13.7　Ⅳ330-18
　　　　『未明感想小品集』創生堂　大15.4　Ⅳ335-59

3207 **真夜中カーヴを軋る電車の音（徹夜するもののみが知る真夜中と黎明の感じ）** ［感想］
〈初出〉「中央公論」大正12年3月
〈要旨〉夜、十二時頃になって、遠く、電車がカーヴを曲がる軋り音をきくと、昔、新聞社に勤めていたときのことを思い出す。毎晩、こんな建物のなかで、青春を無駄に過ごしてしまうのを惜しいと思った。私は、毎夜の睡眠不足と神経過敏で足もとがふらふらしていた。闇のなかを歩いて帰った。闇の中で罪悪や殺戮が行われている。自分がますます病的になっていくのが分かった。今では、私は、あの頃のように幻想に胸の血を躍らすことはなくなった。
〈収録〉『芸術の暗示と恐怖』春秋社　大13.7　Ⅳ330-19
　　　　『未明感想小品集』創生堂　大15.4　Ⅳ335-60
　　　　『小川未明作品集 第5巻』大日本雄弁会講談社　昭30.1　Ⅳ360-24
　　　　『定本小川未明小説全集 第6巻』講談社　昭54.10　Ⅳ370-58

3208 **文壇漫評** ［座談会］
〈初出〉「早稲田文学」大正12年4月
〈要旨〉（原田實、西宮藤朝、木村毅、伊藤貴麿、本間久雄との座談会）

3209 **歓びも、哀しみも感じたのに（春の歓楽と哀愁）** ［感想］
〈初出〉「中央公論」大正12年4月
〈要旨〉うっとりとした春の晩を、私は落ちついて眠ることができず、酒に酔っ

たように歩き回った。私はあてなき恋に憧れていた。私の体はいつも熱っていた。春の逝く頃であった。私は若く、野心に燃えていた。ある女に心ひかれた。しかし女は突然いなくなった。やがて私の青春も去ってしまった。これからまだ春はやってくる。しかし、私にも最後の春が来るに違いない。春ばかりがなぜこんなに人生を誘惑するのだろう。暗い寒い牢獄で、禁欲の生活をする、自覚した青年もいる。もうセンチメンタルなことは言うまい。

3210 **正義と真理は無産階級より（極左極右排斥論）[感想]**
〈初出〉「中央公論」大正12年4月
〈要旨〉われわれの生活が無産労働階級の力によって保証されていることを考えないのか。彼等が結束し、街頭に立ったとき、ガスも来なければ、水も来なくなる。第四階級の精神は、正当であるばかりでなく、真理である。「働かざるものは、食うべからず」とは、実に社会的正義であり、人間としての義務である。ブルジョアのかわりに知識階級が社会の機関を動かしたとしても、一種のブローカーであることにおいて、ブルジョアと変わりはない。

3211 **白い花、赤い花 [感想]**
〈初出〉「婦人之友」大正12年4月
〈要旨〉学生時分からつい二三年前まで、よく散歩をした。木蓮の白い花は鈍重な陰気な死を連想させる色であった。砲兵工廠の煙突から黒い煙が流れていた。私は人生に対し、暗愁を感じた。もう一つ思い出すのは、私が入院していたときに見たアネモネの赤い花である。肝臓のように赤く咲き切った花弁を見ていた。今は遠い昔となったが、この二つが東京に来てからの春の思い出としてはっきり浮かぶ。

3212 **点灯前後 [小説]**
〈初出〉「新興文学」大正12年4月
〈あらすじ〉春が来たことは、窓から差し込む暮れかたの光に感じられた。彼は、壁にかかったゴッホの囚人の版画を見ていた。秋から冬にかけて、囚徒の絵を見ながら、彼は反抗的な心持ちをますます反抗的にさせていた。囚人の一人一人の身の上に同情する気持ちもあった。ゴッホの絵を見ているうちに、小さな紙片のようなものが描かれているのに気づいた。それは蝶であった。この蝶をみた囚徒は何を思っただろう。子供のころ、坊主が毎日托鉢に彼の家へきた。彼は坊主の態度に反発し、追い返した。後年、彼はこのことを悔やんだ。坊主は、囚徒に春を告げにきた蝶のような存在ではなかったか。そのとき彼の部屋に友人のNがやってきた。不穏な事件に連なり、別れを告げにきたのだ。「同志はどこにいても目的のために尽くそうぜ」とNは言って去っていった。虐げられても、踏みにじられても、春はある。彼ははじめて灯りを点けた。

3213 **冷淡であつた男 [小説]**
〈初出〉「解放」大正12年4月
〈あらすじ〉医学士のMは高い鉄橋の上に立っていた。人間の生命は頼りない。その人間がこんな危険な工事を成し遂げたのだと驚いた。自分が生きている事実の方が、今夜のZ博士の歓迎会より重大であった。都会は、もう人間が作ったものではなくなった。会場へ写真技師と一緒に来ていた小僧が、マグネシウムの爆発によって血だらけになった。医者たちは、病院へ運べと指示を出し、宴会に戻った。M博士もその一人だった。自分は冷

淡ではなかったかと後で考えた。家に帰ると、子供が熱を出していた。明け方、黒いものを吐いたので、子供が疫痢だと分かった。すぐに病院へ運び込んだが、死んでしまった。なぜ昨晩医者を呼ばなかったのか。みんな自分の鈍重な利己的な物憂さから起こったことだ。
〈収録〉『堤防を突破する浪』創生堂　大15.7　Ⅳ336-5

3214　**民衆劇に求めるもの（民衆芸術としての日本演劇）　[感想]**
〈初出〉「新演芸」大正12年4月1日
〈要旨〉今の民衆は劇を通して、慰安を求めるだけでなく、生活の信念と自覚を得ようとしている。私たちはこの過渡期にあって、生活の不安に脅かされている。我々の生活意識に即したもの、それを理解し、その上に慰安を与え、そして民衆教化の責務を果たす劇が必要である。だが社会が資本主義のもとに存立するかぎりは、劇は、一般の趣味に投じようとする傾きがある。目覚めた民衆作家の作品を上演する民衆のための劇場が必要である。

3215　**社会意識を有せざる現在の娯楽機関　[感想]**
〈初出〉「週刊朝日」大正12年4月10日
〈要旨〉民衆の娯楽は、民衆の生活を離れては考えられない。民衆の生活を理解することによってはじめて、娯楽に適するものが生まれる。現在の民衆生活と、げんざいの娯楽機関はあまりにかけ離れている。旧時代の娯楽がそのまま踏襲されているところに堕落がある。ブルジョアに媚びるな。将来、新社会を建設する健全な民衆の教化となり、真の娯楽となるものを提供せよ。

3216　**流浪者に対する憧憬　[感想]**
〈初出〉「朝日新聞」大正12年4月19日〜21日
〈要旨〉自然は平等に美をあらゆる花に分った。それなのに人間は花に差別をつける。同様に人間にも差別をつける。人間は、自らの意志で働き、その生を楽しむのが自然である。動物が子供を愛するように、愛のために自己犠牲をする精神がもっている。しかし階級社会が無辜の民衆を苦しめている。夏がくると、流浪者が村にやってきた。彼等は権力に縛られず、人を権力で縛らない。彼等にはお互いの扶助と憐憫の情がある。社会主義を信じる人々は、謙虚な敬虔と真実の心の所有者でなければならない。
〈収録〉『芸術の暗示と恐怖』春秋社　大13.7　Ⅳ330-9
　　　『未明感想小品集』創生堂　大15.4　Ⅳ335-55

3217　**子供は虐待に服従す　[感想]**
〈初出〉「読売新聞」大正12年4月21, 22日
〈要旨〉弱い者は、常に強い者に苛められてきた。婦人、子供、無産者たちである。婦人や無産者の解放は近い。しかし子供は弱いままだ。無産者の家庭にあっては、生活に対する焦燥から、有産者の家庭にあっては、自分の享楽のため、子供は虐待をうけ、また捨て置かれてきた。学校に行っても、子供は資本主義の病毒にさらされ、競争を強いられる。私は子供の代弁者となり、子供を慰撫する芸術をつくりたい。
〈収録〉『芸術の暗示と恐怖』春秋社　大13.7　Ⅳ330-10
　　　『未明感想小品集』創生堂　大15.4　Ⅳ335-56
　　　『小川未明作品集　第5巻』大日本雄弁会講談社　昭30.1　Ⅳ360-81
　　　『定本小川未明童話全集　第6巻』講談社　昭52.4　全童話Ⅳ164-44
　　　『定本小川未明小説全集　第6巻』講談社　昭54.10　Ⅳ370-54

Ⅲ 作品

3218 民衆芸術の個的精神　［感想］
　　〈初出〉「時事新報」大正12年4月29日～5月3日
　　〈要旨〉私たちは現在の社会において、階級闘争の事実を認めなければならない。無産階級の文学運動も、その背後に大衆無産階級が存在している。天下泰平の時代はどの文学流派とも提携できたが、今は相争うことはやむを得ない。私たちは理性の勝利を信じている。私たちの行動は二義的であるのではない。まず道徳的な革命が先だと考えているのである。思想は社会を導く。社会主義は、共有、共栄を目的とするが、個性を主義のために犠牲にすることはない。作品の底に純真な熱烈な革命的精神が燃えている限りは、作品が多種多様になることを望む。正直であれ、誠実であれ、真理とともに行け。

3219 社会的正義の先駆者　［アンケート］
　　〈初出〉「解放」大正12年5月
　　〈要旨〉学校の教師は富者の子弟に親切で、貧乏人の子供に酷であったことを七歳のときに知った。資本家と妥協するものが、文壇においても勝利を得た。私は弱い、正しいものの味方となって戦う。社会主義同盟に加わり、多くの青年労働者と接するなかで、その人たちの正直で、謙遜で、勇敢で、誠意のあることがどんなに私を喜ばせたか知れない。私はいっしょに戦う気になったのだ。

3220 理性の勝利（「第四十六議会に対する批判」）　［感想］
　　〈初出〉「労働立国」大正12年5月
　　〈要旨〉今議会に噂された過激法案の出なかったことは喜びの一つである。理性の勝利を信じたからである。遺憾に思ったことは、普選の旗幟を有しながら、あまりその叫びが挙がらなかったことである。次に暴力の肯定が事実となれば、言論や思想は光を失ったことを喧伝するものである。

3221 貸間を探がしたとき（当世百物語）　［感想］
　　〈初出〉「中央公論」大正12年5月
　　〈要旨〉私はその日も学校から帰ると貸間を探しに出かけた。小石川の台町のあたりを探していた。二階家に「貸間あり」の紙札が下がっていた。入ってみると陰気で厭な感じがした。後で聞くと、幽霊が出る貸間として有名な部屋であった。幽霊以上に怖ろしい貸間に出会ったこともある。関口の滝附近の二階屋の貸間で、上がってみるとやはり陰気で古い六畳間であった。隣にもう一間あったので襖をあけると、三畳間でうなり声をあげて寝ている女がいた。家の老婆は「そのうちに隣の三畳もあきます」と言った。

3222 村の教師　［小説］
　　〈初出〉「中央公論」大正12年5月
　　〈あらすじ〉学校で一番成績のよかった秀吉だが、地主の横暴によって小学校を了えると、無理に帳場で働かせられた。村の教師の小島は、秀吉の兄がいる東京へ秀吉を逃がしてやった。秀吉の父は、地主がどんなことも見逃さない男だから、いずれわかるだろうと恐れていた。秀吉の姉のお霜は、頭の足りない地主の息子と結婚させられそうになっていた。お霜と小島が話をしているとき、地主の息子は、よいところを見たと繰り返し言った。小島は、山奥の寒村の小学校に異動させられた。しかしそれでも小島は、秀吉から来た手紙を読み、希望の光を感じた。
　　〈収録〉『小川未明選集 第4巻』未明選集刊行会　大15.3　Ⅳ334-12

3223 青い糸　［小説］

〈初出〉「新潮」大正12年5月
〈あらすじ〉不景気という灰色の妖怪の姿を見たものはない。無頼漢や失業者が増えた。佐吉はさいわい職を得た。佐吉は会社の重役から、病気の細君を助ける女中の斡旋を頼まれたとき、妻の名をあげた。重役の細君は、舶来の青い毛糸でショールを編みたいと言う。細君と仲良くなった佐吉の妻は、自分がかわりに青い糸でショールを編もうと約束した。妻は十円の金を細君から受け取り、青い糸を買うが、佐吉の衣服を買うために、当座必要な分だけを買った。しかし、次に店へ行ってみると、舶来の青い糸は売り切れていて、どこにもなかった。ついに横浜まで探しに行ったが、そこにもなかったので、妻は自殺してしまう。重役は、佐吉にどうしてそんなことでと言ったが、佐吉は使われている身分では容易に言えないこともあると言った。佐吉は、金に左右される社会を恨むといって、会社を辞した。
〈収録〉『定本小川未明小説全集 第5巻』講談社 昭54.8 Ⅳ369-23

3224 **政治運動の是非及び能否政治運動を肯定せるもの** [アンケート]
〈初出〉「進め」大正12年6月
〈要旨〉プロレタリアの真に自覚した人が小部分で、無自覚者が大部分である間は、政治的になることもやむをえない。暴力を意味する政治は否定しなければならない。プロレタリアの政治は在来の政治の延長とは異なるものだ。

3225 **予の恋愛観及び世相に現はれたれない問題批判** [アンケート]
〈初出〉「新小説」大正12年6月
〈要旨〉私は真の恋愛だけが、その人をいかなる境遇からも救い得ると考える。恋愛は、その人に新生の勇気を与え、かつ至純に導く。しかし新聞に現れる恋愛事件は、環境に左右され、不純なものが多い。畢竟、個性が弱いためである。個性を離れては、恋愛も烈火となって燃え上がらない。

3226 **資本主義の社会なればこそ** [アンケート]
〈初出〉「進め」大正12年6月
〈要旨〉生きた人間の背中に、薬や化粧品や活動や寄席の広告を負わせて、街中を歩かせるのは、もっとも深刻な事実の一つである。

3227 **無産階級政治運動の研究** [感想]
〈初出〉「進め」大正12年6月
〈要旨〉普通選挙になったら、労働者の多い都会では容易にプロレタリア運動は発展する。農村においては小作人の団結は簡単ではない。しかし都会の運動に刺激されると思う。

3228 **風に揉まれる若木** [小説]
〈初出〉「中央公論」大正12年6月
〈あらすじ〉父は胸中に烈しい、真赤な感情を包んでいた。父は未来を信じたが、社会に出て運動をする気持ちは持たなかった。私は陰気な家から逃れるように、自然の中で遊んだ。自然に親しんでいなかったら、労働者になっていただろう。その方が幸せだった。多くの生命と親しみ、お互い同士のために助け合うことができたから。父が死んで、父の遺した本や骨董を売り払った。書物は知識階級の自己欺瞞にすぎなかった。しかし骨董を骨董屋に安く買い叩かれてから、父の遺品を安く売ったことを後悔した。カフェの女が同情し、指にはめたルビーの指輪をくれようとした。民衆は馬鹿ではない。知識のある者だけが人生や生活について考えていると思っては間違いである。すべてが虚無であり、過去となる。しかし共生、共労

の喜びは忘れられない。私の父の願いもここにあった。
〈備考〉大正12年5月作。
〈収録〉『堤防を突破する浪』創生堂　大15.7　Ⅳ336-19

3229　追憶の花二つ　［感想］
〈初出〉「婦人之友」大正12年6月
〈要旨〉私は植物の中でも、背の低い藪の中や野原に生えている雑木が好きだ。ぐみの木や皐月、くちなしなど。これらの花はたいてい梅雨時分に咲く。梅雨があがれば、壮快な夏がくる。前途に希望があって、しかも沈鬱な暗さに閉ざされているのが梅雨時分である。私の思い出は過去に遡る。私の頭の中にしかない世界だ。私の死とともにその世界は永久になくなってしまう。子供の時分に遊んだ空壕。頭上にあったぐみの木。その赤い実の美しさ。「魯鈍の猫」を書いた頃の貧しい生活。屋根の低い古い家のわびしい庭。紙屑かと思ったくちなしの花。早稲田の森の裏手から、閻魔さまの祭の鐘がかんからかんと鳴っていた。

3230　知識階級雑感（知識階級と無産階級の相互抱合論）　［感想］
〈初出〉「中央公論」大正12年6月夏季増刊号
〈要旨〉労働階級も知識階級も、等しく無産者であり、被搾取階級者であることに変わりはない。しかし両者の間に階級的差別がつけられている。富が私有されるべきものでないように、知識も占有されるべきものではない。無産者や無識者が多い社会は未開の社会に等しい。知識階級のある人々は、早くから労働階級に入っていった。知識階級は直接に生産に従事しなくても、間接に無産階級を助けることによって、彼等と同一線上に立つべきである。そうでないものは、資本階級につくべき人である。知識階級は、いつか截然と分裂の運命に接する。
〈収録〉『芸術の暗示と恐怖』春秋社　大13.7　Ⅳ330-14
　　　　『未明感想小品集』創生堂　大15.4　Ⅳ335-57
　　　　『小川未明作品集 第5巻』大日本雄弁会講談社　昭30.1　Ⅳ360-82

3231　私達について　［感想］
〈初出〉「早稲田文学」大正12年7月
〈要旨〉いかに聡明な批評家であっても、時を同じくしては、正当な評価は下せない。時だけが正しい批判者である。私達は、その次の時代に、もしくは社会的に、自己を犠牲にしてまでも貢献した人々にのみ、特殊の感激をおぼえる。その時代にどれほど持て囃されても、その人の真の価値とはいえない。芸術家としての偉大は、人間として誠実であり、真理のために戦ったことに帰さなければならない。時が経つとともに、真に私達を愛した人かそうでなかった人か分ることを感謝する。文筆労働者にも、組合と雑誌が必要である。それがなければ、どうして正義の戦いを続けることができようか。

3232　自動車を停める　［感想］
〈初出〉「解放」大正12年7月
〈要旨〉一度でいいからブルジョアの自動車を無産階級の権力によって止めてみたい。よくも私たち民衆の歩いている狭い道の間を疾駆しているものだ。社会は有産階級のために、都合よく出来ている。すべての発明品は有産階級と無産階級の間の距離を拡大させる。十七八の小僧が車に轢かれた。あの子供の親が知ったら、どれほど悲しむだろう。無産者の子供であるばかりに、あんな目にあったのだ。

〈備考〉大正12年5月作。

3233　悪路　[小説]
　　　〈初出〉「女性」大正12年7月
　　　〈あらすじ〉二人は、人目に触れないところで、心と心で語り合いたいと思った。二人の恋の中には、まだ浸りきらないものがあった。安吉は女の心まですべて自分のものにしたかった。彼女は一度夫を持ったことがある。離婚後に安吉と女は知り合ったのだから、恨まれる理由はなかったが、彼は執拗な恨みの眼でつけ狙われている気がした。彼女も前の人に見つかったらどんなことをされるか知らないという。彼女は彼と話をしている間も別のことを考えているようだった。彼女は、彼の友人である新聞記者のKと親しくなっていた。Kに安吉は「彼女は俺の恋人だ」とは言えなかった。後に安吉がチブスにかかり、入院したとき、ある看護婦の親切が身にしみた。しかし彼は自分を裏切り、Kに行った彼女を許すことはできなかった。

3234　斯の如き青年　[感想]
　　　〈初出〉「進め」大正12年7月1日
　　　〈要旨〉青年には、真理のために戦うものと、利己心に燃えるものがいる。それは環境や教養によるのでなく、性格による場合が多い。困難は人を珠にするが、それもその人の本質如何による。真に私たちの頼みとする青年は、自己犠牲の精神を有し、正義に感激し、戦おうとする青年である。

3235　犯罪者　[小説]
　　　〈初出〉「週刊朝日」大正12年7月5日
　　　〈あらすじ〉桶屋の喜作は怠け者で仕事をしなかった。若い女房と、子供が三、四人いた。怠け者の喜作を村人が憎めないのは、彼がはげ頭を叩いてひょうきんな様子をするからだ。村の百姓から鶏を頼まれたとき、喜作は別の家の鶏を盗んできてその百姓に売りつけた。小沢という男が郡役所の書記をしていた時分に、喜作は彼の嫁を世話した。しかし小沢は嫁に冷たくあたり、嫁は川に身を投げて死んでしまう。嫁が死んだわけを知っているのは喜作だけであった。小沢は喜作にこのことを黙っていてほしいと頼む。喜作は方々に無心をして歩いた。村長が注意すると、隣の女房が患っているので、金を集めているのだと言った。やがて喜作の隣の女房は病気で死んだ。残された子供を喜作はひきとった。村人は喜作に感心したが、喜作は米俵を盗んで警察に捕まる。

3236　来るべき責を何故受けぬ（惜しみなく愛は奪ふ）　[談話]
　　　〈初出〉「サンデー毎日」大正12年7月15日
　　　〈要旨〉有島武郎氏はその根本においてニヒリスティックな気持ちの所有者ではなかったか。理想をもって人生にぶつかったというより、運命に引きずられていく弱さはなかったか。本当に愛しあう女なら、なぜもっと真剣に愛し合わなかったのか。来たるべき責めをなぜ受けなかったのか。しかしもう有島氏はいない。悲しみをもって、氏が今まで歩いてきた道を考えようとするものである。

3237　革命期の必然的現象（社会不安・生活苦を反映する自殺・家出其他）　[感想]
　　　〈初出〉「中央公論」大正12年8月
　　　〈要旨〉生活に対する信条を失ったときは、死より選ぶ途はなかろう。貧乏な生活に慣れず、かつて貧しい境遇を想像もしなかった者が窮地に立たされたときは、絶望のあまり、死を選ぶことも不思議ではない。現在は、生活の転換期である。滅びなければならない階級は、この悲劇に遭遇するこ

とをどうすることもできない。革命は生活の位置を転倒するものである。

3238 **無智の百姓に伍せ（農村青年に与ふ）** ［感想］
〈初出〉「改造」大正12年8月
〈要旨〉農村は荒蕪せんとしている。一つは無自覚から。一つは急進的思想から。農村の青年といっても、昔ながらの因習に囚われているものがいる。被搾取階級にあることで永久に伸びる望みがないものを、貯蓄し、田畑を取り戻そうとしている。知識を得ようとせず、弱い者をいじめる。一方、急進的思想をもった若者は享楽の少ない農村から出ていく。私が願う青年は、クロポトキンが言うように、自分の享楽のみを考える輩ではない。真理や正義に対し、感激を有する青年である。知識を有することで、優越感を抱く青年は、ブルジョア心理の所有者である。農村青年は、無智な兄弟について、最も深く親愛で、忠実であるべきだ。忠実に働き、正しく生きる者のみが、社会に対してはじめて不正不義を憤る権利があるのである。
〈収録〉『芸術の暗示と恐怖』春秋社　大13.7　Ⅳ330-7
『未明感想小品集』創生堂　大15.4　Ⅳ335-53

3239 **石油・ニコチン・雨** ［感想］
〈初出〉「中央公論」大正12年8月
〈要旨〉林檎の木に虫がついた。杏の木にも虫がついた。梅雨によく降ったからだろうか。私は、木に石油を塗ってやろうと思った。あつい日が続いた。子供達が地蜂の巣をとろうと騒いでいる。石油を塗って木が枯れはしないかと心配したが、枯れるなら枯れてしまえと思い、塗りたくった。すると隣の主人が、この暑さに塗ったら、焼けて枯れてしまうと言った。あくる日、私は農具屋でニコチンの殺虫剤を買ってきた。害はないと書いてあるが、また隣の主人は、みんな焼けて枯れてしまうと言った。夏の暑さに、車屋も倒れた。夜、雨が降った。木も草もすっかり蘇り、地は湿っていた。木の梢に滴る雫に、朝日が射していた。
〈収録〉『未明感想小品集』創生堂　大15.4　Ⅳ335-78

3240 **国を挙げての叫び―日露同盟の提唱に対する批評―** ［アンケート］
〈初出〉「進め」大正12年8月1日
〈要旨〉戦争は惨禍を人生に与える。常に戦勝を夢見ている輩は、戦いによって領土を拡張し、行き詰った情勢を解決しようとするが、剣によって立つものは剣によって倒れる。私達は日露の諒解を目下の急務と考えている。社会主義国家が資本主義国家以上に狭猾であり、虚偽であり、横暴であるとは考えられないからだ。

3241 **階級芸術の効果と同志を裏切る者** ［感想］
〈初出〉「時事新報」大正12年8月15, 16日。再掲：「秋田魁新報」大正13年2月13日・14日。
〈要旨〉ただ一つの運動で目的の完成を期することはできない。本当に生活を愛し、人生を愛する人は、静止することができない。それが人間としての良心であり、誠実であり、信念である。文壇に階級なし、というが、民衆に課された階級的桎梏は、空想的事実ではない。無産階級の叫びと抗議は、正義であり、真理である。自欲のために、節を屈し、友を売るがごとき輩は遺憾におもう。

3242 **芸術家及評論家の感想** ［アンケート］
〈初出〉「婦人世界」大正12年9月
〈要旨〉意外だった。平常の推察を裏切ったからである。私には、この事件

は感激に値しなかった。しかし命がけの真面目な事実であるかぎり、三者への嘲笑的言辞は不快であった。(有島武郎の心中死)

3243 **今日の新聞** ［アンケート］
　〈初出〉「解放」大正12年9月
　〈要旨〉広告を見ると、資本家の独占があることが分かる。また社会面には、記事を混載し、富めるもの階位のあるものには氏を附し、無名の人には氏を附さないといったことに不快を感じている。

3244 **秋雑景（秋の小品）** ［感想］
　〈初出〉「文章倶楽部」大正12年9月
　〈要旨〉秋は日本海にも入ったらしい。私は故郷の山の山腹にたって、海を眺めた。学校に通っている時分は、口笛を吹きながら、この道を駈けのぼったものだ。私は、もう上ってみたいとは思わない。私は、秋日和のした、住み慣れた都会の街通りを思った。あの白い波のように、雲のように、子供の時分から今に至るまでに、女が死に、友が去っていった。子供のように、石を拾って、麓の谷に投げてみた。耳を澄まし、反響を聞こうとした。明日は、老父母をおいて、また行かねばならない。月の光が水の流れるように射してきた。やかましい程鳴いている虫の声を、子供の時分はどんな思いで聞いていただろうかと思った。子供の時分には、この寂しい景色も楽しかったのだろうかと思った。なんといっても父も母も若かった。すべてのものが若かった。翌日、ガタ馬車に揺られていった。小さな温泉場に入ると、流浪の女が三味線をひいていた。その夜も月は明るかった。
　〈備考〉大正12年8月作。

3245 **失業者** ［小説］
　〈初出〉「早稲田文学」大正12年9月
　〈あらすじ〉親方は「社会主義者の大検挙」という号外を持って帰ってきた。「これを、見な。おめえが、出世したら、俺達にも、よくしてくれるだろうな」親方は、市造にそう言った。親方は、金のある人も無い人も人に変りはないという市造の考えはもっともだが、今やく人間を同じにすることは出来ないと言った。三日後、市造は親方から首を言い渡された。お前を置いておくばかりにいろんなことを周りから言われるのだという。市造が、浅草でうろうろしていると、男に声をかけられた。一日稼ぐと七円になる仕事を斡旋された。鉱山だという。市造は、幾年も前もチョボ師にだまされて北海道でさんざんな目にあった。市造は前金に二十円欲しいと言った。しかし結局、二人はそのまま左右に別れた。雑踏を見て、市造は、互いのために考えるものが幾人あるのだと思った。

3246 **実子暴虐** ［小説］
　〈初出〉「解放」大正12年9月
　〈あらすじ〉父親は頑固であった。兄を憎んで、弟を可愛がった。父は耳がよく聞こえなかったが、弟は口を近づけて、やさしく父親に語りかけた。一方、兄は無口で、思っていることを言わなかった。父は弟が死んだ母に似ていることもあり、可愛がったが、兄は父親自身に似ていて、可愛がることができなかった。弟が病気で死んでから、父親は長男と二人きりになった。死んだ母親が現われ、長男を可愛がってほしいと言ったが、父親は兄を見て、面憎く思った。父親の虐待から逃れようと、長男はある日、家出をした。山を歩いて越えていこうとした。そのことを知った父親は、兄に憐憫の思いをもった。しかしもう遅かった。その夜は嵐になった。兄の消

息は永久に断たれた。

3247 風の烈しい日の記憶 [小説]
〈初出〉「女性改造」大正 12 年 9 月
〈あらすじ〉十歳と、その年は違っていなかったけれど、女は若く、男は老けていた。男は牛とあだ名される小学校の教師だった。女は蝮を食ったちんころとあだ名された、はきはきした女だった。女は自分のしようと思ったことは何でもした。勝気で虚栄心にとんだ女は、大きい家屋敷を買った。借金を返せないので、賭博に手をだした。最初はうまくいき、家屋敷の借金も賭博で返したが、案の定、すべてを失う日がきた。夫はその前に家を出ていた。女は夫のあとを追うしなかった。女が雪山を越えていく途中、子供が凍え死んだ。あとで女が子供を殺したという噂もでた。新しい女として、世の中に生まれてくるには、早すぎた気がする。
〈収録〉『未明感想小品集』創生堂　大 15.4　Ⅳ335-73
『小川未明作品集 第 5 巻』大日本雄弁会講談社　昭 30.1　Ⅳ360-27
『定本小川未明小説全集 第 6 巻』講談社　昭 54.10　Ⅳ370-66

3248 人誰か死せざらん（「荒都断篇」その一・二）[小説]
〈初出〉「週刊朝日」大正 12 年 9 月 23 日・30 日
〈あらすじ〉人間の一生は、ちょうどあの暮れ方の空に張った、蜘蛛の巣にかかった羽虫のようなものであるまいか。何の苦も知らず飛び回っているが、自分の運命に気づかない。小沢は青年達が若く、健康なのが羨ましかった。若いことほど、幸福があろうか。自分にもそんな時代はあった。死ぬのは老人だと決まっていないと青年の一人は言った。偶然が、運命なのだ。小沢は、自分の病気のことを医者の K に尋ねた。小沢のもとに S 子がやってきて、小沢を海に誘った。小沢が若い女と情死したのは、それから一月経ってからだ。多くの人が驚いたなか、K だけは、あの男はこんなになると思っていたと人に答えた。

3249 人間の強さと人間の弱さの芸術（震災雑記）[感想]
〈初出〉「婦人之友」大正 12 年 10 月
〈要旨〉欧州戦争が起きた当時、日本は資本主義が力づけられ、リアリズムに向かった。このたびの震災で、今まであまり考えなかった必然力を感じ、欧州戦争で惨禍にあった人々も同じ運命観に支配されていることを思った。この自然の恐怖を前に、原始時代の人々が自然の崇拝から宗教に入っていったことを思った。人間は物質的文明のみでは「生」の安定を得られない。今後、東京の文芸は特異なものになるであろう。

3250 東京よ、曾てあり、今無し [感想]
〈初出〉「文章倶楽部」大正 12 年 10 月
〈要旨〉私の叔父が芝の新銀座に住んでいた。私は牛込原町の下宿から、濠端を伝って日本橋に出て歩いて行った。新橋駅のあたりが一番賑わっていた。その頃、新橋、上野間には鉄道馬車が往来していた。日清戦争のあとで、日本は新鋭の気が満ちていた。かけ替えにならない前の日本橋には、江戸風情があった。銀座の夜店、江戸時代からの老舗、日露戦争後、資本主義の膨張がすすみ、欧州戦争後、人々の贅沢はその極に達した。私は、裏神保町の秋から冬にかけての、澄んだ空が好きである。その東京が無くなってしまった。つい、数日前まであった東京が、もう永久に無いのである。

3251 模擬的文明の破壊 [感想]
〈初出〉「改造」大正 12 年 10 月

〈要旨〉震災によって東京は無くなった。言い知れない寂しさを感じるのは、持っていたものを失った感じに他ならない。一方、この災害は多くの教訓を与えた。人間は自然を無視しすぎた。海外の文明をそのまま移築した模擬的文明は、自然力の前に根底から破壊された。精神的方面から見ても、あまりに利己的、物質的であった。物質的文明以外にも、精神的文明を確立しなければ、東洋の文化は建設されたとはいえない。これを機に、東京を民衆的な都市にしたいというのが私の希望である。

3252 **九月一日、二日の記—天は焼け、地揺らぐ—（前古未曽有の大震・大火惨害記録）** ［感想］
〈初出〉「中央公論」大正12年10月
〈要旨〉朝から非常な風雨で、展覧会へ行くのを中止した。雨があがり、Nと一緒に家を出て、早稲田の電車終点近く、三階の小料理屋の二階に上がってビールを飲んでいたとき、地が揺れた。家は波頭にまたがったように、体が揺れた。前の洋風のカフェが、ドロドロと音を立てて崩れていった。二度目の揺れがきた。四隅の壁は無残に離れ、畳の上に落ちた。浅草も、本所も、深川も焼けているという話だ。電車も水道もガスも電気もみな無茶苦茶になった。東京は火の都である。火は一日一夜、空を焦がした。不安と危惧のうちに夜が明けた。地の揺れはやまなかった。かつてあった文明が、今はない。あの賑やかだった、江戸の面影をとどめた、なつかしい東京はない。日暮れ方から、流言が飛びかった。見舞いに来てくれたH君と一緒に、家族を連れて逃げだした。T君の家に身を寄せることにした。棒を持った男たちがやってくる。

3253 **土地繁栄** ［小説］
〈初出〉「中央公論」大正12年10月
〈あらすじ〉山から石油が出て、町ができた。十三になる静枝が抱子としてその町に売られた。のちにその子は成金のものとなった。静枝の妾宅が何ものかの手によって放火された。すべての罪悪は金から生まれる。山から石油がでなくなると、石油会社は、無産者を解雇し、希望ある地に資本を投入し始めた。華やかな町は、さびれていった。ある日、K技師の前に、青年労働者が現われ、あなたの力で失業者を救ってほしいと言った。郷里近くに天然ガスの出るところがあるので、そこを掘削するよう会社に進言してほしいと言ったのだ。馘首、同盟罷業、暴動、解雇一時金だけが労働運動ではない。人間の精神が神以上の奇蹟を行うとも言った。青年はその後、労働者たちに一人の人間の力の大きさを訴え、石油タンクに身を投じた。Kの一言で、新しい事業がおこされた。だが成金はまた土地を買い占め、娘は売られていった。Kはそのことに責任をとる必要はないのかと考える。
〈収録〉『堤防を突破する浪』創生堂　大 15.7　Ⅳ336-17
『小川未明作品集 第4巻』大日本雄弁会講談社　昭 29.10　Ⅳ353-20
『定本小川未明小説全集 第5巻』講談社　昭 54.8　Ⅳ369-31

3254 **焦土（「荒都断篇」その三）** ［小説］
〈初出〉「週刊朝日」大正12年10月7日
〈あらすじ〉二人の青年は幸い、大火の危難を逃れたが、すぐに明日からの生活に窮した。Yは郷里へ帰ろうと考えた。Nには親も兄弟もなかった。二人は筆の仕事も、この都では終わりだと思った。この都は、労働者の都となる。二人は、カルピスを売ることを考えた。それがうまく行かなければ、それぞれの道に進もうと思った。カルピスを一杯十銭で売ったが、客はな

かった。警官がきて、取締令の話をした。二人はカルピスをさらに水で薄め、一杯五銭で売った。客がきた。客の一人は、有難がってカルピスを飲んでいった。悲しみの中にも、おかしい挿話があるものだと二人は話し合った。

3255 **夜警（「荒都断篇」その四）** ［小説］
〈初出〉「週刊朝日」大正12年10月14日
〈あらすじ〉焼け出されて、わずかに知るべを頼って来た避難者があった。夜警団では、その避難者にも夜警に加わってもらうべきか議論したが、自分たちの都合を優先させて、参加してもらうことにした。その夜、三人の班の夜警に加わった男は、地震の中で子供二人とはぐれ、弟の方が川の中で頭から火を浴び、その後、水の中に押し流されて死んでいった話をした。その話を聞いた他の二人は、あたりを一回りして来ようと言って、出ていった。残された男は、死んだ者のように動かなかった。彼は十日ばかり前の家庭の幸福を思い浮かべた。彼はもう未来について考えることはできなかった。喜びも悲しみも、一切が、みな夢であるように思われた。やがて朝がやってきた。

3256 **暁（「荒都断篇」その五）** ［小説］
〈初出〉「週刊朝日」大正12年10月21日
〈あらすじ〉前は野原であった。こうしていると、何事も起こっていないように思われる。昨日の大変な時も、このあたりは、さまで感じなかった。避難者が来たり、見に行ってきた人の話を聞かなかったら、この辺の人は都会の真ん中がどうなっているか気づかなかっただろう。CとKは、暴漢が抜刀し、村に入ってくるというので夜警をしていた。モンナバンナの中に、地上では人間が戦争をしている間に、春がめぐってきた、という一節がある。平生、自然を忘却している人間の生活が、いかに頼りないものかを考えた。Kは居眠りをしながら、子供のころ、かぼちゃ圃で遊んでいた夢をみた。暁が近づいてきた。眠気覚ましに、Kはピストルを一発発射した。あたりが急に物騒がしくなり、興奮した人々が集まってきた。

3257 **理性の勝利を信ず** ［感想］
〈初出〉「都新聞」大正12年10月25日
〈要旨〉平静な水面が急激な衝撃にあって攪乱する。しかし、いつまでもその攪乱が持続しないように、そうあるべき状態に復帰する。何ものも常に平静でありえないように、また、常に反動の状態であることもできない。いつかは必然の理にしたがって止む。今度の震災が与えた衝撃は大きかったが、これまでの信条を失い、刹那的に、利己的に、現世的になってはならない。破壊されたものを再建するときには、以前よりもっと善きものを希う心が必要である。蟻は踏みつぶされた巣を、ふたたび根気よく作り直す忍耐と不撓の努力をもっている。芸術の精神も、またここから生まれなくてはならない。
〈収録〉『芸術の暗示と恐怖』春秋社　大13.7　Ⅳ330-15

3258 **正に芸術の試練期** ［感想］
〈初出〉「時事新報」大正12年10月25,26日
〈要旨〉今度の震災の災禍は、経済や政治に影響を与えた。個人生活の上にも影響を与えた。芸術の目的は、理想の追求である。社会的であること、人生的であることが必要である。作家の態度は、第一義に即していなければならない。芸術は今、試練期にある。
〈収録〉『芸術の暗示と恐怖』春秋社　大13.7　Ⅳ330-4

Ⅲ　作品

3259　**娘と母親**（「荒都断篇」その六）　[小説]
　　　〈初出〉「週刊朝日」大正12年10月28日
　　　〈あらすじ〉昨日の夜、娘は雨風の音に耳を傾けながら、笑ったり悲しんだりする人間の生活が頼りないものであることを思った。彼女は今日は定休日にあたっていたが、少し用事があるので昼から会社に出ようと考えていた。彼女の母は、きびしく娘を教育してきた。自分が娘に馬鹿にされないよう、娘を服従させてきた。娘はまだ生い先が長い。今の苦労は後の安楽だと母親は考えた。娘は従順だった。その娘が電車にのって会社に向かっていたとき、大地震がおこった。母の家は壊れたが、母は無事だった。娘は電車から降りて、母を心配して家に戻ろうとした。火災が始まっていた。結局、娘はそのまま行方不明になった。

3260　**甘粕事件に関する感想，暴力の下に正義なし**　[アンケート]
　　　〈初出〉「婦人之友」大正12年11月
　　　〈要旨〉いかなる動機にしても暴力の下に、正義はない。いわんや無邪気な子供をも殺さなければならなかった行為を、善と解することは出来ない。

3261　**計らざる事**　[小説]
　　　〈初出〉「改造」大正12年11月
　　　〈あらすじ〉雲の多い日だった。狭い庭のくちなしを見ていた。葉の裏の虫を、鋏で二つに切って捨てた。生命を創造することのできない人間が、生命を破壊してよいものかと思ったとき、恐怖を覚えた。Bがきて、同僚と意見があわないので、社をやめたと話した。Bは職を見つけても、やめてしまう性格だった。大地震があったのは翌日である。人間は奢りすぎたのだ。青虫を二つに切り殺したことを思い出した。今度は自然が人間を虐殺した。郊外に住むYのところへ身を寄せたが、その村は晩方から徹夜で見張りをするという。人心を攪乱する主義者が村を焼き払う風説があったからだ。人々は興奮していた。被服廠の近くに引っ越したBの行方は分からなかった。横浜で夫を失ったS子が救いを求めて訪ねてきた。みんなが刹那的に、獣的に、盲目的になっていた。

3262　**焦土の上に宝庫を築かんとす**（バラック生活者を観て）　[感想]
　　　〈初出〉「中央公論」大正12年11月
　　　〈要旨〉震災で火を免れたところは修繕が進み、物資を店頭に並べているが、焦土になったところは悲惨の極みである。公設バラックには、貧富の差なく、みな同様に住んでいた。この度の天災のように、境遇はどういうようにも変るものだ。焦土にはいまだ開墾されない豊饒の大地が横たわっている。労働は資本なりというが、健康でさえあれば、それだけで沢山だという安らかな休息と安心が必要だ。しかし、ここはそうではない。ここに住む人は、少しでも争って金をためようとする。彼等はお互いの懐を当てにしている。一人成功するためには、幾百人の失敗者がなければならない。しかし彼等が当てにしている、みんなの懐はすでに乏しく、寒くなっている。徒なる生存競争のみでは、焦土の上に宝庫は建設されない。

3263　**私をいぢらしさうに見た母**　[感想]
　　　〈初出〉「女性改造」大正12年11月
　　　〈要旨〉私は学校で、悪童のあだ名であるグリーンという名を教師につけられた。笑っていることも、誇ることもできなかった私は、学校へ行きたくないと母に告げた。ある日、母が学校へやってきた。そのときも級友からグリーンと呼ばれた。母は、我慢した私に、なんでも買ってやろうと言った。

292

私を不憫に思ったのだろう。学校からの帰り道、母は私がほしかった銀杏の実に色をぬったものを買ってくれた。幼年時代の悲しい思い出の一つである。
〈収録〉『芸術の暗示と恐怖』春秋社　大 13.7　Ⅳ 330-17
　　　　『未明感想小品集』創生堂　大 15.4　Ⅳ 335-58
　　　　『小川未明作品集 第 5 巻』大日本雄弁会講談社　昭 30.1　Ⅳ 360-23
　　　　『定本小川未明小説全集 第 6 巻』講談社　昭 54.10　Ⅳ 370-57

3264　ある無産者の話（「荒都断篇」その七）　［小説］
〈初出〉「週刊朝日」大正 12 年 11 月 4 日
〈あらすじ〉貧しい生活をしているからといって、美しいものを喜ぶことを許されていないはずはない。私の妻は、貧しい家に生れ、無産者の私のもとに嫁いだ。彼女は結婚記念に、指輪を欲しがった。ぜいたく品を買いうる階級と、買うことのできない階級が同じ社会に存在している。妻が病気になり、毛布を買いに行ったときも、問屋の細君の贅沢を見て、同じことを思った。私の妻はもう世の中にいない。震災を見ずに逝ったことは幸いであった。大川には一面に焼死者が浮かんでいた。指輪をはめたものもいた。過去の一切が破壊されたように、私の頭の中の過去も覆された。指輪を見ると、死骸を連想せずにはいられない。

3265　山の手の街（「荒都断篇」その八）　［小説］
〈初出〉「週刊朝日」大正 12 年 11 月 11 日
〈あらすじ〉主人は仕事が上手でなかったが、話好きで世話好きなものだから、その床屋へは客が入った。主人の細君はだらしがなかった。二人の子供を扱いかねて、一日奥の方でガミガミ言っていた。何か気に入らないことがあると、客がいても、主人を口汚くののしった。床屋では、K 医師が体裁屋で、玄関を立派に見せようとしていると笑っていた。だが、そのような暮らしも、地震が一切を覆した。下町が焼け、山の手が助かった。それも運命というものか。営業ができた床屋では、腕前の確かなものが集まった。なにが幸いになるか分からない。

3266　邂逅（「荒都断篇」その九）　［小説］
〈初出〉「週刊朝日」大正 12 年 11 月 18 日
〈あらすじ〉彼女は、東京に出て三月にしかならないが、それにしては田舎者らしいところが少なかった。官吏の M の細君は、長い間、女中を探してみつからなかったのに、気のきいた女が来たので、大喜びだった。お常はよく働いたが、やがて家に帰るのが遅くなることが続くようになった。M はひまを出そうかと思ったが、大地震があって、そのままになっていたとき、行き倒れになった老人が自警団の詰所に連れてこられた。老人は、お常を心配して田舎からでてきた老父だった。娘をみた老父は狂喜し、娘を連れて帰った。

3267　洋食店（「荒都断篇」その十）　［小説］
〈初出〉「週刊朝日」大正 12 年 11 月 25 日
〈あらすじ〉プロレタリア作家の A は月末で金に困っていたが、思いがけなく短い感想の稿料が入った。友人の H と洋食店で食事をし、支払いの釣りが来るのを待っていたときに地震がきた。そのどさくさに紛れ、主人は釣り銭をごまかそうとした。A も H も、この刹那、人間の持っている狡猾さを見せつけられた気がした。「誰がこうしなければ生きていけないことを教えたのか」A は、その根源をもっと深く知ろうと欲した。

Ⅲ 作品

3268 何を作品に求むべきか ［感想］
〈初出〉「朝日新聞」大正12年12月13日
〈要旨〉ある人は、経験をありのままに語ればよいという。経験に裏付けられた作家の主観が、作品の厚みとなり、深さとなる。だから、批評は必要ないのだと。芸術が経験を通して、何ものかを語ろうとするのは、事実である。享楽派の芸術家は、享楽を描きつつ、いかに人生が物憂いか、はかないかを語る。華やかな事実を通して、人生の暗黒の真相を考える。無産派の作家は、無産階級がいかに搾取されるかを描く。目的は事件の筋を語ることにあるのではない。なぜこのような結果が生じたのかを批評する。ブルジョア作家は、憂愁と倦怠が、何によって生まれているのかをもっと深く考えねばならない。
〈収録〉『芸術の暗示と恐怖』春秋社　大13.7　Ⅳ330-2

大正13（1924）年

3269 寒く暗く ［小説］
〈初出〉「文章倶楽部」大正13年1月
〈あらすじ〉汽車は繁華な町を離れ、北へ向かって進んだ。Kは乗客の話に耳を傾けた。一人の乗客が、雪の中で道に迷った話をした。ここは道ではない。川へ魚を掬いにくる人に出会い、ようやく村に帰ることができたという話。また別の男が五郎作という男が安い鉄砲を買ったが、暴発して自分の肩を撃ちぬいた話をした。また別の男が町の家が二軒、雪の重さで潰れた話をした。Kは、駅についた。寒い風が吹いている。A温泉まで橇で行こうとした。そこにはスキー仲間が自分を待っていた。帰りが夜になるので、Kを曳いてA温泉まで行こうというものはいなかった。しかし年取った男が引き受けてくれた。男は、吹雪のなかで、凍え死んだ仲間の話をした。老労働者は、独り汗を流して息せわしく、道を滑っていった。
〈備考〉大正12年11月作。

3270 私の本年の希望と計画 ［アンケート］
〈初出〉「文章倶楽部」大正13年1月
〈要旨〉作品の醇化にこころがけたい。

3271 批評は対立せり（大正一二年の自作を回顧して）［アンケート］
〈初出〉「新潮」大正13年1月
〈要旨〉小説一〇編、童話七編、感想数編。これは大正一二年の諸作。現時の文壇は、無産階級と享楽階級の二つに分かれている。これは作家の生活状態によって分かれるのではなく、芸術の目的を異にするからである。芸術が、階級闘争に使われるか否かではなく、根底に潜む人生に対する倫理観の相違に帰着する。批評は対立し、私の作も毀誉褒貶半ばした。

3272 思想の曙光に明けんとする大正一三年（大正一二年を送りて大正一三年を迎ふる辞）［感想］
〈初出〉「中央公論」大正13年1月
〈要旨〉大正十二年は大正大震災によって記憶されるだろう。しかし私にはもっと意味深い年であった。自分たちの思想も道徳も、昔に比べて向上していると思っていた。しかしこの震災を通して、理性によって、不安と迷盲によく処することができただろうか。自警団事件、主義者虐殺。これほど残虐なことが、私たち兄弟によって、何か一朝事が起きたら精神が興

奮し、ことを引き起こすことが分かった。五〇年の文化は、資本主義的文化であった。物質中心で、模擬的文化であった。教育もまた、功利主義にその根底を置くものであった。現政府は、国会に普選案を上程する。大正一三年は、堂々と、民衆の意志を表白する自由の第一年でなければならない。

3273 寒村に餅の木の思ひ（我が新年の今昔）　[感想]
　　〈初出〉「改造」大正 13 年 1 月
　　〈要旨〉私は年をとるのに対して、喜びを感じることはできない。言い知れぬ淋しさを逝く年の日に覚える。私には正月もその他の月も変わりはないが、毎日行く湯屋が混んでいるので、湯に入らない日が多くなる。年賀状を書くこともつらい。子供の時分の正月を楽しく思いだす。近所に蠟燭がけの貧しい家があった。みんな人のいい者ばかりだった。正月前に主人は欅の木に登り、枝を切る。餅をついて、枝に餅をつける。それを「餅球の木」と呼んだ。このあたりの習わしだ。一月二日は買初めである。前日の夜から曉まで町は店を開いた。その日が一年で一番夜が明るく、賑やかな時であった。煎餅でできた小判を皆買って帰ったが、蠟燭屋の家にいくと、先日の餅の木に無数の小判がぶら下がっていた。
　　〈収録〉『芸術の暗示と恐怖』春秋社　大 13.7　Ⅳ330-23

3274 二十年目の挿話　[小説]
　　〈初出〉「我等」大正 13 年 1 月
　　〈あらすじ〉旧友の A が突然家を訪問した。大学時代の過去が思い出された。A は妻を亡くし、子供を失い、再婚した。その女との間には三人の子供があった。私にも変化があった。苦痛と悔恨の思い出が堆積している。昔はたとえ死を口にしても、眼は希望に輝いていた。今は、彼の眼に昔の輝きはなかった。どんな権力をもってしても、富の力をもってしても、あの時分の人達を集めることはできないと私は思った。A は同じ仕事をしている K にも会うという。K は夏にもかかわらず、宮城拝観のために冬用のフロックを持ってきた。「かなわんわ」と言う口ぶりは、昔と変わらなかった。皆はまた天の川の星が別れていくように別れた。仕事も考えも異なるが、憎みあうことはない。共存の愛を感じるばかりである。
　　〈収録〉『堤防を突破する浪』創生堂　大 15.7　Ⅳ336-14

3275 独逸人形　[小説]
　　〈初出〉「我観」大正 13 年 1 月
　　〈あらすじ〉独逸が戦争後、世界に向けていろんな製品を輸出しているというので、人形の展覧即売会場へ行った。H は、かねてから外国製の人形を一つほしいと思っていた。その思いは、洋行帰りの友達が、仏蘭西製の娼婦の人形を見せてくれたときから始まった。都会への憧れ、栄華、虚栄、悲痛、歓楽、暗い罪悪。かつて大学生と墓地を散歩していたとき、悲哀を感じ、一緒にフランス人形を買いに行ったことがあるが、高くて買うことができなかった。そんなことがあり、独逸人形が安くなっているというので、人形展即売会場へ行ってみたのだ。値段は十円内外であった。金を工面し最終日に買いに出ようとしたとき、プロレタリア詩人の Y が訪ねてきた。彼は、あなたのロマンチシズムを享楽的といわないが、もう一歩鋭く現実に突き進んでほしいと言った。H はだが人形を買った。その後、東京や横浜は大地震で壊滅した。H は窮迫し、独逸人形を売らねばならなくなった。
　　〈収録〉『堤防を突破する浪』創生堂　大 15.7　Ⅳ336-22

『小川未明作品集 第4巻』大日本雄弁会講談社　昭29.10　Ⅳ353-21
『定本小川未明小説全集 第5巻』講談社　昭54.8　Ⅳ369-32

3276　**仮面の町**　[小説]
　　〈初出〉「早稲田文学」大正13年1月
　　〈あらすじ〉それは、自滅を急ぐような町だった。そこに住む人々には、冒険心もなければ、新しい文明を受け入れる気もなかった。あるがままの生活を壊さないように、みんな臆病に、そして保守的だった。先祖の遺した財産には手をつけず、銀行に預けて殖やすことが彼等の最高の道徳だった。Nは、貧しい家庭に育った。父は早く去って、母と二人きりだった。親類に裕福な暮らしをする絹糸問屋があったが、つきあいはなかった。東京の親戚が株で失敗したとかで、男が絹糸問屋の親戚を頼って帰ってきたが、邪慳に援助を断られた。男は船にのって北海道へ向かったが、海に身を投げて自殺した。Nの母は、絹糸問屋に行き、あまり情がないからこういうことになったのだと言った。Nをソシアリストにした動機の蔭にこうした事件が潜んでいた。
　　〈収録〉『彼等甦らば』解放社　昭2.10　Ⅳ337-13
　　　　　　『女をめぐる疾風』不二屋書房　昭10.5　Ⅳ344-13

3277　**少数の女についての印象**（或る女の印象と批判）　[感想]
　　〈初出〉「婦人公論」大正13年2月
　　〈要旨〉女は結婚生活に幻滅を感じていた。夫が女を家庭にしばりつけるのだ。教員免状をもっている女は、家出をして一人で暮らし始めた。いつか理解のある男に出会ったら、配偶を持とうと思った。もう一人の女は、過去に暗い歴史をもっていた。ある男と結婚したが、浮気癖のある男で離婚したいと思った。しかし生活ができなくなるので、彼女は一年間、ミシンを習った。その後、家出をしたが、再び、もとの暗い巷に沈んでいった。すべての女は、経済的に独立しうるだけの力がなければならない。男に媚びず、信じたことを言わなければならない。

3278　**日本青年に訴ふ**　[感想]
　　〈初出〉「青年」大正13年2月
　　〈要旨〉多くの青年が享楽的であり、利己的であり、物質主義の悪弊を受けている。これは青年の罪ばかりでなく、教育の精神の誤った結果である。青年は正義の観念に燃えなければならない。新社会建設の重責を負うことを知らなければならない。勇敢でなければならない。より善い生活をなすべく努力しなければならない。

3279　**母とその子**　[小説]
　　〈初出〉「婦人画報」大正13年2月
　　〈あらすじ〉町を歩いていると、金属製の風車がピカピカ輝いていた。正吉はそれを見ると嬉しかった。家が近かった。しかし彼は今日、算術で落第点をもらって帰ってきた。彼には父がいなかった。母は世間から馬鹿にされないよう、正吉に学問をさせ、大学を卒業させようと思っていた。ときどき家にきて話をしていくお爺さんは、学校でできなくても、子供の得手を伸ばしてやればよいと言った。お爺さんは正吉を私塾にやらせるよう母に勧めた。雪の降る日、正吉は私塾に行くが、休みだったので、年上の友達に誘われて勉強を教えてもらった。母は帰ってこない息子を心配し、私塾や学校にいくが手がかりは得られなかった。母は道に迷い凍えている我が子を思った。やがて向こうから犬を連れた年上の少年と年下の少年が

やってきた。息子に飛びつかれた母は、にわかに物が言えなかった。

3280 **新時代の家庭におくる言葉　[アンケート]**
〈初出〉「婦人之友」大正13年2月
〈要旨〉不純と秘密がなかったら、二人は永久に愛し合うことができる。お互いの天分と美徳を尊重しあうこと。物質のために、その愛を傷つけないこと。親の恩を忘れないこと。子供を大事にすること。社会のために尽くすこと。結婚によって、いっそう良心の生活に深く入ることである。

3281 **死の知らせ　[小説]**
〈初出〉「改造」大正13年2月
〈あらすじ〉雪の夜ほど静かなものはない。空は真暗で、しんしんとどれだけ降るか分らない。田舎では、こんな夜でも隣村へ急な用事で行かなければならないことがある。藁靴をはき、かんじきをつけ、手に棒をもってでかける。日頃から地理に明るいものでなければ、みだりに冒険できるものではない。村人は年寄りの体の心配をする。「去年の秋に来たときは、なんだか影が薄かったようだ」雪の中で一つのことを思いつづけると、直観や直覚は不思議にあたるものである。隣村から便りがあって、老婆が寝ていることが書いてあった。夜更けに誰かが訪ねてきた。家の主人が出ると誰もいなかった。この時、一人が「お婆さんが死んだのではないか」と言った。みんなは顔を見合わせた。
〈備考〉大正12年12月作。
〈収録〉『芸術の暗示と恐怖』春秋社　大13.7　Ⅳ330-21

3282 **死者の満足　[小説]**
〈初出〉「中央公論」大正13年2月
〈あらすじ〉家具屋の主人は病気だ。春を楽しみに待っていた。町内の床屋の主人や古着屋の主人、薬屋の主人は衆議院の選挙が近くなったので、A派の高山候補を応援して働いていた。家具屋の主人を診察した医者は、B派の野田候補を応援してほしいと頼んだ。選挙日が近づいたころ、野田候補の夫人が、家具屋に来て、応援を頼んだ。夫人は沢山の名刺を置いていった。家具屋の主人は、野田に投票した。その日からまた熱が出たが、野田が勝ったのを知った彼は、喜びを感じた。しかし数日後、挨拶にきた野田夫人は、謙遜さを失っていた。家具屋の主人は、ヒヤシンスの花の咲く前に、この世を去った。
〈収録〉『堤防を突破する浪』創生堂　大15.7　Ⅳ336-2

3283 **其の雄勁とさびしさ（凌寒魁春の意気を表現する梅花の賦）　[感想]**
〈初出〉「中央公論」大正13年2月
〈要旨〉冬、子供のころ、町の湯屋へ母に連れられていった。昔風のきわめて陰気な、穴の中に潜り込むような風呂。カンテラの火が、湯気にもうもうとして灯っていた。そこに梅の枝が二三本、縄で結わえて吊るされていた。私はどんなにこの早咲きの梅の枝がほしかったことか。人知らぬ間に寒空の下で咲き、香りながら散るところに梅の強さとさびしさがある。
〈収録〉『定本小川未明小説全集　第6巻』講談社　昭54.10　Ⅳ370-50

3284 **民衆の意志（政局と知識階級）　[感想]**
〈初出〉「朝日新聞」大正13年2月13,14日
〈要旨〉貴族内閣の出現に対し、反対する政党は階級闘争を醸成するものだと言っている。貴族政治の専横に代るに、ブルジョア政治の専横を以てしても、無産階級が存する限りは、階級闘争は起こるだろう。政治が圧迫と

なり、強制となったときは、真理と背馳する時であり、良心と離れて存立した時である。真理に対する殉教的精神と正義感は、その社会の中枢的思想をなす。暴力であってはならない。暴力のもとには、正義も、主義も、理性もない。特権階級の専横と、無産階級の生活逼迫と、言論不自由と、思想取締りと、権力の行使は、みな暴力である。

3285 **発見は直に破壊なり　[感想]**
　　〈初出〉「時事新報」大正13年2月13,14日
　　〈要旨〉人間は、生活を善くなさんがために社会を造った。しかし、いつのまにか社会が個人を縛るようになった。人間は機械視され、個性が軽視された。人間は不自然に馴れ、自省心を麻痺させられてきた。このことは精神労働の場合にもあてはまる。芸術も、資本主義の市場原理のなかで生産されてきた。これはマルキシズムのいうように、経済革命が成立しないかぎり解消されないのか。私はそうは考えない。正義や真理に対する感激は、物質的条件を持つものではないからだ。新芸術は、社会観において、人生観において、旧文化の連続ではあってはならない。表現形式においても、旧芸術の衣装を借りてはならない。いかなるものが人間的な生活であるのか、それを発見することは直ちに既成文壇を破壊することである。

3286 **芸術に箇条なし　[感想]**
　　〈初出〉「都新聞」大正13年2月16〜19日
　　〈要旨〉生活意識を強くもつことはよい。文壇意識をもつことはよくない。清新の感じと鋭さと、冒険を試みる勇気が大事である。作家は、人間としての不羈の性格を正直に、大胆に推し進めていくべきだ。教養とは、自らの性情に、独自のものを発見したときに、それを自愛し、はぐくむことである。芸術に箇条なし。
　　〈収録〉『芸術の暗示と恐怖』春秋社　大13.7　Ⅳ330-5
　　　　　　『小川未明作品集　第5巻』大日本雄弁会講談社　昭30.1　Ⅳ360-80
　　　　　　『定本小川未明小説全集　第6巻』講談社　昭54.10　Ⅳ370-53

3287 **人生に於ける詩　[不明]**
　　〈初出〉「詩と人生」大正13年3月
　　〈要旨〉(不明)

3288 **母性の神秘　[感想]**
　　〈初出〉「婦人之友」大正13年3月
　　〈要旨〉ある社会主義がいうように、子供の教育は機械的にできるものではない。人生に必要なものは、正義の観念であり、犠牲の観念である。母性こそ犠牲を厭わず、子供のために生きるものである。少年時代から成人になるまでの人間的教育の大部分は、ほとんど母性愛に対する感激によるものであろう。このことをもって家族制度を肯定しようというのではない。犠牲的精神のみがほんとうに自分の子供を救いえるという一事を多くの婦人がもつかもたないかが大事である。形式の新旧如何をとわず、至純の愛と犠牲的精神をもって教育する母性愛のみが、よりよき人生をつくるのだ。
　　〈収録〉『芸術の暗示と恐怖』春秋社　大13.7　Ⅳ330-12
　　　　　　『定本小川未明小説全集　第6巻』講談社　昭54.10　Ⅳ370-55

3289 **雪解の流　[小説]**
　　〈初出〉「改造」大正13年3月
　　〈あらすじ〉幸吉は、寒鮒を釣りに行った。いくらかの金になったからだ。彼は病みつかれた妻を思った。妻は、もう自分の命は長くない、子供の幸

二を頼みますと言った。妻のおたつは、貧乏な暮らしを妻のせいにしたい幸吉の母に苛めぬかれた。武士の家柄なのに、罪人の娘をもらったと村人に言いふれた。母が亡くなれば、家族の生活は変わるかと思ったが、気の弱い幸吉に仕事は回ってこなかった。おたつの父は、賭博をしたために捕まった。幸吉は、それで役場を辞めることになった。少年時代、幸吉は、おたつとよく遊んだ。おたつの父親もやさしい人だった。おたつの父親が監獄から出てきた年、コレラが村を襲った。彼女の父も母もこの病気で死んだ。過去の一切は、水の流れのように去っていく。幸吉が釣りから帰ると、幸二が泣きながら母がいないと言った。母は首をくくっていた。それから幾年か経った。成長した幸二は、社会主義者のNに手紙を出した。自分たちの不幸は運命だと思っていたが、先生のお書きになったものを読んで、不可抗の運命ではないことを知ったと書いてあった。前途の困難は承知しているが、意義ある生活をしたいと手紙は結ばれていた。
〈収録〉『彼等甦らば』解放社　昭2.10　Ⅳ337-14
『女をめぐる疾風』不二屋書房　昭10.5　Ⅳ344-14

3290　**誠実に誠実をもって酬わず**　[感想]
〈初出〉「進め」大正13年3月5日
〈要旨〉私は学校を出るとすぐに雑誌記者になった。二十四歳の夏である。まだ社会を知らず、自分が誠実であれば相手も誠実に対応してくれると信じていた。N博士の家に話を聞きにいったとき、体よく断られた。ブルジョア階級には、こうした虚偽と虚栄があると後から知ったが、若者から尊敬されているN博士だけに、強い反感を覚えた。無産階級の人々は、自分たちのために書かれた作品を愛好すべきだし、知識階級はそれを支援すべきだが、彼等は享楽的なものを喜ぶ。民衆の心が改まらなければ、民衆のために書かれた作品の価値は認められない。

3291　**ある日の挿話**　[不明]
〈初出〉「創作と講談」大正13年3月10日
〈要旨〉（不明）

3292　**自動車横行に対する階級的実感（自動車横行時代）**　[感想]
〈初出〉「中央公論」大正13年4月
〈要旨〉自動車が横行するようになって、米国では、社会主義者が増加したと言ったものがある。おそらくこのことは米国に限ったことではない。無産者が自動車を見るときほど、階級闘争の観念を惹起することはない。ことに震災後は、わずかに自動車がはいる程の狭い道をしきりに、警笛を鳴らしながら行く。どうか私の最も愛するものが、自動車に轢かれてくれるなと私は心の中で祈っていた。もしそうなったら、感情の赴くままに、私はテロリストになってしまうだろう。

3293　**彼岸桜富士桜（桜花の賦）**　[感想]
〈初出〉「中央公論」大正13年4月
〈要旨〉花を愛する人は、自然を愛する人だ。枝や幹やその他を見ず、花だけで美を定めるはずはない。植物に対する私の趣味も、変遷した。この頃は富士桜の優雅を愛するようになった。十二三の頃、近傍の山に登り、山桜の白い花を見たときは、狂喜に近いなつかしみを覚えた。村の絵師の庭先に見事な彼岸桜があった。毎年、村の世話役の老人が桜を見にやってきて、枝を欲しがるので、ついに絵師は木を切ってしまった。私はこのころ、はじめて梅の趣味を解し、桜の花の美しさが分かるようになった。

〈収録〉『未明感想小品集』創生堂　大15.4　Ⅳ335-61

3294　**明方の混沌**　［小説］
〈初出〉「早稲田文学」大正13年4月
〈あらすじ〉兄は、朝起きると、黙って山へ行った。また一日働くのである。東京から帰った弟と昨夜、言い争った。毎月百円足らずの仕送りをしてきた。弟は地主は横暴だと言った。小地主である兄は、自分も真面目に働き、小作人から悪く言われた覚えがなかった。遅くに起きた弟は昨夜のことを思い返し、地主が小作人を搾取していることに無責任ではありえないと考えたが、兄が悪いのではないと思い、山へ謝りに行った。兄は山を分けてやるから、これからは仕送りに頼らなと言った。その経緯を、弟は東京にいる印刷工の浅野に伝えた。浅野はそれを読み、誰もはじめは正義を主張するが、やがて物質生活がみんなを不正直にすると思った。東京に戻った弟は、浅野から機関雑誌を出すための資金提供を求められたが、学校を卒業するための金にしたいと断った。その後、大地震が起きた。浅野は失職したが、自由労働者の群れに入ってなおも働いた。弟は田舎へ帰った。田舎で人間的な生活を送りたいと浅野に手紙で伝えた。浅野は、人間はどうにでも議論を変え、また都合のいいように良心を欺くことができると感じた。「すべてが、夜明け前の混沌だ」
〈収録〉『堤防を突破する浪』創生堂　大15.7　Ⅳ336-9

3295　**眠りのあちら**　［小説］
〈初出〉「サンデー毎日」大正13年4月1日
〈あらすじ〉明日が子供の時分にどれほど待ち遠しく、あちらにあるように感じられたか。明日までには夜を過ぎなければならない。もう一度、怖ろしい、不可知な夜を過ぎなければならない。私たちは、眠りという底の知れない、運命の手に捉えられる。今でも、明日は私にとって不可知であり、遠くにある。私は、毎日、同じ道を歩いて社に勤めている。仕事がおわり、何でもない一日が、もう帰ってこない事実に、淡い愁しみを覚える。若いとき、私は夜勤の仕事をしていた。皮膚の色が次第に鉛色になっていった。眠られぬ夜を過ごした。それも繰り返されない青春の時代であった。私は、何のために生きているのかと思う。小さな子供になった自分を思っても、私は救われなかった。夜が明けた。夜の怖ろしさから救われた。
〈備考〉大正13年3月作。

3296　**思索と自らを鞭打つこと**　［感想］
〈初出〉「女性改造」大正13年4月1日
〈要旨〉人間がただ生きればいいというなら、学校へ入る必要はない。意義ある生活をしようとするために、努力や反省が必要になってくる。しかし、社会に出ると、朝から晩まで働き、衣食のために労働を余儀なくされる。読書の時間も、思索の時間も失われる。時勢に遅れないようにするには、多大な努力が必要である。社会に出た人間の多くは、世の中はこういうところだと思うようになる。しかし妥協しない人は、そうした社会に忍従することができない。不正と戦い、不義と争う。よりよい社会が建設されるために、努力するのが目覚めた人間の義務である。真理の徒であるためには、自ら鞭打つことを怠ってはならない。社会の改造をヤンガージェネレーションに期待している。
〈収録〉『芸術の暗示と恐怖』春秋社　大13.7　Ⅳ330-13

3297　**新聞紙**　［小説］

〈初出〉「進め」大正13年4月1日
〈あらすじ〉Kは、毎朝、新聞を読んだ。新聞がなければ、みんなは自分の生活を運命と思い、不条理なことも疑わないだろう。ある官立学校に勤める外国人教師が一枚の通知状で辞めさせられた。雇う人と雇われる人の関係はそんなものなのか。月給で契約されているのは分かっている。しかし、人間が機械より安く取り扱われてよいものか。寡婦が生活難のために、子供とともに轢死した記事も載っていた。世間の人は、それを知っても何とも思わない。他人は他人、自分は自分だからだ。人々が社会の不正を新聞で知るのは、それを正すためではない。噂話の材料にするためだ。新聞社も職業的な商品としてそれを取り扱っているにすぎない。
〈収録〉『小川未明選集 第4巻』未明選集刊行会　大15.3　Ⅳ334-9
　　　　『小川未明作品集 第4巻』大日本雄弁会講談社　昭29.10　Ⅳ353-22
　　　　『定本小川未明小説全集 第5巻』講談社　昭54.8　Ⅳ369-25

3298　悩みの社会化　［感想］
〈初出〉「婦人之友」大正13年5月
〈要旨〉私達の持つ理想が実現することは容易ではない。長い間の因習を革めるのは、たやすくはない。ことに女子は現社会において恵まれるところ少ない。男子と同じ力量をもっていても、不利益な境遇に置かれることが多い。不幸や悩みや苦痛は、たいてい自分自身を中心に言われることが多い。しかし、悩みを社会全体の問題と捉えるなら、その悩みに希望を見いだすこともできる。

3299　現代詩をいかに見るか　［アンケート］
〈初出〉「日本詩人」大正13年5月
〈要旨〉象徴派、印象派的ないい詩はたくさんある。静かな、さわやかな、頽廃的な、奇怪な絵を見るような詩もたくさんある。未来派的な、動的な、生々しい、革命的な詩は、形こそ整わないが、未来の詩壇を暗示している。

3300　嫁入前の女性に是非読んで貰ひたい書物　［アンケート］
〈初出〉「女性改造」大正13年5月
〈要旨〉特に思い当たらない。私自身の立場として、トルストイの書物は読んでもらいたい。恋愛に関するもの、宗教に関するもの、それらには家庭をつくるうえでの深い教訓がある。

3301　路次裏　［小説］
〈初出〉「新潮」大正13年5月
〈あらすじ〉母は都会から汽車で四時間ほど行った小さな町に住んでいた。二階借りをして、針仕事などを子供たちに教えていたが、いまは病気で寝ている。母のために滋養になるものを買って送ろうと彼は考えた。彼は今の母が本当の母ではないのではと思っていた。しかし十五の春、都会に出るとき、自分のために悲しんでくれた。自分が生まれてときに死んだ父のことも知りたかった。しかし、母はきっと言わない。もう幾年も帰らない。帰ったら、そのことを口に出してしまうからだ。彼はカフェの少女を思った。恋が成就したら、明日から自分の生活も変るだろうと思った。母から分厚い手紙が届いた。それは病が重くなった母が、過去の秘密を打ち明けた内容だった。母がまだ娘のとき、恋人と思っていた男性から捨てられた。その帰りに捨子にされていた子がお前だと書かれていた。可愛い子供を育てることのできなかった実母の哀れさを思いやってほしいと書いてあった。

301

3302　メーデーに対する感想と希望　［アンケート］
　　　〈初出〉「進め」大正13年5月1日
　　　〈要旨〉メーデーの演壇に立って叫ぶ激烈な演説は聞きあきた。メーデーは
　　　　労働者が結束して仕事を休む日である。メーデーの朝、都会が火の消えた
　　　　ようになったときこそ、本当のメーデーであろう。労働者の心熱と自覚に
　　　　待つよりない。その程度がその社会の文明の程度である。

3303　私は斯く感ず　［感想］
　　　〈初出〉「読売新聞」大正13年5月26日
　　　〈要旨〉震災後プロレタリヤは急に声を潜めた。第一には階級意識を文壇に
　　　　植えつけ、使命を果たした時であったということ、第二には震災の結果、
　　　　経済界に不安が生じ、一般の民心が反動的に傾いたことである。今や第二
　　　　期に入った。プロレタリヤ文学は、独立した個性的な芸術として生まれる。
　　　　文壇の主潮は、つねに人生的であり、真理の進行と一緒でなければならな
　　　　い。現在の社会における生活の正しい批評でなければならない。文明を支
　　　　配する第一義の道徳観念に立脚したものでなければならない。

3304　予が嘱望する新作家及び注目した作品　［感想］
　　　〈初出〉「新潮」大正13年6月
　　　〈要旨〉井東憲「人間の巣」。「地獄の出来事」に続き、これを書いた。もっ
　　　　と認められてよい。

3305　理想破綻後の必然的現象（東洋人聯盟批判）　［感想］
　　　〈初出〉「改造」大正13年6月
　　　〈要旨〉搾取された者同志、劣等視された者同志、虐げられた者同志が、反
　　　　抗と同情で結合し、彼等の敵に当たることは至当である。しかしそのため
　　　　に幾多の犠牲を出すことが分かるからこそ、理性的な行動をしているので
　　　　ある。人種的対峙が第二の世界大戦を引き起こす。理性の裁断が頼みの綱
　　　　だ。もし米国の不正義を、悪用された資本主義を防ぐことができなければ、
　　　　虐げられた者は正当な防衛をしなければならない。階級闘争も国際関係も
　　　　同じである。排日案がどうなるか、それによって世界がどう動くかは、宿
　　　　命的でどうすることもできない。

3306　或者は道徳的から、或者は経済的から（ブルジョアの不安とプロレタリア
　　　の悲惨）　［感想］
　　　〈初出〉「中央公論」大正13年6月
　　　〈要旨〉人間は世の中に生れた以上、幸福でありたいと願う。幸福だけが生
　　　　存を誘惑する美しい幻影であり、目的である。愉快に、面白く暮らすこと
　　　　が悪いのではない。ただその愉快や快楽は共有すべきものでなければなら
　　　　ない。資本家は、おのれの贅沢な生活を顧み、労働階級に対してやましさ
　　　　を感じる。また生産機関が労働階級の手中にあることから経済的な不安を
　　　　感じる。実に感情なく、道徳的観念なく、社会組織に対する知識のないブ
　　　　ルジョアのみが、無産労働階級の前に、不安なく、恐怖なく、ごう慢であ
　　　　り得るのである。資本家は温情主義によって労働者を手なずけようとする。
　　　　知識階級も、両者の衝突を緩和しようとする。しかし一切の虚偽は、真理
　　　　を抑圧することはできない。

3307　宗教の無力を感ず　［アンケート］
　　　〈初出〉「新人」大正13年6月
　　　〈要旨〉排日問題は単に経済関係ばかりでない。政治家の政策ばかりでもない。
　　　　資本主義の悪用ばかりでもない。その根本に人種的差別がある。もし、ア

メリカの偏見をキリスト教徒の力をもって、ワシントン万国平和会議に列した各国の理性をもって解決できなければ、宗教や理性は大したものではない。

3308 **忘却と無智（大地も揺らぐ）** ［感想］
　　〈初出〉「中央公論」大正13年6月
　　〈要旨〉忘却がなかったら、人生はあまりに傷ましいものであろう。去年の震災当時のことを、人々はいま忘れ顔に、華やかな風をしている。人間は無智だからといえばそう言える。私達はいまや自然に慣れている。平和な生活に慣れている。人生はこれでいいのかも知れない。しかしもし人間が不可抗の自然力に思い至ったなら、相互に殺し合い、奪い合うことの愚を悟るだろう。
　　〈備考〉大正13年6月作。

3309 **新緑に憧がれて新緑を見ず（新緑に対して）** ［感想］
　　〈初出〉「中央公論」大正13年6月
　　〈要旨〉去年の震災後、市中に緑葉を見ることは少ない。しかし山の手の丘陵は緑葉が濃い。ターナーは、そうした自然の変遷を描いた。一方、東京の郊外へ行くと何も変わったことがない。私はコローの絵を思う。新緑に対して、自然の生命と哀愁と漂泊と形なき恋を感じないものがいるであろうか。奈良の旅、霞が関の新緑、二人の子供が眠る雑司ヶ谷墓地の新緑。北国の五月はまだ寒い。空はうす暗く、日本海は黒ずんでいた。北国の新緑は、私に少年時代のメランコリーであったことを思い出させる。いつのまにか新緑の時期は過ぎてしまう。仕事にかまけ、つい新緑を見ずにしまう。
　　〈収録〉『未明感想小品集』創生堂　大15.4　Ⅳ335-62

3310 **治安維持法案の反道徳的個条** ［感想］
　　〈初出〉「新人」大正13年6月
　　〈要旨〉平和の精神と正義の精神から成立しない法律は、私たちの要求するものではない。国会の法律は、国民全体を真に平和の精神から擁護するものでなければならぬ。治安維持法案の中には、内容だけでなく、許し難い一箇条がある。信義を無視し、約束を破り、同志を売るがごとき人間は、国民として、市民として、何の役にも立たない。そうした人間を認めるような箇条がある。
　　〈収録〉『未明感想小品集』創生堂　大15.4　Ⅳ335-88
　　　　　『小川未明作品集 第5巻』大日本雄弁会講談社　昭30.1　Ⅳ360-85
　　　　　『定本小川未明小説全集 第6巻』講談社　昭54.10　Ⅳ370-70

3311 **現代名家の十書選―古今内外の名著を厳選して** ［アンケート］
　　〈初出〉「読売新聞」大正13年6月2日
　　〈要旨〉クロポトキン「青年に与ふる書」、トルストイの童話集、ムーテル「近世絵画史」、丘博士「進化論講話」、頼山陽「日本外史」、近松世話浄瑠璃集、ワーズワース詩集、ルソー「懺悔録」、箕面博士「仏蘭西革命史」、アンデルセンお伽噺集。

3312 **微笑する未来** ［小説］
　　〈初出〉「中央公論」大正13年6月夏季増刊号
　　〈あらすじ〉その貿易会社は設立してまだ日が浅かった。三人の外交員や事務員を兼ねる若い者が雇われていた。武井は皮肉屋だった。貧乏の中で妻を亡くした。人間以外は運命に忍従している。人間だけが運命に抵抗する

Ⅲ 作品

　　　　が、それができないものは、やはり運命に屈従するより他に道はない。一
　　　　方で、人は皆死ぬ。自然は公平だ。そのことを知らない人間は無智だと考
　　　　えた。小沢はヒューマニストだった。暴風雨のなかを火を護りながら歩い
　　　　ていく。火を吹き消してはならないと思った。塚田の妻は、会社の社長と
　　　　関係をもっていた。家出をした妻を塚田は探しまわる。給仕の三田は母を
　　　　失い、父を鉄道事故で失ってから、叔父に預けられ、ここで働いていた。
　　　　姉は芸妓になっていた。もう一人の給仕の木島は英語を勉強し、無産階級
　　　　のデモに加わっていた。会社の社長の弟が会社の金を持ち逃げしたころ、
　　　　三田が自殺をした。武井は大阪で経済雑誌を出すという。小沢はある新聞
　　　　社の編集に入った。木田は船乗りになった。木田から手紙をもらった小沢
　　　　は、未来はこの少年の前に微笑していると思った。
　　　〈収録〉『小川未明選集 第4巻』未明選集刊行会　大15.3　Ⅳ334-18

3313　創作楽屋ばなし　[感想]
　　　〈初出〉「文章倶楽部」大正13年7月
　　　〈要旨〉毎朝、新聞を見る。二つの気持ちがある。一つは、現実相のわずら
　　　　わしさから遠ざかり、自由に、自然なり人生なりを味わいたい気持ち。ニ
　　　　ヒリスティックな静寂を求める心である。一つは、正義を標榜し、現実の
　　　　不正をただしていこうとする気持ち。動的な積極的な一面である。芸術は、
　　　　第一義的な道徳観念に対する最高の感激に他ならない。人生の文芸、社会
　　　　の文芸を人は忘れている。好きな本は、クロポトキン、アルチバーシェフ、
　　　　アンデルセン、チェーホフ。二葉亭訳の「椋のミハイロ」もよく覚えている。
　　　　ハーンの「浦島太郎物語」も。好きな季節は早春。梅雨の前後も。夏の終
　　　　わり。趣味は風呂、散歩、盆栽。

3314　序(『芸術の暗示と恐怖』)　[感想]
　　　〈初収録〉『芸術の暗示と恐怖』春秋社　大13.7
　　　〈要旨〉私は論客でないから、議論のための議論は書けない。また目下の自
　　　　分の生活から離れた問題について、書くことができない。ここに集めた諸
　　　　編は、私がその時々に言うべくして、書いたり話したりしたものである。
　　　　それに小品を数編加えた。
　　　〈収録〉『芸術の暗示と恐怖』春秋社　大13.7　Ⅳ330-0

3315　芸術の暗示と恐怖　[感想]
　　　〈初収録〉『芸術の暗示と恐怖』春秋社　大13.7
　　　〈要旨〉少年の心がもつ自然に対する驚異、不可思議の感じ、一種の敬虔の
　　　　気持ちは、大人になっても消えるべきものではない。童話は、ひとり子供
　　　　にのみ要求されるものではない。真の芸術的童話は、何びとにも、深い暗
　　　　示と感興とを与える。芸術に含まれる童話的価値は、人間の無反省と、心
　　　　の荒廃とから蘇らせることにある。そのために、魂をしめつける死が童話
　　　　に必要だ。死は文学の上に、特殊な色彩を与える。深い、瞑想と反省を与
　　　　える。死の恐怖は、生の享楽に深い意義を付与する。
　　　〈収録〉『芸術の暗示と恐怖』春秋社　大13.7　Ⅳ330-1
　　　　　　　『小川未明作品集 第5巻』大日本雄弁会講談社　昭30.1　Ⅳ360-78
　　　　　　　『定本小川未明小説全集 第6巻』講談社　昭54.10　Ⅳ370-51

3316　救ひは芸術にある　[感想]
　　　〈初収録〉『芸術の暗示と恐怖』春秋社　大13.7
　　　〈要旨〉私達の生活に密着した、そして、良心から生まれた本当の叫びのみが、
　　　　第一義の芸術であって、それだけが、人生にとって切っても切ることがで

きない価値を有している。人生は理解であり、同情であり、相互扶助である。暴力の下には、私達は平和な人生を見ることができない。芸術の力は人を正しい姿に置くことができる。救いは芸術にある。
〈収録〉『芸術の暗示と恐怖』春秋社　大 13.7　Ⅳ330-3
　　　　『小川未明作品集 第 5 巻』大日本雄弁会講談社　昭 30.1　Ⅳ360-79
　　　　『定本小川未明小説全集 第 6 巻』講談社　昭 54.10　Ⅳ370-52

3317　**私達は自然に背く**　[感想]
〈初収録〉『芸術の暗示と恐怖』春秋社　大 13.7
〈要旨〉自然の変化ほど人生にとって意味の深いものはない。だが人間は自然の意志に背いて、花が咲くのをじっと見ることもない暮らしを強いられている。学校にいるときも、無心に自然に親しむことはできない。ごく子供の時分に親しんだ自然の記憶を頼りに生きている。それが人間にやさしみを与えている。
〈収録〉『芸術の暗示と恐怖』春秋社　大 13.7　Ⅳ330-8
　　　　『未明感想小品集』創生堂　大 15.4　Ⅳ335-54
　　　　『定本小川未明小説全集 第 6 巻』講談社　昭 54.10　Ⅳ370-56

3318　**婦人の過去と将来の予期**　[感想]
〈初収録〉『芸術の暗示と恐怖』春秋社　大 13.7
〈要旨〉今から二十年前、日本に西欧のロマンチシズムの流れが入ってきた。星菫派と呼ばれた、恋愛至上主義者などが、自由恋愛が叫ばれ、旧道徳に対する破壊運動が興った。十年後、自然主義が起こり、家庭を破壊し、新しい愛欲の生活に入っていった。しかしそれとともに、女達は、経済的に自立しなければ、独立しえないことを知った。そして新理想に輝く、社会建設の道へ、強い、真理と正義心との握手から、男女共同の事業に進もうとしている。
〈収録〉『芸術の暗示と恐怖』春秋社　大 13.7　Ⅳ330-11

3319　**人間否定か社会肯定か**　[感想]
〈初収録〉『芸術の暗示と恐怖』春秋社　大 13.7
〈要旨〉社会における不義な事実、不正なことがら、詐欺、利欲的闘争、そうした醜悪な事実を見るにつけ、これに堪えない思いを抱く。それがために人間に疑いを抱くことはないだろうか。人をみだりに信じなくなる。自分たちの生活が支障なく送れればよいと考える。人間に対する、真の慈愛も信義ということも失われてきた。子供はみな正直で、やさしい。しかし人間は年をとると、悪くなると決まっているのか。禍が社会から来るとすれば、それを改めていかねばならない。芸術家は現実に触れようとしなければならない。人間に対する相と同情と、正義に対する感激がなかったら、その人は詩人ではない。
〈収録〉『芸術の暗示と恐怖』春秋社　大 13.7　Ⅳ330-16

3320　**冬から春への北国と夢魔的魅力**　[感想]
〈初収録〉『芸術の暗示と恐怖』春秋社　大 13.7
〈要旨〉北国の人は、春は南の方からやってくるものと思っている。春が海をわたって来ると考えるのは、南国の人である。南風がふくと、春がやってくる。北国の春の黄昏時ほど、穏やかなロマンチックなものはない。重苦しい不安な気分もそこにはあった。春がきたことは、北国の人には嬉しいことだが、南国の花園のような絢爛たる色彩が展開される春ではない。夏になると、南国のそれにもまして、太陽の光ははげしい。冬には真っ暗

だった海が、夏には赤い炎のように彩られ、そこに未知の国があることを思わせた。北国の自然には、単調の底に力強い魅力がある。
　　　〈収録〉『芸術の暗示と恐怖』春秋社　大13.7　Ⅳ330-20
　　　　　　『定本小川未明小説全集 第6巻』講談社　昭54.10　Ⅳ370-59

3321　北国の夏の自然　［感想］
　　　〈初収録〉『芸術の暗示と恐怖』春秋社　大13.7
　　　〈要旨〉子供の時分には祖母が私に昼寝をさせた。ガラガラ糸車をまわす音が聞えた。近所に小さな糸取り工場があった。その家の白髪のお婆さんが怖かった。友達と桑畑に行った。桑の葉は信州へ運ばれる。家に戻ると祖母が南瓜を切っていた。夕立がきた。暗くなると、私たちは涼み台に集まった。隣の父親が妙高山に登ったときの話をした。天の川が見えた。鉄道線路に沿って海まで歩いていったこともある。汽船会社があった。砂浜には黄色い花が一面に咲いていた。
　　　〈収録〉『芸術の暗示と恐怖』春秋社　大13.7　Ⅳ330-22
　　　　　　『小川未明作品集 第5巻』大日本雄弁会講談社　昭30.1　Ⅳ360-25

3322　雨上がりの道　［感想］
　　　〈初出〉「女性改造」大正13年7月1日
　　　〈要旨〉いたるところ、じめじめと降る黒い雨で、腐れてしまうような気がして、私は外へ出かけた。梅雨には、やさしい感情と残忍な神経が交錯する。古本屋にいた汚れた犬が私の後をつけてきた。犬の様子が、意気地のなくなった卑屈な人間のように感じられて、厭な気持ちを抱いた。「それで自分は哀れな者に対し、同情心があるといえるか」と思った。しかし本屋の主人に縋り、今度は自分に縋ろうとする態度が気に入らなかった。私は雑踏する場所へ行き、葬儀の列の前を横切って、カフェーに入った。私は、自由を選んだこの当たり前のことに、残忍性はなかったかと後からさびしい気がした。
　　　〈収録〉『未明感想小品集』創生堂　大15.4　Ⅳ335-75

3323　高山のあこがれ　［感想］
　　　〈初出〉「朝日新聞」大正13年7月6日
　　　〈要旨〉少年のころから高山の人跡未踏に対する憧れがあった。今もかわらない。高山植物を手にするのは、その憧れからだ。今はもう登れないが、せめて麓にいき、その稜線を眺めたい。

3324　海の彼方への憧憬　［感想］
　　　〈初出〉「サンデー毎日」大正13年7月13日
　　　〈要旨〉「紅雲郷」は形のない故郷を懐かしむ気持ちを書いたものである。自分の故郷は日が落ちる彼方に、あるような気がしていた。自然主義の時代にそうした考えは容れられなかったが、いつの時代も沈滞した時代を呼び覚ますのはロマンチシズムの運動である。空想のなかに、真実と厳粛さを見出だしたのは、鈴木三重吉や谷崎潤一郎であった。「早稲田文学」が復活した第二号に「乞食」を書いた。その頃、牛込の清風亭で会があり、そこで抱月氏からこの作品をほめてもらった。

3325　凍氷小屋の中―涼しい思ひ出から―　［感想］
　　　〈初出〉「時事新報」大正13年7月13日
　　　〈要旨〉山奥の温泉に行ったときも、玉川の水につかったときも涼しかったが、子供のころの雪小屋ほど涼しいものはなかった。二月から三月にかけての雪を夏まで雪穴で保存するのである。雪小屋は、寺の林のそばにあった。

筵を小脇にかかえて氷を買いにいった。知った男がいると小屋の中へ入れてもらえた。あの時の涼しさに比較するほどの涼しさを、その後、知らない。

3326　**夏の自然の中で**　[感想]
〈初出〉「現代」大正13年8月
〈要旨〉夏でも山の上の空は、冷やかな青みを帯びていた。真昼ごろ、物置小屋に大きな蛇が入っていった。私はその後、いつまでも蛇が小屋に住んでいると思い込んでいた。後に小屋を取り払うことになったとき、蛇はいなかった。美しい蝶や蜜蜂が飛んでいた。そこへ激しい雷雨が訪れた。私は逃げ場所のない蝶や蜜蜂を心配したが、天気になったとき、再び蝶や蜜蜂が元気に飛んでいるのを見た。自然は自分に慕いよってくるものを殺そうとはしない。

3327　**道徳的の立場から**（奢侈品の輸入制限に関連して）　[感想]
〈初出〉「婦人之友」大正13年8月
〈要旨〉税金を払っているから、それを使ってもよいという観念は、それを使えない階級の反感を買う。有産階級がもたねばならないのは、道徳的良心である。自動車なら、無用の場合には乗らないようにする。税金を上げるというより、人間生活にとって必要のないものの使用を禁ずる方がよい。現在の日本の生活状態は、精神的にも物質的にも、もっとも緊縮を要する時である。

3328　**早稲田文学合評会**　[座談会]
〈初出〉「早稲田文学」大正13年8月
〈要旨〉（生方敏郎，大槻憲二，武藤直治，伊藤貴麿，和田傳，本間久雄との座談会）

3329　**鉄橋**　[小説]
〈初出〉「改造」大正13年8月
〈あらすじ〉私は都会を愛した。都会をもっと意識するために、私はS鉄橋へよく行った。都会には秘密、罪悪、虚偽、残忍がある。にもかかわらず都会を愛する。当時、私はゴールキーの作品を愛読していた。私は日本海に面した港町を思いだした。そこにも鉄橋があった。S鉄橋の上で、私は故郷のNから送られてきた手紙を思いだした。Nは故郷の中学校で舎監をしていた。東京で就職先を探してほしいと書いてあったが、到底見つからないと返事を書いた。ある日、私は囚人の群れをみた。手錠をはめられている。囚人たちは線路の上で、手錠の鎖を切ろうとする。しかし腕を切断され、鉄橋から身を投げる。そんな空想を私はした。私とMは、労働者にビラを配った。Mが警察官につかまった。S鉄橋から身を投げて死んだ者の記事を読んだ。私はNではないかと思った。この時、不意にうしろから私の肩をたたいたものがいた。
〈収録〉『小川未明選集 第4巻』未明選集刊行会　大15.3　Ⅳ334-19

3330　**木の頭**　[感想]
〈初出〉「女性」大正13年8月
〈要旨〉雪の晴間は、沈黙の時間であった。日本海の波の音が耳に聞えてきた。私は雪をふんで、家から離れた小屋へ行って、湯殿の火をたいた。青い煙が次々に消えていく。湯殿につかると、窓から榛の木と杉の木の頭が並んでいるのが見えた。去年もそうだったことを思い出した。年月はたちまちに経ってしまうことを思った。
〈収録〉『未明感想小品集』創生堂　大15.4　Ⅳ335-68

III 作品

3331 **最近の感想　［アンケート］**
〈初出〉「進め」大正13年8月1日
〈要旨〉人間生活の悲劇も、醜悪も、過失も、みんな一種の娯楽として捉える風がある。雑誌は社会正義、人道のためというより、享楽のために使われる。資本主義は人間性を腐食させ、商品化する。生活問題も、時事問題も、ジャーナリズムの舞台で踊っているのである。

3332 **人跡稀到の憧憬より　［感想］**
〈初出〉「時事新報」大正13年8月16,17日
〈要旨〉自然を征服することは人間の生きる力の強さを示すもので、喜ばしいことだが、登山が盛んになり、私のロマンチックな思いは少なくなってきた。私は自然を崇拝する。山に対してもっともそれを思う。
〈収録〉『未明感想小品集』創生堂　大15.4　Ⅳ335-93

3333 **夏と自然と人生　［感想］**
〈初出〉「京城日報」大正13年8月27日
〈要旨〉毎年夏になると避暑をし、寒くなると避寒をするのは有閑階級である。一般の労働者には、そういうことはできない。これとは別に、夏の自然は美しい。八月の末には信州の高原に秋がきている。私は八月末から九月にかけて富士見高原から日野春の高原に行ったことがある。日本アルプスに入る落日は美しい。高原の夏から秋にかけての空の色、漂う白雲は、漂泊の思いをいだかせる。自然を愛する人々は夏に旅行すべきであるが、都会で苦熱と戦っている人のことを忘れてはならない。

3334 **都市田園婦人　［感想］**
〈初出〉「婦人世界」大正13年9月
〈要旨〉都市は、人口の過剰と住宅の不足、失業者の増加で苦しんでいた。地方の農民の経済的窮迫が原因であるが、農村の生活に楽しみが少ない結果でもある。このことは都会を離れ、田舎へ行ったものには頷けることである。田園は自然豊かであるが、都会生活に慣れた者の長く留まるに堪えない不自由がある。娯楽機関だけでなく、夜は暗く、建物の構造も陰気である。地方の青年の眼に映るものは、華やかな都会の光景である。しかし、都会にいって彼等が吸うのは沙塵の風である。迎えるものは搾取しようとする者である。農業が工場労働に変わるだけである。文化は婦人を中心に変遷する。無自覚な地方の婦人が、各自の天職について、社会的に自覚するなら、無味乾燥な地方生活の上にも一大変化をもたらすであろう。

3335 **田舎から都会へ　［感想］**
〈初出〉「新潮」大正13年9月
〈要旨〉北越線の工事が終わって、まだそんなに長い後ではなかった。私は山の上に立って、頸城の平野を眺めた。高田の市街も直江津の市街も、掃き寄せられたひとかたまりの木片のようにしか見えなかった。石油会社の屋根が見えた。秋が近づき、空気も澄んできた。夜明け前、小鳥を捕まえる男に同行した。もちに捕われた小鳥を、男は力任せに地面にたたきつけた。東京へ帰ると、まだ夏のままであった。
〈備考〉大正13年8月作。

3336 **作者の感想　［感想］**
〈初出〉「早稲田文学」大正13年9月
〈要旨〉すべてのものは流れ去る。自分の命でさえも。芸術において、私は自然の美を大事にした。ある時は、踏みにじられ、虐げられたところに人

Ⅲ 作品

間のもつ美があることを述べようとした。感情の純真に殉じようとしたこともある。だが、それは一時的なものでしかなかった。今、私は、子供の時分からもっていた、貧しいもののために戦い、そして、不正の社会に対し、筆を剣として戦え、という気持ちになっている。
〈収録〉『定本小川未明小説全集 第6巻』講談社 昭54.10 Ⅳ370-60

3337 **はしがき（『赤い魚』）** ［感想］
〈初収録〉『赤い魚』研究社 大13.9
〈要旨〉私達はもう一度失った子供時代の生活をしてみたいと思わないだろうか。その頃の目に映じた、何もかもが、新しく、不思議な魅力をもって胸に迫ってこないだろうか。すでに去ってしまったものは、帰らない。ひたすら子供等を愛することによって、その怨みを慰めようとする。あの頃の自分の姿を目に描くことで涙ぐむものは、等しくその熱い涙を多くの子供等の上にそそぐべきだ。
〈収録〉『赤い魚』研究社 大13.9 全童話Ⅳ013

3338 **無産階級の娘** ［感想］
〈初出〉「進め」大正13年9月1日
〈要旨〉看護婦達は結核患者の部屋に幾日もいることの危険をよく知っていたので、十日間とはいずに交替していた。都会に住む金持ちの一人も、長い間床についていた。看護婦がいつかなくなった頃、この家では田舎から十五六の女中を雇って、看護させることにした。謝礼は看護婦の幾分の一ですんだ。無産階級の哀れな子供達は、憧れの都会に行けること、夜学へやってもらえること、行儀見習いができること、給金がいいことに釣られてやってきた。医学士は、戦慄した。医学士が専門の看護婦を雇うようにいうと、逆にその医者が断られ、町医者が呼ばれるようになった。

3339 **秋の散歩より・から** ［感想］
〈初出〉「時事新報」大正13年9月28日～30日
〈要旨〉一〇年、二〇年の間に眼にうつる自然の景色に違いが生じてきた。秋に向かう八月から九月の自然は子供の時分から私を限りなく喜ばせた。蝙蝠を叩き落とそうとしたこと、西から北へ向けての空に憧れを抱いたこと、もの悲しく、黒い雲が乱れていたこと。そうした光景は童話を書くときに思いだす。東京に来てからは雑木林の多いのを喜ぶようになった。東京近郊の雑木林の詩趣は、地方に見出だすことができない。戸山か原に寝転んでいたときは、どんなに敏感であったろう。私たちは議論をし、正義が勝つのだと信じた。真に世の中のために働いている人は少なかった。自分たちがロマンチシズムの旗をあげようと思った。今はもうかつてのように太陽は輝かない。もう一度、清新の心で自然と人生を眺めたい。

3340 **都会愛好者** ［感想］
〈初出〉「早稲田文学」大正13年10月
〈要旨〉Fは乾ききった土の上でも樫の木が葉を茂らせているのを不思議に思った。銀行の重役であったFは、樫の木の組織が健全であるから栄養分を吸収できるのだと考え、銀行も各支店が結合し、互いに助け合うべきだと考えた。彼は大資本主義を讃美し、都会を愛好した。ある日、Fはビルの屋上庭園へのぼったが、そこにいろいろの植物が植えられているのを見て、不思議に思った。木の根と大地の間がつながっていないからだ。文明が進めば、このようなことは多くなる。彼の不安やもどかしさは去らなかった。彼は湯殿で、脳溢血になった。

309

Ⅲ 作品

3341 　此虐殺を黙視するか（最近の感想）　[感想]
　　　〈初出〉「急進」大正13年10月
　　　〈要旨〉この頃の新聞に大庭柯公氏がロシアで、去年の五月頃に銃殺されたという報知を載せている。彼の消息は、私達の切に知りたいところだ。多数の知友は、いつまでもこのことを不問に付すべきではない。ロシア政府に対し、釈明を迫り、抗議すべきである。大杉栄の虐殺を怒る日本の主義者等は、なぜ大庭氏の虐殺に対し冷淡なのか。

3342 　物いはぬ顔　[感想]
　　　〈初出〉「婦人之友」大正13年10月
　　　〈要旨〉犬が笑ったり、馬が声を出して泣き顔を見せるのを考えると恐怖を覚える。かつて「物言はぬ顔」という小説を書いた。子供時代の友、自分を可愛がってくれたお爺さん、山奥の温泉場の女、祖母、それらの人の顔をありありと思い出すことができる。サイレンスの世界。壺にもそれぞれ物言わぬ顔がある。

3343 　わが愛読の秋に関する古今東西の文章詩歌について　[感想]
　　　〈初出〉「随筆」大正13年10月
　　　〈要旨〉秋がくると、レンブラントのエッチングの百姓家を思い出す。シレーの田舎の景色を思い出す。文章より一層、痛切に頭に浮んでくる。平家物語の「思い思いに落ち行けば、深山がくれの秋の空」のあたり。ザイツェフの「客」の中の秋の描写。西行。蕪村の句。

3344 　私を憂鬱ならしむ　[感想]
　　　〈初出〉「女性」大正13年10月
　　　〈要旨〉越後は昔から出稼人の多いところである。ゴゼ、毒けし売りの女、わかめ売りの女、流浪の女には越後の者が多い。貧富の差が激しく、トラホーム患者も多かった。越後の女には、苦しい肉体労働を強いられるものも多い。中学時代の下宿の主婦は、足が悪かった。ベックリンの「波のたわむれ」の絵のような女であった。彼女は忍耐づよく、一日、針仕事をしていた。流浪性に富む越後の女は、郷愁を催すことも深かった。国へ帰ったら、そこで気楽に暮しますと女たちは言った。無産階級の女の運命を見るようであった。かつて芸子であったものが、今では白粉もつけていない。こんな越後人の特質をみると、私は憂鬱になる。
　　　〈収録〉『未明感想小品集』創生堂　大15.4　Ⅳ335-71
　　　　　　『小川未明作品集 第5巻』大日本雄弁会講談社　昭30.1　Ⅳ360-26
　　　　　　『定本小川未明小説全集 第6巻』講談社　昭54.10　Ⅳ370-65

3345 　河を渡る若者　[小説]
　　　〈初出〉「世紀」大正13年10月1日
　　　〈あらすじ〉渡し船の船頭をしている老人は、馬を引いた若者を船に乗せた。人数が集まるまでは、船を出さないのだが、人が集まりそうもないので、仕方なく船をだした。向こう岸に渡した針金に鉤をかけて、川を渡っていく。日照りで川水が少なかったので、老人は、若者が馬に乗って渡ってくれたらと言った。若者は一日馬が働くので、今疲れさせるわけにはいかないと言った。向こう岸についた若者は去っていった。老人は、また船を何度も往復させた。芸子を乗せた屋台船がきた。しかしその船を岸で曳いている人がいた。若者は、恋人同志らしい二人が川べで戯れているのをみた。自分たちの生活とは違っているように見えた。ひどい雨風になった。雷がおちた。それは針金に鉤をかけて川を渡っていた老人を黒こげにした。

310

3346 杞憂　[小説]
　　　〈初出〉「週刊朝日」大正13年10月5日
　　　〈あらすじ〉AとBが西瓜のおいてあるカフェーを探して歩いていた。交差点に白いヘルメットをかぶった巡査がいた。ドイツ式だ。軍国主義的だ。夏の真昼の景色は、おとぎ話のように夢幻的に見える。入ったカフェーに西瓜はなかった。次のカフェーには西瓜があったが、蝿がたかっていた。チブスは大丈夫かと思いながら、食べたが、冷たくておいしかった。二人で旅行の計画をたてた。夜、また旅行の話をしながら町を散歩していると、棺屋があった。夜、Aは窓を開けたまま寝てしまった。腹がいたい。西瓜―柩―腹痛―チブス。そんな連想がされた。しかし二人は無事、旅行に出た。

3347 自分を鞭うつ感激より　[感想]
　　　〈初出〉「読売新聞」大正13年10月27日
　　　〈要旨〉小学校の校庭にあった杉の木は、子供たちによって傷つけられたが、春になるとまた芽をふいた。苛められるものは、強い。人間には、弱いものを踏みにじる醜い本能がある。真実をいだき、正義をもつゆえに苛められ、戦い続けるものによって、この社会は浄化される。彼等が強いのは、真理を味方とするからである。苛められる者だけが、鞭の痛さを、人間性を、社会の真相を、友人を、敵を知る。美は正しいことであり、正義に対する感激以上の至高の芸術はない。
　　　〈収録〉『未明感想小品集』創生堂　大15.4　Ⅳ335-95

3348 不敏感な眠り草　[感想]
　　　〈初出〉「文芸春秋」大正13年11月
　　　〈要旨〉ハーンを評して、センシティブ・プラントと評した批評家がいる。昔も今も、この評語にふさわしい敏感さが、ロマンチストにはあった。それは外的な感覚だけでなく、良心の上にも求められた。私は、社会の虚偽と、人間の不真実と、複雑な術数等に対し、しばらく遁れたいと思う。私に慰安を与えてくれるのが、純真な芸術であり、とりわけ英国十九世紀のロマンチスト等である。良心に敏感であり、正義に強く、誠実で、彼等の美は、善である。百年後に真に感激を与えるのは、人生に対する誠実と芸術に対する態度の敬虔である。彼等の芸術は、あてなき憧憬であるが、良心の叫びであり、人生のための戦いであった。今日、階級の不安を感じないものに、ロマンチストたる詩人がいるだろうか。

3349 青年に寄語す　[感想]
　　　〈初出〉「戦闘文芸」大正13年11月
　　　〈要旨〉搾取と侮蔑の上に建設された資本主義文化は、正義と純情より発足した新文化とは、性質において異なっている。新興文化すなわち無産階級芸術は、旧芸術の変態でも、延長でもない。虚偽、傲慢、虚飾はブルジョアのマスクで、謙遜と真実によって私たちは結束を強くしなければならない。

3350 回顧と予想　[アンケート]
　　　〈初出〉「読売新聞」大正13年11月
　　　〈要旨〉震災前まで動揺しつつあった文壇がにわかに反動的となり、思想は逆行した感がある。来年は当然、真理に順応した、堅実な批評と、新理想主義的作品の出現に接することと思われる。

3351 僧房の菊花と霜に傷む菊花（菊花の賦）　[感想]
　　　〈初出〉「中央公論」大正13年11月

〈要旨〉秋が更け、霜の下りる晩、カンテラの光で、背の低い、葉の真赤になった菊を見ると、私には田舎の雪の降る頃の自然が思い出される。田舎道には、雑草の陰になって野菊が咲いていた。菊作りの名人がつくった大輪の菊花には見向きもせず、一茎の野菊に限りない詩興をそそるものを、誰か真に自然を解せずということができるだろう。
〈収録〉『未明感想小品集』創生堂　大15.4　IV335-65
　　　　『定本小川未明小説全集 第6巻』講談社　昭54.10　IV370-63

3352　踏切番の幻影　［小説］
〈初出〉「中央公論」大正13年11月
〈あらすじ〉高架線には電車が走っていた。下はガードになっていた。傍らに踏切番の小屋があって、汽車が通るときは番人が通行を停めた。番人には、考え込む癖があった。ある日、高架線で自殺者があった。番人は、それが自分の受持範囲でなかったことを喜んだが、ガード下には自殺者の血が流れていた。踏切番に対し、血痕を放置していることを非難するものもいた。しかし踏切番は俺の知ったことかと思っていた。ある日、老婆がその血を拭いた。老婆は息子を二人とも病気で亡くしていた。自殺者の親兄弟のことを思い、誰の子供も同じだと思って拭いてやるのだと言った。それを聞いた踏切番は、殴られた気がした。老婆のような同情心が自分になかったことを恥じた。彼もまた戦争で倅を亡くしていた。それ以来、ぼんやり考え事をするようになっていた。
〈収録〉『堤防を突破する浪』創生堂　大15.7　IV336-15
　　　　『定本小川未明小説全集 第5巻』講談社　昭54.8　IV369-30

3353　児孫の為めに蓄財するの可否　［アンケート］
〈初出〉「女性改造」大正13年11月1日
〈要旨〉中学校以上、女学校以上の教育が、子供たちのために果たしてできるかと危うんでいる私たちに、蓄財などの考えはない。私は、蓄財のできる人々はどんな生活をしているのかと考える。ごまかしのない、正直な、正当な生活をする者が、今日、蓄財の余裕があるであろうか。多くの無産労働者の生活を考えて、これを疑う。

3354　冬の木立（「アメチョコの天使」より）　［詩］
〈初出〉「婦人運動」大正13年11月1日
〈要旨〉冬の木立　しょんぼりと　寒かろう（以下略）
〈収録〉『定本小川未明童話全集 第3巻』講談社　昭52.1　全童話IV161-61

3355　新ロマンチシズムの徹底（予が本年発表せる創作に就て）　［感想］
〈初出〉「新潮」大正13年12月
〈要旨〉「仮面の町」「死者の満足」「雪解の流」「明方の混沌」「新聞紙」「路次裏」「微笑する未来」「河水の話」「雪の上の血」「雨上りの道」「鉄橋」「河を渡る若者」「踏切番の幻影」、童話数編。後半期には、夢幻と現実の溶け合ったものを書こうとした。童話脈の小説において、新ロマンチシズムを徹底させようと期しつつある。

3356　反動的大正一三年去らんとす（大正一三年歳晩記）　［感想］
〈初出〉「中央公論」大正13年12月
〈要旨〉震災直後に今度こそは精神的文化の萌芽がみられると思ったことも空望に過ぎなかった。日本に遊ぶ外国人等は、日本の男女の服装が贅沢なのに驚くという。震災前にもまして華美を極めるのは、反動的な社会現象といえる。大戦後、世界的にナショナリズムに傾倒したが、日本は暴力に

よって一切を処理しようとしている。時代錯誤の現象である。文壇も、無産派階級の機関雑誌の凋落とともに、芸本位の芸術が流行するようになった。土地分譲と文化住宅の建設、中学生以上に予備軍事教育を授けようとすることなど、反動の現われである。文化の精神は暴力を否定する。

大正14（1925）年

3357 **わが身辺に見出しつつある幸福　[アンケート]**
　〈初出〉「婦人之友」大正14年1月
　〈要旨〉つねに憧憬に生き、希望に生きる自分を幸福に感じている。子供たちにそれぞれ特色のありそうなのも、働きがいのある幸福の一つである。両親が健やかなこと。少数の理想に燃える青年たちを友人に有すること等。

3358 **大正十三年十四年に於ける社会運動の回顧と予想及希望並に批評　[アンケート]**
　〈初出〉「進め」大正14年1月
　〈要旨〉一三年の社会主義運動は反動時代に遭遇し、ある意味において個人主義的色彩を顕著にした。将来といえども、堅実な労働組合は、組合員の質に待たなければならないから、今後の運動は、各職業を通じて真に思想的に自覚した活動分子から結合した無産階級のための政治運動に展じていくものと思う。

3359 **柘榴の実　[小説]**
　〈初出〉「中学世界」大正14年1月
　〈あらすじ〉崖の上に真っ赤な柘榴の花が咲く家があった。仕事に疲れたとき、私はその花を眺めた。そこの女中は次々に変わった。理由はわからない。しかしこの社会には人知れず行われる残忍なこと、下劣なことがあった。新しくきた少女の行方を見守っていたとき、事件は起こった。外に遊びに行きたがらなかった子供を私は叱った。すると姿を消してしまった。妻も姉も子供を探し回ったが、見つからなかった。あの年頃で反抗して死ぬということがあるだろうか。自分も十二三のとき、私塾のかえりに東京へ行ってしまおうと反抗心を起こしたことがある。柘榴の実が々となっていた。まだ子供は帰ってこない。

3360 **餅草子（私の得た最初の原稿料）　[感想]**
　〈初出〉「文章倶楽部」大正14年1月
　〈要旨〉最初に原稿料をもらったのは「新小説」に載せてもらった「霞に雲」だった。たしか十円ほどであった。餅菓子をたくさん買って同宿のものと一緒にお茶を飲んだ。残りはみな書籍を買った。

3361 **生れざる東京断片（一〇年後の東京）　[感想]**
　〈初出〉「女性」大正14年1月
　〈要旨〉都会と田園を離して考えることはできない。十年後、資本主義はますます勢力を張り、都会には工場が多くなり、田舎には電力の普及から機械が導入され、人々の生活は楽になる。田舎は大農的に統一され、自作農はいなくなり、彼等は町の工場へ行くようになる。地方の名産が工夫して造られ、販路を海外に求めるようになる。富は中央に集まるが、政府は田舎を疲弊させないために政策的に地方地方の産業の発達を支援する。そこでも大資本家が勝利を収める。争議はますます増える。都市は拡張する。都市の中央にはアパートが多く建てられ、郊外に文化住宅を建てた小ブル

ジョアがそこに戻ってくる。物価はあがり、無産者は二食主義となる。貧富の差が広がり、階級闘争の現れも激しくなる。

3362　**机前に空しく過ぐ（歳改まるに方つて『年齢』に就て思ふ）　[感想]**
　　〈初出〉「中央公論」大正14年1月
　　〈要旨〉私は、机の前に坐っているうちに、いつしか年をとった。私の青春も過ぎてしまい、壮年期も去らんとしている。毎日、生まれ変わった気持ちで自然に接してみたい。そう思うが、人生五〇年という思いが強い。私が最も年齢で悲哀を感じたのは三〇を過ぎる時だ。人間は若く、美しい時分に死すべきと考えたりした。この頃にいたり、虚名からも、利欲からも心が煩わされなくなった。ただ自分の理想のため、正義のために戦いたいと思っている。
　　〈備考〉大正13年12月作。
　　〈収録〉『未明感想小品集』創生堂　大15.4　Ⅳ335-69

3363　**鳥の羽の女　[小説]**
　　〈初出〉「新小説」大正14年1月
　　〈あらすじ〉彼は、子供時分に自分が病んだ時、母親が自分の命を犠牲にして、看病してくれた愛を忘れることができなかった。これと同じ愛を、感激を、この社会から求めようとした。ただ一人でも、もしこのような愛をもって接してくれる人がいれば、全身を燃えつくしてしまってもいいと思った。反抗に、欲求に、闘争に疲れた彼は、一人の女性に真実を求めようとした。鳥の羽のついた、長い襟巻をした、美しい頬の歌い女と出会った彼は、今は彼女を占有できないが、やがて自分のもとに帰ってくると考えた。一年後、海の向こうから帰ってきた女は、私が目を患っているのを見て、侮蔑的な態度をとった。おれが待っていた女はこの女なのかと彼は自問した。彼は次に女とあったとき、お前から受け取るものがあると言って、胸に刃を突き刺した。
　　〈備考〉大正13年12月作。
　　〈収録〉『堤防を突破する浪』創生堂　大15.7　Ⅳ336-4

3364　**青服の男　[小説]**
　　〈初出〉「早稲田文学」大正14年1月
　　〈あらすじ〉太陽が嵐に向かって、今日見てきた忘れることのできない話をする。男は金がみんなを苦しめているのを知っていたが、みんなが苦しめられていながら、金のために何でもするのを見て、金を利用して怖ろしいことをたくらんだ。工場に侵入し、金でお爺さんに動力室の機械をとめさせ、金で秘書から金庫の鍵を渡させた。ストライキを扇動したブラックリストを取り返すためだ。男はそれを奪うと火の中に投じた。しかしもう一度、生産品を盗もうと工場へ入ったとき、つかまってしまう。社長たちは、復讐のため、金の力で男の仲間である労働者に、男を水死させようと企てる。話を聞いた嵐は、夜のうちに風を吹かせ、川の水を凍らせてしまう。男は同志が金の力で自分を裏切るのではないかと思った。最後の最後に仲間を信じられなくなったことを嘆いた。嵐は言った。「お前は同時にすべてを望んではならない。自由の同志は俺なのだ。明日、仲間が助けにくるのを待て」
　　〈収録〉『堤防を突破する浪』創生堂　大15.7　Ⅳ336-7

3365　**立ん坊の哲学　[小説]**
　　〈初出〉「東京日日新聞」大正14年1月8日～11日

〈あらすじ〉紳士は流行の服を着て、若い女達は派手な着物をきて、澄ましして電車に乗っていた。みんな、あたうかぎり自分を立派に見せようとしている。都会は、仕事がないことを恥と思わせるところで、人はみな忙しそうに振る舞っている。しかし実際、そんな忙しそうにしなければならないどんな仕事が待っているのか。彼等は大空を見上げようとはしない。坂下に二人の立ん坊がいた。一人の男がいなくなってから、若い男は犬と仲良しになった。犬の方が人間より真実味があった。もう一人の立ん坊が世をみて羨んだり、愚痴を言ったりしたのにくらべ、犬の方が高尚だった。鳥や獣は、物品を貯蔵しない。身なりを飾らない。文明がないのだが、では文明とは誰にとって必要なものだろう。みな同じ人間なのに、着物を着ればなぜこんなに生活が変わるのだろうと思った。

3366 **再び『私学の精神』に帰れ** [感想]
〈初出〉「早稲田大学新聞」大正14年1月21日
〈要旨〉民衆は、常に誠意のあるところ、真実のあるところに慕っていく。ここから共同の精神は生まれ、共同の働きがなされ、文化が建設される。眠っている人々に火を点ずる人は、たとえ最初の一人であっても、火がそこに燃え上がらなかったら、理想は実現されない。私学は民衆のための学府として誕生した。より正しい、より善良な人間を造ることは、学校の精神でなければならない。クロポトキンの「青年に与ふる書」に感激するほどの若者なら、学校において知識を学ぶ前に、社会のために尽くすことを忘れてはならない。自分が社会の一員として役立つだけでなく、自分たちの同志である民衆が目覚め、より善くなるよう、教化に努めなければならない。私学に学ぶものは、私学の精神を忘れてはならないのだ。
〈収録〉『未明感想小品集』創生堂　大15.4　Ⅳ335-97

3367 **荒畑寒村君に** [感想]
〈初出〉「読売新聞」大正14年1月30日
〈要旨〉××新聞の記事を読んで、はじめてそんな噂があるのかということを知った。会の相談を受けたこともない。平素、実際問題に携わっていない私ごときがどうして引き合いに出されるのか疑いをもった。大庭柯公氏に対するロシアでの銃殺が明らかになった今、それが暗殺のようにも思われ、憤りを禁じえない。

3368 **女の音譜** [小説]
〈初出〉「現代」大正14年2月
〈あらすじ〉いつしか彼女の唄が評判になり、レコードに吹き込まれることとなった。この都市に来る前は、北国の花柳界で売れっ子の芸子であったが、この町に来た鉱業会社の技師にだまされ、彼女の青春も踏みにじられた。彼女が歌った、過ぎ去った青春や恋、恨みを唄にした声は、みんなを深く感動させた。レコードに吹き込むことを承諾した彼女だが、当日になって後悔した。自分が死んだら、自分の唄もいっしょに地上からなくなってしまうと思うことが、唄の節をさびしく、悲しくさせていた。彼女が死んで三年になった。金をためることしか興味のない老人が、蓄音機を買って彼女の唄の入ったレコードを聴いた。この声は俺が金を出したのだから、俺のものだと老人は思った。女は、死後も永久に唄を歌うのであった。

3369 **思想と機関** [感想]
〈初出〉「新潮」大正14年2月
〈要旨〉去年プロレタリア作家が振るわなかったのは、機関を持たなかった

からである。一昨年までは「解放」「文学世界」「新興文学」などがあった。そうした機関があったときは、プロレタリア芸術はブルジョア芸術と対立することができた。震災後、社会が反動的になったため、機関を失った。特殊の人々は、豪奢に、享楽的に、傲慢に、得々として、これが人生だと、これが社会の帰結だと考えた。革命はこういうところに胚胎する。

3370 近頃での面白い著作（一人一話録）　[感想]
　　〈初出〉「読書人」大正14年2月
　　〈要旨〉近頃読んで面白いと思ったのは、山村青二「梟の樹」と、相良徳三「エヂプトから現代まで」と、中西伊之助「死刑囚の人生観」である。「梟の樹」からは、教えられ、益せられるところが多かった。

3371 静かに燃える炎（劇壇人の印象 中村吉蔵氏）　[感想]
　　〈初出〉「演劇新潮」大正14年2月1日
　　〈要旨〉今から二十年前、当時、私は早稲田に在学し、高須梅渓や西村酔夢と文学を語った。彼らや中村春雨（吉蔵）は、すでに文壇的に著名であった。春雨は、酔夢らの学友であった。よくその噂を聞いたが、私は親しく話をする機会がなかった。氏は早稲田を卒業し、留学にでた。中村君は意志の男だと酔夢がよく言っていた。私は感情家であったから、春雨を近寄りがたい人物と思っていた。日本に帰ってきた氏は、イブセンに造詣し、戯曲に転じ、近代文明の批判を行った。後に氏に会ったとき、静かな炎の燃えつつある人だと思った。中村君とは神楽坂のおでん屋で酒を飲んだことがある。道で君は時計を落とした。著作家組合でも君とよく顔をあわせた。将棋もさした。理性の人である君は、第四階級のための代弁を行っている。静かなる炎は、いよいよ信念が加わり、赤熱している。

3372 有耶無耶の虐殺（大庭柯公虐殺事件批判感想）　[アンケート]
　　〈初出〉「急進」大正14年2月4日
　　〈要旨〉大庭柯公氏が日本社会主義同盟の一人であること、本国において無産階級解放のために働きつつあった人であることを、ロシヤ政府は知らないはずがない。うやむやに暗殺するごときは、陰険な手段であって、社会主義の彼等にはないはずだ。同志を犬死させて黙している日本の主義者等の心意がわからない。

3373 春の山と水と平野の旅　[不明]
　　〈初出〉「教育新聞（岐阜）」大正14年2月15日
　　〈要旨〉（不明）

3374 妾達のために　[不明]
　　〈初出〉「時流」大正14年3月
　　〈要旨〉（不明）

3375 私の延長（私がもし生れかはるならば）　[アンケート]
　　〈初出〉「文章倶楽部」大正14年3月
　　〈要旨〉この次はどんなものに生まれ変わりたいかという希望を漫然と自分の頭にしても何の役にも立たない。生まれ変わってくれば、それは現在の生活の結果だ。宿命的なものだ。しかし牛や馬には生まれ変わりたくない。私が次に生まれ変わるとしても、私の延長に過ぎない。私は永久に私だと思う。私ははたしてこの世の中で悪いことをしただろうか。知識階級としての罪を犯しているに相違ない。

3376 推奨すべき書物　[感想]

〈初出〉「読書人」大正14年3月
〈要旨〉高橋亀吉「日本資本主義経済の研究」と堺利彦「現代社会生活の不安と疑問」が分りやすく現代の問題を理解させてくれる。以前読んだ河上博士の「近代経済思想研究」もよい書物であった。

3377 **あなたの夫人、令嬢、令妹などが職業を持つことをお望みになりましたら** ［感想］
〈初出〉「婦人之友」大正14年3月
〈要旨〉私は子供を養育することを女子の重大な責任だと考える。子供のないうちは職業をもつことは望ましいが、子供をもてば母の慈愛に十分浴せしめたい。生活に不自由を感じない婦人が、職業をもとめ、子供を忘れるのを苦々しく感じる。

3378 **文学へ来なければ** ［感想］
〈初出〉「文芸春秋」大正14年3月
〈要旨〉中学へきた歴史の教師が、私に考古学への興味を抱かせた。もう一人、山の上の井戸を見たいと言ってやってきた人類学者の言動に感銘を覚えた。もしこの道に進んでいたら、どうなっていただろう。私の親戚に、耳の聞えない父親をもった少年がいたが、その少年は医者になって父の耳を治そうと思った。少年時代は、偶然の感激から、一生の方向を決する。その感激こそ、純粋で、人間性そのものの表現であった。
〈収録〉『未明感想小品集』創生堂　大15.4　Ⅳ335-76

3379 **郷土芸術雑感** ［感想］
〈初出〉「農民美術」大正14年3月
〈要旨〉朝鮮の壺や中国の壺、日本の壺には、各々の国民性が表れている。郷土芸術も、同様である。しかし、今日のような経済状態になると、各々の個性が失われていく。今後、文学において郷土芸術が興るとすれば、それは南方の郷土を描くとか北方の郷土を描くとかではなく、同じ経済組織の下で生活している一般農民の苦しみとか要求とかの表現ではなかろうか。昔の郷土芸術の面白みはなくとも、近代一般の農民階級の代弁となり、生活の象徴となるような農民の美術である。
〈収録〉『未明感想小品集』創生堂　大15.4　Ⅳ335-84
『小川未明作品集 第5巻』大日本雄弁会講談社　昭30.1　Ⅳ360-84
『定本小川未明小説全集 第6巻』講談社　昭54.10　Ⅳ370-69

3380 **正義に訴へて剔抉すべき** ［アンケート］
〈初出〉「進め」大正14年3月1日
〈要旨〉普選の通過するのは当然の帰結だが、治安維持法は絶対に通過させてはならない。これは特権階級擁護の鉄案であって残酷な無産階級の束縛となる。この二つを同時に出す現内閣の矛盾は、正義に訴えて剔抉すべきである。治安維持法通過後は、ロシアの帝政時代を思わせるものとなる。

3381 **ある日の記** ［感想］
〈初出〉「読売新聞」大正14年3月2日
〈要旨〉私は、ある日、汽車のなかで、エルンスト・トラアの翻訳が出たことを知る。私は何より、生活の様式を変えなければならないと思っていた。本屋に行ったが、並んでいない。太陽は永久に灰色で、生活は無意味である。
〈収録〉『未明感想小品集』創生堂　大15.4　Ⅳ335-94
『定本小川未明小説全集 第6巻』講談社　昭54.10　Ⅳ370-71

III 作品

3382 **悩める春** ［小説］
〈初出〉「婦人之友」大正14年4月
〈あらすじ〉港から出ていく汽笛の音を、子供の時分に、春の野原の細道を歩きながら聞いたことがある。そのとき私はインフルエンザにかかっていた。白い蝶が花の上を飛び回るのも、汽笛の音も、私には悩ましいものであった。この頃に吹く風は、悪寒く肌をさす。春の黄昏の悩ましい気持ちは、北国特有の自然の気持ちであるだけでなく、大都会においても感じられる神秘な気持ちである。

3383 **花蔭の暗さ** ［小説］
〈初出〉「早稲田文学」大正14年4月
〈あらすじ〉春の黄昏は、うらうらとしていつまでも暗くならないが、暗くなりきると、言い知れぬ愛怨の情が感じられる。社会の流転には瞬時も静止がない。あるカフェに入ったとき、何度捨てても家の座敷へ帰ってくる蛇の話を聞いた。蛇は頭を砕いてしまわないと生き返ってくるそうだ。長閑な別のある日、妻が庭に五六寸ばかりの蛇がいるとやってきた。真っ赤な口をあけ、飛びつこうとしている。ステッキで頭をつぶそうとしても、頭が固くて出来なかった。しまいに石の上で蛇の頭をつぶした。家に来た新しい女中に、蛇の話をすると、それは「ひなたひかげ」といって、噛まれるとお日様のある間しか生きられないと教えてくれた。人生をなつかしむやさしみは今もある。思い出と幸福と将来に対する希望もある。しかし、平和で健全で自然である日々のうちにも、黒い蛇の幻が浮かぶときがある。いかなる悪魔が、どこで、私たちの生命や幸福を奪おうとしているか知れない。この恐怖は、いま咲き誇っている花が、晩には地に堕ちる——それと同じ、また同じ暗さであった。

3384 **私の薦めたい二三の書物** ［感想］
〈初出〉「読書人」大正14年4月
〈要旨〉大日隆杖「嗜欲の一皿」。白鳥省吾「土の芸術を語る」には高田の俗謡が紹介されていた。本間久雄「我等如何に生くべきか」はモリスの論集。社会主義の精神は、今もモリスの時代もかわりがない。「審美的社会革命家としてのモリス」は我が意を得たりであった。

3385 **少年の日** ［感想］
〈初出〉小野誠悟編『少年の頃 上』第一出版協会 大正14年4月
〈要旨〉町はずれに病院があった。石垣が幾十間も続いていて、私と同じ年頃の子供にはその石垣が高く見えた。私たちの頭とすれすれになる高さの石が毎日顔を見合す友達だった。私は学校の行き帰りにその石の数を数えた。いつ見ても気持ちのいい石というのは少なかった。子供の時分はどうしてこう自然がもの悲しく、なつかしく見えたのだろう。石垣を出はずれると、青々とした田んぼになった。道は二つに分かれ、一つは学校や製紙工場へ出、一つは橋の上に出た。友達もなく、私は一人で川で釣りをしたこともある。少年の日を思い出すと、石垣は懐かしいものとして蘇ってくる。

3386 **春浅く** ［小説］
〈初出〉「早稲田文学」大正14年4月
〈あらすじ〉私は寄席に入って梅坊主の赤鉢巻をしているのを見ていたが、外の様子が気になり、忽々に寄席を出た。暖かな宵で、表は人間の足音でざわめいていた。ぶらぶら歩き、明るい商店の店先に飾られたルビイの指

318

輪を見た。そのとき過ぎ去った冬の日が思い出された。ある老書生が雪だるまを作っていて、その脇にあった雪うさぎの目の色がやはり同じ赤い色だった。冬には冬の詩がある。カフェに入ってみると、春の晩らしい感じであった。外に出ると、少女が花を売っていた。
〈収録〉『未明感想小品集』創生堂　大15.4　Ⅳ335-77
『小川未明作品集 第5巻』大日本雄弁会講談社　昭30.1　Ⅳ360-28

3387　めだかその他（私の愛しているもの秘蔵しているもの）　[感想]
〈初出〉「週刊朝日」大正14年4月1日
〈要旨〉生き物を愛することは、苦痛がともなう。犬や猫は責任の苦痛から飼わない。物を言い得ぬものの哀れさを感じる。以前、めだかを入れた水が凍ったので、氷をとってやろうとして死なせたことがある。その反省で、雪がつもった水をそのままにしたら、また、めだかが死んでしまった。自分の不注意から、物憂さから、このようなことになった。そのことを深く恥じた。

3388　ニッケルの反射　[小説]
〈初出〉「週刊朝日」大正14年4月1日
〈あらすじ〉彼は冬の日本海を見たいと思った。子供の頃に、悲壮な感じに打たれ、泣きたくなった思い出をもう一度味わってみたいと思った。しかし彼は旅行をやめ、石油ストーブを買った。石油ランプがなくなり、近所に石油を売る店もなかったが、探し当てて一缶配達してもらった。使ってみると油煙臭くて、いけなかった。夜中、妻に起こされると、部屋中が赤黒い、濃厚な煙に包まれていた。ストーブを買った店に返しに行こうと思っていたとき、石油ストーブは普通の石油ではだめで、ストーブ用の石油を使わないとならないことを知り、それを使ってみると、なるほど気持ちよくストーブは燃えた。そのうち冬も過ぎた。
〈収録〉『堤防を突破する浪』創生堂　大15.7　Ⅳ336-23

3389　春の旅　[感想]
〈初出〉「秋田魁新報」大正14年4月7日
〈要旨〉信州の春はいい。晩春の頃の霞ヶ浦を船でいくのもよい。春が逝く頃の、奈良、伊勢の旅もよい。

3390　四月の創作で面白かった物　[アンケート]
〈初出〉「新潮」大正14年5月
〈要旨〉いままでのような人生観照上の立場にある作品が魅力を失い、生彩を無くしている昨今、私は同人誌の無名作家の覇気ある作品をよく読む。「改造」に出ているサトウハチローの浅草を描いたものを面白く読んだ。

3391　農村、都市と娯楽　[感想]
〈初出〉「新小説」大正14年5月
〈要旨〉市街生活者は田舎の自然に憧れる。だが一年中そこで働く田舎の人にとっては、自然は何の感興にも値しない。人間は、位置を変えてみたいと願う。しかし、位置を変えてみてもそこに幸福を見出だすことはできない。新しい刺激を、つねに人は求めるからだ。都市生活には、田舎にいては分らない深刻な暗影がある。にもかかわらず田舎の人が都会に憧れるのは、同情に値する。文化の不平等があるからだ。人は、娯楽なく、希望なくして働くことはできない。すべての働くものにとって、娯楽は必要であるにもかかわらず、対策がとられてこなかった。子供については、都会と田舎は反対の位置にある。子供の時分は、親しい友達を自然の中に見出だ

す。田舎の子供は恵まれている。都会の子供は活動写真によって毒されている。農村の生活について実感がないため、また大人が少年時代の自分を忘れてしまったため、年少者に対する愛が失われている。

3392 **童話文学に就て（一人一語）** ［感想］
〈初出〉「文章倶楽部」大正14年5月
〈要旨〉童話文学には、子供を主とした童話と、大人を主とした童話があるが、童話を作るものは子供の無邪気さと純真さをもっていなくてはならない。子供の純真な心で、自然と人生を見る。すなわち美と善とを同一に見ようとするロマンチシズムが童話文学である。

3393 **自覚してメーデーを祝福せる** ［アンケート］
〈初出〉「進め」大正14年5月1日
〈要旨〉全国の労働者が同一の歩調をとらなければならないのに、それが出来ないのは自覚が足りないからだ。せめてこの日は工場においてだけでも、主義主張の相違をとわず、みんなが兄弟の親しみをもって、祝福せんことを期待する。お互いの愛、それが力である。

3394 **明るさとをかしみ** ［感想］
〈初出〉「現代」大正14年6月
〈要旨〉あまりに私たちの生活は暗い。希望がないからである。確固たる信条がないからである。一個の信条を有するかぎり、自暴自棄になることはない。日本人は、伝統的におかしみと笑いを忘れている。しかし大国民には、ゆとりが心のどこかになくてはならない。明るい笑い、なつかしみのあるおかしみが、必要である。健全な理想があれば、その人は元気に満ちてくる。自然と人格的なゆとりとユーモアが湧いてくる。

3395 **死者と邂逅す** ［小説］
〈初出〉「文芸春秋」大正14年6月
〈あらすじ〉ある日、私は驚くべき事実に遭遇した。十数年前、Mは当時のインテリとして、気ままに暮らしていた。常に二三の青年がMの家に出入りしていたが、Sという青年がなかでも秀でていた。Mは、Sを愛していた。Mが妻を貰ってからもSは、変わらずMの家に出入りしていたが、Sが中学を卒業し、東京へ出る頃、轢死した。やがてMも家出し、生死不明となった。三年後、Mが旅先で病死した知らせが妻のもとに届いた。そのMに会った。廃人の感じを与えた。彼は自分を死んだ人間と思ってほしいと言った。Mは、自分がSを殺したと打ち明けた。妻とSの間を疑った嫉妬から、殺したのだとMは言った。ある日、彼から手紙が届いた。H市の町はずれの橋下で自殺するという手紙であった。私は疑った。しかし後日、図書館で新聞を繰ると、Mの死が載っていた。

3396 **白い蘭** ［小説］
〈初出〉「新小説」大正14年6月
〈あらすじ〉勧業博覧会が開かれたさい、白い蘭に八百円の値がついた。博覧会のあと、彼は久しぶりに故郷に帰り、隣の老人に白い蘭の話をした。老人は白い蘭なら昨年山で見たことがあるという。青年は、仕事に就いていなかったので、金の儲かる話なら、老人が言うように白い蘭を東京へ持っていって売ろうと思った。老人も、金持ちになった気持ちがした。はたして老人は、去年白い蘭を見たところで、それを掘りだした。青年は老人から白い蘭を預かり、東京へ持っていったが、盆栽屋へ持っていっても金にならなかった。これらのものは値があって、値のないようなものだという。

結局、青年は白い蘭を金に換えることができず、自分の下宿の窓際に置いたが、震災で枯らしてしまった。やがて東京が復興したとき、老人が上京してきた。草花屋には西洋種の草花が咲いていた。

3397 次期総選挙に於ける無産政党の実勢力と其候補者　[感想]
〈初出〉「改造」大正14年6月
〈要旨〉次期総選挙においては、自覚した無産智識階級と労働組合の提携によって、無産政党は、確固とした勢力を形成する。互譲、謙遜の精神のみが結合を強くする。同一階級意識に立つ農民組合、労働組合、水平社の諸団体と歩調を一致すれば、総選挙に実勢力を実現することができる。しかしこの希望は尚早の感なきでもない。出来上がった政党の性質を見なければ、推薦すべき人物は定まらない。

3398 明治三十八九年頃から　[感想]
〈初出〉「読書人」大正14年6月
〈要旨〉島村抱月が休刊していた「早稲田文学」を復活させた頃、私は相馬御風などと早稲田文学社から「お伽文学」を出した。明治三八九年のことであるが、その頃からぼつぼつ童話を書き始めた。

3399 疲労　[小説]
〈初出〉「文章倶楽部」大正14年6月
〈要旨〉眠り病という不思議な病気が流行した。ある瞬間、眼をふさがずにはいられないほど眠くなって居眠りをする病気である。この眠り病は、鉄道従業員や、その沿線に流行した。過労や、音響、振動、延長された線路、そういうものが原因であった。それについての新聞記事を読んだものは、みんな疲れているのだろうと思った。ある駅で、眠り病のために駅員たちが眠っているとき、神経衰弱にかかって目覚めていた彼の前を、臨時の列車が走っていった。だがそれは幻覚であった。免職となった青年は、東京へ向かった。途中、火事があった。乗合自動車に乗った彼は、眠くなった。しかしそれは夢であった。
〈収録〉『未明感想小品集』創生堂　大15.4　Ⅳ335-74

3400 堤防を突破する浪　[小説]
〈初出〉「中央公論」大正14年6月
〈あらすじ〉Kはまた仕事をやめた。青年画家は醜い姿で描かれたブルジョアの女達の絵を見せてくれた。学校の同窓がやってきて、家を建てないかと誘ってくれた。仕事を失った労働者がしばしばやってきた。しかし、私は飢えたものに自分のものをみんな与えてしまうトルストイアンではない。ある労働者は、知識階級が平常はブルジョア擁護に役立つ堤防の役目をつとめているが、それが不利益になったときは、労働階級の味方となり、労働階級を導いた恩人顔をしている。あなたはどっちの味方なのか、はっきりしてもらおうと言った。味方でなければ、その堤防を突破するばかりだと。ある新進気鋭の経済学者は、もう感傷的な革命論や感情的な階級闘争の理論では済まないと語った。それに私は感激した。いま労働者に対する圧迫、思想家に対する脅威は深刻だ。しかし、反抗、扇動、追撃だけが正義の運動ではない。建設的な、より意義のある仕事がまだ知識階級に残されている。ある日、私は警視庁の命令で、署への同行を求められた。
〈収録〉『堤防を突破する浪』創生堂　大15.7　Ⅳ336-1
　　　『小川未明作品集 第4巻』大日本雄弁会講談社　昭29.10　Ⅳ353-27
　　　『定本小川未明小説全集 第5巻』講談社　昭54.8　Ⅳ369-28

III 作品

3401 無窮と死へ（苦闘気分と享楽気分）　[感想]
　　〈初出〉「中央公論」大正14年6月
　　〈要旨〉生の充たされないものを充たしてくれるのが美である。美には限りがないから、人は無窮を追うことになる。善を愛するものが、なぜ困難な道を歩むかというと、ただ自らが真理だと信じるところに殉じるためである。永遠の真理のために、すべてを犠牲とならさんとするのである。すべては性格のいたすところである。真実なる者にとって生活は、また恐怖すべき記録である。
　　〈収録〉『定本小川未明小説全集　第6巻』講談社　昭54.10　Ⅳ370-61

3402 文芸の堕落と知識階級　[感想]
　　〈初出〉「東京朝日新聞」大正14年6月2日
　　〈要旨〉現代における私たちの生活に対し、批判の加わらないものに、大衆の文学という名称を与えることはできない。たとえそれが通俗的であり、興味本位であったとしても、それに対する作家の態度如何で作品の価値は異なる。通俗的なるがゆえに、俗悪であるとはいえない。むしろそれは民衆の生活により深い親しみをもった結果である。俗悪なる趣味と堕落は、ブルジョアが産んだものだ。時勢は推移しつつある。文学も、民衆の生活の中に入っていく必要がある。

3403 巷の雨、花苑の雨　[感想]
　　〈初出〉「週刊朝日」大正14年6月14日
　　〈要旨〉煙るように降る春雨の中を傘もささずに歩いていると、ただ、胸のうちに、新しいあたたかな潮の湧いてくる嬉しさを感じる。私は、あの時分、自らの青春に酔っていた。私は五月の雨を好む。六月の雨も好きだ。夏の晩の雨、高原の夕立、たちまち雨がやむと、空は青く、虫が鳴きだすのである。
　　〈備考〉大正14年5月作。

3404 新文化酵母の無産階級（無産階級の教養問題）　[感想]
　　〈初出〉「中央公論」大正14年6月夏季増刊号
　　〈要旨〉私たちは、いかにして支配階級と被支配階級が生まれたのか、政治組織を唯物史観的に研究することによって、合理的社会が未来において建設されなければならないことを知った。民衆は、これまで使役されてきた。無知ゆえに、無力ゆえに、長い間、自覚することから妨げられ、自分たちの生活状態を宿命と思ってきた。宗教や道徳は、忍従とあきらめを説いたが、新しい道徳は、生存の権利を主張し、正しいことのために戦うことを教えた。欧州戦争は、その時期を早めた。資本主義は政治、経済、工業、すべてを優位に支配している。無産階級は、同じ力を持たねばならない。無産階級の教化が最も重要な課題である。
　　〈備考〉大正14年5月19日作。

3405 家を離れる不安　[小説]
　　〈初出〉「家庭雑誌」大正14年7月
　　〈要旨〉村から出て東京の大学へ行っているNが休みに帰ってきた。女学校を卒業した絹子は、Nと子供の時分には仲良く遊んだ。しかし昔のように自由に交際することができなかった。田舎では古い習慣や思想から離れられない。学校の教師は、みだりに都会に憧れるよりも、田舎で質実な生活を送る方が幸福だと言ったことがある。しかし、絹子は東京へ行こうと思った。瀬戸内から東京までは汽車で一泊しなければならない。東京へよく行

く印刷会社の社長が同行してくれることになった。しかし途中で旅館に泊まることになり、絹子は恐ろしいことが起こる不安を感じる。が、それは杞憂であった。

3406 幽寂感から、沈黙へ（幽寂の世界）　［感想］
　　〈初出〉「改造」大正14年7月
　　〈要旨〉幽寂の世界は、うす青いロマンチシズムの一つに属している。人の心持ちと自然のさびしさが調和した詩情に他ならない。近代の機械文明から構成された大都会の生活とは切り離された世界であって、懐古的な、逃避的な、心の感覚というべきものであろう。ある運動が起こる前の静寂とは異なる。幽寂は、ハーンを喜ばせた東洋的な哲学的詩情である。すべての人は死すべきものと思っても、それだけでは人生に対する愛惜の念を奪うことはできない。近代の芸術は、幽寂の境地から、動的な静寂へ移っている。哲学的から絵画的へ、頽廃的から勃興へ、ロマンチシズムから新ロマンチシズムへ。しかし幽寂の妙趣は、永久に憧憬の対象となって私達の血脈に流れている。

3407 カフエーの女に対する哀感（学生のカフェー入りとカフェー女給の研究）　［感想］
　　〈初出〉「中央公論」大正14年7月
　　〈要旨〉客を相手にする女達は、受動的な地位に置かれているに過ぎない。無産階級の娘たちを憐れまずにはいられない。今日の貨幣経済がカフェの女を産んだ。金次第で客に対する待遇が変ることから、享楽階級の附属物になってしまった。彼女らに正当な報酬が給金として支払われ、組合が出来たなら、職業婦人となるであろう。学生の風紀の乱れは、カフェの女の罪ではない。ブルジョアが社会の健全性を損なったからである。彼等の奢侈が彼女等の風俗を乱したのである。
　　〈収録〉『未明感想小品集』創生堂　大15.4　Ⅳ335-70

3408 人間的ならざるべからず　［感想］
　　〈初出〉「進め」大正14年7月1日
　　〈要旨〉真理のためということも、人間の生活から離れては意味のないことである。科学者が社会意識を有さず、研究に没頭することは、今日のように社会が分化によって構成され、促進されている場合、未知の世界を人生に知らしめるものとして認められる。だが、科学のための科学を認めるのは、それによって人間の生活進歩をはかろうとするからである。社会運動は科学の精神に従って行動しなければならないとしても、それは科学のための運動ではなく、人間のための運動である。私達は人間的でなければならない。正直であり、誠実であり、相互に親愛し、そのあいだに虚偽をもたないことが、人間的であるゆえんである。

3409 『文芸戦線』の記事その他　［感想］
　　〈初出〉「読売新聞」大正14年7月3〜5日
　　〈要旨〉「文芸戦線」の記事について、一言しなければならない。「文芸春秋」に書いたことは、プロレタリア作家として、節を屈したことになるのか。それが旧文化の擁護であるブルジョアの要塞なら、そこに書くことは間違っている。しかし菊池寛氏はフェビアン協会の会員であるし、小説協会の主唱者である。「文芸戦線」も権威をもって望むことは許されない。プロレタリア精神をもつ雑誌が、匿名をもって個人を攻撃するのは背信であり、卑怯である。

〈備考〉大正14年6月29日作。

3410 この不景気をどう観るか？ ［感想］
〈初出〉「読売新聞」大正14年7月18日
〈要旨〉今日の不景気は、現政府の消極政策の結果ばかりとは言えない。戦後の欧州の生産機関の復活、関東の地震、中国の罷業、こうしたことが根本原因となっている。その結果、失業者が多くなった。一方、不労所得者は不景気に関係なく贅沢をしている。根本の弊を改めないかぎり、今日の社会的危機を救うことはできない。

3411 小川未明氏より ［ハガキ］
〈初出〉「文芸戦線」大正14年8月
〈要旨〉「一寸一言」を読んだ。僕が「文芸戦線」へ書かないことを、一、二の人に言ったかも知れないが、それは話のついででであった。そのことで、共同戦線を乱すと問われる理由がない。気がすすめばいつでも書く。また、これに書かなくとも、同一目的に対する信念に変りはない。

3412 最近の感想 ［アンケート］
〈初出〉「進め」大正14年8月
〈要旨〉炎天の下を重い荷物を車につけて喘ぎつつ行く馬と人を見るとき、暗渠の中で働く人を見るとき、労働の尊さを感じるとともに、この労働が同じ地上に生存する人たちによって分担されなければならないと思う。汗を流す労働者を見下ろす不当所得者に対して、憤慨を抱く。

3413 選評 ［感想］
〈初出〉「童話」大正14年8月
〈要旨〉子供の部は「こじきの親子」「若芽」「或る時計の話」について、大人の部は「二つの生活」「戸棚のお人形」「一皿の苺」「錆びたペン先」「金魚」「春の夜の藁人形」について。

3414 童話についての断片 ［感想］
〈初出〉「童話」大正14年8月
〈要旨〉美しいもの、正しいことは人の心をうつ。芸術の使命は、いかに自然に、また真実に、それを創造し、再現するかにある。童話は、子供の時代の純真と、自由と、拘束のない見方と、良心の判断と、自他平等の心を世界として創作されるものである。

3415 山井の冷味（冷たい飲もの食もの） ［感想］
〈初出〉「中央公論」大正14年8月
〈要旨〉冷たい水にかけては、私は、家の井戸の水にまさるものを経験したことがない。地下幾十尺のしかも岩石の床を砕いて庭から湧出する水である。家族で移ってきた山の半腹の家では井戸がないと生活ができなかった。それで井戸堀の老人に掘ってもらったのである。町から帰ってきて井戸の水を飲んだときの美味しかったこと。新聞配達夫もこの井戸で咽喉をうるおした。
〈収録〉『常に自然は語る』日本童話協会出版部　昭5.12　Ⅳ341-25
　　　　『童話雑感及小品』文化書房　昭7.7　Ⅳ342-38
　　　　『小川未明作品集 第5巻』大日本雄弁会講談社　昭30.1　Ⅳ360-30

3416 恋愛とは？結婚とは？ ［アンケート］
〈初出〉「女性」大正14年9月
〈要旨〉恋愛は花のごとく浅く、結婚は新緑のごとく深し。

Ⅲ 作品

3417 **新秋四題** ［感想］
〈初出〉「現代」大正14年9月
〈要旨〉霧が道の上に降りていた。秋が来たと思った。針でさされるような悲しみを感じた。水たまりの水が虚心に澄んでいる。雄々しかった夏の太陽が街の屋根の上に燃えていた光景が、ありありと眼の中に残っているのに、この物静かな自然は、あまりに悲しかった。理髪店の水が冷たく感じられた。夏の虫が秋になって静かになった。私はみな庭へ逃がしてやった。
〈収録〉『未明感想小品集』創生堂 大15.4 Ⅳ335-67

3418 **彼女とそれに似たやうな人** ［感想］
〈初出〉「女性」大正14年9月
〈要旨〉彼女は父を知らず、母と貧しい暮らしをしていたが、母は貧しさから、ある日、首をつってしまった。その後、彼女は叔父に引き取られるが、すぐに子守や小料理屋、そして東京へと奉公にやられた。身を汚され、肺病患者の看護婦となり、彼女も病を得た。彼女のような女は彼女一人ではない。
〈収録〉『未明感想小品集』創生堂 大15.4 Ⅳ335-72

3419 **生活から観たる田園と都市** ［感想］
〈初出〉「婦人之友」大正14年9月
〈要旨〉田舎にも都会に見られる生活上の差し迫った思想が波及してきた。近くに石油会社ができたため、農民は手のかかる田を放棄するようになった。清らかな空気が煙に汚された。人々は知識階級を気取って、政治を談ずる。都会には長所もある。社会を解剖し、批判する人が生まれるのは都会だ。都会には文化がある。医者もおらず、文化のない田舎に住むのは幸福とは思えない。
〈収録〉『未明感想小品集』創生堂 大15.4 Ⅳ335-83
　　　　『小川未明作品集 第5巻』大日本雄弁会講談社 昭30.1 Ⅳ360-83
　　　　『定本小川未明小説全集 第6巻』講談社 昭54.10 Ⅳ370-68

3420 **たまたまの感想** ［感想］
〈初出〉「文芸春秋」大正14年9月
〈要旨〉生産によらず、搾取や僥倖によって得た富は長続きしない。土地も同じである。近くで石油や石炭が出るとなると、そこは急に景気づき、賑やかな町となるが、資源がつきてしまうと、いけなくなってしまう。越後の高田も、同様の道を歩んだ。眠るような城下町は、何かを生産し、商業をしようという勇気に乏しかった。だが師団ができ、町は変わった。しかし師団がなくなると、物価は高いまま、暮らしいいところではなくなった。僥倖と搾取を再び願い、生活は荒み、地方はますます寂しくなっていった。
〈収録〉『未明感想小品集』創生堂 大15.4 Ⅳ335-86

3421 **髪に崇られた女** ［小説］
〈初出〉「婦人公論」大正14年9月
〈あらすじ〉庭の垣根の隅にくちなしの花が咲いていた。花を見ながら、彼女はどうすれば髪がよく結えるか悩んでいた。彼女の友達も同じ悩みをもっていた。時が流れても、二人の娘は髪のことしか考えなかった。髪に同じ悩みをもつ友達が病気で亡くなった。どうして死んだのがあの人であって、自分ではなかったのかと彼女は考えた。彼女は友達が挿していた赤サンゴの簪がほしかったので、自分の貰っている給料の半分を出して簪を買った。その後、彼女はある男と橋の上で待ち合わせをしたとき、簪を

水に落としてしまった。男とは結婚したが、結婚は思い描いたものとは違った。髪を気にするくせは結婚後も続いた。男と散歩に出かけたとき、あまり髪を結うのに時間がかかりすぎたことを、男に笑われた彼女は髪をハサミで切ってしまう。彼女は言った。「ね、洋服を買ってよ。また街へ出て働くんですから」
〈備考〉大正14年6月作。
〈収録〉『堤防を突破する浪』創生堂　大15.7　IV 336-13

3422 **秋雑景**　［感想］
〈初出〉「偉大」大正14年9月
〈要旨〉秋は日本海にも入ったらしい。私は故郷の山の山腹にたって、海を眺めた。学校に通っている時分は、口笛を吹きながら、この道を駈けのぼったものだ。私は、もう上ってみたいとは思わない。私は、秋日和のした、住み慣れた都会の街通りを思った。あの白い波のように、雲のように、子供の時分から今に至るまでに、女が死に、友が去っていった。子供のように、石を拾って、麓の谷に投げてみた。耳を澄まし、反響を聞こうとした。明日は、老父母をおいて、また行かねばならない。月の光が水の流れるように射してきた。やかましい程鳴いている虫の声を、子供の時分はどんな思いで聞いていただろうかと思った。子供の時分には、この寂しい景色も楽しかったのだろうかと思った。なんといっても父も母も若かった。すべてのものが若かった。翌日、ガタ馬車に揺られていった。
〈備考〉「秋雑景（秋の小品）」（「文章倶楽部」大正12年9月）を改訂。

3423 **教員の政治運動**　［座談会］
〈初出〉「教育の世紀」大正14年9月1日
〈要旨〉（西宮藤朝, 下中弥三郎, 為藤五郎, 志垣寛との座談会）

3424 **都会風景（一点一評）**　［感想］
〈初出〉「朝日新聞」大正14年9月5日
〈要旨〉「都会風景」の絵を選んだ理由は、最近、氏の作品を見る機会が多いからである。鋭敏な近代的感触のうちに、クラシカルな色を持っている。

3425 **何人かこの疑ひを解かん—二十年の文壇生活を回顧して—**　［感想］
〈初出〉「読売新聞」大正14年9月15日・17日
〈要旨〉天分の豊かな人、善良で真実な人がそれぞれ志した方向で成功したかというとそうではない。文学であっても、今日の資本主義に適合しないかぎり、認められなかった。気の弱い作家は、自ら退いた。資本家及びその擁護者と争うことができなかった。資本主義は暴力であった。資本主義を改めるのは、正義を基礎とした、新社会の組織でなければならない。芸術は自由であっても、社会をより正しくし、人間の生活をより人間的にするものでなければならない。
〈収録〉『未明感想小品集』創生堂　大15.4　IV 335-89

3426 **新人生派の気運を求めて**　［感想］
〈初出〉「東京朝日新聞」大正14年9月25, 26, 29日
〈要旨〉新聞報道の犯罪を娯楽のように見るものこそ、無道徳であり、無知であり、残酷である。異常な犯罪を憎み、あざける前に、その人達を社会のあわれな犠牲者と思わないか。社会の制度、組織を疑わず、個人を責めるものがあるとすれば、批判の明がない者である。社会的に尽くすことなく、自欲を離れ得なかったもの、共存の約束を破るものである。自然主義文学には、人生を道徳的に導こうとする姿勢があったが、ブルジョア哲

学であり、社会背景に対する配慮がなかった。ロマンチシズムの精神を持たぬものに飛躍はない。「暗いものはいやだ」という。しかし苦悩、飢餓、罪悪が、大衆の現実である。その作品から、良心を鞭打たれずして何の芸術であろう。

3427 **要するに自己対社会の問題（私の切実な問題）　［感想］**
〈初出〉「改造」大正 14 年 10 月
〈要旨〉過去二十余年間の作品を選集するにあたって、感慨にふけるというより、その間における自己対社会の関係の意識の上に新たにさせられている。プロレタリアの正義感から、また友情から、選集出版を企画してくれた島中雄三に感謝したい。友人諸君の支援にも。今日の不景気に無関心でいられるものは、社会生活意識をもたない、共同の責任感に乏しい者である。今後いかなる方法で、国民生活を守るべきか、政党は政策の大要を示すべきだ。
〈備考〉大正 14 年 9 月 3 日作。

3428 **プロレタリア作家聯盟私見　［感想］**
〈初出〉「解放」大正 14 年 10 月
〈要旨〉最近文壇にプロレタリア作家聯盟の議が提唱されたが、それがわが国の文壇の必至の推移といえよう。民衆の生活が動き、労働運動や政治運動において顕著な動きがあるなかで、芸術も躍進を試みようとしている。理論なくして行動はありえない。だが、直訳的な理論に必ずしも服しなければならない理由はない。ロシアはマルキシズムによって社会組織の革新をとげた。だからロシアが革命の母体的精神を擁護するのは分る。だが他の国家はなお階級戦の途上にある。期するところは、無産階級の解放にあるが、到達の経路を同じにすることもない。プロレタリア作家同盟は、あくまで我が国独自の事情から発足した反資本主義的作家の聯盟である。正義に対する感激を失いつつある社会を、新理想主義の熱火によって一新しなければならない。

3429 **我等の芸術をジャナリズムから救へ　［感想］**
〈初出〉「文芸戦線」大正 14 年 10 月
〈要旨〉時勢の推移は無産階級中心の時代となった。それは無産階級の自覚によって、争いによって勝ちとられた。しかし今後も同じ熱意と忍苦と犠牲的精神をもたねばならない。被搾取階級の生活の実感を描き、代弁を行う必要がある。芸術は実利を目的としない。しかしそれゆえ階級闘争の用具に使うべきでないというのは間違っている。搾取は現実であるからだ。何かの運動が起こると、ジャーナリズムが動きだす。プロレタリア芸術運動をわれわれは提携し、ジャーナリズムから救わねばならない。

3430 **ただ一つの信条あり　［感想］**
〈初出〉「虚無思想研究」大正 14 年 10 月
〈要旨〉人の行為は、理論の実現ではない。愛もしくは正義に対する感激こそ、行為の本源をなす。運動の精神が、感激の純粋な感情に対する時、はじめて大衆的であり、民衆的であり、また無産階級のためのものとなる。社会運動も労働運動も議論のために相争い、真の無産階級の解放は忘れている。「働かざるものは食うべからざる」の信条だけを大事にするなら、この真理の前に我等は争うことがない。

3431 **所謂聖壇の犠牲者　［感想］**
〈初出〉「不同調」大正 14 年 10 月

Ⅲ　作品

　　〈要旨〉帝展をはじめ、その他の展覧会が開かれる季節になった。展覧会に通うために作者は努力を惜しまない。しかし展覧会内部にいろんな問題があることも周知のことである。展覧会が重視され、文壇に権力が存するのは、これらが今日の資本主義と密接な関係があるからである。試験や審査、学位などは尊敬に値しないが、それを絶対のものと考える一群もある。それらの人々を犠牲にすることで、展覧会は生き延びてきたのである。

3432　全日本の女性におくる名士の言葉　［アンケート］
　　〈初出〉「人類愛善新聞」大正14年10月5日
　　〈要旨〉母の愛のみが、子供を感激させる。母親のもつ犠牲的精神が子供を人生の危機から救う。こうして社会の美風が保たれてきた。子供をよい人間にするためには、母親が正直であり、純真でなければならない。

3433　彼等の一人　［小説］
　　〈初出〉「週刊朝日」大正14年10月18日
　　〈あらすじ〉島の防波工事は進んだ。この修築が出来れば、島民は楽になる。故郷は稲刈りの頃だが、幸吉は帰れなかった。去年の暮れ、年取った馬を若い馬に替えるため、百円近い金を父親から預かり馬市へ出かけた幸吉は、自分がこの年取った馬だったらと思い、暗い気持ちになった。道すがら、村を出て女工になった娘が胸を患って戻ってきているのに出会った。幸吉は、博労に半金を渡し、明日、自宅まで若い馬を持ってきてくれたら、残りの半金を渡すと言って、そのまま汽車に乗り、都会へ出た。都会から南の海辺の町に出て、やがて自由労働者になり、島に渡った。どこへ行っても弱い者は虐げられた。馬の運命よりも悲惨な人間が多くいた。

3434　批評消息片々　［ハガキ］
　　〈初出〉「解放」大正14年11月
　　〈要旨〉「解放」復活号は、清新の気に富んでいた。ホントにいい雑誌のように感じる。しかし六〇銭は少し高い。（二一日ハガキ）

3435　自からを知らざる女性（名士文豪の現代女性観）　［感想］
　　〈初出〉「現代」大正14年11月
　　〈要旨〉いつの時代も男性が女性に求めるのは、やさしみと美しさである。母性をその美しさの中に求める。昔は自分達の地位に疑いがなく、彼女達は美しく献身的であった。しかし、男女平等が言われるようになり、支配階級であった男性、またブルジョア階級に対し、闘わなければならなくなった女性は、これまでのようにはいかなくなった。過渡期にあっては、仕方のないことであるが、やさしく美しくあるのが、女性の誇りであり、尊さであってみれば、今日のようなあり方は、自らを知らないと言わざるをえない。

3436　日本に僧侶あり文筆業者あり　［感想］
　　〈初出〉「文芸市場」大正14年11月
　　〈要旨〉出版業者は、文筆業者の作品が売れればその人を尊敬し、埋草には文壇の自由労働者を呼んでくればいいと考えている。不景気に悩む文壇の自由労働者はどこへ行けばいいのか。だがその責めは自ら負わなければならない。彼等は自らの権利によって生きようとしなかった。同輩を敵視し、中傷し、編集者に狎れようとした。日本に組合を持たず、お情けで生きようとしているのが、文筆業者であり、僧侶である。

3437　吾等の作品に何を求めんとす　［感想］

〈初出〉「芸術運動」大正14年11月
〈要旨〉真実を愛し、正義を愛するから芸術に来たのである。しかし人生について、真に真面目に考えるのは、芸術家ばかりではない。各々の分科に属しながら、一つの目的と理想に働くことは、今日もっとも大事なことである。文芸はいつしか有閑階級の享楽品となってしまった。だが芸術が人生を離れないかぎり、民衆生活の理想を高めるために、環境を整えることが必要だ。文芸も社会的、革命的意識を持たなければならない。新興作家の目的は、人生的で、正義に対する感激に出発点をおいている。

3438　彼等が顧られる時に　[感想]
〈初出〉「解放」大正14年11月
〈要旨〉生活の安定を得ず、惨めな状態に忍従し、なぜ自分達はこのように不幸であるかを考えることなく、黙々と生を営む人がいる。誰もこの人たちに、親切にそのことを教えてやるものはいない。彼等の鉄鎖を切ってやるものもいない。ある処には、正直に働いている者がいて、彼等は搾取の存在をはっきりとしっている。戦わなければならないことも知っている。彼等のなかに革命的精神がある。無産階級には二つの種類がある。

3439　第一に正しき読者たることを要す　[感想]
〈初出〉「婦人之友」大正14年11月
〈要旨〉これが果たして芸術だろうかと疑う作品は、作者が作ったものだろうか。その責任は読者にあるのではなかろうか。大衆の要求を度外視することで雑誌は造ることはできない。外見はともかく、その内側は享楽的で、刹那的である。今日のような社会組織や事情では、一人の力でその思想を宣伝することはできない。資本主義社会では、作家が読者を造るのではなく、読者が作家を造るのである。
〈収録〉『未明感想小品集』創生堂　大15.4　Ⅳ335-85

3440　仕事を奪はれた人　[小説]
〈初出〉「文芸時報」大正14年11月
〈あらすじ〉平公は、子供時分に負傷して、片足を悪くした。力のあった彼は、坂を上る車の後押しをして生計をたてた。やがて親が亡くなり、独り者となった。市区改正で新しい道路ができて、平公の坂を人が通ることはなくなった。そのうちに怖ろしい不景気がやってきた。彼は乞食となったが、それでは食べていけなかった。同情した男が、五十銭銀貨二枚を恵んでくれた。それを見た別の男が、平公を睨んだ。平公は言った。「人間は困ったら、泥棒でも乞食でもやってみるもんだ」その夜、平公は警察に連れられていった。
〈収録〉『未明感想小品集』創生堂　大15.4　Ⅳ335-92

3441　北海は鳴る　[小説]
〈初出〉「台湾日日新報」大正14年11月23日～12月10日夕刊
〈あらすじ〉私の家には古い雑誌をくれとか電車賃を貸してほしいと言ってやってくる人がいる。それは自分を卑しくする行為だ。故郷からきた伊藤の政という若者は、国で縫箔をやっていたが、東京では仕事がないので帰郷したいという。城下町のK町は暮らしいいところだと人は言うが、活気に乏しい町だ。私は子供のころ、しゃべることの出来ない米屋の一人娘が、仕立物を町の娘達に教えているのを見た。米屋には海鳥の翼がかけてあった。私の祖母が間にたって米屋の娘を、伊藤の正吉に嫁がせた。彼は役所で書記を勤めていたが、冷酷な人間であった。私はあの娘が海鳥の背にのっ

て沈黙の島の女王になることを空想した。二人が結婚したのち、正吉の家にいた老婆が雪道で凍え死んだ。米屋の主人が病気で亡くなり、母親も後を追うように亡くなった。口のきけない女房も赤子を残し、近所の河に身を投げた。祖母は米屋の死んだ両親に対して面目がないと言って、伊藤家との往来を絶った。二十年後、その彼女が残した子と巡りあったのである。母の血を引いて、彼が縫箔屋に奉公したことを不思議に思った。父親は今どこでどのように暮らしているだろう。

3442　大衆文芸と民衆芸術　［感想］
　　　〈初出〉「都新聞」大正14年11月24日
　　　〈要旨〉いま文芸に新しい運動が起こるとすれば、出発点をはっきりさせたものでないといけない。イージーゴーイングな大衆は、いままでいかなる芸術を求めてきたのか。いかに題材を変え、技巧を変化させても、ジャーナリズムに支配されるかぎり、指導も、教化の精神もない。そこからは民衆芸術は産まれない。

3443　本年度の収穫として推奨すべき小説、戯曲、映画　［アンケート］
　　　〈初出〉「女性」大正14年12月
　　　〈要旨〉「帰る日」池田小菊。いまの大抵の作品が、享楽階級心理の個性化に過ぎない時にあって、この作家のごときは、芸術と教育の批判を社会性にもとめる、目覚めつつある女性の一人を代表している。

3444　敢て松戸君の言明を促す　［感想］
　　　〈初出〉「文芸戦線」大正14年12月
　　　〈要旨〉「文芸戦線」一一月号に、君が靴屋に勤めていたとき、私が君のことを笑ったと書いているが、そんなことはない。私は世の中の職業に対して軽重をつけたことはない。それが私の長い間の信念である。
　　　〈備考〉大正14年10月29日作。

3445　欠食児童と同人雑誌　［感想］
　　　〈初出〉「文芸市場」大正14年12月
　　　〈要旨〉なんら奮闘力のない、生活力のない児童を飢えさせるのは国家の恥である。これに関連して、同人雑誌が有産知識階級のものとしてあり、無産者が関われないものだとすれば、小学校が国家によって経営されるのと同じように、文壇にも公平にして権威ある、一つの雑誌が必要である。

3446　反響一束　［アンケート］
　　　〈初出〉「解放」大正14年12月
　　　〈要旨〉松村君の文芸聯盟評に対して意見を述べる。アナとボルが真理の両面であって、目的へのプロセスを異にするだけのことでなく、君の言うように、両者が互いに敵同士であるなら、提携する余地はない。また、世界共同の真理の上に芸術が科学化されたら、もはや芸術は無用なものとなる。マルキシズムだけの芸術とはどんなものなのか。

3447　瀧田樗陰君　［感想］
　　　〈初出〉「中央公論」大正14年12月
　　　〈要旨〉明治四四年頃、「白痴」の原稿を氏に褒められて非常に嬉しかった。氏が俥に乗って自宅に原稿のことで来たのは、その頃から大正七八年の頃までであった。小石川老松町に住んでいたときに、一緒に散歩したことがある。大正一、二年のころだ。鬼子母神の境内で雀焼を食べた。天神町に移ってからヤマニバーで氏に遇ったこともある。川鉄で一緒に夕飯を食べたこ

ともある。大正五六年のころ、水道橋の停留所で氏にあい、氏が中国の蘭と壺を集めているのを知った。氏の自宅で名工のつくった陶器を見せてもらってから、私も同じ趣味をもつようになった。藍色の極めて鮮やかな湯呑みは今も持っている。氏の性格が「中央公論」を作った。

3448 **本年発表した創作（私が本年発表した創作に就いて）** ［アンケート］
〈初出〉「新潮」大正14年12月
〈要旨〉立ん坊の哲学、鳥の羽の女、青服の男、妾達のために、白刃に戯る火、ニツケルの反射、花蔭の暗さ、廃村の真昼、疲労、死者と邂逅す、堤防を突破する浪、白い草、髪に祟られた女、彼等の一人、未明選集第六巻、その他童話数編。

3449 **ワルソワへ行け** ［感想］
〈初出〉「文芸春秋」大正14年12月
〈要旨〉早稲田大学在学の頃は、あのあたり一帯が水田であって、大学前通りの鶴巻町は誕生していなかった。安火鉢の中に、ゴマのかかった焼き芋を入れ、友達とランプの下で食べた。一葉の「十三夜」、透谷の「富岳の詩神を想ふ」、樗牛の「平家雑感」、二葉亭の翻訳を愛読した。「ふさぎの虫」「掠のミハイロ」。ゴールキーの作品のルヂンのように、二葉亭には漂泊の革命家の情操があった。あの時分の無産階級の生活ににじむ真実性を感じ、それを描いた一葉を忘れることができない。二葉亭は「掠よ、ワルソワへ行け」と私達に呼びかけているように思われる。
〈収録〉『未明感想小品集』創生堂 大15.4 Ⅳ335-87

3450 **Kの右手** ［小説］
〈初出〉「中央公論」大正14年12月
〈あらすじ〉手足の自由を奪われていることに、誰も気づかなかった。Kは「資本主義の世の中は、人間を機械化する」と書きながら、なお生を享楽しようとした。右手の筋が痛くてもう書けない。右手がそのことを訴えても、脳は世間には右手のないものもあると言った。知識階級は、右手のように滅びていく。社会には、機械のように自由を奪われた人間がうようようにいた。Kは臂から上が不自然に太くなり、中指の曲がった右手を見た。子供のころは、そうではなかった。蜜蜂の針が痛みに効くと話に聞いていたころ、大地震が起きた。崩れ残った鉄筋は、右手のようであった。やがて資本主義は、都会を再び復活させた。しかしKの右手は回復しなかった。この手は剣を握ることも、ピストルを握ることもできたはずだ。Kは右手を撫でさする思いで、筋を抜いてもらった。
〈収録〉『堤防を突破する浪』創生堂 大15.7 Ⅳ336-3

3451 **支配階級の正義** ［感想］
〈初出〉「解放」大正14年12月。再掲：「越佐社会事業」昭和6年3月。
〈備考〉再掲時の題名：「人買い」。
〈要旨〉女子売買が問題になっているが、工場法案も徹底しなければならない。農村の貧困と無智に起因し、少女が繊維工女として売られていく。少女たちは一年と経たぬうちに、十中七八までは、結核に感染し、最後の血の一滴まで搾りとられると工場から放り出され、村に戻って次々に死んでいった。曲馬団の少女も同様である。これらのことをなぜ社会は考えないのか。女子が、不当な苦役を強いられる。支配階級が口にする正義、道徳、法律とは何なのか。
〈収録〉『常に自然は語る』日本童話協会出版部 昭5.12 Ⅳ341-43

『童話雑感及小品』文化書房　昭7.7　Ⅳ342-62

3452　巷の火と野原から　［感想］
　　　〈初出〉「サンデー毎日」大正14年12月6日
　　　〈要旨〉神楽坂にいた時分はよくここを散歩した。岩野泡鳴氏が健在であったときは、よく私を訪ね、将棋をさした。ヤマニバーへもよく行った。泡鳴氏も私も蟹が好きだった。酒は関西、肴は東京だった。後に私は健康上の理由で晩酌をやめたが、そうすると眠気がとれた。多くの知人がすでに死んでいる。私は最後まで戦って、回顧的にはなるまいと思った。去年の秋は、新井紀一君達と荒川へ釣りに行った。空気銃を操る新井君にかかると、雀は百発百中であった。私は今年も新井君や坪田君と一緒に近郊を散歩したが、すっかりあたりは変貌していた。

3453　書斎に射す影から　［感想］
　　　〈初出〉「週刊朝日」大正14年12月13日
　　　〈要旨〉サンフランシスコから出版されることになった『薔薇と巫女』は、初期のロマンチシズムの作品を集めたものだ。訳者のセイソン氏の手紙によれば、思想的なものを選んだら、排日家等に日本人攻撃の材料にされる懸念があるからだという。ニューヨークタイムズの批評でも、排日的な感情があって不快であった。欠食児童に給食を。中学校の入学試験の中止を。良書推薦の見直しを。

3454　真剣味はあるが批評的精神に乏しい（芸術家としての女性）　［感想］
　　　〈初出〉「婦人画報」大正14年　（月日不明）
　　　〈要旨〉女性は、物事を思い込むと一途にやるから、女の人の作品には真実がある。欠点をいえば、事実にとらわれ過ぎて、それを突き放してみる批評的精神が乏しいところである。本当に自分達女性のために、階級のために、社会生活として、作品の事実を取り扱っているものは少ない。女でなければ持つことのできない世界、慈愛や美しい世界を築き上げる作家は少ない。いたずらにセンチメンタルで、反逆的である。聡明で、落ち付いた、つつましやかな作家の出ることを期待する。

大正15／昭和元（1926）年

3455　世界平和の日　［アンケート］
　　　〈初出〉「婦人之友」大正15年1月
　　　〈要旨〉私達は未来に対して希望と光明を抱いているが、それは真の人間性が勝利を得たときであり、真理が実現されたときである。それには多くの障害を乗り越えなければならない。資本主義の帝国主義化は戦争をひきおこし、欧州の経済的行き詰りは東洋の侵略に向かっている。一方で、新社会の建設をめざし、階級戦が起こるとみられる。今世紀の終わりには曙光が全世界を照らすかも知れないが、ここ二三十年は最も動揺のはげしい時となろう。

3456　大正一五年の文壇及び劇壇に就て語る　［アンケート］
　　　〈初出〉「新潮」大正15年1月
　　　〈要旨〉批判的な社会意識をもたない芸術が文壇の主流であることは恥辱である。反動的な色彩の多い今日、資本主義的ジャーナリズムが障害となってくるが、目覚めた新鋭文学が今後領野を拡大していくだろう。

Ⅲ 作品

3457　大正十四年に於ける社会運動の回顧　［アンケート］
〈初出〉「進め」大正15年1月
〈要旨〉無産階級が単一政党を造ったことは進展である。各自がただしい信念によって行動するような、自覚があり、批判のある時代を望まなければならない。

3458　教会堂への一列　［小説］
〈初出〉「解放」大正15年1月
〈あらすじ〉彼は昔の素焼きの壺を飽かず眺め、それが作られた場所が未開であっても、やさしさや人間味に富んだ場所だと思った。そこが野蛮で、こちらが文明だと誰がいえよう。彼はその地の役所に勤める友人から誘いをうけ、そこを訪れた。友人は現地の人々を、野蛮で無智で強欲だと言ったが、彼は、それは大人が子供を見くびっているようなものだと言った。彼等を弱者と見くびっていると、痛い目にあう。暴風が吹いたあと、現地の人々が警察に大勢連れていかれた。祖国を奪われ、復讐しようとするのがなぜ悪いのか。友人は、彼等は教会堂へ連れていかれ、説教を聞かされたと言った。帰国後、しかし彼はその一群が見せしめのために皆殺しにされたことを知る。
〈収録〉『常に自然は語る』日本童話協会出版部　昭5.12　Ⅳ341-18
『童話雑感及小品』文化書房　昭7.7　Ⅳ342-28

3459　誠実なれば感ず　［感想］
〈初出〉「文芸時報」大正15年2月
〈要旨〉ポケットの中に五銭の金すらなくても、ロシア人は人生を談ずるという。その態度に敬服する、と二葉亭は言っていたが、私も同感だ。真理のために、自分を忘れ、人生、社会を論ずる若者の熱情に私は敬服する。ロシア文学は、長い桎梏の苦しみにあえいでいる民衆の代弁者となった。経済や政治は、文芸を卑下すべきではない。後方の戦野に立って、真面目に自己の力を尽くしているものを嗤ってはならない。

3460　私の一日（四十八家）　［アンケート］
〈初出〉「文章倶楽部」大正15年2月
〈要旨〉一二月二七日。午前、二月号の創作を書く。「中央公論」片上伸の「無産階級文芸論」を読む。正午、湯。午後、諸雑誌の小説、評論を読む。珍しく来客のなかった日だ。

3461　自分の体験から（今の文学青年・昔の文学青年）　［感想］
〈初出〉「文章倶楽部」大正15年2月
〈要旨〉長い間思い続けていることは、どうかして生活の苦しみなしに、いい作品を書きたいということである。はじめから筆によって財産をつくろうという思いはない。どんなに自己を犠牲にしても、いい作品を書きたいという思いだけがあった。日露戦争が終わった頃は、芸術が最も尊いと思っていた。自分にしか書けないものを書きたいと思った。それは硯友社全盛時代にあって文壇に新しい位置を占めるためにも必要であった。しかし家庭をもった私は、衣食のことで悩まされた。景気がよくなると、文学者の意識も変わってきた。不純なものが混じってきた。芸術家の天職は、重い。私がロマンチシズムによったのは、現実の中に夢の世界の美しさを取り入れ、夢の中に切っても切れない現実の悩みを取り入れたかったからである。

3462　外套　［小説］
〈初出〉「新潮」大正15年2月

〈あらすじ〉私の外套は、裏地が切れ、煤が垂れ下がったように、裾から垂れていた。子供の時分から冬が好きだったが、その外套ゆえに、冬が来るたび心を暗くした。私の半生が、外套で暗くされている。雑誌記者になったとき、田舎の父から送ってもらったものである。袖が短く、重かった。その後、文筆業者になったときに新しい外套を買ったが、それは安物で窮屈だった。古い外套は父のもとへ送り返した。妻の郷里の青年が洋服屋を開くので、その店で外套を新調しようと思ったが、あてにした金が入らなかったので、新調は見合わせた。一着の外套を持たないため、多年、愛好する冬の自然を楽しむことができない私を、人は笑うだろうか。

〈収録〉『堤防を突破する浪』創生堂　大15.7　Ⅳ336-11

3463　霜から生れる一日　[小説]

〈初出〉「改造」大正15年2月

〈あらすじ〉アパートの日蔭になった小さな家は、ここにも日光を必要としている人間が住んでいるんだぞ、と言っていた。私の胸を悩ましく苦しめた女の唄は、この低い土地から起こっていた。社会の下にいる者が、せめて唄の声にだけなりと、自由を、恨みを、悲しみを表現しようとしているようだった。私はこういう階級に恋を求めた。S子はその一人だった。私は女と新しい生活を求めたかった。いったい人間は、どいうことに対し、真剣にならねばならないのか。女と別れると、私は知識階級のみじめさを感じながら、生活の不安に戦いていた。私は地下労働者の一群に入ろうかと考えた。彼等は、物質、機械、法律に脅かされた記憶があるため、暗い世界に親近を感じていた。街は、すべてが私利私欲のために動いていた。青空の下に、ロマンチックな夢が消えたなら、私は暗い土の中で働こうと決心した。

〈収録〉『堤防を突破する浪』創生堂　大15.7　Ⅳ336-12

3464　すでに謙譲と信仰を欠けり　[感想]

〈初出〉「解放」大正15年3月

〈要旨〉プロレタリア文芸聯盟には、マルキシズムを背景とする人もいれば、アナーキズムを信奉する人もいる。こうした主義を異にした人々の聯盟は可能であろうか。反資本主義的思想聯盟として互いに提携した。私ははじめ、どの程度まで各自が謙譲であり、信仰的でありうるかを考えた。聯盟の意義と理想の精神が欠けているなら、仕事をしない前にもどって解散した方が、後日のそしりを免れるであろう。

3465　私は子供の幸福を思慮するために一切を信頼する学校教育に依らんとす（父として思ふ）　[感想]

〈初出〉「婦人之友」大正15年3月

〈要旨〉自分が人生に対し、社会に対し抱いている考え方、主義は、どうすることもできない信念になっているが、自分と同じ行き方を子供に強いることはできない。自然の発達と意気の自由を認めずに、父親の主観で、か弱い子供の性質や習慣を左右することに恐怖を感じる。私は学校を信じた。子供等自身の知識と感情の発達を待とうとした。

3466　あらしの夜　[小説]

〈初出〉「文芸市場」大正15年3月

〈あらすじ〉春が来るのに、心は暗かった。自然に対する濁らぬ新鮮さを持っているというのに。いつになったら人生は理想化されるのだろう。政党が変っても、被支配層が仮定されているかぎり、公正な世の中にははらない。

小田は、今夜はゆっくり眠ろうと思った。しかし、夜中に人が訪ねてきた。選挙に出た故郷の友人が助けてほしいと言う。彼は俥に乗った。坂の途中で風が吹いた。頭の中の灰色の影が動いた。鴉がないた。「そんなはずがない」と思った瞬間、俥は空中に輪を描いて奈落の底へ転落した。彼の死は、偶然の如くであり、宿命の如くであった。

3467 **烏帽子ケ岳** ［小説］
〈初出〉「早稲田文学」大正15年3月
〈あらすじ〉町の西に烏帽子の形をした山があった。山には早く雪がきた。毎年、季節の気候の変化ほど、人に新しい感じを与えるものはない。とくに子供たちに、烏帽子ケ岳は多くの喜びと悲しみを与えた。藤二の母は、藤二が四つのとき、好きな男と駆け落ちした。藤二の父は死んでいた。藤二は叔母のもとで育てられたが、いつも実母を思った。叔母は、藤二の母は鳶にさらわれ、烏帽子ケ岳に連れていかれたと説明した。藤二は実母に会うため、七つのとき、旅芸人の一団に加わり、綱渡りの芸を覚えた。芸をするときは烏帽子ケ岳の細い一筋の路を思い描いた。やがて藤二の母は男に捨てられ、故郷へ帰ってきた。藤二の話をきいた母親は心から悔いた。目が不自由になった母は、按摩を売りに町へでたが、雪のこぶで足を滑らせる。烏帽子ケ岳の頂きを歩いていると思った。

3468 **ロマンチシズム（その頃のこと）** ［感想］
〈初出〉「文章倶楽部」大正15年4月
〈要旨〉この写真を写したのは二〇歳のときだ。その頃の早稲田は、鶴巻町あたりも一面の田圃であった。面白くない授業は抜け出し、戸山ケ原の草原で寝転がっていた。その頃「雲の姿」を書いた。二葉亭氏がこの作を書いたのは老人かと編集者に尋ねたという。私はワーズワーズ流の厭世主義で自然をみていた。若やかなうちにも、どこか淋しい、憂鬱な、あの時分の、ロマンチシズムが、青年の頭を占領していた。あの時代のロマンチシズムの私の方が、今の青年たちよりも若いように思われる。

3469 **はがき評論** ［アンケート］
〈初出〉「不同調」大正15年4月
〈要旨〉好きな点。正直、率直なところ。嫌いな点。征服欲の強いところ。

3470 **階級戦を醸成する今議会** ［感想］
〈初出〉「解放」大正15年4月
〈要旨〉当initial、憲政党に期待したものは、すべて裏切られた。ブルジョア政党に期待することが間違っていた。政策主義の上から見て、既成政党中一番正しいと感じられたのである。今度の議会中の醜悪は、解散を避けるために既成政党によってなされた妥協である。階級的に彼等が自覚し、団結したのである。議会は、階級戦に移った。無産階級の真の代弁たる政党が存在しなければならない。

3471 **一茎の花も風雨を凌がざれば咲かず** ［感想］
〈初出〉「少女文芸」大正15年4月
〈要旨〉物質文明が進展するのにも努力と苦心と失敗があった。思想や道徳の進展も同様である。因習や風俗、思想を革めるには、どれほど保守的な思想と戦わねばならないか。何事も人間性の複雑なことを解さなければ、前へは進まない。一茎の花が開くにも、幾多の風雨を凌いで、自然の迫害に打ち勝たねばならない。旧道徳が破壊され、新生活の信仰が確立されない過渡期に、不自然、不健全からいかに救われるかを考えなければならな

い。

3472　無題　[詩]
　　　〈初収録〉『未明感想小品集』創生堂　大15.4
　　　〈要旨〉兄弟、声が低くて聞えないと言ふのか。あまり、風がひどいからだ。もつと近く寄つて、手を握り合つて行かう。（以下略）
　　　〈収録〉『未明感想小品集』創生堂　大15.4　Ⅳ335-19
　　　　　　『小川未明作品集　第5巻』大日本雄弁会講談社　昭30.1　Ⅳ360-52

3473　八月の夜の空　[感想]
　　　〈初収録〉『未明感想小品集』創生堂　大15.4
　　　〈要旨〉すべてのものが流転し、生滅するうちにも、人生を思えば、まことに頼りがたいのを感じる。八月の夜の空は、一年のなかで、私も一番感慨深いものを覚えさせる。二三年前の夏までは生きておられた祖母もなくなり、一昨年の夏には仲の好かった友達が急逝した。この人たちの魂がかえってくるのも八月であった。一三日の朝はまだ暗いうちから山の麓の墓地へ迎えにいった。一五日にはきゅうりの馬や茄子の牛などを川に流した。その日をどんなに怨めしく、名残惜しく思ったことか。「夏の終りの　お精霊まつり　今年ながれて、また来年ございの　灘ボイ、ヤレ、ヤレーー」
　　　〈収録〉『未明感想小品集』創生堂　大15.4　Ⅳ335-64

3474　田舎の秋、高山の秋　[感想]
　　　〈初収録〉『未明感想小品集』創生堂　大15.4
　　　〈要旨〉田舎に行くと、いかに自然が人生を支配しているかに気づく。都会では季節の変遷は緩慢だが、高原や山中に住むものにはその変化は鮮やかだ。かつて私は日本アルプスの温泉の景色を称賛した。浴客が帰ったあと、私は一里も奥に入った湖水に行った。りんどうの紫、ななかまどの葉。私はこの時の自然美に対する印象を、永久に忘れることができない。
　　　〈収録〉『未明感想小品集』創生堂　大15.4　Ⅳ335-66
　　　　　　『定本小川未明小説全集　第6巻』講談社　昭54.10　Ⅳ370-64

3475　雪を砕く　[感想]
　　　〈初収録〉『未明感想小品集』創生堂　大15.4
　　　〈要旨〉日暮れ方、二人の大学生が歩いている。雪が美しく降り積もった景色をみて、二人は、この景色を見るものが自分たち以外にいても、不平を言うものはないことを話し合う。にもかかわらず、金持ちはこの景色を私有したがる。人は、勤勉に働くのは楽をするためだと考えている。社会のために尽くすということが分かっていない。人は自分だけが働いては損だと考える。ほかに怠ける人がでると思うのだ。人間同士が信じあえないのだ。共産主義の成功も失敗も民衆の自覚に出る。そんな話をしていたとき、男たちから喧嘩を売られた。背の低い方は怒っては懐から刃物を取り出した。背の高い方が引き留めた。その後、二人は資本主義の暴力が無産者を苦しめるのを見て、日夜、その解放のために奔走した。
　　　〈収録〉『未明感想小品集』創生堂　大15.4　Ⅳ335-79
　　　　　　『定本小川未明小説全集　第6巻』講談社　昭54.10　Ⅳ370-67

3476　断詩　[詩]
　　　〈初収録〉『未明感想小品集』創生堂　大15.4
　　　〈要旨〉血は鉄路を染めて　暁に光淡く　雪は屍にかかりて　天地白痴に似たり（以下略）
　　　〈収録〉『未明感想小品集』創生堂　大15.4　Ⅳ335-80

Ⅲ 作品

　　　　　『小川未明作品集 第5巻』大日本雄弁会講談社　昭30.1　Ⅳ360-53
　　　　　『定本小川未明小説全集 第6巻』講談社　昭54.10　Ⅳ370-103

3477　彼等　［詩］
　　　〈初収録〉『未明感想小品集』創生堂　大15.4
　　　〈要旨〉なんで、頭で考へてゐることと口で言ふこととは違ふんだらう。怖れ
　　　てゐるからだ。何を？人間を！(以下略)
　　　〈収録〉『未明感想小品集』創生堂　大15.4　Ⅳ335-81
　　　　　『小川未明作品集 第5巻』大日本雄弁会講談社　昭30.1　Ⅳ360-54
　　　　　『定本小川未明小説全集 第6巻』講談社　昭54.10　Ⅳ370-104

3478　無題　［感想］
　　　〈初収録〉『未明感想小品集』創生堂　大15.4
　　　〈要旨〉河の流れに急なところも穏かなところがあるように、人間にも刹那
　　　の気持ちに生きるものと、緩衝地域にあって階級的自覚もなく、闘争の意
　　　志もない、高踏的な生き方をするものがある。知識階級のある者だ。彼等
　　　は社会や正義のことを知らないわけではない。しかし緩衝地帯にある快さ
　　　に慣れすぎている。紅葉の不鮮明な木の葉のように。しかしその姑息も、
　　　暴風雨がく来るまでだ。河ことごとくが奔流となり、木悉くが凋落する日
　　　があるだろう。
　　　〈収録〉『未明感想小品集』創生堂　大15.4　Ⅳ335-82

3479　街を行くままに感ず　［感想］
　　　〈初収録〉『未明感想小品集』創生堂　大15.4
　　　〈要旨〉都会は、なぜこんなに忙しいのか。その必要があるのだろうか。い
　　　たずらに消費することがなかったら、社会はもっとよく、正しくなってい
　　　る。都会が中央集権的であるために、生活から離れていく。文化はここの
　　　みに発達する。多年、都会に住んでいると田舎の生活を忘れてしまう。田
　　　舎の人が苦労してつくった野菜も、搾取されてしまう。都会の不幸な家庭
　　　には同情が寄せられても、遠くの田舎の同じような不幸は顧みられない。
　　　社会政策も同様に、眼につきやすいところにしか対策がたてられない。都
　　　会生活者には田舎は、詩的なところと思われた。文学者も自然に帰れたと
　　　か、土の文学とかいうが、所詮はブルジョア意識に生じた文学である。いや
　　　しくも田舎に取材するなら、小作人の立場になって階級意識の上で書かねば
　　　ならない。都会の新興文学を思うにつけて、私達は田舎の新興文学を思わ
　　　ざるをえない。
　　　〈収録〉『未明感想小品集』創生堂　大15.4　Ⅳ335-90

3480　建設の前に新人生観へ　［感想］
　　　〈初収録〉『未明感想小品集』創生堂　大15.4
　　　〈要旨〉私達は新聞の社会面で、個人の罪悪について、禍福について、それ
　　　を知ることに対してそんなに興味を感じているだろうか。罪悪や異常な行
　　　為に対して、それを憎み、嘲る前に、その人達をこの社会における哀れな
　　　犠牲者と思うべきであろう。社会制度、組織について疑わずに、個人のみ
　　　を責めるのはその人に批判の明がないからである。ロマンチシズムの精神
　　　を排除した芸術に、何の飛躍があろう。やがては死灰、枯淡、厭世絶望へ
　　　到達するしかない。現文壇ではしきりに明るさを求めている。しかしそれ
　　　はただ漫然とした生の肯定である。作家自らがブルジョア意識に生きてい
　　　るからである。「暗いものは厭だ」と人は言う。しかし、苦悩、罪悪、飢
　　　餓といったことは空想ではない。この社会における大衆の現実である。苦

337

闘、苦悩の事実を実感とせずに、新しい、輝かしい喜びを頭の中に想像することができない。その作品から良心を鞭打たれずして、はたして真の平和を感じ、慰安を受ける場合があるだろうか。プロレタリア文学は、まさに、この新人生の道徳である。
　　〈収録〉『未明感想小品集』創生堂　大15.4　IV335-91

3481　**少年時代の正義心**　[感想]
　　〈初収録〉『未明感想小品集』創生堂　大15.4
　　〈要旨〉子供の時分に、野原や小山や林の中で歌った祖国の唄が、いかに一生を通じて人間の良心を支配し、正義に訴えたか。当時の少年の理想は、一致協力して国難に殉じなければならないということだった。少年は常に純真で、正直で、正義に感激する。しかるに、教育家や芸術家らにそれがない。
　　〈収録〉『未明感想小品集』創生堂　大15.4　IV335-96
　　　　　『定本小川未明小説全集 第6巻』講談社　昭54.10　IV370-72

3482　**理想の世界**　[感想]
　　〈初収録〉『未明感想小品集』創生堂　大15.4
　　〈要旨〉もし美と正義の世界が、現実に存在するなら、それはまさしく「童話」の世界でなくてはならない。そして、この美しく、やさしく、平和な世界の主人公はもとより子供であるが、また、美と正義を愛する人々でもある。この世界ばかりは、一切の暴虐をゆるさなかった。また、いかなる権力も圧制も、かつてこの世界を征服することはできなかった。これがわが理想の世界である。
　　〈収録〉『未明感想小品集』創生堂　大15.4　IV335-98
　　　　　『定本小川未明小説全集 第6巻』講談社　昭54.10　IV370-73

3483　**君は信ずるか**　[小説]
　　〈初出〉「虚無思想」大正15年4月
　　〈あらすじ〉私は、Aの話を信じていいか分からない。酒に酔ったAは、町の往来に倒れ、頬を地面につけた。犬猫の生活、奴隷の生活が味わえるように思った。ある夜、暗い路地で乞食が手を紳士に踏まれたことにAは憤慨し、男の横面を殴った。Aは黒表に載っている一人であった。Aは、射的場の女に惹かれてよく通ったが、射的のうまい仲買店の番頭と親しくなり、一緒に空気銃をもって雀を打ちに行ったことがある。還都鳥を見たAは、子供のころを思い出し、その鳥を打つことをやめようとしたが、男は打ってしまった。男は戦争のとき、二人の捕虜が逃走するのを待って、撃ち殺した話をした。Aは、帰り道、絶壁のところで男を突き落とした。
　　〈収録〉『堤防を突破する浪』創生堂　大15.7　IV336-10
　　　　　『定本小川未明小説全集 第5巻』講談社　昭54.8　IV369-29

3484　**春**　[感想]
　　〈初出〉「週刊朝日」大正15年4月1日
　　〈要旨〉橋 - 黒い煙 - 白い木蓮の花。私は歩きながら、作の筋をまとめたり、描写の上の新しい試みを考えたりした。春になり、空想が雲のように湧いた。石切橋の欄干から見えた黒い煙と木蓮の花。この光景がどういうものか忘れられない。春になるたび、それを思い出す。明るい地平線 - 南風。子供の時分、母に連れられて朽ちた橋を渡って湯屋へ行った。母が今晩南風が吹くと言った。強い南風が吹いた翌朝、春が来た。工場の花。私は梅の清香を愛す。しかし大人になってそれに親しむ暇はなくなった。新聞社

III 作品

の夜勤記者をしていたとき、瓶にさした桜の花を見ながら仕事をした。

3485 **最後の日の虹** [小説]
〈初出〉「サンデー毎日」大正15年4月1日
〈あらすじ〉敬吉は酒を飲んで帰った。妻のお時は、連れ子のおいねに踊りの稽古をつけていた。先妻に死なれた敬吉は、娘のお豊を田舎にやっていた。敬吉が新聞社時代に知り合った小田は、小説家になっていた。お豊を嫁にほしいといった山根は早逝していた。おいねを芸妓にやることに反対の敬吉は、おいねを大学教授の家の子守りに行かせることにした。そんなおり敬吉は、自動車に当て逃げされた。そのまま帰ってきた敬吉を見たお時は、あまりの意気地なさに、おいねを連れて家を飛び出した。敬吉は古本屋をはじめる。ある日、敬吉の家に美しい令嬢が訪れた。田舎で芸妓をしていたお豊が旦那と一緒に東京へ出てきたときに立ち寄ってくれたのだ。お豊は敬吉に小遣いを渡し、去っていった。虹が見えたと思うと、消えてしまった。
〈備考〉大正15年2月作。

3486 **我等何に依らん、何故に文芸家協会会員たりしか** [感想]
〈初出〉「文芸時報」大正15年4月25日
〈要旨〉文筆家が独立した職業であるなら、職業組合があるのも不思議ではない。文芸家協会に私が所属するのも、それが思想団体ではなく、職業組合であるからだ。この協会があるゆえに、下級の文筆業者を苦しめることはない。同一職業者が、経済的に相互扶助をすることは生活上やむをえない。ブルジョア作家とプロレタリア作家が一緒であることをもって無節操というのもおかしい。私達の敵は、組織の下に構える機関であり、搾取者である。彼等によって操られる個々の作家たちではない。

3487 **私の一日（三一家）** [アンケート]
〈初出〉「文章倶楽部」大正15年5月
〈要旨〉三月三一日。午前、蘆屋蘆村氏が来て、童話作家協会の幹事会が四月三日にあることを告げられる。前日書き上げた原稿を読み返し、手紙などを書く。午、湯。午後、佐々木君に文章倶楽部の原稿を渡す。松村善寿郎、斎藤喜一郎、吉田金重君くる。植木に水やり。夕方、「社会思想」その他の雑誌を読む。

3488 **童話の作者として** [感想]
〈初出〉「エスペラント文芸」大正15年5月
〈要旨〉童話には童話としての本質が具えられなければならない。童話の本質を私は次のように考える。教えよう、導こうとする大人の功利的観念は童話の本質とは遠い。大人の子供に対する優越感は、自分の理性、感情を子供に強いようとする。また面白くさえあればよいというのでもない。また子供らしい観察、子供らしい言葉、子供らしい空想をもった作品を創ろうとするのも、大人の不自然な作為である。童話の根本は、作家自らの芸術的純真性を保持するところにある。作為せざる態度、自然な気持ちにおいて、人情と自然を率直に眺め、そこに起こりくる無心の感激を内容として童話を作れば、それが子供にはよく分るのである。

3489 **一人一語一文一信** [感想]
〈初出〉「労働文化」大正15年5月
〈要旨〉（不明）

III　作品

3490　彼と三つの事件　［小説］
　　　〈初出〉「文章倶楽部」大正15年5月
　　　〈あらすじ〉みすぼらしい風をした少年が、鉱山の線路番をしていたとき、居眠りをしてトロッコに轢かれた。二人の炭鉱労働者が、縄梯子が切れて地獄の底へ堕ちた。労働問題を扱った本は、会社側が利益ばかり考えるからこのようになるのだと書いていた。これらの事件について考えていたとき、下女が紅茶を運んできた。霜焼のため指から血が流れていた。手を大事にしない下女の無智に腹がたった。しかし後日、彼は炭鉱や工場で犠牲になる労働者も、家庭で働いて負傷する者も同じだと考え直す。こういうこともあった。植物を丹精こめて育てるのが好きな彼は、ある日、子供の病気のことで気疲れした懶さから、戸外に出した鉢植えを部屋に入れなかった。すると一晩で植物は枯れた。人間の無智や不注意、懶さ、残忍さが、悲劇を生む。それは、強い者が、弱い者や抵抗力を持たない哀れな者に対してだけなされることである。
　　　〈収録〉『堤防を突破する浪』創生堂　大15.7　IV 336-18

3491　密生した茶の木　［感想］
　　　〈初出〉「現代」大正15年5月
　　　〈要旨〉土手の上に茶の木が密生していた。その木は年をとっていた。芋蔓が茶の木を頼りに伸びあがり、伸びてすがるところがなく、不思議な花のように風に揺れていた。ある婆さんが新茶を摘もうと手を伸ばしていた。やがて茶は青葉になった。蜘蛛が糸をはいた。秋になると、芋蔓の姿はなくなった。「貸家から貸家へ」と半生を送ってきた自身を思った。茶の木は人間よりも長く生きのびる。冬には茶の木を安全な住みかとする雀もいた。茶の木は複雑な影を周囲に投げていた。春になり、茶の木は地主によって伐られてしまった。
　　　〈収録〉『常に自然は語る』日本童話協会出版部　昭5.12　IV 341-53
　　　　　　『童話雑感及小品』文化書房　昭7.7　IV 342-74

3492　その時々の感想　［感想］
　　　〈初出〉「少女文芸」大正15年5月1日
　　　〈要旨〉何故に人々は職業の上に差別をもうけるのか。あるものを卑しみ、あるものを尊敬する。それはすべての労働が賃金に換算されるからである。だが今の賃金制度が、労働力の性質と価値を定めているのか疑わしい。自分の天分と能力の版図において、職業を選択し、それに従事することを誇りとしなければならない。まずこの誠実と自覚がなければ、不条理があった場合に戦うことはできない。智識は体験ではない。大人になると自然に親しむ余裕がなくなる。子供時分は、自然から多くのことを学んだ。その体験があるからこそ、子供時代は大事なのである。
　　　〈備考〉大正15年3月12日作。

3493　今後を童話作家に　［感想］
　　　〈初出〉「東京日日新聞」大正15年5月13日
　　　〈要旨〉自由と純真な人間性と、空想的正義の世界に憧れていた自分は、いつしか芸術の上でも童話の方へ惹かれていった。私の童話は、ただ子供に面白い感じを与えればいいというのではない。広い世界に美を求めたい心と、それらがいかなる調和に置かれたときに正しいかを詩としたい。私の童話は、むしろ大人に読んでもらいたい。あくまで童心の上にたって、大人の世界ではない空想の世界に成長する童話であるゆえに、小説ではなく、

童話と呼ばれるべきである。余の半生を専心わが特異な詩形のためにつくしたい。
〈収録〉『小川未明作品集 第5巻』大日本雄弁会講談社　昭30.1　Ⅳ360-95
　　　　『定本小川未明童話全集 第5巻』講談社　昭52.3　全童話Ⅳ163-49

3494　**病める青春**　［小説］
〈初出〉「サンデー毎日」大正15年5月30日
〈あらすじ〉町を離れて村へ入ると、柔らかな若葉の色は日の光に溶け、こんもりとして森全体が大地へ転がったまま眠っていた。浅井と小野は町の本屋で買った雑誌をもって寺の境内へ進んだ。浅井の家は村の地主であった。小野は反抗心が強かった。中学を卒業し、二人は前後して東京に出た。小野は百姓の中に入って彼等を教えなければならないと考えた。浅井はトルストイの影響をうけ、愛によって世の中を変えようとした。ある日、印刷工のHの家で「我等の会」という会を開いた。彼等は社会の公正と正義を求めようとした。浅井はHの妹と親しくなった。しかし憂鬱病になり、故郷へ帰った。一年が過ぎても、浅井は戻ってこなかった。小野が帰省したとき、浅井が訪ねてきた。浅井は昔とまったく変わってしまっていた。

3495　**大衆文学と無産階級文学**　［感想］
〈初出〉「虚無思想」大正15年6月
〈要旨〉働くものにとって何が楽しみであろう。土を奪われ、日光すらも奪われたものにとって、残されたものは空想の世界だけかも知れない。彼等にとっては、一時の悩みを忘れるに足るものが必要である。それが今日の「大衆文学」であった。しかし「無産階級文学」は、それとは違う。ロシア文学におけるナロードニキ運動に、真実にして純粋な、無産階級文学の精神を見る。良心と人間性を否定して文学は成り立ちえない。大衆文学と無産階級文芸は、気魄の上の差異である。

3496　**閲覧聴聞日録**　［アンケート］
〈初出〉「不同調」大正15年6月
〈要旨〉平林初之輔「消費者の立場からの社会改造理論」（中央公論）、葉山嘉樹「労働者のゐない船」（解放）、藤森成吉「磔茂左衛門」（新潮）をそれぞれ面白く読んだ。

3497　**何うして子供の時分に感じたことは正しきか**　［感想］
〈初出〉「童話」大正15年6月
〈要旨〉家の前を哀れな子供が、父や母に連れられていくのを見たことがある。町で物を乞い、晩方になって村へ帰っていく。その姿が目に残った。もし自分がその子供であったらと考えた。自分が今の境遇に生まれたことも偶然であるように思われた。私は小さいとき、犬や猫を愛した。いくら可愛がっても足りない気持ちがした。一方で、捨てられる犬猫のことを考えずにはいられなかった。なんで、みんな幸福でありえることができないのか。ある者は幸福に、ある者は不幸に日を送っていることを考えると、不思議でならなかった。こうした思いは、大人になると忘れていく。ずっと持ち続けている人が、なつかしまれる、善い人である。
〈収録〉『常に自然は語る』日本童話協会出版部　昭5.12　Ⅳ341-50
　　　　『童話雑感及小品』文化書房　昭7.7　Ⅳ342-70
　　　　『小川未明作品集 第5巻』大日本雄弁会講談社　昭30.1　Ⅳ360-108

3498　**事実と感想**　［感想］
〈初出〉「早稲田文学」大正15年6月

〈要旨〉学生の暑中休暇で田舎に帰ったときは、そこにまだ都会とは違った独立した生活があった。しかし、今はそれがない。やがては田園は破産し工業化してしまうだろう。古い夢を失った農村は、新しい希望を産まなければならない。人類に共通する悩みと苦痛から逃れる方法は。既成文壇も崩壊し、転換期にある。新興文学は、真のプロレタリアの生活の中に胚胎する。「未明選集」が完了した機会に、童話に専念したい。
〈備考〉「田園の破産」「文壇の転換期」「童話作家たらん」を収録。
〈収録〉『定本小川未明童話全集 第5巻』講談社 昭52.3 全童話Ⅳ163-50
『定本小川未明小説全集 第6巻』講談社 昭54.10 Ⅳ370-74

3499 心境小説と客観小説 ［アンケート］
〈初出〉「文芸行動」大正15年6月1日
〈要旨〉作家によっていずれかに適するのではないか。ぴったりと人と表現があったときに、豊かな芸術味がうまれる。芸術は型のみではない。型のために努力するのは芸術至上主義のやり方であって、人生を対象とするときは、もっと重要な問題が他にある。

3500 批評家 ［感想］
〈初出〉「文章往来」大正15年6月1日
〈要旨〉社会性をもたない文学はすでに過去の文学となりつつある。この意味から、はたして信頼すべき批評がどれくらいあるだろう。社会的現実から遠ざかっている芸術のための芸術を奉ずるような批評家は、新興階級を目標とする芸術に対しては、批評する資格も権利もない。

3501 雨あがりの釣―向島所見―（夏の景物即興） ［感想］
〈初出〉「朝日新聞」大正15年6月25日
〈要旨〉子供たちは、みんな水の上を見つめて黙っている。乾いたバケツにも日傘にも太陽があたっている。子供たちは、みんなが何を思っているのか誰も知らない。小さな詩人にして科学者である子供たちは、宇宙の神秘に触れている。

3502 偶感二篇 ［感想］
〈初出〉「少女文芸」大正15年7月
〈要旨〉「母性について」子供に対する献身的な愛、一家の生活に対する綿密な注意と顧慮といった母性を婦人はもつが、それを持たないものもいる。有閑、享楽階級の婦人の中に、また労働に縛られる労働者階級の中に。職業婦人たちが組合に加盟するのはもっともである。真に母性に目覚めたものは、戦争に反対しなければならない。機関銃の前に可愛い子供を立たせることに反対しなければならない。「読書する者の自覚」真に人生を考え、社会を思うことから、自らの幸福を犠牲にし、真理のために叫ぶ作家もいるが、そんな良書は売れない。資本主義と印刷術の発達が多売主義を生み出した。読者はこうした傾向を批判するだけの力がない。

3503 「感想」を「童話」欄に改めるために ［感想］
〈初出〉「少女文芸」大正15年7月
〈要旨〉これまで四回、感想の選をした。感想は、ある程度の知識、思想、批判が必要だが、たいていは日常身辺の経験であった。そこでその思いの表白は創作の方がふさわしいと思い、新芸術としての「童話」に改めることにした。

3504 大衆文芸論 大衆文学の地位と特色 ［感想］

〈初出〉「中央公論」大正15年7月
〈要旨〉各自の属する階級的立場を自覚し、深刻にその階級の生活なり、悶えなり、反抗なりを書く文学を傾向的、思想的、理想主義的文学といってよい。大衆文学は、これとは異なる性質のものである。この派の文学は、読者をして自らを慰さしめ、信ぜしめ、悟らせしめ、鼓舞せしめる。欧州戦争のあと、日本でも一般の庶民生活は行き詰った。大衆文学がもたらすものは、新生活に対する憧憬である。ロマンチシズムの精神の発動によるものである。しかしいつまでも江戸末期の復興で足るわけではない。頽廃的であるよりも新興的であり、病的であるよりも健全でなければならない。庶民生活の真の理想を暗示させなければならない。

3505 「解放の芸術」（青野季吉）の価値　[アンケート]
〈初出〉「解放」大正15年7月
〈要旨〉青野君の書くものは新聞、雑誌で読んできたが、こんど集になったものを読むと、さらによく分かる。理論に曇りがなく、正確である。それは君の正直と真理に対する勇敢な追求と、妥協のない性格からきている。プロレタリヤ文芸の正しき指導者であり、真の芸術の精神を示している。

3506 社会と良心についての感想　[感想]
〈初出〉「日本及日本人」大正15年7月
〈要旨〉二つの異なった力、主張があったとき、大きな力をもつ方が優勢となる。正義は往々にして逆境者の上に見られるが、主張は無視される。歴史は、人間が時代時代に努力し、もっとも人間的な、善良な道を歩んだ跡を記す記録とは考えにくい。むしろその反対を示した記録ではなかろうか。かつて新聞は正義の裁断を行う機関であった。不偏不党の木鐸であった。しかし今日のように資本主義的ジャーナリズムに禍いされた新聞、雑誌は、単なる報道機関となった。

3507 歩道の上の幻想　[小説]
〈初収録〉『堤防を突破する浪』創生堂　大15.7
〈あらすじ〉二人は別れた。それは貧乏が原因であったことに二人は気がついた。しかし、もはやどうにもならなかった。女は街へ、男は牢屋へ行っていたからである。彼は牢屋にいて、今度、外へ出たら、あいつに会ってみようと思った。女は街で市街自動車の運転手をしていた。妻を病気で亡くした紳士が、女を見染め、熱いまなざしを送っていた。労働階級の方が健康で疲れを知らないと紳士は考えた。女もまた牢屋の男と再会したいと思っていたが、紳士と結婚する。しかし結婚生活を始めると、女が健康ではなく、笑うこともないことに、紳士は不審を抱いた。「これが私の本当の顔です」と女は言った。牢屋から出て働いていた男は、女と再会するが、女が自動車に轢かれる幻想をみる。女が別の男の子供を身ごもっているのを知った男は、女の横腹を刺す。そんな幻想に悩まされていた。
〈備考〉大正14年12月作。
〈収録〉『堤防を突破する浪』創生堂　大15.7　Ⅳ336-8

3508 女性に精神的協力なき現象　[感想]
〈初出〉「婦人之友」大正15年7月
〈要旨〉一家を支えるに経済的な夫婦の協力が必要なことは言うまでもないが、精神的な協力、夫婦別々の仕事に対する互いの理解がなければならない。まず男性が女性を遇する態度を改める必要がある。女性は自らを重んじ、立場を自覚して働かなければならない。夫の仕事を理解し、奨励し、

正しからしめることで、間接直接に、社会を益し、文化を向上させることができる。
〈収録〉『常に自然は語る』日本童話協会出版部　昭5.12　Ⅳ341-45
　　　　『童話雑感及小品』文化書房　昭7.7　Ⅳ342-64
　　　　『小川未明作品集　第5巻』大日本雄弁会講談社　昭30.1　Ⅳ360-93
　　　　『定本小川未明小説全集　第6巻』講談社　昭54.10　Ⅳ370-80

3509　気候外さまざま　［感想］
〈初出〉「文芸春秋」大正15年7月
〈要旨〉新緑の五月を一番愛する。人間は生を楽しむために生きているが、私にとって生を楽しませるものは、気候と草木の美の二つである。私は東京に来て二十余年になり、かえって生まれた土地より長くいるので、東京の気候に体質が同化してきた。この頃は北国の風景を描く場合も、実感から遠ざかることが多くなった。四月に帰省したが、北国の天候は、どこか高山の空合いを思わせた。原稿を書いては部屋の中を歩き回り、縁側や屋根に並べた鉢植えを見る。
〈収録〉『常に自然は語る』日本童話協会出版部　昭5.12　Ⅳ341-51
　　　　『童話雑感及小品』文化書房　昭7.7　Ⅳ342-71
　　　　『新しき児童文学の道』フタバ書院成光館　昭17.2　Ⅳ346-31

3510　青桐の窓　［感想］
〈初出〉「時事新報」大正15年7月29日
〈要旨〉ペルシャの青い壺や、オランダの古い皿や、中国の陶器などが、どこからともなく集まって本箱の上に載せられたり、机の上に置かれたりするのも夏である。あてにしていた印税が入ったら、この夏ばかりは北海道へでも行ってみたいと考えたが、それも空想に終わってしまった。私は、畳の上に横になりながら、部屋の中から青空が見えるのを好む。気まぐれな気分が、夏の私の書斎を占領する。青桐の窓を通して。

3511　自分のこと　［感想］
〈初出〉「早稲田文学」大正15年8月
〈要旨〉過去を語るほど、老いていないつもりだ。最近まで暗中模索で、いらいらする気持ちをどうすることもできなかった。二十余年の文筆生活において、なお磨滅しつくさない、溌剌とした空想こそ自己の本領である。これから落ちついて、この心持ちで、独自にして、特異な作風に、良心と正義と若やかな感情を盛ろうと思う。文壇を目当てに戦った時代は去った。広い大衆の心臓へ、社会の構成へ、反応し反響するものこそ、真の詩であり、真の芸術であることを経験は教えた。

3512　『幽霊読者』合評　［感想］
〈初出〉「解放」大正15年8月
〈要旨〉諸編には、知識階級的なジメジメしたセンチメンタリズムがない。プロレタリア特有の朗らかな明るさがある。反抗的精神はもとより、この健全性を愛し、また羨む。

3513　職業的批評を必要とするか　［感想］
〈初出〉「新潮」大正15年8月
〈要旨〉政治思想の民衆化のように、文芸批評も職業的批評を必要としなくなってきた。誰のための政治でも、誰のための文芸でもない。そのことを悟った人々は、政治や文芸に監視の目を送ることも必要である。文芸を含め、すべての仕事は、その社会を対象としてなされる。価値の判断をする

Ⅲ 作品

ものは社会でなければならない。

3514 創作の根本問題　［アンケート］
〈初出〉「文芸行動」大正15年8月1日
〈要旨〉筆をとる理由は、本能と良心から。創作において個性を表現したいためだ。より深く、より鋭く、多くの人々が無関心であった美を発見するためだ。人生の地平線をより遠く、より高くしたいと言ったクロポトキンと同じ思いである。人間性のために戦う。

3515 階級文学其他　［感想］
〈初出〉「随筆」大正15年9月
〈要旨〉世の中に富める者と貧しい者、圧迫する者と圧迫される者がいるかぎり、階級文学は存在すべきである。階級文学の根底は、憎悪である。憎悪こそ、理論や観察では感じることのできないものである。階級文学は、階級的憎悪を真に実感した者から生れる芸術の衣を着た火である。知識階級が階級文学に賛同しても、闘士となることはできない。そのうえでプロレタリヤに就くか、資本家階級に就くか、よく考えねばならない。階級制度の撤廃は、人間理想の一段階に過ぎない。人間性があらたまるまでは、人間は他の手段によって権力を握ろうとするであろう。だがこの撤廃が重要な一つであることは争われない。

3516 私の此頃の生活　［アンケート］
〈初出〉「文章倶楽部」大正15年9月
〈要旨〉朝涼しいうちに創作をする。飽きると新聞や雑誌を漫読する。また創作をする。正午には湯に行く。午後は庭をあちこち歩いて暮らす。埃っぽいのと、自転車や自動車が多いのとで、あまり散歩にいかない。夜は読書。

3517 巷の木立と人　［小説］
〈初出〉「文章倶楽部」大正15年9月
〈あらすじ〉彼は若かった時分、毎日のように弁当箱をぶらさげて仕事場へ通った。古い建物を取り払ったあとにトタン屋根の粗末な工場が建てられていた。それ以前からあった若い樫の木が空に伸びあがっていた。都会の煤煙に立つ樫の木は、自分たち労働者のように思われた。戦争のあった時分には、工場は忙しそうだった。年をとっても彼はまだ仕事をしていた。久しぶりに工場に行ってみると、樫の木は枝を払われ、丸坊主になっていた。翌年、あきらめきれないで再びそこへ行ってみると、樫は若芽を幹から生じさせていた。

3518 反動政策と変態的政策を評す（発売禁止に対する抗議）　［感想］
〈初出〉「改造」大正15年9月
〈要旨〉文芸家協会、出版協会、雑誌協会が共同し、発禁処分に対する運動を起こしたことは注目される。単に禁止によって生ずる損害の防止だけを行うなら、作品の商品化的色彩を濃厚にするだけだ。真理のための擁護でなければならない。思想の取締りを支配階級の独裁より、幾分なりと緩和し、これに対し、民衆の意志を表示し、討議しえるほどのあたらしい機関を設置するのがよい。言論、思想の絶対自由を求めることはできないが、尋常程度の自由を要求するために団結することは大事である。なるほど、当局の忌避することを扱わなければ無事には違いないが、真理のために働かなければ、真の芸術家としての気魄が体現されるであろうか。

3519 新しい町の挿話　［小説］

Ⅲ　作品

　　〈初出〉「早稲田文学」大正15年9月
　　〈あらすじ〉みすぼらしい駄菓子屋を新開地の綺麗な店が追い出そうとする。駄菓子屋の主人は酒に酔い、自制心をなくすと狂暴になり、棒を持って、綺麗な店の飾り窓をこわしてまわった。損害賠償をするために、娘を身売りし、このままここで貧しい暮らしを続けるよりは、引越をした方がよいと勧める人の言葉にしたがい、町を去っていった。
　　〈収録〉『彼等甦らば』解放社　昭2.10　Ⅳ337-1
　　　　　『女をめぐる疾風』不二屋書房　昭10.5　Ⅳ344-1

3520　批評時代と享楽時代の衰へざる理由　［感想］
　　〈初出〉「文芸時報」大正15年9月25日
　　〈要旨〉最近の傾向として批評が盛んになってきたことを喜びたい。作家の社会観や芸術の目的観にまで立ち至って批評が行われる。私は作品に接するとき、それが自然であるか不自然であるかを見る。真剣で正直なものかを見る。一方、享楽文学は衰えない。婦人雑誌の投書欄の選者をして分かったことは、ここには最近の文学運動の影響がないということだ。読者の多数をしめる婦人の意識が低いかぎり、享楽文学は衰えない。

3521　すでに秋となれり　［感想］
　　〈初出〉「サンデー毎日」大正15年9月26日
　　〈要旨〉今年の夏は、堪えられない思いをした。避暑地に行き、暑さを知らなかった人もいるだろう。しかし、炎熱と戦った印象深い日があったために、月日の経つ速さを忘れたのである。人の一生を、夢とせず、生活に徹した実感としたならば、暑い時分は暑さを感じ、苦しみを経験するのが本当だと思う。都会から自然を駆逐するのは致し方ないが、そこに住む人間の幸福までが削がれていく。こう感じるのは、どこかに原始生活の名残をもっている田舎生れの人間であるからかも知れない。私たちが、自然に対するとき、活き活きとした、新しい、鮮やかな印象を得られたなら、自ら老いたということを知らないであろう。

3522　五大雑誌とその編輯者（はがき評論）　［アンケート］
　　〈初出〉「不同調」大正15年10月
　　〈要旨〉初期の婦人公論の編集方針がよかった。あの時代には進みすぎのような気がしたが、今はちょうどその時代になってきている。

3523　私の嘱望する新作家　［アンケート］
　　〈初出〉「新潮」大正15年10月
　　〈要旨〉松村善寿郎、壺井繁治。松村君は独自の芸術境を有している。壺井君は最近の短編に非凡の魅力がある。

3524　その想像は裏切られて（新世帯のころの思い出）　［感想］
　　〈初出〉「婦人世界」大正15年10月
　　〈要旨〉新世帯をもったが、一九の妻の衣類や調度を質に入れなければならない生活であった。牛込弁天町の四円の家賃が払えなかった。芸術至上主義の時代にあって、自分の志す道を進もうと思ったが、理解者である妻が愚痴をいうようになり、現実社会を知った。幻滅の悲哀をしみじみ感じた。貧しさは度をまし、妻子を郷里にかえし、読売新聞の夜勤記者となった。半年ほどして妻子は戻ってきたが、生活状態はよくならなかった。

3525　この頃思つたこと　［感想］
　　〈初出〉「日本及日本人」大正15年10月

〈要旨〉中国の詩や日本の文学には、秋を題材にしたものが多い。秋ほど、自然の変化が複雑となる季節はない。秋の自然は、ただちに人間の生活に反映し、深く、心の奥底に浸みこむ。秋の自然によって、私たちのセンチメンタリズムは養われてきた。自然に対し、内観的で、反省的であるために、より深い人間性が発露されてきた。しかし今の人は、自然を蔑視しすぎている。
〈備考〉大正15年9月13日作。

3526 自らの矛盾に悩む　[感想]
〈初出〉「文芸時報」大正15年10月25日
〈要旨〉生活に襲いかかる直接な感じ、これに関する懐疑、苦悶、感激、反抗を小説に書き、童話を書くときにはそうした直接な感じから離れて、象徴の世界に入り、のんびりした気持ちで書く。小説と童話では、技巧の点でも働きかける上においても相違がある。その後、童話に没頭することにしたが、そうしてみると、苦悩、反抗の気持ちをもらすものを失ってしまい、童話に表してきた。しかし不純、混濁をきたす恐れがある。童話の筋に無理がなく、気分を混濁させないために、一方で小説を書くことが必要と思うようになった。私は今も悟りきれずに、純情の世界に浸りきることができず、反抗・闘争の念にかられる。人間の一生は、闘争に終始するものかも知れない。

3527 事実と感想　[感想]
〈初出〉「不同調」大正15年11月
〈要旨〉ある日、田舎の掛茶屋の女房が、大量の綿を背負った客から、綿を買ったが、翌朝になると、雪が解けたように、綿は減っていた。これなどは田舎にありそうな詐欺で、田舎女のだまされそうなことである。しかし都会の婦人の虚栄慾から見れば罪がない。多くの都会婦人は、無智な、田舎女を笑えないはずだ。農村には購買組合ができたが、都会にはそれがない。虚栄心から、自分たちの暮らし向きの内実を隠そうとするからだ。人生は滑稽で、悲痛である。

3528 何よりも正しき社会たるを要す（母性の保護）　[感想]
〈初出〉「優生運動」大正15年11月
〈要旨〉みんなが生きていくうえで必要な栄養、眠り、休養をとれるようにしなければならない。科学は進歩したが、すべての人に公正にそれが利用されているとは思えない。過剰な栄養者もないかわりに、不足な人間もないようにすることが大事だ。生存的条件を欠いた人間が存在することは、その社会が不十分であることを表す。「自分を善くするためには、社会を善くしなければならない」文化機関に従事するものは、真剣に正義と真理のために働かなければならない。

3529 「談話」に就て　[談話]
〈初出〉「新使命」大正15年11月
〈要旨〉私は談話は下手である。結論が早すぎて、中間が短くなる。談話の種ばかりでなく、随筆の材料もなくて困っている。慣れてはきたが、材料がなくて書けないでいる始末である。

3530 予は何新聞を愛読するか—及びその理由—（はがき評論）　[アンケート]
〈初出〉「不同調」大正15年11月
〈要旨〉毎日、数種の新聞を見るが、特に愛読するものはない。報道に誇張がない点では「朝日」がよい。しかし、真に、無産階級の意識によって編

3531 学生運動に対する感想・批判　［アンケート］
　　　〈初出〉「解放」大正15年11月
　　　〈要旨〉無産階級思想とブルジョア階級的思想の対立は、全世界の事実であるから、社会科学研究はこれからも盛んになるだろう。学生が、直接行動や政治運動に加担せざるかぎり、研究することに問題はない。考えることは自由である。

3532 小説と童話（私が本年発表した創作に就いて）　［アンケート］
　　　〈初出〉「新潮」大正15年12月
　　　〈要旨〉主なものは以下のとおり。「霜から生れる一日」「外套」「池についての話」「最後の日の虹」「彼と三つの事件」「老工夫と電灯」「人と土地の話」「暴風と月の妖術」「生物動揺」その他童話数編。

3533 貧乏線に終始して　［感想］
　　　〈初出〉「婦人之友」大正15年12月。再掲：「越佐社会事業」昭和8年2月。
　　　〈要旨〉作家を志して苦しんだことは、自分の信ずるものを書き、それを金にしなければならないことだった。それを貫いてきたのは、自分の意志と妻の献身的な愛だった。妻の指輪を売りに行ったこともある。貧乏生活を通して、世の中がどんなところか切実に知り得た。医者に払う金がないため、夜遅くまで友の家の前で帰りを待ったこともある。夫婦、親子の情を破壊するものは、貧困である。二人の子供を亡くした私は、正しく生きるために、余生をどんなに鞭打たれてもよいと考えている。階級戦の必然をすら考える。
　　　〈収録〉『常に自然は語る』日本童話協会出版部　昭5.12　Ⅳ341-49
　　　　　　『童話雑感及小品』文化書房　昭7.7　Ⅳ342-69

昭和2（1927）年

3534 年頭感（大正十六年における私の抱負その他）　［アンケート］
　　　〈初出〉「文芸公論」昭和2年1月
　　　〈要旨〉わが作品はすなわち行動なりという自信のうえに立って、さらに努力したい。コミュニズム、アナーキズム、リベラリズム、その他徹底した社会意識を有する新進作家、批評家に期待する。新人は転換期の社会を認識し、文壇意識を去れ。

3535 私の余技　娯楽に就ての趣味　［アンケート］
　　　〈初出〉「文章倶楽部」昭和2年1月
　　　〈要旨〉私は余技という気のきいたものはもたない。ただ娯楽として、将棋、鉢植えを愛する。将棋は力の似たもの同士で。鉢は木から草へ、高山植物から蘭へ関心が移ってきた。

3536 社会運動の回顧と希望　［アンケート］
　　　〈初出〉「進め」昭和2年1月
　　　〈要旨〉単一無産階級を造りたいと考えたのは民衆のためを考えたからである。今や、その政党は分裂した。しかし理論や空虚な真理のための運動ではない。今後は、謙虚な、精神的な社会主義的正義感を、唯物的な功利的な政治行動経済行動に入れたい。

Ⅲ 作品

3537 政党政治の危機　［感想］
〈初出〉「日本及日本人」昭和2年1月
〈要旨〉日本だけでなく、全世界が反動時代になってきた。その特徴は、政治の独裁的傾向である。大戦以後、無産階級の台頭が、支配階級に肉薄した結果である。紛糾した場面を収めるにはやむを得ないことだが、やはりそれは反動的と言わざるを得ない。人間の意志と自由を、暴力によって犠牲にするからだ。

3538 感想（大衆の美術）　［感想］
〈初出〉「美術新論」昭和16年1月
〈要旨〉時代に先駆するものは詩であり、絵画である。今年、東京で開催された仏蘭西展と独逸展を見ると、戦後の独逸が生活、感情、意志においてある目的に向かって切迫し、動揺し、抗争しているのが分かる。時代の悩みを、自己生活の動揺を、本能的な喜びと悲しみを、その時代に共存しつつあるという相関した生活意識を、率直に語るところに詩があり、絵画がある。民衆は、時代の前に動揺している。しかし芸術はなんとのんきであることか。
〈収録〉『夜の街にて』岡村盛花堂　大3.1　Ⅳ312-39

3539 彼等蘇生へらば　［小説］
〈初出〉「解放」昭和2年1月
〈あらすじ〉病気にかかってからは、室の中で静養している。「どうしたら世間に触れることができるか」故郷の村の若者が、戦争で片腕をなくして帰ってきた。勲章をもらったため、村の名誉だと褒めそやされたが、そのうち村役場に勤めた。その後、片腕の男はもう一人の男と百姓の娘を争ったが、娘は健康な男を選んだ。哀れな男は首をつった。あの男が「甦ったならば」と私は考えた。自分もまた甦ったなら、何をなすべきか考えた。私は二階の部屋から、隣の家の階下の部屋を見た。老夫婦が住んでいた。女給をしている娘がいた。やがて一家はどこかへ引っ越していった。そののち黒眼鏡をかけた婦人が移ってきて一日中縫物をしていたが、彼女もやがて引っ越していった。次に来たのは、年若い労働者の夫婦だった。悪性の感冒がはやり、赤ん坊が死んだ。金持ちは助かり、無産者は助からなかった。葬式の日には組合の人がやってきて、労働歌を歌った。その後、程なくして、私はまた闘争の社会へ入っていった。
〈備考〉初出「解放」と小説集『彼等甦らば』『女をめぐる疾風』は、「彼等蘇生へらば」が題名表記。小説集『彼等甦らば』の標題表記と異なる。
〈収録〉『彼等甦らば』解放社　昭2.10　Ⅳ337-15
　　　　『女をめぐる疾風』不二屋書房　昭10.5　Ⅳ344-15
　　　　『小川未明作品集 第4巻』大日本雄弁会講談社　昭29.10　Ⅳ353-26

3540 序（『未明童話集 1』）　［感想］
〈初収録〉『未明童話集 1』丸善株式会社　昭2.1
〈要旨〉年代順に依らず、作品の色彩からいろいろに取り混ぜた。しかし、思想の推移をこれによって知る必要はない。童話を書くときには、年齢を問題にはしない。童話の目的は、大人にも子供にも共通する童心の世界を耕すことにあるからだ。童話は、今後ない開拓されなければならない芸術である。小説や劇が有したほどの地位を有さなければならない。
〈収録〉『未明童話集 1』丸善株式会社　昭2.1　全童話Ⅳ023

3541 ある日の街頭より―自然の征服について―　［感想］

〈初出〉「教育週報」昭和2年1月1日
〈要旨〉街頭でスキーの写真をみた。スキーはスイスの軍人が高田の師団ではじめて教習したものだが、その後、全国にひろまった。私は冬の故郷に帰る機会はないが、都会の学生やブルジョアが北方の冬を征服にいく。私の子供のころは、冬を暗い気持ちで過ごした。脅威を感じ、冬がくるたびに憂鬱に襲われた。スキーが流行し、地方の青年の冬の見方もかわった。一つの器具の発明が自然界に変化をもたらす。器具を持つものと持たないものの間に差が生じる。

3542 **自由闘争としての文芸** ［感想］
〈初出〉「読売新聞」昭和2年1月30日, 2月1,2日
〈要旨〉最近、無産文芸が二分され、共産主義文芸と無政府主義文芸が議論されている。本来作品は、その作家の個性に基いた、感情と意志の表現である。感情の伝染と良心の感化を無視して、文芸は成立しない。文芸は性質上、アナーキスティックなものである。階級意識と階級闘争は、今日、人類の生活の根底を揺り動かしている。この問題を他にして、良心も正義もない。しかし人間はそれと関係なく、感情、煩悶、趣味、疑惑、矛盾のなかで生きている。人生は、これらのものが包摂されたものである。社会運動は街頭の運動であり、文芸運動は畢竟、文芸運動である。

3543 **入党投票すべき政党、各政党の支持排撃及可否優劣論** ［アンケート］
〈初出〉「解放」昭和2年2月
〈要旨〉「無産政党の徹底的批判及び討究・無産政党選挙権獲得全国大会」（同誌、同年月）と同じか。

3544 **無産政党の徹底的批判及び討究・無産政党選挙権獲得全国大会** ［アンケート］
〈初出〉「解放」昭和2年2月
〈要旨〉いかに宣言や綱領が立派でも、政治は少数者が支配するものなりという考えがあったら、私達は政治を否定する。ひとり謙譲に民衆の真の代弁者、相談相手になるというなら、その政治は立派なものだ。はやくも権力、威圧を感ぜしめ、権勢に阿諛するかに見える政治は、たとえ民衆とか無産とかを冠しても否定する。中堅派を標榜して興った日本労農党に、好感を感ずる。

3545 **文芸中心の感想** ［感想］
〈初出〉「新潮」昭和2年2月
〈要旨〉詩が作者の純粋な感激なればこそ、かかる詩は、胸から胸へ響きを伝える。文章が拙くとも、命をかけて認められた手紙なら、相手の胸をうつ。芸術は、この呼びかける力によって、価値が決せられる。今日の商業雑誌に載る作品は、正義のために叫ぼうとする我等の芸術とは遠い。正しい文芸は、常に、その時代の社会科学の照光と背馳するものではない。しかし、また同時に、束縛されるものではない。文芸の領野はおのずから存在する。「文芸公論」はこのことを自覚して発刊された。

3546 **最近の感想** ［アンケート］
〈初出〉「進め」昭和2年2月
〈要旨〉特権をもって支配しようとしたものは、反抗に会う。社会主義的精神は反抗の精神に他ならない。しかし謙譲と良心を伴わない社会主義運動は、本物と考えることが出来ない。真の社会主義運動はこれからだ。

Ⅲ 作品

3547 **問題にされない群** [小説]
〈初出〉「早稲田文学」昭和2年2月
〈あらすじ〉小学校の建築落成式があるというのでそこは賑やかだった。この地で弁護士をしている友人の案内で、女を置く料理屋へ行った。女は、男と所帯をもったが、生活が行き詰まり、酌婦になった。女達はちょっと出るにも見張りがきびしいので、誰かいい人をみつけて早く家を持ちたいと言う。娼妓に鞍替えすれば、自由の身になれると言った。私たちは、娼妓をそんなに単純に考えている彼女達にあきれた。ジュネーブで人道主義を高唱し、人身売買を禁じようと、文明は表通りしかきれいにしない。流しの子供たちがきた。女達のためにとってやった中華そばを、女達は子供たちにやろうとする。人生の裏道で、会議の対象にもならず、法律でも規定されない人々。永久に弱い者に対する搾取が行われている。今頃、銀座では、断髪洋式の婦人たちが得意そうに歩いている。
〈収録〉『定本小川未明小説全集 第5巻』講談社 昭54.8 Ⅳ369-33

3548 **真の文学史を書く人及び作品の評価について** [感想]
〈初出〉「文芸時報」昭和2年2月17日
〈要旨〉最近の文芸作品及び出版物の傾向を見ると、ますますコマーシャリズムないし資本主義的ジャーナリズムに左右されているのが分かる。それらの作家、作品にどれほどの新しい感激があり、清新の詩があるのか。作品の価値は人生に呼びかける力である。人生的な立場にたって価値を見なければならない。民衆の生活に尺度を置いて批評された作品についての文学史が書かれなければならない。

3549 **恒星の如き巨人の思想―『世界大思想全集』の刊行に際して感じたこと―** [感想]
〈初出〉「読売新聞」昭和2年2月26日
〈要旨〉上下三千年、世界の文化史は、思想の闘争であった。恒星のような、巨人の思想は、幾世紀にわたって人間の良心を感化し、叡智に訴えてきた。思想の歴史は、一つが亡び、一つが栄えるといったものではない。過去の学説を知らずに、最近の学説を理解することはできない。

3550 **机上の片言** [感想]
〈初出〉「法律春秋」昭和2年2月。再掲:「日本教育」昭和2年3月。
〈要旨〉芸術は、作家の特色によって異なり、人々に与える感銘も異なってくる。作家は、みだりに芸術の名に隠れるべきではない。作家の個性は、普遍的な芸術の力によって、多くの人々の心に反映するからである。芸術に従事する人は、誰よりも正義を愛し、真理に殉じる人でなければならない。この衷心の至誠があってこそ、民衆のために役立つのである。

3551 **結束と分裂の事実より** [感想]
〈初出〉「経済往来」昭和2年3月
〈要旨〉今度の既成三政党の妥協は、立憲政治下にはあるまじきことであった。一般民衆も欺かれ、主義、綱領のために戦ってきた人も欺かれた。政党の幹部は、権力を逆用して強制的に事を行ったのだ。このことで世間は既成政党に不信を抱くであろう。こうした行為がいかに自らの名誉を損ない、将来の損失を招くかは計り知れない。しかし、この妥協も、実に階級闘争を前に結束されたものである。一方、無産派階級の方は四分五裂している状態である。いま無産階級の運動は、そうした時期であるのだろうか。

3552 **春** [感想]

〈初出〉「婦人運動」昭和2年3月
〈要旨〉私は故郷の小山の景色を忘れることができなかった。都がしきりに花の便りでにぎわっているとき、北へ行く汽車に乗った。そこはまだ春が来ていない。目の前に十四五の少女が腰をかけている。青い、やつれた顔だ。蒲原まで行くという。モスリン工場にいたが、病気になって帰るのだ。かつて小学校に一緒に通った友達が、奉公で東京に行くのを聞いた私は、それを羨んだものだ。都会が農村を搾取すると言うより、どれだけの子供の血を工場が吸い取ったと言った方がよく分る。田舎へ帰るとは、そういう悲劇をさらに新しく知ることだ。平和な春の日に恵まれていると思った村には、人知れずしんしんと怖ろしい病毒が流れ込んでいる。

3553 プロレタリア文壇の分裂と結成に就いて ［アンケート］
〈初出〉「解放」昭和2年3月
〈要旨〉社会主義文芸は、その作家の信じる社会主義観念の表現である。共産主義、アナルコサンジカリズムの他、ギルド社会主義、修正派などがある。文芸は独立した行動であり、その性質、使命は、人間の理解に基づく。文芸が強権であり、暴力であるということは、その性質上ありえない。文芸運動は独立したものと考え、ブルジョア文芸に対立するという一点で、社会主義文芸は連盟しうる。

3554 風の夜の記録 ［小説］
〈初出〉「文芸公論」昭和2年3月
〈あらすじ〉私は見た。ランドセルを背負って、銃を肩にし、屈強な兵士たちが足に力をいれて、歩いていくのを。今度はギリシャの戦死兵が起き上ってきたような、髑髏の行進をみた。私は、何か怠慢から放擲しているような気がしたが、この嵐のなかへ、猫の懐虫を殺すセメンを買いに行かなければならない用事を思い出した。幻想は消すことができても、事実は消すことができない。私は街へ出た。風がしきりに吹いている。橋の上で貧しい母子が乞食をしていた。一方に着飾った女がいて、一方に貧しい女がいる。私は「蒼ざめた馬」を思い出した。アスファルトの上に、酔った労働者が寝ていた。その労働者が、大きなマスクをかけた男に毒づいた。紳士はマスクをとった。自分は病気だと言って、苦しそうに咳きこんだ。酔漢は何かつぶやきながら、向こうへ歩いていった。
〈収録〉『彼等甦らば』解放社　昭2.10　Ⅳ337-6
　　　　『女をめぐる疾風』不二屋書房　昭10.5　Ⅳ344-6

3555 城外の早春 ［感想］
〈初出〉「雄弁」昭和2年3月
〈要旨〉昔の城跡には、松の木と濠が残っていた。冬の間は、濠の上に雪がつもった。北国の三月は、末頃になると空の雲が動き始め、濠端の日当たりのより場所に地面が顔をだし、杭のあたりから水が肌をあらわす。これを見たものは、もう春だ！と叫ぶ。すると、早くも釣人が現われる。赤や紫の風船球を売るもの、ラウ屋などが現われる。月が無邪気な顔をして、笑い声の起こる町の上を照らす。早春も妙趣は、静かな月夜にあった。畑の中では、白梅が清らかな夜の空に香っている。

3556 大雪 ［小説］
〈初出〉「週刊朝日」昭和2年3月15日 春季特別号
〈あらすじ〉雪は村の寺で青年会が開かれた夜から降り始めた。借地を取り上げられた嘉吉は、人間がかわって、近在の組合員になっていた。都会か

ら来た青年がスキー中に遭難した。村を空け、汽車の雪かきに雇われていた青年たちも、あまりの雪の多さに自分の家が心配で戻ってきた。嘉吉の家のことを仲間は心配した。嘉吉は小作人のためになる、県会議員の補欠選挙の候補者を探していたが、母が心配で村に帰ってきた。嘉吉が帰ってみると、彼の友人の妹が来ていた。二人は雪の積もった屋根にのぼった。
〈収録〉『彼等甦らば』解放社 昭2.10 Ⅳ337-12
『女をめぐる疾風』不二屋書房 昭10.5 Ⅳ344-12

3557 文芸の二問題—指標としての正義、自由— [感想]
〈初出〉「読売新聞」昭和2年3月17日〜18日
〈要旨〉最近、社会科学の研究とともに、正義、人間性といった言葉が排撃されるようになった。文芸は、政治と違って、統一的傾向をとることは不可能であるから、自由、正義、公正が指標でなければならない。共産主義者といえど、階級消滅後の社会に、個人の自由を認めるなら、文芸が理想的状態について語ることを妨げないはずである。「人間に、より高い生活を示すために、芸術を必要とする」とクロポトキンは言った。イデオロギーの異なるブルジョア文芸と対立するためには、大衆を獲得するためには、すべての無産派文芸は一聯盟の旗の下に結集しなければならない。私は必ずしも手段として政治を否定しない点において、無政府主義者ではない。自由、正義を高唱するゆえに、共産主義でもない。文芸が目的であるかぎり、永久に、正義、自由を叫ぶ。
〈備考〉昭和2年3月13日作。

3558 蘭の話 [談話]
〈初出〉「文芸公論」昭和2年4月
〈要旨〉少年のころ、春になって山へいくと、春蘭の咲いているのを見た。紫色の小さな花だが、匂いが強かった。故郷ではそれを塩漬けにし、冬に熱湯を注いで香りを楽しんだ。どこにも蘭はあるが、強烈な香りをもった蘭は、高田の蘭と箱根の蘭だけである。蘭は手入れが厄介だが、一番好きだ。郷土を懐かしむ気持ちもある。

3559 鶯 [感想]
〈初出〉「春秋」昭和2年5月
〈要旨〉京橋の通りのある雑貨店で、懐かしい小鳥を見た。鶯だ。少年時代、私は、この鳥をどんなに愛したであろうか。赤いのは雄で、黒いのは雌である。人に馴れると、籠の蓋をあけていても戻ってきた。鳥もちで採った鶯の体に通う血のぬくみを手に感じ、不思議な思いがした。最も長くいた小鳥も鶯であった。四五年いただろう。東京へ行ってからも、鶯は私の家の入口の柱に掛かっていた。鶸、四十雀、山雀、目白、たくさん飼ったが、一番、鶯の思い出が深い。

3560 制度に対する憤り(預金帳) [感想]
〈初出〉「中央公論」昭和2年5月
〈要旨〉銀行に恐慌がくることは、大戦後すぐに予想されたことであった。欧州では銀行整理がなされたが、日本ではなかった。内部で弥縫したばかりでなく、当局も内密に処理したのであろう。銀行破たんは、既定の事実として想定されていた。警戒するものはしていた。大資本家に傷は少なく、企業家、商人、中流階級、それ以下に影響し、関係するところが多かった。少しずつ貯金をし、老後に備えたもの、子供達の教育に費やそうと蓄えたもの、それが一朝にして水泡に帰した。

III 作品

3561 どんな芝居を見たいか？　［アンケート］
　　〈初出〉「演劇芸術」昭和2年5月
　　〈要旨〉劇については門外漢だが、本創刊号には書けなくとも、ぜひ何か考えがまとまり次第、書きたい。

3562 文壇と私と文学　［感想］
　　〈初出〉「文章倶楽部」昭和2年5月
　　〈要旨〉私は常に青年の味方であった。青年のみが正しかったからだ。また芸術の世界に対して純真な気持ちこそ、現実の社会に対しても同じように純真でありえると考えていた。ロマンチシズムの文学に行ったのも、そうした信念からだった。今、私は、社会の横暴、不正、邪悪の根絶を期したいと思っている。青年が文壇に立ったとき、はたしてどれだけの人がこの純真さを持続することができたか。実際運動の戦士でない私は、政治行動によって社会を革めるよりは、人間の良心に訴えるために筆をとりたい。童話の形式をかり、自分の気持ちを伝えることが私の事業だ。私は童話を無産階級文学の新しい形式であると信じている。

3563 最近読んだものから　［感想］
　　〈初出〉「文芸公論」昭和2年5月
　　〈要旨〉新井格「季節の登場者」の随筆。クロポトキン「仏蘭西大革命史」。林房雄「絵のない絵本」の「林檎」。坪田譲治「正太の馬」。トルストイ童話集。神様には悪気はない。自分の持っているものを他人に分けてやればみんなが幸福になるのだ。

3564 人と土地の話　［小説］
　　〈初出〉「解放」昭和2年5月
　　〈あらすじ〉村の地主に頼みこんで土地を借り、土地を耕して暮らし始めた夫婦がいた。木の根方に魚の骨を埋め、木が早く大きくなるように祈った。冬は雪がつもった。子どもも若者になった。地主の代が変ると、年貢が何度もあがった。父が世を去った。新しくこの地方に汽車が通ることになり、地主は土地を返してほしいと言う。若者は命のかぎり戦おうと決心した。
　　〈収録〉『彼等甦らば』解放社　昭2.10　IV337-2
　　　　　『女をめぐる疾風』不二屋書房　昭10.5　IV344-2

3565 氷の国へつづく路　［小説］
　　〈初出〉「解放」昭和2年5月
　　〈あらすじ〉子供の骨を北の丘に埋めるために、彼ははてしない旅を続けていた。北方はまだ氷と雪に閉ざされていた。同じ道を行くものがある。一人は貧しさから明るい世界へ伸びていくことができずに、自分をどん底に追いやろうとする者、一人はそうした貧者を冷たくあしらったことを悔い旅する医者、一人は戦争で敵や味方に暴力をふるったが皆同じ血を持つものであることに気づいた将軍であった。みな沈黙の旅を続けた。
　　〈収録〉『彼等甦らば』解放社　昭2.10　IV337-10
　　　　　『女をめぐる疾風』不二屋書房　昭10.5　IV344-10

3566 分業的芸術の否定と同人雑誌聯盟　［感想］
　　〈初出〉「解放」昭和2年6月
　　〈要旨〉芸術の堕落は商品となったからで、芸術を堕落から救うには、金を目的に製作しないことである。分業的芸術であってはならない。真の芸術は社会との妥協からは生れず、反抗の気が満ちている必要がある。職業作家には、文筆労働者としての権利を主張する理由も自由もあるが、そのと

III 作品

きは芸術の擁護などということは言えない。今後の新興文学は、工場や農場から生まれる。同人雑誌は経済的援助を資本家から受けていないことが多い。彼等が新興文化の建設をはかるなら、同人雑誌の存在は理想的になる。彼等は聯盟を企て、階級的対立から反動的色彩を濃厚にしつつある。

3567 　記憶と感想の断片　　［感想］
〈初出〉「早稲田文学」昭和2年6月
〈要旨〉私が入学した頃の早稲田大学は自由な空気に満ちていた。早稲田は文学を学ぶに適していた。坪内先生は恩師だ。当時、「新小説」に作品を発表することが若い作家の名誉とされた。そこに「霰に霙」を載せてもらった。坪内先生が紹介してくださり、後藤宙外を訪ねた。そこに泉鏡花がいた。二二歳、早稲田大英文科二年生のときだ。次の作品は「太陽」に「日本海」を載せた。島村抱月が帰国し、赤城神社の「清風亭」で、「乞食」を「早稲田文学」に載せてくれた。こうして順調に文壇にでた。正宗白鳥は読売新聞に私の短編を載せてくれた。入社の労もとってくれた。やがて自然主義がおこり、私は排撃をうけた。明治四十二三年ころまで苦しい年月が続いた。二人の子供を失った。善良で正しくあっても暴力の下に虐げられる者のあることが、ますます私の思想の上に変化をきたした。社会主義同盟へ参加させたのである。

3568 　人生は何処に　　［小説］
〈初出〉「春秋」昭和2年6月
〈要旨〉正直な夫婦があった。若かったので、困難に遭遇しても乗り越えていった。子供ができたことは、二人を力づけたけれど、貧乏は甚だしくなった。子供が四歳になったとき、下痢をし、病院へ連れていったが、金がなかったため設備のよい病院に入れてやることができなかった。子供が亡くなり、二人ははじめて、人間の力では打ち勝つことのできないもののあることを知った。この夫婦は、十年後には生活に頭を悩まさずに暮らせるようになった。新たに二人の子供が生まれた。貧しい者は、医者からもっとよい病院を進められたとき、「私の力で治してみせます。それで駄目なら諦めます」と言わないだろうか。

3569 　薔薇と月　　［小説］
〈初出〉「キング」昭和2年7月
〈あらすじ〉青年は春の町を歩いて赤い薔薇の鉢植えを買った。薔薇の花は夏前には散り、一年後にはまた花をつける。しかし人間はいろいろな出来事を経験し、やがて消滅する。彼は来年の今頃は異国にいるだろうと思った。彼は薔薇を土に下ろしてやった。月がその様子を見ていた。薔薇は翌年の春に花を咲かせた。月が去年のことを思い出して薔薇を見たとき、花弁は嵐に散るところであった。

3570 　羽仁もと子論　　［アンケート］
〈初出〉「婦人之友」昭和2年7月
〈要旨〉婦人雑誌では「婦人之友」だけが健実な良い雑誌である。それは羽仁もと子氏の思想のゆえである。急進的にならず、保守的にならず、健実なる真理を把握し、日本の女性のために、二十五年の長い間、戦ってこられたのは稀有である。私は女史の著作集が、家庭に、女性の上に普及されることを希望する。

3571 　文壇・自滅・売名・反動　　［講演］
〈初出〉「解放」昭和2年7月

Ⅲ　作品

　　　〈要旨〉本屋が円本を編集するにあたって、文士は口を出すことができない。そればかりか資本家の走狗となって、彼等のすることに有利な実証を与えようとしている。作家が職業化した結果である。この悪弊は児童の世界にも入っている。アルス対興文社の戦いである。興文社は資本家聯盟をつくって民衆を強圧する。こうした反動的なやり方は、階級戦を誘発する。

3572　**自由恋愛批判の会　[座談会]**
　　　〈初出〉「婦人之友」昭和2年7月
　　　〈要旨〉（石川千代松，齋藤勇，杉森孝次郎，原田實，吉屋信子，山川菊栄，羽仁もと子との座談会）

3573　**童話のために　[感想]**
　　　〈初出〉「キネマと文芸」昭和2年7月1日
　　　〈要旨〉活動写真は総合芸術の形をなしているので、単なる読物より一般民衆に効果的である。だが今日までは、興行的なものばかりで、理想をもったものがなかった。子供の教化をはかるものができたら、新生命を拓くように思われる。活動写真は大人の趣味に重きをおいてきた。大人にも、子供の純化された芸術で興味を喚起しうるものがある。童話である。その意味で童話を映画化していくことは意味がある。

3574　**河の臭ひ　[感想]**
　　　〈初出〉「読売新聞」昭和2年7月3日
　　　〈要旨〉河には臭いがある。胡桃やグミの木の下で、釣りをしていたとき、急に河の水面があがってきたように思われたときがある。あれは幾つの時だったか。朱塗りの椀や下駄が流れてきて、北へ流れていくのを見ながら、想像にふけった。鼻にしみこんでいる河の臭い。仕事をしていると、ふとその臭いがしてくるときがある。
　　　〈収録〉『常に自然は語る』日本童話協会出版部　昭5.12　Ⅳ341-27
　　　　　　『童話雑感及小品』文化書房　昭7.7　Ⅳ342-41

3575　**思想なき者に批評する能はず（自分の作品に対する批評をどう観るか）　[感想]**
　　　〈初出〉「文芸公論」昭和2年8月
　　　〈要旨〉これまで私の作品は、感想小説と言われてきた。これには貶しめた意味が含まれている。私の作品は、思想的な背景を有する批評家によって、比較的好意と同情のある批評を受けてきたが、技巧本位の批評家によっては幼稚扱いされてきた。「霜から生れる一日」を褒めてくれたのは、橋爪健氏だけであった。思想なき者に批評するあたわずである。

3576　**「童話」芸術の地位を理解するために（少年少女の読物選択について）　[感想]**
　　　〈初出〉「改造」昭和2年8月
　　　〈要旨〉大人の感情や感覚は、少年時代の感情の成長であると解釈するところに、これまでの少年文学の誤謬があった。少年時代にあったものを、大人になって失うことは多い。大人になると、生活環境もかわり、対社会的に敏い利己や競争、妥協の心をもつ。大人の心と、子供の「童心」は別種のものである。ワーズワースは、子供の時分に見た自然には光があったという。アンデルセンもトルストイも、童心を失わなかった。これらの作家は、少年を感動させたばかりでなく、良心を有するすべての大人を感動させた。美と真を彼等は一生懸命叫んだ。

Ⅲ 作品

3577 **赤い睡蓮** ［小説］
〈初出〉「文章倶楽部」昭和2年8月
〈あらすじ〉彼は睡蓮の花を愛した。この花の咲く夏のはじめは、彼にとって思い出の多いものであった。この頃は、蟻も木も活動的だった。それでいい。今から十幾年前、近所に若い姉妹が住んでいた。彼はこの妹を好いていた。やがて姉妹は故郷へ帰っていった。夏のはじめであった。睡蓮は蕾をだし、花を咲かせ、そしてやがて元気を失っていった。彼はこの有様をみて、自分の若かった日のことを思い出した。喜びも哀しみもやがてこの花のように去って、自分たちに代る新しい時代の人々が生活を楽しむのだ。淋しくなった彼はカフェーに行った。一人の令嬢に彼は声をかけ、自分の寂しさを告げた。すると、令嬢は自分は真赤な渦巻く炎のような刺激がほしいと言った。水盤には、別の新しい睡蓮の蕾が夜明けを待っていた。

3578 **文芸家としての立場から** ［感想］
〈初出〉「読売新聞」昭和2年8月7日
〈備考〉昭和2年8月1日作。
〈要旨〉「日本無産派文芸聯盟」の主張を正当とし、支持に努めた一人として、最近、この派に対する誹謗があることに対し、私の考えを述べたい。「日本社会主義同盟」も派を問わず、社会主義者が集まった。実行運動を目的とする者においてすら、そうした時代がある。いま、文芸の使命を正しく認識する者が集まったのは、まさにその時であったからだ。旧文化を擁護する伝統文学の破壊に、この聯盟の一致した意向がある。

3579 **文壇生活苦しかつた事嬉しかつた事** ［アンケート］
〈初出〉「随筆」昭和2年9月
〈要旨〉最も公的な性質を帯びた文芸において、文化機関が、常に私的な関係によって左右される事実に対し、身をこうした環境におくことは苦しい経験であった。物質的には、貧乏なときに、病人があった場合である。

3580 **我が日記より（ある日の日記）** ［感想］
〈初出〉「婦人之友」昭和2年9月
〈要旨〉七月一九日 文芸聯盟の相談会に出席。砧村山崎氏方。新宿のにぎわい。二〇日 ルノルマン「落後者の群」を読む。まくわ瓜を食べる。バナナが好きなのも、まくわ瓜と匂いが似ているからだ。二三日 日本無産派文芸聯盟を退く。自分の仕事に専心したい。二四日 鈴木厚来訪。二五日 芥川の死に驚く。二度会ったことがある。「生きるために生きている」悲哀が人々にあればこそ、私たちは社会と環境に対して戦っていかねばならない。

3581 **草原のファンタジー** ［小説］
〈初出〉「太陽」昭和2年9月1日
〈あらすじ〉（若い女）女は街に生れ、男は田舎で育った。男の父親はあちこち旅をした。出かける前に東北の方角をみた。父にしか見えないものがあった。父の死後、息子は都会に出て、女と結婚したが、父のように星を見たいと思い海に出る。女は夫の留守中、夫の田舎へ行くが、そこで迷信に従い目を患う。女は、都会で生れたものは田舎に住めないと思い、崖に咲く白い花となる。（老人）海を見下す小高いところに広場があった。子どもたちが遊んでいる。おじいさんがやって来て、自分には家がないと言う。同じような丘に家があったが、他人に奪われたのだ。おじいさんは、こんないい丘を人に取られてはいけないと言う。楽しく遊んでいられることは幸せだと。おじいさんは、その場で亡くなる。おじいさんは、この場所へ

357

埋めてくれと頼むが、子どもたちは怖くなって帰ってしまう。やがて子どもたちが丘へ行ってみると、そこは知らない人に占領されていた。

3582 私の好きな人物 私の好きな書籍、私の好きな花、私の好きな作中の女性 [アンケート]
〈初出〉「文章倶楽部」昭和2年10月
〈要旨〉クロポトキン。二葉亭の翻訳。蘭の花。カチューシャ。

3583 単身故郷を出づ（わが二十歳の頃）　[アンケート]
〈初出〉「文芸公論」昭和2年10月
〈要旨〉二十歳のときに上京して、早稲田の試験をうけた。合格しなければ、好きな漢文を専攻し、詩でもつくろうと思っていた。

3584 現代活躍せる論客に対する一人一評録　[アンケート]
〈初出〉「随筆」昭和2年10月
〈要旨〉平林初之輔。真理に対して謙遜な態度を喜んでいる。親しく、その人を知るために、常に教えられるところが多い。

3585 献辞　[献辞]
〈初収録〉『彼等甦らば』解放社　昭2.10
〈要旨〉この書を多年、行動を共にし来たる 我が、プロレタリヤ作家諸君に献ず。
〈収録〉『彼等甦らば』解放社　昭2.10　Ⅳ337-0

3586 青空に描く―将軍―　[小説]
〈初出〉「改造」昭和2年10月
〈あらすじ〉将軍は中国の女を愛していたが、顔を思い出せなかった。長く仕えている老人にそのことを尋ねると、女が将軍を愛していないからだと言った。女は権力によって、服従しているだけだと。女が指にはめている黒い石の入った指輪を思うと、女の顔が自然に思いだされると老人は言ったが、そのとおりであった。その指輪には、女の魂が入っていたからだ。指輪は女の愛した男から貰ったものであった。女は指輪を見て、死んだ男を思い出していた。将軍は女から取り上げた指輪を女に返すことはなかった。権力を持つものは、自由に振る舞う。女は故郷に帰ったとき、男との間に生まれた子供が病気だったことを将軍に話す。死んだら、鴉になると言っていたという。ある時、戦争が起こり、将軍は敗れた。動けない状態の将軍に鴉がとびかかり、眼をつついた。

3587 青空に描く―女の笑つた時―　[小説]
〈初出〉「改造」昭和2年10月
〈あらすじ〉父親と娘は慎ましい生活をしていた。父親は勤勉な職工だったが、機械に体をはさまれ、片足と片腕を奪われた。娘は笑わない女になった。父親は手押し車に乗って町の路上で、新聞を売った。娘は玩具を売った。しかし世間の人は、買ってくれなかった。ある日、父親は自動車に手押し車ごと轢かれて亡くなった。娘はカフェーの女給になった。ある時、客の話している男に興味をもち、今は売占者となっている男のもとへ出かけて行った。女は、金持ちになる道を断り、雲や鳥や風を相手に暮らしていると聞いて会いに来たと言った。男は、自分は何もできない人間だが、あなたのために地上に戻りたいと言った。女ははじめて笑った。

3588 嵐　[小説]
〈初出〉「近代風景」昭和2年10月

〈あらすじ〉眼下にN町が夕陽を受けていた。沙原の向こうに青黒い海が笑っていた。村の老車夫は、彼が東京へ出る前、都会で勉強して出世してほしいと言った。その車夫も非業の死を遂げた。彼には友達がなかった。木立が彼に話しかけたものだ。嵐が言った。「お前があの広い野原で、道に悩んでいる時でさえ、おれたちはお前を元気づけたじゃないか。北国の自然は、俺の心臓だと言ったではないか」彼は再び故郷へ帰ってくることを約束して東京へ旅立った。幾年か後、彼は彼女と一緒に故郷へ帰ってきた。木は切られていた。彼女は都会へ帰りたいと言った。彼は自然と約束したから、冬をここで送ると言ったが、やがて彼女に従い村を立つことにした。雪道を歩いた。嵐が言った。「昔は仲のよい友達だったのに」ほんのわずかな間、雲切れがした。男の目には青い空の色が映った。女の目には都会の灯が閃いた。

3589 二無産政党への結束（普選第一戦の総決算的八面評） ［感想］
〈初出〉「中央公論」昭和2年11月
〈要旨〉既成勢力に対抗するためには単一無産政党を造らなければならない。しかし四つの無産政党が理論闘争を繰り返している。四つの無産政党は二つになるべきである。

3590 将来の文学（既成文壇の崩壊期に処す） ［感想］
〈初出〉「文芸公論」昭和2年11月
〈要旨〉自然主義文学は、過去における荒唐な文学を破壊したが、日本の自然主義文学は自らの理論に縛られ、大洋に出ずにしまった。いま、プロレタリヤ文学が同じ状態に置かれている。ブルジョア文学の崩壊は、もはや問題とはならない。感激のないところに芸術はない。詩を卑しむものからは芸術は生まれない。詩のみが、自由な、革命的な青白い炎である。将来の文学は、新ロマンチシズムの運動となる。
〈備考〉昭和2年9月25日作。

3591 府県議選挙戦を如何に学び総選挙に如何に備ふべきか ［アンケート］
〈初出〉「進め」昭和2年11月
〈要旨〉百難を排し、私情をさって単一無産政党を造らなければならない。これが理想だ。しかし今度の選挙で実際に教訓を得たうえは、現在ある四つの無産政党は少なくとも二つになるべきである。

3592 我が作品と態度と批評（私が本年発表した創作に就いて） ［アンケート］
〈初出〉「新潮」昭和2年12月
〈要旨〉「彼等甦へらば」「娘と若者」「風の夜の記録」「大雪」「草原のファンタジー」「雲になつた女」「青空に描く」「嵐」その他、数編。今年はほとんど、童話に専心精進した。浜田廣介、楠山正雄、蘆屋蘆村、他の好意的な言葉をもらった。

3593 貧乏百家論 ［アンケート］
〈初出〉「騒人」昭和2年12月
〈要旨〉貧乏の時代は、年まだ若く、反抗の気に満ちていた。その時代を想うと、若かったというだけでも幸福のような気がする。貧乏の時代に、子供が犠牲になった。今の病院と慰藉を呪わずにいられない。

3594 現文壇を顧みて ［感想］
〈初出〉「文芸時報」昭和2年12月15日
〈要旨〉文芸が魅力を失ってきている。これまで文芸が新しい刺激を民衆に

Ⅲ 作品

　　　与えてきた。しかしそれは今社会科学の仕事となった。ロシア革命後、マ
　　　ルキシズムの勃興により、新社会の出現はマルキシズムによってのみ可能
　　　だと考えられるようになったからだ。一方、反動的に大衆文学が盛んになっ
　　　ている。純粋文学、宣伝文学、大衆文学がある。いずれにも必要なものは、
　　　人生に対する信念がしっかりしていることだ。

昭和3（1928）年

3595　本年の計画・希望など　［アンケート］
　　　〈初出〉「文章倶楽部」昭和3年1月
　　　〈要旨〉『未明童話集』三巻の完成に努力したい。

3596　批判と解説　［アンケート］
　　　〈初出〉「青年」昭和3年1月
　　　〈要旨〉現代青年の心情として、どうしたら私達は、より向上した生活がで
　　　きるかをすべての行為に対して考えること。

3597　自分の及び自分の家の良習慣　［感想］
　　　〈初出〉「婦人之友」昭和3年1月
　　　〈要旨〉私は、返事を要する手紙は早く聞きたいと思うから、必ずすぐに出
　　　している。それをいいことと信じている。

3598　過渡期は去らんとす（文学と生活、及びその将来）　［感想］
　　　〈初出〉「文芸公論」昭和3年1月
　　　〈要旨〉人間の心に、火をともすのは芸術である。芸術は、革命の先駆となる。
　　　芸術中の芸術が詩であるのは、そのためである。真の芸術は、商品から超
　　　越する。反抗であり、破壊であり、理想であるものが、市場の商品たるは
　　　ずがない。芸術に対して気概のある者なら、衣食の方は、他に求めるに違
　　　いない。一方、大衆の娯楽としての文芸が盛んになることも予想される。
　　　中間的な作家は減じていく。
　　　〈備考〉昭和2年11月23日作。

3599　童話の創作に就いて　［感想］
　　　〈初出〉「童話研究」昭和3年1月
　　　〈要旨〉童話を作る場合、二つの行き方がある。現実に立脚してそこに童話
　　　を見出だすやり方と、環境を離れて自分の主観により童話世界を創造する
　　　やり方である。時代意識を離れず、童話世界を描きだすことは難しい。夢
　　　であっても単なる夢ではないような社会の反映やシンボリズムを映しだす
　　　ことも難しい。童話作家は児童のために童話を書くのではない。もっとも
　　　正直で、純粋な感激性に富んだ大衆、それが児童である。いかなるものが
　　　真に正しいか、いかなるものが真に美しいかを児童に教えるものこそ真の
　　　意味の教育である。

3600　ある冬の挿話　［小説］
　　　〈初出〉「近代風景」昭和3年1月
　　　〈あらすじ〉広々とした道が、村から町の方へ続いていた。昼間は馬や人間
　　　が通ったが、夜間は太古ながらの静寂に戻った。鉄道線路が道を横断して
　　　いた。そこに踏切番がいた。汽車の時刻になると、爺さんが踏切に立った。
　　　猫が泣いていたが、汽車が通ったあとは姿を見なかった。爺さんは家出し
　　　た息子とを思った。はげしい労働をしている惨めな姿が目に映った。寒い

日だった。風が爺さんに言った。俺は毒を含んでいるんだと。爺さんは、晩方から体が苦しくなった。誰かが踏切小屋に入ってきて、赤い旗をもって出ていった。赤い旗をみた汽車は急停車した。降りてみたが誰もいない。踏切小屋に入ると、爺さんが死んでいた。男は汽車に入ったようだと乗客が言った。汽車がM市に着いたときには、三人の急性肺炎患者が発生していた。

3601　現代青年の信条とすべきものについて　［アンケート］
　　　〈初出〉「青年」昭和3年1月1日
　　　〈要旨〉1、どうしたら、私達は、より向上した生活ができるか。すべての行為に対して、信条とすること。2、真実たるべきこと。

3602　書斎にこもる　［感想］
　　　〈初出〉「週刊朝日」昭和3年1月8日
　　　〈要旨〉私はいまだ年末年始に旅行したことがない。暇がないからだが、自分の書斎を離れて仕事ができないこともある。暇があれば、旅行に出たいと思う。虚礼に煩わされるからだ。年賀状がいやだ。子供たちの休みの間は愉快に過ごさせたい。また遠方の両親に何か送って喜ばせてやりたい。

3603　文壇崩落、無産派文芸家聯合（全無産文芸派の協同闘争に就て）　［感想］
　　　〈初出〉「文芸公論」昭和3年3月
　　　〈要旨〉作家が告白物や身辺物を臆面もなく書いて、芸術だからといって済ましているのは、恥ずかしい。なるほど、こうした特殊な記録にも、価値のあるものはある。私小説であっても、社会の傾向を読むことができるからである。しかし、彼等の態度はこのようなものではない。彼等は、自ら崩落しつつある階級を如実に語っている。無産政党の統一運動と共闘し、無産派文芸の聯合が企図されている。無産派文芸は、その主義が、無産階級の解放にある限りは、同一の方向を目指すものとして互いに擁護しなければならない。

3604　日本左翼文芸家総聯合の結成に就いて　［感想］
　　　〈初出〉「文芸時報」昭和3年3月22日
　　　〈要旨〉「日本左翼文芸家総聯合」は、三月一三日に発会式を挙げた。これまで同じ企ては何度もあったが、成立しなかった。今や小異を捨て、大同に着かなければ共同の敵に向かえない。理論闘争の時代を去って、実際運動に入った証である。いかなる理想的な社会が建設されたとしても、準備時代はかくのごとくであろう。聯合は容易であっても、純化することは難しい。今後、内部的批評と相互の鞭撻が必要になってくる。

3605　芸術の感動性と自然姿態　［感想］
　　　〈初出〉「文芸道」昭和3年4月
　　　〈要旨〉階級的観念の希薄な既成作家は、芸術至上主義にいかざるを得ない。かかる作家は、作品の価値を個的天分と独創的発見に帰する。今日の大衆はより善き生活を願っている。それは哲学化された人生ではなく、現実の生活である。集団に対する意識を忘れた作家は、大衆に呼びかける力がない。イリヤ・エレンブルグは、新文学構成の要素として、明朗、健全をその中に数えている。
　　　〈備考〉昭和3年3月2日作。

3606　無産候補者の無い選挙区において如何にすべきか？　［感想］
　　　〈初出〉「進め」昭和3年4月

Ⅲ 作品

〈要旨〉投票は我等の代弁者を出すという以外に考えたくない。政策のために政策をすることでない。こうした場合、私は棄権する。

3607 **死海から来た人** [小説]
〈初出〉「春秋」昭和3年4月
〈あらすじ〉キリスト教徒の開いている小学校でバザーが開催された。中国奥地で起きている飢饉に対し、売り上げ金を送るのだという。たいていの人は、自分に利害関係のない弱い国や未開の国のことは知らない。キリスト教徒の催しは、意味深い。バザーでは、シリヤから来たお婆さんも来ていて、占いの売り上げ金を寄付するという。原始キリスト教以前、シリヤには一切の権力を否定した共産的な宗教があった。相互扶助を説いた。お婆さんは、貧しい少女と富んだ少女の二人の手相を見た。お婆さんは、神様はいつでも公平だと、係りの一人に言った。
〈収録〉『常に自然は語る』日本童話協会出版部 昭5.12 Ⅳ341-40
　　　『童話雑感及小品』文化書房 昭7.7 Ⅳ342-59
　　　『小川未明作品集 第5巻』大日本雄弁会講談社 昭30.1 Ⅳ360-33
　　　『定本小川未明小説全集 第5巻』講談社 昭54.8 Ⅳ369-36

3608 **社会と児童文学** [感想]
〈初出〉「国民新聞」昭和3年4月6,7日
〈要旨〉社会の各生活層に、容易に浸潤する機能を持つのは、文学である。この効用をもちうれば、一般の文化は向上を期待できる。今まで、文学はある階級に属していたが、今は全般的な老幼男女を相手にするようになった。大衆文学は、しかし、剣魔か侠客、毒婦の話である。大人には、それを娯楽として楽しむ余裕もあるが、子供にはそれがない。児童は無抵抗である。与えられるものをそのまま受け取る。人格を形成する時期に、子供の感情を濁すのは、何人の罪であろうか。子供雑誌の罪は重い。統制を知らない文化は、文化の末期である。

3609 **児童文芸の成算** [感想]
〈初出〉「文芸時報」昭和3年4月12日
〈要旨〉児童の読み物が資本家の営利の資となっている。資本主義及び資本主義ジャーナリズムには手が及ばない。童話作家協会が四月に関係者を集めてこの問題を協議し、世の中に警告を発する。感情中心の児童時代の生活に、人格的な、理想主義的な教化を与えるために。

3610 **男の子を見るたびに「戦争」について考へます** [感想]
〈初出〉「婦人之友」昭和3年5月
〈要旨〉子供を一人前に養育するのは容易ではない。病気をさせないよう、怪我をさせないよう、よい習慣を身につけさせるよう、数々のことがある。こうした心やりや注意は、子供への深い愛からに他ならない。このことは古今東西、どの種族でも同じである。このことを思うたび、戦争のことが頭に浮かび、暗い気持ちになる。帝国主義は戦争が避けられない。しかしどの親が子供を機関銃の前に立たせたいであろう。正義のために一身を捧げることは正しい。しかし戦争が正義といえるだろうか。
〈収録〉『常に自然は語る』日本童話協会出版部 昭5.12 Ⅳ341-15
　　　『童話雑感及小品』文化書房 昭7.7 Ⅳ342-24
　　　『小川未明作品集 第5巻』大日本雄弁会講談社 昭30.1 Ⅳ360-89

3611 **五月祭** [小説]
〈初出〉「文章倶楽部」昭和3年5月

III 作品

　　〈あらすじ〉彼女の右手の指は、湯の中で繭の糸口を探したため曲がっていた。片方の目は、不衛生な寄宿舎にいたため釣りあがっていた。無産階級に祖国なし、と言う。彼女も故郷をはなれ、流浪の生活を続け、都会に落ちてきた。正直な労働者と結婚したが、子供ができて暮らしが苦しくなった。脚気になり、母乳をやることもできなかった。その後、子供二人を亡くし、夫も亡くした。彼女は一人になり、仕事を転々とした。苦しい生活を強いられたお里さんやお近さんのことを思い出した。彼女は三五歳になった。メーデーの日、彼女は街頭を行進する人々を見た。両眼に熱い涙がわいた。夫が生きていたら、みんなと一緒に歩いただろう。なんと自分たちは頭を押さえつけられてきたことか。
　　〈収録〉『常に自然は語る』日本童話協会出版部　昭5.12　IV341-39
　　　　　『童話雑感及小品』文化書房　昭7.7　IV342-58

3612　童話の商品化とその将来　[感想]
　　〈初出〉「教育の世紀」昭和3年6月1日
　　〈要旨〉今日の社会は、余りに児童に対し、冷淡である。商業政策のために、少数の人々が作家の意に反し、教育者の期待を裏切って、営利のために児童の情操陶冶を閑却、犠牲にして進んでいく。作家も教育者も、これに引かれてどうする術もない。芸術のために戦おうとするものは、同時に資本主義ジャーナリズムと戦わなければならない。

3613　作物と百姓　[感想]
　　〈初出〉「農民」昭和3年6月1日
　　〈要旨〉百姓だけが、作物の生産に対して喜びを感じる。喜びと愛がなければ、作物は成長しない。能率問題から、電化や機械化が言われるが、作物の生長にとって必要なのは、百姓の愛である。強制からは作物の収穫はない。一草一木に対する理解や愛は、個人と社会の関係においてもあてはまる。
　　〈収録〉『常に自然は語る』日本童話協会出版部　昭5.12　IV341-31
　　　　　『童話雑感及小品』文化書房　昭7.7　IV342-46
　　　　　『小川未明作品集 第5巻』大日本雄弁会講談社　昭30.1　IV360-92

3614　序（『黒いピアノ』）　[感想]
　　〈初出〉執行光枝『黒いピアノ』日本童話協会　昭3.7
　　〈要旨〉天上の天使を描いても、下界に住む人間の情味がなかったら、ありがたみは感じられない。地上の人間を描いても、天界に通ずる霊感がなかったら、芸術ということはできない。在来の童話は、非現実的なものを描いた。新童話は、奇功を弄さず、現実を描くうちに幽遠を感じさせる。「黒きピアノ」の作者のひと一人である。童話は、詩でなくてはならない。なぜなら、児童時代が、詩的感情の世界に浸るばかりでなく、訴える、童心は詩魂そのものであるからだ。

3615　国家の文芸家表彰に就て　[アンケート]
　　〈初出〉「新潮」昭和3年7月
　　〈要旨〉真の芸術家は常に、無形の大衆的愛慕によって酬いられてきた。また芸術を分別する上においても、支配階級的立場にあるものの標準とは自ずから異なるものがあった。芸術の精神を卑俗ならしめる一切の政策を嫌悪する。

3616　日記（ある日の日記）　[感想]
　　〈初出〉「新潮」昭和3年7月
　　〈要旨〉六月一日、「一革命家の人生、社会観」を読む。「曽根崎心中」を読

み返してみようと思った。学生時代に「巣林子研究会」を起したことがある。三日、T氏と早稲田で球をつく。四日、色紙を書かされるのは厭だ。十年も前に書いた同じ文句を書く。夕刊に張作霖が爆弾を投げられるとある。中国も紛糾してきた。

3617 **社会・芸術の基点　［感想］**
〈初出〉「矛盾」昭和3年7月
〈要旨〉自己犠牲の観念は、その人の行動を支配する。社会に対する至誠、正義至上のいたすところである。自己犠牲の観念以外に社会主義の精神は見出されない。生活を力強く肯定するために、生活を否定するのである。それは強権によって命令されたものではなく、良心がさせたものである。科学的強権主義者は階級的ヘゲモニーという。しかし百姓も流浪者も地上に生存する権利をもつ。犠牲にされるべきではない。無名の人達は正義のために殉ずることを知っている。この感激の火こそ、我等の生活を浄化し、支配する。この感激こそ、芸術的感動である。
〈収録〉『常に自然は語る』日本童話協会出版部　昭5.12　IV341-9
　　　　『童話雑感及小品』文化書房　昭7.7　IV342-16
　　　　『小川未明作品集 第5巻』大日本雄弁会講談社　昭30.1　IV360-87

3618 **先生の人格（思想善導に対する諸家の所見）　［アンケート］**
〈初出〉「教育時論」昭和3年7月15日
〈要旨〉青少年にあっては、小学校中学校における受け持ちの先生の人格にあずかるところが大きい。一般国民の思想は、社会政策の徹底を期してはじめてなし得ることだ。

3619 **新短歌を中心として　［感想］**
〈初出〉「今日の歌」昭和3年8月
〈要旨〉（不明）

3620 **不退寺　［小説］**
〈初出〉「学生」昭和3年8月
〈あらすじ〉今日の午前は南都の博物館を見た。午後は多年の宿望であった西奈良を見るべく、不退寺へ行った。寺には一個の仏像も置かれていなかった。自然は今も昔も変わりなかった。次は海龍王寺へ行った。案内の老人もいつか死ぬときがくる。痛ましい思いをもった。互いの心に柔和な感情が通った。
〈収録〉『描写の心得』春陽堂　大7.4　IV320-9

3621 **越後春日山　［感想］**
〈初出〉「法律春秋」昭和3年8月
〈要旨〉老父母が健在であるため、年に一度帰省する。父母の一生は、神社建設のために捧げたものであった。境内にある、一木一石にも父の愛がこもっている。真の狂熱と献身的殉情がなければできないことだ。春日山の大井戸には伝説がある。天気のいい日には、大井戸に、金の蔵が浮くという。自然は昔のままである。人間も原人のごとく純朴に帰るのが本当であろう。
〈収録〉『常に自然は語る』日本童話協会出版部　昭5.12　IV341-41
　　　　『童話雑感及小品』文化書房　昭7.7　IV342-60
　　　　『新しき児童文学の道』フタバ書院成光館　昭17.2　IV346-25
　　　　『小川未明作品集 第5巻』大日本雄弁会講談社　昭30.1　IV360-107
　　　　『定本小川未明小説全集 第6巻』講談社　昭54.10　IV370-79

3622 国民精神について ［感想］
〈初出〉「教育研究」昭和3年8月1日
〈要旨〉国民精神を考えることは、伝統的独自の文化について研究することである。民族や国民、狭い意味では郷土的なものを考えることとなる。交通機関が発達する前は、住む土地と生活は宿命的な関係があった。それぞれが地方的特色を持っていた。封建制度が破れ、中央集権的になったとき、地方色は失われた。我等は、心の故郷に帰らなければならない。相互扶助の愛は、共同の文化と生活を営む者の間においてのみ感じられる現象である。
〈収録〉『常に自然は語る』日本童話協会出版部　昭5.12　Ⅳ341-66
『童話雑感及小品』文化書房　昭7.7　Ⅳ342-91

3623 真実を踏みにじる ［小説］
〈初出〉「農民」昭和3年8月5日
〈あらすじ〉豪農の門の内側に大きな水甕が置かれていた。主人の自慢の甕だった。子供たちは、甕に仲間が落ちたら、どうやって助けるか話し合った。甕をわって助けると言い得るものはいなかった。Kはみんなの顔を見まわした。みんなは卑屈そうに顔を見合わせた。その頃、老僧が村へ入ってきて、経をあげた。流浪者に対する思慕の情から、子供達はなつかしみを覚えた。しかし、金持ちの主人は、鉄鉢に石を入れて追い返した。それを見たKは、「真実を踏みにじった、あの甕を破れ！」と言って、石を投げた。Kは退校させられた。後にKは、被搾取者の解放運動の集団に加わった。しかし彼は永遠のロマンチストである。彼の友は、虐げられつつある無知の百姓にあった。真実だけが、子供の時分から彼の魂を揺り動かしたのだ。
〈収録〉『常に自然は語る』日本童話協会出版部　昭5.12　Ⅳ341-52
『童話雑感及小品』文化書房　昭7.7　Ⅳ342-73
『定本小川未明小説全集 第5巻』講談社　昭54.8　Ⅳ369-37

3624 女と夏 ［感想］
〈初出〉「国民新聞」昭和3年8月8, 9日
〈要旨〉彼女が鏡を見ると、若い、美しい女の顔が映った。彼女は、それが誰か考えた。ロートレックの絵の女のようでもあった。池の端のベンチにかけた女が、鏡に映った女であった。以前に会ったことはなかった。女は、展覧会で描かれた自分の顔を見てくれたのだろうと言った。「あの時は幸福だった。しかしあの人は自分を捨てたのだ」と女は言った。

3625 子供の眼 ［小説］
〈初出〉「キング」昭和3年9月
〈あらすじ〉「降りになるか。馬鹿に寒いな」甚三は、炉に火を焚いて四つになる子供を抱いて休もうとした。この時、誰か戸をたたいた。道に迷ったので、一晩泊めてほしいという。甚三が炉の火を起こし、傍へあげてやると、女の子が火のつくように泣いた。翌朝、男は礼を言って出ていった。女の子になぜ泣いたのかと聞くと、おっかない顔をしたおばちゃんが、おじちゃんの背中におんぶしていたんだものと言った。巡査がやってきた。昨晩、山で女を殺したものがあることを甚三は聞く。

3626 遠い夢・近い夢 ［アンケート］
〈初出〉「婦人之友」昭和3年9月
〈要旨〉偏った機械文明の発達は、必ずしも人間生活を幸福にするものでない。無制限の生産に歯止めがかかり、相互扶助が行われ、私有財産が制限され

る。人間のもつ理想は、これくらいのことを実現する。消費、搾取、不健全、贅沢品をつくる都会は、衰微する。交通機関の発達とともに、地方文化が発達する。これは遠い未来ではない。

3627 **彼等流浪す** ［小説］
〈初出〉「矛盾」昭和3年9月
〈あらすじ〉流浪者は、真実を求めている、美を求めている。この憧憬がなければ、人は生きられない。しかし、いつになったら、流浪の旅は終わるのか。人間が地上に表れたときから、憧憬は生まれた。我等の芸術も社会運動も、虐げられ、苦しむ人を救うために生まれた。彼等のロマンチシズムはここにある。流浪者ほど、自然をいつくしむものはないとクロポトキンは言った。自然はどこでも変わらない。故郷の空や原野とつながっている。村には結ばれた習慣があり、掟がある。相互扶助がある。それは思いだしても懐かしいものである。真実や美を求めて旅立った彼等は、その理想を故郷に見出だす。
〈収録〉『常に自然は語る』日本童話協会出版部　昭5.12　Ⅳ341-3
　　　　『童話雑感及小品』文化書房　昭7.7　Ⅳ342-4

3628 **ラスキンの言葉** ［感想］
〈初出〉「文章倶楽部」昭和3年9月
〈要旨〉もう昔のことだが、雑司ヶ谷墓地を散歩した時分に、行路病者の墓の前で瞑想したことがある。旅人は、亡くなる前、故郷の風景を目に描いたに違いない。ラスキンは言った。「死者は、よろしく、愁草や青白い花に委すべきである。もし、その人を忘れずに記念せんとならば、その人が生前に為しつつあった思想や業に対して、惜しみ、愛護し、伝うべきである。」誰が人生行路の輩でないといえよう。墓は木標で十分である。一時の世評によって、作家は文化を飾るに過ぎないのである。
〈収録〉『常に自然は語る』日本童話協会出版部　昭5.12　Ⅳ341-32
　　　　『童話雑感及小品』文化書房　昭7.7　Ⅳ342-48

3629 **少年時代礼賛** ［感想］
〈初出〉「悪い仲間」昭和3年9月1日
〈要旨〉なぜ人間はこの現実において、美しかったものを保有することができないのか。しかも、これを理想とし、未来に求める矛盾をしなければならないのか。美しいものを失ったのは、理智が感情を征服したためだ。成人の生活には、冒険も衝動もなくなった。献身的な感激も見られなくなった。すべての芸術的認識は、正義と美と真を要求する。
〈収録〉『常に自然は語る』日本童話協会出版部　昭5.12　Ⅳ341-35
　　　　『童話雑感及小品』文化書房　昭7.7　Ⅳ342-52
　　　　『小川未明作品集　第5巻』大日本雄弁会講談社　昭30.1　Ⅳ360-106
　　　　『定本小川未明小説全集　第6巻』講談社　昭54.10　Ⅳ370-78

3630 **純情主義を想ふ** ［感想］
〈初出〉「農民」昭和3年9月12日
〈要旨〉ナロードニキ社会主義運動を私たちはなつかしむ。真実を至上とし、行動を良心の上に置いた。彼等は正義のため、自己犠牲を惜しまなかった。私たちは、この精神に即して社会運動に意義を見出だした。客観的組織に就くことは自然であろう。だが空想的社会主義と科学的社会主義との間には、違いがある。ロシアの学生たちは、農村に行き、農奴と伍した。民衆作家は、みなナロードの精神を有していた。彼らは無智の農民の代弁をし、

　　　　　　　Ⅲ　作品

生活を詩化することによって彼等を救おうとした。現代は、科学的という言葉に意味を置きすぎている。しかし人間の生活は、科学の法則のみに支配されるものではない。謙虚と純情と自己犠牲の観念によって、はじめて感激の火は民衆に移されるのである。
　〈収録〉『常に自然は語る』日本童話協会出版部　昭5.12　Ⅳ341-10
　　　　　『童話雑感及小品』文化書房　昭7.7　Ⅳ342-18

3631　二業地問題是非　[感想]
　〈初出〉「婦人新報」昭和3年10月
　〈要旨〉搾取と虚飾と浪費によって燦然たる都会文化は不健全である。不景気を救うために、二業地を増やす。しかしこれによって土地の物価はあがり、苦しむのは無産階級である。花柳界の増設は反対である。

3632　ネオロマンチシズムと自然描写（含著書目録）　[感想]
　〈初出〉「新興文学」昭和3年10月
　〈要旨〉自然主義がおこり、真を追究するようになった。空想を排し、観念を排して、もっぱら実証的であった点は、今日のマルキシズム文芸を思わせるものがあった。自然主義と同時に、ネオ・ロマンチシズムの興起があった。物的と心的とは、真理の両端であって、交感、反響を常とする。一方が人間の描写にあったとすれば、一方は自然の描写にあった。ネオ・ロマンチシズムにおける自然描写は、作家の主観的色彩の濃いものである。人間が階級闘争のみを知って、美しい夢を、追懐を、空想を持たないことは、幸福なことではない。私達を現実の苦患から救うのは、自然美の崇高と平和と、夢幻的な情趣である。美も、自由も、神秘も、恐怖も、自然の接触なくして悟りえない。郷土文学は、土地と人間との関係を、また人間の生活がいかにその土地と離すべからざるものかを描く。マルキシズム文芸が自然主義の深化とすれば、ネオ・ロマンチシズムの文芸はアナキズム文芸への転向を自然とする。

3633　名もなき草　[小説]
　〈初出〉「矛盾」昭和3年10月
　〈あらすじ〉名も知らない草に咲く、一茎の花は美しい。見いだそうとすれば、美はどこにでも見出される。しかしこれを感ずる人は、どこにもいるとは限らない。自然であれ、芸術であれ、美しいものや正しいものは、人間の魂を清らかにする。それは小さな火であっても、人生の核心を焼く。人生の意義は、美と正義に向かって突き進む力の中にある。人生は、また希望である。
　〈収録〉『常に自然は語る』日本童話協会出版部　昭5.12　Ⅳ341-11
　　　　　『童話雑感及小品』文化書房　昭7.7　Ⅳ342-19
　　　　　『小川未明作品集　第5巻』大日本雄弁会講談社　昭30.1　Ⅳ360-88

3634　ふるさとの記憶（我がふるさと物語）　[感想]
　〈初出〉「現代」昭和3年10月
　〈要旨〉高田市外のさびしい村で、私は生れた。一帯に、こんもりとした杉の林が多く、高田全体が杉の森の中にかこまれている観がある。子供の時分の森の記憶が多い。赤い落日をみたこと、鬼ごとをしたこと、蝙蝠をとろうとしたこと、栗の実や杉の落枝を拾いに行ったこと。町は、その時分でさえ、疲れてみえた。往来を荷馬車が、晩方へ浜の方へ幾台も通った。火の見やぐらのブリキの旗。貧しい生活者。月のいい晩など、私は寝ながら空想にふけった。子供時代なればこそ、すべて絵になった。いま再びそ

Ⅲ　作品

　　　　れを味わえるとは思わない。
　　〈収録〉『常に自然は語る』日本童話協会出版部　昭5.12　Ⅳ341-42
　　　　　『童話雑感及小品』文化書房　昭7.7　Ⅳ342-61
　　　　　『新しき児童文学の道』フタバ書院成光館　昭17.2　Ⅳ346-24

3635　**新興童話作家連盟（記事）　［感想］**
　　〈初出〉「教育週報」昭和3年10月20日
　　〈要旨〉一〇月一三日、本郷赤門前「ハイジン」にて、童話作家懇談会が開かれ、新興童話作家聯盟結成の必要から、懇談会を第一回総会に改め、満場一致で連盟を設立させた。

3636　**情熱と気力を持て　［感想］**
　　〈初出〉「全人」昭和3年11月
　　〈要旨〉知識階級の崩壊は、最近にいたって、著しい傾向を見せてきた。生活の重圧に耐えきれず、中堅的地位から失墜している。労働階級には、理性や反省、思想はなくても、勇気、意力、情熱がある。知識階級の中でも小中学校の教員には希望がもてる。青少年の純良な天性を擁護し、個性を発揮させるのは彼等の仕事である。

3637　**道徳教育の徹底に関する意見　［感想］**
　　〈初出〉「教育評論」昭和3年11月
　　〈要旨〉道徳教育は、良心の発動に基くものだから、すべて理解に立たなければならない。この理由から、芸術教育が主張される。旧思想、感情の形骸や形式によって強制されるべきものではない。

3638　**文芸と時勢　［感想］**
　　〈初出〉「文芸春秋」昭和3年11月
　　〈要旨〉文芸のジャンルに区別が設けられ、既成の型にあてはめようと考える拘束があるから、よい文芸が生まれない。新しい文学は、新しい表現の発見をおいてほかにない。作家に最も適した表現形式を選ばせ、小説、童話、日記、散文詩等の区別をやめて、等しく創作として同列に批評の対象とすべきである。庶民生活の上に関心をおくことを正しいと感ずるに至ったことは、商品化が目的でないとすれば、作家の進歩といえる。
　　〈収録〉『常に自然は語る』日本童話協会出版部　昭5.12　Ⅳ341-14
　　　　　『童話雑感及小品』文化書房　昭7.7　Ⅳ342-22

3639　**明日の大衆文芸　［感想］**
　　〈初出〉「新愛知」昭和3年11月3日
　　〈要旨〉大衆文芸が盛んである。庶民階級は、文芸を娯楽とし、感激を求めようとしている。しかし今日の大衆文学は、明日の大衆文学となる性質のものではない。面白く明るいうちに、新しい生命の脈拍がなければならない。明日の庶民文学は、単純な表現形式のうちに、力強く、未来を肯定し、希望を抱かせるものでなければならない。来るべき新社会建設のために、民衆の教化に力をつくすべきである。新しい見地に立つ童話文学は、まさしく、この教化に役だつ。
　　〈収録〉『常に自然は語る』日本童話協会出版部　昭5.12　Ⅳ341-62
　　　　　『童話雑感及小品』文化書房　昭7.7　Ⅳ342-87

3640　**プロ文学其他　［感想］**
　　〈初出〉「文芸時報」昭和3年11月29日
　　〈要旨〉円本の出現、雑誌の大衆化は、本年度の資本戦の結果であった。大

衆を相手とする雑誌は商業主義の上に立ち、教化よりも俗趣味に妥協する。しかしこれからは真の大衆文学が生まれてくる必要がある。私はネオロマンチシズムを提唱したが、これは当然、サンジカリズム、アナーキズムの文学へ行くものである。今回組織された「新興童話作家聯盟」は社会的認識のある児童作家の集団である。今日の資本主義的弊害に囚われた児童を解放する使命は、児童のみならず、大衆の心臓にも触れていく。我々の児童文学は大衆の領域にまで進出する性質をもっている。

3641 **空想的な材料を（私の小説作法）** ［感想］
〈初出〉「文章倶楽部」昭和3年12月
〈要旨〉私は旅もしないし、実際的な経験に乏しい人間であるから、この世の中で本当にふれてきたものをたくさん持っていない。事実を書いた作品はほとんどない。材料は空想的なものが多い。ふいに頭に浮んでくる。その感激を具体化するために、自分の経験を参酌し、肉付けしていく。求めるのは真実であるが、事実は自由でなければならないと思っている。子供のときから絵が好きだったので、作品は絵画的に表す。場面毎に絵として浮かび上がってくる色や感じを与える。こういう傾向から、童話を書くことになった。一度考えた材料でまとまらなかったものは、ノートに書きとめておく。

3642 **いまだ時代の作家出でず** ［感想］
〈初出〉「創作月刊」昭和3年12月
〈要旨〉真理に対して、謙遜であり、誠実であればあるほど、内省的であり、不断の勇気を必要とする。かつてその時代の様式、人間の生活、大衆の感情を無視した社会革新家があっただろうか。やはり私たちの尊敬する革新家は、智情意ある人間であった。階級文芸の確立は、何人も容認するようになった。しかし、それはいまだ芸術的に表現されていない。文壇のマルキシズム化は、容易になされすぎた。鸚鵡の口真似では、美感が伴わない。真実なる作家だけが深化する。文芸の行動を政党運動と心得る者に、人間が感動する詩を産むことはできない。

3643 **本年の自作について（私が本年発表した創作に就いて）** ［アンケート］
〈初出〉「新潮」昭和3年12月
〈要旨〉未明童話集第三巻について酒井朝彦（都新聞）、斎藤喜一郎（読売新聞）、尾関岩二（日々新聞）から同情ある批評を受けた。「赤い鳥」「童話文学」に創作童話、「矛盾」「農民」「悪い仲間」に感想を載せた。その他、雑誌、新聞等に数編載せた。

3644 **錯覚者の一群** ［小説］
〈初出〉「文芸ビルデング」昭和3年12月1日
〈備考〉昭和3年9月26日作。
〈あらすじ〉錯覚するものは、それが国家であろうが、人間であろうが、自分が強者で勝ちうるものと信じている。驕慢な心は、戦争の惨禍を味わないかぎり、取り払うことができない。都会も同様である。自らの力で文化を築いたと思っている。虚偽と搾取によって華美は得られた。芸術家もまた錯覚者の一群である。真の生活の意義と、芸術の反省は、厳粛なる自然力に面接することによって得られる。このたびの大震災が、いかに人の心を戦慄させたか。荒涼たる自然と面接し、抗争するときにはじめて錯覚は破れる。トルストイが言うように、戦って生き、戦いに敗れて死す以外に人の道はない。

昭和4（1929）年

3645　推奨する新人　［アンケート］
　　　〈初出〉「創作月刊」昭和4年1月
　　　〈要旨〉「戦旗」一一月号に乗った本庄陸男「過剰なる弟達」が面白かった。

3646　進歩したと思ふこと　退歩したと思ふこと　［アンケート］
　　　〈初出〉「婦人之友」昭和4年1月
　　　〈要旨〉労働階級の一般的向上。三四年前なら道普請の場所を若い女が通ったら、罵声を放ったものだ。退歩したものは、交通機関の発達によって失われた体力と精神力。

3647　教育の機能を発揮し人間の機械化を排す　［感想］
　　　〈初出〉「教育研究」昭和4年1月1日
　　　〈要旨〉流行は、資本主義によって誘因される場合が多い。文芸にも、教育にも、同じことがいえる。教育は、政治の干渉をうける。政治のもつ強権が、芸術や教育の上に及ぶことは、いいことではない。智情意の発達と調整をはかり、正義に対し、真理に対し、常に忠実に、謙遜に、果敢に、また正しき批判者になることが必要である。社会に対しても、よく尽くす情熱を有する人間を作らなければならない。その第一義を忘れがちである。児童を無形の拘束から解放し、自らの啓発によって、行くべき道を選ばせることが必要である。
　　　〈備考〉昭和3年11月作。

3648　当面の文芸と批評　［感想］
　　　〈初出〉「東京朝日新聞」昭和4年1月22～26日
　　　〈要旨〉今日の大衆文学には、いかなる生活の要素も理想もない。資本主義の意図により機械的に構成されている。大衆には、生活の代弁者が必要である。彼等に属する詩人、作家が必要である。大衆文学とプロレタリア文学の間には、共通点がない。プロレタリア文学は大衆を擁護し、奮励せしめる。プロレタリアの生活を描写するだけではなく、大衆に対し、清新にして、はつらつの希望を示すことが必要である。人間としての基礎をつくるような文学が必要である。教化のための文芸である。プロレタリア大衆文学と呼んでよい。新興の童話文学を提唱したい。これまでの児童雑誌は、強固な保守思想を背景に、ミリタリズムの鼓吹をしていた。人間が、人間を殺す行為をさせてはならない。
　　　〈収録〉『常に自然は語る』日本童話協会出版部　昭5.12　Ⅳ341-63
　　　　　　『童話雑感及小品』文化書房　昭7.7　Ⅳ342-88

3649　冬の北国の家庭生活　［感想］
　　　〈初出〉「国民新聞」昭和4年1月27日
　　　〈要旨〉北国人の多くは一年の約半分を雪の下に暮らす。ラッセル機関車のすさまじい汽笛の音。一晩のうちに三尺四尺の雪が積もる。家にかぶさり、雪がとけだすと屋根雪を下さないといけない。私は母とよく屋根にのぼった。北国人が因循で姑息なのは、半年を外から遮断されるからだ。汽車が転覆し、津波で家がさらわれる。北国は宿命的に暗い生活を余儀なくされる。雪囲いで真っ暗な家のなかで話をするのは、楽しかった。郵便配達夫が雪のなかをやってくる。そんなとき、どんなに嬉しかったか。

3650　私の一日　［アンケート］
　　　〈初出〉「文章倶楽部」昭和4年2月

370

〈要旨〉一二月二九日 風邪気味で部屋に閉じこもり、新刊雑誌を読む。「我等」の森戸辰男、「文芸戦線」平林たい子、「創作月刊」の岩藤雪夫。

3651 **不健全なる社会の反映** ［感想］
〈初出〉「婦人之友」昭和4年2月
〈要旨〉一八歳の娘が、かみそりで、酒乱の父親を母や姉妹を助けるために殺害した。このような悲劇はこの家族が貧乏でなければ起きなかっただろう。父が酒飲みになったのも、生活上の苦労があったためかも知れない。父は弱い人間であった。各自の個人主義的な生活が、彼等家族を助けなかったということもあろう。父を殺した娘も、昔はなかったことだ。映画や読物が引き起こしたものといってよい。

3652 **童話文学について** ［感想］
〈初出〉「童話研究」昭和4年2月
〈要旨〉（不明）

3653 **春の川** ［小説］
〈初出〉「週刊朝日」昭和4年2月10日
〈あらすじ〉長い間の冬から放たれた人々は、話し声にも朗らかな響きがあった。南国のように文明は発達していなかったが、どこにか余裕があり人間味の豊かなこの未開の土地は、流浪者にとって憧憬の地であった。行商の女がやってきた。赤ん坊を抱いた女房は、主人が留守だったので、その女を泊めてやった。息子の正吉が顔に腫物ができ、痛がったので、翌日、女は冷たい川に入って、蛭をとってきてくれた。成長した正吉は、科学を信奉し、感傷的なことは認識の邪魔と思っていたが、川の中で実際に女が自分の足を餌に蛭を捕まえているのを見て、心臓で感じなければならないと思った。

3654 **文芸の破産と甦生** ［感想］
〈初出〉「国民新聞」昭和4年2月14,15日
〈備考〉昭和4年2月11日作。
〈要旨〉今や既成文芸は、資本主義的教化機関に隷属してしまった。階級性ある芸術は、指導的な立場を獲得した。今や政治行動に関連する文芸とそれより遊離せる文芸とに色別される。自由と平等は、人生の二つの指標であり、希望の対象である。資本主義的機構に束縛されることも、社会主義的強権下にあることも、自由が存しない点で、そこに溌剌たる芸術はありえない。自由だけが創作をうむ。

3655 **階級と組織** ［感想］
〈初出〉「経済往来」昭和4年3月
〈要旨〉この頃の雑誌や新聞は、分りやすく書かれるようになった。大衆の教化は、これまであまり考らえてこなかった。もちろん分かりやすく常識的なものが、すべてよいわけではない。大衆が欲するものを与えてこなかったのは、知識階級の怠慢である。つまらない特権意識があった。今日の支配階級に、どれほどの相互扶助の精神があるだろう。

3656 **淡江の三月** ［小説］
〈初出〉「令女界」昭和4年3月
〈あらすじ〉彼は女の子のためにお雛様を買ってやりたいと思った。勤めの帰りに人形屋で雛人形を見たが、気に入ったものは高かった。三日の晩に行くと、安くしてくれた。翌年、彼は去年求めた内裏雛だけではさびしい

と思い、町へ出た。瀬戸物屋に昔の美しい裸雛が並べてあった。彼は、安くていいものを見つけたと思った。「まあ、無産者のお節句だ。そのうちに数が増えたら、賑やかになる」こうして年毎に人形や飾り物が増えていった。彼の娘は十三になった。娘は立派なものを欲しがったが、彼は「うちのはみんなお前が子供の時分からの仲のいいお友達ばかりだ」と言った。窓の外は、てりうその胸毛のように淡く紅味を含んでいた。

3657 **行動形態の反映せる文芸** ［感想］
　〈初出〉「労働芸術家」昭和4年3月
　〈要旨〉（不明）

3658 **第五十六議会の厳正批判** ［感想］
　〈初出〉「法律戦線」昭和4年3月
　〈要旨〉無産階級の生活がいかに行きづまり、正直に勤労しつつあるものが、どういう状態にあるかも考えず、彼等政治家は、あらんかぎりの醜態をさらしている。議会で不誠実を咆哮し、蔭では利欲の奴隷になっている。もし無産党の闘士までがその仲間となるなら、誰か理性をもって明日のことを予断できよう。

3659 **子供と自分** ［感想］
　〈初出〉「現代」昭和4年3月
　〈要旨〉子供のとき、どんな寒い日でも炬燵で勉強することを母は許さなかった。机に座り、母も炬燵の外に座って、自分がよく勉強しているかどうか耳を澄ましていた。愛とともにきびしさもあった母は、容赦なく物差しでなぐりつけた。子供の教育は子供の天分に従って行うべきだと考えるが、かりに芸術家に向いた天分であっても、社会が才能を受け入れてくれないかもしれない。地上で戦うのは、次世代の子供たちのためだ。愛を離れて、正義も真理も存在しない。
　〈収録〉『常に自然は語る』日本童話協会出版部　昭5.12　Ⅳ341-44
　　　　　『童話雑感及小品』文化書房　昭7.7　Ⅳ342-63

3660 **漢詩と形なき憧憬（私の一七八の頃）** ［感想］
　〈初出〉「文章倶楽部」昭和4年3月
　〈要旨〉学校は数学があって嫌いだったが、文学に関する書物や雑誌は乱読した。「新小説」「新著月刊」「中学生」「太陽」「天地人」「考古学」など。考古学や人類学に興味をもったのは、歴史の教師の感化であった。当時、集めた土器や石器は、蜜柑箱いっぱいになった。私は上京しようと考え、本箱や本を売り払って支度をした。ところが宿の人が私の家に報せたので、駄目になった。祖母に泣かれたので、思いとどまった。漢詩に興味をもち、日本外史を愛読した。朝鮮の亡命者に会いに行ったこともある。今から思うと、十七八の自分は旧思想に囚われていた。学友に相馬御風、丸沢常哉博士等がいた。

3661 **彼等隷属す** ［感想］
　〈初出〉「文芸ビルデング」昭和4年3月1日
　〈要旨〉円本が流行し、それに加わった作家は思わぬ金をえた。文芸は盛んになったという錯覚を抱かせた。印税によって家を買い、プチブルの生活様式を学んだ。しかしここでも資本戦があって、大量生産により、他の小規模の企業の得意を荒らしたに過ぎない。思想家にも同様のことが言える。時代の動揺が、様々な議論を必要とさせたが、それも資本主義雑誌の上に花を咲かせただけであった。反動の気勢が募ると、それらの議論が見られ

なくなった。ブルジョア作家はますますその機関に隷属する。新興文学はいかに発育すべきであろう。同志により結成した機関が必要である。

3662 **就職難と教育に関する諸家の意見** ［アンケート］
〈初出〉「教育時論」昭和4年3月25日
〈要旨〉就職難の原因は、教育のためばかりではない。機械の発達と生産過剰のうえに人間の多いことも原因している。失業者の多い、不安な生活は、政治形態の反映でもある。今までの教育は、支配者を造るにあったが、これからは人間を造るとともに、実際の生産者を造る教育でなければならない。

3663 **文芸は何れに転換するか** ［感想］
〈初出〉「新愛知」昭和4年3月28,30日
〈要旨〉何故に、大衆文芸が、これまでの芸術的な文芸を凌駕したのか。時代に先駆することにおいてのみ、芸術の存在理由も価値もある。新文化の発現地は、ひとつはロシアであり、ひとつはアメリカである。思想と生活様式の変化がもたらされた。旧文化に倦怠を抱くものにとっては、プロレタリア文学はロマンチシズムの運動であり、大衆文芸も同様の運動であった。政治的行動が封じられたとき、文芸においてプロレタリア文学や大衆文芸が起こるのは当然であった。プロレタリア大衆文芸の提唱はもっとも時宜を得たものといえよう。

3664 **解説社会主義と資本主義** ［感想］
〈初出〉「読売新聞」昭和4年3月31日
〈要旨〉デモクラシーか独裁か、世界は去就に迷っている。デモクラシーは多数者を頼み、利益と妥協し、政権の獲得に汲々としており、堕落している。一方、階級の独裁も生活状態を異にする人々に強制することは暴力である。平等分配が自由共産制において可能性ある永久の繁栄方法となる。しかし共産主義の限界があることも筆者のショウは述べている。人間の嗜好、趣味は共産化できないからだ。

3665 **喜びは力なり―正義の存在―** ［感想］
〈初出〉「矛盾」昭和4年4月
〈要旨〉何が幸福であるか私たちはもう一度考えてみる必要がある。虚偽、虚飾、利欲に飽くことを知らない人間。同類が殺しあう人間を美しいと見ることはできない。階級闘争がやむなしとしても、それは支配の確認であり、流血の肯定である。平和と愛の前提とは異なっている。ロシアとイタリアの存在は、喜びを感じさせない。暴力の行使、強権の行使。形を変えても、支配と被支配が同一種族の人間にあるかぎり、自然の意志に反する。社会主義本来の精神に悖っている。自然なるものは美しい。喜びである。いかなる理屈においても、支配、強圧は自然の姿態を乱すものである。

3666 **物質文化の悲哀** ［感想］
〈初出〉「法律春秋」昭和4年4月
〈要旨〉都会でも、乗合自動車ができたり、電車が通ったりすると、町は一変してしまう。交通機関の存廃は、会社の利益を上げるために行われる。自由競争の社会においては、都市も農村もない。農村の疲弊を救うには、自治精神の達成をまつしかない。
〈収録〉『常に自然は語る』日本童話協会出版部　昭5.12　Ⅳ341-21
『童話雑感及小品』文化書房　昭7.7　Ⅳ342-31

Ⅲ 作品

3667 **悦楽より苦痛多き現生活** ［感想］
〈初出〉「婦人之友」昭和4年5月
〈要旨〉若者の自殺者が多い。あまりに早くから、浮世の苦難を身に感じたためであろう。道遠くして日暮れんとするの感を抱いている。機械的な支配や、放縦極まる搾取や、苛烈な強圧は、暴力である。新しい理想や希望をどこに見出だせばよいのであろう。
〈収録〉『常に自然は語る』日本童話協会出版部　昭5.12　Ⅳ341-26
『童話雑感及小品』文化書房　昭7.7　Ⅳ342-39

3668 **児童文学の動向** ［感想］
〈初出〉「教育時論」昭和4年5月5日
〈要旨〉すべて芸術にあっては、個人の理解に待ち、良心の反省に待たざるをえない。万人に、等しく至高の感激を与え、情意の世界を醇化することを、その力としなければならない。芸術にして、もし、この至高、至純の感激を第一義とすることを忘れたら、その作家は芸術家ではない。児童の文芸は、児童に対する至純の教化以外にない。我らが学童に望むものは、現実に打ち克っていく気力である。児童を鼓舞するには、慈愛に満ちた教育家と、正義に導き、至高の感激を与える芸術家の協力がなければならない。
〈収録〉『常に自然は語る』日本童話協会出版部　昭5.12　Ⅳ341-64
『童話雑感及小品』文化書房　昭7.7　Ⅳ342-89
『小川未明作品集 第5巻』大日本雄弁会講談社　昭30.1　Ⅳ360-103
『定本小川未明童話全集 第7巻』講談社　昭52.5　全童話Ⅳ165-46
『定本小川未明小説全集 第6巻』講談社　昭54.10　Ⅳ370-82

3669 **文芸は滅びるか** ［感想］
〈初出〉「文芸時報」昭和4年5月23, 30日
〈要旨〉文芸が本来の目的や使命を失ったときには、滅びる。人間の生活の内容を豊かにするため、一歩進んだ理想形態に入るために文芸はある。しかし最近の文芸は娯楽に傾いている。ジャーナリズムに付随した商品となってきている。しかし今後、真の文芸は、教化的方面と提携して興る。例えば、それは児童文学の上に、民衆文芸の一つとして本当の文芸が伝わっていくに違いない。

3670 **思想犯弾圧と強盗横行時代の現出** ［アンケート］
〈初出〉「法律戦線」昭和4年6月
〈要旨〉主義において、思想において、時代に共感を呼ぶものは、それに至らしめる社会に欠陥のあることを悟らねばならない。その対策を施さずに、強圧によって主義、思想を滅せんとしても、深刻な事態を招くだけである。歴史を知るものは、××政治のよくないことを知らないはずはない。

3671 **自由なる空想** ［感想］
〈初出〉「文芸ビルデング」昭和4年6月1日
〈要旨〉最近は政治的にも経済的にも行き詰まっている。この時こそ、文芸は展開される。光洋たるロマンチシズムの世界は、何人も強制を布くことはできない。ここでは自由と美と正義が凱歌を奏している。ふたたびロマンチシズムの運動が起こるのではないか。これまで文壇で栄誉を受けてきた人は、真に自らの生活に生きず、時代の道化者であったり、ジャーナリズムの人形に過ぎなかった。彼等に較べると、無名の詩人や田舎で暮らす百姓の中に、自分の生活を生きている人がいる。強権と友愛、所有と無欲は相いれない。自らを偽ることなく、朗らかな気持ちになって、勇ましく、

　　　　　　　　　　　Ⅲ　作品

　　　　信ずるところに進んでこそ、人間の幸福はある。
　　　　〈収録〉『常に自然は語る』日本童話協会出版部　昭5.12　Ⅳ341-8
　　　　　　　『童話雑感及小品』文化書房　昭7.7　Ⅳ342-14

3672　**この頃の想ひ　[感想]**
　　　　〈初出〉「東京往来」昭和4年7月18日
　　　　〈要旨〉（不明）

3673　**国定教科書の営業は民営か、国営か　[アンケート]**
　　　　〈初出〉「教育時論」昭和4年7月25日
　　　　〈要旨〉国営とすべきである。本来、無費で配給すべきものである。できるだけ児童に安く配給しなければならない。

3674　**今次の「政変」と無産階級　[感想]**
　　　　〈初出〉「法律戦線」昭和4年8月
　　　　〈要旨〉1、金融軍国主義の合法的進出。田中内閣の積極政策の失敗からの転換。2、支配階級の統一をはかり、階級的に無産階級と対立するため。3、知識階級、小党商人、起業家の滅落。寡頭資本家の経済的安定。

3675　**児童のために強権主義者と戦へ　[感想]**
　　　　〈初出〉「黒色戦線」昭和4年8月
　　　　〈要旨〉自由に依れる道徳的な確信こそ、われらの生活に必要なものであるが、このことは児童教化にあたって一層重要である。児童等に、真の人間的信条を持たせることが肝要だからである。強権主義者は、児童を固定した理論のなかにとどまらせようとする。自然の恵慈である光洋とした空想の世界に児童を置いて、宇宙に関する知識や、生物に関する観察や、同胞相愛の理などを与えようとはしない。少年時代の教化を誤るなら、他にいつ情意を涵養し、寛容なる心の持ち主にする機会があろう。

3676　**驟雨　[小説]**
　　　　〈初出〉「雄弁」昭和4年8月
　　　　〈あらすじ〉見渡すかぎり桑の葉は黒く、日に輝いていた。学校から帰ると、私はひとりでここへやってきて、熟し切った桑の実を沢山とろうと思った。平野を掩う空は北へ行くにつれて青かった。日本海があるためであろう。私は幾時間そこにいただろうか。急に、あたりがうす寒くなって、雨雲が迫ってきた。なんとなく身の毛がよだち、白く乾いた道を村の方へ向かって駆け出した。大粒の雨がふり、家に入るとものすごい夕立になった。やがて雨はやんだ。夜になると、一層涼しさが感じられた。研ぎ出したような月がまんまるく昇った。
　　　　〈収録〉『常に自然は語る』日本童話協会出版部　昭5.12　Ⅳ341-16
　　　　　　　『童話雑感及小品』文化書房　昭7.7　Ⅳ342-26

3677　**新興童話の強圧と解放　[感想]**
　　　　〈初出〉「童話文学」昭和4年8月
　　　　〈要旨〉すべての強圧から解放し、性情を擁護して、その発達を遂げしむるところに、新興童話の任務がある。かのボルシェヴィズムを信じる一派が、新興童話の名の下に、児童等を階級闘争の戦士たらしめんと強制するのは、資本主義的暴力が児童を毒することに反対するのと同じく、反対しなければならない。
　　　　〈収録〉『常に自然は語る』日本童話協会出版部　昭5.12　Ⅳ341-24
　　　　　　　『童話雑感及小品』文化書房　昭7.7　Ⅳ342-36

Ⅲ　作品

　　　　　　『小川未明作品集　第5巻』大日本雄弁会講談社　昭30.1　Ⅳ360-102
　　　　　　『定本小川未明小説全集　第6巻』講談社　昭54.10　Ⅳ370-77

3678　田舎の人　[小説]
　　〈初出〉「文学時代」昭和4年8月
　　〈あらすじ〉最初に生れた子供がまだ三つばかりの時、田舎に帰っていたKが、都会に出てきた。彼は確固たる信念をもって田舎へ帰ったのだ。彼が帰る前、私たちは語り合った。Kは言った。「人間は贅沢を覚えてから不幸になった。人間は自給自足することが正しいのだ。田舎にかえってこの真理を伝えたい。百姓は自ら働き、自ら生きていくことを忘れていない。このことを真に自覚させたいのだ」あれから七八年経った。田舎もずいぶん変わった。だがKは田舎は苦しくなるばかりだという。県道や電気、停車場を作ることにみんなあくせくしているという。賑やかになれば、生活が楽になると思っているのだと言った。二人がくつろいでいるとき、妻が、子供が化粧水を半分飲んでしまったと言った。あわてて妻が子供を病院へ連れていった。しかし医者は何でもないと言った。Kは都会はただの水を売っているんだと言った。
　　〈収録〉『常に自然は語る』日本童話協会出版部　昭5.12　Ⅳ341-48
　　　　　　『童話雑感及小品』文化書房　昭7.7　Ⅳ342-68
　　　　　　『小川未明作品集　第4巻』大日本雄弁会講談社　昭29.10　Ⅳ353-28

3679　学校家庭社会の関係的現状　[感想]
　　〈初出〉「教育研究」昭和4年8月1日
　　〈要旨〉児童等の生活は同じではない。それぞれの性情に従って教育が施されるべきである。しかし学校では個性や性情は忘却されがちである。学校は何を教えるところなのか。家庭では、早く経済的に自立できることを望む。これらの分裂に諧調と統一を与えるのが、社会教化の任務であり、芸術の役目である。児童文芸は、商業主義のなかにある。新時代新社会の形態とは何かを学校も家庭も社会と協力して考えなければならない。
　　〈収録〉『常に自然は語る』日本童話協会出版部　昭5.12　Ⅳ341-67
　　　　　　『童話雑感及小品』文化書房　昭7.7　Ⅳ342-92

3680　ものは見方から　[感想]
　　〈初出〉「大阪毎日新聞」昭和4年8月27日
　　〈要旨〉ものを判断するに、見方が違ったら、一方が善いとすることも、一方は悪いとしてしまう。このごろは物質的に解釈することが多い。震災記念として被服廠跡にかかげられた「悲しみの群像」は、方々から非難された。幼児の死の刹那の苦痛を見るに忍びないというのだ。生きる力の大きく強いことを思い、明るいものを与えるべきだという。しかし復興にあたって良心に鞭うってきた悩みの跡を忘れてきたことも確かだ。かつて私は愛児を亡くしたとき、魂に銘じてこれを忘れまいとした。悲痛に徹して、力を得た。
　　〈収録〉『常に自然は語る』日本童話協会出版部　昭5.12　Ⅳ341-29
　　　　　　『童話雑感及小品』文化書房　昭7.7　Ⅳ342-44

3681　『童心の小窓』に題す　[感想]
　　〈初出〉「童話研究」昭和4年9月
　　〈要旨〉新聞記事がそうであるが、世の中は真理が標準となるのではない。文芸についてもそうである。ジャーナリズムに乗ったものは喧伝されるが、それと合流する機会がなかったら、知られずに終る。本当の仕事をした人

376

は、ジャーナリズムの外に立っていた。蘆谷蘆村君は、そういう人だ。『日本童話協会』の設立、維持は彼の手による。児童文学の創世記から雄一の児童文学理論家として、身心をささげてきた人である。

3682 **児童の解放擁護** ［感想］
〈初出〉「法律春秋」昭和4年9月
〈要旨〉今から二十年ばかり前までは、市中には電車も自動車もなかった。今は車にあふれ、子供が歩くこともままならない。一日のうち、あるいは一週間のうちいくらかの間を、交通危険に晒されないよう、ある区域を児童のために解放し、自由に遊ばせることはできないだろうか。よりよき社会の建設は、今日の児童によってなされる。それゆえ、社会は児童の生活について無関心でいるわけにはいかない。
〈収録〉『常に自然は語る』日本童話協会出版部　昭5.12　Ⅳ341-46
　　　　『童話雑感及小品』文化書房　昭7.7　Ⅳ342-65

3683 **彼等の悲哀と自負** ［小説］
〈初出〉「現代」昭和4年9月
〈あらすじ〉出稼ぎにいった父が帰ってくることはなかった。祖母は、父が渡っていった海のすごさを物語った。彼は、祖母の話を聞いて、父のことより、海の光景を空想に描いた。父は、実は鉱山に行っていたのだ。彼は、都会で自由労働者になった。工場の煙を見ながら、誰が死んだ父のことを思い出してくれるだろうと思った。周期的な不景気は、二代にわたって忠実な労働者の上に見舞った。彼も失業した。しかし、俺達が手を休めたら、都会は火が消えたようになる。俺達は都会の心臓だ。同郷の友達Fが、彼に仕事を周旋してくれた。Fの子供が煉瓦の壁に落書きをした。村の名が書いてあった。田舎をいいところだと思ったのだろう。たしかに田舎は、同じ貧乏であっても自然に恵まれていた。
〈収録〉『常に自然は語る』日本童話協会出版部　昭5.12　Ⅳ341-54
　　　　『童話雑感及小品』文化書房　昭7.7　Ⅳ342-76
　　　　『小川未明作品集 第4巻』大日本雄弁会講談社　昭29.10　Ⅳ353-29
　　　　『定本小川未明小説全集 第5巻』講談社　昭54.8　Ⅳ369-38

3684 **婦人、児童雑誌の現状批判と将来** ［感想］
〈初出〉「婦人之友」昭和4年9月
〈要旨〉雑誌が商人の魂と手によって編集される時代がきた。エロチシズムとブルジョア趣味が横溢している。婦人雑誌も、堅実なる思想と確乎たる見地の下に編集されていない。いかなる雑誌を愛読しつつあるかによって、婦人の思想を知り、人格を知ることができる。だが皮相的文化だけで済される時代は去った。思想の上にも、経済の上にも行き詰りが来た。児童雑誌においても、同様のことがいえる。荒唐無稽の話や立志伝、冒険談は、旧文化を擁護するものでしかない。
〈収録〉『常に自然は語る』日本童話協会出版部　昭5.12　Ⅳ341-57
　　　　『童話雑感及小品』文化書房　昭7.7　Ⅳ342-80

3685 **小学児童の盟休事件に就ての感想並批判** ［アンケート］
〈初出〉「教育時論」昭和4年9月25日
〈要旨〉幼少にして謙遜の心がないのは、公正な教令が行われなかった結果である。理想の標示がなく、人格の訓化がないのは、今日の職業的教育の弊である。労働運動や社会運動のような戦術をとらせた責めは、家庭にあり、社会にある。

Ⅲ　作品

3686 **常に自然は語る　[感想]**
　　　〈初出〉「矛盾」昭和4年10月
　　　〈要旨〉天心に湧く雲ほど不思議なものはない。千変万化の行動に対し、われわれはかり知ることを許さないのが雲である。神出鬼没の雲の動作ほど、美と不可知の力を蔵するものはない。それは自然の意志の反映である。自然なるがゆえに自由である。夏の太陽のもと、いかにして、その始めの一点の雲が生じるのか。空の現象は、社会の現象の象徴でもある。空想はちょうど雲のようなものだ。空想は想像となり、思想となって、外部に向かっていく。押さえることのできない強さがある。一切の虚偽を許さないのは、心の底に生まれる、この単純化のロマンチシズムである。
　　　〈収録〉『常に自然は語る』日本童話協会出版部　昭5.12　Ⅳ341-1
　　　　　　『童話雑感及小品』文化書房　昭7.7　Ⅳ342-1

3687 **あらし　[小説]**
　　　〈初出〉「若草」昭和4年10月
　　　〈あらすじ〉理想的な貯水池を作るには金がかかる。百姓たちにそんな金はなかった。そのうち、ひでりの年となった。川上の村と川下の村は、水のことで喧嘩をした。川上の村では村の主ともいえる八十余歳の老人を川の堰の見張りにおいた。老人は嵐が来ることを予感した。風が強くなり、夜になると水が出たという噂が拡がった。川上の村も川下の村も協力して川の土手を守った。老人は、これぐらいですめばいいあらしだと思った。やがて村は、平穏な初秋の日和に帰った。
　　　〈収録〉『常に自然は語る』日本童話協会出版部　昭5.12　Ⅳ341-19
　　　　　　『童話雑感及小品』文化書房　昭7.7　Ⅳ342-29

3688 **田舎へ帰る話　[小説]**
　　　〈初出〉「越佐社会事業」昭和4年10月
　　　〈あらすじ〉賑やかな都会に行けば、幸福が探ねあてられるように思った。なぜそんなに都会がいいのか彼にも分らなかった。しかし行ってみると、田舎の淋しさとは異なる淋しさがあった。人は人に無関心であった。種々の矛盾にも気づいた。ある老人は、文明がいけないことを知らないのだと彼に言った。母子の乞食を田舎の人なら助ける。いまだ人間であることを忘れていない。農業国である日本が工業化した時には、田舎の美風は失われる。彼は自分の天職を思い知った。田舎へ帰ろうとKは思った。
　　　〈収録〉『常に自然は語る』日本童話協会出版部　昭5.12　Ⅳ341-23
　　　　　　『童話雑感及小品』文化書房　昭7.7　Ⅳ342-34

3689 **間雲疎影の下田　[感想]**
　　　〈初出〉「週刊朝日」昭和4年11月3日
　　　〈要旨〉修善寺に出るには、天城を越すか、船に乗るかしなければならず、下田に落ち着くこととなった。下田には、海港らしい乱雑の中にも、メディバルな情緒がある。以前、早春のころに、月夜に小田原の町を散歩したことがあるが、それに通ずる情緒である。林君や中川君、堤君と一緒の旅。松陰とお吉について偲ぶ。二十二日には蓮台寺温泉に泊まった。
　　　〈備考〉昭和4年9月29日作。「新愛知」昭和4年にも同名の作品がある。

3690 **新文芸の自由性と起点　[感想]**
　　　〈初出〉「東京朝日新聞」昭和4年11月15, 16日
　　　〈要旨〉社会現象を、唯物的に機械的に研究するのは一つの方法にしか過ぎなかった。空想し、憧憬し、意欲し、感激することこそが人間である。暴

378

力や権力は、何人の手で行使されたとしても反抗以外の何ものも生むものではない。人生を益する創造は常に喜びの中から生れてくる。人間同士の愛と同情によって結実し、相互扶助によってのみ産まれる。この意味からしてアナーキズムの精神は、最近の哲学、現象派に影響を与えている。
〈収録〉『常に自然は語る』日本童話協会出版部　昭5.12　Ⅳ341-61
　　　　『童話雑感及小品』文化書房　昭7.7　Ⅳ342-85
　　　　『小川未明作品集 第5巻』大日本雄弁会講談社　昭30.1　Ⅳ360-94
　　　　『定本小川未明小説全集 第6巻』講談社　昭54.10　Ⅳ370-81

3691　一九二九年の作と感想（昭和四年に発表せる創作・評論に就いて）　[感想]
〈初出〉「新潮」昭和4年12月
〈要旨〉「正月のある晩の話」「街の幸福」「高い木と子供の話」「幼き日」「別れて誠を知つた話」「お母さんのかんざし」「薬屋の黒犬の話」「おさくの話」「死と自由」「田舎の人」「彼と木の話」「田舎は帰る話」「野鼠から起つた話」「彼等の悲哀と自負」「童話文学について」「当面の文芸と批評」「階級と組織」「児童文学の動向」「常に自然は語る」「児童のために強権主義者と戦へ」「新興童話の強圧と解放」「文芸は何れに転換するか」「婦人児童雑誌の現状と将来」「児童の解放と擁護」「学校家庭社会の関係の現状」—三月、「童話運動」と関係を断ってから、強権主義者が、私を批評した。

昭和5（1930）年

3692　新興童話運動の必然性　[感想]
〈初出〉「童話研究」昭和5年1月
〈要旨〉最近において、童話文学が世間から注視されるようになったのは、文芸が本来の精神に戻ってきたからであろう。発生当時の機能と天賦とを忘れ、営利機関の附属物となってきたことからの反省の結果である。社会の事情がどうあろうと、人生に正義が存しているかぎり、芸術は滅びない。これまでの功利的立場の児童文学も、政治的イデオロギーを子供に植え付けようとするプロレタリア童話運動も、間違っている。根本となるのは、社会を形づくる人間の純化である。人として何をなさねばならないか、何が最も正しいかということを至純至高の感激をもって、児童の成育時期にあたえ、本能と感情とを豊富に発達せしめることがその任務である。人間性のために戦うこと、これが新興童話運動の任務である。

3693　解放運動の曙光　[感想]
〈初出〉「黒旗」昭和5年1月
〈要旨〉支配階級によって、なされた産業の合理化は、中産階級を減落させることによって、一九三〇年初頭より、一層不景気を深刻化させるに違いない。一般生産者の生活を惨めなものにするだろう。これに対して無産政党は、なすすべがない。彼等は人間について考えずに、組織について考えるからだ。生活の実態を愛するよりも、政治の強権に執着するからだ。農民を解放し、平和の生活を営ませるのは、アナーキズムの運動だけである。レーニンは、農民を知らなかったから失敗したのだ。解放運動の曙光は見えている。

3694　新時代に処する青年の「新しい道徳」として守る可きこと　[アンケート]
〈初出〉「青年」昭和5年1月
〈要旨〉人に頼らざること。不幸、貧困の家族を救援すること。

III 作品

3695 雷同と反動の激化　［感想］
〈初出〉「法律春秋」昭和5年1月
〈要旨〉マルクス主義理論によれば、革命は英国のような最も資本主義の発達した国家から起こるはずであったが、そうはならなかった。革命は理論だけで遂行されない。ロシアの革命は民衆全体の創造をともなった本能の爆発であった。日本で、マルクス主義があれほど喧伝されたのは、社会批評がジャーナリズムの上にあったからである。社会革命の理論は資本主義下に商品化された。
〈収録〉『常に自然は語る』日本童話協会出版部　昭5.12　Ⅳ341-56
　　　　『童話雑感及小品』文化書房　昭7.7　Ⅳ342-79

3696 教育意識の清算　［感想］
〈初出〉「教育時論」昭和5年1月5日
〈要旨〉人間は人間的であらねばならない。人道主義に立脚しない教育は、人間のための教育ではない。われらが言う児童教育は、真の人間を造ることを言う。教育は強権から解放されなければならない。真に児童を愛し、よく社会を認識し、正義の何たるかを知る者の手によってなされなければならない。真に人間を教育するとは、その人の持つすべてを生かすことであり、自由を束縛することではない。自然が与えたものを防衛し、援助し、識別し、成長させるために教育の任務はある。
〈収録〉『常に自然は語る』日本童話協会出版部　昭5.12　Ⅳ341-65
　　　　『童話雑感及小品』文化書房　昭7.7　Ⅳ342-90

3697 恒川義雅君の印象　［感想］
〈初出〉「アトリエ」昭和5年2月
〈要旨〉一九二三年頃のこと、護国寺前のカフェスズランで青年画家の作品が並べられた。マボー一派はここから生まれた。恒川君の突然の死は、私を驚かせた。告別式の帰り、正宗氏と私は君の芸術について語り合った。きわめて高速度に体験された生活内容の全般はその作品に投影されている。感激のリズムを持っている。

3698 上にも上あり　［感想］
〈初出〉「キング」昭和5年2月
〈要旨〉学校時代には別に親友ではなかったが、温泉へ行った帰りに、彼の近くを通ったので立ち寄ると、村長をしていた。汽車の時間をみはからって辞すると、彼は送ってくれた。出会う百姓は、丁寧に挨拶した。子供はあわてて道をよけ、頭をさげた。彼は一瞥もしなかった。待合室にいると、一人の小男が入ってきた。彼は恐縮して頭を下げた。いったいその男は誰だろう。汽車の中に入ってから、私は哄笑した。

3699 信仰をもつて民衆に告ぐ　［感想］
〈初出〉野依秀市編『堺利彦を語る』秀文閣書房　昭和5年2月
〈要旨〉一生を無産者のために捧げた人が、堺さんだ。議会において安心して、私達の代弁者となってくれる人が、堺さんだ。著作家組合で堺さんを知って十年余りになる。その人格に対する信仰において、終始一つであったのは、堺さんだ。われら無産階級に解放の曙光が萌そうとしている機会に、この老闘士を議会に送らずして誰を送るのであろう。

3700 慌しい貸家と居住者の関係　［感想］
〈初出〉「婦人之友」昭和5年2月
〈要旨〉真の無産者は故郷をもたないばかりか、家も持たない。人は、自分

380

の住むところが定まらない程、不幸なことはない。昔の借家には草を植えたり、地面を歩く庭があったが、今は地代の高騰でそんな家もなくなった。産業革命によって、借家を持っていた中産階級も無産階級に没落し、大資本家が借家の統制をはかるようになった。かつてあった家主と借家人の関係もなくなった。
〈収録〉『常に自然は語る』日本童話協会出版部　昭5.12　Ⅳ341-60
　　　　『童話雑感及小品』文化書房　昭7.7　Ⅳ342-83

3701　雪の砕ける音　[感想]
〈初出〉「令女界」昭和5年2月
〈要旨〉私は、その人をねえさんと呼んでいた。その時分のモダンガールは、キリスト教信者で、語学ができた。ねえさんは、日曜日の晩になると、教会の説教をききに、私を誘いにきた。雪の上の曲がりくねった道をたどって、町の中程の教会にいった。教会へいくと、綺麗なカードが配られた。四枚集めると、美しい舶来のカードと換えてもらえる。私達は星明かりの道を歩いて帰っていった。私はついに四枚までカードをためることはできなかった。教会堂へ行ったときより、ねえさんと親しくする機会がなかったことを今も残念に思う。

3702　誰よりも自分が知る　[感想]
〈初出〉「ディナミック」昭和5年2月1日
〈要旨〉生あるものは、みな自分の身に関したことは、まず自分がそれを知る。本能の力で知るのだ。自分でその身を愛護する。そうであるから、彼等の間には相互扶助が行われる。真理ならざるものと、真理なるべきものとは、民衆の体験となっている。にもかかわらず、真の生活にとって必要ではない雑事ばかりが問題とされている。ジャーナリズムに蝟集する俗な批評家が真実の追求の邪魔をしている。彼等は、資本主義を攻撃しながら、その実、資本主義の擁護者である。

3703　文芸家思想家はどう音楽を観るか　[アンケート]
〈初出〉「音楽世界」昭和5年3月
〈要旨〉神経の先鋭を緩和するために、ますます離れがたいものになるだろう。音楽はラジオで聴くだけだが、慰められている。今日の音楽壇は、プチ、ブルジョア的だと思っている。

3704　新ロマンチシズムの転向　[感想]
〈初出〉「早稲田大学文科講義録」昭和5年3月
〈要旨〉ロマンチシストは自己意識がつよく、自己を離れて自然はないと考えた。自分だけが他のものより何かを特に感じていると信じた。自然主義がロマンチシズムの運動に反省を与え、新ロマンチシズムが起こった。現実をみるようになり、単調平坦な現実に、より一層の深刻味と多彩な色調をつづった。自己の内側にメルヘンの世界を開こうとした。血で描いた画である。リアリズムが今日の階級文芸となり大衆文芸となった。ロマンチシズムはアナーキズム文芸となり超現実主義の芸術となった。
〈収録〉『常に自然は語る』日本童話協会出版部　昭5.12　Ⅳ341-22
　　　　『童話雑感及小品』文化書房　昭7.7　Ⅳ342-32
　　　　『小川未明作品集 第5巻』大日本雄弁会講談社　昭30.1　Ⅳ360-90
　　　　『定本小川未明小説全集 第6巻』講談社　昭54.10　Ⅳ370-76

3705　情緒結合の文化　[感想]
〈初出〉「文芸道」昭和5年5月

〈要旨〉この頃、新聞には毎日のように、困った人々の生活状態が記載されている。政治はこれに善処することができない機能不全に陥っている。党派の闘争、権力の闘争、強圧による支配が政治の中身である。彼等は優勝劣敗が当然の帰結だと考えている。このことに対して不平をいうものは危険思想の持主とされ、個人は組織のために犠牲になるのが当たり前と思っている。人生を救う道は、愛より他にない。何人もが、良心の支配によって、よく自治し、情緒的団結をする。お互いに生きるために相愛し、相たすけあうのである。
〈収録〉『常に自然は語る』日本童話協会出版部　昭5.12　Ⅳ341-5
『童話雑感及小品』文化書房　昭7.7　Ⅳ342-8

3706　**詩人の自殺**　[感想]
〈初出〉「国民新聞」昭和5年5月22日
〈要旨〉今朝の新聞に生田春月君の自殺の記事が出ていた。真面目な人で自殺を考えない人はいまい。私は自殺には同感できない。いかなる場合もあくまで闘っていくところに、人間の生活がある。しかし自殺者はそれを超越して、彼岸にいこうとするのだから、それを批評することはできない。誰でも理想どおりの生き方はできない。春月君の自殺は彼の一生の結論であった。

3707　**子供と桜んぼう**　[感想]
〈初出〉「キング」昭和5年6月
〈要旨〉新鮮な果物は、子供の体に薬にこそなれ、毒にはならないが、疫痢を怖れる彼等夫婦は、果物を子供に与えなかった。ある日、正坊が吉雄ちゃんから貰ったといってさくらんぼを持って帰ってきた。子供がせっかく貰ってきて喜んでいるものをもぎ取るのは、可愛そうだったので、飴チョコを二箱買ってやることにした。その後、吉雄ちゃんのお母さんが、さくらんぼを沢山持ってきてくれた。正坊は、さっきのさくらんぼは捨ててしまったと言っていた。

3708　**身震ひする枝**　[感想]
〈初出〉「大阪毎日新聞」昭和5年6月8日
〈要旨〉外には雨が降っている。いつしか子供のころの故郷の煤けた家を空想していた。渋柿の青い実が雨でしきりに落ちる。明るくなったので外にでると、灰水を流したような雲が飛んでいく。梅雨の頃の憂愁は、今の私の身の上に、都会の陋巷に、過ぎ去った道を思い出せとやってくる。雨上がりの道に差し出た枝が、躍りあがる。さびしい中に憧れがあり、形のない楽しみが自分を待っているような、意識すればそれが淡い哀しみにかわる、この六月の雨の日の感じこそ、子供の時分から今もかわらないものである。

3709　**川をなつかしむ**　[感想]
〈初出〉「新愛知」昭和5年6月16日
〈要旨〉町を離れると祠があり、暗い森の中に蝉の声が終日雨のふるように聞える。川に出ると染物屋の晒場になっている。迂回して川に釣り糸をたれる。水の行方を思い、川にうかぶ欠けた椀や下駄を見る。椀を使っていた人はどんな人だろう。かつてここで大きな鯰を釣ったことがある。冷たい風がふき、夕立が来るようである。川の臭いをかいだ。ああこのなつかしい臭いが、私を川に誘惑する。それからひとしきりさかんに鮒が釣れた。

3710　**人道主義者として**　[感想]

〈初出〉「科学画報」昭和5年7月
〈要旨〉今日の文化は科学の進歩によってもたらされた。昔の人が夢想したことが現実になった。だが科学の目的が人生の福祉から離れることも多い。人間の良心ではなく、残忍性によって使用されたときは、悪魔以上のものとなる。機械が一部の人達だけに使われ、それにより貧富の差が激しくなることもある。
〈収録〉『常に自然は語る』日本童話協会出版部　昭5.12　Ⅳ341-69
　　　　『童話雑感及小品』文化書房　昭7.7　Ⅳ342-94

3711　童話創作の態度　［感想］
〈初出〉「教育研究」昭和5年7月臨時増刊
〈要旨〉児童を教化する上に、もっとも必要なものは愛と真実である。知識を教える場合は強圧的になったとしても、情操を教える場合は児童の良心に訴えるものでなければならない。情操の涵養は、文芸の任務である。童話創作上もっとも必要な条件は、子供自身の心持ちをよく理解することである。童話文学には郷土色が必要である。
〈収録〉『常に自然は語る』日本童話協会出版部　昭5.12　Ⅳ341-73
　　　　『童話雑感及小品』文化書房　昭7.7　Ⅳ342-99
　　　　『新しき児童文学の道』フタバ書院成光館　昭17.2　Ⅳ346-11
　　　　『小川未明作品集 第5巻』大日本雄弁会講談社　昭30.1　Ⅳ360-104
　　　　『定本小川未明小説全集 第6巻』講談社　昭54.10　Ⅳ370-83

3712　春月君の死　［感想］
〈初出〉「ディナミック」昭和5年7月1日
〈要旨〉春月君の死は、日常、姑息、妥協に生きる凡俗に対し、強い衝撃を与えた。徹底した人生の観点に立たなければ、自ら生を消滅させることはできない。深く、愛を感じ、未来を信ずるものにとって、詩はただちに行動となり、行動はただちに詩となる。春月君の死は、人生への、最後の燃焼した詩であった。
〈備考〉昭和5年5月27日作。

3713　女性観について　［アンケート］
〈初出〉「婦人運動」昭和5年7月1日
〈要旨〉隷属的な考えをもたない、自由、自治的な姿態にある婦人をいう。服装についても、自らが美しくあるために、自らの趣味感情の表現につとめる。私が好きな女性は、主観的に美しいこと、夢を持つ人である。恋愛なくして結婚はない。結婚後、思いが冷めて、別の恋愛が生じたときは、その人達の境遇にしたがって、特殊な恋愛を形成するであろう。そのときは結婚が目的ではないから、結婚を別にして考えるべきである。

3714　あなたの御健康は如何ですか　［アンケート］
〈初出〉「婦人之友」昭和5年8月
〈要旨〉すでに二三十年、ほとんど毎日入浴をしている。湯に入らないときは冷水摩擦をする。早寝早起き。夜は仕事をしない。時に暴飲しても健康を害さずに来ているのは、これらのためだ。

3715　読書に対する感想　［感想］
〈初出〉「越佐社会事業」昭和5年8月
〈要旨〉何が楽しいって書物を読むほど楽しいことはない。良書は、読んでいるうちにいろいろなことを連想させる。私は芝居を見るより、読んで空想に描いた方が面白い。しかし、そういう喜びを与える本は少ない。沢

Ⅲ　作品

山でる書物に対し、厳正なる批評があってよいように思われる。

3716　愛のあらはれ　[感想]
　　〈初出〉「キング」昭和5年8月
　　〈要旨〉共に風雨に恵まれ、太陽の加護のうちに生きる一切の生物には、たがいに相愛し合うという心が宿る。雪深い北国では、人が若木に藁を巻いたり、枝を釣ったりして雪折れを助けた。女学校の塀の邪魔になっていた欅の木は切られず、塀自体が円形に欅を迂回するように作りなおされた。盆栽も冬の間はそっとさせられていた。こうしたことに、私は飾りけのない、至純の愛の流露を見る。
　　〈収録〉『常に自然は語る』日本童話協会出版部　昭5.12　Ⅳ341-68
　　　　　　『童話雑感及小品』文化書房　昭7.7　Ⅳ342-93
　　　　　　『新しき児童文学の道』フタバ書院成光館　昭17.2　Ⅳ346-44

3717　灯火とおもひで　[感想]
　　〈初出〉「マツダ新報」昭和5年8月
　　〈要旨〉妙高山の燕温泉へ毎年、湯治に母と行ったが、当時は行燈を灯していた。白い梅鉢草や赤いこけももの実がなっていた。私の村には、天秤棒をかついで石油を売りに来る男がいた。私は石油の青い色と香りが好きだった。便所に行く時は、祖母がカンテラを下げて連れていってくれた。明治三十四五年頃は、上野から新橋までは鉄道馬車が通っていた。電車はそれより二三年後に出来た。しかしまだ交通機関は未熟で、早稲田から日本橋まで半日がかりで歩いて洋書を買いにいった。下宿ではまだ石油ランプを使っていた。日露戦争後、電灯が使われ出した。新聞社に夜勤をして、銀座から歩いて牛込弁天町の下宿まで帰った。大正博覧会の頃には日本中が電灯化した。田舎では夜道を灯りなしで歩いたが、私は明るい街を好む。
　　〈収録〉『童話雑感及小品』文化書房　昭7.7　Ⅳ342-97
　　　　　　『新しき児童文学の道』フタバ書院成光館　昭17.2　Ⅳ346-35

3718　愛するものによつて救はる　[感想]
　　〈初出〉「経済往来」昭和5年9月
　　〈要旨〉都会人は機械を愛するゆえに、機械によって救われる。田舎の人は自然に親しみ、土を愛するゆえに、土によって救われる。私の田舎では、囲い雪をつくり、夏そこから雪を取り出した。近年、この雪のなかにばい菌がいるというので、食用には用いられなくなった。田舎にも、知識宗が増えたということだ。泥鰌や鰻をとって商売にする田舎の人もいる。原始時代からの生活方法の反復である。私達の生活は、愛するものによって救われる。
　　〈収録〉『常に自然は語る』日本童話協会出版部　昭5.12　Ⅳ341-70
　　　　　　『童話雑感及小品』文化書房　昭7.7　Ⅳ342-95

3719　反ソヴェート戦争起らば　[アンケート]
　　〈初出〉「ナップ」昭和5年11月
　　〈要旨〉強権を否定し、計画的暴力を否定することを基礎的信念とする。ロシアが挑戦的態度をとらざるかぎり、資本主義国家が強きをたのみて、侵害略奪をしようとしたときは、正義のために、そうさせまいと思想の上で戦うだろう。いつの場合でも、戦争は民衆の意志ではない。強権主義者の政策である。

3720　人道主義を思ふ　[感想]
　　〈初収録〉『常に自然は語る』日本童話協会出版部　昭5.12

〈要旨〉「安価な人道主義が何になろう。階級戦にまで進出しなければ、決して、より善い社会を造ることができない」と人は言う。自ら生きることのできない弱者は、見殺しにされても仕方がないと云わぬばかりだ。「あの人達のことまで、考えなければならないのか」と人は言う。われわれの人生に必要なのは、富の分配ではなく、共存共栄の精神を保持することである。感情に立脚しない社会科学は、空虚に等しい。人生の平和は理解と同情に求められる。
〈収録〉『常に自然は語る』日本童話協会出版部　昭5.12　Ⅳ341-2
　　　　『童話雑感及小品』文化書房　昭7.7　Ⅳ342-3
　　　　『小川未明作品集 第5巻』大日本雄弁会講談社　昭30.1　Ⅳ360-86
　　　　『定本小川未明小説全集 第6巻』講談社　昭54.10　Ⅳ370-75

3721　**農村の正義について**　［感想］
〈初収録〉『常に自然は語る』日本童話協会出版部　昭5.12
〈要旨〉「イワンの馬鹿」を読むと、いかに黙々として生きる百姓の力強い存在であるかについて知る。そこには何の頼みとするものがあるわけではない。ただ自ら生きることを知るのみである。都会は農村を搾取することで輝いてきた。正直に働く者は、都会の邪悪や権謀に気づかない。彼等は苦しい生活の鞭に打たれながらも、生産の喜びと悲しみのうちに終始している。なぜ彼等は都会の搾取に対して、黙止するのか。彼等は誤っていない。
〈収録〉『常に自然は語る』日本童話協会出版部　昭5.12　Ⅳ341-4
　　　　『童話雑感及小品』文化書房　昭7.7　Ⅳ342-6

3722　**果物の幻想**　［小説］
〈初収録〉『常に自然は語る』日本童話協会出版部　昭5.12
〈あらすじ〉梅雨の頃になると、村端れの土手の上に沢山のぐみがなった。みんなで、もぎとってきたぐみを食べた。そのうまかったこと。青い、青い、田園の景色を忘れることができない。六歳や七歳のころ、病気で寝ていたとき、母が大きな巴旦杏を枕もとに置いてくれた。その時、珍しく皆既食がはじまった。やはり、子供のころ、まくわ瓜が好きだった。四万八千日の日に、祖母は毎年のように頭痛持ちの私に加持をしてもらうために寺へ連れていってくれたが、その帰りに寺の前の八百屋でまくわ瓜を買ってもらった。燕温泉に行ったとき、赤い実のついた苔桃を見つけた。
〈収録〉『常に自然は語る』日本童話協会出版部　昭5.12　Ⅳ341-12
　　　　『童話雑感及小品』文化書房　昭7.7　Ⅳ342-20
　　　　『新しき児童文学の道』フタバ書院成光館　昭17.2　Ⅳ346-32

3723　**鉦の音と花**　［感想］
〈初収録〉『常に自然は語る』日本童話協会出版部　昭5.12
〈要旨〉五月雨頃になると、早稲田南町時代の生活を思い出す。欠乏生活。古い家には蛞蝓が気味悪いように入ってきた。庭のくちなしの純白の花だけが救いだった。お富士様のお祭りの日は鉦の音が聞えた。今は二人ともこの世にいない子供を連れてお詣りにいった。子供はおとなしく、我がままを言わなかった。その鉦の音が聞える頃に、くちなしが咲く。くちなしの木を買い求め庭に植える。あれからもう二十年になる。
〈収録〉『常に自然は語る』日本童話協会出版部　昭5.12　Ⅳ341-28
　　　　『童話雑感及小品』文化書房　昭7.7　Ⅳ342-42
　　　　『小川未明作品集 第5巻』大日本雄弁会講談社　昭30.1　Ⅳ360-31

3724　**何を習得したらう**　［感想］

III 作品

〈初収録〉『常に自然は語る』日本童話協会出版部　昭5.12
〈要旨〉小さな動物に、鳥に、草木に対する知識や理解は、すべて少年の日に得た。知らない人間に対してさえ、すぐに心臓と触れ合うことができた。文化機関の備わった社会にでて、私は何を習得したろうか。この幻滅と憂愁は、どこから起こったのだろう。これを見るに、愛は、人生の基本だ。
〈収録〉『常に自然は語る』日本童話協会出版部　昭5.12　Ⅳ341-30
　　　　『童話雑感及小品』文化書房　昭7.7　Ⅳ342-45
　　　　『小川未明作品集 第5巻』大日本雄弁会講談社　昭30.1　Ⅳ360-91

3725　単純化は唯一の武器だ　[感想]
〈初収録〉『常に自然は語る』日本童話協会出版部　昭5.12
〈要旨〉ガンジーのカッダール主義に私たちは教えられることが多い。私の子供時分はまた封建時代の風習も生活様式も残っていた。自分で糸車を回し、糸をつむぎ、服を織ってきていた。資本主義が村々を襲ったのは、それからである。質実、素朴な生活のあり様のなかに本当の生活があったような気さえする。生活が複雑になったところで、幸福の内容が増したわけではない。人類が幸福を取戻すためには、物質主義的文明を拒否すればいい。芸術も同様である。
〈収録〉『常に自然は語る』日本童話協会出版部　昭5.12　Ⅳ341-33
　　　　『童話雑感及小品』文化書房　昭7.7　Ⅳ342-50

3726　夏窓雑筆　[感想]
〈初出〉「経済往来」
〈要旨〉野菜が豊作だといって、田舎ではそれが簡単に栽培されているわけではない。自然は美しいが、都会人はその自然に容易に接することができない。無産階級の子供はついに自然を知らないのである。田舎の無産者は病気にもなれない。田舎に行くたびに、不正と虚偽に恬然たる都会生活を呪わしく思う。
〈収録〉『常に自然は語る』日本童話協会出版部　昭5.12　Ⅳ341-34
　　　　『童話雑感及小品』文化書房　昭7.7　Ⅳ342-51

3727　芸術に何を求むるか　[感想]
〈初出〉「経済生活」
〈要旨〉芸術に求めるものは、形にすることのできない生命をはっきりと見ることである。もし娯楽のみを求めるなら、到底、機械的文明には及ばない。資本主義的ジャーナリズムは、芸術を正しい方向へ導くことはない。宗教、教育、文芸の三つは、到達する目的を同じくするが、いずれも権力の支配下に隷属し、堕落している。いずれも原始の精神に帰らなければならない。暴力によってはついに平和は見られない。反動は、さらにより大きな反動を生む。芸術のみ、自然の生命を捉えることができる。自他の生命に交渉し、これの発達をはかる以外に、人格の完成を期する道はない。人間がもっとも人間的であり得たときに、より善き、美しき社会は、自ら出現するのである。
〈収録〉『常に自然は語る』日本童話協会出版部　昭5.12　Ⅳ341-36
　　　　『童話雑感及小品』文化書房　昭7.7　Ⅳ342-54

3728　作家としての問題　[感想]
〈初収録〉『常に自然は語る』日本童話協会出版部　昭5.12
〈要旨〉その作家が真実であるなら、どんな小さなものでも、どんな力ないものでも無視しはしない。階級的に考えるのは勝手だが、芸術はその他の

場合があるだけでなく、芸術の精神はもっと自由なものであり、その自由の教化においてこそ存在理由があるのである。政治による強権は社会組織を一夜にして変えるかもしれないが、一夜に人間を改造することはできない。今日、大衆に向くものを資本家が求めている。しかしただ面白いというだけでは駄目なのである。
　〈収録〉『常に自然は語る』日本童話協会出版部　昭5.12　Ⅳ341-55
　　　　『童話雑感及小品』文化書房　昭7.7　Ⅳ342-77

3729　**小学校の図画教育に対する希望**　[感想]
　〈初出〉「教育研究」昭和5年12月12日臨時
　〈要旨〉創造、発見、観察、美、調和、個別特質の表現等々の上からして、文章を書くのと同様に図書教育は重要なものと思う。図画教育は文章を作る場合と同じく、肝要な注意だけをして、自由を与え、教師は理解ある助言等にとどまるべきである。

昭和6（1931）年

3730　**自然と文化**　[感想]
　〈初出〉「公民講座」昭和6年1月
　〈要旨〉いかにスピード時代といって、自然の摂理を人為的にどうすることもできない。花が一年に一度しか咲かないように、人間に外的変化が加えられようと、質に変わりはない。しかし多くの人は、人間の能力を増進し得ると考えている。機械的に、功利的に、強制的に、人間生活が向上すると考えている。人間と自然の関係は密接である。人間の性格や感情は、環境によって作られる。いかなる思想や指導によっても、概念的に人間を造ることはできない。真の創造には、スピード時代ということはありえない。

3731　**明日の女性に要求される一つの資格**　[アンケート]
　〈初出〉「婦人之友」昭和6年1月
　〈要旨〉やさしみを失うな。女の力は、やさしみである。それが今失われつつある。女としての徳性のないものが、理智の上からいたずらに権利を主張している。この過渡時代の矛盾から覚醒し、自治ある自然の美しい姿態に帰らなければならない。

3732　**昭和六年の教育界に何を期待するか**　[アンケート]
　〈初出〉「綴方生活」昭和6年1月
　〈要旨〉教育とは何ぞや、教育の意義、そして目的をはっきりとすることを要求する。これ刻下の再検討を要する問題だと考える。

3733　**雪！**　[感想]
　〈初出〉「若き旗」昭和6年1月
　〈要旨〉空は一面に晴れ渡り、雪の平原がどこまでも続いて、真赤な太陽が西山に傾く。こうした落日の光景に、私は少年時代の強い憧憬をもち、宇宙の神秘というような思いをもった。雪に閉ざされた人々は、終日家に閉じこもり、もくもくと縄をない、草鞋をつくる。多くの子供は都会へ奉公に出された。私はそれを悲しむとともに、雪のない暖かい国へ行けることにうらやんだ。春日山にいるときは、蜜柑を食べながら、イプセンやチェーホフを愛読した。今や有閑人がスキーに押し寄せる。有閑人には、搾取と弾圧に苦しむ農民の真実の姿は分からない。

III 作品

3734 **児童教化の問題** ［感想］
　　　〈初出〉「越佐社会事業」昭和6年1月
　　　〈要旨〉児童は次の時代を造る責任を担っている。子供は純情で、無垢である。親の言うことや行うことが、児童に感化を与える。家庭、学校、社会、この三つが次の時代の後継者を生み出している。既成道徳を押しつけることも、目的意識のもとに階級的用具とすることも残酷である。児童に対するとき、人間的愛をもってするより他にない。家庭が善に対する強い信念によって結合し、犠牲的愛を施すのでなければ感化はできない。文学の使命もそこにある。
　　　〈収録〉『童話雑感及小品』文化書房　昭7.7　Ⅳ342-53

3735 **文化線の低下** ［感想］
　　　〈初出〉「法律春秋」昭和6年3月
　　　〈要旨〉貧富の差が人間の幸・不幸を決定づけるものではない。幸福の解釈は各人の考え、哲学にある。欲望に限りがない人間は、物質によって満たされはしない。足るを知るものに、内面生活は開けてくる。階級闘争から、同胞の相互扶助に移ってくるのはこのためだ。物質文化は進展したが、真の道徳的社会からは遠ざかった。文化戦線は低下した。自由が何かを知らせる、真の文学が誕生しなければならない。
　　　〈収録〉『童話雑感及小品』文化書房　昭7.7　Ⅳ342-55

3736 **ある種の芸術家** ［感想］
　　　〈初出〉「読売新聞」昭和6年4月28日
　　　〈要旨〉無益な消費を文明と考えている。都会では仮装の文化を建設するために、どれほど人間は苦しんでいることか。ここでは自然が圧殺され、子供も顧みられない。革命的科学者ルクリユは、人類の真の平和は、自然と人間の調和をはかるにあると述べた。ある種の芸術家は、流行作家であることを名誉と考え、贅沢な生活を幸福と考えている。良心を芸術の上に取り戻すために、無益な消費を禁じなければならない。

3737 **私のすきな童話** ［アンケート］
　　　〈初出〉「童話研究」昭和6年5月
　　　〈要旨〉浦島太郎物語。「子供たちのために」（トルストイ）。前者は東洋思想の体現であり、私を空虚虚無の世界に導く。後者はトルストイその人の全的表現であり、涙なしに読みえない。

3738 **教員左傾問題** ［アンケート］
　　　〈初出〉「観念工場」昭和6年5月
　　　〈要旨〉無産者的真理で、ものを見、考え、判断することは正しい。しかし小学校にあっては、先生の人格によって生徒は薫陶されるべきだから、いかなるイデオロギーによっても指導されるべきではない。いまだ社会機構の認識すらないものに階級的観念を植え付けることはいけない。学校は工場ではない。

3739 **事ある時の用意（老人に沁々頭の下つた話）** ［アンケート］
　　　〈初出〉「婦人倶楽部」昭和6年5月
　　　〈要旨〉田舎の母は、夜、決して水瓶に水を絶やさなかった。飯櫃にもご飯を絶やさなかった。大風の吹く晩には、枕もとに提灯と蠟燭をおいて、風呂敷に大事の負えるだけのものを収め、帯を解かずに寝た。子供のころ、母がもしもの場合に用意した以上のことを思い出し、恥じることがある。

III 作品

3740 近頃の感想 [感想]
　〈初出〉「朝日新聞」昭和6年5月21日
　〈要旨〉資本主義全盛の時代に消費組合がつくられたり、相互扶助が行われたりするように、ジャーナリズムと大衆に隷属した文壇のなかにも新しい機運が産まれてきた。それが童話文学である。

3741 敬讃と希望 [感想]
　〈初出〉「童話研究」昭和6年6月
　〈要旨〉多年、真実の道を歩んできた「童話研究」を思うとき、蘆屋蘆村氏のたゆまざるご力と努力と支持者たちの犠牲的精神に対して敬讃の辞を捧げたい。既往において、唯一の児童芸術の理論雑誌が「童話研究」である。現今の多難な時代において、反動化した文化機関も多い。「童話文学」「童話新潮」「童話の紀元」等の新興童話の潮流を社会的なものにする任務が本誌にある。
　〈備考〉昭和6年4月作。

3742 今後十年の予言 [アンケート]
　〈初出〉「婦人之友」昭和6年6月
　〈要旨〉第二次世界大戦は起こらざるを得ないだろう。戦争か何かなければ、好景気はこない。純粋な無産党内閣は出現しない。婦人参政権は獲得されるだろう。社会変革がないかぎり婦人職業の範囲は広がらない。日本髪は無くなるだろう。十年後はいまだ理想と信じる世界は来ないから、希望を次代に置いて、そのために戦っているだろう。

3743 小波先生 [感想]
　〈初出〉鹿島鳴秋編『童話三十六人集』初山滋〈絵〉　東京宝文館　昭和6年7月
　〈要旨〉私が最初に小波先生のお伽噺を読んだのは、小学校の頃、「少年世界」であった。明るく、面白く、なつかしいものに思われた。早稲田大学に入学後、大学2年のとき、先生から独逸文学史の講義を聴いた。その頃にいたって、先生のお伽噺が他のいかなる作家も追従することのできない天品であることを知った。先生は、わが日本少年文学史の有する、ただ一人の慈父である。

3744 書物雑感 [感想]
　〈初出〉「東京堂月報」昭和6年7月
　〈要旨〉書物の魅力は、著者及び訳者の、真剣な研究的態度と、その謙虚にして、文字を苟もしない表現にある。書物には実際的なものと、趣味的なものがある。書物は知らない世界を見せ、生活の内容を広くさせてくれる。だが筋肉労働者は、娯楽的なものを求める。私は弛緩した気持ちを鼓舞し、感激を受けるために本を読む。もっと強く生きよと鞭打たれるために。すべて心臓から湧き出た文書に、つまらないものはない。
　〈収録〉『童話雑感及小品』文化書房　昭7.7　IV342-86

3745 知ると味ふの問題 [感想]
　〈初出〉「名古屋新聞」昭和6年7月27日
　〈要旨〉科学の進歩が人間生活の進歩と一致するわけではない。機械の出現は、人間の仕事を奪ってしまった。ラジオは知らせるものだが、味わわせるものとはならない。教化、趣味、芸術等に関する場合は、知ることより味わうことを主とするため、機械がその用を足すとは考えにくい。機械にすべてを任せることは、伝統ある文化を破壊することになる。現代は、まさに

　　　　知ることに過ぎて、味わうことに欠けている。
　　　〈収録〉『童話雑感及小品』文化書房　昭7.7　Ⅳ342-78

3746　**自由な立場からの感想**　[感想]
　　　〈初出〉「帝国教育」昭和6年8月
　　　〈要旨〉外的強制による政治、法律よりも、内部陶冶による宗教、芸術がより人生に必要である。いかなる宗教も、芸術と同じく、本来は、至純、至高のものであった。しかし、既成宗教の多くは、妥協、堕落し、既成道徳の擁護機関になってしまった。
　　　〈収録〉『童話雑感及小品』文化書房　昭7.7　Ⅳ342-49
　　　　　　『定本小川未明小説全集 第6巻』講談社　昭54.10　Ⅳ370-85

3747　**行動の批判（名家寸鉄言）**　[感想]
　　　〈初出〉「雄弁」昭和6年9月
　　　〈要旨〉すべて行動の批判は、それの有する道徳の深度いかんにある。人生のための宗教、芸術、政治、法律等にして、もし否定さることがあるとしたら、すなわち、学問や理論からでなく、ひとり私達の厳粛な良心の上からである。

3748　**童話家と修養**　[アンケート]
　　　〈初出〉「童話研究」昭和6年9月
　　　〈要旨〉愛読書は「印象派以後の絵画史」、生物学に関するもの、原始人の生活研究、自由思想の研究。アンデルセンの童話、トルストイの話。クロポトキンの「相互扶助論」。崇拝する人物はクロポトキン。人類愛に輝く偉大な先覚者。

3749　**一路を行く者の感想**　[感想]
　　　〈初出〉「現代」昭和6年9月
　　　〈要旨〉新時代の人間を昔の人に比べて優れていると考えるのは間違っている。自分達の時代が、超スピード時代であるからといって、歴史を見るなら、千年の間にどれほど人間が進歩し生活が変わったか分るであろう。人生の思想的方面や審美的方面は、かえって往年に及ばない。私は人間生活の進歩、向上は容易なことではないと考える。機械的強制によっては、目的は達せられない。真の理解、自覚を他にして途はない。この種の反省と正義感と良心のあるなしは、その人によって異なってくる。ほとんど宿命的なものである。
　　　〈収録〉『童話雑感及小品』文化書房　昭7.7　Ⅳ342-47

3750　**自然と人間の調和**　[感想]
　　　〈初出〉「青年」昭和6年10月
　　　〈要旨〉私は慌ただしい都会の生活を考えるとき、根本に何か間違ったものがあるのではないかと考える。自然と人間が調和し、人はよく自分を知り、隣人に真実に、健康で働くときにのみ、本当の幸福も真の生活もありえる。人類の歩いてきた過去を振り返ってみるに、正しいこと、善いことは明らかで、この道は一筋である。青年は眼前の流行に幻惑されるべきではない。

3751　**いつはりなき心情**　[感想]
　　　〈初出〉「童話研究」昭和6年10月
　　　〈要旨〉生きていて最も楽しいことは、心ゆくばかり自然のふところに浸って、目にうつるものを見ることだ。自然と自分とが、快く溶け合った瞬間がもっとも楽しい。人生は自然の一部であるのに、それに背く日が多い。芸術は、

自然への復帰を理想とする。童話はなかでも、自然と人生の調和を描くことを大事にする。自然がいかに美しくとも、人間の生活がいまだそれと調和を見出す状態に置かれないかぎり、芸術は必要だ。私は未来に正義の社会を固く信じて、童話を書いていきたい。

3752 **小学教育の任務を考へる** [感想]
〈初出〉「教育・国語教育」昭和6年11月
〈要旨〉教育といえば、私は初等教育につきると思う。本当に教育される時代は、この間より他にない。幼年時代、少年時代は、人格の接触とあたたかい感情が必要である。学校はなるべく家庭と接近した教育を行うべきである。教師は父であり、母であることを願う。初等教育においては、精神的な教育の根本を確立することも重要である。人としていかに生活しなければならないか、正義は、友愛は、それについて心に銘ずるように教える必要がある。また実物に即して教え、農事に関する知識も授ける必要がある。人間を造るのも、知識的基礎を築くのもこの時期である。
〈収録〉『童話雑感及小品』文化書房　昭7.7　Ⅳ342-9

3753 **五十年短きか長きか** [感想]
〈初出〉「東京日日新聞」昭和6年11月22日
〈要旨〉日露戦後の積極的な気分に満ちた時代に、情熱的なロマンチシズムが台頭しかけたが、ヨーロッパの自然主義が輸入され、風靡された。自然主義は四十二三年が絶頂で、四十四五年頃には新ロマンチシズムの旗幟が少数であったとはいえ、日本の文壇に翻った。大正になると資本主義が発展し、貧富の格差は拡がった。私は急進インテリゲンチャーの集まりである「文化学会」によく出席した。八九年頃に、「著作家組合」に入会した。「日本社会主義同盟」の解散後、文芸の世界でも「種子蒔き」時代は反資本主義的文芸家の提携があったが、「三人の会」以後は、マルキシズムとアナーキズムの分裂をみた。ロマンチシズムの当時のように、一人、自分の道を行くことに決心した。「未明選集」は戦闘的な、長い過去への決別の識標であった。
〈収録〉『童話雑感及小品』文化書房　昭7.7　Ⅳ342-15

3754 **愛なき者の冒瀆** [小説]
〈初出〉「小学校」昭和6年12月1日
〈あらすじ〉「なぜ子供の時分のやうな気持ちで、みんなが大きくなっても、いつまでもこの調子で、隔たりなく生活ができないものかしらん？」それらの責任は、すべて成人にあり、社会にある。そう思ったとき、私たちは何を子供に向かって教えることができよう。いかなる確信と自負をもって教えることができるだろう。人間は、子供の時代だけ、本来の自然の姿におかれる。子供らが生まれながら有している善いところを、親や教師は、十分に成長させなければならない。それは子供を理解し、愛することによって、はじめてなし得られる。
〈収録〉『童話雑感及小品』文化書房　昭7.7　Ⅳ342-2
　　　『定本小川未明小説全集 第6巻』講談社　昭54.10　Ⅳ370-84

3755 **童話学 蘆村氏の近著** [感想]
〈初出〉「読売新聞」昭和6年12月4日
〈要旨〉文学変遷の跡をたどるとき、これに先行する理論があったことを知るであろう。童話の理論を提供してきたのは蘆村氏である。雑誌「童話研究」の編集に従事してこられた氏の仕事は、そこでの経験をふまえたものであ

り、決して机上の所産ではなかった。

昭和7(1932)年

3756 **本誌に寄せられた批判と忠言** ［アンケート］
〈初出〉「新早稲田文学」昭和7年1月1日
〈要旨〉リアリズムに即した堅実は作風はいいが、左翼にいかず、唯美派にいかずとしたら、新人生の高揚がなければならぬ。それには同志の統一的精神が必要だ。健闘の精神を失ってはならない。

3757 **此の頃の心境** ［アンケート］
〈初出〉「教育時論」昭和7年1月5日
〈要旨〉産業の合理化は、某党のスローガンであったが、このために景気が出なかったばかりか、文化機関の上にまで、資本主義の暴力が統制をほしいままにした。この反動は、やがて何かを招来する。

3758 **紙芝居** ［感想］
〈初出〉「文芸春秋」昭和7年2月
〈要旨〉単純で正直で公平で自由を愛する多くの子供が、苦労人であり、流浪者である彼等のよい友だちである。底の大衆の間には、個人の自由が残されている。近時の不景気は、紙芝居をする飴屋を激増させた。いろんな者がいる。しかし子供たちは、そのいずれにも平等の親しみと興味を抱く。流浪者の口から聞く言葉に、より深い感銘を覚えるのだ。
〈収録〉『童話雑感及小品』文化書房 昭7.7 Ⅳ342-11

3759 **組織の合理的変革（険悪なる現下の世相発生の原因と対策）** ［アンケート］
〈初出〉「青年」昭和7年4月
〈要旨〉政治の職業化、資本家の横暴、政党の無益な勢力争い、搾取階級の無反省、これらが原因し、貧富の格差が激しくなった。共労共楽の人生の理想から遠ざかることで、勤労者の生活は日々不安なものになる。対策として、組織の合理的変革によって国家が民衆の生活に保証を与えることである。青年が謹厳にして、節制ある建設的行動に拠る必要がある。

3760 **生活の妙味** ［感想］
〈初出〉「政界往来」昭和7年4月
〈要旨〉民謡など、真の詩は、自然と人生の生活関係から、自然発生的に生まれるものである。人間の生活は、公式的に解釈されるものでも、また指導されるものでもない。
〈収録〉『童話雑感及小品』文化書房 昭7.7 Ⅳ342-43

3761 **自然・自由・自治** ［感想］
〈初出〉「コドモノクニ」昭和7年4月
〈要旨〉いかなる大人にも子供の時代があった。しかし子供の時分に得た感覚や心持ちは忘れてしまう。大人の生活も真面目だが、子供の生活も真面目である。昔、遊んだ場所に行ってみると、そこはずいぶん違って見える。自然が変ったのではなく、見る者が変ったのである。小さな体を包囲する自然は、大きく、美しいものであった。子供たちには自身の生活がり、意欲がある。各自の観察があり、発見がある。そこから自治の観念が誘発される。子供たちは、自然に親しむなかで、知識と感情の上に、この世界から探る経験の集積をなしていく。それが人格を形成する。多くの有為の人

間が貧乏な家庭や田舎から出るのは、理由がある。
〈収録〉『童話雑感及小品』文化書房　昭7.7　Ⅳ342-66

3762　街頭新風景　［感想］
〈初出〉「思想問題」昭和7年5月
〈要旨〉働き盛りの青年が仕事がなく、喫茶店のはしごをしている。「あなたばかりでは、ありません」わたしは親しみをこめて、そう言った。青年は言う。「目的があって歩くわけではないのです。新しい刺激を求めたいのです」青年と自分とは、時代の相違から、慰めを求める場所や気分も異なる。号外売り、レビューの引き札、ゴーストップ、タクシー。新時代の風景を見ながら、最後は人々の結束の力を意識した。
〈収録〉『童話雑感及小品』文化書房　昭7.7　Ⅳ342-40

3763　童話の核心（巻頭言）　［感想］
〈初出〉「小学校」昭和7年5月1日
〈要旨〉子供時分に、いい話をきき、読んだときに、みずから感奮したことを忘れることはできない。リアリズムの童話では、日蔭に落ちた種が芽をだし、光を求めて努力する。そして花を咲かせる。日向に芽生えた草が日蔭に移されると枯れてしまうといった童話となる。童話は、ロマンチシズムの詩と敬虔な自然の観察を核心として構成される。
〈収録〉『童話雑感及小品』文化書房　昭7.7　Ⅳ342-37
　　　　『定本小川未明童話全集 第8巻』講談社　昭52.6　全童話Ⅳ166-46

3764　徹宵病女の背を支ふ（名家短談）　［感想］
〈初出〉「婦人倶楽部」昭和7年6月
〈要旨〉ある女学校で教えていた時分、女生徒が卒業後、肺を患った。老宣教師は毎日、病院を見舞い、最後の夜、床ずれのために苦痛を訴えた病人の背中を支え、祈りを捧げた。この忍耐と力こそ、愛と信仰から生れる力である。

3765　作るより自然発生にあり　［感想］
〈初出〉「童話研究」昭和7年6月
〈要旨〉童話の世界にあっては、頭の中に産まれた一つの空想が、大空に湧いた一点の雲の成長のように、自然発生的に、奇怪変幻を極めるにいたって、真の面白みを生じる。そのゆえに童話は、詩の中の詩なのである。

3766　アナーキズム文学は如何に進むべきか　［感想］
〈初出〉「アナーキズム文学」昭和7年6月
〈要旨〉排理論、排指導。個性を尊重し、常に人生に対する正義、友愛善美の感激より出発し、多様な生活を活写する情緒主観の文学を提唱したい。トルストイの童話のような。

3767　毎日どこかへ（名士と散歩）　［アンケート］
〈初出〉「サンデー毎日」昭和7年6月19日
〈要旨〉日頃考えていることで、なかなか実行できずにいる。一つは考え事をしていると規則的にいかないこと、もう一つは歩道が完備しないことからである。しかし毎日どこか散歩することに努めている。

3768　我が郷土の山を讃ふ　［感想］
〈初出〉「旅」昭和7年7月
〈要旨〉信越国境にそびえる妙高山を愛し、一脈日本海に連なる山線をなつかしむ。頸城の平野に立ち、夏の晩方、西の山々を見た少年時代を詩のご

Ⅲ　作品

とく思う。

3769　はしがき（『童話雑感及小品』）　［感想］
　　　〈初収録〉『童話雑感及小品』文化書房　昭7.7
　　　〈要旨〉本書は『常に自然は語る』の表題で出版したものに、その後、新聞、雑誌等に発表した感想を追加したものである。先に愛読をたまわる諸子の諒解を得んために、一言記す。
　　　〈収録〉『童話雑感及小品』文化書房　昭7.7　Ⅳ342-0

3770　解放に立つ児童文学　［感想］
　　　〈初収録〉『童話雑感及小品』文化書房　昭7.7
　　　〈要旨〉解放のみが、真の平和と秩序をつくると信ずるものにとって、いかなる強制も権力も、決して人類を平和に導くものではないと思う。権力の横行に対しては反抗が生じるからだ。自由、自治の社会は、得心に期すべきものであって、闘争に期すべきものではない。しかし成人の社会にあっては、闘争を否定することのできない社会が形づくられている。子供の時分には本能的な生活があった。互いに共通する性行があった。児童の時代に帰ることが、よい社会を造るヒントを与える。
　　　〈収録〉『童話雑感及小品』文化書房　昭7.7　Ⅳ342-5

3771　新芸術の個条　［感想］
　　　〈初収録〉『童話雑感及小品』文化書房　昭7.7
　　　〈要旨〉本当の芸術は、今日のジャーナリズムを対象に置くかぎり生まれない。芸術が人類のための芸術になるためには、最初の出発点に帰らなければならない。芸術家はブルジョアの生活をいやしむべきなのに、ブルジョアと幸福に対する解釈を一つにしている。また貧富の差について考えようとしない。資本主義の讃美者等のごとく、無上に都会を愛している。相互に、弱きものをたすけて、貧しき者に与え、共栄共存を念願として一歩より一歩、よりよき社会を過程するときに、はじめて文明になったといえるのである。この第一義の精神を、自己の良心とするものこそ真の芸術家である。何ものかを深く念思し、意欲し、行動せんとするところに、自己が発見される。
　　　〈収録〉『童話雑感及小品』文化書房　昭7.7　Ⅳ342-7

3772　読むうちに思つたこと　［感想］
　　　〈初収録〉『童話雑感及小品』文化書房　昭7.7
　　　〈要旨〉学生時代に講義を聴いたハーン氏は、稀代の名文家であった。文は人を表す。文品を高くするには、その人の生活をより正しく、より善くすることである。その人が正直で、真理を愛すると、文章にそれが自然ににじみ出る。その人の故郷、風土が文章と離れることがないのは、私たちがそこに文章の面白みをしり、個々の性格を知るからである。
　　　〈収録〉『童話雑感及小品』文化書房　昭7.7　Ⅳ342-13
　　　　　　　『新しき児童文学の道』フタバ書院成光館　昭17.2　Ⅳ346-10

3773　事実は何を教へるか　［感想］
　　　〈初収録〉『童話雑感及小品』文化書房　昭7.7
　　　〈要旨〉北国の人は冬の悲劇を厭と言うほど見聞きしてきた。しかし冬が去り、雪が消えると、人は冬の間のことを忘れて、仕事にとりかかる。雪で壊れたところは修繕し、崩れたところは積み上げる。彼等がその土地を離れないのは、人間同志の愛であり、自然に対する執着があるからである。知人や土地との間に結ばれた愛の感情は、少しの苦労によって断ち切られるも

Ⅲ 作品

のではない。土地への思いは、都会の人より、純粋なものである。私の父
母も、ここに発意し、ここに働き、ここに一生を捧げたのであれば、信仰
的に土地を離れられない関係にある。
〈収録〉『童話雑感及小品』文化書房　昭7.7　Ⅳ342-17

3774　春・都会・田園　[感想]
〈初収録〉『童話雑感及小品』文化書房　昭7.7
〈要旨〉自然には、かぎりない、汲みつくされざるものがある。今年の春こそ、
思う存分に好きな花を眺めたいと思うが、仕事がそれを妨げる。雑念が心
の余裕を奪うためだ。土を耕し、土に生きる田舎では、自然の息に触れる。
北国人は春を喜ぶ。辛苦を共にした花を慈愛の目でみる。都会の人々には
田舎の人々におけるような春の喜びはない。また故郷の春が少年時代に与
えたほどの喜びを何人も感じることはできないだろう。人は郷土の自然に
よって生育されたのである。学問は人間を造り、完成するものではない。
自然こそ、人間を造り、個性を与えてくれるものである。
〈収録〉『童話雑感及小品』文化書房　昭7.7　Ⅳ342-23

3775　人間的なもの　[感想]
〈初収録〉『童話雑感及小品』文化書房　昭7.7
〈要旨〉私達が自然を愛好するというのは、真の自然のことだろうか。私達
の目に触れる自然は、人間と調和した自然の姿である。恐ろしい原始時代
の自然は幾たびかの人生によって芸術化されてきた。自然と人間の調和し
た姿を考えずして、真の平和も美も存在することはない。人類は最も人間
的なものに美を見いだし、調和した生活を平和と信ずる。新しい芸術や科
学はそこから生れる。
〈収録〉『童話雑感及小品』文化書房　昭7.7　Ⅳ342-33

3776　児童教育とヂャナリズム　[感想]
〈初収録〉『童話雑感及小品』文化書房　昭7.7
〈要旨〉最近、ファシズムの台頭により、郷土、民族、家族制度、母性問題
といったものが話題になってきた。行き詰りに立った自由主義の反動とし
て、ここに至ったのは当然かもしれない。しかし児童教化においては、敢
然とジャーナリズムから擁護しなければならない。これまでも教育は、そ
れ自身の立場を護ることができなかった。資本主義的教育によって、道義
観念の退廃も人間の機械化も起こった。自由主義的、生存競争のみが人類
を進化させるものでないことは、はじめから分っていたはずだ。ファシズ
ムが民衆の利福と自由をどの程度まで徹底させるか否かによって、新しい
運動ともなれば、資本主義の変形にしか過ぎないものともなる。真に建設
的文化を思念するなら、当面の政治と児童教育を関係させてはならない。
〈収録〉『童話雑感及小品』文化書房　昭7.7　Ⅳ342-35

3777　七月に題す　[感想]
〈初収録〉『童話雑感及小品』文化書房　昭7.7
〈要旨〉なぜ夏になるとふるさとを思い出すのだろうか。赤銅色に大地を彩
る日の傾きかけた昼過ぎ、縁先にでて、茫然と睡蓮の鉢を見つめていると、
どこからか大砲の音のような、響きをきく。かかるとき、ふるさとを思う。
川風はほほを吹き、笹の鳴り音は耳に残り、広い野原は活き活きとして眼
に輝いてよみがえる。私は考える。故郷の山河や故人は、常に村を出た人
たちに対して呼びかけている。ああ七月、青い海、赤熱の野原よ。
〈収録〉『童話雑感及小品』文化書房　昭7.7　Ⅳ342-72

Ⅲ 作品

『新しき児童文学の道』フタバ書院成光館　昭17.2　Ⅳ346-34

3778　**芽**　[感想]
　　〈初収録〉『童話雑感及小品』文化書房　昭7.7
　　〈要旨〉風雪を凌いだ木が弱ることがある。枝を払ってやると新しい芽をふくものがあるが、枯死するものもある。内在する生命の力如何である。新しい芽が生じるときには、非常の時機に出会う必要がある。地上の文化も、俗悪、現実主義によって硬化してしまっている。枯死せず、生き残る理想主義の流れがあるなら、それは堅土を押し破ってでる芽であろう。ロマンチシズムの波は、幾たびそうして芽吹いてきたのである。
　　〈収録〉『童話雑感及小品』文化書房　昭7.7　Ⅳ342-75

3779　**街の自然**　[感想]
　　〈初収録〉『童話雑感及小品』文化書房　昭7.7
　　〈要旨〉町の片側に洋服の直しや仕立てをする小さな店があった。お爺さんが夜遅くまで仕事をしていた。お爺さんは二鉢の盆栽を身近においていた。あるときは日当たりにだし、あるときは雨に当てていた。やがて欅は芽ぐみ、皐月は花をつけた。お爺さんは幸せそうだった。だれが街に自然がないと言ったのだろう。誰が自然を愛するものは野原に行かなければならないと言ったのだろう。
　　〈収録〉『童話雑感及小品』文化書房　昭7.7　Ⅳ342-84

3780　**最初の言葉と読後感（選者）**　[感想]
　　〈初出〉「小学校」昭和7年8月1日
　　〈要旨〉昔からの物語やお伽噺が不自然でないのは、それが詩化されているからである。詩化したものは人間性であり、時である。私たちはいかに芸術において、自然であることを尊重しなければならないかを知る。童話においては、単純化と童話化が重要であり、至難のものである。童話の世界に入りきる必要がある。児童の世界を理解し、詩の何たるかを解し、ユーモアのある、人間的生活を全的に体得し、やがてその眼を自然に移しうるロマンチストでなければ童話は書けない。

3781　**ふるさと・小鳥**　[感想]
　　〈初出〉「サンデー毎日」昭和7年8月28日
　　〈要旨〉六月中旬、ひさしぶりに故郷高田に帰った。小鳥が増えている。あたりの山が禁猟区になったためだ。人間が危害を加えないと知ると、ここを自由の楽園とする。唐獅子の口や大砲の筒に小鳥は巣を作っていた。愛を解するものは、ひとり人間だけではない。小動物には、感情に偽りがない。田舎にふるさとを持たない私の子供たちは、大きくなったら、いかなる思い出を持つであろうか。
　　〈収録〉『童話と随筆』日本童話協会出版部　昭9.9　Ⅳ343-60
　　　　　『新しき児童文学の道』フタバ書院成光館　昭17.2　Ⅳ346-29
　　　　　『小川未明作品集　第5巻』大日本雄弁会講談社　昭30.1　Ⅳ360-38
　　　　　『定本小川未明小説全集　第6巻』講談社　昭54.10　Ⅳ370-89

3782　**自信なき者は勇気なし**　[感想]
　　〈初出〉「雄弁」昭和7年9月
　　〈要旨〉水泳の心得のない私は、切り落とした絶壁下の深さが二三十尺もあるときいて、他の人のように、平気で腰を下ろして、釣り糸を垂れることはできなかった。水に自信のないものは、勇気もでない。勇気とは、すなわち自信に他ならない。

Ⅲ 作品

〈収録〉『童話と随筆』日本童話協会出版部　昭9.9　Ⅳ343-22

3783　**灯と虫と魚　[小説]**
〈初出〉「マツダ新報」昭和7年9月
〈あらすじ〉六月のある晩、汽車が碓氷峠にさしかかったとき、高山蝶が二羽入ってきた。灯りを慕うのは蝶ばかりではない。人間も都会の灯りに胸を躍らせる。灯りの一つ一つの下に生活があり、人生がある。灯りほど憧憬を呼び覚ますものはない。夜明け頃、故郷についた。夜の灯りに、羽虫たちが集まってくる。ある男と一緒に夜釣りに出掛けた。火をたくと魚が集まってくるという。数日後、また都会へ戻った。都会の何がそんなに自分を誘惑するのか。やはり華やかな灯りが、生活が……。
〈収録〉『童話と随筆』日本童話協会出版部　昭9.9　Ⅳ343-47
　　　　『新しき児童文学の道』フタバ書院成光館　昭17.2　Ⅳ346-33
　　　　『小川未明作品集 第5巻』大日本雄弁会講談社　昭30.1　Ⅳ360-36

3784　**日本の作家・芸術家・思想家は戦争に対していかなる態度をとるか　[アンケート]**
〈初出〉「プロレタリア文学」昭和7年9月。再掲:「文学新聞」昭和7年9月25日。
〈備考〉再掲時の題名:「右質問に対する回答(反ソヴェート戦争と日本の作家。芸術家。思想家)」
〈要旨〉政治を肯定し、強権を肯定するかぎり、戦争は免れない。反戦会議ということも、強権主義者の政策であるかぎり、いまだ人類の理想に遠いといわねばならない。私はつねに人道にもとる行為はしたくないと思っている。

3785　**花と青年　[感想]**
〈初出〉「雄弁」昭和7年10月
〈要旨〉タクシーに乗ったとき、いい香りがした。小さな硝子の花さしに山百合の花が活けてあった。思い出すさえ懐かしい花。この花が運転手の心づくしならその行為をゆかしいと思った。さらに清楚な花が、都会の雑踏にあって人の心をかくも清浄ならしめる強い力を思った。素朴にして勇健なる青年の存在は、沈滞した周囲の空気を明るくし、正義と公正の行動は、倦怠した人の心を興起せしむる。
〈収録〉『童話と随筆』日本童話協会出版部　昭9.9　Ⅳ343-25

3786　**童話読後観（作品及読後の短評・選者）　[感想]**
〈初出〉「小学校」昭和7年10月1日
〈要旨〉「小学校」誌上で募集された「三枚童話」の未明の読後観。三編について感想を述べている。

3787　**近頃感じたこと　[感想]**
〈初出〉「朝日新聞」昭和7年10月12日～14日
〈要旨〉ありは駆除しようとしてもかなわない。僧侶がしゃく杖を鳴らしながら歩くのは、虫たちを逃がして無益の殺生をしないためだ。正しく生存する姿は、自然との闘争ではなく、自然との調和である。眼前の社会においても、残忍性がある。貧しいものにも消費の義務をはたさせる。彼等を死地においやるのは、ありに殺虫剤をかけるに等しい。しかしありが集団ゆえに負けないように、貧しい人々も負けない。児童についても「手の下の罪人」の諺にあるように、虐げられてきた。学校や社会が児童を擁護しなければならない。児童の内面の教化も必要である。それは児童の反省と自治的精神によって得られる。その情操の素因を作るのが文芸である。

Ⅲ 作品

〈収録〉『童話と随筆』日本童話協会出版部　昭9.9　Ⅳ343-30

3788　街の子供と遊び　［感想］
　　〈初出〉「婦人之友」昭和7年11月
　　〈要旨〉表通りから横丁へ入ると、飲食店が多い。子供のパッチンの音が方々から聞こえる。時勢は、子供の世界にも反映している。黒メガネの紙芝居のおじさんがやってくる。子供たちは、バクダン三勇士だろうか、怪タンクだろうか、エムデンだろうかと話している。板草履の裏に車をつけたスケートが流行る。ベーゴマも。子供の遊びは、風のように流行しては、消えていく。蝉のなく時節に、子ども達が凧をもって遊んでいた。他の町でも、子供が凧をあげているのを見て驚いた。

3789　秋深し　［感想］
　　〈初出〉「京都大学新聞」昭和7年11月5日
　　〈要旨〉力いっぱいを成し遂げ、もしくは天命を全うし、やがてはすべてのものの上にくる運命の前にひざまづくとき、自然の死に喜びこそあれ悲しむことはない。草木に限らず、生あるものは、その生を消尽した暁には、死すべき運命をもつ。休息はあるが、悲哀はない。凋落していく葉の下には、新しい命がある。その命が現れるには、雪と霜の季節を越さなければならない。新しい時代が生まれ出るまでに苦難の時代があるように。
　　〈収録〉『童話と随筆』日本童話協会出版部　昭9.9　Ⅳ343-59
　　　　　『新しき児童文学の道』フタバ書院成光館　昭17.2　Ⅳ346-38

3790　副作用なくのみやすい（絶対健康法批判）　［感想］
　　〈初出〉熊谷直三郎，山崎英治(共著)『絶対健康法のすゝめ』アルス　昭7.12
　　〈要旨〉都会生活をして、不規則な生活をするものには、何らかの栄養剤が必要である。肝油はよいという定説があるが、食欲を減退させる。にんにくを食後に飲ませているが、時に腹痛を覚える。こんど改良されたネオスは、副作用がなく、子供にも飲みやすい。

3791　初冬雑筆―東西南北，山茶花　［感想］
　　〈初出〉「文芸春秋」昭和7年12月
　　〈要旨〉（東西南北）物心ついた時分から、故郷の景色は一木一石まで、そのあるところの位置が頭の中に入っていた。故郷を中心とし、東西南北を考え、遠近を考えた。年をとった今日でも、東西南北を明らかにしようとするときは、少年時代に帰らしめる。場所と自分には有機的な関係がある。一切の判断は、少年期に薫陶された道徳観が標準になっている。（山茶花）雑司ヶ谷に住んでいるころ、毎日、午後に銭湯にいった。そこで山口剛氏とたびたび遇った。山茶花の花を眺めながら話をした。
　　〈収録〉『童話と随筆』日本童話協会出版部　昭9.9　Ⅳ343-15
　　　　　『新しき児童文学の道』フタバ書院成光館　昭17.2　Ⅳ346-39
　　　　　『小川未明作品集 第5巻』大日本雄弁会講談社　昭30.1　Ⅳ360-39

3792　児童自治の郷土と教化　［感想］
　　〈初出〉「郷土教育」昭和7年12月
　　〈要旨〉教育することは教えるというよりも、その人が持っている、よい素質を引き出し、芽を成長させることだ。その人の特性をなす感情の感化は、学校外における経験から得られる。自然や生物、植物等から受ける暗示や反省は、自治の教化とみなされるべきものだ。児童達の世界を尊重し、児童の郷土の人となり、友達となり、彼等の自治と自省に待つことによって、幾多の教化の目的が達せられる。

〈収録〉『童話と随筆』日本童話協会出版部　昭9.9　Ⅳ343-35

昭和8（1933）年

3793　世界からなくしたいもの　［アンケート］
　　　〈初出〉「婦人之友」昭和8年1月
　　　〈要旨〉飢餓。戦争。死刑。

3794　健康法時代　［感想］
　　　〈初出〉「健康倶楽部」昭和8年1月
　　　〈要旨〉本当に健康を増進し、病気に適応する売薬が必要である。医者には経済的理由からだんだんかかれなくなっている。特に農村においては、医者にかかる事は大変なことだ。売薬を侮蔑し、医者を過信した時代は過ぎた。売薬が公益のために選択され、統制されて、民衆が安心して求められる時代が来ることを切望する。

3795　春を待つ　［感想］
　　　〈初出〉「京都大学新聞」昭和8年1月21日
　　　〈要旨〉生きることは、自然を真に楽しむことだと考える私は、なぜ人生は仕事に追われ、眼前の美しい自然を楽しむことができないのかと考える。自然は昏く濁り、わずかに心のうちに影を映すのみである。少年の日にこそ、詩があり、生活があった。今年の春こそ、梅の匂いをかごうと思うのは、遠ざかった自然に縋りつきたいからである。人はいったい死ぬまでに、どれだけの春に逢うことができるのか。
　　　〈収録〉『童話と随筆』日本童話協会出版部　昭9.9　Ⅳ343-58
　　　　　　『新しき児童文学の道』フタバ書院成光館　昭17.2　Ⅳ346-28

3796　一夜で風邪を癒す私の療法　［アンケート］
　　　〈初出〉「婦人倶楽部」昭和8年2月
　　　〈要旨〉私は少しぐらい熱があっても頭痛がしても、湯に入り、熱い湯を頭に浴び、汗の出るくらい浸かってから上がる。

3797　雪　［感想］
　　　〈初出〉「家庭」昭和8年2月
　　　〈要旨〉北国で大雪が降るときは、気味が悪いほど静かである。大雪の朝、北国の人は争って早く家の外に出て、道ふみをする。近所の人に自分の家の前の道をつけてもらうことを恥とした。自然の脅威は、人間の相互扶助を必要とした。屋根雪を下ろすときもそうだ。吹雪の下校時もそう。
　　　〈収録〉『童話と随筆』日本童話協会出版部　昭9.9　Ⅳ343-33
　　　　　　『新しき児童文学の道』フタバ書院成光館　昭17.2　Ⅳ346-41
　　　　　　『定本小川未明小説全集 第6巻』講談社　昭54.10　Ⅳ370-88

3798　あなたの推薦される童話とその理由　［アンケート］
　　　〈初出〉「話」昭和8年4月
　　　〈要旨〉愛や真実性が自然に表現されたものとして、アンデルセンやトルストイのもの。本当の面白みを曲解して、いたずらに刺激や変化を求めるもの、卑俗に迎合するものなどは、正しい童話とはいえない。

3799　時代・児童・作品　［感想］
　　　〈初出〉「児童読物研究」昭和8年5月
　　　〈要旨〉時代は生動している。それが行き詰った状態にあり、暗ければ、自

　　　　　　　　Ⅲ　作品

　　　　由と明るみを求めるものである。文学はその影を映している。時代の影響
　　　　と、時代の感覚を鋭敏に反映しなければならないのが児童文学である。童
　　　　話作家は常に児童の世界に住み、児童の心、児童の眼を忘れず、人間を見、
　　　　自然に接することにある。愛と理解と同化が必要である。より詩的要素を
　　　　有する童話は、自然姿態であり、純情であり、単純化されたものでなけれ
　　　　ばならない。児童を通して時代を見ることもできれば、時代を通して児童
　　　　の生活を見ることもできる。児童と時代、その二つを離して児童文学は生
　　　　まれない。
　　　　〈収録〉『童話と随筆』日本童話協会出版部　昭9.9　Ⅳ343-6
　　　　　　　　『新しき児童文学の道』フタバ書院成光館　昭17.2　Ⅳ346-5
　　　　　　　　『定本小川未明童話全集 第10巻』講談社　昭52.8　全童話Ⅳ168-57

3800　隣近所の問題座談会　［座談会］
　　　　〈初出〉「婦人之友」昭和8年6月
　　　　〈要旨〉(平塚明，三潴信三，杉山元治郎，奥むめお，羽仁吉一，羽仁もと子
　　　　　　　　との座談会)

3801　子供が書くと読む時　［感想］
　　　　〈初出〉「コドモノクニ」昭和8年6月
　　　　〈要旨〉子供のいつわらざる表現には自然の姿がある。子供の生活が詩であ
　　　　　　　　るからだ。芸術の到達するところが、自然の純化にあるかぎり、子供の素朴、
　　　　　　　　純情な表現は立派な芸術となってくる。大人が子供の世界を模倣すること
　　　　　　　　は難しい。真に童心の所有者である必要がある。純粋の芸術は自ら悟ると
　　　　　　　　ころにあり、外から与えるものであってはならない。
　　　　〈収録〉『童話と随筆』日本童話協会出版部　昭9.9　Ⅳ343-42
　　　　　　　　『新しき児童文学の道』フタバ書院成光館　昭17.2　Ⅳ346-6

3802　文学・カフェー・収入　［感想］
　　　　〈初出〉「芸術」昭和8年6月5日
　　　　〈要旨〉(不明)

3803　ロマンチシズムの動脈　［感想］
　　　　〈初出〉「児童読物研究」昭和8年7月
　　　　〈要旨〉(不明)

3804　二、三感ずること（日本精神の徹底方策）　［感想］
　　　　〈初出〉「日本及日本人」昭和8年7月1日
　　　　〈要旨〉一、正しき日本文字の使用。国民は、止むを得ざる場合をのぞき、
　　　　　　　　外国文字を用いざること。国字を選択し、簡易ならしむこと。二、日本固
　　　　　　　　有文化の研究。生活を混濁ならしめた模倣文化を排し、芸術、手工業、趣味、
　　　　　　　　風習、道義観等にいたるまで、日本精神を哲学的基礎とした、独自の文化
　　　　　　　　を発展させるべき。三、光輝ある国体の発揚。皇室と臣民の関係は宗教的
　　　　　　　　であり、信仰である。この美風は、一家より一村へ、一村より国家に及ぶ。
　　　　　　　　不当な貧富の差があってはならない。相互扶助の精神にたち、平和の実を
　　　　　　　　あげなければならない。
　　　　〈備考〉昭和8年6月10日作。

3805　新童話論　［感想］
　　　　〈初出〉「国民新聞」昭和8年7月10, 11日
　　　　〈要旨〉すべての空想が、華麗な花を咲かせるためには、豊饒の現実を温床
　　　　　　　　としなければならない。北方の海と南方の海の現実は異なる。知識と経験

の調和が、よい童話を作る。よい作品は、強いられた感激でなく、自ら発生した詩的感情を呼び起こすことにある。それ自らの中に児童の世界を展開し、生活し、観察し、思考することより描かれたものでなければならない。体験に訴え、自得し、自治せしむるところにある。現実に立脚した奔放不羈な美的空想や、不可思議な郷土的な物語は、新興童話の名のもとで成長する。

〈収録〉『童話と随筆』日本童話協会出版部　昭9.9　Ⅳ343-50

3806 最近の教育問題を通しての感想　[感想]

〈初出〉「教育時論」昭和8年7月15日

〈要旨〉学校は人間を造るところでなく、術や理や語やを教えるに過ぎなくなった。知識の切売場である。資本主義の発達は、分業の必要を教え、学校の課目も分科的になった。教師は、教える学説と自国の文化伝統、道徳とがいかなる関係にあるかを考えずに、これを紹介する。民族性の神秘や性格の神秘を考えない。自国の文化を建設する目的を忘れてはならない。今日の自由主義は、ブルジョア自由主義である。真の自由は、精神的にも肉体的にも、つねに無理解なものとの抗争を続け、獲得する解放でなければならない。その自覚と理解を人生に与えるものが、教育であり芸術の役割である。私たちはナチスの行動を肯定するものではないが、自国民族の精神文化を救い、委縮した人心を興起し、国民に理想と指針を与えたものとして同感すべきものがある。

〈収録〉『童話と随筆』日本童話協会出版部　昭9.9　Ⅳ343-43

3807 葉鶏頭　[感想]

〈初出〉水月哲哉編『星の巣 第1輯』星の巣社　昭8.9

〈要旨〉「行人はこの草の花を知らず 葉紅にして花に似たり」

3808 「五・一五」の公判記事を見て　[アンケート]

〈初出〉「政界往来」昭和8年9月

〈要旨〉常に正しく働いて報いられず、人道なく、良心なく、正義なき今日、この事件はむしろ××の感情であり、憤怒であったと信じ、×××であるというより他に感じはない。

3809 書を愛して書を持たず　[感想]

〈初出〉「書物展望」昭和8年10月

〈要旨〉新聞や雑誌の広告を見て、これはと思う本を求めるが、古書は生来の潔癖もあって求めない。青年時代から、これを読めば自分の見識が変るように思われて無理をしても買ったものである。流行を追って本を買ってしまったことも、自分の求める本当の本に出会えたときの喜びは他にかえがたい。雑誌よりも書物を読む方が、知識が身につくように思うが、雑誌も当時の集団の行動や動向を知る意味で重要である。

〈収録〉『童話と随筆』日本童話協会出版部　昭9.9　Ⅳ343-7
『新しき児童文学の道』フタバ書院成光館　昭17.2　Ⅳ346-45

3810 諸家に聞く自由主義論　[アンケート]

〈初出〉「自由を我等に」昭和8年11月18日

〈要旨〉有形、無形の隷属を潔しとせず、真理、正義への自由奉仕によって自治するものが自由主義である。自己の信条を守るためには、その無理解な社会との闘争によってのみ自由は確保される。しかし事実において、民族の自由なきかぎり、個人の自由はない。

Ⅲ　作品

3811　**私の推奨する童話　[アンケート]**
　　　〈初出〉「話」昭和8年　(月日不明)
　　　〈要旨〉推奨したい童話は、材料が何であれ、愛と真実性をもったもの。排
　　　　　撃したい童話は、いたずらに刺激と変化を求めることから人間性を無視、
　　　　　不自然を顧みず、功利的に取り扱われたもの。もしくは卑俗に迎合するも
　　　　　の。

昭和9（1934）年

3812　**この頃食卓にあつた話　[アンケート]**
　　　〈初出〉「婦人之友」昭和9年1月
　　　〈要旨〉5.15事件の軍人等死刑を免れたのは、正義の上からいっても、また
　　　　　人道上からいっても、よいことであった。しかし同じ動機から起きた、民
　　　　　間の佐郷屋の死刑が取り消されないのは可哀そうなことであった。これに
　　　　　関して、いろいろな問題が真面目に考えられた。

3813　**非常時世相批判　[座談会]**
　　　〈初出〉「婦人之友」昭和9年1月
　　　〈要旨〉（赤井米吉，今井邦子，杉森孝次郎，杉山平助，竹内茂代，帆足みゆき，
　　　　　武者小路実篤，羽仁吉一，羽仁もと子との座談会）

3814　**非常時他雑感　[感想]**
　　　〈初出〉「政経評論」昭和9年1月
　　　〈要旨〉警鐘はみだりに鳴らすべからず。一九三五六年はわが国の危機であ
　　　　　ろう。非常時の真相を究明しなければならない。老人は若者に仕事を譲ら
　　　　　ない。資本主義も硬化し、金持ちは貧乏者に道を開いてやることはない。
　　　　　新文化を開くためには、自由と対立する強権が必要である。人を搾取する
　　　　　のも強権だが、正義を強調し、不正を革めるのも強権である。国民は明日
　　　　　の生活に自信をもてない。資本主義は行き詰まり、それに換わる新しい理
　　　　　想を有しない。その焦燥不安が広がっている。
　　　〈収録〉『童話と随筆』日本童話協会出版部　昭9.9　Ⅳ343-36

3815　**童話を書く時の心　[感想]**
　　　〈初出〉「教育時論」昭和9年1月5日
　　　〈要旨〉私は金殿玉楼に住み、人生の欲望に満足し、善いことをした行為が
　　　　　報いられて栄達を遂げるような童話を書こうとは思わない。自分たちが衣
　　　　　食に苦しまず、幸せであったとしても、一歩外へ出れば、不幸な人がいる。
　　　　　そういう人を見たときに、子供はいろんなことを考えるだろう。ここに人
　　　　　間の本能があり、愛があり、良心がある。すべて人間は、良心ある生活を
　　　　　送らなければならない。愛し助け合わなければならない。正義のためには
　　　　　自己を犠牲にして戦わなければならない。理想社会の全貌を子供たちに髣
　　　　　髴させることが肝要である。
　　　〈収録〉『童話と随筆』日本童話協会出版部　昭9.9　Ⅳ343-41

3816　**人生を如何に楽しむべきか　[感想]**
　　　〈初出〉「生きて行く道」昭和9年3月
　　　〈要旨〉人生の楽しみは、創造であり、建設であるが、こうした自由を、境
　　　　　遇なり、時代が与えなかったら、その楽しみを知らずにしまうわけである。

3817　**北国の春　[感想]**

〈初出〉「婦人之友」昭和9年4月
〈要旨〉雪のために、どの木も傷ましい姿をしている。枝の折れたもの、幹の裂けたもの、ほとんど満足なものはない。しかし、春はきたのだ。ほんとうに長い冬との戦いであった。ふたたび芽の出ないほど傷ついたものもあるが、多くは、希望の光に全力を挙げてよみがえろうとしている。浜の子は毎日、春の訪れを待っていた。ある日、水平線がオレンジ色に彩られた。「春がやってきた」子供はうれしくて泣いた。

3818 **美味忘れ難き夏の料理　[アンケート]**
〈初出〉「祖国」昭和9年5月
〈要旨〉いまだ忘れられない美味しいものは食べていないが、鮎の塩焼き、蜆汁、唐辛子の紫蘇巻焼をあげておきたい。

3819 **母親は太陽　[感想]**
〈初出〉「現代」昭和9年5月
〈要旨〉子供にとって母親は太陽であり、あるいは神以上のものである。ある子供が死の刹那、母に子守唄をうたって抱いてもらうと、苦しみを忘れて目を閉じたという。キリスト教徒の子供であっても、天国は、母や父、兄弟の暮らす場所である。死んでいこうとする子供に、死んだら人は灰になると言うことは悲痛を通り越している。理解のないところに、愛はない。
〈収録〉『童話と随筆』日本童話協会出版部　昭9.9　Ⅳ343-4
　　　　『小川未明作品集　第5巻』大日本雄弁会講談社　昭30.1　Ⅳ360-109

3820 **春と人の感想　[感想]**
〈初出〉「祖国」昭和9年5月
〈要旨〉北国の春には南風がふき、昨日まで見えなかった木の梢があらわれ、黒い森の姿が去年の秋に見たときの形となっていく。言い知れない懐かしさと郷土に対する憂愁と深い愛慕の情を感じる。その頃の春は活き活きとしていた。心に対し、心からの喜びを知ったのは、少年時代であった。雪が降らない東京に憧れたが、そこで暮らしてみると、あの素朴な詩情は湧いてこなかった。人間の魂を窒息させる雪魔の迫害がないかわりに、春に対する感覚と詩情を失わせた。しかしまた長年ここに住んでいると、早春の空の色をなつかしみ、赤い花より白い花を愛するようになった。武蔵野の新緑を愛し、雑司ヶ谷の老欅の新緑を愛した。
〈収録〉『童話と随筆』日本童話協会出版部　昭9.9　Ⅳ343-5

3821 **花の咲くころ　[感想]**
〈初出〉「文芸春秋」昭和9年5月
〈要旨〉桜の花を見ると、故柳敬助君を思い出す。二度、小説集のための肖像をスケッチしてもらった。私が初めて上京した四月六日に東京では桜が咲いた。江戸川のほとり、たぬきという店の主人の句「雨三日、風また三日、桜かな」のように、時は流れ、人の命ははかない。
〈収録〉『童話と随筆』日本童話協会出版部　昭9.9　Ⅳ343-14
　　　　『新しき児童文学の道』フタバ書院成光館　昭17.2　Ⅳ346-26
　　　　『定本小川未明小説全集　第6巻』講談社　昭54.10　Ⅳ370-86

3822 **羞恥心の欠乏　[感想]**
〈初出〉「現代」昭和9年6月
〈要旨〉原始時代は、自分一人で欲望を満足することに、羞恥心を感じていた。これは教養によってそうなったというより、人類のもつ本能に近いものであった。それは子供が、自分だけが美味しいものを食べているとき、本能

　　　　的にそれを見せびらかすことに羞恥を感じるのと同じである。しかし個人
　　　　主義的経済が個人主義的道徳を形成し、現代人は羞恥の観念を衰退させて
　　　　しまった。今日の文化が放縦のかぎりをつくすのは、物質の誘惑によるよ
　　　　りは、羞恥心を失ったからである。
　　〈収録〉『童話と随筆』日本童話協会出版部　昭9.9　Ⅳ343-24

3823　**序―何故に童話は今日の芸術なるか―**　［感想］
　　〈初出〉「児童」昭和9年8月
　　〈要旨〉童話の使命は、児童を中心とする芸術の使命に他ならない。一つは、
　　　　児童等を自省心の誘発によって感化することであり、もう一つは、児童等
　　　　の天性を保持するための代弁家であることである。「性相近也。習相遠也。」
　　　　どんな児童も同じ境遇と条件で生育を遂げたら、成人しても大きな違いは
　　　　ない。しかし児童ほど習慣に染まりやすいものはない。児童文学に従事
　　　　するものは、児童と社会、時代の教育思想、家庭等について関心をもち、批
　　　　評の精神を失ってはならない。人間の一生を通して見るときに、なんといっ
　　　　てもその純潔なるものは、その人の少年期である。それを歪めたものが社
　　　　会であり、家庭であり、学校であるとすれば、児童芸術家は彼等の代弁家
　　　　にならなければならない。
　　〈収録〉『童話と随筆』日本童話協会出版部　昭9.9　Ⅳ343-0
　　　　　『小川未明作品集　第5巻』大日本雄弁会講談社　昭30.1　Ⅳ360-105
　　　　　『定本小川未明童話全集　第9巻』講談社　昭52.7　全童話Ⅳ167-36

3824　**読書より受けた青年時代の感激**　［感想］
　　〈初出〉「青年」昭和9年9月
　　〈要旨〉十二三歳のころ、最も感激し愛読したものは、頼山陽の日本外史であっ
　　　　た。次に、唐詩選であった。青年時代には、クロポトキンの相互扶助論を
　　　　愛読した。青年に薦めたいものは、論語、カーライルの英雄崇拝論、トル
　　　　ストイの諸作品。

3825　**より近く、より自然か**　［感想］
　　〈初収録〉『童話と随筆』日本童話協会出版部　昭9.9
　　〈要旨〉人間は自分たちの利益や趣味のために犬の野生を愛好する一方、自
　　　　分たちの生活の調和が破られぬよう犬を押さえつける。しかしポインター
　　　　は、縛られていても束縛から脱し、本能を発揮する。人間も資本主義の時
　　　　代には画一的なサラリーマンとなり、卑屈で、個人主義的で、他に対して
　　　　は階級的である。人間が人間の魂を取り返すことと、犬が野生を取り戻す
　　　　ことは、いずれが近く、より自然であるかを私は考えた。
　　〈収録〉『童話と随筆』日本童話協会出版部　昭9.9　Ⅳ343-12

3826　**素朴なる感情**　［感想］
　　〈初収録〉『童話と随筆』日本童話協会出版部　昭9.9
　　〈要旨〉農村があって都会が生まれるのだが、今は都会が異常な発達をし、
　　　　勝手な都市文化を謳歌している。ジャーナリズムも民衆の生活から離れて、
　　　　王国を作ってしまった。生産と消費の関係も、われわれが生産されたもの
　　　　を何でも買わなければならないということはないのに、宣伝や流行に躍ら
　　　　されて買わされる。今、われわれは真の生活とは何かを考えなければなら
　　　　ない。北国の雪のある村にこそ真の生活があるのかもしれない。共に働き、
　　　　共に楽しむ。互いの哀楽に対して無関心ではいられないのである。
　　〈収録〉『童話と随筆』日本童話協会出版部　昭9.9　Ⅳ343-13

3827　**読んできかせる場合**　［感想］

〈初収録〉『童話と随筆』日本童話協会出版部　昭9.9
〈要旨〉お母さんたちが心配なことがあって、じっと考えていると、子供は敏感にそれを察して、何があったのか聞こうとする。大人は、自分たちの身の上を子供に語っても分らないと考える。しかし、子供ほど共に悲しみ、共に喜ぶものはいない。ある話を聞かせるときも、功利的に、機械的に、強制的に、はじめから教育することを目的にしたときは、効果がない。親が真面目であり、真剣であれば、ともに悲しみ、喜び、考えるものである。
〈収録〉『童話と随筆』日本童話協会出版部　昭9.9　Ⅳ343-20
　　　　『新しき児童文学の道』フタバ書院成光館　昭17.2　Ⅳ346-8
　　　　『小川未明作品集 第5巻』大日本雄弁会講談社　昭30.1　Ⅳ360-110

3828　**国字改良と時期**　[感想]
〈初収録〉『童話と随筆』日本童話協会出版部　昭9.9
〈要旨〉文章を書く人達で、どれくらい漢字の使い方や仮名づかいを正しく書きわけられる人がいるだろう。自国の言葉でありながら、完全に使い分けることができず、書くのに煩瑣で、特別の効果がなかったら、何を苦しんで旧套を守らねばならないのか。国字改良は、政治と文芸と教育の意見の一致を見なければならない。文化促進の目的からして、今が改良の時期である。東洋諸国結合の理想を有する上からいうと、遅きに失する感すら抱かされる。新鮮な国字によって、新文化建設の実を上げることが大切である。
〈収録〉『童話と随筆』日本童話協会出版部　昭9.9　Ⅳ343-21

3829　**愛惜の情**　[感想]
〈初収録〉『童話と随筆』日本童話協会出版部　昭9.9
〈要旨〉女の子が汚くなった箪笥を新しいのに替えようと母に言った。母は、それには死んだ子供の爪あとも、お前の爪あとも沢山ついているから、大事にとってあるのだと言った。亡くなった長男が、箪笥の上にあった化粧水を取ろうとして半分こぼし、半分飲んでしまったことがある。妻は子供を抱いて医者にかけつけた。こぼれた化粧水の跡が箪笥についていないかと見たが、もう煤けてみえなかった。長年使っていた湯呑みがわれたときもさびしさを感じた。自分だけが胸のうちにもつ、はかない愛惜の情である。
〈収録〉『童話と随筆』日本童話協会出版部　昭9.9　Ⅳ343-23
　　　　『新しき児童文学の道』フタバ書院成光館　昭17.2　Ⅳ346-42
　　　　『小川未明作品集 第5巻』大日本雄弁会講談社　昭30.1　Ⅳ360-111

3830　**短詩**　[詩]
〈初収録〉『童話と随筆』日本童話協会出版部　昭9
〈要旨〉人生を考える時、黙々として働き、重い荷車を引いて行つた、人達の姿が、彼方の地平線に浮ぶのである。（以下略）
〈収録〉『童話と随筆』日本童話協会出版部　昭9.9　Ⅳ343-26
　　　　『定本小川未明小説全集 第6巻』講談社　昭54.10　Ⅳ370-105

3831　**作品また果実の如し**　[感想]
〈初収録〉『童話と随筆』日本童話協会出版部　昭9.9
〈要旨〉青い未熟な柿は食べられない。秋がきて、ようやく食べられる。児童に与える作品も、同様である。それらの作品が頭のなかで、まったく熟しきっているか否かで価値が分かれる。愛を基調とした、渾然たる童話の世界のなかから生まれたものだけが子供に迎えられる。自然の成熟こそ、

　　　　　　　　　Ⅲ　作品

　　　　童話の生命であり、魅力である。
　　　〈収録〉『童話と随筆』日本童話協会出版部　昭9.9　Ⅳ343-27
　　　　　　　『新しき児童文学の道』フタバ書院成光館　昭17.2　Ⅳ346-7
　　　　　　　『小川未明作品集 第5巻』大日本雄弁会講談社　昭30.1　Ⅳ360-112
　　　　　　　『定本小川未明小説全集 第6巻』講談社　昭54.10　Ⅳ370-87

3832　五月が来るまで　［感想］
　　　〈初収録〉『童話と随筆』日本童話協会出版部　昭9.9
　　　〈要旨〉花屋にゼラニウムの真赤な花が売っていた。庭に花壇を作ろうと考えていた私は、その鉢を庭に植えた。しかしある夜、季節はずれの寒さがきて、それは枯れてしまった。青木の赤い実が石と石の間において、芽をだした。狭く、痩せた土でどれだけ根をのばすのが大変だったことか。しかもそこは日蔭であった。私はゼラニウムの後にそれを移してやろうかと考えたが、やめた。あの石と石の間が、ふるさとで、あの堅い土が生命の親だからだ。明るみを慕った、長い間の曲がりくねった努力こそが、彼の輝かしい希望であったと思うからだ。ああついに、若人の血のおどる五月がきた。都会の空を渡る風よ、満目の新緑を吹け。
　　　〈収録〉『童話と随筆』日本童話協会出版部　昭9.9　Ⅳ343-28
　　　　　　　『新しき児童文学の道』フタバ書院成光館　昭17.2　Ⅳ346-30

3833　夏休には生活戦の認識　［感想］
　　　〈初収録〉『童話と随筆』日本童話協会出版部　昭9.9
　　　〈要旨〉私たちの生活が安定した基礎の上に立っているものなら、真理を真理とし、正義を正義として認められることの状態に置かれるなら、いかに真理を研究し、私たちの生活の改善をはかるために協力し、計画することが喜びであり、悦楽であるかを思うであろう。しかし家庭生活はそういうものではない。資本主義が拍車をかけ、中間階級層は没落していった。犠牲者の多いこの転換期を過ぎていくためには、心の用意が必要である。夏休みには十分体を鍛え、いつ街頭に、工場に行ってもよいようにしておく必要がある。
　　　〈収録〉『童話と随筆』日本童話協会出版部　昭9.9　Ⅳ343-29

3834　涙　［小説］
　　　〈初収録〉『童話と随筆』日本童話協会出版部　昭9.9
　　　〈あらすじ〉彼女はこれから来る寒さのことを考えていた。その日の生活にも困っているのに、冬の支度はできなかった。それは失業に悩んで、毎日茫然としている夫も同じであった。夫は、昨日紙を置いていった孤児院に何か持っていってやるものはないかと彼女に聞いた。「私たちがこの冬、着るものがないじゃありませんか」と彼女は言った。夫は孤児院には自分たちよりもっと苦しんでいるものがいると言った。彼女は坊やのマントを持っていってやることにした。両親のいない子供のことを思って、彼女は目に涙をためていた。
　　　〈収録〉『童話と随筆』日本童話協会出版部　昭9.9　Ⅳ343-32
　　　　　　　『新しき児童文学の道』フタバ書院成光館　昭17.2　Ⅳ346-40

3835　忘れ得ざる風景　［感想］
　　　〈初収録〉『童話と随筆』日本童話協会出版部　昭9.9
　　　〈あらすじ〉子供のときの私は非常にさびしがりやで、往来でよく母の帰りを待った。嫌いな病院でも母と一緒なら行った。白い木蓮の花が咲く季節になると、傍の家で手内職をしていた一人の女性を思い出す。アネモネの

Ⅲ 作品

花をみると、入院していたときのことを思い出す。なんでもない体験だが、私のなかでそれは詩となっていた。人は自然に触れながら、常にその核心に触れるものではない。核心に触れたときは詩のなった利那であろう。自然は生滅変化するが、詩になった自然は永久に生命をとどめる。
〈収録〉『童話と随筆』日本童話協会出版部　昭9.9　Ⅳ343-34

3836 **顧望断片　[感想]**
〈初収録〉『童話と随筆』日本童話協会出版部　昭9.9
〈要旨〉人は誰でもいかに進歩的であっても、一面に昔を懐かしがるものだ。思うに、我が国の文化において明治ほど、複雑性をもつものはない。明治三六七年頃、学生であった私は上野―新橋間が電車になる試運転を見にいったことがある。学生は、その頃、どこへ行くにも歩いていったものだ。模倣文化のなかで文学においても、ロマンチシズムが盛り上がるべきところを、自然主義が時代を覆った。その責は、その時代のジャーナリズムの指導者にある。
〈収録〉『童話と随筆』日本童話協会出版部　昭9.9　Ⅳ343-51

3837 **中堅婦人の自覚　[感想]**
〈初収録〉『童話と随筆』日本童話協会出版部　昭9.9
〈要旨〉古来、婦人はやさしく、美しく、殉情的であるのを美徳とした。女性がそのようにあることは人生の感激であり、かがやきであった。それが、教養や習慣によって、男女の差異が除去されたとして、そこに人生のいかなる幸福があるだろう。富裕階級は子育てを女中任せにし、無産階級は働かなければならない。中堅階級こそが、母としての本分を尽くし得る。家族制度における、母子の間柄こそ、宿命であり、神秘である。
〈収録〉『童話と随筆』日本童話協会出版部　昭9.9　Ⅳ343-65

3838 **発見と事実　[感想]**
〈初出〉「政界往来」昭和9年10月
〈要旨〉桜は花より葉の散りぎわの方が、悲哀を催す。花のあとに葉桜の時代がくる。葉桜は見ようによっては、花よりも美しい。渡り鳥も、秋に多く渡ってくるが、事実はそうではない。彼等は、地球上を常に漂泊している。事実と発見の距離がここにもある。ジャーナリズムが取り上げた不幸な家庭を見て、社会は驚きの目を瞠るが、それは彼等がはじめて気づいたものであろうか。他にもそんな例は沢山あった。発見は必要だが、事実はそれ以上に厳粛である。

3839 **雪　[アンケート]**
〈初出〉「現代」昭和9年12月
〈要旨〉私は雪に対して、愛好の思いより、恐怖の思いしか抱かない。北国の暗い空、一寸先もみえない吹雪の恐怖が子供のころから身にしみているからだ。

3840 **童話を軽視して児童の教化ありや　[感想]**
〈初出〉「童話童謡」昭和9年12月
〈要旨〉童心の全貌は、遊戯と冒険と正義である。それは人生の姿でもある。童話こそ、児童の全的生活の表現でなければならない。今日の教育の誤謬は、芸術よりも科学を尊重する功利主義の教育が、人間性と矛盾するからである。真の人生は、詩の連続というべきである。児童の教化は、まず童心の尊重によって、はじめて達せられる。彼等は自省し、自治することをよく知っている。人生に必要な知識は、自然の姿から与えられる。それは

自己を省察する上にも有益である。人生は、常に子供時代の延長である。

3841 題を「酒」として ［感想］
〈初出〉「文芸」昭和9年12月
〈要旨〉日ごろ、書斎を離れず、自然から刺激を受けることの少ない私は、食膳にのぼるトマトや西瓜、玉蜀黍、ほうれん草を見て、目を楽しませた。酒があって肴を求める場合と、肴を得て酒がほしくなる場合がある。芸術と同じ感覚を、酒は人に与える。酒場では、どの人も気安く語り合う。故郷の冬に食べた山鳥。東京の近海でとれる蟹は酒の肴に美味しい。子供の時分、味噌焼きにして食べた魚は何であったろう。

昭和10（1935）年

3842 いまの日本に欲しいもの ［アンケート］
〈初出〉「婦人之友」昭和10年1月
〈要旨〉いまだ政治家にも、宗教家にも、教育家にも、工芸家にも、真の民衆の崇敬に値する偉大な人物が現れない。明日への真の指導者が欲しい。

3843 初春の言葉 一九三五年に実現したいもの ［感想］
〈初出〉「行動」昭和10年1月
〈要旨〉強権主義的であり、機械主義的であった文芸の後をうけて、自由、流動の文学が創始されなければならない。政治的行動は別としても、作中の主人公は、強い正義と美のために戦う人生の行動者であらねばならない。この意味からして、ロマンチシズムの興起を見るにいたるであろう。もう一度文芸の春を憧憬してやまない。

3844 炉辺夜話 ［感想］
〈初出〉「婦人之友」昭和10年2月
〈要旨〉〈烏〉子供の時分には烏ほど沢山いる鳥はあるまいと思った。長い、冬の間、楽しみの少ない北国の子供たちは犬や猫だけでなく、鳥にもなつかしみをもった。「からす、こい。もちをやるぞ」〈猫〉汽車が雪に埋もれた。家の屋根にも大雪が積もった。近所の眼の不自由なお婆さんが猫と一緒に住んでいる。その家が雪でつぶされるかもしれないと、私は母と一緒にその家を見まいに行った。〈狐〉少年は頼母子講にいった祖父が帰るのを待っていた。辻占売りの声が聞える。夜おそくに祖父は帰ってきた。祖父が渡してくれた折づめは藁靴だった。狐にだまされたのだ。

3845 児童芸術の任務 ［感想］
〈初出〉「童話時代」昭和10年2月
〈要旨〉トルストイは童話をもって未来の芸術とした。新童話は、良心の上に築かれ、児童のために、生活に対する鋭い省察と、自然に対する暗示と、平和の創造に対する歓喜から、自然発生した詩そのものが童話の主体となる。新童話では、児童の現実生活を無視してはならない。彼等の環境をなす社会事情の批判を忘れてはならない。
〈備考〉昭和10年1月16日作。

3846 人生矛盾多し ［感想］
〈初出〉「祖国」昭和10年2月
〈要旨〉ラジオのニュースや天気予報を聴く。わが国と外国との関係の難しさから憂国の思いに燃えることもあれば、物価の高騰や失業から生活の不

安や、或る者が富み、或る者が悩む矛盾に苦しむ。かかる制度の矛盾を感じても、如何ともすることが出来なければ、それに対する手段すら有しないのであるから、その日のニュースを聴かずにはいられない。天気については、なんともしようがない。風雪には耐えられても、飢饉には耐えられない。科学の力で何とかならないものか。天災といえども今日の学問の進歩と国民の協力があれば、救済することができるだろう。

3847 **神経質と不眠治療　[感想]**
〈初出〉「結核治療の理論と実際」昭和10年2月。再掲：熊谷直三郎，山崎英治(共著)『絶対健康法のすゝめ』アルス　昭7.12
〈要旨〉仕事が頭の中にあるときや、夜遅くまで勉強するときは、断片的な眠りしか得られず、頭が疲れる。よく眠ることが希望であり、喜びである。睡眠薬を用いると、翌日がいけない。ネオス製薬は、服薬を続けると、身体の調子がよくなった。気候の変わり目は神経質になったが、それもなくなった。

3848 **短話茶話（冬の夜）　[感想]**
〈初出〉「婦人倶楽部」昭和10年3月
〈要旨〉都会は生きていると私はいつも思う。耳を澄ますと楽しいような悲しいような名状しがたい音色が湧きあがってくる。しかしある夜、ごうごうという音が聞えた。故郷の波の音だ。毎夜、北海の波音が二里、三里隔った村まで、森や平野をこえて、転がってきた。夜遅くまで起きている母のことを思い出した。もう帰らない、少年の日のことをこんなにはっきり見るものだろうか。

3849 **児童文学者の言葉　[感想]**
〈初出〉「無風帯」昭和10年4月5日
〈要旨〉私たちが誠実な心で、子供の世界を見たなら、人間は生まれながら悪かったのではないことが分かる。子供たちは、正純にして、正直である。弱い者に対し、同情する。自らよく楽しみを創造し、希望を捨てない。少年にのみ、真の人間らしい姿を見出すことが出来る。現在の社会が、人間性を破壊した。これを考えるとき、今更、成人に対して何の文学ぞ。子供の性情を防衛することこそ、真の文学の使命でなければならない。
〈備考〉昭和10年2月作。

3850 **新緑を称ふ　[感想]**
〈初出〉「家庭」昭和10年5月
〈要旨〉新緑ほど懐かしいものはない。人生という、永遠に新しい、未だに解決のされない問題に触れ、自らが慌ただしい行路者であることも知らずに、夜の空を仰ぎ、汽笛に心を傷めたものである。新緑を見て、生命の発露を感じた時代から、いつしか新緑にさえ悲しみを感じるようになった。一寸の光陰軽んずべからずと思った。春は、生命を養う流水であり、母である。生きうる運命にあるものは生き、また生きるかぎりは、その生を楽しみつつある事実を春に発見する。

3851 **二つの角度から童話を見る　[感想]**
〈初出〉「童話研究」昭和10年6月
〈要旨〉童話には偉人伝のような、生きる目標を明示したものと、児童自身の内省、発見を重視し、子供の自然生活、日常生活のなかで自ら反省し、行動することを凝視し、彼等の生活の中にあって子供と一体になって生まれたものとがある。子供の価値の世界は詩の世界である。大人の世界はせ

ちがらい実利の世界である。子供たちの詩の世界が分からないものは子供の世界に入れない。父の丹精の木を切った子供には、言わず語らず深く内省させることが必要だ。

3852 **子供の生活を中心として（教育随筆）　[感想]**
〈初出〉「教育」昭和10年6月1日
〈要旨〉「愛」二年生になった太郎は、学校の行き帰り、写真屋に飾られた坊やの写真を見て、自分の家の坊やに似ていると思っていた。同じ組の小池も、自分の家の坊やに似ていると言っていた。それ以来、太郎は小池の弟を大切に思うようになった。小さい子供の心にきざした愛の萌芽である。「社会」少年は毎日通る時計屋のお爺さんが勤勉なのを知っていた。いまに立派な時計店になると思っていたが、しばらくして行ってみると、そこは蕎麦屋になってきた。お爺さんは亡くなったという。少年がはじめて知った人生の矛盾である。子供らは教えられるより、自ら発見し、体験しつつ成長する。

3853 **夢のやうな思ひ出（幼時の「盆」の思ひ出）　[アンケート]**
〈初出〉「祖国」昭和10年7月
〈要旨〉子供の時分、高田で送った盆は、八月一三日が迎え盆で、朝早くから寺詣りをする。一五日の晩は、火を焚いて、お供の牛や馬を川へ流す。子供らが、竿の先に灯篭をつけて、「今年流れた、また、来年ございの」といって列をつくって歩いたことを夢のように思いだす。この夕、町の子供らは家中の子供らと喧嘩をするのも行事の一つであったようだ。

3854 **アンデルセンと即興詩人について　[アンケート]**
〈初出〉「童話研究」昭和10年8月
〈要旨〉一番好きな童話は「マッチ売りの少女」。単純にして詩韻が深い。少年時代に鷗外訳の「即興詩人」を読んだ。数奇な舞姫の運命もさることながら、私は人生の暗示をその童話に見た。

3855 **無計画な解放　[感想]**
〈初出〉「児童」昭和10年8月
〈要旨〉家をもって三十年になるが、一人で、あるいは家族で海に行ったり、山に行ったりしたことがない。無産の都市居住者として、過去の夏を子供たちのために、どう利用したか。牛込の家混みの中に住んでいたとき、二人の子供を亡くした。人の勧めもあって雑司ヶ谷へ転居したが、そこは空気がよかった。一〇年ほど夏を過ごした。もっと早くここに来ていたら、子供を死なせずにすんだかもしれない。五年前に、もっと田舎へ引っ越した。夏は半裸体のまま、自由気ままに遊ばせた。自然から得た体験は、学校や家庭で学ぶ以上のものを子供たちに与えた。
〈備考〉昭和10年7月作。

3856 **アンデルセンの童話　[感想]**
〈初出〉「読売新聞」昭和10年8月3日
〈要旨〉アンデルセンの童話は純麗なけしの花弁を思わせる。他にも秀抜な童話を残した作家はいるが、彼等は児童に対して深い愛をもっていたというより、自由にして、童話の詩的世界に自己の製作欲を満足させた。幽玄の詩的世界に自己の製作欲を満足させた。アンデルセンの「母」とワイルドの「鶯と薔薇」を読み比べると、同じ犠牲を描きながらの違いがわかる。アンデルセンは、いかなる小さいものにも、その存在の価値を認め、生を楽しむ霊魂を与えている。アンデルセンには人一倍つよい良心があった。彼の信仰の力が、彼の童心に天使の翼を与え

た。童話の世界こそ、この人類が終りに到達する理想の社会である。美と善と愛を見る眼が神の眼であるとすれば、アンデルセンは神の眼をもっていた。
〈備考〉昭和10年8月1日作。

3857 **エチオピアを憐れむ** [アンケート]
〈初出〉「祖国」昭和10年10月
〈要旨〉弱小国はその沿岸を強国によって占領されている。エチオピアは英、伊の二国によって首を絞められている。欧州諸国は行き詰りの打開をアフリカやアジアの未開大陸に求めている。正義に殉じようとする国はない。日本の今後は、同種族のために実力ある代弁者であらなければならない。

3858 **童話とその作法** [感想]
〈初出〉「月刊文章講座」昭和10年11月
〈要旨〉かつて童話では、月がものを言い、鳥が歌を歌ったが、今はそれが不自然とされ、児童にも喜ばれず、現在の童話文学が生まれた。しかし現在の童話を見ると、再び、昔の童話に返らなければならないと思う。浦島太郎の話を聞けば分るように、そこでは超現実的な永遠の真理が取り扱われている。卑近な勧善懲悪でも、時代道徳を維持するものでもない。童話は、児童に空想の世界を与え、情操の教化を目的とする。子供の世界に潜んでいる人間の本性を、目覚めずにいるそれらを呼び覚まし、子供たちに豊かな人間性をもたせるところに童話本来の使命がある。子供の世界はすでにロマンチックであるから、作家は子供の眼をもち、子供の心をもち、子供のような素直な表現をもって夢を語るべきである。その夢に愛と理解と信を持てば、子供に話す母親の話のように、話に力をもたせることができる。

3859 **人生の理想** [感想]
〈初出〉「現代」昭和10年11月
〈要旨〉働いても、働いても、なお生活を支えることができなかったとき、世の中の分配の不公平を考えずにはいられなかった。金の力を万能とした世の中の約束を呪う。しかし貧乏だけが人間の本性を失わせるのではなく、金持ちもなた健全性を失う場合が多い。衣食の困らない中庸の生活を送ることが、人生の理想である。
〈収録〉『人間性のために』二松堂書店　大12.2　Ⅳ329-9

3860 **石と雲と蜂** [感想]
〈初出〉「中央公論」昭和10年11月
〈要旨〉美しい石に見入る子供を見ていると、私も子供の心と一つになる。遠い昔の日の自分にも経験のあったことを思い出す。その石をあげようと子供はいう。そうした犠牲的なまごころが子供にはある。彼らを対象として童話を書いていると、世の中の虚偽や痴情、暴力から遠ざかっていく気がする。
〈収録〉『定本小川未明小説全集 第6巻』講談社　昭54.10　Ⅳ370-90

昭和11（1936）年

3861 **児童文学に於ける空想の貧困** [感想]
〈初出〉「児童文学」昭和11年1月
〈要旨〉すべての作家が科学的ということに頭の働きを制せられ、想像の自由を失ったとしたら、作品創造の資格を失ったのも同然といえよう。真の

童話文学における空想は、単に空想的であるというのでなく、内容に建設的な倫理観を有し、真実なるものの姿を心の中に髣髴とさせるものである。今日の児童文学を見るに、どこに新鮮にして溌剌たる空想が見られるであろう。また積極的な明日の文化が期待される子供の生活が描かれているであろう。これは作家が、自ら憧憬を持たず、新時代に対する愛情が乏しく、想像力が枯渇し、常識的であることを証するものである。

3862 **黎明期の少年文学** ［感想］
〈初出〉「書窓」昭和11年1月
〈要旨〉少年文学は、作者が子供になりきって子供の立場から書くか、子供の外から同情の目をもって子供を観察し、理解して子供達のために書くか、その二つしかない。前者は世の中の無理解に対する抗議ともなり、後者は子供を善い方向に導くものとなる。しかし今日の少年文学は、そのどちらの心も持っていない。童話は、必ずしも子供にのみ読ませるものではない。少年文学と童話は異なる。童話は年齢を超越し、人類のもつ夢を語ったものである。純粋文学が童話である。日本の少年文学はまだ黎明期にある。
〈備考〉昭和10年12月作。

3863 **日本から世界に送りたいもの 世界から日本に送りたいもの** ［感想］
〈初出〉「婦人之友」昭和11年1月
〈要旨〉単純、素朴な芸術。大陸的な鷹揚さ。

3864 **序（『未明ひらかな童話読本』）** ［感想］
〈初収録〉『未明ひらかな童話読本』文教書院 昭11.3
〈要旨〉幼稚園から小学二三年位までの子供のために、「未明カタカナ童話読本」と「未明ひらかな童話読本」の姉妹編二巻を出すことにした。これまで私が書いたのは、文学としての童話で、それには対象を成人と子供に分ける必要はなかった。しかし低学年の子供達のためにh、彼らの生活を中心にして考えるなら、児童の特殊性について知らねばならない。そのことを考慮して、この種の作品を書くときは、分かりやすい文字で、無邪気な美しい絵を描くような心持ちでいた。友人梅田寛に編集、挿絵、校正の世話になった。
〈備考〉『未明カタカナ童話読本』の「序」も同文。
〈収録〉『未明ひらかな童話読本』文教書院 昭11.3 全童話Ⅳ040

3865 **作品の視野と自由に就いて** ［感想］
〈初出〉「星座」昭和11年5月1日
〈要旨〉子供の文学に従事してから、文壇から遠ざかったが、かえって、文壇的意識から解放され、真の文学が分るようになった。かつて小説において、端的に成人の良心に訴えたことがある。左翼的イデオロギーの衰微以来、男女関係を小説に盛りこむことが盛んになった。私は年齢のせいか、それを厭わしく思う。小説が面白くなくなった原因は、大衆的な卑俗趣味の台頭にあるより、作家の自尊心と自由性の欠乏に基くものである。
〈備考〉昭和11年3月作。

3866 **諸家の鷗外観** ［感想］
〈初出〉「鷗外研究」昭和11年6月 臨時号
〈備考〉『鷗外全集』（岩波書店）附録の臨時号。
〈要旨〉（不明）

3867 **童話への貢献者 鈴木三重吉氏を憶う** ［感想］

〈初出〉「読売新聞」昭和 11 年 6 月 30 日
〈要旨〉鈴木君はいかにも幽遠な人生の寂しさをもった絵のような美しい芸術を描いた人であるが、新ロマンチシズムは「美」のみでは満足できないもので、美しく希望ある世界を求めるようになる。鈴木君もその落ちつく先をそこに見つけられた。そこから子供たちの世界に入っていった。今度、重態になられたと聞いて見舞いにいったときは、すでに亡き人になっていた。

3868 **四十年振で遇つた友　[感想]**
〈初出〉「家庭」昭和 11 年 7 月
〈要旨〉去年、故郷に帰った私は、東京へ立つ前に、義弟に送られて山をおり、停車場へ向かった。私はなつかしげに路傍の並木をみた。この下で友達と遊んだ。KもMもまだ少年であった。この前に帰省したとき、この二人にあったが、年長のNとは同じ村の人と言いながら、会う機会がなかった。そこへ偶然、Nが向こうからやってきた。青年期や壮年期を知らないが、会ってみると、ああ変わらないなと思った。四十年前が昨日のことのように思われた。しかしその再会が最後の会見であった。暮れに彼は脳溢血で死んでしまった。

3869 **小鳥の思ひ出　[感想]**
〈初出〉「野鳥」昭和 11 年 7 月
〈要旨〉山中人のない場所で頬白が鳴いていたのを、私は忘れることができない。七八歳のころ、学校の帰りに鳥屋へ立ち寄り、鶸を買ったことがある。紙で巧みに包んでもらった。小鳥を握った瞬間、ある厳粛な気持ちになった。夜に鳥かごで小鳥が眠る姿をみると、私は何度も夜明けに小鳥を逃がしてやった。小鳥たちはクロポトキンがいうように、楽しい道連れとなった飛んでくる。相互扶助を忘れない。自然力と戦う候鳥にそれはよく見られる。

3870 **本能の神秘　[感想]**
〈初出〉「真理」昭和 11 年 7 月
〈要旨〉猫は写真の猫には反応しない。蝶も造花にはとまらない。本当の物にしか関係しない。動物は純一に、天賦の神秘的な本能を生活の上に表すが、人間にはそれが欠如している。生活に不必要なものまで獲得しようとする欲心に原因している。

3871 **自然主義の前後　[感想]**
〈初出〉「民政」昭和 11 年 8 月
〈要旨〉文壇デビュー頃の回想。

3872 **私の新聞の読み方　[感想]**
〈初出〉「現代」昭和 11 年 9 月
〈要旨〉まず一面の広告、次に政治記事、外国電報も読む。その次は社会面を開いて、その日に起こった事件を知り、生活難を新たにさせられる。

3873 **夏から秋　[感想]**
〈初出〉「文芸」昭和 11 年 9 月
〈要旨〉夏が行く時ほど、悲しく感じられるものはない。北国に生れ、日の永い夏の間を楽しく暮らした少年時代の記憶が今も頭に残っているからかも知れない。北国の秋は極めて短い。間もなく長い灰色の冬になる。夏の晩方、往来に立っていると、いろいろな旅人が通る。北国の落日を見て、切々

Ⅲ 作品

と感じた悲しみは、東京では秋の行く日に感じられる。紅葉の美しさを知ったのは、東京であった。こんなに開けなかったころの東京の秋は、今思い出しても懐かしい。

3874 **夜の感想** ［感想］
〈初出〉「北陸毎日新聞」昭和11年10月2日・9日
〈要旨〉今年の夏は格別であった。真夜中になっても余炎が去らず、夜の町を散歩した。わずかばかりの空地に草が生えている。都会にいると人間が自然を征服しているように見えるが、自然は悠々として都会に入り込んでくる。その永遠に寂寞な姿を覗かせる。ある晩、子供が螢を買ってもらってきた。一晩で螢のほとんどが死んでしまい、一匹になったので、その螢を庭に逃がしてやると、蛙にのまれてしまった。私は生命を支配する運命の恐ろしさを感じた。私は変化の乏しい生活をしているが、年若くしてこの世を去った友に比べ、生きているだけで幸福だと感謝しなければならないと思った。

3875 **ペン倶楽部大会に誰を招くか** ［アンケート］
〈初出〉「文芸懇話会」昭和11年11月
〈要旨〉バアナード・ショウ。トーマス・マン。ロマン・ロラン。モリス・メーテルリンク。エッチ・ジイ・ウエルス。ゲルハルト・ハウプトマン。アンドレ・ジイド。魯迅。

3876 **お話の情味**〈後に改題：「子供と童話文学」〉 ［感想］
〈初出〉「早稲田高等女学校講義」昭和11年12月
〈要旨〉愛をもって語り、かぎりない親しみをもって聞くところに、お話のよさがある。悪い習慣や、悪い趣味は、つき易いものである。同様に卑俗な物語や低級な作品は子供たちの興味をそそる。だから幼年時代の読物は、特に重要である。君に忠、親に孝に、国家を愛する真の人物を造る必要がある。語る自分の魂と、聞く子供の魂とを結びつけることが出来るなら、その人は新しい童話作家でなくとも、新しい文学の分った人ということができる。成人に達すれば、都会文化を好むが、子供のうちは感情において感覚において原始的であるゆえに、より自然的な田園を愛する。
〈収録〉『新日本童話』竹村書房　昭15.6　Ⅳ345-2
『新しき児童文学の道』フタバ書院成光館　昭17.2　Ⅳ346-4

3877 **冬の空** ［感想］
〈初出〉「文芸懇話会」昭和11年12月
〈要旨〉去年の一月、父が病気のため故郷の冬を見た。険悪な空模様をみて、新しい発見のごとく、胸がふるえるほど驚嘆した。自然の変幻極まりない雄偉を感じ、あらためて越後の冬の美をたたえずにはいられなかった。北の木立が、宿命的に、長期にわたる風雪の受難を覚悟するように、黙々として悲しむ姿に、堅忍にして強靭な趣きを認めた。
〈収録〉『新日本童話』竹村書房　昭15.6　Ⅳ345-10
『定本小川未明小説全集 第6巻』講談社　昭54.10　Ⅳ370-91

昭和12（1937）年

3878 **季節の詩情** ［感想］
〈初出〉「美術と趣味」昭和12年1月
〈要旨〉夏から秋にかけて気候が順調であったせいか、紅葉が美しい。大宮

414

八幡宮の方まで歩いていった。紅葉も木によって違う。漆の木、銀杏の木、柿の木、桜の木。限りない自然の興趣に魅せられる。子供のころ、山登りに懲りて、高山に憧憬しながら行くことがなかった。秋が来る喜びは、さんまと松茸である。悲しみは茄子の姿が小さくなり、なくなることである。八手の白い花、つわぶきの黄色い花。鱈を見ると、雪を思い、霙を思う。子供の自分、鱈の口から釣針を発見し、荒波のおどる物凄い北海を想像した。

3879 日の光薄し　[感想]
〈初出〉「真理」昭和12年1月
〈要旨〉子供たちは田舎から送られてきた小包を開けていた。中に栗と柿が入っていた。荷物の中に一筋の白髪が入っていた。私は雪の来る前に上京するという老母のことを考えた。長年住み慣れた土地から離れ、実子の許に来て余生を送ることは幸福なことであろうか。人間の万事は宿命である。自分より年若くして死んだ友達のことを思った。自己を完成すべく、日月を与えられたものと、自分を出しきれずにしあったものと。宿命に対して畏怖の念を抱いた。

3880 眼にだけ残る町と人　[感想]
〈初出〉「白と黒」昭和12年3月（創刊号）
〈要旨〉明治、大正、昭和と過去の歴史になかったほと、東京は著しく変貌した。眼の中にだけ、ありありと残っていて、もうこの地上を探してもどこにもない懐かしい町がある。骨董店には過去への憧憬があり、盆栽店には未来への楽しみがあった。なつかしい町、親しみぶかい人々はどこへ行ったのだろう。

3881 私の趣味と家族の娯楽　[アンケート]
〈初出〉「家庭」昭和12年4月
〈要旨〉石を愛し、草木を愛す。狭い庭にそれらを置いて、仕事の合間に眺める。日曜日もしくはよるに、みんなが話しながら顔を見合ってお茶を飲むこと。

3882「児童文学」座談会―「風の中の子供」を中心として―　[座談会]
〈初出〉「教育」昭和12年4月1日
〈要旨〉（稲田達雄，奥田三郎，上泉秀信，窪川稲子，小山東一，坪田譲治，豊島与志雄，松永健哉，宮津博，吉野源三郎，城戸幡太郎との座談会）

3883 五月の言葉　[感想]
〈初出〉「お話の木」昭和12年5月
〈要旨〉新しい家が建つとみえて、原っぱへたくさん材木が積んであった。寝転ぶにはまだ土がつめたかったので、子供達は材木へあがって遊んでいた。雑誌を読むもの、お手玉をするもの、お菓子を食べるもの。黒い上着をきた少年が、ハーモニカを吹き始めると、いい音色はたちまち彼等の心をとらえた。みんなが「いいなあ」と感心して頭をあげたときに、希望にもえる新緑の自然は、いかに目に美しく映ったであろう。

3884『お話の木』を主宰するに当りて宣言す　[感想]
〈初出〉「お話の木」昭和12年5月
〈要旨〉今の児童雑誌のどこに児童に対する愛があろう。人生への正しき導きがあろう。高らかな清明な詩があろう。結果、少年は質実堅忍な気風を慕うより、軽躁飄逸を喜ぶようになり、正しいことのためには自己をも犠牲にする純情より、一攫千金の富貴と成功を夢見るようになった。高邁な

III 作品

勧学の精神を失うと同時に、読書力の低下を招いた。児童作家も考えねばならない。児童に対する深い愛、変化した児童の実生活を認識しなければならない。善美、高尚、純粋なるものに憧憬させ、明朗な人間性を養い、道理の弁別を過たない、自己の行為を反省できる人間にすることが童話文学の使命である。「お話の木」は真の児童文化のために立ちあがり、全力をつくす。
『定本小川未明童話全集 第11巻』講談社　昭52.9　全童話Ⅳ169-37

3885　**まへがき（『小学文学童話』）**　［感想］
〈初収録〉『小学文学童話』竹村書房　昭12.5
〈要旨〉大空を白い雲が飛んでいく。原っぱの草は生き生きとして、日の光に輝いている。正ちゃんも、勇ちゃんも、武ちゃんもいれば、ペスも、ポチも、遊んでいる。やがて紙芝居の小父さんもくる。ときどき、みんなは喧嘩もするが、正直で、朗らかで、すぐに笑ってしまう。
〈収録〉『小学文学童話』竹村書房　昭12.5　全童話Ⅳ044
『未明童話集』南北書園　昭21.5　全童話Ⅳ074

3886　**童話選評**　［感想］
〈初出〉「お話の木」昭和12年6月
〈要旨〉「広坊の買った金魚」は、子供の心が自然に、正直に写しだされている。真実にものを見るときにだけ、すべてのものの美しさがあり、やさしみの心をもって接するときだけ、こころの楽しさは得られる。

3887　**読物と実用記事 最近我が家の食卓に上つた話題**　［アンケート］
〈初出〉「婦女界」昭和12年6月
〈要旨〉福島の知人から来た便りに、梅の蕾がようやく膨らんだこと、青森から上京した人の話に、売られていく娘が同じ列車に乗っていたという話があった。天恵の厚いところ、薄いところに住む人には、大きな違いがあることを話しあった。

3888　**白い花**　［感想］
〈初出〉「お話の木」昭和12年6月
〈要旨〉少年は、じっと水の上を見つめていました。もう、白い浮子の動くのが分らない程、うす暗くなりました。さっき、遠くで自分の名を呼んだような気がしたが、多分空耳であったろう。しかし、お母さんが心配なさっていられると思うと、心は急ぎ出しました。岸へ這い上った時、月がバケツの浅い水を照らして、魚の背が寒そうです。「これから、鯰が釣れるのだよ」白く咲いた野薔薇の藪蔭に、まだ人声がして、青田では、蛙が鳴いていました。

3889　**重大なるその使命**　［感想］
〈初出〉「日本学芸新聞」昭和12年6月1日
〈要旨〉真剣に児童のために考え、文学としての誇りを傷つけなかった人々によって童話は純粋な芸術として成長してきた。芸術の力で、児童を善美、高尚、純粋なものに憧憬させ、明朗な人間性を養わせる必要がある。これは高い意味における浪漫主義の精神である。童話の中に浪漫主義をとり入れるのではなく、童話そのものが浪漫的精神の産物である。童話の対象はあくまで児童である。／第二のアンデルセン　スヴェンソンの見た日本の子供観、魯人の息子。

3890　**童話選評**　［感想］

〈初出〉「お話の木」昭和12年7月
〈要旨〉「祭りの日の出来事」は祭りの日が浮かんでくるばかりでなく、国を異にしても子どもの心に変りなく、またその無邪気にして愛らしさに変りのないことが、はっきりと出ている。やさしい小父さんもいいと思った。

3891 「綴り方」について　[感想]
〈初出〉「お話の木」昭和12年7月
〈要旨〉児童が、文章をうまく書くためには、綴り方が必要なのでなく、日常いかに生活するかを表現する間に、自分を見出し、これによって多様の個性を伸長させることにある。

3892 好きな作品好きな作家　[感想]
〈初出〉「美術新論」昭和12年7月
〈要旨〉（不明）

3893 花火　[感想]
〈初出〉「お話の木」昭和12年7月
〈要旨〉星空の下で、一人の子供をとりかこんで、みんなが何かを見ています。花火をしているとすぐ分りました。パッと、マッチを擦る音がして、火は棒につきました。みんなは、後退りをします。独り花火を手に持った子供だけが、大胆にじっとしていました。誰だろう？　シュ、シュッ、パン、パーン！　さんらんとして、美しい焰が、正ちゃんや、はな子さんの、笑顔を明るく照らし出しました。同時に、その子供が、真ちゃんだったと知られたのです。

3894 盆花と蝶　[感想]
〈初出〉「お話の木」昭和12年8月
〈要旨〉小さな兄弟は、夏休みを見学のために、遠い叔母さんを訪ねて行く途中でした。汽車が、寂しい山国の駅に、三分間停車した時です。構内の花園へ、黄色な蝶が飛んで来て、まさに盆花に止ろうとしました。瞬間アッ！　隠れていた猫が躍り上がって蝶を捕りました。二人は、あまりの出来事に言葉も出ず、顔を見合わせました。汽車は、トンネルへ入ったのです。

3895 天の川　[感想]
〈初出〉「お話の木」昭和12年9月
〈要旨〉胡瓜も末になったと見えて、だんだん形が小さくなりました。縁日で買ったきりぎりすを、まだ暑い餌のあるうちに逃がしてやろうと、少年は家を出ました。踏切を越さなければ、広々とした草原がなかったのです。姉は、弟の帰りを案じて門の外に立っていました。遠方で、踊りの太鼓の音がしました。颯々と風のある空を仰ぐと、もう、天の川がくっきり白くなって見られたのです。

3896 若き日本　[感想]
〈初出〉「中央公論」昭和12年10月
〈要旨〉日清戦争のとき、小学生だった。教師が世界地図をひろげ、愛国の思いを語った。私たちも感激に胸がふるえた。今また同じ国と戦う。四十年前と同じ情熱と感激がある。自分はすでに老い、日本は、また過去の日本ではない。しかし、今の国民の精神は昔の国民の精神と変わらない。大義のために、身を捧げる犠牲的精神と報恩奉仕の至誠の感情がそれだった。この思いがあるかぎり、日本は永久に若い。

3897　果物の美　[感想]
　　〈初出〉「お話の木」昭和 12 年 10 月
　　〈要旨〉果物やの前に立つと、今を出盛りの梨、林檎、栗、柿、葡萄、柘榴などが、色とりどりに、美と芳香を放っていますので、少年は、「すてきだなあ」と叫びました。「神様は、人間にも、同じ顔をお造りなさらぬ如く、めいめいに、ちがった天分をお授けされた」と、少年の父親が、いいました。

3898　子供の綴り方について　[感想]
　　〈初出〉「お話の木」昭和 12 年 11 月
　　〈要旨〉私は綴り方の選考にあたって、子供自らが深く感じ、そして、書いたもの、大人の手の加わらぬものを採用する。大人の手の加わったものはすぐに分かる。子供らしさを失った年に似合わぬ小理屈をいうものは、子供らしさを失った不幸な子供である。ものの見方が決まってしまっているからだ。子供は正直に感じたことを正直に書き表すことが大切である。

3899　神に祈る　[感想]
　　〈初出〉「お話の木」昭和 12 年 11 月
　　〈要旨〉遠い、山々に、もう雪が来ました。八幡様の境内の銀杏の木は、真黄色になって、ちょうど炎の燃え立ったようです。風が吹くと、火の子のように葉が飛び、熟した実がポトポト大地へ落ちました。けれど、これを拾う子供もありません。前を通ると、正しく頭を下げて、お父さんや、お兄さんんお、武運長久を祈るのでした。

3900　幼児童話について　[感想]
　　〈初出〉「幼児の教育」昭和 12 年 11 月 15 日
　　〈要旨〉幼児童話は、小さな子供のために書くのだという、はっきりした心の持ち方が大切である。なぜなら、目標を定めないかぎり、その話には一つの中心点が見出されないからである。子供は、年齢に相応した経験以外に空想を描きえないから、子供に親切な説明は、子供をよく認識して、理解してはじめてなされるものである。子供と一緒に童話の世界に浸ることにもなる。幼児に対する話の筋は、単純に、自然に、素直にして、明朗なものがいい。人間を完成する意味からいっても、気分の統一、感情の純化が大切である。幼児は、話の筋を面白がるより、語る者から深い愛を要求していることを知らねばならない。平明にいえば、お話をする者の態度が、一番肝要になるのである。
　　〈収録〉『日本の子供』文昭堂　昭 13.12　全童話Ⅳ 046-36
　　　　　『定本小川未明童話全集 第 15 巻』講談社　昭 53.1　全童話Ⅳ 173-70

昭和 13（1938）年

3901　**手近かな処にある我々の戒心し、実行し、警告しなければならないこと。**[アンケート]
　　〈初出〉「近きより」昭和 13 年 1 月
　　〈要旨〉やむを得ざる固有名詞等の他は、新聞、雑誌の原稿においても、またお互い同士の話中においても、外国語を挿入しないこと。衒学的にあらざれば、外国崇拝の観念に他ならないからである。

3902　私の憂ひ、私の喜び　[アンケート]
　　〈初出〉「婦人之友」昭和 13 年 1 月

〈要旨〉国民の一致団結。働いても食えざるものの多いこと。

3903 **トルストイ** ［感想］
〈初出〉「真理」昭和13年2月
〈要旨〉トルストイを思うとき、私はクロポトキンを連想する。前者には畏敬を感じ、後者には親愛を感じる。ともに人道の戦士として、真の平和と幸福をもたらそうとした。クロポトキンもトルストイも、科学のための科学、芸術のために芸術を否定した。トルストイは、真の芸術や科学は、宗教的意識を基礎としなければならないと言った。クロポトキンは相互扶助を言った。芸術家や科学者は、この世界をより善く、より美しく、より正しくしようとする誠実と理性がなければならない。トルストイは「魂と魂が結びつく上からいっても、その表現形式からいっても、童話こそ最高の芸術である」と言う。

3904 **子供と冬の景色** ［感想］
〈初出〉「サンデー毎日」昭和13年2月6日
〈要旨〉太い柿の木が立っている。老木の荒れた幹や枝は、石や岩に対すると同じ妙味を感じさせる。真っ赤なちゃんちゃんこを着た女の子が、藁ぶきの家の庭さきで、母親に「いつ猫の子をもらってくれるの」とせがんでいる。冬枯れの景色ながら、長閑な感じがした。彼方から都会の音が聞えるが、眼前の川はそれとは無関係に存在している。私は子供の時分のことを思い出した。ある年の正月、故郷へ帰る途次、私は上野駅で別れを惜しんでいる兄弟を見た。弟は長野の少し先で降りた。雪解けの時分に鱒が釣れることがあるという。越後から信濃川を遡ってくる魚だ。

3905 **青年に与ふ** ［感想］
〈初収録〉『日本の子供』文昭堂　昭13.12
〈要旨〉正直にして真剣なのが青年である。美しいものを見ては、真に美しく感じ、正しいことは正しいとなし、善いと信じたことは、これを行うのが青年である。ゆえに青年は常に深く学び、深く究めなければならない。この時代は高い理想を抱き、希望に燃える時代であって、その人の一生はすでにこの時代に決まるといってよい。立派な人間とは、恩義を感じ、忠誠に殉じ、よく正邪善悪を判断し、上下二千六百年、皇国の基礎を完全ならしめた先哲に対して、恥じざる人間になれということである。日本の武士道は、外国人が真似できない、精神的教養の結晶に他ならない。いまや「日本精神に帰れ」の叫びをきく。現在の社会には、非日本精神的なものと、幾多の矛盾とが介在するからである。文明を単なる物質の生産事実とのみ解する資本主義は、共存共栄の美風を失わせ、人間性を蹂躙し、相互扶助の本分を忘れさせ、個人的享楽を恣にさせた。私は子供のとき、富める者が貧しき者の前で、暴慢にふるまい、同情がなかったのを見て甚だ憤った。
〈収録〉『日本の子供』文昭堂　昭13.12　全童話Ⅳ046-38
『新しき児童文学の道』フタバ書院成光館　昭17.2　Ⅳ346-20

3906 **知りつゝ行はれざること** ［感想］
〈初出〉「保育」昭和13年5月15日。再掲：「日本児童」昭和14年3月25日。
〈要旨〉大人は子供のときのことを忘れてしまう。現在の尺度をもって子供の行為を見ようとする。功利的な考えで、善いとか悪いとかきめてしまう。同情の目でいたわるのが大切である。怒りを他に移すなかれ。凡人はその相手が目下であれば、露骨に自分の感情を現わすものである。子供の力以上に、無理に勉強させたり、それが出来ないからといって叱ってはならな

い。つまらぬ誇りは捨てなければならない。子供を教育する前に、多くの母親はもう一度教育されなければならない。虚栄と功利に煩わされ、子供に、子供の世界があることを気づかずにいる。これを反省させるのは児童芸術の力である。
〈収録〉『日本の子供』文昭堂　昭13.12　全童話Ⅳ046-37

3907　興味ある人物二、三とその意味　［アンケート］
〈初出〉「近きより」昭和13年6月
〈要旨〉鮎川義介。進展性のある彼の事業と、新人としてのその思想に対して。双葉山。蒋介石。いかなる最後をとげるか。あるいはいかに転身して窮地を脱するか。

3908　祖国と真実を愛するもの（内閣改造を如何に見るか）　［感想］
〈初出〉「祖国」昭和13年7月
〈要旨〉子供の時分に外で喧嘩をし、いじめられて戻ってくると、母は意気地なしといって叱ったものだ。母は「私が行って来てやる」といって家を出た。子供の喧嘩に親がでるという言い方もあるが、それは子供を持ったことのない人の思いである。そうでなければ、外聞をはばかる卑屈者か、自尊心のない人である。辱めに対して、知らぬ顔ではいられない。同じことは人道主義者の場合にもいえる。彼等は祖国のために、真に戦うべき場合に戦うことを忘れている。空虚な博愛主義者に堕している。抽象的な国家観をもち、自分たちの兄弟を見殺しにしても、外国の同志たちと手を握ろうとする。戦争はさけがたい。戦勝国家のより高度な文化に人類が光被されるのである。

3909　児童雑誌に対する理想案（幼少年少女雑誌改善に関する答申案）　［答申］
〈初出〉「出版警察資料」昭和13年7月
〈要旨〉児童教化によって、社会の矛盾を除去し、善美の国家を建設したい。物質至上の資本主義や功利主義の線上では、日本精神を基調とする教育はできない。読み物の統制が必要である。大人の堕落した趣味や、娯楽から児童の感染を防がねばならない。児童雑誌の内容は、正直、誠実、謙譲、勇気、同情等を高揚して全体的に健康にして、明朗であり、至高の感激を興起させるものがよい。子供の年齢によって、教化すべきである。

3910　「新刊良書クラブ」に就て　［アンケート］
〈初出〉「日本学芸新聞」昭和13年7月1日
〈要旨〉鈴木三重吉全集と陶淵明集を良書として推薦する。

3911　昔の温泉　［感想］
〈初出〉「真理」昭和13年8月
〈要旨〉学生の頃、毎夏、故郷へ帰省したのを除いて、私は避暑をしたことがない。一つには東京の夏を愛するからである。燕温泉へ母に連れていってもらったのは、八九歳の頃である。学校が夏休みとなり、村へ金千丹売りが回ってきて、畑に黄色な南瓜の花が咲く昼過ぎになると、遠くで毎日のように雷の鳴る季節であった。長く汽車に乗るのも初めてであった。石置き屋根の燕温泉は、たいてい行燈を使っていた。隣の部屋にいた寺の住職が、私の手相をみ、この子は家の後を継がぬと言ったので、母が悲しんだのを覚えている。母の晩年、もう一度、この温泉へ連れてきてやりたかった。

3912　新刊良書クラブ　［アンケート］

〈初出〉「日本学芸新聞」昭和13年8月1日
〈要旨〉パール・バックの作品集と「モースの大将」を推薦する。

3913 **貴下は銃後の戦ひを如何に戦ひつつあるや？ [アンケート]**
〈初出〉「祖国」昭和13年9月
〈要旨〉作品に精神主義を高揚し、児童を魂より教化し、やがて来るべき物心、対立の思想戦に役立てようと願っている。家庭防火群の一員として、家族とともに忠実に働いている。

3914 **漢口攻略後の情勢に対する貴下の見通し・並びに希望 [アンケート]**
〈初出〉「祖国」昭和13年10月
〈要旨〉欧州の危局と相まって、世界戦争になるのでと思っている。結局、民族主義と人民戦線の思想戦である。この長期戦に対し、日本はこのさいまず国内の矛盾を一掃し、国民一致団結して、難関を押し切らねばならない。

3915 **廿五年前（大正三年頃）貴方はどんな本や雑誌を愛読されてゐましたか [アンケート]**
〈初出〉「東京堂月報」昭和13年10月
〈要旨〉早稲田文学、新潮、中央公論、新小説等。「廃墟」「底の社会へ」。資本主義の上昇期で、出版界にも希望があり、溌剌としていた。

3916 **お母さんは僕達の太陽 [感想]**
〈初出〉「愛育」昭和13年11月
〈要旨〉子供は、自分のお母さんを絶対のものとして信じている。ことに幼児の時分には、お母さんはまったく太陽そのものであって、お母さんのしたことは、正しくあればまた美しくもあり、善いことでもあった。子供が外から家へ入ってくるとき、どれほどこみあげる懐かしさをもっていたか知れない。子供の代弁をするなら、お母さんにはできるかぎり家にいてもらいたい。そしてやさしい返事をしてもらいたい。聡明な母親は、子供のために自らの向上を怠ってはならない。純情な子供の心に、階級的な観念を植え付けてはならない。利己的な潔癖から、子供が自分の家へ友達を呼んでくるのを厭うてはならない。
〈収録〉『新しき児童文学の道』フタバ書院成光館　昭17.2　Ⅳ346-16

3917 **長期戦下の文化国策に直言する [感想]**
〈初出〉「日本学芸新聞」昭和13年11月1日
〈要旨〉全体主義であっても日本には独自の発達過程がある。日本の道徳と日本精神の特異性を強調し、行動に表現しなければならない。共産主義と民族主義が今後の闘争となるであろうが、この理想と信念のうえに、まず児童の教化に取りかからなければならない。児童教化こそ急務である。

3918 **人と草 [感想]**
〈初出〉「新風土」昭和13年12月
〈あらすじ〉いつも懐かしく思いだされるのは、昔、歩いた町の姿である。一度、あのあたりを散策したいと思うが、あの辺りは一帯が取り払われ、店もない。事変前は、年の暮には中国の蘭が売りだされた。中国の一花は香気が強い。（越後の春蘭は中国の一花に劣らない芳香を放つ。）最初の頃は、中国の一花を好んだが、この頃は日本の春蘭を好む。何かにつけ、少年時代をなつかしむからかも知れない。
〈収録〉『新日本童話』竹村書房　昭15.6　Ⅳ345-7

Ⅲ 作品

3919 序（『赤い蠟燭と人魚』）　［感想］
　　　〈初収録〉『未明童話集 赤い蠟燭と人魚』冨山房　昭13.12
　　　〈要旨〉顧みれば、明治四十年に小説集『愁人』を出版し、四十三年に童話集『赤い船』を上梓してから、私の長い文学的生活はつづいた。新浪漫派から、人道主義へ、解放運動へ。はじめは童話を文学の一形式と考え、自己の表現に重きを置いたが、最近は児童のために、ともに笑い、ともに泣き、ともに訴えながら、専心筆を執っている。正しい、善い、人間を造ることによって、はじめて、この世の中の明朗が期せられると信じるためである。
　　　〈収録〉『未明童話集 赤い蠟燭と人魚』冨山房　昭13.12　全童話Ⅳ048

3920 序（『小波お伽噺新八犬伝』）　［感想］
　　　〈初出〉巌谷小波『小波お伽噺 新八犬伝』冨山房　昭和13年
　　　〈要旨〉私が最初に小波先生のお伽噺を読んだのは、小学校の頃、「少年世界」であった。明るく、面白く、なつかしいものに思われた。早稲田大学に入学後、大学2年のとき、先生から独逸文学史の講義を聴いた。その頃にいたって、先生のお伽噺が他のいかなる作家も追従することのできない天品であることを知った。先生は、わが日本少年文学史の有する、ただ一人の慈父である。以上の文章を書いた四年後に先生は亡くなられたが、先生への思いは変わらない。
　　　〈備考〉『童話三十六人集』巻末の文章「小波先生」を全文引用し、さらに文章を加えたもの。

昭和14（1939）年

3921 子供に読ませたい本（時局と女性）　［アンケート］
　　　〈初出〉「婦女界」昭和14年1月
　　　〈要旨〉新興日本を背負う子供等の読み物には、確かな指導精神がなければならない。これまでのものは商品本位で、娯楽的なものであった。たとえ良心的なものであっても、自由主義的なものであった。クラシックは別として、新しい健全、明朗な児童の読み物が必要である。

3922 長期建設の要点・国民再編成に就いて　［感想］
　　　〈初出〉「祖国」昭和14年1月
　　　〈要旨〉肇国の精神に基づいて、国内の矛盾、階級的特権を清算することが急務。東亜の聯盟を達成し、共存共栄をはかることは長期建設に属するに相違ないが、これを怠ると、日本精神に拠る特異の革新が成就されないうちに、共産主義対民主主義の思想的世界争覇戦に巻き込まれる恐れがある。

3923 児童読物の本質　［感想］
　　　〈初出〉「読売新聞」昭和14年3月18日
　　　〈要旨〉今までの児童の読物は、子供の自然の喜びに合ったものではなく、子供の弱点につけこんだものであった。このたびそれが内務省によって改善されることとなった。しかしこうした外部からの指導より、出版社が営利主義を排し、国家、国民とは何かを考えることが大事である。作家も、出版社の意向から解放され、時代精神を認識する必要がある。東洋民族共通の善美な社会の建設にむかっての情熱が、作者の頭にあってはじめて児童文学も新しく書きなおされる。

3924 亜細亜の新文化　［感想］
　　　〈初出〉「科学知識」昭和14年4月

〈要旨〉東亜の新文化は、東方民族の精神活動から生まれなければならない。長い間、桎梏に悩まされていたものが、同じ民族の力によって、その鉄鎖を断ち、互いに道徳を遵守し、提携、誘発するなら、なんら前途を憂うることはない。提唱者たる日本は、指導者の立場にある。真に偽らざる誠実のみが、彼我の魂と魂を触れ合わせる。武力ではなしえない。

3925 **英国及び英国人に就て　[アンケート]**
〈初出〉「祖国」昭和 14 年 8 月
〈要旨〉東洋の精神文化は、当初より発達の過程を異にしているから、ここに基礎をおき、新文化を建設するためには、英国とこの際、政治、経済、思想において相反する方向にいくことを必然とする。今利害が衝突するからといって、にわかに全体を否定することはできない。英国人の堅実にして、教養の深いことは認めなければならない。

3926 **児童文学の問題　[感想]**
〈初出〉「読売新聞」昭和 14 年 8 月 22 日
〈要旨〉最も差し迫ったもののなかに、児童教化の問題がある。亜細亜の建設は今日の児童に待つところが多い。児童文学は児童をどこへ連れていこうとしているのか。自由主義時代の美や善は、もはや彼らの糧にはならない。児童文学者が与える糧を考えなければならない。

3927 **公私の生活において 1 最近愉快だったこと、2 不愉快だったこと、3 その他の偶感　[アンケート]**
〈初出〉「近きより」昭和 14 年 9 月
〈要旨〉1、はるばる上京した遺児達が、靖国神社に詣でる朝となって台風がからりと晴れあがったこと。2、約二旬にわたる日英会談の、掛け声だけ強そうで煮え切らない態度。3、貴誌の大陸紀行を面白く拝見している。

3928 **私の推薦書　[アンケート]**
〈初出〉「科学ペン」昭和 14 年 9 月
〈要旨〉学生時代に感銘をうけたクロポトキンのロシア文学史を、改造文庫で読み返している。今日、わが国においても転換期に直面しているにもかかわらず、真に憂国の文学がなく、知識階級の奮起がないのを悩ましく思う。

3929 **米国及び米国人に就て　[感想]**
〈初出〉「祖国」昭和 14 年 9 月
〈要旨〉世界平和と公正を口にしながら、自国の富と強力を誇示し、傲語する。孤立主義は仮面であって、世界戦争を誘導するものがあるとすれば、それは必ずも米国であろう。

3930 **胸の血の熱せるを覚ゆ　[感想]**
〈初出〉昇曙夢『六人集と毒の園』昭和 14 年 9 月　正教時報社
〈要旨〉明治末から大正にかけての文学を新興文学とすれば、その黎明期に最もわが国に影響を与えたのはロシア文学である。芸術のための芸術に反省を与え、人類のための芸術、正義のための芸術であることを教えた。それは血で書かれた悲痛な民族の記録であった。当時、昇氏や二葉亭の翻訳が発表されると、私達は争ってこれを読み、胸を熱くした。彼等にとって文学は名刺のようなものではなかった。人間性のための戦いであり、悩める魂と体を解放するためのものであった。

3931 **日本的童話の提唱　[感想]**

〈初出〉「報知新聞」昭和14年9月20日〜23,25日（最終掲載日不明）
〈要旨〉日本が自由主義を揚棄しても、独伊の全体主義と同じではない。道義日本の子供は、物質力より精神力によって指導されなければならない。日本の子供はかつて精神的であった。資本主義が人間を退化させたのだ。金や物質に縛られることによって、人間性が無視された。祖国の意志と観念を消滅させる共産主義に対しても、東洋諸国は協力して当らなければならない。子供達は正直だ。正しいと知れば必ず行う。教育が職業となって、真の教化の精神は廃れた。功利主義は知識を重んじ、徳義を軽んじる。学校外にあって、児童の情操涵養をはかるのは児童作家である。共産主義は資本主義の転生であって、同じく唯物思想に立脚する。彼等は階級的鉄則によって、平等をはかろうとする。ゆえに人間性を嘲笑する。
〈収録〉『新日本童話』竹村書房　昭15.6　Ⅳ345-1
『定本小川未明童話全集 第12巻』講談社　昭52.10　全童話Ⅳ170-43

3932　阿部新内閣に希望す　［アンケート］
〈初出〉「祖国」昭和14年10月
〈要旨〉戦後に共産主義思想がすさまじい勢いで世界に侵入することは想像するに難しいことではない。東亜をその毒牙から防ぐ道は、ただ皇道精神の真の実行以外にはい。阿部内閣はこの重大局面に直面している。大勇猛信をもって、資本主義矛盾の革新を速やかにせよ。

3933　童話制作の新発展　［感想］
〈初出〉「教育論叢」昭和14年11月1日
〈要旨〉児童教化の上にも、今までと違った革新が来つつある。これまでは子供に知識を授けることが主だった。しかし、今は立派な人間を作ることに傾いている。教える人の人格の感化においてのみ、そのことは可能である。児童の読物も、人間を作ることに向かっている。かつて自由主義時代には、子供に面白く聞かせ、良心的であればよいと考えた。今は一つのイデオロギー、新東亜建設の国策の上で、児童の教化を分担しようとしている。まず今日の児童を教育する教師たちが、人格的に革新されなければならない。

3934　私の注文　［アンケート］
〈初出〉「祖国」昭和14年12月
〈要旨〉政府自ら身を捨て国家を救う範を国民に垂れなければならない。国民はあまり政治に無関心でありすぎる。

3935　初冬　［感想］
〈初出〉「文芸春秋」昭和14年12月
〈要旨〉私は北向きの窓下に机を置いている。私は北に対して、特別な感覚をもっている。人生観において、どうにもならない宿命的なものを感じる。かつて海外へ、大陸へ行ってみたいという思いは強かったが、今はその気がなくなった。わが身はうらさびしい初冬のように、冷たく感じられる。最近は散歩も億劫になった。日がくれると、ごうごうと音がした。北国の海鳴りの音を思い出した。今も松並木の街道を御高祖頭巾や毛布を頭からかぶった人が歩いているだろう。あの音が聞えないかと子供たちにいうと「あれは都会の音ですよ」と言った。
〈収録〉『新日本童話』竹村書房　昭15.6　Ⅳ345-9
『新しき児童文学の道』フタバ書院成光館　昭17.2　Ⅳ346-37

昭和 15（1940）年

3936 **余はソ連を斯くの如く見る　［アンケート］**
〈初出〉「祖国」昭和 15 年 1 月
〈要旨〉英米は世界制覇を試みるために、キリスト教の宣伝を前衛とした。今やソ連は、共産主義の宣伝によって、世界制覇を夢見ているが、結局は暴力の遂行であり、帝政時代遺統の侵略行為であることは、このたびのフィンランドに対する行動を見ても明らかである。人類の正義と人道は、つねに狡獪な彼等の道をカムフラージュする邪旗印となっている。

3937 **二千六百年代を想ふ　［アンケート］**
〈初出〉「婦人之友」昭和 15 年 1 月
〈要旨〉大亜細亜の理想に立脚して出発する第一年である。希望の多いかわりに、今後の多難も思われる。民族の結合は、ひとり政治、経済の上だけに完全を帰せられるものではない。互いに真実の楔を必要とする。いかにして協同の文化を建設するか。とりわけ少年の教育が重要なゆえんである。

3938 **聖戦をけがすもの　［感想］**
〈初出〉「祖国」昭和 15 年 3 月
〈要旨〉一体一心となれない自由主義思想にある。

3939 **天を怖れよ　［感想］**
〈初出〉「動物文学」昭和 15 年 3 月
〈要旨〉人間はものを言うことのできない動物に対し、彼等の世界を知ろうとするよりは、功利的に利用しようとしてきた。利益を中心にこれらの動物を見、また取り扱ってきた。造物主が彼等に与えた叡智、敏感、正直さを知らずにきた。文学者や芸術家がいなければ、そうしたことは知られなかった。昔の人間は、常に天を怖れた。万物の生命を愛してこそ、はじめて人間は偉人たるのである。
〈収録〉『新日本童話』竹村書房　昭 15.6　Ⅳ345-6

3940 **創造の歓喜に生きよ　［感想］**
〈初出〉「祖国」昭和 15 年 4 月
〈要旨〉一篇の作品を書くにおいても、書くことに情熱と喜びを感じなかったら、自然に流露する表現は得られない。愛のあるところ、犠牲の精神がある。国家に対する愛は、自己犠牲である。大君のために国民は殉じることを至上の喜びとする。それゆえに創造に伴う苦痛と努力が問題とはならないのである。
〈収録〉『新日本童話』竹村書房　昭 15.6　Ⅳ345-17

3941 **余の生活革新　［アンケート］**
〈初出〉「祖国」昭和 15 年 5 月
〈要旨〉常時、日本人の一人として、国家の目ざす最高の道徳的使命に殉じる覚悟である。私の場合、具体的にいえば、今迄より情熱をもって童話を書くことができることを喜んでいる。

3942 **汪政権に対する期待と注文　［アンケート］**
〈初出〉「祖国」昭和 15 年 5 月
〈要旨〉日本の真の精神を理解すること。利益本位の国交を揚棄して、道義に立脚して、東洋の平和と独自の文化建設に赤誠を披歴すること。

3943 **はしがき（『新日本童話』）　［感想］**

〈初収録〉『新日本童話』竹村書房　昭 15.6
〈要旨〉最近の感想と随筆、加えて『小豚の旅』『少学文学童話』『お話の木』『犬と犬と人の話』その他の中から、高学年向きの童話を採摘し、著者の思想と芸術を照応することにより、父兄に、童話文学の独自性について批判を乞うことを目的とした。
〈収録〉『新日本童話』竹村書房　昭 15.6　Ⅳ345-0
　　　　『新日本童話』竹村書房　昭 15.6　Ⅳ345-0

3944　**発足点から出直せ**　［感想］
〈初収録〉『新日本童話』竹村書房　昭 15.6
〈要旨〉資本主義が人間を堕落させた。金や虚名のためには、裸になって踊ることも辞さなかった。ジャーナリズムがそれを後押しした。児童文学は、そのため低潮蕪雑なものとなった。だがこのことは、どんなものでも与えられたものを受け入れる子供を相手にしたことで、許されないことだ。今日、高揚されつつある日本精神によって、人間性の教化に努めなければならない。このたびの事変によって、これまであった一切の矛盾を浄化することとなった。児童教化が急がれる。その要諦は、人格的接触と読物の提供にある。児童をどこへ連れていくかは、まったく指導者の責任である。自己の思想革新なくして、教化はできない。
〈収録〉『新日本童話』竹村書房　昭 15.6　Ⅳ345-3
　　　　『新しき児童文学の道』フタバ書院成光館　昭 17.2　Ⅳ346-9

3945　**木天蓼**　［感想］
〈初収録〉『新日本童話』竹村書房　昭 15.6
〈要旨〉故郷の人から、塩漬けのまたたびを送ってもらった。またたびは猫が好きなものである。近所のぶち猫が近づいてきた。この猫は私の家の猫をよくいじめた。庭にさるすべりの木があり、私は木を上る蟻を駆除しつづけた。犠牲をともなわないものが、存在するのか。
〈収録〉『新日本童話』竹村書房　昭 15.6　Ⅳ345-5

3946　**湯屋**　［感想］
〈初収録〉『新日本童話』竹村書房　昭 15.6
〈要旨〉私は湯に入ることが好きだ。「もう正午だぞ、Oさんが手ぬぐいを下げて通られたから」と商家の人は噂した。私は体温位の湯から入るのが好きだ。生来出不精で家にいることが多いので、湯屋に行くことを日課とした。私の母が湯好きで、熱い湯が好きだった。最後は湯ぶねの中で命をとられた。母に連れられ、よく湯屋に行った。豆ランプがついていた。女湯の旅芸人の訛りに哀しみと憧れを抱いた。
〈収録〉『新日本童話』竹村書房　昭 15.6　Ⅳ345-8
　　　　『新しき児童文学の道』フタバ書院成光館　昭 17.2　Ⅳ346-36

3947　**春風遍し**　［感想］
〈初収録〉『新日本童話』竹村書房　昭 15.6
〈要旨〉春先になれば、古い疵跡に痛みを覚えるごとく、胸の底に遠い記憶がよみがえる。まだ若かったころは、酒場で壜にさした桜の花を眺めながら、作品の構想にふけった。自然主義から浪漫主義時代にかけての空気を懐かしくおもう。年をとってからは、自分の経験の貧困に悔恨の情をいだく。どうして子供の頃より国境の山々に憧憬しながら、足の達者なうちに登らなかったろう。しかし今はもう遅い。これまで朧気にしか感じなかった死が、この頃は何を見る目にもつきまとってきた。死は永遠の休息といっ

た安らかなものになってきた。かつては金持ちや資産家を敵視したが、彼等も同様に死ぬのである。
　〈収録〉『新日本童話』竹村書房　昭15.6　Ⅳ345-11
　　　　『新しき児童文学の道』フタバ書院成光館　昭17.2　Ⅳ346-27

3948　**誠の心、誠の叫び**　［小説］
　〈初収録〉『新日本童話』竹村書房　昭15.6
　〈あらすじ〉彼が、ある保険会社の勧誘員になった。若い時代をこんなふうに送っていいのかと彼は思った。蜂は一度刺すと死ぬという。仲間のため、巣を護るため、命を惜しまない蜂の態度を思い、彼は自分の生活を恥ずかしく思った。そのころ聖戦の意義が明らかになった。民族解放のため、また和協と建設のため、これほど血を流したことはなかった。しかし急激な変化に対して戸惑うところもあった。同僚は言った。唯物主義に対する精神主義、機械的な浅い横の共産主義を否定した、縦の深い民族に根を下ろした高度の文化に変わるのだと。彼は愉快になった。やがて彼にも召集令が届いた。「いままでの虚偽から、矛盾から救ってくれるものは戦争ばかりだ」彼は誠の心の叫びをあげた。
　〈収録〉『新日本童話』竹村書房　昭15.6　Ⅳ345-12

3949　**美しき夢をもて**　［感想］
　〈初収録〉『新日本童話』竹村書房　昭15.6
　〈要旨〉もし私たちの誇りとする、輝かしい日本文化が生まれるとすれば、日本精神の忠実な実践以外にない。利益社会の習慣になれた者が、奉仕の社会に向かうのは難しい。外国人には、この精神主義は理解できない。だが日本人には、理解できる。国民は決死の覚悟を要する時期だ。行くところ、亜細亜を指導するだけではない。眼前に、唯物主義の破局をも見るからだ。功利主義に立脚すれば、弱肉強食の道しかない。
　〈収録〉『新日本童話』竹村書房　昭15.6　Ⅳ345-13

3950　**新しき生活**　［感想］
　〈初収録〉『新日本童話』竹村書房　昭15.6
　〈要旨〉自然は無限にして生命に限りがない。木の葉が落ちても、すでに来春のための芽をつけている。人間も同様である。一時代が去る後には、次の世代が控えている。子供たちが、多くの希望と高き理想を継いでくれる。次世代を担う子供たちに、いかなる保護と教育が必要であろうか。子供たちの純情や正義は、国家のために役立てられる必要がある。アジア解放のために、彼等の父や兄が血を流したことを理解させ、将来日満支の子供たちが、相扶けあうことを教えなければならない。世界を苦境に陥れたものは唯物思想である。
　〈収録〉『新日本童話』竹村書房　昭15.6　Ⅳ345-14
　　　　『新しき児童文学の道』フタバ書院成光館　昭17.2　Ⅳ346-19

3951　**生れ変る心構へ**　［感想］
　〈初収録〉『新日本童話』竹村書房　昭15.6
　〈要旨〉今まで自分の利益のために努力してきたものが、国家のために尽くすということは生まれ変わった心にならなければできない。日本精神に還れというのは易しいが、実行するのは難しい。今日ほど、内外多事にして、不安を焦慮を与える時代はない。先を見通すことはできない。道義日本は、清純明朗な日本青年の組織の上に成長するものである。
　〈収録〉『新日本童話』竹村書房　昭15.6　Ⅳ345-15

III 作品

3952 我を思はば国家を思へ　［感想］
〈初収録〉『新日本童話』竹村書房　昭15.6
〈要旨〉一大事の前には、ささたることは問題にならないばかりでなく、このような時こそ正義心を発揮するべきである。国民一人のこらず一致協力しなければならないときに、物資が欠乏するからといって金持ちが我勝ちにこれを買い入れるとは、どこに日本精神を有しているのだろう。知識階級も、自己の責任を感じていない。彼等がアジアの理想に魅了されないのは、認識不足であるのと同時に、古い社会理論を放棄できないからである。世界は刻々に変化している。東洋民族にとって、アジア共同体が真理なのである。この結合の様式と八紘一宇の精神こそ、人類を救うに足るものである。一歩に欧米の毒牙がのび、一方にソ連の赤化がある。
〈収録〉『新日本童話』竹村書房　昭15.6　Ⅳ345-16

3953 立派な人間として働け　［感想］
〈初収録〉『新日本童話』竹村書房　昭15.6
〈要旨〉窮迫する非常時に闇相場で儲けようとする人間がいる。世は行き詰りの現象であって、もし人々が金や欲から解放されなければ、真の人間生活は得られない。日本精神はこうした物質の上に幸福を見出だしはしない。日本精神は、将来、世界に滔々たる唯物思想との闘争を免れない。これに打ち克つときはじめて、人類は階級の桎梏から解放される。
〈収録〉『新日本童話』竹村書房　昭15.6　Ⅳ345-18

3954 強力新党樹立運動に就て　［アンケート］
〈初出〉「祖国」昭和15年7月
〈要旨〉既成政党が良心的であるならば、この際自発的に解党して、新しい指標に向かって、滅私奉公の精神で、互いに結束しあって出直すべきである。世界の情勢を認識するなら、私情や利害関係など問題にならないはずだ。

3955 弔辞　［感想］
〈初出〉『相賀祥宏君追悼録』相賀祥宏君追悼録編纂会　昭15.8
〈備考〉昭和13年8月16日。小学館社長へ。
〈要旨〉一生を児童教化のために捧げ、なお春秋に富みながら、一朝忽然と氏が逝かれたこと、まことに痛惜の至りに堪えない。長き年月を病床に過ごしながら、毎号全誌に眼を注がれたと聞く。その真実に対し、敬意を表するとともに、熾烈な精神力が今日の盛業を生み、児童ら百万の心の糧となる機関に反映したのだと疑わない。児童教化に尽くしたその功績は大にして、かつ遠く将来に及び。

3956 日本人として生活すること　［感想］
〈初出〉「精動」昭和15年9月1日
〈要旨〉近時、分業が発達し、人間が機械に隷属するようになってから、人は自然を忘れてしまった。非常時となり、物質の欠乏が自給自足をやむなくして、顧みられるようになったのは、むしろしあわせである。精神運動は、物質に囚われた人間の解放である。我が国においては、真の日本人たらしめることである。質素、剛健、よく恩義を感じ、自己の本分を弁える。自由主義思想は祖国の観念を希薄にさせる。英米は、正義の仮面で侵略を恣まにしてきた。これは彼等の人生観が、唯物主義に基づくためである。土から自然発生したもののみが、無限の成長と発達をとげる。金銭を口にすることを恥とし、廉直を喜び、敵を滅ぼすより、徳に化せしめるを宗とし

てきた。
〈収録〉『新しき児童文学の道』フタバ書院成光館　昭17.2　Ⅳ346-12

3957　**児童文化の新体制（座談会）**　［対談］
〈初出〉「日本読書新聞」昭和15年10月5日
〈要旨〉（省略）

3958　**淡々たる学校生活の思出**　［感想］
〈初出〉「早稲田文学」昭和15年11月
〈要旨〉上京してはじめて早稲田の寄宿舎へ行くと、友達は窓に腰掛けてみな長い煙管で煙草を吸っていた。窓の外もまったく都会らしさのない、印象派風の景色であった。夜店の露店にならぶ古本を漁るのを楽しみとした。大学になったばかりのときで、専門学校時代からの白ペンキ塗りの二階建て校舎に文科の教室はあった。演劇熱が文科の学生には高かった。日露戦争前後は、わが国のルネサンスであった。大塚保次からロマンチシズムの講義をうけた。ハーンの講義も聞いた。バーンズの講義を聴く予定の日に、ハーンの死を聞かされた。学生時代は散歩好きで、雑司ヶ谷の鬼子母神から墓地へかけての風景は私を魅した。本通りでもまだ石油ランプを点す家が多かった。厳谷小波からドイツ文学の講義を聞いたことも感銘深い。

3959　**児童文化の建設**　［座談会］
〈初出〉「公論」昭和15年11月
〈要旨〉（伊藤清，大熊信行，城戸幡太郎，佐伯郁郎，坂本越郎，波多野完治，村岡花子，百田宗治，上村哲彌との座談会）

3960　**童話について（『鳩とりんご』）**　［感想］
〈初収録〉『鳩とりんご』新潮社　昭15.12
〈要旨〉幼児の時分は、自分の目で、自分の心で、自然を好きなように、自由に解釈する。自分が自然の一部であって、自分と自然に区別をつけない溶け合っているところに、貴さがあり、美しさがある。そこに子供らしさがあり、将来に発達する人間性の閃きがみられる。この頃の子供の読み物には、お伽話がふさわしい。私は、十歳前後の時代こそ、もっとも清純な児童文学、童話文学の必要を感じる。作品のもつ、気魄と詩的感激によって、高邁な精神を養いたい。優しく、勇気あり、正義のために殉ずることこそ、日本の子供を作るうえに大切な要素である。
〈収録〉『鳩とりんご』新潮社　昭15.12　全童話Ⅳ055

3961　**当面の児童文化**　［感想］
〈初出〉「報知新聞」昭和15年12月1日～5日
〈要旨〉朝に道を聞いて、夕べに死すとも可なりという言葉があるが、習慣や感情はすぐには改まらない。次の時代に待つというのが本当である。重点は児童の教化にある。国家の目的の方針が定まった以上、児童たちはその建設のために役立てられなければならない。いやしくも生を皇土に享けるものは一木一草といえども皇土のために役立てるべきである。児童に接するものは、国家に対する情熱と建設に従う協同精神と、自己犠牲の信念が必要である。児童文化に従事するものは、真に日本精神の何たるかを知ることである。この戦争が、人類の平和と、東洋の安全と、正義のために戦われていることを児童等に教えなければならない。正義や愛国のためには、屍を乗り越えていかねばならないことを児童に会得させなければならない。新しい夢を児童等に抱かせなければならない。新体制下の児童教化は、物質的にしか考えられなかったものを、精神的に見、考えさせるよう

になるには心の修養が必要である。大人の場合は難しいが、純情な子供には教化することは容易である。
　　　〈収録〉『新しき児童文学の道』フタバ書院成光館　昭17.2　Ⅳ346-2

3962　**日独伊同盟とその後に来るもの　[感想]**
　　　〈初出〉「祖国」昭和15年　（月日不明）
　　　〈要旨〉三国同盟が成立したうえは、日本は東亜共栄圏を確立しなければならない。独伊は欧州の新秩序を制定しなければならない。この意味からして、米国との一戦は必至である。日本は米国と戦うために、支那事変を片づけること、ソ連と協定を結ぶ必要がある。この次に来るのは日ソ関係の再検討であろう。

昭和16（1941）年

3963　**1、現時局に鑑み、日本人の欠陥、2、日本文化の欠陥　[アンケート]**
　　　〈初出〉「近きより」昭和16年1月
　　　〈要旨〉1、互いに垣にせめぎ合って、一人の英雄をも産出しないこと。2、枯淡に過ぎて、圧力に乏しきこと。

3964　**近頃快心の事　[アンケート]**
　　　〈初出〉「婦人之友」昭和16年1月
　　　〈要旨〉職業も思想も経済的にも各々異なるにも関わらず、偶然に結ばれた隣組が互いに日本人として胸襟を開いて親しみあっているところに、新しい生活様式が生まれでるのを喜ぶ。

3965　**序（『大きな蟹』）　[感想]**
　　　〈初収録〉『大きな蟹』明治書院　昭16.1
　　　〈要旨〉子供を教育するのは、単に一人前の人間にすることではない。また物知りの人を造ることではない。立派な人間を造るためである。立派な人間とは、よく恩義に感じ、友愛を知り、人類の平和を愛し、祖国のために、また社会のために、力をつくす人間のことである。自分のことは忘れても、世の中のよくなること、発達することを何よりも喜び、自分の力をそれに捧げようとする人こそ立派な人間である。
　　　〈収録〉『大きな蟹』明治書院　昭16.1　全童話Ⅳ056

3966　**新体制と国体文学振興の問題　[アンケート]**
　　　〈初出〉「あけぼの」昭和16年1月1日
　　　〈要旨〉昔話、物語、謡曲、俳句、里謡等の日本の風土に根ざした文学の中に含まれるロマンチシズムの展開に他ならない。そのためには新しい表現形式が生まれなければならない。私はこれを童話に求める。

3967　**これからの童話作家に　[感想]**
　　　〈初出〉「教室」昭和16年3月
　　　〈要旨〉真実なもの、真に美しいもの正しいものはいつの時代にも共通の光輝を発するが、新しい美の発見によって、それらに対する解釈も相違する。人間としての幸福観も、ものの見方、考え方も、自由主義時代と全体主義時代では異なる。これからは亜細亜の新しい神話が書かれなければならない。東洋民族の伝統と実生活に立脚した、しかも超人的にして、高邁な意志の現われでなければならない。自由主義時代の幸福は、物質的満足にあった。作家は新しい夢を持たなければならない。それは詩人にしてはじめて

可能なことである。

3968 **新しき児童文学の道　[感想]**
〈初出〉「都新聞」昭和16年5月13日
〈要旨〉古い経験にとじこもり、昔ながらの教訓で教化ができると考えていた作家らの作品は文学ですらなかった。大抵は芸術至上主義か、観念的な理想主義であった。その態度は自由主義的であり、真の文化観をもったものではなかった。今度の事変は、私たちに民族の自覚を促した。東亜新秩序の建設のために、文学行動を通じて翼賛し協力しなければならない。近く日本少国民文化協会が生まれる。これによって指導理念が統一されなければならない。これまでにも童話作家協会があったが、これからは仲間主義は許されない。作家は全体として個人である。ゆえに各作家は自己の経験と実力によって新しい秩序へ時代を導こうとする精神と誠意がなければならない。
〈収録〉『新しき児童文学の道』フタバ書院成光館　昭17.2　Ⅳ346-1

3969 **日ソ中立条約に就て　[感想]**
〈初出〉「祖国」昭和16年6月
〈要旨〉刻下の深刻な現実が「日ソ中立条約」を締結させたのであるうえは、互いに誠実をもって、この条約を活かさねばならぬと思う。

3970 **少年文学作家として当局及びジャーナリズムにのぞむもの　[アンケート]**
〈初出〉「少年文学」昭和16年6月
〈要旨〉当局に望むことは、児童文化機関の統合とその一元化。ジャーナリズムに望むことは、文化団体との協力、指導強化。

3971 **現代美術に求めるもの　[アンケート]**
〈初出〉「アトリエ」昭和16年7月
〈要旨〉東洋の風格、日本の特色を深く吟味、再認識して、今や民族文化建設に急なる時、美術が端的にその若やかな感情を表現することを祈る。旧思想からの解放は、日本の風景、人物に新たなる美と生命と力を見出すであろう。

3972 **真に子供を教育するには　[感想]**
〈初出〉「コドモノヒカリ」昭和16年7月
〈要旨〉国民学校の精神にも現れているように、これからの日本の子供は、まず日本国民として、恥ずかしくない人格をつくることが第一義である。それには指導する人、親や先生がその固い信念をもって教導することが必要である。人格による薫化である。これからは魂と魂が触れ合ってのみ真の子供の教育ができる。日本の貴い武士道精神を頽廃させたものは、自由主義の思想であり生活であった。
〈収録〉『童話生きぬく力』正芽社　昭16.11　全童話Ⅳ060

3973 **1、貴方が「近きより」又は正木昊を知った因縁話。2、「近きより」又は正木昊を俎上にのせる。3、近況。　[アンケート]**
〈初出〉「近きより」昭和16年8月
〈要旨〉1、会ったことがない。雑誌から。2、正直に、率直に、大胆に発言するところ。まさに民衆の代弁であること。3、思想の統一なくして、乾坤一擲の事業はならない。私はせめて今日の子供たちにそうあってほしいと祈っている。

3974 **扉書き　[扉]**

〈初出〉「少年文学」昭和16年9月
〈要旨〉「新しい日本の子供は高き芸術によつてその性格を完成する。」

3975 秋日抄　[感想]
〈初出〉「朝日新聞」昭和16年9月27日
〈要旨〉童話文学に不思議な情熱をもち、若い人と伍して年を忘れているうちに、いつしか疲れを覚え、顧みたときは知友もすでに亡くなったものが少なくない。この頃は、信仰に生き、信仰に死んでいったものの幸福が思われる。何もいろいろなことを知ろうとして、短い一生を迷う必要はない。

3976 東条内閣への期待と要望　[感想]
〈初出〉「祖国」昭和16年12月
〈要旨〉今人心を一洗し、士気を興起しなければ、国家の前途は憂慮せざるをえない事態になる。功利と打算の行動は排すべきである。正義に立脚し、自主的文化建設に邁進するなら、青少年はいさぎよく生命を国家に奉げるであろう。

3977 自主的文化　[感想]
〈初出〉「読売新聞」昭和16年12月15日
〈要旨〉ついに世界史的転換期が来た。人類は長い間、思想に経済に英国の支配下にあった。わが国の文化も、幾十年自己の本領を忘れ米英的であった。今日から真に自主的文化の建設が始められなければならない。現代と宿命的関係にある児童の文化をもって第一とする。すなわち東亜民族共栄の理念の上に築くロマンチシズムである。

昭和17（1942）年

3978 現下に於ける童話の使命　[感想]
〈初収録〉『新しき児童文学の道』フタバ書院成光館　昭17.2
〈要旨〉この度、日本国民童話協会が創立された。今日の日本にとって教化運動における一大動力となるものである。すべての文化運動もこうならなければならない。なぜなら日本はいずれの方面においても非常時に際会しているからである。民族文化が創造されなければ、外で戦っても駄目である。童話をこれまで低く評価しすぎてきたのではないか。児童の思想統一は国民の思想統一になる。今度の事変は、日本国民の自覚を促した。今までの強い者勝ちの世界は昨日までのもので、今は共栄でいかねばならない。物質的から精神的に生き、弱肉強食の帝国主義から、弱い者を助け、強い者を挫く日本精神に生きねばならない。自らの徳が東亜の国々に感染し、訓化していき八紘一宇の精神を実現する必要がある。
〈備考〉昭和16年6月3日、蚕糸会館における日本国民童話協会発会式の講演筆記。
〈収録〉『新しき児童文学の道』フタバ書院成光館　昭17.2　Ⅳ346-3
『定本小川未明童話全集 第13巻』講談社　昭52.11　全童話Ⅳ171-45

3979 先達たるもの　[感想]
〈初収録〉『新しき児童文学の道』フタバ書院成光館　昭17.2
〈要旨〉偉大なる創造には、それに相応する勇気と英断が必要である。青年によってはじめて理想は現実化される。しかし空前の非常時には、先達の力が必要である。先達たらんとするものが自己を省みないとき、その人の潔白や純情が、国民を従わせる。為政者も父母も、先達の役目を果たさね

ばならない。すべての罪悪は、所有欲と享楽欲から発生している。
〈収録〉『新しき児童文学の道』フタバ書院成光館　昭17.2　Ⅳ346-13
　　　　『定本小川未明小説全集 第6巻』講談社　昭54.10　Ⅳ370-92

3980　**子弟に与ふる信念如何**　［感想］
〈初収録〉『新しき児童文学の道』フタバ書院成光館　昭17.2
〈要旨〉子供の時分に学校の教師や両親から言い聞かされた教訓は、大人になっても払しょくすることができない。それが誤りであっても、真理として通用するのは、運命といってもよい。子供に対する教育は、すべて将来の準備としてなされる。今、武士道の精神、伝統的精神が無視され、外国の物質主義文化や功利主義思想に感染するなら、日本は没落の道をたどるだろう。このたびの事変は、日本を反省させ、行くべき道を教えた。まことに天祐であった。教育に当たるものは、自己内心の矛盾を清算して、熾烈、確乎たる信念のもとに児童を教育し、将来の思想戦に備える必要がある。
〈収録〉『新しき児童文学の道』フタバ書院成光館　昭17.2　Ⅳ346-14

3981　**厳しさと優しさを語る**　［感想］
〈初収録〉『新しき児童文学の道』フタバ書院成光館　昭17.2
〈要旨〉真に相手のためを思い、国家に役立つ正しい人を造るのが目的であれば、師たる者は魂の教化を忘れてはならない。いままで社会でも学校でも家庭でも教化については、放縦にすぎた。厳格こそ意義深いものである。一方、多くの人を目的地に連れていくには、競争より、助け合いが必要である。自由主義や共産主義のように、人間同志の関係を征服におく、人間性にもとるものには、平和がない。道を守るのに厳にして、人に対して寛容なるところに日本的性格の特質がある。
〈収録〉『新しき児童文学の道』フタバ書院成光館　昭17.2　Ⅳ346-15

3982　**勇士よ還りて魂の教化に当れ**　［感想］
〈初収録〉『新しき児童文学の道』フタバ書院成光館　昭17.2
〈要旨〉人間の教化は、思いつきやおざなりでなされるものではない。眼から眼へ、魂から魂へ、直接相触れあうことによって、師たる者の気魄が相手に感化を及ぼすのである。分業は、いつしか教育の精神を忘れて職業としてしまった。指導者に真の情熱と理想がなくなってしまった。子弟を、国民を、どこへ連れていくという確乎たる信念もなければ、行動にも、これに殉ずる崇高な決意もない。非常時において、青少年は、第一に魂の教育がなされなければならない。戦線より還った勇士が、児童の教育にあたるのは誠に喜ばしい。
〈収録〉『新しき児童文学の道』フタバ書院成光館　昭17.2　Ⅳ346-17

3983　**奇蹟の出現**　［感想］
〈初収録〉『新しき児童文学の道』フタバ書院成光館　昭17.2
〈要旨〉理知一辺倒の人は奇蹟を信じない。が、唯心的なロマンチストはこれを信じる。主義を異にし、利害を異にする人がたまたま一つの船に乗り合わせ、遭難したとき、彼等は協力して難を逃れようとするだろう。それが奇蹟である。国家は船と同じである。階級が摩擦し、思想放縦な自由主義諸国にあっては、一致の信仰に燃えることはない。東亜の新秩序は、和協一致の実をあげることである。奇蹟の実現は、国家の生命力如何にかかっている。
〈収録〉『新しき児童文学の道』フタバ書院成光館　昭17.2　Ⅳ346-18

3984　**新組織新感情**　［感想］

433

〈初収録〉『新しき児童文学の道』フタバ書院成光館　昭17.2
〈要旨〉東亜の新秩序は、日満支蒙の国家が不可分一体とみることに始まる。それらは道徳的感情において融合する有機体とならなければならない。そこに東洋人としての愛が根底をなしている。世界戦争の危機を前にして、東洋保全のため、共同防衛を必要とする。昔も今お日本精神に変わりはない。しかし精神総動員が叫ばれながら、大衆は遅疑し、憂鬱を感じ、希望すら持っていない。それは指導者の責任である。理智から感情へ、感情から自然発生的に創造へと誘引する理想も理論も確立されていなかったからである。新組織新感情が必要である。
〈収録〉『新しき児童文学の道』フタバ書院成光館　昭17.2　Ⅳ346-21

3985　指導者自らが燃え立たずば　[感想]
〈初収録〉『新しき児童文学の道』フタバ書院成光館　昭17.2
〈要旨〉いま日本は、新東亜建設という人類史上にかつて例を見ない一大理想にむかってまい進している。この理想実現のために、政治、経済、教育、学は一つの力となって回転しようとしている。これまでは児童への教化をうたいながら、事実は営利を目的とし、個人主義的な自己の栄達を求めさせるものであった。資本主義、自由主義、個人主義はその発足点から見直されなければならない。君に忠にし、親に孝にし、国家を愛することが、人間としての、日本人としての喜びである。滅私奉公の精神の中にこそ、真の幸福がある。
〈収録〉『新しき児童文学の道』フタバ書院成光館　昭17.2　Ⅳ346-22

3986　先づ白紙に還れ　[感想]
〈初収録〉『新しき児童文学の道』フタバ書院成光館　昭17.2
〈要旨〉金さえあれば望みが達せられたついこの間までの世の中を顧みると、憂鬱になるだけでなく、不思議に思われる。立場を異にすると、こうも気持ちが変るものか。虚偽利殖の徒、無慈悲と卑劣の徒の世の中であった。国家が、毅然として、真の倫理的本質を発揮すべく、立ちあがった雄々しい姿を我等はみる。昭和維新は、人間性のための戦いでもあった。新体制は軌道に乗りつつある。人々はまず自己を白紙に戻す必要がある。
〈収録〉『新しき児童文学の道』フタバ書院成光館　昭17.2　Ⅳ346-23

3987　児童出版の使命　[感想]
〈初出〉「出版普及」昭和17年3月
〈要旨〉日本人的性格を有した立派な日本人に育てる必要がある。忠孝、大義名分を重んずることが大事である。正しいもの、美しいもの、清らかなものを愛し貴ぶ風が日本人にはある。東亜共栄圏の理想は、人類の解放であり、純化であり、正義に立脚した行動である。

3988　小川未明先生に訊く創作童話の座談会　[座談会]
〈初出〉「新児童文化」昭和17年5月
〈要旨〉(奈街三郎、塚原健二郎、与田準一、國分一太郎、菅忠道、周郷博、佐藤義美、巽聖歌との座談会)

3989　良書推薦　[アンケート]
〈初出〉「開拓」昭和17年9月
〈要旨〉「昭和維新」(飯島幡司)、「大亜細亜先覚伝」(田中正明)

3990　子供達に(『僕はこれからだ』)　[感想]
〈初収録〉『僕はこれからだ』フタバ書院成光館　昭17.11

〈要旨〉今、日本が先頭に立って、暴慢な英米と戦い、世界秩序の立て直しにまい進している。私達はもはや自身の幸福について考えるときではない。国家の安危を考えなければならない。しかし朝日がバラ色に大空を染めるように、日本の文化が世界を光被する暁を夢想すると、私の胸は希望に躍る。
〈収録〉『僕はこれからだ』フタバ書院成光館　昭17.11　全童話Ⅳ066

昭和18（1943）年

3991 **皇大神宮へはいつご参拝になりましたか　[アンケート]**
〈初出〉「コドモノヒカリ」昭和18年1月
〈要旨〉皇大神宮へ行ったのは、新聞記者・雑誌記者をやめ、文筆で立とうと決意した大正元年六月だったように思う。次に行ったのは、ある文芸聯盟の同志と山田へ行った大正十四年頃であった。

3992 **童話精神の昂揚　[感想]**
〈初出〉「日本少国民文化協会報」昭和18年1月15日
〈要旨〉建設に必要なのは信念である。人間は高貴な霊魂を持つと信ずることである。日本は道義をもとに進展した。善い話、正しい話、美しい話を子供に聞かせることで、それを養ってきた。人格を造るのは、制度や組織からというより、道徳的感化にある。ここに日本文化の特質がある。童話精神すなわちロマンチシズムである。これにより深遠高邁なる理想の実現を目指すのである。童話精神の昂揚こそ、一切の旧文化を浄化し、芸術を一新するものとなる。すべての芸術が、童話精神の上に立たなければならない。「童話の社会を現出せんとするところに、芸術の使命がある」

3993 **「教育者」を読む　[感想]**
〈初出〉「書物展望」昭和18年3月
〈要旨〉孤独の人にとって優しみほど、感激を催させるものはない。労り、慰められることで、勇気は倍加される。人生の明暗を分つものも一片の愛である。著者は、この師に深く薫陶を受けただけでなく、心の火を受け継いでいる。一行の文章にも、烈烈たる精神の脈拍を感じる。

3994 **1、貴方はどういうふうに忠君愛国を実践されつつありますか。2、「近きより」の存在理由。3、貴方の最近の悦び。　[アンケート]**
〈初出〉「近きより」昭和18年4月
〈要旨〉1、小国民の情報を清純に導こうと職域に奉公している。2、野に在って、真に国を憂える者の率直な代弁をするから。3、今年も健康で春を迎えられること。

3995 **帯　[帯]**
〈初出〉添田知道『教育者 第3部』錦城出版社　昭18.6
〈要旨〉子供の教化は一に教師なるものの高き人格的薫陶を措いて他になしと考えられるので、「教育者」の出現は、今日の如き時代に於いて、ことに意義深きものと思われる。

3996 **何故新人に至嘱するか　[感想]**
〈初出〉「少国民文学」昭和18年6月
〈要旨〉童話を少国民に与えるのは、世の中の見方、生活の仕方を新たにしてもらいたいからだ。それが可能になったとき、東亜新秩序の建設も、昭

435

III 作品

和維新も達成される。今までの作家が金や名誉のために筆をとったのに対し、愛国心のほとばしりから書くところに、新人作家の貴さがある。

3997 **白秋君と梟の話** ［感想］
〈初出〉「多磨」昭和18年6月
〈要旨〉白秋君は、小石川老松町の寓に私を訪ねてくれたことがある。ざぼんをもらった。大きな眼、円い顔、輪郭のはっきりしたうちにも、多感な情熱の閃きを感じた。南方的で明るく、弾力性があった。「朱欒」の創刊号に「少年の死」を寄稿した。ロマンチシズムの埒内といえども、二人は、対蹠的な関係にあった。が、君はお世辞でなく褒めてくれた。

3998 **少国民文化について** ［感想］
〈初出〉「写真文化」昭和18年7月
〈要旨〉少国民文化と言うとき、子供を大人が理解し、子供に必要なものを提供する必要がある。子供が写真を見るときは写真を通して何か先のものを知りたがる。子供が思うどうしてどうなるかという疑いを写真で示さなければならない。写真は文学よりも空想にまかせる部分が少ないが、夢を写しだすこともできる。少国民としては、一二年生から三年生くらいの空想の時代がもっとも大事だと思う。正直な話をきけば正直な人間になる。無条件に感激することができる年齢である。自由主義的気分から抜け出す必要がある。本当の意味の指導者が必要である。

3999 **母は祖国の如し** ［感想］
〈初出〉「少国民文化」昭和18年8月
〈要旨〉おいしそうな魚があると、母は自分は食べずに少年に食べさせた。大きな荷物は母がもった。夜も眠らず仕事をした。眠くないの、と聞くと、母は年をとるとそんなに眠くはないと答えた。頭にけがをしたときも、母だけが最後まで介抱をしてくれた。少年は、やさしい母が一番強いことを知った。父兄会のおりに母が言った。「この子は勉強はできないが、正直で、嘘をいったことがありません」少年は、「もしお母さんをたばかるなら、天罰があたるぞ」と自分を警めた。少年は、こうして母の犠牲的な愛によって大きくなった。母は彼にとって祖国のごとく貴く、神聖で、関係は宿命的で、絶対的なものであった。

昭和20（1945）年

4000 **解放戦と発足への決意** ［感想］
〈初出〉「少国民文化論」昭和20年2月
〈要旨〉少国民教育の理念が、ヨイコ主義、優等生主義の観念を脱しないかぎり、将来といえども勇猛な人物は生まれてこない。いまだ作家は、少市民的な倫理観から脱し切れていない。そこには冷厳な現実認識はなく、怯懦と功利心がみられる。自由主義時代の、唯美的観念や、上品、勤勉、協調などに恋々としている。日本が東亜に建設しつつある共栄共存は、米英とは根本的に幸福の解釈を異にする。今や解放戦はたけなわである。民族の解放とともに、自己自身の完全な解放が急務である。真に日本精神に生き、国家に殉ずる必要がある。
〈備考〉昭和20年1月13日作。年刊Ⅰ。

Ⅲ 作品

昭和21（1946）年

4001 **独自に生きん　[感想]**
　　〈初出〉「月刊読売」昭和21年1月
　　〈要旨〉記憶に残る言葉がある。「自由よりも大切なのは自尊心である。独自に生き、独自に死す」

4002 **春同じからず　[感想]**
　　〈初出〉「随筆人」昭和21年3月
　　〈要旨〉この頃、国破れて山河ありの恨みを、日とともに深くする。誰しも「人生生死あり、天地終始なし」と悟るが、今年ばかりはこれだけの詠歎ではすまない。世界史にも類のない時代を私たちは生活している。これまで祖先の培ってきたものを、一朝にして水泡に帰せしめたのであるから、自責の念で心が暗くなるのも当然である。町は焼け、焦土と化した。胸裏を去来する悔恨は、指導者の誤まれるイデオロギーによって、国を亡ぼし、幾百万人の犠牲者を出したことだ。民主主義革命の烽火は、民衆に人間性解放の希望を約束している。とはいえ、祖国の感情も特殊性も顧みないでよいわけではない。まず三千年の伝統的文化を回顧する必要がある。

4003 **文化人だより（このごろ、いかにおくらしですか）　[アンケート]**
　　〈初出〉「東西」昭和21年6月
　　〈要旨〉（不明）

4004 **児童文学者の反省と抱負　[アンケート]**
　　〈初出〉「日本児童文学」昭和21年9月
　　〈要旨〉敗戦の結果、国民はたしかに卑屈となり無気力となっている。戦争に責任のない児童も貧血症にかかっている。それをこれまでのような生やさしいいい子主義や、通俗文学の類でどうなるものでもない。彼等の勇気や明朗性を取り戻すものは、高い情熱にもえる芸術だけである。このさい作家は外的な解放運動のほかに、内的に彼等が自己を発見し、解放に導く任務がある。それにはまず作家自らの自己革命を必要とする。

4005 **子供たちへの責任　[感想]**
　　〈初出〉「日本児童文学」昭和21年9月
　　〈要旨〉子供は悪がしこくなり、子供らしさを失っている。子供は純情というが、それは畢竟どうにでも感化されるという意味である。ただ子供は大人とちがって、鋭い叡智を持っている。それは曇りのない心に自然がありのままに映るからである。戦中と戦後では、大人が子供たちに教えてきた言葉が反対である。しかし子供は負けたからには、そうもあろうということを知っている。むしろ大人を憐れんでいる。だが、そのとき大人が誠実でなければ、子供たちは大人に対する信頼をなくすであろう。今の子供たちを救うのは、指導者の誠実であり情熱である。
　　　　『定本小川未明童話全集　第14巻』講談社　昭52.12　全童話Ⅳ172-36

4006 **良書推薦　[感想]**
　　〈初出〉「月刊読売」昭和21年10月
　　〈要旨〉モーパッサンの短編集とリーダーズダイジェスト。モーパッサンの「二人の」「狂女」は、ともに戦争の罪悪と残忍を描く。平凡な戦争記事を圧倒している。

III 作品

昭和22（1947）年

4007 創作童話選評　［感想］
　　　〈初出〉「子供の広場」昭和22年1月
　　　〈要旨〉美と真について語るならば、作者の心もまた美しく、真実でなければならない。そして文章にも、その生彩が感じられなければならない。多く集まった作品には、この正直さと、詩的感情が乏しい。それに、昔ながらの科学的精神の欠如である。

4008 〈読書ノート〉　［アンケート］
　　　〈初出〉「夕刊新大阪」昭和22年2月10日
　　　〈要旨〉最近読んだ本－レーズ「人民の子」、織田作之助「世相」、出版界への希望－思想的統一に敗れている日本は、破局に瀕している。出版社は利益を第二にし、作家は確固たる信念と道徳に立脚しなければならない。

4009 〈夏日吟〉俳句三句　［俳句］
　　　〈初出〉「夕刊新大阪」昭和22年8月14日
　　　〈要旨〉雲の峰ガラスに映る窓高し　馬追の鳴く草むらにいなびかり　雷に蝶一つ飛ぶ瓜畑

昭和23（1948）年

4010 私は何を読むか（ぷろむなあど・りぶれすく）　［アンケート］
　　　〈初出〉「書評」昭和23年3月
　　　〈要旨〉社会思想史研究（小泉信三）に教えられるところが多かった。とりわけ「バクーニン雑感」を興味深く読んだ。私は謙譲厚徳なクロポトキンを敬慕するが、バクーニンの非凡も感じる。大杉栄を想起した。

4011 はしがき（『幸福の鋏』）　［感想］
　　　〈初収録〉『幸福の鋏』愛育社　昭23.5
　　　〈要旨〉自由性を多分に持つものが、芸術である。愛のないところに、芸術もなければ、教育もない。強制、強圧を排して、自治、自得に重きを置くのは、このためである。子供が自得する話は、愛がなくてはできない。人間は、良心ある生活を送らねばならない。正直に生きねばならない。愛し助けあわねばならない。正義のためには自己を犠牲にして戦わねばならない。児童たちには、何をおいても理想社会の全貌を彷彿とさせなければならない。この集の十二編は、酒井朝彦君が選び出したものである。
　　　〈収録〉『幸福の鋏』愛育社　昭23.5　全童話IV 091

4012 最も感動を与えるもの　［感想］
　　　〈初出〉「児童劇場」昭和23年6月
　　　〈要旨〉子供のときにみた「のぞきカラクリ」や母に連れられて行った「芝居」の場面が今も記憶に残っている。その劇が真に芸術的に具象化されていたら、悪さえもまた美として描かれる。美は正義の形として子供の共感を得るであろう。

4013 山百合の花　［感想］
　　　〈初出〉「ロマンス」昭和23年6月
　　　〈要旨〉用事があって自動車に乗った。運転手は丁寧で謙遜な態度をとった。車の中にいい匂いがした。高山の山百合が硝子の花瓶に挿してあった。い

つもは喧騒や事故の心配をして乗る車も、このときは幽遠な感じがした。

4014 まへがき（『たましいは生きている』） ［感想］
　　〈初収録〉『たましいは生きている』桜井書店　昭23.6
　　〈要旨〉私は「羽衣」のような、美しい物語をもつ、古い日本をなつかしく思う。そこには神と人との、あたたかなつながりが見られる。しかしこれは後世においても、望めぬことではない。「とうげの茶屋」のおじいさんと、息子は、決してつながりのないものではない。互いに愛があるかぎり、自分を犠牲にしても、結びつこうとする。「たましいは生きている」において、私は、真実なれば、生死をも超越すると信ずる。
　　〈収録〉『たましいは生きている』桜井書店　昭23.6　全童話Ⅳ 092

4015 かみしばい　［感想］
　　〈初出〉「紙芝居」昭和23年10月
　　〈要旨〉小さい子供は話の筋より、語る人に興味を感じる。語るおじさんの人格が直接影響する。正しいこと、悪いことに抱く判断が共通であることが子供たちに親しみを感じさせる。その感じを深くすることが指導者の第一歩である。今まで紙芝居に取り上げられた話は、既成道徳的宗教観念によっていたが、これからは自分が正しいことを自覚させたい。自分が正しいと思ったらやりとげる勇気を自覚させたい。神よりも、人の助けよりも、自分が一番尊く、中心であるという話を選ぶべきである。

昭和24（1949）年

4016 非日活動委員会に関する諸家の意見―葉書回答　［アンケート］
　　〈初出〉「世界評論」昭和24年5月
　　〈要旨〉反対派。日本を愛し、民族を愛さないものは一人もいない。ただ解放の手段を異にするだけである。同胞を信じ、友人を信じ、人間性を信じるべきである。階級闘争を激化すべきでない。

4017 父をおもう　［感想］
　　〈初出〉「私の好きな人」昭和24年5月
　　〈要旨〉偉い学者や政治家の行いは、私たちの手本となるが、身近な父親を思い出すことで、自らの戒めとした。父は上杉謙信を崇拝し、居城跡に神社を建立しようとした。本社建立に一〇年、拝殿建立に一〇年、都合前後三〇年かかった。母だけが父の心からの味方であった。私は父を宗教家としてよりも、事業のために忍耐したことに感激した。若いときは癇癪もちだったらしいが、事業をはじめてから怒りを忘れ、耐え忍ぶ人となった。私も父がひどく怒ったのを知らない。

4018 諸家に聞く 最近の"よいおもちや"と"感心しないおもちや"　［アンケート］
　　〈初出〉「玩具界」昭和24年8月
　　〈要旨〉日本的なよさを味わわせるような、やさしみのある、美しい人形と、独創味のある堅牢な玩具が、ますます増えることを期待する。

昭和25（1950）年

4019 盆栽と壺と古銭―無名蒐集家の記―　［感想］
　　〈初出〉「芸術新潮」昭和25年1月

Ⅲ　作品

　　〈要旨〉私の童話は、過去への郷愁と、未来への夢と希望が、とけあって、
　　からみあって出来たものである。ロマンティシズムの文学とは、そういう
　　ものである。私が盆栽を愛し、壺や骨董、古銭に興味をもつのも、文学に
　　対する私の態度と変わりない。以前の所有者はどんな人だったのだろうと
　　思う。そこに人生を感じる。鉢植えの植物を愛したのは小学生の時分から
　　である。壺は高田にいた頃、家伝の壺を割ってしまった思い出が残ってい
　　た。壺に私は耳を寄せる。私はそれらを長く所有することはない。買った
　　とき、貰ったときの感動を大事にする。死蔵するのは、壺の運命に対して
　　済まない気がする。戦争中、永福町に荷物を疎開したが焼けてしまった。
　　同じ頃、菩薩像を見つけ、百円で買ったことがある。この像は仕事机のそ
　　ばにあった。

4020　現下の所感　［感想］
　　〈初出〉「児童文学新聞」昭和25年3月1日
　　〈要旨〉このたび日本児童文学者協会会長に推された。児童のための文学が、
　　一般の小説並に扱われていない無理解に対して戦わねばならない。依然と
　　してブルジョア憧憬や旧文化の擁護がなされている。今日の児童こそ、滅
　　びつつある日本を救うものだ。
　　〈収録〉『小川未明作品集　第5巻』大日本雄弁会講談社　昭30.1　Ⅳ360-113
　　　　　　『定本小川未明小説全集　第6巻』講談社　昭54.10　Ⅳ370-93

4021　夢・憧憬・芸術　［感想］
　　〈初出〉「明治大正文学研究」昭和25年5月
　　〈要旨〉藤村操の死に際して、自己を離れて天地なく、人生なし、生死共に
　　自由也と述べたことがある。そのころ惹かれていた作家は、マーテルリン
　　ク、ハーンであった。自然主義全盛の文壇にあって、私は人間社会は科学
　　のみでは解決されない。荒唐無稽を弄するのではなく、人間生活に即した
　　空想、憧憬、情緒の観念が必要と考えた。私の考えを支持してくれたのは、
　　片上伸と本間久雄であった。文壇では、漱石から朝日新聞に小説を書くこ
　　とを勧められ「石炭の火」を書いた。貧しいもの、虐げられたものへの同
　　情は、私の心情だが、それは私のロマンチシズムから発せられるものであ
　　る。
　　〈備考〉昭和25年3月、高円寺の未明自宅で村松定孝が聞いた口述筆記。

4022　国際親善作品募集入選発表批評　［感想］
　　〈初出〉「小学一年生」昭和25年9月
　　〈要旨〉あなたは、やさしいお姉さんですね。兄弟仲のいい、二人の姿が目
　　に浮かんできます。自分より小さい者には、いつもこうしていたわってや
　　らねばなりません。

　　　　　　　　　昭和26（1951）年

4023　童話を作つて五十年　［感想］
　　〈初出〉「文芸春秋」昭和26年2月
　　〈要旨〉雪の深い高田の、寒い、貧しい士族屋敷に私は生まれた。その時分
　　の生活とか、見たり聞いたりしたことが、いつまでも変らぬ私の思想に
　　なった。雪のある景色を、今思いだすと北国特有の景色で非常によいと
　　ころがあると思うが、子供の時分は寂寞な感じに堪えなかった。少しのこ
　　とに希望をつないだり、嬉しがったりした。明治二一年に田島小学校へ、

III 作品

二五年に高田尋常小学校に入った。父が春日山神社を建立するときに、五智街道を何度も往復したことが、私に越後の自然を深く教え込んだ。明治三四年に東京に出た。明治三八年に早稲田大学を卒業し、早稲田文学社、読売新聞、秀才文壇の記者となった。明治四二年の勤めと手を斬り、創作だけでやっていくことを決意した。田舎にいたときから貧富の差を見てきた。謙信や父の影響、日本外史を読んだことなどから、世道人心のために筆をとらなければならないと考えた。明治三九年ごろ、戸張孤雁君を介して片山潜を知った。大杉栄の影響でクロポトキンを読むようになった。正義のために、真理に殉じようと思った。また子供のために第一義のものを与えたいと思った。文芸が政治やあらゆる運動より効果があると考えた私は、童話の運動に専念するようになった。
〈収録〉『小川未明作品集 第5巻』大日本雄弁会講談社 昭30.1 IV360-117
『定本小川未明童話全集 第16巻』講談社 昭53.2 全童話IV174-44

4024 **人間のとうとさ（少年諸君へおくることば）** ［感想］
〈初出〉「少年クラブ」昭和26年3月
〈要旨〉みなさん、世界じゅうのすべての財産や、品物は、すべて、わたしたち人間が作ったものです。お金や、たべものや、そのほかの、いろいろの欲望のために、いやしい、まちがった考えをおこす人がいますが、これは、人間が、自分たちの作った物質にまけているので、ほんとうの人間は、物資よりえらいものであるということを知らないからです。ほんとうの人間というのは、友だちとはなかよくし、やくそくはちゃんと守って、勉強や仕事をするときは、いっしょうけんめいにやり、だれに対しても、うそをつかない、ということを、自分のほこりにできる人のことなのです。（全文）

4025 **国土に培われた道徳** ［感想］
〈初出〉「国民」昭和26年4月
〈要旨〉人として何をなすべきかは自ずから明らかなことであるし、洋の東西を問わず変りはない。しかし、その善悪に対する考え方は民族によって違う。善や真の理想に至る過程が、民族によって異なるのである。人間の守べき道は、その民族の自然の国土のなかで育ってきたものである。昔から日本人は報恩を大事にし、義を大切にした。今までの日本は母が子供を育てるにも自分を犠牲にし、兄弟や一家のものが、正しく安らかに生活するために、互いに助け合い、辱めを受けないために、各々がいましめあい、道義を守ってきた。長い間の習慣や伝統の線からそれた真理は、人の心に深い根を下ろすことはできない。

4026 **山鳩の鳴く墓畔** ［小説］
〈初出〉「週刊朝日」昭和26年5月13日
〈あらすじ〉毎年春になると、郷愁に襲われる。高田市外、金谷山の麓にある墓地を目に浮かべ、そこに眠る祖母や母を思った。戦後一度もお参りしないのを申し訳ないと思い、四月一四日、夜行で東京を立った。以前、墓地の花屋に春秋二度は墓を掃除し、花をあげてほしいと寸志を封じて、手紙を送ったことがある。早朝、雁木の下を歩いた。閑散な城下町を再び見る気がして、懐かしかった。墓地の花屋は約束を守ってくれた。都会で虚偽を見飽きている私は、田舎の人の素朴と純情に心をうたれた。美しいのは花だけでなく、正しい人の心も花のごとく美しい。

4027 **日本の児童文学のあけぼの** ［対談］
〈初出〉「新児童文化」昭和26年6月1日

〈要旨〉(省略)

4028 清らかな誇りを持て　[感想]
　　〈初出〉「女学生の友」昭和26年7月
　　〈要旨〉少女に対する感激はその清らかさにある。素直な、混じり気のない美しさが見るものをして、その気高さに打たれさせる。学校に学んで思慮が加わるに従い、叡智のひらめきを増し、誇りある美しい態度を持つと、相対するものの心を惹きつけずにはおかない。この正しさと、強さこそ、日本女性の真の姿である。願わくは、いつまでもその純潔と清らかな誇りを失わざらんことを。
　　〈収録〉『小川未明作品集　第5巻』大日本雄弁会講談社　昭30.1　Ⅳ360-115

4029 自分を失ってはいけない　[感想]
　　〈初出〉「社会教育」昭和26年7月
　　〈要旨〉私は子供のころ、非常にきびしいしつけのもとに教育された。「日本外史」を読み、上杉謙信の面影をしのんだ。父母は私に正直であれと教えた。卑屈に陥ってはいけないと教えた。金銭にこだわってはいけないと教えた。現代の社会には、精神教育が欠けている。「少年文庫」が機縁となって、児童文学に打ちこむようになった。童話を通し、高い正義感、美しい同情心を書きたいと思った。平易な、美しい言葉でかき、農村漁村の人にも読んでもらいたい。大人にも読んでもらいたい。児童文学を民衆の文学にしたい。今の日本人は高い正義感や犠牲的精神を失ってしまった。かくして社会は腐敗したのである。

4030 童話に生きる　[感想]
　　〈初出〉「中学時代」昭和26年8月
　　〈要旨〉今は父母ともになくなってしまった。時々故郷の墓参りにいくが、その度に思うことは、「故郷は一つの芸術のある」ということである。便利、不便といったことではなく、一種の信仰的なものである。冬に歩く旅人の姿をみると、たえられないほどのさびしさが胸に迫ってきた。明治三四年、早稲田大学の試験に行った。家では反対して途中まで追いかけてきた。卒業してからの生活は貧しく苦しいものであった。だが常に芸術で人間を改造し、民衆のため、人生のために戦おうという気迫にあふれていた。社会をよくするのは機構も大事だが、人間がりっぱでなければならない。子供の時分に高い理想を持たなければならない。子供の頃に思ったこと、感じたことは大人になっても強く残る。農村の人も漁村の人も町の人も、みんなが美しい夢にふける文学が童話であり、文学革命である。

4031 人生案内　[感想]
　　〈初出〉「ニューエイジ」昭和26年10月
　　〈要旨〉小説や童話を書いて四十五年、回顧すれば幾山河を越えてきた思いがする。その間、私は独立不羈、団体にも所属せず、ペン一本で生きてきた。少年時代から、金力や権力で人を評価することを私は嫌った。どの人も相哀れみ、たがいに仲良く力を合わせていくべきだと考えた。猫や小鳥に対しても。義を見てせざるは勇なきなりと思って行動した。そうした思いが私をナロードニキの思想や近代ヒューマニズムの思想へと導いていった。後から来るものに自分の魂を与え、仕事を伝え、新しい次の時代に生かされることを願った。私はそうして仕事の中に生き残りたいと思った。私はプロレタリア文学に入ったが、政治と文学が両立しないと分かり、豊かな人間性を与える文学に帰っていった。

〈収録〉『小川未明作品集 第5巻』大日本雄弁会講談社　昭30.1　Ⅳ360-118
『定本小川未明小説全集 第6巻』講談社　昭54.10　Ⅳ370-94

4032　純情をうしなうな（巻頭のことば）　[感想]
〈初出〉「中学生の友」昭和26年11月
〈要旨〉少年時代は遠いところや高いところに憧れをいだくものだ。ある夏、妙高山にのぼり、霧と雨のため遭難しそうになった。それからは高い山に登る気がなくなった。だが旅行していて白雪の山だときにも感じた。これらは、少年時代に感じるものである。将来ふたたび経験することはない。
〈収録〉『小川未明作品集 第5巻』大日本雄弁会講談社　昭30.1　Ⅳ360-114

昭和27（1952）年

4033　全国生徒児童作文コンクールによせる言葉　[感想]
〈初出〉「小学六年生」昭和27年6月
〈要旨〉つぎの時代の日本を背負うものは、中学、小学生の皆さんだ。私は皆さんのなかから、新しい日本の文化をつくり出す人が出てくると信じている。今度の作品コンクールは、そのような皆さんの希望を形に表そうという試みである。皆さんの底力を。

4034　ラジオとハガキ　[感想]
〈初出〉「文学教育」昭和27年7月
〈要旨〉十五分ばかりラジオで子供の頃の思い出を放送したことがある。すると、昔、故郷の隣人であった人からハガキが届いた。「お前さんの声をきいて、ほんとになつかしかった。残念なことは、こちらからの声をお前さんにきかせることができません」彼は私より二つ三つ年上であったが、よく遊んだものだ。科学の力は私の声を田舎まで届けたが、一枚のハガキに、まごころのこもった不思議な力があることを思った。

4035　私の提案　[アンケート]
〈初出〉「キング」昭和27年8月
〈要旨〉左側通行に戻すこと。PTAの再検討。身をもって子供を薫陶し、躾を怠ってはならない。

4036　序　[感想]
〈初出〉「小学生童話 一ねん」昭和27年
〈要旨〉日本の童話文学の揺籃期から志を同じくしてきた関、奈街、船木の三君が「小学生童話」を編集することに賛意を表する。童話は人間性が至純を求めるとき、必然に生まれた理想主義の文学である。児童に美と正義を教えるばかりでなく、大人へは少年時代への郷愁を通して、現在の生活を反省させるものである。民族の道徳が頽廃しているといわれる今日こそ、新しい童話文学が起こるべきである。

昭和28（1953）年

4037　過ぐる半世紀の歴史の中にどんな進歩のあとを見出されますか、来るべき半世紀にどんな期待を寄せられますか　[感想]
〈初出〉「婦人之友」昭和28年4月
〈要旨〉ユネスコの発足。良心の発動機関が表面化したことは、特筆すべき

偉業だ。来たるべき半世紀には、人類が物質からも、強権からも解放されて、独自多彩の文化を創造することに真の喜びを見いだすに至るであろう。

4038 御談議拝聴　［対談］
　　　〈初出〉「厚生」昭和28年5月
　　　〈要旨〉（吉見静江との対談）

4039 私の顔　［談話］
　　　〈初出〉「家庭よみうり」昭和28年6月
　　　〈要旨〉ごらんになって、どんなふうな顔に見えるだろうか。自分のことは自分が一番よく知っているというが、案外分らないものだ。慣れてしまうからだ。いつぞやラジオで、自分の声を聞いたが、あれほどひどいとは思わなかった。顔の方も同様である。私の書く童話が、作者と読者の間にズレがなければ結構だと思っている。

4040 正しい時計（季節のことば）　［感想］
　　　〈初出〉「5年の学習」昭和28年6月
　　　〈要旨〉町から遠くはなれた田舎のこと。この村の人たちは時計なしで暮らしていた。しかしふたりの金持ちが時計を買ってきた。その時計の時間が三十分ほど違っていたので、村人は喧嘩をはじめた。やがて二つの時計がこわれて、村に平和がもどった。太陽は決して壊れたり、狂ったりしないのだ。

4041 文学と教育の使命　［感想］
　　　〈初出〉「週刊教育」昭和28年6月4日
　　　〈要旨〉日本は危機にある。社会的に人間的にそれは深刻である。日本の危機存亡の分かれ目は、これまでにもあった。そのたびに先人たちは、卑屈にならず、隷属することなしに、乗り越えてきた。青少年に希望を与え、正義と真実を魂にうえつけるのが、詩の精神、文学の力である。

4042 人間の理想と反する政治　［感想］
　　　〈初出〉「世界」昭和28年10月
　　　〈要旨〉たとえ押し付けられた憲法であっても、また過ちの功名であったとしても、軍備を否定した一事は我が国の傑作であった。これは人類の誇るべき理想dえあり、貴ぶべき観念である。今や、二つの帝国主義は、たがいに秘策をつくして、世界の覇者たらんとしている。しかし我が国は、そのいずれにも属してはならぬ。

4043 無題（札幌舞踊界第4回発表会「赤いローソクと人魚」パンフレット）　［感想］
　　　〈初出〉「赤いローソクと人魚」パンフレット　昭和28年10月28日
　　　〈要旨〉荒涼たる日本海を望むたびに、私は少年の頃から、言い知れない郷愁を催した。波の響きに、千古桎梏の叫びを聞き、天上に閃く星光に、善美に対する憧憬の念を禁じえなかった。このたび、札幌舞踊会の方々の協力で、「赤いローソクと人魚」が舞踊劇化されて、遠く北海道の皆さんに見ていただくことが出来るのは、私の欣快とするところです。

昭和29（1954）年

4044 日本美術の高揚（昭和二十九年度への期待）　［感想］
　　　〈初出〉「国民」昭和29年1月

〈要旨〉児童に希望を与えるため、情操を高めるため、それを念願とし、童話の創作に精進する考えだ。一般社会に対しては、各領域において、日本の美徳を高揚し、失われたる誇りを取り戻してもらいたい。

4045 　常に希望をもつ　［感想］
　　　〈初出〉「中学時代」昭和29年2月
　　　〈要旨〉高田の冬は、たのしい季節だった。祖母からいろんな話を聞き、想像力を養った。人が通ればその人の行先を考え、空想の羽をのばした。中学に行くと、正義や仁義が重視され、私もそうした精神主義のなかで正義に憧れた。貧者と富者のいる社会に矛盾を感じたのもこの頃だ。早稲田に入って、外国の文学を読んだ。自分のロマンチシズムの文学は当時の自然主義の隆盛のなかでは容れられず、貧しく苦しい時代を送ったが、常に希望をもって仕事をした。人間性を守ることを大事に私は文学の道を進んでいった。

4046 　私たちはどんな本を読んできたか　［感想］
　　　〈初出〉熊谷孝編『十代の読書』（河出新書43）河出書房　昭29.6
　　　〈要旨〉少年時代の愛読書は「日本外史」「唐詩選」、青年期の愛読書はクロポトキン「相互扶助論」、愛読書から得たものは、正義、協力、人道、正直、誠実なること、人間性を重んずること、十代に何を望むかというと、約束をよく守ること、恩義に感ずることなど。

4047 　童話と私　［感想］
　　　〈初出〉「改造」昭和29年6月
　　　〈要旨〉幼年時代に感化を受けたのは、父と謙信であった。私の漢学は父からの影響によるものである。高田中学には、江坂香堂と北沢乾道という漢学の先生がいた。今静かに振り返ると、子供の頃心に深く感動したこと、正義に対し、あるいは物を哀れむ憐憫の情に対し、その時その時において胸に深く浸みこんだことを再現しようという気持ちが私を作家たらしめた。早稲田ではバイロンのようなロマンチシズムが好きだった。そこにあ一種の社会革命をうながす人間の解放のための力があった。こういうものにひかれる底には、私の生まれた高田のもつ暗さが影響していた。私の田舎は貧富の差が烈しかった。社会主義の運動から、童話に入っていった。真実をもって自分が子供のころから教えられてきたものは、いつまで経ってもその光芒を失わないことを自覚した。児童の目でものを見、児童の心でものを感じること、それは何にもまして正しく、価値のあることではないか。

4048 　序（『未明新童話集』）　［感想］
　　　〈初収録〉『未明新童話集』太平社　昭29.7
　　　〈要旨〉美しい花や鳥を見るとき、その貴さを感じるように、正しく生きぬく人を見るとき、私達はその人に対して、尊敬の念を持つ。わけて少年の頃は、善美に対し、感激をおしまない。生まれながらの純情を失っていないからだ。しかし、成長するとともに周囲の考えに服従するようになる。それは自己の権利を重んじず、時流にみじめに押し流された証拠である。自分を導くものは良心である。真実がもつ力を信じ、信念に生きるならば、いかなる困難も突破することができる。新しい文化日本を建設するにあたり、真理に対し謙遜になると同時に、自覚を深くし、正しい強い人間にならなければならない。
　　　〈収録〉『未明新童話集』太平社　昭29.7　全童話Ⅳ133

Ⅲ 作品

4049 ハンネレの昇天（ハウプトマン作、未明訳）　［翻訳］
　　　〈初出〉浜田廣介，大木雄二，渋沢青花編『五年生の世界童話』金の星社
　　　昭和29年9月
　　　〈要旨〉（略）

昭和30（1955）年

4050 豆鉄砲から　［感想］
　　　〈初収録〉『小川未明作品集 第5巻』大日本雄弁会講談社　昭30.1
　　　〈要旨〉このごろは歩くこともままならない。自分勝手を新社会の特権と心得るらしい。子供までが金さえあれば、幸福がえられると思っている。無形の徳にこそ、人間としての真の喜びがあり、誇りがあるのだ。母に対する愛情が欠如している。母の献身で子供は大きくなり、世の中の冷たさを知らずにすんだ。母への愛情がなくなったのは、人生の不幸である。都会の文化が地方にまで感染し、堅忍の気風や篤実な人情をこわした。郷土の特色を失うことは、貴い生命を断つに等しい。昔の町は、幾代もの苦心の表現であって、一個の芸術品である。
　　　〈収録〉『小川未明作品集 第5巻』大日本雄弁会講談社　昭30.1　Ⅳ360-116

4051 わが母を思う　［感想］
　　　〈初収録〉『小川未明作品集 第5巻』大日本雄弁会講談社　昭30.1
　　　〈要旨〉四十雀が縁側のガラス窓にぶつかって芝生に落ちた。少年時代のときのように、助けてやりたいと思った。私は子供のころ、よく学校に残された。母が心配して家の門に立っていると思うと、悲しかった。一人子であったから、母は私のために苦労をした。母はしつけが厳しかった。だから母がまれに喜んでくれると、私もうれしかった。母が身を犠牲にして育ててくれた愛と教訓は、永久に忘れることができない。少年時代の経験が、小鳥を救ったのである。
　　　〈収録〉『小川未明作品集 第5巻』大日本雄弁会講談社　昭30.1　Ⅳ360-119
　　　　　　　『定本小川未明小説全集 第6巻』講談社　昭54.10　Ⅳ370-95

4052 私の小さいころ　［感想］
　　　〈初出〉「小学三年生」昭和30年3月
　　　〈要旨〉私は子供のころ、わんぱくで、わがままなところもありました。しかし今、振り返ってみると、正しい話を聞いたりすると、心を動かされ、ものをあわれむ心と、正しいことをしたい気持ちは持っていたと思う。学校の行きかえりに、駄菓子屋があり、その店に絵草紙が張ってあった。那須与一が弓で扇を射落そうとしている絵だった。敵味方から見られている与一が、どんなに責任があり、誇りをもっているかを考えた。私は熱心になって命をかけてやることこそ、大切だと思った。やればできるぞということを知ったのだ。

4053 人間味を子供たちに　［談話］
　　　〈初出〉「人形劇場」昭和30年5月20日
　　　〈要旨〉めまぐるしく変化し刺激をそそる映画は多いが、幻燈や人形劇のような静かに心の奥深く、溶け込んでいくようなものが欲しい。子供は自由であること、空想することが生命である。教訓や、ある目的をもった物語を私は好かない。私は子供のころ、山椒大夫、一目小僧、桃太郎などの「のぞき」をよく見に行った。「えとき」を女の人がやさしい声で語っていた

446

Ⅲ　作品

ことが印象深い。

4054　私とアンデルセン　［アンケート］
　　　〈初出〉「日本児童文学」昭和30年9月
　　　〈要旨〉少年の頃、「にれの木物語」「マッチ売りの少女」を読んで、アンデルセンの真実と空想の自由に感銘を覚えた。後年になってその時以上の感激をうけることはない。

昭和31（1956）年

4055　きよくたただしく（新春におくることば）　［感想］
　　　〈初出〉「5年の学習」昭和31年1月
　　　〈要旨〉君たちは清く明るい。小鳥のように元気で、アユのように清らかだ。君たちは今、人生の門出に立っている。その出発にあたって、君たちは自分に誇りをもち、つねに正しい、美しいものに目をむけ、間違ったものから自分を守らなければならない。自ら努力し、習慣をつけ、正しいものを自分で選ぼう。美と正義に感激する人間になろう。人は生れた時は皆同じだが、習慣によって違った人になる。

4056　児童文学者としての自覚（今日の感想）　［感想］
　　　〈初出〉「日本児童文学」昭和31年7月
　　　〈要旨〉人も国家も社会も、たがいに独自の立場を認めてこそ、存在の理由があり、意義がある。スターリン批判が盛んなのは、各国が独自の精神に目覚めたからだ。個人においても、独自に生き、独自に働き、誇りと尊厳を持たなければ、存在の理由も意義もない。子供の教育についても、同じことがいえる。独自の主張のなかに、自らの誇りと理想がなければ、人類の発展を授けることは困難だ。日本はアメリカでもなく、ソ連でもない。児童文学者として、はっきりした自覚を持つことが今日ほど重大なときはない。協会創立一〇年を迎え、今こそ次の世代のため、民族の自由と、正義と、正しい人間愛に情熱を注いだ新文学を生む必要がある。

4057　童話作家を志す人へ　［感想］
　　　〈初出〉日本児童文芸家協会『児童文学の書き方』（角川新書85）角川書店　昭31.9
　　　〈要旨〉（前掲）
　　　〈備考〉総題は次の2編で構成される。「私が童話を書く時の心持」(「教育論叢」大正10年7月1日）、「童話創作の態度」(「教育研究」昭和5年7月）。前者は同タイトル、後者は「童話は愛と真実をもって」と改題。

昭和32（1957）年

4058　帯　［帯］
　　　〈初出〉吉田茂『回想十年　全4巻』新潮社　昭32.10
　　　〈要旨〉この偉大なる政治家の、多端な戦後を独自に生きることの容易ならざるを知り、希望を持って進むことこそ青年の指針である。

4059　この本を読まれる皆さんに　［感想］
　　　〈初出〉全国児童生徒作品コンクール審査委員会『二年生のもはん作文集　昭和32年版』小学館　昭32

447

〈要旨〉みなさんが、いつも思っていること、考えていること、見ることを、真心こめてそのまま書けば、作文になります。でも、作文を書くときに、どのようなことをどのように書きあらわしたらよいかということを考えることは、大切です。そして、その書きあらわし方が、よいかわるいかによって、作文の上手下手がきまるのです。そのためには、できるだけ多くのお友達の作文を読んで、たくさん書くことです。この『もはん作文集』には、お友達のりっぱな作品がたくさん載っていますから、これを読めば、みなさんの作文の力もぐんぐんつくでしょう。

昭和33 (1958) 年

4060 **とうといいのちと母の愛** [感想]
〈初出〉「こころに光を 三年生」昭和33年6月
〈要旨〉私は春日山で育ったが、大変なきかんぼうであった。高田中学では算数がきらいだった。博物は好きだった。昆虫採集をしたときに、博物の先生から無暗に命をとってはいけなと言われ、深く反省した。中学四年のときに、考古学に興味をもった。夜は漢学の熟にいった。帰りが遅いときは、母が家の前で待っていてくれた。曲がりやすい私の心をまっすぐに導いてくれたのは母の愛であった。
〈備考〉奈街三郎記。

Ⅳ 作品集・全集

1) 作品集・全集（全96冊）を以下の3部に大別し、それぞれ、出版年月順に掲載した。
    1. 生前に出版された作品集
        全64冊を収録した。文学全集や作品集の一部に小川未明の作品を収録した図書を含む。
    2. 没後に出版された全集
        『定本小川未明小説全集』1種6冊を収録した。
    3. 没後に出版された作品集・アンソロジー
        文学全集、アンソロジー、資料集など全26冊を収録した。
2) 記載事項は以下の通り。
    文献番号（左端の斜体数字）
    書名
    出版事項（出版者／出版年月／判型・頁数／価格）
    編集・装幀・挿絵などの担当者
    注記（全童話に収録した図書は、その番号も示した）
    収録作品一覧
        ＊作品の前に〔　〕内に目次番号を斜体数字で示した。
        ＊図書として初収録になる作品はゴシック体で表示した。
        ＊序文・解説・資料などは先頭に＊を付した。

IV 作品集・全集

1．生前に出版された作品集

明治40（1907）年

301 『愁人』
　　　隆文館　明治40年6月　四六判　360頁　75銭
　　　〈装幀・扉〉竹久夢二，〈口絵〉中澤弘光
　　　＊全童話IV 001、収録作品のうち童話以外の小説を示す。
　　　〈収録作品〉〔0〕＊自序（逍遙）／〔0〕＊自序（未明）／〔1〕人生／〔2〕面影／〔4〕乞食／〔6〕煎餅売／〔7〕暗愁／〔8〕ふる郷／〔9〕赤蜻蛉／〔10〕浄土／〔11〕稚子ケ淵／〔12〕森の妖姫／〔13〕決闘／〔14〕田舎の理髪店／〔15〕雲の姿／〔16〕寂しみ／〔17〕木犀花／〔18〕叔母の家／〔19〕空想家／〔20〕出稼人／〔21〕荒磯辺／〔22〕牧羊者／〔23〕歌の怨／〔24〕財嚢記／〔25〕蝶の屍／〔26〕旅楽師／〔28〕水車場／〔29〕矛盾／〔30〕老宣教師／〔31〕石火／〔32〕老婆／〔33〕病作家

302 『緑髪』
　　　隆文館　明治40年12月　四六判　612頁　95銭
　　　〈装幀・口絵〉平福百穂
　　　＊全童話IV 002、収録作品のうち童話以外の小説を示す。
　　　〈収録作品〉〔0〕＊自序（未明）／〔1〕暴風／〔2〕兄弟／〔3〕日本海／〔4〕霞に雯／〔5〕笛の声／〔6〕漂浪児／〔7〕露の故郷／〔8〕夕日影／〔9〕憧がれ／〔10〕幽霊船／〔11〕孤松／〔12〕白眼党／〔13〕柩／〔14〕沈黙／〔15〕合歓の花／〔16〕紅雲郷／〔17〕帰思／〔18〕記憶／〔19〕盲目／〔20〕写生帖／〔21〕外濠線／〔22〕夕焼空／〔23〕初恋／〔24〕狂人／〔25〕地蔵堂（原題「夜嵐」）／〔27〕蛇池／〔28〕鬼子母神／〔29〕旅の女／〔30〕漂浪者の群／〔31〕波の遠音／〔33〕鉄道線路／〔34〕白頭翁／〔35〕深林／〔36〕麓の里は日暮るる／〔37〕芸術家の死／〔38〕古の春／〔39〕海鳥の羽／〔40〕弱志／〔41〕長二／〔42〕焚火／〔43〕象徴派／〔44〕遠き響

明治42（1909）年

303 『惑星』
　　　春陽堂　明治42年2月　四六判　374頁　55銭
　　　〈口絵〉暁舟
　　　〈収録作品〉〔0〕＊序／〔1〕日蝕／〔2〕櫛／〔3〕暗い空／〔4〕暁／〔5〕老婆／〔6〕捕はれ人／〔7〕酒肆／〔8〕北の冬／〔9〕麗日

明治43（1910）年

304 『闇』
　　　新潮社　明治43年11月　四六半裁　312頁　40銭
　　　〈装幀・口絵〉平福百穂

450

〈収録作品〉〔0〕＊序／〔1〕烏金／〔2〕不思議な鳥／〔3〕悪魔／〔4〕扉／〔5〕雪来る前／〔6〕寺／〔7〕森の暗き夜／〔8〕雷雨前／〔9〕闇の歩み／〔10〕或村の話／〔11〕唖／〔12〕越後の冬

明治45／大正元（1912）年

305 『物言はぬ顔』（現代文芸叢書 第10編）
春陽堂　明治45年4月　四六半裁　238頁　25銭
〈収録作品〉〔0〕＊序／〔1〕物言はぬ顔／〔2〕薔薇と巫女／〔3〕死／〔4〕奇怪な犯罪

306 『少年の笛』
新潮社　明治45年5月　四六判　318頁　55銭
〈口絵〉平福百穂
〈収録作品〉〔0〕＊自伝（『少年の笛』序）／〔1〕少年の死／〔2〕血／〔3〕児の疑問／〔4〕女／〔5〕夜霧／〔6〕曙／〔7〕都会で死せる雀／〔8〕形なき恋／〔9〕愁顔／〔10〕書斎／〔11〕まぼろしの海／〔12〕日蔭の花／〔13〕過ぎた春の記憶／〔14〕星を見て

307 『魯鈍な猫』
春陽堂　大正元年9月　四六判　370頁　65銭
〈収録作品〉〔1〕魯鈍な猫／〔2〕簪／〔3〕太陽を見る児／〔4〕鳶／〔5〕赤い毒／〔6〕偶然の事件／〔7〕心臓

308 『北国の鴉より』
岡村盛花堂　大正元年11月　四六半裁　391頁　60銭
＊全童話Ⅳ 004、収録作品のうち童話以外の小説を示す。
〈収録作品〉〔2〕悲愁／〔3〕国境の夜／〔4〕窓の歌／〔5〕暁の色／〔6〕黒き愁しみ／〔7〕夜の一刻／〔8〕雪／〔9〕鉄片／〔10〕寂寥／〔11〕夕暮の窓より／〔12〕夜の喜び／〔13〕なんで生きてゐるか／〔14〕春の感覚／〔15〕栗の焼ける匂ひ‐柿盗人／〔16〕海鳴り／〔17〕赤とんぼ唐辛／〔18〕少年主人公の文学／〔19〕単調の与ふる魔力／〔20〕盲目の喜び／〔21〕忘れられたる感情／〔22〕感覚の回生／〔23〕死したる友との対話／〔24〕爛れた日／〔25〕赤い月の上る前／〔26〕青葦と寺と人形／〔27〕雫／〔28〕紅い入日／〔29〕秋海棠／〔30〕ある日の午後／〔31〕点／〔32〕僧〈「稀人」を改題〉／〔33〕凍える女

大正2（1913）年

309 『白痴』
文影堂書店　大正2年3月　四六判　501頁　1円10銭
〈収録作品〉〔0〕＊序（片上伸）／〔1〕白痴／〔2〕なぐさめ／〔3〕殺害／〔4〕はこやなぎ／〔5〕血塊／〔6〕都会／〔7〕白き花咲く頃／〔8〕孤独／〔9〕楽器／〔10〕思ひ／〔11〕暗夜／〔12〕虚偽の顔／〔13〕白い路

310 『廃墟』
新潮社　大正2年10月　四六判　324頁　75銭
〈収録作品〉〔1〕嘘／〔2〕猜疑／〔3〕歩けぬ日／〔4〕廃墟／〔5〕炎熱／〔6〕赤い指／〔7〕病室／〔8〕小さき破壊／〔9〕子供の葬ひ／〔10〕自由／〔11〕

屍

大正3（1914）年

311 『詩集 あの山越えて』
　　　尚栄堂　大正3年1月　四六半裁　118頁　60銭
　　　〈装幀・口絵〉樋口斧太
　　　〈収録作品〉〔0〕＊序／〔1〕西の空／〔2〕冬／〔3〕木枯／〔4〕唄／〔5〕白い柩／〔6〕寂蓼／〔7〕曠野／〔8〕闇／〔9〕夜／〔10〕月琴／〔11〕淋しい暮方の歌／〔12〕管笛／〔13〕ひまはり／〔14〕古巣／〔15〕白雲／〔16〕水星／〔17〕怨み／〔18〕暗愁／〔19〕梨の花／〔20〕春の夜／〔21〕幻影／〔22〕街頭／〔23〕唄／〔24〕唄／〔25〕木樵／〔26〕糸車／〔27〕人と犬／〔28〕赤い旗／〔29〕アイルランド／〔30〕夕暮／〔31〕午後の一時頃／〔32〕木立／〔33〕茶売る舗／〔34〕天気になれ／〔35〕童謡／〔36〕水鶏／〔37〕古い絵を見て／〔38〕星／〔39〕菜種の盛り／〔40〕おもちや店／〔41〕お母さん／〔42〕トツテンカン／〔43〕沙原／〔44〕お江戸は火事だ（「詩三編」のうち）／〔45〕童謡／〔46〕烏金／〔47〕黒い鳥／〔48〕明日はお天気だ／〔49〕森／〔50〕景色／〔51〕霙降る／〔52〕さびしい町の光景／〔53〕風景／〔54〕汽車／〔55〕童謡／〔56〕童謡（「詩三篇」のうち）／〔57〕厭な夕焼／〔58〕海／〔59〕上州の山／〔60〕童謡／〔61〕黄色な雲／〔62〕無題／〔63〕妙高山の裾野にて／〔64〕解剖室／〔65〕ある夜／〔66〕太鼓の音／〔67〕帰途／〔68〕草笛の音／〔69〕あの男

312 『夜の街にて』
　　　岡村盛花堂　大正3年1月　四六半裁　760頁　90銭
　　　〈装幀・口絵〉戸張孤雁，津田青楓
　　　〈収録作品〉〔1〕毒草／〔2〕靄／〔3〕春の悲しみ／〔4〕黄色い晩／〔5〕赤い実／〔6〕五月の夢／〔7〕蠟人形／〔8〕港／〔9〕赤褐の斑点／〔10〕憎／〔11〕画家の死／〔12〕紅い空の鳥／〔13〕刹那に起り来る色と官能と、思想の印象／〔14〕何故に苦しき人々を描く乎／〔15〕若き姿の文芸／〔16〕零落と幼年思慕／〔17〕自由なる芸術／〔18〕ラフカディオハーン、イン、ジャパンを読む／〔19〕動く絵と新しい夢幻／〔20〕詩と美と想像／〔21〕芸術の新味／〔22〕或夜の感想／〔23〕歌、眠、芝居／〔24〕奇蹟の母／〔25〕河／〔26〕地蔵ケ岳の麓／〔27〕抜髪／〔28〕余も又 Somnambulist である／〔29〕故郷／〔30〕日本海の歌／〔31〕渋温泉の秋／〔32〕山国の馬車／〔33〕舞子より須磨へ／〔34〕樫の木／〔35〕黒い鳥／〔36〕笑ひ／〔37〕菩提樹の花／〔38〕絶望より生ずる文芸／〔39〕感想／〔40〕版画について／〔41〕純朴美と感興／〔42〕人と新緑／〔43〕神経で描かんとする自然／〔44〕単純な詩形を思ふ／〔45〕早魃／〔46〕夜の落葉／〔47〕苦闘／〔48〕柵に倚りて／〔49〕地平線／〔50〕珈琲店／〔51〕7の教室／〔52〕死街／〔53〕オツトセの画／〔54〕汚れた人や花／〔55〕四角な家／〔56〕日の当る窓から／〔57〕雪の上で死せる女／〔58〕青／〔59〕黄昏の森／〔60〕白と黒（原題「七時半」）／〔61〕黒煙

313 『底の社会へ』
　　　岡村書店　大正3年7月　四六判　728頁　1円30銭
　　　〈収録作品〉〔0〕＊序（相馬御風）／〔0〕自序／〔1〕街の二人／〔2〕底の社会へ／〔3〕露台／〔4〕下の街／〔5〕朽ちる体／〔6〕愚弄／〔7〕昔

Ⅳ　作品集・全集

の敵／〔8〕殺人の動機／〔9〕死の幻影／〔10〕淋しき笑ひ／〔11〕三月／〔12〕寂蓼の人／〔13〕春になるまで／〔14〕落日／〔15〕虐待／〔16〕眼前の犠牲／〔17〕残雪／〔18〕赤い指輪／〔19〕無智／〔20〕橋／〔21〕乞食の児／〔22〕青春の死／〔23〕夜半まで／〔24〕母／〔25〕怨まれて／〔26〕尼に／〔27〕都会

314 『石炭の火』
　　千章館　大正3年12月　四六半裁　220頁　50銭
　　〈収録作品〉〔1〕石炭の火／〔2〕夜前／〔3〕巷の女／〔4〕堕落するまで

大正4（1915）年

315 『紫のダリヤ』（現代名作集 第6編）
　　鈴木三重吉発行　大正4年1月　四六半裁　128頁　15銭
　　鈴木三重吉〈編〉,〈装幀〉津田青楓
　　〈収録作品〉〔1〕紫のダリヤ／〔2〕薔薇と巫女

316 『雪の線路を歩いて』
　　岡村書店　大正4年4月　四六半裁　662頁　1円
　　〈装幀・口絵〉津田青楓
　　〈収録作品〉〔1〕人生／〔2〕煎餅売／〔3〕暗愁／〔4〕雲の姿／〔5〕水車場／〔6〕老宣教師／〔7〕兄弟／〔8〕霰に霙／〔9〕遠き響／〔10〕病日(原題「日蝕」)／〔11〕凶(原題「櫛」)／〔12〕地平線／〔13〕烏金／〔14〕雪来る前／〔15〕森の暗き夜／〔16〕越後の冬／〔17〕少年の死／〔18〕血／〔19〕過ぎた春の記憶／〔20〕白髪(後「簪」と改題)／〔21〕赤い花弁／〔22〕僧〈「稀人」を改題〉／〔23〕白痴／〔24〕なぐさめ／〔25〕血塊／〔26〕暗夜／〔27〕嘘／〔28〕廃墟／〔29〕白と黒(原題「七時半」)／〔30〕街の二人／〔31〕底の社会へ

大正6（1917）年

317 『物言はぬ顔』（代表的名作選集 第25編）
　　新潮社　大正6年5月　四六半裁　158頁　35銭
　　〈収録作品〉〔1〕物言はぬ顔／〔2〕紫のダリヤ／〔3〕鮮血／＊解題（編者）

大正7（1918）年

318 『小作人の死』（新興文芸叢書 第5編）
　　春陽堂　大正7年2月　四六半裁　259頁　50銭
　　〈収録作品〉〔1〕小作人の死／〔2〕心臓／〔3〕魯鈍な猫／〔4〕密告漢

319 『青白む都会』（自然と人生叢書 第2編）
　　春陽堂　大正7年3月　四六半裁　207頁　50銭
　　島崎藤村・徳田秋声・田山花袋〈編修〉
　　〈収録作品〉〔1〕銀色の冬／〔2〕小さな喜劇／〔3〕樹蔭／〔4〕話のない人／〔5〕銀貨／〔6〕賑かな街を／〔7〕ペストの出た夜／〔8〕現在を知らぬ人／〔9〕エンラン躑躅／〔10〕紅の雫／〔11〕停車場を歩く男／〔12〕路上にて／〔13〕彼等の生活／〔14〕山上の風／〔15〕皆な虚偽だ／〔16〕山草の悲しみ／〔17〕

　　　　　　　　Ⅳ　作品集・全集

　　　　　赤い花と青い夜／〔18〕橋の上／〔19〕月光／〔20〕彼等の話
320　『描写の心得』（文芸研究叢書 第3編）
　　　　春陽堂　大正7年4月　四六判　250頁　60銭
　　　　〈収録作品〉〔1〕文章を作る人々の根本用意／〔2〕抒情文と叙景文／〔3〕
　　　　同件者／〔4〕秋／〔5〕春／〔6〕知らぬ男の話／〔7〕雪の丘／〔8〕眠
　　　　る前／〔9〕不退寺／〔10〕窓の緑葉／〔11〕曠野の雪／〔12〕酒場／〔13〕
　　　　山／〔14〕くちなし／〔15〕遠い血族／〔16〕小さな希望／〔17〕文学上
　　　　の態度、描写、主観／〔18〕文学に志す人々の用意
321　『血で描いた絵』
　　　　新潮社　大正7年10月　四六半裁　430頁　1円20銭
　　　　〈収録作品〉〔1〕戦争／〔2〕顔の恐れ／〔3〕河の上の太陽／〔4〕呼吸／〔5〕
　　　　文明の狂人／〔6〕靴屋の主人／〔7〕無籍者の思ひ出／〔8〕嫉妬／〔9〕
　　　　死の鎖／〔10〕悪人

大正8（1919）年

322　『悩ましき外景』
　　　　天佑社　大正8年8月　四六判　419頁　1円70銭
　　　　〈収録作品〉〔1〕蛇の話／〔2〕負傷者／〔3〕少年の殺傷／〔4〕李の花／〔5〕
　　　　裏の沼／〔6〕赤熱の地上／〔7〕町裏の生活／〔8〕怖しき者／〔9〕永久
　　　　に去つた後／〔10〕黒色の珈琲／〔11〕悩ましき外景

大正9（1920）年

323　『不幸な恋人』
　　　　春陽堂　大正9年1月　四六半裁　350頁　1円40銭
　　　　〈収録作品〉〔1〕独り歩く人／〔2〕根を断たれた花／〔3〕冷酷なる正直／〔4〕
　　　　なぜ母を呼ぶ／〔5〕暗い事件／〔6〕不意に訪る者／〔7〕隻脚／〔8〕並
　　　　木の夜風／〔9〕閉つた耳／〔10〕不幸な恋人

大正10（1921）年

324　『赤き地平線』
　　　　新潮社　大正10年1月　四六半裁　388頁　1円60銭
　　　　〈収録作品〉〔1〕記憶は復讐す／〔2〕白昼の殺人／〔3〕誰も知らないこと／〔4〕
　　　　無産階級者／〔5〕何を考へるか／〔6〕うば車／〔7〕砂糖より甘い煙草
　　　　／〔8〕手をさしのべる男／〔9〕手／〔10〕広告の行燈／〔11〕親友／〔12〕
　　　　木酒精を飲む爺／〔13〕少女の半身／〔14〕幻影と群集／〔15〕空中の芸
　　　　当／〔16〕其の少女の事
325　『雨を呼ぶ樹』
　　　　南郊社　大正10年8月　四六判　436頁　2円
　　　　〈収録作品〉〔1〕片目になつた話／〔2〕死刑囚の写真／〔3〕浮浪者／〔4〕
　　　　人間の機械／〔5〕雪の上／〔6〕煙の動かない午後／〔7〕風の鞭／〔8〕
　　　　馭者／〔9〕月に祈る／〔10〕蓄音器／〔11〕思はぬ変事／〔12〕路を歩
　　　　きながら／〔13〕老旗振り／〔14〕囚人の子／〔15〕崖に砕ける濤／〔16〕

人間の悪事／〔17〕ある男の自白／〔18〕戦慄／〔19〕冷酷なる記憶／〔20〕崩れかかる街／〔21〕殺される人／〔22〕飢饉の冬

大正11（1922）年

326 『血に染む夕陽』
　　一歩堂　大正11年2月　四六判　671頁　2円80銭
　　〈収録作品〉〔1〕顔を見た後／〔2〕虚を狙ふ／〔3〕GoldenBat／〔4〕我が星の過ぎる時／〔5〕日々の苦痛／〔6〕緑色の線路／〔7〕藪蔭／〔8〕この次の夏には／〔9〕ただ黙つてゐる／〔10〕土地／〔11〕野獣の如く／〔12〕血に染む夕陽／〔13〕無宿の叔父／〔14〕罪悪に戦きて／〔15〕谷を攀ぢる

327 『生活の火』
　　精華書院　大正11年7月　四六判　327頁　2円20銭
　　〈装幀〉恩地孝四郎
　　〈収録作品〉〔1〕永久に愛を離れず／〔2〕芸術の蘇生時代／〔3〕囚はれたる現文壇／〔4〕主観の客観化（「来るべき文壇と主観の客観化」と同じ）／〔5〕旧文化の擁護か／〔6〕芸術は生動す／〔7〕民衆芸術の精神／〔8〕人間本来の愛と精神の為めに／〔9〕親切な友／〔10〕水色の空の下／〔11〕五月闇／〔12〕真昼／〔13〕路傍の木／〔14〕死に生れる芸術／〔15〕感想／〔16〕田舎と人間／〔17〕我が感想／〔18〕何故に享楽し得ざるか／〔19〕最近の日記（一月の日記より）／〔20〕今は亡き子供と／〔21〕避暑し得ざる者のために／〔22〕書斎での対話／〔23〕私の試みる小説の文体／〔24〕菩提樹の花／〔25〕平野に題す／〔26〕お伽文学に就て／〔27〕北と南に憧がれる心／〔28〕少年の見る人生如何に／〔29〕少年文学に対する感想／〔30〕新しき時代は如何なる力に依つて生れるか／〔31〕詩の精神は移動す／〔32〕ある人に与ふ／〔33〕社会と林／〔34〕美しくて叫びのあるもの／〔35〕草木の暗示から／〔36〕夜の地平線／〔37〕榎木の下／〔38〕弟／〔39〕早春の夜／〔40〕現実生活の詩的調和／〔41〕過去の一切は失れたり／〔42〕戦争に対する感想／〔43〕愛に就ての問題／〔44〕我が感想／〔45〕本然的の運動／〔46〕戦の前に／〔47〕問題は其人にあり／〔48〕文芸の社会化／〔49〕我が感想／〔50〕死より美し／〔51〕涙／〔52〕彼の死／〔53〕雪穴／〔54〕霧

大正12（1923）年

328 『彼等の行く方へ』
　　総文館　大正12年2月　四六判布装　400頁　2円20銭
　　〈口絵著者像〉柳敬助
　　〈収録作品〉〔1〕彼等の行く方へ／〔2〕血の車輪／〔3〕患者の幻覚／〔4〕黒い河／〔5〕面白味のない社会／〔6〕停車場近く／〔7〕奇怪な幻想／〔8〕説明出来ざる事実／〔9〕もう不思議でない／〔10〕男の話をきく群衆／〔11〕愛によつて育つ／〔12〕自殺者／〔13〕忘れ難き男／〔14〕傷付いた人／〔15〕秋／〔16〕風に戦ぐ青樹／〔17〕夜の群／〔18〕私の手記／〔20〕地底へ歩るく

329 『人間性のために』（表現叢書 第4篇）

二松堂書店　大正12年2月　四六半裁　138頁　50銭
〈収録作品〉〔1〕友達に／〔2〕プロレタリヤの正義、芸術／〔3〕塵埃と風と太陽／〔4〕人と作品の精神／〔5〕闘争を離れて正義なし／〔6〕反キリスト教運動／〔7〕人間性の深奥に立つて／〔8〕童話に対する所見／〔9〕人生の理想／〔10〕人間愛と芸術と社会主義／〔11〕波の如く去来す／〔12〕文壇の破壊は偶然にあらず／〔13〕近き文壇の将来／〔14〕芸術は革命的精神に醗酵す／〔15〕労働祭に感ず／〔16〕過激法案の不条理／〔17〕過激主義と現代人／〔18〕金と犠牲者／〔19〕否定か肯定か／〔20〕死の凝視によつて私の生は跳躍す

大正13（1924）年

330　『芸術の暗示と恐怖』（早稲田文学パンフレツト 第12編）
春秋社　大正13年7月　四六判　139頁　60銭
〈収録作品〉〔0〕＊序／〔1〕芸術の暗示と恐怖／〔2〕何を作品に求むべきか／〔3〕救ひは芸術にある／〔4〕正に芸術の試練期／〔5〕芸術に箇条なし／〔6〕新社会の人間たらしむべく／〔7〕無智の百姓に伍せ／〔8〕私達は自然に背く／〔9〕流浪者に対する憧憬／〔10〕子供は虐待に黙従す／〔11〕婦人の過去と将来の予期／〔12〕母性の神秘／〔13〕思索と自らを鞭打つこと／〔14〕智識階級雑感／〔15〕理性の勝利を信ず／〔16〕人間否定か社会肯定か／〔17〕私をいぢらしさうに見た母／〔18〕早春想片／〔19〕真夜中カーヴを軋る電車の音／〔20〕冬から春への北国と夢魔的魅力／〔21〕死の知らせ／〔22〕北国の夏の自然／〔23〕寒村に餅の木の思ひ

大正14（1925）年

331　『小川未明選集 第1巻』
未明選集刊行会　大正14年11月　四六判　624頁　非売品
〈装幀〉平福百穂
〈収録作品〉〔1〕人生／〔2〕石火／〔3〕兄弟／〔4〕田舎の理髪店／〔5〕煎餅売／〔6〕暗愁／〔7〕霰に糞／〔8〕日蝕／〔9〕櫛／〔10〕暗い空／〔11〕烏金／〔12〕雪来る前／〔13〕唖／〔14〕越後の冬／〔15〕北の冬／〔16〕森の暗き夜／〔17〕雷雨前／〔18〕白と黒（原題「七時半」）／〔19〕薔薇と巫女／〔20〕奇怪な犯罪／〔21〕物言はぬ顔／〔22〕紫のダリヤ／〔23〕遠き響／〔24〕捕はれ人／〔25〕雪／〔26〕鉄片／〔27〕点／＊時代の内観的覚醒者（吉江喬松）

大正15／昭和元（1926）年

332　『小川未明選集 第2巻』
未明選集刊行会　大正15年1月　四六判　624頁　非売品
〈装幀〉平福百穂
〈収録作品〉〔1〕鮮血／〔2〕死／〔3〕少年の死／〔4〕血／〔5〕都会で死せる雀／〔6〕簪／〔7〕魯鈍な猫／〔8〕なぐさめ／〔9〕嘘／〔10〕下の街／〔11〕小作人の死／〔12〕密告漢／〔13〕戦争／〔14〕河の上の太陽／＊人及び芸術家としての小川未明氏（平林初之輔）

Ⅳ　作品集・全集

333 『**小川未明選集 第3巻**』
　　　未明選集刊行会　大正15年2月　四六判　609頁　非売品
　　　〈装幀〉平福百穂
　　　〈収録作品〉〔1〕文明の狂人／〔2〕死の鎖／〔3〕悪人／〔4〕蛇の話／〔5〕赤熱の地上／〔6〕弟／〔7〕死より美し／〔8〕涙／〔9〕閉つた耳／〔10〕うば車／〔11〕砂糖より甘い煙草／〔12〕広告の行燈／〔13〕木酒精を飲む爺／〔14〕空中の芸当／〔15〕顔を見た後／〔16〕藪蔭／〔17〕無宿の叔父／〔18〕煙の動かない午後／＊全く独自な未明君の芸術（中村吉蔵）

334 『**小川未明選集 第4巻**』
　　　未明選集刊行会　大正15年3月　四六判　552頁　非売品
　　　〈装幀〉平福百穂
　　　〈収録作品〉〔1〕老旗振り／〔2〕崩れかかる街／〔3〕彼等の行く方へ／〔4〕血の車輪／〔5〕患者の幻覚／〔6〕風に戦ぐ青樹／〔7〕雪の上の賭博／〔9〕新聞紙／〔10〕嘘をつかなかつたら／〔11〕二つの見聞から／〔12〕村の教師／〔13〕靴屋の主人／〔14〕無産階級者／〔15〕片目になつた話／〔16〕死刑囚の写真／〔17〕蓄音器／〔18〕微笑する未来／〔19〕鉄橋／＊英訳「薔薇と巫女」への序文（M・B・マッケニイ、山室静訳）

335 『**未明感想小品集**』
　　　創生堂　大正15年4月　四六判　600頁　2円70銭
　　　＊複刻：クレス出版　平27.4　〈編・解説〉宮川健郎
　　　〈収録作品〉〔1〕少年主人公の文学／〔2〕単調の与ふる魔力／〔3〕忘れられたる感情／〔4〕刹那に起り来る色と官能と思想の印象／〔5〕何故に苦しき人々を描く乎／〔6〕純朴美と感興／〔7〕神経で描かんとする自然／〔8〕銀色の冬／〔9〕死街／〔10〕苦闘／〔11〕抜髪／〔12〕蠟人形／〔13〕赤い月の上る前／〔14〕悲愁／〔16〕河／〔17〕旱魃／〔18〕国境の夜／〔19〕無題／〔20〕友達に／〔21〕塵埃と風と太陽／〔22〕人間愛と芸術と社会主義／〔23〕芸術は革命的精神に醗酵す／〔24〕労働祭に感ず／〔25〕金と犠牲者／〔26〕死の凝視によつて私の生は跳躍す／〔27〕私が童話を書く時の心持／〔28〕童話の詩的価値／〔30〕乞食／〔31〕赤蜻蛉／〔32〕蝶の屍／〔33〕水車場／〔34〕雪穴／〔35〕永久に愛を離れず／〔36〕主観の客観化（「来るべき文壇と主観の客観化」と同じ）／〔37〕民衆芸術の精神／〔38〕死に生れる芸術／〔39〕何故に享楽し得ざるか／〔40〕最近の日記／〔41〕今は亡き子供と／〔42〕書斎での対話／〔43〕菩提樹の花／〔44〕平野に題す／〔45〕北と南に憧がれる心／〔46〕お伽文学に就て／〔47〕少年の見る人生如何／〔48〕草木の暗示から／〔49〕本然的の運動／〔50〕路傍の木／〔51〕水色の空の下／〔52〕新社会の人間たらしむべく／〔53〕無智の百姓に伍せ／〔54〕私達は自然に背く／〔55〕流浪者に対する憧憬／〔56〕子供は虐待に黙従す／〔57〕知識階級雑感／〔58〕私をいぢらしさうに見た母／〔59〕早春想片／〔60〕真夜中カーヴを軋る電車の音／〔61〕彼岸桜、富士桜／〔62〕新緑に憧がれて新緑を見ず／〔63〕将棋／〔64〕八月の夜の空／〔65〕僧房の菊花と霜に傷む菊花／〔66〕田舎の秋、高山の秋／〔67〕新秋四題／〔68〕木の頭／〔69〕机前に空しく過ぐ／〔70〕カフェーの女に対する哀感／〔71〕私を憂鬱ならしむ／〔72〕彼女とそれに似たやうな人／〔73〕風の烈しい日の記憶／〔74〕疲労／〔75〕雨上りの道／〔76〕文学へ来なければ／〔77〕春浅く／〔78〕石油・ニコチン・雨／〔79〕雪を砕く／〔80〕断詩／〔81〕彼等／〔82〕無題／〔83〕生活から見たる田園と都市／〔84〕郷土芸術雑感／〔85〕第一に正しき読

者たることを要す／〔86〕たまたまの感想／〔87〕ワルソワへ行け／〔88〕治安維持法案の反道徳的個条／〔89〕何人かこの疑ひを解かん／〔90〕街を行くままに感ず／〔91〕建設の前に新人生観へ／〔92〕仕事を奪はれた人／〔93〕人跡稀到の憧憬より／〔94〕ある日の記／〔95〕自分を鞭打つ感激より／〔96〕少年時代の正義心／〔97〕再び「私学の精神」に帰れ／〔98〕理想の世界

336 『堤防を突破する浪』
　　　創生堂　大正15年7月　四六判　584頁　2円30銭
　　　*全童話Ⅳ 021、収録作品のうち童話以外の小説を示す。
　　　〈収録作品〉〔1〕堤防を突破する浪／〔2〕死者の満足／〔3〕Kの右手／〔4〕鳥の羽の女／〔5〕冷淡であつた男／〔6〕交差点を走る影／〔7〕青服の男／〔8〕歩道の上の幻想／〔9〕明方の混沌／〔10〕君は信ずるか／〔11〕外套／〔12〕霜から生れる一日／〔13〕髪に崇られた女／〔14〕二十年目の挿話／〔15〕踏切番の幻影／〔16〕虚を狙ふ／〔17〕土地繁栄／〔18〕彼と三つの事件／〔19〕風に揉まれる若木／〔22〕独逸人形／〔23〕ニッケルの反射

昭和2（1927）年

337 『彼等甦らば』（解放群書20）
　　　解放社　昭和2年10月　四六判　280頁　1円
　　　*全童話Ⅳ 026、収録作品のうち童話以外の小説を示す。
　　　〈収録作品〉〔0〕＊献辞／〔1〕新しい町の挿話／〔2〕人と土地の話／〔3〕死滅する村／〔6〕風の夜の記録／〔7〕女をめぐる疾風／〔10〕氷の国へつづく路／〔12〕大雪／〔13〕仮面の町／〔14〕雪解の流／〔15〕彼等蘇生へらば

昭和3（1928）年

338 『新興文学全集日本篇1』
　　　平凡社　昭和3年10月
　　　*収録作品中、童話以外の未明の作品のみ示す。
　　　〈収録作品〉〔1〕空中の芸当／〔2〕血の車輪／〔4〕死刑囚の写真／〔5〕靴屋の主人／〔6〕小作人の死／〔7〕鉄片／〔8〕密告漢／〔9〕崩れかかる街／〔10〕老旗振り／〔11〕うば車／〔12〕死の鎖／〔13〕砂糖より甘い煙草／〔14〕木酒精を飲む爺／〔15〕広告の行燈／〔16〕無産階級者／〔17〕患者の幻覚／〔18〕鉄橋／〔19〕新聞紙／〔20〕雪の上の賭博／〔21〕死滅する村／〔22〕青服の男／〔23〕嘘をつかなかったら／〔24〕人と土地の話／〔25〕彼等甦らば／〔26〕土地繁栄

昭和5（1930）年

339 『現代日本文学全集 第23篇 岩野泡鳴・上司小剣・小川未明集』
　　　改造社　昭和5年4月
　　　*全童話Ⅳ 030。小川未明集のうち童話以外の作品を示す。
　　　〈収録作品〉〔1〕烏金／〔2〕雪来る前／〔3〕越後の冬／〔4〕薔薇と巫女／〔5〕

物言はぬ顔／〔6〕紫のダリア／〔7〕少年の死／〔8〕魯鈍な猫／〔9〕河の上の太陽／〔10〕うば車／〔11〕空中の芸当／〔13〕嘘をつかなかったら／〔14〕靴屋の主人／〔15〕死者の満足／〔16〕青空に描く

340 『明治大正(昭和)文学全集 第30巻 岩野泡鳴・小川未明・中村星湖』
　　春陽堂　昭和5年9月
　　＊収録作品中、童話以外の未明の作品のみ示す。
　　〈収録作品〉〔4〕薔薇と巫女／〔5〕物言はぬ顔／〔6〕紫のダリヤ／〔7〕魯鈍な猫／〔8〕うば車／〔9〕空中の芸当／〔11〕靴屋の主人／〔12〕死者の満足

341 『常に自然は語る』
　　日本童話協会出版部　昭和5年12月　四六判　501頁　2円
　　〈収録作品〉〔1〕常に自然は語る／〔2〕人道主義を思ふ／〔3〕彼等流浪す／〔4〕農村の正義について／〔5〕情緒結合の文化／〔8〕自由なる空想／〔9〕社会、芸術の基点／〔10〕純情主義を想ふ／〔11〕名もなき草／〔12〕果物の幻想／〔14〕文芸と時勢／〔15〕男の子を見るたびに「戦争」について考へます／〔16〕驟雨／〔18〕教会堂への一列／〔19〕あらし／〔21〕物質文化の悲哀／〔22〕新ロマンチシズムの転向／〔23〕田舎へ帰る話／〔24〕新興童話の強圧と解放／〔25〕山井の冷味／〔26〕悦楽より苦痛多き現生活／〔27〕河の臭ひ／〔28〕鉦の音と花／〔29〕ものは見方から／〔30〕何を習得したらう／〔31〕作物と百姓／〔32〕ラスキンの言葉／〔33〕単純化は唯一の武器だ／〔34〕夏窓雑筆／〔35〕少年時代礼賛／〔36〕芸術に何を求むるか／〔39〕五月祭／〔40〕死海から来た人／〔41〕越後春日山／〔42〕ふるさとの記憶／〔43〕支配階級の正義／〔44〕子供と自分／〔45〕女性に精神的協力なき現象／〔46〕児童の解放擁護／〔48〕田舎の人／〔49〕貧乏線に終始して／〔50〕何うして子供の時分に感じたことは正しきか／〔51〕気候外さまざま／〔52〕真実を踏みにじる／〔53〕密生した茶の木／〔54〕彼等の悲哀と自負／〔55〕作家としての問題／〔56〕雷同と反動の激化／〔57〕婦人、児童雑誌の現状批判と将来／〔60〕慌しい貸家と居住者の関係／〔61〕新文芸の自由性と起点／〔62〕明日の大衆文芸／〔63〕当面の文芸と批評／〔64〕児童文学の動向／〔65〕教育意識の清算／〔66〕国民精神について／〔67〕学校家庭社会の関係的現状／〔68〕愛のあらはれ／〔69〕人道主義者として／〔70〕愛するものによつて救はる／〔73〕童話創作の態度

昭和7 (1932) 年

342 『童話雑感及小品』
　　文化書房　昭和7年7月　四六判　628頁　2円50銭
　　＊全童話Ⅳ 034。収録作品のうち童話以外を示す。
　　＊複刻：クレス出版　平27.4　〈編・解説〉宮川健郎
　　〈収録作品〉〔0〕はしがき／〔1〕常に自然は語る／〔2〕愛なき者の冒瀆／〔3〕人道主義を思ふ／〔4〕彼等流浪す／〔5〕解放に立つ児童文学／〔6〕農村の正義について／〔7〕新芸術の個条／〔8〕情緒結合の文化／〔9〕小学教育の任務を考へる／〔11〕紙芝居／〔13〕読むうちに思つたこと／〔14〕自由なる空想／〔15〕五〇年短きか長きか／〔16〕社会,芸術の基点／〔17〕事実は何を教へるか／〔18〕純情主義を想ふ／〔19〕名もなき草／〔20〕果物の幻想／〔22〕文芸と時勢／〔23〕春・都会・田園／〔24〕男の子を

見るたびに「戦争」について考へます／〔26〕驟雨／〔28〕教会堂への一列／〔29〕あらし／〔31〕物質文化の悲哀／〔32〕新ロマンチシズムの転向／〔33〕人間的なもの／〔34〕田舎へ帰る話／〔35〕児童教育とヂャナリズム／〔36〕新興童話の強圧と解放／〔37〕童話の核心／〔38〕山井の冷味／〔39〕悦楽より苦痛多き現生活／〔40〕街頭の新風景／〔41〕河の臭ひ／〔42〕鉦の音と花／〔43〕生活の妙味／〔44〕ものは見方から／〔45〕何を習得したらう／〔46〕作物と百姓／〔47〕一路を行く者の感想／〔48〕ラスキンの言葉／〔49〕自由な立場からの感想／〔50〕単純化は唯一の武器だ／〔51〕夏窓雑筆／〔52〕少年時代礼賛／〔53〕児童教化の問題／〔54〕芸術に何を求むるか／〔55〕文化線の低下／〔58〕五月祭／〔59〕死海から来た人／〔60〕越後春日山／〔61〕ふるさとの記憶／〔62〕支配階級の正義／〔63〕子供と自分／〔64〕女性に精神的協力なき現象／〔65〕児童の解放擁護／〔66〕自然・自由・自治／〔68〕田舎の人／〔69〕貧乏線に終始して／〔70〕何うして子供の時分に感じたことは正しきか／〔71〕気候外さまざま／〔72〕七月に題す／〔73〕真実を踏みにじる／〔74〕密生した茶の木／〔75〕芽／〔76〕彼等の悲哀と自負／〔77〕作家としての問題／〔78〕知ると味ふの問題／〔79〕雷同と反動の激化／〔80〕婦人、児童雑誌の現状批判と将来／〔83〕慌しい貸家と居住者の関係／〔84〕街の自然／〔85〕新文芸の自由性と起点／〔86〕書物雑感／〔87〕明日の大衆文芸／〔88〕当面の文芸と批評／〔89〕児童文学の動向／〔90〕教育意識の清算／〔91〕国民精神について／〔92〕学校家庭社会の関係的現状／〔93〕愛のあらはれ／〔94〕人道主義者として／〔95〕愛するものによつて救はる／〔97〕燈火とおもひで／〔99〕童話創作の態度

昭和9（1934）年

343 『童話と随筆』

日本童話協会出版部　昭和9年9月　四六判　338頁　1円60銭
＊全童話Ⅳ 036、収録作品のうち童話以外を示す。
〈収録作品〉〔0〕＊序－何故に童話は今日の芸術なるか／〔4〕母親は太陽／〔5〕春と人の感想／〔6〕時代・児童・作品／〔7〕書を愛して書を持たず／〔12〕より近く、より自然か／〔13〕素朴なる感情／〔14〕花の咲くころ／〔15〕初冬雑筆／〔20〕読んできかせる場合／〔21〕国字改良と時期／〔22〕自信なき者は勇気なし／〔23〕愛惜の情／〔24〕羞恥心の欠乏／〔25〕花と青年／〔26〕短詩／〔27〕作品また果実の如し／〔28〕五月が来るまで／〔29〕夏休には生活戦の認識／〔30〕近頃感じたこと／〔32〕涙／〔33〕雪／〔34〕忘れ得ざる風景／〔35〕児童自治の郷土と教化／〔36〕非常時他雑感／〔41〕童話を書く時の心／〔42〕子供が書くと読む時／〔43〕最近の教育問題を通しての感想／〔47〕灯と虫と魚／〔50〕新童話論／〔51〕顧望断片／〔58〕春を待つ／〔59〕秋深し／〔60〕ふるさと・小鳥／〔65〕中堅婦人の自覚

昭和10（1935）年

344 『女をめぐる疾風』

不二屋書房　昭和10年5月　280頁　1円20銭
〈収録作品〉〔1〕新しい町の挿話／〔2〕人と土地の話／〔3〕死滅する村／〔6〕風の夜の記録／〔7〕女をめぐる疾風／〔10〕氷の国へつづく路／〔12〕

Ⅳ　作品集・全集

大雪／〔13〕仮面の町／〔14〕雪解の流／〔15〕彼等蘇生へらば

昭和15（1940）年

345　『新日本童話』
　　　竹村書房　昭和15年6月　299頁　1円80銭
　　　＊全童話Ⅳ 052。童話以外の第一部「随筆」18編のみ掲載。
　　　〈収録作品〉〔0〕はしがき(『新日本童話』)／〔0〕はしがき／〔1〕日本的童話の提唱／〔2〕子供と童話文学／〔3〕発足点から出直せ／〔5〕木天蓼／〔6〕天を怖れよ／〔7〕人と草／〔8〕湯屋／〔9〕初冬／〔10〕冬の空／〔11〕春風遍し／〔12〕誠の心、誠の叫び／〔13〕美しき夢をもて／〔14〕新しき生活／〔15〕生れ変る心構へ／〔16〕我を思はば国家を思へ／〔17〕創造の歓喜に生きよ／〔18〕立派な人間として働け

昭和17（1942）年

346　『新しき児童文学の道』
　　　フタバ書院成光館　昭和17年2月　四六判　366頁　1円80銭
　　　〈装幀〉初山滋
　　　〈収録作品〉〔1〕新しき児童文学の道／〔2〕当面の児童文化／〔3〕現下に於ける童話の使命／〔4〕子供と童話文学／〔5〕時代・児童・作品／〔6〕子供が書くと読む時／〔7〕作品また果実の如し／〔8〕読んできかせる場合／〔9〕発足点から出直せ／〔10〕読むうちに思つたこと／〔11〕童話創作の態度／〔12〕日本人として生活すること／〔13〕先達たるもの／〔14〕子弟に与ふる信念如何／〔15〕厳しさと優しさを語る／〔16〕お母さんは僕達の太陽／〔17〕勇士よ還りて魂の教化に当れ／〔18〕奇蹟の出現／〔19〕新しき生活／〔20〕青年に与ふ／〔21〕新組織新感情／〔22〕指導者自らが燃え立たずば／〔23〕先づ白紙に還れ／〔24〕ふるさとの記憶(我が故郷物語)／〔25〕越後春日山／〔26〕花の咲くころ／〔27〕春風遍し／〔28〕春を待つ／〔29〕ふるさと・小鳥／〔30〕五月が来るまで／〔31〕気候外さまざま／〔32〕果物の幻想／〔33〕灯と虫と魚／〔34〕七月に題す／〔35〕燈火とおもひで／〔36〕湯屋／〔37〕初冬／〔38〕秋深し／〔39〕初冬随筆／〔40〕涙／〔41〕雪／〔42〕愛惜の情／〔44〕愛のあらはれ／〔45〕書を愛して書を持たず

昭和24（1949）年

347　『現代文学代表作全集 8』
　　　万里閣　昭和24年6月
　　　＊収録作品中、童話以外の未明の作品のみ示す。
　　　〈収録作品〉〔05〕うば車

昭和27（1952）年

348　『現代日本小説大系 15 自然主義 7』
　　　河出書房　昭和27年5月

461

＊収録作品中、童話以外の未明の作品のみ示す。
〈収録作品〉〔05〕魯鈍な猫

349 『現代日本小説大系 30 新理想主義 8』
河出書房　昭和 27 年 6 月
＊収録作品中、童話以外の未明の作品のみ示す。
〈収録作品〉〔10〕靴屋の主人／〔11〕堤防を突破する浪

昭和 29（1954）年

350 『小川未明作品集 第 1 巻』
大日本雄弁会講談社　昭和 29 年 6 月　四六判　447 頁　500 円
〈装幀〉津田青楓
〈収録作品〉〔1〕霰に霙／〔2〕乞食／〔3〕兄弟／〔4〕人生／〔5〕煎餅売／〔6〕決闘／〔7〕財嚢記／〔10〕遠き響／〔11〕矛盾／〔12〕石火／〔13〕白眼党／〔14〕弱志／〔15〕暴風／〔16〕海鳥の羽／〔17〕日蝕／〔18〕櫛／〔19〕暗い空／〔20〕老婆／〔21〕鉄片／〔22〕点／〔23〕烏金／〔24〕雪来る前／〔25〕越後の冬／〔26〕不思議な鳥／〔27〕扉／〔28〕悪魔／〔29〕赤い実／〔30〕唾／〔31〕森の暗き夜／〔32〕赤褐の斑点／〔33〕薔薇と巫女／〔34〕都会で死せる雀／〔35〕日没の幻影／〔36〕児の疑問／〔37〕憎／〔38〕白と黒（原題「七時半」）／〔39〕物言はぬ顔／〔40〕星を見て／〔41〕僧〈「稀人」を改題〉

351 『小川未明作品集 第 2 巻』
大日本雄弁会講談社　昭和 29 年 7 月　四六判　454 頁　500 円
〈装幀〉津田青楓
〈収録作品〉〔1〕死／〔2〕曙／〔3〕少年の死／〔4〕日蔭の花／〔5〕凍える女／〔6〕奇怪な犯罪／〔7〕暁の色／〔8〕太陽を見る児／〔9〕魯鈍な猫／〔10〕赤い毒／〔11〕心臓／〔12〕簪／〔13〕白痴／〔14〕なぐさめ／〔15〕楽器／〔16〕虚偽の顔／〔17〕殺害／〔18〕子供の葬ひ／〔19〕毒草／〔20〕鼉／〔21〕露台／〔22〕赤い指／〔23〕淋しき笑ひ／〔24〕乞食の児／〔25〕底の社会へ／〔26〕愚弄／＊解説（青野季吉）

352 『小川未明作品集 第 3 巻』
大日本雄弁会講談社　昭和 29 年 8 月　四六判　456 頁　500 円
〈装幀〉津田青楓
〈収録作品〉〔1〕落日／〔2〕街の二人／〔3〕鮮血／〔4〕紫のダリヤ／〔5〕下の街／〔6〕春になるまで／〔7〕石炭の火／〔8〕路上の一人／〔9〕悪人／〔10〕密告漢／〔11〕死の鎮／〔12〕小作人の死／〔13〕戦争／〔14〕無籍者の思ひ出／〔15〕文明の狂人／〔16〕河の上の太陽／〔17〕赤熱の地上／〔18〕根を断たれた花／＊解説（荒正人）

353 『小川未明作品集 第 4 巻』
大日本雄弁会講談社　昭和 29 年 10 月　四六判　460 頁　500 円
〈装幀〉津田青楓
〈収録作品〉〔1〕雪の丘／〔2〕閉つた耳／〔3〕死より美し／〔4〕黒色の珈琲／〔5〕煙の動かない午後／〔6〕手／〔7〕誰も知らないこと／〔8〕無産階級者／〔9〕空中の芸当／〔10〕砂糖より甘い煙草／〔11〕老旗振り／〔12〕死刑囚の写真／〔13〕虚を狙ふ／〔15〕忘れ難き男／〔16〕血の車輪／〔17〕

Ⅳ　作品集・全集

面白味のない社会／〔18〕彼等の行く方へ／〔19〕死滅する村／〔20〕土地繁栄／〔21〕独逸人形／〔22〕新聞紙／〔23〕交差点を走る影／〔24〕雪の上の賭博／〔26〕彼等甦らば／〔27〕堤防を突破する浪／〔28〕田舎の人／〔29〕彼等の悲哀と自負／＊解説（山室静）

昭和30（1955）年

354 『日本児童文学大系 第1巻 児童文学の源流』
　　　三一書房　昭和30年9月
　　　猪野省三，菅忠道，熊谷孝，関英雄，巌谷栄二〈編〉
　　　＊収録作品中、童話以外の未明の作品のみ示す。
　　　〈収録作品〉〔91〕少年主人公の文学

355 『日本児童文学大系 第2巻 童心文学の開花』
　　　三一書房　昭和30年8月
　　　猪野省三，菅忠道，熊谷孝，関英雄，巌谷栄二〈編〉
　　　＊収録作品中、童話以外の未明の作品のみ示す。
　　　〈収録作品〉〔83〕子供は虐待に黙従す／〔86〕今後を童話作家に

356 『日本児童文学大系 第3巻 プロレタリア童話から生活童話へ』
　　　三一書房　昭和30年6月
　　　猪野省三，菅忠道，熊谷孝，関英雄，巌谷栄二〈編〉
　　　＊収録作品中、童話以外の未明の作品のみ示す。
　　　〈収録作品〉〔83〕童話の創作について／〔88〕新興童話の強圧と解放／〔107〕「お話の木」を主宰するに当りて宣言す

357 『日本児童文学大系 第5巻 民主主義児童文学への道』
　　　三一書房　昭和30年5月
　　　猪野省三，菅忠道，熊谷孝，関英雄，巌谷栄二〈編〉
　　　＊収録作品中、童話以外の未明の作品のみ示す。
　　　〈収録作品〉〔44〕子供たちへの責任

358 『日本プロレタリア文学大系 序 日本プロレタリア文学の母胎と生誕 明治三十年から大正五年まで』
　　　三一書房　昭和30年3月
　　　＊収録作品中、未明の作品のみ示す。
　　　〈収録作品〉〔16〕露台

359 『日本プロレタリア文学大系 (1) 運動台頭の時代 社会主義文学から「種蒔く人」廃刊まで』
　　　三一書房　昭和30年1月
　　　＊収録作品中、未明の作品のみ示す。
　　　〈収録作品〉〔18〕死滅する村

360 『小川未明作品集 第5巻』
　　　大日本雄弁会講談社　昭和30年1月　四六判　477頁　500円
　　　〈装幀〉津田青楓
　　　〈収録作品〉・小品・随筆・散文詩 - ／〔1〕日本海／〔2〕面影／〔3〕柩／〔4〕外濠線／〔5〕旅の女／〔7〕雪／〔8〕海鳴り／〔9〕赤とんぼ 唐辛／〔10〕青葦と寺と人形／〔11〕紅い入日／〔12〕黄色い晩／〔13〕蠟人形／〔14〕

463

Ⅳ 作品集・全集

奇蹟の母／〔15〕抜髪／〔16〕笑ひ／〔17〕苦闘／〔18〕汚れた人や花／〔19〕銀色の冬／〔20〕樹蔭／〔21〕話のない人／〔22〕銀貨／〔23〕私をいぢらしさうに見た母／〔24〕真夜中カーヴを軋る電車の音／〔25〕北国の夏の自然／〔26〕私を憂鬱ならしむ／〔27〕風の烈しい日の記憶／〔28〕春浅く／〔30〕山井の冷味／〔31〕鉦の音と花／〔33〕死海から来た人／〔35〕涙／〔36〕灯と虫と魚／〔38〕ふるさと、小鳥／〔39〕初冬雑筆／〔40〕爛れた日／〔41〕赤い月の上る前／〔42〕日本海の歌／〔43〕樫の木／〔44〕黒い鳥／〔45〕旱魃／〔46〕青／〔47〕停車場を歩く男／〔48〕山草の悲しみ／〔49〕赤い花と青い夜／〔50〕橋の上／〔51〕友達に／〔52〕無題／〔53〕断詩／〔54〕彼等／‐感想・評論・児童文学論‐／〔55〕単調の与ふる魔力／〔56〕盲目の喜び／〔57〕夕暮の窓より／〔58〕夜の喜び／〔59〕刹那に起り来る色と官能と、思想の印象／〔60〕何故に苦しき人々を描く乎／〔61〕動く絵と、新しき夢幻／〔62〕余も又Somnambulistである／〔63〕神経で描かんとする自然／〔64〕単純な詩形を思ふ／〔65〕永久に愛は離れず／〔66〕芸術の蘇生時代／〔67〕囚はれたる現文壇／〔68〕民衆芸術の精神／〔69〕人間本来の愛と精神の為めに／〔70〕我が感想／〔71〕最近の日記／〔72〕今は亡き子供と／〔73〕私の試みる小説の文体／〔74〕戦争に対する感想／〔75〕プロレタリヤの正義、芸術／〔76〕労働祭に感ず／〔77〕死の凝視によつて私の生は跳躍す／〔78〕芸術の暗示と恐怖／〔79〕救ひは芸術にある／〔80〕芸術に箇条なし／〔81〕子供は虐待に服従す／〔82〕知識階級雑感／〔83〕生活から観たる田園と都市／〔84〕郷土芸術雑感／〔85〕治安維持法案の反道徳的個条／〔86〕人道主義を思ふ／〔87〕社会芸術の基点／〔88〕名もなき草／〔89〕男の子を見るたびに「戦争」について考へます／〔90〕新ロマンチシズムの転向／〔91〕何を習得したらう／〔92〕作物と百姓／〔93〕女性に精神的協力なき現象／〔94〕新文芸の自由性と起点／〔95〕今後を童話作家に／〔96〕少年主人公の文学／〔97〕お伽文学に就て／〔98〕少年文学に対する感想／〔99〕童話に対する所見／〔100〕私が童話を書く時の心持／〔101〕童話の詩的価値／〔102〕新興童話の強圧と解放／〔103〕児童文学の動向／〔104〕童話創作の態度／〔105〕何故に童話は今日の芸術なるか／〔106〕少年時代礼賛／〔107〕越後春日山／〔108〕どうして子供の時分に感じたことは正しきか／〔109〕母親は太陽／〔110〕読んできかせる場合／〔111〕愛惜の情／〔112〕作品また果実の如し／〔113〕現下の所感／〔114〕純情をうしなうな／〔115〕清らかな誇りを持て／〔116〕豆鉄砲から／〔117〕童話を作つて五十年／〔118〕人生案内／〔119〕わが母を思う／＊解説（山室静）

昭和31（1956）年

361 『たのしく心あたたまる子どもの文学6年生』
　　ポプラ社　昭和31年7月　A5判　203頁
　　東京私立初等学校協会〈編〉
　　＊収録作品中、童話以外の未明の作品のみ示す。
　　〈収録作品〉〔8〕雲‐詩

昭和32（1957）年

362 『現代日本文学全集70 田村俊子・武林無想庵・小川未明・坪田譲治集』

筑摩書房　昭和32年2月
＊収録作品中、童話以外の未明の作品のみ示す。
〈収録作品〉〔9〕薔薇と巫女／〔10〕物言はぬ顔／〔11〕魯鈍な猫／〔12〕戦争／〔13〕河の上の太陽／〔14〕空中の芸当

昭和33（1958）年

363　『現代国民文学全集 36巻 国民詩集』
　　　角川書店　昭和33年11月
　　　＊収録作品中、未明の作品のみ示す。
　　　〈収録作品〉〔329〕海と太陽

昭和35（1960）年

364　『世界童話名作選 世界童話五年生』
　　　金の星社　昭和35年10月　A5判　218頁　200円
　　　小川未明，前田晁〈監修〉，浜田廣介，大木雄二，渋沢青花〈編〉
　　　＊収録作品中、童話以外の未明の作品のみ示す。
　　　〈収録作品〉〔1〕ハンネレの昇天―ドイツのハープトマンから

2．没後に出版された全集

昭和54（1979）年

365　『定本小川未明小説全集　第1巻 小説集1』
　　　講談社　昭和54年4月　A5判　398頁　3500円
　　　〈編集委員〉山室静，紅野敏郎，保永貞夫，岡上鈴江，〈装丁〉武井武雄
　　　〈収録作品〉〔1〕人生／〔2〕面影／〔3〕乞食／〔4〕田舎の理髪店／〔5〕雲の姿／〔6〕空想家／〔7〕老宣教師／〔8〕石火／〔9〕日本海／〔10〕霰に雲／〔11〕漂浪児／〔12〕紅雲郷／〔13〕旅の女／〔14〕海鳥の羽／〔15〕懐旧／〔16〕日蝕／〔17〕櫛／〔18〕暗い空／〔19〕暁／〔20〕老婆／〔21〕捕はれ人／〔22〕酒肆／〔23〕北の冬／〔24〕麗日／〔25〕烏金／〔26〕不思議な鳥／〔27〕雪来る前／〔28〕雷雨前／〔29〕唖／〔30〕越後の冬／〔31〕日没の幻影／〔32〕物言はぬ顔／〔33〕薔薇と巫女／〔34〕少年の死／〔35〕血／〔36〕過ぎた春の記憶／〔37〕星を見て／＊解説（山室静）／‐月報1‐／＊生れたる新らしき人（木村毅）／＊未明翁春日清談（村松定孝）／＊〈同時代の視点〉「漂浪児」の出た当時（中村星湖）／＊初期作品集の扉と口絵

366　『定本小川未明小説全集　第2巻 小説集2』
　　　講談社　昭和54年5月　A5判　407頁　3500円
　　　〈編集委員〉山室静，紅野敏郎，保永貞夫，岡上鈴江，〈装丁〉武井武雄

IV 作品集・全集

〈収録作品〉〔1〕魯鈍な猫／〔2〕簪／〔3〕太陽を見る児／〔4〕鳶／〔5〕赤い毒／〔6〕偶然の事件／〔7〕心臓／〔8〕点／〔9〕僧〈「稀人」を改題〉／〔10〕凍える女／〔11〕白痴／〔12〕白き花咲く頃／〔13〕楽器／〔14〕赤い指／〔15〕黄色い晩／〔16〕蠟人形／〔17〕奇蹟の母／〔18〕抜髪／〔19〕白と黒(原題「七時半」)／〔20〕黒煙／〔21〕底の社会へ／〔22〕露台／〔23〕下の街／〔24〕露台／〔25〕無智／〔26〕尼に／〔27〕石炭の火／〔28〕路上の一人／＊解説（山室静）－月報2－＊薄明の時代の文学―愛読した「物言はぬ顔」と「紫のダリア」（関英雄）／＊小川未明のこと（小田嶽夫）／＊大正初期の未明著作集の口絵・扉／〈同時代の視点〉『愁人』に対する『新声』の批評（海の人、炎の人、石の人）

367 『定本小川未明小説全集　第3巻　小説集3』
　　　講談社　昭和54年6月　A5判　416頁　3500円
〈編集委員〉山室静，紅野敏郎，保永貞夫，岡上鈴江，〈装丁〉武井武雄
〈収録作品〉〔1〕紫のダリヤ／〔2〕悪戯／〔3〕鮮血／〔4〕小作人の死／〔5〕密告漢／〔6〕銀色の冬／〔7〕嫉妬／〔8〕停車場を歩く男／〔9〕山上の風／〔10〕彼等の話／〔11〕同伴者／〔12〕雪の丘／〔13〕山／〔14〕眼を開けた屍／〔15〕戦争／〔16〕顔の恐れ／〔17〕河の上の太陽／〔18〕呼吸／〔19〕文明の狂人／〔20〕靴屋の主人／〔21〕無籍者の思ひ出／〔22〕死の鎖／〔23〕悪人／＊解説（紅野敏郎）－月報3－＊未明文学の"母"（千葉俊二）／＊感激にもとづく未明文学（西本鶏介）／＊〈同時代の視点〉病的の黴菌恐怖家（近松秋江）

368 『定本小川未明小説全集　第4巻　小説集4』
　　　講談社　昭和54年7月　A5判　409頁　3500円
〈編集委員〉山室静，紅野敏郎，保永貞夫，岡上鈴江，〈装丁〉武井武雄
〈収録作品〉〔1〕狂浪／〔2〕負傷者／〔3〕町裏の生活／〔4〕浮浪漢の手紙／〔5〕根を断たれた花／〔6〕なぜ母を呼ぶ／〔7〕閉つた耳／〔8〕記憶は復讐する／〔9〕白昼の殺人／〔10〕誰も知らないこと／〔11〕無産階級者／〔12〕何を考へるか／〔13〕うば車／〔14〕砂糖より甘い煙草／〔15〕手をさしのべる男／〔16〕手／〔17〕広告の行燈／〔18〕親友／〔19〕木酒精を飲む爺／〔20〕少女の半身／〔21〕幻影と群集／〔22〕空中の芸当／〔23〕其の少女の事／〔24〕死刑囚の写真／〔25〕浮浪者／〔26〕人間の機械／〔27〕老旗振り／〔28〕人間の悪事／〔29〕崩れかかる街／〔30〕虚を狙ふ／〔31〕ただ黙つてゐる／〔32〕血に染む夕陽／＊解説（紅野敏郎）－月報4－＊社会小説家小川未明（西田勝）／＊未明と御風の書簡（相馬文子）／＊〈同時代の視点〉「未明」管見（亮平老史）

369 『定本小川未明小説全集　第5巻　小説集5』
　　　講談社　昭和54年8月　A5判　398頁　3500円
〈編集委員〉山室静，紅野敏郎，保永貞夫，岡上鈴江，〈装丁〉武井武雄
〈収録作品〉〔1〕早春の夜／〔2〕雪穴／〔3〕彼等の行く方へ／〔4〕血の車輪／〔5〕患者の幻覚／〔6〕黒い河／〔7〕面白味のない社会／〔8〕停車場近く／〔9〕奇怪な幻想／〔10〕説明出来ざる事実／〔11〕もう不思議でない／〔12〕男の話をきく群衆／〔13〕愛によつて育つ／〔14〕自殺者／〔15〕忘れ難き男／〔16〕傷付いた人／〔17〕秋／〔18〕風に戦ぐ青樹／〔19〕夜の群／〔20〕私の手記／〔21〕地底へ歩るく／〔22〕青い糸／〔24〕雪の上の賭博／〔25〕新聞紙／〔26〕嘘をつかなかつたら／〔28〕堤防を突破する浪／〔29〕君は信ずるか／〔30〕踏切番の幻影／〔31〕土地繁栄

Ⅳ　作品集・全集

／〔32〕独逸人形／〔33〕問題にされない群／〔36〕死海から来た人／〔37〕真実を踏みにじる／〔38〕彼等の悲哀と自負／＊解説（紅野敏郎）／-月報5-／＊唱歌と絵画（中島国彦）／＊未明の小説（与田凖一）／＊〈同時代の視点〉小川未明氏の近業二つ―純文芸の批評立場から（二）（林政雄）／＊未明の色紙と肖像画

370 『定本小川未明小説全集　第6巻 評論 感想抄集』
　　　講談社　昭和54年10月　A5判　471頁　3500円
　　　〈編集委員〉山室静，紅野敏郎，保永貞夫，岡上鈴江，〈装丁〉武井武雄
　　　〈収録作品〉-初期浪漫主義時代、『描写の心得』から-／〔1〕二葉亭氏／〔2〕新しき叙景／〔3〕晩春、初夏とロマンチスト／〔4〕羞恥を感ず／〔5〕北国の鴉より(親しみのある人や、墓場と、芸術)／〔6〕最近の感想／〔7〕夜の喜び／〔8〕なんで生きてゐるか／〔9〕少年主人公の文学／〔10〕単調の与ふる魔力／〔11〕盲目の喜び／〔12〕北国の雪と女と／〔13〕書斎と創作の気分／〔14〕刹那に起り来る色と官能と、思想の印象／〔15〕何故に苦しき人々を描く乎／〔16〕零落と幼年思慕／〔17〕余もまたSomnambulistである／〔18〕日本海の歌／〔19〕純朴美と感興／〔20〕神経で描かんとする自然／〔21〕単純な詩形を思ふ／〔22〕日の当る室から／〔23〕上京当時の回想 附―処女作のことども／〔24〕作家として立つに就いての三つの質問／〔25〕話のない人／〔26〕抒情文と叙景文／〔27〕文学上の態度、描写、主観／〔28〕文学に志す人々の用意／-社会主義時代-／〔29〕書斎より／〔30〕死に生れる芸術／〔31〕我が感想／〔32〕何故に享楽し得ざるか／〔33〕最近の日記／〔34〕今は亡き子供と／〔35〕書斎での対話／〔36〕私の試みる小説の文体／〔37〕菩提樹の花／〔38〕お伽文学に就て／〔39〕少年文学に対する感想／〔40〕ある人に与ふ／〔41〕現実生活の詩的調和／〔42〕過去の一切は失れたり／〔43〕戦争に対する感想／〔44〕本然的の運動／〔45〕プロレタリヤの正義、芸術／〔46〕闘争を離れて正義なし／〔47〕童話に対する所見／〔48〕労働祭に感ず／〔49〕死の凝視によって私の生は跳躍す／〔50〕其の雄勁とさびしさ／〔51〕芸術の暗示と恐怖／〔52〕救ひは芸術にある／〔53〕芸術に箇条なし／〔54〕子供は虐待に黙従す／〔55〕母性の神秘／〔56〕私達は自然に背く／〔57〕私をいぢらしさうに見た母／〔58〕真夜中カーヴを軋る電車の音／〔59〕冬から春への北国と夢魔の魅力／〔60〕作者の感想／〔61〕無窮と死へ／-成熟期-／〔62〕私が童話を書く時の心持／〔63〕僧房の菊花と霜に傷む菊花／〔64〕田舎の秋、高山の秋／〔65〕私を憂鬱ならしむ／〔66〕風の烈しい日の記憶／〔67〕雪を砕く／〔68〕生活から観たる田園と都市／〔69〕郷土芸術雑感／〔70〕治安維持法案の反道徳的箇条／〔71〕ある日の記／〔72〕少年時代の正義心／〔73〕理想の世界／〔74〕事実と感想／〔75〕人道主義を思ふ／〔76〕新ロマンチシズムの転向／〔77〕新興童話の強圧と解放／〔78〕少年時代礼讃／〔79〕越後春日山／〔80〕女性に精神的協力なき現象／〔81〕新文芸の自由性と起点／〔82〕児童文学の動向／〔83〕童話創作の態度(講演)／〔84〕愛なき者の冒瀆／〔85〕自由な立場からの感想／〔86〕花の咲くころ／〔87〕作品また果実の如し／〔88〕雪／〔89〕ふるさと、小鳥／〔90〕石と雲と蜂／〔91〕冬の空／〔92〕先達たるもの／-戦後篇-／〔93〕現下の所感／〔94〕人生案内／〔95〕わが母を思う／-詩篇-／〔96〕白い柩／〔97〕夜／〔98〕梨の花／〔99〕糸車／〔100〕水鶏／〔101〕海／〔102〕友達に／〔103〕断詩／〔104〕彼等／〔105〕短詩／＊解説（山室静）／＊年譜（岡上鈴江作成）

IV　作品集・全集

／＊著作解題（編集部）／＊作品年表（紅野敏郎編）／‐月報 6‐／＊〈未明〉に至るまで（上笙一郎）／＊〈同時代の視点〉小川未明氏の近業二つ—純文芸の批評立場から（二）（承前）（林政雄）／＊『定本小川未明小説全集』総目次

3．没後に出版された作品集・アンソロジー

昭和 39（1964）年

371　『日本文学全集 70 名作集 (二) 大正篇』
　　　新潮社　昭和 39 年 11 月
　　　平野謙編
　　　＊収録作品中、未明の作品のみ示す。
　　　〈収録作品〉死滅する村

昭和 40（1965）年

372　『小川未明名作集』（少年少女現代日本文学全集 第 27 巻）
　　　偕成社　昭和 40 年 4 月
　　　〈編〉福田清人，〈全集監修〉川端康成，佐藤春夫，高橋誠一郎，久松潜一,〈全集編集〉滑川道夫，福田清人，吉田精一
　　　＊昭和 43 〜 45 年に新版刊行。
　　　＊全童話Ⅳ 177。収録作品中、童話以外の作品のみ示す。
　　　〈収録作品〉〔12〕河の上の太陽／〔14〕空中の芸当／〔15〕薔薇と巫女／〔16〕物言わぬ顔／〔17〕魯鈍な猫

昭和 41（1966）年

373　『日本現代文学全集 42 小川未明・田村俊子・水上滝太郎集』
　　　講談社　昭和 41 年 12 月
　　　＊全童話Ⅳ 180。収録作品中、童話以外の未明の作品のみ示す。
　　　〈収録作品〉〔1〕霰に霙／〔2〕薔薇と巫女／〔3〕物言はぬ顔／〔4〕戦争／〔5〕河の上の太陽／〔6〕空中の芸当／〔7〕砂糖より甘い煙草／〔9〕堤防を突破する浪／〔13〕余も又 Somnambulist である／〔14〕民衆芸術の精神／〔15〕我が感想／〔16〕プロレタリアの正義・芸術／〔17〕死の凝視によって私の生は跳躍す／〔18〕社会芸術の基点／〔19〕今後を童話作家に／〔20〕少年主人公の文学／〔21〕詩

昭和 43（1968）年

374　『全集・現代文学の発見 第 1 巻 最初の衝撃』

Ⅳ　作品集・全集

　　　学芸書林　昭和43年9月
　　　＊収録作品中、未明の作品のみ示す。
　　　〈収録作品〉君は信ずるか

昭和44（1969）年

375　『日本短篇文学全集 22 小川未明・豊島与志雄・坪田譲治・宮沢賢治』
　　　筑摩書房　昭和44年4月
　　　＊全童話Ⅳ 181。収録作品中、童話以外の未明の作品のみ示す。
　　　〈収録作品〉〔4〕空中の芸当

昭和46（1971）年

376　『藤村全集 別巻 藤村研究』
　　　筑摩書房　昭和46年5月
　　　＊収録作品中、未明の著作のみ示す。
　　　〈収録作品〉『破戒』を評す／島崎藤村氏の懺悔として観た「新生」合評

昭和47（1972）年

377　『日本近代文学大系 58 近代評論集Ⅱ』
　　　角川書店　昭和47年1月
　　　＊収録作品中、未明の作品のみ示す。
　　　〈収録作品〉文芸の社会化 に関する私の意見

378　『日本近代文学大系 48 大正短篇集』
　　　角川書店　昭和47年10月
　　　＊収録作品中、未明の作品のみ示す。
　　　〈収録作品〉戦争

昭和48（1973）年

379　『現代日本文学大系 32 秋田雨雀・小川未明・坪田譲治・田村俊子・武林無想庵集』
　　　筑摩書房　昭和48年1月
　　　＊全童話Ⅳ 186。収録作品中、童話以外の未明の作品のみ示す。
　　　〈収録作品〉〔1〕薔薇と巫女／〔2〕物言はぬ顔／〔3〕魯鈍な猫／〔4〕戦争／〔5〕河の上の太陽／〔7〕死滅する村

380　『現代日本文学全集 37 田村俊子・武林無想庵・小川未明・坪田譲治集』
　　　筑摩書房　昭和48年4月
　　　＊『定本限定版 現代日本文学全集』全100巻・昭和42年11月刊行の再編集版（増補決定版）。
　　　＊全童話Ⅳ 187。収録作品中、童話以外の未明の作品のみ示す。
　　　〈収録作品〉〔1〕薔薇と巫女／〔2〕物言はぬ顔／〔3〕魯鈍な猫／〔4〕戦争／〔5〕河の上の太陽／〔6〕空中の芸当

IV 作品集・全集

昭和 49（1974）年

381 『日本現代詩大系 第 4 巻 近代詩(1)』
　　　河出書房新社　昭和 49 年 12 月
　　　＊収録作品中、未明の作品のみ示す。
　　　〈収録作品〉（詩集）あの山越えて(抄)／＊序／西の空／白い柩／白雲／糸車

昭和 51（1976）年

382 『土とふるさとの文学全集 3 現実の凝視』
　　　家の光協会　昭和 51 年 11 月
　　　＊収録作品中、未明の作品のみ示す。
　　　〈収録作品〉小作人の死／死滅する村

383 『土とふるさとの文学全集 6 雲と青空と』
　　　家の光協会　昭和 51 年 3 月
　　　＊収録作品中、未明の作品のみ示す。
　　　〈収録作品〉人と土地の話

昭和 52（1977）年

384 『部落問題文芸・作品選集 第 39 巻 宇野浩二・小川未明・島木健作・貴司山治短篇集』
　　　世界文庫　昭和 52 年 3 月
　　　＊収録作品中、未明の作品のみ示す。
　　　〈収録作品〉靴屋の主人

385 『小川未明集』（日本児童文学大系 第 5 巻）
　　　ほるぷ出版　昭和 52 年 11 月
　　　〈編〉続橋達雄、〈シリーズ編集〉大藤幹夫、岡田純也、瀬田貞二、続橋達雄、鳥越信、藤田圭雄、向川幹雄
　　　＊全童話Ⅳ 190。収録作品中、童話以外の作品のみ示す。
　　　〈収録作品〉〔1〕童謡(わらべうた) 五編／〔2〕海と太陽／〔3〕鈴が鳴る／〔4〕杏子(あんず)の花／〔5〕私は姉さん思ひ出す／〔6〕虹の歌／〔7〕風ふき鳥／〔8〕冬の木立／〔9〕海／〔10〕赤い鳥／〔87〕童話の詩的価値—童話集『金の輪』序文／〔88〕私が童話を書く時の心持—童話集『港についた黒んぼ』序文／〔89〕序—『未明童話集』第一巻序文

昭和 60（1985）年

386 『日本プロレタリア文学集 第 1 巻 初期プロレタリア文学集 1』
　　　新日本出版社　昭和 60 年 4 月
　　　＊収録作品中、未明の作品のみ示す。
　　　〈収録作品〉密告漢／無産階級者／死滅する村／堤防を突破する浪

IV　作品集・全集

平成2（1990）年

387　『モダン都市文学8 プロレタリア群像』
　　　平凡社　平成2年11月
　　　鈴木貞美〈編〉
　　　＊収録作品中、未明の作品のみ示す。
　　　〈収録作品〉砂糖より甘い煙草

平成6（1994）年

388　『ふるさと文学館 19 新潟』
　　　ぎょうせい　平成6年5月
　　　田中栄一〈編〉
　　　＊収録作品中、未明の作品のみ示す。
　　　〈収録作品〉越後の冬

平成9（1997）年

389　『叢書日本の童謡 第34巻 日本童謡集（1925年版）』
　　　大空社　平成9年3月
　　　童謡詩人会〈編〉
　　　＊収録作品中、未明の作品のみ示す。
　　　〈収録作品〉鳥三題

平成16（2004）年

390　『ちいさい子とおかあさんのための詩集2 ちいさいはなびら』
　　　コダーイ芸術教育研究所　平成16年7月　54頁　600円
　　　羽仁協子〈編〉
　　　＊収録作品中、未明の作品のみ示す。
　　　〈収録作品〉〔29〕海と太陽

平成20（1998）年

391　『文豪怪談傑作選 小川未明集 幽霊船』（ちくま文庫）
　　　筑摩書房　平成20年8月　378頁　900円
　　　東雅夫〈編〉、山田英春〈カバーデザイン〉、金井田英津子〈装画〉
　　　＊全童話Ⅳ 206。収録作品中、童話以外の小説を示す。
　　　〈収録作品〉〔1〕過ぎた春の記憶／〔5〕越後の冬／〔7〕不思議な鳥／〔8〕黄色い晩／〔9〕櫛／〔10〕抜髪／〔11〕老婆／〔12〕点／〔13〕凍える女／〔14〕蠟人形／〔20〕薔薇と巫女／〔21〕幽霊船／〔22〕暗い空／〔23〕捕われ人／〔24〕森の暗き夜／〔25〕扉／〔26〕悪魔／〔27〕森の妖姫／〔28〕僧／〔29〕日没の幻影／〔30〕北の冬／〔31〕面影／〔32〕夜の喜び／〔33〕貸間を探がしたとき／＊解説 憂愁と憧憬と（東雅夫）

平成24（2012）年

392 『叢書児童文化の歴史 2 児童文化と学校外教育の戦中戦後』
　　　港の人　平成24年6月　A5判　581p　5700円
　　　加藤理、川勝泰介、浅岡靖央〈編〉
　　＊収録作品中、未明の著作のみ示す。
　　〈収録作品〉〔12〕児童雑誌に対する理想案（幼少年少女雑誌改善に関する答申案）

平成25（2013）年

393 『日本近代短篇小説選 明治篇2』（岩波文庫 31-191-2）
　　　岩波書店　平成25年2月　文庫判　451頁　900円
　　　紅野敏郎、紅野謙介、千葉俊二、宗像和重、山田俊治〈編〉
　　＊収録作品中、未明の小説のみ示す。
　　〈収録作品〉〔13〕薔薇と巫女

平成26（2014）年

394 『文豪たちが書いた怖い名作短編集』
　　　彩図社　平成27年1月　文庫判　191頁　593円
　　＊収録作品中、未明の小説のみ示す。
　　〈収録作品〉〔7〕過ぎた春の記憶

平成27（2015）年

395 『新選小川未明秀作随想70 ふるさとの記憶』
　　　蒼丘書林　平成27年7月　A5判　294頁　2000円
　　　小埜裕二〈編・解説〉
　　〈収録作品〉〔1〕童話を作って五十年／〔2〕初恋は直ちに詩である／〔3〕朽椿／〔4〕北国の温泉／〔5〕郷土と作家／〔6〕人と新緑／〔7〕故郷／〔8〕感覚の回生／〔9〕埴輪を拾った少年時代の夏／〔10〕自伝／〔11〕北国の鴉より／〔12〕獣類の肉は絶対に食わぬ／〔13〕少年時代の回想とＡの運命／〔14〕北国の雪と女と／〔15〕予が生い立ちの記／〔16〕雷の音を聞きながら／〔17〕遠き少年の日／〔18〕大変化のあった歳／〔19〕意力的の父の一生／〔20〕エンラン躑躅／〔21〕赤い花と青い夜／〔22〕山中の春／〔23〕野薔薇の花／〔24〕作家と郷土／〔25〕一筋の流れ／〔26〕永遠に我らの憧憬の的／〔27〕月光と草と鳴く虫／〔28〕青く傷む風景／〔29〕眠っているような北国の町／〔30〕人間愛と芸術と社会主義／〔31〕将棋／〔32〕追憶の花二つ／〔33〕私をいじらしそうに見た母／〔34〕寒村に餅の木の思い／〔35〕その雄勁とさびしさ／〔36〕凍氷小屋の中／〔37〕北国の夏の自然／〔38〕冬から春への北国と夢魔的魅力／〔39〕山井の冷味／〔40〕たまたまの感想／〔41〕秋雑景／〔42〕八月の夜の空／〔43〕田園の破産／〔44〕城外の早春／〔45〕蘭の話／〔46〕越後春日山／〔47〕彼ら流浪す／〔48〕ふるさとの記憶／〔49〕漢詩と形なき憧憬／〔50〕雪の砕ける音／〔51〕川をなつかしむ／〔52〕愛するものによって救わる／〔53〕

Ⅳ　作品集・全集

何を習得したろう／〔54〕果物の幻想／〔55〕事ある時の用意／〔56〕自然、自由、自治／〔57〕七月に題す／〔58〕春、都会、田園／〔59〕事実は何を教えるか／〔60〕東西南北／〔61〕雪／〔62〕北国の春／〔63〕春と人の感想／〔64〕夢のような思い出／〔65〕初冬／〔66〕父をおもう／〔67〕自分を失ってはいけない／〔68〕童話と私／〔69〕わが母を思う／〔70〕私の小さいころ／＊小川未明の随想と郷土（小埜裕二）

平成28（2016）年

396 『小川未明郷土小説名作選―山上の風・雪穴』
　　永田印刷出版部　平成28年3月　A5判　1300円
　　小埜裕二〈編・解説〉
　　〈収録作品〉〔1〕ふる郷／〔2〕狂人／〔3〕孤松／〔4〕日蝕／〔5〕櫛／〔6〕暗い空／〔7〕北の冬／〔8〕烏金／〔9〕黄色い晩／〔10〕雪来る前／〔11〕雪／〔12〕越後の冬／〔13〕闇の歩み／〔14〕白と黒／〔15〕僧／〔16〕薔薇と巫女／〔17〕児の疑問／〔18〕凍える女／〔19〕地平線／〔20〕簪／〔21〕なぐさめ／〔22〕淋しき笑ひ／〔23〕赤黒い花／〔24〕銀色の冬／〔25〕李の花／〔26〕山上の風／〔27〕雪の丘／〔28〕榎木の下／〔29〕遠い処へ／〔30〕雪穴／〔31〕戦慄／〔32〕冷酷なる記憶／〔33〕愛によつて育つ／〔34〕雪の上の賭博／〔35〕死滅する村／〔36〕仮面の町／〔37〕嵐／〔38〕ある冬の挿話／〔39〕真実を踏みにじる／〔40〕田舎の人／＊小川未明の小説と郷土（小埜裕二）

Ⅴ 童話作品（追補）

1)『小川未明全童話（人物書誌大系 43)』編集刊行後に新たに判明した、童話作品の初出判明資料、新資料を掲載した。
　1. 全童話収録作品中で初出が判明したもの（11 作品）
　2. 新資料として確認できた作品（8 作品）
それぞれ、初出年月順に掲載した。
2) 記載事項
　文献番号、作品名、初出（掲載紙誌名／発表年月）を記載した。
　初出が判明した作品は全童話での文献番号を、新資料作品は全童話を継ぐ1183以降の番号を付与した。

V　童話作品（追補）

1．全童話収録作品中で初出が判明したもの

0064　黒い塔　［童話］
　　　〈初出〉「世界文芸」大正8年3月

0066　薬売　［童話］
　　　〈初出〉「世界文芸」大正8年10月

0148　三匹の蟻　［童話］
　　　〈初出〉「小学少年」大正9年10月

0211　木の下の話　［童話］
　　　〈初出〉「金の鳥」大正12年1月

0311　小さい針の音　［童話］
　　　〈初出〉「新人」大正14年1月1日

0940　カラスネコトペルシャネコ　［童話］
　　　〈初出〉「コドモアサヒ」昭和2年6月

0493　都会の片隅　［童話］
　　　〈初出〉「文学風俗」昭和3年11月

0474　世界で何を見て来たか　［童話］
　　　〈初出〉「大衆文芸」昭和6年1月

0531　前の小母さん　［童話］
　　　〈初出〉「少女の友」昭和7年8月

1065　クラゲノオツカヒ　［童話］
　　　〈初出〉「コドモアサヒ」昭和14年10月

1059　ハチマンサマ　［童話］
　　　〈初出〉「国民学校児童雑誌二年」昭和15年11月

2．新資料として確認できた作品

1183 **お母様**　［童話］
　　〈初出〉「少年之友」明治40年11月
1184 **年始の唄**　［童話］
　　〈初出〉「少年之友」明治41年1月
1185 **花溪の舞姫**　［童話］
　　〈初出〉「少年之友」明治42年4月
1186 **おとめ**　［童話］
　　〈初出〉「少年之友」明治42年9月
1187 **汽車の中**　［童話］
　　〈初出〉「北陸毎日新聞」昭和5年4月27日
1188 **雪に暮れる日**　［童話］
　　〈初出〉「小学四年生」昭和10年12月
1189 **ある夏の日のこと**　［童話］
　　〈初出〉「女子青年」昭和16年8月
1190 **うめの花のおねえさん**　［童話］
　　〈初出〉「北国新聞」昭和29年1月1日

Ⅵ　索引

作品名索引 … 480
　(1)　「Ⅲ 作品」の各作品名、および、初出や収録図書で用いられたすべての作品名表記を収録した。
　(2)　見出しと同音で表記の異なる作品名は〈　〉内に示した。
　(3)　読みが異なる別題からは　→　で見出し作品名を示した。

掲載誌・書名索引 … 508
　(1)　掲載誌は「Ⅲ 作品」の紙誌名を収録した。
　(2)　書名は、「Ⅲ 作品」の〈初出〉に記載した寄稿先の図書名、および「Ⅳ 作品集・全集」の図書名を収録した。

人名索引 … 517
　　　収録図書の著編者、装幀・挿絵画家、序文・解説の執筆者、対談・座談会の参加者など、未明の著作に関わった人物名を収録した。

各索引はそれぞれ五十音順に掲載し、文献番号を示した。

作品名索引

【あ行】

愛するものによつて救はる … Ⅲ3718
愛惜の情 … Ⅲ3829
愛読した雑誌 … Ⅲ2254
愛なき者の冒瀆 … Ⅲ3754
愛に就ての問題 … Ⅲ2808
愛によつて育つ … Ⅲ3129
愛のあらはれ … Ⅲ3716
アイルランド … Ⅲ2557
敢て松戸君の言明を促す … Ⅲ3444
青 … Ⅲ2384
青葦と寺と人形 … Ⅲ2377
青い糸 … Ⅲ3223
青い瞳 … Ⅲ2395
青色の憧憬と悲哀 … Ⅲ2369
青桐の窓 … Ⅲ3510
青く傷む風景 夏の小品 … Ⅲ3092
青空に描く一女の笑つた時― … Ⅲ3587
青空に描く一将軍― … Ⅲ3586
青服の男 … Ⅲ3364
紅い入日 … Ⅲ2394
赤い花弁 … Ⅲ2678
赤い雲 … Ⅲ2206
赤い睡蓮 … Ⅲ3577
紅い空の烏 … Ⅲ2357
赤い月の上る前 … Ⅲ2348
赤い毒 … Ⅲ2453
赤い鳥 … Ⅲ2920
赤い旗 … Ⅲ2556
赤い花と青い夜 … Ⅲ2843
赤い実 … Ⅲ2295
赤い指 … Ⅲ2491
赤い指輪 … Ⅲ2520
赤黒い花 … Ⅲ2687
飽かざる追求 … Ⅲ2222
暁 … Ⅲ2133
暁（「荒都断篇」その五） … Ⅲ3256
暁の色 … Ⅲ2442
赤とんぼ 唐辛 … Ⅲ2402
赤蜻蛉 … Ⅲ2009
灯と虫と魚 … Ⅲ3783
明るさとをかしみ … Ⅲ3394
秋 … Ⅲ2658, 3189
秋を迎ふる気分一 … Ⅲ2806
秋を迎へんとする感想と秋の思ひ出 … Ⅲ2388
秋雑景 … Ⅲ3422
秋雑景（秋の小品）… Ⅲ3244
秋の黄色な光り … Ⅲ2896
秋の散歩より・から … Ⅲ3339
秋の夜 … Ⅲ2816
秋深し … Ⅲ3789
悪戯 … Ⅲ2765
悪人 … Ⅲ2774
悪魔 … Ⅲ2294
飽迄も誠実に（今後婦人の行くべき道）… Ⅲ3117
悪路 … Ⅲ3233
明方の混沌 … Ⅲ3294
曙 … Ⅲ2411
憧がれ … Ⅲ2022
浅い考へ（消息）… Ⅲ3109
亜細亜の新文化 … Ⅲ3924
明日の女性に要求される一つの資格 … Ⅲ3731
明日の大衆文芸 … Ⅲ3639
明日はお天気だ … Ⅲ2573
新しい恋 … Ⅲ3060
新しい町の挿話 … Ⅲ3519
新しき時代は如何なる力に依つて生れるか … Ⅲ3039
新しき児童文学の道 … Ⅲ3968
新しき叙景 … Ⅲ2341
新しき生活 … Ⅲ3950
新しき理想　→ロマンチックの幻滅 … Ⅲ2268
アナーキズム文学は如何に進むべきか … Ⅲ3766
1、貴方が「近きより」又は正木昊を知つた因縁話。2、「近きより」又は正木昊を俎上にのせる。3、近況。… Ⅲ3973
あなたの夫人、令嬢、令妹などが職業を持つことをお望みになりましたら … Ⅲ3377
あなたの御健康は如何ですか … Ⅲ3714

VI 索引（作品名索引）

あなたの推薦される童話とその理由 … Ⅲ3798
貴下は銃後の戦ひを如何に戦ひつつあるや？ … Ⅲ3913
1、貴方はどういうふうに忠君愛国を実践されつつありますか。2、「近きより」の存在理由。3、貴方の最近の悦び。… Ⅲ3994
『姉の妹』の発売禁止に対する諸名家の意見 … Ⅲ2216
あの男 … Ⅲ2589
あの時分のこと … Ⅲ2744
阿部新内閣に希望す … Ⅲ3932
甘粕事件に関する感想，暴力の下に正義なし … Ⅲ3260
尼に … Ⅲ2612
天の川 … Ⅲ3895
雨上がりの道〈雨上りの道〉… Ⅲ3322
雨あがりの釣―向島所見―（夏の景物即興）… Ⅲ3501
雨の翌日 … Ⅲ2253
荒海 … Ⅲ2218
あらし … Ⅲ3687
嵐 … Ⅲ3588
あらしの夜 … Ⅲ3466
曠野 … Ⅲ2538
荒畑寒村君に … Ⅲ3367
総ゆる問題は自己の生活にあり（問題文芸論）… Ⅲ2698
霰に糞 … Ⅲ2007
あり得べからざる悲劇（尼港事件哀悼と公憤と問責）… Ⅲ3014
荒磯辺 … Ⅲ2018
或る朝 … Ⅲ2260
ある男の自白 … Ⅲ3095
ある女の死 … Ⅲ3030
ある女の裏面 … Ⅲ2530
歩けぬ日 … Ⅲ2490
ある種の芸術家 … Ⅲ3736
ある夏の日のこと … Ⅴ1189
ある人に与ふ … Ⅲ3157
ある日の街頭より―自然の征服について― … Ⅲ3541
ある日の記 … Ⅲ3381
ある日の午後 … Ⅲ2472
ある日の挿話 … Ⅲ3291

ある冬の挿話 … Ⅲ3600
ある無産者の話（「荒都断篇」その七）… Ⅲ3264
或村の話 … Ⅲ2315
或者は道徳的から，或者は経済的から（ブルジョアの不安とプロレタリアの悲惨）… Ⅲ3306
ある夜 … Ⅲ2585
或夜の感想 … Ⅲ2405
慌しい貸家と居住者の関係 … Ⅲ3700
暗黒観 … Ⅲ2204
暗愁 … Ⅲ2051, Ⅲ2052
あんずの花〈杏子（あんず）の花〉… Ⅲ2943
アンデルセンと即興詩人について … Ⅲ3854
アンデルセンの童話 … Ⅲ3856
暗黙 … Ⅲ2194
暗夜 … Ⅲ2484
家を離れる不安 … Ⅲ3405
意義ある生活 … Ⅲ2035
異形の作家 … Ⅲ2277
石と雲と蜂 … Ⅲ3860
石火 … Ⅲ2097
異常の場合を描く芸術 … Ⅲ2249
異常の世界を開拓せよ … Ⅲ2768
伊豆山にて―伊豆山相模屋温泉にて― … Ⅲ2993
一日中の楽しき時間 … Ⅲ2237
一日の生活記録 … Ⅲ2682
一夜 … Ⅲ2116
一夜で風邪を癒す私の療法 … Ⅲ3796
一路を行く者の感想 … Ⅲ3749
一顆涼 第一 … Ⅲ2155
いつはりなき心情 … Ⅲ3751
糸車 … Ⅲ2554
田舎から帰りて―最後の一節は本間氏に … Ⅲ2680
田舎から都会へ … Ⅲ3335
田舎と人間 … Ⅲ3152
田舎の秋，高山の秋 … Ⅲ3474
田舎の人 … Ⅲ3678
田舎の理髪店 … Ⅲ2067
田舎へ帰る話 … Ⅲ3688
古の春 … Ⅲ2112
いまだ時代の作家出でず … Ⅲ3642

481

VI 索引（作品名索引）

未だ文壇の人に非ず（奈何にして文壇の人となりし乎）… Ⅲ2161
いまの日本に欲しいもの … Ⅲ3842
今は亡き子供と（愛児と共に過した夏）… Ⅲ3096
意味ある冒険なりや（ダンヌンチヨ氏来朝の風聞に対して）… Ⅲ2968
厭な夕焼 … Ⅲ2579
意力的の父の一生 … Ⅲ2838
所謂聖壇の犠牲者 … Ⅲ3431
陰鬱な力強い土地（文壇諸家の心を唆る山水）… Ⅲ2798
印象記一 … Ⅲ2179
印象記二 … Ⅲ2180
印象と記憶 … Ⅲ2616
印象と経験 … Ⅲ3081
飢 … Ⅲ2917
上にも上あり … Ⅲ3698
浮雲録 … Ⅲ2146
動く絵と新しい夢幻〈動く絵と、新しき夢幻〉… Ⅲ2593
牛込の酒場にて（バー（酒場）とバーの人）… Ⅲ2689
嘘 … Ⅲ2498
鴬 … Ⅲ3559
嘘をつかなかつたら … Ⅲ3192
唄 … Ⅲ2535, Ⅲ2551, 2552
歌、眠、芝居 … Ⅲ2352
歌の怨 … Ⅲ2060
美しき夢をもて … Ⅲ3949
美しくて叫びのあるもの … Ⅲ3158
うば車 … Ⅲ2992
生れ変る心構へ … Ⅲ3951
生れざる東京断片（一〇年後の東京）… Ⅲ3361
海 … Ⅲ3179, Ⅲ3183
海と太陽 … Ⅲ2947
海鳥の羽 … Ⅲ2119
海鳴り … Ⅲ2401
海の彼方への憧憬 … Ⅲ3324
うめの花のおねえさん … Ⅴ1190
有耶無耶の虐殺（大庭柯公虐殺事件批判感想）… Ⅲ3372
裏の沼 … Ⅲ2902
怨まれて … Ⅲ2614
怨み … Ⅲ2548

愁顔 … Ⅲ2334
運命 … Ⅲ2128
運命論者たらん … Ⅲ2190
永遠に我等の憧憬の的（私の友だち及び友達観三）… Ⅲ2899
永久に愛を離れず（当来の文芸に何を求めるか）… Ⅲ2984
永久に愛は離れず →永久に愛を離れず（当来の文芸に何を求めるか）… Ⅲ2984
永久に去つた後 … Ⅲ2931
英国及び英国人に就て … Ⅲ3925
英雄の名 … Ⅲ2238
似而非批評家 … Ⅲ2026
エチオピアを憐れむ … Ⅲ3857
越後春日山 … Ⅲ3621
越後の冬 … Ⅲ2270
悦楽より苦痛多き現生活 … Ⅲ3667
閲覧聴聞日録 … Ⅲ3496
絵に別れた夜より … Ⅲ2946
榎木の下 … Ⅲ2892
烏帽子ケ岳 … Ⅲ3467
厭妻小説につき … Ⅲ2126
炎熱 … Ⅲ2507
エンラン躙躪〈エンラン躙躪〉… Ⅲ2503
黄金仏 … Ⅲ2049
汪政権に対する期待と注文 … Ⅲ3942
鸚鵡 … Ⅲ2123
お江戸は火事だ（「詩三編」のうち）… Ⅲ2150
大きなマント（故岩野泡鳴氏に対する思ひ出）… Ⅲ3007
大雪 … Ⅲ3556
お母様 … Ⅴ1183
お母さん … Ⅲ2569
お母さんは僕達の太陽 … Ⅲ3916
小川未明氏より … Ⅲ3411
小川未明先生に訊く創作童話の座談会 … Ⅲ3988
桶屋 … Ⅲ2131
唖 … Ⅲ2330
怖しき者 … Ⅲ2664
落ちついて寂しく澄んだ瞳の色（秋に見出す趣味と感想）… Ⅲ2326
オットセの画 … Ⅲ2421
弟 … Ⅲ2925

お伽文学に就て … Ⅲ2924
男に愛されたいと云ふ意識 … Ⅲ3172
男の話をきく群衆 … Ⅲ3141
男の子を見るたびに「戦争」について考へます … Ⅲ3610
お富お君お若 … Ⅲ2183
おとめ … Ⅴ1186
『お話の木』を主宰するに当りて宣言す … Ⅲ3884
お話の情味 … Ⅲ3876
叔母の家 … Ⅲ2038
帯 … Ⅲ3995, Ⅲ4058
脅かされざる生活 … Ⅲ2423
汚物日記 … Ⅲ2305
思ひ … Ⅲ2480
面影 … Ⅲ2014
面白味のない社会 … Ⅲ3177
おもちや店 … Ⅲ2568
思はぬ変事 … Ⅲ3013
黄橙と光る海（伊豆海岸の印象） … Ⅲ2353
愚かなこと … Ⅲ2676
音楽的の文章と彫刻的の文章―記憶に残れる短篇― … Ⅲ2375
女 … Ⅲ2398
女をめぐる疾風 … Ⅲ3098
女と夏 … Ⅲ3624
女についての感想 … Ⅲ2629
女の音譜 … Ⅲ3368
女の蔭に … Ⅲ2781
女の心臓 … Ⅲ2771
女の美と醜と欠点と … Ⅲ2944

【か行】

快感と寂寞 … Ⅲ2368
懐疑的作家の態度 … Ⅲ2217
懐旧 … Ⅲ2107
階級戦を醸成する今議会 … Ⅲ3470
階級芸術の効果と同志を裏切る者 … Ⅲ3241
階級と組織 … Ⅲ3655
階級文学其他 … Ⅲ3515
邂逅（「荒都断篇」その九） … Ⅲ3266
回顧と予想 … Ⅲ3350
回顧廿年 … Ⅲ3072

解説社会主義と資本主義 … Ⅲ3664
外套 … Ⅲ3462
街頭 … Ⅲ2550
街頭新風景 … Ⅲ3762
街頭の新風景 →街頭新風景 … Ⅲ3762
解剖室 … Ⅲ2584
解放運動の曙光 … Ⅲ3693
解放に立つ児童文学 … Ⅲ3770
「解放の芸術」（青野季吉）の価値 … Ⅲ3505
解放戦と発足への決意 … Ⅲ4000
顔 … Ⅲ2969
顔を見た後 … Ⅲ3101
顔の恐れ … Ⅲ2845
科学高唱時代を背景として偶発せる『還銀税問題・丸沢博士事件』並に『アインスタイン博士の来朝』に就いての感想 … Ⅲ3198
画家の死 … Ⅲ2463
垣根の蔭 … Ⅲ2751
学生運動に対する感想・批判 … Ⅲ3531
確的と玩賞的批評 … Ⅲ2271
斯の如き青年 … Ⅲ3234
革命期の必然的現象（社会不安・生活苦を反映する自殺・家出其他） … Ⅲ3237
神楽 … Ⅲ2113
花渓の舞姫 … Ⅴ1185
過激主義と現代人 … Ⅲ3128
過激法案の不条理 … Ⅲ3132
崖に砕ける濤 … Ⅲ3079
過去の一切は失はれたり（社会改造と文芸） … Ⅲ2971
過去未来 … Ⅲ2381
崋山氏の西遊に対する希望 … Ⅲ2752
樫の木 … Ⅲ2203
貸間を探がしたとき（当世百物語） … Ⅲ3221
風に戦ぐ青樹 … Ⅲ3201
風に揉まれる若木 … Ⅲ3228
風の烈しい日の記憶 … Ⅲ3247
風の鞭 … Ⅲ3056
風の夜の記録 … Ⅲ3554
風ふき鳥 … Ⅲ2976
夏窓雑筆 … Ⅲ3726
華族の『邸宅解放』に対する批判 … Ⅲ3200

VI　索引（作品名索引）

形なき恋 … Ⅲ2419
片目になつた話 … Ⅲ3078
楽器 … Ⅲ2470
学校家庭社会の関係的現状 … Ⅲ3679
学校教育と創造力 … Ⅲ2791
家庭生活は妻の絶対的服従を要す（家庭組織の根本的批判）… Ⅲ2674
過渡期は去らんとす（文学と生活、及びその将来）… Ⅲ3598
金と犠牲者 … Ⅲ3133
金と暇さへあれば（此の八月の盛夏を如何に送るべきか）… Ⅲ2959
鉦の音と花 … Ⅲ3723
鐘の音 … Ⅲ2141
彼女 … Ⅲ2731
彼女とそれに似たやうな人 … Ⅲ3418
カフエーの女に対する哀感（学生のカフェー入りとカフェー女給の研究）… Ⅲ3407
紙芝居 … Ⅲ3758
かみしばい … Ⅲ4015
神に祈る … Ⅲ3899
髪に崇られた女 … Ⅲ3421
仮面の町 … Ⅲ3276
烏金 … Ⅲ2191, Ⅲ2192
カラスネコトペルシャネコ … Ⅴ0940
硝子棚の中の髑髏 … Ⅲ2909
雁の便り … Ⅲ2414
彼と社会 … Ⅲ2712
彼と三つの事件 … Ⅲ3490
彼の死 … Ⅲ2985
彼の二日間 … Ⅲ2792
彼等 … Ⅲ3477
彼等が顧られる時に … Ⅲ3438
彼等の行く方へ … Ⅲ3181
彼等の生活 … Ⅲ2784
彼等の話 … Ⅲ2844
彼等の悲哀と自負 … Ⅲ3683
彼等の一人 … Ⅲ3433
彼等蘇生へらば〈彼等甦らば〉… Ⅲ3539
彼等流浪す〈彼ら流浪す〉… Ⅲ3627
彼等隷属す … Ⅲ3661
河 … Ⅲ2373
川をなつかしむ … Ⅲ3709
河を渡る若者 … Ⅲ3345

河の上の太陽 … Ⅲ2869
河の臭ひ … Ⅲ3574
川端康成に … Ⅲ3127
間雲疎影の下田 … Ⅲ3689
感概なからんや … Ⅲ2177
感覚性の独自 … Ⅲ2907
感覚の回生 … Ⅲ2378
感激 … Ⅲ2967
漢口攻略後の情勢に対する貴下の見通し・並びに希望 … Ⅲ3914
簪 … Ⅲ2461
漢詩と形なき憧憬（私の一七八の頃）… Ⅲ3660
漢詩の面白味 … Ⅲ2864
患者の幻覚 … Ⅲ3176
感情の洗練された人（人の印象―加能作次郎氏の印象）… Ⅲ2996
乾舌録 … Ⅲ2158
眼前の犠牲 … Ⅲ2513
感想 … Ⅲ2438, Ⅲ3000
感想（大衆の美術）… Ⅲ3538
感想一二 … Ⅲ3048
「感想」を「童話」欄に改めるために … Ⅲ3503
寒村に餅の木の思ひ（我が新年の今昔）〈寒村に餅の木の思い〉… Ⅲ3273
神田街 … Ⅲ2229
間諜 … Ⅲ2991
旱魃 … Ⅲ2188
官吏夏休廃止の功過批判 … Ⅲ3165
黄色い晩 … Ⅲ2199
黄色の雲 … Ⅲ2581
記憶 … Ⅲ2012
記憶と感想の断片 … Ⅲ3567
記憶は復讐す … Ⅲ2970
記憶は復讐する　→記憶は復讐す … Ⅲ2970
奇怪な犯罪 … Ⅲ2425
奇怪な幻想 … Ⅲ3144
飢饉 … Ⅲ2251
飢饉の冬 … Ⅲ2995
喜劇作者 … Ⅲ2863
棄権―止むなくば野党代議士に（此一票を興ふ可き代議士を文壇諸家に問ふ）… Ⅲ2998
気候外さまざま … Ⅲ3509

484

Ⅵ　索引（作品名索引）

木樵 … Ⅲ2553
帰思　→続ふる郷 … Ⅲ2003
鬼子母神 … Ⅲ2005
汽車 … Ⅲ2578
汽車の中 … Ⅴ1187
机上雑感 … Ⅲ2157, Ⅲ2927
机上の片言 … Ⅲ3550
傷付いた人 … Ⅲ3131
犠牲 … Ⅲ2093
奇蹟の出現 … Ⅲ3983
奇蹟の母 … Ⅲ2344
季節の詩情 … Ⅲ3878
机前に空しく過ぐ（歳改まるに方つて『年齢』に就て思ふ）… Ⅲ3362
北国の春 … Ⅲ3817
北と南に憧がれる心 … Ⅲ3155
北の冬 … Ⅲ2163
来るべき責を何故受けぬ（惜しみなく愛は奪ふ）… Ⅲ3236
来るべき文壇と主観の客観化 … Ⅲ3046
帰途 … Ⅲ2587
木の頭 … Ⅲ3330
木の下の話 … Ⅴ0211
厳しさと優しさを語る … Ⅲ3981
君は信ずるか … Ⅲ3483
虐待 … Ⅲ2519
脚本検閲問題の批判　思想には思想にて … Ⅲ3171
脚本本位と役者本位 … Ⅲ2301
杞憂 … Ⅲ3346
旧芸術の延長でない作品（ことし読んだもの、観たもの、聴いたもの）… Ⅲ3187
旧文化の擁護か（文壇に檄す―新文化の建設か―芸術の使命は如何）… Ⅲ3067
教育意識の清算 … Ⅲ3696
凶　→櫛 … Ⅲ2147
教育圏外から観た現時の小学校 … Ⅲ2716
「教育者」を読む … Ⅲ3993
教育の機能を発揮し人間の機械化を排す … Ⅲ3647
教員左傾問題 … Ⅲ3738
教員の政治運動 … Ⅲ3423
凶雲 … Ⅲ2154
教会存立の意義及価値 … Ⅲ2702

教会堂への一列 … Ⅲ3458
鏡花の女（小説の女）… Ⅲ2374
狂人 … Ⅲ2011
兄弟 … Ⅲ2033
郷土芸術雑感 … Ⅲ3379
郷土と作家―伊豆半島を旅行して― … Ⅲ2351
興味を惹いたもの … Ⅲ3058
興味ある人物二、三とその意味 … Ⅲ3907
興味が薄くなった（新年九題）… Ⅲ2663
共鳴ある評論壇の人々 … Ⅲ2655
強力新党樹立運動に就て … Ⅲ3954
狂浪 … Ⅲ2904
虚を狙ふ … Ⅲ3093
歔欷 … Ⅲ2725
虚偽の顔 … Ⅲ2488
きよくたただしく（新春におくることば）… Ⅲ4055
馭者 … Ⅲ3052
清らかな誇りを持て … Ⅲ4028
霧 … Ⅲ3025
霧と雲 … Ⅲ2244
銀色の冬 … Ⅲ2706
銀貨 … Ⅲ2785
銀河に従ひ … Ⅲ2803
金の指輪 … Ⅲ2929
水鶏 … Ⅲ2564
偶感 … Ⅲ2050, Ⅲ2245, Ⅲ2828
偶感二篇 … Ⅲ3502
偶然の事件 … Ⅲ2462
空想家 … Ⅲ2059
空想的な材料を（私の小説作法）… Ⅲ3641
空中の芸当 … Ⅲ3026
九月一日、二日の記―天は焼け、地揺らぐ―（前古未曽有の大震・大火惨害記録）… Ⅲ3252
草の上 … Ⅲ2742
草原のファンタジー … Ⅲ3581
草笛の音 … Ⅲ2588
櫛 … Ⅲ2147
薬売 … Ⅴ0066
崩れかかる街 … Ⅲ3087
管笛 … Ⅲ2543
果物の幻想 … Ⅲ3722

485

Ⅵ　索引（作品名索引）

果物の美 … Ⅲ3897
朽椿 … Ⅲ2200
くちなし … Ⅲ2684
朽ちる体 … Ⅲ2599
靴の音 … Ⅲ2630
靴屋の主人 … Ⅲ2858
苦闘 … Ⅲ2340
国を挙げての叫び―日露同盟の提唱に対
　する批評― … Ⅲ3240
苦悩の象徴 … Ⅲ2207
雲 … Ⅲ2293
雲‐詩　→黄色な雲 … Ⅲ2581
雲の姿 … Ⅲ2042
暗い事件 … Ⅲ2683
暗い空 … Ⅲ2162
クラゲノオツカヒ … Ⅴ1065
栗の焼ける匂ひ‐柿盗人 … Ⅲ2400
紅の雫 … Ⅲ2740
黒い河 … Ⅲ3121
黒い鳥 … Ⅲ2202, 2572
黒い塔 … Ⅴ0064
黒色の珈琲 … Ⅲ2939
愚弄 … Ⅲ2604
黒冠 … Ⅲ2140
黒き愁しみ … Ⅲ2342
黒幕の裏 … Ⅲ2950
経験と創造（一人一語） … Ⅲ3064
敬讃と希望 … Ⅲ3741
形式未定の新味 … Ⅲ2279
芸術家及評論家の感想 … Ⅲ3242
芸術化された事実（お茶の水の「心中・
　三味線問題」批判） … Ⅲ3113
芸術家として立つに至つた動機―坪内逍
　遥先生の外には―（人に与ふる感化の
　力） … Ⅲ2916
真剣味はあるが批評的精神に乏しい（芸
　術家としての女性） … Ⅲ3454
芸術家の観たる『夏の女』 … Ⅲ2631
芸術家の死 … Ⅲ2084
芸術雑感 … Ⅲ2256
芸術と主観 … Ⅲ2759
芸術とは何ぞや―余が童話に対する所見
　― … Ⅲ3168
芸術と貧富の問題 … Ⅲ2945
芸術に何を求むるか … Ⅲ3727
芸術に箇条なし … Ⅲ3286

芸術の暗示と恐怖 … Ⅲ3315
芸術の感動性と自然姿態 … Ⅲ3605
芸術の新味 … Ⅲ2413
芸術の蘇生時代 … Ⅲ3057
芸術は革命的精神に醗酵す … Ⅲ3118
芸術は生動す … Ⅲ3148
芸術未開の暗黒 … Ⅲ2404
Kの死因 … Ⅲ2989
Kの右手 … Ⅲ3450
渓流 … Ⅲ2223
劇の印象と雑感 … Ⅲ2332
景色 … Ⅲ2574
血塊 … Ⅲ2465
月琴 … Ⅲ2541
月光 … Ⅲ2819
月光と草と鳴く虫（秋の風物詩としての
　虫・草・月） … Ⅲ2900
欠食児童と同人雑誌 … Ⅲ3445
結束と分裂の事実より … Ⅲ3551
決闘 … Ⅲ2061
煙の動かない午後 … Ⅲ2955
幻影 … Ⅲ2549
幻影と群集 … Ⅲ3009
現下に於ける童話の使命 … Ⅲ3978
現下の小説壇 … Ⅲ2652
現下の所感 … Ⅲ4020
健康法時代 … Ⅲ3794
現在を知らぬ人 … Ⅲ2842
献辞 … Ⅲ3585
1、現時局に鑑み、日本人の欠陥、2、日
　本文化の欠陥 … Ⅲ3963
現詩壇へ要求す … Ⅲ2919
現実生活の詩的調和 … Ⅲ2875
現実に突入する主観（自然描写の研究）
　… Ⅲ2886
懸賞小説批評（特別募集小説発表(小川
　未明選)) … Ⅲ2822
現代の生活に於て如何なるものに興味、
　慰安を求めて居るか？　現代の社会に於
　て如何なる興味、慰安を必要とするか？
　… Ⅲ3069
建設の前に新人生観へ … Ⅲ3480
幻想の文学（ハーンの怪談参照） … Ⅲ
　2134
現代活躍せる論客に対する一人一評録 …
　Ⅲ3584

VI　索引（作品名索引）

現代詩をいかに見るか … Ⅲ3299
現代四歌人（牧水・夕暮．白秋・勇）に対する批評 … Ⅲ2324
現代青年の信条とすべきものについて … Ⅲ3601
現代美術に求めるもの … Ⅲ3971
現代文明と人間との問題 … Ⅲ2699
現代名家の十書選—古今内外の名著を厳選して … Ⅲ3311
見物の後（帝劇を見た後） … Ⅲ3125
現文壇を顧みて … Ⅲ3594
恋 … Ⅲ2124
「五・一五」の公判記事を見て … Ⅲ3808
恋の出来ぬ時代（私の青春時代と恋愛） … Ⅲ3106
紅雲郷 … Ⅲ2017
公園の火 … Ⅲ2830
公園のベンチ … Ⅲ2879
高原 … Ⅲ2387
広告の行燈 … Ⅲ3032
交差点を走る影 … Ⅲ3194
高山植物の趣味（涼み台の十分間） … Ⅲ3019
高山のあこがれ … Ⅲ3323
公私の生活において1最近愉快だったこと、2不愉快だったこと、3その他の偶感 … Ⅲ3927
恒星の如き巨人の思想—『世界大思想全集』の刊行に際して感じたこと— … Ⅲ3549
皇大神宮へはいつご参拝になりましたか … Ⅲ3991
行動形態の反映せる文芸 … Ⅲ3657
行動の批判（名家寸鉄言） … Ⅲ3747
荒都断篇 … Ⅲ3248, Ⅲ3254, Ⅲ3255, Ⅲ3256, Ⅲ3259, Ⅲ3264, Ⅲ3265, Ⅲ3266, Ⅲ3267
珈琲店 … Ⅲ2761
幸福の来る日 … Ⅲ2713
曠野の雪 … Ⅲ2854
「紅雲郷」を書いた春の頃 … Ⅲ2613
氷の国へつづく路 … Ⅲ3565
GoldenBat … Ⅲ3102
樹蔭 … Ⅲ2737
木蔭 … Ⅲ2240
五月が来るまで … Ⅲ3832
五月祭 … Ⅲ3611

五月の言葉 … Ⅲ3883
五月の夢 … Ⅲ2371
木枯 … Ⅲ2534
呼吸 … Ⅲ2729
故郷 … Ⅲ2372
黒煙 … Ⅲ2597
黒煙の下 … Ⅲ2679
国際親善作品募集入選発表批評 … Ⅲ4022
国字改良と時期 … Ⅲ3828
国定教科書の営業は民営か、国営か … Ⅲ3673
国土に培われた道徳 … Ⅲ4025
国民精神について … Ⅲ3622
国民性の革新と詩歌 … Ⅲ2872
凍える女 … Ⅲ2428
午後の一時頃 … Ⅲ2559
午後の感想 … Ⅲ2417
心を惹かれるのは滅び行く景色（私の最も愛する自然） … Ⅲ2688
心の動揺を感じた年（予が本年発表せる創作に就て） … Ⅲ2977
小作人の死 … Ⅲ2788
乞食 … Ⅲ2021
乞食の児 … Ⅲ2528
五十年短きか長きか〈五〇年短きか長きか〉 … Ⅲ3753
孤松 … Ⅲ2066
五大雑誌とその編輯者（はがき評論） … Ⅲ3522
木立 … Ⅲ2560
御談議拝聴 … Ⅲ4038
国家の文芸家表彰に就て … Ⅲ3615
国境の夜 … Ⅲ2475
事ある時の用意（老人に沁々頭の下つた話） … Ⅲ3739
孤独 … Ⅲ2483, Ⅲ2650
今年中一番私の心を動かした事 … Ⅲ3186
今年の創作界 … Ⅲ2707
今年の我が文壇に於ける最も価値あり最も感動せしめたる作品及び評論 … Ⅲ2762
今年もこの気持で（予が本年発表せる創作に就て） … Ⅲ3041
子供を理解せよ … Ⅲ2757

487

VI 索引（作品名索引）

子供が書くと読む時 … Ⅲ3801
子供達に（『僕はこれからだ』）… Ⅲ3990
子供たちへの責任 … Ⅲ4005
子供と自分 … Ⅲ3659
子供と桜んぼう … Ⅲ3707
子供と童話文学　→お話の情味 … Ⅲ3876
子供と冬の景色 … Ⅲ3904
子弟に与ふる信念如何 … Ⅲ3980
子供に読ませたい本（時局と女性）… Ⅲ3921
子供の生活を中心として（教育随筆）… Ⅲ3852
子供の綴り方について … Ⅲ3898
子供の葬ひ … Ⅲ2493
子供の眼 … Ⅲ3625
子供は虐待に服従す … Ⅲ3217
子供は虐待に黙従す　→子供は虐待に服従す … Ⅲ3217
小鳥の思ひ出 … Ⅲ3869
この赤い花 … Ⅲ2291
この一日 … Ⅲ2703
此意味の羅曼主義 … Ⅲ3059
児の疑問 … Ⅲ2363
此虐殺を黙視するか（最近の感想）… Ⅲ3341
この頃思つたこと … Ⅲ3525
この頃食卓にあつた話 … Ⅲ3812
この頃の想ひ … Ⅲ3672
此の頃の心境 … Ⅲ3757
この次の夏には … Ⅲ2691
この二三日 … Ⅲ2692
木葉の如く … Ⅲ2659
この不景気をどう観るか？ … Ⅲ3410
この本を読まれる皆さんに … Ⅲ4059
顧望断片 … Ⅲ3836
ごまかし … Ⅲ2209
児孫の為めに蓄財するの可否 … Ⅲ3353
子もりうた … Ⅲ2152
子守唄 … Ⅲ2073
これからの童話作家に … Ⅲ3967
殺される人 … Ⅲ3088
今後を童話作家に … Ⅲ3493
今後十年の予言 … Ⅲ3742
今次の「政変」と無産階級 … Ⅲ3674

今日の感想 … Ⅲ2954
今日の新聞 … Ⅲ3243

【さ行】

罪悪に戦きて … Ⅲ2802
再会 … Ⅲ2333, 2797
猜疑 … Ⅲ2506
才気煥発の人 … Ⅲ2897
最近感心した作品、最近注目した新人 … Ⅲ3077
最近詩壇の傾向 … Ⅲ2307
最近の感想 … Ⅲ2466, Ⅲ2603, Ⅲ2619, Ⅲ3331, Ⅲ3412, Ⅲ3546
最近の教育問題を通しての感想 … Ⅲ3806
最近の日記（一月の日記より）… Ⅲ2673
最近読んだものから … Ⅲ3563
最後の日の虹 … Ⅲ3485
財産の産んだ悲劇（栄子の死および周囲の人々を如何に観るか）… Ⅲ3099
最初の言葉と読後感（選者）… Ⅲ3780
財嚢記 … Ⅲ2055
酒場 … Ⅲ2618
先に行つた友達 … Ⅲ2949
作者の感想 … Ⅲ3336
作中に現れたる女性 … Ⅲ2198
柵に倚りて … Ⅲ2345
昨年の芸術界に於いて二 … Ⅲ2482
作品と自然と（自然を懐ふ時）… Ⅲ2884
作品の視野と自由に就いて … Ⅲ3865
作品また果実の如し … Ⅲ3831
作物と百姓 … Ⅲ3613
作物の題に就いての研究 … Ⅲ2777
昨夜の感想 … Ⅲ2741
桜 … Ⅲ3135
柘榴の実 … Ⅲ3359
酒 … Ⅲ2711
酒と小鳥 … Ⅲ2860
避けられぬ争ひ … Ⅲ3085
小波先生 … Ⅲ3743
山茶花　→初冬雑筆―東西南北, 山茶花 … Ⅲ3791
殺害 … Ⅲ2479
錯覚者の一群 … Ⅲ3644
作家と郷土 … Ⅲ2871

VI　索引（作品名索引）

作家と故郷 … Ⅲ2866
作家としての問題 … Ⅲ3728
作家として立つに就いての三つの質問 … Ⅲ2747
作家の愛読書と影響された書籍 … Ⅲ3020
作家の自覚を促す … Ⅲ2529
作家の観る女 … Ⅲ2615
五月闇 … Ⅲ2873
殺人の動機 … Ⅲ2516
砂糖より甘い煙草 … Ⅲ3031
さびしい町の光景 … Ⅲ2576
淋しい暮方の歌 … Ⅲ2542
淋しき笑〈淋しき笑ひ〉… Ⅲ2518
寂しみ … Ⅲ2109
寒く暗く … Ⅲ3269
三月 … Ⅲ2611
山上の風 … Ⅲ2756
残雪 … Ⅲ2636
山川、古駅の初夏 … Ⅲ2370
山草の悲しみ … Ⅲ2801
山中の春 … Ⅲ2861
三度中学を落第す … Ⅲ2259
三匹の蟻 … Ⅴ0148
三面記事と人生 … Ⅲ2227
死 … Ⅲ2397
詩を要求す雖然新しき詩を … Ⅲ3062
死街 … Ⅲ2187
死骸 … Ⅲ2408
死海から来た人 … Ⅲ3607
死顔の群より … Ⅲ2704
自覚してメーデーを祝福せる … Ⅲ3393
四角な家 … Ⅲ2359
自画像を描くまで … Ⅲ2748
四月の小説を評す … Ⅲ2732
四月の創作で面白かった物 … Ⅲ3390
屍 … Ⅲ2511
色彩的と禁慾的（海と山）… Ⅲ2510
色彩と思想の絵画 … Ⅲ2416
次期総選挙に於ける無産政党の実勢力と其候補者 … Ⅲ3397
死刑囚の写真 … Ⅲ3061
私語 … Ⅲ2122
仕事を奪はれた人 … Ⅲ3440
自己と観察 … Ⅲ2306

思索と自らを鞭打つこと … Ⅲ3296
自殺者 … Ⅲ3119
自殺する少女　→白い路 … Ⅲ2485
詩三篇 … Ⅲ2149
死したる友との対話 … Ⅲ2448
事実と感想 … Ⅲ3498, 3527
事実は思想よりも大なり（岩野泡鳴氏夫妻の別居に対する文壇諸家の根本的批判）… Ⅲ2700
事実は何を教へるか〈事実は何を教えるか〉… Ⅲ3773
死者と邂逅す … Ⅲ3395
死者の満足 … Ⅲ3282
自囚 … Ⅲ2215
自主的文化 … Ⅲ3977
自序（『底の社会へ』）… Ⅲ2632
自信なき者は勇気なし … Ⅲ3782
詩人の自殺 … Ⅲ3706
静かな墳墓 … Ⅲ2323
静かに燃える炎（劇壇人の印象　中村吉蔵氏）… Ⅲ3371
雫 … Ⅲ2459
沈む日 … Ⅲ2166
時勢に不適当な国語 … Ⅲ3136
自然・自由・自治〈自然、自由、自治〉… Ⅲ3761
自然主義の前後 … Ⅲ3871
自然と人間の調和 … Ⅲ3750
自然と文化 … Ⅲ3730
自然の愛慕と死の暗黒 … Ⅲ2232
自然描写及雑感 … Ⅲ2212
自然本位と自己本位 … Ⅲ2325
地蔵ケ岳の麓 … Ⅲ2317
思想家としてのハーン氏 … Ⅲ2037
思想家としてのハーン氏（再び）… Ⅲ2045
思想と機関 … Ⅲ3369
地蔵堂　→夜嵐 … Ⅲ2054
思想なき者に批評する能はず（自分の作品に対する批評をどう観るか）… Ⅲ3575
思想の曙光に明けんとする大正一三年（大正一二年を送りて大正一三年を迎ふる辞）… Ⅲ3272
思想犯弾圧と強盗横行時代の現出 … Ⅲ3670

489

時代・児童・作品 … Ⅲ3799
下の街 … Ⅲ2633
詩壇漫言 … Ⅲ2250
七月に題す … Ⅲ3777
七時半 … Ⅲ2287
失業者 … Ⅲ3245
実子暴虐 … Ⅲ3246
実社会に対する我等の態度 … Ⅲ2622
嫉妬 … Ⅲ2780
執筆 … Ⅲ2236
自伝 →自伝・著作目録 … Ⅲ2426
自伝・著作目録 … Ⅲ2426
自動車を停める … Ⅲ3232
児童教育とヂャナリズム … Ⅲ3776
児童教化の問題 … Ⅲ3734
児童芸術の任務 … Ⅲ3845
児童雑誌に対する理想案（幼少年少女雑誌改善に関する答申案）… Ⅲ3909
児童自治の郷土と教化 … Ⅲ3792
指導者自らが燃え立たずば … Ⅲ3985
自動車横行に対する階級的実感（自動車横行時代）… Ⅲ3292
児童出版の使命 … Ⅲ3987
児童のために強権主義者と戦へ … Ⅲ3675
児童の解放擁護 … Ⅲ3682
「児童文学」座談会—「風の中の子供」を中心として— … Ⅲ3882
児童文学者としての自覚（今日の感想）… Ⅲ4056
児童文学者の言葉 … Ⅲ3849
児童文学者の反省と抱負 … Ⅲ4004
児童文学に於ける空想の貧困 … Ⅲ3861
児童文学の動向 … Ⅲ3668
児童文学の問題 … Ⅲ3926
児童文化の新体制（座談会）… Ⅲ3957
児童文化の建設 … Ⅲ3959
児童文芸の成算 … Ⅲ3609
児童読物の本質 … Ⅲ3923
詩と美と想像 … Ⅲ2347
死に生れる芸術 … Ⅲ3151
死の凝視によつて私の生は跳躍す（死を念頭に置く生活と死を念頭に置かぬ生活）… Ⅲ3180
死の鎖 … Ⅲ2782
死の幻影 … Ⅲ2517

死の知らせ … Ⅲ3281
詩の精神は移動す … Ⅲ3156
支配階級の正義 … Ⅲ3451
自発的にやるならば（月評是非の問題に就て）… Ⅲ3116
渋温泉の秋 … Ⅲ2594
自分を失ってはいけない … Ⅲ4029
自分を鞭うつ感激より〈自分を鞭打つ感激より〉… Ⅲ3347
自分の及び自分の家の良習慣 … Ⅲ3597
自分のこと … Ⅲ3511
自分の体験から（今の文学青年・昔の文学青年）… Ⅲ3461
資本主義の社会なればこそ … Ⅲ3226
島崎藤村氏の懺悔として観た「新生」合評 … Ⅲ2986
死滅する村 … Ⅲ3202
霜から生れる一日 … Ⅲ3463
社会意識を有せざる現在の娯楽機関 … Ⅲ3215
社会運動の回顧と希望 … Ⅲ3536
社会・芸術の基点〈社会、芸術の基点,社会芸術の基点〉… Ⅲ3617
社会的正義の先駆者 … Ⅲ3219
社会と児童文学 … Ⅲ3608
社会と林 … Ⅲ3071
社会と良心についての感想 … Ⅲ3506
弱志 … Ⅲ2102
写生帖 … Ⅲ2100
自由 … Ⅲ2508
驟雨 … Ⅲ3676
秋海棠 … Ⅲ2471
宗教の無力を感ず … Ⅲ3307
自由結婚は良きか悪き乎 … Ⅲ2196
秋日抄 … Ⅲ3975
就職難と教育に関する諸家の意見 … Ⅲ3662
囚人の子 … Ⅲ3094
重大なるその使命 … Ⅲ3889
羞恥を感ず … Ⅲ2376
羞恥心の欠乏 … Ⅲ3822
自由闘争としての文芸 … Ⅲ3542
自由な感想 … Ⅲ2299
自由な立場からの感想 … Ⅲ3746
自由なる空想 … Ⅲ3671
自由なる芸術 … Ⅲ2592

獣類の肉は絶対に食はぬ … Ⅲ2447
自由恋愛批判の会 … Ⅲ3572
醜陋 民意に反ける今日の議院政治の赴く所は何処？ … Ⅲ3066
主観に立す … Ⅲ2226
主観の客観化 →来るべき文壇と主観の客観化 … Ⅲ3046
主観の色彩（文章初学者に与ふる15名家の箴言）… Ⅲ2734
主義に立て（文士の見たる新内閣）… Ⅲ2905
酒肆 … Ⅲ2121
朱唇 … Ⅲ2081
主人公の堕落時代 … Ⅲ2645
呪詛 … Ⅲ2105
主張と作為 … Ⅲ2303
朱粉 … Ⅲ2153
趣味と好尚 … Ⅲ2639
春月君の死 … Ⅲ3712
純情をうしなうな（巻頭のことば）… Ⅲ4032
純情主義を想ふ … Ⅲ3630
純粋なれ、而して彼等を記憶せよ … Ⅲ3204
純朴美と感興 … Ⅲ2366
峻嶺に対する時 … Ⅲ3028
序 … Ⅲ4036
序（『赤い船』）… Ⅲ2336
序（『赤い蠟燭と人魚』）… Ⅲ3080, Ⅲ3919
序（『大きな蟹』）… Ⅲ3965
序（『黒いピアノ』）… Ⅲ3614
序（『芸術の暗示と恐怖』）… Ⅲ3314
序（『小波お伽噺新八犬伝』）… Ⅲ3920
序（『詩集 あの山越えて』）… Ⅲ2531
序（『小さな草と太陽』）… Ⅲ3170
序（『未明新童話集』）… Ⅲ4048
序（『未明童話集1』）… Ⅲ3540
序（『未明ひらかな童話読本』）… Ⅲ3864
序（『物言はぬ顔』）… Ⅲ2444
序（『闇』）… Ⅲ2329
序（『惑星』）… Ⅲ2186
銷夏随筆 … Ⅲ2058
城外の早春 … Ⅲ3555
小学教育の任務を考へる … Ⅲ3752
小学児童の盟休事件に就ての感想並批判 … Ⅲ3685

小学校の図画教育に対する希望 … Ⅲ3729
正月の小説 … Ⅲ2182
将棋 … Ⅲ3137
上京当時の回想 … Ⅲ2621
少国民文化について … Ⅲ3998
上州の山 … Ⅲ2580
少女の半身 … Ⅲ3011
少数の女についての印象（或る女の印象と批判）… Ⅲ3277
小数の自我に味方せん（欧州戦争観）… Ⅲ2644
小説選後に … Ⅲ2815
小説と童話（私が本年発表した創作に就いて）… Ⅲ3532
情緒結合の文化 … Ⅲ3705
象徴の自然 … Ⅲ2263
象徴派 … Ⅲ2115
焦土（「荒都断篇」その三）… Ⅲ3254
浄土 … Ⅲ2004
焦土の上に宝庫を築かんとす（バラック生活者を観て）… Ⅲ3262
情熱と気力を持て … Ⅲ3636
少年時代の回想とＡの運命（少年時代の記憶）… Ⅲ2486
少年時代の正義心 … Ⅲ3481
少年時代礼賛〈少年時代礼讃〉… Ⅲ3629
少年主人公の文学 … Ⅲ2356
少年の殺傷 … Ⅲ2922
少年の死 … Ⅲ2409
少年の日 … Ⅲ3385
少年の見る人生如何に … Ⅲ2964
少年の見る人生如何 →少年の見る人生如何に … Ⅲ2964
少年文学作家として当局及びジャーナリズムにのぞむもの … Ⅲ3970
少年文学に対する感想 … Ⅲ3033
尚美の傾向 … Ⅲ2214
「小品文」選評 … Ⅲ2313, Ⅲ2318, Ⅲ2460, Ⅲ2464, Ⅲ2515, Ⅲ2521, Ⅲ2526
将来の社会劇 … Ⅲ2657
将来の文学（既成文壇の崩壊期に処す）… Ⅲ3590
昭和六年の教育界に何を期待するか … Ⅲ3732
書を愛して書を持たず … Ⅲ3809

諸家に聞く 最近の"よいおもちゃ"と"感心しないおもちゃ" … Ⅲ4018
諸家に聞く自由主義論 … Ⅲ3810
諸家の鷗外観 … Ⅲ3866
文壇諸家回答 … Ⅲ3084
諸感録 … Ⅲ2159
職業的批評を必要とするか … Ⅲ3513
書斎 … Ⅲ2450
書斎での対話 … Ⅲ2918
書斎と創作の気分 … Ⅲ2525
書斎に対する希望 … Ⅲ2668
書斎にこもる … Ⅲ3602
書斎に射す影から … Ⅲ3453
書斎に対する希望と用意 … Ⅲ3074
書斎より … Ⅲ2870
女子教育を疑う … Ⅲ2292
抒情文と叙景文 … Ⅲ2853
処女作の回顧―無意識の描いた … Ⅲ2228
女性観について … Ⅲ3713
女性に精神的協力なき現象 … Ⅲ3508
肖像画 … Ⅲ2221
初冬 … Ⅲ3935
初冬雑筆―東西南北，山茶花 … Ⅲ3791
初冬随筆 →初冬雑筆―東西南北，山茶花 … Ⅲ3791
諸名家選定の避暑地其感想 … Ⅲ2114
書物雑感 … Ⅲ3744
諸友から … Ⅲ2849
死より美し … Ⅲ2940
女流作家に対する要求 … Ⅲ2804
知らぬ男の話 … Ⅲ2672
白髭の翁―手品師の女―（忘れえぬ人々）… Ⅲ2283
知りつゝ，行はれざること … Ⅲ3906
知ると味ふの問題 … Ⅲ3745
白い花 … Ⅲ3888
白い花，赤い花 … Ⅲ3211
白い柩 … Ⅲ2536
白い路 … Ⅲ2485
白い蘭 … Ⅲ3396
白色の幻象 … Ⅲ2990
白き花咲く頃 … Ⅲ2446
白と黒 →七時半 … Ⅲ2287
塵埃と風と太陽 … Ⅲ3167

新お伽文学に就て … Ⅲ2607
人格的の色彩 … Ⅲ2280
新刊良書クラブ … Ⅲ3912
「新刊良書クラブ」に就て … Ⅲ3910
心境小説と客観小説 … Ⅲ3499
『新曲かぐや姫』を読んで所感を記す … Ⅲ2020
神経質の自然描写 … Ⅲ2290
神経質と不眠治療 … Ⅲ3847
新芸術の個条 … Ⅲ3771
神経衰弱撲滅会 … Ⅲ2106
神経で描かんとする自然 … Ⅲ2434
信仰をもつて民衆に告ぐ … Ⅲ3699
新興童話作家連盟（記事）… Ⅲ3635
新興童話運動の必然性 … Ⅲ3692
新興童話の強圧と解放 … Ⅲ3677
新時代に処する青年の「新しい道徳」として守る可きこと … Ⅲ3694
新時代の家庭におくる言葉 … Ⅲ3280
新時代の教育に任ずべき今後の教育者に与ふる言葉 … Ⅲ2988
真実 … Ⅲ2649
真実を踏みにじる … Ⅲ3623
「新社会建設」の為に（一二年文壇に対する要求―三〇一氏の感想）… Ⅲ3191
新社会の人間たらしむべく … Ⅲ3205
新秋四題 … Ⅲ3417
新主観の文学 … Ⅲ2660
新春文壇の印象 … Ⅲ2718
新人月旦 新進作家と其作品 … Ⅲ2643
新進一〇家の芸術 … Ⅲ2723
新人生派の気運を求めて … Ⅲ3426
人生 … Ⅲ2031
人生案内 … Ⅲ4031
人生を如何に楽しむべきか … Ⅲ3816
人生観社会観倫理観を意味しなかつた罷工（新聞職工の罷業同盟休刊の批判）… Ⅲ2962
人生に於ける詩 … Ⅲ3287
人生の理想 … Ⅲ3859
人生の姿と生活 … Ⅲ2608
人生は何処に … Ⅲ3568
人生矛盾多し … Ⅲ3846
人跡稀到の憧憬より … Ⅲ3332
親切な友 … Ⅲ2820
心臓 … Ⅲ2455

Ⅵ　索引（作品名索引）

新組織新感情 … Ⅲ3984
新体制と国体文学振興の問題 … Ⅲ3966
新短歌を中心として … Ⅲ3619
人道主義を思ふ … Ⅲ3720
人道主義者として … Ⅲ3710
新童話論 … Ⅲ3805
真に疑問を感ずるは青年時代にあり（青年の自殺問題）… Ⅲ2696
真に子供を教育するには … Ⅲ3972
真の文学史を書く人及び作品の評価について … Ⅲ3548
真の民衆文芸の勃興を明年文壇に望む … Ⅲ3045
新派の色彩式描写 … Ⅲ2257
人物評論総評（総選評録）… Ⅲ2165
新文化酵母の無産階級（無産階級の教養問題）… Ⅲ3404
新文芸の自由性と起点 … Ⅲ3690
新聞紙 … Ⅲ3297
進歩したと思ふこと　退歩したと思ふこと … Ⅲ3646
深夜の客 … Ⅲ2851
親友 … Ⅲ3024
新葉雑観 … Ⅲ2297
真理の擁護者に至嘱す … Ⅲ3197
新緑の感想 … Ⅲ2736
新緑を称ふ … Ⅲ3850
新緑に憧がれて新緑を見ず（新緑に対して）… Ⅲ3309
深林 … Ⅲ2092
新ロマンチシズムの第一人者 … Ⅲ2770
新ロマンチシズムの徹底（予が本年発表せる創作に就て）… Ⅲ3355
新ロマンチシズムの転向 … Ⅲ3704
水車場 … Ⅲ2082
推奨すべき書物 … Ⅲ3376
推奨する新人 … Ⅲ3645
水星 … Ⅲ2547
数種の感想 … Ⅲ2386
過ぎた春の記憶 … Ⅲ2427
好きな作品好きな作家 … Ⅲ3892
救ひは芸術にある … Ⅲ3316
過ぐる半世紀の歴史の中にどんな進歩のあとを見出されますか、来るべき半世紀にどんな期待を寄せられますか … Ⅲ4037

救はれぬ女 … Ⅲ3023
鈴が鳴る … Ⅲ2960
すでに秋となれり … Ⅲ3521
すでに謙譲と信仰を欠けり … Ⅲ3464
沙地の花 … Ⅲ3063
沙原 … Ⅲ2571
すべてが美しく … Ⅲ3075
李の花 … Ⅲ2730
生あらば … Ⅲ2273
生を喜び死を愛する根底 … Ⅲ2319
生活を知らずに … Ⅲ2648
生活から観たる田園と都市〈生活から見たる田園と都市〉… Ⅲ3419
生活と色彩 … Ⅲ2300
生活に対する感想 … Ⅲ2708
生活の楽み … Ⅲ2424
生活の妙味 … Ⅲ3760
正義を高唱し得た人 … Ⅲ3126
正義と真理は無産階級より（極左極右排斥論）… Ⅲ3210
正義に訴へて剔抉すべき … Ⅲ3380
星湖君について（中村星湖論）… Ⅲ2786
政治運動の是非及び能否政治運動を肯定せるもの … Ⅲ3224
誠実なれば感ず … Ⅲ3459
誠実に誠実をもって酬わず … Ⅲ3290
青春過ぎんとす … Ⅲ2025
青春の死 … Ⅲ2522
聖戦をけがすもの … Ⅲ3938
政党政治の危機 … Ⅲ3537
政党と民衆 … Ⅲ2997
生と死の事実（本年発表せる創作に就て）… Ⅲ2906
制度に対する憤り（預金帳）… Ⅲ3560
青年に与ふ … Ⅲ3905
青年に寄語す … Ⅲ3349
生命の綱 … Ⅲ2812
静夜 … Ⅲ2125
世界からなくしたいもの … Ⅲ3793
世界で何を見て来たか … Ⅴ0474
世界の滅亡 … Ⅲ2023
世界平和の日 … Ⅲ3455
赤褐の斑点 … Ⅲ2335
石炭の火 … Ⅲ2642
赤熱の地上 … Ⅲ2891

石油・ニコチン・雨 … Ⅲ3239
寂寥 … Ⅲ2339
寂蓼 … Ⅲ2537
寂蓼の人 … Ⅲ2634
雪雲録 … Ⅲ2171
隻脚 … Ⅲ2903
絶対的無条件説の流行する時（談話）…Ⅲ2681
刹那に起り来る色と官能と、思想の印象（一人一話録） … Ⅲ2502
絶望より生ずる文芸 … Ⅲ2430
説明出来ざる事実 … Ⅲ3140
7の教室 … Ⅲ2276
善悪の両方面 … Ⅲ2274
一九二九年の作と感想（昭和四年に発表せる創作・評論に就いて） … Ⅲ3691
鮮血 … Ⅲ2620
全国生徒児童作文コンクールによせる言葉 … Ⅲ4033
戦時の印象 戦争に対する感想 … Ⅲ2877
選者としての心特と希望 私の見方 … Ⅲ2809
先生の人格（思想善導に対する諸家の所見） … Ⅲ3618
戦争 … Ⅲ2832
戦争に対する感想 →戦時の印象 戦争に対する感想 … Ⅲ2877
先達たるもの … Ⅲ3979
善と悪との対立（作家の自作解剖） … Ⅲ2814
戦闘機関の停止は誤り（文壇四七家の都下新聞同盟休刊に対する感想） … Ⅲ2961
戦闘的機関として—小説家協会に望む—（感想） … Ⅲ3091
全日本の女性におくる名士の言葉 … Ⅲ3432
選評 … Ⅲ3413
煎餅売 … Ⅲ2047
戦慄 … Ⅲ3054
僧 →稀人 … Ⅲ2320
憎 … Ⅲ2392
創刊号の歌に就て … Ⅲ2821
創作楽屋ばなし … Ⅲ3313
創作家としての予の態度 … Ⅲ2848
創作上の諸問題—附『幻想』に就て … Ⅲ2841

創作童話選評 … Ⅲ4007
創作の気分 … Ⅲ2772
創作の根本問題 … Ⅲ3514
創作は一種の文化運動 … Ⅲ2958
創作百話 … Ⅲ3076
早春想片 … Ⅲ3206
早春の夜 … Ⅲ2934
総選評録 … Ⅲ2201
創造の歓喜に生きよ … Ⅲ3940
総評 … Ⅲ2246
僧房の菊花と霜に傷む菊花（菊花の賦） … Ⅲ3351
草木の暗示から … Ⅲ3073
続ふる郷 … Ⅲ2003
祖国と真実を愛するもの（内閣改造を如何に見るか） … Ⅲ3908
底の社会へ … Ⅲ2598
組織の合理的変革（険悪なる現下の世相発生の原因と対策） … Ⅲ3759
率直な明快なる文章（文章の印象—武者小路実篤氏—） … Ⅲ2810
外濠線 … Ⅲ2101
其の男 … Ⅲ2811
其の少女の事 … Ⅲ2975
その想像は裏切られて（新世帯のころの思い出） … Ⅲ3524
その時々の感想 … Ⅲ3492
其の人 … Ⅲ2272
其日の叫び … Ⅲ2701
其の雄勁とさびしさ（凌寒魁春の意気を表現する梅花の賦）〈その雄勁とさびしさ〉 … Ⅲ3283
素朴なる感情 … Ⅲ3826

【た行】

第一に正しき読者たることを要す … Ⅲ3439
題を「酒」として … Ⅲ3841
題言（扉筆蹟） … Ⅲ2926
太鼓の音 … Ⅲ2586
大衆文学と無産階級文学 … Ⅲ3495
大衆文芸と民衆芸術 … Ⅲ3442
大衆文芸論 大衆文学の地位と特色 … Ⅲ3504
大正九年度文壇上半期決算 … Ⅲ3006

大正五年の趣味界 … III2763
大正三年文芸界の事業、作品、人 … III2661
大正一五年の文壇及び劇壇に就て語る … III3456
大正十三年十四年に於ける社会運動の回顧と予想及希望並に批評 … III3358
大正十四年に於ける社会運動の回顧 … III3457
大正二年の芸術界（創作界の過渡期）… III2527
大正六年文芸界の事業・作品・人 … III2826
大正五年文壇の予想 … III2714
台風の朝 … III2817
大変化のあつた歳（予の廿歳頃）… III2834
太陽を見る児 … III2440
第四階級芸術の台頭（本年文壇の特徴批判）… III3185
第五十六議会の厳正批判 … III3658
瀧田樗陰君 … III3447
焚火 … III2087
タゴールとバリモント（如何にタゴールを観る乎）… III2745
黄昏の森 … III2364
戦の前に … III2999
正しい時計（季節のことば）… III4040
ただ黙つてゐる … III2923
ただ一つの信条あり … III3430
畳と障子に就て（日本住宅の改良したき点）… III3002
爛れた日 … III2321
立ん坊の哲学 … III3365
建物の暗影 … III2868
谷を攀ぢる … III3027
他人に対する感想 … III2640
旅 … III2500
旅楽師 … III2053
旅の女 … III2043
旅の女（正月の思ひ出）… III2831
旅の空 … III2062
たまたまの感想 … III3420
堕落するまで … III2623
誰も知らないこと … III2982
誰よりも自分が知る … III3702

断崖 … III2876
淡江の三月 … III3656
短詩 … III3830
断詩 … III3476
単純化は唯一の武器だ … III3725
単純な詩形を思ふ … III2458
単身故郷を出づ（わが二十歳の頃）… III3583
男性美・女性美 … III2766
タンタージルの死 … III2173
淡々たる学校生活の思出 … III3958
淡々録 … III2164
単調 … III2282
単調の与ふる魔力 … III2316
短篇と長篇と … III2435
短話茶話（冬の夜）… III3848
「談話」に就て … III3529
血 … III2410
治安維持法案の反道徳的個条〈治安維持法案の反道徳的箇条〉… III3310
小さい針の音 … V0311
小さき破壊 … III2501
小さな喜劇 … III2767
小さな希望 … III2717
近頃の感想 … III3740
近き文壇の将来 … III3122
近頃感じたこと … III3787
近頃快心の事 … III3964
近頃での面白い著作（一人一話録）… III3370
力を荷せざる運動 … III3203
蓄音器 … III3036
稚子ケ淵 … III2032
知識階級雑感（知識階級と無産階級の相互抱合論）〈智識階級雑感〉… III3230
父をおもう … III4017
地底へ歩るく … III3163
血に染む夕陽 … III2646
血の車輪 … III3175
地平線 … III2439
巷の女 … III2638
巷の雨、花苑の雨 … III3403
巷の木立と人 … III3517
巷の夏 … III2887
巷の火と野原から … III3452

VI 索引（作品名索引）

茶売る舗 … Ⅲ2561
注意 … Ⅲ2233
中学を落第した頃 … Ⅲ2823
中堅婦人の自覚 … Ⅲ3837
注目すべき今年の作品 … Ⅲ2170
長期建設の要点・国民再編成に就いて … Ⅲ3922
長期戦下の文化国策に直言する … Ⅲ3917
超郷土の文芸 … Ⅲ2195
弔辞 … Ⅲ3955
長二 … Ⅲ2108
蝶の屍 … Ⅲ2056
沈黙 … Ⅲ2036
追懐と夢幻 … Ⅲ2230
追憶の花二つ … Ⅲ3229
月を見たる時 … Ⅲ2243
月が出る … Ⅲ2935
月に祈る … Ⅲ3082
月の光 … Ⅲ2978
作るより自然発生にあり … Ⅲ3765
「綴り方」について … Ⅲ3891
恒川義雅君の印象 … Ⅲ3697
常に希望をもつ … Ⅲ4045
常に自然は語る … Ⅲ3686
壺の話 … Ⅲ3034
閉つた耳 … Ⅲ2932
冷たい壁 … Ⅲ2415
露の故郷 … Ⅲ2065
強い信仰によつて（本年発表せる創作に就て）… Ⅲ3110
手 … Ⅲ2983
停車場を歩く男 … Ⅲ2789
停車場近く … Ⅲ3182
低地に住む人々 … Ⅲ2878
堤防を突破する浪 … Ⅲ3400
手をさしのべる男 … Ⅲ3003
出稼人 … Ⅲ2048
手近かな処にある我々の戒心し、実行し、警告しなければならないこと。… Ⅲ3901
鉄橋 … Ⅲ3329
鉄橋の下 … Ⅲ2656
徹宵病女の背を支ふ（名家短話）… Ⅲ3764
鉄道線路 … Ⅲ2075

鉄片 … Ⅲ2175
寺 … Ⅲ2302
点 … Ⅲ2176
田園の破産 … Ⅲ3498
天を怖れよ … Ⅲ3939
天気になれ … Ⅲ2562
天才の出現を俟つ … Ⅲ2912
店頭 … Ⅲ2099
点灯前後 … Ⅲ3212
独逸人形 … Ⅲ3275
遠い夢・近い夢 … Ⅲ3626
灯火とおもひで〈燈火とおもひで〉… Ⅲ3717
東京よ、曾てあり、今無し … Ⅲ3250
憧憬 … Ⅲ2185
燈光 … Ⅲ2095
東西南北 →初冬雑筆—東西南北，山茶花 … Ⅲ3791
何うして子供の時分に感じたことは正しきか〈どうして子供の時分に感じたことは正しきか〉… Ⅲ3497
東条内閣への期待と要望 … Ⅲ3976
『童心の小窓』に題す … Ⅲ3681
闘争を離れて正義なし … Ⅲ3161
とうといいのちと母の愛 … Ⅲ4060
道徳教育の徹底に関する意見 … Ⅲ3637
道徳的立場から（奢侈品の輸入制限に関連して）… Ⅲ3327
同伴者 … Ⅲ2779
凍氷小屋の中—涼しい思ひ出から— … Ⅲ3325
当面の児童文化 … Ⅲ3961
当面の文芸と批評 … Ⅲ3648
童謡（「詩三篇」のうち）… Ⅲ2151
童謡 … Ⅲ2074，Ⅲ2076，Ⅲ2077，Ⅲ2563，Ⅲ2890
童話を軽視して児童の教化ありや … Ⅲ3840
童話を作つて五十年 … Ⅲ4023
童話を書く時の心 … Ⅲ3815
童話学 蘆村氏の近著 … Ⅲ3755
童話家と修養 … Ⅲ3748
「童話」芸術の地位を理解するために（少年少女の読物選択について）… Ⅲ3576
童話作家を志す人へ … Ⅲ4057
童話作家たらん … Ⅲ3498

VI 索引（作品名索引）

童話制作の新発展 … Ⅲ3933
童話精神の昂揚 … Ⅲ3992
童話選評 … Ⅲ3886, Ⅲ3890
童話創作の態度　→童話作家を志す人へ
　… Ⅲ4057
童話創作の態度 … Ⅲ3711
童話読後観（作品及読後の短評・選者）
　… Ⅲ3786
童話と小説（予が本年発表せる創作に就て）… Ⅲ3188
童話とその作法 … Ⅲ3858
童話と私 … Ⅲ4047
童話に生きる … Ⅲ4030
童話に対する所見　→芸術とは何ぞや—余が童話に対する所見— … Ⅲ3168
童話について（『鳩とりんご』）… Ⅲ3960
童話についての断片 … Ⅲ3414
童話の核心（巻頭言）… Ⅲ3763
童話の作者として … Ⅲ3488
童話の詩的価値 … Ⅲ2942
童話の商品化とその将来 … Ⅲ3612
童話の創作に就いて〈童話の創作について〉… Ⅲ3599
童話のために … Ⅲ3573
童話は愛と真実をもって　→童話作家を志す人へ … Ⅲ4057
童話文学に就て（一人一語）… Ⅲ3392
童話文学について … Ⅲ3652
童話への貢献者　鈴木三重吉氏を憶う …
　Ⅲ3867
遠い血族 … Ⅲ2666
遠い処へ … Ⅲ2941
遠い路を … Ⅲ2750
遠き少年の日（夏の旅の思ひ出）… Ⅲ2793
遠き響 … Ⅲ2085
都会 … Ⅲ2469
都会生活者の採り容れ得べき自然生活味
　… Ⅲ2796
都会生活と田園生活（東京の印象）… Ⅲ3190
都会で死せる雀 … Ⅲ2361
都会愛好者 … Ⅲ3340
都会の片隅 … Ⅴ0493
都会の夜の哀愁 … Ⅲ3162
都会風景（一点一評）… Ⅲ3424

時々感じたこと … Ⅲ3103
読後感話 … Ⅲ2915
独自に生きん … Ⅲ4001
特殊の詩的感想 … Ⅲ2487
読書に対する感想 … Ⅲ3715
〈読書ノート〉… Ⅲ4008
読書より受けた青年時代の感激 … Ⅲ3824
毒草 … Ⅲ2495
都市田園婦人 … Ⅲ3334
土地 … Ⅲ2963
土地繁栄 … Ⅲ3253
トツテンカン … Ⅲ2570
轟き … Ⅲ2308
隣近所の問題座談会 … Ⅲ3800
扉 … Ⅲ2285
扉書き … Ⅲ3974
友 … Ⅲ2094
友達に … Ⅲ3146
捕はれ人 … Ⅲ2169
囚はれたる現文壇　→似而非現実主義に囚はれたる現文壇 … Ⅲ3035
似而非現実主義に囚はれたる現文壇 …
　Ⅲ3035
鳥の羽の女 … Ⅲ3363
トルストイ … Ⅲ3903
どんな芝居を見たいか？ … Ⅲ3561
鳶 … Ⅲ2441

【な行】

長岡から … Ⅲ2726
なぐさめ … Ⅲ2468
梨の花 … Ⅲ2728
何故新人に至嘱するか … Ⅲ3996
なぜ母を呼ぶ … Ⅲ2813
菜種の盛り … Ⅲ2567
Naturalistの死 … Ⅲ2675
夏 … Ⅲ2089
夏から秋 … Ⅲ3873
夏と自然と人生 … Ⅲ3333
夏の自然の中で … Ⅲ3326
夏の趣味 … Ⅲ2693
夏は来れり … Ⅲ2041
夏休には生活戦の認識 … Ⅲ3833

何を考へるか … Ⅲ2974
何を作品に求むべきか … Ⅲ3268
何を習得したらう〈何を習得したろう〉… Ⅲ3724
何故に享楽し得ざるか … Ⅲ3153
何故に苦しき人々を描く乎 … Ⅲ2481
何故に此の不安を感ずるか … Ⅲ3005
序―何故に童話は今日の芸術なるか― … Ⅲ3823
何よりも正しき社会たるを要す（母性の保護）… Ⅲ3528
並木の夜風 … Ⅲ2874
涙 … Ⅲ2948, Ⅲ3834
涙に映ずる人生 … Ⅲ2362
波の如く去来す … Ⅲ3173
波の遠音 … Ⅲ2006
名もなき草 … Ⅲ3633
悩ましき外景 … Ⅲ2914
悩みの社会化 … Ⅲ3298
悩める春 … Ⅲ3382
奈良の郊外 … Ⅲ2626
縄 … Ⅲ2980
なんで生きてゐるか … Ⅲ2476
何の為の煩悶 … Ⅲ2213
何人かこの疑ひを解かん―二十年の文壇生活を回顧して― … Ⅲ3425
賑かな街を … Ⅲ2722
二業地問題是非 … Ⅲ3631
百家百種肉筆絵葉書 … Ⅲ2008
二劇場の印象 … Ⅲ2454
二、三感ずること（日本精神の徹底方策）… Ⅲ3804
虹の如く … Ⅲ2805
にじの歌〈虹の歌〉… Ⅲ2966
西の空 … Ⅲ2532
廿五年前（大正三年頃）貴方はどんな本や雑誌を愛読されてゐましたか … Ⅲ3915
二二日の朝（トルストイの死についての感想）… Ⅲ2337
二十年目の挿話 … Ⅲ3274
二千六百年代を想ふ … Ⅲ3937
日独伊同盟とその後に来るもの … Ⅲ3962
日没の幻影 … Ⅲ2360
日記（ある日の日記）… Ⅲ3616

日記に就て … Ⅲ2338
日記のつけ方 … Ⅲ2987
ニッケルの反射 … Ⅲ3388
日蝕 … Ⅲ2142
日ソ中立条約に就て … Ⅲ3969
日本海 … Ⅲ2078
日本外史・暮笛集（愛読書の憶ひ出）… Ⅲ2284
日本海の入日（夏の旅行地の感想）… Ⅲ2889
日本海の歌 … Ⅲ2393
日本から世界に送りたいもの 世界から日本に送りたいもの … Ⅲ3863
日本国民性の将来 … Ⅲ2647
日本左翼文芸家総聯合の結成に就いて … Ⅲ3604
日本人として生活すること … Ⅲ3956
日本青年に訴ふ … Ⅲ3278
日本的童話の提唱 … Ⅲ3931
日本に僧侶あり文筆業者あり … Ⅲ3436
日本の作家・芸術家・思想家は戦争に対していかなる態度をとるか … Ⅲ3784
日本の作家の新しい作を上演せよ（新劇団の現在及び将来）… Ⅲ2609
日本の児童文学のあけぼの … Ⅲ4027
日本美術の高揚（昭和二十九年度への期待）… Ⅲ4044
二無産政党への結束（普選第一戦の総決算的八面評）… Ⅲ3589
ニュ・センチメンタリズム（今年の文芸界に於て最も印象の深かつた事）… Ⅲ2418
入党投票すべき政党、各政党の支持排撃及可否優劣論 … Ⅲ3543
人間愛と芸術社会主義 … Ⅲ3123
人間愛と芸術と社会主義 →人間愛と芸術社会主義 … Ⅲ3123
人間性の深奥に立つて … Ⅲ3143
人間的なもの … Ⅲ3775
人間的ならざるべからず … Ⅲ3408
人間のとうとさ（少年諸君へおくることば）… Ⅲ4024
人間の悪事 … Ⅲ3008
人間の機械 … Ⅲ3070
人間の強さと人間の弱さの芸術（震災雑記）… Ⅲ3249
人間の理想と反する政治 … Ⅲ4042

人間否定か社会肯定か … Ⅲ3319
人間本来の愛と精神の為めに … Ⅲ3150
人間本来の愛と精神の為めに（プロレタリアの専制的傾向に対するインテリゲンツィアの偽らざる感想）… Ⅲ3100
人間味を子供たちに … Ⅲ4053
抜髪 … Ⅲ2211
根を断たれた花 … Ⅲ2898
ネオロマンチシズムと自然描写（含著書目録）… Ⅲ3632
眠つてゐるやうな北国の町 私の郷里 … Ⅲ3108
合歓の花 … Ⅲ2010
眠りのあちら … Ⅲ3295
眠る前 … Ⅲ2653
坐ろにハーン氏を憶ふ … Ⅲ2030
年始の唄 … Ⅴ1184
年頭感（大正十六年における私の抱負その他）… Ⅲ3534
農村、都市と娯楽 … Ⅲ3391
農村の正義について … Ⅲ3721
野中の道 … Ⅲ2956
野薔薇の花・街の教会堂・不思議の行者（忘れ得ぬ人々）… Ⅲ2859

【は行】

葉 … Ⅲ2349
ハーン氏と米の短篇名家 … Ⅲ2057
ハーン氏と時代思潮 … Ⅲ2063
ハーン氏の日本女性と自然観 … Ⅲ2407
廃園の昼 … Ⅲ2727
廃墟 … Ⅲ2499
〈夏日吟〉俳句三句 … Ⅲ4009
廃頽したうす黄色に疲れて音もなく眠つたスペイン（何処へ行く？）… Ⅲ2497
廃塔 … Ⅲ2028
『破戒』を評す … Ⅲ2044
破壊されない生活 … Ⅲ2669
はがき評論 … Ⅲ3469
計らざる事 … Ⅲ3261
白雲 … Ⅲ2546
白眼党 … Ⅲ2104
白秋君と梟の話 … Ⅲ3997
白痴 … Ⅲ2467
白痴の女 … Ⅲ2799

白昼の殺人 … Ⅲ3004
白頭翁 … Ⅲ2091
白髪 →簪 … Ⅲ2461
葉鶏頭 … Ⅲ3807
はこやなぎ … Ⅲ2477
橋 … Ⅲ2225, Ⅲ2606
はしがき（『赤い魚』）… Ⅲ3337
はしがき（『幸福の鋏』）… Ⅲ4011
はしがき（『新日本童話』）… Ⅲ3943
はしがき（『童話雑感及小品』）… Ⅲ3769
橋の上 … Ⅲ2818
八月の夜の空 … Ⅲ3473
ハチマンサマ … Ⅴ1059
発見と事実 … Ⅲ3838
発見は直に破壊なり … Ⅲ3285
初恋 … Ⅲ2016
初恋は直ちに詩である … Ⅲ2148
初春の言葉 一九三五年に実現したいもの … Ⅲ3843
「初夢」を見る感 … Ⅲ2184
花蔭の暗さ … Ⅲ3383
話のない人 … Ⅲ2776
花と青年 … Ⅲ3785
花、土地、人（諸家回答）… Ⅲ2865
花の咲くころ … Ⅲ3821
花の写生 … Ⅲ2278
花の都へ … Ⅲ2288
花火 … Ⅲ3893
華かな笑 … Ⅲ2979
羽仁もと子論 … Ⅲ3570
埴輪を拾つた少年時代の夏（八月の記憶）… Ⅲ2385
母 … Ⅲ2524
母親は太陽 … Ⅲ3819
母とその子 … Ⅲ3279
母は祖国の如し … Ⅲ3999
薔薇と月 … Ⅲ3569
薔薇と巫女 … Ⅲ2350
『巴里通信』と『涯なき路』… Ⅲ3068
張りつめた力 … Ⅲ2289
春 … Ⅲ2735, Ⅲ3484, Ⅲ3552
春浅く … Ⅲ3386
春同じからず … Ⅲ4002
春を待つ … Ⅲ3795
春風 … Ⅲ2079

VI 索引（作品名索引）

春風遍し … Ⅲ3947
春・都会・田園〈春、都会、田園〉… Ⅲ3774
春と人の感想 … Ⅲ3820
春になるまで … Ⅲ2635
春に見出す趣味と感想 … Ⅲ2354
春の悲しみ … Ⅲ2496
春の川 … Ⅲ3653
春の感覚 … Ⅲ2445
春の旅 … Ⅲ3389
春の山と水と平野の旅 … Ⅲ3373
『春のゆめ』の感想 … Ⅲ2433
春の夜 … Ⅲ2836
版画について … Ⅲ2436
反響一束 … Ⅲ3446
反キリスト教運動　→北京大学に起つた反キリスト教運動は我々に何を考へさすか … Ⅲ3139
反抗か休息か … Ⅲ2895
犯罪者 … Ⅲ3235
晩春、初夏とロマンチシスト … Ⅲ2365
晩春の感懐 … Ⅲ2208
反ソヴェート戦争起らば … Ⅲ3719
反動政策と変態的政策を評す（発売禁止に対する抗議）… Ⅲ3518
反動的大正一三年去らんとす（大正一三年歳晩記）… Ⅲ3356
ハンネレの昇天 … Ⅲ4049
比較的自分の出た作（本年発表せる創作に就いての感想）… Ⅲ2824
日蔭の花 … Ⅲ2420
彼岸桜富士桜（桜花の賦）… Ⅲ3293
緋衣の僧 … Ⅲ2132
悲愁 … Ⅲ2451
非常時他雑感 … Ⅲ3814
非常時世相批判 … Ⅲ3813
微笑する未来 … Ⅲ3312
避暑し得ざるものの為めに〈避暑し得ざる者のために〉… Ⅲ3097
悲痛を欠ける生活と芸術 … Ⅲ2710
柩 … Ⅲ2117
引越 … Ⅲ2103
否定か肯定か … Ⅲ3174
人買い　→支配階級の正義 … Ⅲ3451
一茎の花も風雨を凌がざれば咲かず … Ⅲ3471

一筋の流れ（川の涼味）… Ⅲ2883
人誰か死せざらん（「荒都断篇」その一・二）… Ⅲ3248
一つの作品の出来上がるまで … Ⅲ3042
人と影 … Ⅲ3115
人と犬 … Ⅲ2555
人と草 … Ⅲ3918
人と作品の精神 … Ⅲ3138
人と新緑 … Ⅲ2367
人と土地の話 … Ⅲ3564
人の幸福 … Ⅲ2850
一人一語一文一信 … Ⅲ3489
独り歩く人 … Ⅲ2894
一人一景 … Ⅲ2749
一人一語 … Ⅲ3104
独り感ずるまま … Ⅲ2625
非日活動委員会に関する諸家の意見―葉書回答 … Ⅲ4016
日の当る窓から … Ⅲ2422
日の当る室から　→日の当る窓から … Ⅲ2422
火の裡へ … Ⅲ2764
美の外部と内面 … Ⅲ2921
日の光薄し … Ⅲ3879
批判と解説 … Ⅲ3596
日々の苦痛 … Ⅲ2685
日比谷付近・帝国劇場（色と音楽の世界）… Ⅲ2452
批評及び批評家 … Ⅲ2654
批評を評す … Ⅲ2261
批評家 … Ⅲ3500
批評時代と享楽時代の衰へざる理由 … Ⅲ3520
批評消息片々 … Ⅲ3434
批評は対立せり（大正一二年の自作を回顧して）… Ⅲ3271
美文総評 … Ⅲ2137
美文評 … Ⅲ2160
ひまはり … Ⅲ2544
美味忘れ難き夏の料理 … Ⅲ3818
病作家 … Ⅲ2096
病室 … Ⅲ2504
病衰 … Ⅲ2129
病日　→日蝕 … Ⅲ2142
漂浪児 … Ⅲ2001
漂浪者の群 … Ⅲ2039

Ⅵ　索引（作品名索引）

漂浪者の文学 … Ⅲ2266
昼の夢夜の夢（夢の研究、夢の話）… Ⅲ2355
広い世界へ（投書家に与ふる言葉）… Ⅲ2937
疲労 … Ⅲ3399
広野を行きて … Ⅲ2807
貧乏線に終始して … Ⅲ3533
貧乏百家論 … Ⅲ3593
不安な燈火 … Ⅲ2144
不意に訪る者 … Ⅲ2981
風景 … Ⅲ2577
笛の音 … Ⅲ2069
笛の声 … Ⅲ2070
深く現実に徹せる人 … Ⅲ2783
不遇 … Ⅲ2071
副作用なくのみやすい（絶対健康法批判）… Ⅲ3790
府県議選挙戦を如何に学び総選挙に如何に備ふべきか … Ⅲ3591
不健全なる社会の反映 … Ⅲ3651
不幸な恋人 … Ⅲ2933
不思議な鳥 … Ⅲ2275
富士見駅 … Ⅲ2380
富士見の印象 … Ⅲ2235
負傷者 … Ⅲ2847
婦人、児童雑誌の現状批判と将来 … Ⅲ3684
婦人の過去と将来の予期 … Ⅲ3318
不退寺 … Ⅲ3620
再び『私学の精神』に帰れ … Ⅲ3366
再び逢はざる悲み … Ⅲ2396
二つの角度から童話を見る … Ⅲ3851
二つの考え方（「心中」の新しい見方）… Ⅲ3169
二つの見聞から … Ⅲ3193
二葉亭氏 … Ⅲ2210
物質文化の悲哀 … Ⅲ3666
不敏感な眠り草 … Ⅲ3348
吹雪 … Ⅲ2088
踏切番の幻影 … Ⅲ3352
麓の里は日暮る〈麓の里は日暮るる〉… Ⅲ2120
冬 … Ⅲ2533
冬から春への北国と夢魔的魅力 … Ⅲ3320

冬の木立（「アメチョコの天使」より）… Ⅲ3354
冬の衣と食 … Ⅲ2775
冬の空 … Ⅲ3877
冬の北国の家庭生活 … Ⅲ3649
古い絵を見て … Ⅲ2565
古き絵より … Ⅲ2457
ふる郷 … Ⅲ2002
ふるさと・小鳥〈ふるさと、小鳥〉… Ⅲ3781
ふるさとの記憶（我がふるさと物語）… Ⅲ3634
故郷の冬の印象 … Ⅲ2346
古巣 … Ⅲ2545
浮浪漢の手紙 … Ⅲ2972
浮浪者 … Ⅲ3050
プロ文学其他 … Ⅲ3640
プロレタリア作家聯盟私見 … Ⅲ3428
プロレタリアの正義・芸術 →プロレタリヤの正義、芸術 … Ⅲ3166
プロレタリア文壇の分裂と結成に就いて … Ⅲ3553
プロレタリヤの正義、芸術 … Ⅲ3166
文学・カフェー・収入 … Ⅲ3802
文学者志願の青年に与ふ　作家となるには … Ⅲ2910
文学者より見たる教育及び教育者（教育と文学）… Ⅲ2753
文学上の態度、描写、主観 … Ⅲ2855
文学と教育の使命 … Ⅲ4041
文学に志す青年の座右銘 … Ⅲ2760
文学に志す人々の用意 … Ⅲ2856
文学へ来なければ … Ⅲ3378
文化人だより（このごろ、いかにおくらしですか）… Ⅲ4003
文化線の低下 … Ⅲ3735
分業的芸術の否定と同人雑誌聯盟 … Ⅲ3566
文芸院設立の是非と希望 … Ⅲ3107
文芸家思想家はどう音楽を観るか … Ⅲ3703
文芸家としての立場から … Ⅲ3578
文芸家と晩餐 … Ⅲ2255
文芸雑感 … Ⅲ2156
文芸時評 … Ⅲ2136
『文芸戦線』の記事その他 … Ⅲ3409

501

Ⅵ　索引（作品名索引）

文芸中心の感想 … Ⅲ3545
文芸と時勢 … Ⅲ3638
文芸の社会化 … Ⅲ2738
文芸の社会化 に関する私の意見　→文芸の社会化 … Ⅲ2738
文芸の堕落と知識階級 … Ⅲ3402
文芸の二問題―指標としての正義、自由― … Ⅲ3557
文芸の破産と甦生 … Ⅲ3654
文芸は何れに転換するか … Ⅲ3663
文芸は滅びるか … Ⅲ3669
文芸批評の意義（文壇時事） … Ⅲ2719
文士と鮨、汁粉 … Ⅲ2189
文士と酒、煙草 … Ⅲ2178
文士と芝居 … Ⅲ2181
文士と八月 … Ⅲ2224
文章を書く上に何を一番苦心するか … Ⅲ2827
文章を作る人々の根本用意 … Ⅲ2852
文章を学ぶ青年に与ふる『座右銘』 … Ⅲ2867
文章上達の順序 … Ⅲ2265
文壇各種の問題 … Ⅲ2829
文壇生活苦しかつた事嬉しかつた事 … Ⅲ3579
文壇生活で嬉しかつたこと悲しかつたこと癪に障つたこと … Ⅲ3105
文壇と私と文学 … Ⅲ3562
文壇の単調子 … Ⅲ2310
文壇の観測者に、及数件 … Ⅲ2239
文壇の中心移動せん … Ⅲ2930
文壇の転換期 … Ⅲ3498
文壇の二傾向 … Ⅲ2671
文壇の破壊は偶然にあらず　→文壇破壊とは何ぞ―破壊は偶然にあらず― … Ⅲ3112
文壇破壊とは何ぞ―破壊は偶然にあらず― … Ⅲ3112
文壇崩落、無産派文芸家聯合（全無産文芸派の協同闘争に就て） … Ⅲ3603
文壇漫評 … Ⅲ3208
文壇・自滅・売名・反動 … Ⅲ3571
文筆で衣食する苦痛（煩悶時代の回顧と其の解決） … Ⅲ3038
文明の狂人 … Ⅲ2857
平穏な文壇（大正九年文壇の印象） … Ⅲ3040

「平家物語」と宋詩（余が好める秋の描写諸家より得たる回答一） … Ⅲ2755
平原 … Ⅲ2231
米国及び米国人に就て … Ⅲ3929
平野に題す … Ⅲ3016
北京大学に起つた反キリスト教運動は我々に何を考へさすか … Ⅲ3139
ペストの出た夜 … Ⅲ2627
蛇池 … Ⅲ2015
蛇の話 … Ⅲ2846
ペン倶楽部大会に誰を招くか … Ⅲ3875
変態心理者に就いて … Ⅲ3114
変調子 … Ⅲ2064
片々録 … Ⅲ2024, Ⅲ2046
忘却と無智（大地も揺らぐ） … Ⅲ3308
暴風 … Ⅲ2118
牧羊者 … Ⅲ2029
星 … Ⅲ2566
星を見て … Ⅲ2390
母性の神秘 … Ⅲ3288
菩提樹の花 … Ⅲ2443
菩提樹の花―奈良―旅のかなしみ― … Ⅲ2951
北海 … Ⅲ2130
北海は鳴る … Ⅲ3441
北国奇話 … Ⅲ2769
北国の温泉 … Ⅲ2309
北国の鴉より（親しみのある人や、墓場と、芸術） … Ⅲ2437
北国の夏の自然 … Ⅲ3321
北国の雪と女と（お国自慢） … Ⅲ2494
発足点から出直せ … Ⅲ3944
歩道の上の幻想 … Ⅲ3507
盆栽と壺と古銭―無名蒐集家の記― … Ⅲ4019
本誌に寄せられた批判と忠言 … Ⅲ3756
本年中尤も興味を引きし（一）小説脚本（二）絵画（三）演劇 … Ⅲ2258
本然的の運動 … Ⅲ2965
本年度の収穫として推奨すべき小説、戯曲、映画 … Ⅲ3443
本年創作壇の印象 … Ⅲ2825
本年の計画・希望など … Ⅲ3595
本年の自作について（私が本年発表した創作に就いて） … Ⅲ3643
本年発表した創作（私が本年発表した創

502

作に就いて）… Ⅲ3448
本能の神秘 … Ⅲ3870
盆花と蝶 … Ⅲ3894

【ま行】

舞子より須磨へ … Ⅲ2379
毎日どこかへ（名士と散歩）… Ⅲ3767
まへがき（『小学文学童話』）… Ⅲ3885
まへがき（『たましいは生きている』）… Ⅲ4014
前の小母さん … Ⅴ0531
誠の心、誠の叫び … Ⅲ3948
正に芸術の試練期 … Ⅲ3258
魔睡剤（最も人生を益した発明は？）… Ⅲ2913
先づ白紙に還れ … Ⅲ3986
木天蓼 … Ⅲ3945
町裏の生活 … Ⅲ2690
街を行くままに感ず … Ⅲ3479
街の子供と遊び … Ⅲ3788
街の自然 … Ⅲ3779
街の二人 … Ⅲ2610
窓に凭りて … Ⅲ2733
窓の歌 … Ⅲ2429
窓の緑葉 … Ⅲ2746
真夏の赤く焼けた自然 … Ⅲ2509
真夏の赤く焼けた自然（シーズンの研究）… Ⅲ2383
真夏の窓 … Ⅲ2312
真昼 … Ⅲ2885
まぼろしの海 … Ⅲ2431
豆鉄砲から … Ⅲ4050
真夜中カーヴを軋る電車の音（徹夜するもののみが知る真夜中と黎明の感じ）… Ⅲ3207
稀人 … Ⅲ2320
右質問に対する回答（反ソヴェート戦争と日本の作家・芸術家・思想家）→日本の作家・芸術家・思想家は戦争に対していかなる態度をとるか … Ⅲ3784
三島霜川君（文芸家相互評 霜川＝未明）… Ⅲ2267
水色の空の下 … Ⅲ2835
自からを知らざる女性（名士文豪の現代女性観）… Ⅲ3435

自らの矛盾に悩む … Ⅲ3526
水の流 … Ⅲ2013
霙の音を聞きながら―いやないやな中学時代―（私の一七の時）… Ⅲ2790
霙降る … Ⅲ2575
路を歩きながら … Ⅲ3065
未知の国へ … Ⅲ2677
三日間 … Ⅲ2695
密告漢 … Ⅲ2778
密生した茶の木 … Ⅲ3491
緑色の線路 … Ⅲ2651
皆な虚偽だ … Ⅲ2705
港 … Ⅲ2591
身震ひする枝 … Ⅲ3708
妙高山の裾野にて … Ⅲ2583
民衆芸術の精神 … Ⅲ3149
民衆芸術の個的精神 … Ⅲ3218
民衆劇に求めるもの（民衆芸術としての日本演劇）… Ⅲ3214
民衆作家の行動 … Ⅲ3196
民衆の意志（政局と知識階級）… Ⅲ3284
昔の温泉 … Ⅲ3911
昔の敵 … Ⅲ2600
無窮と死へ（苦闘気分と享楽気分）… Ⅲ3401
無計画な解放 … Ⅲ3855
無限 … Ⅲ2193
夢幻の足跡 … Ⅲ2264
無産階級者 … Ⅲ3018
無産階級政治運動の研究 … Ⅲ3227
無産階級の娘 … Ⅲ3338
無産候補者の無い選挙区において如何にすべきか？ … Ⅲ3606
無産政党の徹底的批判及び討究・無産政党選挙権獲得全国大会 … Ⅲ3544
無宿の叔父 … Ⅲ2667
矛盾 … Ⅲ2090
矛盾録 … Ⅲ2172
娘と母親（「荒都断篇」その六）… Ⅲ3259
無籍者の思ひ出 … Ⅲ2833
無責任なる批評―生方・白石両君に― … Ⅲ2514
無題 … Ⅲ2582, Ⅲ3472, Ⅲ3478
無題（札幌舞踊界第4回発表会「赤いロウソクと人魚」パンフレット）… Ⅲ4043
無題（町に、今宵も）… Ⅲ2174

VI　索引（作品名索引）

無智 … Ⅲ2602
無智の百姓に伍せ（農村青年に与ふ）… Ⅲ3238
胸の血の熱せるを覚ゆ … Ⅲ3930
夢魔 … Ⅲ2205
紫のダリヤ … Ⅲ2641
紫のダリア　→紫のダリヤ … Ⅲ2641
村の教師 … Ⅲ3222
芽 … Ⅲ3778
名家の読書時間 … Ⅲ2474
明治三十八九年頃から … Ⅲ3398
名士の書架 … Ⅲ3178
メーデーに対する感想と希望 … Ⅲ3302
眼を開けた屍 … Ⅲ2893
めだかその他（私の愛しているもの秘蔵しているもの）… Ⅲ3387
木酒精を飲む爺 … Ⅲ3022
眼にだけ残る町と人 … Ⅲ3880
目に残る山桜 … Ⅲ3147
芽の出る時を待つ心 … Ⅲ2957
面会したい人に … Ⅲ3111
もう不思議でない … Ⅲ3145
盲目 … Ⅲ2027
盲目の喜び … Ⅲ2456
模擬的文明の破壊 … Ⅲ3251
木犀花 … Ⅲ2110
文字と文章 … Ⅲ2758
餅草子（私の得た最初の原稿料）… Ⅲ3360
最も感動を与えるもの … Ⅲ4012
最も興味を惹ける旅の印象　中央線にて … Ⅲ2628
最も懐かしい時代（処女作の回想）… Ⅲ2724
モデル問題その他 … Ⅲ3021
物いはぬ顔 … Ⅲ3342
物言はぬ顔 … Ⅲ2389
ものは見方から … Ⅲ3680
モミの木　→樅樹物語 … Ⅲ2086
樅樹物語 … Ⅲ2086
鵂 … Ⅲ2590
森 … Ⅲ2327, 3029
森の暗き夜 … Ⅲ2314
森の妖姫 … Ⅲ2068
悶死 … Ⅲ2220

問題にされない群 … Ⅲ3547
問題は其人にあり … Ⅲ3159
問題文芸の意義、価値及び形式 … Ⅲ2697

【や行】

夜警（「荒都断篇」その四）… Ⅲ3255
野獣の如く … Ⅲ2721
痩馬 … Ⅲ2882
夜前 … Ⅲ2637
柳の下 … Ⅲ2234
夜半まで … Ⅲ2523
藪蔭 … Ⅲ2686
山 … Ⅲ2754
山井の冷味（冷たい飲もの食もの）… Ⅲ3415
山国の馬車 … Ⅲ2403
山田檳榔氏に与ふ … Ⅲ2662
山の手の街（「荒都断篇」その八）… Ⅲ3265
山鳩の鳴く墓畔 … Ⅲ4026
山百合の花 … Ⅲ4013
闇 … Ⅲ2539
闇の歩み … Ⅲ2281
病める青春 … Ⅲ3494
悒鬱 … Ⅲ2080
夕暮 … Ⅲ2558
夕暮の窓より … Ⅲ2412
幽寂感から、沈黙へ（幽寂の世界）… Ⅲ3406
勇士よ還りて魂の教化に当れ … Ⅲ3982
夕月（『涼』七題）… Ⅲ2382
有望にしていまだ現はれざる作家は何人なりや（一）… Ⅲ2839
夕日影 … Ⅲ2034
夕焼空 … Ⅲ2019
幽霊船 … Ⅲ2083
『幽霊読者』合評 … Ⅲ3512
誘惑に勝つ越後の女（女と地方色）… Ⅲ2505
愉快な苦悶 … Ⅲ2197
浴衣姿の美人に対して … Ⅲ2800
雪 … Ⅲ2262, Ⅲ3797, Ⅲ3839
雪！ … Ⅲ3733
雪穴 … Ⅲ3017
雪を砕く … Ⅲ3475

雪来る前 … Ⅲ2247
雪解の流 … Ⅲ3289
雪に暮れる日 … Ⅴ1188
雪の上 … Ⅲ3051
雪の上で死せる女 … Ⅲ2596
雪の上の賭博 … Ⅲ3195
雪の丘 … Ⅲ2773
雪の砕ける音 … Ⅲ3701
雪の平原 … Ⅲ2840
夢・憧憬・芸術 … Ⅲ4021
夢のような思い出　→夢のやうな思ひ出（幼時の「盆」の思ひ出）… Ⅲ3853
夢のやうな思ひ出（幼時の「盆」の思ひ出）… Ⅲ3853
湯屋 … Ⅲ3946
夜嵐 … Ⅲ2054
幼児童話について … Ⅲ3900
洋食店（「荒都断篇」その十）… Ⅲ3267
要するに自己対社会の問題（私の切実な問題）… Ⅲ3427
妖魔島 … Ⅲ2072
余が愛読の紀行 … Ⅲ3015
予が生ひ立ちの記〈予が生い立ちの記〉… Ⅲ2617
予が嘱望する新作家及び注目した作品 … Ⅲ3304
夜風 … Ⅲ2743
予が日常生活 … Ⅲ2432
夜霧 … Ⅲ2399
能く知れる唯一人の人（明治の文壇及び劇壇に於て最も偉大と認めたる人物事業作品）… Ⅲ2473
汚れた人や花 … Ⅲ2286
由之介 … Ⅲ2138
余の愛読書と其れより受けたる感銘 … Ⅲ2928
予の一生を支配する程の大いなる影響を与へし人・事件及び思想 … Ⅲ3199
余の生活革新 … Ⅲ3941
余の文章が初めて活字となりし時 … Ⅲ2938
予の恋愛観及び世相に現はれたれない問題批判 … Ⅲ3225
余はソ連を斯くの如く見る … Ⅲ3936
予は何新聞を愛読するか—及びその理由—（はがき評論）… Ⅲ3530
余は晩春を愛す（表紙）… Ⅲ2862

読物と実用記事　最近我が家の食卓に上つた話題 … Ⅲ3887
読むうちに思つたこと … Ⅲ3772
嫁入前の女性に是非読んで貰ひたい書物 … Ⅲ3300
余も又Somnambulistである（傍観者の日記）〈余もまたSomnambulistである〉… Ⅲ2358
より近く、より自然か … Ⅲ3825
夜 … Ⅲ2540
夜の白むまで … Ⅲ2694
夜の落葉 … Ⅲ2331
夜の感想 … Ⅲ3874
夜の地平線 … Ⅲ2881
夜の一刻 … Ⅲ2343
夜の群 … Ⅲ3124
夜の喜び … Ⅲ2391
喜びは力なり—正義の存在— … Ⅲ3665
歓びも、哀しみも感じたのに（春の歓楽と哀愁）… Ⅲ3209
四十年振で遇つた友 … Ⅲ3868
読んできかせる場合 … Ⅲ3827

【ら行】

雷雨前 … Ⅲ2311
雷同と阿諛を悪む … Ⅲ2252
雷同と反動の激化 … Ⅲ3695
落日 … Ⅲ2605
落日後 … Ⅲ2739
落第 … Ⅲ2098
落葉 … Ⅲ2167
ラジオとハガキ … Ⅲ4034
ラスキンの言葉 … Ⅲ3628
ラフカディオ　ハーン、イン、ジャパンを読む … Ⅲ2328
蘭の話 … Ⅲ3558
理性の勝利を信ず … Ⅲ3257
理性の勝利（「第四十六議会に対する批判」）… Ⅲ3220
理想主義の作品 … Ⅲ2795
理想の世界 … Ⅲ3482
理想破綻後の必然的現象（東洋人聯盟批判）… Ⅲ3305
立派な人間として働け … Ⅲ3953
流霊寺 … Ⅲ2135

両院議員に与ふ … Ⅲ3134
良書推薦 … Ⅲ3989, Ⅲ4006
旅客 … Ⅲ3043
緑葉の輝き … Ⅲ2296
理論に伴ふ寂寞 … Ⅲ2242
隣人 … Ⅲ2715
ル・パルナス・アンビュ欄 月評の事（談話）… Ⅲ3001
流浪者に対する憧憬 … Ⅲ3216
冷酷なる記憶 … Ⅲ3083
冷酷なる正直 … Ⅲ2911
霊魂 … Ⅲ2127
麗日 … Ⅲ2139
冷淡であつた男 … Ⅲ3213
冷熱 … Ⅲ2219
黎明期の少年文学 … Ⅲ3862
「黎明期の文学」合評 … Ⅲ2478
零落と幼年思慕 … Ⅲ2248
レーニン若し死なば … Ⅲ3164
恋愛とは？結婚とは？ … Ⅲ3416
恋愛によって何を教へられたか … Ⅲ3055
老宣教師 … Ⅲ2040
労働祭に感ず … Ⅲ3142
労働者の死 … Ⅲ2880
蠟人形 … Ⅲ2143
老婆 … Ⅲ2111, 2168
老旗振り … Ⅲ3053
露国に赴きたる二葉亭氏 … Ⅲ2145
露西亜は存在す … Ⅲ3184
路次裏 … Ⅲ3301
路上にて … Ⅲ2624
路上の一人 … Ⅲ2665
露台 … Ⅲ2512
魯鈍な猫 … Ⅲ2449
炉辺夜話 … Ⅲ3844
路傍の木 … Ⅲ2908
ロマンチシズム（その頃のこと）… Ⅲ3468
ロマンチシズムの動脈 … Ⅲ3803
ロマンチストの女性 … Ⅲ2670
ロマンチストの故郷 … Ⅲ2241
ロマンチックの幻滅 … Ⅲ2268

【わ】

わが愛読の秋に関する古今東西の文章詩歌について … Ⅲ3343
我が感想 … Ⅲ2837, Ⅲ2952, 3160
若き姿の文芸 … Ⅲ2322
若き日本 … Ⅲ3896
我が郷土の山を讃ふ … Ⅲ3768
吾が芸術の新しき主張（一人一話録）… Ⅲ2492
我が作品と態度と批評（私が本年発表した創作に就いて）… Ⅲ3592
我が実感より … Ⅲ2601
わが身辺に見出しつつある幸福 … Ⅲ3357
我が日記より（ある日の日記）… Ⅲ3580
若葉の窓から … Ⅲ2787
わが母を思う … Ⅲ4051
我が星の過ぎる時 … Ⅲ2720
若者 … Ⅲ2304
忘れ得ざる風景 … Ⅲ3835
忘れ難き少年の日の思ひ出 … Ⅲ2936
忘れ難き男 … Ⅲ3130
忘れられたる感情　→忘れられたる感想 … Ⅲ2406
忘れられたる感想 … Ⅲ2406
早稲田町時代 … Ⅲ2709
早稲田文学合評会 … Ⅲ3328
私の一日（四十八家）… Ⅲ3460
私をいぢらしさうに見た母〈私をいじらしそうに見た母〉… Ⅲ3263
私を憂鬱ならしむ〈私を憂欝ならしむ〉… Ⅲ3344
私が童話を書く時の心持 … Ⅲ3089, Ⅲ4057
私達について … Ⅲ3231
妾達のために … Ⅲ3374
私達は自然に背く … Ⅲ3317
私たちはどんな本を読んできたか … Ⅲ4046
私とアンデルセン … Ⅲ4054
私の一日（三一家）… Ⅲ3487
私の一日 … Ⅲ3650
私の憂ひ、私の喜び … Ⅲ3902
私の延長（私がもし生れかはるならば）… Ⅲ3375

VI 索引（作品名索引）

私の顔 … Ⅲ4039
私の記者時代 … Ⅲ3086
私の試みる小説の文体 … Ⅲ3154
私の事 … Ⅲ3010
私の此頃の生活 … Ⅲ3516
私の好む夏の花と夏の虫 … Ⅲ2794
私の手記 … Ⅲ3120
私の趣味と家族の娯楽 … Ⅲ3881
私の嘱望する新作家 … Ⅲ3523
私の新聞の読み方 … Ⅲ3872
私の推奨する童話 … Ⅲ3811
私の推薦書 … Ⅲ3928
私の好きな作家 … Ⅲ3037
私の好きな自然 … Ⅲ3012
私の好きな小説・戯曲中の女 … Ⅲ3047
私の好きな人物 私の好きな書籍、私の好きな花、私の好きな作中の女性 … Ⅲ3582
私のすきな童話 … Ⅲ3737
私の好きな夏の料理 … Ⅲ2888
私の好きな外国の作家 … Ⅲ3044
私の好きな露西亜の三作家 … Ⅲ3049
私の好きな私の作 … Ⅲ3090
私の薦めたい二三の書物 … Ⅲ3384
私の生活 … Ⅲ2994
私の創作の実際 … Ⅲ2901, Ⅲ2973
私の小さいころ … Ⅲ4052
私の注文 … Ⅲ3934
私の提案 … Ⅲ4035
私の欲する絵画 … Ⅲ2489
私の本年の希望と計画 … Ⅲ3270
私の余技 娯楽に就ての趣味 … Ⅲ3535
私は斯く感ず … Ⅲ3303
私は子供の幸福を思慮するために一切を信頼する学校教育に依らんとす（父として思ふ）… Ⅲ3465
私は何を読むか（ぶろむなあど・りぶれすく）… Ⅲ4010
私は姉さん思い出す … Ⅲ2953
笑ひ … Ⅲ2595
笑と眼附 … Ⅲ2269
藁屑 … Ⅲ2298
ワルソワへ行け … Ⅲ3449
我を思はば国家を思へ … Ⅲ3952
我等何に依らん、何故に文芸家協会会員たりしか … Ⅲ3486
我等の芸術をジヤナリズムから救へ … Ⅲ3429
吾等の作品に何を求めんとす … Ⅲ3437

507

掲載誌・書名索引

【あ行】

「愛育」… Ⅲ3916
「愛国婦人」… Ⅲ2079, Ⅲ2089
『青白む都会』… Ⅳ319
『赤い魚』… Ⅲ3337
「赤い鳥」… Ⅲ2890, Ⅲ2920
『赤い船』… Ⅲ2336
『赤い蠟燭と人魚』… Ⅲ3080, Ⅲ3919
『赤き地平線』… Ⅳ324
「秋田魁新報」… Ⅲ3172, Ⅲ3241, Ⅲ3389
「あけぼの」… Ⅲ2006, Ⅲ3966
「朝日新聞」… Ⅲ3132, Ⅲ3133, Ⅲ3184, Ⅲ3216, Ⅲ3268, Ⅲ3284, Ⅲ3323, Ⅲ3424, Ⅲ3501, Ⅲ3740, Ⅲ3787, Ⅲ3975
『新しき児童文学の道』… Ⅳ346
「アトリエ」… Ⅲ3697, Ⅲ3971
「アナーキズム文学」… Ⅲ3766
『(詩集) あの山越えて』… Ⅳ311
『雨を呼ぶ樹』… Ⅳ325
「生きて行く道」… Ⅲ3816
「偉大」… Ⅲ3422
『愁人』… Ⅳ301
「英語文学」… Ⅲ3081
「エスペラント文芸」… Ⅲ3488
「越佐社会事業」… Ⅲ3451, Ⅲ3533, Ⅲ3688, Ⅲ3715, Ⅲ3734
「演劇芸術」… Ⅲ3561
「演劇新潮」… Ⅲ3371
「鷗外研究」… Ⅲ3866
『鷗外全集』附録 … Ⅲ3866
『相賀祥宏君追悼録』… Ⅲ3955
「大きな蟹」… Ⅲ3965
「大阪新報」… Ⅲ2381
「大阪毎日」… Ⅲ2483
「大阪毎日新聞」… Ⅲ3680, Ⅲ3708
『小川未明郷土小説名作選―山上の風・雪穴』… Ⅳ396
『小川未明作品集 第1巻』… Ⅳ350
『小川未明作品集 第2巻』… Ⅳ351
『小川未明作品集 第3巻』… Ⅳ352
『小川未明作品集 第4巻』… Ⅳ353
『小川未明作品集 第5巻』… Ⅳ360
『小川未明集』… Ⅳ385
『小川未明選集 第1巻』… Ⅳ331
『小川未明選集 第2巻』… Ⅳ332
『小川未明選集 第3巻』… Ⅳ333
『小川未明選集 第4巻』… Ⅳ334
『小川未明名作集』… Ⅳ372
「おとぎの世界」… Ⅲ2935, Ⅲ2943, Ⅲ2947, Ⅲ2953, Ⅲ2960, Ⅲ2966, Ⅲ2976
「処女」… Ⅲ2607, Ⅲ2629, Ⅲ2670
「お話の木」… Ⅲ3883, Ⅲ3884, Ⅲ3886, Ⅲ3888, Ⅲ3890, Ⅲ3891, Ⅲ3893, Ⅲ3894, Ⅲ3895, Ⅲ3897, Ⅲ3898, Ⅲ3899
「音楽」… Ⅲ2395, Ⅲ2414
「音楽世界」… Ⅲ3703
『女をめぐる疾風』… Ⅳ344
「女の世界」… Ⅲ2944, Ⅲ3055, Ⅲ3099

【か行】

「海外之日本」… Ⅲ2407
「改造」… Ⅲ2949, Ⅲ2962, Ⅲ3238, Ⅲ3251, Ⅲ3261, Ⅲ3273, Ⅲ3281, Ⅲ3289, Ⅲ3305, Ⅲ3329, Ⅲ3397, Ⅲ3406, Ⅲ3427, Ⅲ3463, Ⅲ3518, Ⅲ3576, Ⅲ3586, Ⅲ3587, Ⅲ4047
『回想十年 全4巻』… Ⅲ4058
「開拓」… Ⅲ3989
「解放」… Ⅲ2992, Ⅲ2997, Ⅲ3030, Ⅲ3115, Ⅲ3118, Ⅲ3145, Ⅲ3164, Ⅲ3166, Ⅲ3174, Ⅲ3178, Ⅲ3194, Ⅲ3200, Ⅲ3213, Ⅲ3219, Ⅲ3232, Ⅲ3243, Ⅲ3246, Ⅲ3428, Ⅲ3434, Ⅲ3438, Ⅲ3446, Ⅲ3451, Ⅲ3458, Ⅲ3464, Ⅲ3470, Ⅲ3505, Ⅲ3512, Ⅲ3531, Ⅲ3539, Ⅲ3543, Ⅲ3544, Ⅲ3553, Ⅲ3564, Ⅲ3565, Ⅲ3566, Ⅲ3571
『解放群書 20』… Ⅳ337
「科学画報」… Ⅲ3710
「科学知識」… Ⅲ3924
「科学と文芸」… Ⅲ2702, Ⅲ2832, Ⅲ2840, Ⅲ2851, Ⅲ2876, Ⅲ2882
「科学ペン」… Ⅲ3928
「我観」… Ⅲ3275
「学生」… Ⅲ2293, Ⅲ2313, Ⅲ2318, Ⅲ2349, Ⅲ2460, Ⅲ2464, Ⅲ2515, Ⅲ2521, Ⅲ2526, Ⅲ2746, Ⅲ3029, Ⅲ3043, Ⅲ3620
「学生文芸」… Ⅲ2334, Ⅲ2353

Ⅵ　索引（掲載誌・書名索引）

「家庭」… Ⅲ3797, Ⅲ3850, Ⅲ3868, Ⅲ3881
「家庭雑誌」… Ⅲ2140, Ⅲ2196, Ⅲ3405
「家庭新聞」… Ⅲ2012
「家庭文芸」… Ⅲ2084, Ⅲ2095, Ⅲ2105
「家庭よみうり」… Ⅲ4039
「歌舞伎」… Ⅲ2301, Ⅲ2454
「紙芝居」… Ⅲ4015
『彼等の行く方へ』… Ⅳ328
『彼等甦らば』… Ⅳ337
「玩具界」… Ⅲ4018
「観念工場」… Ⅲ3738
『北国の鴉より』… Ⅳ308
「キネマと文芸」… Ⅲ3573
「希望」… Ⅲ2710, Ⅲ2731
「急進」… Ⅲ3341, Ⅲ3372
「教育」… Ⅲ3852, Ⅲ3882
「教育・国語教育」… Ⅲ3752
「教育界」… Ⅲ3072
「教育研究」… Ⅲ3622, Ⅲ3647, Ⅲ3679, Ⅲ3711, Ⅲ3729, Ⅲ4057
「教育実験界」… Ⅲ2708, Ⅲ2753, Ⅲ2791
『教育者 第3部』… Ⅲ3995
「教育週報」… Ⅲ3541, Ⅲ3635
「教育時論」… Ⅲ2988, Ⅲ3039, Ⅲ3618, Ⅲ3662, Ⅲ3668, Ⅲ3673, Ⅲ3685, Ⅲ3696, Ⅲ3757, Ⅲ3806, Ⅲ3815
「教育新聞（岐阜）」… Ⅲ3373
「教育の世紀」… Ⅲ3423, Ⅲ3612
「教育評論」… Ⅲ3637
「教育論叢」… Ⅲ3089, Ⅲ3933, Ⅲ4057
「教室」… Ⅲ3967
「郷土教育」… Ⅲ3792
「京都大学新聞」… Ⅲ3789, Ⅲ3795
「虚無思想」… Ⅲ3483, Ⅲ3495
「虚無思想研究」… Ⅲ3430
「キング」… Ⅲ3569, Ⅲ3625, Ⅲ3698, Ⅲ3707, Ⅲ3716, Ⅲ4035
「近代風景」… Ⅲ3588, Ⅲ3600
「金の鳥」… Ⅲ3183, Ⅴ0211
『金の輪』… Ⅲ2942
『黒いピアノ』… Ⅲ3614
「黒潮」… Ⅲ2780
「経済往来」… Ⅲ3551, Ⅲ3655, Ⅲ3718, Ⅲ3726
「経済生活」… Ⅲ3727

「芸術」… Ⅲ3802
「芸術運動」… Ⅲ3437
「芸術界」… Ⅲ2153
「芸術新潮」… Ⅲ4019
『芸術の暗示と恐怖』… Ⅳ330
「京城日報」… Ⅲ3333
「劇と詩」… Ⅲ2342, Ⅲ2360, Ⅲ2392, Ⅲ2422, Ⅲ2425, Ⅲ2443, Ⅲ2457
「結核治療の理論と実際」… Ⅲ3847
「月刊スケッチ」… Ⅲ2010, Ⅲ2015
「月刊文章講座」… Ⅲ3858
「月刊読売」… Ⅲ4001, Ⅲ4006
「健康倶楽部」… Ⅲ3794
「現代」… Ⅲ3135, Ⅲ3326, Ⅲ3368, Ⅲ3394, Ⅲ3417, Ⅲ3435, Ⅲ3491, Ⅲ3634, Ⅲ3659, Ⅲ3683, Ⅲ3749, Ⅲ3819, Ⅲ3822, Ⅲ3839, Ⅲ3859, Ⅲ3872
『現代国民文学全集 36巻 国民詩集』… Ⅳ363
『現代日本小説大系 15 自然主義7』… Ⅳ348
『現代日本小説大系 30 新理想主義8』… Ⅳ349
『現代日本文学全集 第23篇 岩野泡鳴・上司小剣・小川未明集』… Ⅳ339
『現代日本文学全集 37 田村俊子・武林無想庵・小川未明・坪田譲治集』… Ⅳ380
『現代日本文学全集 70 田村俊子・武林無想庵・小川未明・坪田譲治集』… Ⅳ362
『現代日本文学大系 32 秋田雨雀・小川未明・坪田譲治・田村俊子・武林無想庵集』… Ⅳ379
「現代の洋画」… Ⅲ2489
『現代文学代表作全集 8』… Ⅳ347
『現代文芸叢書 第10編』… Ⅳ305
『現代名作集 第6編』… Ⅳ315
「紅炎」… Ⅲ2166
「高原文学」… Ⅲ2156
「江湖」… Ⅲ2135
「厚生」… Ⅲ4038
「行動」… Ⅲ3843
「幸福の鋏」… Ⅲ4011
「公民講座」… Ⅲ3730
「公論」… Ⅲ3959
「黒煙」… Ⅲ2925, Ⅲ2932, Ⅲ2969, Ⅲ2985

509

「國學院雑誌」… Ⅲ3136
「黒色戦線」… Ⅲ3675
「国粋」… Ⅲ3085
「国民」… Ⅲ4025, Ⅲ4044
「国民学校児童雑誌二年」… Ⅴ1059
「国民新聞」… Ⅲ2170, Ⅲ2177, Ⅲ2178, Ⅲ2181, Ⅲ2182, Ⅲ2183, Ⅲ2189, Ⅲ2190, Ⅲ2207, Ⅲ2214, Ⅲ2224, Ⅲ2236, Ⅲ2249, Ⅲ2264, Ⅲ2277, Ⅲ2310, Ⅲ2322, Ⅲ2378, Ⅲ2405, Ⅲ2438, Ⅲ3608, Ⅲ3624, Ⅲ3649, Ⅲ3654, Ⅲ3706, Ⅲ3805
「国民文学」… Ⅲ2638
「こころに光を 三年生」… Ⅲ4060
『小作人の死』… Ⅳ318
「黒旗」… Ⅲ3693
「コドモアサヒ」… Ⅴ0940, Ⅴ1065
「コドモノクニ」… Ⅲ3761, Ⅲ3801
「コドモノヒカリ」… Ⅲ3972, Ⅲ3991
「子供の広場」… Ⅲ4007
『五年生の世界童話』… Ⅲ4049
「5年の学習」… Ⅲ4040, Ⅲ4055
「今日の歌」… Ⅲ3619

【さ行】

『堺利彦を語る』… Ⅲ3699
『小波お伽噺 新八犬伝』… Ⅲ3920
「朱欒」… Ⅲ2409, Ⅲ2421, Ⅲ2427, Ⅲ2440
「サンエス」… Ⅲ2979, Ⅲ3031
「珊瑚」… Ⅲ2600
「サンセット」… Ⅲ2291
「サンデー」… Ⅲ2507
「サンデー毎日」… Ⅲ3236, Ⅲ3295, Ⅲ3324, Ⅲ3452, Ⅲ3485, Ⅲ3494, Ⅲ3521, Ⅲ3767, Ⅲ3781, Ⅲ3904
「時事新報」… Ⅲ2434, Ⅲ2458, Ⅲ2487, Ⅲ2529, Ⅲ2601, Ⅲ2625, Ⅲ2662, Ⅲ2681, Ⅲ2692, Ⅲ2741, Ⅲ2754, Ⅲ2768, Ⅲ2795, Ⅲ2848, Ⅲ2884, Ⅲ2999, Ⅲ3001, Ⅲ3005, Ⅲ3010, Ⅲ3017, Ⅲ3057, Ⅲ3059, Ⅲ3067, Ⅲ3073, Ⅲ3091, Ⅲ3112, Ⅲ3127, Ⅲ3138, Ⅲ3142, Ⅲ3196, Ⅲ3203, Ⅲ3218, Ⅲ3241, Ⅲ3258, Ⅲ3285, Ⅲ3325, Ⅲ3332, Ⅲ3339, Ⅲ3510
『詩集 あの山越えて』… Ⅳ311
『自然と人生叢書 第2編』… Ⅳ319
「思想問題」… Ⅲ3762

「児童」… Ⅲ3823, Ⅲ3855
「児童劇場」… Ⅲ4012
「児童文学」… Ⅲ3861
「児童文学新聞」… Ⅲ4020
『児童文学の書き方』… Ⅲ4057
「児童読物研究」… Ⅲ3799, Ⅲ3803
「詩と人生」… Ⅲ3287
「社会教育」… Ⅲ4029
「社会主義」… Ⅲ3083
「写真文化」… Ⅲ3998
「自由を我等に」… Ⅲ3810
「週刊朝日」… Ⅲ3162, Ⅲ3195, Ⅲ3215, Ⅲ3235, Ⅲ3248, Ⅲ3254, Ⅲ3255, Ⅲ3256, Ⅲ3259, Ⅲ3264, Ⅲ3265, Ⅲ3266, Ⅲ3267, Ⅲ3346, Ⅲ3387, Ⅲ3388, Ⅲ3403, Ⅲ3433, Ⅲ3453, Ⅲ3484, Ⅲ3556, Ⅲ3602, Ⅲ3653, Ⅲ3689, Ⅲ4026
「週刊教育」… Ⅲ4041
「秀才文壇」… Ⅲ2103, Ⅲ2123, Ⅲ2124, Ⅲ2127, Ⅲ2137, Ⅲ2138, Ⅲ2149, Ⅲ2150, Ⅲ2151, Ⅲ2152, Ⅲ2157, Ⅲ2160, Ⅲ2165, Ⅲ2171, Ⅲ2172, Ⅲ2174, Ⅲ2179, Ⅲ2180, Ⅲ2187, Ⅲ2201, Ⅲ2205, Ⅲ2212, Ⅲ2220, Ⅲ2228, Ⅲ2239, Ⅲ2246, Ⅲ2252, Ⅲ2424, Ⅲ2649, Ⅲ2709, Ⅲ2715, Ⅲ2818, Ⅲ2829, Ⅲ2862, Ⅲ2880, Ⅲ2897, Ⅲ2945, Ⅲ3006, Ⅲ3077
『愁人』… Ⅳ301
「十代の読書」… Ⅲ4046
「淑女かがみ」… Ⅲ2463
「出版警察資料」… Ⅲ3909
「出版普及」… Ⅲ3987
「趣味」… Ⅲ2048, Ⅲ2066, Ⅲ2092, Ⅲ2096, Ⅲ2106, Ⅲ2112, Ⅲ2116, Ⅲ2128, Ⅲ2141, Ⅲ2145, Ⅲ2154, Ⅲ2184, Ⅲ2191, Ⅲ2200, Ⅲ2209, Ⅲ2222, Ⅲ2223, Ⅲ2258, Ⅲ2260, Ⅲ2267, Ⅲ2275, Ⅲ2286, Ⅲ2309, Ⅲ2477
「趣味之友」… Ⅲ2736, Ⅲ2763, Ⅲ2775
「春秋」… Ⅲ3559, Ⅲ3568, Ⅲ3607
「小学一年生」… Ⅲ4022
「小学三年生」… Ⅲ4052
「小学少年」… Ⅴ0148
「小学生童話 一ねん」… Ⅲ4036
「小学文学童話」… Ⅲ3885
「小学四年生」… Ⅴ1188
「小学六年生」… Ⅲ4033
「小学校」… Ⅲ2716, Ⅲ2757, Ⅲ3143, Ⅲ3168, Ⅲ3754, Ⅲ3763, Ⅲ3780, Ⅲ3786

Ⅵ　索引（掲載誌・書名索引）

「少国民文化」… Ⅲ3999
「少国民文学」… Ⅲ3996
「少国民文化論」… Ⅲ4000
「少女の友」… Ⅴ0531
「少女文芸」… Ⅲ3471, Ⅲ3492, Ⅲ3502, Ⅲ3503
「小説倶楽部」… Ⅲ3063
「少年クラブ」… Ⅲ4024
『少年少女現代日本文学全集　第27巻』… Ⅳ372
『少年の頃　上』… Ⅲ3385
「少年之友」… Ⅴ1183, Ⅴ1184, Ⅴ1185, Ⅴ1186
『少年の笛』… Ⅳ306
「少年文学」… Ⅲ3970, Ⅲ3974
「少年文庫」… Ⅲ2073, Ⅲ2074, Ⅲ2076, Ⅲ2077
「女学生の友」… Ⅲ4028
「女学世界」… Ⅲ2896
「女子青年」… Ⅴ1189
「女子文壇」… Ⅲ2125, Ⅲ2185, Ⅲ2198, Ⅲ2243, Ⅲ2289, Ⅲ2292, Ⅲ2327, Ⅲ2447, Ⅲ2608
「抒情文学」… Ⅲ2921
「女性」… Ⅲ3187, Ⅲ3205, Ⅲ3233, Ⅲ3330, Ⅲ3344, Ⅲ3361, Ⅲ3416, Ⅲ3418, Ⅲ3443
「女性改造」… Ⅲ3247, Ⅲ3263, Ⅲ3296, Ⅲ3300, Ⅲ3322, Ⅲ3353
「女性日本人」… Ⅲ3169
「書窓」… Ⅲ3862
「書評」… Ⅲ4010
「書物展望」… Ⅲ3809, Ⅲ3993
「白百合」… Ⅲ2041
「時流」… Ⅲ3374
「白と黒」… Ⅲ3880
「白鳩」… Ⅲ2034
「新愛知」… Ⅲ3639, Ⅲ3663, Ⅲ3689, Ⅲ3709
「新演芸」… Ⅲ3125, Ⅲ3171, Ⅲ3214
「新興文学」… Ⅲ3182, Ⅲ3185, Ⅲ3191, Ⅲ3212, Ⅲ3632
『新興文学全集日本篇1』… Ⅳ338
『新興文芸叢書　第5編』… Ⅳ318
「新公論」… Ⅲ2357, Ⅲ2624, Ⅲ2701, Ⅲ2769, Ⅲ2830, Ⅲ2863, Ⅲ2931, Ⅲ2982
「新古文林」… Ⅲ2011, Ⅲ2060, Ⅲ2070, Ⅲ2072, Ⅲ2083, Ⅲ2090, Ⅲ2094, Ⅲ2508

「新時代」… Ⅲ2874
「新児童文化」… Ⅲ3988, Ⅳ4027
「新使命」… Ⅲ3529
「新小説」… Ⅲ2001, Ⅲ2007, Ⅲ2033, Ⅲ2043, Ⅲ2075, Ⅲ2085, Ⅲ2107, Ⅲ2114, Ⅲ2121, Ⅲ2132, Ⅲ2143, Ⅲ2155, Ⅲ2163, Ⅲ2247, Ⅲ2270, Ⅲ2295, Ⅲ2320, Ⅲ2340, Ⅲ2364, Ⅲ2370, Ⅲ2389, Ⅲ2446, Ⅲ2465, Ⅲ2494, Ⅲ2498, Ⅲ2505, Ⅲ2522, Ⅲ2623, Ⅲ2665, Ⅲ2689, Ⅲ2695, Ⅲ2727, Ⅲ2764, Ⅲ2770, Ⅲ2788, Ⅲ2817, Ⅲ2845, Ⅲ2881, Ⅲ2900, Ⅲ2904, Ⅲ2917, Ⅲ2956, Ⅲ2972, Ⅲ2998, Ⅲ3011, Ⅲ3060, Ⅲ3101, Ⅲ3130, Ⅲ3198, Ⅲ3225, Ⅲ3363, Ⅲ3391, Ⅲ3396
「新人」… Ⅲ3307, Ⅲ3310, Ⅴ0311
「新声」… Ⅲ2113, Ⅲ2175, Ⅲ2269, Ⅲ2279
『新選小川未明秀作随想70　ふるさとの記憶』… Ⅳ395
「新潮」… Ⅲ2022, Ⅲ2133, Ⅲ2161, Ⅲ2195, Ⅲ2208, Ⅲ2217, Ⅲ2221, Ⅲ2232, Ⅲ2244, Ⅲ2245, Ⅲ2268, Ⅲ2280, Ⅲ2281, Ⅲ2283, Ⅲ2284, Ⅲ2290, Ⅲ2300, Ⅲ2306, Ⅲ2314, Ⅲ2326, Ⅲ2338, Ⅲ2341, Ⅲ2351, Ⅲ2354, Ⅲ2355, Ⅲ2371, Ⅲ2374, Ⅲ2375, Ⅲ2383, Ⅲ2385, Ⅲ2388, Ⅲ2400, Ⅲ2401, Ⅲ2402, Ⅲ2419, Ⅲ2435, Ⅲ2442, Ⅲ2445, Ⅲ2452, Ⅲ2466, Ⅲ2470, Ⅲ2473, Ⅲ2478, Ⅲ2481, Ⅲ2486, Ⅲ2491, Ⅲ2492, Ⅲ2497, Ⅲ2502, Ⅲ2506, Ⅲ2510, Ⅲ2523, Ⅲ2525, Ⅲ2527, Ⅲ2530, Ⅲ2604, Ⅲ2609, Ⅲ2619, Ⅲ2628, Ⅲ2640, Ⅲ2643, Ⅲ2650, Ⅲ2654, Ⅲ2655, Ⅲ2660, Ⅲ2668, Ⅲ2671, Ⅲ2674, Ⅲ2683, Ⅲ2688, Ⅲ2698, Ⅲ2700, Ⅲ2703, Ⅲ2714, Ⅲ2718, Ⅲ2719, Ⅲ2723, Ⅲ2725, Ⅲ2745, Ⅲ2747, Ⅲ2750, Ⅲ2799, Ⅲ2808, Ⅲ2824, Ⅲ2858, Ⅲ2866, Ⅲ2870, Ⅲ2889, Ⅲ2906, Ⅲ2922, Ⅲ2930, Ⅲ2958, Ⅲ2961, Ⅲ2965, Ⅲ2968, Ⅲ2970, Ⅲ2977, Ⅲ2996, Ⅲ3007, Ⅲ3008, Ⅲ3041, Ⅲ3048, Ⅲ3065, Ⅲ3068, Ⅲ3103, Ⅲ3107, Ⅲ3110, Ⅲ3116, Ⅲ3176, Ⅲ3188, Ⅲ3223, Ⅲ3271, Ⅲ3301, Ⅲ3304, Ⅲ3335, Ⅲ3355, Ⅲ3369, Ⅲ3390, Ⅲ3448, Ⅲ3456, Ⅲ3462, Ⅲ3513, Ⅲ3523, Ⅲ3532, Ⅲ3545, Ⅲ3592, Ⅲ3615, Ⅲ3616, Ⅲ3643, Ⅲ3691
「新天地」… Ⅲ2164, Ⅲ2168, Ⅲ2176
「新日本」… Ⅲ2411, Ⅲ2462, Ⅲ2519, Ⅲ2659, Ⅲ2694, Ⅲ2713, Ⅲ2751, Ⅲ2811, Ⅲ2878, Ⅲ2887
『新日本童話』… Ⅳ345
「新評論」… Ⅲ2657, Ⅲ2672

511

Ⅵ 索引（掲載誌・書名索引）

「新風土」…Ⅲ3918
「新文芸」…Ⅲ2294, Ⅲ2308
「新文壇」…Ⅲ2238, Ⅲ2265, Ⅲ2268, Ⅲ2290, Ⅲ2346, Ⅲ2355, Ⅲ2384, Ⅲ2387, Ⅲ2396, Ⅲ2403, Ⅲ2423, Ⅲ2432, Ⅲ2485, Ⅲ2503, Ⅲ2509
「真理」…Ⅲ3870, Ⅲ3879, Ⅲ3903, Ⅲ3911
「人類愛善新聞」…Ⅲ3432
「新早稲田文学」…Ⅲ3756
「随筆」…Ⅲ3343, Ⅲ3515, Ⅲ3579, Ⅲ3584
「随筆人」…Ⅲ4002
「進め」…Ⅲ3224, Ⅲ3226, Ⅲ3227, Ⅲ3234, Ⅲ3240, Ⅲ3290, Ⅲ3297, Ⅲ3302, Ⅲ3331, Ⅲ3338, Ⅲ3358, Ⅲ3380, Ⅲ3393, Ⅲ3408, Ⅲ3412, Ⅲ3457, Ⅲ3536, Ⅲ3546, Ⅲ3591, Ⅲ3606
「政界往来」…Ⅲ3760, Ⅲ3808, Ⅲ3838
『生活の火』…Ⅳ327
「世紀」…Ⅲ3345
「政経評論」…Ⅲ3814
「精研画誌」…Ⅲ2436, Ⅲ2699
「星座」…Ⅲ3865
「清心」…Ⅲ2014
「精動」…Ⅲ3956
「青年」…Ⅲ2098, Ⅲ3278, Ⅲ3596, Ⅲ3601, Ⅲ3694, Ⅲ3750, Ⅲ3759, Ⅲ3824
「青年文壇」…Ⅲ2773, Ⅲ2777, Ⅲ2787, Ⅲ2815, Ⅲ2816, Ⅲ2825, Ⅲ2841, Ⅲ2871, Ⅲ2892
「世界」…Ⅲ4042
『世界童話名作選 世界童話五年生』…Ⅳ364
「世界評論」…Ⅲ4016
「世界文芸」…Ⅲ2287, Ⅲ2316, Ⅴ0064, Ⅴ0066
『石炭の火』…Ⅳ314
『絶対健康法のすゝめ』…Ⅲ3790, Ⅲ3847
『全集・現代文学の発見 第1巻 最初の衝撃』…Ⅳ374
「全人」…Ⅲ3636
「戦闘文芸」…Ⅲ3349
「創作」…Ⅲ2299, Ⅲ2304, Ⅲ2307, Ⅲ2319, Ⅲ2324, Ⅲ2333, Ⅲ2359, Ⅲ2384
「創作月刊」…Ⅲ3642, Ⅲ3645
「創作と講談」…Ⅲ3291
『叢書児童文化の歴史 2 児童文化と学校外教育の戦中戦後』…Ⅳ392

『叢書日本の童謡 第34巻 日本童謡集(1925年版)』…Ⅳ389
「騒人」…Ⅲ3593
「創造」…Ⅲ2964
「祖国」…Ⅲ3818, Ⅲ3820, Ⅲ3846, Ⅲ3853, Ⅲ3857, Ⅲ3908, Ⅲ3913, Ⅲ3914, Ⅲ3922, Ⅲ3925, Ⅲ3929, Ⅲ3932, Ⅲ3934, Ⅲ3936, Ⅲ3938, Ⅲ3940, Ⅲ3941, Ⅲ3942, Ⅲ3954, Ⅲ3962, Ⅲ3969, Ⅲ3976
『底の社会へ』…Ⅳ313

【た行】

「大学及大学生」…Ⅲ2836
「大学館」…Ⅲ2069
「大観」…Ⅲ2883, Ⅲ2894, Ⅲ2905, Ⅲ2946, Ⅲ2967, Ⅲ3004, Ⅲ3013, Ⅲ3038, Ⅲ3056, Ⅲ3082, Ⅲ3121, Ⅲ3126
「第三帝国」…Ⅲ2602, Ⅲ2653, Ⅲ2679, Ⅲ2705, Ⅲ2849
「大衆文芸」…Ⅴ0474
『代表的名作選集 第25編』…Ⅳ317
「太陽」…Ⅲ2018, Ⅲ2040, Ⅲ2049, Ⅲ2078, Ⅲ2099, Ⅲ2335, Ⅲ2363, Ⅲ2399, Ⅲ2420, Ⅲ2453, Ⅲ2469, Ⅲ2528, Ⅲ2612, Ⅲ2646, Ⅲ2667, Ⅲ2677, Ⅲ2721, Ⅲ2732, Ⅲ2739, Ⅲ2774, Ⅲ2813, Ⅲ2847, Ⅲ2877, Ⅲ2898, Ⅲ2939, Ⅲ2975, Ⅲ3026, Ⅲ3054, Ⅲ3088, Ⅲ3124, Ⅲ3581
「台湾日日新報」…Ⅲ3441
「種蒔く人」…Ⅲ3109, Ⅲ3140, Ⅲ3204
『たのしく心あたたまる子どもの文学6年生』…Ⅳ361
「旅」…Ⅲ3768
「多磨」…Ⅲ3997
『たましいは生きている』…Ⅲ4014
「短歌雑誌」…Ⅲ2821, Ⅲ2860, Ⅲ2872, Ⅲ2912, Ⅲ2919, Ⅲ3062
『ちいさい子とおかあさんのための詩集 2 ちいさいはなびら』…Ⅳ390
『小さな草と太陽』…Ⅲ3170
「近きより」…Ⅲ3901, Ⅲ3907, Ⅲ3927, Ⅲ3963, Ⅲ3973, Ⅲ3994
『血で描いた絵』…Ⅳ321
『血に染む夕陽』…Ⅳ326
「中央公論」…Ⅲ2042, Ⅲ2115, Ⅲ2216, Ⅲ2382, Ⅲ2397, Ⅲ2467, Ⅲ2484, Ⅲ2499, Ⅲ2512, Ⅲ2599, Ⅲ2620, Ⅲ2631, Ⅲ2641,

512

Ⅲ2656, Ⅲ2676, Ⅲ2690, Ⅲ2748, Ⅲ2796, Ⅲ2800, Ⅲ2802, Ⅲ2846, Ⅲ2888, Ⅲ2891, Ⅲ2902, Ⅲ2955, Ⅲ3003, Ⅲ3018, Ⅲ3019, Ⅲ3061, Ⅲ3087, Ⅲ3093, Ⅲ3097, Ⅲ3100, Ⅲ3131, Ⅲ3161, Ⅲ3163, Ⅲ3165, Ⅲ3180, Ⅲ3181, Ⅲ3186, Ⅲ3199, Ⅲ3202, Ⅲ3207, Ⅲ3209, Ⅲ3210, Ⅲ3221, Ⅲ3222, Ⅲ3228, Ⅲ3230, Ⅲ3237, Ⅲ3239, Ⅲ3252, Ⅲ3253, Ⅲ3262, Ⅲ3272, Ⅲ3282, Ⅲ3283, Ⅲ3292, Ⅲ3293, Ⅲ3306, Ⅲ3308, Ⅲ3309, Ⅲ3312, Ⅲ3351, Ⅲ3352, Ⅲ3356, Ⅲ3362, Ⅲ3400, Ⅲ3401, Ⅲ3404, Ⅲ3407, Ⅲ3415, Ⅲ3447, Ⅲ3450, Ⅲ3504, Ⅲ3560, Ⅲ3589, Ⅲ3860, Ⅲ3896

「中央新聞」… Ⅲ2430
「中央美術」… Ⅲ3002
「中央文学」… Ⅲ2605, Ⅲ2637, Ⅲ2789, Ⅲ2798, Ⅲ2809, Ⅲ2820, Ⅲ2827, Ⅲ2831, Ⅲ2839, Ⅲ2850, Ⅲ2867, Ⅲ2875, Ⅲ2879, Ⅲ2886, Ⅲ2907, Ⅲ2910, Ⅲ2916, Ⅲ2926, Ⅲ2928, Ⅲ2934, Ⅲ2936, Ⅲ2957, Ⅲ2959, Ⅲ2978, Ⅲ2987, Ⅲ2990, Ⅲ3012, Ⅲ3020, Ⅲ3025, Ⅲ3037, Ⅲ3044, Ⅲ3049, Ⅲ3079, Ⅲ3090, Ⅲ3104, Ⅲ3105, Ⅲ3111
「中外」… Ⅲ2814, Ⅲ2868, Ⅲ2913
「中学時代」… Ⅲ4030, Ⅲ4045
「中学生の友」… Ⅲ4032
「中学世界」… Ⅲ2100, Ⅲ2807, Ⅲ2834, Ⅲ3359
「中学文壇」… Ⅲ2345
「著作評論」… Ⅲ3009, Ⅲ3033
『土とふるさとの文学全集 3 現実の凝視』… Ⅳ382
『土とふるさとの文学全集 6 雲と青空と』… Ⅳ383
「綴方生活」… Ⅲ3732
『常に自然は語る』… Ⅳ341
「帝国教育」… Ⅲ3746
「ディナミック」… Ⅲ3702, Ⅲ3712
『堤防を突破する浪』… Ⅳ336
『定本小川未明小説全集　第 1 巻 小説集 1』… Ⅳ365
『定本小川未明小説全集　第 2 巻 小説集 2』… Ⅳ366
『定本小川未明小説全集　第 3 巻 小説集 3』… Ⅳ367
『定本小川未明小説全集　第 4 巻 小説集 4』… Ⅳ368
『定本小川未明小説全集　第 5 巻 小説集 5』… Ⅳ369
『定本小川未明小説全集　第 6 巻 評論 感想抄集』… Ⅳ370
「東京」… Ⅲ2771
「東京朝日新聞」… Ⅲ2642, Ⅲ3402, Ⅲ3426, Ⅲ3648, Ⅲ3690
「東京往来」… Ⅲ3672
「東京堂月報」… Ⅲ3744, Ⅲ3915
「東京日日新聞」… Ⅲ2023, Ⅲ2029, Ⅲ2036, Ⅲ2054, Ⅲ2061, Ⅲ2068, Ⅲ2995, Ⅲ3365, Ⅲ3493, Ⅲ3753
「東京評論」… Ⅲ2792
「東京毎日新聞」… Ⅲ2139, Ⅲ2225, Ⅲ2227, Ⅲ2229, Ⅲ2235, Ⅲ2237, Ⅲ2238, Ⅲ2240, Ⅲ2241, Ⅲ2250, Ⅲ2257, Ⅲ2263
「東西」… Ⅲ4003
『藤村全集 別巻 藤村研究』… Ⅳ376
「動物文学」… Ⅲ3939
「東方時論」… Ⅲ2781, Ⅲ2805
「童話」… Ⅲ3413, Ⅲ3414, Ⅲ3497
「童話研究」… Ⅲ3599, Ⅲ3652, Ⅲ3681, Ⅲ3692, Ⅲ3737, Ⅲ3741, Ⅲ3748, Ⅲ3751, Ⅲ3765, Ⅲ3851, Ⅲ3854
『童話雑感及小品』… Ⅳ342
「童話三十六人集」… Ⅲ3743, Ⅲ3920
「童話時代」… Ⅲ3845
『童話生きぬく力』… Ⅲ3972
「童話童謡」… Ⅲ3840
『童話と随筆』… Ⅳ343
「童話文学」… Ⅲ3677
「読書人」… Ⅲ3370, Ⅲ3376, Ⅲ3384, Ⅲ3398
「読書世界」… Ⅲ2613
「読書之友」… Ⅲ2474
「飛びゆく種子」… Ⅲ3134

【な行】

「名古屋新聞」… Ⅲ3745
「ナップ」… Ⅲ3719
「悩ましき外景」… Ⅳ322
「廿世紀」… Ⅲ2658
『二年生のもはん作文集 昭和 32 年版』… Ⅲ4059
「日本及日本人」… Ⅲ2758, Ⅲ2861, Ⅲ2909, Ⅲ3014, Ⅲ3028, Ⅲ3147, Ⅲ3506, Ⅲ3525, Ⅲ3537, Ⅲ3804

「日本学芸新聞」… Ⅲ3889, Ⅲ3910, Ⅲ3912, Ⅲ3917
「日本教育」… Ⅲ3550
『日本近代短篇小説選 明治篇2』(岩波文庫 31-191-2) … Ⅳ393
『日本近代文学大系 48 大正短篇集』… Ⅳ378
『日本近代文学大系 58 近代評論集 Ⅱ』… Ⅳ377
『日本現代詩大系 第4巻 近代詩(1)』… Ⅳ381
『日本現代文学全集 42 小川未明・田村俊子・水上滝太郎集』… Ⅳ373
「日本詩人」… Ⅲ3299
「日本児童」… Ⅲ3906
「日本児童文学」… Ⅲ4004, Ⅲ4005, Ⅲ4054, Ⅲ4056
『日本児童文学大系 第5巻』… Ⅳ385
『日本児童文学大系 第1巻 児童文学の源流』… Ⅳ354
『日本児童文学大系 第2巻 童心文学の開花』… Ⅳ355
『日本児童文学大系 第3巻 プロレタリア童話から生活童話へ』… Ⅳ356
『日本児童文学大系 第5巻 民主主義児童文学への道』… Ⅳ357
「日本少国民文化協会報」… Ⅲ3992
「日本青年」… Ⅲ2323
『日本短篇文学全集 22 小川未明・豊島与志雄・坪田譲治・宮沢賢治』… Ⅳ375
「日本読書新聞」… Ⅲ3957
「日本農業雑誌」… Ⅲ2071
『日本の子供』… Ⅲ3900, Ⅲ3905, Ⅲ3906
「日本評論」… Ⅲ2752, Ⅲ2756, Ⅲ2766, Ⅲ2783, Ⅲ2794, Ⅲ2822, Ⅲ2823
『日本プロレタリア文学集 第1巻 初期プロレタリア文学集1』… Ⅳ386
『日本プロレタリア文学大系 序 日本プロレタリア文学の母胎と生誕 明治三十年から大正五年まで』… Ⅳ358
『日本プロレタリア文学大系 (1) 運動台頭の時代 社会主義文学から「種蒔く人」廃刊まで』… Ⅳ359
『日本文学全集 70 名作集(二) 大正篇』… Ⅳ371
「日本法政新誌」… Ⅲ2091
「ニューエイジ」… Ⅲ4031
「二六新聞」… Ⅲ2136, Ⅲ2204, Ⅲ2213, Ⅲ2404
「二六新報」… Ⅲ2219, Ⅲ2231, Ⅲ2233, Ⅲ2234, Ⅲ2251, Ⅲ2255, Ⅲ2256
「人形劇場」… Ⅲ4053
「人間」… Ⅲ3036
「人間社会」… Ⅲ2797
『人間性のために』… Ⅳ329
「熱風」… Ⅲ3144
「農民」… Ⅲ3613, Ⅲ3623, Ⅲ3630
「農民美術」… Ⅲ3379
「野依雑誌」… Ⅲ3071, Ⅲ3123

【は行】

『廃墟』… Ⅳ310
「ハガキ文学」… Ⅲ2008, Ⅲ2013, Ⅲ2028, Ⅲ2035, Ⅲ2051, Ⅲ2052, Ⅲ2086, Ⅲ2101, Ⅲ2126, Ⅲ2193, Ⅲ2218
『白痴』… Ⅳ309
「白虹」… Ⅲ2144
『鳩とりんご』… Ⅲ3960
「話」… Ⅲ3798, Ⅲ3811
「美術新論」… Ⅲ3538, Ⅲ3892
「美術と趣味」… Ⅲ3878
「美術之日本」… Ⅲ2416
『表現叢書 第4篇』… Ⅳ329
「描写の心得」… Ⅳ320
「福岡日日新聞」… Ⅲ3027
『不幸な恋人』… Ⅳ323
「婦女界」… Ⅲ3887, Ⅲ3921
「婦人運動」… Ⅲ3354, Ⅲ3552, Ⅲ3713
「婦人界」… Ⅲ3173
「婦人画報」… Ⅲ3279, Ⅲ3454
「婦人倶楽部」… Ⅲ3189, Ⅲ3739, Ⅲ3764, Ⅲ3796, Ⅲ3848
「婦人公論」… Ⅲ2986, Ⅲ3023, Ⅲ3096, Ⅲ3106, Ⅲ3113, Ⅲ3117, Ⅲ3277, Ⅲ3421
「婦人新報」… Ⅲ3631
「婦人世界」… Ⅲ3242, Ⅲ3334, Ⅲ3524
「婦人之友」… Ⅲ3211, Ⅲ3229, Ⅲ3249, Ⅲ3260, Ⅲ3280, Ⅲ3288, Ⅲ3298, Ⅲ3327, Ⅲ3342, Ⅲ3357, Ⅲ3377, Ⅲ3382, Ⅲ3419, Ⅲ3439, Ⅲ3455, Ⅲ3465, Ⅲ3508, Ⅲ3533, Ⅲ3570, Ⅲ3572, Ⅲ3580, Ⅲ3597, Ⅲ3610, Ⅲ3626, Ⅲ3646, Ⅲ3651, Ⅲ3667, Ⅲ3684, Ⅲ3700, Ⅲ3714, Ⅲ3731, Ⅲ3742, Ⅲ3788, Ⅲ3793, Ⅲ3800, Ⅲ3812, Ⅲ3813, Ⅲ3817,

VI　索引（掲載誌・書名索引）

Ⅲ3842，Ⅲ3844，Ⅲ3863，Ⅲ3902，Ⅲ3937，Ⅲ3964，Ⅲ4037
「婦人評論」… Ⅲ2761
「不同調」… Ⅲ3431，Ⅲ3469，Ⅲ3496，Ⅲ3522，Ⅲ3527，Ⅲ3530
『部落問題文芸・作品選集 第39巻 宇野浩二・小川未明・島木健作・貴司山治短篇集』… Ⅳ384
『ふるさと文学館 19 新潟』… Ⅳ388
「プロレタリア文学」… Ⅲ3784
「文学教育」… Ⅲ4034
「文学時代」… Ⅲ3678
「文学新聞」… Ⅲ3784
「文学世界」… Ⅲ3175
「文学風俗」… Ⅴ0493
「文芸」… Ⅲ3841，Ⅲ3873
『文芸研究叢書 第3編』… Ⅳ320
「文芸行動」… Ⅲ3499，Ⅲ3514
「文芸公論」… Ⅲ3534，Ⅲ3554，Ⅲ3558，Ⅲ3563，Ⅲ3575，Ⅲ3583，Ⅲ3590，Ⅲ3598，Ⅲ3603
「文芸懇話会」… Ⅲ3875，Ⅲ3877
「文芸雑誌」… Ⅲ2735，Ⅲ2760，Ⅲ2762，Ⅲ2779
「文芸市場」… Ⅲ3436，Ⅲ3445，Ⅲ3466
「文芸時報」… Ⅲ3440，Ⅲ3459，Ⅲ3486，Ⅲ3520，Ⅲ3526，Ⅲ3548，Ⅲ3594，Ⅲ3604，Ⅲ3609，Ⅲ3640，Ⅲ3669
「文芸春秋」… Ⅲ3137，Ⅲ3348，Ⅲ3378，Ⅲ3395，Ⅲ3420，Ⅲ3449，Ⅲ3509，Ⅲ3638，Ⅲ3758，Ⅲ3791，Ⅲ3821，Ⅲ3935，Ⅲ4023
「文芸戦線」… Ⅲ3411，Ⅲ3429，Ⅲ3444
「文芸道」… Ⅲ3605，Ⅲ3705
「文芸ビルデング」… Ⅲ3644，Ⅲ3661，Ⅲ3671
「文庫」… Ⅲ2122，Ⅲ2129，Ⅲ2130，Ⅲ2134
『文豪怪談傑作選 小川未明集 幽霊船』… Ⅳ391
『文豪たちが書いた怖い名作短編集』… Ⅳ394
「文章往来」… Ⅲ3500
「文章倶楽部」… Ⅲ2733，Ⅲ2734，Ⅲ2740，Ⅲ2744，Ⅲ2755，Ⅲ2759，Ⅲ2772，Ⅲ2784，Ⅲ2790，Ⅲ2793，Ⅲ2806，Ⅲ2810，Ⅲ2819，Ⅲ2838，Ⅲ2859，Ⅲ2864，Ⅲ2865，Ⅲ2899，Ⅲ2901，Ⅲ2908，Ⅲ2924，Ⅲ2937，Ⅲ2938，Ⅲ2940，Ⅲ2951，Ⅲ2973，Ⅲ2994，Ⅲ3042，Ⅲ3047，Ⅲ3050，Ⅲ3064，Ⅲ3074，Ⅲ3075，Ⅲ3076，Ⅲ3086，Ⅲ3092，Ⅲ3108，Ⅲ3129，Ⅲ3190，Ⅲ3244，Ⅲ3250，Ⅲ3269，Ⅲ3270，Ⅲ3313，Ⅲ3360，Ⅲ3375，Ⅲ3392，Ⅲ3399，Ⅲ3460，Ⅲ3461，Ⅲ3468，Ⅲ3487，Ⅲ3490，Ⅲ3516，Ⅲ3517，Ⅲ3535，Ⅲ3562，Ⅲ3577，Ⅲ3582，Ⅲ3595，Ⅲ3611，Ⅲ3628，Ⅲ3641，Ⅲ3650，Ⅲ3660
「文章世界」… Ⅲ2104，Ⅲ2147，Ⅲ2148，Ⅲ2167，Ⅲ2169，Ⅲ2197，Ⅲ2210，Ⅲ2254，Ⅲ2259，Ⅲ2276，Ⅲ2305，Ⅲ2325，Ⅲ2339，Ⅲ2356，Ⅲ2410，Ⅲ2439，Ⅲ2461，Ⅲ2480，Ⅲ2500，Ⅲ2511，Ⅲ2611，Ⅲ2614，Ⅲ2621，Ⅲ2639，Ⅲ2644，Ⅲ2648，Ⅲ2673，Ⅲ2682，Ⅲ2685，Ⅲ2696，Ⅲ2711，Ⅲ2720，Ⅲ2724，Ⅲ2743，Ⅲ2749，Ⅲ2778，Ⅲ2786，Ⅲ2801，Ⅲ2857，Ⅲ2903，Ⅲ2933，Ⅲ2952，Ⅲ2971，Ⅲ2974，Ⅲ2984，Ⅲ3022，Ⅲ3040，Ⅲ3051，Ⅲ3069，Ⅲ3098
「変態心理」… Ⅲ3114
「保育」… Ⅲ3906
「報知新聞」… Ⅲ3931，Ⅲ3961
「法律春秋」… Ⅲ3550，Ⅲ3621，Ⅲ3666，Ⅲ3682，Ⅲ3695，Ⅲ3735
「法律戦線」… Ⅲ3658，Ⅲ3670，Ⅲ3674
「法律日日」… Ⅲ2274
『僕はこれからだ』… Ⅲ3990
「北鳴新聞」… Ⅲ2019
「北陸タイムス」… Ⅲ2615
「北陸毎日新聞」… Ⅲ3874，Ⅴ1187
『星の巣 第1輯』… Ⅲ3807
「北国新聞」… Ⅴ1190
「北方文学」… Ⅲ2451，Ⅲ2456
「ホトトギス」… Ⅲ2663，Ⅲ2686，Ⅲ2728，Ⅲ2730

【ま行】

「マツダ新報」… Ⅲ3717，Ⅲ3783
「三田新聞」… Ⅲ3084
「三田文学」… Ⅲ2390，Ⅲ2428，Ⅲ2485，Ⅲ2517，Ⅲ2687
『緑髪』… Ⅳ302
『港についた黒んぼ』… Ⅲ3089
『未明カタカナ童話読本』… Ⅲ3864
『未明感想小品集』… Ⅳ335
『未明新童話集』… Ⅲ4048
『未明童話集 1』… Ⅲ3540
『未明ひらかな童話読本』… Ⅲ3864

「都新聞」… Ⅲ3257, Ⅲ3286, Ⅲ3442, Ⅲ3968
「民政」… Ⅲ3871
「むさしの」… Ⅲ2038
「矛盾」… Ⅲ3617, Ⅲ3627, Ⅲ3633, Ⅲ3665, Ⅲ3686
「無風帯」… Ⅲ3849
「ムラサキ」… Ⅲ2065, Ⅲ2081, Ⅲ2131
『紫のダリヤ』… Ⅳ315
『明治大正(昭和)文学全集 第30巻 岩野泡鳴・小川未明・中村星湖』… Ⅳ340
『明治大正文学研究』… Ⅲ4021
「モザイク」… Ⅲ2495, Ⅲ2518
『モダン都市文学8 プロレタリア群像』… Ⅳ387
『物言はぬ顔』… Ⅳ305, Ⅳ317

【や行】

「野鳥」… Ⅲ3869
「やまと新聞」… Ⅲ2366, Ⅲ2380, Ⅲ2413
『闇』… Ⅳ304
「夕刊新大阪」… Ⅲ4008, Ⅲ4009
「優生運動」… Ⅲ3528
「雄弁」… Ⅲ2923, Ⅲ2963, Ⅲ2991, Ⅲ3555, Ⅲ3676, Ⅲ3747, Ⅲ3782, Ⅲ3785
『雪の線路を歩いて』… Ⅳ316
「幼児の教育」… Ⅲ3900
「読売新聞」… Ⅲ2002, Ⅲ2003, Ⅲ2004, Ⅲ2005, Ⅲ2009, Ⅲ2016, Ⅲ2053, Ⅲ2055, Ⅲ2056, Ⅲ2062, Ⅲ2067, Ⅲ2080, Ⅲ2087, Ⅲ2088, Ⅲ2093, Ⅲ2097, Ⅲ2108, Ⅲ2118, Ⅲ2119, Ⅲ2120, Ⅲ2158, Ⅲ2159, Ⅲ2188, Ⅲ2194, Ⅲ2202, Ⅲ2203, Ⅲ2206, Ⅲ2211, Ⅲ2215, Ⅲ2226, Ⅲ2230, Ⅲ2242, Ⅲ2248, Ⅲ2261, Ⅲ2262, Ⅲ2266, Ⅲ2271, Ⅲ2272, Ⅲ2273, Ⅲ2278, Ⅲ2282, Ⅲ2296, Ⅲ2297, Ⅲ2298, Ⅲ2302, Ⅲ2303, Ⅲ2311, Ⅲ2312, Ⅲ2317, Ⅲ2321, Ⅲ2328, Ⅲ2332, Ⅲ2337, Ⅲ2343, Ⅲ2344, Ⅲ2347, Ⅲ2348, Ⅲ2352, Ⅲ2361, Ⅲ2362, Ⅲ2367, Ⅲ2368, Ⅲ2369, Ⅲ2373, Ⅲ2377, Ⅲ2379, Ⅲ2386, Ⅲ2394, Ⅲ2406, Ⅲ2429, Ⅲ2431, Ⅲ2433, Ⅲ2448, Ⅲ2449, Ⅲ2459, Ⅲ2471, Ⅲ2472, Ⅲ2482, Ⅲ2488, Ⅲ2496, Ⅲ2504, Ⅲ2514, Ⅲ2520, Ⅲ2603, Ⅲ2606, Ⅲ2616, Ⅲ2617, Ⅲ2618, Ⅲ2626, Ⅲ2627, Ⅲ2645, Ⅲ2652, Ⅲ2666, Ⅲ2680, Ⅲ2684, Ⅲ2693, Ⅲ2706, Ⅲ2707, Ⅲ2717, Ⅲ2722, Ⅲ2726, Ⅲ2737, Ⅲ2738, Ⅲ2767, Ⅲ2776, Ⅲ2785, Ⅲ2803, Ⅲ2828, Ⅲ2835, Ⅲ2873, Ⅲ2885, Ⅲ2895, Ⅲ2914, Ⅲ2915, Ⅲ2927, Ⅲ2948, Ⅲ2954, Ⅲ2993, Ⅲ3000, Ⅲ3015, Ⅲ3016, Ⅲ3021, Ⅲ3034, Ⅲ3035, Ⅲ3045, Ⅲ3046, Ⅲ3058, Ⅲ3066, Ⅲ3122, Ⅲ3128, Ⅲ3139, Ⅲ3197, Ⅲ3217, Ⅲ3303, Ⅲ3311, Ⅲ3347, Ⅲ3350, Ⅲ3367, Ⅲ3381, Ⅲ3409, Ⅲ3410, Ⅲ3425, Ⅲ3542, Ⅲ3549, Ⅲ3557, Ⅲ3574, Ⅲ3578, Ⅲ3664, Ⅲ3736, Ⅲ3755, Ⅲ3856, Ⅲ3867, Ⅲ3923, Ⅲ3926, Ⅲ3977
『夜の街にて』… Ⅳ312

【ら行】

「流行」… Ⅲ2288
「旅行」… Ⅲ2393, Ⅲ2403, Ⅲ2415
「令女界」… Ⅲ3656, Ⅲ3701
「労働芸術家」… Ⅲ3657
「労働文化」… Ⅲ3489
「労働文学」… Ⅲ2929, Ⅲ2941
「労働立国」… Ⅲ3220
「六大新報」… Ⅲ3139
『六人集と毒の園』… Ⅲ3930
『魯鈍な猫』… Ⅳ307
「ロマンス」… Ⅲ4013

【わ】

「若き旗」… Ⅲ3733
「若草」… Ⅲ3687
『惑星』… Ⅳ303
「早稲田学報」… Ⅲ2017, Ⅲ2020, Ⅲ2024, Ⅲ2025, Ⅲ2026, Ⅲ2027, Ⅲ2030, Ⅲ2032, Ⅲ2037, Ⅲ2039, Ⅲ2045, Ⅲ2046, Ⅲ2050, Ⅲ2057, Ⅲ2058, Ⅲ2063, Ⅲ2064
「早稲田講演」… Ⅲ2524
「早稲田高等女学校講義」… Ⅲ3876
「早稲田大学新聞」… Ⅲ3366
「早稲田大学文科講義録」… Ⅲ3704
「早稲田文学」… Ⅲ2021, Ⅲ2031, Ⅲ2044, Ⅲ2059, Ⅲ2082, Ⅲ2102, Ⅲ2117, Ⅲ2142, Ⅲ2146, Ⅲ2162, Ⅲ2173, Ⅲ2199, Ⅲ2253, Ⅲ2285, Ⅲ2315, Ⅲ2331, Ⅲ2350, Ⅲ2358, Ⅲ2365, Ⅲ2372, Ⅲ2376, Ⅲ2391, Ⅲ2398, Ⅲ2412, Ⅲ2417, Ⅲ2418, Ⅲ2426, Ⅲ2437, Ⅲ2441, Ⅲ2455, Ⅲ2468, Ⅲ2479, Ⅲ2490, Ⅲ2493, Ⅲ2501, Ⅲ2513, Ⅲ2516, Ⅲ2598,

Ⅲ2610, Ⅲ2622, Ⅲ2630, Ⅲ2647, Ⅲ2651,
Ⅲ2661, Ⅲ2664, Ⅲ2669, Ⅲ2675, Ⅲ2691,
Ⅲ2697, Ⅲ2704, Ⅲ2712, Ⅲ2729, Ⅲ2742,
Ⅲ2765, Ⅲ2782, Ⅲ2804, Ⅲ2812, Ⅲ2826,
Ⅲ2833, Ⅲ2837, Ⅲ2869, Ⅲ2893, Ⅲ2911,
Ⅲ2918, Ⅲ2942, Ⅲ2950, Ⅲ2980, Ⅲ2989,
Ⅲ3032, Ⅲ3053, Ⅲ3070, Ⅲ3089, Ⅲ3119,
Ⅲ3141, Ⅲ3167, Ⅲ3192, Ⅲ3206, Ⅲ3208,
Ⅲ3231, Ⅲ3245, Ⅲ3276, Ⅲ3294, Ⅲ3328,
Ⅲ3336, Ⅲ3340, Ⅲ3364, Ⅲ3383, Ⅲ3386,
Ⅲ3467, Ⅲ3498, Ⅲ3511, Ⅲ3519, Ⅲ3547,
Ⅲ3567, Ⅲ3958

『早稲田文学パンフレット 第12編』… Ⅳ330

「私の好きな人」… Ⅲ4017

「悪い仲間」… Ⅲ3629

「我等」… Ⅲ2983, Ⅲ3024, Ⅲ3052, Ⅲ3078, Ⅲ3102, Ⅲ3120, Ⅲ3177, Ⅲ3193, Ⅲ3274

「我等の詩」… Ⅲ3146

人名索引

【あ行】

青野 季吉 … Ⅳ351
赤井 米吉 … Ⅲ3813
浅岡 靖央 … Ⅳ392
荒 正人 … Ⅳ352
アンデルセン … Ⅲ2086
石川 千代松 … Ⅲ3572
伊藤 清 … Ⅲ3959
伊藤 貴麿 … Ⅲ3208, Ⅲ3328
稲田 達雄 … Ⅲ3882
猪野 省三 … Ⅳ354, Ⅳ355, Ⅳ356, Ⅳ357
今井 邦子 … Ⅲ3813
巌谷 栄二 … Ⅳ354, Ⅳ355, Ⅳ356, Ⅳ357
巌谷 小波 … Ⅲ3743, Ⅲ3920
生方 敏郎 … Ⅲ3328
相賀 祥宏 … Ⅲ3955
大木 雄二 … Ⅲ4049, Ⅳ364
大熊 信行 … Ⅲ3959
大槻 憲二 … Ⅲ3328
大藤 幹夫 … Ⅳ385
岡田 純也 … Ⅳ385
岡上 鈴江 … Ⅳ365, Ⅳ366, Ⅳ367, Ⅳ368, Ⅳ369, Ⅳ370
奥 むめお … Ⅲ3800
奥田 三郎 … Ⅲ3882
小田 嶽夫 … Ⅳ366
小野 誠悟 … Ⅲ3385
小埜 裕二 … Ⅳ395, Ⅳ396
恩地 孝四郎 … Ⅳ327

【か行】

鹿島 鳴秋 … Ⅲ3743
加藤 理 … Ⅳ392
金井田 英津子 … Ⅳ392
上 笙一郎 … Ⅳ370
上泉 秀信 … Ⅲ3882
上村 哲彌 … Ⅲ3959
川勝 泰介 … Ⅳ392
川端 康成 … Ⅳ372

Ⅵ　索引（人名索引）

菅 忠道 … Ⅲ3988, Ⅳ354, Ⅳ355, Ⅳ356, Ⅳ357
城戸 幡太郎 … Ⅲ3882, Ⅲ3959
木村 毅 … Ⅲ3208, Ⅳ365
窪川 稲子 … Ⅲ3882
熊谷 孝 … Ⅲ4046, Ⅳ354, Ⅳ355, Ⅳ356, Ⅳ357
熊谷 直三郎 … Ⅲ3790, Ⅲ3847
紅野 謙介 … Ⅳ393
紅野 敏郎 … Ⅳ365, Ⅳ366, Ⅳ367, Ⅳ368, Ⅳ369, Ⅳ370, Ⅳ393
國分 一太郎 … Ⅲ3988
小山 東一 … Ⅲ3882

【さ行】

齋藤 勇 … Ⅲ3572
佐伯 郁郎 … Ⅲ3959
坂本 越郎 … Ⅲ3959
佐藤 春夫 … Ⅳ372
佐藤 義美 … Ⅲ3988
志垣 寛 … Ⅲ3423
執行 光枝 … Ⅲ3614
渋沢 青花 … Ⅲ4049, Ⅳ364
島崎 藤村 … Ⅳ319
下中 弥三郎 … Ⅲ3423
杉森 孝次郎 … Ⅲ3572, Ⅲ3813
杉山 平助 … Ⅲ3813
杉山 元治郎 … Ⅲ3800
周郷 博 … Ⅲ3988
鈴木 貞美 … Ⅳ387
鈴木 三重吉 … Ⅳ315
関 英雄 … Ⅳ354, Ⅳ355, Ⅳ356, Ⅳ357, Ⅳ366
瀬田 貞二 … Ⅳ385
相馬 文子 … Ⅳ368
添田 知道 … Ⅲ3995

【た行】

高橋 誠一郎 … Ⅳ372
武井 武雄 … Ⅳ365, Ⅳ366, Ⅳ367, Ⅳ368, Ⅳ369, Ⅳ370
竹内 茂代 … Ⅲ3813
竹久 夢二 … Ⅳ301
田代 暁舟 … Ⅳ303

巽 聖歌 … Ⅲ3988
田中 栄一 … Ⅳ388
為藤 五郎 … Ⅲ3423
田山 花袋 … Ⅳ319
近松 秋江 … Ⅳ367
千葉 俊二 … Ⅳ367, Ⅳ393
塚原 健二郎 … Ⅲ3988
津田 青楓 … Ⅳ312, Ⅳ315, Ⅳ316, Ⅳ350, Ⅳ351, Ⅳ352, Ⅳ353, Ⅳ360
続橋 達雄 … Ⅳ385
坪田 譲治 … Ⅲ3882
坪内 逍遙 … Ⅳ301
ツルゲーネフ … Ⅲ2023
東京私立初等学校協会 … Ⅳ361
童謡詩人会 … Ⅳ389
徳田 秋声 … Ⅳ319
戸張 孤雁 … Ⅳ312
豊島 与志雄 … Ⅲ3882
鳥越 信 … Ⅳ385

【な行】

中澤 弘光 … Ⅳ301
中島 国彦 … Ⅳ369
中村 吉蔵 … Ⅳ333
中村 星湖 … Ⅳ365
奈街 三郎 … Ⅲ3988, Ⅲ4060
滑川 道夫 … Ⅳ372
西田 勝 … Ⅳ368
西宮 藤朝 … Ⅲ3208, Ⅲ3423
西本 鶏介 … Ⅳ367
昇 曙夢 … Ⅲ3930
野依 秀市 … Ⅲ3699

【は行】

波多野 完治 … Ⅲ3959
初山 滋 … Ⅲ3743, Ⅳ346
羽仁 協子 … Ⅳ390
羽仁 もと子 … Ⅲ3572, Ⅲ3800, Ⅲ3813
羽仁 吉一 … Ⅲ3800, Ⅲ3813
浜田 廣介 … Ⅲ4049, Ⅳ364
林 政雄 … Ⅳ369, Ⅳ370
原田 實 … Ⅲ3208, Ⅲ3572
東 雅夫 … Ⅳ391

樋口 斧太 … Ⅳ311
久松 潜一 … Ⅳ372
平塚 明（らいてう）… Ⅲ3800
平野 謙 … Ⅳ371
平林 初之輔 … Ⅳ332
平福 百穂 … Ⅳ302, Ⅳ304, Ⅳ306, Ⅳ331, Ⅳ332, Ⅳ333, Ⅳ334
福田 清人 … Ⅳ372
藤田 圭雄 … Ⅳ385
帆足 みゆき … Ⅲ3813
本間 久雄 … Ⅲ3208, Ⅲ3328

【ま行】

前田 晁 … Ⅳ364
マッケニイ, M・B. … Ⅳ334
松永 健哉 … Ⅲ3882
水月 哲哉 … Ⅲ3807
三潴 信三 … Ⅲ3800
宮川 健郎 … Ⅳ335, Ⅳ342
宮津 博 … Ⅲ3882
向川 幹雄 … Ⅳ385
武者小路 実篤 … Ⅲ3813
武藤 直治 … Ⅲ3328
宗像 和重 … Ⅳ393
村岡 花子 … Ⅲ3959
村松 定孝 … Ⅲ4021, Ⅳ365
百田 宗治 … Ⅲ3959

【や行】

保永 貞夫 … Ⅳ365, Ⅳ366, Ⅳ367, Ⅳ368, Ⅳ369, Ⅳ370
柳 敬助 … Ⅳ328
山川 菊栄 … Ⅲ3572
山崎 英治 … Ⅲ3790, Ⅲ3847
山田 俊治 … Ⅳ393
山田 英春 … Ⅳ392
山室 静 … Ⅳ334, Ⅳ353, Ⅳ360, Ⅳ365, Ⅳ366, Ⅳ367, Ⅳ368, Ⅳ369, Ⅳ370
吉江 喬松 … Ⅳ331
吉田 茂 … Ⅲ4058
吉田 精一 … Ⅳ372
吉野 源三郎 … Ⅲ3882
吉見 静江 … Ⅲ4038
吉屋 信子 … Ⅲ3572

与田 準一 … Ⅲ3988, Ⅳ369

【ら行】

亮平老史 … Ⅳ368

【わ】

和田 傳 … Ⅲ3328

あとがき

　前書『小川未明全童話（人物書誌大系 43)』（編、日外アソシエーツ、2012）の「あとがき」で、私は次のように書いた。

　小川未明は、平成 23 年に没後 50 年、平成 24 年に生誕 130 年の記念の年を迎えた。だが今日においても、童話作家であり、小説家であり、詩人であり、批評家であり、社会活動家であった、この巨人の足跡を正確にたどることは難しい。童話や小説それぞれに膨大な数の作品があり、活動も多岐にわたる。休むことなく矢継ぎ早に作品を書きつづけた未明は、後ろを振り向く暇がないかのように、自身で、正確な書誌的記録を残すこともしなかったようである。
　未明の仕事量の多さと書誌的情報の不足は、次の事態をもたらした。1、「全集」と名のつくものはあるものの、浩瀚な仕事のすべてを収めることができず、未収録作品を多く残した。2、初出に関する情報は、調査を行っても簡単に判明せず、不明のものを多く残した。3、詳細な伝記を作成するための資料が不足し、いまだ十分なものが作られていない。4、奥行きの知れない未明文学の森に入っていくことを避け、定番作品をもって未明文学が語られた。
　これでは未明文学の森は、枯れてしまう。未明文学の研究を進展させる前に、基礎資料の整備を行う必要がある。具体的には、①全集未収録作品の公刊、②未明作品書誌の作成、③伝記の作成、④未明文学の森へ入るための解説書の作成、⑤新たな魅力を伝える新選作品集の編集、が喫緊の課題であろう。しかもこれらの課題は、伝記を除き、少なくとも童話の森と小説の森の方面で、それぞれ作成する必要がある。

　小川未明の全童話に続き、このたび全小説・随筆の書誌を、日外アソシエーツ株式会社と紀伊国屋書店のご高配により、刊行することができた。感謝申し上げたい。
　また前書と同様、本書の調査や作業を進めるにあたって、日本学術振興会の科学研究費補助金を得た。私の研究課題は次のものであった。記して、感謝の意を表したい。

「小川未明小説全集（小品・評論・随筆を含む）未収録作品の調査・収集と研究」（基盤研究(C)、研究期間：平成23年度～平成25年度、課題番号：23520216）

研究面では、小川未明文学館や上越市文化振興課、上越教育大学の協力を得た。小川未明研究会の皆さんからも多くの励ましや示唆をえた。文献調査や収集では、本学附属図書館の岡崎敬子さんに大変お世話になった。多くの人の協力のおかげで、本書はできた。

本書の編集・出版にあたっては、日外アソシエーツ株式会社のお世話になった。とりわけ編集部の城谷浩氏が再び私の仕事を助けて下さった。つねに的確で丁寧な指示を与えて下さった氏に、心よりお礼を申し上げたい。

平成28年5月
編者　小埜 裕二

小埜 裕二（おの・ゆうじ）
1962年、奈良県生まれ。筑波大学大学院博士課程文芸・言語研究科退学。
金沢大学助手を経て、上越教育大学教授。小川未明文学館専門指導員。
著書等
『日本文学研究論文集成 三島由紀夫』（編、若草書房、2000）
『童話論宮沢賢治 純化と浄化』（単著、蒼丘書林、2011）
『文学の体験 近代日本の小説選1〜3』（編、永田印刷出版部、2012〜2015）
『小川未明全童話（人物書誌大系43）』（編、日外アソシエーツ、2012）
『解説小川未明童話集45』（編著、北越出版、2012）
『新選小川未明秀作童話50 ヒトリボッチノ少年』（編、蒼丘書林、2012）
『新選小川未明秀作童話40 灯のついた町』（編、蒼丘書林、2013）
『小川未明新収童話集（全6巻）』（編、日外アソシエーツ、2014）
『解説小川未明小説Ⅰ』（編、永田印刷出版部、2014）
『新選小川未明秀作随想70 ふるさとの記憶』（編、蒼丘書林、2015）
『小川未明郷土小説名作選 山上の風・雪穴』（編、永田印刷出版部、2016）

人物書誌大系45

小川未明Ⅱ 全小説・随筆

2016年6月25日　第1刷発行

編　者／小埜裕二
発行者／大高利夫
発行所／日外アソシエーツ株式会社
　　　　〒143-8550 東京都大田区大森北1-23-8 第3下川ビル
　　　　電話(03)3763-5241(代表)　FAX(03)3764-0845
　　　　URL http://www.nichigai.co.jp/
発売元／株式会社紀伊國屋書店
　　　　〒163-8636 東京都新宿区新宿3-17-7
　　　　電話(03)3354-0131(代表)
　　　　ホールセール部(営業)　電話(03)6910-0519

©Yūji ONO 2016
電算漢字処理／日外アソシエーツ株式会社
印刷・製本／株式会社平河工業社

不許複製・禁無断転載　　《中性紙三菱クリームエレガ使用》
〈落丁・乱丁本はお取り替えいたします〉
ISBN978-4-8169-2609-9　　Printed in Japan, 2016

『人物書誌大系』

刊行のことば

　歴史を動かし変革する原動力としての人間、その個々の問題を抜きにしては、真の歴史はあり得ない。そこに、伝記・評伝という人物研究の方法が一つの分野をなし、多くの人々の関心をよぶ所以がある。

　われわれが、特定の人物についての研究に着手しようとする際の手がかりは、対象人物の詳細な年譜・著作目録であり、次に参考文献であろう。この基礎資料によって、その生涯をたどることにより、はじめてその人物の輪郭を把握することが可能になる。

　しかし、これら個人書誌といわれる資料は、研究者の地道な努力・調査によりまとめられてはいるものの、単行書として刊行されているものはごく一部である。多くは図書の巻末、雑誌・紀要の中、あるいは私家版などさまざまな形で発表されており、それらを包括的に把え探索することが困難な状況にある。

　本シリーズ刊行の目的は、人文科学・社会科学・自然科学のあらゆる分野における個人書誌編纂の成果を公にすることであり、それをつうじ、より多様な人物研究の発展をうながすことにある。この計画の遂行は長期間にわたるであろうが、個人単位にまとめ逐次発行し集大成することにより、多くの人々にとって、有用なツールとして利用されることを念願する次第である。

1981年4月

　　　　　　　　　　　　　　　　　日外アソシエーツ